U0686796

古文辭類纂

上

〔清〕姚鼐 編

黄鳴 標點

中華書局

圖書在版編目(CIP)數據

古文辭類纂/(清)姚鼐編;黄鳴標點. —北京:中華書局,2022.1(2023.12 重印)
ISBN 978-7-101-15413-9

Ⅰ.古… Ⅱ.①姚…②黄… Ⅲ.古典散文-散文集-中國 Ⅳ.I262

中國版本圖書館 CIP 數據核字(2021)第 216298 號

責任編輯:劉 明 孟念慈
責任印製:陳麗娜

古文辭類纂
(全三册)
〔清〕姚 鼐 編
黄 鳴 標點

*

中 華 書 局 出 版 發 行
(北京市豐臺區太平橋西里 38 號 100073)
http://www.zhbc.com.cn
E-mail:zhbc@zhbc.com.cn
三河市中晟雅豪印務有限公司印刷

*

850×1168 毫米 1/32 · 47 印張 · 6 插頁 · 1050 千字
2022 年 1 月第 1 版 2023 年 12 月第 3 次印刷
印數:6001-7500 册 定價:228.00 元

ISBN 978-7-101-15413-9

前言

《古文辭類纂》是清代桐城派散文家姚鼐編選的著名古文選本。其書在近代的流布，誠如書前李承淵序所稱：「桐城姚姬傳先生所爲《古文辭類纂》，早已風行海内，學者多有其書矣。」〔一〕姚椿評價此書說：「自世競言漢儒，置古文之學不講，其或爲之者，又多犯桐城方侍郎所言諸病，軌於法者蓋鮮。雖文之道不盡是，然以言文，則幾乎備矣。」〔二〕由於此書分類精審，便於讀者通過所選文章來掌握古代各類文體的特點，如朱琦所說「學者守是，猶工之有繩墨，法家之有律令也」〔三〕，它在客觀上起到了桐城派散文教範的作用，近代凡操觚爲文者，多奉此以爲圭臬。所以本書自從問世以來，成爲具有相當文化水平的讀者們所習誦的古文範本，曾經多次刊刻重印，流傳很廣，讀者衆多，影響頗大。

本書編選者姚鼐（一七三二—一八一五），字姬傳，一字夢穀，別號惜抱先生，安徽桐城人。他少年時學文於同邑劉大櫆及其伯父姚範。衆人對他多有期許，而劉大櫆至以王陽明之學期之，由此知名於時。乾隆十五年鄉試，中式舉人。二十八年會試，中式進士，改翰林院庶吉士。三十一年散館，以主事用，分兵部，尋補禮部儀制司。三十三年，充山東鄉試副考官，遷禮部祠祭司員外郎。三十五年庚寅，充湖南鄉試副考官。三十六年辛卯，充會試同考官，遷刑部廣東司郎中，充四庫全書館纂修官，記名御史。年餘，乞病歸。自是主講江寧、揚州等地的梅花、敬敷、紫陽、鍾山各書院，先後四十餘年。嘉慶二十年九月，姚鼐卒於江寧鍾山書院，卒年八十五歲。著有《惜抱軒文集》、《惜抱軒詩集》、《九經説》等，編選五七言《今體詩鈔》，其所選《古文辭類纂》對宣揚桐城派的散文主張，起了很大作用。

姚鼐的思想，傾向於宋學，尊崇程朱。由於這種思想傾向，他在四庫館時，可能也因此與同僚發生過思想上的衝突與牴牾。姚瑩在給他寫的行狀裏説：「於是纂修者競尚新奇，厭薄宋元以來儒者，以爲空疏，掊擊訕笑，不遺餘力。先生往復辨論，諸公雖無以難，而莫能助也。」〔四〕由此可見一斑。姚鼐有個人魅力，思想上靈活，寬於待人，方正中不失圓融。如當袁枚去世時，他給袁枚寫墓誌，有人懷疑是否合適，他説：「隨園雖不免有遺行，其文采風流有可取，亦何害於作誌？」〔五〕這種雅量能容的胸懷，頗有《世説》中人物的風範，而亦可見其並非拘執之人。他的學術主張中，將義理與考證並列，也體現了他融通漢宋的努力。

姚鼐的學術與散文主張，出自桐城派。他年少時跟隨劉大櫆、姚範學習，姚範曾問其志，他說「義理、考證、文章，殆闕一不可」，姚範大悦，卒以經學授之，而别受古文法於劉大櫆〔六〕。由此來看，後來成爲姚鼐散文理論主要觀念的「義理、考據、詞章」三者的結合，在其年少時所受劉大櫆、姚範等人的影響下已經成型。此後他提出著名的「神、理、氣、味、格、律、聲、色」之説，並以陰陽剛柔來區分文章的特點，均對方苞、劉大櫆的理論有所發展。

姚鼐作爲桐城派的主要代表人物，中年之後，潛心教學四十年，有不少學生繼承了他的理論主張，並以之指導實踐，壯大了桐城派的散文寫作羣體。其最有名的四位弟子，即管同、梅曾亮、方東樹、姚瑩，是十九世紀桐城文派的中堅，其影響及於曾國藩、吴汝綸、馬其昶等人。在這種師弟相承的文脈傳嬗之中，《古文辭類篹》就是其理論承傳的主要載體。

書名中「篹」字爲正字，「纂」爲訛字，李承淵序中已發其意。用「篹」字，源於《漢書·藝文志》：「門人相與輯而論篹。」〔七〕錢基博説：「姚氏曾以所聞見詳經論説而不爲苟然；如《序目》考論文體十三類之起原及諸篇之注按是也；故依《漢志》題『篹』，師古注：『篹與撰同』；或題曰『纂』者譌也。」〔八〕錢説甚確。此書流行之後，多以「古文辭類纂」爲書名，係傳鈔之故。姚鼐的學生陳用光在姚鼐去世之後爲其所寫行狀中，就使用了這個「纂」〔九〕，最早的刻本康氏家塾刻本亦用此字，可見其由來有自。作「篹」字，當爲姚鼐晚年的定論，本書書名即依吴啟昌本、李承淵本，作「古文辭類篹」〔一〇〕。

《古文辭類篹》一書，序目一卷，選文七十五卷，共選文六百六十九題，合七百二十一篇，是一部中型文章選集。其主要特色，在於分類謹嚴，各種文章按大類編輯成卷，其文體特徵得以突出地彰顯出來。其類十三，即：論辨類、序跋類、奏議類、書説類、贈序類、詔令類、傳狀類、碑誌類、雜記類、箴銘類、頌贊類、辭賦類、哀祭類。這種文體分類方法，較之著名的蕭統《文選》的分類方法，嚴密了不少。桐城派所推崇的先秦秦漢、唐宋八家之文，成爲選文的主體。學者循此而學習各種文體，有軌可依，有範可型。馬其昶稱其「義例至精審」，「以辨文體，晰如也。審同異，别部居，可以形迹求也」〔一一〕。此爲確論。

就本書版本而言，最早有姚鼐弟子康紹鏞於道光元年（一八二一）刊刻的合河康氏家塾刻本，其依據爲李兆洛所藏姚鼐中年鈔訂本。其本有圈點、評語、校語，並輯録以姚鼐爲主的九家評注，共七十四卷，是爲康本。其後有清道光五年（一八二五）金陵吴氏刻本，爲姚鼐弟子吴啟昌刊刻，所依據爲姚鼐晚年鈔定本。無圈點、句讀，有評校，書名爲「古文辭類篹」。其書將康本第二十二卷析爲兩卷，故爲七十五卷，是爲吴本。較晚出的刻本爲李氏求要堂光緒二十七年（一九〇一）初刻本，該本亦七十五卷，書名亦爲「古文辭類篹」，李承淵刻此書，以康本、吴本爲底本，有圈點、評識，有句讀，篇目依吴本。有李承淵後序，以及《校勘記》一卷。求要堂本經李承淵、蕭穆、吴汝綸先後參與校勘，評點、圈識多於康本，主要依據姚鼐幼子姚雉所藏的晚年圈點本，是爲李本。清代及民國所通行的本書諸版本，均源出於上述三個刻本系統。

按，以上三個版本，康本依據姚鼐中年鈔訂本，未涉及其晚年關於此書的修訂，雖然是最早的刻本，但尚不足以反映姚鼐對此書的完整規劃。吴本依據姚鼐晚年鈔訂本，反映了其晚年選目上的考慮，但删去圈點，也就删去了富有桐城派特色的文章學資料，所以吴本流傳不廣，也有這個原因。李本最晚出，但其所收篇目與吴本基本相同，其圈點據姚鼐後人所藏晚年圈點本，其數量又超過康本，比較而言，更能結合康、吴二本之長，反映出姚鼐晚年定論。另外，李本所收文章均有句讀，其句讀由李承淵審訂施加，能反映桐城派學者關於這些文章句讀的基本方法和觀點；其所收評點均爲姚氏所定，不與他家摻雜，便於讀者研究姚鼐的文學思想。再者，李本已經過李承淵和蕭穆、吴汝綸等晚清學者以康本和吴本對照校勘，文字上已較爲完善〔二〕。

所以，本書標點採用的版本爲國家圖書館藏李氏求要堂光緒二十七年初刻本。凡姚氏圈點、評語、李氏點斷之處，均依原刻。本書中的圈點，除了正文中的實圈和空圈外，各篇題名之下，也有空圈。篇題下圈共有四種情況：一、單圈；二、雙圈；三、三圈；四、無圈。這反映了姚鼐對該文的總體性衡量與評級，大概來看，圈數越多，則文章愈高妙。但也有題下無圈的文章具有很高藝術水平的，不能一概而論。要之，其反映的是姚鼐的品鑑標準，對今天的讀者來説，也有一定的參考意義與價值，故本書均予保留。字體字形，除避諱字及新舊字形差異外，儘量依從原刻，最大程度存其本真，以此爲讀者提供一個此書的便於閲讀之本，以供讀者揣摩深研。限於學力，錯訛難免，還請讀者不吝指正。在校訂過程中，得到了陸胤、許鋆源、盧坡、孫自磊等同仁的指誤，謹致謝忱。

黄鳴

二〇二一年三月

〔一〕此《校栞古文辭類纂序》實爲蕭穆代作，見《敬孚類藁》卷二。

〔二〕〔清〕姚椿：《古文辭類纂書後》，見《通藝閣文集》卷五。

〔三〕〔清〕朱琦：《自記所藏古文辭類纂舊本》，見《怡志堂文初編》卷六。

〔四〕〔清〕姚瑩：《朝議大夫刑部郎中加四品銜從祖惜抱先生行狀》，見《東溟文集》卷六。

〔五〕〔清〕鄭福照：《姚惜抱先生年譜》，見本書附録。

〔六〕〔清〕姚瑩：《朝議大夫刑部郎中加四品銜從祖惜抱先生行狀》，見《東溟文集》卷六。

〔七〕〔漢〕班固：《漢書》卷三十。

〔八〕錢基博：《古文辭類篹解題及其讀法》。

〔九〕〔清〕陳用光《姚先生行狀》，見《太乙舟文集》卷三。

〔一〇〕吴本書名雖使用了「篹」字，但吴序實爲管同代作，後來管同在將該序收入自己的文集中時，使用的是「纂」字。管同作序在道光四年八月，吴本在道光五年印出，可能因爲吴啟昌刻此書，遵從了姚鼐晚年的意見，故使用「篹」字於書名之中，而管同實不知之。見《因寄軒文二集》卷二。

〔一一〕馬其昶《古文辭類篹標注序》，見《抱潤軒文集》卷四。

〔一二〕如，姚鼐録宋文，多採用《宋文鑑》。本書卷二十二《蘇子瞻對制科策》：「昔單穆公曰：民患輕，則多作重以行之；若不堪重，則多作輕以行之，亦不廢重。」《宋文鑑》作「召穆公」，康本、吴本從之，惟李本作「單穆公」，蓋李本經蕭穆等人讐校一過，此處引文改從《國語》之本，其義較《宋文鑑》爲勝。此其校勘精審之一例。

目録

序跋類一　古文辭類篹六

序跋類二　古文辭類篹七

序跋類三　古文辭類纂八

序跋類四　古文辭類纂九

序跋類五　古文辭類纂十

奏議類上編一　古文辭類纂十一

奏議類上編二　古文辭類纂十二

奏議類下編一　古文辭類纂二十一

奏議類下編二　古文辭類纂二十二

奏議類下編三　古文辭類纂二十三

奏議類下編四　古文辭類纂二十四

書説類一　古文辭類纂二十五

書説類二　古文辭類篹二十六

書説類三　古文辭類篹二十七

書説類四　古文辭類纂二十八

書説類五　古文辭類纂二十九

書説類六　古文辭類篹三十

書説類七　古文辭類篹三十一

贈序類一　古文辭類纂三十二

贈序類二　古文辭類篹三十三

贈序類三　古文辭類篹三十四

詔令類一　古文辭類纂三十五

詔令類二　古文辭類纂三十六

詔令類三　古文辭類篹三十七

傳狀類一　古文辭類篹三十八

傳狀類二　古文辭類篹三十九

碑誌類上編一　古文辭類纂四十

碑誌類上編二　古文辭類纂四十一

碑誌類下編一　古文辭類篹四十二

碑誌類下編二　古文辭類篹四十三

碑誌類下編三　古文辭類篹四十四

碑誌類下編四　古文辭類纂四十五

碑誌類下編五　古文辭類纂四十六

碑誌類下編六　古文辭類纂四十七

碑誌類下編七　古文辭類纂四十八

碑誌類下編八　古文辭類纂四十九

碑誌類下編九　古文辭類纂五十

碑誌類下編十　古文辭類纂五十一

雜記類一　古文辭類纂第五十二

雜記類二　古文辭類纂五十三

雜記類三　古文辭類纂五十四

雜記類四　古文辭類纂五十五

雜記類五　古文辭類纂五十六

雜記類六　古文辭類纂五十七

雜記類七　古文辭類纂五十八

雜記類八　古文辭類纂五十九

哀祭類一　古文辭類篹七十三

哀祭類二　古文辭類篹七十四

哀祭類三　古文辭類篹七十五

附録三　諸家序跋……一四一一

古文辭類纂序目

鼐少聞古文法於伯父薑塢先生及同鄉劉耕南先生，少究其義，未之深學也。其後游宦數十年，益不得暇，獨以幼所聞者寘之胸臆而已。乾隆四十年，以疾請歸，伯父前卒，不得見矣。劉先生年八十，猶喜談說，見則必論古文。後又二年，余來揚州，少年或從問古文法。夫文無所謂古今也，惟其當而已。得其當，則六經至於今日，其爲道也一。知其所以當，則於古雖遠，而於今取法，如衣食之不可釋；不知其所以當，而敝棄於時，則存一家之言，以資來者，容有俟焉。於是以所聞習者，編次論説，爲《古文辭類纂》。其類十三，曰：論辨類、序跋類、奏議類、書説類、贈序類、詔令類、傳狀類、碑誌類、雜記類、箴銘類、頌贊類、辭賦類、哀祭類。一類内而爲用不同者，別之爲上下編云。

論辨類者，蓋原於古之諸子，各以所學著書詔後世。孔、孟之道與文，至矣。自老、莊以降，道有是非，文有工拙。今悉以子家不録，録自賈生始。蓋退之著論，取於六經、《孟子》，子厚取於韓非、賈生，明允雜以蘇、張之流，子瞻兼及於《莊子》。學之至善者，神合焉；善而不至者，貌存焉。惜乎子厚之才，可以爲其至而不及至者，年爲之也。

賈生過秦論三首

太史公談論六家要指卷一

韓退之原道　原性　原毁　諱辯　對禹問　獲麟解　改葬服議　師説　争臣論

守戒　雜説録龍説、馬説　伯夷頌

柳子厚封建論　桐葉封弟辨　晉文公問守原議

李習之復性書下三首録其末　卷二

歐陽永叔本論三首録其二　朋黨論　爲君難論二首

曾子固唐論

蘇明允易論　樂論　詩論　書論　明論　諫論二首　管仲論　權論録四首：孫武、六國、項籍、高帝　衡論録三首：御將、申法、田制　卷三

蘇子瞻志林録六首：平王、魯隱公、范蠡、戰國任俠、始皇扶蘇、范增　伊尹論　荀卿論　韓非論

始皇論　留侯論　賈誼論　鼂錯論　大臣論二首卷四

蘇子由商論　六國論　三國論　漢文帝論　唐論

王介甫原過　復讐解

劉才甫息爭卷五

序跋類者，昔前聖作《易》，孔子爲作《繫辭》《説卦》《文言》《序卦》《雜卦》之傳，以推論本原，廣大其義。《詩》《書》皆有序，而《儀禮》篇後有記，皆儒者所爲。其餘諸子，或自序其意，或弟子作之，《莊子·天下篇》、《荀子》末篇皆是也。余撰次古文辭，不載史傳，以不可勝録也。惟載太史公、歐陽永叔表志敍論數首，序之最工者也。向、歆奏校書各有序，世不盡傳，傳者或僞，今存子政《戰國策序》一篇，著其概。其後目録之序，子固獨優已。

司馬子長十二諸侯年表序　六國表序　秦楚之際月表序　漢興以來諸侯年表序

高祖功臣年表序　建元以來侯者年表序

劉子政戰國策序

班孟堅記秦始皇本紀後　漢諸侯王表序卷六

韓退之讀儀禮　讀荀子　韋侍講盛山十二詩序　荆潭唱和詩序　上巳日燕太學聽

奏議類者，蓋唐虞三代聖賢陳説其君之辭，《尚書》具之矣。周衰，列國臣子爲國謀者，誼忠而辭美，皆本謨、誥之遺，學者多誦之。其載《春秋》内外傳者不録，録自戰國以下。漢以來有表、奏、疏、議、上書、封事之异名，其實一類。惟對策雖亦臣下告君之辭，而其體少别，故寘之下編。兩蘇應制舉時所進時務策，又以附對策之後。

右奏議類上編

右奏議類下編

書説類者，昔周公之告召公，有《君奭》之篇。春秋之世，列國士大夫或面相告語，或爲書相遺，其義一也。戰國説士説其時主，當委質爲臣，則入之奏議；其已去國，或説异國之君，則入此編。

曾子固寄歐陽舍人書　謝杜相公書

蘇明允上韓樞密書　上歐陽内翰書

蘇子瞻上王兵部書　答李端叔書

蘇子由上樞密韓太尉書

王介甫答韶州張殿丞書　上凌屯田書　答司馬諫議書三十一

贈序類者，老子曰：「君子贈人以言。」顔淵、子路之相違，則以言相贈處。梁王觴諸侯於范臺，魯君擇言而進，所以致敬愛、陳忠告之誼也。唐初贈人，始以序名，作者亦衆。至於昌黎，乃得古人之意，其文冠絶前後作者。蘇明允之考名序，故蘇氏諱序，或曰引，或曰説。今悉依其體，編之於此。

韓退之送董邵南序　送王秀才含序　送孟東野序　送高閑上人序　送廖道士序　送竇從事序　送楊少尹序　送李愿歸盤谷序　送區册序　送鄭尚書序　送殷員外序　送幽州李端公序　送王秀才塤序　贈張童子序　與浮屠文暢師序　送石處士序　送温處士赴河陽軍序　贈崔復州序　送水陸運使韓侍御歸所治序　送湖

南李正字序　愛直贈李君房別　送鄭十爲校理序　送浮屠令縱西遊序三十二
歐陽永叔送楊寘序　送田畫秀才寧親萬州序　送徐無黨南歸序　鄭荀改名序
曾子固送周屯田序　贈黎安二生序　送江任序　送傅向老令瑞安序
蘇明允送石昌言爲北使引　仲兄文甫說　名二子說
蘇子瞻太息送秦少章　日喻贈吴彦律　稼說送張琥
王介甫送孫正之序三十三
歸熙甫周弦齋壽序　戴素庵七十壽序　顧孺人六十壽序　顧夫人八十壽序　守耕說　二石說　張雄字說　二子字說
方靈皋送王篛林南歸序　送劉函三序　送左未生南歸序　送李雨蒼序
劉才甫送張閑中序　送沈茮園序　送姚姬傳南歸序三十四

詔令類者，原於《尚書》之誓、誥。周之衰也，文誥猶存。昭王制，肅強侯，所以悦人心而勝於三軍之衆，猶有賴焉。秦最無道，而辭則偉。漢至文、景，意與辭俱美矣，後世無以逮之。光武以降，人主雖有善意，而辭氣何其衰薄也？檄令皆諭下之辭，韓退之《鱷魚文》，檄令類也，故悉傳之。

秦始皇初并天下議帝號令

漢高帝入關告諭　二年發使者告諸侯伐楚　五年赦天下令　令吏善遇高爵詔　六年上太公尊號詔　十一年求賢詔

漢文帝元年議犯法相坐詔　議振貸詔　賜南粵王書　二年除誹謗法詔　日食詔　十三年除肉刑詔　十四年增祀無祈詔　後元年求言詔　前六年遺匈奴書　後二年遺匈奴書

漢景帝二年令二千石修職詔三十五

漢武帝元朔元年議不舉孝廉者罪詔　元狩二年報李廣詔　元狩六年封齊王策　封燕王策　封廣陵王策　元鼎六年敕責楊僕書　賜嚴助書　元封五年求賢良詔

漢昭帝賜燕剌王旦璽書

漢宣帝地節四年子首匿父母等勿坐詔　元康二年令二千石察官屬詔　神爵三年益小吏禄詔

漢元帝議律令詔　建昭四年議封甘延壽等詔

漢光武帝賜竇融璽書　二十七年報臧宫詔三十六

司馬長卿諭巴蜀檄

韓退之鱷魚文三十七

傳狀類者，雖原於史氏，而義不同。劉先生云：「古之爲達官名人傳者，史官職之。文士作傳，凡爲圬者、種樹之流而已。其人既稍顯，即不當爲之傳，爲之行狀，上史氏而已。」余謂先生之言是也。雖然，古之國史立傳，不甚拘品位，所紀事猶詳。又實録書人臣卒，必撮序其平生賢否。今實録不紀臣下之事，史館凡仕非賜諡及死事者，不得爲傳。乾隆四十年，定一品官乃賜諡，然則史之傳者，亦無幾矣。余録古傳狀之文，並紀兹義，使後之文士得擇之。昌黎《毛穎傳》，嬉戲之文，其體傳也，故亦附焉。

韓退之贈太傅董公行狀　圬者王承福傳

柳子厚種樹郭槖駝傳

蘇子瞻方山子傳

王介甫兵部知制誥謝公行狀三十八

歸熙甫都察院左副都御史李公行狀　歸氏二孝子傳　筠溪翁傳　陶節婦傳　王烈婦傳　韋節婦傳　先妣事略

方靈皋白雲先生傳　二貞婦傳方氏、任氏

劉才甫樵髯傳　胡孝子傳　章大家行略

韓退之毛穎傳三十九

碑誌類者，其體本於《詩》，歌頌功德，其用施於金石。周之時有石鼓刻文，秦刻石於巡狩所經過。漢人作碑文，又加以序。序之體，蓋秦刻琅邪具之矣。茅順甫譏韓文公碑序異史遷，此非知言。金石之文，自與史家异體，如文公作文，豈必以效司馬氏爲工耶？誌者，識也。或立石墓上，或埋之壙中，古人皆曰誌。爲之銘者，所以識之之辭也。然恐人觀之不詳，故又爲序。世或以石立墓上，曰碑、曰表，埋乃曰誌。及分誌、銘二之，獨呼前序曰誌者，皆失其義。蓋自歐陽公不能辨矣。墓誌文録者尤多，今別爲下編。

秦始皇泰山刻文　琅邪臺刻文　之罘刻文　東觀刻文　碣石刻文　會稽刻文

班孟堅封燕然山銘

人墓誌銘　僊居縣太君墓誌銘　鄭公夫人墓誌銘五十

歸熙甫亡友方思曾墓表　趙汝淵墓誌銘　沈貞甫墓誌銘　歸府君墓誌銘　女二二壙志　女如蘭壙志　寒花葬志

方靈皐杜蒼署先生墓誌銘　李抑亭墓誌銘

劉才甫舅氏楊君權厝志五十一

右碑志類下編

雜記類者，亦碑文之屬。碑主於稱頌功德，記則所紀大小事殊，取義各異，故有作序與銘詩全用碑文體者，又有爲紀事而不以刻石者。柳子厚紀事小文，或謂之序，然實記之類也。

韓退之鄆州溪堂詩并序　藍田縣丞廳壁記　新修滕王閣記　燕喜亭記　河南府同官記　汴州東西水門記　畫記　題李生壁五十二

柳子厚游黄溪記　永州萬石亭記　始得西山宴遊記　鈷鉧潭記　鈷鉧潭西小邱記　至小邱西小石潭記　袁家渴記　石渠記　石澗記　小石城山記　柳州東亭記

箴銘類者，三代以來有其體矣。聖賢所以自戒警之義，其辭尤質，而意尤深。若張子作《西銘》，豈獨其理之美耶？其文固未易幾也。

頌贊類者，亦《詩·頌》之流，而不必施之金石者也。

揚子雲趙充國頌

韓退之子産不毁鄉校頌

柳子厚伊尹五就桀贊

蘇子瞻韓幹畫馬贊　文與可飛白贊六十一

辭賦類者，風、雅之變體也，楚人最工爲之，蓋非獨屈子而已。余嘗謂《漁父》及《楚人以弋説襄王》、《宋玉對王問遺行》皆設辭，無事實，皆辭賦類耳。太史公、劉子政不辨，而以事載之，蓋非是。辭賦固當有韻，然古人亦有無韻者，以義在託諷，亦謂之賦耳。漢世校書，有《辭賦畧》，其所列者甚當。昭明太子《文選》，分體碎雜，其立名多可笑者，後之編集者，或不知其陋而仍之。余今編辭賦，一以漢《畧》爲法。古文不取六朝人，惡其靡也。獨辭賦則晉宋人猶有古人韻格存焉。惟齊梁以下，則辭益俳而氣益卑，故不録耳。

淳于髡諷齊威王

屈原離騷　九章六十二　遠遊　卜居　漁父六十三

宋玉九辯　風賦　高唐賦　神女賦　登徒子好色賦　對楚王問

楚人以弋説頃襄王

莊辛説襄王六十四

賈生惜誓　鵩鳥賦

枚叔七發

漢武帝秋風辭　瓠子歌

淮南小山招隱士

東方曼倩客難　非有先生論六十五

司馬長卿子虛賦　上林賦六十六　哀二世賦　大人賦　長門賦　難蜀父老　封禪文

六十七

揚子雲甘泉賦　河東賦　羽獵賦　長楊賦　解嘲　解難　反離騷六十八

班孟堅兩都賦

傅武仲舞賦六十九

張平子二京賦　思玄賦七十

王子山魯靈光殿賦

王仲宣登樓賦

張茂先鷦鷯賦

潘安仁秋興賦　笙賦　射雉賦

劉伯倫酒德頌

陶淵明歸去來辭

鮑明遠蕪城賦七十一

韓退之訟風伯　進學解　送窮文　釋言

蘇子瞻前赤壁賦　後赤壁賦七十二

哀祭類者，《詩》有《頌》，風有《黄鳥》、《二子乘舟》，皆其原也。楚人之辭至工，後世惟退之、介甫而已。

屈原九歌

宋玉招魂

劉才甫祭史秉中文　祭吴文肅公文　祭舅氏文七十五

凡文之體類十三，而所以爲文者八，曰：神，理，氣，味，格，律，聲，色。神、理、氣、味者，文之精也；格、律、聲、色者，文之粗也。然苟舍其粗，則精者亦胡以寓焉？學者之於古人，必始而遇其粗，中而遇其精，終則御其精者而遺其粗者。文士之效法古人，莫善於退之，盡變古人之形貌，雖有摹擬，不可得而尋其跡也。其他雖工於學古，而跡不能忘，揚子雲、柳子厚，於斯蓋尤甚焉，以其形貌之過於似古人也。而遽擯之，謂不足與於文章之事，則過矣。然遂謂非學者之一病，則不可也。

乾隆四十四年秋七月，桐城姚鼐纂集序目。

校栞古文辭類篹後序

桐城姚姬傳先生所爲《古文辭類篹》，早已風行海内，學者多有其書矣。顧先生於此書，初篹於乾隆四十四年，時主講揚州梅花書院。乾嘉之閒學者所見，大抵皆傳鈔之本。至嘉慶季年，先生門人興縣康中丞紹鏞始栞於粤東。道光五年，江甯吴處士啟昌復栞于金陵。然康氏所栞，乃先生乾隆閒訂本，後二三十年，先生時加審訂，詳爲評注，而圈點亦與康本互有異同。蓋先生之學，與年俱進，晚年造詣益深，其衡鑒古人文字尤精且密矣。然吴氏栞本，係先生晚年主講鍾山書院時所授，且命付梓時去其圈點。道光以來，外省重栞，大抵據康氏之本，而吴本僅同治閒楚南楊氏校栞家塾，不甚行世。而外閒學者雖多讀此書，容有未知康栞爲先生中年訂本，吴栞爲先生晚年定本；又未知先生命名「古文辭類篹」，「篹」字本《漢書·藝文志》。康氏不明「篹」字所由來，誤栞爲「古文辭類纂」，至今「古文辭類纂」之名大著，鮮有知爲「篹」字本義者已。又耳食之徒，以康本字句時有脱譌，不如吴本經先生高第弟子梅伯言、管異之、劉殊庭諸君讐校之精。然康氏栞本，實出先生高弟李申耆，李君又實司校栞之役者也。承淵少讀此書，先後得康、吴兩本，互爲校勘，乃知各有脱譌，均未精善，所謂齊則失矣，而楚亦未爲得者也。不知爲姚先生原本所據，尚非各種精本，未及詳勘，抑亦諸君子承校此書，不免以輕心掉之者也。

二十年來，承淵凡見宋元以後、康熙以前各書舊槧，有關此書校勘者，隨時用硃墨筆注于上下方，積久頗覺近完美。又桐城老輩，如方望溪侍郎代果親王所爲《古文約選》，劉海峯學博所爲《唐宋八家文約選》，均用圈點，學者稱之。姚先生承方、劉二公之業，亦嘗示學者前輩批點可資啟發，即所纂此書，不但評注數有增加，而圈點亦隨時釐訂，惜往年無由得見耳。頃與先生鄉人蘭陵逸叟相往還，偶談此書，逸叟即出行笥所録姚先生晚年圈點本見示。大喜過望，詢所由來，乃得諸其鄉先生蘇厚子徵君惇元，徵君即得諸姚先生少子耿甫上舍雉家藏原本而録之者也。

承淵早歲浮家，久離鄉土，念吾滁州僻處江淮之閒，四方書賈，足跡罕至，鄉塾所讀，不過俗行《古文析義》、《觀止》等本，不足啟發後學神智，乃假逸叟藏本，録其圈點於所校本上，付諸手民，栞於家塾，庶幾吾滁可家有其書，不爲俗本所囿矣。至栞版，改從毛氏汲古閣所栞古書格式，字畫力求精審。又康刻於姚先生所録漢文，時用《漢書》古字，今考姚先生所録漢文，其例不一，有以己意參用《史記》、《文選》及司馬氏《資治通鑑》、真氏《文章正宗》等書字句者，今亦酌爲變通：凡一文參用各本者，則均用通行宋字；惟單據《漢書》本文，則仍遵用《漢書》本字，以存其真。惟姚先生定本雖有圈點，而無句讀，承淵伏念窮鄉晚進所讀古文，不惟藉前人圈點獲知古人精義所在，即句讀尤不可輕忽。句讀不明，精義何有？昔班氏《漢書》初出，當時如大儒馬融，至執贄於曹大家，請授句讀；韓昌黎《上兵部李侍郎書》，亦有「究窮于經傳史記百家之説，沈潛乎訓義，反覆乎句讀」之論。我朝乾隆三年冬，詔栞「十三經」、「二十一史」，時方侍郎苞曾上《重栞經史事宜劄子》，中一條有「舊刻經史，俱無句讀，蓋以諸經注疏及《史記》、前後《漢書》辭義古奥，疑似難定故也。因此纂輯引用者，多有破句。臣等伏念，必熟思詳考，務期句讀分明，使學者開卷瞭然，乃有裨益」云云。意至美也，法至善也，惜當時竟未全行。今姚先生所纂此書，既精且博。論者以漢唐文字句法古奥，多有難明，承淵以爲唐宋以來洋洋大篇，句讀亦未易全曉，矧窮鄉晚進，讀書不多，頓見此書，恉義未通，不免以破句相授，貽誤來學，匪爲淺鮮。今承淵竊取方公之義，每讀一篇，精思博考，句點分明，雖未必一一有合古人，而大要固已無失。昔顔祕監之注《漢書》，胡景參之注《資治通鑑》，閒有破句，有失兩書本恉者。以二公之學識通博，精神措注，尚未能毫髮無憾，而況後人學識精神，遠出二公之下者哉！

惟有不偏執己見，勤學好問，一有會悟，隨時改正而已。惟承淵所讀，閒有句讀與前人有異，及近代名公偶有句讀能補前人所未明者，且有删改康、吴原書字句，恐滋後人所疑者，容當别爲札記一編，附於本書之後，不過使窮鄉晚進增廣見聞，便于誦習而已，非敢云能補姚先生之所不逮也。第康、吴之本，校栞雖未精善，而兩序實能發明姚先生所纂大恉，今仍附録之，俾讀者詳悉，而承淵更不敢再贊一辭焉。

光緒二十七年，歲在辛丑，正月元日，滁州後學李承淵書於上海求要堂寓。

康刻古文辭類纂後序

余撫粵東之明年，兒子兆奎師武進李君兆洛申耆來，語次及桐城姚姬傳先生《古文辭類纂》一書在其家。余嘗受學於先生，凡語弟子，未嘗不以此書；非有疾病，未嘗不訂此書。蓋先生之於是亦勤矣！顧未有刻，因發書取其本，校付梓人，序其後曰：

先生博通墳籍，學達古今，尤善文章，然銘之必求其人，言之必附于道，生平未嘗苟作也。以乾隆二十八年入翰林，散館改刑部，歷官郎中，典試山東、湖南。當國家平治之際，而已無言責，於廷臣集議，嘗引大體，無所附麗。于文襄公方招致文學之士，欲得先生出其門，先生不應，謝病歸。歸後數年，客揚州，有少年從問古文法者，於是集次秦、漢以來至方望溪、劉海峯之作，類而論之，總七百篇，七十四卷。

先生之著述多矣，何獨勤勤於是哉？蓋以爲古文之衰且七百年，本朝作者以十數，然推方望溪、劉海峯。望溪之言曰：「學行繼程、朱而後，文章介韓、歐之閒。」爲得其正。昔之君子，學古先聖王之書，通其指要，致其精粗，本末賅備，然後形而爲言。崇之如山，放之如海，渾合元氣，細湊無倫。其於事也，資之無窮，用之不竭，如飲食水火之不可釋者，文之至盛也。次則鏡治亂之體，救當世之急。言出乎己，不必古人之盡同也；量足以立，不必事行之於我也。若夫不偏不該，馳騁事物，縱麗可喜，不失尺寸，則所謂小言者矣。秦、漢、唐、宋，文章閎雋，後世莫及，亦比於其次而已。然猶代不數人，人不數篇，蓋難也如是。以至於今，不知古人之純備，不究修辭之體要，而決裂規矩，沈酣淫詖者，往往而然。後生小子，循而習之，則古文之學，將不可復振已乎！不有開之，孰能起之？開之以言，不若導之以道。導而不然，導而不當，則亦俟焉，以語來者。嗚呼！言之無文，行而不遠。必也言有物而行有恒，乃得與于作者之林矣。

先生爲先榮禄庚午同年，伯父茂園先生之友，余從宦金陵，侍先生于鍾山講席。先生曰：爲學不可以不勤，植品不可以不端。學勤則所得固，品端則行不移，而知致焉，氣充焉。所守於內者如此，其施於外者宜何如哉！是先生之教也。其所著有《惜抱軒詩文集》二十六卷、《九經説》十七卷、《三傳補注》一卷、《惜抱軒筆記》八卷，皆已刻。《古文辭類纂》七十四卷，今之所刻也。

康紹鏞譔。

吴刻古文辭類纂序

桐城姚惜抱先生，撰有《古文辭類纂》七十五卷。先生晚年，啟昌任爲刊刻，請其本而録藏焉。未幾，先生捐館舍，啟昌亦以家事，卒卒未及爲也。後數年，興縣康撫軍刻諸粤東，其本遂流布海内。啟昌得之，以校所録藏，其閒乃不能無稍異。蓋先生於是書，應時更定，没而後已。康公所見，猶是十餘年前之本，故不同也。

夫文辭之纂，始自昭明，而《文苑英華》等集次之，其中率皆六代、隋、唐駢麗綺靡之作，知文章者，蓋擯棄焉。南宋以後，吕伯恭、真希元諸君，稍取正大，而所集殊隘。迄於有明，唐應德、茅順甫文字之見，實勝前人，然所選或止科目時文之計。自茲以降，蓋無論矣。且夫無離朱之明，則不能窮青黑；無夔、曠之聰，則不能正宫羽；無孔、孟之賢聖，則不能等差舜、武，品題夷、惠。文辭者，道之餘；纂文辭者，抑教之末也。顧非才足於素，學溢於中，見之明而知之的，則亦何以通古今，窮正變，論昔人，而毫釐無失也哉？逞私臆而言之，陋而不可爲也；執一得而言之，狹而不足爲也。自梁以來，纂文辭者日衆，而至今訖無善本，其以是也夫？先生氣節道德，海内所知，茲不具論。其文格則授之劉學博，而學博得之方侍郎。然先生才高而學識深遠，所獨得者，方、劉不能逮也。蚤休官，耄耋嗜學不倦，是以所纂文辭，上自秦、漢，下至於今，蒐之也博，擇之也精，考之也明，論之也確。使夫讀者，若入山以采金玉，而石礫有必分；若入海以探珠璣，而泥沙靡不辨。嗚呼，至矣！無以加矣！纂文辭者，至是而止矣。啟昌於先生，既不敢負已諾，又重惜康公用意之勤，而所見未備，遂取鄉所録藏本，與同門管異之同、梅伯言曾亮、劉殊庭欽同事讐校，閲二年而書成。是本也，舊無方、劉之作，而别本有之，今依别本仍刻入者，先生命也。本舊有批抹圈點，近乎時藝，康公本已刻入，今悉去之，亦先生命也。

道光五年秋八月，受業門人江甯吴啟昌謹記。

論辨類一

賈生過秦論三首 ○○○

秦孝公據崤函之固，擁雍州之地，君臣固守，以窺周室，有席卷天下，包舉宇内，囊括四海之意，并吞八荒之心。當是時，商君佐之，内立法度，務耕織，修守戰之備，外連衡而鬭諸侯。於是秦人拱手而取西河之外。

孝公既没，惠王、武王蒙故業，因遺册，南兼漢中，西舉巴蜀，東割膏腴之地，收要害之郡。諸侯恐懼，會盟而謀弱秦，不愛珍器重寶肥美之地，以致天下之士，合從締交，相與爲一。當是時，齊有孟嘗，趙有平原，楚有春申，魏有信陵。此四君者，皆明知而忠信，寬厚而愛人，尊賢重士，約從離横，并韓、魏、燕、楚、齊、趙、宋、衛、中山之衆。於是六國之士，有甯越、徐尚、蘇秦、杜赫之屬爲之謀，齊明、周最、陳軫、昭滑、樓緩、翟景、蘇厲、樂毅之徒通其意，吴起、孫臏、帶佗、兒良、王廖、田忌、廉頗、趙奢之朋制其兵。嘗以十倍之地，百萬之衆，叩關而攻秦。《漢書》作「仰關」，《史記》作「叩」。鼐按：對下「開關」，字作「叩」爲當。師古乃譏作「叩」

字是流俗本，非也。秦人開關延敵，九國之師，逡巡遁逃而不敢進。秦無亡矢遺鏃之費，而天下諸侯已困矣。於是從散約解，爭割地而奉秦。秦有餘力而制其敝，追亡逐北，伏尸百萬，流血漂鹵。因利乘便，宰割天下，分裂河山，强國請服，弱國入朝。

延及孝文王、莊襄王，享國日淺，國家無事。及至秦王，篇中「秦王」字，《史記》本如此，《漢書》俱作「始皇」。鼐按：《陳政事疏》亦稱始皇爲秦王，似誼惡暴秦，不稱其謚。奮六世之餘烈，振長策而御宇內，吞二周而亡諸侯，履至尊而制六合，執棰拊以鞭笞天下，威振四海。南取百越之地，以爲桂林、象郡。百越之君，俯首繫頸，委命下吏。乃使蒙恬北築長城而守藩籬，卻匈奴七百餘里。胡人不敢南下而牧馬，士不敢彎弓而報怨。於是廢先王之道，焚百家之言，以愚黔首。隳名城，殺豪俊，收天下之兵聚之咸陽，銷鋒鑄鐻，以爲金人十二，以弱黔首之民。然後斬華爲城，因河爲池，據億丈之城，臨不測之谿以爲固。良將勁弩，守要害之處；信臣精卒，陳利兵而誰何！天下已定，秦王之心，自以爲關中之固，金城千里，子孫帝王萬世之業也。秦王既沒，餘威震於殊俗。

陳涉甕牖繩樞之子，甿隸之人，而遷徙之徒，才能不及中人，非有仲尼、墨翟之賢，陶朱、猗頓之富；躡足行伍之閒，而倔起什伯之中，率罷散之卒，將數百之眾，而轉攻秦，斬木爲兵，揭竿爲旗，天下雲集響應，贏糧而景從，山東豪俊，遂竝起而亡秦族矣。

且夫天下非小弱也。雍州之地，殽函之固，自若也。陳涉之位，非尊於齊、楚、燕、趙、韓、魏、宋、衛、中山之君；鉏耰棘矜，非銛於句戟長鎩也；適戍之眾，非抗於九國之師；深謀遠慮，行軍用兵之道，非及鄉時之士也。然而成敗異變，功業相反也。試使山東之國，與陳涉度長絜大，比權量力，則不可同年而語矣。然秦以區區之地，千乘之權，招八州而朝同列，百有餘年矣，然後以六合爲家，殽函爲宮。一夫作難而七廟隳，身死人手，爲天下笑者，何也？仁義不施，而攻守之勢異也。固是合後二篇，義乃完，然首篇爲特雄駿閎肆。

秦并海内，兼諸侯，南面稱帝，以養四海。天下之士斐然鄉風。若是者何也？曰：近古之無王者久矣。周室卑微，五霸既没，令不行於天下。是以諸侯力政，彊侵弱，眾暴寡，兵革不休，士民罷敝。今秦南面而王天下，是上有天子也。既元元之民冀得安其性命，莫不虚心而仰上。當此之時，守威定功，安危之本，在於此矣。

秦王懷貪鄙之心，行自奮之智，不信功臣，不親士民，廢王道，立私權，禁文書而酷刑法，先詐力而後仁義，以暴虐爲天下始。夫并兼者高詐力，安定者貴順權，此言取與守不同術也。秦離戰國而王天下，其道不易，其政不改，是其所以取之守之者異也。孤獨而有之，故其亡可立而待。借使秦王計上世之事，竝殷周之迹，以制御其政，後雖有淫驕之主，而未有傾危之患也。故三王之建天下，名號顯美，功業長久。

今秦二世立，天下莫不引領而觀其政。夫寒者利裋褐，而饑者甘糟糠。天下之嗸嗸，新主之資也。此言勞民之易爲仁也。鄉使二世有庸主之行，而任忠賢，臣主一心而憂海内之患，縞素而正先帝之過，裂地分民以封功臣之後，建國立君以禮天下。虚囹圄而免刑戮，除去收帑污穢之罪，使各反其鄉里；發倉廩，散財幣，以振孤獨窮困之士；輕賦少事，以佐百姓之急；約法省刑，以持其後，使天下之人皆得自新，更節修行，各慎其身；塞萬民之望，而以威德與天下，天下集矣。即四海之内，皆讙然各自安樂其處，惟恐有變。雖有狡猾之民，無離上之心，則不軌之臣無以飾其智，而暴亂之姦止矣。二世不行此術，而重之以無道，壞宗廟與民更始，作阿房宫；繁刑嚴誅，吏治刻深；賞罰不當，賦斂無度。天下多事，吏弗能紀，百姓困窮而主弗收邮。然後姦僞竝起，而上下相遁，蒙罪者衆，刑戮相望於道，而天下苦之。自君卿以下，至於衆庶，人懷自危之心，親處窮苦之實，咸不安其位，故易動也。是以陳涉不用湯武之賢，不藉公侯之尊，奮臂於大澤，而天下響應者，其民危也。故先王見始終之變，知存亡之機。是以牧民之道，務在安之而已。天下雖有逆行之臣，必無響應之助矣。故曰安民可與行義，而危民易與爲非。此之謂也。貴爲天子，富有天下，身不免於戮殺者，正傾非也，是二世之過也。

秦并兼諸侯山東三十餘郡，繕津關，據險塞，修甲兵而守之。然陳涉以戍卒散亂之衆數百，奮臂大呼，不用弓戟之兵，鉏櫌白梃，望屋而食，横行天下，秦人阻險不守，關梁不闔，長戟不刺，强弩不射。楚師深入，戰於鴻門，曾無藩籬之艱。於是山東大擾，諸侯竝起，豪俊相立。秦使章邯將而東征。章邯因以三軍之衆，要市於外，以謀其上。羣臣之不信，可見于此矣。子嬰立，遂不寤。藉使子嬰有庸主之才，僅得中佐，山東雖亂，秦之地可全而有，宗廟之祀，未當絶也。

秦地被山帶河以爲固，四塞之國也。自繆公以來至於秦王，二十餘君，常爲諸侯雄。豈世世賢哉？其勢居然也。且天下嘗同心并力而攻秦矣。當此之世，賢智竝列，良將行其師，賢相通其謀，然困於阻險而不能進，秦乃延入戰而爲之開關，百萬之徒逃北而遂壞。豈勇力智慧不足哉？形不利，勢不便也。秦小邑并大城，守險塞而軍，高壘毋戰，閉關據阨，荷戟而守之。諸侯起於匹夫，以利合，非有素王之行也。其交未親，其下未附，名爲亡秦，其實利之也。彼見秦阻之難犯也，必退師安土息民以待其敝，收弱扶罷以令大國之君,不患不得意於海内。貴爲天子,富有天下,而身爲禽者,其救敗非也。秦王足己不問,遂過而不變。二世受之,因而不改,暴虐以重禍。子嬰孤立無親,危弱無輔。三主惑而終身不悟,亡不亦宜乎?當此時也,世非無深慮知化之士也,然所以不敢盡忠拂過者,秦俗多忌諱之禁,忠言未卒於口,而身爲戮没矣。故使天下之士,傾耳而聽,重足而立,拑口而不言。是以三主失道,忠臣不敢諫,知士不敢謀,天下已亂,姦不上聞,豈不哀哉!先王知雍蔽之傷國也,故置公卿大夫士,以飾法設刑而天下治。其彊也,禁暴誅亂而天下服;其弱也,五伯征而諸侯從;其削也,内守外附而社稷存。故秦之盛也,繁法嚴刑而天下振;及其衰也,百姓怨望而海内畔矣。故周五序得其道,而千餘歲不絶;秦本末竝失,故不長久。由此觀之,安危之統,相去遠矣。

野諺曰:「前事之不忘,後事之師也。」是以君子爲國,觀之上古,驗之當世,參以人事,察盛衰之理,審權勢之宜,去就有序,變化應時,故曠日長久,而社稷安矣。

太史公談論六家要指 ○

《易大傳》:天下一致而百慮,同歸而殊途。夫陰陽、儒、墨、名、法、道德,此務爲治者也，直所從言之異路，有省不省耳。嘗竊觀陰陽之術，大祥，而衆忌諱，使人拘而多所畏，然其序四時之大順，不可失也。儒者博而寡要，勞而少功，是以其事難盡從，然其序君臣父子之禮，列夫婦長幼之別，不可易也。墨者儉而難遵，是以其事不可徧循，然其彊本節用，不可廢也。法家嚴而少恩，然其正君臣上下之分，不可改矣。名家使人儉而善失真，然其正名實，不可不察也。道家使人精神專一，動合無形，贍足萬物。其爲術也，因陰陽之大順，采儒、墨之善，撮名、法之要，與時遷移，應物變化，立俗施事，無所不宜，指約而易操，事少而功多。儒者則不然。以爲人主，天下之儀表也，主倡而臣和，主先而臣隨。如此，則主勞而臣逸。至於大道之要，去健羨，絀聰明，釋此而任術。夫神大用則竭，形大勞則敝。形神騷動，欲與天地長久，非所聞也。

夫陰陽、四時、八位、十二度、二十四節，各有教令，順之者昌，逆之者不死則亡，未必然也，故曰「使人拘而多畏」。夫春生夏長、秋收冬藏，此天道之大經也，弗順，則無以爲天下綱紀，故曰「四時之大順，不可失也」。

夫儒者以六藝爲法。六藝經傳以千萬數，累世不能通其學，當年不能究其禮，故曰「博而寡要，勞而少功」。若夫列君臣父子之禮，序夫婦長幼之別，雖百家弗能易也。

墨者亦尚堯舜道，言其德行，曰：堂高三尺，土階三等，茅茨不翦，采椽不刮。食土簋，啜土刑，糲粱之食，藜藿之羹。夏日葛衣，冬日鹿裘。其送死桐棺三寸，舉音不盡其哀。教喪禮，必以此爲萬民之率。使天下法若此，則尊卑無別也。夫世異時移，事業不必同，故曰「儉而難遵」。要曰彊本節用，則人給家足之道也。此墨子之所長，雖百家弗能廢也。

法家不别親疎，不殊貴賤，一斷於法，則親親尊尊之恩絶矣。可以行一時之計，而不可長用也，故曰「嚴而少恩」。若尊主卑臣，明分職，不得相踰越，雖百家弗能改也。

名家苛察繳繞，使人不得反其意，專決於名而失人情，故曰「使人儉而善失真」。若夫控名責實，參伍不失，此不可不察也。

道家無爲，又曰無不爲，其實易行，其辭難知。其術以虚無爲本，以因循爲用。無成勢，無常形，故能究萬物之情。不爲物先，不爲物後，故能爲萬物主。有法無法，因時爲業；有度無度，因物與合。故曰「聖人不朽，時變是守」。虚者道之常也，因者君之綱也。羣臣竝至，使各自明也。其實中其聲者謂之端，實不中其聲者謂之窾。窾言不聽，姦乃不生，賢不肖自分，白黑乃形。在所欲用耳，何事不成。乃合大道，混混冥冥。光耀天下，復反無名。凡人所生者神也，所託者形也。神大用則竭，形大勞則敝，形神離則死。死者不可復生，離者不可復反，故聖人重之。由是觀之，神者生之本也，形者生之具也。不先定其神，而曰我有以治天下，何由哉？

古文辭類纂一終

論辨類二

韓退之原道　〇〇〇

博愛之謂仁，行而宜之之謂義，由是而之焉之謂道，足乎己無待於外之謂德。仁與義爲定名，道與德爲虚位。故道有君子小人，而德有凶有吉。老子之小仁義，非毁之也，其見者小也。坐井而觀天，曰天小者，非天小也。彼以煦煦爲仁，孑孑爲義，其小之也則宜。其所謂道，道其所道，非吾所謂道也；其所謂德，德其所德，非吾所謂德也。凡吾所謂道德云者，合仁與義言之也，天下之公言也；老子之所謂道德云者，去仁與義言之也，一人之私言也。

周道衰，孔子没，火於秦，黄老於漢，佛於晉、魏、梁、隋之閒，其言道德仁義者，不入於楊，則入於墨，不入於老，則入於佛。入於彼，必出於此。入者主之，出者奴之；入者附之，出者汙之。噫！後之人，其欲聞仁義道德之説，孰從而聽之？老者曰：「孔子，吾師之弟子也。」佛者曰：「孔子，吾師之弟子也。」爲孔子者，習聞其説，樂其誕而自小也，亦曰

「吾師亦嘗師之」云爾。不惟舉之於其口，而又筆之於其書。噫！後之人，雖欲聞仁義道德之説，其孰從而求之？甚矣人之好怪也！不求其端，不訊其末，論仁義道德，是求其端。自「古之爲民」以下五段，皆訊其末之事。惟怪之欲聞。

古之爲民者四，今之爲民者六；古之教者處其一，今之教者處其三。農之家一，而食粟之家六；工之家一，而用器之家六；賈之家一，而資焉之家六。奈之何民不窮且盜也！

古之時，人之害多矣。有聖人者立，然後教之以相生養之道。爲之君，爲之師，驅其蟲蛇禽獸，而處之中土；寒然後爲之衣，飢然後爲之食。木處而顛，土處而病也，然後爲之宫室。爲之工以贍其器用，爲之賈以通其有無，爲之醫藥以濟其夭死，爲之葬埋祭祀以長其恩愛，爲之禮以次其先後，爲之樂以宣其湮鬱，爲之政以率其怠勌，爲之刑以鋤其强梗。相欺也，爲之符璽斗斛權衡以信之；相奪也，爲之城郭甲兵以守之。害至而爲之備，患生而爲之防。今其言曰：「聖人不死，大盜不止，剖斗折衡，而民不争。」嗚呼！其亦不思而已矣！如古之無聖人，人之類滅久矣。何也？無羽毛鱗介以居寒熱也，無爪牙以争食也。此段闢老。

是故君者出令者也，臣者行君之令而致之民者也，民者出粟米麻絲，作器皿，通貨財，以事其上者也。君不出令，則失其所以爲君；臣不行君之令而致之民，民不出粟米麻絲，作器皿，通貨財，以事其上，則誅。今其法曰：「必棄而君臣，去而父子，禁而相生養之道，以求其所謂清淨寂滅者。」嗚呼！其亦幸而出於三代之後，不見黜於禹、湯、文、武、周公、孔子也；其亦不幸而不出於三代之前，不見正於禹、湯、文、武、周公、孔子也。此段闢佛。

帝之與王，其號名殊，其所以爲聖一也。夏葛而冬裘，渴飲而飢食，其事殊，其所以爲智一也。今其言曰：「曷不爲太古之無事？」是亦責冬之裘者曰：「曷不爲葛之之易也？」責飢之食者曰：「曷不爲飲之之易也？」此段闢老，仍承害至爲備、患生爲防意，茅順甫云：正譬雜遝，各無數語，是筆力天縱。

傳曰：「古之欲明明德於天下者，先治其國；欲治其國者，先齊其家；欲齊其家者，先修其身；欲修其身者，先正其心；欲正其心者，先誠其意。」然則古之所謂正心而誠意者，將以有爲也。今也欲治其心，而外天下國家，滅其天常，子焉而不父其父，臣焉而不君其君，民焉而不事其事。孔子之作《春秋》也，諸侯用夷禮則夷之，進於中國則中國之。經曰：「夷狄之有君，不如諸夏之亡也。」邢疏云：「中國雖偶無君，若周、召共和之年，而禮義不廢。」公意蓋同此。《詩》曰：「戎狄是膺，荆舒是懲。」今也舉夷狄之法，而加之先王之教之上，幾何其不胥而爲夷也。此段闢佛，仍承棄君臣父子意。

夫所謂先王之教者何也？博愛之謂仁，行而宜之之謂義，由是而之焉之謂道，足乎己無待於外之謂德。其文《詩》、《書》、《易》、《春秋》，其法禮樂刑政，其民士農工賈，其位君臣父子師友賓主昆弟夫婦，其服麻絲，其居宫室，其食粟米果蔬魚肉。其爲道易明，而其爲教易行也。是故以之爲己，則順而祥；以之爲人，則愛而公；以之爲心，則和而平；以之爲天下國家，無所處而不當。是故生則得其情，死則盡其常；郊焉而天神假，廟焉而人鬼饗。曰：斯道也，何道也？曰：斯吾所謂道也，非向所謂老與佛之道也。堯以是傳之舜，舜以是傳之禹，禹以是傳之湯，湯以是傳之文、武、周公，文、武、周公傳之孔子，孔子傳之孟軻，軻之死不得其傳焉。荀與楊也，擇焉而不精，語焉而不詳。由周公而上，上而爲君，故其事行；由周公而下，下而爲臣，故其説長。然則如之何而可也？曰：不塞不流，不止不行。人其人，火其書，廬其居，明先王之道以道之，鰥寡孤獨廢疾者有養也。其亦庶乎其可也！

韓退之原性 ○○

性也者，與生俱生也；情也者，接於物而生也。性之品有三，而其所以爲性者五；情之品有三，而其所以爲情者七。曰：何也？曰：性之品有上中下三：上焉者善焉而已矣；中焉者可導而上下也；下焉者惡焉而已矣。其所以爲性者五：曰仁、曰禮、曰信、曰義、曰智。上焉者之於五也，主於一而行於四；中焉者之於五也，一不少有焉，則少反焉，其於四也混；下焉者之於五也，反於一而悖於四。性之於情視其品。情之品有上中下三，其所以爲情者七：曰喜、曰怒、曰哀、曰懼、曰愛、曰惡、曰欲。上焉者之於七也，動而處其中；中焉者之於七也，有所甚，有所亡，然而求合其中者也；下焉者之於七也，亡與甚直情而行者也。情之於性視其品。

孟子之言性曰：人之性善。荀子之言性曰：人之性惡。揚子之言性曰：人之性善惡混。夫始善而進惡，與始惡而進善，與始也混而今也善惡，皆舉其中而遺其上下者也，得其一而失其二者也。叔魚之生也，其母視之，知其必以賄死；楊食我之生也，叔向之母聞其號也，知必滅其宗；越椒之生也，子文以爲大戚，知若敖氏之鬼不食也；人之性果善乎？后稷之生也，其母無災，其始匍匐也，則岐岐然，嶷嶷然；文王之在母也，母不憂，既生也，傅不勤，既學也，師不煩：人之性果惡乎？堯之朱，舜之均，文王之管、蔡，習非不善也，而卒爲姦；瞽叟之舜，鯀之禹，習非不惡也，而卒爲聖人：人之性善惡果混乎？故曰：三子之言性也，舉其中而遺其上下者也，得其一而失其二者也。曰：然則性之上下者，其終不可移乎？曰：上之性就學而愈明，下之性畏威而寡罪。是故上者可教，而下者可制也。其品則孔子謂不移也。

曰：今之言性者異於此，何也？曰：今之言者，雜佛老而言也。雜佛老而言也者，奚言而不異？

韓退之原毁　○○

古之君子，其責己也重以周，其待人也輕以約。重以周，故不怠；輕以約，故人樂爲善。聞古之人有舜者，其爲人也，仁義人也。求其所以爲舜者，責於己曰：「彼人也，予人也。彼能是，而我乃不能是！」早夜以思，去其不如舜者，就其如舜者。聞古之人有周公者，其爲人也，多才與藝人也。求其所以爲周公者，責於己曰：「彼人也，予人也。彼能是，而我乃不能是！」早夜以思，去其不如周公者，就其如周公者。舜，大聖人也，後世無及焉；周公，大聖人也，後世無及焉。是人也，乃曰：「不如舜，不如周公，吾之病也。」是不亦責于身者重以周乎？其於人也，曰：「彼人也，能有是，是足爲良人矣；能善是，是足爲藝人矣。」取其一，不責其二；即其新，不究其舊。恐恐然惟懼其人之不得爲善之利。一善易修也，一藝易能也，其於人也，乃曰「能有是，是亦足矣」，曰「能善是，是亦足矣」，不亦待於人者輕以約乎？

今之君子則不然。其責人也詳，其待己也廉。詳故人難於爲善，廉故自取也少。己未有善，曰：「我善是，是亦足矣。」己未有能，曰：「我能是，是亦足矣。」外以欺於人，內以欺於心，未少有得而止矣，不亦待其身者已廉乎？其於人也，曰：「彼雖能是，其人不足稱也；彼雖善是，其用不足稱也。」舉其一，不計其十；究其舊，不圖其新。恐恐然惟懼其人之有聞也。是不亦責於人者已詳乎？夫是之謂不以眾人待其身，而以聖人望於人，吾未見其尊己也。

雖然，爲是者有本有原，怠與忌之謂也。怠者不能修，而忌者畏人修。吾嘗試之矣。嘗試語於眾曰：「某良士，某良士。」其應者，必其人之與也；不然，則其所疏遠，不與同其利者也；不然，則其畏也。不若是，强者必怒於言，懦者必怒於色矣。薑塢先生云：此用《管子·九變》及《戰國策》「爲齊獻書趙王」文法。又嘗語於衆曰：「某非良士，某非良士。」其不應者，必其人之與也；不然，則其所疎遠，不與同其利者也；不然，則其畏也。不若是，强者必説於言，懦者必説於色矣。是故事修而謗興，德高而毀來。嗚呼！士之處此世，而望名譽之光，道德之行，難已！

將有作於上者，得吾説而存之，其國家可幾而理歟？

韓退之諱辯　○○○

愈與李賀書，勸賀舉進士。賀舉進士有名，與賀爭名者毀之曰：「賀父名晉肅，賀不舉進士爲是，勸之舉者爲非。」聽者不察也，和而唱之，同然一辭。皇甫湜曰：「若不明白，子與賀且得罪。」愈曰：「然。」

《律》曰：「二名不偏諱。」釋之者曰：「謂若言『徵』不稱『在』，言『在』不稱『徵』是也。」《律》曰：「不諱嫌名。」釋之者曰：「謂若『禹』與『雨』、『丘』與『蓲』之類是也。」今賀父名晉肅，賀舉進士，爲犯「二名律」乎？爲犯「嫌名律」乎？父名晉肅，子不得舉進士，若父名仁，子不得爲人乎？

夫諱始於何時？作法制㠯教天下者，非周公、孔子歟？周公作詩不諱，孔子不偏諱二名，《春秋》不譏不諱嫌名。康王釗之孫實爲昭王；曾參之父名「晳」，曾子不諱「昔」；周之時有騏期，漢之時有杜度：此其子宜如何諱？將諱其嫌，遂諱其姓乎？將不諱其嫌者乎？漢諱武帝名「徹」爲「通」，不聞又諱「車轍」之「轍」爲某字也；諱呂后名雉爲「野鷄」，不聞又諱「治天下」之「治」爲某字也。今上章及詔，不聞諱「滸」、「勢」、「秉」、「機」也，惟宦官宫妾，乃不敢言「諭」及「機」，以爲觸犯。士君子言語行事，宜何所法守也？今考之於經，質之於律，稽之以國家之典，賀舉進士，爲可邪？爲不可邪？

凡事父母，得如曾參，可以無譏矣；作人得如周公、孔子，亦可以止矣。今世之士，不務行曾參、周公、孔子之行，而諱親之名，則務勝於曾參、周公、孔子，亦見其惑也！夫周公、孔子、曾參，卒不可勝。勝周公、孔子、曾參，乃比於宦官宫妾，則是宦官宫妾之孝於其親，賢於周公、孔子、曾參者邪？劉海峯先生云：結處反覆辨難，曲盤瘦硬，已開半山門户。但韓公力大，氣較渾融，半山便稍露筋節，第覺其削薄。

韓退之對禹問 ○○

或問曰：「堯舜傳諸賢，禹傳諸子，信乎？」曰：「然。」「然則禹之賢不及於堯與舜也歟？」曰：「不然。堯舜之傳賢也，欲天下之得其所也；禹之傳子也，憂後世爭之之亂也。堯舜之利民也大，禹之慮民也深。」

曰：「然則堯舜何以不憂後世？」曰：「舜如堯，堯傳之；禹如舜，舜傳之。得其人而傳之者，堯舜也；無其人，慮其患而不傳者，禹也。舜不能以傳禹，堯爲不知人；禹不能以傳子，舜爲不知人。堯以傳舜，爲憂後世；禹以傳子，爲慮後世。」

曰：「禹之慮也則深矣，傳之子而當不淑則奈何？」曰：「時益以難理，傳之人則爭，未前定也；傳之子則不爭，前定也。前定雖不當賢，猶可以守法；不前定而不遇賢，則爭且亂。天之生大聖也不數，其生大惡也亦不數。傳諸人，得大聖，然後人莫敢爭；傳諸子，得大惡，然後人受其亂。禹之後四百年然後得桀，亦四百年然後得湯與伊尹。湯與伊尹不可待而傳也。與其傳不得聖人，而爭且亂，孰若傳諸子？雖不得賢，猶可守法。」

曰：「孟子之所謂『天與賢則與賢，天與子則與子』者，何也？」曰：「孟子之心，以爲聖人不苟私於其子以害天下。求其説而不得，從而爲之辭。」

韓退之獲麟解 ○○

麟之爲靈昭昭也。詠於《詩》，書於《春秋》，雜出於傳記百家之書，雖婦人小子皆知其爲祥也。

然麟之爲物，不畜於家，不恒有於天下。其爲形也不類，非若馬牛犬豕豺狼麋鹿然。然則雖有麟，不可知其爲麟也。

角者吾知其爲牛，鬣者吾知其爲馬，犬豕豺狼麋鹿，吾知其爲犬豕豺狼麋鹿。唯麟也不可知。不可知則其謂之不祥也亦宜。雖然，麟之出，必有聖人在乎位。麟爲聖人出也。聖人者必知麟，麟之果不爲不祥也。

又曰：「麟之所以爲麟者，以德不以形。」若麟之出不待聖人，則謂之不祥也亦宜。

韓退之改葬服議 ○

經曰：「改葬緦。」《春秋穀梁傳》亦曰「改葬之禮緦，舉下緬也」。此皆謂子之於父母，其他則皆無服。何以識其必然？經次五等之服，小功之下，然後著改葬之制，更無輕重之差。以此知惟記其最親者，其他無服，則不記也。若主人當服斬衰，其餘親各服其服，則經亦言之，不當惟云「緦」也。《傳》稱「舉下緬」者，「緬」猶遠也，「下」謂服之最輕者也，以其遠故其服輕也。江熙曰：「禮天子諸侯易服而葬，以爲交於神明者，不可以純凶，況其緬者乎？是故改葬之禮，其服惟輕。」以此而言，則亦明矣。

衛司徒文子改葬其叔父，問服於子思。子思曰：「禮父母改葬緦，既葬而除之，不忍無服送至親也。非父母無服，無服則弔服而加麻。」此又其著者也。文子又曰：「喪服既除，然後乃葬，則其服何服？」子思曰：「三年之喪，未葬服不變，除何有焉？」然則改葬與未葬者有異矣。

古者諸侯五月而葬，大夫三月而葬，士逾月。無故未有過時而不葬者也。過時而不葬，謂之不能葬，《春秋》譏之。若有故而未葬，雖出三年，子之服不變，此孝子之所以著其情，先王之所以必其時之道也。雖有其文，未有著其人者，以是知其至少也。改葬者爲山崩水涌毁其墓，及葬而禮不備者。若文王之葬王季，以水齧其墓；魯隱公之葬惠公，以有宋師，太子少，葬故有闕之類，是也。喪事有進而無退，有易以輕服，無加以重服。殯於堂則謂之殯，瘞于野則謂之葬。近代以來，事與古異，或游或仕，在千里之外，或子幼妻稚而不能自還。甚者拘以陰陽畏忌，遂葬於其土。及其反葬也，遠者或至數十年，近者亦出三年。其吉服而從於事也久矣，又安可取未葬不變服之例，而反爲之重服與？在喪當葬，猶宜易以輕服，況既遠而反純凶以葬乎？若果重服，是所謂未可除而除，不當重而更重也。或曰：「喪與其易也寧戚，雖重服不亦可乎？」曰：「不然。易之與戚，則易固不如戚矣。雖然，未若合禮之爲懿也。儉之與奢，則儉固愈於奢矣。雖然，未若合禮之爲懿也。過猶不及，其此類之謂乎？」

或曰：「經稱『改葬緦』，而不著其月數，則似三月而後除也。子思之對文子，則曰『既葬而除之』，今宜如何？」曰：「自啟至於既葬而三月，則除之，未三月則服以終三月也。」曰：「妻爲夫何如？」曰：「如子。」「無弔服而加麻則何如？」曰：「今之弔服，猶古之弔服也。」

韓退之師說　○○○

古之學者必有師。師者，所以傳道授業解惑也。

人非生而知之者，孰能無惑？惑而不從師，其爲惑也終不解矣。生乎吾前，其聞道也固先乎吾，吾從而師之；生乎吾後，其聞道也亦先乎吾，吾從而師之。吾師道也，夫庸知其年之先後生於吾乎？是故無貴無賤，無長無少，道之所存，師之所存也。

嗟乎！師道之不傳也久矣！欲人之無惑也難矣！古之聖人，其出人也遠矣，猶且從師而問焉；今之衆人，其下聖人也亦遠矣，而恥學於師。是故聖益聖，愚益愚。聖人之所以爲聖，愚人之所以爲愚，其皆出於此乎？

愛其子，擇師而教之，於其身也，則恥師焉。惑矣！彼童子之師，授之書而習其句讀者，非吾所謂傳其道解其惑者也。授句讀及巫醫樂師百工，未嘗非授業，但非傳道解惑耳。此兩段明是以授業之師陪傳道解惑之師，而用筆變化，使人不覺。句讀之不知，惑之不解，或師焉，或不焉，小學而大遺，吾未見其明也。

巫醫樂師百工之人，不恥相師。士大夫之族，曰師曰弟子云者，則羣聚而笑之。問之，則曰「彼與彼年相若也，道相似也」。位卑則足羞，官盛則近諛。嗚呼！師道之不復可知矣！巫醫樂師百工之人，君子不齒，今其智乃反不能及，其可怪也歟！

聖人無常師。孔子師郯子、萇弘、師襄、老聃。郯子之徒，其賢不及孔子。孔子曰：

「三人行，則必有我師。」此段承聖人猶且從師意申說，以終首句必有師之意。是故弟子不必不如師，師不必賢於弟子，聞道有先後，術業有專攻，如是而已。

李氏子蟠，年十七，好古文，六藝經傳，皆通習之，不拘於時，學於余。余嘉其能行古道，作《師説》以貽之。

韓退之争臣論 ○○

或問諫議大夫陽城於愈，可以爲有道之士乎哉？學廣而聞多，不求聞於人也。行古人之道，居於晉之鄙。晉之鄙人，薰其德而善良者幾千人。大臣聞而薦之，天子以爲諫議大夫，人皆以爲華，陽子不色喜，居於位五年矣，視其德如在野。彼豈以富貴移易其心哉？愈應之曰：是《易》所謂「恆其德貞而夫子凶」者也，惡得爲有道之士乎哉？在《易·蠱》之上九云：「不事王侯，高尚其事」，《蹇》之六二則曰：「王臣蹇蹇，匪躬之故」。夫亦以所居之時不一，而所蹈之德不同也。若《蠱》之上九，居無用之地，而致匪躬之節；以《蹇》之六二，在王臣之位，而高不事之心。則冒進之患生，曠官之刺興，志不可則，而尤不終無也。今陽子在位，不爲不久矣；聞天下之得失，不爲不熟矣；天子待之，不爲不加矣。而未嘗一言及於政，視政之得失，若越人視秦人之肥瘠，忽焉不加喜戚於其心。問其官，則曰「諫議也」；問其禄，則曰「下大夫之秩也」；問其政，則曰「我不知也」。有道之士，固如是乎哉？且吾聞之，有官守者，不得其職則去；有言責者，不得其言則去。今陽子以爲得其言乎哉？得其言而不言，與不得其言而不去，無一可者也。陽子將爲禄仕乎？古之人有云：仕不爲貧，而有時乎爲貧，謂禄仕者也。宜乎辭尊而居卑，辭富而居貧，若抱關擊柝者可也。蓋孔子嘗爲委吏矣，嘗爲乘田矣，亦不敢曠其職，必曰「會計當」而已矣，必曰「牛羊遂」而已矣。若陽子之秩禄，不爲卑且貧，章章明矣。而如此，其可乎哉？

或曰：否。非若此也。夫陽子惡訕上者，惡爲人臣招其君之過而以爲名者。故雖諫且議，使人不得而知焉。《書》曰：「爾有嘉謀嘉猷，則入告爾后於内，爾乃順之於外。」曰：「斯謀斯猷，惟我后之德。」夫陽子之用心，亦若此者。愈應之曰：若陽子之用心如此，滋所謂惑者矣。入則諫其君，出不使人知者，大臣宰相者之事，非陽子之所宜行也。夫陽子本以布衣隱於蓬蒿之下，主上嘉其行誼，擢在此位，官以諫爲名，誠宜有以奉其職，使四方後代，知朝廷有直言骨鯁之臣，天子有不僭賞從諫如流之美。庶巖穴之士，聞而慕之，束帶結髮，願進於闕下，而伸其辭説，致吾君於堯舜，熙鴻號於無窮也。若《書》所謂，則大臣宰相之事，非陽子之所宜行也。且陽子之心，將使君人者惡聞其過乎？是啓之也。

或曰：陽子之不求聞而人聞之，不求用而君用之，不得已而起，守其道而不變，何子過之深也？愈曰：自古聖人賢士，皆非有求於聞用也，閔其時之不平，人之不乂，得其道，不敢獨善其身，而必以兼濟天下也，孜孜矻矻，死而後已。故禹過家門不入，孔席不暇暖，而墨突不得黔。彼二聖一賢者，豈不知自安逸之爲樂哉？誠畏天命而悲人窮也。夫天授人以賢聖才能，豈使自有餘而已？誠欲以補其不足者也。耳目之於身也，耳司聞而目司見，聽其是非，視其險易，然後身得安焉。聖賢者，時人之耳目也；時人者，聖賢之身也。且陽子之不賢，則將役於賢以奉其上矣。若果賢，則固畏天命而閔人窮也，惡得以自暇逸乎哉？

或曰：吾聞君子不欲加諸人，而惡訐以爲直者。若吾子之論，直則直矣，無乃傷於德而費於辭乎？好盡言以招人過，國武子之所以見殺於齊也，吾子其亦聞乎？愈曰：君子居其位，則思死其官；未得位，則思修其辭以明其道。我將以明道也，非以爲直而加人也。且國武子不能得善人，而好盡言於亂國，是以見殺。《傳》曰：「惟善人能受盡言。」

謂其聞而能改之也。子告我曰：「陽子可以爲有道之士也。」今雖不能及已，陽子將不得爲善人乎哉？鼐按：此文風格蓋出於《左》、《國》。

韓退之守戒 ○

《詩》曰：「大邦維翰。」《書》曰：「以蕃王室。」諸侯之於天子，不惟守土地奉職貢而已，固將有以翰蕃之也。今人有宅於山者，知猛獸之爲害，則必高其柴楥，而外施窞穽以待之；宅於都者，知穿窬之爲盜，則必峻其垣墻，而内固扃鐍以防之。此野人鄙夫之所及，非有過人之智而後能也。今之通都大邑，介於屈强之閒，而不知爲之備。噫！亦惑矣！

野人鄙夫能之，而王公大人反不能焉，豈材力爲有不足歟？蓋以謂不足爲而不爲耳。天下之禍，莫大於不足爲，材力不足者次之。不足爲者，敵至而不知；材力不足者，先事而思，則其於禍也有閒矣。彼之屈强者，帶甲荷戈，不知其多少。其緜地則千里而與我壤地相錯，無有邱陵江河洞庭孟門之關其閒。又自知其不得與天下齒，朝夕舉踵引頸，冀天下之有事，以乘吾之便。此其暴於猛獸穿窬也甚矣。嗚呼！胡知而不爲之備乎哉？

賁育之不戒，童子之不抗；魯鷄之不期，蜀鷄之不支。今夫鹿之於豹，非不巍然大矣，然而卒爲之禽者，爪牙之材不同，猛怯之資殊也。曰：然則如之何而備之？曰：在得人。

韓退之雜説 四首録二首 ○○○

龍噓氣成雲，雲固弗靈於龍也。然龍乘是氣，茫洋窮乎玄閒，薄日月，伏光景，感震電，神變化，水下土，汨陵谷。雲亦靈怪矣哉！

雲，龍之所能使爲靈也。若龍之靈，則非雲之所能使爲靈也。然龍弗得雲，無以神其靈矣。失其所憑依，信不可與？異哉！其所憑依，乃其所自爲也。

《易》曰：「雲從龍。」既曰龍，雲從之矣。

世有伯樂然後有千里馬。一句斷。千里馬常有，而伯樂不常有。故雖有名馬，祇辱於奴隸人之手，駢死於槽櫪之閒，不以千里稱也。

馬之千里者，一食或盡粟一石，食馬者不知其能千里而食也。是馬也，雖有千里之能，食不飽，力不足，才美不外見，且欲與常馬等不可得，安求其能千里也？策之不以其道，食之不能盡其才，鳴之而不能通其意，執策而臨之曰：「天下無馬。」嗚呼！其真無馬邪？其真不知馬也。

韓退之伯夷頌 〇〇

士之特立獨行，適於義而已。不顧人之是非，皆豪傑之士，「皆」字冒下賓主四層。信道篤而自知明者也。一家非之，力行而不惑者寡矣。至於一國一州非之，力行而不惑者，蓋天下一人而已矣。若至於舉世非之，力行而不惑者，則千百年乃一人而已耳。若伯夷者，窮天地亙萬世而不顧者也。昭乎日月，不足爲明；崒乎太山，不足爲高；巍乎天地，不足爲容也。

當殷之亡，周之興，微子賢也，抱祭器而去之；武王、周公聖也，從天下之賢士與天下之諸侯而往攻之。未嘗聞有非之者也。彼伯夷、叔齊者，乃獨以爲不可。殷既滅矣，天下宗周，彼二子乃獨恥食其粟，餓死而不顧。由是而言，夫豈有求而爲哉？信道篤而自知明也。

今世之所謂士者，一凡人譽之，則自以爲有餘；一凡人沮之，則自以爲不足。此卑者極卑。彼獨非聖人，而自是如此。此高者極高，若異於中道。夫聖人乃萬世之標準也，余故曰：若伯夷者，特立獨行，窮天地亙萬世而不顧者也。雖然，微二子，亂臣賊子接迹於後世矣。用意反側蕩漾，頗似太史公論贊。

柳子厚封建論 ○○

天地果無初乎？吾不得而知之也。生人果有初乎？吾不得而知之也。然則孰爲近？曰：有初爲近。孰明之？由封建而明之也。彼封建者，更古聖王堯、舜、禹、湯、文、武而莫能去之。蓋非不欲去之也，勢不可也。勢之來，其生人之初乎？不初無以有封建。封建非聖人意也。

彼其初與萬物皆生，草木榛榛，鹿豖狉狉，人不能搏噬，而且無毛羽，莫克自奉自衛。荀卿有言：必將假物以爲用者也。夫假物者必爭，爭而不已，必就其能斷曲直者而聽命焉。其智而明者，所伏必衆，告之以直而不改，必痛之而後畏，由是君長刑政生焉。故近者聚而爲羣。羣之分其爭必大，大而後有兵有德。又有大者，衆羣之長，又就而聽命焉，以安其屬。於是有諸侯之列，則其爭又有大者焉。德又大者，諸侯之列，又就而聽命焉，以安其封。於是有方伯、連帥之類，則其爭又有大者焉。德又大者，方伯、連帥之類，又就而聽命焉，以安其人，然後天下會於一。是故有里胥而後有縣大夫，有縣大夫而後有諸侯，有諸侯而後有方伯、連帥，有方伯、連帥而後有天子。自天子至於里胥，其德在人者，死必求其嗣而奉之。故封建非聖人意也，勢也。

夫堯、舜、禹、湯之事遠矣，及有周而甚詳。周有天下，裂土田而瓜分之，設五等，邦羣后，布履星羅，四周於天下，輪運而輻集，合爲朝覲會同，離爲守臣扞城。然而降於夷王，害禮傷尊，下堂而迎覲者。歷於宣王，挾中興復古之德，雄南征北伐之威，卒不能定魯侯之嗣。陵夷迄於幽、厲，王室東徙，而自列爲諸侯。厥後問鼎之輕重者有之，射王中肩者有之，伐凡伯、誅萇弘者有之。天下乖戾，無君君之心。余以爲周之喪久矣，徒建空名於公侯之上耳。得非諸侯之盛彊，末大不掉之咎歟？遂判爲十二，合爲七國，威分於陪臣之邦，國殄於後封之秦，則周之敗端，其在乎此矣。秦有天下，裂都會而爲之郡邑，廢侯衛而爲之守宰，據天下之雄圖，都六合之上游，攝制四海，運於掌握之內，此其所以爲得也。不數載而天下大壞，其有由矣。亟役萬人，暴其威刑，竭其貨賄。負鋤梃謫戍之徒，圜視而合從，大呼而成羣。時則有叛人而無叛吏，人怨叛人、人怨，皆是民字，避諱後未改耳。于下，而吏畏于上，天下相合，殺守劫令而並起。咎在人怨，非郡邑之制失也。漢有天下，矯秦之枉，徇周之制，剖海内而立宗子，封功臣。數年之間，奔命扶傷而不暇，困平城，病流矢，陵遲不救者三代。後乃謀臣獻畫，而離削自守矣。然而封建之始，郡國居半，時則有叛國而無叛郡，秦制之得，亦以明矣。繼漢而帝者，雖百代可知也。唐興，制州邑，立守宰，此其所以爲宜也。然猶桀猾時起，虐害方域者，失不在於州而在於兵，時則有叛將而無叛州，州縣之設，固不可革也。

或者曰：「封建者，必私其土，子其人，適其俗，修其理，施化易也。守宰者，苟其心，思遷其秩而已，何能理乎？」余又非之。周之事迹，斷可見矣。列侯驕盈，黷貨事戎，大凡亂國多，理國寡，侯伯不得變其政，天子不得變其君，私土子人者百不有一。失在於制，不在于政，周事然也。秦之事迹，亦斷可見矣。有理人之制，而不委郡邑是矣；有理人之臣，而不使守宰是矣。理人之臣治統於丞相、御史大夫及監郡御史，不使守宰專擅。郡邑不得正其制，守宰不得行其理，酷刑苦役而萬人側目。失在於政，不在於制，秦事然也。漢興，天子之政，行於郡，不行於國；制其守宰，不制其侯王。侯王雖亂，不可變也；國人雖病，不可除也。

及夫大逆不道，然後掩捕而遷之，勒兵而夷之耳。大逆未彰，姦利浚財，怙勢作威，大刻於民者，無如之何。及夫郡邑，可謂理且安矣。何以言之？且漢知孟舒於田叔，得魏尚於馮唐，聞黄霸之明審，覩汲黯之簡靖，拜之可也，復其位可也，臥而委之以輯一方可也。有罪得以黜，有能得以賞，朝拜而不道，夕斥之矣；夕受而不法，朝斥之矣。設使漢室盡城邑而侯王之，縱令其亂人，「亂人」亦當作「亂民」。戚之而已。孟舒、魏尚之術，莫得而施；黄霸、汲黯之化，莫得而行。明譴而導之，拜受而退已違矣。下令而削之，締交合從之謀，周於同列，則相顧裂眦，勃然而起。幸而不起，則削其半。削其半，民猶瘁矣。曷若舉而移之以全其人乎？漢事然也。今國家盡制郡邑，連置守宰，其不可變也固矣。善制兵，謹擇守，則理平矣。

或者又曰：「夏、商、周、漢封建而延，秦郡邑而促。」尤非所謂知理者也。魏之承漢也，封爵猶建；晉之承魏也，因循不革。而二姓陵替，不聞延祚。今矯而變之，垂二百祀，大業彌固，何繫於諸侯哉？

或者又以爲殷、周，聖王也，而不革其制，固不當復議也。是大不然。夫殷周之不革者，是不得已也。蓋以諸侯歸殷者三千焉，資以黜夏，湯不得而廢；歸周者八百焉，資以勝殷，武王不得而易。徇之以爲安，仍之以爲俗，湯武之所不得已也。夫不得已，非公之大者也，私其力於己也，私其衛於子孫也。秦之所以革之者，其爲制公之大者也，其情私也。私其一己之威也，私其盡臣畜於我也。然而公天下之端自秦始。

夫天下之道，理安斯得人者也。使賢者居上，不肖者居下，而後可以理安。今夫封建者，繼世而理。繼世而理者，上果賢乎？下果不肖乎？則生人之理亂，未可知也。將欲利其社稷，以一其人之視聽，則又有世大夫世食祿邑以盡其封畧。聖賢生於其時，亦無以立於天下，封建者爲之也。豈聖人之制使至於是乎？吾固曰：非聖人之意也，勢也。真西山云：此篇間架宏闊，辯論雄俊，真可爲作文之法。

柳子厚桐葉封弟辯　○○○

古之傳者有言，成王以桐葉與小弱弟戲，曰：「以封女。」周公入賀。王曰：「戲也。」周公曰：「天子不可戲。」乃封小弱弟於唐。

吾意不然。王之弟當封邪？周公宜以時言於王，不待其戲而賀以成之也。不當封邪？周公乃成其不中之戲，以地以人與小弱者爲之主，其得爲聖乎？且周公以王之言不可苟焉而已，必從而成之耶？設有不幸，王以桐葉戲婦寺，亦將舉而從之乎？凡王者之德，在行之何若。設未得其當，雖十易之不爲病。要於其當，不可使易也，而況以其戲乎？若戲而必行之，是周公教王遂過也。

吾意周公輔成王宜以道，從容優樂，要歸之大中而已，必不逢其失而爲之辭；又不當束縛之，馳驟之，使若牛馬然，急則敗矣。且家人父子，尚不能以此自克，況號爲君臣者邪？是直小丈夫𡙡𡙡者之事，非周公所宜用，故不可信。

或曰：封唐叔，史佚成之。薑塢先生云：封唐叔事，《吕覽·重言篇》以爲周公，《説苑·君道篇》采之。若《史記·晉世家》則以爲史佚。

柳子厚晉文公問守原議 ○○

晉文公既受原於王，難其守。問寺人勃鞮，以畀趙衰。余謂守原政之大者也，所以承天子樹霸功，致命諸侯，不宜謀及媟近，以忝王命。而晉君擇大任，不公議於朝，而私議於宮；不博謀於卿相，而獨謀於寺人。雖或衰之賢足以守，國之政不爲敗，而賊賢失政之端，由是滋矣。況當其時不乏言議之臣乎？狐偃爲謀臣，先軫將中軍，晉君疏而不咨，外而不求，乃卒定於內豎，其可以爲法乎？且晉君將襲齊桓之業，以翼天子，乃大志也。然而齊桓任管仲以興，進竪刁以敗。則獲原啟彊，適其始政，所以觀視諸侯也，而乃背其所以興，跡其所以敗。然而能霸諸侯者，以土則大，以力則强，以義則天子之册也。誠畏之矣，烏能得其心服哉！其後景監得以相衛鞅，宏、石得以殺望之，始之者，晉文公也。

嗚呼！得賢臣以守大邑，則問非失舉也，蓋失問也。然猶羞當時陷後代若此，況於問與舉又兩失者，其何以救之哉？余故著晉君之罪，以附《春秋》許世子止趙盾之義。

李習之復性書 三首録其末 ○○

晝而作，夕而休者，凡人也。作乎作者，與萬物皆作；休乎休者，與萬物皆休。吾則不類於凡人。晝無所作，夕無所休。作非吾作也，作有物；休非吾休也，休有物。作邪休邪？二者離而不存。予之所存者，終不亡且離也。

人之不力於道者，昬不思也。天地之間，萬物生焉。人之於萬物一物也，其所以異於禽獸蟲魚者，豈非道德之性全乎哉？受一氣而成其形，一爲物而一爲人，得之甚難也。生乎世又非深長之年也。以非深長之年，行甚難得之身，而不專專於大道，肆其心之所爲，則其所以自異於禽獸蟲魚者亡幾矣。昬而不思，其昬也，終不明矣。

吾之生二十有九年矣，思十九年時，如朝日也；思九年時，亦如朝日也。人之受命，其長者不過七十、八十、九十年，百年者則稀矣。當百年之時，而視乎九年時也，與吾此日之思於前也，遠近其能大相懸邪？其又能遠於朝日之時邪？然則人之生也，雖享百年，若雷電之驚相激也，若風之飄而旋也，可知耳矣，況千百人而無一及百年者哉！故吾之終日志於道德，猶懼未及也。彼肆其心之所爲者，獨何人邪？海峯先生云：文特勁健而飄灑。

古文辭類纂二一終

論辨類三

歐陽永叔本論 三首録其次 ○○

佛法爲中國患千餘歲，世之卓然不惑而有力者，莫不欲去之。已嘗去矣，而復大集。攻之暫破而愈堅，撲之未滅而愈熾，遂至於無可奈何。是果不可去邪？蓋亦未知其方也。

夫醫者之於疾也，必推其病之所自來，而治其受病之處。病之中人，乘乎氣虚而入焉，則善醫者，不攻其疾而務養其氣。氣實則病去，此自然之效也。故救天下之患者，亦必推其患之所自來，而治其受患之處。佛爲夷狄，去中國最遠，而有佛固已久矣。堯舜三代之際，王政修明，禮義之教充於天下，於此之時，雖有佛無由而入。及三代衰，王政闕，禮義廢，後二百餘年，而佛至乎中國。由是言之，佛所以爲吾患者，乘其闕廢之時而來，此其受患之本也。補其闕，修其廢，使王政明而禮義充，則雖有佛，無所施於吾民矣。此亦自然之勢也。

昔堯舜三代之爲政，設爲井田之法，籍天下之人，計其口，而皆授之田。凡人之力能勝耕者，莫不有田而耕之。斂以什一，差其征賦，以督其不勤，使天下之人，力皆盡於南畝，而不暇乎其他。然又懼其勞且怠而入於邪僻也，於是爲制牲牢酒醴以養其體，弦匏俎豆以悦其耳目，於其不耕休力之時而教之以禮。故因其田獵而爲蒐狩之禮，因其嫁娶而爲婚姻之禮，因其死葬而爲喪祭之禮，因其飲食羣聚而爲鄉射之禮。非徒以防其亂，又因而教之，使知尊卑長幼，凡人之大倫也。故凡養生送死之道，皆因其欲而爲之制。飾之物采而文焉，所以悦之使其易趣也；順其情性而節焉，所以防之使其不過也。然猶懼其未也，又爲立學以講明之。故上自天子之郊，下至鄉黨，莫不有學，擇民之聰明者而習焉，使相告語而誘勸其愚惰。嗚呼！何其備也！蓋堯舜三代之爲政如此，其慮民之意甚精，治民之具甚備，防民之術甚周，誘民之道甚篤，行之以勤而被於物者洽，浸之以漸而入於人者深。故民之生也，不用力乎南畝，則從事於禮樂之際；不在其家，則在乎庠序之閒。耳聞目見，無非仁義，樂而趣之，不知其倦，終身不見異物，又奚暇夫外慕哉？故曰雖有佛無由而入者，謂有此具也。

及周之衰，秦并天下，盡去三代之法，而王道中絶。後之有天下者，不能勉强，其爲治之具不備，防民之漸不周，佛於此時乘閒而出。千有餘歲之閒，佛之來者日益衆，吾之所爲者日益壞。井田最先廢，而兼并游惰之姦起。其後所謂蒐狩、婚姻、喪祭、鄉射之禮，凡所以教民之具，相次而盡廢，然後民之姦者有暇而爲他，其良者泯然不見禮義之及己。夫姦民有餘力，則思爲邪僻；良民不見禮義，則莫知所趣。佛於此時乘其隙，方鼓其雄誕之説而牽之，則民不得不從而歸矣。又況王公大人，往往倡而驅之曰：「佛是真可歸依者。」然則吾民何疑而不歸焉？幸而有一不惑者，方艴然而怒曰：「佛何爲者？吾將操戈而逐之！」又曰：「吾將有説以排之。」夫千歲之患徧於天下，豈一人一日之可爲？民之沈酣入於骨髓，非口舌之可勝。

然則將奈何？曰：莫若修其本以勝之。昔戰國之時，楊、墨交亂，孟子患之而專言仁義，故仁義之説勝，則楊、墨之學廢。漢之時百家并興，董生患之而退修孔氏，故孔氏之道明，而百家息。此所謂修其本以勝之之效也。今八尺之夫，被甲荷戟，勇蓋三軍，然而見佛則拜，聞佛之説，則有畏慕之誠者，何也？彼誠壯佼，其中心茫然無所守而然也。一介之士，眇然柔懦，進趨畏怯，然而聞有道佛者，則義形於色，非徒不爲之屈，又欲驅而絶之者，何也？彼無他焉，學問明而禮義熟，中心有所守以勝之也。然則禮義者，勝佛之本也。今一介之士，知禮義者，尚能不爲之屈，使天下皆知禮義，則勝之矣。此自然之勢也。

歐陽永叔朋黨論在諫院進 〇〇

臣聞朋黨之説，自古有之，惟幸人君辨其君子小人而已。大凡君子與君子以同道爲朋，小人與小人以同利爲朋，此自然之理也。然臣謂小人無朋，惟君子則有之。其故何哉？小人所好者禄利也，所貪者財貨也。當其同利之時，暫相黨引以爲朋者，僞也；及其見利而争先，或利盡而交疏，則反相賊害，雖其兄弟親戚，不能相保。故臣謂小人無朋，其暫爲朋者僞也。君子則不然。所守者道義，所行者忠信，所惜者名節。以之修身，則同道而相益；以之事國，則同心而共濟。終始如一，此君子之朋也。故爲人君者，但當退小人之僞朋，用君子之真朋，則天下治矣。

堯之時，小人共工、驩兜等四人爲一朋，君子八元、八凱十六人爲一朋。舜佐堯，退四凶小人之朋，而進元、凱君子之朋，堯之天下大治。及舜自爲天子，而皋、夔、稷、契等二十二人，并列於朝，更相稱美，更相推讓，凡二十二人爲一朋，而舜皆用之，天下亦大治。《書》曰：「紂有臣億萬，惟億萬心；周有臣三千，惟一心。」紂之時，億萬人各異心，可謂不爲朋矣，然紂以亡國。周武王之臣三千人爲一大朋，而周用以興。後漢獻帝時，盡取天下名士囚禁之，目爲黨人。及黄巾賊起，漢室大亂，後方悔悟，盡解黨人而釋之，然已無救矣。唐之晚年，漸起朋黨之論。及昭宗時，盡殺朝之名士，咸投之黄河，曰：「此輩清流，可投濁流。」而唐遂亡矣。

夫前世之主，能使人人異心不爲朋，莫如紂；能禁絶善人爲朋，莫如漢獻帝；能誅戮清流之朋，莫如唐昭宗之世，然皆亂亡其國。更相稱美推讓而不自疑，莫如舜之二十二臣，舜亦不疑而皆用之。然而後世不誚舜爲二十二人朋黨所欺，而稱舜爲聰明之聖者，以能辨君子與小人也。周武之世，舉其國之臣三千人共爲一朋，自古爲朋之多且大莫如周。然周用此以興者，善人雖多而不厭也。夫興亡治亂之迹，爲人君者可以鑒矣。

歐陽永叔爲君難論二首 ○

語曰「爲君難」者，孰難哉？蓋莫難於用人。夫用人之術，任之必專，信之必篤，然後能盡其材，而可共成事。及其失也，任之欲專，則不復謀於人，而拒絶羣議，是欲盡一人之用，而先失衆人之心也；信之欲篤，則一切不疑，而果於必行，是不審事之可否，不計功之成敗也。夫違衆舉事，又不審計而輕發，其百舉百失，而及於禍敗，此理之宜然也。然亦有幸而成功者，人情成是而敗非，則又從而贊之，以其違衆爲獨見之明，以其拒諫爲不惑羣論，以其偏信而輕發爲決於能斷，使後世人君慕此三者以自期，至其信用一失，而及於禍敗，則雖悔而不可及，此甚可歎也。前世爲人君者，力拒羣議，專信一人，而不能早悟，以及於禍敗者多矣。不可以徧舉，請試舉其一二。

昔秦苻堅，地大兵强，有衆九十六萬，號稱百萬，蔑視東晉，指爲一隅，謂可直以氣吞之耳。然而舉國之人皆言晉不可伐，更進互説者不可勝數。其所陳天時人事，堅隨以强辨折之，忠言讜論，皆沮屈而去。如王猛、苻融，老成之言也，不聽；太子宏、少子詵，至親之言也，不聽；沙門道安，堅平生所信重者也，數爲之言，不聽。惟聽信一將軍慕容垂者。垂之言曰：「陛下内斷神謀足矣，不煩廣訪朝臣以亂聖慮。」堅大喜曰：「與吾共定天下者惟卿耳！」於是決意不疑，遂大舉南伐。兵至壽春，晉以數千人擊之，大敗而歸。比至洛陽，九十六萬兵，亡其八十六萬。堅自此兵威沮喪，不復能振，遂至於亂亡。

近五代時，後唐清泰帝患晉祖之鎮太原也，地近契丹，恃兵跋扈，議欲徙之於鄆州。舉朝之士皆諫以爲未可。帝意必欲徙之，夜召常所與謀樞密直學士薛文遇問之以決可否。文遇對曰：「臣聞作舍道邊，三年不成。此事斷在陛下，何必更問羣臣？」帝大喜曰：「術者言我今年當得一賢佐助我中興，卿其是乎？」即時命學士草制徙晉祖於鄆州。明旦宣麻，在廷之臣皆失色。後六日，而晉祖反書至。清泰帝憂懼不知所爲，謂李崧曰：「我適見薛文遇，爲之肉顫，欲自抽刀刺之。」崧對曰：「事已至此，悔無及矣。」但君臣相顧涕泣而已。

由是言之，能力拒羣議，專信一人，莫如二君之果也；由之以致禍敗亂亡，亦莫如二君之酷也。方苻堅欲與慕容垂共定天下，清泰帝以薛文遇爲賢佐助我中興，可謂臨亂之君，各賢其臣者也。

或有詰予曰：然則用人者，不可專信乎？應之曰：齊桓公之用管仲，蜀先主之用諸葛亮，可謂專而信矣，不聞舉齊、蜀之臣民非之也。蓋其令出而舉國之臣民從，事行而舉國之臣民便，故桓公、先主得以專任而不貳也。使令出而兩國之人不從，事行而兩國之人不便，則彼二君者，其肯專任而信之，以失衆心而斂國怨乎？

嗚呼！用人之難，難矣，未若聽言之難也。夫人之言非一端也。巧辨縱横而可喜，忠言質樸而多訥，此非聽言之難，在聽者之明暗也。諛言順意而易悦，直言逆耳而觸怒，此非聽言之難，在聽者之賢愚也。是皆未足爲難也。若聽其言則可用，然用之有輒敗人之事者；聽其言若不可用，然非如其言不能以成功者，此然後爲聽言之難也。請試舉其一二。

戰國時，趙將有趙括者，善言兵，自謂天下莫能當。其父奢，趙之名將，老於用兵者也，每與括言，亦不能屈。然奢終不以括爲能也，歎曰：「趙若以括爲將，必敗趙事。」其後奢死，趙遂以括爲將。其母自見趙王，亦言括不可用，趙王不聽，使括將而攻秦。括爲秦軍射死，趙兵大敗，降秦者四十萬人，阬於長平。蓋當時未有如括善言兵，亦未有如括大敗者也。此聽其言可用，用之輒敗人事者，趙括是也。

秦始皇欲伐荆，問其將李信，用兵幾何。信方年少而勇，對曰：「不過二十萬足矣。」始皇大喜。又以問老將王翦，翦曰：「非六十萬不可。」始皇不悦，曰：「將軍老矣，何其怯也？」因以信爲可用，即與兵二十萬使伐荆。王翦遂謝病，退老於頻陽。已而信大爲荆人所敗，亡七都尉而還。始皇大慙，自駕如頻陽謝翦，因强起之。翦曰：「必欲用臣，非六十萬不可。」於是卒與六十萬而往，遂以滅荆。夫初聽其言若不可用，然非如其言不能以成功者，王翦是也。

且聽計於人者，宜如何？聽其言若可用，用之宜矣，輒敗事；聽其言若不可用，捨之宜矣，然必如其說則成功，此所以爲難也。予又以謂秦、趙二主，非徒失於聽言，亦由樂用新進，忽棄老成，此其所以敗也。大抵新進之士喜勇鋭，老成之人多持重，此所以人主之好立功名者，聽勇鋭之語則易合，聞持重之言則難入也。

若趙括者，則又有說焉。予略攷《史記》所書，是時趙方遣廉頗攻秦。頗趙名將也。秦人畏頗，而知括虛言易與也，因行反間於趙曰：「秦人所畏者，趙括也。若趙以爲將，則秦懼矣。」趙王不悟反間也，遂用括爲將以代頗。藺相如力諫以爲不可，趙王不聽，遂至於敗。由是言之，括虛談無實而不可用，其父知之，其母亦知之，趙之諸臣藺相如等亦知之，外至敵國亦知之，獨其主不悟爾！夫用人之失，天下之人皆知其不可，而獨其主不知者，莫大之患也。前世之禍亂敗亡由此者，不可勝數也。歐公之論，平直詳切。陳悟君上，此體爲宜。

曾子固唐論 ○○○

成、康歿，而民生不見先王之治，日入於亂，以至於秦，盡除前聖數千載之法。天下既攻秦而亡之以歸於漢。漢之爲漢，更二十四君，東西再有天下，垂四百年。然大抵多用秦法，其改更秦事，亦多附己意，非放先王之法，而有天下之志也。有天下之志者，文帝而已。然而天下之材不足，故仁聞雖美矣，而當世之法度，亦不能放於三代。漢之亡，而彊者遂分天下之地。晉與隋雖能合天下於一，然而合之未久而已亡，其爲不足議也。

代隋者唐，更十八君，垂三百年，而其治莫盛於太宗之爲君也。詘己從諫，仁心愛人，可謂有天下之志。以租庸任民，以府衛任兵，以職事任官，以材能任職，以興義任俗，以尊本任衆。賦役有定制，兵農有定業，官無虛名，職無廢事，人習於善行，離於末作。使之操於上者，要而不煩；取於下者，寡而易供。民有農之實，而兵之備存；有兵之名，而農之利在。事之分有歸，而禄之出不浮；材之品不遺，而治之體相承。其廉恥日以篤，其田野日以闢，以其法修則安且治，廢則危且亂，可謂有天下之材。行之數歲，粟米之賤，斗至數錢，居者有餘蓄，行者有餘資，人人自厚，幾致刑措，可謂有治天下之效。夫有天下之志，有天下之材，又有治天下之效，然而不得與先王並者，法度之行，擬之先王未備也；禮樂之具，田疇之制，庠序之教，擬之先王未備也。躬親行陣之閒，戰必勝，攻必克，天下莫不以爲武，而非先王之所尚也；四夷萬里，古所未及以政者，莫不服從，天下莫不以爲盛，而非先王之所務也。太宗之爲政於天下者，得失如此。

由唐、虞之治，五百餘年而有湯之治。由湯之治，五百餘年而有文、武之治。由文、武之治，千有餘年而始有太宗之爲君。有天下之志，有天下之材，又有治天下之效，然而又以其未備也，不得與先王並，而稱極治之時。是則人生於文、武之前者，率五百餘年而一遇治世；生於文、武之後者，千有餘年，而未遇極治之時也。非獨民之生於是時者之不幸也，士之生於文、武之前者，如舜、禹之於唐，八元、八凱之於舜，伊尹之於湯，太公之於文、武，率五百餘年而一遇。生於文、武之後，千有餘年，雖孔子之聖，孟軻之賢，而不遇；雖太宗之爲君，而未可以必得志於其時也。是亦士民之生於是時者之不幸也。故述其是非得失之迹，非獨爲人君者可以考焉，士之有志於道，而欲仕於上者，可以鑒矣。

蘇明允易論 ○

聖人之道，得禮而信，得《易》而尊。信之而不可廢，尊之而不敢廢，故聖人之道可以不廢者，禮爲之明而《易》爲之幽也。

生民之初，無貴賤，無尊卑，無長幼，不耕而不飢，不蠶而不寒，故其民逸。民之苦勞而樂逸也，若水之走下。而聖人者，獨爲之君臣，而使天下貴役賤；爲之父子，而使天下尊役卑；爲之兄弟，而使天下長役幼。蠶而後衣，耕而後食，率天下而勞之。一聖人之力，固非足以勝天下之民之衆，而其所以能奪其樂而易之以其所苦，而天下之民亦遂肯棄逸而即勞，欣然戴之以爲君師，而遵蹈其法制者，禮則使然也。

聖人之始作禮也，其説曰：天下無貴賤，無尊卑，無長幼，是人之相殺無已也。不耕而食鳥獸之肉，不蠶而衣鳥獸之皮，是鳥獸與人相食無已也。有貴賤，有尊卑，有長幼，則人不相殺；食吾之所耕，而衣吾之所蠶，則鳥獸與人不相食。人之好生也甚於逸，而惡死也甚於勞，聖人奪其逸死而與之勞生，此雖三尺豎子，知所趨避矣。故其道之所以信於天下而不可廢者，禮爲之明也。

雖然，明則易達，易達則褻，褻則易廢。聖人懼其道之廢而天下復於亂也，然後作《易》。觀天地之象以爲爻，通陰陽之變以爲卦，考鬼神之情以爲辭。探之茫茫，索之冥冥，童而習之，白首而不得其源。故天下視聖人，如神之幽，如天之高，尊其人而其教亦隨而尊。故其道之所以尊於天下而不敢廢者，《易》爲之幽也。

凡人之所以見信者，以其中無所不可測者也；人之所以獲尊者，以其中有所不可窺者也。是以禮無所不可測，而《易》有所不可窺，故天下之人，信聖人之道而尊之。不然，則《易》者，豈聖人務爲新奇秘怪以誇後世邪？聖人不因天下之至神，則無所施其教。卜筮者，天下之至神也，而卜者聽乎天而人不預焉者也，筮者，決之天而營之人者也。龜漫而無理者也，灼荆而鑽之，方功義弓，惟其所爲，而人何預焉？聖人曰：是純乎天，技耳。技何所施吾教？於是取筮。夫筮之所以或爲陽或爲陰者，必自分而爲二始。挂一，吾知其爲一而挂之也；揲之以四，吾知其爲四而揲之也；歸奇於扐，吾知其爲一、爲二、爲三、爲四而歸之也，人也。分而爲二，吾不知其爲幾而分之也，天也。聖人曰：是天人參焉，道也。道有所施吾教矣，於是因而作《易》，以神天下之耳目，而其道遂尊而不廢。此聖人用其機權以持天下之心，而濟其道於無窮也。海峯先生云：出入起伏，縱橫如志，甚雄而暢。

蘇明允樂論 ○○○

禮之始作也，難而易行。既行也，易而難久。天下未知君之爲君，父之爲父，兄之爲兄，而聖人爲之君父兄；天下未有以異其君父兄，而聖人爲之拜起坐立；天下未肯靡然以從我拜起坐立，而聖人身先之以耻。嗚呼！其亦難矣。天下惡夫死也久矣，聖人招之曰：來，吾生爾。既而其法果可以生天下之人，天下之人，視其嚮也如此之危，而今也如此之安，則宜何從？故當其時，雖難而易行。

既行也，天下之人，視君父兄，如頭足之不待別白而後識；視拜起坐立，如寢食之不待告語而後從事。雖然，百人從之，一人不從，則其勢不得遽至乎死。天下之人，不知其初之無禮而死，而見其今之無禮而不至乎死也，則曰「聖人欺我」。故當其時，雖易而難久。

嗚呼！聖人之所恃以勝天下之勞逸者，獨有死生之説耳。死生之説不信於天下，則勞逸之説將出而勝之。勞逸之説勝，則聖人之權去矣。酒有鴆，肉有堇，然後人不敢飲食；藥可以生死，然後人不以苦口爲諱。去其鴆，徹其堇，則酒肉之權固勝於藥。聖人之始作禮也，其亦逆知其勢之將必如此也，曰：告人以誠而後人信之。幸今之時，吾之所以告人者，其理誠然，而其事亦然，故人以爲信。吾知其理，而天下之人知其事。事有不必然者，則吾之理不足以折天下之口，此告語之所不及也。告語之所不及，必有以陰驅而潛率之。於是觀之天地之間，得其至神之機，而竊之以爲樂。

雨吾見其所以濕萬物也，日吾見其所以燥萬物也，風吾見其所以動萬物也，隱隱谹谹而謂之雷者，彼何用也？陰凝而不散，物蹙而不遂，雨之所不能濕，日之所不能燥，風之所不能動，雷一震焉，而凝者散，蹙者遂。曰雨者，曰日者，曰風者，以形用；曰雷者，以神用。用莫神於聲，故聖人因聲以爲樂。爲之君臣、父子、兄弟者禮也。禮之所不及而樂及焉。正聲入乎耳，而人皆有事君、事父、事兄之心，則禮者固吾心之所有也，而聖人之説，又何從而不信乎？茅順甫云：論樂之旨非是，而文特婀娜百折，無限煙波。又云：蘇氏父子於經術甚疎，故論六經處大都渺茫不根，特其行文縱横，往往空中布景，絶處逢生，令人有凌雲御風之態。劉海峯先生云：後半風馳雨驟，極揮斥之致，而機埶圓轉如轆轤。

蘇明允詩論 ○○

人之嗜欲，好之有甚於生，而憤憾怨怒，有不顧其死。於是禮之權又窮。禮之法曰：好色不可爲也。爲人臣，爲人子，爲人弟，不可以有怨於其君父兄也。使天下之人皆不好色，皆不怨其君父兄，夫豈不善？使人之情皆泊然而無思，和易而優柔，以從事於此，則天下固亦大治。而人之情又不能皆然。好色之心驅諸其中，是非不平之氣攻諸其外，炎炎而生，不顧利害，趨死而後已。噫！禮之權止於死生，天下之事不至乎可以博生者，則人不敢觸死以違吾法。今也人之好色，與人之是非不平之心，勃然而發於中，以爲可以博生也，而先以死自處其身，則死生之機固已去矣。死生之機去，則禮爲無權。區區舉無權之禮，以强人之所不能，則亂益甚而禮益敗。

今吾告人曰：必無好色，必無怨而君父兄。彼將遂從吾言而忘其中心所自有之情邪？將不能也。彼既已不能純用吾法，將遂大棄而不顧。吾法既已大棄而不顧，則人之好色，與怨其君父兄之心，將遂蕩然無所隔限，而易内竊妻之變，與弑其君父兄之禍，必反公行於天下。聖人憂焉，曰：禁人之好色而至於淫，禁人之怨其君父兄而至於叛，患生於責人太詳。好色之不絶，而怨之不禁，則彼將反不至於亂。

故聖人之道，嚴於禮而通於《詩》。禮曰：必無好色，必無怨而君父兄。《詩》曰：好色而不至於淫，怨而君父兄而無至於叛。嚴以待天下之賢人，通以全天下之中人。吾觀《國風》婉孌柔媚，而卒守以正，好色而不至於淫者也；《小雅》悲傷詬讟，而君臣之情卒不忍去，怨而不至於叛者也。故天下觀之曰：聖人固許我以好色，而不尤我之怨吾君父兄也。許我以好色，不淫可也。不尤我之怨吾君父兄，則彼雖以虐遇我，我明譏而明怨之，使天下明知之，則吾之怨亦得當焉，不叛可也。夫背聖人之法，而自棄於淫叛之地者，非斷不能也。斷之始生於不勝，人不自勝其忿，然後忍棄其身。故《詩》之教，不使人之情至於不勝也。

夫橋之所以爲安於舟者，以有橋而言也。水潦大至，橋必解，而舟不至於必敗。故舟者，所以濟橋之所不及也。吁！禮之權窮於易達而有《易》焉，窮於後世之不信而有《樂》焉，窮於彊人而有《詩》焉。吁！聖人之慮事也蓋詳。

蘇明允書論 ○○

風俗之變，聖人爲之也。聖人因風俗之變而用其權。聖人之權用於當世，而風俗之變益甚，以至於不可復反。幸而又有聖人焉，承其後而維之，則天下可以復治。不幸其後無聖人，其變窮而無所復入則已矣。

昔者吾嘗欲觀古之變而不可得也，於《詩》見商與周焉，而不詳。及今觀《書》，然後見堯舜之時，與三代之相變，如此之亟也。自堯而至於商，其變也皆得聖人而承之，故無憂。至於周而天下之變窮矣。忠之變而入於質，質之變而入於文，其埶便也。及夫文之變而又欲反之於忠也，是猶欲移江河而行之山也。人之喜文而惡質與忠也，猶水之不肯避下而就高也。彼其始未嘗文焉，故忠質而不辭。今吾日食之以太牢，而欲使之復茹其菽哉？嗚呼！其後無聖人，其變窮而無所復入則已矣。周之後而無王焉固也，其始之制其風俗也，固不容爲其後者計也，而又適不值乎聖人固也，後之無王者也。此段説權用，而風俗之變益甚。此下説風俗之變，而因用其權。此文首先提清兩層，後面先應後一層，再應前一層，使其文有反覆之執。

當堯之時，舉天下而授之舜。舜得堯之天下而又授之禹。方堯之未授天下於舜也，天下未嘗聞有如此之事也。度其當時之民，莫不以爲大怪也。然而舜與禹也受而居之，安然若天下固其所有，而其祖宗既已爲之累數十世者，未嘗與其民道其所以當得天下之故也。又未嘗悦之以利，而開之以丹朱、商均之不肖也。其意以爲天下之民以我爲當在此位也，則亦不俟乎援天以神之，譽己以固之也。湯之伐桀也，囂囂然數其罪而以告人，如曰「彼有罪我伐之，宜也」。既又懼天下之民不已悦也，則又囂囂然以言柔之曰：「萬方有罪，在予一人。予一人有罪，無以爾萬方。」如曰「我如是而爲爾之君，爾可以許我焉爾」。吁！亦既薄矣。至於武王，而又自言其先祖父皆有顯功，既已受命而死，其大業不克終。今我奉承其志，舉兵而東伐，而東國之士女束帛以迎我，紂之兵倒戈以納我。吁！又甚矣！如曰「吾家之當爲天子久矣，如此乎民之欲我速入商也」。伊尹之在商也，如周公之在周也。伊尹攝位三年，而無一言以自解；周公爲之，紛紛乎急於自疏其非篡也。夫固由風俗之變而後用其權，權用而風俗成，吾安坐而鎮之，夫孰知風俗之變而不復反也。

蘇明允明論 〇〇

天下有大知，有小知。人之智慮有所及，有所不及。聖人以其大知而兼其小知之功，賢人以其所及而濟其所不及。愚者不知大知，而以其所不及喪其所及。故聖人之治天下也以常，而賢人之治天下也以時。既不能常，又不能時，悲夫殆哉！夫惟大知而後可以常，以其所及濟其所不及而後可以時。常也者，無治而不治者也；時也者，無亂而不治者也。

日月經乎中天，大可以被四海，而小或不能入一室之下，彼固無用此區區小明也。故天下視日月之光，儼然其若君父之威。故自有天地而有日月，以至於今，而未嘗可以一日無焉。天下嘗有言曰：叛父母，褻神明，則雷霆下擊之。雷霆固不能爲天下盡擊此等輩也，而天下之所以兢兢然不敢犯者，有時而不測也。使雷霆日轟轟焉遶天下，以求夫叛父母、褻神明之人而擊之，則其人未必能盡，而雷霆之威無乃褻乎！故夫知日月雷霆之分者，可以用其明矣。

聖人之明，吾不得而知也。吾獨愛夫賢者之用其心約而成功博也，吾獨怪夫愚者之用其心勞而功不成也。是無他也，專於其所及而及之，則其及必精；兼於其所不及而及之，則其及必粗。及之而精，人將曰：是惟無及，及則精矣。不然，吾恐姦雄之竊笑也。

齊威王即位，大亂三載，威王一奮，而諸侯震懼二十年，是何修何營邪？夫齊國之賢者，非獨一即墨大夫明矣。亂齊國者，非獨一阿大夫，與左右譽阿而毁即墨者幾人亦明矣。一即墨大夫易知也，一阿大夫易知也，左右譽阿而毁即墨者幾人易知也。從其易知而精之，故用心甚約而成功博也。

天下之事，譬如有物十焉，吾舉其一，而人不知吾之不知其九也。歷數之至於九，而不知其一，不如舉一之不可測也，而況乎不至於九也。

蘇明允諫論二首并序

賢君不時有，忠臣不時得，故作《諫論》。

古今論諫，常與諷而少直，其説蓋出於仲尼。吾以爲諷、直一也，顧用之之術何如耳。伍舉進隱語，楚王淫益甚；茅焦解衣危論，秦帝立悟。諷固不可盡與，直亦未易少之。吾故曰：顧用之之術何如耳。

然則仲尼之説非乎？曰：仲尼之説，純乎經者也。吾之説，參乎權而歸乎經者也。如得其術，則人君有少不爲桀紂者，吾百諫而百聽矣，況虚己者乎？不得其術，則人君有少不若堯舜者，吾百諫而百不聽矣，況逆忠者乎？

然則奚術而可？曰：機智勇辨，如古游説之士而已。夫游説之士以機智勇辨濟其詐，吾欲諫者以機智勇辨濟其忠。請備論其效。周衰，游説熾於列國，自是世有其人，吾獨怪夫諫而從者百一，説而從者十九。諫而死者皆是，説而死者未嘗聞。然而抵觸忌諱，説或甚於諫。由是知不必乎諷諫而必乎術也。

説之術可爲諫法者五：理諭之、勢禁之、利誘之、激怒之、隱諷之之謂也。觸讋以趙后愛女賢於愛子，未旋踵而長安君出質；甘羅以杜郵之死詰張唐，而相燕之行有日；趙卒以兩賢王之意語燕，而立歸武臣。此理而諭之也。子貢以内憂教田常，而齊不得伐魯；武公以麋鹿脅頃襄，而楚不敢圖周；魯連以烹醢懼垣衍，而魏不果帝秦。此勢而禁之也。

田生以萬户侯啟張卿，而劉澤封；朱建以富貴餌閎孺，而辟陽赦；鄒陽以愛幸悦長君，而梁王釋。此利而誘之也。

蘇秦以牛後羞韓，而惠王按劍太息；范雎以無王恥秦，而昭王長跪請教；酈生以助秦陵漢，而沛公輟洗聽計。此激而怒之也。

蘇代以土偶笑田文，楚人以弓繳感襄王，蒯通以娶婦悟齊相。此隱而諷之也。五者相傾險詖之論。雖然，施之忠臣，足以成功。何則？理而諭之，主雖昏必悟；執而禁之，主雖驕必懼；利而誘之，主雖怠必奮；激而怒之，主雖懦必立；隱而諷之，主雖暴必容。悟則明，懼則恭，奮則勤，立則勇，容則寬，致君之道，盡於此矣。吾觀昔之臣，言必從，理必濟，莫若唐魏鄭公。其初實學縱横之説，此所謂得其術者與？

噫！龍逢、比干不獲稱良臣，無蘇秦、張儀之術也；蘇秦、張儀不免爲游説，無龍逢、比干之心也。是以龍逢、比干，吾取其心，不取其術；蘇秦、張儀，吾取其術，不取其心。以爲諫法。

夫臣能諫，不能使君必納諫，非真能諫之臣；君能納諫，不能使臣必諫，非真能納諫之君。欲君必納乎，嚮之論備矣；欲臣必諫乎，吾其言之。

夫君之大，天也；其尊，神也；其威，雷霆也。人之不能抗天觸神忤雷霆亦明矣。聖人知其然，故立賞以勸之，《傳》曰「興王賞諫臣」是也。猶懼其選耎阿諛，使一日不得聞其過，故制刑以威之，《書》曰「臣下不正其刑墨」是也。人之情非病風喪心，未有避賞而就刑者，何苦而不諫哉？賞與刑不設，則人之情又何苦而抗天觸神忤雷霆哉？自非性忠義，不悦賞，不畏罪，誰欲以言博死者？人君又安能盡得性忠義者而任之？

今有三人焉：一人勇，一人勇怯半，一人怯。有與之臨乎淵谷者，且告之曰：「能跳而越此謂之勇，不然爲怯。」彼勇者恥怯，必跳而越焉。其勇怯半者與怯者則不能也。又告之曰：「跳而越者與千金，不然則否。」彼勇怯半者奔利，必跳而越焉。其怯者猶未能也。須臾，顧見猛虎，暴然向逼，則怯者不待告，跳而越之如康莊矣。然則人豈有勇怯哉？要在以執驅之耳。君之難犯，猶淵谷之難越也。所謂性忠義，不悦賞，不畏罪者，勇者也，故無不諫焉。悦賞者，勇怯半者也，故賞而後諫焉。畏罪者，怯者也，故刑而後諫焉。先王知勇者不可常得，故以賞爲千金，以刑爲猛虎，使其前有所趨，後有所避，其執不得不極言規失，此三代所以興也。

末世不然。遷其賞於不諫，遷其刑於諫，宜乎臣之噤口卷舌，而亂亡隨之也。閒或賢君欲聞其過，亦不過賞之而已。嗚呼！不有猛虎，彼怯者肯越淵谷乎？此無他，墨刑之廢耳。三代之後，如霍光誅昌邑不諫之臣者，不亦鮮哉！

今之諫賞，時或有之；不諫之刑，缺然無矣。苟增其所有，有其所無，則諛者直，佞者忠，況忠直者乎？誠如是，欲聞讜言而不獲，吾不信也。

蘇明允管仲論　〇〇〇

管仲相威公，霸諸侯，攘戎翟，終其身齊國富强，諸侯不叛。管仲死，豎刁、易牙、開方用，威公薨於亂，五公子爭立，其禍蔓延，訖簡公，齊無寧歲。

夫功之成，非成於成之日，蓋必有所由起；禍之作，不作於作之日，亦必有所由兆。則齊之治也，吾不曰管仲，而曰鮑叔；及其亂也，吾不曰豎刁、易牙、開方，而曰管仲。何則？豎刁、易牙、開方三子，彼固亂人國者，顧其用之者威公也。夫有舜而後知放四凶，有仲尼而後知去少正卯。彼威公何人也？顧其使威公得用三子者，管仲也。

仲之疾也，公問之相。當是時也，吾以仲且舉天下之賢者以對，而其言乃不過曰「豎刁、易牙、開方三子非人情，不可近」而已。嗚呼！仲以爲威公果能不用三子矣乎？仲與威公處幾年矣，亦知威公之爲人矣乎？威公聲不絶乎耳，色不絶乎目，而非三子者，則無以遂其欲。彼其初之所以不用者，徒以有仲焉耳。一日無仲，則三子者可以彈冠相慶矣。仲以爲將死之言，可以縶威公之手足邪？夫齊國不患有三子，而患無仲。有仲，則三子者，三匹夫耳。不然，天下豈少三子之徒？雖威公幸而聽仲，誅此三人，而其餘者，仲能悉數而去之邪？嗚呼！仲可謂不知本者矣。因威公之問，舉天下之賢者以自代，則仲雖死，而齊國未爲無仲也，夫何患三子者？不言可也。

五霸莫盛於威、文。文公之才，不過威公，其臣又皆不及仲。靈公之虐，不如孝公之寬厚。文公死，諸侯不敢叛晉，晉襲文公之餘威，得爲諸侯之盟主者百有餘年。何者？其君雖不肖，而尚有老成人焉。威公之薨也，一亂塗地。無惑也，彼獨恃一管仲，而仲則死矣。夫天下未嘗無賢者，蓋有有臣而無君者矣。威公在焉，而曰天下不復有管仲者，吾不信也。仲之書，有記其將死，論鮑叔、賓胥無之爲人，且各疏其短，是其心以爲是數子者，皆不足以託國，而又逆知其將死，則其書誕謾不足信也。

吾觀史鰌以不能進蘧伯玉而退彌子瑕，故有身後之諫。蕭何且死，舉曹參以自代。大臣之用心，固宜如此也。夫國以一人興，以一人亡，賢者不悲其身之死，而憂其國之衰。故必復有賢者，而後可以死。彼管仲者，何以死哉？

蘇明允權書十首録四

孫武　○○

求之而不窮者，天下奇才也。天下之士，與之言兵而曰「我不能者」幾人？求之於言而不窮者幾人？言不窮矣，求之於用而不窮者幾人？嗚呼！至於用而不窮者，吾未之見也。

孫武十三篇，兵家舉以爲師。然以吾評之，其言兵之雄乎！今其書論奇權密機，出入神鬼，自古以兵著書者罕所及。以是而揣其爲人，必謂有應敵無窮之才，不知武用兵，乃不能必克，與書所言遠甚。吴王闔廬之入郢也，武爲將軍。及秦、楚交敗其兵，越王入踐其國，外禍内患，一旦迭發，吴王奔走，自救不暇，武殊無一謀以弭斯亂。

若按武之書，以責武之失，凡有三焉。《九地》曰：「威加於敵，則交不得合。」而武使秦得聽包胥之言，出兵救楚，無忌吴之心。斯不威之甚，其失一也。《作戰》曰：「久暴師則鈍兵挫鋭，屈力殫貨，則諸侯乘其獘而起。」且武以九年冬伐楚，至十年秋始還，可謂久暴矣。越人能無乘閒入國乎？其失二也。又曰：「殺敵者怒也。」今武縱子胥、伯嚭鞭平王尸，復一夫之私忿，以激怒敵。此司馬戌、子西、子期所以必死讎吴也。句踐不頹舊冢而吴服，田單譎燕掘墓而齊奮，知謀與武遠矣。武不達此，其失三也。然始吴能以入郢，乃因胥、嚭、唐、蔡之怒，及乘楚瓦之不仁，武之功蓋亦鮮耳。夫以武自爲書，尚不能自用，以取敗北，況區區祖其故智餘論者，而能將乎？且吴起與武一體之人也，皆著書言兵，世稱之曰「孫吴」。然而吴起之言兵也輕，法制草略，無所統紀，不若武之書辭約而意盡，天下之兵説皆歸其中。然吴起始用於魯，破齊。及入魏，又能制秦兵。入楚，楚復霸。而武之所爲反如是，書之不足信也固矣。

今夫外御一隸，内治一妾，是賤丈夫亦能，夫豈必有人而教之？及夫御三軍之衆，闔營而自固，或且有亂，然則是三軍之衆惑之也。故善將者，視三軍之衆，與視一隸一妾無加焉，故其心常若有餘。夫以一人之心，當三軍之衆，而其中恢恢然猶有餘地，此韓信之所以「多多而益辦也」。故夫用兵，豈有異術哉？能勿視其衆而已矣。

六國 ○○○

六國破滅，非兵不利戰不善，弊在賂秦。賂秦而力虧，破滅之道也。或曰：「六國互喪，率賂秦邪？」曰：「不賂者以賂者喪。蓋失彊援，不能獨完。故曰弊在賂秦也。」

秦以攻取之外，小則獲邑，大則得城。較秦之所得，與戰勝而得者，其實百倍；諸侯之所亡，與戰敗而亡者，其實亦百倍。則秦之所大欲，諸侯所大患，固不在戰矣。思厥先祖父暴霜露，斬荆棘，以有尺寸之地。子孫視之不甚惜，舉以與人，如棄草芥。今日割五城，明日割十城，然後得一夕安寢。起視四境而秦兵又至矣。然則諸侯之地有限，暴秦之欲無厭。奉之彌繁，侵之愈急，故不戰而强弱勝負已判矣。至於顛覆，理固宜然。古人云：「以地事秦，猶抱薪救火，薪不盡，火不滅。」此言得之。

齊人未嘗賂秦，終繼五國遷滅，何哉？與嬴而不助五國也。五國既喪，齊亦不免矣。燕、趙之君，始有遠略，能守其土，義不賂秦。是故燕雖小國而後亡，斯用兵之效也。至丹以荆卿爲計，始速禍焉。趙嘗五戰於秦，二敗而三勝，後秦擊趙者再，李牧連卻之。洎牧以讒誅，邯鄲爲郡，惜其用武而不終也。且燕、趙處秦革滅殆盡之際，可謂智力孤危，戰敗而亡，誠不得已。向使三國各愛其地，齊人勿附於秦，刺客不行，良將猶在，則勝負之數，存亡之理，當與秦相較，或未易量。

嗚呼！以賂秦之地，封天下之謀臣；以事秦之心，禮天下之奇才，并力西嚮，則吾恐秦人食之不得下咽也。悲夫！有如此之埶，而爲秦人積威之所劫，日削月割，以趨於亡。

爲國者無使爲積威之所劫哉！

夫六國與秦皆諸侯，其勢弱於秦，而猶有可以不賂而勝之之勢。苟以天下之大，而從六國破亡之故事，是又在六國下矣。

項籍

吾嘗論項籍有取天下之才，而無取天下之慮；曹操有取天下之慮，而無取天下之量；劉備有取天下之量，而無取天下之才，故三人終其身無成焉。且夫不有所棄，不可以得天下之勢；不有所忍，不可以盡天下之利。是故地有所不取，城有所不攻，勝有所不就，敗有所不避。其來不喜，其去不怒，肆天下之所爲，而徐制其後，乃克有濟。

嗚呼！項籍有百戰百勝之才，而死於垓下，無惑也。吾於其戰鉅鹿也，見其慮之不長，量之不大，未嘗不怪其死於垓下之晚也。方籍之渡河，沛公始整兵嚮關。籍於此時，若急引軍趨秦，及其鋒而用之，可以據咸陽，制天下。不知出此，而區區與秦將争一旦之命。既全鉅鹿，而猶徘徊河南、新安間，至函谷則沛公入咸陽數月矣。夫秦人既已安沛公而讎籍，則其勢不得强而臣。故籍雖遷沛公漢中，而卒都彭城，使沛公得還定三秦，則天下之勢，在漢不在楚。楚雖百戰百勝，尚何益哉？故曰：兆垓下之死者，鉅鹿之戰也。

或曰：「雖然，籍必能入秦乎？」曰：項梁死，章邯謂楚不足慮，故移兵伐趙，有輕楚心，而良將勁兵，盡於鉅鹿。籍誠能以必死之士，擊其輕敵寡弱之師，入之易耳。且亡秦之守關，與沛公之守，善否可知也。沛公之攻關，與籍之攻，善否又可知也。以秦之守而沛公攻入之，沛公之守而籍攻入之，然則亡秦之守，籍不能入哉？

或曰：「秦可入矣，如救趙何？」曰：虎方捕鹿，羆據其穴，搏其子，虎安得不置鹿而返？返則碎於羆明矣。《軍志》所謂「攻其必救」也。使籍入關，王離、涉閒必釋趙自救。籍據關逆擊其前，趙與諸侯救者十餘壁躡其後，覆之必矣。是籍一舉解趙之圍，而收功於秦也。戰國時，魏伐趙，齊救之，田忌引兵疾走大梁，因存趙而破魏。彼宋義號知兵，殊不達此，屯安陽不進，而曰「待秦敝」，吾恐秦未敝，而沛公先據關矣。籍與義俱失焉。

是故古之取天下者，常先圖所守。諸葛孔明棄荆州，而就西蜀，吾知其無能爲也。且彼未嘗見大險也，彼以爲劍門者，可以不亡也。吾嘗觀蜀之險，其守不可出，其出不可繼，兢兢而自完，猶且不給，而何足以制中原哉？若夫秦、漢之故都，沃土千里，洪河大山，真可以控天下，又烏事夫不可以措足如劍門者，而後曰險哉？今夫富人必居四通五達之都，使其財帛出於天下，然後可以收天下之利。有小丈夫者，得一金櫝而藏諸家，拒户而守之。嗚呼！是求不失也，非求富也。大盜至，劫而取之，又焉知其果不失也？

高帝 ○○

漢高帝挾數用術，以制一時之利害，不如陳平；揣摩天下之勢，舉指摇目，以劫制項羽，不如張良。微此二人，則天下不歸漢，而高帝乃木彊之人而止耳。然天下已定，後世子孫之計，陳平、張良智之所不及，則高帝常先爲之規畫處置，以中後世之所爲，曉然如目見其事而爲之者。蓋高帝之智，明於大而暗於小，至於此而後見也。

帝嘗語吕后曰：「周勃重厚少文，然安劉氏必勃也。可令爲太尉。」方是時，劉氏既安矣，勃又將誰安邪？故吾之意曰：高帝之以太尉屬勃也，知有吕氏之禍也。雖然，其不去吕后何也？勢不可也。昔者武王没，成王幼，而三監叛。帝意百歲後，將相大臣及諸侯王，有武庚禄父者，而無有以制之也。獨計以爲家有主母，而豪奴悍婢不敢與弱子抗。吕氏佐帝定天下，爲大臣素所畏服，獨此可以鎮壓其邪心，以待嗣子之壯。故不去吕后者，爲惠帝計也。

吕后既不可去，故削其黨以損其權，使雖有變，而天下不摇。是故以樊噲之功，一旦遂欲斬之而無疑。嗚呼！彼豈獨於噲不仁邪？且噲與帝偕起，拔城陷陣，功不爲少矣。

方亞父噍項莊時，微噲誚讓羽，則漢之爲漢，未可知也。一旦人有惡噲欲滅戚氏者，時噲出伐燕，立命平、勃即軍中斬之。夫噲之罪未形也，惡之者誠僞未必也，且高帝之不以一女子斬天下之功臣，亦明矣。彼其娶於呂氏，呂氏之族，若産、禄輩，皆庸才不足恤，獨噲豪健，諸將所不能制，後世之患，無大於此矣。夫高帝之視呂后也，猶醫者之視堇也，使其毒可以治病，而無至於殺人而已矣。樊噲死，則呂氏之毒，將不至於殺人，高帝以爲是足以死而無憂矣。彼平、勃者，遺其憂者也。噲之死於惠之六年也，天也。使其尚在，則呂禄不可紿，太尉不得入北軍矣。

或謂噲於帝最親，使之尚在，未必與産、禄叛。夫韓信、黥布、盧綰皆南面稱孤，而綰又最爲親幸，然及高帝之未崩也，皆相繼以逆誅。誰謂百歲之後，椎埋屠狗之人，見其親戚乘埶爲帝王，而不欣然從之邪？吾故曰：「彼平、勃者，遺其憂者也。」

蘇明允衡論十首録三

御將

人君御臣，相易而將難。將有二：有賢將，有才將，而御才將尤難。御相以禮，御將以術。御賢將之術以信，御才將之術以智。不以禮不以信，是不爲也；不以術不以智，是不能也。故曰御將難，而御才將尤難。

六畜其初皆獸也。彼虎豹能搏能噬，而馬亦能蹄，牛亦能觸。先王知能搏能噬者，不可以人力制，故殺之。殺之不能，驅之而後已。蹄者可馭以羈紲，觸者可拘以楅衡，故先王不忍棄其才，而廢天下之用。如曰「是能蹄，是能觸，當與虎豹并殺而同驅」，則是天下無騏驥，終無以服乘邪？

先王之選才也，自非大姦劇惡如虎豹之不可以變其搏噬者，未嘗不欲制之以術，而全其才，以適於用。況爲將者，又不可責以廉隅細謹，顧其才何如耳。漢之衛、霍、趙充國，唐之李靖、李勣，賢將也；漢之韓信、黥布、彭越，唐之薛萬徹、侯君集、盛彦師，才將也。賢將既不多有，得才者而任之，可也。苟又曰：「是難御。」則是不肖者而後可也。結以重恩，示以赤心，美田宅，豐飲饌，歌童舞女，以極其口腹耳目之欲，而折之以威，此先王之所以御才將者也。

近之論者，或曰：「將之所以畢智竭力，犯霜露、蹈白刃，而不辭者，冀賞耳。爲國家者，不如勿先賞以邀其成功。」或曰：「賞所以使人。不先賞，人不爲我用。」是皆一隅之說，非通論也。將之才固有小大。傑然於庸將之中者，才小者也；傑然於才將之中者，才大者也。才小志亦小，才大志亦大。人君當觀其才之小大，而爲制御之術，以稱其志。一隅之說，不可用也。

夫養騏驥者，豐其芻粒，潔其羈絡，居之新閑，浴之清泉，而後責之千里。彼騏驥者，其志常在千里也，夫豈以一飽而廢其志哉？至於養鷹則不然。獲一雉飼以一雀，獲一兔飼以一鼠。彼知不盡力於擊搏，則其執無所得食，故然後爲我用。才大者騏驥也，不先賞之，是養騏驥者飢之而責其千里，不可得也；才小者鷹也，先賞之，是養鷹者飽之而求其擊搏，亦不可得也。是故先賞之說，可施之才大者；不先賞之說，可施之才小者，兼而用之可也。

昔者漢高帝一見韓信，而授以上將，解衣衣之，推食哺之；一見黥布，而以爲淮南王，供具飲食如王者；一見彭越，而以爲相國。當是時，三人者未有功於漢也。厥後追項籍垓下，與信、越期而不至，捐數千里之地以畀之，如棄敝屣。項氏未滅，天下未定，而三人者，已極富貴矣。何則？高帝知三人者之志大，不極於富貴，則不爲我用。雖極於富貴，而不滅項氏，不定天下，則其志不已也。至於樊噲、滕公、灌嬰之徒則不然。拔一城，陷一陣，而後增數級之爵，否則終歲不遷也。項氏已滅，天下已定，樊噲、滕公、灌嬰之徒，計百戰之功，而後爵之通侯。夫豈高帝至此而嗇哉？知其才小而志小，雖不先賞不怨。而先賞之，則彼將泰然自滿，而不復以立功爲事故也。

噫！方韓信之立於齊，蒯通、武涉之説未去也。當是之時而奪之王，漢其殆哉！夫人豈不欲三分天下而自立者？而彼則曰：「漢王不奪我齊也。」故齊不捐，則韓信不懷。韓信不懷，則天下非漢之有。嗚呼！高帝可謂知大計矣。

申法

古之法簡，今之法繁。簡者不便於今，而繁者不便於古，非今之法不若古之法，而今之時不若古之時也。先王之作法也，莫不欲服民之心。服民之心，必得其情。情然邪而罪亦然，則固入吾法矣。而民之情，又不皆如其罪之輕重大小，是以先王忿其罪，而哀其無辜，故法舉其略，而吏制其詳。殺人者死，傷人者刑，則以著於法，使民知天子之不欲我殺人傷人耳。若其輕重出入，求其情而服其心者，則以屬吏。任吏而不任法，故其法簡。

今則不然。吏姦矣，不若古之良；民媮矣，不若古之淳。吏姦，則以喜怒制其輕重而出入之，或至於誣執；民媮，則吏雖以情出入，而彼得執其罪之大小以爲辭。故今之法，纖悉委備，不執於一，左右前後四顧而不可逃。是以輕重其罪，出入其情，皆可以求之法。吏不奉法，輒以舉劾。任法而不任吏，故其法繁。古之法若方書，論其大概，而增損劑量，則以屬醫者，使之視人之疾，而參以己意。今之法若鬻屨，既爲其大者，又爲其次者，又爲其小者，以求合天下之足。故其繁簡則殊，而求民之情以服其心則一也。

然則今之法不劣於古矣，而用法者尚不能無弊，何則？律令之所禁，畫一明備，雖婦人孺子，皆知畏避，而其閒有習於犯禁而遂不改者，舉天下皆知之，而未嘗怪也。先王欲杜天下之欺也，爲之度，以一天下之長短；爲之量，以齊天下之多寡；爲之權衡，以信天下之輕重。故度、量、權、衡，法必資之官，資之官而後天下同。今也庶民之家，刻木比竹、繩絲縋石以爲之，富商豪賈，内以大，出以小。齊人適楚，不知其孰爲斗、孰爲斛，持東家之尺而校之西鄰，則若十指然。此舉天下皆知之，而未嘗怪者一也。先王惡奇貨之蕩民，且哀夫微物之不能遂其生也，故禁民採珠貝；惡夫物之僞而假真且重費也，故禁民糜金以爲塗飾。今也採珠貝之民，溢於海濱；糜金之工，肩摩於列肆。此又舉天下皆知之，而未嘗怪者二也。先王患賤之陵貴，而下之僭上也，故冠服器皿，皆以爵列爲等差，長短大小，莫不有制。今也工商之家，曳紈錦，服珠玉，一人之身，循其首以至足，而犯法者十九。

此又舉天下皆知之，而未嘗怪者三也。先王懼天下之吏，負縣官之埶，以侵劫齊民也，故使市之坐賈，視時百物之貴賤而録之，旬輒以上。百以百聞，千以千聞，以待官吏之私債；十則損三，三則損一，以聞，以備縣官之公糴。今也吏之私債，而從縣官公糴之法。民曰：「公家之取於民也固如是。」是吏與縣官斂怨於下。此又舉天下皆知之，而未嘗怪者四也。先王不欲人之擅天下之利也，故仕則不商，商則有罰；不仕而商，商則有征。是民之商不免征，而吏之商又加以罰。今也吏之商既幸而不罰，又從而不征，資之以縣官公糴之法，負之以縣官之徒，載之以縣官之舟，關防不譏，津梁不呵。然則爲吏而商，誠可樂也，民將安所措手足？此又舉天下皆知之，而未嘗怪者五也。若此之類，不可悉數，天下之人，耳習目熟，以爲當然；憲官法吏，目擊其事，亦恬而不問。

夫法者天子之法也。法明禁之，而人明犯之，是不有天子之法也，衰世之事也。而議者皆以爲今之弊，不過吏胥骫法以爲姦；而吾以爲吏胥之姦，由此五者始。今有盜白晝持梃入室，而主人不之禁，則踰垣穿穴之徒，必且相告而肆行於其家。其必先治此五者，而後詰吏胥之姦可也。

田制　○

古之稅重乎?今之稅重乎?周公之制,園廛二十而稅一,近郊十一,遠郊二十而三。稍甸縣都,皆無過十二;漆林之征,二十而五。蓋周之盛時,其尤重者,至四分而取一,其次者乃五而取一,然後以次而輕,始至於十一,而又有輕者也。今之稅,雖不啻十一,然而使縣官無急征,無横斂,則亦未至乎四而取一,與五而取一之爲多也。是今之稅,與周之稅,輕重之相去無幾也。雖然,當周之時,天下之民,歌舞以樂其上之盛德,而吾之民,反戚戚不樂,常若擢筋剥膚以供億其上。周之稅如此,吾之稅亦如此,而其民之哀樂,何如此之相遠也?其所以然者,蓋有由矣。

周之時用井田。井田廢,田非耕者之所有,而有田者不耕也。耕者之田,資於富民。富民之家,地大業廣,阡陌連接,募召浮客,分耕其中,鞭笞驅役,視以奴僕,安坐四顧,指麾於其間。而役屬之民,夏爲之耨,秋爲之獲,無有一人違其節度以嬉。而田之所入,己得其半,耕者得其半。有田者一人,而耕者十人,是以田主日累其半,以至於富彊;耕者日食其半,以至於窮餓而無告。夫使耕者至於窮餓,而不耕不獲者,坐而食富彊之利,猶且不可,而況富彊之民,輸租於縣官,而不免於怨歎嗟憤,何則?彼以其半而供縣官之稅,不若周之民以其全力而供其上之税也。周之十一，以其全力而供十一之税也。使以其半供十一之税，猶用十二之税然也。況今之税，又非特止於十一而已，則宜乎其怨歎嗟憤之不免也。噫！貧民耕而不免於飢，富民坐而飽且嬉，又不免於怨，其弊皆起於廢井田。井田復，則貧民有田以耕，穀食粟米，不分於富民，可以無飢。富民不得多占田以錮貧民，其勢不耕則無所得食，以地之全力，供縣官之税，又可以無怨。是以天下之士爭言復井田。

既又有言者曰：「奪富民之田，以與無田之民，則富民不服，此必生亂。如乘大亂之後，土曠而人稀，可以一舉而就。高祖之滅秦，光武之承漢，可爲而不爲，以是爲恨。」吾又以爲不然。今雖使富民皆奉其田而歸諸公，乞爲井田，其勢亦不可得。何則？井田之制，九夫爲井。井間有溝，四井爲邑，四邑爲邱，四邱爲甸。甸方八里，旁加一里爲一成。成間有洫，其地百井而方十里。四甸爲縣，四縣爲都，四都方八十里，旁加十里爲一同。同間有澮，其地萬井而方百里。百里之間，爲澮者一，爲洫者百，爲溝者萬。既爲井田，又必兼備溝洫。溝洫之制，夫間有遂，遂上有徑。十夫有溝，溝上有畛。百夫有洫，洫上有涂。千夫有澮，澮上有道。萬夫有川，川上有路。萬夫之地，蓋三十二里有半，而其間爲川爲路者一，爲澮爲道者九，爲洫爲涂者百，爲溝爲畛者千，爲遂爲徑者萬。此二者非塞溪壑、平澗谷、夷邱陵、破墳墓、壞廬舍、徙城郭、易疆壠，不可爲也。縱使能盡得平原廣野，而遂規畫於其中，亦當驅天下之人，竭天下之糧，窮數百年，專力於此，不治他事，而後可以望天下之地，盡爲井田，盡爲溝洫。已而又爲民作屋廬於其中，以安其居而後可。吁！亦已迂矣。井田成，而民之死其骨已朽矣。古者井田之興，其必始於唐、虞之世乎？非唐、虞之世，則周之世無以成井田。唐、虞啟之，至於夏、商，稍稍葺治，至周而大備。周公承之，因遂申定其制度，疏整其疆界，非一日而遽能如此也，其所由來者漸矣。

夫井田雖不可爲，而其實便於今。今誠有能爲近井田者而用之，則亦可以蘇民矣乎。聞之董生曰：「井田雖難卒行，宜少近古，限民名田，以贍不足。」名田之説，蓋出於此。而後世未有行者，非以不便民也，懼民不肯損其田以入吾法，而遂因此以爲變也。孔光、何武曰：「吏民名田，無過三十頃，期盡三年而犯者，没入官。」夫三十頃之田，周民三十夫之田也。縱不能盡如此制，一人而兼三十夫之田，亦已過矣。而期之三年，是又迫蹙平民，使自壞其業，非人情難用。吾欲少爲之限，而不奪其田嘗已過吾限者，但使後之人，不敢多占田以過吾限耳。要之數世，富者之子孫，或不能保其地以復於貧，而彼嘗已過吾限者，散而入於他人矣，或者子孫出而分之以無幾矣。如此則富民所占者少，而餘地多。餘地多，則貧民易取以爲業，不爲人所役屬，各食其地之全利。利不分於人，而樂輸於官。夫端坐於朝廷，下令於天下，不驚民，不動衆，不用井田之制，而獲井田之利，雖周之井田，何以遠過於此哉？

古文辭類篹三終

論辨類四

蘇子瞻志林

平王 〇〇

太史公曰：學者皆稱周伐紂，居洛邑。其實不然。武王營之，成王使召公卜居之，居九鼎焉。而周復都豐、鎬。至犬戎敗幽王，周乃東徙於洛。

蘇子曰：周之失計，未有如東遷之謬也。自平王至於亡，非有大無道者也。顗王之神聖，諸侯服享，然終以不振，則東遷之過也。昔武王克商，遷九鼎於洛邑，成王、周公復增營之。周公既歿，蓋君陳、畢公更居焉。以重王室而已，非有意於遷也。周公欲葬成周，而成王葬之畢，此豈有意於遷哉？

今夫富民之家，所以遺其子孫者，田宅而已。不幸而有敗，至於乞假以生可也，然終不敢議田宅。今平王舉文、武、成、康之業而大弃之，此一敗而鬻田宅者也。夏、商之王，皆五六百年，其先王之德，無以過周，而後王之敗，亦不減幽、厲。然至於桀紂而後亡，其未亡也，天下宗之，不如東周之名存而實亡也。是何也？則不鬻田宅之效也。盤庚之遷也，復殷之舊也。古公遷於岐，方是時，周人如狄人也，逐水草而居，豈所難哉？衛文公東徙度河，恃齊而存耳。齊遷臨淄，晉遷於絳，於新田，皆其盛時，非有所畏也。其餘避寇而遷都，未有不亡。雖不即亡，未有能復振者也。

春秋時，楚大饑，羣蠻畔之。申、息之北門不啟，楚人謀徙於阪高。蔿賈曰：「不可。我能往，寇亦能往。」於是乎以秦人、巴人滅庸，而楚始大。蘇峻之亂，晉幾亡矣，宗廟宮室，盡爲灰燼。温嶠欲遷都豫章，三吴之豪，欲遷會稽。將從之矣，獨王導不可，曰：「金陵王者之都也。王者不以豐儉移都。若宏衛文大帛之冠，何適而不可？不然，雖樂土爲墟矣。且北寇方强，一旦示弱，竄於蠻越，望實皆喪矣。」乃不果遷，而晉復安。賢哉導也！可謂能定大事矣。嗟夫！平王之初，周雖不如楚之彊，顧不愈於東晉之微乎？使平王有一王導定不遷之計，收豐、鎬之遺民，而修文、武、成、康之政，以形勢臨東諸侯，齊、晉雖彊，未敢貳也，而秦何自霸哉！

魏惠王畏秦，遷於大梁。楚昭王畏吴，遷於都。頃襄王畏秦，遷於陳。考烈王畏秦，遷於壽春。皆不復振，有亡徵焉。東漢之末，董卓劫帝遷於長安，漢遂以亡。近世李景遷於豫章，亦亡。故曰周之失計，未有如東遷之謬也。

魯隱公　○○○

公子翬請殺桓公以求太宰。隱公曰：「爲其少故也，吾將授之矣。使營菟裘，吾將老焉。」翬懼，反譖公於桓公而弒之。

蘇子曰：盜以兵擬人，人必殺之。夫豈獨其所擬，塗之人皆捕擊之矣。塗之人與盜非仇也，以爲不擊，則盜且并殺己也。隱公之智，曾不若是塗之人也，哀哉！隱公，惠公繼室之子也。其爲非嫡，與桓均爾，而長於桓。隱公追先君之志而授國焉，可不謂仁乎？惜乎其不敏於智也。使隱公誅翬而讓桓，雖夷、齊何以尚茲。

驪姬欲殺申生而難里克，則優施來之；二世欲殺扶蘇而難李斯，則趙高來之。此二人之智，若出一人，而其受禍亦不少異。里克不免於惠公之誅，李斯不免於二世之虐，皆無足哀者，吾獨表而出之以爲世戒。君子之爲仁義也，非有計於利害。然君子之所爲，義利常兼，而小人反是。李斯聽趙高之謀，非其本意，獨畏蒙氏之奪其位，故勉而聽高。使斯聞高之言，即召百官，陳六師而斬之，其德於扶蘇，豈有既乎？何蒙氏之足憂？釋此不爲，而具五刑於市，非下愚而何？

嗚呼！亂臣賊子，猶蝮虵也。其所螫草木，猶足以殺人，況其所噬齧者歟？鄭小同爲高貴鄉公侍中，嘗詣司馬師。師有密疏未屏也，如厠還，問小同：「見吾疏乎？」曰「不見」，師曰：「寧我負卿，無卿負我。」遂鴆之。王允之從王敦夜飲，辭醉先寢。敦與錢鳳謀逆，允之已醒，悉聞其言，慮敦疑己，遂大吐，衣面皆汙。敦果照視之，見允之臥吐中乃已。哀哉小同，殆哉岌岌乎允之也！孔子曰：「危邦不入亂邦不居。」有以也夫！

吾讀史得魯隱公、晉里克、秦李斯、鄭小同、王允之五人，感其所遇禍福如此，故特書其事。後之君子可以覽觀焉。此與論周東遷，皆雜引古事，錯綜成論。而此篇尤爲奇肆飄曶，其神氣蓋近《孟子》，是不可以貌論也。管仲辭子華篇，其文體亦然，但蹊徑少平直爾。

范蠡　〇〇

越既滅吴，范蠡以爲勾踐爲人長頸烏喙，可以共患難，不可與共逸樂，乃以其私徒屬浮海而行。至齊，以書遺大夫種曰：「蜚鳥盡，良弓藏；狡兔死，走狗烹。子可以去矣。」

蘇子曰：范蠡獨知相其君而已。以吾相蠡，蠡亦鳥喙也。夫好貨，天下賤士也。以蠡之賢，豈聚斂積實者？耕於海濱，父子力作，以營千金，屢散而復積，此何爲者哉？豈非才有餘而道不足，故功成名遂身退，而心終不能自放者乎？使句踐有大度，能始終用蠡，蠡亦非清静無爲，以老於越者也。吾故曰：蠡亦烏喙也。

魯仲連既退秦軍，平原君欲封連，以千金爲壽。連笑曰：「所貴於天下士者，爲人排難解紛，而無所取也。即有取，是商賈之事，連不忍爲也。」遂去，終身不復見。逃隱於海上，曰：「吾與富貴而詘於人，寧貧賤而輕世肆志焉。」使范蠡之去如魯連，則去聖人不遠矣。嗚呼！春秋以來，用舍進退，未有如蠡之全者也，而不足於此，吾是以累歎而深悲焉。

戰國任俠 ○○

春秋之末，至於戰國，諸侯卿相，皆争養士。自謀夫説客、談天雕龍、堅白同異之流，下至擊劍扛鼎、鷄鳴狗盗之徒，莫不賓禮。靡衣玉食以館於上者，何可勝數。越王句踐有君子六千人。魏無忌、齊田文、趙勝、黄歇、吕不韋，皆有客三千人。而田文招致任俠姦人六萬家於薛。齊稷下談者亦千人。魏文侯、燕昭王、太子丹，皆致客無數。下至秦漢之閒，張耳、陳餘號多士，賓客厮養，皆天下豪傑。而田横亦有士五百人。其略見於傳記者如此。度其餘當倍官吏而半農夫也。此皆姦民蠹國者，民何以支，而國何以堪乎？

蘇子曰：此先王之所不能免也。國之有姦也，猶鳥獸之有猛鷙，昆蟲之有毒螫也。區處條理，使各安其處，則有之矣。鉏而盡去之，則無是道也。吾考之世變，知六國之所以久存，而秦之所以速亡者，蓋出於此，不可以不察也。夫智、勇、辨、力，此四者，皆天民之秀傑者也，類不能惡衣食以養人，皆役人以自養者也。故先王分天下之富貴，與此四者共之。此四者不失職，則民靖矣。四者雖異，先王因俗設法，使出于一。三代以上出於學，戰國至秦出於客，漢以後出於郡縣吏，魏、晉以來，出於九品中正，隋、唐至今，出於科舉。雖不盡然，取其多者論之。六國之君，虐用其民，不減始皇、二世，然當是時，百姓無一人叛者，以凡民之秀傑者，多以客養之，不失職也。其力耕以奉上，皆椎魯無能爲者，雖欲怨叛而莫爲之先，此其所以少安而不即亡也。

始皇初欲逐客，用李斯之言而止。既并天下，則以客爲無用，於是任法而不任人，謂民可以恃法而治，謂吏不必才，取能守吾法而已。故墮名城，殺豪傑，民之秀異者，散而歸田畝。向之食於四公子、呂不韋之徒者，皆安歸哉？不知其能槁項黄馘以老死於布褐乎？抑將輟耕太息以俟時也？秦之亂雖成於二世，然使始皇知畏此四人者，有以處之，使不失職，秦之亡不至若是速也。縱百萬虎狼于山林而飢渴之，不知其將噬人，世以始皇爲智，吾不信也。

楚、漢之禍，生民盡矣，豪傑宜無幾，而代相陳豨，從車千乘，蕭、曹爲政，莫之禁也。

至文、景、武之世，法令至密，然吴濞、淮南、梁王、魏其、武安之流，皆争致賓客，世主不問也。豈懲秦之禍，以爲爵禄不能盡縻天下士，故少寬之，使得或出於此也邪？

若夫先王之政則不然，曰「君子學道則愛人，小人學道則易使也」。嗚呼！此豈秦漢之所及也哉。

始皇扶蘇　○○○

秦始皇時，趙高有罪，蒙毅按之當死，始皇赦而用之。長子扶蘇好直諫，上怒，使北監蒙恬兵於上郡。始皇東遊會稽，竝海，走琅琊，少子胡亥、李斯、蒙毅、趙高從。道病，使蒙毅還禱山川，未及還，上崩。李斯、趙高矯詔立胡亥，殺扶蘇、蒙恬、蒙毅，卒以亡秦。

蘇子曰：始皇制天下輕重之勢，使内外相形，以禁姦備亂者，可謂密矣。蒙恬將三十萬人，威振北方，扶蘇監其軍，而蒙毅侍帷幄爲謀臣，雖有大姦賊，敢睥睨其閒哉？不幸道病，禱祠山川，尚有人也，而遣蒙毅，故高、斯得成其謀。始皇之遺毅，毅見始皇病，太子未立，而去左右，皆不可以言智。雖然，天之亡人國，其禍敗必出於智所不及。聖人爲天下，不恃智以防亂，恃吾無致亂之道耳。始皇致亂之道，在用趙高。夫閹尹之禍，如毒藥猛獸，未有不裂肝碎首者也。自書契以來，惟東漢吕强、後唐張承業，二人號稱善良，豈可望一二於千萬，以儌必亡之禍哉？然世主皆甘心而不悔，如漢桓、靈，唐肅、代，猶不足深怪。始皇、漢宣皆英主，亦湛於趙高、恭、顯之禍。彼自以爲聰明人傑也，奴僕熏腐之餘何能爲？及其亡國亂朝，乃與庸主不異。吾故表而出之，以戒後世人主如始皇、漢宣者。

或曰：李斯佐始皇定天下，不可謂不智。扶蘇親始皇子，秦人戴之久矣，陳勝假其名，猶足以亂天下，而蒙恬持重兵在外。使二人不即受誅，而復請之，則斯、高無遺類矣。以斯之智，而不慮此何哉？

蘇子曰：嗚呼！秦之失道，有自來矣，豈獨始皇之罪？自商鞅變法，以殊死爲輕典，以參夷爲常法，人臣狼顧脅息，以得死爲幸，何暇復請？方其法之行也，求無不獲，禁無不止，鞅自以爲軼堯舜而駕湯武矣。及其出亡而無所舍，然後知爲法之斃。夫豈獨鞅悔之，秦亦悔之矣。荆軻之變，持兵者熟視始皇環柱而走，莫之救者，以秦法重故也。李斯之立胡亥，不復忌二人者，知威令之素行，而臣子不敢復請也。二人之不敢請，亦知始皇之鷙悍而不可回也，豈料其僞也哉？周公曰：「平易近民，民必歸之。」孔子曰：「有一言而可以終身行之，其恕矣乎？」夫以忠恕爲心，而以平易爲政，則上易知而下易達，雖有賣國之姦，無所投其隙，倉卒之變，無自發焉。然其令行禁止，蓋有不及商鞅者矣。而聖人終不以彼易此。商鞅立信於徙木，立威於棄灰，刑其親戚師傅，積威信之極。以及始皇，秦人視其君如雷電鬼神，不可測也。古者公族有罪，三宥然後制刑，今至使人矯殺其太子而不忌，太子亦不敢請，則威信之過也。故夫以法毒天下者，未有不反中其身，及其子孫者也。漢武與始皇，皆果于殺者也，故其子如扶蘇之仁，則寧死而不請；如戾太子之悍，則寧反而不訴。知訴之必不察也。戾太子豈欲反者哉？計出於無聊也。故爲二君之子者，有死與反而已。李斯之智，蓋足以知扶蘇之必不反也。吾又表而出之，以戒後世人主之果于殺者。

范增

漢用陳平計，間疎楚君臣。項羽疑范增與漢有私，稍奪其權。增大怒曰：「天下事大定矣！君王自爲之。願賜骸骨歸卒伍。」歸未至彭城，疽發背死。

蘇子曰：增之去善矣。不去，羽必殺增。獨恨其不早耳。然則當以何事去？增勸羽殺沛公，羽不聽，終以此失天下。當於是去邪？曰「否」。增之欲殺沛公，人臣之分也。羽之不殺，猶有人君之度也。增曷爲以此去哉？《易》曰：「知幾其神乎？」《詩》曰：「相彼雨雪，先集維霰。」增之去，當於羽殺卿子冠軍時也。

陳涉之得民也，以項燕、扶蘇。項氏之興也，以立楚懷王孫心。而諸侯叛之也，以弑義帝。且義帝之立，增爲謀主矣。義帝之存亡，豈獨爲楚之盛衰，亦增之所與同禍福也。未有義帝亡而增獨能久存者也。羽之殺卿子冠軍也，是弑義帝之兆也。其弑義帝，則疑增之本也，豈必待陳平哉？物必先腐也，而後蟲生之；人必先疑也，而後讒入之。陳平雖智，安能閒無疑之主哉？

吾嘗論義帝，天下之賢主也。獨遣沛公入關，而不遣項羽。識卿子冠軍於稠人之中，而擢以爲上將，不賢而能如是乎？羽既矯殺卿子冠軍，義帝必不能堪，非羽弑帝，則帝殺羽，不待智者而後知也。應殺義帝之兆。增始勸項梁立義帝，諸侯以此服從，中道而弑之，非增之意也。夫豈獨非其意，將必力争而不聽也。不用其言，而殺其所立，羽之疑增，必自是始矣。應疑增之本。

方羽殺卿子冠軍，增與羽比肩而事義帝，君臣之分未定也。爲增計者，力能誅羽則誅之，不能則去之，豈不毅然大丈夫也哉？增年已七十，合則留，不合則去，不以此時明去就之分，而欲依羽以成功名，陋矣！雖然，增，高帝之所畏也。增不去，項羽不亡。嗚呼！增亦人傑也哉！

蘇子瞻伊尹論

辨天下之大事者，有天下之大節者也。立天下之大節者，狹天下者也。夫以天下之大，而不足以動其心，則天下之大節有不足立，而大事有不足辨者矣。

今夫匹夫匹婦，此下一段承辨大事二句發論。皆知潔廉忠信之爲美也。使其果潔廉而忠信，則其智慮未始不如王公大人之能也。唯其所争者，止於簞食豆羹，而簞食豆羹足以動其心，則宜其智慮之不出乎此也。簞食豆羹非其道不取，則一鄉之人莫敢以不正犯之矣。一鄉之人莫敢以不正犯之，而不能辨一鄉之事者，未之有也。推此而上，其不取者愈大，則其所辨者愈遠矣。讓天下，與讓簞食豆羹無以異也；此下一段承立大節二句發論，看他雙起雙承，卻筆勢變幻不覺。治天下，與治一鄉亦無以異也。然而不能者，有所蔽也。天下之富，是簞食豆羹之積也；天下之大，是一鄉之推也。承無異。非千金之子，不能運千金之資。販夫販婦，得一金而不知所措，非智不若，所居之卑也。承有蔽。

孟子曰：「伊尹耕於有莘之野，非其道也，非其義也，雖禄之以天下弗受也。」夫天下不能動其心，是故其才全。以其全才而制天下，是故臨大事而不亂。古之君子，唐應德云：

斷。必有高世之行，非苟求爲異而已。卿相之位，千金之富，有所不屑，將以自廣其心，使窮達利害，不能爲之芥蔕，以全其才，而欲有所爲耳。後之君子，蓋亦嘗有其志矣，得失亂其中，而榮辱奪其外，立大節反面。是以役役至於老死而不暇，亦足悲矣。孔子敘書，至於舜、禹、皋陶相讓之際，蓋未嘗不太息也。夫以朝廷之尊，而行匹夫之讓，孔子安取哉？取其不汲汲於富貴，有以大服天下之心焉耳。

夫太甲之廢，唐應德云：續。天下未嘗有是，而伊尹始行之，天下不以爲驚。以臣放君，天下不以爲僭。既放而復立，太甲不以爲專。何則？其素所不屑者，足以取信於天下也。彼其視天下眇然不足以動其心，而豈忍以廢放其君求利也哉？

後之君子，蹈常而習故，惴惴焉懼不免於天下，一爲希闊之行，則天下羣起而誚之。辦大事反面。兩層反面，卻分置兩處，俱是文字變幻處。不知求其素，而以爲古今之變，時有所不可者，亦已過矣夫。

蘇子瞻荀卿論　○○

嘗讀《孔子世家》，觀其言語文章，循循莫不有規矩，不敢放言高論，言必稱先王，然後知聖人憂天下之深也。茫乎不知其畔岸而非遠也，浩乎不知其津涯而非深也。其所言者，匹夫匹婦之所共知，而所行者，聖人有所不能盡也。嗚呼！是亦足矣。使後世有能盡吾説者，雖爲聖人無難，而不能者，不失爲寡過而已矣。

子路之勇，子貢之辨，冉有之智，此三者，皆天下之所謂難能而可貴者也。然三子者，每不爲夫子之所悦。顔淵默然不見其所能，若無以異於衆人者，而夫子亟稱之。且夫學聖人者，豈必其言之云爾哉？亦觀其意之所嚮而已。夫子以爲後世必有不足行其説者矣，必有竊其説而爲不義者矣，是故其言平易正直，而不敢爲非常可喜之論，要在於不可易也。

昔者常怪李斯事荀卿，既而焚滅其書，大變古先聖王之法，於其師之道，不啻若寇讎。及今觀荀卿之書，然後知李斯之所以事秦者，皆出於荀卿，而不足怪也。

荀卿者，喜爲異説而不讓，敢爲高論而不顧者也。其言愚人之所驚，小人之所喜也。子思、孟軻，世之所謂賢人君子也。荀卿獨曰：「亂天下者，子思、孟軻也。」天下之人，如此其衆也；仁人義士，如此其多也。荀卿獨曰：「人性惡。桀紂性也，堯舜僞也。」由是觀之，意其爲人，必也剛愎不遜，而自許太過。彼李斯者，又特甚者耳。

今夫小人之爲不善，猶必有所顧忌。是以夏、商之亡，桀紂之殘暴，而先王之法度、禮樂、刑政，猶未至於絶滅而不可攷者，是桀紂猶有所存，而不敢盡廢也。彼李斯者，獨能奮而不顧，焚燒夫子之六經，烹滅三代之諸侯，破壞周公之井田，此亦必有所恃者矣。彼見其師歷詆天下之賢人，自是其愚，以爲古先聖王皆無足法者，不知荀卿特以快一時之論，而不自知其禍之至于此也。其父殺人報仇，其子必且行劫。荀卿明王道，述禮樂，而李斯以其學亂天下，其高談異論有以激之也。孔、孟之論，未嘗異也，而天下卒無有及者。苟天下果無有及者，則尚安以求異爲哉？

蘇子瞻韓非論 ○○

聖人之所爲惡夫異端，盡力而排之者，非異端之能亂天下，而天下之亂所由出也。昔周之衰，有老聃、莊周、列禦寇之徒，更爲虚無淡泊之言，而治其猖狂浮游之說，紛紜顛倒，而卒歸於無有。由其道者，蕩然莫得其當，是以忘乎富貴之樂，而齊乎死生之分。此不得志於天下，高世遠舉之人，所以放心而無憂。雖非聖人之道，而其用意，固亦無惡於天下。自老聃之死百餘年，有商鞅、韓非，著書言治天下無若刑名之賢。及秦用之，終於勝、廣之亂。教化不足而法有餘，秦以不祀，而天下被其毒。

後世之學者，知申、韓之罪，而不知老聃、莊周之使然。何者？仁義之道，起於夫婦、父子、兄弟相愛之間，而禮樂刑政之原，出於君臣上下相忌之際。相愛則有所不忍，相忌則有所不敢。不敢與不忍之心合，而後聖人之道得存乎其中。今老聃、莊周論君臣父子之間，汎汎乎若萍游於江湖而適相值也。夫是以父不足愛，而君不足忌。不忌其君，不愛其父，則仁不足以懷，義不足以勸，禮樂不足以化。此四者皆不足用，而欲置天下於無有。夫無有豈誠足以治天下哉！商鞅、韓非求爲其説而不得，得其所以輕天下而齊萬物之術，是以敢爲殘忍而無疑。

今夫不忍殺人，而不足以爲仁，而仁亦不足以治民。則是殺人不足以爲不仁，而不仁亦不足以亂天下。如此，則舉天下惟吾之所爲，刀鋸斧鉞，何施而不可？昔者夫子未嘗一日易其言，雖天下之小物，亦莫不有所畏。今其視天下眇然若不足爲者，此其所以輕殺人與？

太史遷曰：「申子卑卑，施於名實。韓子引繩墨，切事情，明是非，其極慘覈少恩，皆原於道德之意。」嘗讀而思之。事固有不相謀而相感者，莊、老之後，其禍爲申、韓。由三代之衰至於今，凡所以亂聖人之道者，其弊固已多矣，而未知其所終。奈何其不爲之所也！

蘇子瞻始皇論　〇〇

昔者生民之初，不知所以養生之具。擊搏挽裂，與禽獸争一旦之命，惴惴然朝不謀夕，憂死之不給，是故巧詐不生而民無知。然聖人惡其無別，而憂其無以生也，是故作爲器用，耒耜、弓矢、舟車、網罟之類，莫不備至，使民樂生便利，役御萬物而適其情，而民始有以極其口腹耳目之欲。器利用便而巧詐生，求得欲從而心志廣，聖人又憂其桀猾變詐而難治也，是故制禮以反其初。

禮者，所以反本復始也。聖人非不知箕踞而坐，不揖而食，便於人情，而適於四體之安也。將必使之習爲迂闊難行之節，寬衣博帶，佩玉履舄，所以回翔容與，而不可以馳驟。上自朝廷，而下至於民，其所以視聽其耳目者，莫不近於迂闊。其衣以黼黻文章，其食以籩豆簠簋，其耕以井田，其進取選舉以學校，其治民以諸侯。嫁娶死喪，莫不有法，嚴之以鬼神，而重之以四時，所以使民自尊，而不輕爲姦。故曰禮之近於人情者，非其至也。周公、孔子，所以區區於升降揖讓之閒，丁寧反覆，而不敢失墜者，世俗之所謂迂闊，而不知夫聖人之權固在於此也。自五帝三代相承而不敢破，至秦有天下，始皇帝以詐力而并諸侯，自以爲智術之有餘，而禹、湯、文、武之不知出此也。於是廢諸侯，破井田，凡所以治天下者，一切出於便利，而不恥於無禮。決壞聖人之藩墻，而以利器明示天下。故自秦以來，天下惟知所以求生避死之具，而以禮者爲無用贅疣之物。何者？其意以爲生之無事乎禮也。苟生之無事乎禮，則凡可以得生者，無所不爲矣。嗚呼！此秦之禍所以至今而未息歟？

昔者始有書契，以科斗爲文，而其後始有規矩摹畫之迹，蓋今所謂大小篆者。至秦而更以隸。其後日以變革，貴於速成，而從其易。又創爲紙，以易簡策。是以天下簿書符檄，繁多委壓，而吏不能究，姦人有以措其手足。如使今世而尚用古之篆書簡策，則雖欲繁多，其勢無由。由此觀之，則凡所以便利天下者，是開詐僞之端也。嗟夫！秦既不可及矣，苟後之君子欲治天下，而惟便利之求，則是引民而日趨于詐也。悲夫！此文格勢正似老泉，蓋東坡少年如此，此後乃自變成體耳。東坡才思大於厥考矣，而筆力堅勁或不逮也。

蘇子瞻留侯論　○○○

古之所謂豪傑之士者，必有過人之節。人情有所不能忍者，匹夫見辱，拔劍而起，挺身而鬭，此不足爲勇也。天下有大勇者，卒然臨之而不驚，無故加之而不怒，此其所挾持者甚大，而其志甚遠也。

夫子房授書於圯上之老人也，其事甚怪。然亦安知其非秦之世有隱君子者出而試之？觀其所以微見其意者，皆聖賢相與警戒之義，而世不察，以爲鬼物，亦已過矣。且其意不在書。

當韓之亡，秦之方盛也，以刀鋸鼎鑊待天下之士，其平居無罪夷滅者，不可勝數。雖有賁、育，無所獲施。夫持法太急者，其鋒不可犯，而其勢未可乘。子房不忍忿忿之心，以匹夫之力，而逞于一擊之閒。當此之時，子房之不死者，其閒不能容髮，蓋亦已危矣。千金之子，不死于盗賊。何者？其身之可愛，而盗賊之不足以死也。子房以蓋世之才，不爲伊尹、太公之謀，而特出于荆軻、聶政之計，以僥倖於不死，此圯上老人所爲深惜者也。是故倨傲鮮腆而深折之。《九歎》：「切淟涊之流俗。」王逸云：「垢濁也。」即鮮腆字。彼其能有所忍也，然後可以就大事。故曰「孺子可教也」。

楚莊王伐鄭，鄭伯肉袒牽羊以迎。莊王曰：「其君能下人，必能信用其民矣。」遂舍之。句踐之困於會稽而歸，臣妾於吴者，三年而不勌。且夫有報人之志，而不能下人者，是匹夫之剛也。夫老人者，以爲子房才有餘，而憂其度量之不足，故深折其少年剛鋭之氣，使之忍小忿而就大謀。何則？非有平生之素，卒然相遇於草野之閒，而命以僕妾之役，油然而不怪者，此固秦皇之所不能驚，而項籍之所不能怒也。

觀夫高帝之所以勝，而項籍之所以敗者，在能忍與不能忍之閒而已矣。項籍惟不能忍，是以百戰百勝，而輕用其鋒。高祖忍之，養其全鋒而待其斃，此子房教之也。當淮陰破齊而欲自王，高祖發怒，見于辭色。由此觀之，猶有剛强不忍之氣，非子房其誰全之？

太史公疑子房以爲魁梧奇偉，而其狀貌乃如婦人女子，不稱其志氣。嗚呼，此其所以爲子房歟！

蘇子瞻賈誼論○○

非才之難，所以自用者實難。惜乎賈生王者之佐，而不能自用其才也。夫君子之所取者遠，則必有所待；所就者大，則必有所忍。古之賢人，皆有可致疑脱「治」字。之才，而卒不能行其萬一者，未必皆其時君之罪，或者其自取也。

愚觀賈生之論，如其所言，雖三代何以遠過。得君如漢文，猶且以不用死，然則是天下無堯舜，終不可以有所爲邪？仲尼聖人，歷試於天下，苟非大無道之國，皆欲勉强扶持，庶幾一日得行其道。將之荆，先之以子夏，申之以冉有。君子之欲得其君，如此其勤也。孟子去齊，三宿而後出晝，猶曰「王其庶幾召我」。君子之不忍棄其君，如此其厚也。有待。公孫丑問曰：「夫子何爲不豫？」孟子曰：「方今天下，舍我其誰哉！而吾何爲不豫？」君子之愛其身，如此其至也。有忍。夫如此而不用，然後知天下之果不足與有爲，而可以無憾矣。

若賈生者，非漢文之不用生，生之不能用漢文也。夫絳侯親握天子璽，而授之文帝。灌嬰連兵數十萬，以決劉、吕之雄雌。又皆高帝之舊將，此其君臣相得之分，豈特父子骨肉手足哉？賈生洛陽之少年，欲使其一朝之間，盡棄其舊而謀其新，亦已難矣。爲賈生者，上得其君，下得其大臣，如絳、灌之屬，優遊浸漬而深交之，使天子不疑，大臣不忌，然後舉天下而惟吾之所欲爲，不過十年，可以得志。安有立談之間，而遽爲人痛哭哉？不能待。觀其過湘，爲賦以弔屈原，悲鬱憤悶，趯然有遠舉之志，其後卒以自傷哭泣，至於夭絶。是亦不善處窮者也。夫謀之一不見用，安知終不復用也。不知默默以待其變，而自殘至此。不能忍。兩意反正處，皆序得錯綜。嗚呼！賈生志大而量小，才有餘而識不足也。

古之人有高世之才，必有遺俗之累。是故非聰明睿哲不惑之主，則不能全其用。古今稱苻堅得王猛於草茅之中，一朝盡斥去其舊臣，而與之謀。彼其匹夫略有天下之半，其以此哉！

愚深悲賈生之志，故備論之。亦使人君得如賈生之臣，則知其有狷介之操，一不見用，則憂傷病沮，不能復振。而爲賈生者，亦慎其所發哉！

蘇子瞻鼂錯論 ○○

天下之患，最不可爲者，名爲治平無事，而其實有不測之憂。坐觀其變，而不爲之所，則恐至於不可救。起而强爲之，則天下狃於治平之安，而不吾信。唯仁人君子，豪傑之士，爲能出身爲天下犯大難以求成大功。此固非勉强期月之閒，而苟以求名者之所能也。天下治平，無故而發大難之端，吾發之，吾能收之，然後能免難於天下。事至，而循循焉欲去之，使他人任其責，則天下之禍，必集於我。

昔者鼂錯盡忠爲漢，謀弱山東之諸侯。諸侯竝起，以誅錯爲名，而天子不察，以錯爲說。天下悲錯之以忠而受禍，而不知錯之有以取之也。

古之立大事者，不唯有超世之才，亦必有堅忍不拔之志。昔禹之治水，鑿龍門、決大河而放之海。方其功之未成也，蓋亦有潰冒衝突可畏之患，惟能前知其當然，事至不懼，而徐爲之所，是以得至於成功。夫以七國之强，而驟削之，其爲變豈足怪哉！錯不於此時捐其身，爲天下當大難之衝，而制吴、楚之命，乃爲自全之計，欲使天子自將，而己居守。且夫發七國之難者誰乎？己欲求其名，安所逃其患？以自將之至危，與居守之至安，較易知也。己爲難首，擇其至安，而遺天子以其至危，此忠臣義士，所以憤惋而不平者也。當此之時，雖無袁盎，錯亦未免于禍。何者？己欲居守，而使人主自將，以情而言，天子固已難之矣，而重違其議，是以袁盎之説，得行於其閒。

使吴、楚反，錯以身任其危，日夜淬礪，東向而待之，使不至於累其君，則天子將恃之以爲無恐，雖有百盎，可得而閒哉？

功。惟其欲自固其身，而天子不悦，姦臣得以乘其隙。錯之所以自全者，乃其所以自禍與？

嗟夫！世之君子，欲求非常之功，則無務爲自全之計。使錯自將而擊吴、楚，未必無

蘇子瞻大臣論二首 ○

以義正君，而無害於國，可謂大臣矣。

天下不幸而無明君，使小人執其權。當此之時，天下之忠臣義士，莫不欲奮臂而擊之。夫小人者，必先得於其君，而自固於天下，是故法不可擊。擊之而不勝，身死其禍止於一身；擊之而勝，君臣不相安，天下必亡。是以《春秋》之法，不待君命而誅其側之惡人謂之叛。晉趙鞅入于晉陽以叛是也。

世之君子，將有志於天下，欲扶其衰而救其危者，必先計其後而爲可居之功。其濟不濟，則命也。是故功成而天下安之。今小人，君不誅而吾誅之，則是侵君之權，而不可居之功也。夫既已侵君之權，而能北面就人臣之位，使君不吾疑者，天下未嘗有也。國之有小人，猶人之有癭。今人之癭，必生於頸而附於咽，是以不可去。有賤丈夫者，不勝其忿，

而決去之，夫是以去疾而得死。漢之亡，唐之滅，由此故也。自桓、靈之後，至於獻帝，天下之權，歸於内豎。賢人君子，進不容於朝，退不容於野。天下之怒，可謂極矣。當此之時，議者以爲天下之患，獨在宦官，宦官去，則天下無事。然竇武、何進之徒，擊之不勝，止於身死；袁紹擊之而勝，漢遂以亡。唐之衰也，其迹亦大類此。自輔國、元振之後，天子之廢立，聽於宦官。當此之時，士大夫之論，亦惟宦官之爲去。然而李訓、鄭注、元載之徒，擊之不勝，止於身死；至於崔昌遐擊之而勝，董塢先生云：易崔允之名，以廟諱故也。然崔字垂休。唐亦以亡。方其未去，是纍然者，瘻而已矣。及其既去，則潰裂四出，而繼之以死。何者？此侵君之權，而不可居之功也。且爲人臣而不顧其君，捐其身於一決，以快天下之望，亦已危矣。故其成，則爲袁、爲崔；敗，則爲何、竇，爲訓、注。然則忠臣義士，亦奚取於此哉？夫竇武、何進之亡，天下悲之，以爲不幸。然亦幸而不成，使其成也，二子者將何以居之？故曰「以義正君，而無害于國，可謂大臣矣」。

天下之權在於小人，君子之欲擊之也，不亡其身，則亡其君。然則是小人者，終不可去乎？聞之曰：迫人者其智淺，迫於人者其智深。非才有不同，所居之勢然也。古之爲兵者，圍師勿遏，窮寇勿追，誠恐其知死而致力，則雖有衆，無所用之。故曰「同舟而遇風，則胡越可使相救如左右手」。

小人之心，自知其負天下之怨，而君子之莫吾赦也，則將日夜爲計，以備一旦卒然不可測之患。今君子又從而疾惡之，是以其謀不得不深，其交不得不合。交合而謀深，則其致毒也，忿戾而不可解。故凡天下之患起於小人，而成於君子之速之也。小人在內，君子在外；君子爲客，小人爲主。主未發而客先焉，則小人之詞直，而君子之勢近於不順。直則可以欺衆，而不順則難以令其下。故昔之舉事者，常以中道而衆散，以至於敗，則其理豈不甚明哉？

若夫智者則不然。內以自固其君子之交，而厚集其勢；外以陽浮而不逆於小人之意，以待其閒。寬之使不吾疾，狃之使不吾慮。啖之以利，以昏其智；順適其意，以殺其怒。然後待其發而乘其隙，推其墜而挽其絶。故其用力也約，而無後患。莫爲之先，故君不怒而勢不偪。如此者，功成而天下安之。

今夫小人，急之則合，寬之則散，是從古以然也。見利不能不争，見患不能不避，無信不能不相詐，無禮不能不相瀆。是故其交易閒，其黨易破也。而君子不務寬之以待其變，而急之以合其交，亦已過矣。君子小人雜居而未決，爲君子之計者，莫若深交而無爲。苟不能深交而無爲，則小人倒持其柄，而乘吾隙。昔漢高之亡，以天下屬平、勃。及高后臨朝，擅王諸呂，廢黜劉氏。平日縱酒無一言，及用陸賈計，以千金交歡絳侯，卒以此誅諸呂，定劉氏。使此二人者而不相能，則是將相相攻之不暇，而何暇及於劉、呂之存亡哉！

故其説曰：將相和調，則士豫附。士豫附，則天下雖有變而權不分。嗚呼！知此其足以爲大臣矣夫。

古文辭類篹四終

論辨類五

蘇子由商論 ○○

商之有天下者三十世，而周之世三十有七。商之既衰而復興者五王，而周之既衰而復興者，宣王一人而已。夫商之多賢君，宜若其世之過於周，周之賢君不如商之多，而其久於商者乃數百歲，其故何也？

蓋周公之治天下，務以文章繁縟之禮，和柔馴擾剛强之民，故其道本於尊尊而親親，貴老而慈幼，使民之父子相愛，兄弟相悦，以無犯上難制之氣。行其至柔之道，以揉天下之戾心，而去其剛毅果敢之志，故其享天下至久。而諸侯内侵，京師不振，卒於廢爲至弱之國。何者？優柔和易，可以爲久，而不可以爲强也。若夫商人之所以爲天下者，不可復見矣。嘗試求之《詩》、《書》。《詩》之寬緩而和柔，《書》之委曲而繁重者，舉皆周也。而商人之《詩》駿發而嚴厲，其《書》簡潔而明肅，以爲商人之風俗，蓋在乎此矣。夫惟天下有剛强不屈之俗也，故其後世有以自振於衰微，然至其敗也，一散而不可復止。蓋物之强者易以折，而柔忍者可以久存。柔者可以久存，而常困於不勝；强者易以折，而其末也，乃可以有所立。此商之所以不長，而周之所以不振也。

嗚呼！聖人之慮天下，亦有所就而已。不能使之無弊也。使之能久而不能强，能以自振而不能以及遠。此二者，存乎其後世之賢與不賢矣。太公封於齊，尊賢而尚功。周公曰：「後世必有簒弑之臣。」周公治魯，親親而尊尊。太公曰：「後世寖衰矣！」夫尊賢尚功，則近於强；親親尊尊，則近於弱。終之齊有田氏之禍，而魯人困於盟主之令。蓋商之政近於齊，而周公之所以治周者，其所以治魯也。故齊强而魯弱，魯未亡而齊亡也。

蘇子由六國論 ○○

嘗讀《六國世家》，竊怪天下之諸侯，以五倍之地，十倍之衆，發憤西向，以攻山西千里之秦，而不免於滅亡。常爲之深思遠慮，以爲必有可以自安之計。蓋未嘗不咎其當時之士，慮患之疎，而見利之淺，且不知天下之勢也。

夫秦之所與諸侯爭天下者，不在齊、楚、燕、趙也，而在韓、魏之郊；諸侯之所與秦爭天下者，不在齊、楚、燕、趙也，而在韓、魏之野。秦之有韓、魏，譬如人之有腹心之疾也。

韓、魏塞秦之衝，而蔽山東之諸侯，故夫天下之所重者，莫如韓、魏也。昔者范雎用於秦而收韓，商鞅用於秦而收魏。昭王未得韓、魏之心，而出兵以攻齊之剛壽，而范雎以爲憂。然則秦之所忌者，可以見矣。秦之用兵於燕、趙，秦之危事也。越韓過魏，而攻人之國都，燕、趙拒之于前，而韓、魏乘之於後，此危道也。而秦之攻燕、趙，未嘗有韓、魏之憂，則韓、魏之附秦故也。夫韓、魏諸侯之障，而使秦人得出入於其閒，此豈知天下之勢邪？委區區之韓、魏，以當强虎狼之秦，彼安得不折而入於秦哉？韓、魏折而入於秦，然後秦人得通其兵於東諸侯，而使天下徧受其禍。

夫韓、魏不能獨當秦，而天下之諸侯藉之以蔽其西，故莫如厚韓親魏以擯秦。秦人不敢逾韓、魏以窺齊、楚、燕、趙之國，而齊、楚、燕、趙之國，因得以自完於其閒矣。以四無事之國，佐當寇之韓、魏，使韓、魏無東顧之憂，而爲天下出身以當秦兵。以二國委秦，而四國休息於內，以陰助其急。若此可以應夫無窮，彼秦者將何爲哉？不知出此，而乃貪疆埸尺寸之利，背盟敗約，以自相屠滅。秦兵未出，而天下諸侯已自困矣，至使秦人得伺其隙以取其國。可不悲哉！

蘇子由三國論 ○○

天下皆怯而獨勇，則勇者勝；皆闇而獨智，則智者勝。勇而遇勇，則勇者不足恃也；智而遇智，則智者不足用也。夫唯智勇之不足以定天下，是以天下之難蠭起而難平。蓋嘗聞之，古者英雄之君，其遇智勇也，以不智不勇，而後真智大勇，乃可得而見也。悲夫，世之英雄，其處於世，亦有幸不幸邪！

漢高祖、唐太宗，是以智勇獨過天下，而得之者也。曹公、孫、劉，是以智勇相遇，而失之者也。以智攻智，以勇擊勇，此譬如兩虎相捽，齒牙氣力，無以相勝，其勢足以相擾，而不足以相斃。當此之時，惜乎無有以漢高帝之事制之者也。

昔者項籍乘百戰百勝之威，而執諸侯之柄，咄嗟叱咤，奮其暴怒，西向以逆高祖。其勢飄忽震蕩，如風雨之至，天下之人以爲遂無漢矣。然高帝以其不智不勇之身，橫塞其衝，徘徊而不得進。其頑鈍椎魯，足以爲笑於天下，而卒能摧折項氏而待其死。此其故何也？夫人之勇力，用而不已，則必有所耗竭，而其智慮久而無成，則亦必有所倦怠而不舉。彼欲用其所長，以制我於一時，而我閉門而拒之，使之失其所求，逡巡求去而不能去。而項籍固已僨矣！

今夫曹公、孫權、劉備，此三人者，皆知以其才相取，而未知以不才取人也。世之言者曰：「孫不如曹，而劉不如孫。」劉備惟智短而勇不足，故有所不若於二人者，而不知因其所不足以求勝，則亦已惑矣。蓋劉備之才近似於高祖，而不知所以用之之術。昔高祖之所以自用其才者，其道有三焉耳：先據勢勝之地，以示天下之形；廣收信、越出奇之將，以自輔其所不逮；有果鋭剛猛之氣而不用，以深折項籍猖狂之勢。此三事者，三國之君，其才皆無有能行之者。獨有一劉備近之而未至，其中猶有翹然自喜之心，欲爲椎魯而不能鈍，欲爲果鋭而不能達，二者交戰於中，而未有所定。是故所爲而不成，所欲而不遂。棄天下而入巴蜀，則非地也；用諸葛孔明治國之才，而當紛紜征伐之衝，則非將也；不忍忿忿之心，犯其所短，而自將以攻人，則是其氣不足尚也。嗟夫！方其奔走於二袁之間，困於吕布，而狼狽於荆州，百敗而其志不折，不可謂無高祖之風矣，而終不知所以自用之方。夫古之英雄，唯漢高帝爲不可及也夫！

蘇子由漢文帝論 ○

老子曰：「柔勝剛，弱勝强。」漢文帝以柔御天下，剛彊者皆承風而靡。尉佗稱號南越，帝復其墳墓，召貴其兄弟。佗去帝號，俯伏稱臣。匈奴桀敖，陵駕中國。帝屈體遺書，厚以繒絮，雖未能調伏，然兵革之禍，比武帝世十一二耳。吴王濞包藏禍心，稱病不朝，帝賜之几杖。濞無所發怒，亂以不作。使文帝尚在，不出十年，濞亦已老死，則東南之亂，無由起矣。至景帝不能忍，用鼂錯之計，削諸侯地，濞因之號召七國，西向入關。漢遣三十六將軍，竭天下之力，僅乃破之。錯言「諸侯强大，削之亦反，不削亦反。削之，則反疾而禍小；不削，則反遲而禍大」，世皆以其言爲信，吾以爲不然。誠如文帝忍而不削，濞必未反。遷延數歲之後，變故不一，徐因其變而爲之備，所以制之者固多術矣。猛虎在山，日食牛羊，人不能堪，荷戈而往刺之。幸則虎斃，不幸則人死，其爲害亟矣。鼂錯之計，何以異此？若能高其垣墻，深其陷穽，時伺而謹防之，虎安能必爲害？此則文帝之所以備吴也。嗚呼！爲天下慮患，而使好名貪利小丈夫制之，其不爲鼂錯者鮮矣。

蘇子由唐論 ○

天下之變，常伏於其所偏重而不舉之處，故內重則爲內憂，外重則爲外患。古者聚兵京師，外無强臣，天下之事，皆制於內。當此之時，謂之內重。內重之獘，姦臣內擅，而外無所忌，匹夫橫行於四海，而莫能禁，其亂不起於左右之大臣，則生於山林小民之英雄。故夫天下之重，不可使專在內也。古者諸侯大國，或數百里，兵足以戰，食足以守，而其權足以生殺，然後能使四夷盜賊之患，不至於內，天子之大臣，有所畏忌，而內患不作。當此之時，謂之外重。外重之獘，諸侯擁兵，而內無以制。由此觀之，則天下之重，固不可使在內，而亦不可使在外也。

自周之衰，齊、晉、秦、楚，緜地千里，內不勝於其外，以至於滅亡而不救。秦人患其外之已重而至於此也，於是收天下之兵，而聚之關中，夷滅其城池，殺戮其豪傑，使天下之命皆制於天子。然至於二世之時，陳勝、吴廣，大呼起兵，而郡縣之吏，熟視而走，無敢誰何。趙高擅權於內，頤指如意，雖李斯爲相，備五刑而死於道路。其子李由守三川，擁山河之固，而不敢校也。此二患者，皆始於外之不足，而無有以制之也。至於漢興，懲秦孤立之弊，乃大封侯王。而高帝之世，反者九起，其遺孽餘烈，至於文、景，而爲淮南、濟北、吴、楚之亂。於是武帝分裂諸侯，以懲大國之禍。而其後百年之間，王莽遂得以奮其志於天下，而劉氏之子孫，無復齟齬。魏、晉之世，乃益侵削諸侯，四方微弱，不復爲亂。而朝廷之權臣，山林之匹夫，常爲天下之大患。此數君者，其所以制其内外輕重之際，皆有以自取其亂，而莫之或知也。

夫天下之重在内則爲内憂，在外則爲外患。而秦、漢之間，不求其勢之本末，而更相懲戒，以就一偏之利，故其禍循環無窮，而不可解也。且夫天子之於天下，非如婦人孺子之愛其所有也。得天下而謹守之，不忍以分於人，此匹夫之所謂智也，而不知其無成者，未始不自不分始。故夫聖人將有所大定於天下，非外之有權臣，則不足以鎮之也。而後世之君，乃欲去其爪牙，翦其股肱，而責其成功，亦已過矣，夫天下之勢，内無重，則無以威外之强臣；外無重，則無以服内之大臣，而絶姦民之心。此二者，其勢相持而後成，而不可一輕者也。

昔唐太宗既平天下，分四方之地，盡以沿邊爲節度府，而范陽、朔方之軍，皆帶甲十萬。上足以制夷狄之難，下足以備匹夫之亂，内足以禁大臣之變，而將帥之臣常不至於叛者，内有重兵之勢以預制之也。貞觀之際，天下之兵八百餘府，而在關中者五百。舉天下之眾，而後能當關中之半，然而朝廷之臣，亦不至於乘閒釁以邀大利者，外有節度之權以破其心也。故外之節度，有周之諸侯外重之勢，而易置從命，得以擇其賢不肖之才，是以人君無征伐之勞，而天下無世臣暴虐之患。内之府兵，有秦之關中内重之勢，而左右謹飭，莫敢爲不義之行。是以上無逼奪之危，下無誅絶之禍。蓋周之諸侯，内無府兵之威，故陷於逆亂，而不能以自正；秦之關中，外無節度之援，故脅於大臣，而不能以自立。有周、秦之利，而無周、秦之害，形格勢禁，内之不敢爲變，而外之不敢爲亂，未有如唐制之得者也。

而天下之士，不究利害之本末，猥以成敗之遺蹤，而論計之得失，徒見開元之後，强兵悍將，皆爲天下之大患，而遂以太宗之制，爲猖狂不審之計。夫論天下，論其勝敗之形，以定其法制之得失，則不若窮其所由勝敗之處。蓋天寶之際，府兵四出，萃於范陽。而德宗之世，禁兵皆戍趙、魏，是以禄山、朱泚，得至於京師，而莫之能禁，一亂塗地，終于昭宗，而天下卒無寧歲。内之强臣，雖有輔國、元振、守澄、士良之徒，而卒不能制唐之命。誅王涯，殺賈餗，自以爲威震四方，然劉從諫爲之一言，而震慴自斂，不敢復肆。其後崔昌遐倚朱温之兵，以誅宦官，去天下之監軍，而無一人敢與抗者。由此觀之，唐之衰，其弊在於外重，而外重之弊，起於府兵之在外，非所謂制之失，而後世之不用也。

王介甫原過 ○

天有過乎？有之，陵歷鬬蝕是也。地有過乎？有之，崩弛竭塞是也。天地舉有過，卒不累覆且載者何？善復常也。人介乎天地之閒，則固不能無過，卒不害聖且賢者何？亦善復常也。故太甲思庸，孔子曰：「勿憚改過。」揚雄貴遷善，皆是術也。予之朋有過而能悔，悔而能改，人則曰：「是向之從事云爾，今從事與向之從事弗類，非其性也，飾表以疑世也。」夫豈知言哉？

天播五行於萬靈，人固備而有之。有而不思則失，思而不行則廢。一日咎前之非，沛然思而行之，是失而復得，廢而復舉也。顧曰非其性，是率天下而戕性也。且如人有財，見篡于盜，已而得之，曰非夫人之財，向篡於盜矣。可歟？不可也。財之在己，固不若性之爲己有也。財失復得，曰非其財且不可。性失復得，曰非其性可乎？

王介甫復讎解 ○

或問復讎，對曰：非治世之道也。明天子在上，自方伯、諸侯，以至於有司，各修其職，其能殺不辜者少矣。不幸而有焉，則其子弟以告於有司。有司不能聽，以告於其君；其君不能聽，以告於方伯；方伯不能聽，以告於天子，則天子誅其不能聽者，而爲之施刑於其讎。亂世，則天子、諸侯、方伯，皆不可以告。故《書》説紂曰：「凡有辜罪，乃罔恆獲。小民方興，相爲敵讎。」蓋讎之所以興，以上之不可告，辜罪之不常獲也。方是時有父兄之讎，而輒殺之者，君子權其勢，恕其情，而與之可也。故復讎之義，見於《春秋傳》，見於《禮記》，爲亂世之爲子弟者言之也。

《春秋傳》以爲父受誅，子復讎，不可也。此言不敢以身之私，而害天下之公。又以爲父不受誅，子復讎可也。此言不以有可絶之義，廢不可絶之恩也。

《周官》之説曰：「凡復讎者，書於士，殺者無罪。」疑此非周公之法也。凡所以有復讎者，以天下之亂，而士之不能聽也。有士矣，不能聽其殺人之罪以施行，而使爲人之子弟者讎之，然則何取於士而禄之也？古之於殺人，其聽之可謂盡矣，猶懼其未也，曰：「與其殺不辜，寧失不經。」今書于士，則殺之無罪，則所謂復讎者，果所謂可讎者乎？庸詎知其不獨有可言者乎？就當聽其罪矣，則不殺于士師，而使讎者殺之何也？故疑此非周公之法也。

或曰：世亂而有復讎之禁，則寧殺身以復讎乎？將無復讎而以存人之祀乎？曰：可以復讎而不復，非孝也；復讎而殄祀，亦非孝也。以讎未復之恥，居之終身焉，蓋可也。讎之不復者天也，不忘復讎者己也。克己以畏天，心不忘其親，不亦可矣。

劉才甫息争

昔者孔子之弟子，有德行，有政事，有言語、文學。其鄙有樊遲，其狂有曾點。孔子之師，有老聃，有郯子，有萇弘、師襄。其故人有原壤，而相知有子桑伯子。仲弓問子桑伯子，而孔子許其爲簡。及仲弓疑其太簡，然後以雍言爲然。是故南郭惠子問於子貢曰：「夫子之門，何其雜也？」嗚呼，此其所以爲孔子歟？

至於孟子乃爲之言曰：「今天下不之楊則之墨。」「楊、墨之言不息，孔子之道不著。」「能言距楊、墨者，聖人之徒。」當時因以孟子爲好辨，雖非其實，而好辨之端，由是啟矣。

唐之韓愈，攘斥佛、老，學者稱之。下逮有宋，有洛、蜀之黨，有朱、陸之同異。爲洛之徒者，以排擊蘇氏爲事；爲朱之學者，以詆諆陸子爲能。

吾以爲天地之氣化，萬變不窮，則天下之理，亦不可以一端盡。昔者曾子之一以貫之，自力行而入；子貢之一以貫之，自多學而得。以後世觀之，子貢是則曾子非矣。然而孔子未嘗區别於其閒，其道固有以包容之也。夫所惡於楊、墨者，爲其無父無君也，斥老、佛者，亦曰棄君臣，絶父子，不爲昆弟夫婦，以求其清浄寂滅。如其不至於是，而吾獨何爲訾謷之？

大盗至，胠篋探囊，則荷戈戟以隨之。服吾之服，而誦吾之言，吾將畏敬親愛之不暇。今也操室中之戈，而爲門内之鬭，是亦不可以已乎？

夫未嘗深究其言之是非，見有稍異於己者，則衆起而排之，此不足以論人也。人貌之不齊，稍有巨細長短之異，遂斥之以爲非人，豈不過哉？北宫黝、孟施舍，其去聖人之勇蓋遠甚，而孟子以爲似曾子、似子夏。然則諸子之跡雖不同，以爲似子夏、似曾子可也。

居高以臨下，不至於争，爲其不足與我角也。至於才力之均敵，而惟恐其不能相勝，於是紛紜之辨以生。是故知道者，視天下之歧趨異説，皆未嘗出於吾道之外，故其心恢然有餘。夫恢然有餘，而於物無所不包，此孔子之所以大而無外也。恣肆縱蕩處本於《莊子》，但不逮《莊子》之閎奇耳。

古文辭類纂五終

序跋類一

司馬子長十二諸侯年表序 ○

太史公讀《春秋曆譜諜》，至周厲王，未嘗不廢書而歎也，曰：嗚呼，師摯見之矣！紂爲象箸而箕子唏，周道缺，詩人本之衽席，《關雎》作。《後漢·明帝紀》：「應門失守，《關雎》刺世。」章懷引薛君《韓詩章句》云：「今時大人内傾於色，賢人見其萌，故詠《關雎》。」鼐按：太史公意，蓋以《關雎》即爲師摯作，與孔、鄭説《論語》摯爲魯哀時人異議。不知亦是韓詩説否？仁義陵遲，《鹿鳴》刺焉。及至厲王，以惡聞其過，公卿懼誅而禍作，厲王遂奔於彘，亂自京師始，而共和行政焉。是後或力政，彊乘弱，興師不請天子。然挾王室之義，以討伐爲會盟主，政由五伯，諸侯恣行，淫侈不軌，賊臣簒子滋起矣。齊、晉、秦、楚，其在成周，微甚，封或百里，或五十里。晉阻三河，齊負東海，楚介江、淮，秦因雍州之固，四國迭興，更爲伯主，文、武所褒大封，皆威而服焉。是以孔子明王道，干七十餘君，莫能用。故西觀周室，論史記舊聞，興於魯，而次《春秋》，上記隱，下至哀之獲麟，約其辭文，去其煩重，以制義法，王道備，人事浹。七十子之徒，口受其傳指，爲有所刺譏，褒諱挹損之文辭，不可以書見也。魯君子左邱明，懼弟子人人異端，各安其意，失其真，故因孔子史記具論其語，成《左氏春秋》。鐸椒爲楚威王傅，爲王不能盡觀《春秋》，采取成敗，卒四十章，爲《鐸氏微》。趙孝成王時，其相虞卿，上采《春秋》，下觀近勢，亦著八篇，爲《虞氏春秋》。呂不韋者，秦莊襄王相，亦上觀尚古，删拾《春秋》，集六國時事，以爲八覽、六論、十二紀，爲《呂氏春秋》。及如荀卿、孟子、公孫固、韓非之徒，《公孫固》一篇十八章，在《藝文志》儒家。各往往捃摭《春秋》之文以著書，不可勝紀。漢相張蒼歷譜五德，上大夫董仲舒推《春秋》義，頗著文焉。

太史公曰：儒者斷其義，馳説者騁其辭，不務綜其終始。歷人取其年月，數家隆於神運，譜諜獨記世謚，鼐按：歷人、譜諜二類，《七略》併爲歷譜，入《數術略》。其數家隆於神運，鄒子終始之流也，入《諸子略》陰陽家。其辭略，欲一觀諸要難。于是譜十二諸侯，自共和訖孔子，表見《春秋》、《國語》，學者所譏盛衰大指著於篇，爲成學治國聞者要删焉。今本「治古文者」，徐廣曰：「一云『治國聞者』。」鼐按：當爲「治國聞者」爲是。

司馬子長六國表序 〇〇〇

太史公讀《秦記》，至犬戎敗幽王，周東徙洛邑，秦襄公始封爲諸侯，作西畤，用事上帝，僭端見矣。《禮》曰：天子祭天地，諸侯祭其域内名山大川。今秦雜戎翟之俗，先暴戾，後仁義，位在藩臣，而臚於郊祀，君子懼焉。及文公踰隴攘夷狄，尊陳寶，營岐、雍之閒，而穆公修政，東竟至河，則與齊桓、晉文中國侯伯侔矣。是後陪臣執政，大夫世禄，六卿擅晉權，征伐會盟，威重於諸侯。及田常殺簡公而相齊國，諸侯晏然弗討，海内争於戰攻矣。三國終之，卒分晉，田和亦滅齊而有之，六國之盛自此始。務在彊兵并敵，謀詐用而從衡短長之説起。矯稱蠭出，誓盟不信，雖置質剖符，猶不能約束也。秦始小國，僻遠，諸夏賓之，比於戎翟。至獻公之後，常雄諸侯。論秦之德義，不如魯、衛之暴戾者；量秦之兵，不如三晉之彊也。然卒并天下，非必險固便，形勢利也，蓋若天所助焉。

或曰：東方物所始生，西方物之成孰。夫作事者必於東南，收功實者常於西北。故禹興於西羌，湯起於亳，周之王也，以豐鎬伐殷，秦之帝用雍州興，漢之興自蜀漢。

秦既得意，燒天下詩書，諸侯史記尤甚，爲其有所刺譏也。詩書所以復見者，多藏人家，而史記獨藏周室，以故滅。惜哉，惜哉！獨有《秦記》，又不載日月，其文略不具，然戰國之權變，亦有可頗采者，何必上古？秦取天下多暴，然世異變，成功大。《傳》曰：「法後王。」何也？以其近己而俗變相類，議卑而易行也。學者牽於所聞，見秦在帝位日淺，不察其終始，因舉而笑之不敢道，此與以耳食無異，悲夫！

余於是因《秦記》踵《春秋》之後，起周元王，表六國時事，訖二世，凡二百七十年，著諸所聞興壞之端。後有君子，以覽觀焉。

司馬子長秦楚之際月表序 ○○○

太史公讀秦、楚之際曰：初作難，發於陳涉；虐戾滅秦，自項氏；撥亂誅暴，平定海內，卒踐帝祚，成於漢家。五年之閒，號令三嬗，自生民以來，未始有受命若斯之亟也。

昔虞、夏之興，積善累功數十年，德洽百姓，攝行政事，考之於天，然後在位。湯武之王，乃由契、后稷，修仁行義十餘世，不期而會孟津八百諸侯，猶以爲未可，其後乃放弑。秦起襄公，章於文、繆，獻、孝之後，稍以蠶食六國，百有餘載，至始皇乃能并冠帶之倫。以德若彼，用力如此，蓋一統若斯之難也。

秦既稱帝，患兵革不休，以有諸侯也，於是無尺土之封，隳壞名城，銷鋒鏑，鉏豪桀，維萬世之安。然王跡之興，起於閭巷，合從討伐，軼於三代，鄉秦之禁，適足以資賢者爲驅除難耳。故憤發其所爲天下雄，安在無土不王？此乃傳之所謂大聖乎？豈非天哉，豈非天哉！非大聖孰能當此受命而帝者乎？

司馬子長漢興以來諸侯年表序 ○○○

太史公曰：殷以前尚矣。周封五等：公、侯、伯、子、男。然封伯禽、康叔於魯、衛，地各四百里，親親之義，褒有德也；太公於齊，兼五侯地，尊勤勞也。武王、成、康所封數百，而同姓五十五，地上不過百里，下三十里，以輔衛王室。管、蔡、康叔、曹、鄭，「康叔」蓋「唐叔」字誤。或過或損。厲、幽之後，王室缺，侯伯彊國興焉，天子微，弗能正。非德不純，形勢弱也。

漢興序二等。高祖末年，非劉氏而王者，若無功上所不置而侯者，天下共誅之。高祖子弟同姓爲王者九國，唯獨長沙異姓，而功臣侯者百有餘人。自雁門、太原以東，至遼陽，爲燕、代國；常山以南，太行左轉，度河、濟，阿、甄以東，薄海，爲齊、趙國；自陳以西，南至九疑，「西」字疑衍。東帶江、淮、穀、泗，薄會稽，爲梁、楚、吴、淮南、長沙國，皆外接於胡、越。而内地北距，山以東，盡諸侯地，大者或五六郡，連城數十，置百官宫觀，僭於天子，漢獨有三河、東郡、潁川、南陽。自江陵以西至蜀，北自雲中至隴西，與内史，凡十五郡，而公主、列侯頗食邑其中。何者？天下初定，骨肉同姓少，故廣彊庶孽，以鎮撫四海，用承衛天子也。

漢定百年之閒，親屬益疎，諸侯或驕奢，忕邪臣計謀爲淫亂，大者叛逆，小者不軌於法，以危其命，殞身亡國。天子觀於上古，然後加惠，使諸侯得推恩分子弟國邑。故齊分爲七，趙分爲六，梁分爲五，淮南分三，及天子支庶子爲王，王子支庶爲侯，百有餘焉。吴、楚時，前後諸侯或以適削地，是以燕、代無北邊郡，吴、淮南、長沙無南邊郡，齊、趙、梁、楚支郡名山陂海，咸納於漢。諸侯稍微，大國不過十餘城，小侯不過數十里，上足以奉貢職，下足以供養祭祀，以蕃輔京師。而漢郡八九十，形錯諸侯閒，犬牙相臨，秉其阸塞地利，彊本榦、弱枝葉之勢也，尊卑明而萬事各得其所矣。

臣遷謹記高祖以來至太初諸侯，譜其下益損之時，令後世得覽。形勢雖彊，要之以仁義爲本。

司馬子長高祖功臣侯者年表序 ○

太史公曰：古者人臣功有五品，以德立宗廟、定社稷曰勳，以言曰勞，用力曰功，明其等曰伐，積日曰閱。封爵之誓曰：「使河如帶，泰山若厲。國以永寧，爰及苗裔。」始未嘗不欲固其根本，而枝葉稍陵夷衰微也。

余讀高祖侯功臣，察其首封，所以失之者，曰：異哉所聞！《書》曰：「協和萬國。」遷於夏、商，或數千歲。蓋周封八百，幽、厲之後，見於《春秋》。《尚書》有唐、虞之侯伯，歷三代千有餘載，自全，以蕃衛天子，豈非篤於仁義、奉上法哉？漢興，功臣受封者百有餘人。天下初定，故大城名都散亡，户口可得而數者十二三，是以大侯不過萬家，小者五六百户。後數世，民咸歸鄉里，户益息，蕭、曹、絳、灌之屬，或至四萬，小侯自倍，富厚如之。子孫驕溢，忘其先，淫嬖。至太初，百年之閒，見侯五，餘皆坐法，殞命亡國，耗矣。罔亦少密焉，然皆身無兢兢於當世之禁云。

居今之世，志古之道，所以自鏡也，未必盡同。帝王者，各殊禮而異務，要以成功爲統紀，豈可緄乎？觀所以得尊寵，及所以廢辱，亦當世得失之林也，何必舊聞？於是謹其終始，表見其文，頗有所不盡本末，著其明，疑者闕之。後有君子，欲推而列之，得以覽焉。

司馬子長建元以來侯者年表序 ○○

太史公曰：匈奴絶和親，攻當路塞。閩越擅伐，東甌請降。二夷交侵，當盛漢之隆，以此知功臣受封，侔於祖考矣。何者？自《詩》、《書》稱三代「戎狄是膺，荆荼是徵」，齊桓越燕伐山戎，武靈王以區區趙服單于，秦繆用百里霸西戎，吳、楚之君，以諸侯役百越。況乃以中國一統，明天子在上，兼文武，席卷四海，内輯億萬之衆，豈以晏然不爲邊境征伐哉！自是後，遂出師北討彊胡，南誅勁越，將卒以次封矣。

劉子政戰國策序 ○○

周室自文、武始興，崇道德，隆禮義，設辟雍、泮宫、庠序之教，陳禮樂絃歌移風之化。敘人倫，正夫婦，天下莫不曉然論孝悌之義、惇篤之行。故仁義之道，滿乎天下，卒致之刑措四十餘年。遠方慕義，莫不賓服，雅頌歌咏，以思其德。下及康、昭之後，雖有衰德，其綱紀尚明。及春秋時，已四五百載矣，然其餘業遺烈，流而未滅。五伯之起，尊事周室。

五伯之後，時君雖無德，人臣輔其君者，若鄭之子産、晉之叔向、齊之晏嬰，挾君輔政，以並立於中國，猶以義相支持，歌詠以相感，聘覲以相交，期會以相一，盟誓以相救。天子之命，猶有所行；會享之國，猶有所恥。小國得有所依，百姓得有所息。故孔子曰：「能以禮讓爲國乎何有？」周之流化，豈不大哉？及春秋之後，衆賢輔國者既没，而禮義衰矣。孔子雖論《詩》、《書》，定《禮》、《樂》，王道粲然分明，以匹夫無勢，化之者七十二人而已，皆天下之俊也，時君莫尚之。是以王道遂用不興。故曰：「非威不立，非勢不行。」

仲尼既没之後，田氏取齊，六卿分晉，道德大廢，上下失序。至秦孝公，捐禮讓而貴戰争，棄仁義而用詐譎，苟以取强而已矣。夫篡盗之人，列爲侯王；詐譎之國，興立爲强。是以轉相放效，後生師之，遂相吞滅，併大兼小，暴師經歲，流血滿野，父子不相親，兄弟不相安，夫婦離散，莫保其命，湣然道德絶矣。晚世益甚。萬乘之國七，千乘之國五，敵侔争權，盡爲戰國。貪饕無恥，競進無厭。國異政教，各自制斷。上無天子，下無方伯。力功争强，勝者爲右。兵革不休，詐僞並起。當此之時，雖有道德，不得施設。有謀之强，負阻而恃固。連與交質，重約結誓，以守其國。故孟子、孫卿儒術之士，棄捐於世；而遊説權謀之徒，見貴於俗。是以蘇秦、張儀、公孫衍、陳軫、代、厲之屬，主從横短長之説，左右傾側。蘇秦爲從，張儀爲横。横則秦帝，從則楚王。所在國重，所去國輕。然當此之時，秦國最雄，諸侯方弱，蘇秦結之，合六國爲一，以儐背秦。秦人恐懼，不敢闚兵於關中，天下不交兵者，二十有九年。然秦國勢便形利，權謀之士，咸先馳之。蘇秦始欲横秦，弗用，故東合從。及蘇秦死後，張儀連横，諸侯聽之，西向事秦。是故始皇因四塞之固，據崤、函之阻，跨隴、蜀之饒，聽衆人之策，乘六世之烈，以蠶食六國，兼諸侯，并有天下。杖於謀詐之積，終無信篤之誠，無道德之教，仁義之化，以綴天下之心。任刑法以爲治，信小術以爲道，遂燔燒詩書，坑殺儒士，上小堯舜，下邈三王。二世愈甚。惠不下施，情不上達。君臣相疑，骨肉相疏。化道淺薄，綱紀壞敗。民不見義，而懸於不寧。撫天下十四歲，天下大潰，詐僞之弊也。其比王德，豈不遠哉！孔子曰：「導之以政，齊之以刑，民免而無恥；道之以德，齊之以禮，有恥且格。」夫使天下有所恥，故化可致也。苟以詐僞偷活取容，自上爲之，何以率下？秦之敗也，不亦宜乎！

戰國之時，君德淺薄，爲之謀策者，不得不因勢而爲資，據時而爲畫。故其謀扶急持傾，爲一切之權，雖不可以臨國教化，兵革救急之勢也，皆高才秀士，度時君之所能行，出奇策異智，轉危爲安，易亡爲存，亦可喜，皆可觀。此文固不若《過秦論》之雄駿，然沖溶渾厚，無意爲文而自能盡意，若莊子所謂「木鷄」者，此境亦賈生所無也。

班孟堅記秦始皇本紀後 ○

孝明皇帝十七年十月十五日乙丑曰：周曆已移，仁不代母。董塢先生云：《宋書·志》五德遞王，有二家之説。鄒衍以相勝立體，劉向以相生爲義。按《前漢·律歷志》引劉歆三統曆，謂周以木德王，漢高祖伐秦繼周，木生火，故爲火德。秦以水德，在周漢之閒，猶共工氏在炮犧、神農之閒，霸而不王，爲閏位，不當五德之序。此文首言周歷已移，應以漢代，而天復以秦值其位者，仁不代母耳。秦值其位，吕政殘虐，然以諸侯十三，并兼天下。極情縱欲，養育宗親。三十七年，兵無所不加，制作政令，施於後皇。蓋得聖人之威，河神授圖，據狼、弧，蹈參、伐，佐政驅除，距之，稱始皇。

始皇既没，胡亥極愚，酈山未畢，復作阿房，以遂前策。云「凡所爲貴有天下者，肆意極欲，大臣至欲罷先君所爲」，誅斯、去疾，任用趙高。痛哉言乎！人頭畜鳴，不威不伐，惡不篤不虚亡，距之不得留，殘虐以促期。雖居形便之國，猶不得存。

子嬰度次得嗣，冠玉冠，佩華紱，車黄屋，從百司，謁七廟。小人乘非位，莫不怳忽失守，偷安日日，獨能長念卻慮，父子作權，近取于户牖之閒，竟誅猾臣，爲君討賊。高死之後，賓婚未得盡相勞，餐未及下咽，酒未及濡脣，楚兵已屠關中，真人翔霸上，素車嬰組，奉其符璽以歸帝者。鄭伯茅旌鸞刀，嚴王退舍。河決不可復壅，魚爛不可復全。賈誼、司馬遷曰：向使嬰有庸主之才，僅得中佐，山東雖亂，秦之地可全而有，宗廟之祀，未當絶也。秦之積衰，天下土崩瓦解，雖有周旦之材，無所復陳其巧，而以責一日之孤，誤哉！俗傳秦始皇起罪惡，胡亥極，得其理矣。復責小子，云秦地可全，所謂不通時變者也。紀季以酅，《春秋》不名。吾讀《秦紀》，至於子嬰車裂趙高，未嘗不健其決，憐其志。嬰死生之義備矣。

班孟堅漢諸侯王表序　○○

昔周監於二代，三聖制法，立爵五等，封國八百，同姓五十有餘。周公、康叔建於魯、衛，各數百里。太公於齊，亦五侯九伯之地。《詩》載其制曰：「介人惟藩，大師惟垣。大邦惟屏，大宗惟翰。懷德惟寧，宗子惟城。毋俾城壞，毋獨斯畏。」所以親親賢賢，褒表功德，關諸盛衰，深根固本，爲不可拔者也。故盛則周、邵相其治，致刑錯；衰則五霸扶其弱，與共守。自幽、平之後，日以陵夷，至虖阸隔河、洛之閒，分爲二周，有逃責之臺，被竊鈇之言。然天下謂之共主，强大弗之敢傾。歷載八百餘年，數極德盡，既於王赧，降爲庶人，用天年終。號位已絶於天下，尚猶枝葉相持，莫得居其虚位，海内無主，三十餘年。

秦據勢勝之地，騁狙詐之兵，蠶食山東，壹切取勝。因矜其所習，自任私知，姍笑三代，盪滅古法，竊自號爲皇帝，而子弟爲匹夫，内亡骨肉本根之輔，外亡尺土藩翼之衛。陳、吴奮其白梃，劉、項隨而斃之。故曰：周過其曆，秦不及期，國勢然也。

漢興之初，海内新定，同姓寡少，懲戒亡秦孤立之敗，於是剖裂疆土，立二等之爵。功臣侯者，百有餘邑；尊王子弟，大啟九國。自鴈門以東，盡遼陽，爲燕、代。常山以南，太行左轉，度河、濟，漸於海，爲齊、趙。穀、泗以往，奄有龜、蒙，爲梁、楚。東帶江、湖，薄會稽，爲荆、吴。北界淮瀕，略廬、衡，爲淮南。波漢之陽，亙九嶷，爲長沙。諸侯比境，周帀三垂，外接胡、越。天子自有三河、東郡、潁川、南陽。自江陵以西至巴蜀，北自雲中至隴西，與京師内史，凡十五郡，公主列侯，頗邑其中。而藩國大者，夸州兼郡，連城數十，宫室百官，同制京師，可謂撟枉過其正矣。雖然，高祖創業，日不暇給，孝惠享國又淺，高后女主攝位，而海内晏如，亡狂狡之憂，卒折諸吕之難，成太宗之業者，亦賴之於諸侯也。

然諸侯原本以大，末流濫以致溢，小者淫荒越法，大者睽孤横逆，以害身喪國。故文帝采賈生之議，分齊、趙；景帝用鼂錯之計，削吴、楚；武帝施主父之册，下推恩之令，使諸侯王得分户邑以封子弟，不行黜陟，而藩國自析。自此以來，齊分爲七，趙分爲六，梁分爲五，淮南分爲三。皇子始立者，大國不過十餘城。長沙、燕、代雖有舊名，皆亡南北邊矣。景遭七國之難，抑損諸侯，減黜其官。武有衡山、淮南之謀，作左官之律，設附益之法，諸侯惟得衣食税租，不與政事。

至於哀、平之際，皆繼體苗裔，親屬疎遠，生於帷墻之中，不爲士民所尊，勢與富室亡異。而本朝短世，國統三絶，是故王莽知漢中外殫微，本末俱弱，亡所忌憚，生其姦心。因母后之權，假伊、周之稱，顓作威福廟堂之上，不降階序而運天下。詐謀既成，遂據南面之尊，分遣五威之吏，馳傳天下，班行符命。漢諸侯王，厥角䭫首，奉上璽韍，惟恐在後，或迺稱美頌德，以求容媚。豈不哀哉！是以究其終始彊弱之變，明監戒焉。鼐按：太史公《年表序》，託意高妙，筆勢雄遠，有包舉天下之概。孟堅此文多因太史公語，議論尤密，而文體則已入卑近。范蔚宗以下史家率橅仿之。

古文辭類纂六終

序跋類二

韓退之讀儀禮 ○○

余嘗苦《儀禮》難讀，又其行於今者蓋寡，沿襲不同，復之無由。考於今，誠無所用之。然文王、周公之法制，粗在於是，孔子曰：「吾從周。」謂其文章之盛也。古書之存者希矣。百氏雜家，尚有可取，況聖人之制度邪？於是掇其大要奇辭奥旨著於篇，學者可觀焉。惜乎吾不及其時進退揖讓於其閒，嗚呼盛哉！

韓退之讀荀子 ○○○

始吾讀孟軻書，然後知孔子之道尊，聖人之道易行，王易王，伯易伯也。以爲孔子之徒没，尊聖人者，孟氏而已。晚得楊雄書，益尊信孟氏。因雄書而孟氏益尊，則雄者亦聖人之徒與？

聖人之道不傳於世。周之衰，好事者各以其説干時君，紛紛籍籍相亂，六經與百家之説錯雜，然老師大儒猶在。火於秦，黄老於漢，其存而醇者，孟軻氏而止耳，楊雄氏而止耳。及得荀氏書，於是又知有荀氏者也。考其辭，時若不粹；要其歸，與孔子異者鮮矣。抑猶在軻、雄之閒乎？

孔子删《詩》、《書》，筆削《春秋》，合於道者著之，離於道者黜去之。故《詩》、《書》、《春秋》無疵。余欲削荀氏之不合者，附於聖人之籍，亦孔子之志與？

孟氏，醇乎醇者也。荀與楊，大醇而小疵。

韓退之韋侍講盛山十二詩序 ○○

韋侯昔以攷功副郎守盛山。人謂韋侯美士，攷功顯曹，盛山僻郡，奪所宜處，納之惡地，以枉其材。韋侯將怨且不釋矣。或曰：不然。夫得利則躍躍以喜，不利則戚戚以泣，若不可生者，豈韋侯謂哉？韋侯讀六藝之文，以探周公、孔子之意，又妙能爲辭章，可謂儒者。夫儒者之於患難，苟非其自取之，其拒而不受於懷也，若築河堤以障屋霤；其容而消之也，若水之於海，冰之於夏日；其翫而忘之以文辭也，若奏金石以破蟋蟀之鳴，蟲飛之聲。况一不快於攷功盛山一出入息之閒哉！

未幾果有以韋侯所爲十二詩遺余者，其意方且以入谿谷，上巖石，追逐雲月，不足日爲事。讀而歌詠之，令人欲棄百事往而與之遊，不知其出於巴東以屬朐䏰也。於時應而和者凡十人。及此年，韋侯爲中書舍人，侍講六經禁中。和者：通州元司馬爲宰相，洋州許使君爲京兆，忠州白使君爲中書舍人，李使君爲諫議大夫，黔府嚴中丞爲秘書監，温司馬爲起居舍人，皆集闕下。於是《盛山十二詩》，與其和者，大行於時，聯爲大卷，家有之焉。慕而爲者將日益多，則分爲别卷。韋侯俾余題其首。薑塢先生云：韋貫之初貶果州，後改巴州盛山，今夔州府開縣朐䏰，《漢志》作朐忍，朐音劬，忍如字。《説文》作朐䏰，徐鉉讀朐音蠢，䏰音允。今雲陽縣，唐雲安縣也。

韓退之荆潭唱和詩序 ○

從事有示愈以《荆潭酬唱詩》者，愈既受以卒業，因仰而言曰：「夫和平之音淡薄，而愁思之聲要妙；讙愉之辭難工，而窮苦之言易好也。是故文章之作，恒發於羈旅草野。至若王公貴人，氣滿志得，非性能而好之，則不暇以爲。今僕射裴公，開鎮蠻荆，統郡惟九；常侍楊公領湖之南，壤地二千里，德刑之政並勤，爵禄之報兩崇。乃能存志乎詩書，寓辭乎詠歌，往復循環，有唱斯和，搜奇抉怪，雕鏤文字，與韋布里閭憔悴專一之士，較其毫釐分寸，鏗鏘發金石，幽眇感鬼神，信所謂材全而能鉅者也。兩府之從事，與部屬之吏，屬而和之，苟在編者，咸可觀也，宜乎施之樂章，紀諸册書。」從事曰：「子之言是也。」告於公。書以爲《荆潭唱和詩序》。

韓退之上巳日燕太學聽彈琴詩序　○○

與衆樂之之謂樂。樂而不失其正，又樂之尤也。四方無鬭争金革之聲，京師之人，既庶且豐，天子念致理之艱難，樂居安之閒暇，肇置三令節，詔公卿羣有司，至於其日，率厥官屬飲酒以樂，所以同其休，宣其和，感其心，成其文者也。

三月初吉，實惟其時，司業武公於是總太學儒官三十有六人，列燕於祭酒之堂。罇俎既陳，肴羞惟時，醆斝序行，獻酬有容，歌風雅之古辭，斥夷狄之新聲，褒衣危冠，與與如也。有儒一生，魁然其形，抱琴而來，歷階以升，坐於罇俎之南。鼓有虞氏之《南風》，賡之以文王、宣父之操，優遊夷愉，廣厚高明，追三代之遺音，想舞雩之詠歎。及暮而退，皆充然若有得也。武公於是作歌詩以美之，命屬官咸作之，命四門博士昌黎韓愈序之。茅順甫云：風雅。

韓退之張中丞傳後序 ○○○

元和二年四月十三日夜，愈與吴郡張籍，閲家中舊書，得李翰所爲《張巡傳》。翰以文章自名，爲此傳頗詳密。然尚恨有闕者：不爲許遠立傳，又不載雷萬春事首尾。

遠雖材若不及巡者，開門納巡，位本在巡上，授之柄而處其下，無所疑忌，竟與巡俱守死，成功名。城陷而虜，與巡死先後異耳。兩家子弟材智下，不能通知二父志，以爲巡死而遠就虜，疑畏死而辭服於賊。遠誠畏死，何苦守尺寸之地，食其所愛之肉，以與賊抗而不降乎？當其圍守時，外無蚍蜉蟻子之援，所欲忠者，國與主耳。而賊語以國亡主滅。遠見救援不至，而賊來益衆，必以其言爲信。外無待而猶死守，人相食且盡，雖愚人亦能數日而知死處矣。遠之不畏死亦明矣！烏有城壞，其徒俱死，獨蒙媿恥求活？雖至愚者不忍爲。嗚呼！而謂遠之賢而爲之耶！

説者又謂，遠與巡分城而守，城之陷，自遠所分始。蘁塢先生云：大曆中，巡子去疾上書，言城陷，賊所入自遠分。則當時有妄爲是語者。去疾不詳，而苟同之也。以此訴遠。此又與兒童之見無異。

人之將死，其臟腑必有先受其病者；引繩而絕之，其絕必有處。觀者見其然，從而尤之，其亦不達於理矣！小人之好議論，不樂成人之美如是哉！如巡、遠之所成就，如此卓卓，猶不得免，其他則又何說！《新唐書》云：議者謂巡守睢陽，衆六萬，既糧盡，不持滿按隊出再生之路，與夫食人，甯若殺人？于是張澹、李紓、董南史、張建封、樊晃、朱巨川、李翰咸謂巡蔽遮江淮，沮賊勢，天下不亡，其功也。翰等皆名士，由是天下無異言。鼐按：此文上兩段皆專爲遠辯當時之誣，下一段申言翰等之論，兼爲張、許辯謗，而以「小人之好議論」五句，爲上下文作紐。

當二公之初守也，寧能知人之卒不救，棄城而逆遁？苟此不能守，雖避之他處何益？及其無救而且窮也，將其創殘餓羸之餘，雖欲去，必不達。二公之賢，其講之精矣！守一城，捍天下，以千百就盡之卒，戰百萬日滋之師，蔽遮江淮，沮遏其勢，天下之不亡，其誰之功也？當是時，棄城而圖存者，不可一二數，擅强兵坐而觀者相環也。不追議此，而責二公以死守，亦見其自比於逆亂，設淫辭而助之攻也。

愈嘗從事於汴、徐二府，屢道於兩州閒，親祭于其所謂雙廟者。其老人往往說巡、遠時事云：南霽雲之乞救於賀蘭也，賀蘭嫉巡、遠之聲威功績出己上，不肎出師救。愛霽雲之勇且壯，不聽其語，强留之，具食與樂，延霽雲坐。霽雲慷慨語曰：「雲來時，睢陽之人，不食月餘日矣！雲雖欲獨食，義不忍。雖食且不下咽！」因拔所佩刀，斷一指，血淋漓，以示賀蘭。一座大驚，皆感激爲雲泣下。雲知賀蘭終無爲雲出師意，即馳去。將出城，抽矢射佛寺浮圖，矢著其上甎半箭，曰：「吾歸破賊，必滅賀蘭！此矢所以志也。」愈貞元中，過泗州，船上人猶指以相語。城陷，賊以刃脅降巡，巡不屈，即牽去，將斬之。又降霽雲，雲未應。巡呼雲曰：「南八，男兒死耳，不可爲不義屈！」雲笑曰：「欲將以有爲也。公有言，雲敢不死？」即不屈。

張籍曰：有于嵩者，少依於巡。及巡起事，嵩常在圍中。籍大曆中，于和州烏江縣見嵩，嵩時年六十餘矣。以巡初嘗得臨渙縣尉，好學，無所不讀。籍時尚小，粗問巡、遠事，不能細也。云巡長七尺餘，鬚髯若神。嘗見嵩讀《漢書》，謂嵩曰：「何爲久讀此？」嵩曰：「未熟也。」巡曰：「吾于書讀不過三徧，終身不忘也。」因誦嵩所讀書，盡卷不錯一字。嵩驚，以爲巡偶熟此卷，因亂抽他帙以試，無不盡然。嵩又取架上諸書，試以問巡，巡應口誦無疑。嵩從巡久，亦不見巡常讀書也。爲文章，操紙筆立書，未嘗起草。初守睢陽時，士卒僅萬人，城中居人户亦且數萬，巡因一見問姓名，其後無不識者。巡怒，鬚髯輒張。及城陷，賊縛巡等數十人坐，且將戮。巡起旋，其眾見巡起，或起或泣。巡曰：「汝勿怖！死，命也。」衆泣不能仰視。巡就戮時，顏色不亂，陽陽如平常。遠寬厚長者，貌如其心。與巡同年生，月日後于巡，呼巡爲兄，死時年四十九。嵩，貞元初，死於亳、宋閒。或傳嵩有田在亳、宋閒，武人奪而有之，嵩將詣州訟理，爲所殺。嵩無子。張籍云。

柳子厚論語辯二首 ○○

或問曰：儒者稱《論語》孔子弟子所記，信乎？曰：未然也。孔子弟子曾參最少，少孔子四十六歲。曾子老而死。是書記曾子之死，則去孔子也遠矣。曾子之死，孔子弟子略無存者已。吾意曾子弟子之爲之也。何哉？且是書載弟子必以字，獨曾子、有子不然。由是言之，弟子之號之也。

然則有子何以稱子？曰：孔子之殁也，諸弟子以有子爲似夫子，立而師之。其後不能對諸子之問，乃叱避而退，則固嘗有師之號矣。今所記獨曾子最後死，余是以知之，蓋樂正子春、子思之徒與爲之爾。或曰：仲尼弟子嘗雜記其言，然而卒成其書者，曾氏之徒也。此語程子亦取之，朱子載之《集註》前，然鼐疑其未必然。《檀弓》最推子游，似子游之徒所爲。而於子游稱字，曾子、有子稱子，似聖門相沿，稱皆如此，非以字與子爲重輕也。

堯曰：「咨，爾舜！天之曆數在爾躬，四海困窮，天禄永終。」舜亦以命禹，曰：「余小子履，敢用玄牡，敢昭告于皇天后土：有罪不敢赦。萬方有罪，罪在朕躬；朕躬有罪，無以爾萬方。」

或問之曰：《論語》書，記問對之辭耳。今卒篇之首，章然有是，何也？柳先生曰：《論語》之大，莫大乎是也。是乃孔子常常諷道之辭云爾。彼孔子者，覆生人之器也。上焉堯舜之不遭，而禪不及己；下之無湯之勢，而己不得爲天吏。生人無以澤其德，日視聞其勞死怨呼，而己之德涸焉無所依而施，故於常常諷道云爾而止也。此聖人之大志也，無容問對於其閒。弟子或知之，或疑之不能明，相與傳之。故於其爲書也，卒篇之首，嚴而立之。方侍郎云：摽然若秋雲之遠，使人可望而不可即。

柳子厚辯列子　○○

劉向古稱博極羣書，然其録《列子》，獨曰鄭穆公時人。穆公在孔子前幾百歲，《列子》書言鄭國，皆云子産、鄧析，不知向何以言之如此？《史記》：鄭繻公二十四年，楚悼王四年圍鄭，鄭殺其相駟子陽。子陽正與列子同時。

是歲周安王四年，秦惠王、韓烈侯、趙武侯二年，魏文侯二十七年，燕釐公五年，齊康公七年，宋悼公六年，魯穆公十年。不知向言魯穆公時，遂誤爲鄭耶？不然，何乖錯至如是？

其後張湛徒知怪《列子》書言穆公後事，亦不能推知其時，然其書亦多增竄非其實。要之莊周爲放依其辭，其稱夏棘、狙公、紀渻子、季咸等，皆出《列子》，不可盡紀。雖不概於孔子道，然其虚泊寥闊，居亂世遠於利，禍不得逮於身，而其心不窮。《易》之遁世無悶者，其近是與？余故取焉。

其文辭類《莊子》，而尤質厚少僞作，好文者可廢邪？其《楊朱》、《力命》，疑其楊子書。其言魏牟、孔穿，皆出列子後，不可信。然觀其辭，亦足通知古之多異術也，讀焉者，慎取之而已矣。方侍郎云：古雅澹蕩。

柳子厚辯文子 ○

《文子》書十二篇，其傳曰老子弟子。其辭時若有可取，其指意皆本老子。然考其書，蓋駁書也。其渾而類者少，竊取他書以合之者多。凡孟、管輩數家，皆見剽竊，嶢然而出其類。其意緒文辭，叉牙相抵而不合。不知人之增益之與，或者衆爲聚斂以成其書與？

然觀其往往有可立者，又頗惜之，憫其爲之也勞。今刊去謬惡亂雜者，取其似是者，又頗爲發其意，藏於家。

柳子厚辯鬼谷子 ○○

元冀好讀古書，然甚賢《鬼谷子》，爲其《指要》幾千言。《鬼谷子》要爲無取。漢時劉向、班固録書無《鬼谷子》。《鬼谷子》後出，而險盭峭薄，恐其妄言亂世，難信，學者宜其不道。而世之言縱横者，時葆其書，尤者晚乃益出七術，怪謬異甚，不可考校。其言益奇，而道益陿，使人狙狂失守，而易於陷墜。幸矣人之葆之者少。今元子又文之以《指要》，嗚呼！其爲好術也過矣。方侍郎云：破空而遊，邈然難攀。

柳子厚辯晏子春秋 ○

司馬遷讀《晏子春秋》，高之，而莫知其所以爲書。或曰：晏子爲之而人接焉；或曰：晏子之後爲之，皆非也。吾疑其墨子之徒有齊人者爲之。墨好儉，晏子以儉名於世，故墨子之徒，尊著其事，以增高爲己術者。且其旨多尚同、兼愛，非樂、節用，非厚葬、久喪者，是皆出墨子。又非孔子，好言鬼事，非儒、明鬼，又出墨子。其言問棗及古冶子等尤怪誕。又往往言墨子聞其道而稱之，此甚顯白者。自劉向、歆、班彪、固父子皆録之儒家中，甚矣數子之不詳也。蓋非齊人不能具其事，非墨子之徒，則其言不若是。後之録諸子書者，宜列之墨家。非晏子爲墨也，爲是書者，墨之道也。

柳子厚辯鶡冠子 ○

余讀賈誼《鵩賦》，嘉其辭，而學者以爲盡出《鶡冠子》。余往來京師，求《鶡冠子》無所見。至長沙，始得其書讀之，盡鄙淺言也，唯誼所引用爲美，餘無可者。吾意好事者僞爲其書，反用《鵩賦》以文飾之，非誼有所取之，決也。

太史公《伯夷列傳》，稱賈子曰：「貪夫殉財，烈士殉名，夸者死權。」不稱《鶡冠子》。遷號爲博極羣書，假令當時有其書，遷豈不見耶？假令真有《鶡冠子》書，亦必不取《鵩賦》以充入之者。何以知其然耶？曰：不類。

柳子厚愚溪詩序 ○○

灌水之陽有溪焉，東流入於瀟水。或曰：冉氏嘗居也，故姓是溪曰冉溪。或曰：可以染也，名之以其能，故謂之染溪。余以愚觸罪，謫瀟水上，愛是溪，入二三里，得其尤絶者家焉。古有愚公谷，今余家是溪，而名莫能定，土之居者猶齗齗然，不可以不更也，故更之爲愚溪。

愚溪之上買小邱爲愚邱。自愚邱東北行六十步得泉焉，又買居之爲愚泉。愚泉凡六穴，皆出山下平地，蓋上出也。合流屈曲而南爲愚溝，遂負土累石，塞其隘爲愚池。愚池之東爲愚堂，其南爲愚亭，池之中爲愚島。嘉木異石錯置，皆山水之奇者，以余故，咸以愚辱焉。

夫水，知者樂也。今是溪獨見辱於愚，何哉？蓋其流甚下，不可以灌溉；又峻急多坻石，大舟不可入也；幽邃淺狹，蛟龍不屑，不能興雲雨。無以利世，而適類于余，然則雖辱而愚之可也。甯武子「邦無道則愚」，智而爲愚者也；顔子「終日不違如愚」，睿而爲愚者也：皆不得爲真愚。今余遭有道，而違於理，悖于事，故凡爲愚者，莫我若也。夫然則天下莫能争是溪，余得專而名焉。

溪雖莫利于世，而善鑒萬類。清瑩秀澈，鏘鳴金石，能使愚者喜笑眷慕，樂而不能去也。余雖不合於俗，亦頗以文墨自慰，漱滌萬物，牢籠百態，而無所避之。以愚辭歌愚溪，則茫然而不違，昏然而同歸，超鴻蒙，混希夷，寂寥而莫我知也。於是作《八愚詩》紀于溪石上。

古文辭類篹七終

序跋類三

歐陽永叔唐書藝文志序 ○○

自六經焚於秦，而復出於漢，其師傳之道中絶，而簡編脱亂訛缺，學者莫得其本真，於是諸儒章句之學興焉。其後傳注、箋解、義疏之流，轉相講述，而聖道粗明。然其爲説，固已不勝其繁矣。至於上古三皇五帝以來世次，國家興滅終始，僭竊僞亂，史官備矣。而傳記、小説，外暨方言、地理，職官、氏族，皆出於史官之流也。自孔子在時，方修明聖經以絀繆異，而老子著書論道德。接乎周衰，戰國游談放蕩之士，田駢、慎到、列、莊之徒，各極其辨；而孟軻、荀卿，始專修孔氏以折異端。然諸子之論，各成一家，自前世皆存而不絶也。夫王迹熄而《詩》亡，《離騷》作而文辭之士興。歷代盛衰，文章與時高下，然其變態百出，不可窮極，何其多也！

自漢以來，史官列其名氏篇第，以爲六藝、九種、七略。至唐始分爲四類，曰經、史、子、集。而藏書之盛，莫盛於開元。其著録者，五萬三千九百一十五卷。而唐之學者自爲之書，又二萬八千四百六十九卷。嗚呼！可謂盛矣。六經之道，簡嚴易直，而天人備，故其愈久而益明。其餘作者衆矣，質之聖人，或離或合，然其精深閎博，各盡其術，而怪奇偉麗，往往震發於其間。此所以使好奇愛博者不能忘也。然雕零磨滅，亦不可勝數，豈其華文少實，不足以行遠歟？而俚言俗説，猥有存者，亦其有幸不幸歟？今著於篇，有其名而無其書者，十蓋五六也，可不惜哉！

歐陽永叔五代史職方考序　〇〇〇

嗚呼！自三代以上，莫不分土而治也。後世鑒古矯失，始郡縣天下。而自秦、漢以來，爲國孰與三代長短？及其亡也，未始不分，至或無地以自存焉。蓋得其要，則雖萬國而治；失其所守，則雖一天下不能以容，豈非一本於道德哉？

唐之盛時，雖名天下爲十道，而其勢未分；既其衰也，置軍節度，號爲方鎮，鎮之大者，連州十餘，小者猶兼三四，故其兵驕則逐帥，帥强則叛上，土地爲其世有，干戈起而相侵，天下之勢，自兹而分。然唐自中世多故矣，其興衰救難，常倚鎮兵扶持，而侵陵亂亡，亦終以此。豈其利害之理然歟？

自僖、昭以來，日益割裂。梁初，天下别爲十一，南有吴、浙、荆、湖、閩、漢，西有岐、蜀，北有燕、晉，而朱氏所有七十八州以爲梁。莊宗初起并、代，取幽、滄，有州三十五，其後又取梁魏、博等十有六州，合五十一州以滅梁。岐王稱臣，又得其州七。同光破蜀，已而復失，惟得秦、鳳、階、成四州，而營、平二州，陷於契丹，其增置之州一，合一百二十三州以爲唐。石氏入立，獻十有六州於契丹，而得蜀金州，又增置之州一，合一百九州以爲晉。劉氏之初，秦、鳳、階、成復入於蜀，隱帝時增置之州一，合一百六州以爲漢。郭氏代漢，十州入於劉旻，世宗取秦、鳳、階、成、瀛、莫，一作漢。《唐志》莫州本鄚州，開元十三年以鄚、鄭文相類，更名此。《考》作漢。及淮南十四州，又增置之州五，而廢者三，合一百一十八州以爲周。宋興因之。此中國之大略也。其餘外屬者，强弱相并，不常其得失。

至於周末，閩已先亡，而在者七國。自江以下，二十一州爲南唐。自劍以南，及山南西道四十六州爲蜀。自湖南北十州爲楚。自浙東西十三州爲吴越。自嶺南北四十七州爲南漢。自太原以北十州爲東漢。而荆、歸、峽三州爲南平。合中國所有，二百六十八州，而軍不在焉。唐之封疆遠矣，前史備載，而羈縻、寄治、虚名之州在其閒。五代亂世，文字不完，而時有廢省，又或陷於夷狄，不可考究其詳。其可見者，具之如譜。

自唐有方鎮，而史官不録於地理之書，以謂方鎮兵戎之事，非職方所掌故也。然而後世因習，以軍目地，而没其州名。又今置軍者，徒以虚名升建爲州府之重，此不可以不書也。州縣凡唐故而廢於五代，若五代所置而見於今者，及縣之割隸今因之者，皆宜列以備職方之考。其餘嘗置而復廢，嘗改割而復舊者，皆不足書。山川物俗，職方之掌也。五代短世，無所變遷，故亦不復録，而録其方鎮軍名，以與前史互見之云。茅順甫云：數十年之間，易世者五，其所當州郡，分割畫次如掌。

歐陽永叔一行傳序　○○○

嗚呼！五代之亂極矣！《傳》所謂「天地閉，賢人隱」之時歟？當此之時，臣弑其君，子弑其父，而搢紳之士，安其禄而立其朝，充然無復廉耻之色者，皆是也。吾以謂自古忠臣義士，多出於亂世，而怪當時可道者何少也？豈果無其人哉？雖曰干戈興，學校廢，而禮義衰，風俗隳壞，至於如此。然自古天下未嘗無人也。吾意必有潔身自負之士，嫉世遠去而不可見者。自古材賢，有韞於中而不見於外，或窮居陋巷，委身草莽，雖顔子之行，不遇仲尼而名不彰，況世變多故，而君子道消之時乎？吾又以謂必有負材能，修節義，而沈淪於下，泯没而無聞者。求之傳記，而亂世崩離，文字殘缺，不可復得，然僅得者，四五人而已。

處乎山林而羣麋鹿，雖不足以爲中道，然與其食人之禄，俛首而包羞，孰若無愧於心，放身而自得？吾得二人焉，曰鄭遨、張薦明。勢利不屈其心，去就不違其義，吾得一人焉，曰石昂。苟利於君，以忠獲罪，何必自明，有至死而不言者，此古之義士也，吾得一人焉，曰程福贇。

五代之亂，君不君，臣不臣，父不父，子不子，至於兄弟夫婦，人倫之際，無不大壞，而天理幾乎其滅矣。於此之時，能以孝弟自修於一鄉，而風行於天下者，猶或有之，然其事迹不著，而無可紀次，獨其名氏或因見於書者，吾亦不敢没，而其略可録者，吾得一人焉，曰李自倫。作《一行傳》。

歐陽永叔宦者傳論　○○

自古宦者亂人之國，其源深於女禍。女，色而已。宦者之害，非一端也。蓋其用事也近而習，其爲心也專而忍。能以小善中人之意，小信固人之心，使人主必信而親之。待其已信，然後懼以禍福而把持之。雖有忠臣碩士，列於朝廷，而人主以爲去己疏遠，不若起居飲食前後左右之親爲可恃也。故前後左右者日益親，則忠臣碩士日益疏，而人主之勢日益孤。勢孤則懼禍之心日益切，而把持者日益牢，安危出其喜怒，禍患伏於帷闥，則嚮之所謂可恃者，乃所以爲患也。患已深而覺之，欲與疏遠之臣，圖左右之親近，緩之則養禍而益深，急之則挾人主以爲質。雖有聖智，不能與謀。謀之而不可爲，爲之而不可成，至其甚則俱傷而兩敗。故其大者亡國，其次亡身，而使姦豪得藉以爲資而起，至抉其種類，盡殺以快天下之心而後已。此前史所載宦者之禍常如此者，非一世也。

夫爲人主者，非欲養禍於內，而疏忠臣碩士於外，蓋其漸積而勢使之然也。夫女色之惑，不幸而不悟，則禍斯及矣，使其一悟，捽而去之可也。宦者之爲禍，雖欲悔悟，而勢有不得而去也，唐昭宗之事是已。故曰「深於女禍」者謂此也，可不戒哉！

歐陽永叔伶官傳序　○○○

嗚呼！盛衰之理，雖曰天命，豈非人事哉！原莊宗之所以得天下，與其所以失之者，可以知之矣。

世言晉王之將終也，以三矢賜莊宗而告之曰：「梁吾仇也，燕王吾所立，契丹與吾約爲兄弟，而皆背晉以歸梁。此三者，吾遺恨也。與爾三矢，爾其無忘乃父之志！」莊宗受而藏之於廟。其後用兵，則遣從事以一少牢告廟，請其矢，盛以錦囊，負而前驅，及凱旋而納之。

方其係燕父子以組，函梁君臣之首，入於太廟，還矢先王，而告以成功，其意氣之盛，可謂壯哉！及仇讎已滅，天下已定，一夫夜呼，亂者四應，倉皇東出，未及見賊，而士卒離散，君臣相顧，不知所歸，至於誓天斷髮，泣下沾襟，何其衰也！豈得之難而失之易歟？抑本其成敗之迹，而皆自於人歟？《書》曰：「滿招損，謙受益。」憂勞可以興國，逸豫可以亡身，自然之理也。故方其盛也，舉天下之豪傑，莫能與之爭；及其衰也，數十伶人困之，而身死國滅，爲天下笑。夫禍患常積於忽微，而智勇多困於所溺，豈獨伶人也哉！董塢先生云：晁公武論吳鎮《五代史纂誤》云：《通鑑攷異》證歐陽史差誤，如莊宗還三矢之類甚衆。今鎮書皆不及，特證其字之脱錯而已。余檢《通鑑攷異》，無其文。蓋《攷異》有全書，而今附注於《通鑑》下者，或芟署之也。按劉仁恭父子未嘗事梁，又克用爲燕攻潞州以解梁圍，迄守光父子之立，克用之卒，未有交兵事。又《契丹傳》云：晉王憾契丹之附梁，臨卒，以一箭授莊宗，期必滅契丹。則云滅燕還矢事虚也。想《攷異》不過有疑於此，然公云「世言」，想別有本，又不載之傳記，而虛寄之於論以致慨，又何害也。

歐陽永叔集古録目序　○

物常聚於所好，而常得於有力之彊。有力而不好，好之而無力，雖近且易，有不能致之。象犀虎豹，蠻夷山海殺人之獸，然其齒角皮革，可聚而有也。玉出崑崙流沙萬里之外，經十餘譯，乃至乎中國。珠出南海，常生深淵，采者腰絙而入水，形色非人，往往不出，則下飽蛟魚。金礦於山，鑿深而穴遠，篝火餱糧而後進，其崖崩窟塞，則遂葬於其中者，率常數十百人。其遠且難，而又多死禍常如此。然而金玉珠璣，世常兼聚而有也。凡物好之而有力，則無不至也。

湯盤、孔鼎，岐陽之鼓，岱山、鄒嶧、會稽之刻石，與夫漢、魏以來，聖君賢士，桓碑彝器，銘詩序記，下至古文籀篆分隸諸家之字書，皆三代以來至寳怪奇偉麗工妙可喜之物。其去人不遠，其取之無禍。然而風霜兵火，湮淪磨滅，散棄於山崖墟莽之閒，未嘗收拾者，由世之好者少也。幸而有好之者，又其力或不足，故僅得其一二，而不能使其聚也。

夫力莫如好，好莫如一。予性顓而嗜古，凡世人之所貪者，皆無欲於其閒，故得一其所好於斯。好之已篤，則力雖未足，猶能致之。故上自周穆王以來，下更秦、漢、隋、唐、五代，外至四海九州，名山大澤，窮崖絶谷，荒林破冢，神仙鬼物，詭怪所傳，莫不皆有，以爲《集古録》。以謂傳寫失真，故因其石本，軸而藏之。有卷帙次第，而無時世之先後，蓋其取多而未已，故隨其所得而録之。又以謂聚多而終必散，乃撮其大要，別爲録目，因并載夫可與史傳正其闕謬者，以傳後學，庶益於多聞。

或譏予曰：「物多則其勢難聚，聚久而無不散，何必區區於是哉？」予對曰：「足吾所好，玩而老焉可也。象犀金玉之聚，其能果不散乎？予固未能以此而易彼也。」董塢先生云：公嘗自跋此序，謂謝希深善評文章，尹師魯辨論精博，余每有所作，伸紙疾讀，便得深意，以示他人，亦或有所稱，皆非予所自得。此序之作，惜無謝、尹知音，云云。余謂公此文前幅近於瑰放莽蒼，故自憙耳。要之，公筆力有近弱處，故於所當馳驟回斡處，終未快意。

歐陽永叔蘇氏文集序 ○○

余友蘇子美之亡後四年，始得其平生文章遺稿於太子太傅杜公之家，而集録之以爲十卷。

子美，杜氏婿也，遂以其集歸之，而告於公曰：斯文，金玉也。棄擲埋没糞土，不能銷蝕。其見遺於一時，必有收而寶之於後世者。雖其埋没而未出，其精氣光怪，已能常自發見，而物亦不能揜也。故方其擯斥摧挫，流離窮厄之時，文章已自行於天下，雖其怨家仇人，及嘗能出力而擠之死者，至其文章，則不能少毁而揜蔽之也。凡人之情，忽近而貴遠。子美屈於今世猶若此，其伸於後世宜如何也？公其可無恨。

予嘗考前世文章政理之盛衰，而怪唐太宗致治幾乎三王之盛，而文章不能革五代之餘習。後百有餘年，韓、李之徒出，然後元和之文始復於古。唐衰兵亂，又百餘年，而聖宋興，天下一定，晏然無事。又幾百年，而古文始盛於今。自古治時少而亂時多，幸時治矣，文章或不能純粹，或遲久而不相及，何其難之若是歟？豈非難得其人歟？苟一有其人，又幸而及出於治世，世其可不爲之貴重而愛惜之歟？嗟吾子美，以一酒食之過，至廢爲民，而流落以死。此其可以嘆息流涕，而爲當世仁人君子之職位宜與國家樂育賢材者惜也！

子美之齒少於予，而予學古文，反在其後。天聖之閒，予舉進士於有司，見時學者務以言語聲偶擿裂，號爲時文，以相誇尚。而子美獨與其兄才翁，及穆參軍伯長，作爲古歌詩雜文，時人頗共非笑之，而子美不顧也。其後天子患時文之獘，下詔書諷勉學者以近古，由是其風漸息，而學者稍趨於古焉。獨子美爲於舉世不爲之時，其始終自守，不牽世俗趨舍，可謂特立之士也。

子美官至大理評事、集賢校理而廢，後爲湖州長史以卒，享年四十有一。其壯貌奇偉，望之昂然，而即之温温，久而愈可愛慕。其才雖高，而人亦不甚嫉忌，其擊而去之者，意不在子美也。賴天子聰明仁聖，凡當時所指名而排斥，二三大臣而下，欲以子美爲根而累之者，皆蒙保全，今竝列於榮寵。雖與子美同時飲酒得罪之人，多一時之豪俊，亦被收采，進顯於朝廷。而子美獨不幸死矣，豈非其命也。悲夫！

歐陽永叔江鄰幾文集序 ○○○

余竊不自揆，少習爲銘章，因得論次當世賢士大夫功行。自明道、景祐以來，名卿鉅公，往往見於予文矣。至於朋友故舊，平居握手言笑，意氣偉然，可謂一時之盛。而方從其遊，遽哭其死，遂銘其藏者，是可歎也。蓋自尹師魯之亡，逮今二十五年之閒，相繼而没，爲之銘者，至二十人。又有余不及銘，與雖銘而非交且舊者，皆不與焉。嗚呼！何其多也！不獨善人君子難得易失，而交遊零落如此，反顧身世，死生盛衰之際，又可悲夫。而其閒又有不幸罹憂患，觸網羅，至困阨流離以死，與夫仕宦連蹇，志不獲伸而歿，獨其文章尚見於世者，則又可哀也與！然則雖其殘篇斷稿，猶爲可惜，況其可以垂世而行遠也。故余於聖俞、子美之歿，既已銘其壙，又類集其文而序之，其言尤感切而殷勤者以此也。

陳留江君鄰幾，常與聖俞、子美遊，而又與聖俞同時以卒，余既誌而銘之。後十有五年，來守淮西，又於其家得其文集而序之。鄰幾毅然仁厚君子也，雖知名於時，仕宦久而不進。晚而朝廷方將用之，未及而卒。其學問通博，文辭雅正深粹，而議論多所發明，詩尤清淡閒肆可喜。然其文已自行於世矣，固不待余言以爲輕重，而余特區區於是者，蓋發於有感而云然。熙寧四年三月日，六一居士序。

歐陽永叔釋惟儼文集序　○○

惟儼姓魏氏，杭州人。少遊京師三十餘年，雖學於佛，而通儒術，善爲辭章，與吾亡友曼卿交最善。曼卿遇人無所擇，必皆盡其忻懽。惟儼非賢士不交，有不可其意，無貴賤一切閉拒，絶去不少顧。曼卿之兼愛，惟儼之介，所趨雖異，而交合無所閒。曼卿嘗曰：「君子汎愛而親仁。」惟儼曰：「不然。吾所以不交妄人，故能得天下士。若賢不肖混，則賢者安肎顧我哉？」以此一時賢士，多從其遊。居相國浮圖，不出其户十五年。士嘗遊其室者，禮之惟恐不至；及去爲公卿貴人，未始一往干之。然嘗竊怪平生所交，皆當世賢傑，未見卓卓著功業，如古人可記者。因謂世所稱賢才，若不笞兵走萬里立功海外，則當佐天子號令賞罰於明堂。苟皆不用，則絶寵辱遺世俗，自高而不屈，尚安能酣豢於富貴而無爲哉？醉則以此誚其坐人，人亦復之，以謂：「遺世自守，古人之所易。若奮身逢時，欲必就功業，此雖聖賢難之，周、孔所以窮達異也。今子老於浮圖，不見用於世，而幸不踐窮亨之途，乃以古事之已然，而責今人之必然耶？」

然惟儼雖傲乎退偃於一室，天下之務，當世之利病，與其言，終日不厭。惜其將老也已。曼卿死，惟儼亦買地京城之東，以謀其終，乃斂生平所爲文數百篇示予，曰：「曼卿之死，既已表其墓。願爲我序其文，及我之見也。」嗟夫！惟儼既不用於世，其材莫見於時，若考其筆墨馳騁文章贍逸之能，可以見其志矣。劉海峯先生云：兩釋集序，俱以曼卿相經緯。此篇雖不及秘演之烟波，而忽起忽落，自有奇氣。

歐陽永叔釋秘演詩集序 ○○○

予少以進士遊京師，因得盡交當世之賢豪。然猶以謂國家臣一四海，休兵革，養息天下以無事者四十年，而智謀雄偉非常之士，無所用其能者，往往伏而不出，山林屠販，必有老死而世莫見者。欲從而求之不可得。其後得吾亡友石曼卿。

曼卿爲人，廓然有大志。時人不能用其材，曼卿亦不屈以求合，無所放其意，則往往從布衣野老，酣嬉淋漓，顛倒而不厭。予疑所謂伏而不見者，庶幾狎而得之。故嘗喜從曼卿遊，欲因以陰求天下奇士。

浮屠秘演者，與曼卿交最久，亦能遺外世俗，以氣節相高，二人懽然無所閒。曼卿隱於酒，秘演隱於浮屠，皆奇男子也。然喜爲歌詩以自娛，當其極飲大醉，歌吟笑呼，以適天下之樂，何其壯也！一時賢士，皆願從其遊，予亦時至其室。十年之閒，秘演北渡河，東之濟、鄆，無所合，困而歸。曼卿已死，秘演亦老病。嗟夫！二人者，予乃見其盛衰，則予亦將老矣夫！

曼卿詩辭清絶，尤稱秘演之作，以爲雅健有詩人之意。秘演狀貌雄傑，其胸中浩然，既習於佛，無所用，獨其詩可行於世，而懶不自惜。已老，胠其橐，尚得三四百篇，皆可喜者。曼卿死，秘演漠然無所向，聞東南多山水，其巔崖崛峍，江濤洶涌，甚可壯也，遂欲往遊焉，足以知其老而志在也。於其將行，爲敘其詩，因道其盛時以悲其衰。茅順甫云：多慷慨嗚咽之音，命意最曠而逸，得司馬子長之神髓矣。

古文辭類纂八終

序跋類四

曾子固戰國策目録序 ○○○

劉向所定《戰國策》三十三篇，《崇文總目》稱十一篇者闕，臣訪之士大夫家，始盡得其書。正其誤謬，而疑其不可考者，然後《戰國策》三十三篇復完。敘曰：

向敘此書，言周之先，明教化，修法度，所以大治。及其後，謀詐用而仁義之路塞，所以大亂。其説既美矣，卒以爲此書，戰國之謀士，度時君之所能行，不得不然，則可謂惑於流俗，而不篤於自信者也。

夫孔、孟之時，去周之初已數百歲，其舊法已亡，舊俗已熄久矣。二子乃獨明先王之道，以謂不可改者，豈將强天下之主以後世之所不可爲哉？亦將因其所遇之時，所遭之變，而爲當世之法，使不失乎先王之意而已。二帝三王之治，其變固殊，其法固異，而其爲國家天下之意，本末先後，未嘗不同也。二子之道，如是而已。蓋法者所以適變也，不必盡同；道者所以立本也，不可不一。此理之不易者也。故二子者守此，豈好爲異論哉？

能勿苟而已矣。可謂不惑乎流俗，而篤於自信者也。

戰國之遊士則不然。不知道之可信，而樂於説之易合。其設心注意，偷爲一切之計而已。故論詐之便而諱其敗，言戰之善而蔽其患。其相率而爲之者，莫不有利焉，而不勝其害也；有得焉，而不勝其失也。卒至蘇秦、商鞅、孫臏、吴起、李斯之徒，以亡其身，而諸侯及秦用之者，亦滅其國。其爲世之大禍明矣，而俗猶莫之寤也。惟先王之道，因時適變，爲法不同，而考之無疵，用之無敝，故古之聖賢，未有以此而易彼也。

或曰：邪説之害正也，宜放而絶之，則此書之不泯泯其可乎？對曰：君子之禁邪説也，固將明其説於天下，使當世之人，皆知其説之不可從，然後以禁則齊；使後世之人，皆知其説之不可爲，然後以戒則明。豈必滅其籍哉？放而絶之，莫善於是。是以孟子之書，有爲神農之言者，有爲墨子之言者，皆著而非之。至於此書之作，則上繼春秋，下至楚、漢之起，二百四五十年之間，載其行事，固不可得而廢也。

此書有高誘注者，二十一篇，或曰三十二篇。《崇文總目》存者八篇，今存者十篇云。

吕東萊云：此篇節奏從容和緩，且有條理，又藏鋒不露。王道思云：何等謹嚴，而雍容敦博之氣宛然。

曾子固新序目録序

劉向所集次《新序》三十篇，目録一篇，隋、唐之世，尚爲全書，今可見者十篇而已。臣既考正其文字，因爲其序論曰：

古之治天下者，一道德，同風俗。蓋九州之廣，萬民之衆，千歲之遠，其教已明，其習已成之後，所守者一道，所傳者一説而已。故《詩》、《書》之文，歷世數十，作者非一，而其言未嘗不相爲終始，化之如此其至也。當是之時，異行者有誅，異言者有禁，防之又如此其備也。故二帝三王之際，及其中閒，嘗更衰亂，而餘澤未熄之時，百家衆説，未有能出於其閒者也。及周之末世，先王之教化法度既廢，餘澤既熄，世之治方術者，各得其一偏。故人奮其私智，家尚其私學者，蠭起於中國，皆明其所長而昧其短，矜其所得而諱其失。天下之士，各自爲方而不能相通，世之人不復知夫學之有統，道之有歸也。先王之遺文雖在，皆絀而不講，況至於秦爲世之所大禁哉！

漢興，六藝皆得於斷絶殘脱之餘，世復無明先王之道以一之者。諸儒苟見傳記百家之言，皆説而嚮之。故先王之道，爲衆説之所蔽，闇而不明，鬱而不發。而怪奇可喜之論，各師異見，皆自名家者，誕漫於中國。一切不異於周之末世，其弊至於今尚在也。自斯以來，天下學者，知折衷於聖人，而能純於道德之美者，楊雄氏而止耳。如向之徒，皆不免乎爲眾説之所蔽，而不知有所折衷者也。孟子曰：待文王而興者，凡民也。豪傑之士，雖無文王猶興。漢之士，豈特無明先王之道以一之者哉？亦其出於是時者，豪傑之士少，故不能特起於流俗之中絶學之後也。

蓋向之序此書，於今爲最近古，雖不能無失，然遠至舜、禹，而次及於周、秦以來，古人之嘉言善行，亦往往而在也，要在慎取之而已。故臣既惜其不可見者，而校其可見者特詳焉，亦足以知臣之攻其失者，豈好辨哉？臣之所不得已也。

曾子固列女傳目録序　○○

劉向所敘《列女傳》凡八篇，事具《漢書》向列傳。而《隋書》及《崇文總目》皆稱向《列女傳》十五篇，曹大家注。以《頌義》考之，蓋大家所注，離其七篇爲十四，與《頌義》凡十五篇，而益以陳嬰母，及東漢以來，凡十六事，非向書本然也。蓋向舊書之亡久矣。嘉祐中，集賢校理蘇頌始以《頌義》爲篇次，復定其書爲八篇，與十五篇者，並藏於館閣。而

《隋書》以《頌義》爲劉歆作，與向列傳不合。今驗《頌義》之文，蓋向之自敘。又《藝文志》有向《列女傳頌圖》，明非歆作也。自唐之亂，古書之在者少矣，而《唐志》録《列女傳》凡十六家，至大家注十五篇者，亦無録，然其書今在。則古書之或有録而亡，或無録而在者，亦衆矣，非可惜哉。今校讐其八篇，及十五篇者已定，可繕寫。

初漢承秦之敝，風俗已大壞矣，而成帝後宫趙、衛之屬，尤自放。向以謂王政必自内始，故列古女善惡所以致興亡者，以戒天子，此向述作之大意也。其言太任之娠文王也，目不視惡色，耳不聽淫聲，口不出敖言。又以謂古之人胎教者皆如此。夫能正其視聽言動者，此大人之事，而有道者之所畏也。顧令天下之女子能之，何其盛也！以臣所聞，蓋爲之師傅保姆之助，《詩》《書》圖史之戒，珩璜琚瑀之節，威儀動作之度，其教之者雖有此具，然古之君子，未嘗不以身化也。故《家人》之義，歸於反身，二《南》之業，本於文王。夫豈自外至哉！世皆知文王之所以興，能得内助，而不知其所以然者，蓋本於文王之躬化，故内則后妃有《關雎》之行，外則羣臣有二《南》之美，與之相成。其推而及遠，則商辛之昏俗，江漢之小國，兔罝之野人，莫不好善而不自知，此所謂身修故家國天下治者也。後世自問學之士，多徇於外物，而不安其守，其室家既不見可法，故競於邪侈。豈獨無相成之道哉？士之苟於自恕，顧利冒恥而不知反己者，往往以家自累故也。故曰「身不行道，不行於妻子」，信哉！如此人者，非素處顯也，然去二《南》之風，亦已遠矣，況於南鄉天下之主哉？向之所述，勸戒之意，可謂篤矣。

然向號博極羣書，而此傳稱《詩·芣苢》《柏舟》《大車》之類，與今序《詩》者之説，尤乖異，蓋不可考。至於《式微》之一篇，又以謂二人之作。豈其所取者博，故不能無失歟？其言象計謀殺舜，及舜所以自脱者，頗合於《孟子》。然此傳或有之，而《孟子》所不道者，蓋亦不足道也。凡後世諸儒之言經傳者，固多如此，覽者采其有補，而擇其是非可也。故爲之序論以發其端云。

曾子固徐幹中論目録序 ○

臣始見館閣及世所有徐幹《中論》二十篇，以謂盡於此。及觀《貞觀政要》，怪太宗稱嘗見幹《中論·復三年喪》篇，而今書此篇闕。因考之《魏志》，見文帝稱幹著《中論》二十餘篇，於是知館閣及世所有幹《中論》二十篇者，非全書也。

幹，字偉長，北海人，生於漢、魏之閒。魏文帝稱幹「懷文抱質，恬淡寡欲，有箕山之志」。而《先賢行狀》，亦稱幹「篤行體道，不耽世榮，魏太祖特旌命之，辭疾不就。後以爲上艾長，又以疾不行」。蓋漢承周衰及秦滅學之餘，百氏雜家與聖人之道並傳，學者罕能獨觀於道德之要，而不牽於俗儒之説。至於治心養性、去就語默之際，能不悖於理者固希矣，況至於魏之濁世哉！幹獨能考六藝，推仲尼、孟軻之旨，述而論之。求其辭時若有小失者，要其歸不合於道者少矣。其所得於内者，又能信而充之，逡巡濁世，有去就顯晦之大節。

臣始讀其書，察其意而賢之。因其書以求其爲人，又知其行之可賢也。惜其有補於世，而識之者少，蓋跡其言行之所至，而以世俗好惡觀之，彼惡足以知其意哉！顧臣之力，豈足以重其書，使學者尊而信之？因校其脱謬，而序其大略，蓋所以致臣之意焉。

曾子固范貫之奏議集序　〇〇

尚書户部郎中直龍圖閣范公貫之之奏議凡若干篇，其子世京集爲十卷，而屬余序之。蓋自至和以後十餘年間，公嘗以言事任職。自天子、大臣至於羣下，自掖庭至於四方幽隱，一有得失善惡，關於政理，公無不極意反復爲上力言。或矯拂情欲，或切劘計慮，或辯別忠佞而處其進退。章有一再，或至於十餘上；事有陰爭獨陳，或悉引諫官御史合議肆言。仁宗嘗虛心采納，爲之變命令，更廢舉，近或立從，遠或越月逾時，或至於其後，卒皆聽用。蓋當是時，仁宗在位歲久，熟於人事之情僞，與羣臣之能否，方以仁厚清静，休養元元，至於是非予奪，則一歸之公議，而不自用也。其所引拔以言爲職者，如公，皆一時之選。而公與同時之士，亦皆樂得其言，不曲從苟止。故天下之情，因得畢聞於上，而事之害理者，常不果行。至於奇衺恣睢，有爲之者，亦輒敗悔。故當此之時，常委事七八大臣，而朝政無大闕失，羣臣奉法遵職，海内乂安。夫因人而不自用者天也。仁宗之所以其仁如天，至於享國四十餘年，能承太平之業者，由是而已。後世得公之遺文而論其世，見其上下之際相成如此，必將低回感慕，有不可及之嘆，然後知其時之難得。則公言之不没，豈獨見其志，所以明先帝之盛德於無窮也。

公爲人温良慈恕，其從政寬易愛人。及在朝廷，危言正色，人有所不能及也。凡同時與公有言責者，後多至大官，而公獨早卒。公諱師道，其世次州里，歷官行事，有今資政殿學士趙公抃爲公之墓銘云。

曾子固先大夫集後序 ○○○

公所爲書，號《僊凫羽翼》者三十卷，《西陲要紀》者十卷，《清邊前要》五十卷，《廣中台志》八十卷，《爲臣要紀》三卷，《四聲韵》五卷，總一百七十八卷，皆刊行於世。今類次詩賦書奏一百二十三篇，又自爲十卷，藏於家。

方五代之際，儒學既擯焉，後生小子，治術業於閭巷，文多淺近。是時公雖少，所學已皆知治亂得失興壞之理，其爲文閎深儁美，而長於諷諭，今類次樂府已下是也。宋既平天下，公始出仕。當此之時，太祖太宗已綱紀大法矣。公於是勇言當世之得失，其在朝廷，疾當事者不忠，故凡言天下之要，必本天子憂憐百姓、勞心萬事之意，而推大臣從官執事之人，觀望懷姦，不稱天子屬任之心，故治久未洽。至其難言，則人有所不敢言者。雖屢不合而出，而所言益切，不以利害禍福動其意也。

始公尤見奇於太宗，自光禄寺丞、越州監酒税召見，以爲直史館，遂爲兩浙轉運使。未久而真宗即位，益以材見知，初試以知制誥，及西兵起，又以爲自陝以西經略判官。而公嘗激切論大臣，當時皆不説，董塢先生云：切論大臣者，向文簡也。《宋史》本傳言致堯抗疏自陳：「臣言丞相某事未效，不敢受章紱之賜。」詞旨狂躁，荆公爲致堯墓誌，亦載其事。故不果用。然真宗終感其言，故爲泉州未盡一歲，拜蘇州，五日，又爲揚州。將復召之也，而公於是時又上書，語斥大臣尤切，故卒以齟齬終。

公之言其大者，以自唐之衰，民窮久矣，海内既集，天子方修法度，而用事者尚多煩碎，治財利之臣又益急，公獨以謂宜遵簡易，罷莞榷，以與民休息，塞天下望。祥符初，四方争言符應，天子因之，遂用事泰山，祠汾陰，而道家之説亦滋甚，自京師至四方，皆大治宫觀。公益諍，以謂天命不可專任，宜絀姦臣，修人事，反覆至數百千言。嗚呼！公之盡忠，天子之受盡言，何必古人！此非傳之所謂主聖臣直者乎？何其盛也！何其盛也！

公在兩浙，奏罷苛税二百三十餘條。在京西，又與三司争論，免民租，釋逋負之在民者。蓋公之所試如此。所試者大，其庶幾矣。公所嘗言甚衆，其在上前及書亡者，蓋不得而集。其或從或否，而後常可思者，與歷官行事，廬陵歐陽修公已銘公之碑特詳焉，此故不論，論其不盡載者。公卒以齟齬終，其功行或不得在史氏記。藉令記之，當時好公者少，史其果可信歟？後有君子，欲推而考之，讀公之碑與書，及予小子之序其意者，具見其表裏，其於虚實之論可覈矣。

公卒，乃贈諫議大夫。姓曾氏，諱某，南豐人。序其書者，公之孫鞏也。王道思曰：先生之文如此篇之委曲感慨，而氣不迫晦者，亦不多有。茅順甫云：子固闡揚先世所不得志處有大體，而文章措注處極渾雄。

曾子固館閣送錢純老知婺州詩序 ○○

熙寧三年三月，尚書司封員外郎、秘閣校理錢君純老出爲婺州，三館秘閣同舍之士，相與飲餞於城東佛舍之觀音院，會者凡二十人。純老亦重僚友之好，而欲慰處者之思也，乃爲詩二十言以示坐者。於是在席人各取其一言爲韻，賦詩以送之。純老至州，將刻之石，而以書來曰：「爲我序之。」

蓋朝廷常引天下儒學之士聚之館閣，所以長養其材而待上之用。有出使於外者，則其僚必相告語，擇都城之中廣宇豐堂遊觀之勝，約日皆會，飲酒賦詩，以序去處之情，而致綢繆之意。歷世寖久，以爲故常。其從容道義之樂，蓋他司所無。而其賦詩之所稱引況諭，莫不道去者之義，祝其歸仕於王朝，而欲其無久於外。所以見士君子之風流習尚，篤於相先，非世俗之所能及。又將待上之考信於此，而以其彙進，非空文而已也。

純老以明經進士制策入等，歷教國子生。入館閣，爲編校書籍校理檢討。其文章學問，有過人者，宜在天子左右，與訪問，任獻納。而顧請一州，欲自試於川窮山阻僻絶之地，其志節之高，又非凡才所及。此賦詩者所以推其賢，惜其志，殷勤反覆，而不能已。余故爲之序其大指，以發明士大夫之公論，而與同舍視之，使知純老之非久於外也。茅順甫云：文之典刑，雍容《雅》《頌》。

曾子固書魏鄭公傳　○○

予觀太宗常屈己以從羣臣之議，而魏鄭公之徒，喜遭其時，感知己之遇，事之大小，無不諫諍，雖其忠誠自至，亦得君而然也。則思唐之所以治，太宗之所以稱賢主，而前世之君不及者，其淵源皆出於此也。能知其有此者，以其書存也。及觀鄭公以諫諍事付史官，而太宗怒之，薄其恩禮，失終始之義，則未嘗不反覆嗟惜，恨其不思，而益知鄭公之賢焉。

夫君之使臣，與臣之事君者何？大公至正之道而已矣。大公至正之道，非滅人言以掩己過，取小亮以私其君，此其不可者也。又有甚不可者。夫以諫諍爲當掩，是以諫諍爲非美也，則後世誰復當諫諍乎？況前代之君，有納諫之美，而後世不見，則非惟失一時之公，又將使後世之君謂前代無諫諍之事，是啟其怠且忌矣。太宗末年，羣下既知此意而不言，漸不知天下之得失。至於遼東之敗，而始恨鄭公不在，世未嘗知其悔之萌芽出於此也。

夫伊尹、周公，何如人也？伊尹、周公之切諫其君者，其言至深，而其事至迫，存之於書，未嘗掩焉。至今稱太甲、成王爲賢君，而伊尹、周公爲良相者，以其書可見也。令當時削而棄之，成區區之小讓，則後世何所據依而諫，又何以知其賢且良與？桀、紂、幽、厲、始皇之亡，則其臣之諫詞無見焉。非其史之遺，乃天下不敢言而然也。則諫諍之無傳，乃此數君之所以益暴其惡於後世而已矣。

或曰：《春秋》之法，爲尊親賢者諱，與此戾矣。夫《春秋》之所以諱者，惡也。納諫豈惡乎？然則焚藳者非歟？曰：焚藳者誰歟？非伊尹、周公爲之也，近世取區區之小亮者爲之耳。其事又未是也。何則？以焚其藳爲掩君之過，而使後世傳之，則是使後世不見藳之是非，而必其過常在於君，美常在於己也，豈愛其君之謂歟？孔光之去其藳之所言，其在正邪，未可知也。而焚之而惑後世，庸詎知非謀己之姦計乎？或曰：造辟而言，詭辭而出，異乎此。曰：此非聖人之所曾言也。令萬一有是理，亦謂君臣之閒，議論之際，不欲漏其言於一時之人耳，豈杜其告萬世也？

噫！以誠信待己，而事其君，而不欺乎萬世者，鄭公也。益知其賢云，豈非然哉！豈非然哉！其言深切，足以感動人主。又繁複曲盡而不厭，此自爲傑作，熙甫愛之，非過也。

古文辭類纂九終

序跋類五

蘇明允族譜引

蘇氏族譜，譜蘇氏之族也。蘇氏出於高陽，而蔓延於天下。唐神龍初，長史味道刺眉州，卒於官，一子留於眉，眉之有蘇氏自此始。而譜不及者，親盡也。親盡則曷爲不及？譜爲親作也。凡子得書，而孫不得書者何也？以著代也。自吾之父，以至吾之高祖，仕不仕，娶某氏，享年幾，某日卒，皆書而他不書者，何也？詳吾之所自出也。自吾之父，以至吾之高祖，皆曰諱某，而他則遂名之，何也？尊吾之所自出也。譜爲蘇氏作，而獨吾之所自出得詳與尊，何也？譜，吾作也。嗚呼！觀吾之譜者，孝弟之心，可以油然而生矣。

情見於親，親見於服，服始於衰，而至於緦麻，而至於無服。無服則親盡，親盡則情盡。情盡則喜不慶，憂不弔。喜不慶，憂不弔，則途人也。吾所與相視如途人者，其初兄弟也。兄弟其初，一人之身也。悲夫！一人之身，分而至於途人，此吾譜之所以作也。其意曰：分至於途人者，勢也。勢吾無如之何也，幸其未至於途人也，使其無至於忽忘焉可也。嗚呼！觀吾之譜者，孝弟之心，可以油然而生矣。

系之以詩曰：吾父之子，今爲吾兄。吾疾在身，兄呻不寧。數世之後，不知何人。彼死而生，不爲戚欣。兄弟之親，如足於手，其能幾何？彼不相能，彼獨何心。

蘇明允族譜後録 〇〇

蘇氏之先出於高陽。高陽之子曰稱，稱之子曰老童，老童生重黎，及吳回。重黎爲帝嚳火正曰祝融，以罪誅，其後爲司馬氏。而其弟吳回復爲火正。吳回生陸終，陸終生子六人：長曰樊，爲昆吾；次曰惠連，爲參胡；次曰籛，爲彭祖；次曰來言，爲會人；次曰安，爲曹姓；季曰季連，爲芈姓。六人者，皆有後，其後各分爲數姓。昆吾始姓己氏，其後爲蘇、顧、温、董。當夏之時，昆吾爲諸侯伯。歷商，而昆吾之後無聞。至周，有忿生，爲司寇，能平刑以教百姓，周公稱之，蓋《書》所謂司寇蘇公者也。司寇蘇公與檀伯達，皆封於河，世世仕周，家於其封，故河南、河内皆有蘇氏。六國之際，秦及代、厲，其苗裔也。至漢興，而蘇氏始徙入秦。或曰：高祖徙天下豪傑以實關中，而蘇氏遷焉。其後曰建，家於長安杜陵，武帝時，爲將以擊匈奴有功，封平陵侯，其後世遂家於其封。建生三子：長曰嘉，次曰武，次曰賢。嘉爲奉車都尉，其六世孫純爲南陽太守，生子曰章，當順帝時，爲冀州刺史，又遷爲并州，有功於其人，其子孫遂家於趙州。其後至唐武后之世，有味道焉。味道，聖曆初爲鳳閣侍郎，以貶爲眉州刺史，遷爲益州長史，未行而卒。有子一人，不能歸，遂家焉。自是眉始有蘇氏。故眉之蘇，皆宗益州長史味道；趙郡之蘇，皆宗并州刺史章；扶風之蘇，皆宗平陵侯建；河南、河内之蘇，皆宗司寇忿生。而凡蘇氏皆宗昆吾樊，昆吾樊宗祝融、吴回。蓋自昆吾樊至司寇忿生，自司寇忿生至平陵侯建，自平陵侯建至并州刺史章，自并州刺史章，至益州長史味道，自益州長史味道，至吾之高祖，其閒世次，皆不可紀，而洵始爲族譜以紀其族屬。

譜之所記，上至於吾之高祖，下至於吾之昆弟，昆弟死，而及昆弟之子。曰：嗚呼！高祖之上，不可詳矣。自吾之前，而吾莫之知焉已矣。自吾之後，而莫之知焉，則從吾譜而益廣之，可以至於無窮。蓋高祖之子孫，家授一譜而藏之，其法曰：凡適子而後得爲譜，爲譜者，皆存其高祖，而遷其高祖之父，世世存其先人之譜無廢也。而其不及高祖者，自其得爲譜者之父始，而存其所宗之譜，皆以吾譜冠焉。其説曰：此古之小宗也。古者有大宗有小宗。《傳》曰：「别子爲祖，繼别爲宗，繼禰者爲小宗。有百世不遷之宗，有五世則遷之宗。百世不遷者，别子之後也。宗其繼别子之所自出者，百世不遷者也。宗其繼高祖者，五世則遷者也。」别子者，公子及士之始爲大夫者也。别子不得禰其父，而自使其嫡子後之，則爲大宗，故曰「繼别爲宗」。族人宗之，雖百世而大宗死，則爲之齊衰三月，其母妻亡亦然。死而無子，則支子以其昭穆後之，此所謂「百世不遷之宗」也。别子之庶子，又不得禰别子，而自使其嫡子爲後，則又爲小宗，故曰「繼禰者爲小宗」。小宗五世之外則易宗。其繼禰者，親兄弟宗之；其繼祖者，從兄弟宗之；其繼曾祖者，再從兄弟宗之；其繼高祖者，三從兄弟宗之；死而無子，則支子亦以其昭穆後之：此所謂「五世則遷之宗」也。凡今天下之人，惟天子之子，與始爲大夫者，而後可以爲大宗，其餘則否。獨小宗之法，猶可施於天下。故爲族譜，其法皆從小宗。

凡吾之宗其繼高祖者，高祖之嫡子祈。祈死無子，天下之宗法不立，族人莫克以其子爲之後，是以繼高祖之宗亡，而虚存焉。其繼曾祖者，曾祖之嫡子宗善，宗善之嫡子昭圖，昭圖之嫡子惟益，惟益之嫡子允元。其繼祖者，祖之嫡子諱序，序之嫡子澹，澹之嫡子位。其繼禰者，禰之嫡子澹，澹之嫡子位。曰：嗚呼！始可以詳之矣。百世之後，凡吾高祖之子孫，得其家之譜而觀之，則爲小宗。得吾高祖之子孫之譜而合之，而以吾譜考焉，則至於無窮，而不可亂也。是爲譜之志云爾。

蘇子由元祐會計録序 ○

臣聞漢祖入關，蕭何收秦圖籍，周知四方盈虛强弱之實，漢祖賴之，以并天下。丙吉爲相，匈奴嘗入雲中、代郡，吉使東曹考案邊瑣，條其兵食之有無，與將吏之才否，逡巡進對，指揮遂定。由此觀之，古之人所以運籌帷幄之中，制勝千里之外者，圖籍之功也。蓋事之在官，必見於書。其始無不具者，獨患多而易忘，久而易滅，數十歲之後，人亡而書散，其不可考者多矣。唐李吉甫始簿録元和國計，並包巨細，無所不具。國朝三司使丁謂等因之，爲景德、皇祐、治平、熙寧四書，綱羅一時出内之計，首尾八十餘年，本末相授，有司得以居今而知昔。參酌同異，因時施宜，此前人作書之本意也。

臣以不佞，待罪地官，上承元豐之餘業，親睹二聖之新政，時事之變易，財賦之登耗，可得而言也。謹按藝祖皇帝創業之始，海内分裂，租賦之入，不能半今世。然而宗室尚鮮，諸王不過數人；仕者寡少，自朝廷郡縣，皆不能備官；士卒精練，常以少克衆。用此三者，故能奮於不足之中，而綽然常若有餘。及其列國款附，琛貢相屬於道，府庫充塞，創景福内庫入畜金幣，爲殄虜之策。太宗因之，克平太原；真宗繼之，懷服契丹。二患既弭，天下安樂，日登富庶。故咸平、景德之間，號稱太平。羣臣稱頌功德，不知所以裁之者，於是請封泰山，祀汾陰，禮亳社。屬車所至，費以鉅萬，而上清、昭應、崇禧、景靈之宫，相繼而起，累世之積，糜耗多矣。其後昭應之災，臣下復以營繕爲言，大臣力争，章獻感悟，沛然遂與天下休息。仁宗仁聖，清心省事，以幸天下，然而民物蕃庶，未復其舊。而夏賊竊發，邊久無備，遂命益兵以應敵，急征以養兵，雖閒出内藏之積，以求紓民，而四方騷然，民不安其居矣。其後西戎既平，而已益之兵，遂不復汰。加以宗子蕃衍，充牣宫邸；官吏宂積，員溢於位。財之不贍，爲日久矣。英宗嗣位，慨然有救弊之意。羣臣竦觀，幾見日新之政，而大業未遂。神考嗣世，忿流弊之委積，閔財力之傷耗，覽政之初，爲富國彊兵之計。有司奉承，違失本旨。始爲青苗、助役，以病農民；繼爲市易、鹽鐵，以困商賈。利孔百出，不專於三司。於是經入竭於上，民力屈於下。繼以南征交阯，西討拓跋，用兵之費，一日千金。雖内帑别藏，時有以助之，而國亦憊矣。今二聖臨御，方恭默無爲，求民之疾苦而療之。令之不便，無不釋去，民亦少休矣。而西夏不賓，水旱繼作，凡國之用度，大率多於前世。當此之時，而不思所以濟之，豈不殆哉？

臣歷觀前世，持盈守成，艱於創業之君。蓋盈之必溢，而成之必毁，物理之至，有不可逃者。盈成之閒，非有德者不安，非有法者不久。昔秦、隋之盛，非無法也，内建百官，外列郡縣，至於漢、唐，因而行之，卒不能改。然皆二世而亡，何者？無德以爲安也。漢文帝恭儉寡欲，專務以德化民，民富而國治，後世莫及。然身没之後，七國作難，幾於亂亡。晉武帝削平吴、蜀，任賢使能，容受直言，有明主之風。然而亡不旋踵，子弟内叛，羌胡外亂，遂以失國。此二帝者，皆無法以爲久也。今二聖之治，安而静，仁而恕，德積於世。秦、隋之憂，臣無所措心矣。然而空匱之極，法度不立，雖無漢、晉强臣敵國之患，而數年之後，國用曠竭，臣恐未可安枕而卧也。故臣願得終言之。

凡會計之實，取元豐之八年，而其爲别有五：一曰收支，二曰民賦，三曰課入，四曰儲運，五曰經費。五者既具，然後著之以見在，列之以通表，而天下之大計，可以畫地而談也。若夫内藏右曹之積，與天下封樁之實，非昔三司所領，則不入會計，將著之他書，以備觀覽焉。臣謹序。

蘇子由會計録民賦序　○

古之民政，有不可復者三焉。自祖宗以來，論事者嘗以爲言，而爲政者，嘗試其事矣。然爲之愈詳，而民愈擾；事之愈力，而功愈難。其故何哉？

古者隱兵於農，無事則耕，有事則戰。安平之世，無廩給之費；征伐之際，得勤力之士。此儒者之所歎息而言也。然而熙寧之初，爲保甲之令，民始嫁母贅子，斷壞支體，以求免丁。及其既成，子弟挾縣官之勢，以邀其父兄；擅弓劍之技，以暴其鄉黨。至今河朔、京東之盜，皆保甲之餘也。其後元豐之中，爲保馬之法，使民計産養馬，畜馬者衆，馬不可得，民至持金帛買馬於江淮，小不中度，輒斥不用。郡縣歲時閲視可否，權在醫駔，民不堪命。民兵之害，乃至於此。此所謂不可復者一也。

《周官·泉府》之制：「凡民之貸者，以國服爲之息。」貸而求息，三代之政，有不然者矣。《詩》曰：「倬彼甫田，歲取十千。我取其陳，食我農人。自古有年。」而孟子亦云：「春省耕而補不足，秋省斂而助不給。」古蓋有是道矣，而未必有常數，亦未必有常息也。至於熙寧青苗之法，凡主客户得相保任而貸其息，歲取十二。出入之際，吏緣爲姦，請納之勞，民費自倍。凡自官而及私者，率取二而得一；自私而入公者，率輸十而得五。錢積於上，布帛米粟，賤不可售。歲暮寒苦，吏卒在門，民號無告。二十年之間，民無貧富，家産盡耗。此所謂不可復者二也。

古者治民，必周知其夫家田畝、六畜、器械之數，未有不知其數，而能制其貧富者也，未有不能制其貧富，而能得其心者也。故三代之君，開井田，畫溝洫，謹步畝，嚴版圖，因口之衆寡以授田，因田之厚薄以制賦。經界既定，仁政自成。下及隋唐，風流已遠，然其授民田，有口分、永業，皆取之於官。其斂民財，有租、庸、調，皆計之於口。其後世亂法壞，變爲兩税。户無主客，以見居爲簿；人無丁中，以貧富爲差。田之在民，其漸由此。貿易之際，不可復知。貧者急於售田，則田多而税少；富者利於避役，則田少而税多。僥倖一興，税役皆斃。故丁謂之記景德，田況之記皇祐，皆以均税爲言矣。然嘉祐中，薛向、孫琳始議方田，量步畮，審肥瘠，以定賦税之入。熙寧中，吕惠卿復建手實，抉私隱，崇告訐，以實貧富之等。元豐中，李琮追究逃絶，均虚數，虐編户，以補失陷之税。此三者，皆爲國斂怨，所得不補所失，事不旋踵而罷。此所謂不可復者三也。

故臣愚以謂爲國者，當務實而已，不求其名。誠使民盡力耕田，賦輸以養兵，終身無復征戍之勞，而朝廷招募勇力强狡之民，教之戰陣，以衛良民，二者各得其利，亦何所不可哉？富民之家，取有餘以貸不足，雖有倍稱之息，而子本之債，官不爲理，償進之日，布縷菽粟，鷄豚狗彘，百物皆售。州縣晏然，處曲直之斷，而民自相養，蓋亦足矣。至於田賦厚薄多寡之異，雖小有不齊，而安静不撓。民樂其業，賦以時入，所失無幾。因其交易，而質其欺隱，繩之以法，亦足以禁其太甚。昔宇文融括諸道客户，州縣觀望，虚張其數，以實户爲客。雖得户八十餘萬，歲得錢數百萬，而百姓困獘，實召天寶之亂。均税之害，何以異此？凡此三者，皆儒者平昔之所稱頌，以爲先王之遺法，用之足以致太平者也。然數十年以來，屢試而屢敗，足以爲後世好名者之戒耳！惟嘉祐以前，百役在民，衙前大者主倉庫，躬饋運，小者治燕饗，職迎送，破家之禍，易於反掌。至於州縣役人，皆貪官暴吏之所誅求，仰以爲生者。先帝深求其病，鬻坊場以募衙前，均役錢以雇諸役，使民得闔門治生，而吏不敢苛問。有司奉行，不得其當，坊場求數倍之價，役錢彀寬剩之積，而民始困躓不堪其生矣。今二聖覽觀前事，知其得失之實，既盡去保甲、青苗、均税，至於役法，舉差雇之中，唯便民者取之。郡縣奉承，雖未即能盡，而天下之民，知天子之愛我矣。故臣於《民賦》之篇備論其得失，俾後有考焉。

王介甫周禮義序 〇〇

士弊於俗學久矣。聖上閔焉，以經術造之，乃集儒臣，訓釋厥旨，將播之校學，而臣某實董《周官》。

惟道之在政事，其貴賤有位，其後先有序，其多寡有數，其遲速有時。制而用之存乎法，推而行之存乎人。其人足以任官，其官足以行法，莫盛乎成周之時；其法可施於後世，其文有見於載籍，莫具乎《周官》之書。蓋其因習以崇之，賡續以終之，至於後世，無以復加。則豈特文、武、周公之力哉？猶四時之運，陰陽積而成寒暑，非一日也。

自周之衰，以至於今，歷歲千數百矣。太平之遺跡，掃蕩幾盡，學者所見，無復全經。於是時也，乃欲訓而發之，臣誠不自揆，然知其難也。以訓而發之之爲難，則又以知夫立政造事追而復之之爲難。然竊觀聖上，致法就功，取成於心，訓迪在位，有馮有翼，亹亹乎鄉六服承德之世矣。以所觀乎今，考所學乎古，所謂見而知之者，臣誠不自揆，妄以爲庶幾焉，故遂冒昧自竭，而忘其材之弗及也。

謹列其書，爲二十有二卷，凡十餘萬言。上之御府，副在有司，以待制詔頒焉。謹序。

王介甫書義序

熙寧二年，臣某以尚書入侍，遂與政。而子雱實嗣講事。有旨爲之説以獻。八年，下其説太學班焉。

惟虞、夏、商、周之遺文，更秦而幾亡，遭漢而僅存，賴學士大夫誦説，以故不泯，而世主或莫知其可用。天縱皇帝大知，實始操之以驗物，考之以決事。又命訓其義，兼明天下後世。而臣父子以區區所聞，承乏與榮焉。然言之淵懿，而釋以淺陋；命之重大，而承以輕眇。茲榮也，祇所以爲愧也歟！謹序。

王介甫詩義序

《詩》三百十一篇，其義具存，其辭亡者六篇而已。上既使臣雱訓其辭，又命臣某等訓其義。書成以賜太學，布之天下，又使臣某爲之序。謹拜手稽首言曰：

《詩》上通乎道德，下止乎禮義。放其言之文，君子以興焉；循其道之序，聖人以成焉。然以孔子之門人，賜也、商也，有得於一言，則孔子悦而進之，蓋其説之難明如此，則自周衰以迄於今，泯泯紛紛，豈不宜哉？

伏惟皇帝陛下，内德純茂，則神罔時恫；外行恂達，則四方以無侮。日就月將，學有緝熙於光明，則頌之所形容，蓋有不足道也。微言奥義，既自得之，又命承學之臣，訓釋厥遺，樂與天下共之。顧臣等所聞，如爝火焉，豈足以賡日月之餘光？姑承明制，代匱而已。《傳》曰：「美成在久。」故《棫樸》之作人，以壽考爲言，蓋將有來者焉，追琢其章，纘聖志而成之也。臣衰且老矣，尚庶幾及見之。謹序。

王介甫讀孔子世家 ○

太史公敘帝王，則曰本紀；公侯傳國，則曰世家；公卿特起，則曰列傳，此其例也。其列孔子爲世家，奚其進退無所據邪？

孔子旅人也。棲棲衰季之世，無尺土之柄，此列之以傳宜矣，曷爲世家哉？豈以仲尼躬將聖之資，其教化之盛，舄奕萬世，故爲之世家以抗之。又非極摯之論也。

夫仲尼之才，帝王可也，何特公侯哉？仲尼之道，世天下可也，何特世其家哉？處之世家，仲尼之道，不從而大；置之列傳，仲尼之道，不從而小。而遷也，自亂其例，所謂多所牴牾者也。

王介甫讀孟嘗君傳 ○○○

世皆稱孟嘗君能得士，士以故歸之，而卒賴其力，以脱於虎豹之秦。嗟乎！孟嘗君特雞鳴狗盜之雄耳，豈足以言得士？不然，擅齊之强，得一士焉，宜可以南面而制秦，尚何取雞鳴狗盜之力哉？夫雞鳴狗盜之出其門，此士之所以不至也。

王介甫讀刺客傳 ○

曹沫將而亡人之城，又劫天下盟主，管仲因勿倍，以市信一時可也。余獨怪知伯國士豫讓，豈顧不用其策耶？讓誠國士也，曾不能逆策三晉，救知伯之亡，一死區區，尚足校哉？其亦不欺其意者也。聶政售於嚴仲子，荆軻豢於燕太子丹，此兩人者，汙隱困約之時，自貴其身，不妄願知，亦曰有待焉。彼挾道德以待世者何如哉？

王介甫書李文公集後

文公非董子作《士不遇賦》，惜其自待不厚。以余觀之，《詩》三百發憤於不遇者甚衆。而孔子亦曰「鳳鳥不至，河不出圖，吾已矣夫」，蓋歎不遇也。文公論高如此，及觀於史，一不得職，則詆宰相以自快。今吾於人也，聽其言而觀其行，言不可獨信久矣。雖然，彼宰相名實固有辨。彼誠小人也，則文公之發，爲不忍於小人可也。爲史者獨安取其怒之以失職耶？世之淺者，固以其利心量君子，以爲觸宰相以近禍，非以其私則莫爲也。夫文公之好惡，蓋所謂皆過其分者耳。

方其不信於天下，更以推賢進善爲急。一士之不顯，至寢食爲之不甘，蓋奔走有力成其名而後已。士之廢興，彼各有命。身非王公大人之位，取其任而私之，又自以爲賢，僕僕然忘其身之勞也，豈所謂知命者耶？《記》曰：「道之不行，賢者過之，不肖者不及也。」夫文公之過也，抑其所以爲賢歟？

王介甫靈谷詩序 〇

吾州之東南，有靈谷者，江南之名山也。龍蛇之神，虎豹、翬翟之文章，楩柟、豫章、竹箭之材，皆自山出。而神林鬼冢，魑魅之穴，與夫僊人釋子恢譎之觀，咸附託焉。至其淑靈和清之氣，盤礴委積於天地之閒，萬物之所不能得者，乃屬之於人，而處士君實生其址。

君姓吴氏，家於山阯。豪傑之望，臨吾一州者，蓋五六世，而後處士君出焉。其行，孝弟忠信；其能，以文學知名於時。惜乎其老矣，不得與夫虎豹、翬翟之文章，楩柟、豫章、竹箭之材，俱出而爲用於天下，顧藏其神奇，而與龍蛇雜此土以處也。然君浩然有以自養，遨遊於山川之閒，歗歌謳吟，以寓其所好，而終身樂之不厭。有詩數百篇，傳誦於閭里。他日出《靈谷》三十二篇，以屬其甥曰：「爲我讀而序之。」唯君之所得，蓋有伏而不見者，豈特盡於此詩而已！雖然，觀其鑱刻萬物，而接之以藻繢，非夫詩人之巧者，亦孰能至於此。

歸熙甫汊口志序

越山西南高而下傾於海，故天目於浙江之山最高，然壓與新安之平地等。自浙望之，新安蓋出萬山之上云。故新安，山郡也。州邑鄉聚，皆依山爲塢。而山惟黄山爲大，大鄣山次之。秦初置鄣郡以此。

諸水自浙嶺漸溪至率口，與率山之水會。北與練溪合，爲新安江。過嚴陵灘，入於錢塘。而汊川之水，亦會於率口。汊川者，合琅璜之水，流岐陽山之下，兩水相交謂之汊。蓋其口山圍水繞，林木茂密，故居人成聚焉。

唐廣明之亂，都使程沄，集衆爲保，營於其外，子孫遂居之。新安之程，蔓衍諸邑，皆祖梁忠壯公。而都使實始居汊口。其顯者，爲宋端明殿學士珌。而若庸師事饒仲元，其後吴幼清、程鉅夫，皆出其門，學者稱之爲徽菴先生。其他名德，代有其人。

程君元成汝玉，都使之後也。故爲《汊口志》，志其方物地俗，與邱陵墳墓。汝玉之所存，可謂厚矣。蓋君子之不忘乎鄉，而後能及於天下也。噫！今名都大邑，尚猶恨紀載之軼，汊口一鄉，汝玉之能爲其山水增重也如此，則文獻之於世，其可少乎哉？

歸熙甫題張幼于裒文太史卷

文太史既没，幼于裒其平日所與尺牘，摹之石上。太史尊宿，幼于年輩遠不相及，而往復勤懇如素交。吴中自來先後輩相接引類如此，故文學淵源，遠有承傳，非他郡之所能及也。嗟乎！士固樂於有所爲，若夫曠世獨立，仰以追思千載之前，俯以望未來之後世，其亦可慨也夫！

方靈臯書孝婦魏氏詩後

古者婦於舅姑服期。先王稱情以立文，所以責其實也。婦之愛舅姑，不若子之愛其父母，天也。苟致愛之實，婦常得子之半，不失爲孝婦。古之時，女教修明，婦於舅姑，内誠則存乎其人，而無敢顯爲悖者。蓋入室而盥饋，以明婦順；三月而後反馬，示不當於舅姑而遂逐也。終其身榮辱去留，皆視其事舅姑之善否，而夫之宜不宜不與焉。惟大爲之坊，此其所以犯者少也。近世士大夫百行不怍，而獨以出妻爲醜，閭閻化之，由是婦行放佚而無所忌，其於舅姑，以貌相承，而無勃谿之聲者，十室無二三焉，況責以誠孝與？婦以類己者多而自證，子以習非者衆而相安。百行之衰，人道之所以不立，皆由於此。

廣昌何某，妻魏氏，刲肱求療其姑，幾死。其事雖人子爲之，亦爲過禮，而非篤於愛者不能。以天下婦順之不修，非絶特之行，不足以振之，則魏氏之事，豈可使無傳與？抑吾觀節孝之過中者，自漢以降始有之，三代之盛，未之前聞也。豈至性反不若後人之篤與？蓋道教明，而人皆知夫義之所止也。後世人道衰薄，天地之性，有所壅遏不流，其鬱而鍾於一二人者，往往發爲絶特之行，而不必軌於中道，然用以矯枉扶衰，則固不可得而議也。魏氏之舅官京師，士大夫多爲詩歌以美之，予因發此義以質後之人。議論好，而文非高古。

劉才甫海舶三集序

乘五板之船，浮於江、淮，滃然雲興，勃然風起，驚濤生，巨浪作，舟人僕夫，失色相向，以爲將有傾覆之憂，沈淪之慘也。又況海水之所汩没，渺爾無垠，天吴睒睗，魚黿撞衝，人於其中萍飄蓬轉，一任其挂罥奔馳，曾不能以自主，故往往魄動神喪，不待檣摧櫓折，而夢寐爲之不寧。顧乃俯仰自如，吟咏自適，馳想於沆瀣之虚，寄情於霞虹之表，翩然而藻思翔，蔚然而鴻章著，振開、寶之餘風，髣髴乎杜甫、高、岑之什，此所謂神勇者矣。

余謂不然。人臣懸君父之命於心，大如日輪，響如霆轟。則其於外物也，視之而不見其形，聽之而不聞其聲。彼其視海水之蕩潏，如重茵莞席之安；視崇島之崕嵲當前，如翠屏之列，几硯之陳；視百靈怪物之出没而沈浮，如佳花、美竹、奇石之星羅於苑囿。歌聲出金石，若夫風潮澎湃之音，彼固有不及知者，而又何震慴恐懼之有？

翰林徐君亮直先生，以康熙某年之月日，奉使琉球。歲且及周，歌詩且千百首，名之曰《海舶三集》。海内之薦紳大夫，莫不聞而知之矣。後二十餘年，先生既歸老於家，乃命大櫆爲之序。有奇氣，實似昌黎而語略繁。

劉才甫倪司城詩集序

余友倪君司城，非今世之所謂詩人也。其試童子，嘗冠於童子矣；其在太學，嘗冠於太學諸生矣；其應鄉試而出，太倉王相國使人亟求其草稿觀之。然則司城之於舉進士，可操券取也，而卒不獲一售以終其身。雍正之初，嘗爲中書而使蜀矣。其後爲洋與南鄭二縣令，前後十六年，其德澤加於百姓。大臣嘗有薦其才可知一郡，及爲藩臬之副使者，而卒老於縣令不得調。信乎人之窮達懸於天，而非人力之所能爲邪。

司城於書無所不讀，而尤詳於聖人之經，必究極其根源乃止。其齒長於余十有餘歲，而與余同學爲古文。余閒出文相質，司城雖心以爲善，而未嘗有面諛之言，其刻求於一字一句之閒，如酷吏之治獄，必不稍留餘地。余少盛氣不自抑，或與之辨争，至於喧鬨。然司城不以余之争而少爲寬假，余亦不以其刻求而自諱其疵纇也，苟有作，必出使視之。其後每相見，則每至於争；而一日不見，則又未嘗不相思。蓋古之所謂益友者如此，而吾特幸與之爲友也。

司城抱負奇偉，不得見於世，則往往爲歌詩以自娱。其壯年周遊黔、蜀，崎嶇萬里。其詩尤雄放，窮極文章之變。雖其他稍涉平易者，而語必雅健，能不失詩人之意旨。時人不能盡知，更千百世後，必有能知之者。

余雖與司城同鄉里，其久相聚處，乃反在異地。司城既家居，不相見者常至五六年。歲庚午，司城一至京師，余與相聚纔數日，悵然别去。忽忽閲四歲。今春余將之武昌，道過司城。司城出酒肴共酌，意氣慷慨，其平時飛動之意，猶不能無。然而司城年已七十矣！

司城所爲詩，僅千有餘篇。其鋟板以行世，用白金無過百兩，而家貧力未能及。余將與四方友人共謀之，而未知其何如。雖然，司城之詩藏於家，其光怪已自發見不可揜。雖其行世，豈能加毫末於司城哉！然則鋟板與否存乎人，而司城固可不問矣。

古文辭類篹卷十終

奏議類上編一

楚莫敖子華對威王

威王問於莫敖子華曰：「自從先君文王，以至不穀之身，亦有不爲爵勸不爲禄勉，以憂社稷者乎？」莫敖子華對曰：「如華不足以知之矣。」王曰：「不于大夫，無所聞之。」莫敖子華對曰：「君王將何問者也？彼有廉其爵，貧其身，以憂社稷者；有崇其爵，豐其禄，以憂社稷者；有斷脰決腹，一瞑而萬世不視，不知所益，以憂社稷者；亦有不爲爵勸不爲禄勉，以憂社稷者。」王曰：「大夫此言，將何謂也？」

莫敖子華對曰：「昔令尹子文，緇帛之衣以朝，鹿裘以處。未明而立于朝，日晦而歸食。朝不謀夕，無一日之積。故彼廉其爵，貧其身，以憂社稷者，令尹子文是也。

「昔者葉公子高，身獲於表薄而財于柱國；定白公之禍，寧楚國之事；恢先君以揜方城之外，四封不廉，名不挫于諸侯。當此之時也，天下莫敢以兵南向。葉公子高食田六百畛。故彼崇其爵，豐其禄，以憂社稷者，葉公子高是也。

「昔者吳與楚戰於柏舉，兩御之間，夫卒交。莫敖大心撫其御之手，顧而太息曰：『嗟乎子乎，楚國亡之日至矣！吾將深入吳軍，若撲一人，若捽一人，以與大心者也，社稷其爲庶幾乎？』故斷脰決腹，一瞑而萬世不視，不知所益，以憂社稷者，莫敖大心是也。

「昔吳與楚戰於柏舉，三戰入郢。寡君當作君王。身出，大夫悉屬，百姓離散。棼冒勃蘇曰：『吾被堅執鋭赴强敵而死，此猶一卒也。不若奔諸侯。』於是嬴糧潛行，上峥山，踰深溪，蹠穿膝暴，七日而薄秦王之朝。雀立不轉，晝吟宵哭，七日不得告。水漿無入口，瘨而殫悶，旄不知人。秦王聞而走之，冠帶不相及，左奉其首，右濡其口，勃蘇乃蘇。秦王身問之：『子孰誰也？』棼冒勃蘇對曰：『臣非異，楚使新造盩棼冒勃蘇。吳與楚人戰於柏舉，三戰入郢，寡君身出，大夫悉屬，百姓離散。使下臣來，告亡，且求救。』秦王顧令之起：『寡人聞之：萬乘之君，得罪一士，社稷其危。今此之謂也。』遂出革車千乘，卒萬人，屬之子滿與子虎，下塞以東，與吳人戰于濁水，而大敗之，亦聞於遂浦。故勞其身，愁其思，以憂社稷者，棼冒勃蘇是也。

「吳與楚戰於柏舉，三戰入郢。君王身出，大夫悉屬，百姓離散。蒙穀結鬭於宮唐之上，舍鬭奔郢，曰：『若有孤，楚國社稷其庶幾乎？』遂入大宮，負鷄次之典，以浮於江，逃于雲夢之中。昭王反郢，五官失法，百姓昏亂。蒙穀獻典，五官得法，而百姓大治。此蒙穀之功，多與存國相若。封之執圭，田六百畛。蒙穀怒曰：『穀非人臣，社稷之臣。苟社稷血食，余豈患無君乎？』遂自棄於磨山之中，至今無冒。鼒按：冒者言覆冒子孫田禄之類，或作位，非是。故不爲爵勸，不爲禄勉，以憂社稷者，蒙穀是也。」

王乃太息曰：「此古之人也。今之人焉能有之邪？」

莫敖子華對曰：「昔者先君靈王，好小胷，楚士約食，馮而能立，式而能起。食之可欲，忍而不入；死之可惡，然而不避。華聞之：其君好發者，其臣决拾。君王直不好，若君王誠好賢，此五臣者，皆可得而致之。」

張儀司馬錯議伐蜀　○○

司馬錯與張儀争論於秦惠王前。司馬錯欲伐蜀，張儀曰：「不如伐韓。」王曰：「請聞其説。」

對曰：「親魏善楚，下兵三川，塞轘轅、緱氏之口，當屯留之道，魏絶南陽，楚臨南鄭，秦攻新城、宜陽，以臨二周之郊，誅周主之罪，侵楚、魏之地。周自知不救，九鼎寶器必出。

據九鼎，按圖籍，挾天子以令天下，天下莫敢不聽，此王業也。今夫蜀，西僻之國，而戎狄之長也。敝兵勞衆，不足以成名；得其地，不足以爲利。臣聞争名者于朝，争利者于市。今三川、周室，天下之市朝也。而王不争焉，顧争于戎狄，去王業遠矣。」

司馬錯曰：「不然。臣聞之：欲富國者務廣其地，欲强兵者務富其民，欲王者務博其德。三資者備，而王隨之矣。今王之地小民貧，故臣願從事於易。夫蜀，西僻之國也，而戎狄之長也，而有桀紂之亂。以秦攻之，譬如使豺狼逐羣羊也。取其地，足以廣國也。得其財，足以富民繕兵。不傷衆而彼已服矣。故拔一國而天下不以爲暴，利盡西海，諸侯不以爲貪。是我一舉而名實兩附，而又有禁暴止亂之名。今攻韓，劫天子。劫天子，惡名也，而未必利也，又有不義之名。而攻天下之所不欲，危。臣請謁其故：周，天下之宗室也；齊，韓之與國也。周自知失九鼎，韓自知亡三川，則必將并力合謀，以因於齊、趙，而求解乎楚、魏。以鼎與楚，以地與魏，王不能禁。此臣所謂危，不如伐蜀之完也。」惠王曰：「善。寡人聽子。」卒起兵伐蜀，十月取之，遂定蜀。蜀主更號爲侯，而使陳莊相蜀。蜀既屬，秦益强，富厚輕諸侯。

蘇子説齊閔王 〇〇

蘇子説齊閔王曰：「臣聞用兵而喜先天下者憂，約結而喜主怨者孤。夫後起者藉也，而遠怨者時也。是以聖人從事，必藉於權而務興於時。夫權藉者，萬物之率也；而時勢者，百事之長也。故無權藉，倍時勢，而能事成者寡矣。

「今雖干將、莫邪，此下承後起説。非得人力，則不能割劌矣。堅箭利金，不得弦機之利，則不能遠殺矣。矢非不銛，而劍非不利也，何則？權藉不在焉。何以知其然也？昔者趙氏襲衞，車舍人不休，傅衞國，城剛平，衞八門土，而二門墮矣，此亡國之形也。衞君跣行告愬於魏，魏王身被甲底劍，挑趙索戰。邯鄲之中騖，河山之間亂。衞得是藉也，亦收餘甲而北面，殘剛平，墮中牟之郭。衞非强於趙也，譬之衞矢而魏弦機也，藉力魏而有河東之地。趙氏懼，楚人救趙而伐魏，戰于州西，出梁門，軍舍林中，馬飲於大河。趙得是藉也，亦襲魏之河北，燒棘溝，隊黄城。故剛平之殘也，中牟之墮也，黄城之隊也，棘溝之燒也，此皆非趙、魏之欲也。然二國勸行之者何也？衞明于時權之藉也。今世之爲國者不然矣。兵弱而好敵强，國罷而好衆怨，事敗而好鞠之，兵弱而憎下人，地狹而好敵大，事敗而好長詐。行此六者而求霸，則遠矣。

「臣聞善爲國者，此下承遠怨説。順民之意，而料兵之能，然後從於天下。故約不爲人主怨，伐不爲人挫强。如此，則兵不費，權不輕，地可廣，欲可成也。昔者齊之與韓、魏伐秦、楚也，戰非甚疾也，分地又非多韓、魏也，然而天下獨歸咎於齊者何也？以其爲韓、魏主怨也。且天下徧用兵矣，齊、燕戰而趙氏兼中山，秦、楚戰韓、魏不休，而宋、越專用其兵。此十國者，皆以相敵爲意，而獨舉心于齊者何也？約而好主怨，伐而好挫强也。

「且夫强大之禍，以下皆言後起，而遠怨意即寓其内。常以王人爲意也；夫弱小之殃，常以謀人爲利也。是以大國危，小國滅也。大國之計，莫若後起而重伐不義。夫後起之藉，與多而兵勁，則是以衆强敵罷寡也，兵必立也。事不塞天下之心，則利必附矣。大國行此，則名號不攘而至，霸王不爲而立矣。小國之情，莫如謹静而寡信諸侯。謹静則四鄰不反，寡信諸侯，則天下不賣。外不賣，内不反，則積稸朽腐而不用，幣帛矯蠹而不服矣。小國道此，則不祠而福矣，不貸而見足矣。故曰祖仁者王，立義者霸，用兵窮者亡。何以知其然也？昔吴王夫差，以强大爲天下先，强襲郢而棲越，身從諸侯之君，而卒身死國亡，爲天下戮者何也？此夫差平居而謀王，强大而喜先天下之禍也。昔者萊、莒好謀，陳、蔡好詐，莒恃越而滅，蔡恃晉而亡。此皆内長詐，外信諸侯之殃也。由此觀之，則强弱大小之禍，可見于前事矣。

「語曰：『騏驥之衰也，駑馬先之；孟賁之倦也，女子勝之。』夫駑馬、女子，筋力骨勁，非賢於騏驥、孟賁也。何則？後起之藉也。今天下之相與也不並滅，有而案兵而後起，寄怨而誅不直，微用兵而寄于義，則亡天下可蹻足而須也。明於諸侯之故，察于地形之理者，不約親，不相質而固，不趨而疾，衆事而不反，交割而不相憎，俱强而加以親。何則？形同憂而兵趨利也。何以知其然也？昔者燕、齊戰於桓之曲，燕不勝，十萬之衆盡。胡人襲燕樓煩數縣，取其牛馬。夫胡之與齊，非素親也，而用兵又非約質而謀燕也，然而甚于相趨者何也？形同憂而兵趨利也。由此觀之，約於同形則利長，後起則諸侯可趨役也。

「故明主察相，以下極言用兵之害，不能後起而致怨者。誠欲以霸王也爲志，則戰攻非所先。戰者國之殘也，而都縣之費也。殘費已先，而能從諸侯者寡矣。彼戰者之爲殘也，士聞戰則輸私財而富軍市，輸飲食而待死士，令折轅而炊之，殺牛而觴士，則是路君之道也。中人禱祝，君翳釀，通都小縣置社，有市之邑，莫不止事而奉王，則此虚中之計也。夫戰之明日，尸死扶傷，雖若有功也，軍出費，中哭泣，軍則重出費以送死傷，國中則哭泣以迎之。則傷主心矣。死者破家而葬，夷傷者空財而共藥，完者內酺而華樂，故其費與死傷者鈞。故民之所費也，十年之田而不償也。軍之所出，矛戟折，鐶弦絕，傷弩破車，罷馬亡矢之太半。甲兵之具，官之所私出也，士大夫之所匿，廝養卒之所竊，十年之田而不償也。天下有此再費者，而能從諸侯者寡矣。攻城之費，百姓理襜蔽，舉衝櫓，家雜總，身窟穴，中罷於刀金。而士困於土功，將不釋甲，朞數而能拔城者爲亟耳。上倦於教，士斷於兵，故三下城而能勝敵者寡矣。故曰彼戰攻者非所先也。何以知其然也？昔智伯瑶攻范、中行氏，殺其君，滅其國，又西圍晉陽，吞兼二國，而憂一主，此用兵之盛也。然而智伯卒身死國亡，爲天下笑者，何謂也？兵先戰攻，而滅二子之患也。昔者中山悉起而迎燕、趙，南戰於長子，敗趙氏；北戰於中山，克燕軍，殺其將。夫中山，千乘之國也，而敵萬乘之國二，再戰比勝，此用兵之上節也。然而國遂亡，君臣于齊者何也？不嗇於戰攻之患也。由此觀之，則戰攻之敗，可見于前事矣。今世之所謂善用兵者，終戰比勝，而守不可拔，天下稱爲善，一國得而保之，則非國之利也。臣聞戰大勝者，其士多死而兵益弱；守而不可拔者，其百姓罷而城郭露。夫士死於外，民殘於內，而城郭露於竟，則非王之樂也。今夫鵠的非咎罪于人也，使弓引弩而射之，中者則喜，不中則媿。少長貴賤，則同心于貫之者何也？惡其示人以難也。今窮戰比勝，而守必不拔，則是非徒示人以難也，又且害人者也。然則天下仇之必矣！夫罷士露國，而多與天下爲仇，則明君不居也。素用强兵而弱之，則察相不事。彼明君察相者，則五兵不動而諸侯從，辭讓而重賂至矣。故明君之攻戰也，甲兵不出於軍而敵國勝，衝櫓不施而邊城降，士民不知而王業至矣。彼明君之從事也，用財少，曠日遠而爲利長者。故曰：兵後起，則諸侯可趨役也。

「臣之所聞，此下言用謀之利，明于權藉時勢者。攻戰之道非師者，雖有百萬之軍，北之堂上；雖有闔閭、吴起之將，禽之户内。千丈之城，拔之尊俎之間；百尺之衝，折之衽席之上。故鐘鼓竽瑟之音不絶，地可廣而欲可成；和樂倡優侏儒之笑不乏，諸侯可同日而致也。故名配天地不爲尊，利制海内不爲厚。故夫善爲王業者，在勞天下而自逸，亂天下而自安，諸侯無成謀，則其國無宿憂也。何以知其然？佚治在我，勞亂在天下，則王之道也。鋭兵來而拒之，患至而移之，使諸侯無成謀，則其國無宿憂矣。何以知其然矣？昔者魏王擁土千里，帶甲三十六萬，恃其强而拔邯鄲，黄丕烈謂：而、能字通，《國策》能字多作而，鮑氏增恃字，非。西圍定陽，又從十二諸侯朝天子以西謀秦。秦王恐之，寢不安席，食不甘味，令於竟内，盡堞中爲戰具，竟爲守備，爲死士置將，以待魏氏。衛鞅謀於秦王曰：『夫魏氏其功大，而令行于天下，有十二諸侯而朝天子，其與必衆。故以一秦而敵大魏，恐不如。王何不使臣見魏王，則臣請必北魏矣。』秦王許諾。衛鞅見魏王曰：『大王之功大矣，令行于天下矣。今大王之所從十二諸侯，非宋、衛也，則鄒、魯、陳、蔡，此固大王之所以鞭箠使也，不足以王天下。大王不若北取燕，東伐齊，則趙必從矣；西取秦，南伐楚，則韓必從矣。大王有伐齊、楚心，而從天下之志，則王業見矣。大王不如先行王服，然後圖齊、楚。』魏王悦于衛鞅之言也，故身廣公宫，制丹衣柱，建九斿，從七星之旟。此天子之位也，而魏王處之。于是齊、楚怒，諸侯奔齊。齊人伐魏，殺其太子，覆其十萬之軍。魏王大恐，跣行按兵于國，而東次于齊，然後天下乃舍之。當是時，秦王垂拱而受西河之外，而不以德魏王。故衛鞅之始與秦王計也，謀約不下席，言於尊俎之間，謀成於堂上，而魏將已禽於齊矣。衝櫓未施，而西河之外已入於秦矣。此臣之所謂北之堂上，禽將户内，拔城於尊俎之間，折衝席上者也。』《戰國策》以此爲蘇子之辭，或疑爲蘇秦，或疑爲蘇代。吴師道固辨其非矣。鼐按：此篇末引商鞅見魏王之語，正如秦、代所以愚齊之計，若借衛鞅以發其情而寤愍王焉者，豈非齊之忠臣乎？篇首蘇子字蓋誤，不則或蘇厲之辭，當齊愍、燕昭之時，代常居燕，厲常居齊，齊國既破，趙將與秦攻其遺燼，其危亟矣。厲獨爲書與趙王，止之。豈厲猶忠于爲齊謀者，有異於其兩昆耶？

虞卿議割六城與秦　○○

秦攻趙於長平，大破之，引兵而歸。因使人索六城於趙而媾。趙計未定。樓緩新從秦來，趙王與樓緩計之曰：「與秦城何如？不與何如？」樓緩辭讓曰：「此非人臣之所能知也。」王曰：「雖然，試言公之私。」樓緩曰：「王亦聞夫公甫文伯母乎？公甫文伯官於魯，病死。婦人爲之自殺於房中者二人。其母聞之，不肯哭也。相室曰：『焉有子死而不哭者乎？』其母曰：『孔子賢人也，逐於魯，是人不隨。今死而婦人爲死者二人。《國策》作十六人，今依《史記》。若是者，其於長者薄，而於婦人厚。』故從母言之，之爲賢母也；從婦言之，必不免爲妒婦也。故其言一也，言者異，則人心變矣。今臣新從秦來，而言勿與，則非計也；言與之，則恐王以臣之爲秦也。故不敢對。使臣得爲王計之，不如予之。」王曰：「諾。」

虞卿聞之，入見王，王以樓緩言告之。虞卿曰：「此飾説也。」王曰：「何謂也？」虞卿曰：「秦之攻趙也，倦而歸乎？王以其力尚能進，愛王而不攻乎？」王曰：「秦之攻我也，不遺餘力矣，必以倦而歸也。」虞卿曰：「秦以其力攻其所不能取，倦而歸，王又以其力之所不能攻而資之，是助秦自攻也。來年秦復攻王，王無以救矣。」

王以虞卿之言告樓緩。樓緩曰：「虞卿能盡知秦力之所至乎？誠知秦力之所不至，此彈丸之地，猶不與也，令秦來年復攻王，得無割其內而媾乎？」王曰：「誠聽子割矣，子能必來年秦之不復攻我乎？」樓緩對曰：「此非臣之所敢任也。昔者三晉之交於秦相善也，今秦釋韓、魏而獨攻王，王之所以事秦，必不如韓、魏也。今臣爲足下解負親之攻，啟關通敝，齊交韓、魏。至來年而王獨不取於秦，王之所以事秦者，必在韓、魏之後也。此非臣之所敢任也。」

王以樓緩之言告虞卿。虞卿曰：「樓緩言不媾，來年秦復攻王，得無更割其內而媾。今媾，樓緩又不能必秦之不復攻也，雖割何益？來年復攻，又割其力之所不能取而媾也，此自盡之術也。不如無媾。秦雖善攻，不能取六城；趙雖不能守，亦不至失六城。秦倦而歸，兵必罷。我以六城收天下以攻罷秦，是我失之於天下，而取償於秦也。吾國尚利，孰與坐而割地，自弱以强秦？今樓緩曰：『秦善韓、魏而攻趙者，必王之事秦不如韓、魏也。』是使王歲以六城事秦也，即坐而地盡矣。來年秦復求割地，王將予之乎？不予則是棄前資而挑秦禍也，與之，則無地而給之。語曰：『强者善攻，而弱者不能自守。』今坐而聽秦，秦兵不敝而多得地，是强秦而弱趙也。以益愈强之秦，而割愈弱之趙，其計固不止矣。且秦虎狼之國也，無禮義之心。其求無已，而王之地有盡。以有盡之地，給無已之求，其勢必無趙矣。故曰此飾説也，王必勿與。」王曰：「諾。」

樓緩聞之，入見於王，王又以虞卿之言告之。樓緩曰：「不然。虞卿得其一，未知其二也。夫秦、趙構難，而天下皆説，何也？曰『我將因强而乘弱』。今趙兵困於秦，天下之賀戰勝者，則必盡在於秦矣。故不若亟割地求和以疑天下，慰秦心。不然，天下將因秦之怒，乘趙之敝，而瓜分之。趙且亡，何秦之圖？王以此斷之，勿復計也。」

虞卿聞之，又入見王曰：「危矣樓子之爲秦也！夫趙兵困於秦，又割地爲和，是愈疑天下，而何慰秦心哉？是不亦大示天下弱乎？且臣曰勿予者，非固勿予而已也。秦索六城於王，王以六城賂齊。齊，秦之深讐也，得王六城，并力而西擊秦也，齊之聽王，不待辭之畢也。是王失於齊，而取償於秦，一舉結三國之親，而與秦易道也。」趙王曰：「善。」因發虞卿東見齊王，與之謀秦。

虞卿未反，秦之使者已在趙矣。樓緩聞之，逃去。鼐按：《史記》以始勸趙割六城爲趙郝之計，後樓緩來趙，乃復勸之，其兩人之辭，《國策》盡以爲樓緩之語。今依《國策》。

中旗説秦昭王 ○○

秦昭王謂左右曰：「今日韓、魏孰與始强？」對曰：「弗如也。」王曰：「今之如耳、魏齊，孰如孟嘗、芒卯之賢？」對曰：「弗如也。」王曰：「以孟嘗、芒卯之賢，帥强韓、魏之兵以伐秦，猶無奈寡人何也。今以無能之如耳、魏齊，帥弱韓、魏以攻秦，其無奈寡人何亦明矣！」左右皆曰：「甚然。」

中旗推琴對曰：「王之料天下過矣。昔者六晉之時，智氏最强，滅破范、中行，帥韓、魏以圍趙襄子于晉陽，決晉水以灌晉陽，城不沈者三板耳。智伯出行水，韓康子御，魏桓子驂乘。智伯曰：『始吾不知水之可亡人之國也，乃今知之。汾水利以灌安邑，絳水利以灌平陽。』魏桓子肘韓康子，康子履魏桓子躡其踵。肘足接於車上，而智氏分矣。身死國亡，爲天下笑。今秦之强，不能過智伯，韓、魏雖弱，尚賢在晉陽之下也。此乃方其用肘足時也，願王之勿易也。」

信陵君諫與秦攻韓 〇〇〇

魏將與秦攻韓。無忌謂魏王曰：「秦與戎、翟同俗，有虎狼之心，貪戾好利而無信，不識禮義德行。苟有利焉，不顧親戚兄弟，若禽獸耳。此天下之所同知也，非有所施厚積德也。故太后，母也，而以憂死；穰侯，舅也，功莫大焉，而竟逐之；兩弟無罪，而再奪之國。此其于親戚兄弟若此，而又況於仇讐之敵國乎？今大王與秦伐韓，而益近秦患，臣甚惑之。而王弗識也，則不明矣。羣臣知之，而莫以此諫，則不忠矣。

「今夫韓氏以一女子，承一弱主，内有大亂，外安能支强秦、魏之兵，王以爲不破乎？韓亡，秦有鄭地，與大梁鄰，王以爲安乎？欲得故地，而今負强秦之禍也，王以爲利乎？

「秦非無事之國也。韓亡之後，必且更事。《國策》「便事」，《史記》「更事」，《史》是。更事必就易與利，就易與利，必不伐楚與趙矣。是何也？夫越山踰河，絶韓之上黨，而攻强趙，則是復閼與之事也，秦必不爲也。若道河内，倍鄴、朝歌，絶漳、滏之水，而以與趙兵決勝于邯鄲之郊，是受智伯之禍也，秦又不敢。伐楚，道涉山谷，行三千里，而攻冥陒之塞，冥陒，依《史》、《策》作「危隘」。所行者甚遠，而所攻者甚難，秦又弗爲也。若道河外，背大梁，而右上蔡、召陵，以與楚兵決於陳郊，秦又不敢也。故曰，秦必不伐楚與趙矣，又不攻衛與齊矣。韓亡之後，兵出之日，非魏無攻矣。秦故有懷茅、邢丘，城垝津以臨河内，此句依《史記》、《國策》作「懷地邢丘、安城、垝津，而以之臨河内」。河内共、汲莫不危矣。秦有鄭地，得垣雍，決滎澤，而水大梁，大梁必亡矣。王之使者大過矣，乃惡安陵氏于秦，秦之欲誅誅，《國策》作許。之久矣。然而秦之葉陽、昆陽與舞陽、高陵鄰，聽使者之惡也，隨安陵氏而亡之。秦繞舞陽之北以東臨許，則南國必危矣。《國策》魏攻管篇：安陵君對信陵君曰：吾先君成侯受詔襄王，以守此地。鼐按：襄王者，梁襄王也。成侯者，安陵始封之君，非惠王之子，則襄王之子也。魏至安釐王，去襄王四世，而安陵益疏，絶爲異國，故取惡於魏，欲併韓而亡之。然安陵在魏西南，猶足蔽魏之南國，苟亡之，則南國危矣。鮑彪、吴師道注《國策》，乃以襄王爲趙襄子，成侯爲趙成侯，不知其爲魏同姓國也。且趙曷爲封子姓於韓、魏閒乎？南國雖無危，則魏國豈得安哉？且夫憎韓不愛安陵氏可也，夫不患秦之不愛南國非也。之猶及也。異日者秦乃在河西晉，國之去梁也，千里有餘，有河山以闌之，有周、韓以閒之。從林鄉軍以至于今，秦十攻魏，五入國中，邊城盡拔。文臺墮，垂都焚，林木伐，麋鹿盡，而國繼以圍。又長驅梁北，東至陶、衛之郊，北至乎闞，所亡乎秦者，山北、《史》有「山南」字，非是。河外、河内，大縣數百，名都數十。秦乃在河西晉，國之去大梁也尚千里，而禍若是矣，又況于使秦無韓而有鄭地，無河山以闌之，無周、韓以閒之，去大梁百里，禍必百此矣。異日者從之不成也，楚、魏疑而韓不可得而約也。今韓受兵三年矣，秦撓之以講，韓知亡猶弗聽，投質於趙，而請爲天下雁行頓刃。以臣之愚觀之，則楚、趙必與之攻矣。此何也？則皆知秦欲之無窮也，非盡亡天下之兵，而臣海内之民，必不休矣。是故臣願以從事王，王速受楚、趙之約，而挾韓之質，以存韓爲務，因求故地于韓，韓必効之。如此，則士民不勞而故地得，其功多於與秦共伐韓，然而無與强秦鄰之禍。

「夫存韓安魏而利天下，此亦王之大時已。通韓之上黨於共、甯，使道已通，因而關之，出入者賦之，是魏重質韓以其上黨也。共有其賦，足以富國，韓必德魏，愛魏，重魏，畏魏，韓必不敢反魏。韓是魏之縣也。魏得韓以爲縣，則衛、大梁、河外必安矣。今不存韓，則二周必危，安陵必易。楚、趙大破，魏、齊甚畏，天下之西鄉而馳秦，入朝爲臣之日不久矣。」《國策》無「矣」字，《史》無「之日」字，以文義皆當有之。

李斯諫逐客書 ○○○

臣聞吏議逐客，竊以爲過矣。昔繆公求士，西取由余於戎，東得百里奚於宛，迎蹇叔於宋，來邳豹、公孫支於晉。此五子者，不産於秦，而繆公用之，并國二十，遂霸西戎。孝公用商鞅之法，移風易俗，民以殷盛，國以富强，百姓樂用，諸侯親服，獲楚、魏之師，舉地千里，至今治彊。惠王用張儀之計，拔三川之地，西并巴、蜀，北收上郡，南取漢中，包九夷，制鄢、郢，東據成皋之險，割膏腴之壤，遂散六國之從，使之西面事秦，功施到今。昭王得范睢，廢穰侯，逐華陽，强公室，杜私門，蠶食諸侯，使秦成帝業。此四君者，皆以客之功。由此觀之，客何負於秦哉？向使四君卻客而不納，疏士而不與，「與」依《文選》、《史》作「用」。是使國無富利之實，而秦無强大之名也。

今陛下致崑山之玉，有隨、和之寶，垂明月之珠，服太阿之劍，乘纖離之馬，建翠鳳之旗，樹靈鼉之鼓。此數寶者，秦不生一焉，而陛下説之，何也？必秦國之所生然後可，則是夜光之璧，不飾朝廷；犀象之器，不爲玩好；鄭、衛之女，不充後宫；而駿良駃騠，不實外廄。江南金錫不爲用，蜀之丹青不爲采，所以飾後宫，充下陳，娱心意，説耳目者，必出於秦然後可，則是宛珠之簪，傅璣之珥，阿縞之衣，錦繡之飾，不進於前；而隨俗雅化，佳冶窈窕趙女，不立於側也。夫擊甕叩缶，彈箏搏髀，而歌嗚嗚快耳《史記》有「目」字，今從《文選》。者，真秦之聲也。鄭、衛、桑間，韶、虞、武、象者，異國之樂也。今棄擊甕叩缶而就鄭、衛，退彈筝而取韶、虞，若是者何也？快意當前，適觀而已矣。今取人則不然。不問可否，不論曲直，非秦者去，爲客者逐。然則是所重者在乎色樂珠玉，而所輕者在乎民人也。此非所以跨海内制諸侯之術也。

臣聞地廣者粟多，國大者人衆，兵强則士勇。是以太山不讓土壤，故能成其大；河海不擇細流，故能就其深；王者不卻衆庶，故能明其德。是以地無四方，民無異國，四時充美，鬼神降福，此五帝三王之所以無敵也。今乃棄黔首以資敵國，卻賓客以業諸侯，使天下之士，退而不敢西向，裹足不入秦，此所謂藉寇兵而齎盜糧者也。夫物不産於秦，可寶者多；士不産於秦，願忠者衆。今逐客以資敵國，損民以益讎，内自虚而外樹怨於諸侯，求國無危，不可得也。

李斯論督責書　〇

二世責問李斯曰：「吾有私議，而有所聞於韓子也。曰：堯之有天下也，堂高三尺，采椽不斲，茅茨不翦，雖逆旅之宿，不勤於此矣；冬日鹿裘，夏日葛衣，粢糲之食，藜藿之羹，飯土匭，啜土鉶，雖監門之養，不觳於此矣。禹鑿龍門，通大夏，疏九河，曲九防，決渟水放之海，而股無胈，脛無毛，手足胼胝，面目黎黑，遂以死於外，葬於會稽，雖臣虜之勞，不烈於此矣。然則夫所貴於有天下者，豈欲苦形勞神，身處逆旅之宿，口食監門之養，手持臣虜之作哉？此不肖人之所勉也，非賢者之所務也。彼賢人之有天下也，專用天下適己而已矣，此所以貴於有天下也。夫所謂賢人者，必能安天下而治萬民。今身且不能利，將惡能治天下哉？故吾願賜志廣欲，長享天下而無害，爲之奈何？」

李斯子由爲三川守，羣盜吴廣等西略地過去，弗能禁。章邯以破逐廣等兵，使者覆案三川相屬，誚讓斯居三公位，如何令盜如此。李斯恐懼，重爵禄，不知所出。乃阿二世意，欲求容，以書對曰：

「夫賢主者，必且能全道而行督責之術者也。督責之，則臣不敢不竭能以徇其主矣。此臣主之分定，上下之義明，則天下賢不肖，莫敢不盡力竭任以徇其君矣。是故主獨制於天下而無所制也，能窮樂之極矣。賢明之主也，可不察焉？故申子曰：有天下而不恣睢，命之曰以天下爲桎梏者，無他焉，不能督責，而顧以其身勞於天下之民，若堯、禹然，故謂之桎梏也。夫不能修申、韓之明術，行督責之道，專以天下自適也，而徒務苦形勞神，以身徇百姓，則是黔首之役，非畜天下者也，何足貴哉？夫以人徇己，則己貴而人賤；以己徇人，則己賤而人貴。故徇人者賤，而人所徇者貴。自古及今，未有不然者也。凡古之所爲尊賢者，爲其貴也；而所爲惡不肖者，爲其賤也。而堯、禹以身徇天下者也，因隨而尊之，則亦失所爲尊賢之心矣，夫可謂大繆矣！謂之爲桎梏，不亦宜乎？不能督責之過也。

「故韓子曰：『慈母有敗子，而嚴家無格虜者，何也？則能罰之加焉必也。』故商君之法，刑棄灰於道者。夫棄灰，薄罪也，而被刑，重罰也。彼唯明主爲能深督輕罪，夫罪輕且督深，而況有重罪乎？故民不敢犯也。是故韓子曰：『布帛尋常，庸人不釋，鑠金百鎰，盜跖不搏者，非庸人之心重，尋常之利深，而盜跖之欲淺也。又不以盜跖之行，爲輕百鎰之重也。搏必隨手刑，則盜跖不搏百鎰，而罰不必行也，則庸人不釋尋常。』是故城高五丈，而樓季不輕犯也。泰山之高百仞，而跛牂牧其上。夫樓季也而難五丈之限，豈跛牂也而易百仞之高哉！陗塹之勢異也。明主聖王之所以能久處尊位，長執重勢，而獨擅天下之利者，非有異道也，能獨斷而審督責，必深罰，故天下不敢犯也。今不務所以不犯，而事慈母之所以敗子也，則亦不察於聖人之論矣。夫不能行聖人之術，則舍爲天下役，何事哉？可不哀邪！

「且夫儉節仁義之人立於朝，則荒肆之樂輟矣；諫説論理之臣閒於側，則流漫之志詘矣；烈士死節之行顯於世，則淫康之虞廢矣。故明主能外此三者，而獨操主術以制聽從之臣，而修其明法，故身尊而勢重也。凡賢主者，必將能拂世摩俗，而廢其所惡，立其所欲，故生則有尊重之勢，死則有賢明之謚也。是以明君獨斷，故權不在臣也，然後能滅仁義之塗，掩馳説之口，困烈士之行，塞聰揜明，内獨視聽。故外不可傾以仁義烈士之行，而内不可奪以諫説忿争之辯。故能犖然獨行恣睢之心而莫之敢逆若此，然後可謂能明申、韓之術，而修商君之法。法修術明，而天下亂者，未之聞也。故曰王道約而易操也，唯明主爲能行之。若此，則謂督責之誠，則臣無邪。臣無邪，則天下安。天下安，則主嚴尊。主嚴尊，則督責必。督責必，則所求得。所求得，則國家富。國家富，則君樂豐。故督責之術設，則所欲無不得矣。羣臣百姓，救過不給，何變之敢圖？若此，則帝道備，而可謂能明君臣之術矣，雖申、韓復生，不能加也。」

古文辭類纂十一

奏議類上編二

賈山至言　○○

臣聞爲人臣者，盡忠竭愚，以直諫主，不避死亡之誅者，臣山是也。臣不敢以久遠諭，願借秦以爲諭，唯陛下少加意焉。

夫布衣韋帶之士，修身於内，成名於外，而使後世不絶息。至秦則不然。貴爲天子，富有天下，賦斂重數，百姓任罷，赭衣半道，羣盜滿山。使天下之人，戴目而視，傾耳而聽，一夫大謼，天下嚮應者，陳勝是也。秦非徒如此也。起咸陽而西至雍，離宫三百，鍾鼓帷帳，不移而具。又爲阿房之殿，殿高數十仞，東西五里，南北千步，從車羅騎，四馬騖馳，旌旗不橈。爲宫室之麗至於此，使其後世曾不得聚廬而託處焉。爲馳道於天下，東窮燕、齊，南極吴、楚，江湖之上，瀕海之觀畢至，道廣五十步，三丈而樹，厚築其外，隱以金椎，樹以青松。爲馳道之麗至於此，使其後世曾不得邪徑而託足焉。死葬乎驪山，吏徒數十萬人，曠日十年，下徹三泉，合采金石，冶銅錮其内，桼塗其外，被以珠玉，飾以翡翠，中成觀遊，上成山林。爲葬薶之侈至於此，使其後世曾不得蓬顆蔽冢而託葬焉。秦㠯熊羆之力，虎狼之心，蠶食諸侯，并吞海内，而不篤禮義，故天殃已加矣。臣昧死㠯聞，願陛下少留意，而詳擇其中。

臣聞忠臣之事君也，言切直，則不用而身危；不切直，則不可㠯明道。故切直之言，明主所欲急聞，忠臣之所㠯蒙死而竭知也。地之磽者，雖有善種，不能生焉；江皋河瀕，雖有惡種，無不猥大。昔者夏、商之季世，雖關龍逢、箕子、比干之賢，身死亡而道不用。文王之時，豪俊之士，皆得竭其智；芻蕘採薪之人，皆得盡其力，此周之所㠯興也。故地之美者善養禾，君之仁者善養士。雷霆之所擊，無不摧折者；萬鈞之所壓，無不糜滅者。今人主之威，非特雷霆也；勢重，非特萬鈞也。開道而求諫，和顏色而受之，用其言而顯其身，士猶恐懼而不敢自盡，又迺況於縱欲，恣行暴虐，惡聞其過乎？震之㠯威，壓之㠯重，則雖有堯舜之智，孟賁之勇，豈有不摧折者哉？如此則人主不得聞其過失矣。弗聞，則社稷危矣！古者聖王之制：史在前書過失，工誦箴諫，瞽誦詩諫，公卿比諫，士傳言諫過，庶人謗於道，商旅議於市，然後君得聞其過失也。聞其過失而改之，見義而從之，所㠯永有天下也。天子之尊，四海之内，其義莫不爲臣，然而養三老於太學，親執醬而餽，執爵而酳，祝鶴在前，祝鯁在後，公卿奉杖，大夫進履，舉賢㠯自輔弼，求修正之士使直諫。故㠯天子之尊，尊養三老，視孝也；立輔弼之臣者，恐驕也；置直諫之士者，恐不得聞其過失也；學問至於芻蕘者，求善無饜也；商人、庶人誹謗已而改之，從善無不聽也。

昔者秦政力并萬國，富有天下，破六國㠯爲郡縣，築長城以爲關塞。秦地之固，大小之埶，輕重之權，其與一家之富，一夫之彊，胡可勝計也。然而兵破於陳涉，地奪於劉氏者，何也？秦王貪狼暴虐，殘賊天下，窮困萬民，以適其欲也。昔者周蓋千八百國，㠯九州之民，養千八百國之君，用民之力，不過歲三日。什一而籍，君有餘財，民有餘力，而頌聲作。秦皇帝㠯千八百國之民自養，力罷不能勝其役，財盡不能勝其求。一君之身耳，所㠯自養者，馳騁弋獵之娛，天下弗能供也。勞罷者不得休息，飢寒者不得衣食，亡罪而死刑者，無所告訴。人與之爲怨，家與之爲讎，故天下壞也。秦皇帝身在之時，天下已壞矣，而弗自知也。秦皇帝東巡狩，至會稽、琅邪，刻石著其功，自㠯爲過堯舜統；縣石鑄鐘虡，篩土築阿房之宮，自㠯爲萬世有天下也。古者聖王作謚，三四十世耳，雖堯、舜、禹、湯、文、武，絫世廣德，㠯爲子孫基業，無過二三十世者也。秦皇帝曰：死而㠯謚法，是父子名號有時相襲也，以一至萬，則世世不相復也，故死而號曰始皇帝，其次曰二世皇帝者，欲㠯一至萬也。秦皇帝計其功德，度其後嗣世世無窮，然身死纔數月耳，天下四面而攻之，宗廟滅絶矣。秦皇帝居滅絶之中而不自知者，何也？天下莫敢告也。其所㠯莫敢告者，何也？亡養老之義，亡輔弼之臣，亡進諫之士，縱恣行誅，退誹謗之人，殺直諫之士。是㠯道諛媮合苟容：比其德，則賢於堯舜；課其功，則賢於湯武。天下已潰而莫之告也。《詩》曰：「匪言不能，胡此畏忌。聽言則對，譖言則退。」此之謂也。以上皆論受諫不敢適欲。

又曰：「濟濟多士，文王㠯寧。」天下未嘗亡士也，然而文王獨言㠯寧者，何也？文王好仁，則仁興；得士而敬之，則士用。用之有禮義，故不致其愛敬，則不能盡其心。不能盡其心，則不能盡其力。不能盡其力，則不能成其功。故古之賢君，於其臣也，尊其爵禄而親之，疾則臨視之無數，死則往弔哭之，臨其小斂大斂，已棺塗而後爲之服，錫衰麻絰，而三臨其喪。未斂，不飲酒食肉。未葬，不舉樂。當宗廟之祭而死，爲之廢樂。故古之君人者，於其臣也，可謂盡禮矣。服法服，端容貌，正顔色，然後見之。故臣下莫敢不竭力盡死，㠯報其上，功德立於後世，而令聞不忘也。以上論敬士。

今陛下念思祖考，術追厥功，圖所㠯昭光洪業休德，使天下舉賢良方正之士。天下皆訢訢焉，曰：將興堯舜之道，三王之功矣。天下之士，莫不精白㠯承休德。今方正之士，皆在朝廷矣。又選其賢者，使爲常侍諸吏，與之馳敺射獵，一日再三出。臣恐朝廷之解弛，百官之墮於事也。諸侯聞之，又必怠於政矣。陛下即位，親自勉昌厚天下，損食膳，不聽樂，減外繇衛卒，止歲貢，省廄馬昌賦縣傳，去諸苑昌賦農夫，出帛十萬餘匹以振貧民。禮高年，九十者一子不事，八十者二算不事。賜天下男子爵，大臣皆至公卿。大臣者，既官之爲大臣矣，而又言爲公卿者，言賜爵也。徹侯、關内侯有食邑，吏民奉爲君公，故曰公。大庶長等爲卿。漢因秦制，公士至不更四級，蓋比古之士大夫至五大夫。五級，蓋比古之大夫。左庶長至大庶長九級，蓋比古之卿。山所謂公卿者，意如此，非三公九卿之謂。余既爲此解，閲劉昭注《續漢書·百官志》引劉邵爵制，其比擬同余説，極詳備，大可證明此説之不悮也。發御府金賜大臣，宗族亡不被澤者。赦罪人，憐其亡髮賜之巾，憐其衣赭書其背，父子兄弟相見也，而賜之衣。平獄緩刑，天下莫不説喜。是昌元年膏雨降，五穀登。此天之所昌相陛下也。刑輕於它時，而犯法者寡；衣食多於前年，而盜賊少。此天下之所昌順陛下也。臣聞山東吏布詔令，民雖老羸癃疾，扶杖而往聽之，願少須臾毋死，思見德化之成也。今功業方就，名聞方昭，四方鄉風。今從豪俊之臣，方正之士，直與之日日獵射，擊兔伐狐，昌傷大業，絶天下之望。臣竊悼之。

《詩》曰：「靡不有初，鮮克有終。」臣不勝大願，願少衰射獵，昌夏歲二月，定明堂，造太學，修先王之道。風行俗成，萬世之基定，然後唯陛下所幸耳。古者大臣不媟，故君子不常見其齊嚴之色，肅敬之容。大臣不得與宴遊，方正修潔之士，不得從射獵，使皆務其方㠯高其節，則羣臣莫敢不正身修行，盡心㠯稱大禮。如此，則陛下之道尊敬，功業施於四海，垂於萬世子孫矣。誠不如此，則行日壞而榮日滅矣。夫士修之於家，而壞之於天子之廷，臣竊愍之。陛下與衆臣宴游，與大臣方正朝廷論議，夫游不失樂，朝不失禮，議不失計，軌事之大者也。雄肆之氣噴薄橫出，漢初之文如此。昭、宣以後，蓋希有矣，況東京而降乎！

賈生陳政事疏　○○○

臣竊惟事執，可爲痛哭者一，可爲流涕者二，此「二」字疑本是「一」字，後論匈奴一事，而疊出可爲流涕句耳，非有二也。俗人或遂于起處增一爲二。可爲長太息者六，若其它背理而傷道者，難徧㠯疏舉。進言者皆曰：天下已安已治矣。臣獨㠯爲未也。曰安且治者，非愚則諛，皆非事實知治亂之體者也。夫抱火厝之積薪之下，而寢其上，火未及燃，因謂之安，方今之執，何㠯異此？本末舛逆，首尾衡決，國制搶攘，非甚有紀，胡可謂治？陛下何不壹令臣得孰數之於前，因陳治安之策，試詳擇焉。

夫射獵之娱，與安危之機孰急？使爲治，勞智慮，苦身體，乏鐘鼓之樂，勿爲可也。樂與今同，而加之諸侯軌道，兵革不動，民保首領，匈奴賓服，四荒鄉風，百姓素朴，獄訟衰息，大數既得，則天下順治，海内之氣，清和咸理，生爲明帝，没爲明神，名譽之美，垂於無窮。禮，祖有功而宗有德，使顧成之廟，稱爲太宗，上配太祖，與漢亡極。建久安之埶，成長治之業，目承祖廟，目奉六親，至孝也；目幸天下，目育羣生，至仁也；立經陳紀，輕重同得，後可目爲萬世法程，雖有愚幼不肖之嗣，猶得蒙業而安，至明也。目陛下之明達，因使少知治體者，得佐下風，致此非難也。其具可素陳於前，願幸無忽。臣謹稽之天地，驗之往古，按之當今之務，日夜念此至孰也。雖使舜、禹復生，爲陛下計，亡目易此。

夫樹國，固必相疑之埶，下數被其殃，上數爽其憂，甚非所目安上而全下也。今或親弟謀爲東帝，親兄之子，西鄉而擊，今吴又見告矣。天子春秋鼎盛，行義未過，德澤有加焉，猶尚如是，况莫大諸侯，權力且十此者虖？然而天下少安，何也？大國之王，幼弱未壯，漢之所置傅相，方握其事。數年之後，諸侯之此之字疑衍。王大抵皆冠，血氣方剛，漢之傅相，稱病而賜罷，彼自丞尉目上，偏置私人，如此有異淮南、濟北之爲邪？此時而欲爲治安，雖堯舜不治。黄帝曰："日中必熭，操刀必割。"今令此道順而全安甚易，不肯早爲，已迺墮骨肉之屬而抗剄之，豈有異秦之季世虖？夫目天子之位，乘今之時，因天之助，尚憚目危爲安，目亂爲治，假設陛下居齊桓之處，將不合諸侯而匡天下乎？臣又知陛下有所必不能矣。

假設天下如曩時，此下兩段，乃承上「雖堯舜不治」意，引同、異姓兩層影照，所謂「兩不能」，乃勢不可爲，與上文「不能」義别。淮陰侯尚王楚，黥布王淮南，彭越王梁，韓信王韓，張敖王趙，貫高爲相，盧綰王燕，陳豨在代，令此六七公者皆亡恙，當是時而陛下即天子位，能自安乎？臣有目知陛下之不能也。天下殽亂，高皇帝與諸公併起，非有仄室之埶目豫席之也。諸公幸者迺爲中涓，其次廑得舍人，材之不逮至遠也。高皇帝目明聖威武，即天子位，割膏腴之地，目王諸公，多者百餘城，少者乃三四十縣，德至渥也。然其後十年之閒，反者九起。陛下之與諸公，非親角材而臣之也，又非身封王之也，自高皇帝不能目是一歲爲安，故臣知陛下之不能也。然尚有可諉者曰疏，臣請試言其親者。假令悼惠王王齊，元王王楚，中子王趙，幽王王淮陽，共王王梁，靈王王燕，厲王王淮南，六七貴人皆亡恙，當是時陛下即位，能爲治虖？臣又知陛下之不能也。若此諸王，雖名爲臣，實皆有布衣昆弟之心，慮亡不帝制而天子自爲者。擅爵人，赦死辠，甚者或戴黄屋，漢法令非行也。雖行不軌如厲王者，令之不肯聽，召之安可致乎？幸而來至，法安可得加？動一親戚，天下圜視而起，陛下之臣，雖有悍如馮敬者，適啟其口，匕首已陷其匈矣。陛下雖賢，誰與領此？故疏者必危，親者必亂，已然之效也。其異姓負彊而動者，漢已幸勝之矣，又不易其所㠯然。同姓襲是跡而動，既有徵矣，其埶盡又復然。殃旤之變，未知所移，殃禍在下則骨肉抗剄，設移于上，或危社稷。明帝處之，尚不能㠯安，後世將如之何？屠牛坦一朝解十二牛，而芒刃不頓者，所排擊剥割，皆衆理解也。至于髖髀之所，非斤則斧。夫仁義恩厚，人主之芒刃也；權埶法制，人主之斤斧也。今諸侯王皆衆髖髀也，釋斤斧之用，而欲嬰㠯芒刃，臣㠯爲不缺則折。胡不用之淮南、濟北？埶不可也。

臣竊迹前事，大抵彊者先反。淮陰王楚最彊，則最先反；韓信倚胡，則又反；貫高因趙資，則又反；陳豨兵精，則又反；彭越用梁，則又反；黥布用淮南，則又反；盧綰最弱，最後反。長沙迺在二萬五千户耳，功少而最完，埶疏而最忠，非獨性異人也，亦形埶然也。曩令樊、酈、絳、灌，據數十城而王，今雖㠯殘亡可也；令信、越之倫，列爲徹侯而居，雖至今存可也。然則天下之大計可知已。欲諸王之皆忠附，則莫若令如長沙王；欲臣子之勿菹醢，則莫若令如樊、酈等；欲天下之治安，莫若衆建諸侯而少其力。力少則易使㠯義，國小則無邪心。令海内之埶，如身之使臂，臂之使指，莫不制從。諸侯之君，不敢有異心，輻凑並進，而歸命天子，雖在細民，且知其安，故天下咸知陛下之明。割地定制，令齊、趙、楚各爲若干國，使悼惠王、幽王、元王之子孫，畢㠯次各受祖之分地，地盡而止，及燕、梁它國皆然。其分地衆而子孫少者，建㠯爲國，空而置之，須其子孫生者，舉使君之。諸侯之地，其削頗入漢者，爲徙其侯國，及封其子孫他所，㠯數償之。一寸之地，一人之衆，天子亡所利焉，誠㠯定治而已，故天下咸知陛下之廉。地制壹定，宗室子孫莫慮不王，下無倍畔之心，上無誅伐之志，故天下咸知陛下之仁。法立而不犯，令行而不逆，貫高、利幾之謀不生，柴奇、開章之計不萌，細民鄉善，大臣致順，故天下咸知陛下之義。臥赤子天下之上而安，植遺腹，朝委裘，而天下不亂，當時大治，後世誦聖。壹動而五業附，陛下誰憚而久不爲此？

天下之埶，方病大瘇，一脛之大幾如要，一指之大幾如股，平居不可屈信，一二指搐，身慮亡聊。失今不治，必爲錮疾，後雖有扁鵲，不能爲已。病非徒瘇也，又苦蹠盭。元王之子，帝之從弟也；今之王者，從弟之子也。惠王之子，親兄子也；惠王下，今《漢書》本脱「之子」二字，從《資治通鑑》增。薑塢先生云：是時王戊王楚，從弟之子也。文王則王齊，共王喜王城陽，兄子之子也。惠王子罷軍等，僅爲列侯，是親者無分地也。其後文帝十五年，盡王惠王子六人，蓋正以賈生此言耳。今之王者，兄子之子也。親者或亡分地以安天下，疏者或制大權以偪天子，臣故曰非徒病瘇也，又苦蹠盭。可爲痛哭者，此病是也。

天下之埶方倒縣。凡天子者，天下之首，何也？上也。蠻夷者，天下之足，何也？下也。今匈奴嫚侮侵掠，至不敬也，爲天下患，至亡已也，而漢歲致金絮采繒以奉之。夷狄徵令，是主上之操也；天子共貢，是臣下之禮也。足反居上，首顧居下，倒縣如此，莫之能解，猶爲國有人乎？非亶倒縣而已，又類辟，且病痱。夫辟者一面病，痱者一方痛。今西邊、北邊之郡，雖有長爵，不輕得復，五尺以上，不輕得息，斥候望烽燧不得臥，將吏被介冑而睡，臣故曰一方病矣。醫能治之，而上不使，可爲流涕者此也。陛下何忍以帝皇之號，爲戎人諸侯？埶既卑辱，而旤不息，長此安窮！進謀者率以爲是，固不可解也，亡具甚矣。臣竊料匈奴之眾，不過漢一大縣。以天下之大，困於一縣之眾，甚爲執事者羞之。陛下何不試以臣爲屬國之官，以主匈奴？行臣之計，請必係單于之頸而制其命，伏中行說而笞其背，舉匈奴之眾，唯上之令。今不獵猛敵而獵田彘，不搏反寇而搏畜菟，翫細娛而不圖大患，非所以爲安也。德可遠施，威可遠加，而直數百里外，威令不信，可爲流涕者此也。

今民賣僮者，爲之繡衣絲履偏諸緣，内之閑中，是古天子后服，所㠯廟而不宴者也，而庶人得㠯衣婢妾。白縠之表，薄紈之裏，緁以偏諸，美者黼繡，是古天子之服，今富人大賈嘉會召客者以被墻。古者㠯奉一帝一后而節適，今庶人屋壁，得爲帝服，倡優下賤，得爲后飾，然而天下不屈者，殆未有也。且帝之身自衣皁綈，而富民墻屋被文繡；天子之后以緣其領，庶人孽妾緣其履，此臣所謂舛也。夫百人作之，不能衣一人，欲天下亡寒，胡可得也？一人耕之，十人聚而食之，欲天下亡飢，不可得也。飢寒切於民之肌膚，欲其亡爲姦邪，不可得也。國已屈矣，盜賊直須時耳，然而獻計者曰「毋動」，爲大耳。夫俗至大不敬也，至亡等也，至冒上也，進計者猶曰「毋爲」，可爲長太息者此也。

商君遺禮義，棄仁恩，并心於進取，行之二歲，秦俗日敗。故秦人家富子壯則出分，家貧子壯則出贅。借父耰鉏，慮有德色；母取箕帚，立而誶語。抱哺其子，與公併倨，婦姑不相説，則反脣而相稽。其慈子耆利，不同禽獸者亡幾耳。然并心而赴時，猶曰蹷六國，兼天下。功成求得矣，終不知反廉愧之節，仁義之厚。信并兼之法，遂進取之業，天下大敗。衆掩寡，智欺愚，勇威怯，壯陵衰，其亂至矣。是㠯大賢起之，威震海内，德從天下。曩之爲秦者，今轉而爲漢矣。然其遺風餘俗，猶尚未改。今世㠯侈靡相競，而上亡制度，棄禮誼，捐廉恥，日甚，可謂月異而歲不同矣。逐利不耳，慮非顧行也，今其甚者殺父兄矣。盜者剟寢戶之簾，搴兩廟之器，白晝大都之中，剽吏而奪之金。矯僞者出幾十萬石粟，賦六百餘萬錢，乘傳而行郡國，此其亡行義之尤至者也。而大臣特㠯簿書不報，期會之間，㠯爲大故。至於俗流失，世壞敗，因恬而不知怪，慮不動於耳目，㠯爲是適然耳。夫移風易俗，使天下回心而鄉道，類非俗吏之所能爲也。俗吏之所務，在於刀筆筐篋，而不知大體。陛下又不自憂，竊爲陛下惜之。

夫立君臣，等上下，使父子有禮，六親有紀，此非天之所爲，人之所設也。夫人之所設，不爲不立，不植則僵，不修則壞。筦子曰：禮義廉恥，是謂四維；四維不張，國乃滅亡。使筦子愚人也則可，筦子而少知治體，則是豈可不爲寒心哉！秦滅四維而不張，故君臣乖亂，六親殃戮，姦人並起，萬民離叛，凡十三歲而社稷爲虛。今四維猶未備也，故姦人幾幸，而眾心疑惑。豈如今定經制，令君君臣臣，上下有差，父子六親，各得其宜，姦人亡所幾幸，而羣臣眾信，上不疑惑。此業壹定，世世常安，而後有所持循矣。若夫經制不定，是猶度江河，亡維楫，中流而遇風波，船必覆矣。可爲長太息者此也。

夏爲天子，十有餘世，而殷受之。殷爲天子，二十餘世，而周受之。周爲天子，三十餘世，而秦受之。秦爲天子，二世而亡。人性不甚相遠也，何三代之君有道之長，而秦無道之暴也？其故可知也。古之王者，太子迺生，固舉㠯禮，使士負之，有司齊肅端冕，見之南郊，見于天也。過闕則下，過廟則趨，孝子之道也。故自爲赤子，而教固已行矣。昔者成王幼在繈抱之中，召公爲太保，周公爲太傅，太公爲太師。保，保其身體；傅，傅之德義；師，道之教訓，此三公之職也。於是爲置三少，皆上大夫也，曰少保、少傅、少師，是與太子宴者也。故迺孩提有識，三公、三少，固明孝仁禮義㠯道習之，逐去邪人，不使見惡行。於是皆選天下之端士，孝悌博聞有道術者，㠯衛翼之，使與太子居處出入。故太子迺生而見正事，聞正言，行正道，左右前後，皆正人也。夫習與正人居之不能毋正，猶生長於齊，不能不齊言也；習與不正人居之不能毋不正，猶生長於楚之地，不能不楚言也。故擇其所耆，必先受業，迺得嘗之；擇其所樂，必先有習，迺得爲之。孔子曰：少成若天性，習貫如自然。及太子少長，知妃色，則入于學。學者，所學之官也。「官」當依《大戴》作「宮」。學禮曰：帝入東學，上親而貴仁，則親疏有序，而恩相及矣；帝入南學，上齒而貴信，則長幼有差，而民不誣矣；帝入西學，上賢而貴德，則聖智在位，而功不遺矣；帝入北學，上貴而尊爵，則貴賤有等，而下不踰矣；帝入太學，承師問道，退習而考於太傅，太傅罰其不則而匡其不及，則惠智長而治道得矣。此五學者既成於上，則百姓黎民化輯於下矣。及太子既冠成人，免於保傅之嚴，則有記過之史，徹膳之宰，進善之旌，誹謗之木，敢諫之鼓。瞽史誦詩，工誦箴諫，大夫進謀，士傳民語。習與智長，故切而不媿；化與心成，故中道若性。三代之禮，春朝朝日，秋暮夕月，所㠯明有敬也；春秋入學，坐國老，執醬而親餽之，所㠯明有孝也；行㠯鸞和，步中《采齊》，趣中《肆夏》，所㠯明有度也；其於禽獸，見其生不食其死，聞其聲不食其肉，故遠庖厨，所㠯長恩，且明有仁也。

夫三代之所㠯長久者，㠯其輔翼太子有此具也。及秦而不然。其俗固非貴辭讓也，所上者告訐也；固非貴禮義也，所上者刑罰也。使趙高傅胡亥而教之獄，所習者非斬劓人，則夷人之三族也。故胡亥今日即位，而明日射人。忠諫者謂之誹謗，深計者謂之妖言。其視殺人，若艾草菅然。豈惟胡亥之性惡哉？彼其所㠯道之者非其理故也。鄙諺曰：「不習爲吏，視已成事。」又曰：「前車覆，後車誡。」夫三代之所㠯長久者，其已事可知也。然而不能從者，是不法聖智也。秦世之所㠯亟絶者，其轍迹可見也。然而不避，是後車又將覆也。夫存亡之變，治亂之機，其要在是矣。天下之命，縣於太子。太子之善，在於早諭教與選左右。夫心未濫而先諭教，則化易成也；開於道術智誼之指，則教之力也。若其服習積貫，則左右而已。夫胡、粤之人，生而同聲，耆欲不異，及其長而成俗，累數譯而不能相通，行有雖死而不相爲者，則教習然也。臣故曰選左右早諭教最急。夫教得而左右正，則太子正矣。太子正而天下定矣。《書》曰：「一人有慶，兆民賴之。」此時務也。

凡人之智，能見已然，不能見將然。夫禮者禁於將然之前，而法者禁於已然之後。是故法之所用易見，而禮之所爲至難知也。若夫慶賞㠯勸善，刑罰㠯懲惡，先王執此之政，堅如金石；行此之令，信如四時；據此之公，無私如天地耳，豈顧不用哉？然而曰禮云禮云者，貴絶惡於未萌，而起教於微眇，使民日遷善遠辠而不自知也。孔子曰：「聽訟，吾猶人也，必也使毋訟乎？」爲人主計者，莫如先審取舍。取舍之極定於内，而安危之萌應於外矣。安者，非一日而安也；危者，非一日而危也，皆㠯積漸然，不可不察也。人主之所積，在其取舍。㠯禮義治之者積禮義，㠯刑罰治之者積刑罰。刑罰積而民怨背，禮義積而民和親。故世主欲民之善同，而所㠯使民善者或異。或道之㠯德教，或敺之㠯法令。道之㠯德教者，德教洽而民氣樂；敺之㠯法令者，法令極而民風哀。哀樂之感，禍福之應也。秦王之欲尊宗廟而安子孫，與湯武同，然而湯武廣大其德行，六七百歲而弗失，秦王治天下十餘歲則大敗。此亡它故矣，湯武之定取舍審，而秦王之定取舍不審矣。夫天下，大器也。今人之置器，置諸安處則安，置諸危處則危。天下之情，與器亡㠯異，在天子之所置之。湯武置天下於仁義禮樂，而德澤洽，禽獸草木廣裕，德被蠻貊四夷，累子孫數十世，此天下所共聞也。秦王置天下於法令刑罰，德澤亡一有，而怨毒盈於世，下憎惡之如仇讎，旤幾及身，子孫誅絶，此天下之所共見也。是非其明效大驗邪？人之言曰：「聽言之道，必㠯其事觀之，則言者莫敢妄言。」今或言禮誼之不如法令，教化之不如刑罰，人主胡不引殷、周、秦事㠯觀之也？

人主之尊譬如堂，羣臣如陛，衆庶如地。故陛九級，上廉遠地，則堂高；陛亡級，廉近地，則堂卑。高者難攀，卑者易陵，理埶然也。故古者聖王制爲等列，内有公卿大夫士，外有公侯伯子男，然後有官師小吏，延及庶人，等級分明，而天子加焉，故其尊不可及也。里諺曰：「欲投鼠而忌器。」此善諭也。鼠近於器，尚憚不投，恐傷其器，況於貴臣之近主乎？廉恥節禮以治君子，故有賜死而亡戮辱。是㠯黥劓之辠，不及大夫，㠯其離主上不遠也。禮不敢齒君之路馬，蹵其芻者有罰。見君之几杖則起，遭君之乘車則下，入正門則趨。君之寵臣，雖或有過，刑戮之辠，不加其身者，尊君之故也。此所㠯爲主上豫遠不敬也，所目體貌大臣而厲其節也。今自王侯三公之貴，皆天子之所改容而禮之也。古天子之所謂伯父、伯舅也，而令與衆庶同黥、劓、髡、刖、笞、傌、棄市之法，然則堂不亡陛虖？被戮辱者不泰迫虖？廉恥不行大臣，無迺握重權大官而有徒隸亡恥之心虖？夫望夷之事，二世見當目重法者，投鼠而不忌器之習也。

臣聞之：履雖鮮，不加於枕；冠雖敝，不目苴履。夫嘗已在貴寵之位，天子改容而體貌之矣，吏民嘗俯伏目敬畏之矣，今而有過，帝令廢之可也，退之可也，賜之死可也，滅之可也。若夫束縛之，係緤之，輸之司寇，編之徒官，司寇小吏，詈駡而榜笞之，殆非所目令衆庶見也。夫卑賤者，習知尊貴者之一旦吾亦迺可目加此也，非所目習天下也，非尊尊貴貴之化也。夫天子之所嘗敬，衆庶之所嘗寵，死而死耳，賤人安得如此而頓辱之哉？

豫讓事中行之君，智伯伐而滅之，移事智伯。及趙滅智伯，豫讓釁面吞炭，必報襄子，五起而不中。人問豫子，豫子曰：「中行衆人畜我，我故衆人事之；智伯國士遇我，我故國士報之。」故此一豫讓也，反君事讎，行若狗彘；已而抗節致忠，行出虖列士，人主使然也。故主上遇其大臣，如遇犬馬，彼將犬馬自爲也；如遇官徒，彼將官徒自爲也。頑頓亡恥，奊詬亡節，《說文》謑，詬恥也。謑或從奊，作⿰言奊，胡禮切。奊，頭衺骫奊態也，胡結切。今《漢書》通爲奊字，當讀作謨。廉恥不立，且不自好，苟若而可，故見利則逝，見便則奪。主上有敗，則因而挻之矣；主上有患，則吾苟免而已，立而觀之耳；有便吾身者，則欺賣而利之耳。人主將何便於此？羣下至衆，而主上至少也，所托財器職業者，粹於羣下也。俱亡恥，俱苟安，則主上最病。故古者禮不及庶人，刑不至大夫，所㠯厲寵臣之節也。古者大臣有坐不廉而廢者，不謂不廉，曰「簠簋不飾」；坐汙穢淫亂男女亡別者，不曰汙穢，曰「帷薄不修」；坐罷輭不勝任者，不謂罷輭，曰「下官不職」。故貴大臣定有其辠矣，猶未斥然正以謼之也，尚遷就而爲之諱也。故其在大譴大何之域者，聞譴何，則白冠氂纓，盤水加劍，造請室而請辠耳，上不執縛係引而行也。其有中罪者，聞命而自弛，鼒按：弛者，解去其職。師古云自廢而死者，非。上不使人頸盭而加也。其有大辠者，聞命則北面再拜，跪而自裁，上不使捽抑而刑之也，曰：「子大夫自有過耳，吾遇子有禮矣。」遇之有禮，故羣臣自憙；嬰㠯廉恥，故人矜節行。上設廉恥禮義㠯遇其臣，而臣不㠯節行報其上者，則非人類也。故化成俗定，則爲人臣者，主耳忘身，國耳忘家，公耳忘私，利不苟就，害不苟去，唯義所在。上之化也，故父兄之臣，誠死宗廟；法度之臣，誠死社稷；輔翼之臣，誠死君上；守圄扞敵之臣，誠死城郭封疆。故曰聖人有金城者，比物此志也。彼且爲我死，故吾得與之俱生；彼且爲我亡，故吾得與之俱存，夫將爲我危，故吾得與之皆安。顧行而忘利，守節而仗義，故可㠯託不御之權，可㠯寄六尺之孤。此厲廉恥行禮誼之所致也，主上何喪焉！此之不爲，而顧彼之久行，故曰可爲長太息者此也。長太息者六，文内闕一，西山先生引《新書》諸侯官名制度同于天子者補之，鼐謂《新書》者未敢信以爲真，賈生之文也若果如此，孟堅必不删削之。意謂此一段爲論積貯，即載于《食貨志》者是已。

賈生論積貯疏

《通鑑》因《食貨志》有文帝感此開籍田躬耕語，而文帝二年有開籍田詔，遂置此疏于文帝二年，此非是。文帝二年，漢纔二十七年，而此云幾四十年，必在長沙召回時也。○○○

筦子曰：「倉廩實而知禮節。」民不足而可治者，自古及今，未之嘗聞。古之人曰：「一夫不耕，或受之飢；一女不織，或受之寒。」生之有時，而用之亡度，則物力必屈。古之治天下，至孅至悉也，故其畜積足恃。今背本而趨末，食者甚衆，是天下之大殘也。淫侈之俗，日日㠯長，是天下之大賊也。殘賊公行，莫之或止，大命將泛，莫之振救。生之者甚少，而靡之者甚多，天下財產，何得不蹷？漢之爲漢，幾四十年矣，公私之積，猶可哀痛。失時不雨，民且狼顧，歲惡不入，請賣爵子。既聞耳矣，安有爲天下阽危者若是，而上不驚者？

世之有飢穰，天之行也，禹、湯被之矣。即不幸有方二三千里之旱，國胡吕相恤？卒然邊境有急，數十百萬之眾，國胡吕餽之？兵旱相乘，天下大屈。有勇力者聚徒而衡擊，罷夫羸老，易子而齩其骨。政治未畢通也，遠方之能疑者，並舉而争起矣。迺駭而圖之，豈將有及乎？

夫積貯者，天下之大命也。苟粟多而財有餘，何爲而不成？吕攻則取，吕守則固，吕戰則勝。懷敵附遠，何招而不至？今歐民而歸之農，皆著於本，使天下各食其力，末技游食之民，轉而緣南晦，則畜積足，而人樂其所矣。可吕爲富安天下，而直爲此廩廩也。李奇曰：「廩廩，危也。」鼐按：此即凜凜字。《説文》本作「癛」，隸省作「凜」，此又假借廩字耳。哀十五年《左傳》「廩然隕大夫之尸」，同此。竊爲陛下惜之。

賈生請封建子弟疏　○○

陛下即不定制，如今之埶，不過一傳再傳，諸侯猶且人恣而不制，豪植而大强，漢法不得行矣。陛下所吕爲蕃扞，及皇太子之所恃者，唯淮陽、代二國耳。代北邊匈奴，與强敵爲鄰，能自完則足矣；而淮陽之比大諸侯，廑如黑子之著面，適足吕餌大國耳，不足吕有所禁禦。方今制在陛下，制國而令子適足㠯爲餌，豈可謂工哉？人主之行異布衣。布衣者，飾小行，競小廉，㠯自託於鄉黨。人主唯天下安社稷固不耳。高皇帝瓜分天下㠯王功臣，反者如蝟毛而起，㠯爲不可，故蔪去不義諸侯，而虛其國。擇良日，立諸子雒陽上東門之外，畢㠯爲王，而天下安。故大人者，不牽小行，㠯成大功。

今淮南地遠者或數千里，越兩諸侯，而縣屬於漢。其吏民繇役，往來長安者，自悉而補，中道衣敝，錢用諸費稱此。其苦屬漢而欲得王，至甚，逋逃而歸諸侯者，已不少矣。其埶不可久。臣之愚計，願舉淮南地㠯益淮陽，而爲梁王立後，割淮陽北邊二三列城，與東郡㠯益梁。不可者，可徙代王而都睢陽。梁起於新郪㠯北，著之河；淮陽包陳㠯南，揵之江。則大諸侯之有異心者，破膽而不敢謀。梁足㠯扞齊、趙，淮陽足㠯禁吴、楚，陛下高枕，終無山東之憂矣，此二世之利也。

當今恬然，適遇諸侯之皆少，數歲之後，陛下且見之矣。夫秦日夜苦心勞力以除六國之旤，今陛下力制天下，頤指如意，高拱㠯成六國之旤，難㠯言智。苟身亡事，畜亂宿旤，孰視而不定，萬年之後，傳之老母弱子，將使不寧，不可謂仁。臣聞聖主言問其臣而不自造事，故使人臣得畢其愚忠。唯陛下財幸！

賈生諫封淮南四子疏 ○○

竊恐陛下接王淮南諸子，曾不與如臣者孰計之也。淮南王之悖逆亡道，天下孰不知其辠？陛下幸而赦遷之，自疾而死，天下孰目王死之不當？今奉尊罪人之子，適足目負謗於天下耳。此人少壯，豈能忘其父哉？白公勝所爲父報仇者，大父與伯父、叔父也。白公爲亂，非欲取國代主也，發憤快志，剡手目衝仇人之匈，固爲俱靡而已。淮南雖小，黥布嘗用之矣，漢存特幸耳。

夫擅仇人足目危漢之資，於策不便。雖割而爲四，四子一心也。予之衆，積之財，此非有子胥、白公報於廣都之中，即疑有剸諸、荊軻起於兩柱之閒，所謂假賊兵爲虎翼者也。願陛下少留計。

賈生諫放民私鑄疏 ○

法使天下公得顧租，鑄銅錫爲錢，敢雜以鉛鐵，爲它巧者，其罪黥。然鑄錢之情，非殽雜爲巧，則不可得贏。而殽之甚微，爲利甚厚。夫事有召禍，而法有起姦。今令細民，人操造幣之埶，各隱屏而鑄作，因欲禁其厚利微姦，雖黥罪日報，其埶不止。迺者民人抵罪，多者一縣百數，及吏之所疑，榜笞奔走者甚眾。夫縣法目誘民，使入陷阱，孰積於此？曩禁鑄錢，死罪積下；今公鑄錢，黥罪積下。爲法若此，上何賴焉？

又民用錢，郡縣不同：或用輕錢，百加若干；或用重錢，平稱不受。法錢不立，吏急而壹之虖？則大爲煩苛，而力不能勝。縱而弗呵虖？則市肆異用，錢文大亂。苟非其術，何鄉而可哉？

今農事棄捐，而采銅者日蕃，釋其耒耨，冶鎔炊炭，姦錢日多，五穀不爲多。善人怵而爲姦邪，愿民陷而之刑戮。刑戮將甚不詳，奈何而忽？國知患此，吏議必曰禁之。禁之不得其術，其傷必大。令禁鑄錢，則錢必重。重則其利深，盜鑄如雲而起，棄市之罪，又不足目禁矣。

姦數不勝，而法禁數潰，銅使之然也。故銅布於天下，其爲禍博矣。今博禍可除，而七福可致也。何謂七福？上收銅勿令布，則民不鑄錢，黥罪不積，一矣。僞錢不蕃，民不相疑，二矣。采銅鑄作者，反於耕田，三矣。銅畢歸於上，上挾銅積，以御輕重，錢輕則目術斂之，重則目術散之，貨物必平，四矣。目作兵器，目假貴臣，多少有制，用別貴賤，五矣。目臨萬貨，目調盈虛，目收奇羨，則官富實，而末民困，六矣。制吾棄財，目與匈奴逐争其民，則敵必懷，七矣。

故善爲天下者，因禍而爲福，轉敗而爲功。今久退七福而行博禍，臣誠傷之。

奏議類上編三

鼂錯言兵事書 ○○

臣聞漢興目來，胡虜數入邊地，小入則小利，大入則大利。高后時，再入隴西，攻城屠邑，敺略畜産。其後復入隴西，殺吏卒，大寇盜。竊聞戰勝之威，民氣百倍；敗兵之卒，没世不復。自高后目來，隴西三困於匈奴矣，民氣破傷，亡有勝意。今茲隴西之吏，賴社稷之神靈，奉陛下之明詔，和輯士卒，底厲其節，起破傷之民，目當乘勝之匈奴，用少擊眾，殺一王，敗其眾，而有大利。非隴西之民有勇怯，迺將吏之制巧拙異也。故兵法曰：「有必勝之將，無必勝之民。」由此觀之，安邊境，立功名，在於良將，不可不擇也。

臣又聞用兵臨戰合刃之急者三：一曰得地形，二曰卒服習，三曰器用利。兵法曰：丈五之溝，漸車之水，山林積石，經川丘阜，屮木所在，此步兵之地也，車騎二不當一。土山丘陵，曼衍相屬，平原廣野，此車騎之地也，步兵十不當一。平陵相遠，川谷居間，仰高臨下，此弓弩之地也，短兵百不當一。兩陳相近，平地淺屮，可前可後，此長戟之地也，劍楯三不當一。萑葦竹蕭，屮木蒙蘢，支葉茂接，此矛鋋之地也，長戟二不當一。曲道相伏，險阸相薄，此劍楯之地也，弓弩三不當一。士不選練，卒不服習，起居不精，動靜不集，趨利弗及，避難不畢，前擊後解，與金鼓之音相失，此不習勒卒之過也，百不當十。兵不完利，與空手同；甲不堅密，與袒裼同；弩不可目及遠，與短兵同；射不能中，與亡矢同；中不能入，與亡鏃同，此將不省兵之禍也，五不當一。故兵法曰：器械不利，目其卒予敵也；卒不可用，目其將予敵也；將不知兵，目其主予敵也；君不擇將，目其國予敵也。四者，兵之至要也。

臣又聞小大異形，强弱異埶，險易異備。夫卑身目事强，小國之形也；合小目攻大，敵國之形也；目蠻夷攻蠻夷，中國之形也。今匈奴地形技蓺，與中國異：上下山阪，出入溪澗，中國之馬弗與也；險道傾仄，且馳且射，中國之騎弗與也；風雨罷勞，饑渴不困，中國之人弗與也，此匈奴之長技也。若夫平原易地，輕車突騎，則匈奴之眾，易撓亂也；勁弩長戟，射疏及遠，則匈奴之弓，弗能格也；堅甲利刃，長短相雜，游弩往來，什伍俱前，則匈奴之兵，弗能當也；材官騶發，矢道同的，則匈奴之革笥木薦，弗能支也；下馬地鬬，劍戟相接，去就相薄，則匈奴之足，弗能給也，此中國之長技也。目此觀之，匈奴之長技三，中國之長技五。陛下又興數十萬之衆，目誅數萬之匈奴，衆寡之計，目一擊十之術也。

雖然，兵，凶器；戰，危事也。目大爲小，目强爲弱，在俛卬之閒耳。夫目人之死争勝，跌而不振，則悔之亡及也。帝王之道，出於萬全。今降胡義渠蠻夷之屬來歸誼者，其衆數千，飲食長技，與匈奴同，可賜之堅甲絮衣，勁弓利矢，益以邊郡之良騎，令明將能知其習俗，和輯其心者，以陛下之明約將之。即有險阻，目此當之；平地通道，則目輕車材官制之。兩軍相爲表裏，各用其長技，衡加之目衆，此萬全之術也。

傳曰：「狂夫之言，而明主擇焉。」臣錯愚陋，昧死上狂言，唯陛下財擇。

鼂錯論守邊備塞書　○○

臣聞秦時，北攻胡貉，築塞河上，南攻揚粤，置戍卒焉。其起兵而攻胡、粤者，非目衛邊地而救民死也，貪戾而欲廣大也，故功未立而天下亂。且夫起兵而不知其埶，戰則爲人禽，屯則卒積死。夫胡貉之地，積陰之處也。木皮三寸，冰厚六尺，食肉而飲酪，其人密理，鳥獸毳毛，其性能寒。楊粤之地，少陰多陽，其人疏理，鳥獸希毛，其性能暑。秦之戍卒，不能其水土，戍者死於邊，輸者僨於道。秦民見行，如往棄市，因以讁發之，名曰「讁戍」。先發吏有讁及贅壻、賈人，後㠯嘗有市籍者，又後㠯大父母、父母嘗有市籍者，後入閭取其左。發之不順，行者深怨，有背畔之心。凡民守戰至死，而不降北者，㠯計爲之也。故戰勝守固，則有拜爵之賞；攻城屠邑，則得其財鹵，以富家室，故能使其衆蒙矢石，赴湯火，視死如生。今秦之發卒也，有萬死之害，而亡銖兩之報，死事之後，不得一算之復，天下明知禍烈及己也。陳勝行戍，至於大澤，爲天下先倡，天下從之如流水者，秦㠯威劫而行之之敝也。

胡人衣食之業，不著於地，其執易㠯擾亂邊境。何㠯明之？胡人食肉飲酪，衣皮毛，非有城郭田宅之歸居，如飛鳥走獸於廣壄。美屮甘水則止，屮盡水竭則移。㠯是觀之，往來轉徙，時至時去，此胡人之生業，而中國之所㠯離南畝也。今使胡人數處轉牧，行獵於塞下，或當燕、代，或當上郡、北地、隴西，㠯候備塞之卒。卒少則入，入不救，入不救，一本作陛下不救。則邊民絶望，而有降敵之心；救之，少發，則不足，多發，遠縣纔至，則胡又已去。聚而不罷，爲費甚大；罷之，則胡復入。如此連年，則中國貧苦，而民不安矣。

陛下幸憂邊境，遣將吏，發卒㠯治塞，甚大惠也。然令遠方之卒，守塞一歲而更，不知胡人之能，不如選常居者，家室田作，且以備之。㠯便爲之高城深塹，具藺石，布渠荅，復爲一城。其内城，閒百五十步。要害之處，通川之道，調立城邑，毋下千家，爲中周虎落。先爲室屋，具田器，迺募罪人及免徒復作，令居之。不足，募㠯丁奴婢贖辠，及輸奴婢，欲㠯拜爵者。不足，迺募民之欲往者，皆賜高爵，復其家，予冬夏衣廩食，能自給而止。郡縣之民，得買其爵㠯自增至卿。其亡夫若妻者，縣官買予之。人情非有匹敵，不能久安其處。塞下之民，禄利不厚，不可使久居危難之地。胡人入驅，而能止其所驅者，㠯其半予之，縣官爲贖其民。鼐案：此言能奪還胡所驅略者，以半入官，以半予能奪還者。然畜産器物，則遂予之。若内有人民，官又當以財贖之，不使竟爲奴，又不使奪還者失利也。師古解與句讀，皆失之。如是，則邑里相救助，赴胡不避死，非㠯德上也，欲全親戚而利其財也。此與東方之戍卒，不習地埶，而心畏胡者，功相萬也。

㠯陛下之時，徙民實邊，使遠方亡屯戍之事，塞下之民，父子相保。亡係虜之患，利施後世，名稱聖明，其與秦之行怨民，相去遠矣。

鼂錯復論募民徙塞下書 ○

陛下幸募民相徙㠯實塞下，使屯戍之事益省，輸將之費益寡，甚大惠也。下吏誠能稱厚惠，奉明法，存邺所徙之老弱，善遇其壯士，和輯其心，而勿侵刻，使先至者安樂而不思故鄉，則貧民相募而勸往矣。

臣聞古之徙遠方，㠯實廣虛也，相其陰陽之和，嘗其水泉之味，審其土地之宜，觀其屮木之饒，然後營邑立城，制里割宅，通田作之道，正阡陌之界。先爲築室，家有一堂二内，門户之閉，置器物焉，民至有所居，作有所用，此民所㠯輕去故鄉，而勸之新邑也。爲置醫巫，㠯救疾病，㠯修祭祀。男女有昏，生死相邺，墳墓相從，種樹畜長，室屋完安，此所㠯使民樂其處，而有長居之心也。

臣又聞古之制邊縣㠯備敵也，使五家爲伍，伍有長；十長一里，里有假士；四里一連，連有假五百；十連一邑，邑有假候。皆擇其邑之賢材有護，習地形，知民心者。居則習民於射法，出則教民於應敵。故卒伍成於内，則軍正定於外。服習㠯成，勿令遷徙，幼則同遊，長則共事。夜戰聲相知，則足㠯相救；晝戰目相見，則足㠯相識；驩愛之心，足㠯相死。如此，而勸㠯厚賞，威㠯重罰，則前死不還踵矣。所徙之民，非壯有材力，但費衣糧，不可用也；雖有材力，不得良吏，猶亡功也。

陛下絶匈奴不與和親，臣竊意其冬來南也，壹大治，則終身創矣。欲立威者，始於折膠，來而不能困，使得氣去，後未易服也。愚臣亡識，唯陛下財察。

鼂錯論貴粟疏

鼐按：錯《傳》言守邊備塞、勸民力本二事，然則此篇與「臣聞秦時」一篇同時上也，《漢書》以入《食貨》，故《傳》不載，亦可證賈生長太息之一在《食貨志》内，爲孟堅所分析爾。○○

聖王在上，而民不凍飢者，非能耕而食之，織而衣之也，爲開其資財之道也。故堯、禹有九年之水，湯有七年之旱，而國亡捐瘠者，目畜積多而備先具也。今海内爲一，土地人民之衆，不避湯、禹，加目亡天災數年之水旱，而畜積未及者，何也？地有遺利，民有餘力，生穀之土未盡墾，山澤之利未盡出也，游食之民未盡歸農也。民貧則姦邪生。貧生於不足，不足生於不農，不農則不地著，不地著，則離鄉輕家，民如鳥獸，雖有高城深池，嚴法重刑，猶不能禁也。夫寒之於衣，不待輕煖；飢之於食，不待甘旨。飢寒至身，不顧廉恥。人情一日不再食則飢，終歲不製衣則寒。夫腹飢不得食，膚寒不得衣，雖慈母不能保其子，君安能目有其民哉？明主知其然也，故務民於農桑，薄賦斂，廣畜積，目實倉廩，備水旱，故民可得而有也。

民者，在上所目牧之，趨利如水走下，四方亡擇也。夫珠玉金銀，飢不可食，寒不可衣，然而衆貴之者，㠯上用之故也。其爲物輕微易臧，在於把握，可㠯周海内而亡飢寒之患。此令臣輕背其主，而民易去其鄉，盜賊有所勸，亡逃者得輕資也。粟米布帛，生於地，長於時，聚於力，非可一日成也。數石之重，中人弗勝，不爲姦邪所利。一日弗得而飢寒至。是故明君貴五穀而賤金玉。

今農夫五口之家，其服役者不下二人，其能耕者不過百畮，百畝之收，不過百石。春耕，夏耘，秋獲，冬臧，伐薪樵，治官府，給繇役，春不得避風塵，夏不得避暑熱，秋不得避陰雨，冬不得避寒凍，四時之閒，亡日休息。又私自送往迎來，弔死問疾，養孤長幼在其中。勤苦如此，尚復被水旱之災，急政暴賦，賦斂不時。朝令而暮當具，有者半賈而賣，亡者取倍稱之息。於是有賣田宅，鬻子孫以償責者矣。而商賈大者，積貯倍息；小者，坐列販賣，操其奇贏，日遊都市，乘上之急，所賣必倍。故其男不耕耘，女不蠶織，衣必文采，食必粱肉，亡農夫之苦，有仟伯之得。因其富厚，交通王侯，力過吏埶，以利相傾。千里遊敖，冠蓋相望，乘堅策肥，履絲曳縞。此商人所㠯兼并農人，農人所㠯流亡者也。今法律賤商人，商人已富貴矣；尊農夫，農夫已貧賤矣。故俗之所貴，主之所賤也；吏之所卑，法之所尊也。上下相反，好惡乖迕，而欲國富法立，不可得也。

方今之務，莫若使民農而已矣。欲民務農，在於貴粟。貴粟之道，在於使民㠯粟爲賞罰。今募天下入粟縣官，得㠯拜爵，得㠯除罪。如此，富人有爵，農民有錢，粟有所渫。夫能入粟㠯受爵，皆有餘者也。取於有餘㠯供上用，則貧民之賦可損，所謂損有餘，補不足，令出而民利者也，順於民心。所補者三：一曰主用足，二曰民賦少，三曰勸農功。今令：「民有車騎馬一匹者，復卒三人。」車騎者，天下武備也，故爲復卒。神農之教曰：「有石城十仞，湯池百步，帶甲百萬，而亡粟，弗能守也。」㠯是觀之，粟者王者大用，政之本務。令民入粟受爵，至五大夫㠯上，迺復一人耳，此其與騎馬之功，相去遠矣。爵者上之所擅，出於口而亡窮；粟者民之所種，生於地而不乏。夫得高爵與免罪，人之所甚欲也。使天下入粟於邊，以受爵免罪，不過三歲，塞下之粟必多矣。

司馬長卿諫獵書　○○○

臣聞物有同類而殊能者，故力稱烏獲，捷言慶忌，勇期賁、育。臣之愚，竊以爲人誠有之，獸亦宜然。今陛下好陵阻險，射猛獸，卒然遇軼材之獸，駭不存之地，犯屬車之清塵，輿不及還轅，人不暇施巧，雖有烏獲、逢蒙之技，力不得用，枯木朽株，盡爲害矣。是胡、越起於轂下，而羌、夷接軫也，豈不殆哉！雖萬全無患，然本非天子之所宜近也。

且夫清道而後行，中路而後馳，猶時有銜橛之變，而況涉乎蓬蒿，馳乎丘墳，前有利獸之樂，而內無存變之意，其爲禍也，不亦難矣！夫輕萬乘之重，不以爲安，而樂出於萬有一危之塗以爲娛，臣竊爲陛下不取也。

蓋明者遠見於未萌，而智者避危於無形，禍固多藏於隱微，而發於人之所忽者也。故鄙諺曰：「家累千金，坐不垂堂。」此言雖小，可以喻大。臣願陛下之留意幸察。

淮南王安諫伐閩越書　〇〇〇

陛下臨天下，布德施惠，緩刑罰，薄賦斂，哀鰥寡，恤孤獨，養耆老，振匱乏，盛德上隆，和澤下洽，近者親附，遠者懷德，天下攝然，人安其生，自以沒身不見兵革。今聞有司舉兵，將以誅越，臣安竊爲陛下重之。

越方外之地，劗髮文身之民也，不可以冠帶之國法度理也。自三代之盛，胡、越不與受正朔，非强弗能服，威弗能制也，以爲不居之地，不牧之民，不足以煩中國也。故古者封內甸服，封外侯服，侯衛賓服，蠻夷要服，戎狄荒服，遠近勢異也。自漢初定以來，七十二年，吴、越人相攻擊者不可勝數，然天子未嘗舉兵而入其地也。

臣聞越非有城郭邑里也，處谿谷之閒，篁竹之中，習于水鬬，便于用舟，地深昧而多水險。中國之人，不知其勢阻而入其地，雖百不當其一。得其地，不可郡縣也；攻之，不可暴取也。以地圖察其山川要塞，相去不過寸數，而閒獨數百千里，阻險林叢，弗能盡著，視之若易，行之甚難。天下賴宗廟之靈，方内大寧，戴白之老，不見兵革，民得夫婦相守，父子相保，陛下之德也。越人名爲藩臣，貢酎之奉，不輸大内，一卒之用，不給上事。自相攻擊，而陛下發兵救之，是反以中國而勞蠻夷也。且越人愚戇輕薄，負約反復，其不用天子之法度，非一日之積也。一不奉詔，舉兵誅之，臣恐後兵革無時得息也。

閒者數年歲比不登，民待賣爵贅子以接衣食，賴陛下德澤振救之，得毋轉死溝壑。四年不登，五年復蝗，民生未復。今發兵行數千里，資衣糧入越地，輿轎而隃領，拕舟而入水，行數百千里，夾以深林叢竹，水道上下擊石，林中多蝮蛇猛獸，夏月暑時，嘔泄霍亂之病相隨屬也，曾未施兵接刃，死傷者必衆矣。前時南海王反，陛下先臣使將軍閒忌將兵擊之，以其軍降，處之上淦。後復反，會天暑多雨，樓船卒水居擊櫂，未戰而疾死者過半。親老涕泣，孤子謕號，破家散業，迎尸千里之外，裹骸骨而歸。悲哀之氣，數年不息，長老至今以爲記。曾未入其地，而禍已至此矣。

臣聞軍旅之後，必有凶年，言民之各以其愁苦之氣，薄陰陽之和，感天地之精，而災氣爲之生也。陛下德配天地，明象日月，恩至禽獸，澤及草木，一人有飢寒不終其天年而死者，爲之悽愴于心。今方内無狗吠之警，而使陛下甲卒死亡，暴露中原，霑漬山谷，邊境之民，爲之早閉晏開，鼂不及夕，臣安竊爲陛下重之。

不習南方地形者，多以越爲人衆兵强，能難邊城。淮南全國之時，多爲邊吏，臣竊聞之，與中國異。限以高山，人迹所絶，車道不通，天地所以隔外内也。其入中國，必下領水，領水之山峭峻，漂石破舟，不可以大船載食糧下也。越人欲爲變，必先田餘干界中，積食糧，乃入伐材治船。邊城守候誠謹，越人有入伐材者，輒收捕焚其積聚，雖百越，奈邊城何？且越人綿力薄材，不能陸戰，又無車騎弓弩之用，然而不可入者，以保地險，而中國之人不能其水土也。臣聞越甲卒不下數十萬，所以入之，五倍乃足，輓車奉饟者不在其中。南方暑濕，近夏癉熱，暴露水居，蝮蛇蠚生，疾癘多作，兵未血刃，而病死者什二三，雖舉越國而虜之，不足以償所亡。

臣聞道路言，閩越王，弟甲弒而殺之，甲以誅死，其民未有所屬。陛下若欲來内，處之中國，使重臣臨存，施德垂賞以招致之，此必攜幼扶老以歸聖德。若陛下無所用之，則繼其絶世，存其亡國，建其王侯，以爲畜越，此必委質爲藩臣，世共貢職。陛下以方寸之印，丈二之組，填撫方外，不勞一卒，不頓一戟，而威德竝行。今以兵入其地，此必震恐，以有司爲欲屠滅之也，必雉兔逃，入山林險阻。背而去之，則復相羣聚；留而守之，歷歲經年，則士卒罷勌，食糧乏絶，男子不得耕稼樹種，婦人不得紡績織絍，丁壯從軍，老弱轉餉，居者無食，行者無糧。民苦兵事，亡逃者必衆，隨而誅之，不可勝盡，盜賊必起。

臣聞長老言，秦之時，嘗使尉屠睢擊越，又使監禄鑿渠通道。越人逃入深山林叢，不可得攻。留軍屯守空地，曠日持久，士卒勞倦，越迺出擊之。秦兵大破，迺發適戍以備之。當此之時，外内騷動，百姓靡敝，行者不還，往者莫反，皆不聊生，亡逃相從，羣爲盜賊，於是山東之難始興。此老子所謂「師之所處，荊棘生之」者也。兵者凶事，一方有急，四面皆從。臣恐變故之生，姦邪之作，由此始也。《周易》曰：「高宗伐鬼方，三年而克之。」鬼方小蠻夷，高宗殷之盛天子也。以盛天子伐小蠻夷，三年而後克，言用兵之不可不重也。

臣聞天子之兵，有征而無戰，言莫敢校也。如使越人蒙死徼幸，以逆執事之顔行，文穎曰：顔行，猶雁行。鼒案：信陵君書「請爲天下雁行頓刃」，雁行者，相連而進，頓刃乃是居前當鋒刃也。顔行者，顔者頷顙居前行者，若頷然，與雁行義異。斷輿之卒，有不一備而歸者，雖得越王之首，臣猶竊爲大漢羞之。

陛下以四海爲境，九州爲家，八藪爲囿，江漢爲池，生民之屬，皆爲臣妾。人徒之衆，足以奉千官之共；租税之收，足以給乘輿之御。玩心神明，秉執聖道，負黼依，憑玉几，南面而聽斷，號令天下，四海之内，莫不嚮應。陛下垂德惠以覆露之，使元元之民，安生樂業，則澤被萬世，傳之子孫，施之無窮。天下之安，猶泰山而四維之也，夷狄之地，何足以爲一日之閒，而煩汗馬之勞乎？《詩》云：「王猶允塞，徐方既來。」言王道甚大，而遠方懷之也。

臣聞之，農夫勞而君子養焉，愚者言而智者擇焉。臣安幸得爲陛下守藩，以身爲障蔽，人臣之任也。邊境有警，愛身之死，而不畢其愚，非忠臣也。臣安竊恐將吏之以十萬之師爲一使之任也。

嚴安言世務書 ○

臣聞鄒子曰：政教文質者，所以云救也，當時則用，過則舍之，有易則易之，故守一而不變者，未睹治之至也。今天下人民，用財侈靡，車馬衣裘宮室，皆競修飾，調五聲使有節族，雜五色使有文章，重五味方丈於前，以觀欲天下。彼民之情，見美則願之，是教民以侈也。侈而無節，則不可贍，民離本而徼末矣。末不可徒得，故搢紳者不憚爲詐，帶劍者夸殺人以矯奪，而世不知媿，故姦軌浸長。夫佳麗珍怪，固順於耳目，故養失而泰，樂失而淫，禮失而采，教失而僞。僞、采、淫、泰，非所以範民之道也。是以天下人民，逐利無已，犯法者衆。臣願爲民制度，以防其淫，使貧富不相燿，以和其心。心既和平，其性恬安。恬安不營，則盜賊銷。盜賊銷，則刑罰少。刑罰少，則陰陽和，四時正，風雨時，屮木暢茂，五穀蕃孰，六畜遂字，民不夭厲，和之至也。

臣聞周有天下，其治三百餘歲，成、康其隆也，刑錯四十餘年而不用。及其衰亦三百餘年，故五伯更起。五伯者，常佐天子興利除害，誅曓禁邪，匡正海内，以尊天子。五伯既没，賢聖莫續，天子孤弱，號令不行。諸侯恣行，强陵弱，衆曓寡。田常篡齊，六卿分晉，竝爲戰國，此民之始苦也。於是强國務攻，弱國修守，合從連衡，馳車轂擊，介冑生蟣蝨，民無所告愬。

及至秦王，蠶食天下，并吞戰國，稱號皇帝。一海内之政，壞諸侯之城。銷其兵，鑄以爲鐘虡，示不復用。元元黎民，得免於戰國，逢明天子，人人自以爲更生。鄉使秦緩刑罰，薄賦斂，省徭役，貴仁義，賤權利，上篤厚，下佞巧，變風易俗，化於海内，則世世必安矣。秦不行是風，循其故俗，爲知巧權利者進，篤厚忠正者退，法嚴令苛，謟諛者衆，日聞其美，意廣心逸。欲威海外，使蒙恬將兵以北攻强胡，辟地進境，戍於北河，飛芻輓粟，以隨其後。又使尉屠睢將樓船之士攻越，使監禄鑿渠運糧，深入越地，越人遁逃。曠日持久，糧食乏絶，越人擊之，秦兵大敗，秦乃使尉佗將卒以戍越。當是時，秦禍北構於胡，南挂於越，宿兵於無用之地，進而不得退。行十餘年，丁男被甲，丁女轉輸，苦不聊生，自經於道樹，死者相望。及秦皇帝崩，天下大畔。陳勝、吴廣舉陳，武臣、張耳舉趙，項梁舉吴，田儋舉齊，景駒舉郢，周市舉魏，韓廣舉燕，窮山通谷，豪士竝起，不可勝載也。然本皆非公侯之後，非長官之吏，無尺寸之勢，起閭巷，杖棘矜，應時而動，不謀而俱起，不約而同會，壤長地進，至乎伯王，時教使然也。秦貴爲天子，富有天下，滅世絶祀，窮兵之禍也。故周失之弱，秦失之强，不變之患也。

今徇南夷，朝夜郎，降羌僰，略薉州，建城邑，深入匈奴，燔其龍城，議者美之。此人臣之利，非天下之長策也。今中國無狗吠之警，而外累於遠方之備，靡敝國家，非所以子民也。行無窮之欲，甘心快意，結怨於匈奴，非所以安邊也。禍挐而不解，兵休而復起，近者愁苦，遠者驚駭，非所以持久也。今天下鍛甲摩劍，矯箭控弦，轉輸軍糧，未見休時，此天下所共憂也。夫兵久而變起，事煩而慮生。今外郡之地，或幾千里，列城數十，形束壤制，帶脅諸侯，非宗室之利也。上觀齊、晉所以亡，公室卑削，六卿大盛也；下覽秦之所以滅，刑嚴文刻，欲大無窮也。今郡守之權，非特六卿之重也；地幾千里，非特閭巷之資也；甲兵器械，非特棘矜之用也。以逢萬世之變，則不可勝諱也。

主父偃論伐匈奴書 〇

臣聞明主不惡切諫以博觀，忠臣不避重誅以直諫，是故事無遺策，而功流萬世。今臣不敢隱忠避死以效愚計，願陛下幸赦而少察之。

《司馬法》曰：「國雖大，好戰必亡；天下雖平，忘戰必危。」天下既平，天子大凱，春蒐秋獮，諸侯春振旅，秋治兵，所以不忘戰也。且夫怒者逆德也，兵者凶器也，争者末節也。古之人君，一怒必伏尸流血，故聖王重行之。夫務戰勝，窮武事，未有不悔者也。

昔秦皇帝任戰勝之威，蠶食天下，并吞戰國，海内爲一，功齊三代。務勝不休，欲攻匈奴，李斯諫曰：「不可。夫匈奴無城郭之居，委積之守，遷徙鳥舉，難得而制。輕兵深入，糧食必絶；踵糧以行，重不及事。得其地不足以爲利，得其民不可調而守也。勝必棄之，非民父母。靡敝中國，快心匈奴，非完計也。」秦皇帝不聽，遂使蒙恬將兵而攻胡，郤地千里，以河爲境。地固澤鹵，不生五穀，然後發天下丁男以守北河。暴兵露師，十有餘年，死者不可勝數，終不能踰河而北。是豈人衆之不足，兵革之不備哉？其勢不可也。又使天下飛芻輓粟，起於黄、腄、琅邪負海之郡，轉輸北河，率三十鍾而致一石。男子疾耕，不足於糧餉；女子紡績，不足於帷幕。百姓靡敝，孤寡老弱，不能相養，道死者相望，蓋天下始叛也。

及至高皇帝定天下，略地於邊，聞匈奴聚代谷之外而欲擊之。御史成諫曰：「不可。夫匈奴獸聚而鳥散，從之如搏景。今以陛下盛德攻匈奴，臣竊危之。」高帝不聽，遂至代谷，果有平城之圍。高帝悔之，迺使劉敬往結和親，然後天下亡干戈之事。

故兵法曰：「興師十萬，日費千金。」秦常積眾數十萬人，雖有覆軍殺將，係虜單于，適足以結怨深讎，不足以償天下之費。夫匈奴行盜侵敺，所以爲業，天性固然。上自虞、夏、殷、周，固不程督，禽獸畜之，不比爲人。夫不上觀虞、夏、殷、周之統，而下循近世之失，此臣之所以大恐，百姓所疾苦也。且夫兵久則變生，事苦則慮易。使邊境之民靡敝愁苦，將吏相疑而外市，故尉佗、章邯得成其私，而秦政不行，權分二子，此得失之效也。故《周書》曰：「安危在出令，存亡在所用。」願陛下孰計之而加察焉。

吾丘子贛禁民挾弓弩議 ○○

臣聞古者作五兵，非㠯相害，以禁暴討邪也。安居則㠯制猛獸而備非常，有事則以設守衛而施行陣。及至周室衰微，上無明王，諸侯力政，彊侵弱，眾暴寡，海内抏敝，是以巧詐竝生。智者陷愚，勇者威怯，苟以得勝爲務，不顧義理。故機變械飾，所㠯相賊害之具，不可勝數。於是秦兼天下，廢王道，立私議，滅《詩》、《書》而首法令，去仁恩而任刑戮，墮名城，殺豪桀，銷甲兵，折鋒刃，其後民㠯耰鉏箠梃相撻擊，犯法滋眾，盜賊不勝，至於赭衣塞路，羣盜滿山，卒以亂亡。故聖王務教化而省禁防，知其不足恃也。

今陛下昭明德，建太平，舉俊材，興學官，三公有司，或由窮巷，起白屋，裂地而封，宇內日化，方外鄉風，然而盜賊猶有者，郡國二千石之罪，非挾弓弩之過也。禮曰：男子生，桑弧蓬矢㠯舉之，明示有事也。孔子曰：「吾何執？執射乎？」大射之禮，自天子降及庶人，三代之道也。《詩》云：「大侯既抗，弓矢斯張。射夫既同，獻爾發功。」言貴中也。愚聞聖王合射㠯明教矣，未聞弓矢之爲禁也。且所爲禁者，爲盜賊之㠯攻奪也。攻奪之罪死，然而不止者，大姦之於重誅，固不避也。臣恐邪人挾之，而吏不能止，良民㠯自備而抵法禁，是擅賊威而奪民救也。竊㠯爲無益於禁姦，而廢先王之典，使學者不得習行其禮，大不便。

東方曼倩諫除上林苑　○

臣聞謙遜靜愨，天表之應，應之㠯福；驕溢靡麗，天表之應，應之㠯異。今陛下累郎臺，恐其不高也；弋獵之處，恐其不廣也。如天不爲變，則三輔之地，盡可㠯爲苑，何必盩厔、鄠、杜乎？奢侈越制，天爲之變，上林雖小，此謂本有之上林，蕭相國所謂上林中多空地棄是也。臣尚㠯爲大也。

夫南山，天下之阻也。南有江、淮，北有河、渭，其地從汧、隴目東，商、雒目西，厥壤肥饒。漢興，去三河之地，止霸、産目西，都涇、渭之南，此所謂天下陸海之地，秦之所目虜西戎，兼山東者也。其山出玉石、金、銀、銅、鐵，豫章、檀、柘，異類之物，不可勝原。此百工所取給，萬民所卬足也。又有秔稻、梨、栗、桑、麻、竹箭之饒，土宜薑、芋，水多鼃、魚，貧者得目人給家足，無飢寒之憂。故酆、鎬之閒，號爲土膏，其賈畝一金。今規目爲苑，絶陂池水澤之利，而取民膏腴之地，上乏國家之用，下奪農桑之業，棄成功，就敗事，損耗五穀，是其不可，一也。且盛荆棘之林，而長養麋鹿，廣狐兔之苑，大虎狼之虛，又壞人冢墓，發人室廬，令幼弱懷土而思，耆老泣涕而悲，是其不可，二也。斥而營之，垣而囿之，騎馳東西，車騖南北，又有深溝大渠，夫一日之樂，亦足目危無隄之輿，是其不可，三也。故務苑囿之大，不恤農時，非所以彊國富人也。

夫殷作九市之宫，而諸侯畔；靈王起章華之臺，而楚民散；秦興阿房之殿，而天下亂。糞土愚臣，忘生觸死，逆盛意，犯隆指，罪當萬死，不勝大願。願陳《泰階六符》，目觀天變，不可不省。

東方曼倩化民有道對 ○

堯、舜、禹、湯、文、武、成、康，上古之事，經歷數千載，尚難言也，臣不敢陳。願近述孝文皇帝之時，當世耆老，皆聞見之。貴爲天子，富有四海，身衣弋綈，足履革舄，以韋帶劍，莞蒲爲席，兵木無刃，衣緼無文，集上書囊目爲殿帷。目道德爲麗，目仁義爲準。於是天下望風成俗，昭然化之。今陛下目城中爲小，圖起建章，左鳳闕，右神明，號稱千門萬户。木土衣綺繡，狗馬被繢罽，宫人簪瑇瑁，垂珠璣。設戲車，教馳逐，飾文采，叢珍怪。撞萬石之鐘，擊雷霆之鼓，作俳優，舞鄭女。上爲淫侈如此，而欲使民獨不奢侈失農，事之難者也。陛下誠能用臣朔之計，推甲乙之帳，燔之於四通之衢，卻走馬，示不復用，則堯舜之隆，宜可與比治矣。《易》曰：正其本，萬事理。失之豪氂，差目千里。願陛下留意察之。

古文辭類篹十三終

奏議類上編四

路長君上德緩刑書 ○

臣聞齊有無知之禍，而桓公㠯興；晉有驪姬之難，而文公用伯。近世趙王不終，諸吕作亂，而孝文爲太宗。繇是觀之，禍亂之作，將以開聖人也。故桓、文扶微興壞，尊文、武之業，澤加百姓，功潤諸侯，雖不及三王，天下歸仁焉。文帝永思至惪，㠯承天心，崇仁義，省刑罰，通關梁，一遠近，敬賢如大賓，愛民如赤子，内恕情之所安，而施之於海内，是㠯囹圄空虛，天下太平。夫繼變化之後，必有異舊之恩，此聖賢所㠯昭天命也。往者昭帝即世而無嗣，大臣憂戚，焦心合謀，皆㠯昌邑尊親，援而立之。然天不授命，淫亂其心，遂㠯自亡。深察禍變之故，迺皇天之所㠯開至聖也。故大將軍受命武帝，股肱漢國，披肝膽，決大計，黜亾義，立有德，輔天而行，然後宗廟㠯安，天下咸寧。

臣聞《春秋》正即位，大一統而慎始也。陛下初登至尊，與天合符，宜改前世之失，正始受命之統，滌煩文，除民疾，存亡繼絶，㠯應天意。

臣聞秦有十失，其一尚存，治獄之吏是也。秦之時，羞文學，好武勇，賤仁義之士，貴治獄之吏。正言者謂之誹謗，遏過者謂之妖言。故盛服先生，不用於世；忠良切言，皆鬱於胸，譽諛之聲，日滿於耳。虛美熏心，實禍蔽塞，此乃秦之所以亡天下也。方今天下賴陛下厚恩，亡金革之危，飢寒之患，父子夫妻，勠力安家，然太平未洽者，獄亂之也。

夫獄者，天下之大命也，死者不可復生，絶者不可復屬。《書》曰：「與其殺不辜，寧失不經。」今治獄吏則不然。上下相敺，㠯刻爲明，深者獲公名，平者多後患。故治獄之吏，皆欲人死，非憎人也，自安之道，在人之死。是㠯死人之血，流離於市；被刑之徒，比肩而立，大辟之計，歲㠯萬數。此仁聖之所㠯傷也。太平之未洽，凡㠯此也。夫人情安則樂生，痛則思死。棰楚之下，何求而不得？故囚人不勝痛，則飾辭㠯視之；吏治者利其然，則指道㠯明之；上奏畏卻，則鍛練而周内之。蓋奏當之成，雖咎繇聽之，猶㠯爲死有餘辜。何則？成練者衆，文致之罪明也。是㠯獄吏專爲深刻殘賊而亡極，媮爲一切，不顧國患。此世之大賊也。故俗語曰：「畫地爲獄，議不入；刻木爲吏，期不對。」此皆疾吏之風，悲痛之辭也。故天下之患，莫深於獄；敗法亂正，離親塞道，莫甚乎治獄之吏。此所謂一尚存者也。

臣聞烏鳶之卵不毀，而後鳳皇集；誹謗之罪不誅，而後良言進。故古人有言：「山藪藏疾，川澤納汙。瑾瑜匿惡，國君含詬。」唯陛下除誹謗吕招切言，開天下之口，廣箴諫之路，掃亡秦之失，尊文武之悳，省法制，寬刑罰，吕廢治獄，則太平之風，可興於世，永履和樂，與天亡極，天下幸甚。

張子高論霍氏封事 ○

臣聞公子季友，有功於魯；大夫趙衰，有功於晉；大夫田完，有功於齊，皆疇其官邑，延及子孫。終後田氏篡齊，趙氏分晉，季氏顓魯。故仲尼作《春秋》，迹盛衰，譏世卿最甚。迺者大將軍，決大計，安宗廟，定天下，功亦不細矣。夫周公七年耳，而大將軍二十歲，海内之命，斷於掌握。方其隆時，感動天地，侵迫陰陽，月朓日蝕，晝冥宵光，地大震裂，火生地中，天文失度，祆祥變怪，不可勝記，皆陰類盛長，臣下顓制之所生也。朝臣宜有明言曰：陛下褒寵故大將軍，吕報功德足矣。閒者輔臣顓政，貴戚大盛，君臣之分不明，請罷霍氏三侯，皆就第。及衛將軍張安世，宜賜几杖歸休，時存問召見，以列侯爲天子師。明詔吕恩不聽，羣臣以義固争而後許，天下必吕陛下爲不忘功德，而朝臣爲知禮，霍氏世世無所患苦。今朝廷不聞直聲，而令明詔自親其文，非策之得者也。今兩侯㠯出，人情不相遠，㠯臣心度之，大司馬及其枝屬，必有畏懼之心。夫近臣自危，非完計也。

臣敞願於廣朝白發其端，直守遠郡，其路無由。夫心之精微，口不能言也；言之微眇，書不能文也。故伊尹五就桀，五就湯；蕭相國薦淮陰，累歲乃得通。況乎千里之外，因書文，諭事指哉？惟陛下省察。

魏弱翁諫擊匈奴書 ○

臣聞之，救亂誅暴，謂之義兵，兵義者王。敵加於己，不得已而起者，謂之應兵，兵應者勝。爭恨小故，不忍憤怒者，謂之忿兵，兵忿者敗。利人土地貨寶者，謂之貪兵，兵貪者破。恃國家之大，矜民人之眾，欲見威於敵者，謂之驕兵，兵驕者滅。此五者，非但人事，迺天道也。

閒者匈奴嘗有善意，所得漢民，輒奉歸之，未有犯於邊境。雖爭屯田車師，不足致意中。今聞諸將軍欲興兵入其地，臣愚不知此兵何名者也。今邊郡困乏，父子共犬羊之裘，食草萊之實，常恐不能自存，難㠯動兵。軍旅之後，必有凶年，言民㠯其愁苦之氣，傷陰陽之和也。出兵雖勝，猶有後憂，恐災害之變，因此㠯生。今郡國守相，多不實選，風俗尤薄，水旱不時。案今年計，子弟殺父兄，妻殺夫者，凡二百二十二人，臣愚㠯爲此非小變也。今左右不憂此，迺欲發兵報纖介之忿於遠夷，殆孔子所謂「吾恐季孫之憂，不在顓臾，而在蕭墻之内也」。願陛下與平昌侯、樂昌侯、平恩侯，及有識者，詳議，迺可。

趙翁孫陳兵利害書 ○

臣竊見騎都尉安國，前幸賜書，擇羌人可使使罕，諭告㠯大軍當至，漢不誅罕，㠯解其謀。恩澤甚厚，非臣下所能及。臣獨私美陛下盛德至計亡已，故遣開豪雕庫，宣天子至德，罕、開之屬，皆聞知明詔。今先零羌楊玉，此羌之首帥名王，將騎四千，及煎鞏騎五千，阻石山木，候便爲寇，罕羌未有所犯。今置先零，先擊罕，釋有罪，誅亡辜，起壹難，就兩害，誠非陛下本計也。

臣聞兵法：「攻不足者守有餘。」又曰：「善戰者致人，不致於人。」今罕羌欲爲敦煌、酒泉寇，宜飭兵馬，練戰士，㠯須其至。坐得致敵之術，以逸擊勞，取勝之道也。今恐二郡兵少，不足㠯守，而發之行攻，釋致虜之術，而從爲虜所致之道，臣愚㠯爲不便。先零羌虜，欲爲背畔，故與罕、開解仇結約，然其私心，不能亡恐漢兵至而罕、開背之也。臣愚以爲其計常欲先赴罕、開之急，以堅其約。先擊罕羌，先零必助之。今虜馬肥，糧食方饒，擊之恐不能傷害，適使先零得施德於罕羌，堅其約，合其黨。虜交堅黨合，精兵二萬餘人，迫脅諸小種，附著者稍眾，莫須之屬，不輕得離也。如是，虜兵寖多，誅之用力數倍，臣恐國家憂累繇十年數，不二三歲而已。

臣得蒙天子厚恩，父子俱爲顯列。臣位至上卿，爵爲列侯，犬馬之齒七十六，爲明詔填溝壑，死骨不朽，亡所顧念。獨思惟兵利害，至孰悉也。於臣之計，先誅先零已，則罕、開之屬，不煩兵而服矣。先零已誅，而罕、開不服，涉正月擊之，得計之理，又其時也。以今進兵，誠不見其利。唯陛下裁察。

趙翁孫屯田奏三首 ○

臣聞兵者，所以明德除害也。故舉得於外，則福生於內，不可不慎。臣所將吏士馬牛食，月用糧穀十九萬九千六百三十斛，鹽千六百九十三斛，茭藁二十五萬二百八十六石。難久不解，繇役不息。又恐它夷卒有不虞之變，相因竝起，爲明主憂，誠非素定廟勝之册。

且羌虜易㠯計破，難用兵碎也。故臣愚㠯爲擊之不便。

計度臨羌東至浩亹，羌虜故田，及公田，民所未墾，可二千頃㠯上，其閒郵亭多壞敗者。臣前部士入山伐材木，大小六萬餘枚，皆在水次。願罷騎兵，留弛刑應募，及淮陽、汝南步兵，與吏士私從者，合凡萬二百八十一人，用穀月二萬七千三百六十三斛，鹽三百八斛，分屯要害處。冰解漕下，繕鄉亭，浚溝渠，治湟陿㠯西道橋七十所，令可至鮮水左右。田事出，賦人二十畮。至四月草生，發郡騎，及屬國胡騎伉健各千，倅馬什二就草，爲田者遊兵，以充入金城郡，益積畜，省大費。今大司農所轉穀至者，足支萬人一歲食。謹上田處，及器用簿，唯陛下裁許。

臣聞帝王之兵，㠯全取勝，是㠯貴謀而賤戰。戰而百勝，非善之善者也，故先爲不可勝，㠯待敵之可勝。蠻夷習俗，雖殊於禮義之國，然其欲避害就利，愛親戚，畏死亡，一也。今虜亡其美地薦草，愁於寄託遠遯，骨肉離心，人有畔志，而明主般師罷兵，萬人留田，順天時，因地利，㠯待可勝之虜，雖未即伏辜，兵決可期月而望。羌虜瓦解，前後降者萬七百餘人，及受言去者凡七十輩，此坐支解羌虜之具也。

臣謹條不出兵留田便宜十二事：步兵九校，吏士萬人，留屯㠯爲武備，因田致穀，威德並行，一也。又因排折羌虜，令不得歸肥饒之墜，貧破其眾，吕成羌虜相畔之漸，二也。居民得竝田作，不失農業，三也。軍馬一月之食，度支田士一歲，罷騎兵吕省大費，四也。至春省甲士卒，循河湟，漕穀至臨羌，吕眎羌虜，揚威武，傳世折衝之具，五也。以閒暇時，下所伐材，繕治郵亭，充入金城，六也。兵出，乘危徼幸，不出，令反畔之虜，竄於風寒之地，離霜露疾疫瘃墯之患，坐得必勝之道，七也。亡經阻遠追死傷之害，八也。內不損威武之重，外不令虜得乘閒之埶，九也。又亡驚動河南大開、小開，使生它變之憂，十也。治湟陿中道橋，令可至鮮水，吕制西域，信威千里，從枕席上過師，十一也。大費既省，繇役豫息，吕戒不虞，十二也。留屯田得十二便，出兵失十二利。臣充國材下，犬馬齒衰，不識長冊，唯明詔博詳公卿議臣採擇。

臣聞兵吕計爲本，故多筭勝少筭。先零羌精兵，今餘不過七八千人，失地遠客，分散飢凍。罕、開、莫須，又頗暴略其羸弱畜產，畔還者不絕，皆聞天子明令相捕斬之賞。臣愚以爲虜破壞，可日月冀，遠在來春，故曰：兵決可朞月而望。竊見北邊自敦煌至遼東，萬一千五百餘里，乘塞列隧，有吏卒數千人，虜數大眾攻之而不能害。今留步士萬人屯田，地埶平易，多高山遠望之便，部曲相保，爲壍壘木樵，校聯不絕，便兵弩，飭鬬具。烽火幸通，埶及并力，目逸待勞，兵之利者也。臣愚目爲屯田，内有亡費之利，外有守禦之備。騎兵雖罷，虜見萬人留田，爲必禽之具，其土崩歸德，宜不久矣。從今盡三月，虜馬羸瘦，必不敢捐其妻子於他種中，遠涉河山而來爲寇。又見屯田之士，精兵萬人，終不敢復將其累重還歸故地。是臣之愚計，所目度虜且必瓦解其處，不戰而自破之册也。

至於虜小寇盜，時殺人民，其原未可卒禁。臣聞戰不必勝，不苟接刃；攻不必取，不苟勞眾。誠令兵出，雖不能滅先零，亶能令虜絶不爲小寇，則出兵可也。即今同是，而釋坐勝之道，從乘危之埶，往終不見利，空内自罷敝，貶重而自損，非所以視蠻夷也。又大兵一出，還不可復留，湟中亦未可空，如是，繇役復發也。且匈奴不可不備，烏桓不可不憂。今久轉運煩費，傾我不虞之用，以澹一隅，臣愚目爲不便。校尉臨眾，幸得承威德，奉厚幣，拊循眾羌，諭以明詔，宜皆鄉風。雖其前辭嘗曰「得亡效五年」，宜亡它心，不足目故出兵。

臣竊自惟念奉詔出塞，引軍遠擊，窮天子之精兵，散車甲於山野，雖無尺寸之功，媮得避慊之便，而亡後咎餘責，此人臣不忠之利，非明主社稷之福也。臣幸得奮精兵，討不義，久留天誅，罪當萬死。陛下寬仁，未忍加誅，令臣數得孰計。愚臣伏計孰甚，不敢避斧鉞之誅，昧死陳愚。唯陛下省察。

蕭長倩入粟贖罪議

民函陰陽之氣，有好義欲利之心，在教化之所助。雖堯在上，不能去民欲利之心，而能令其欲利不勝其好義也；雖桀在上，不能去民好義之心，而能令其好義不勝其欲利也。故堯、桀之分，在於義利而已，道民不可不慎也。

今欲令民量粟以贖罪，如此，則富者得生，貧者獨死。是貧富異刑，而法不壹也。人情貧窮，父兄囚執，聞出財得㠯生活，爲人子弟者，將不顧死亡之患、敗亂之行，㠯赴財利，求救親戚。一人得生，十人㠯喪。如此，伯夷之行壞，公綽之名滅。政教壹傾，雖有周、召之佐，恐不能復。古者臧於民，不足則取，有餘則予。《詩》曰：「爰及矜人，哀此鰥寡。」上惠下也。又曰：「雨我公田，遂及我私。」下急上也。今有西邊之役，民失作業，雖户賦口斂，㠯贍其困乏，古之通義，百姓莫㠯爲非。㠯死救生，恐未可也。陛下布德施教，教化既成，堯舜亡㠯加也。今議開利路，㠯傷既成之化，臣竊痛之。

賈君房罷珠厓對 ○

臣幸得遭明盛之朝，蒙危言之策，無忌諱之患，敢昧死竭卷卷。臣聞堯舜，聖之盛也，禹入聖域而不優，故孔子稱堯曰「大哉」，《韶》曰「盡善」，禹曰「無閒」。目三聖之德，地方不過數千里，西被流沙，東漸於海，朔南暨聲教，訖於四海，欲與聲教，則治之，不欲與者，不强治也。故君臣歌德，含氣之物，各得其宜。武丁、成王，殷、周之大仁也，然地東不過江、黄，西不過氐、羌，南不過蠻荆，北不過朔方。是以頌聲並作，視聽之類，咸樂其生，越裳氏重九譯而獻，此非兵革之所能致。及其衰也，南征不還，齊桓捄其難，孔子定其文。以至乎秦，興兵遠攻，貪外虚内，務欲廣地，不慮其害。然地南不過閩、越，北不過太原，而天下潰畔，禍卒在於二世之末，長城之歌，至今未絶。

賴聖漢初興，爲百姓請命，平定天下。至孝文皇帝，閔中國未安，偃武行文，則斷獄數百，民賦四十，丁男三年而一事。時有獻千里馬者，詔曰：「鸞旗在前，屬車在後，吉行日五十里，師行三十里，朕乘千里之馬，獨先安之？」於是還馬，與道里費，而下詔曰：「朕不受獻也，其令四方毋求來獻。」當此之時，逸遊之樂絶，奇麗之賂塞，鄭、衛之倡微矣。夫後宮盛色，則賢者隱處；佞人用事，則諍臣杜口。而文帝不行，故謚爲孝文，廟稱太宗。至孝武皇帝元狩六年，太倉之粟，紅腐而不可食；都内之錢，貫朽而不可挍。迺探平城之事，録冒頓以來，數爲邊害，籍兵厲馬，因富民以攘服之。西連諸國，至於安息，東過碣石，以玄菟、樂浪爲郡，北卻匈奴萬里，更起營塞，制南海以爲八郡，則天下斷獄萬數，民賦數百，造鹽鐵酒榷之利，以佐用度，猶不能足。當此之時，寇賊並起，軍旅數發，父戰死於前，子鬬傷於後，女子乘亭鄣，孤兒號於道，老母寡婦，飲泣巷哭，遥設虚祭，想魂乎萬里之外。淮南王盜寫虎符，陰聘名士，關東公孫勇等，詐爲使者，是皆廓地泰大，征伐不休之故也。

今天下獨有關東。關東大者，獨有齊、楚。民衆久困，連年流離，離其城郭，相枕席於道路。人情莫親父母，莫樂夫婦，至嫁妻賣子，法不能禁，義不能止。此社稷之憂也。今陛下不忍悁悁之忿，欲驅士衆，擠之大海之中，快心幽冥之地，非所以救助飢饉，保全元元也。《詩》云：「蠢爾蠻荆，大邦爲讎。」言聖人起，則後服；中國衰，則先畔，動爲國家難。自古而患之久矣，何況迺復其南方萬里之蠻乎？駱越之人，父子同川而浴，相習以鼻飲，與禽獸無異，本不足郡縣置也。顓顓獨居一海之中，霧露氣溼，多毒草蟲虵水土之害，人未見虜，戰士自死。又非獨珠厓有珠犀瑇瑁也，棄之不足惜，不擊不損威。其民譬猶魚鼁，何足貪也！

臣竊以往者羌軍言之，暴師曾未一年，兵出不踰千里，費四十餘萬萬，大司農錢盡，迺以少府禁錢續之。夫一隅爲不善，費尚如此，況於勞師遠攻，亡士毋功乎？求之往古則不合，施之當今又不便。臣愚目爲非冠帶之國，《禹貢》所及，《春秋》所治，皆可且無目爲。願遂棄珠厓，專用恤關東爲憂。

古文辭類篹十四終

奏議類上編五

劉子政條災異封事 ○○○

臣前幸得以骨肉備九卿，奉法不謹，乃復蒙恩。竊見災異並起，天地失常，徵表爲國。欲終不言，念忠臣雖在甽畝，猶不忘君，惓惓之義也，況重以骨肉之親，又加以舊恩未報乎？欲竭愚誠，又恐越職，然惟二恩未報，忠臣之義，一抒愚意，退就農畝，死無所恨。

臣聞舜命九官，濟濟相讓，和之至也。衆賢和於朝，則萬物和於野，故《簫韶》九成，而鳳皇來儀，擊石拊石，百獸率舞，四海之内，靡不和寧。及至周文，開基西郊，雜遝衆賢，罔不肅和，崇推讓之風，以銷分争之訟。文王既没，周公思慕，歌詠文王之德，其《詩》曰：「於穆清廟，肅雍顯相。濟濟多士，秉文之德。」當此之時，武王、周公繼政，朝臣和於内，萬國驩於外，故盡得其驩心，以事其先祖。其《詩》曰：「有來雍雍，至止肅肅，相維辟公，天子穆穆。」言四方皆以和來也。諸侯和於下，天應報於上，故《周頌》曰：「降福穰穰。」又曰：「貽我釐麰。」釐麰，麥也，始自天降。此皆以和致和，獲天助也。

下至幽、厲之際，朝廷不和，轉相非怨，詩人疾而憂之曰：「民之無良，相怨一方。」眾小在位，而從邪議，歙歙相是，而背君子，故其《詩》曰：「歙歙訿訿，亦孔之哀。謀之其臧，則具是違；謀之不臧，則具是依。」君子獨處守正，不橈眾枉，勉彊以從王事，則反見憎毒讒愬，故其《詩》曰：「密勿從事，不敢告勞。無罪無辜，讒口嗸嗸。」當是之時，日月薄蝕而無光，其《詩》曰：「朔日辛卯，日有蝕之，亦孔之醜。」又曰：「彼月而微，此日而微。今此下民，亦孔之哀。」又曰：「日月鞠凶，不用其行；四國無政，不用其良。」天變見於上，地變動於下，水泉沸騰，山谷易處，其《詩》曰：「百川沸騰，山冢卒崩。高岸爲谷，深谷爲陵。哀今之人，胡憯莫懲。」霜降失節，不以其時，其《詩》曰：「正月繁霜，我心憂傷。民之訛言，亦孔之將。」言民以是爲非，甚眾大也。此皆不和，賢不肖易位之所致也。

自此之後，天下大亂，篡殺殃禍並作，厲王奔彘，幽王見殺。至乎平王末年，魯隱之始即位也，周大夫祭伯，乖離不和，出奔於魯，而《春秋》爲諱，不言來奔，傷其禍殃自此始也。是後尹氏世卿而專恣，諸侯背畔而不朝，周室卑微。二百四十二年之間，日食三十六，地震五，山陵崩阤二，彗星三見，夜常星不見，夜中星隕如雨一，火災十四。長狄入三國，五石隕墜，六鶂退飛，多麋，有蜮、蜚，鸜鵒來巢者，皆一見。晝冥晦，雨木冰，李、梅冬實。七月霜降，草木不死。八月殺菽。大雨雹，雨雪靁霆，失序相乘。水、旱、饑、蝝、螽、螟，螽午並起。當是時，禍亂輒應，弒君三十六，亡國五十二，諸侯奔走不得保其社稷者，不可勝數也。周室多禍，晉敗其師於貿戎，伐其郊；鄭傷桓王；戎執其使；衛侯朔召不往，齊逆命而助朔；五大夫爭權，三君更立，莫能正理，遂至陵夷，不能復興。由此觀之，和氣致祥，乖氣致異。祥多者其國安，異衆者其國危，天地之常經，古今之通義也。

今陛下開三代之業，招文學之士，優遊寬容，使得並進。今賢不肖渾殽，白黑不分，邪正雜糅，忠讒並進。章交公車，人滿北軍。朝臣舛午，膠戾乖剌，更相讒愬，轉相是非。傳授增加，文書紛糾，前後錯謬，毁譽渾亂。所以營惑耳目，感移心意，不可勝載。分曹爲黨，往往羣朋，將同心以陷正臣。正臣進者治之表也，正臣陷者亂之機也。乘治亂之機，未知孰任，而災異數見，此臣所以寒心者也。夫乘權藉勢之人，子弟鱗集於朝，羽翼陰附者衆，輻輳於前，毁譽將必用以終乖離之咎。是以日月無光，雪霜夏隕，海水沸出，陵谷易處，列星失行，皆怨氣之所致也。夫遵衰周之軌迹，循詩人之所刺，而欲以成太平，致雅頌，猶卻行而求及前人也。初元以來六年矣，案春秋六年之中，災異未有稠如今者也。夫有春秋之異，無孔子之救，猶不能解紛，況甚於春秋乎？

原其所以然者，讒邪並進也。讒邪之所以並進者，由上多疑心，既已用賢人而行善政，如或譖之，則賢人退而善政還。夫執狐疑之心者，來讒賊之口；持不斷之意者，開羣枉之門。讒邪進則衆賢退，羣枉盛則正士消。故《易》有《否》、《泰》，小人道長，君子道消，君子道消，則政日亂，故爲否，否者閉而亂也。君子道長，小人道消，小人道消，則政日治，故爲泰，泰者通而治也。《詩》又云：「雨雪麃麃，見晛聿消。」與《易》同義。昔者鯀、共工、驩兜，與舜、禹雜處堯朝，周公與管、蔡並居周位，當是時，迭進相毀，流言相謗，豈可勝道哉？帝堯、成王能賢舜、禹、周公，而消共工、管、蔡，故以大治，榮華至今。孔子與季、孟偕仕於魯，李斯與叔孫通俱宦於秦，定公、始皇賢季、孟、李斯而消孔子、叔孫，故以大亂，污辱至今。

故治亂榮辱之端，在所信任。信任既賢，在於堅固而不移。《詩》云：「我心匪石，不可轉也。」言守善篤也。《易》曰：「涣汗其大號。」言號令如汗，汗出而不反者也。今出善令，未能踰時而反，是反汗也；用賢未能三旬而退，是轉石也。《論語》曰：「見不善如探湯。」今二府奏佞讇不當在位，歷年而不去。故出令則如反汗，用賢則如轉石，去佞則如拔山。如此望陰陽之調，不亦難乎！是以羣小窺見閒隙，緣飾文字，巧言醜詆，流言飛文，譁於民閒。故《詩》云：「憂心悄悄，愠於羣小。」小人成羣，誠足愠也。昔孔子與顔淵、子貢更相稱譽，不爲朋黨；禹、稷與皋陶傳相汲引，不爲比周。何則？忠於爲國，無邪心也。故賢人在上位，則引其類而聚之於朝，《易》曰：「飛龍在天，大人聚也。」在下位，則思與其類俱進，《易》曰：「拔茅茹以其彙，征吉。」在上則引其類，在下則推其類，故湯用伊尹，不仁者遠，而衆賢至，類相致也。今佞邪與賢臣，並在交戟之内，合黨共謀，違善依惡，歙歙訿訿，數設危險之言，欲以傾移主上。如忽然用之，此天地之所以先戒，災異之所以重至者也。

自古明聖，未有無誅而治者也。故舜有四放之罰，而孔子有兩觀之誅，然後聖化可得而行也。今以陛下明知，誠深思天地之心，迹察兩觀之誅，覽《否》、《泰》之卦，觀雨雪之詩，歷周、唐之所進以爲法，原秦、魯之所消以爲戒，考祥應之福，省災異之禍，以揆當世之變。放遠佞邪之黨，壞散險詖之聚，杜閉羣枉之門，廣開衆正之路，決斷狐疑，分别猶豫，使是非炳然可知，則百異消滅，而衆祥竝至，太平之基，萬世之利也。

臣幸得託肺附，誠見陰陽不調，不敢不通所聞。竊推《春秋》災異以効今事一二，條其所以，不宜宣泄。臣謹重封昧死上。鼐按：《爾雅》：「蠠没，勉也。」郭注：「猶黽勉。」此奏内密勿從事，顔師古注同郭説。蓋所引者，或齊魯韓詩，而解之者以毛詩也。世遂讀「密勿」爲「黽勉」，則非是《爾雅》音義。「蠠」，本或作「蠠」，《説文》曰：「蠠，古蜜字。」《禮記》「卹勿」之勿讀没，亦勉義。又「勿勿諸其欲其饗之也」，鄭注：「勿勿，猶勉勉。」然則此「密勿」，當依《爾雅》讀「蜜没」。毁譽將必用，以終乖離之咎，此東坡所謂小人之黨常勝者也。元帝非不知君子小人之别，但疑君子未必無黨護之習，欲閒雜用小人，以伺察之。故此奏以「乖和」二字立案，以去疑爲主，中以災異爲之徵。

劉子政論甘延壽等疏 ○

郅支單于囚殺使者吏士以百數，事暴揚外國，傷威毁重，羣臣皆閔焉。陛下赫然欲誅之，意未嘗有忘。西域都護延壽，副校尉湯，承聖指，倚神靈，總百蠻之君，攬城郭之兵，出百死，入絶域，遂蹈康居，屠五重城，搴歙侯之旗，斬郅支之首，縣旌萬里之外，揚威昆山之西，掃谷吉之恥，立昭明之功，萬夷慴伏，莫不懼震。呼韓邪單于見郅支已誅，且喜且懼，鄉風馳義，稽首來賓，願守北藩，累世稱臣。立千載之功，建萬世之安，羣臣之勳莫大焉。

昔周大夫方叔、吉甫，爲宣王誅獫狁，而百蠻從，其《詩》曰：「嘽嘽焞焞，如霆如雷，顯允方叔，征伐獫狁，蠻荆來威。」《易》曰：「有嘉折首，獲匪其醜。」言美誅首惡之人，而諸不順者皆來從也。今延壽、湯所誅震，雖《易》之「折首」、《詩》之「雷霆」，不能及也。

論大功者，不録小過；舉大美者，不疵細瑕。《司馬法》曰：「軍賞不踰月。」欲民速得爲善之利也。蓋急武功，重用人也。吉甫之歸，周厚賜之，其《詩》曰：「吉甫宴喜，既多受祉。來歸自鎬，我行永久。」千里之鎬，猶以爲遠，況萬里之外，其勤至矣！延壽、湯既未獲受祉之報，反屈捐命之功，久挫於刀筆之前，非所以勸有功，厲戎士也。昔齊桓前有尊周之功，後有滅項之罪，君子以功覆過，而爲之諱行事。貳師將軍李廣利，捐五萬之師，靡億萬之費，經四年之勞，而厪獲駿馬三十匹，雖斬宛王毋鼓之首，猶不足以復費，其私罪惡甚多，孝武以爲萬里征伐，不録其過，遂封拜兩侯、三卿、二千石百有餘人。今康居之國，强於大宛；郅支之號，重於宛王；殺使者罪，甚於留馬。而延壽、湯，不煩漢士，不費斗糧，比於貳師，功德百之。且常惠隨欲擊之烏孫，鄭吉迎自來之日逐，猶皆裂土受爵。故言威武勤勞，則大於方叔、吉甫；列功覆過，則優於齊桓、貳師；近事之功，則高於安遠、長羅。而大功未著，小惡數布，臣竊痛之。宜以時解縣通籍，除過勿治，尊寵爵位，以勸有功。

劉子政論起昌陵疏 ○○○

臣聞《易》曰：「安不忘危，存不忘亡，是以身安而國家可保也。」故賢聖之君，博觀終始，究極事情，而是非分明。王者必通三統，明天命所授者博，非獨一姓也。孔子論《詩》，至於「殷士膚敏，祼將於京」，喟然歎曰：「大哉天命！善不可不傳於子孫。是以富貴無常，不如是，則王公其何以戒慎，民萌何以勸勉？」蓋傷微子之事周，而痛殷之亡也。雖有堯舜之聖，不能化丹朱之子；雖有禹湯之德，不能訓末孫之桀紂。自古及今，未有不亡之國也。昔高皇帝既滅秦，將都雒陽，感寤劉敬之言，自以德不及周，而賢於秦，遂徙都關中，依周之德，因秦之阻。世之長短，以德爲效，故常戰栗，不敢諱亡。孔子所謂「富貴無常」，蓋謂此也。孝文皇帝居霸陵，北臨厠，意悽愴悲懷，顧謂羣臣曰：「嗟乎！以北山石爲椁，用紵絮斮陳漆其閒，豈可動哉？」張釋之進曰：「使其中有可欲，雖錮南山猶有隙；使其中無可欲，雖無石椁，又何慼焉？」夫死者無終極，而國家有廢興，故釋之之言，爲無窮計也。孝文寤焉，遂薄葬，不起山墳。

《易》曰：「古之葬者，厚衣之以薪，藏之中野，不封不樹。後世聖人，易之以棺椁。」棺椁之作，自黄帝始。黄帝葬於橋山，堯葬濟陰，丘壠皆小，葬具甚微。舜葬蒼梧，二妃不從。禹葬會稽，不改其列。殷湯無葬處。文、武、周公葬於畢，秦穆公葬於雍橐泉宫祈年館下，樗里子葬於武庫，皆無丘壠之處。此聖帝明王，賢君智士，遠覽獨慮無窮之計也。

其賢臣孝子，亦承命順意而薄葬之。此誠奉安君父，忠孝之至也。夫周公，武王弟也，葬兄甚微。孔子葬母於防，稱古墓而不墳，曰「丘東西南北之人也，不可不識也」，爲四尺墳，遇雨而崩。弟子修之，以告孔子，孔子流涕曰：「吾聞之古者不修墓。」蓋非之也。延陵季子適齊而反，其子死，葬於嬴、博之閒，穿不及泉，斂以時服，封墳掩坎，其高可隱，而號曰：「骨肉歸復於土，命也，魂氣則無不之也。」夫嬴、博去吴，千有餘里，季子不歸葬。孔子往觀曰：「延陵季子於禮合矣。」故仲尼孝子，而延陵慈父，舜、禹忠臣，周公弟弟，其葬君親骨肉皆微薄矣，非苟爲儉，誠便於體也。宋桓司馬爲石槨，仲尼曰：「不如速朽。」秦相吕不韋集知略之士，而造《春秋》，亦言薄葬之義，皆明於事情者也。

逮至吴王闔閭，違禮厚葬，十有餘年，越人發之。及秦惠文、武、昭、嚴襄五王，皆大作丘隴，多其瘞臧，咸盡發掘暴露，甚足悲也。秦始皇帝葬於驪山之阿，下錮三泉，上崇山墳，其高五十餘丈，周回五里有餘。石槨爲游館，人膏爲燈燭，水銀爲江海，黄金爲鳧雁。珍寶之臧，機械之變，棺槨之麗，宫館之盛，不可勝原。又多殺宫人，生薶工匠，計以萬數。天下苦其役而反之，驪山之作未成，而周章百萬之師至其下矣。項籍燔其宫室營宇，往者咸見發掘。其後牧兒亡羊，羊入其鑿，牧者持火照求羊，失火燒其臧槨。自古至今，葬未有盛如始皇者也，數年之閒，外被項籍之災，内離牧豎之禍，豈不哀哉！

是故德彌厚者葬彌薄，知愈深者葬愈微。無德寡知，其葬愈厚，邱隴彌高，宮廟甚麗，發掘必速。由是觀之，明暗之効，葬之吉凶，昭然可見矣。

周德既衰而奢侈，宣王賢而中興，更爲儉宮室，小寢廟，詩人美之，《斯干》之詩是也，上章道宮室之如制，下章言子孫之衆多也。及魯嚴公刻飾宗廟，多築臺囿，後嗣再絶，《春秋》刺焉。周宣如彼而昌，魯、秦如此而絶，是則奢儉之得失也。

陛下即位，躬親節儉，始營初陵，其制約小，天下莫不稱賢明。及徙昌陵，增埤爲高，積土爲山，發民墳墓，積以萬數，營起邑居，期日迫卒，功費大萬百餘。死者恨於下，生者愁於上，怨氣感動陰陽，因之以饑饉，物故流離，以十萬數，臣甚惽焉。以死者爲有知，發人之墓，其害多矣；若其無知，又安用大？謀之賢知則不説，以示衆庶則苦之。若苟以説愚夫淫侈之人，又何爲哉？陛下慈仁篤美甚厚，聰明疏達蓋世，宜弘漢家之德，崇劉氏之美，光昭五帝三王，而顧與暴秦亂君，競爲奢侈，比方丘隴，説愚夫之目，隆一時之觀，違賢知之心，亡萬世之安，臣竊爲陛下羞之。唯陛下上覽明聖黄帝、堯、舜、禹、湯、文、武、周公、仲尼之制，下觀賢知穆公、延陵、樗里、張釋之之意。孝文皇帝，去墳薄葬，以儉安神，可以爲則;秦昭、始皇,增山厚臧,以侈生害,足以爲戒。初陵之橅,宜從公卿大臣之議,以息眾庶。此文風韻,頗與相如《諫獵》相近。薑塢先生云:子政之文,如覩古之君子,右徵角,左宮羽,趨以《采薺》,行以《肆夏》,規矩揖揚,玉聲鏘鳴之容。昌黎屈指古之文章,僅數人,孟子、漢兩司馬、劉子政、揚子雲而已,雖賈生不及也。南宋乃有稱董生而抑劉者,豈知言哉!《諫昌陵疏》渾融遒溢,當爲弟一,《災異封事》次之。

劉子政極諫外家封事 ○○

臣聞人君莫不欲安,然而常危;莫不欲存,然而常亡:失御臣之術也。夫大臣操權柄持國政,未有不爲害者也。昔晉有六卿,齊有田、崔,衛有孫、甯,魯有季、孟,常掌國事,世執朝柄。終後田氏取齊,六卿分晉,崔杼弒其君光。孫林父、甯殖出其君衎,弒其君剽。季氏八佾舞於庭,三家者以《雍》徹,並專國政,卒逐昭公。周大夫尹氏筦朝事,濁亂王室,子朝、子猛更立,連年乃定,故經曰:「王室亂。」又曰:「尹氏殺王子克。」甚之也。《春秋》舉成敗,録禍福,如此類甚眾,皆陰盛而陽微,下失臣道之所致也。故《書》曰:「臣之有作威作福,害於而家,凶於而國。」孔子曰:「禄去公室,政逮大夫。」危亡之兆。秦昭王舅穰侯,及涇陽、葉陽君,專國擅執,上假太后之威,三人者權重於昭王,家富於秦國,國甚危殆，賴寤范雎之言，而秦復存。二世委任趙高，專權自恣，壅蔽大臣，終有閻樂望夷之禍，秦遂以亡。近事不遠，即漢所代也。

漢興，諸吕無道，擅相尊王。吕産、吕禄，席太后之寵，據將相之位，兼南北軍之衆，擁梁、趙王之尊，驕盈無厭，欲危劉氏。賴忠正大臣絳侯、朱虚侯等，竭誠盡節，以誅滅之，然後劉氏復安。今王氏一姓，乘朱輪華轂者二十三人，青紫貂蟬，充盈幄内，魚鱗左右。大將軍秉事用權，五侯驕奢僭盛，并作威福，擊斷自恣，行汙而寄治，身私而託公，依東宫之尊，假甥舅之親，以爲威重。尚書、九卿、州牧、郡守，皆出其門，筦執樞機，朋黨比周。稱譽者登進，忤恨者誅傷；游談者助之説，執政者爲之言。排擯宗室，孤弱公族，其有智能者，尤非毁而不進。遠絶宗室之任，不令得給事朝省，恐其與己分權。數稱燕王蓋主，以疑上心，避諱吕、霍，而弗肯稱。内有管、蔡之萌，外假周公之論，兄弟據重，宗族磐互。歷上古至秦、漢，外戚僭貴，未有如王氏者也。雖周皇甫、秦穰侯、漢武安、吕、霍、上官之屬，皆不及也。

物盛必有非常之變先見，爲其人徵象。孝昭帝時，冠石立於泰山，仆柳起於上林。而孝宣帝即位，今王氏先祖墳墓在濟南者，其梓柱生枝葉，扶疏上出屋，根臿地中，雖立石起柳，無以過此之明也。事埶不兩大，王氏與劉氏亦且不竝立，如下有泰山之安，則上有累卵之危。陛下爲人子孫，守持宗廟，而令國祚移於外親，降爲皁隸，縱不爲身，奈宗廟何！婦人內夫家，外父母家，此亦非皇太后之福也。孝宣皇帝，不與舅平昌、樂昌侯權，所以全安之也。

夫明者起福於無形，銷患於未然。宜發明詔，吐德音，援近宗室，親而納信，黜遠外戚，毋授以政，皆罷令就第，以則效先帝之所行，厚安外戚，全其宗族，誠東宮之意，外家之福也。王氏永存，保其爵禄；劉氏長安，不失社稷，所以褒睦外内之姓，子子孫孫無疆之計也。如不行此策，田氏復見於今，六卿必起於漢，爲後嗣憂。昭昭甚明，不可不深圖，不可不蚤慮。《易》曰：「君不密則失臣，臣不密則失身，幾事不密則害成。」唯陛下深留聖思，審固幾密，覽往事之戒，以折中取信，居萬安之實，用保宗廟，久承皇太后，天下幸甚！

劉子政上星孛奏 〇

臣聞帝舜戒伯禹，「毋若丹朱敖」；周公戒成王，「毋若殷王紂」。《詩》曰：「殷監不遠，在夏后之世。」亦言湯以桀爲戒也。聖帝明王，常以敗亂自戒，不諱廢興，故臣敢極陳其愚，惟陛下留神察焉。

謹按春秋二百四十二年，日蝕三十六，襄公尤數，率三歲五月有奇而壹食。漢興訖竟寧，孝景帝尤數，率三歲一月而壹食。臣向前數言日當食，今連三年比食。自建始以來，二十歲閒而八食，率二歲六月而一發，古今罕有。異有小大希稠，占有舒疾緩急，而聖人所以斷疑也。《易》曰：「觀乎天文，以察時變。」昔孔子對魯哀公，並言夏桀、殷紂，暴虐天下，故曆失，則攝提失方，孟陬無紀，此皆易姓之變也。秦始皇之末，至二世時，日月薄食，山陵淪亡，辰星出於四孟，太白經天而行，無雲而雷，枉矢夜光，熒惑襲月，孽火燒宮，野禽戲廷，都門内崩，長人見臨洮，石隕於東郡，星孛大角，大角以亡。觀孔子之言，考暴秦之異，天命信可畏也。及項籍之敗，亦孛大角。漢之入秦，五星聚於東井，得天下之象也。孝惠時，有雨血日食於衝，滅光星見之異。孝昭時，有泰山臥石自立，上林僵柳復起，大星如月西行，衆星隨之，此爲特異。孝宣興起之表，天狗夾漢而西，久陰不雨者二十餘日，昌邑不終之異也。皆著於《漢紀》。觀秦、漢之易世，覽惠、昭之無後，察昌邑之不終，視孝宣之紹起，天之去就，豈不昭昭然哉？高宗、成王，亦有雊雉拔木之變，能思其故，故高宗有百年之福，成王有復風之報。神明之應，應若景嚮，世所同聞也。

臣幸得託末屬，誠見陛下寬明之德，冀銷大異，而興高宗、成王之聲，以崇劉氏，故狠狠數奸死亡之誅。今日食尤屢，星孛東井，攝提炎及紫宫，有識長老，莫不震動。此變之大者也。其事難一二記，故《易》曰：「書不盡言，言不盡意。」是以設卦指爻而復説義。《書》曰：「伻來以圖。」天文難以相曉，臣雖圖上，猶須口説，然後可知。願賜清燕之閒，指圖陳狀。

匡稚圭上政治得失疏 ○

臣聞五帝不同禮，三王各異教，民俗殊務，所遇之時異也。陛下躬聖德，開太平之路，閔愚吏民觸法抵禁，比年大赦，使百姓得改行自新，天下幸甚。臣竊見大赦之後，姦邪不爲衰止，今日大赦，明日犯法，相隨入獄，此殆導之未得其務也。

蓋保民者，陳之以德義，示之以好惡，觀其失而制其宜，故動之而和，綏之而安。今天下俗貪財賤義，好聲色，上侈靡，廉恥之節薄，淫辟之意縱，綱紀失序，疏者踰内，親戚之恩薄，婚姻之黨隆，苟合徼幸，以身没利，不改其原。雖歲赦之，刑猶難使錯而不用也。臣愚以爲宜壹曠然大變其俗。

孔子曰：「能以禮讓，爲國乎何有？」朝廷者，天下之楨幹也。公卿大夫，相與循禮恭讓，則民不争；好仁樂施，則下不暴；上義高節，則民興行；寬柔和惠，則衆相愛。四者，明王之所以不嚴而成化也。何者？朝有變色之言，則下有争鬬之患；上有自專之士，則下有不讓之人；上有克勝之佐，則下有傷害之心；上有好利之臣，則下有盜竊之民，此其本也。今俗吏之治，皆不本禮讓，而上克暴，或忮害，好陷人於罪，貪財而慕勢，故犯法者衆，姦邪不止。雖嚴刑峻法，猶不爲變，此非其天性，有由然也。

臣竊考《國風》之詩，《周南》《召南》，被賢聖之化深，故篤於行而廉於色。鄭伯好勇，而國人暴虎；秦穆貴信，而士多從死；陳夫人好巫，而民淫祀；晉侯好儉，而民畜聚；太王躬仁，邠國貴恕。由此觀之，治天下者，審所上而已。今之僞薄忮害不讓極矣。臣聞教化之流，非家至而人説之也。賢者在位，能者在職，朝廷崇禮，百僚敬讓，道德之行，由内及外，自近者始，然後民知所法，遷善日進而不自知，是以百姓安，陰陽和，神靈應而嘉祥見。《詩》曰：「商邑翼翼，四方之極。壽考且寧，以保我後生。」此成湯所以建至治，保子孫，化異俗，而懷鬼方也。今長安天子之都，親承聖化，然其習俗無以異於遠方，郡國來者，無所法則，或見侈靡而放效之。此教化之原本，風俗之樞機，宜先正者也。

臣聞天人之際，精祲有以相盪，善惡有以相推。事作乎下者，象動乎上。陰陽之理，各應其感。陰變則静者動，陽蔽則明者晻。水旱之災，隨類而至。今關東連年饑饉，百姓乏困，或至相食。此皆生於賦斂多，民所共者大，而吏安集之不稱之效也。陛下祗畏天戒，哀閔元元，大自減損，省甘泉、建章宫衛，罷珠厓，偃武行文，將欲度唐、虞之隆，絶殷、周之衰也。諸見罷珠厓詔書者，莫不欣欣，人自以將見太平也。宜遂減宫室之度，省靡麗之飾，考制度，修外内，近忠正，遠巧佞，放鄭、衛，進雅、頌，舉異材，開直言。任温良之人，退刻薄之吏，顯絜白之士，昭無欲之路，覽六藝之意，察上世之務，明自然之道，博和睦之化，以崇至仁，匡失俗，易民視，令海内昭然，咸見本朝之所貴，道德弘於京師，淑問揚乎疆外。然後大化可成，禮讓可興也。

匡稚圭論治性正家疏 ○

臣聞治亂安危之機，在乎審所用心。蓋受命之王，務在創業垂統，傳之無窮；繼體之君，心存於承宣先王之德，而褒大其功。昔者成王之嗣位，思述文、武之道以養其心，休烈盛美，皆歸之二后而不敢專其名，是以上天歆享，鬼神祐焉。其《詩》曰：「念我皇祖，陟降廷止。」言成王常思祖考之業，而鬼神祐助其治也。

陛下聖德天覆，子愛海内，然陰陽未和，姦邪未禁者，殆論議者未丕揚先帝之盛功，争言制度不可用也。務變更之，所更或不可行，而復復之。是以羣下更相是非，吏民無所信。臣竊恨國家釋樂成之業，而虚爲此紛紛也，願陛下詳覽統業之事，留神於遵制揚功，以定羣下之心。《大雅》曰：「無念爾祖，聿修厥德。」孔子著之《孝經》首章，蓋至德之本也。

傳曰：「審好惡，理情性，而王道畢矣。」能盡其性，然後能盡人物之性；能盡人物之性，可以贊天地之化。治性之道，必審己之所有餘，而强其所不足。蓋聰明疏通者，戒於大察；寡聞少見者，戒於雍蔽；勇猛剛强者，戒於大暴；仁愛温良者，戒於無斷；湛静安舒者，戒於後時；廣心浩大者，戒於遺忘：必審己之所當戒，而齊之以義，然後中和之化應，而巧僞之徒，不敢比周而望進。唯陛下戒之，所以崇聖德也。

臣又聞室家之道修，則天下之理得，故《詩》始《國風》，《禮》本《冠》、《婚》。始乎《國風》，原情性而明人倫也；本乎《冠》、《婚》，正基兆而防未然也。福之興莫不本乎室家，道之衰莫不始乎梱内，故聖王必慎妃后之際，别適長之位。禮之於内也，卑不踰尊，新不先故，所以統人情而理陰氣也。其尊適而卑庶也，適子冠乎阼，禮之用醴，衆子不得與列，所以貴正體而明嫌疑也。非虚加其禮文而已，乃中心與之殊異，故禮探其情而見之外也。聖人動静遊燕所親，物得其序。得其序則海内自修，百姓從化。如當親者疏，當尊者卑，則佞巧之姦，因時而動，以亂國家。故聖人慎防其端，禁於未然，不以私恩害公義。陛下聖德純備，莫不修正，則天下無爲而治。《詩》云：「于以四方，克定厥家。」傳曰：「正家而天下定矣。」

匡稚圭戒妃匹勸經學威儀之則疏 ○

陛下秉至孝，哀傷思慕，不絶於心，未有遊虞弋射之宴，誠隆於慎終追遠，無窮已也。竊願陛下雖聖性得之，猶復加聖心焉。《詩》云：「煢煢在疚。」言成王喪畢思慕，意氣未能平也，蓋所以就文、武之業，崇大化之本也。

臣又聞之師曰：「妃匹之際，生民之始，萬福之原。」婚姻之禮正，然後品物遂而天命全。孔子論《詩》以《關雎》爲始，言太上者民之父母，后夫人之行，不侔乎天地，則無以奉神靈之統，而理萬物之宜。故《詩》曰：「窈窕淑女，君子好仇。」言能致其貞淑，不貳其操。情欲之感，無介乎容儀；宴私之意，不形乎動静。鼐按：稚圭本學齊詩，齊詩以《關雎》爲刺宴起，故云情欲之感、宴私之意，朱子善其語，取入《集傳》，然其説詩實不同。夫然後可以配至尊而爲宗廟主。此綱紀之首，王教之端也。自上世已來，三代興廢，未有不繇此者也。願陛下詳覽得失盛衰之效，以定大基，采有德，戒聲色，近嚴敬，遠技能。

竊見聖德純茂，專精《詩》、《書》，好樂無厭。臣衡材駑，無以輔相善義，宣揚德音。臣聞六經者，聖人所以統天地之心，著善惡之歸，明吉凶之分，通人道之正，使不悖於其本性者也。故審六藝之指，則天人之理可得而和，草木昆蟲可得而育，此永永不易之道也。及《論語》、《孝經》聖人言行之要，宜究其意。

臣又聞聖王之自爲動静周旋，奉天承親，臨朝饗臣，物有節文，以章人倫。蓋欽翼祇栗，事天之容也；温恭敬遜，承親之禮也；正躬嚴恪，臨衆之儀也；嘉惠和説，饗下之顔也。舉錯動作，物遵其儀，故形爲仁義，動爲法則。孔子曰：「德義可尊，容止可觀，進退可度，以臨其民，是以其民畏而愛之，則而象之。」《大雅》云：「敬慎威儀，惟民之則。」諸侯正月朝覲天子，天子惟道德昭穆穆以視之，又觀以禮樂，饗醴迺歸。故萬國莫不獲賜祉福，蒙化而成俗。今正月初幸路寢，臨朝賀，置酒以饗萬方，傳曰：「君子慎始。」願陛下留神動静之節，使羣下得望盛德休光，以立基楨，天下幸甚。

侯應罷邊備議 ○

周秦以來，匈奴暴桀，寇侵邊境。漢興，尤被其害。臣聞北邊塞至遼東，外有陰山，東西千餘里，草木茂盛，多禽獸，本冒頓單于依阻其中，治作弓矢，來出爲寇，是其苑囿也。至孝武世，出師征伐，斥奪此地，攘之於幕北。建塞徼，起亭隧，築外城，設屯戍，以守之，然後邊境得用少安。幕北地平，少草木，多大沙，匈奴來寇，少所蔽隱，從塞以南，徑深山谷，往來差難。邊長老言：匈奴失陰山之後，過之未嘗不哭也。如罷備塞戍卒，示夷狄之大利，不可一也。今聖德廣被，天覆匈奴，匈奴得蒙全活之恩，稽首來臣。夫夷狄之情，困則卑順，彊則驕逆，天性然也。前以罷外城，省亭隧，今裁足以候望通烽火而已。古者安不忘危，不可復罷，二也。中國有禮義之教，刑罰之誅，愚民猶尚犯禁，又況單于能必其衆不犯約哉？三也。自中國尚建關梁以制諸侯，所以絶臣下之覬欲也。設塞徼，置屯戍，非獨爲匈奴而已，亦爲諸屬國降民，本故匈奴之人，恐其思舊逃亡，四也。近西羌保塞，與漢人交通，吏民貪利，侵盜其畜産妻子，以此怨恨，起而背畔，世世不絶。今罷乘塞，則生嫚易分爭之漸，五也。往者從軍多没不還者，子孫貧困，一旦亡出從其親戚，六也。又邊人奴婢愁苦欲亡者，多曰「聞匈奴中樂，無奈候望急何」，然時有亡出塞者，七也。盜賊桀黠，羣輩犯法，如其窘急，亡走北出，則不可制，八也。起塞以來，百有餘年，非皆以土垣也，或因山巖石，木柴僵落，谿谷水門，稍稍平之，卒徒築治，功費久遠，不可勝計。臣恐議者不深慮其終始，欲以壹切省繇戍，十年之外，百歲之内，卒有他變，障塞破壞，亭隧滅絶，當更發屯繕治，累世之功，不可卒復，九也。如罷戍卒，省候望，單于自以保塞守禦，必深德漢，請求無已，小失其意，則不可測。開夷狄之隙，虧中國之固，十也。非所以永持至安，威制百蠻之長策也。

谷子雲訟陳湯疏 ○

臣聞楚有子玉得臣，文公爲之仄席而坐；趙有廉頗、馬服，彊秦不敢窺兵井陘；近漢有郅都、魏尚，匈奴不敢南鄉沙幕。繇是言之，戰克之將，國之爪牙，不可不重也。

蓋君子聞鼓鼙之聲，則思將率之臣。竊見關内侯陳湯，前使副西域都護，忿郅支之無道，閔王誅之不加，策慮愊億，義勇奮發，卒興師奔逝，横厲烏孫，踰集都賴，屠三重城，斬郅支首，報十年之逋誅，雪邊吏之宿恥，威震百蠻，武暢西海，漢元以來，征伐方外之將，未嘗有也。今湯坐言事非是，幽囚久繫，歷時不決，執憲之吏，欲致之大辟。昔白起爲秦將，南拔郢都，北阬趙括，以纖介之過，賜死杜郵。秦民憐之，莫不隕涕。今湯親秉鉞，席卷喋血萬里之外，薦功祖廟，告類上帝。介胄之士，靡不慕義。以言事爲罪，無赫赫之惡。《周書》曰：「記人之功，忘人之過，宜爲君者也。」夫犬馬有勞於人，尚加帷蓋之報，況國之功臣者哉？竊恐陛下忽於鼓鼙之聲，不察《周書》之意，而忘帷蓋之施，庸臣遇湯，卒從吏議，使百姓介然有秦民之恨，非所以厲死難之臣也。

耿育訟陳湯疏 ○

延壽、湯爲聖漢揚鉤深致遠之威，雪國家累年之恥，討絶域不羈之君，繫萬里難制之虜，豈有比哉？先帝嘉之，仍下明詔，宣著其功，改年垂曆，傳之無窮。應是南郡獻白虎，邊陲無警備。會先帝寢疾，然猶垂意不忘，數使尚書責問丞相，趣立其功。獨丞相匡衡，排而不予，封延壽、湯數百户，此功臣戰士所以失望也。孝成皇帝，承建業之基，乘征伐之威，兵革不動，國家無事，而大臣傾邪，讒佞在朝，曾不深惟本末之難，以防未然之戒，欲專主威，排妒有功，使湯塊然被冤拘囚，不能自明，卒以無罪，老棄燉煌，正當西域通道，令威名折衝之臣，旋踵及身，復爲郅支遺虜所笑，誠可悲也！至今奉使外蠻者，未嘗不陳郅支之誅，以揚漢國之盛。夫援人之功以懼敵，棄人之身以快讒，豈不痛哉！

且安不忘危，盛必慮衰，今國家素無文帝累年節儉富饒之畜，又無武帝薦延梟俊禽敵之臣，獨有一陳湯耳。假使異世不及陛下，尚望國家追録其功，封表其墓，以勸後進也。湯幸得身當聖世，功曾未久，反聽邪臣，鞭逐斥遠，使亡逃分竄，死無處所。遠覽之士，莫不計度，以爲湯功累世不可及，而湯過人情所有，湯尚如此，雖復破絶筋骨，暴露形骸，猶復制於脣舌，爲嫉妒之臣所繫虜耳。此臣所以爲國家尤戚戚也。

賈讓治河議　○

治河有上中下策。古者立國居民，疆理土地，必遺川澤之分，度水勢所不及。大川亡防，小水得入，陂障卑下，以爲污澤，使秋水多得有所休息，左右遊波，寬緩而不迫。夫土之有川，猶人之有口也。治土而防其川，猶止兒啼而塞其口，豈不遽止？然其死可立而待也。故曰：「善爲川者，決之使道；善爲民者，宣之使言。」蓋隄防之作，近起戰國，雍防百川，各以自利。齊與趙、魏，以河爲竟。趙、魏瀕山，齊地卑下，作隄去河二十五里。河水東抵齊隄，則西泛趙、魏，趙、魏亦爲隄，去河二十五里。雖非其正，水尚有所遊盪。時至而去，則填淤肥美，民耕田之。或久無害，稍築室宅，遂成聚落。大水時至漂没，則更起隄防以自救，稍去其城郭，排水澤而居之，湛溺自其宜也。今隄防陿者，去水數百步，遠者數里。近黎陽南故大金隄，從河西西北行，至西山南頭，乃折東，與東山相屬。民居金隄東，爲廬舍，往十餘歲，更起隄，從東山南頭直南，與故大隄會。又内黄界中，有澤方數十里，環之有隄，往十餘歲，太守以賦民，民今起廬舍其中，此臣親所見者也。東郡白馬故大隄，亦復數重，民皆居其閒。從黎陽北盡魏界，故大隄，去河遠者數十里，内亦數重，此皆前世所排也。河從河内，北至黎陽，爲石隄，激使東，抵東郡平剛。又爲石隄，使西北，抵黎陽觀下。又爲石隄，使東北，抵東郡津北。又爲石隄，使西北，抵魏郡昭陽。又爲石隄，激使東北。百餘里閒，河再西三東，迫阸如此，不得安息。

今行上策，徙冀州之民當水衝者，決黎陽遮害亭，放河使北入海。河西薄大山，東薄金隄，勢不能遠泛濫，期月自定。難者將曰：「若如此，敗壞城郭、田廬、冢墓以萬數，百姓怨恨。」昔大禹治水，山陵當路者毁之，故鑿龍門，辟伊闕，析底柱，破碣石，墮斷天地之性。

此乃人功所造，何足言也。今瀕河十郡治隄，歲費且萬萬，及其大決，所殘亡數。如出數年治河之費，以業所徙之民，遵古聖之法，定山川之位，使神人各處其所而不相奸。且以大漢方制萬里，豈其與水争咫尺之地哉？此功一立，河定民安，千載亡患，故謂之上策。

若乃多穿漕渠於冀州地，使民得以溉田，分殺水怒，雖非聖人法，然亦救敗術也。難者將曰：「河水高於平地，歲增隄防，猶尚決溢，不可以開渠。」臣竊按視遮害亭西十八里，至淇水口，乃有金隄高一丈。自是東，地稍下，隄稍高，至遮害亭高四五丈。往五六歲，河水大盛，增丈七尺，壞黎陽南郭門入至隄下。水未踰隄二尺所，從隄上北望，河高出民屋，百姓皆走上山。水留十三日，隄潰二所，吏民塞之。臣循隄上行，視水勢，南七十餘里至淇口，水適至隄半，計出地上五尺所。今可從淇口以東爲石隄，多張水門。初元中，遮害亭下河去隄足數十步，至今四十餘歲，適至隄足。由是言之，其地堅矣。恐議者疑河大川難禁制，滎陽漕渠，足以卜之，其水門但用木與土耳。今據堅地作石隄，勢必完安。冀州渠首，盡當卬此水門。治渠非穿地也，但爲東方一隄，北行三百餘里入漳水中，其西因山足高地，諸渠皆往往股引取之，旱則開東方下水門溉冀州，水則開西方高門分河流。通渠有三利，不通有三害。民常罷於救水，半失作業；水行地上，湊潤上徹，民則病溼氣，木皆立枯，鹵不生穀；決溢有敗，爲魚鼈食，此三害也。若有渠溉，則鹽鹵下隰，填淤加肥；故種禾麥，更爲秔稻，高田五倍，下田十倍；轉漕舟船之便，此三利也。今瀕河隄吏卒郡數千人，伐買薪石之費，歲數千萬，足以通渠成水門；又民利其灌溉，相率治渠，雖勞不罷。民田適治，河隄亦成，此誠富國安民，興利除害，支數百歲，故謂之中策。

若乃繕完故隄，增卑倍薄，勞費亡已，數逢其害，此最下策也。

揚子雲諫不許單于朝書 ○○○

臣聞六經之治，貴於未亂；兵家之勝，貴於未戰。二者皆微，然而大事之本，不可不察也。今單于上書求朝，國家不許而辭之，臣愚以爲漢與匈奴從此隙矣。本北地之狄，五帝所不能臣，三王所不能制，其不可使隙甚明。臣不敢遠稱，請引秦以來明之。

以秦始皇之强，蒙恬之威，帶甲四十餘萬，然不敢窺西河，迺築長城以界之。會漢初興，以高祖之威靈，三十萬衆，困於平城，士或七日不食。時奇譎之士，石畫之臣甚衆，卒其所以脱者，世莫得而言也。又高皇后常忿匈奴，羣臣庭議，樊噲請以十萬衆横行匈奴中，季布曰：「噲可斬也，妄阿順指！」於是大臣權書遺之，然後匈奴之結解，中國之憂平。

及孝文時，匈奴侵暴北邊，候騎至雍、甘泉，京師大駭，發三將軍屯細柳、棘門、霸上以備之，數月迺罷。孝武即位，設馬邑之權，欲誘匈奴，使韓安國將三十萬衆，徼於便墬，匈奴覺之而去，徒費財勞師，一虜不可得見，況單于之面乎？其後深惟社稷之計，規恢萬載之策，迺大興師數十萬，使衛青、霍去病操兵前後十餘年。於是浮西河，絶大幕，破寘顏，襲王庭，窮極其地，追奔逐北，封狼居胥山，禪於姑衍，以臨瀚海，虜名王貴人以百數。自是之後，匈奴震怖，益求和親，然而未肯稱臣也。

且夫前世，豈樂傾無量之費，役無罪之人，快心於狼望之北哉？以爲不壹勞者不久佚，不暫費者不永寧，是以忍百萬之師，以摧餓虎之喙，運府庫之財，填盧山之壑，而不悔也。至本始之初，匈奴有桀心，欲掠烏孫侵公主，迺發五將之師十五萬騎獵其南，而長羅侯以烏孫五萬騎震其西，皆至質而還。時鮮有所獲，徒奮揚威武，明漢兵若雷風耳。雖空行空反，尚誅兩將軍。故北狄不服，中國未得高枕安寢也。逮至元康、神爵之閒，大化神明，鴻恩溥洽，而匈奴内亂，五單于争立，日逐、呼韓邪，攜國歸死，扶伏稱臣，然尚羈縻之，計不顓制。自此之後，欲朝者不拒，不欲者不强。何者？外國天性忿鷙，形容魁健，負力怙氣，難化以善，易隸以惡，其强難詘，其和難得。故未服之時，勞師遠攻，傾國殫貨，伏尸流血，破堅拔敵，如彼之難也；既服之後，慰薦撫循，交接賂遺，威儀俯仰，如此之備也。往時常屠大宛之城，蹈烏桓之壘，探姑繒之壁，籍蕩姐之場，艾朝鮮之旃，拔兩越之旗，近不過旬月之役，遠不離二時之勞，固已犂其庭，埽其閭，郡縣而置之，雲徹席卷，後無餘菑。惟北狄爲不然，真中國之堅敵也，三垂比之懸矣。前世重之茲甚，未易可輕也。

今單于歸義，懷款誠之心，欲離其庭，陳見於前，此迺上世之遺策，神靈之所想望，國家雖費，不得已者也。奈何距以來厭之辭，疎以無日之期，消往昔之恩，開將來之隙？夫款而隙之，使有恨心，負前言，緣往辭，歸怨於漢，因以自絶，終無北面之心，威之不可，諭之不能，焉得不爲大憂乎？夫明者視於無形，聰者聽於無聲，誠先於未然，即蒙恬、樊噲不復施，棘門、細柳不復備，馬邑之策安所設，衛、霍之功何得用，五將之威安所震？不然，壹有隙之後，雖智者勞心於内，辯者轂擊於外，猶不若未然之時也。且往者圖西域，制車師，置城郭都護三十六國，費歲以大萬計者，豈爲康居、烏孫能踰白龍堆而寇西邊哉？迺以制匈奴也。夫百年勞之，一日失之，費十而愛一，臣竊爲國不安也。唯陛下少留意於未亂未戰，以遏邊萌之禍。子雲此奏，頗擬信陵諫伐韓書。

劉子駿毁廟議　○

臣聞周室既衰，四夷並侵，獫狁最彊，於今匈奴是也。至宣王而伐之，詩人美而頌之曰：「薄伐獫狁，至於太原。」又曰：「嘽嘽推推，如霆如雷。顯允方叔，征伐獫狁，荆蠻來威。」故稱中興。及至幽王，犬戎來伐，殺幽王，取宗器。自是之後，南夷與北夷交侵，中國不絶如綫。《春秋》紀齊桓南伐楚，北伐山戎，孔子曰：「微管仲，吾其被髮左衽矣！」是故棄桓之過而録其功，以爲伯首。

及漢興，冒頓始彊，破東胡，禽月氏，并其土地，地廣兵彊，爲中國害。南越尉佗，總百粤，自稱帝。故中國雖平，猶有四夷之患，且無寧歲。一方有急，三面救之，是天下皆動而被其害也。孝文皇帝厚以貨賂，與結和親，猶侵暴無已，甚者興師十餘萬衆，近屯京師，及四邊，歲發屯備虜，其爲患久矣，非一世之漸也。諸侯郡守，連匈奴及百粤以爲逆者，非一人也。匈奴所殺郡守都尉，略取人民，不可勝數。孝武皇帝愍中國罷勞，無安寧之時，乃使大將軍、驃騎、伏波、樓船之屬，南滅百粤，起七郡；北攘匈奴，降昆邪十萬之衆，置五屬國，起朔方，以奪其肥饒之地；東伐朝鮮，起玄菟、樂浪，以斷匈奴之左臂；西伐大宛，并三十六國，結烏孫，起敦煌、酒泉、張掖，以鬲婼羌，裂匈奴之右肩。單于孤特，遠遁於幕北。四垂無事，斥地遠境，起十餘郡。功業既定，迺封丞相爲富民侯，以大安天下，富實百姓，其規橅可見。又招集天下賢俊，與協心同謀，興制度，改正朔，易服色，立天地之祠，建封禪，殊官號，存周後，定諸侯之制，永無逆争之心，至今累世賴之。單于守藩，百蠻服從，萬世之基也，中興之功，未有高焉者也。

高帝建大業，爲太祖；孝文皇帝德至厚也，爲文太宗；孝武皇帝，功至著也，爲武世宗；此孝宣帝所以發德音也。《禮記·王制》及《春秋穀梁傳》：天子七廟，諸侯五，大夫三，士二。天子七日而殯，七月而葬；諸侯五日而殯，五月而葬。此喪事尊卑之序也，與廟數相應。其文曰：「天子三昭三穆，與太祖之廟而七；諸侯二昭二穆，與太祖之廟而五。」故德厚者流光，德薄者流卑。《春秋左氏傳》曰：「名位不同，禮亦異數。」自上以下，降殺以兩，禮也。七者其正法，數可常數者也。宗不在此數中。宗變也，苟有功德則宗之，不可預爲設數。故於殷太甲爲太宗，太戊曰中宗，武丁曰高宗。周公爲《毋逸》之戒，舉殷三宗以勸成王。由是言之，宗無數也，然則所以勸帝者之功德博矣。以七廟言之，孝武皇帝未宜毁；以所宗言之，則不可謂無功德。

《禮記·祀典》曰："夫聖王之制祀也，功施於民則祀之，以勞定國則祀之，能救大災則祀之。"竊觀孝武皇帝，功德皆兼而有焉。凡在於異姓，猶將特祀之，況於先祖？或説天子五廟無見文，又説中宗、高宗者，宗其道而毁其廟。名與實異，非尊德貴功之意也。《詩》云："蔽芾甘棠，勿翦勿伐，邵伯所茇。"思其人猶愛其樹，況宗其道而毁其廟乎？迭毁之禮，自有常法，無殊功異德，固以親疏相推。及至祖宗之序，多少之數，經傳無明文，至尊至重，難以疑文虚説定也。孝宣皇帝舉公卿之議，用衆儒之謀，既以爲世宗之廟，建之萬世，宣布天下。臣愚以爲孝武皇帝功烈如彼，孝宣皇帝崇立之如此，不宜毁。

諸葛孔明出師表 ○○○

臣亮言：先帝創業未半，而中道崩殂。今天下三分，益州罷弊，此誠危急存亡之秋也。然侍衛之臣，不懈於内，忠志之士，忘身於外者，蓋追先帝之殊遇，欲報之於陛下也。誠宜開張聖聽，以光先帝遺德，恢宏志士之氣。不宜妄自菲薄，引喻失義，以塞忠諫之路也。

宫中府中，俱爲一體，陟罰臧否，不宜異同。若有作姦犯科，及爲忠善者，宜付有司，論其刑賞，以昭陛下平明之治，不宜偏私，使内外異法也。侍中侍郎郭攸之、費禕、董允等，此皆良實，志慮忠純，是以先帝簡拔以遺陛下。愚以爲宮中之事，事無大小，悉以咨之，然後施行，必能裨補闕漏，有所廣益。將軍向寵，性行淑均，曉暢軍事，試用於昔日，先帝稱之曰能，是以衆議舉寵爲督。愚以爲營中之事，事無大小，悉以咨之，必能使行陣和穆，優劣得所也。親賢臣，遠小人，此先漢所以興隆也；親小人，遠賢臣，此後漢所以傾頹也。先帝在時，每與臣論此事，未嘗不歎息痛恨於桓、靈也。侍中、尚書、長史、參軍，此悉貞亮死節之臣也，願陛下親之信之，則漢室之隆，可計日而待也。

臣本布衣，躬耕於南陽，苟全性命於亂世，不求聞達於諸侯。先帝不以臣卑鄙，猥自枉屈，三顧臣於草廬之中，諮臣以當世之事，由是感激，遂許先帝以驅馳。後值傾覆，受任於敗軍之際，奉命於危難之閒，爾來二十有一年矣。先帝知臣謹慎，故臨崩寄臣以大事也。受命以來，夙夜憂歎，恐託付不效，以傷先帝之明。故五月渡瀘，深入不毛。今南方已定，兵甲已足，當獎帥三軍，北定中原，庶竭駑鈍，攘除姦凶，興復漢室，還於舊都。此臣之所以報先帝，而忠陛下之職分也。至於斟酌損益，進盡忠言，則攸之、禕、允之任也。

願陛下託臣以討賊興復之效，不效則治臣之罪，以告先帝之靈。若無興德之言，則責攸之、禕、允之咎，以彰其慢。陛下亦宜自謀，以諮諏善道，察納雅言，深追先帝遺詔，臣不勝受恩感激。今當遠離，臨表涕泣，不知所云。此文迺似劉子政，東漢奏議，蔑有逮者。

古文辭類纂十五終

奏議類上編六

韓退之禘祫議　○○○

右今月十六日敕旨，宜令百僚議，限五日内聞奏者。將仕郎守國子監四門博士臣韓愈謹獻議曰：

伏以陛下追孝祖宗，肅敬祀事，凡在擬議，不敢自專，聿求厥中，延訪羣下。然而禮文繁漫，所執各殊，自建中之初，迄至今歲，屢經禘祫，未合適從。臣生遭聖明，涵泳恩澤，雖賤不及議，而志切效忠。今輒先舉衆議之非，然後申明其説。

一曰獻、懿廟主，宜永藏之夾室。臣以爲不可。夫祫者合也。毁廟之主，皆當合食於太祖。獻、懿二祖，即毁廟主也，今雖藏於夾室，至禘祫之時，豈得不食於太廟乎？名曰合祭，而二祖不得祭焉，不可謂之合矣。

二曰獻、懿廟主，宜毁之瘗之。臣又以爲不可。謹按《禮記》天子立七廟，一壇一墠，其毁廟之主，皆藏於祧廟，雖百代不毁，祫則陳於太廟而饗焉。自魏、晉以降，始有毁瘗之議，事非經據，竟不可施行。今國家德厚流光，創立九廟，以周制推之，獻、懿二祖猶在壇墠之位，況於毁瘞而不禘祫乎？

三曰獻、懿廟主，宜各遷於其陵所。臣又以爲不可。二祖之祭於京師，列於太廟也，二百年矣。今一朝遷之，豈惟人聽疑惑，抑恐二祖之靈，眷顧依遲，不即饗於下國也。

四曰獻、懿廟主，宜附於興聖廟而不禘祫。臣又以爲不可。《傳》曰：「祭如在。」景皇帝雖太祖，其于屬乃獻、懿之子孫也。今欲正其子東向之位，廢其父之大祭，固不可爲典矣。

五曰獻、懿二祖，宜别立廟於京師。臣又以爲不可。夫禮有所降，情有所殺。是故去廟爲祧，去祧爲壇，去壇爲墠，去墠爲鬼。漸而之遠，其祭益稀。昔者魯立煬宫，《春秋》非之，以爲不當取已毁之廟，既藏之主，而復築宫以祭。今之所議，與此正同。又雖違禮立廟，至於禘祫也，合食則禘無其所，廢祭則于義不通。

此五説者，皆所不可。故臣博采前聞，求其折中。以爲殷祖玄王，周祖后稷，太祖之上皆自爲帝。又其代數已遠，不復祭之，故太祖得正東向之位，子孫從昭穆之列。禮所稱者，蓋以紀一時之宜，非傳於後代之法也。傳曰：「子雖齊聖，不先父食。」蓋言子爲父屈也。景皇帝雖太祖也，其於獻、懿則子孫也。當禘祫之時，獻祖宜居東向之位，景皇帝宜從昭穆之列。祖以孫尊，孫以祖屈，求之神道，豈遠人情？又常祭甚衆，合祭甚寡，則是太祖所屈之祭至少，所伸之祭至多。比於伸孫之尊，廢祖之祭，不亦順乎？事異殷、周，禮從而變，非所失禮也。朱子云：「所」字疑衍。

臣伏以制禮作樂者，天子之職也。陛下以臣議有可采，粗合天心，斷而行之，是則爲禮。如以爲猶或可疑，乞召臣對，面陳得失，庶有發明。謹議。

韓退之復讎議 〇

右伏奉今月五日敕：「復讎，據《禮》經，則義不同天；徵法令，則殺人者死。禮法二事，皆王教之端，有此異同，必資論辨。宜令都省集議聞奏者。」朝議郎行尚書職方員外郎上騎都尉韓愈議曰：

伏以子復父讎，見於《春秋》，見於《禮記》，又見《周官》，又見諸子史，不可勝數，未有非而罪之者也。最宜詳於律，而律無其條。非闕文也，蓋以爲不許復讎，則傷孝子之心，而乖先王之訓；許復讎，則人將倚法專殺，無以禁止其端矣。夫律雖本於聖人，然執而行之者，有司也。經之所明者，制有司者也。丁寧其義於經，而深没其文於律者，其意將使法吏一斷於法，而經術之士，得引經而議也。

《周官》曰：「凡殺人而義者，令勿讎，讎之則死。」義，宜也。明殺人而不得其宜者，子得復讎也。此百姓之相讎者也。《公羊傳》曰：「父不受誅，子復讎可也。」不受誅者，罪不當誅也。誅者，上施於下之辭，非百姓之相殺者也。又《周官》曰：「凡報仇讎者，書於士，殺之無罪。」言將復讎，必先言於官，則無罪也。今陛下垂意典章，思立定制，惜有司之守，憐孝子之心，示不自專，訪議羣下。臣愚以爲復讎之名雖同，而其事各異。或百姓相讎，如《周官》所稱，可議於今者；或爲官所誅，如《公羊》所稱，不可行於今者。又《周官》所稱，將復讎先告於士，則無罪者。若孤稚羸弱，抱微志而伺敵人之便，恐不能自言於官，未可以爲斷於今也。然則殺之與赦，不可一例，宜定其制曰：「凡有復父讎者，事發，具其事申尚書省，尚書省集議奏聞，酌其宜而處之。」則經律無失其指矣。謹議。

韓退之論佛骨表　〇〇〇

臣某言：伏以佛者夷狄之一法耳。自後漢時，流入中國，上古未嘗有也。昔者黄帝在位百年，年百一十歲；少昊在位八十年，年百歲；顓頊在位七十九年，年九十八歲；帝嚳在位七十年，年百五歲；帝堯在位九十八年，年百一十八歲；帝舜及禹，年皆百歲。此時天下太平，百姓安樂壽考，然而中國未有佛也。其後殷湯亦年百歲，湯孫太戊在位七十五年，武丁在位五十九年，書史不言其年壽所極，推其年數，蓋亦俱不減百歲。周文王年九十七歲，武王年九十三歲，穆王在位百年，此時佛法亦未入中國，非因事佛而致然也。漢明帝時始有佛法，明帝在位纔十八年耳。其後亂亡相繼，運祚不長。宋、齊、梁、陳、元魏以下，事佛漸謹，年代尤促。惟梁武帝在位四十八年，前後三度捨身施佛，宗廟之祭，不用牲牢，盡日一食，止於菜果，其後竟爲侯景所逼，餓死臺城，國亦尋滅。事佛求福，乃更得禍。由此觀之，佛不足事，亦可知矣。

高祖始受隋禪，則議除之。當時羣臣材識不遠，不能深知先王之道，古今之宜，推闡聖明以救斯弊，其事遂止，臣常恨焉。伏惟睿聖文武皇帝陛下，神聖英武，數千百年已來，未有倫比。即位之初，即不許度人爲僧尼道士，又不許創立寺觀。臣常以爲高祖之志，必行於陛下之手。今縱未能即行，豈可恣之轉令盛也？今聞陛下令羣僧迎佛骨於鳳翔，御樓以觀，舁入大内，又令諸寺遞迎供養。臣雖至愚，必知陛下不惑於佛，作此崇奉以祈福祥也，直以年豐人樂，徇人之心，爲京都士庶設詭異之觀，戲玩之具耳。安有聖明若此，而肯信此等事哉？然百姓愚冥，易惑難曉，苟見陛下如此，將謂真心事佛，皆云「天子大聖，猶一心敬信；百姓何人，豈合更惜身命」，焚頂燒指，百十爲羣，解衣散錢，自朝至暮。轉相倣效，惟恐後時。老少奔波，棄其業次。若不即加禁遏，更歷諸寺，必有斷臂臠身以爲供養者。傷風敗俗，傳笑四方，非細事也。

夫佛本夷狄之人，與中國言語不通，衣服殊製，口不言先王之法言，身不服先王之法服，不知君臣之義，父子之情。假如其身至今尚在，奉其國命，來朝京師，陛下容而接之，不過宣政一見，禮賓一設，賜衣一襲，衛而出之於境，不令惑衆也。況其身死已久，枯朽之骨，凶穢之餘，豈宜令入宫禁？孔子曰：「敬鬼神而遠之。」古之諸侯行弔於其國，尚令巫祝，先以桃茢祓除不祥，然後進弔。今無故取朽穢之物，親臨觀之，巫祝不先，桃茢不用，羣臣不言其非，御史不舉其失，臣實恥之。乞以此骨付之有司，投諸水火，永絕根本，斷天下之疑，絕後代之惑，使天下之人，知大聖人之所作爲，出於尋常萬萬也，豈不盛哉！豈不快哉！佛如有靈，能作禍祟，凡有殃咎，宜加臣身。上天鑒臨，臣不怨悔，無任感激懇悃之至。謹奉表以聞。

韓退之潮州刺史謝上表 〇

臣某言：臣以狂妄戇愚，不識禮度，上表陳佛骨事，言涉不敬，正名定罪，萬死猶輕。陛下哀臣愚忠，恕臣狂直，謂臣言雖可罪，心亦無他，特屈刑章，以臣爲潮州刺史。既免刑誅，又獲禄食，聖恩宏大，天地莫量，破腦刳心，豈足爲謝。臣某誠惶誠恐，頓首頓首。

臣以正月十四日，蒙恩除潮州刺史。即日奔馳上道，經涉嶺海，水陸萬里，以今月二十五日到州上訖。與官吏百姓等相見，具言朝廷治平，天子神聖，威武慈仁，子養億兆人庶，無有親疏遠邇，雖在萬里之外，嶺海之陬，待之一如畿甸之間，輦轂之下。有善必聞，有惡必見。早朝晚罷，兢兢業業，惟恐四海之内，天地之中，一物不得其所。故遣刺史面問百姓疾苦，苟有不便，得以上陳。國家憲章完具，爲治日久，守令承奉詔條，違犯者鮮。雖在蠻荒，無不安泰。聞臣所稱聖德，惟知鼓舞讙呼，不勞施爲，坐以無事。臣某誠惶誠恐，頓首頓首。

臣所領州，在廣府極東界上，去廣府雖云纔二千里，然來往動皆經月。過海口，下惡水，濤瀧壯猛，難計程期。颶風鱷魚，患禍不測。州南近界，漲海連天。毒霧瘴氛，日夕發作。臣少多病，年纔五十，發白齒落，理不久長。加以罪犯至重，所處又極遠惡，憂惶慙爲臣言者？

悸，死亡無日。單立一身，朝無親黨，居蠻夷之地，與魑魅爲羣，苟非陛下哀而念之，誰肯爲臣言者？

臣受性愚陋，人事多所不通，惟酷好學問文章，未嘗一日暫廢，實爲時輩所見推許。臣於當時之文，亦未有過人者。至於論述陛下功德，與《詩》、《書》相表裏：作爲歌詩，薦之郊廟，紀泰山之封，鏤白玉之牒，鋪張對天之閎休，揚厲無前之偉蹟。編之乎《詩》、《書》之策而無愧，措之乎天地之閒而無虧，雖使古人復生，臣亦未肯多讓。

伏以大唐受命有天下，四海之内，莫不臣妾。南北東西，地各萬里。自天寶之後，政治少懈，文致未優，武剋不剛。孽臣姦隸，蠹居棊處，摇毒自防，外順内悖，父死子代，以祖以孫，如古諸侯，自擅其地，不貢不朝，六七十年。四聖傳序，以至陛下。陛下即位已來，躬親聽斷，旋乾轉坤，關機闔闢，雷厲風飛，日月清照。天戈所麾，莫不寧順，大宇之下，生息理極。高祖創制天下，其功大矣，而治未太平也。太宗太平矣，而大功所立，咸在高祖之代，非如陛下承天寶之後，接因循之餘，六七十年之外，赫然興起，南面指麾，而致此巍巍之治功也。宜定樂章，以告神明。東巡泰山，奏功皇天。具著顯庸，明示得意，使永永年代，服我成烈。當此之際，所謂千載一時，不可逢之嘉會。而臣負罪嬰釁，自拘海島，戚戚嗟，日與死迫，曾不得奏薄伎於從官之内，隸御之閒，窮思畢精，以贖罪過。懷痛窮天，死不閉目，瞻望宸極，魂神飛去。伏惟皇帝陛下，天地父母，哀而憐之，無任感恩戀闕、慚惶懇迫之至。謹附表陳謝以聞。

柳子厚駁復讎議 ○

臣伏見天后時，有同州下邽人徐元慶者，父爽，爲縣尉趙師韞所殺，卒能手刃父讎，束身歸罪。當時諫臣陳子昂建議誅之，而旌其閭，且請編之於令，永爲國典。臣竊獨過之。

臣聞禮之大本，以防亂也，若曰：無爲賊虐，凡爲子者殺無赦。刑之大本，亦以防亂也，若曰：無爲賊虐，凡爲治者殺無赦。其本則合，其用則異，旌與誅莫得而並焉。誅其可旌，兹謂濫，黷刑甚矣；旌其可誅，兹謂僭，壞禮甚矣。果以是示於天下，傳於後代，趨義者不知所向，違害者不知所立，以是爲典可乎？蓋聖人之制，窮理以定賞罰，本情以正褒貶，統於一而已矣。嚮使刺讞其誠僞，考正其曲直，原始而求其端，則刑禮之用，判然離矣。何者？若元慶之父，不陷於公罪，師韞之誅，獨以其私怨，奮其吏氣，虐於非辜，州牧不知罪，刑官不知問，上下蒙冒，籲號不聞，而元慶能以戴天爲大恥，枕戈爲得禮，處心積慮，以銜讎人之胷，介然自克，即死無憾，是守禮而行義也。執事者宜有慚色，將謝之不暇，而又何誅焉？其或元慶之父，不免於罪，師韞之誅，不愆於法，是非死於吏也，是死於法也。法其可讎乎？讎天子之法，而戕奉法之吏，是悖驁而淩上也。執而誅之，所以正邦典，而又何旌焉？且其議曰：「人必有子，子必有親。親親相讎，其亂誰救？」是惑於禮也甚矣。禮之所謂讎者，蓋以寃抑沈痛而號無告也，非謂抵罪觸法，陷於大戮。而曰「彼殺之，我乃殺之」，不議曲直，暴寡脅弱而已，其非經背聖，不亦甚哉！《周禮》調人掌司萬人之讎，凡殺人而義者，令勿讎，讎之則死，有反殺者，邦國交讎之。又安得親親相讎也？《春秋公羊傳》曰：「父不受誅，子復讎，可也。父受誅，子復讎，此推刃之道。復讎不除害。」今若取此以斷兩下相殺，則合於禮矣。且夫不忘讎，孝也；不愛死，義也。元慶能不越於禮，服孝死義，是必達理而聞道者也。夫達理聞道之人，豈其以王法爲敵讎者哉？議者反以爲戮，黷刑壞禮，其不可以爲典明矣。

請下臣議附於令，有斷斯獄者，不宜以前議從事。謹議。海峯先生云：子厚此等文雖精悍，然失之過密，神氣拘滯，少生動飛揚之妙，不可不辨。

古文辭類纂十六終

奏議類上編七

歐陽永叔論臺諫言事未蒙聽允書 ○○

臣聞自古有天下者，莫不欲爲治君，而常至於亂；莫不欲爲明主，而常至於昏者，其故何哉？患於好疑而自用也。夫疑心動於中，則視聽惑於外。視聽惑，則忠邪不分，而是非錯亂。忠邪不分而是非錯亂，則舉國之臣皆可疑。既盡疑其臣，則必自用其所見。夫以疑惑錯亂之意，而自用則多失。多失則其國之忠臣，必以理而争之。争之不切，則人主之意難回；争之切，則激其君之怒心，而堅其自用之意，然後君臣争勝。於是邪佞之臣，得以因隙而入，希旨順意，以是爲非，以非爲是，惟人主之所欲者，從而助之。夫爲人主者，方與其臣争勝，而得順意之人，樂其助己，而忘其邪佞也，乃與之并力以拒忠臣。夫爲人主者，拒忠臣而信邪佞，天下無不亂，人主無不昏也。

自古人主之用心，非惡忠臣而喜邪佞也，非惡治而好亂也，非惡明而欲昏也，以其好疑自用，而與臣下争勝也。使爲人主者，豁然去其疑心，而回其自用之意，則邪佞遠而忠言入。忠言入，則聰明不惑，而萬事得其宜，使天下尊爲明主，萬世仰爲治君，豈不臣主俱榮而樂哉？其與區區自執，而與臣下爭勝，用心益勞，而事益惑者，相去遠矣。臣聞《書》載仲虺稱湯之德曰：「改過不悋。」又戒湯曰：「自用則小。」成湯古之聖人也，不能無過，而能改過，此其所以爲聖也。以湯之聰明，其所爲不至於繆戾矣，然仲虺猶戒其自用。則自古人主，惟能改過，而不敢自用，然後得爲治君明主也。

臣伏見宰臣陳執中，自執政以來，不叶人望，累有過惡，招致人言。而執中遷延尚玷宰府。陛下憂勤恭儉，仁愛寬慈，堯舜之用心也。推陛下之用心，天下宜至於治者久矣。而紀綱日壞，政令日乖，國日益貧，民日益困，流民滿野，濫官滿朝。其亦何爲而致此？由陛下用相不得其人也。

近年宰相多以過失因言者罷去，陛下不悟宰相非其人，反疑言者好逐宰相。疑心一生，視聽既惑，遂成自用之意，以謂宰相當由人主自去，不可因言者而罷之。故宰相雖有大惡顯過，而屈意以容之；彼雖惶恐自欲求去，而屈意以留之；雖天災水旱，饑民流離，死亡道路，皆不暇顧，而屈意以用之。其故非他，直欲沮言事者爾。言事者何負於陛下哉？使陛下上不顧天災，下不恤人言，以天下之事，委一不學無識諂邪很愎之執中而甘心焉。言事者本欲益於陛下，而反損聖德者多矣。然而言事者之用心，本不圖至於此也，由陛下好疑自用而自損也。今陛下用執中之意益堅，言事者攻之愈切。陛下方思有以取勝於言事者，而邪佞之臣，得以因隙而入，必有希合陛下之意者，將曰執中宰相，不可以小事逐，不可使小臣動摇，甚者則誣言事者欲逐執中而引用他人。陛下方患言事者上忤聖聰，樂聞斯言之順意，不復察其邪佞而信之，所以拒言事者益峻，用執中益堅。夫以萬乘之尊，與三數言事小臣，角必勝之力，萬一聖意必不可回，則言事者亦當知難而止矣。然天下之人與後世之議者，謂陛下拒忠言，庇愚相，以陛下爲何如主也？

前日御史論梁適罪惡，陛下赫怒空台而逐之。而今日御史又復敢論宰相，不避雷霆之威，不畏權臣之禍，此乃至忠之臣也，能忘其身而愛陛下者也。陛下嫉之惡之，拒之絶之。執中爲相，使天下水旱流亡，公私困竭，而又不學無識，憎愛挾情，除改差繆，取笑中外，家私穢惡，流聞道路，阿意順旨，專事逢君。此乃諂上傲下愎戾之臣也。陛下愛之重之，不忍去之。陛下睿智聰明，羣臣善惡，無不照見，不應倒置如此，直由言事者太切，而激成陛下之疑惑爾。執中不知廉恥，復出視事，此不足論。陛下豈忍因執中上累聖德，而使忠臣直士卷舌於明時也？

臣願陛下廓然同心，釋去疑慮，察言事者之忠，知執中之過惡；悟用人之非，法成湯改過之聖。遵仲虺自用之戒，盡以御史前後章疏，出付外廷，議正執中之過惡，罷其政事，别用賢材，以康時務，以拯斯民，以全聖德，則天下幸甚。臣以身叨恩遇，職在論思，意切言狂，罪當萬死。

曾子固移滄州過闕上殿疏　○○

臣聞基厚者勢崇，力大者任重。故功德之殊，垂光錫祚，舄奕繁衍，久而彌昌者，蓋天人之理，必至之符。然生民以來，能躋登兹者，未有如大宋之隆也。

夫禹之績大矣，而其孫太康，乃墜厥緒。湯之烈盛矣，而其孫太甲，既立不明。周自后稷十有五世，至於文王，而大統未集，武王、成王，始收太平之功，而康王之子昭王，難於南狩，昭王之子穆王，殆於荒服，曁於幽、厲，陵夷盡矣。及秦以累世之智并天下，然二世而亡。漢定其亂，而諸吕、七國之禍，相尋以起。建武中興，然沖、質以後，世故多矣。魏之患，天下爲三。晉、宋之患，天下爲南北。隋文始一海内，然傳子而失。唐之治，在于正觀、開元之際，而女禍世出，天寶以還，綱紀微矣。至於五代，蓋五十有六年，而更八姓十有四君，其廢興之故甚矣。

宋興，太祖皇帝爲民去大殘，致更生。兵不再試，而粤、蜀、吴、楚五國之君，生致闕下，九州來同，復禹之跡。内輯師旅，而齊以節制；外卑藩服，而約以繩墨。所以安百姓，禦四夸，綱理萬事之具，雖創始經營，而彌綸已悉，莫貴於爲天子，莫富於有天下，而舍子傳弟，爲萬世策造邦受命之勤。爲帝太祖，功未有高焉者也。太宗皇帝，遹求厥寧。既定晉疆，錢俶自歸。作則垂憲，克紹克類，保世靖民，丕丕之烈。爲帝太宗，德未有高焉者也。真宗皇帝，繼統遵業，以涵煦生養，蕃息齊民；以并容徧覆，擾服異類。蓋自天寶之末，宇内板蕩，及真人出，天下平，而西北之虜，猶間入闚邊，至於景德，二百五十餘年，契丹始講和好，德明亦受約束，而天下銷鋒灌燧，無鷄鳴犬吠之警，以迄於今。故於是時，遂封泰山，禪社首，薦告功德，以明示萬世不祧之廟，所以爲帝真宗。仁宗皇帝，寬仁慈恕，虚心納諫，慎注措，謹規矩，早朝晏退，無一日之懈。在位日久，明於羣臣之賢不肖、忠邪，選用政事之臣，委任責成。然公聽并觀，以周知其情僞，其用舍之際，一稽於衆，故任事者亦皆警懼，否輒罷免，世以謂得馭臣之體。春秋未高，援立有德，付畀惟允，故傳天下之日，不陳一兵，不宿一士，以戒非常，而上下晏然，殆古所未有。其豈弟之行，足以附衆者，非家施而人悦之也。積之以誠心，民皆有父之尊，有母之親。故棄羣臣之日，天下聞之，路祭巷哭，人人感動欷歔。其得人之深，未有知其所繇然者，故皇祖之廟，爲宋仁宗。英宗皇帝聰明睿智，言動以禮，上帝眷相，大命所集，而稱疾遜避，至於累月。自踐東朝，淵默恭慎，無所言施議爲，而天下傳頌稱説，德號彰聞。及正南面，勤勞庶政，每延見三事，省決萬機，必諮訪舊章，考求古義，聞者惕然，皆知其志在有爲。雖早遺天下，成功盛烈，未及宣究，而明識大略，足以克配前人之休，故皇考之廟，爲宋英宗。

陛下神聖文武，可謂有不世出之姿；仁孝恭儉，可謂有君人之大德。憫自晚周、秦、漢以來，世主率皆不能獨見於衆人之表，其政治所出，大抵踵襲卑近，因於世俗而已。於是慨然以上追唐虞三代荒絶之跡，修列先王法度之政，爲其任在己，可謂有出於數千載之大志。變易因循，號令必信，使海内觀聽，莫不奮起，羣下遵職，以後爲羞，可謂有能行之效。今斟酌損益，革弊興壞，制作法度之事，日以大備，非因陋就寡，拘牽常見之世，所能及也。繼一祖四宗之緒，推而大之，可謂至矣。

蓋前世或不能附其民者，刑與賦役之政暴也。宋興以來，所用者鞭扑之刑，然猶詳審反復，至於緩過縱之誅，重誤入之辟，蓋未嘗用一暴刑也。田或二十而税一，然歲時省察，數議寬減之宜，下蠲除之令，蓋未嘗加一暴賦也。民或老死不知力政，然猶憂憐惻怛，常謹復除之科，急擅興之禁，蓋未嘗興一暴役也。所以附民者如此。前世或失其操柄者，天下之勢，或在於外戚，或在於近習，或在於大臣。宋興以來，戚里宦臣，曰將曰相，未嘗得以擅事也。所以謹其操柄者如此。而況輯師旅於內，天下不得私尺兵一卒之用；卑藩服於外，天下不得專尺土一民之力。其自處之勢如此。至於畏天事神，仁民愛物之際，未嘗有須臾懈也。其憂勞者又如此。蓋不能附其民，而至於失其操柄，又怠且忽，此前世之所以危且亂也。民附於下，操柄謹於上，處勢甚便，而加之以憂勞，此今之所以治且安也。故人主之尊，意諭色授，而六服震動；言傳號渙，而萬里奔走。山巖窟穴之氓，不待期會，而時輸歲送以供其職者，惟恐在後；航浮索引之國，非有發召，而籯齎橐負以致其贄者，惟恐不及。西北之戎，投弓縱馬，相與袨服而戲豫；東南之夸，正冠束衽，相與挾册而吟誦。至於六府順敘，百嘉鬯遂，凡在天地之內，含氣之屬，皆裕如也。蓋遠莫懿於三代，近莫盛於漢、唐，然或四三年，或一二世，而天下之變，不可勝道也，豈有若今五世六聖，百有二十餘年，自通邑大都，至於荒陬海聚，無變容動色之慮，萌於其心；無援枹擊柝之戒，接於耳目。臣故曰生民以來，未有如大宋之隆也。

竊觀於《詩》，其在《風》、《雅》，陳大王、王季、文王致王迹之所由，與武王之所以繼代。而成王之興，則美，有《假樂》、《鳧鷖》；戒，有《公劉》、《泂酌》。其所言者，蓋農夫女工，築室治田，師旅祭祀，飲尸受福，委曲之常務。至於《兔罝》之武夫，行修於隱；牛羊之牧人，愛及微物，無不稱紀。所以論功德者，由小以及大，其詳如此。後嗣所以昭先人之功，當世之臣子，所以歸美其上，非徒薦告鬼神，覺悟黎庶而已也。《書》稱勸之以《九歌》，俾勿壞，蓋歌其善者，所以興其嚮慕興起之意，防其怠廢難久之情，養之於聽，而成之於心。其於勸帝者之功美，昭法戒於將來，聖人之所以列之於經，垂爲世教也。今大宋祖宗興造功業，猶大王、王季、文王。陛下承之以德，猶武王、成王。而羣臣之於考次論撰，列之簡册，被之金石，以通神明，昭法戒者，闕而不圖，此學士大夫之過也。蓋周之德，盛於文、武，而《雅》、《頌》之作，皆在成王之世。今以時考之，則祖宗神靈，固有待於陛下。臣誠不自揆，輒冒言其大體，至於尋類取稱，本隱以之顯，使莫不究悉。則今文學之臣，充於列位，惟陛下之所使。

至若周之積仁累善，至成王、周公爲最盛之時，而《泂酌》言皇天親有德，饗有道，所以爲成王之戒。蓋履極盛之勢，而動之以戒懼者，明之至，智之盡也。如此者，非周獨然。

唐、虞，至治之極也，其君臣相飭曰：兢兢業業，一日二日萬幾。則處至治之極，而保之以祇慎，唐、虞之所同也。今陛下履祖宗之基，廣太平之祚，而世世治安，三代所不及。則宋興以來全盛之時，實在今日。陛下仰探皇天所以親有德，饗有道之意，而奉之以寅畏，俯念一日二日萬幾之不可以不察，而處之以兢兢，使休光美實，日新歲益，閎遠崇侈，循之無窮，至千萬世，永有法則，此陛下之素所蓄積。臣愚區區愛君之心，誠不自揆，欲以庶幾詩人之義也，惟陛下之所擇。

古文辭類篹十七終

奏議類上編八

蘇子瞻上皇帝書 ○○○

臣近者不度愚賤，輒上封章，言買燈事。自知瀆犯天威，罪在不赦，席藁私室，以待斧鉞之誅。而側聽逾旬，威命不至，問之府司，則買燈之事，尋已停罷。乃知陛下不惟赦之，又能聽之，驚喜過望，以至感泣。何者？改過不吝，從善如流，此堯、舜、禹、湯之所勉强而力行，秦、漢以來之所絶無而僅有。顧此買燈毫髪之失，豈能上累日月之明，而陛下翻然改命，曾不移刻，則所謂智出天下而聽於至愚，威加四海而屈於匹夫。臣今知陛下可與爲堯舜，可與爲湯武，可與富民而措刑，可與强兵而伏戎虜矣。有君如此，其忍負之？惟當披露腹心，捐棄肝腦，盡力所至，不知其他。乃者，臣亦知天下之事有大於買燈者矣，而獨區區以此爲先者，蓋未信而諫，聖人不與，交淺言深，君子所戒，是以試論其小者，而其大者固將有待而後言。今陛下果赦而不誅，則是既已許之矣。許而不言，臣則有罪，是以願終言之。

臣之所欲言者三：願陛下結人心，厚風俗，存紀綱而已。

人莫不有所恃。人臣恃陛下之命，故能役使小民；恃陛下之法，故能勝伏强暴。至於人主所恃者誰與？《書》曰：予臨兆民，凜乎若朽索之馭六馬。言天下莫危於人主也。聚則爲君臣，散則爲仇讎，聚散之間，不容毫氂。故天下歸往謂之王，人各有心謂之獨夫。由此觀之，人主之所恃者，人心而已。人心之於人主也，如木之有根，如燈之有膏，如魚之有水，如農夫之有田，如商賈之有財。木無根則槁，燈無膏則滅，魚無水則死，農夫無田則飢，商賈無財則貧，人主失人心則亡。此必然之理也，不可逭之災也。其爲可畏，從古以然。苟非樂禍好亡，狂易喪志，孰敢肆其胸臆，輕犯人心乎？

昔子産焚載書以弭衆言，賂伯石以安巨室，以爲衆怒難犯，專欲難成。而孔子亦曰：信而後勞其民，未信則以爲厲己也。惟商鞅變法，不顧人言，雖能驟致富强，亦以召怨天下，使其民知利而不知義，見刑而不見德，雖得天下，旋踵而亡，至於其身，亦卒不免，負罪出走，而諸侯不納，車裂以徇，而秦人莫哀。君臣之間，豈願如此？宋襄公雖行仁義，失衆而亡；田常雖不義，得衆而强。是以君子未論行事之是非，先觀衆心之向背。謝安之用諸桓未必是，而衆之所樂，則國以乂安；庾亮之召蘇峻未必非，而勢有不可，則反爲危辱。

自古迄今，未有和易同衆而不安，剛果自用而不危者也。

今陛下亦知人心之不悦矣。中外之人，無賢不肖，皆言祖宗以來，治財用者，不過三司使副判官，經今百年，未嘗闕事。今者無故又創一司，號曰制置三司條例司。六七少年，日夜講求於內；使者四十餘輩，分行營幹於外。造端宏大，民實驚疑；創法新奇，吏皆惶惑。賢者則求其説而不可得，未免於憂；小人則以其意度於朝廷，遂以爲謗。謂陛下以萬乘之主而言利，謂執政以天子之宰而治財，商賈不行，物價騰踊。近自淮甸，遠及川蜀，喧傳萬口，論説百端。或言京師正店，議置監官，夔路深山，當行酒禁，拘收僧尼常住，減刻兵吏廪禄，如此等類，不可勝言。而甚者至以爲欲復肉刑，斯言一出，民且狼顧。陛下與二三大臣亦聞其語矣，然而莫之顧者，徒曰我無其事，又無其意，何恤於人言？夫人言雖未必皆然，而疑似則有以致謗。人必貪財也，而後人疑其盜；人必好色也，而後人疑其淫。何者？未置此司，則無此謗。豈去歲之人皆忠厚，而今歲之士皆虚浮？孔子曰：「工欲善其事，必先利其器。」又曰：「必也正名乎？」今陛下操其器而諱其事，有其名而辭其意，雖家置一喙以自解，市列千金以購人，人必不信，謗亦不止。夫制置三司條例司一作使，求利之名也；六七少年與使者四十餘輩，求利之器也。驅鷹犬而赴林藪，語人曰「我非獵也」，不如放鷹犬而獸自馴；操網罟而入江湖，語人曰「我非漁也」，不如捐網罟而人自信。故臣以爲消讒慝而召和氣，復人心而安國本，則莫若罷制置三司條例司。

夫陛下之所以創此司者，不過以興利除害也。使罷之而利不興，害不除，則勿罷；罷之而天下悦，人心安，興利除害，無所不可，則何苦而不罷？陛下欲去積弊而立法，必使宰相熟議而後行，事若不由中書，則是亂世之法，聖君賢相，夫豈其然？必若立法不免由中書，熟議不免使宰相，此司之設，無乃冗長而無名。智者所圖，貴於無迹。漢之文、景，紀無可書之事；唐之房、杜，傳無可載之功。而天下之言治者與文、景，言賢者與房、杜。蓋事已立而迹不見，功已成而人不知。故曰：「善用兵者無赫赫之功。」豈惟用兵，事莫不然。今所圖者，萬分未獲其一也，而迹之布於天下，已若泥中之鬭獸，亦可謂拙謀矣。

陛下誠欲富國，擇三司官屬與漕運使副，而陛下與二三大臣，孜孜講求，磨以歲月，則積弊自去而人不知。但恐立志不堅，中道而廢。孟子有言：「其進鋭者其退速。」若有始有卒，自可徐徐，十年之後，何事不立？孔子曰：「欲速則不達，見小利則大事不成。」使孔子而非聖人，則此言亦不可用。《書》曰：「謀及卿士，至於庶人，翕然大同，乃底元吉。」若逆多而從少，則静吉而作凶。今自宰相大臣，既已辭免不爲，則外之議論斷亦可知。宰相人臣也，且不欲以此自污，而陛下獨安受其名而不辭，非臣愚之所識也。鼐按：此處有抵巇相傾習氣。君臣宵旰，幾一年矣，而富國之效，茫如捕風，徒聞内帑出數百萬緡，祠部度五千餘人耳，以此爲術，其誰不能？

且遣使縱横，本非令典。漢武遣繡衣直指，桓帝遣八使，皆以守宰狼籍，盜賊公行，出於無術，行此下策。宋文帝元嘉之政，比於文、景，當時責成郡縣，未嘗遣使。及至孝武，以郡縣遲緩，始命臺使督之，以至蕭齊，此弊不革。故景陵「竟」字避宋諱，改「景」。王子良上疏極言其事，以爲此等朝辭禁門，情態即異，暮宿州縣，威福便行，驅迫郵傳，折辱守宰，公私煩擾，民不聊生。唐開元中，宇文融奏置勸農判官，使裴寬等二十九人，並攝御史，分行天下，招攜户口，檢責漏田。時張説、楊瑒、皇甫璟、楊相如，皆以爲不便，而相繼罷黜。雖得户八十餘萬，皆州縣希旨，以主爲客，以少爲多。及使百官集議都省，而公卿以下，懼融威勢，不敢異辭。陛下試取其傳讀之，觀其所行，爲是爲否。

近者均税寬恤，冠蓋相望，朝廷亦旋覺其非，而天下至今以爲謗。曾未數歲，是非較然。臣恐後之視今，猶今之視昔，且其所遣，尤不適宜。事少而員多，人輕而權重。夫人輕而權重，則人多不服，或致侮慢以興争。事少而員多，則無以爲功，必須生事以塞責。

陛下雖嚴賜約束，不許邀功，然人臣事君之常情，不從其令而從其意。今朝廷之意，好動而惡靜，好同而惡異，指意所在，誰敢不從？臣恐陛下赤子，自此無寧歲矣。

至於所行之事，行路皆知其難。何者？汴水濁流，自生民以來，不以種稻。秦人之歌曰：「涇水一石，其泥數斗。且溉且糞，長我禾黍。」何嘗曰「長我粳稻」耶？今欲陂而清之，萬頃之稻，必用千頃之陂。一歲一淤，三歲而滿矣。陛下遽信其說，即使相視地形，萬一官吏苟且順從，真謂陛下有意興作，上糜帑廩，下奪農時，隄防一開，水失故道，雖食議者之肉，何補於民？天下久平，民物滋息，四方遺利，蓋略盡矣。今欲鑿空尋訪水利，所謂「即鹿無虞」，豈惟徒勞，必大煩擾。凡所擘畫利害，不問何人，小則隨事酬勞，大則量才録用。若官私格沮，並行黜降，不以赦原，若材力不辦興修，便許申奏替換，賞可謂重，罰可謂輕，然竝終不言諸色人妄有申陳，或官私誤興功役，當得何罪？如此則妄庸輕剽浮浪姦人，自此争言水利矣。成功則有賞，敗事則無誅，官司雖知其疎，豈可便行抑退。所在追集老少，相視可否，吏卒所過，鷄犬一空。若非灼然難行，必須且爲興役。何則？格沮之罪重，而誤興之過輕。人多愛身，勢必如此。且古陂廢堰，多爲側近冒耕，歲月既深，已同永業，苟欲興復，必盡追收，人心或摇，甚非善政。又有好訟之黨，多怨之人，妄言某處可作陂渠，規壞所怨田産，或指人舊業，以爲官陂，冒佃之訟，必倍今日。臣不知朝廷本無一事，何苦而行此哉！

自古役人，必用鄉户，猶食之必用五穀，衣之必用絲麻，濟川之必用舟楫，行地之必用牛馬，雖其閒或有以他物充代，然終非天下所可常行。今者徒聞江浙之閒，數郡雇役，而欲措之天下，是猶見燕晉之棗栗，岷蜀之蹲鴟，而欲以廢五穀，豈不難哉？又欲官賣所在坊場，以充衙前雇直，雖有長役，更無酬勞。長役所得既微，自此必漸衰散，則州郡事體憔悴可知。士大夫捐親戚，棄墳墓，以從官於四方者，宣力之餘，亦欲取樂，此人之至情也。若凋弊太甚，廚傳蕭然，則似危邦之陋風，恐非太平之盛觀。陛下誠慮及此，必不肎爲。且今法令莫嚴於御軍，軍法莫嚴於逃竄。禁軍三犯，廂軍五犯，大率處死。然逃軍常半天下，不知雇人爲役，與廂軍何異？若有逃者，何以罪之？其勢必輕於逃軍，則其逃必甚於今日，爲其官長，不亦難乎？近者雖使鄉户頗得雇人，然至於所雇逃亡，鄉户猶任其責。今遂欲於兩税之外，别立一科，謂之庸錢，以備官雇。則雇人之責，官所自任矣。

自唐楊炎廢租庸調以爲兩税，取大曆十四年應干賦斂之數，以定兩税之額，則是租調與庸，兩税既兼之矣。今兩税如故，奈何復欲取庸？聖人立法，必慮後世，豈可於兩税之外，別立科名？萬一不幸後世有多欲之君，輔之以聚斂之臣，庸錢不除，差役仍舊，使天下怨讟，推所從來，則必有任其咎者矣。

又欲使坊郭等第之民，與鄉户均役，品官形勢之家，與齊民並事。其說曰：《周禮》田不耕者出屋粟，宅不毛者有里布，而漢世宰相之子不免戍邊。此其所以藉口也。古者官養民，今者民養官。給之以田而不耕，勸之以農而不力，於是乎有里布屋粟夫家之征，而民無以爲生，去爲商賈，事勢當爾，何名役之？且一歲之戍，不過三日，三日之雇，其直三百。今世三大户之役，自公卿以降無得免者，其費豈特三百而已。

大抵事若可行，不必皆有故事。若民所不悅，俗所不安，縱有經典明文，無補於怨。若行此二者，必怨無疑。女户單丁，蓋天民之窮者也。古之王者，首務恤此。而今陛下首欲役之，此等苟非户將絕而未亡，則是家有丁而尚幼，若假之數歲，則必成丁而就役，老死而没官。富有四海，忍不加恤？孟子曰：「始作俑者，其無後乎？」《春秋》書「作邱甲」、「用田賦」，皆重其始爲民患也。

青苗放錢，自昔有禁。今陛下始立成法，每歲常行，雖云不許抑配，而數世之後，暴君污吏，陛下能保之與？異日天下恨之，國史記之曰：青苗錢自陛下始，豈不惜哉！且東南買絹，本用見錢，陝西糧草，不許折兑。朝廷既有著令，職司又每舉行，然而買絹未嘗不折鹽，糧草未嘗不折鈔，乃知青苗不許抑配之説，亦是空文。只如治平之初，揀刺義勇，當時詔旨慰諭，明言永不戍邊，著在簡書，有如盟約。於今幾日，論議已摇，或以代還東軍，或欲抵换弓手，約束難恃，豈不明哉？縱使此令決行，果不抑配，計其間願請之户，必皆孤貧不濟之人。家若自有贏餘，何至與官交易？此等鞭撻已急，則繼之逃亡。逃亡之餘，則均之鄰保。勢有必至，理有固然。

且夫常平之爲法也，可謂至矣，所守者約，而所及者廣。借使萬家之邑，止有千斛，而穀貴之際，千斛在市，物價自平。一市之價既平，一邦之食自足，無操瓢乞丐之弊，無里正催驅之勞。今若變爲青苗，家貸一斛，則千户之外，孰救其飢？且常平官錢，常患其少，若盡數收糴，則無借貸，若留充借貸，則所糴幾何？乃知常平、青苗，其勢不能兩立，壞彼成此，所喪愈多，虧官害民，雖悔何逮。臣竊計陛下欲考其實，則必亦問人。人知陛下方欲力行，必謂此法有利無害。以臣愚見，恐未可憑。何以明之？臣頃在陝西，見刺義勇提舉諸縣，臣嘗親行，愁怨之民，哭聲振野。當時奉使還者，皆言民盡樂爲。希合取容，自古如此。不然，則山東之盜，二世何緣不覺？南詔之敗，明皇何緣不知？今雖未至於斯，亦望陛下審聽而已。

昔漢武之世，財力匱竭，用賈人桑宏羊之説，買賤賣貴，謂之均輸。於時商賈不行，盗賊滋熾，幾至於亂。孝昭既立，學者争排其説，霍光順民所欲，從而予之，天下歸心，遂以無事。不意今者此論復興。立法之初，其説尚淺，徒言徙貴就賤，用近易遠。然而廣置官屬，多出緡錢，豪商大賈，皆疑而不敢動，以爲雖不明言販賣，然既已許之變易，變易既行，而不與商賈争利者，未之聞也。夫商賈之事，曲折難行。其買也，先期而予錢；其賣也，後期而取直。多方相濟，委曲相通，倍稱之息，由此而得。今官買是物，必先設官置吏，簿書廩禄，爲費已厚，非良不售，非賄不行，是以官買之價，比民必貴。及其賣也，弊復如前，商賈之利，何緣而得？朝廷不知慮此，乃捐五百萬緡以與之。此錢一出，恐不可復。縱使其間薄有所獲，而征商之額，所損必多。今有人爲其主牧牛羊者，不告其主，以一牛而易五羊。一牛之失，則隱而不言；五羊之獲，則指爲勞績。陛下以爲壞常平而言青苗之功，虧商税而取均輸之利，何以異此？

陛下天機洞照，聖畧如神，此事至明，豈有不曉？必謂已行之事不欲中變，恐天下以爲執德不一，用人不終，是以遲留歲月，庶幾萬一。臣竊以爲過矣。古之英主，無出漢高。

酈生謀撓楚權，欲復六國，高祖曰「善，趣刻印」。及聞留侯之言，吐哺而駡曰：「趣銷印！」夫稱善未幾，繼之以駡，刻印銷印，有同兒戲。何嘗累高祖之知人，適足以明聖人之無我。陛下以爲可而行之，知其不可而罷之，至聖至明，無以加此。議者必謂民可與樂成，難與慮始，故勸陛下堅執不顧，期於必行。此乃戰國貪功之人行險徼幸之説，陛下若信而用之，則是徇高論而逆至情，持空名而邀實禍，未及樂成而怨已起矣。臣之所願結人心者，此之謂也。

士之進言者爲不少矣，亦嘗有以國家之所以存亡、曆數之所以長短告陛下者乎？夫國家之所以存亡者，在道德之淺深，而不在乎强與弱；曆數之所以長短者，在風俗之厚薄，而不在乎富與貧。道德誠深，風俗誠厚，雖貧且弱，不害於長而存；道德誠淺，風俗誠薄，雖强且富，不救於短而亡。人主知此，則知所輕重矣。是以古之賢君，不以弱而忘道德，不以貧而傷風俗，而智者觀人之國，亦必以此察之。齊至强也，周公知其後必有篡弑之臣；衛至弱也，季子知其後亡。吴破楚入郢，而陳大夫逢滑知楚之必復；晉武既平吴，何曾知其將亂；隋文既平陳，房喬知其不久；元帝斬郅支，朝呼韓，功多於武、宣矣，偷安而王氏之釁生；宣宗收燕、趙，復河湟，力强於憲、武矣，銷兵而龐勛之亂起。臣願陛下務崇道德而厚風俗，不願陛下急於有功而貪富强。使陛下富如隋，强如秦，西取靈武，北取燕薊，謂之有功可也，而國之長短則不在此。夫國之長短，如人之壽夭。人之壽夭在元氣，國之長短在風俗。世有尪羸而壽考，亦有盛壯而暴亡。若元氣猶存，則尪羸而無害；及其已耗，則盛壯而愈危。是以善養生者，慎起居，節飲食，導引關節，吐故納新；不得已而用藥，則擇其品之上，性之良，可以久服而無害者，則五藏和平而壽命長。不善養生者，薄節慎之功，遲吐納之效，厭上藥而用下品，伐真氣而助强陽，根本已空，僵仆無日。天下之勢，與此無殊。故臣願陛下愛惜風俗，如護元氣。

古之聖人，非不知深刻之法，可以齊衆，勇悍之夫，可以集事，忠厚近於迂闊，老成初若遲鈍。然終不肯以彼而易此者，知其所得小而所喪大也。曹參賢相也，曰「慎無擾獄市」。黄霸循吏也，曰「治道去泰甚」。或譏謝安以清談廢事，安笑曰：「秦用法吏，二世而亡」。劉晏爲度支，專用果鋭少年，務在急速集事，好利之黨，相師成風。德宗初即位，擢崔祐甫爲相，祐甫以道德寬大推廣上意，故建中之政，其聲翕然，天下想望，庶幾正觀。及盧杞爲相，諷上以刑名整齊天下，馴致澆薄以及播遷。我仁祖之御天下也，持法至寬，用人有敘，專務掩覆過失，未嘗輕改舊章。然考其成功，則曰未至；以言乎用兵，則十出而九敗；以言其府庫，則僅足而無餘。徒以德澤在人，風俗知義。是以升遐之日，天下如喪考妣，社稷長遠，終必賴之。則仁祖可謂知本矣。

今議者不察，徒見其末年吏多因循，事不振舉，乃欲矯之以苛察，齊之以智能，招來新進勇鋭之人，以圖一切速成之效，未享其利，澆風已成。且天時不齊，人誰無過？國君含垢，至察無徒。若陛下多方包容，則人材取次可用。必欲廣置耳目，務求瑕疵，則人不自安，各圖苟免。恐非朝廷之福，亦豈陛下所願哉！漢文欲用虎圈嗇夫，釋之以爲利口傷俗。今若以口舌捷給而取士，以應對遲鈍而退人，以虚誕無實爲能文，以矯激不仕爲有德，則先王之澤，遂將散微。

自古用人，必須歷試。雖有卓異之器，必有已成之功，一則使其更變而知難，事不輕作；一則待其功高而望重，人自無辭。昔先主以黄忠爲後將軍，而諸葛亮憂其不可，以爲忠之名望，素非關、張之倫，若班爵遽同，則必不悦。其後關羽果以爲言。以黄忠豪勇之姿，以先主君臣之契，尚復慮此，而况其他？世常謂漢文不用賈生，以爲深恨。臣嘗推究其旨，竊謂不然。賈生固天下之奇才，所言亦一時之良策，然請爲屬國，欲係單于，則是處士之大言，少年之鋭氣。昔高祖以三十萬衆，困於平城，當時將相羣臣，豈無賈生之比，三

表五餌，人知其疎，而欲以困中行説，尤不可信。兵凶器也，而易言之，正如趙括之輕秦，李信之易楚。若文帝亟用其說，則天下殆將不安。使賈生嘗歷艱難，亦必自悔其説，用之晚歲，其術必精。不幸喪亡，非意所及。不然，文帝豈弃才之主，絳、灌豈蔽賢之士？至於晁錯，尤號刻薄，文帝之世，止於太子家令，而景帝既立，以爲御史大夫，申屠賢相，發憤而死，更法改令，天下騷然。及至七國發難，而錯之術亦窮矣。文、景優劣，於此可見。

大抵名器爵禄，人所奔趨，必使積勞而後遷，以明持久而難得，則人各安其分，不敢躁求。今若多開驟進之門，使有意外之得，公卿侍從，跬步可圖，其得者既不以徼幸自名，則不得者必皆以沈淪爲恨，使天下常調，舉生妄心，恥不若人，何所不至。欲望風俗之厚，豈可得哉？選人之改京官，常須十年以上，薦更險阻，計析毫釐，其間一事聱牙，常至終身淪棄。今乃以一人之薦舉而予之，猶恐未稱，章服隨至。使積勞久次而得者，何以厭服哉？夫常調之人，非守則令，員多闕少，久已患之，不可復開多門以待巧進。若巧者侵奪已甚，則拙者迫怵無聊，利害相形，不得不察。故近來朴拙之人愈少，而巧進之士益多。惟陛下重之惜之，哀之救之。如近日三司獻言，使天下郡選一人，催驅三司文字，許之先次指射以酬其勞，則數年之後，審官吏部，又有三百餘人，得先占闕，常調待次，不其愈難？此外勾當發運均輸，按行農田水利，已據監司之體，各懷進用之心，轉對者望以稱旨而驟遷，奏課者求爲優等而速化，相勝以力，相高以言，而名實亂矣。惟陛下以簡易爲法，以清淨爲心，使姦無所緣，而民德歸厚。臣之所願厚風俗者，此之謂也。

古者建國，使內外相制，輕重相權。如周如唐，則外重而內輕；如秦如魏，則外輕而內重。內重之蔽，必有姦臣指鹿之患；外重之蔽，必有大國問鼎之憂。聖人方盛而慮衰，常先立法以救蔽。國家租賦總於計省，重兵聚於京師，以古揆今，則似內重。恭惟祖宗所以預圖而深計，固非小臣所能臆度而周知。然觀其委任臺諫之一端，則是聖人過防之至計。歷觀秦、漢以及五代，諫争而死，蓋數百人。而自建隆以來，未嘗罪一言者。縱有薄責，旋即超升。許以風聞而無官長，風采所繫，不問尊卑。言及乘輿，則天子改容。事關廊廟，則宰相待罪。故仁宗之世，議者譏宰相但奉行臺諫風旨而已。聖人深意，流俗豈知？擢用臺諫，固未必皆賢，所言亦未必皆是，然須養其鋭氣，借之重權者，豈徒然哉？將以折姦臣之萌，而救內重之弊也。夫姦臣之始，以臺諫折之而有餘；及其既成，以干戈取之而不足。今法令嚴密，朝廷清明，所謂姦臣，萬無此理。然養猫以去鼠，不可以無鼠而養不捕之猫；畜狗以防姦，不可以無姦而畜不吠之狗。陛下得不上念祖宗設此官之意，下爲子孫立萬一之防，朝廷紀綱，孰大於此？

臣自幼小所記，及聞長老之談，皆謂臺諫所言，常隨天下公議。公議所與，臺諫亦與之；公議所擊，臺諫亦擊之。及至英廟之初，始建稱親之議，本非人主大過，亦無典禮明文，徒以衆心未安，公議不允，當時臺諫以死争之。今者物論沸騰，怨讟交至，公議所在，亦可知矣，而相顧不發，中外失望。夫彈劾積威之後，雖庸人亦可以奮揚；風采消委之餘，雖豪傑有不能振起。臣恐自兹以往，習慣成風，盡爲執政私人，以致人主孤立，紀綱一廢，何事不生？孔子曰：「鄙夫可與事君也與哉！其未得之也，患不得之；既得之，患失之。苟患失之，無所不至矣。」臣始讀此書，疑其太過，以爲鄙夫之患失，不過備位而苟容。及觀李斯憂蒙恬之奪其權，則立二世以亡秦；盧杞憂懷光之數其惡，則誤德宗以再亂。其心本生於患失，而其禍乃至於喪邦。孔子之言，良不爲過。是以知爲國者，平居必常有忘軀犯顔之士，則臨難庶幾有徇義守死之臣。苟平居尚不能一言，則臨難何以責其死節？人臣苟皆如此，天下亦曰殆哉！「君子和而不同，小人同而不和。」和如和羹，同如濟水。故孫寶有言：「周公上聖，召公大賢，猶不相悦，著於經典。兩不相損。」晉之王導，可謂元臣，每與客言，舉坐稱善，而王述不悦，以爲人非堯舜，安得每事盡善，導亦斂衽謝之。

若使言無不同，意無不合，更唱迭和，何者非賢？萬一有小人居其間，則人主何緣得以知覺？臣之所謂願存紀綱者，此之謂也。

臣非敢歷詆新政，苟爲異論。如近日裁減皇族恩例、刊定任子條式、修完器械、閱習鼓旗，皆陛下神算之至明，乾剛之必斷，物議既允，臣敢有辭？然至於所獻三言，則非臣之私見。中外所病，其誰不知？昔禹戒舜曰：「無若丹朱傲，惟慢遊是好。」舜豈有是哉！周公戒成王曰：「無若殷王受之迷亂，酗於酒德哉！」成王豈有是哉！周昌以漢高爲桀紂，劉毅以晉武爲桓靈，當時人君曾莫之罪，書之史册，以爲美談。使臣所獻三言，皆朝廷未嘗有此，則天下之幸，臣與有焉。若有萬一似之，則陛下安可不察？然而臣之爲計，可謂愚矣。以螻蟻之命，試雷霆之威，積其狂愚，豈可屢赦？大則身首異處，破壞家門；小則削籍投荒，流離道路。雖然，陛下必不爲此。何也？臣天賦至愚，篤於自信。向者與議學校貢舉，首違大臣本意，已期竄逐，敢意自全？而陛下獨然其言，曲賜召對，從容久之，至謂臣曰：「方今政令得失安在，雖朕過失，指陳可也。」臣即對曰：「陛下生知之性，天縱文武，不患不明，不患不勤，不患不斷，但患求治太速，進人太鋭，聽言太廣。」又俾述其所以然之狀。陛下頷之曰：「卿所獻三言，朕當熟思之。」臣之狂愚，非獨今日，陛下容之久矣。

豈有容之於始，而不赦之於終？恃此而言，所以不懼。臣之所懼者，譏刺既重，怨仇實多，必將詆臣以深文，中臣以危法，使陛下雖欲赦臣而不得，豈不殆哉！死亡不辭，但恐天下以臣爲戒，無復言者，是以思之經月，夜以繼日，書成復毀，至於再三。感陛下聽其一言，懷不能已，卒吐其說。惟陛下憐其愚忠而卒赦之，不勝俯伏待罪憂恐之至。茅順甫云：指陳利害，似賈誼；明切事情，似陸贄。海峯先生云：雖自宣公奏議來，而筆力雄偉，抒詞高朗，宣公不及也。宣公止敷陳條達明白，足動人主之聽，故歐、蘇咸效其體。

古文辭類纂十八終

奏議類上編九

蘇子瞻代張方平諫用兵書 ○○

臣聞好兵猶好色也。傷生之事非一，而好色者必死；賊民之事非一，而好兵者必亡。此理之必然者也。夫惟聖人之兵，皆出於不得已。故其勝也，享安全之福；其不勝也，必無意外之患。後世用兵，皆得已而不已。故其勝也，則變遲而禍大；其不勝也，則變速而禍小。是以聖人不計勝負之功，而深戒用兵之禍。何者？興師十萬，日費千金，內外騷動，殆於道路者七十萬家。內則府庫空虛，外則百姓窮匱。飢寒逼迫，其後必有盜賊之憂；死傷愁怨，其終必致水旱之報。上則將帥擁衆，有跋扈之心；下則士衆久役，有潰叛之志。變故百出，皆由用兵。至於興事首議之人，冥謫尤重，蓋以平民無故緣兵而死，怨氣充積，必有任其咎者。是以聖人畏之重之，非不得已不敢用也。

自古人主好動干戈、由敗而亡者，不可勝數。臣今不敢復言，請爲陛下言其勝者。秦始皇既平六國，復事胡、越，戍役之患，被於四海。雖拓地千里，遠過三代，而墳土未乾，天下怨叛。二世被害，子嬰就擒，滅亡之酷，自古所未嘗有也。漢武帝承文、景富溢之餘，首挑匈奴，兵連不解，遂使侵尋及於諸國，歲歲調發，所至成功。建元之間，兵禍始作。是時蚩尤旗出，長與天等，其春戾太子生。自是師行三十餘年，死者無數。及巫蠱事起，京師流血，僵尸數萬，太子父子皆敗。故班固以爲太子生長於兵，與之終始。帝雖悔悟自克，而歿身之恨，已無及矣。隋文帝既下江南，繼事夷、狄。煬帝嗣位，此志不衰，皆能誅滅彊國，威震萬里，然而民怨盜起，亡不旋踵。唐太宗神武無敵，尤喜用兵，既已破滅突厥、高昌、吐谷渾等，猶且未厭，親駕遼東，皆志在立功，非不得已而用。其後武氏之難，唐室陵遲，不絶如綫。蓋用兵之禍，物理難逃。不然，太宗仁聖寬厚，克己裕人，幾至刑措，而一傳之後，子孫塗炭，此豈爲善之報也哉？由此觀之，漢、唐用兵於寬仁之後，故勝而僅存；秦、隋用兵於殘暴之餘，故勝而遂滅。臣每讀書至此，未嘗不掩卷流涕，傷其計之過也。若使此四君者，方其用兵之初，隨即敗衄，惕然戒懼，知用兵之難，則禍敗之興，當不至此。不幸每舉輒勝，故使狃於功利，慮患不深。臣故曰勝則變遲而禍大，不勝則變速而禍小，不可不察也。

昔仁宗皇帝覆育天下，無意於兵，將士惰媮，兵革朽鈍。元昊乘間，竊發西鄙，延安、涇、原、麟、府之間，敗者三四，所喪動以萬計，而海内晏然。兵休事已，而民無怨言，國無遺患。何者？天下臣庶，知其無好兵之心，天地鬼神，諒其有不得已之實故也。今陛下天錫勇智，意在富彊。即位以來，繕甲治兵，伺候鄰國。羣臣百僚，窺見此指，多言用兵。其始也，弼臣執國命者，無憂深思遠之心；樞臣當國論者，無慮害持難之識；在臺諫之職者，無獻替納忠之議。從微至著，遂成厲階。既而薛向爲横山之謀，韓絳效深入之計，陳升之、吕公弼等陰與之協力，師徒喪敗，財用耗屈，較之寶元、慶曆之敗，不及十一，然而天怒人怨，邊兵背叛，京師騷然，陛下爲之旰食者累月。何者？用兵之端，陛下作之，是以吏士無怒敵之意，而不直陛下也。尚賴祖宗積累之厚，皇天保佑之深，故使兵出無功，感悟聖意。然淺見之士，方且以敗爲恥，力欲求勝，以稱上心。於是王韶構禍於熙河，章惇造釁於梅山，熊本發難於渝瀘。然此等皆戕賊已降，俘纍老弱，困弊腹心，而取空虚無用之地以爲武功。使陛下受此虚名，而忽於實禍，勉强砥礪，奮於功名。故沈起、劉彝復發於安南，使十餘萬人暴露瘴毒，死者十而五六；道路之人，斃於輸送；貲糧器械，不見敵而盡。以爲用兵之意，必且少衰，而李憲之師，復出於洮州矣。今師徒克捷，鋭氣方盛，陛下喜於一勝，必有輕視四夷，陵侮敵國之意，天意難測，臣實畏之。

且夫戰勝之後，陛下可得而知者，凱旋捷奏，拜表稱賀，赫然耳目之觀耳。至於遠方之民，肝腦屠於白刃，筋骨絶於餽餉，流離破産，鬻賣男女，薰眼折臂自經之狀，陛下必不得而見也。慈父、孝子、孤臣、寡婦之哭聲，陛下必不得而聞也。譬猶屠殺牛羊，刳臠魚鼈，以爲膳羞，食者甚美，死者甚苦。使陛下見其號呼於梃刃之下，宛轉於刀几之閒，雖八珍之美，必將投筯而不忍食，而況用人之命以爲耳目之觀乎？且使陛下將卒精强，府庫充實，如秦、漢、隋、唐之君，既勝之後，禍亂方興，尚不可救，而況所任將吏，罷輭凡庸，較之古人，萬萬不逮。而數年以來，公私窘乏。内府累世之積，掃地無餘；州郡徵税之儲，上供殆盡；百官廩俸，僅而能繼；南郊賞給，久而未辦。以此舉動，雖有智者，無以善其後矣。且饑疫之後，所在盜賊蜂起，京東、河北，尤不可言。若軍事一興，横斂隨作，民窮而無告，其勢不爲大盜，無以自全。邊事方深，内患復起，則勝、廣之形將在於此。此老臣所以終夜不寐，臨食而歎，至於痛哭而不能自止也。

且臣聞之，凡舉大事，必順天心。天之所向，以之舉事必成；天之所背，以之舉事必敗。蓋天心向背之跡，見於災祥豐歉之閒。今自近歲日蝕星變，地震山崩，水旱癘疫，連年不解，民死將半。天心之向背可以見矣。而陛下方且斷然不顧，興事不已。譬如人子得過於父母，惟有恭順靜默，引咎自責，庶幾可解。今乃紛然詰責奴婢，恣行箠楚，以此事親，未有見赦於父母者。故臣願陛下遠覽前世興亡之迹，深察天心向背之理，絶意兵革之事，保疆睦鄰，安静無爲，爲社稷長久之計。上以安二宫朝夕之養，下以濟四方億兆之命。則臣雖老死溝壑，瞑目於地下矣。

昔漢祖破滅羣雄，遂有天下；光武百戰百勝，祀漢配天。然至白登被圍，則講和親之議；西域請吏，則出謝絶之言。此二帝者，非不知兵也，蓋經變既多，則慮患深遠。今陛下深居九重，而輕議討伐，老臣庸懦，私竊以爲過矣。然而人臣納説於君，因其既厭而止之，則易爲力；迎其方鋭而折之，則難爲功。凡有血氣之倫，皆有好勝之意。方其氣之盛也，雖布衣賤士，有不可奪。自非智識特達，度量過人，未有能於勇鋭奮發之中，舍己從人，惟義是聽者也。今陛下盛氣於用武，勢不可回，臣非不知，而獻言不已者，誠見陛下聖德寬大，聽納不疑，故不敢以衆人好勝之常心，望於陛下。且意陛下他日親見用兵之害，必將哀痛悔恨，而追咎左右大臣未嘗一言。臣亦將老且死，見先帝於地下，亦有以藉口矣。惟陛下哀而察之。余嘗謂東坡此書是子虚烏有之事。蓋東坡在黄州，既聞永樂徐禧之敗，神宗悔痛，乃追作是文，聊以發揮己意，其以烹宰禽獸爲譬，乃是在黄州戒殺後議論也。史言神宗於永樂事後，恨昔無人言其不可，又言在内惟吕公著，在外惟趙卨言用兵非好事耳。吾度公著、卨之言，未必能及東坡此言之痛快，若果先代方平，而方平上之，帝安得忘之哉？近畢秋帆《續資治通鑑》取東坡書爲方平實事，載於元豐四年，又載帝述吕公著、趙卨事於元豐六年，是矛盾之説也。又方平乃僉人，屢爲司馬温公所彈，畢書據蘇氏私懷作誌之美而嘉予之，皆非實也。

蘇子瞻徐州上皇帝書

按公黄州上文潞公書，則此奏具稿而未及上也。○

臣以庸材，備員册府，出守兩郡，皆東方要地。私竊以爲守法令，治文書，赴期會，不足以報塞萬一。輒伏思念東方之要務，陛下之所宜知者，得其一二，草具以聞，而陛下擇焉。

臣前任密州，建言自古河北與中原離合，常係社稷存亡。而京東之地，所以灌輸河北。缾竭則罍恥，脣亡則齒寒。而其民喜爲盜賊，爲患最甚，因爲陛下畫所以待盜賊之策。及移守徐州，覽觀山川之形勢，察其風俗之所上，而考之於載籍，然後又知徐州爲南北之襟要，而京東諸郡安危所寄也。昔項羽入關，既燒咸陽而東歸，則都彭城。夫以羽之雄畧，捨咸陽而取彭城，則彭城之險固形便，足以得志於諸侯者可知矣。臣觀其地，三面被山，獨其西平川數百里，西走梁、宋。使楚人開關而延敵，材官騶發，突騎雲縱，真若屋上建瓴水也。地宜粟麥，一熟而飽數歲。其城三面阻水，樓堞之下，以汴、泗爲池，獨其南可通車馬，而戲馬臺在焉。其高十仞，廣袤百步，若用武之世，屯千人其上，聚檑木礮石，凡戰守之具，以與城相表裏，而積三年糧於城中，雖用十萬人不易取也。其民皆長大，膽力絶人，喜爲剽掠，小不適意，則有飛揚跋扈之心，非止爲盜而已。漢高祖沛人也，項羽宿遷人也，劉裕彭城人也，朱全忠碭山人也，皆在今徐州數百里閒耳。其人以此自負，凶桀之氣，積以成俗。魏太武以三十萬衆攻彭城不能下，而王智興以卒伍庸材恣睢於徐，朝廷亦不能討。豈非以其地形便利，人卒勇悍故耶？

州之東北七十餘里，即利國監，自古爲鐵官商賈所聚，其民富樂。凡三十六冶，冶户皆大家，藏鏹巨萬，常爲盜賊所窺，而兵衛寡弱，有同兒戲。臣中夜以思，即爲寒心。使劇賊致死者十餘人白晝入市，則守者皆棄而走耳。地既産精鐵，而民皆善鍛，散冶户之財以嘯召無賴，則烏合之衆，數千人之仗，可以一夕具也。順流南下，辰發巳至，而徐有不守之憂矣。不幸而賊有過人之才，如呂布、劉備之徒，得徐而逞其志，則東京之安危未可知也。近者河北轉運司奏乞禁止利國監鐵，不許入河北，朝廷從之。昔楚人亡弓不能忘楚，孔子猶小之，況天下一家，東北二冶皆爲國興利，而奪彼與此，不已隘乎？自鐵不北行，冶户皆有失業之憂，詣臣而訴者數矣。臣欲因此以征冶户，爲利國監之捍屏。今三十六冶，冶各百餘人，采鑛伐炭，多飢寒亡命强力鷙忍之民也。臣欲使冶户每冶各擇有材力而忠謹者，保任十人，籍其名於官，授以劄刃刀槊，教之擊刺，每月兩衙集於知監之庭而閱試之，藏其刃於官以待大盜，不得役使，犯者以違制論。冶户爲盜所擬久矣，民皆知之。使冶出十人以自衛，民所樂也。而官又爲除近日之禁，使鐵得北行，則冶户皆悦而聽命，姦猾破膽而不敢謀矣。徐城雖險固，而樓櫓敝惡，又城大而兵少，緩急不可守，今戰兵千人耳，臣欲乞移南京新招騎射兩指揮於徐。此故徐人也，嘗屯於徐，營壘材石既具矣，而遷於南京。異時轉運使分東西路，畏䰟餉之勞而移之西耳。今兩路爲一，其去來無所損益，而足以爲徐之重。城下數里，頗産精石無窮，而奉化廂軍，見闕數百人，臣願募石工以足之，聽不差出使。此數百人者，常采石以甃城，數年之後，舉爲金湯之固。要使利國監不可窺，則徐無事，徐無事，則京東無虞矣。

沂州山谷重阻，爲逋逃淵藪，盜賊每入徐州界中。陛下若采臣言，不以臣爲不肖，願復三年守徐，且得兼領沂州兵甲，巡檢公事，必有以自效。京東惡盜，多出逃軍，逃軍爲盜，民則望風畏之。何也？技精而法重也。技精則難敵，法重則致死，其勢然也。自陛下置將官，修軍政，士皆精鋭而不免於逃者，臣嘗考其所由，蓋自近歲以來，部送罪人配軍者，皆不使役人而使禁軍，軍士當部送者，受牒即行，往返常不下十日。道路之費，非取息錢不能辦。百姓畏法不敢貸，貸亦不可復得，惟所部將校，乃敢出息錢與之，歸而刻其糧賜。以故上下相持，軍政不脩，博弈飲酒，無所不至，窮苦無聊，則逃去爲盜。臣自至徐，即取不係省錢百餘千别儲之，當部送者，量遠近裁取，以三月刻納，不取其息。將吏有敢貸息錢者，痛以法治之。然後嚴軍政，禁酒博。比期年，士皆飽暖，練熟技藝，等第爲諸郡之冠。陛下遣敕使按閲，所具見也。臣願下其法諸郡，推此行之，則軍政修而逃者寡，亦去盜之一端也。

臣聞之，漢相王嘉曰：「孝文帝時，二千石長吏安官樂職，上下相望，莫有苟且之意。其後稍稍變易，公卿以下轉相促急，司隸、部刺史發揚陰私，吏或居官數月而退。二千石益輕賤，吏民慢易之，知其易危，小失意則起離畔之心。前山陽亡徒蘇令縱横，吏士臨難，莫肯仗節死義者，以守相威權素奪故也。國家有急，取辦於二千石，二千石尊重難危，乃能使下。」以王嘉之言而考之於今，郡守之威權，可謂素奪矣。上有監司伺其過失，下有吏民持其長短，未及按問，而差替之命已下矣。欲督捕盜賊，法外求一錢以使人且不可得。

盜賊凶人，情重而法輕者，守臣輒配流之，則使所在法司復按其狀，劾以失入。惴惴如此，何以得吏士死力，而破姦人之黨乎？由此觀之，盜賊所以滋熾者，以陛下守臣權太輕故也。臣願陛下稍重其權，責以大綱，闊略其小故。凡京東多盜之郡，自青、鄆以降，如徐、沂、齊、曹之類，皆慎擇守臣，聽法外處置强盜。頗賜緡錢，使得以布設耳目，畜養爪牙。然緡錢多賜則難常，少又不足於用，臣以爲每郡可歲別給一二百千，使以釀酒，凡使人葺捕盜賊，得以酒與之，敢以爲他用者坐贓論。賞格之外，歲得酒數百斛，亦足以使人矣。此又治盜之一術也。

然此皆其小者。其大者非臣之所當言，欲默而不發，則又私自念遭值陛下英聖特達如此，若有所不盡，非忠臣之義，故昧死復言之。昔者以詩賦取士，今陛下以經術用人，名雖不同，然皆以文詞進耳。考其所得，多吳、楚、閩、蜀之人。至於京東西、河北、河東、陝西五路，蓋自古豪傑之場，其人沈鷙勇悍，可任以事，然欲使治聲律，讀經義，以與吳、楚、閩、蜀之人，爭得失於毫釐之間，則彼有不仕而已，故其得人常少。夫惟忠孝禮義之士，雖不得志，不失爲君子；若德不足而才有餘者，困於無門，則無所不至矣。故臣願陛下特爲五路之士，別開仕進之門。

漢法：郡縣秀民，推擇爲吏，考行察廉，以次遷補，或至二千石，入爲公卿。古者不專以文詞取人，故得士爲多。黄霸起於卒史，薛宣奮於書佐，朱邑選於嗇夫，丙吉出於獄吏。其餘名臣循吏由此而進者，不可勝數。唐自中葉以後，方鎮皆選列校以掌牙兵。是時四方豪傑不能以科舉自達者，皆争爲之，往往積功以取旄鉞，雖老姦巨盗或出其中，而名卿賢將如高仙芝、封常清、李光弼、來瑱、李抱玉、段秀實之流，所得亦已多矣。王者之用人如江河，江河所趨，百川赴焉，蛟龍生之。及其去而之他，則魚鼈無所還其體，而鯢鰍爲之制。今世胥史牙校，皆奴僕庸人者，無他，以陛下不用也。今欲用胥史牙校，而胥史行文書，治刑獄錢谷，其勢不可廢鞭撻。鞭撻一行，則豪傑不出於其間。故凡士之刑者不可用，用者不可刑。故臣願陛下采唐之舊，使五路監司郡守，共選士人以補牙職，皆取人材心力有足過人，而不能從事於科舉者，禄之以今之庸錢，而課之鎮税場務督捕盗賊之類。自公罪杖以下聽贖。依將校法，使長吏得薦其才者，第其功伐，書其歲月，使得出仕比任子，而不以流外限其所至。朝廷察其尤異者擢用數人，則豪傑英偉之士漸出於此途，而姦猾之黨可得而籠取也。其條目委曲，臣未敢盡言，惟陛下留神省察。

昔晉武平吴之後，詔天下罷軍役，州郡悉去武備。惟山濤論其不可。帝見之曰：天下名言也。而不能用。及永寧之後，盜賊蠭起，郡國皆以無備不能制，其言乃驗。今臣於無事之時，屢以盜賊爲言，其私憂過計亦已甚矣。陛下縱能容之，必爲議者所笑。使天下無事而臣獲笑可也，不然，事至而圖之，則已晚矣。干犯天威，罪在不赦。茅順甫曰：此等文字識見筆力，並入西漢。

蘇子瞻圜丘合祭六議札子　○

臣伏見九月二十二日，詔書節文，俟郊禮畢，集官詳議祠皇地祇事，及郊祀之歲廟享典禮聞奏者。臣恭覩陛下近者至日親祀郊廟，神祇饗答，實蒙休應。然則圜丘合祭，允當天地之心，不宜復有改更。臣竊惟議者欲變祖宗之舊，圜丘祀天而不祀地，不過以謂冬至祀天於南郊，陽時陽位也；夏至祀地於北郊，陰時陰位也。以類求神，則陽時陽位，不可以求陰也。是大不然。冬至南郊，既祀上帝，則天地百神，莫不從也。古者秋分夕月於西郊，亦可謂陰位矣。至於從祀上帝，則以冬至而祀月於南郊，議者不以爲疑，今皇地祇亦從上帝，而合祭於圜丘，獨以爲不可，則過矣。《書》曰：「肆類於上帝，禋於六宗，望于山川，徧於羣神。」舜之受禪也，自上帝六宗山川羣神，莫不畢告，而獨不告地祇，豈有此理哉？武王克商，庚戌，柴望。柴，祭上帝也；望，祭山川也。一日之間，自上帝而及山川，必無南北郊之别也，而獨畧地祇，豈有此理哉？臣以知古者祀上帝，則並祀地祇矣。何以明之？《詩》之序曰：「昊天有成命，郊祀天地也。」此乃合祭天地經之明文，而説者乃以比之《豐年》秋冬報也，曰：秋冬各報，而皆歌《豐年》，則天地各祀，而皆歌《昊天有成命》也。是大不然。《豐年》之詩曰：「豐年多黍多稌，亦有高廩，萬億及秭，爲酒爲醴，烝畀祖妣，以洽百禮，降福孔皆。」歌於秋可也，歌於冬亦可也。《昊天有成命》之詩曰：「昊天有成命，二后受之，成王不敢康，夙夜基命宥密，於緝熙，單厥心，肆其靖之。」終篇言天而不及地。頌所以告神明也，未有歌其所不祭，祭其所不歌也。今祭地於北郊，歌天而不歌地，豈有此理哉？臣以此知周之世祀上帝，則地祇在焉。歌天而不歌地，所以尊上帝，故其序曰：「郊祀天地也。」《春秋》書不郊，猶三望。《左氏傳》曰：「望，郊之細也。」説者曰：三望，泰山、河、海。或曰淮、海也。又或曰：分野之星及山川也。魯，諸侯也，故郊之細，及其分野山川而已。周有天下，則郊之細，獨不及五嶽四瀆乎？嶽、瀆猶得從祀，而地祇獨不得合祭乎？秦燔《詩》、《書》，經籍散亡，學者各以意推類而已。王、鄭、賈、服之流，未必皆得其真。臣以《詩》、《書》、《春秋》考之，則天地合祭久矣。

議者乃謂合祭天地始於王莽，以爲不足法。臣竊謂禮當驗其是非，不當以人廢。光武皇帝，親誅莽者也，尚采用元始合祭故事。謹按《後漢書·郊祀志》：「建武二年，初制郊兆於洛陽，爲圜壇八陛，中又爲重壇，天地位其上，皆南鄉西上。」此則漢世合祭天地之明驗也。又按《水經注》：「伊水東北至洛陽縣圜丘東，大魏郊天之所，准漢故事爲圜壇八陛，中又爲重壇，天地位其上。」此則魏世合祭天地之明驗也。唐睿宗將有事於南郊，賈曾議曰：「有虞氏禘黄帝而郊嚳，夏后氏禘黄帝而郊鯀，郊之與廟皆有禘，禘于廟，則祖宗合食於太祖；禘於郊，則地祇羣望，皆合於圜丘。以始祖配享，蓋有事祭，非常祀也。《三輔故事》：祭於圜丘，上帝后土，位皆南面。」則漢嘗合祭矣。時褚無量、郭山惲等，皆以曾言爲然。明皇天寶元年二月敕曰：「凡所祠享，必在躬親，朕不親祭，禮將有闕，其皇地祇宜於南郊合祭。」是月二十日，合祭天地於南郊，自後有事於圜丘皆合祭。此則唐世合祭天地之明驗也。

今議者欲冬至祀天，夏至祀地，蓋以爲用周禮也。臣請言周禮與今禮之别。古者一歲，祀天者三，明堂饗帝者一，四時迎氣者五，祭地者二，饗宗廟者四。爲此十五者，皆天子親祭也。而又朝日夕月，四望山川，社稷五祀，及羣小祀之類，亦皆親祭，此周禮也。太祖皇帝，受天眷命，肇造宋室，建隆初郊，先饗宗廟，并祀天地。自真宗以來，三歲一郊，必先有事景靈，徧饗太廟，乃祀天地。此國朝之禮也。夫周之禮，親祭如彼其多，而歲行之，不以爲難；今之禮，親祭如此其少，而三歲一行，不以爲易。其故何也？古者天子出入，儀物不繁，兵衛甚簡，用財有節。而宗廟在大門之内，朝諸侯，出爵賞，必於太廟，不止時祭而已。天子所治，不過王畿千里，唯以齋祭禮樂爲政事，能守此，則天下服矣，是故歲歲行之，率以爲常。至於後世，海内爲一，四方萬里，皆聽命於上，機務之繁，億萬倍於古，日力有不能給。自秦、漢以來，天子儀物，日以滋多，有加無損，以至於今，非復如古之簡易也。今所行皆非周禮：三年一郊，非周禮也；先郊二日而告原廟，一日而祭太廟，非周禮也；郊而肆赦，非周禮也；優賞諸軍，非周禮也；自后妃以下，至文武官，皆得蔭補親屬，非周禮也；自宰相宗室以下至百官，皆有賜賚，非周禮也。此皆不改，而獨於地祇則曰：周禮不當祭於圜丘。此何義也？

議者必曰：今之寒暑，與古無異，而宣王薄伐玁狁，六月出師，則夏至之日，何爲不可祭乎？臣將應之曰：舜一歲而巡四岳，五月方暑，而南至衡山，十一月方寒，而北至常山，亦今之寒暑也，後世人主能行之乎？周所以十二歲一巡者，惟不能如舜也。夫周已不能行舜之禮，而謂今可以行周之禮乎？天之寒暑雖同，而禮之繁簡則異。是以有虞氏之禮，夏、商有所不能行；夏、商之禮，周有所不能用。時不同故也。宣王以六月出師，驅逐玁狁，蓋非得已。且吉甫爲將，王不親行也。今欲定一代之禮，爲三歲常行之法，豈可以六月出師爲比乎？

議者必又曰：夏至不能行禮，則遣官攝祭祀，亦有故事。此非臣之所知也。《周禮·大宗伯》：「若王不與則攝位。」鄭氏注曰：「王有故，則代行其祭事。」賈公彦疏曰：「有故，謂王有疾及哀慘皆是也。」然則攝事非安吉之禮也。後世人主，不能歲歲親祭，故命有司行事，其所從來久矣，若親郊之歲，遣官攝事，是無故而用有故之禮也。

議者必又曰：省去繁文末節，則一歲可以再郊。臣將應之曰：古者以親郊爲常禮，故無繁文；今世以親郊爲大禮，則繁文有不能省也。若帷城幔屋，盛夏則有風雨之虞。陛下自宫入廟，出郊，冠通天，乘大輅，日中而舍，百官衛兵暴露於道，鎧甲具裝，人馬喘汗，皆非夏至所能堪也。王者父事天，母事地，不可偏也。事天則備，事地則簡，是於父母有隆殺也，豈得以爲繁文末節，而一切欲損去乎？國家養兵，異於前世。自唐之時，未有軍賞，猶不能歲歲親祠，天子出郊，兵衛不可簡省，大輅一動，必有賞給，今三年一郊，傾竭帑藏，猶恐不足，郊賚之外，豈可復加？若一年再賞，國力將何以給？分而與之，人情豈不失望？

議者必又曰：三年一祀天，又三年一祀地。此又非臣之所知也。三年一郊，已爲疎闊。若獨祭地而不祭天，是因事地而愈疏於事天。自古未有六年一祀天者，如此則典禮愈壞，欲復古而背古益遠，神祇必不顧饗，非所以爲禮也。

議者必又曰：當郊之歲，以十月神州之祭，易夏至方澤之祀，則可以免方暑舉事之患。此又非臣之所知也。夫所以議此者，爲欲舉從周禮也。今以十月易夏至，以神州代方澤，不知此周禮之經耶，抑變禮之權耶？若變禮從權而可，則合祭圜丘何獨不可？十月親祭地，十一月親祭天，先地後天，古無是禮。而一歲再郊，軍國勞費之患，尚未免也。

議者必又曰：當郊之歲，以夏至祀地祇於方澤，上不親郊而通爟火，天子於禁中望祀。此又非臣之所知也。《書》之望秩，《周禮》之四望，《春秋》之三望，皆謂山川在境內而不在四郊者，故遠望而祭也。今所在之處，俛則見地，而云望祭，是爲京師不見地乎？

此六議者，合祭可不之決也。夫漢之郊禮，尤與古戾。唐亦不能如古。本朝祖宗，欽崇祭祀，儒臣禮官，講求損益，非不知圜丘、方澤，皆親祭之爲是也，蓋以時不可行，是故參酌古今，上合典禮，下合時宜，較其所得，已多於漢、唐矣。天地宗廟之祭，皆當歲徧。今不能歲徧，是故徧於三年當郊之歲。又不能於一歲之中，再舉大禮，是故徧於三日。此皆因時制宜，雖聖人復起，不能易也。今並祀不失親祭，而北郊則必不能親往，二者孰爲重乎？若一年再郊，而遣官攝事，是長不親事地也。三年間郊，當行郊地之歲，而暑雨不可親行，遣官攝事，則是天地皆不親祭也。夫分祀天地，決非今世之所能行，議者不過欲於當郊之歲，祀天地宗廟，分而爲三耳。分而爲三，有三不可：夏至之日，不可以動大衆，舉大禮，一也；軍賞不可復加，二也；自有國以來，天地宗廟，惟享此祭，累聖相承，惟用此禮，此乃神祇所歆，祖宗所安，不可輕動，動之則有吉凶禍福，不可不慮，三也。凡此三者，臣熟計之，無一可行之理。伏請從舊爲便。

昔西漢之衰，元帝納貢禹之言毁宗廟，成帝用丞相衡之議改郊位，皆有殃咎，著於史策。往鑒甚明，可爲寒心。伏望陛下詳覽臣此章，則知合祭天地，乃是古今正禮，本非權宜。不獨初郊之歲所當施行，實爲無窮不刊之典。願陛下謹守太祖建隆、神宗熙寧之禮，無更改易郊祀廟享，以敉寧上下神祇。仍乞下臣此章，付有司集議，如有異論，即須畫一解破臣所陳六議，使皆屈伏，上合周禮，下不爲當今軍國之患。不可固執，更不論當今可與不可施行。所貴嚴祀大典，蚤以時定。取進止。

古文辭類篹十九終

奏議類上編十

王介甫上仁宗皇帝言事書　〇〇〇

臣愚不肖，蒙恩備使一路，今又蒙恩召還闕廷，有所任屬，而當以使事歸報陛下，不自知其無以稱職，而敢緣使事之所及，冒言天下之事。伏惟陛下詳思而擇處其中，幸甚。

臣竊觀陛下有恭儉之德，有聰明睿智之才，夙興夜寐，無一日之懈。聲色狗馬觀游玩好之事，無纖芥之蔽。而仁民愛物之意孚於天下，而又公選天下之所願以爲輔相者，屬之以事，而不貳於讒邪傾巧之臣。此雖二帝三王之用心，不過如此而已，宜其家給人足，天下大治。而效不至於此，顧内則不能無以社稷爲憂，外則不能無懼於夷狄。天下之財力日以困窮，而風俗日以衰壞，四方有志之士，諰諰然常恐天下之久不安。此其故何也？患在不知法度故也。

今朝廷法嚴令具，無所不有，而臣以謂無法度者何哉？方今之法度，多不合乎先王之政故也。孟子曰：「有仁心仁聞而澤不加於百姓者，爲政不法於先王之道故也。」以孟子之説觀方今之失，正在於此而已。夫以今之世去先王之世遠，所遭之變、所遇之勢不一，而欲一一修先王之政，雖甚愚者猶知其難也。然臣以謂今之失患在不法先王之政者，以謂當法其意而已。夫二帝三王，相去蓋千有餘載，一治一亂，其盛衰之時具矣。其所遭之變、所遇之勢亦各不同，其施設之方亦皆殊，而其爲天下國家之意，本末先後，未嘗不同也。臣故曰當法其意而已。法其意，則吾所改易更革，不至乎傾駭天下之耳目，囂天下之口，而固已合乎先王之政矣。雖然，以方今之勢揆之，陛下雖欲改易更革天下之事，合於先王之意，其勢必不能也。陛下有恭儉之德，有聰明睿知之才，有仁民愛物之意，誠加之意，則何爲而不成，何欲而不得？然而臣顧以謂陛下雖欲改易更革天下之事，合於先王之意，其勢必不能者，何也？以方今天下之人才不足故也。

臣嘗試竊觀天下在位之人，未有乏於此時者也。夫人才乏於上，則有沈廢伏匿在下，而不爲當時所知者矣。臣又求之於閭巷草野之間，而亦未見其多焉。豈非陶冶而成之者非其道而然乎？臣以謂方今在位之人才不足者，以臣使事之所及則可知矣。今以一路數千里之間，能推行朝廷之法令，知其所緩急，而一切能使民以修其職事者甚少，而不才苟簡貪鄙之人，至不可勝數。其能講先王之意以合當時之變者，蓋闔郡之間往往而絶也。

朝廷每一令下，其意雖善，在位者猶不能推行。使膏澤加於民，而吏輒緣之爲姦，以擾百姓。臣故曰：在位之人才不足，而草野閭巷之間，亦未見其多也。夫人才不足，則陛下雖欲改易更革天下之事以合先王之意，大臣雖有能當陛下之意而欲領此者，九州之大，四海之遠，孰能稱陛下之旨，以一二推行此，而人人蒙其施者乎？臣故曰：其勢必未能也。孟子曰：「徒法不能以自行。」非此之謂乎？然則方今之急，在於人才而已。誠能使天下之才衆多，然後在位之才，可以擇其人而取足焉。在位者得其才矣，然後稍視時勢之可否，而因人情之患苦，變更天下之弊法，以趨先王之意，甚易也。今之天下，亦先王之天下。先王之時，人才嘗衆矣，何至於今而獨不足乎？故曰陶冶而成之者，非其道故也。

商之時，天下嘗大亂矣。在位貪毒禍敗，皆非其人。及文王之起，而天下之才嘗少矣。當是時，文王能陶冶天下之士，而使之皆有士君子之才，然後隨其才之所有而官使之。詩曰「豈弟君子，遐不作人」，此之謂也。及其成也，微賤兔罝之人，猶莫不好德，《兔罝》之詩是也，又況於在位之人乎？夫文王惟能如此，故以征則服，以守則治。《詩》曰：「奉璋峩峩，髦士攸宜。」又曰：「周王于邁，六師及之。」言文王所用，文武各得其材，而無廢事也。及至夷、厲之亂，天下之才又嘗少矣。至宣王之起，所與圖天下之事者，仲山甫而已。故詩人嘆之曰：「德猶如毛，維仲山甫舉之，愛莫助之。」蓋閔人士之少，而山甫之無助也。宣王能用仲山甫，推其類以新美天下之士，而後人才復眾。於是內修政事，外討不庭，而復有文、武之境土。故詩人美之曰：「薄言采芑，于彼新田，于此菑畝。」言宣王能新美天下之士，使之有可用之才，如農夫新美其田，而使之有可采之芑也。由此觀之，人之才未嘗不自人主陶冶而成之者也。

所謂人主陶冶而成之者何也？亦教之、養之、取之、任之有其道而已。

所謂教之之道何也？古者天子諸侯，自國至於鄉黨皆有學，博置教導之官而嚴其選。朝廷禮樂刑政之事，皆在於學。士所觀而習者，皆先王之法言德行治天下之意，其材亦可以爲天下國家之用。苟不可以爲天下國家之用，則不教也。苟可以爲天下國家之用者，則無不在於學。此教之之道也。

所謂養之之道何也？饒之以財，約之以禮，裁之以法也。何謂饒之以財？人之情，不足於財，則貪鄙苟得，無所不至。先王知其如此，故其制祿，自庶人之在官者，其祿已足以代其耕矣。由此等而上之，每有加焉，使其足以養廉恥而離於貪鄙之行。猶以爲未也，又推其祿以及其子孫，謂之世祿。使其生也，既於父母、兄弟、妻子之養，婚姻、朋友之接，皆無憾矣，其死也，又於子孫無不足之憂焉。何謂約之以禮？人情足於財，而無禮以節之，則又放僻邪侈，無所不至。先王知其如此，故爲之制度。婚喪、祭養、燕享之事，服食、器用之物，皆以命數爲之節，而齊之以律度量衡之法。其命可以爲之，而財不足以具，則弗具也；其財可以具，而命不得爲之者，不使有銖兩分寸之加焉。何謂裁之以法？先王於天下之士，教之以道藝矣，不帥教，則待之以屏棄遠方終身不齒之法；約之以禮矣，不循禮，則待之以流、殺之法。《王制》曰：「變衣服者其君流。」《酒誥》曰：「厥或誥曰：『羣飲，汝勿佚，盡執拘以歸於周，予其殺。』」夫羣飲、變衣服，小罪也；流、殺，大刑也。加小罪以大刑，先王所以忍而不疑者，以爲不如是，不足以一天下之俗而成吾治。夫約之以禮，裁之以法，天下所以服從無抵冒者，又非獨其禁嚴而治察之所能致也。蓋亦以吾至誠懇惻之心，力行而爲之倡。凡在左右通貴之人，皆順上之欲而服行之，有一不帥者，法之加必自此始。夫上以至誠行之，而貴者知避上之所惡矣，則天下之不罰而止者衆矣。故曰：此養之之道也。

所謂取之之道者何也？先王之取人也，必於鄉黨，必於庠序，使衆人推其所謂賢能，書之以告於上而察之。誠賢能也，然後隨其德之大小、才之高下，而官使之。所謂察之者，非專用耳目之聰明，而聽私於一人之口也。欲審知其德，問以行；欲審知其才，問以言。得其言行則試之以事，所謂察之者，試之以事是也。雖堯之用舜，不過如此而已，又況其下乎？若夫九州之大，四海之遠，萬官億醜之賤，所須士大夫之才則衆矣，有天下者，又不可以一一自察之也，又不可偏屬於一人，而使之於一日二日之間，考試其行能而進退之也。蓋吾已能察其才行之大者以爲大官矣，因使之取其類以持久試之，而考其能者以告於上，而後以爵命禄秩予之而已。此取之之道也。

所謂任之之道者何也？人之才德，高下厚薄不同，其所任有宜有不宜。先王知其如此，故知農者以爲后稷，知工者以爲共工。其德厚而才高者以爲之長，德薄而才下者以爲之佐屬。又以久於其職，則上狃習而知其事，下服馴而安其教，賢者則其功可以至於成，不肖者則其罪可以至於著，故久其任而待之以考績之法。夫如此，故智能才力之士，則得盡其智以赴功，而不患其事之不終，其功之不就也。偷惰苟且之人，雖欲取容於一時，而顧僇辱在其後，安敢不勉乎？若夫無能之人，固知辭避而去矣。居職任事之日久，不勝任之罪不可以幸而免故也。彼且不敢冒而知辭避矣，尚何有比周、讒諂、争進之人乎？取之既已詳，使之既已當，處之既已久，至其任之也又專焉，而不一一以法束縛之，而使之得行其意，堯舜之所以理百官而熙衆工者，以此而已。《書》曰：「三載考績，三考，黜陟幽明。」此之謂也。然堯舜之時，其所黜者則聞之矣，蓋四凶是也。其所陟者，則皋陶、稷、契，皆終身一官而不徙。蓋其所謂陟者，特加之爵命禄賜而已耳。此任之之道也。

夫教之、養之、取之、任之之道如此，而當時人主，又能與其大臣悉其耳目心力，至誠惻怛思念而行之，此其人臣之所以無疑，而於天下國家之事無所欲爲而不得也。

方今州縣雖有學，取墻壁具而已，非有教導之官，長育人才之事也，唯太學有教導之官，而亦未嘗嚴其選。朝廷禮樂刑政之事，未嘗在於學，學者亦漠然自以禮樂刑政爲有司之事，而非己所當知也。學者之所教，講説章句而已。講説章句，固非古者教人之道也，近歲乃始教之以課試之文章。夫課試之文章，非博誦强學窮日之力則不能。及其能工也，大則不足以用天下國家，小則不足以爲天下國家之用，故雖白首於庠序，窮日之力以帥上之教，及使之從政，則茫然不知其方者皆是也。蓋今之教者，非特不能成人之材而已，又從而困苦毁壞之，使不得成材者，何也？夫人之才，成於專而毁於雜。故先王之處民才，處工於官府，處農於畎畝，處商賈於肆，而處士於庠序，使各專其業而不見異物，懼異物之足以害其業也。所謂士者，又非特使之不得見異物而已。一示之以先王之道，而百家諸子之異說，皆屏之而莫敢習者焉。今士之所宜學者，天下國家之用也。今悉使置之不教，而教之以課試之文章，使其耗精疲神，窮日之力以從事於此。及其任之以官也，則又悉使置之，而責之以天下國家之事。夫古之人，以朝夕專其業於天下國家之事，而猶才有能有不能。今乃移其精神，奪其日力，以朝夕從事於無補之學，及其任之以事，然後卒然責之以爲天下國家之用，宜其才之足以有爲者少矣。臣故曰：非特不能成人之才，又從而困苦毀壞之使不得成才也。

又有甚害者。先王之時，士之所學者文武之道也。士之才有可以爲公卿大夫，有可以爲士，其才之大小宜不宜則有矣。至於武事，則隨其才之大小，未有不學者也。故其大者，居則爲六官之卿，出則爲六軍之將也；其次則比閭族黨之師，亦皆卒伍師旅之帥也。故邊疆宿衛，皆得士大夫爲之，而小人不得奸其任。今之學者，以爲文武異事，吾知治文事而已，至於邊疆宿衛之任，則推而屬之於卒伍，往往天下姦悍無賴之人。苟其才行足以自託於鄉里者，亦未有肎去親戚而從召募者也。邊疆宿衛，此乃天下之重任，而人主之所當慎重者也。故古者教士，以射、御爲急，其他技能，則視其人才之所宜而後教之，其才之所不能，則不强也。至於射則爲男子之事，人之生有疾則已，苟無疾，未有去射而不學者也。在庠序之閒，固當從事於射也。有賓客之事則以射，有祭祀之事則以射，別士之行同能偶則以射，於禮樂之事未嘗不寓以射，而射亦未嘗不在於禮樂祭祀之閒也。《易》曰：「弧矢之利，以威天下。」先王豈以射爲可以習揖讓之儀而已乎？固以爲射者武事之尤大，而威天下、守國家之具也。居則以是習禮樂，出則以是從戰伐。士既朝夕從事於此，而能者衆，則邊疆宿衛之任，皆可以擇而取也。夫士嘗學先王之道，其行義嘗見推於鄉黨矣，然後因其才而託之以邊疆宿衛之事，此古之人君所以推干戈以屬之人，而無内外之虞也。今乃以夫天下之重任、人主所當至慎之選，推而屬之姦悍無賴、才行不足自託於鄉里之人，此方今所以諰諰然常抱邊疆之憂，而虞宿衛之不足恃以爲安也。今孰不知邊疆宿衛之士不足恃以爲安哉？顧以爲天下學士以執兵爲恥，而亦未有能騎射行陣之事者，則非召募之卒伍，孰能任其事者乎？夫不嚴其教，高其選，則士之以執兵爲恥，而未嘗有能騎射行陣之事，固其理也。凡此，皆教之非其道故也。

方今制禄，大抵皆薄，自非朝廷侍從之列，食口稍衆，未有不兼農商之利，而能充其養者也。其下州縣之吏，一月所得，多者錢八九千，少者四五千，以守選、待除、守闕通之，蓋六七年而後得三年之禄，計一月所得，乃實不能四五千，少者乃實不能及三四千而已，雖厮養之給，亦窘於此矣。而其養生、喪死、婚姻、葬送之事，皆當於此出。夫出中人之上者，雖窮而不失爲君子；出中人之下者，雖泰而不失爲小人。唯中人不然，窮則爲小人，泰則爲君子。計天下之士，出中人之上下者，千百而無十一；窮而爲小人，泰而爲君子者，則天下皆是也。先王以爲衆不可以力勝也，故制行不以己，而以中人爲制，所以因其欲而利道之，以爲中人之所能守，則其制可以行乎天下，而推之後世。以今之制禄，而欲士之無毁廉恥，蓋中人之所不能也。故今官大者，往往交賂遺，營貲產，以負貪污之毁；官小者，販鬻、乞丐，無所不爲。夫士已嘗毁廉恥以負累於世矣，則其偷惰取容之意起，而矜奮自强之心息，則職業安得而不弛，治道何從而興乎？又況委法受賂，侵牟百姓者，往往而是也。此所謂不能饒之以財也。

婚喪、奉養、服食、器用之物，皆無制度以爲之節，而天下以奢爲榮，以儉爲恥。苟其財之可以具，則無所爲而不得，有司既不禁，而人又以此爲榮；苟其財不足，而不能自稱於流俗，則其婚喪之際，往往得罪於族人親姻，而人以爲恥矣。故富者貪而不知止，貧者則勉强其不足以追之，此士之所以重困，而廉恥之心毁也。凡此所謂不能約之以禮也。

方今陛下躬行儉約，以率天下，此左右通貴之臣所親見。然而其閨門之內，奢靡無節，犯上之所惡，以傷天下之教者，有已甚者矣，未聞朝廷有所放絀以示天下。昔周之人拘羣飲而被之以殺刑者，以爲酒之末流生害，有至於死者衆矣，故重禁其禍之所自生。重禁其禍之所自生，故其施刑極省，而人之抵於禍敗者少矣。今朝廷之法，所尤重者獨貪吏耳。重禁貪吏而輕奢靡之法，此所謂禁其末而弛其本。自「陛下躬行」至「弛其本」，與後段「法嚴令具」至「不能裁之以刑也」兩段當前後互易。荆公集見一南宋雕本，極多舛錯，世亦無佳本正之。蓋「世之識者」一段補饒財之餘意，「陛下躬行」一段，補約以禮、裁以刑之餘意，均當在「不能裁之以刑也」結句之後，而爲刊本舛誤，遂無覺其文勢之不順者。至「然而世之識者」上，仍有脱字。然而世之議者，以爲方今官冗，而縣官財用已不足以供之，下有脱文。其亦蔽於理矣。今之入官誠冗矣，然而前世置員蓋甚少，而賦禄又如此之薄，則財用之所不足，蓋亦有説矣，吏禄豈足計哉？臣於財利固未嘗學，然竊觀前世治財之大略矣。蓋因天下之力以生天下之財，取天下之財以供天下之費。自古治世，未嘗以不足爲天下之公患也，患在治財無其道耳。今天下不見兵革之具，而元元安土樂業，各致己力以生天下之財，然而公私常以困窮爲患者，殆以理財未得其道，而有司不能度世之宜而通其變耳。誠能理財以其道而通其變，臣雖愚，固知增吏禄，不足以傷經費也。方今法嚴令具，所以羅天下之士，可謂密矣，然而亦嘗教之以道藝，而有不帥教之刑以待之乎？亦嘗約之以制度，而有不循理之刑以待之乎？亦嘗任之以職事，而有不任事之刑以待之乎？夫不先教之以道藝，誠不可以誅其不帥教；不先約之以制度，誠不可以誅其不循禮；不先任之以職事，誠不可以誅其不任事。此三者，先王之法所尤急也，今皆不可得誅。而薄物細故，非害治之急者，爲之法禁，月異而歲不同，爲吏者至於不可勝記，又況能一一避之而無犯者乎？此法令所以玩而不行，小人有幸而免者，君子有不幸而及者焉。此所謂不能裁之以刑也。凡此皆治之非其道也。「治」當作「養」。

方今取士，强記博誦而畧通於文辭，謂之茂才異等，賢良方正。茂才異等，賢良方正者，公卿之選也。記不必强，誦不必博，畧通於文辭，而又嘗學詩賦，則謂之進士。進士之高者，亦公卿之選也。夫此二科所得之技能，不足以爲公卿，不待論而後可知。而世之議者，乃以爲吾常以此取天下之士，而才之可以爲公卿者，常出於此，不必法古之取人，而後得士也。其亦蔽於理矣。先王之時，盡所以取人之道，猶懼賢者之難進，而不肖者之雜於其閒也。今悉廢先王所以取士之道，而毆天下之才士，悉使爲賢良、進士，則士之才，可以爲公卿者，固宜爲賢良、進士，而賢良、進士，亦固宜有時而得才之可以爲公卿者也。然而不肖者，苟能雕蟲篆刻之學，以此進至乎公卿，才之可以爲公卿者，困於無補之學，而以此絀死於巖野，蓋十八九矣。

夫古之人有天下者，其所以慎擇者公卿而已。公卿既得其人，因使推其類以聚於朝廷，則百司庶物無不得其人也。今使不肖之人，幸而至乎公卿，因得推其類聚之朝廷，此朝廷所以多不肖之人，而雖有賢智，往往困於無助，不得行其意也。且公卿之不肖，既推其類以聚於朝廷；朝廷之不肖，又推其類以備四方之任使；四方之任使者，又各推其不肖以布於州郡，則雖有同罪舉官之科，豈足恃哉？適足以爲不肖者之資而已。

其次九經、五經、學究、明法之科，朝廷固已嘗患其無用於世，而稍責之以大義矣。然大義之所得，未有以賢於故也。今朝廷又開明經之選，以進經術之士。然明經之所取，亦記誦而略通於文辭者，則得之矣。彼通先王之意，而可以施於天下國家之用者，顧未必得與於此選也。

其次則恩澤子弟，庠序不教之以道藝，官司不考問其才能，父兄不保任其行義，而朝廷輒以官予之，而任之以事。武王數紂之罪，則曰「官人以世」。夫官人以世，而不計其才行，此乃紂之所以亂亡之道，而治世之所無也。

又其次曰流外。朝廷固已擠之於廉恥之外，而限其進取之路矣，顧屬之以州縣之事，使之臨士民之上，豈所謂以賢治不肖者乎？以臣使事之所及，一路數千里之間，州縣之吏出於流外者，往往而有，可屬任以事者，殆無二三，而當防閑其姦者皆是也。蓋古者有賢不肖之分，而無流品之別。故孔子之聖，而嘗爲季氏吏，蓋雖爲吏，而亦不害其爲公卿。及後世有流品之別，則凡在流外者，其所成立固嘗自置於廉恥之外，而無高人之意矣。夫以近世風俗之流靡，自雖士大夫之才，勢足以進取，而朝廷嘗奬之以禮義者，晚節末路，往往怵而爲姦，況又其素所成立，無高人之意，而朝廷固已擠之於廉恥之外，限其進取者乎？其臨人親職，放僻邪侈，固其理也。至於邊疆宿衛之選，則臣固已言其失矣。凡此皆取之非其道也。

方今取之既不以其道，至於任之，又不問其德之所宜，而問其出身之後先；不論其才之稱否，而論其歷任之多少。以文學進者，且使之治財。已使之治財矣，又轉而使之典獄。已使之典獄矣，又轉而使之治禮。是則一人之身，而責之以百官之所能備，宜其人才之難爲也。夫責人以其所難爲，則人之能爲者少矣。人之能爲者少，則相率而不爲。故使之典禮，未嘗以不知禮爲憂，以今之典禮者，未嘗學禮故也；使之典獄，未嘗以不知獄爲恥，以今之典獄者，未嘗學獄故也。天下之人，亦已漸漬於失教，被服於成俗，見朝廷有所任使非其資序，則相議而訕之。至於任使之不當其才，未嘗有非之者也。

且在位者數徙，則不得久於其官，故上不能狃習而知其事，下不肯服馴而安其教，賢者則其功不可以及於成，不肖者則其罪不可以至於著。若夫迎新將故之勞，緣絕簿書之弊，固其害之小者，不足悉數也。設官大抵皆當久於其任，而至於所部者遠，所任者重，則尤宜久於其官，而後可以責其有爲。而方今尤不得久於其官，往往數日輒遷之矣。取之既已不詳，使之既已不當，處之既已不久，至於任之則又不專，而又一一以法束縛之，不得行其意。臣故知當今在位多非其人，稍假借之權，而不一一以法束縛之，則放恣而無不爲。雖然，在位非其人，而恃法以爲治，自古及今，未有能治者也。即使在位皆得其人矣，而一一以法束縛之，不使之得行其意，亦自古及今，未有能治者也。夫取之既已不詳，使之既已不當，處之既已不久，任之又不專，而又一一以法束縛之，故雖賢者在位，能者在職，與不肖而無能者，殆無以異。夫如此，故朝廷明知其賢能，足以任事，苟非其資序，則不以任事而輒進之。雖進之，士猶不服也。明知其無能而不肖，苟非有罪，爲在事者所劾，不敢以其不勝任而輒退之。雖退之，士猶不服也。彼誠不肖無能，然而士不服者何也？以所謂賢能者任其事，與不肖而無能者，亦無以異故也。臣前以謂不能任人以職事，而無不任事之刑以待之者，蓋謂此也。

夫教之、養之、取之、任之，有一非其道，則足以敗天下之人才，又況兼此四者而有之？則在位不才、苟簡、貪鄙之人，至於不可勝數，而草野閭巷之間，亦少可任之才，固不足怪。《詩》曰：「國雖靡止，或聖或否。民雖靡膴，或哲或謀，或肅或艾。如彼泉流，無淪胥以敗。」此之謂也。

夫在位之人才不足矣，而閭巷草野之間，亦少可用之才，則豈特行先王之政而不得也，社稷之託，封疆之守，陛下其能久以天幸爲常，而無一旦之憂乎？蓋漢之張角，三十六萬，同日而起，所在郡國，莫能發其謀；唐之黄巢，横行天下，而所至將吏，無敢與之抗者。漢、唐之所以亡，禍自此始。唐既亡矣，陵夷以至五代，而武夫用事，賢者伏匿消沮而不見，在位無復有知君臣之義、上下之禮者也。當是之時，變置社稷，蓋甚於弈碁之易，而元元肝腦塗地，幸而不轉死於溝壑者無幾耳！夫人才不足，其患蓋如此。而方今公卿大夫，莫肯爲陛下長慮後顧，爲宗廟萬世計，臣竊惑之。昔晉武帝趨過目前，而不爲子孫長遠之謀，當時在位，亦皆偷合苟容，而風俗蕩然，棄禮義，捐法制，上下同失，莫以爲非。有識固知其將必亂矣，而其後果海内大擾，中國列於夷狄者二百餘年。伏惟三廟祖宗神靈所以付屬陛下，固將爲萬世血食，而大庇元元于無窮也。臣願陛下鑒漢、唐、五代之所以亂亡，懲晉武苟且因循之禍，明詔大臣，思所以陶成天下之才，慮之以謀，計之以數，爲之以漸，期爲合於當世之變，而無負於先王之意，則天下之人才不勝用矣。人才不勝用，則陛下何求而不得，何欲而不成哉？夫慮之以謀，計之以數，爲之以漸，則成天下之才甚易也。臣始讀《孟子》，見孟子言王政之易行，心則以爲誠然。及見與慎子論齊、魯之地，以爲先王之制國，大抵不過百里者，以爲今有王者起，則凡諸侯之地，或千里，或五百里，皆將損之，至於數十百里而後止。於是疑孟子雖賢，其仁智足以一天下，亦安能毋劫之以兵革，而使數百千里之强國，一旦肯損其地之十八九，比於先王之諸侯？至其後，觀漢武帝用主父偃之策，令諸侯王地悉得推恩封其子弟，而漢親臨定其號名，輒别屬漢。於是諸侯王之子弟，各有分土，而勢强地大者，卒以分析弱小。然後知慮之以謀，計之以數，爲之以漸，則大者固可使小，强者固可使弱，而不至乎傾駭變亂敗傷之釁。孟子之言不爲過。又況今欲改易更革，其勢非若孟子所爲之難也。臣故曰：慮之以謀，計之以數，爲之以漸，則其爲甚易也。

然先王之爲天下，不患人之不爲，而患人之不能；不患人之不能，而患己之不勉。何謂不患人之不爲，而患人之不能？人之情，所願得者，善行、美名、尊爵、厚利也，而先王能操之以臨天下之士。天下之士有能遵之以治者，則悉以其所願得者以與之。士不能則已矣，苟能則孰肯舍其所願得，而不自勉以爲才？故曰不患人之不爲，患人之不能。何謂不患人之不能，而患己之不勉？先王之法，所以待人者盡矣，自非下愚不可移之才，未有不能赴者也。然而不謀之以至誠惻怛之心，力行而先之，未有能以至誠惻怛之心，力行而應之者也。故曰不患人之不能，而患己之不勉。陛下誠有意乎成天下之才，則臣願陛下勉之而已。

臣又觀朝廷異時欲有所施爲變革，其始計利害未嘗不熟也，顧有一流俗僥倖之人，不悦而非之，則遂止而不敢。夫法度立則人無獨蒙其幸者，故先王之政，雖足以利天下，而當其承敝壞之後，僥倖之時，其剏法立制，未嘗不艱難也。使其創法立制，而天下僥倖之人，亦順悦以趨之，無有齟齬，則先王之法，至今存而不廢矣。惟其剏法立制之艱難，而僥倖之人不肯順悦而趨之，故古之人欲有所爲，未嘗不先之以征誅而後得其意。《詩》曰：「是伐是肆，是絶是忽，四方以無拂。」此言文王先征誅而後得意於天下也。夫先王欲立法度以變衰壞之俗，而成人之才，雖有征誅之難，猶忍而爲之，以爲不若是，不可以有爲也。

及至孔子，以匹夫游諸侯，所至則使其君臣捐所習，逆所順，强所劣，憧憧如也，卒困於排逐。然孔子亦終不爲之變，以爲不如是，不可以有爲。此其所守，蓋與文王同意。夫在上之聖人，莫如文王；在下之聖人，莫如孔子。而欲有所施爲變革，則其事蓋如此矣。今有天下之勢，居先王之位，剏立法制，非有征誅之難也。雖有僥倖之人不悦而非之，固不勝天下順悦之人衆也。然而一有流俗僥倖不悦之言，則遂止而不敢爲者，惑也。陛下誠有意乎成天下之才，則臣又願斷之而已。夫慮之以謀，計之以數，爲之以漸，而又勉之以成，斷之以果，然而猶不能成天下之才，則以臣所聞，蓋未有也。

然臣之所稱，流俗之所不講，而今之議者，以謂迂闊而熟爛者也。竊觀近世士大夫，所欲悉心力耳目以補助朝廷者有矣。彼其意非一切利害，則以爲當世所能行者。士大夫既以此希世，而朝廷所取於天下之士，亦不過如此。至於大倫大法，禮義之際，先王之所力學而守者，蓋不及也。一有及此，則羣聚而笑之，以爲迂闊。今朝廷悉心於一切之利害，有司脱字。法令於刀筆之閒，非一日也。然其效可觀矣。則夫所謂迂闊而熟爛者，惟陛下亦可以少留神而察之矣。昔唐太宗正觀之初，人人異論，如封德彝之徒，皆以爲非雜用秦、漢之政，不足以爲天下。能思先王之事開太宗者，魏文正公一人耳。其所施設，雖未能盡當先王之意，抑其大畧可謂合矣。故能以數年之閒，而天下幾致刑措，中國安寧，蠻夷順服。自三王以來，未有如此盛時也。唐太宗之初，天下之俗，猶今之世也。魏文正公之言，固當時所謂迂闊而熟爛者也，然其效如此。賈誼曰：「今或言德教之不如法令，胡不引商、周、秦、漢以觀之？」然則唐太宗之事，亦足以觀矣。

臣幸以職事歸報陛下，不自知其駑下，無以稱職，而敢及國家之大體者，以臣蒙陛下任使，而當歸報，竊謂在位之人才不足，而無以稱朝廷任使之意，而朝廷所以任使天下之士者，或非其理，而士不得盡其才。此亦臣使事之所及，而陛下之所宜先聞者也。釋此不言，而毛舉利害之一二，以汙陛下之聰明，而終無補於世，則非臣所以事陛下惓惓之意也。伏惟陛下詳思而擇其中，天下幸甚。

王介甫本朝百年無事劄子 ○○

臣前蒙陛下問及本朝所以享國百年、天下無事之故。臣以淺陋，誤承聖問，迫於日晷，不敢久留，語不及悉，遂辭而退。竊惟念聖問及此，天下之福，而臣遂無一言之獻，非近臣所以事君之義，故敢冒昧而麤有所陳。

伏惟太祖，躬上智獨見之明，而周知人物之情僞，指揮付託，必盡其材；變置施設，必當其務。故能駕馭將帥，訓齊士卒，外以扞夷狄，内以平中國。於是除苛賦，止虐刑，廢强横之藩鎮，誅貪殘之官吏，躬以簡儉爲天下先。其於出政發令之間，一以安利元元爲事。太宗承之以聰武，真宗守之以謙仁，以至仁宗、英宗，無有逸德。此所以享國百年，而天下無事也。

仁宗在位，歷年最久，臣於時實備從官，施爲本末，臣所親見，嘗試爲陛下陳其一二。而陛下詳擇其可，亦足以申鑒於方今。伏惟仁宗之爲君也，仰畏天，俯畏人，寬仁恭儉，出於自然。而忠恕誠慤，終始如一，未嘗妄興一役，未嘗妄殺一人。斷獄務在生之，而特惡吏之殘擾，寧屈己棄財於夷狄，而終不忍加兵。刑平而公，賞重而信。納用諫官御史，公聽並觀，而不蔽於偏至之讒。因任衆人耳目，拔舉疏遠，而隨之以相坐之法。蓋監司之吏，以至州縣，無敢暴虐殘酷，擅有調發，以傷百姓。自夏人順服，蠻夷遂無大變，邊人父子夫婦，得免於兵死，而中國之人，安逸蕃息，以至今日者，未嘗妄興一役，未嘗妄殺一人，斷獄務在生之，而特惡吏之殘擾，寧屈己棄財於夷狄，而不忍加兵之効也。大臣貴戚，左右近習，莫敢强横犯法，其自重慎，或甚於閭巷之人，此刑平而公之効也。募天下驍雄横猾以爲兵，幾至百萬，非有良將以御之，而謀變者輒敗。聚天下財物，雖有文籍委之府史，非有能吏以鉤考，而斷盜者輒發。凶年饑歲，流者填道，死者相枕，而寇攘者輒得。此賞重而信之効也。大臣貴戚，左右近習，莫能大擅威福，廣私貨賂，一有姦慝，隨輒上聞，貪邪橫猾，雖閒或見用，未嘗得久。此納用諫官御史，公聽並觀，而不蔽於偏至之讒之効也。自縣令京官，以至監司臺閣，陞擢之任，雖不皆得人，然一時之所謂才士，亦罕蔽塞，而不見收舉者，此因任衆人之耳目，拔舉疎遠，而隨之以相坐之法之効也。升遐之日，天下號慟，如喪考妣。此寬仁恭儉，出於自然，忠恕誠慤，終始如一之効也。

然本朝累世因循末俗之弊，而無親友羣臣之議。人君朝夕與處，不過宦官女子，出而視事，又不過有司之細故，未嘗如古大有爲之君，與學士大夫，討論先王之法，以措之天下也。一切因任自然之理勢，而精神之運，有所不加；名實之閒，有所不察。君子非不見貴，然小人亦得廁其閒；正論非不見容，然邪説亦有時而用。以詩賦記誦，求天下之士，而無學校養成之法；以科名資歷，敘朝廷之位，而無官司課試之方。監司無檢察之人，守將非選擇之吏。轉徙之亟，既難於考績，而游談之衆，因得以亂真。交私養望者，多得顯官；獨立營職者，或見排沮。故上下偷惰取容而已，雖有能者在職，亦無以異於庸人。農民壞於繇役，而未嘗特見救恤，又不爲之設官，以修其水土之利。兵士雜於疲老，而未嘗申敕訓練，又不爲之擇將，而久其疆埸之權。宿衛則聚卒伍無賴之人，而未有以變五代姑息羈縻之俗。宗室則無教訓選舉之實，而未有以合先王親疏隆殺之宜。其於理財，大抵無法，故雖儉約，而民不富；雖憂勤，而國不强。賴非夷狄昌熾之時，又無堯、湯水旱之變，故天下無事，過於百年。雖曰人事，亦天助也。蓋累聖相繼，仰畏天，俯畏人，寬仁恭儉，忠恕誠慤，此其所以獲天助也。

伏惟陛下，躬上聖之質，承無窮之緒，知天助之不可常恃，知人事之不可怠終，則大有爲之時，正在今日。臣不敢輒廢將明之義，而苟逃諱忌之誅，伏惟陛下，幸赦而留神，則天下之福也。取進止。

王介甫進戒疏 ○

臣某昧死再拜上疏皇帝陛下：臣竊以爲陛下既終亮陰，考之於經，則羣臣進戒之時，而臣待罪近司，職當先事有言者也。竊聞孔子論爲邦，先放鄭聲，而後曰遠佞人；仲虺稱湯之德，先不邇聲色，不殖貨利，而後曰用人惟己。蓋以謂不淫耳目於聲色玩好之物，然後能精於用志。能精於用志，然後能明於見理。能明於見理，然後能知人。能知人，然後佞人可得而遠，忠臣良士，與有道之君子，類進於時，有以自竭，則法度之行、風俗之成，甚易也。若夫人主雖有過人之材，而不能早自戒於耳目之欲，至於過差以亂其心之所思，則用志不精。用志不精，則見理不明。見理不明，則邪說詖行，必窺閒乘殆而作，則其至於危亂也豈難哉！

伏惟陛下即位以來，未有聲色玩好之過聞於外。然孔子聖人之盛，尚自以爲七十而後敢縱心所欲也，今陛下以鼎盛之春秋，而享天下之大奉，所以惑移耳目者爲不少矣。則臣之所豫慮，而陛下之所深戒，宜在於此。天之生聖人之材甚吝，而人之值聖人之時甚難。天既以聖人之材付陛下，則人亦將望聖人之澤於此時。伏惟陛下自愛以成德，而自强以赴功，使後世不失聖人之名，而天下皆蒙陛下之澤，則豈非可願之事哉？臣愚不勝倦倦，惟陛下恕其狂妄，而幸賜省察。

古文辭類纂二十終

奏議類下編一

董子對賢良策一

制曰：朕獲承至尊休德，傳之亡窮，而施之罔極，任大而守重，是以夙夜不皇康寧，永惟萬事之統，猶懼有闕。故廣延四方之豪儁，郡國諸侯公選賢良脩絜博習之士，欲聞大道之要，至論之極。今子大夫褎然爲舉首，朕甚嘉之。子大夫其精心致思，朕垂聽而問焉。

蓋聞五帝三王之道，改制作樂而天下洽和，百王同之。當虞氏之樂，莫盛於《韶》，於周莫盛於《勺》。聖王已没，鐘鼓筦弦之聲未衰，而大道微缺，陵夷至虖桀紂之行，王道大壞矣。夫五百年之間，守文之君，當塗之士，欲則先王之法，以戴翼其世者甚衆，然猶不能反，日㠯仆滅，至後王而後止，豈其所持操，或誖繆而失其統與？固天降命，不可復反，必推之於大衰而後息與？烏虖！凡所爲屑屑夙興夜寐，務法上古者，又將無補與？三代受命，其符安在？災異之變，何緣而起？性命之情，或夭或壽，或仁或鄙，習聞其號，未燭厥理。伊欲風流而令行，刑輕而姦改，百姓和樂，政事宣昭，何脩何飭，而膏露降，百穀登，德潤四海，澤臻屮木，三光全，寒暑平，受天之祜，享鬼神之靈，悳澤洋溢，施虖方外，延及羣生？子大夫明先聖之業，習俗化之變，終始之序，講聞高誼之日久矣，其明㠯諭朕。科別其條，勿猥勿并，取之於術，慎其所出。迺其不正不直，不忠不極，枉於執事，書之不泄，興于朕躬，毋悼後害。子大夫其盡心，靡有所隱，朕將親覽焉。

仲舒對曰：陛下發德音，下明詔，求天命與情性，皆非愚臣之所能及也。臣謹案《春秋》之中，視前世已行之事，㠯觀天人相與之際，甚可畏也。國家將有失道之敗，而天迺先出災害㠯譴告之。不知自省，又出怪異以警懼之。尚不知變，而傷敗迺至。㠯此見天心之仁愛人君，而欲止其亂也。自非大亡道之世者，天盡欲扶持而全安之，事在彊勉而已矣。彊勉學問，則聞見博而知益明；彊勉行道，則德日起而大有功，此皆可使還至而立有效者也。以策之次第，當先對作樂，然語非切要，故從非天降命不可反意説起，以彊勉行道對夙興夜寐，非無補以警動之，下乃從行道引入作樂，科條不并而意自貫通。《詩》曰「夙夜匪解」，《書》云「茂哉茂哉」，皆彊勉之謂也。

道者，所繇適於治之路也，仁義禮樂，皆其具也。故聖王已没，而子孫長久安寧數百歲，此皆禮樂教化之功也。王者未作樂之時，迺用先王之樂宜於世者，而㠯深入教化於民。教化之情不得，雅頌之樂不成，故王者功成作樂，樂其德也。樂者，所以變民風、化民俗也。其變民也易，其化人也著。故聲發於和，而本於情，接於肌膚，臧於骨髓。故王道雖微缺，而筦弦之聲未衰也。夫虞氏之不爲政久矣，然而樂頌遺風，猶有存者，是目孔子在亝而聞《韶》也。

夫人君莫不欲安存而惡危亡，然而政亂國危者甚衆，所任者非其人，而所繇者非其道，是目政日以仆滅也。夫周道衰於幽、厲，非道亡也，幽、厲不繇也。至於宣王，思昔先王之德，興滯補弊，明文、武之功業，周道粲然復興，詩人美之而作，上天祐之，爲生賢佐，後世稱誦，至今不絕。此夙夜不解，行善之所致也。孔子曰：「人能弘道，非道弘人也。」故治亂廢興在於己，非天降命，不可得反，其所操持誖謬，失其統也。

臣聞天之所大奉使之王者，必有非人力所能致而自至者，此受命之符也。天下之人，同心歸之，若歸父母，故天瑞應誠而至。《書》曰：「白魚入於王舟，有火復於王屋，流爲烏。」此蓋受命之符也。周公曰：「復哉復哉。」孔子曰：「德不孤，必有鄰。」皆積善絫德之效也。及至後世，淫佚衰微，不能統理羣生，諸侯背畔，殘賊良民，目争壤土，廢德教而任刑罰，刑罰不中，則生邪氣。邪氣積於下，怨惡畜於上。上下不和，則陰陽繆盭，而妖孼生矣。此災異所緣而起也。

臣聞命者，天之令也；性者，生之質也；情者，人之欲也。或夭或壽，或仁或鄙，陶冶而成之，不能粹美，有治亂之所生，故不亝也。孔子曰：「君子之德風也，小人之德屮也，屮上之風必偃。」故堯舜行德，則民仁壽；桀紂行暴，則民鄙夭。夫上之化下，下之從上，猶泥之在鈞，惟甄者之所爲；猶金之在鎔，惟冶者之所鑄。「綏之斯倈，動之斯和」，此之謂也。

臣謹案《春秋》之文，求王道之端，得之於正。正次王，王次春。春者，天之所爲也；正者，王之所爲也。其意曰：上承天之所爲，而下以正其所爲，正王道之端云爾。然則王者欲有所爲，宜求其端於天。此段專對何修何飭，至篇末皆一意。

天道之大者在陰陽。陽爲德，陰爲刑。刑主殺而德主生。是故陽常居大夏，而以生育養長爲事；陰常居大冬，而積於空虛不用之處。㠯此見天之任德不任刑也。天使陽出布施於上，而主歲功，使陰入伏於下，而時出佐陽。陽不得陰之助，亦不能獨成歲。終陽㠯成歲爲名，此天意也。王者承天意㠯從事，故任德教而不任刑。刑者不可任㠯治世，猶陰之不可任㠯成歲也。爲政而任刑，不順於天，故先王莫之肯爲也。今廢先王德教之官，而獨任執法之吏治民，毋迺任刑之意與？孔子曰：「不教而誅，謂之虐。」虐政用於下，而欲德教之被四海，故難成也。

臣謹案《春秋》謂一元之意：一者，萬物之所從始也；元者，辭之所謂大也。謂一爲元者，視大始而欲正本也。《春秋》深探其本，而反自貴者始。故爲人君者，正心㠯正朝廷，正朝廷㠯正百官，正百官㠯正萬民，正萬民㠯正四方。四方正，遠近莫敢不壹於正，而亡有邪氣奸其閒者。策問內不正不直一層，董子所不對而寓意於此，謂人君正己，固無取以察察爲明也。是㠯陰陽調而風雨時，羣生和而萬民殖，五穀孰而屮木茂。天地之閒，被潤澤而大豐美；四海之內，聞盛德而皆徠臣。諸福之物，可致之祥，莫不畢至，而王道終矣。

孔子曰：「鳳鳥不至，河不出圖，吾已矣夫！」自悲可致此物，而身卑賤不得致也。今陛下貴爲天子，富有四海，居得致之位，操可致之勢，又有能致之資，行高而恩厚，知明而意美，愛民而好士，可謂誼主矣。然而天地未應，而美祥莫至者，何也？凡㠯教化不立，而萬民不正也。上段言人君正心以正朝廷，德也，下段皆言教也，所當修飭，二者而已。而以福祥可致閒其中。不截然分兩段，固是古人文字變化，多有如此，而德教相因，亦非兩事也。

夫萬民之從利也，如水之走下，不㠯教化隄防之，不能止也。是故教化立而姦邪皆止者，其隄防完也；教化廢而姦邪並出，刑罰不能勝者，其隄防壞也。古之王者明於此，是故南面而治天下，莫不㠯教化爲大務。立太學㠯教於國，設庠序㠯化於邑，漸民㠯仁，摩民㠯誼，節民㠯禮，故其刑罰甚輕，而禁不犯者，教化行而習俗美也。

聖王之繼亂世也，埽除其迹而悉去之，復脩教化而崇起之。教化已明，習俗已成，子孫循之，行五六百歲，尚未敗也。至周之末世，大爲亡道，㠯失天下。秦繼其後，獨不能改，又益甚之，重禁文學，不得挾書，棄捐禮誼而惡聞之，其心欲盡滅先聖之道，而顓爲自恣苟簡之治，故立爲天子十四歲，而國破亡矣。自古㠯來，未嘗有㠯亂濟亂，大敗天下之民，如秦者也。其遺毒餘烈，至今未滅，使習俗薄惡，人民嚚頑，抵冒殊扞，孰爛如此之甚者也。孔子曰：「腐朽之木，不可彫也；糞土之墻，不可圬也。」今漢繼秦之後，如朽木、糞墻矣，雖欲善治之，亡可奈何。法出而姦生，令下而詐起，如以湯止沸，抱薪救火，愈甚，亡益也。竊譬之，琴瑟不調，甚者必解而更張之，迺可鼓也；爲政而不行，甚者必變而更化之，迺可理也。當更張而不更張，雖有良工，不能善調也；當更化而不更化，雖有大賢，不能善治也。故漢得天下㠯來，常欲善治，而至今不可善治者，失之於當更化而不更化也。古人有言曰：「臨淵羨魚，不如退而結網。」今臨政而願治，七十餘歲矣，不如退而更化。更化，則可善治。善治，則災害日去，福禄日來。《詩》云：「宜民宜人，受禄於天。」爲政而宜於民者，固當受禄於天。夫仁、誼、禮、知、信，五常之道，王者所當脩飭也。五者脩飭，故受天之祐，而享鬼神之靈，德施於方外，延及羣生也。

董子對賢良策二〇

制曰：蓋聞虞舜之時，游於巖郎之上，垂拱無爲，而天下太平；周文王至於日昃不暇食，而宇内亦治。夫帝王之道，豈不同條共貫與？何逸勞之殊也？蓋儉者不造玄黄旌旗之飾，及至周室，設兩觀，乘大路，朱干玉戚，八佾陳於庭，而頌聲興。夫帝王之道，豈異指哉？或曰：良玉不琢。又云：非文亡目輔德。二端異焉。殷人執五刑目督姦，傷肌膚目懲惡。成、康不式，四十餘年，天下不犯，囹圄空虚。秦國用之，死者甚衆，刑者相望，秏矣哀哉！

烏虖！朕夙寤晨興，惟前帝王之憲，永思所以奉至尊，章洪業，皆在力本任賢。今朕親耕藉田，目爲農先，勸孝弟，崇有德，使者冠蓋相望，問勤勞，恤孤獨，盡思極神，功烈休德，未始云獲也。今陰陽錯繆，氛氣充塞，羣生寡遂，黎民未濟，廉恥貿亂，賢不肖渾殽，未得其真，故詳延特起之士，意庶幾乎？今子大夫待詔百有餘人，或道世務而未濟，稽諸上古而不同，考之于今而難行，毋迺牽於文繫而不得騁與？將所繇異術，所聞殊方與？各悉對著於篇，毋諱有司。明其指略，切磋究之，吕稱朕意。

仲舒對曰：臣聞堯受命吕天下爲憂，而未吕位爲樂也，故誅逐亂臣，務求賢聖，是以得舜、禹、稷、卨、咎繇。衆聖輔德，賢能佐職，教化大行，天下和洽，萬民皆安仁樂誼，各得其宜，動作應禮，從容中道。故孔子曰：「如有王者，必世而後仁。」此之謂也。堯在位七十載，乃遜于位吕禪虞舜。堯崩，天下不歸堯子丹朱而歸舜。舜知不可辟，迺即天子之位，吕禹爲相，因堯之輔佐，繼其統業，是吕垂拱無爲而天下治。孔子曰：「《韶》盡美矣，又盡善也。」此之謂也。至於殷紂，逆天暴物，殺戮賢知，殘賊百姓。伯夷、太公，皆當世賢者，隱處而不爲臣。守職之人，皆奔走逃亡，入于河海。天下秏亂，萬民不安，故天下去殷而從周。文王順天理物，師用賢聖，是吕閎夭、大顛、散宜生等，亦聚於朝廷。愛施兆民，天下歸之，故太公起海濱而即三公也。當此之時，紂尚在上，尊卑昏亂，百姓散亡，故文王悼痛而欲安之，是以日昃而不暇食也。孔子作《春秋》，先正王而繫萬事，見素王之文焉。繇此觀之，帝王之條貫同，然而勞逸異者，所遇之時異也。孔子曰：「《武》盡美矣，未盡善也。」此之謂也。

臣聞制度文采玄黄之飾，所以明尊卑，異貴賤，而勸有德也，故春秋受命，所先制者，改正朔，易服色，所目應天也。然則宫室旌旗之制，有法而然者也。故孔子曰：「奢則不遜，儉則固。」儉非聖人之中制也。臣聞良玉不瑑，資質潤美，不待刻瑑，此亡異於達巷黨人不學而自知也。然則常玉不瑑，不成文章；君子不學，不成其德。

臣聞聖王之治天下也，少則習之學，長則材諸位，爵禄目養其德，刑罰目威其惡，故民曉於禮誼，而恥犯其上。武王行大誼，平殘賊，周公作禮樂以文之，至於成、康之隆，囹圄空虚，四十餘年，此亦教化之漸，而仁誼之流，非獨傷肌膚之效也。至秦則不然。師申、商之法，行韓非之説，憎帝王之道，以貪狼爲俗，非有文德目教訓於天下也。誅名而不察實，爲善者不必免，而犯惡者未必刑也。是目百官皆飾空言虚辭而不顧實，外有事君之禮，内有背上之心，造僞飾詐，趣利無恥。又好用憯酷之吏，賦斂亡度，竭民財力，百姓散亡，不得從耕織之業，羣盗竝起。是目刑者甚衆，死者相望，而姦不息，俗化使然也。故孔子曰：「導之目政，亝之目刑，民免而無恥。」此之謂也。

今陛下并有天下，海内莫不率服，廣覽兼聽，極羣下之知，盡天下之美，至德昭然，施於方外。夜郎、康居，殊方萬里，説德歸誼，此太平之致也。然而功不加於百姓者，殆王心未加焉。曾子曰：「尊其所聞，則高明矣；行其所知，則光大矣。高明光大，不在於它，在乎加之意而已。」願陛下因用所聞，設誠於内而致行之，則三王何異哉！

陛下親耕藉田，㠯爲農先，夙寤晨興，憂勞萬民，思惟往古，而務㠯求賢，此亦堯舜之用心也，然而未云獲者，士素不厲也。此篇亦應前篇。設誠於内，德也；厲士求賢長吏，教也。從賢長吏内，又推出選郎吏之法，及官不計日月兩層，亦如介甫上仁宗書，綱中有目，目中有細目，但漢人文法自渾古耳。夫不素養士，而欲求賢，譬猶不瑑玉而求文采也。故養士之大者，莫大虖太學。太學者，賢士之所關也，教化之本原也。今㠯一郡一國之衆，對亡應書者，是王道往往而絶也。臣願陛下興太學，置明師，㠯養天下之士，數考問㠯盡其材，則英俊宜可得矣。今之郡守、縣令，民之師帥，所使承流而宣化也。故師帥不賢，則主德不宣，恩澤不流。今吏既亡教訓於下，或不承用主上之法，暴虐百姓，與姦爲市，貧窮孤弱，冤苦失職，甚不稱陛下之意。是㠯陰陽錯繆，氛氣充塞，羣生寡遂，黎民未濟，皆長吏不明，使至於此也。夫長吏多出於郎中、中郎，吏二千石子弟。選郎吏，又㠯富訾，未必賢也。按郎中比三百石，蓋出爲令。中郎比六百石，蓋出爲守。其選此者以吏二千石子弟及富訾二途。漢初制蓋如此。若爰盎以兄噲任爲郎中，是吏二千石子弟也。

張釋之、司馬相如皆以訾爲郎，惟馮唐以孝著爲郎中署長，意其比甚少，故董子云未必賢也。自元光九年舉孝廉，元朔五年予博士弟子，嗣後郎選乃出此二途。班固所云「總禮官之甲科，羣百郡之廉孝」，其原自董子發之，此固郎選之盛也。然漢初所云以訾爲郎者，訾算十以上得就選耳，去取猶決於上，有市籍者猶不得官。及武帝元鼎以後，「株送徒」，入財得補郎，則市儈以財賄，自操仕進之權矣。是郎選之盛衰，皆當武帝之世也。且古所謂功者，㠯任官稱職爲差，非所謂積日絫久也。故小材雖絫日，不離於小官；賢材雖未久，不害爲輔佐。是㠯有司竭力盡知，務治其業而㠯赴功。今則不然。絫日㠯取貴，積久㠯致官，是㠯廉耻貿亂，賢不肖渾殽，未得其真。臣愚㠯爲使諸列侯、郡守二千石，各擇其吏民之賢者，歲貢各二人，以給宿衛，且以觀大臣之能。所貢賢者有賞，所貢不肖者有罰。夫如是，諸侯、吏二千石，皆盡心於求賢，天下之士，可得而官使也。徧得天下之賢人，則三王之盛易爲，而堯舜之名可及也。毋㠯日月爲功，實試賢能爲上，量材而授官，録德而定位，則廉耻殊路，賢不肖異處矣。陛下加惠寬臣之罪，令勿牽制於文，使得切磋究之，臣敢不盡愚。

董子對賢良策三　○○

制曰：蓋聞善言天者，必有徵於人；善言古者，必有驗於今。故朕垂問乎天人之應，上嘉唐、虞，下悼桀紂，寖微寖滅，寖明寖昌之道，虛心目改。今子大夫明於陰陽所目造化，習於先聖之道業，然而文采未極，豈惑虖當世之務哉？條貫靡竟，統紀未終，意朕之不明與？聽若眩與？夫三王之教，所祖不同，而皆有失。或謂久而不易者，道也，意豈異哉？今子大夫既已著大道之極，陳治亂之端矣，其悉之究之，孰之復之。《詩》不云虖：「嗟爾君子，毋常安息，神之聽之，介爾景福。」朕將親覽焉，子大夫其茂明之。前兩策問，徧問諸賢良，此策蓋獨問董子，故策首謝此意。

仲舒復對曰：臣聞《論語》曰：「有始有卒者，其唯聖人虖？」今陛下幸加惠，留聽於承學之臣，復下明册以切其意，而究盡聖德，非愚臣之所能具也。前所上對，條貫靡竟，統紀不終，辭不別白，指不分明，此臣淺陋之罪也。

册曰：「善言天者，必有徵於人；善言古者，必有驗於今。」臣聞天者，羣物之祖也，故徧覆包函而無所殊，建日月風雨目和之，經陰陽寒暑以成之。故聖人法天而立道，亦溥愛而亡私，布德施仁以厚之，設誼立禮目導之。春者，天之所目生也；仁者，君之所目愛也；夏者，天之所目長也；德者，君之所目養也；霜者，天之所目殺也；刑者，君之所目罰也。繇此言之，天人之徵，古今之道也。孔子作《春秋》，上揆之天道，下質諸人情，參之於古，考之於今。故《春秋》之所譏，災害之所加也；《春秋》之所惡，怪異之所施也。書邦家之過，兼災異之變，㠯此見人之所爲，其美惡之極，迺與天地流通，而往來相應。此亦言天之一端也。古者脩教訓之官，務以惪善化民，民已大化之後，天下常亡一人之獄矣。今世廢而不脩，亡㠯化民，民㠯故棄仁誼而死財利，是以犯法而罪多，一歲之獄，㠯萬千數。㠯此見古之不可不用也，故《春秋》變古則譏之。天令之謂命，命非聖人不行；質樸之謂性，性非教化不成；人欲之謂情，情非度制不節。是故王者上謹於承天意，㠯順命也；下務明教化民，㠯成性也；正法度之宜，別上下之序，㠯防欲也。脩此三者，而大本舉矣。人受命於天，固超然異於羣生。入有父子兄弟之親，出有君臣上下之誼，會聚相遇，則有耆老長幼之施。粲然有文㠯相接，驩然有恩㠯相愛，此人之所㠯貴也。生五穀㠯食之，桑麻㠯衣之，六畜㠯養之，服牛乘馬，圈豹檻虎，是其得天之靈，貴於物也。故孔子曰：「天地之性，人爲貴。」明於天性，知自貴於物。知自貴於物，然後知仁誼。知仁誼，然後重禮節。重禮節，然後安處善。安處善，然後樂循理。樂循理，然後謂之君子。故孔子曰：「不知命，亡㠯爲君子。」此之謂也。

册曰：「上嘉唐、虞，下悼桀紂，寖微寖滅，寖明寖昌之道，虛心㠯改。」臣聞衆少成多，積小致鉅，故聖人莫不㠯晻致明，㠯微致顯。是㠯堯發於諸侯，舜興虖深山，非一日而顯也，蓋有漸㠯致之矣。言出於己，不可塞也；行發於身，不可掩也。言行，治之大者，君子之所㠯動天地也。故盡小者大，慎微者著。《詩》云：「唯此文王，小心翼翼。」故堯兢兢日行其道，而舜業業日致其孝，善積而名顯，德章而身尊，此其寖明寖昌之道也。積善在身，猶長日加益，而人不知也；積惡在身，猶火之銷膏，而人不見也。非明虖情性，察虖流俗者，孰能知之？此唐、虞之所㠯得令名，而桀紂之可爲悼懼者也。夫善惡之相從，如景鄉之應形聲也。故桀紂暴謾，讒賊並進，賢知隱伏，惡日顯，國日亂，晏然自㠯如日在天，終陵夷而大壞。夫暴逆不仁者，非一日而亡也，亦以漸至，故桀紂雖亡道，然猶享國十餘年，此其寖微寖滅之道也。

冊曰：「三王之教，所祖不同，而皆有失，或謂久而不易者，道也，意豈異哉？」臣聞夫樂而不亂，復而不厭者，謂之道。道者，萬世亡弊。弊者，道之失也。先王之道，必有偏而不起之處，故政有眊而不行，舉其偏者，㠯補其弊而已矣。三王之道，所祖不同，非其相反，將㠯捄溢扶衰，所遭之變然也。故孔子曰：「亡爲而治者，其舜虖？」改正朔，易服色，㠯順天命而已，其餘盡循堯道，何更爲哉？故王者有改制之名，亡變道之實。然夏上忠，殷上敬，周上文者，所繼之捄，當用此也。孔子曰：「殷因於夏禮，所損益可知也；周因於殷禮，所損益可知也；其或繼周者，雖百世可知也。」此言百王之用，㠯此三者矣。夏因於虞，而獨不言所損益者，其道如一，而所上同也。道之大原出於天，天不變，道亦不變。是㠯禹繼舜，舜繼堯，三聖相受而守一道，亡救弊之政也，故不言其所損益也。繇是觀之，繼治世者，其道同；繼亂世者，其道變。今漢繼大亂之後，若宜少損周之文，致用夏之忠者。

陛下有明悳嘉道，湣世俗之靡薄，悼王道之不昭，故舉賢良方正之士，論誼考問，將欲興仁誼之休德，明帝王之法制，建太平之道也。臣愚不肖，述所聞，誦所學，道師之言，廑能勿失耳。若迺論政事之得失，察天下之息秏，此大臣輔佐之職，三公九卿之任，非臣仲舒所能及也。然而臣竊有怪者。此篇末陳不奪民利、罷絀百家二事，非策所及而自發之，亦因册有「悉之究之」語也，然皆貫以天人古今，故首尾一綫。夫古之天下，亦今之天下；今之天下，亦古之天下。共是天下，古亦大治，上下和睦，習俗美盛，不令而行，不禁而止，吏亡姦邪，民亡盜賊，囹圄空虛，德潤屮木，澤被四海，鳳皇來集，麒麟來游。㠯古準今，壹何不相逮之遠也？安所繆盭而陵夷若是？意者有所失於古之道與？有所詭於天之理與？試迹之古，返之於天，黨可得見乎？

夫天亦有所分予，予之齒者去其角，傅其翼者兩其足，是所受大者，不得取小也。古之所予祿者，不食於力，不動於末，是亦受大者不得取小，與天同意者也。夫已受大，又取小，天不能足，而況人虖？此民之所㠯囂囂苦不足也。身寵而載高位，家溫而食厚祿，因乘富貴之資力，㠯與民爭利於下，民安能如之哉？是故眾其奴婢，多其牛羊，廣其田宅，博其產業，畜其積委，務此而亡已，以迫蹵民，民日削月朘，寖㠯大窮。富者奢侈羨溢，貧者窮急愁苦。窮急愁苦，而上不救，則民不樂生。民不樂生，尚不避死，安能避罪？此刑罰之所㠯蕃，而姦邪不可勝者也。故受祿之家，食祿而已，不與民爭業，然後利可均布，而民可家足。此上天之理，而亦太古之道，天子之所宜法㠯爲制，大夫之所當循㠯爲行也。故公儀子相魯，之其家，見織帛，怒而出其妻。食於舍而茹葵，慍而拔其葵，曰「吾已食祿，又奪園夫紅女利虖」。古之賢人君子在列位者，皆如是，是故下高其行，而從其教；民化其廉，而不貪鄙。及至周室之衰，其卿大夫緩於誼而急於利，亡推讓之風，而有爭田之訟。故詩人疾而刺之曰：「節彼南山，維石巖巖。赫赫師尹，民具爾瞻。」爾好誼，則民鄉仁而俗善；爾好利，則民好邪而俗敗。由是觀之，天子大夫者，下民之所視效，遠方之所四面而內望也。近者視而放之，遠者望而效之，豈可㠯居賢人之位，而爲庶人行哉！夫皇皇求財利，常恐乏匱者，庶人之意也；皇皇求仁誼，常恐不能化民者，大夫之意也。《易》曰：「負且乘，致寇至。」乘車者，君子之位也；負擔者，小人之事也。此言居君子之位，而爲庶人之行者，其禍患必至也。若居君子之位，當君子之行，則舍公儀休之相魯，亡可爲者矣。

《春秋》大一統者，天地之常經，古今之通誼也。今師異道，人異論，百家殊方，指意不同，是目上亡目持一統，法制數變，下不知所守。臣愚目爲諸不在六藝之科，孔子之術者，皆絶其道，勿使竝進。邪辟之説滅息，然後統紀可一，而法度可明，民知所從矣。

古文辭類篹二十一

奏議類下編二

古文辭類篹二十二

蘇子瞻對制科策

宋時制科有才識兼茂明於體用科，有賢良方正直言極諫科，有博學鴻詞科。子瞻此對，乃仁宗嘉祐五年問賢良方正直言極諫策也。子由爲兄墓誌云：歐陽公以直言舉之。而《宋史》本傳乃云以才識兼茂舉之，蓋史誤也。○

臣謹對曰：臣聞天下無事，則公卿之言輕於鴻毛；天下有事，則匹夫之言重於泰山。非智有所不能，而明有所不察，緩急之勢異也。方其無事也，雖齊桓之深信其臣，管仲之深得其君，以握手丁寧之間，將死深悲之言，而不能去其區區之三豎；及其有事且急也，雖唐代宗之庸，程元振之用事，柳伉之賤且踈，而一言以入之，不終朝而去其腹心之疾。夫言之於無事之世者，足以有所改爲，而常患於不信；言之於有事之世者，易以見信，而常患於不及改爲。此忠臣志士之所以深悲，天下之所以亂亡相尋，而世主之所以不悟也。今陛下處積安之時，乘不拔之勢，拱手垂裳，而天下嚮風；動容變色，而海內震恐。雖有一事之失常，一物之不獲，固未足以憂陛下也。所爲親策賢良之士者，以應故事而已，豈以臣言爲真足以有感於陛下耶？雖然，君以名求之，臣以實應之。陛下爲是名也，臣敢不爲是實也。

伏惟制策，有念祖宗先帝大業之重，而自處於寡昧，目爲「志勤道遠，治不加進」。臣竊以爲陛下即位以來，歲歷三紀，更於事變，審於情僞，不爲不熟矣。而「治不加進」，雖臣亦疑之。然以爲「志勤道遠」，則雖臣至愚，亦未敢以明詔爲然也。夫志有不勤，而道無遠。陛下苟知勤矣，則天下之事，粲然無不畢舉，又安以訪臣爲哉？今也猶目道遠爲嘆，則是陛下未知勤也。臣請言勤之説。

夫天以日運故健，日月以日行故明，水以日流故不竭，人之四肢以日動故無疾，器以日用故不蠹。天下者，大器也。久置而不用，則委靡廢放，日趨於弊而已矣。陛下深居法宮之中，其憂勤而不息邪？臣不得而知也。其宴安而無爲邪？臣不得而知也。然所以知道遠之嘆，由陛下之不勤者，誠見陛下以天下之大，欲輕賦税，則財不足；欲威四夷，則兵不彊；欲興利除害，則無其人；欲敦世厲俗，則無其具。大臣不過遵用故事，小臣不過謹守簿書，上下相安，以苟歲月。此臣所以妄論陛下之不勤也。

臣又竊聞之：自頃歲以來，大臣奏事，陛下無所詰問，直可之而已。臣始聞而大懼，以爲不信。及退而觀其效見，則臣亦不敢謂不信也。何則？人君之言，與士庶不同。言脱於口，而四方傳之，捷於風雨。故太祖、太宗之世，天下皆諷誦其言語，以爲聳動之具。今陛下之所震怒而賜譴者，何人也？合於聖意誘而進之者，何人也？所與朝夕論議深言者，何人也？越次躐等召而問訊之者，何人也？四者臣皆未之聞焉。此臣所以妄論陛下之不勤也。臣願陛下條天下之事，其大者有幾，可用之人有幾。某事未治，某人未用，鷄鳴而起，曰：吾今日爲某事，用某人。他日又曰：吾所爲某事，其果濟矣乎？所用某人，其人果才矣乎？如是孜孜焉，不違於心，屏去聲色，放遠善柔，親近賢達。遠覽古今，凡此者勤之實也，而道何遠乎？

伏惟制策，有「夙興夜寐，於今三紀。德有所未至，教有所未孚，闕政尚多，和氣或盭。田野雖闢，民多亡聊。邊境雖安，兵不得撤。利入已浚，浮費彌廣。軍冗而未練，官冗而未澄。庠序比興，禮樂未具。户罕可封之俗，士忽胥讓之節。此所以訟未息於虞、芮，刑未措於成、康。意在位者不以教化爲心，治民者多以文法爲拘。禁防繁多，民不知避。敘法寬濫，吏不知懼。纍繫者衆，愁嘆者多」。凡此陛下之所憂數十條者，臣皆能爲陛下歷數而備言之，然而未敢爲陛下道也。何者？陛下誠得御臣之術，而固執之，則嚮之所憂數十條者，皆可以捐之大臣，而已不與。今陛下區區以嚮之數十條爲己憂者，則是陛下未得御臣之術也。

天下所謂賢者，陛下既得而用之矣。方其未用也，常若有餘；而其既用也，則不足。是豈其才之有變乎？古之用人者，日夜提策之。武王用太公，其相與問答百餘萬言，今之《六韜》是也；桓公用管仲，其相與問答亦百餘萬言，今之《管子》是也。古之人君，其所以反覆窮究其臣者若此。今陛下默默而聽其所爲，則夫嚮之所憂數十條者，無時而舉矣。古之忠臣，其受任也，必先自度曰：吾能辨是矣乎？度能辨是也，則又曰：吾君能忘己而任我乎？能無以小人閒我乎？度其能忘己而任我也，能無以小人閒我也，然後受之。既已受之矣，則以身任天下之責而不辭，享天下之利而不愧。今也內不度己，外不度君，而輕受之。受之而衆不與也，則引身而求去。陛下又爲美辭而遣之，加之重禄而慰之。夫引身而求退者，非果廉節而有讓也，是邀君以自固也，是自明其非我之欲留以逃謗也，是不能辦其事，而以其患遺後人也，陛下奈何聽之？臣故曰：陛下未得御臣之術也。

若夫「德有所未至，教有所未孚」者，此實不至也。德之必有以著其德之之形，教之必有以顯其教之之狀。德之之形，莫著於輕賦；教之之狀，莫顯於去殺。此二者，今皆未能焉。故曰：實不至也。

夫以選舉之重，而不取才行；官吏之衆，而不行考課；農末之相傾，而平糴之法不立；貧富之相役，而占田之數無限。天下之闕政，則莫大乎此，而和氣安得不鬱乎？

「田野闢」者，民之所以富足之道也。其所以無聊，則吏政之過也。然臣聞天下之民，常偏聚而不均。吴、蜀有可耕之人，而無其地；荆、襄有可耕之地，而無其人。由此觀之，則田野亦未可謂盡闢也。夫以吴、蜀、荆、襄之相形，而飢寒之民，終不能去狹而就寬者，世以爲懷土而重遷，非也。行者無以相羣，則不能行；居者無以相友，則不能居。若輩徙飢寒之民，則無有不聽矣。

「邊境已安，而兵不得徹」者，有安之名，而無安之實也。臣欲小言之，則自以爲愧；大言之，則世俗以爲笑。臣請略言之。古之制北狄者，未始不通西域。今之所以不能通者，是夏人爲之障也。朝廷置靈武於度外幾百年矣，議者以爲絶域異方，曾不敢近，而況於取之乎？然臣以爲事勢有不可不取者。不取靈武，則無以通西域。西域不通，則契丹之强，未有艾也。然靈武之所以不可取者，非以數郡之能抗吾中國，吾中國自困而不能舉也。其所以自困而不能舉者，以不生不息之財，養不耕不戰之兵，塊然如巨人之病膇，非不枵然大矣，而手足不能以自舉。欲去是疾也，則莫若捐秦以委之，使秦人斷然如戰國之世，不待中國之援，而中國亦若未始有秦者。有戰國之全利，而無戰國之患，則夏人舉矣。其便莫如稍徙緣邊之民不能戰守者於空閑之地，而以其地益募民爲屯田。屯田之兵稍益，則向之戍卒，可以稍減，使數歲之後，緣邊之民，盡爲耕戰之夫。然後數出兵以苦之，要以使之厭戰而不能支，則折而歸吾矣。如此，而北狄始有可制之漸，中國始有息肩之所。不然，將濟師之不暇，而又何徹乎？

所謂「利入已浚，而浮費彌廣」者，臣竊以爲外有不得已之二虜，内有得已而不已之後宮。後宮之費，不下一敵國。金玉錦繡之工，日作而不息，朝成夕毁，務以相新。主帑之吏，日夜儲其精金良帛而別異之，以待倉卒之命。其爲費豈可勝計哉！今不務去此等，而欲廣求利之門，臣知所得之不如所喪也。

「軍宂而未練」者，臣嘗論之曰：此將不足恃之過也。然以其不足恃之故，而擁之以多兵，不蒐去其無用，則多兵適所以爲敗也。

「官宂而未澄」者，臣嘗論之曰：此審官吏部與職司無法之過也。夫審官吏部，是古者考績黜陟之所也，而特以日月爲斷。今縱未能復古，可略分其郡縣，不以遠近爲差，而以難易爲等，第其人之所堪而别異之。才者常爲其難，而不才者常爲其易。及其當遷也，難者常速，而易者常久。然而爲此者固有待也。内之審官吏部，與外之職司，常相關通。而爲職司者，不惟舉有罪、察有功而已，必使盡第其屬吏之所堪，以詔審官吏部。審官吏部常從内等其任使之難易，職司常從外第其人之優劣。才者常用，不才者常閑，則冗官可澄矣。

「庠序興而禮樂未具」者，臣蓋以爲庠序者，禮樂既興之所用，非所以興禮樂也。今禮樂鄙野而未完，則庠序不知所以爲教，又何以興禮樂乎？如此而求其可封，責其胥讓，將以息訟而措刑者，是卻行而求前也。夫上之所嚮者，下之所趨也，而況從而賞之乎？上之所背者，下之所去也，而況從而罰之乎？今陛下責在位者不務教化，而治民者多拘文法，臣不知朝廷所以爲賞罰者何也？無乃或以教化得罪，而多以文法受賞與？夫禁防未至於繁多，而民不知避者，吏以爲市也。敘法不爲寬濫，而吏不知懼者，不論其能否，而論其久近也。縲繫者衆，愁嘆者多，凡以此也。

伏惟制策，有「仍歲以來，災異數見。乃六月壬子，日食於朔。淫雨過節，煖氣不效。江河潰決，百川騰溢。永思厥咎，深切在予。變不虚生，緣政而起」。此豈非陛下厭聞諸儒牽合之論，而欲聞其自然之説乎？臣不敢復取《洪範傳》、《五行志》以爲對，直以意推之。

夫日食者，是陽氣不能履險也。何謂陽氣不能履險？臣聞五月二十三分月之二十，是爲一交，交當朔則食。交者，是行道之險者也。然而或食或不食，則陽氣之有强弱也。今有二人竝行，而犯霧露，其疾者，必其弱者也；其不疾者，必其强者也。道之險一也，而陽氣之强弱異。故夫日之食，非食之日而後爲食，其虧也久矣，特遇險而見焉。陛下勿以其未食也爲無災，而其既食而復也爲免咎。臣以爲未也，特出於險耳。夫淫雨大水者，是陽氣融液汗漫而不能收也。諸儒或以爲陰盛，臣請得以理折之。夫陽動而外，其於人也爲嘘。嘘之氣，温然而爲溼。陰動而内，其於人也爲噏。噏之氣，冷然而爲燥。以一人推天地，天地可見也。故春夏者，其一嘘也；秋冬者，其一噏也。夏則川澤洋溢，冬則水泉收縮，此燥溼之效也。是故陽氣汗漫融液而不能收，則常爲淫雨大水，猶人之嘘而不能吸也。今陛下以至仁柔天下，兵驕而益厚其賜，戎狄桀傲而益加其禮，蕩然與天下爲咻呴温煖之政，萬事墮壞，而終無威刑以堅凝之，亦如人之嘘而不能吸，此淫雨大水之所由作也。天地告戒之意，陰陽消復之理，殆無以易此矣！

而制策又有「五事之失，六沴之作，劉向所傳，吕氏所紀，五行何修而得其性？四時何行而順其令？非正陽之月，伐鼓救變，其合於經乎？方盛夏之時，論囚報重，其考於古乎」。此陛下畏天恐懼求端之過，而流入於迂儒之説。此皆愚臣之所學於師而不取者也。

夫五行之相沴，本不至於六。六沴者，起於諸儒欲以六極分配五行，於是始以皇極附益而爲六。夫皇極者，五事皆得，不極者，五事皆失，非所以與五事竝列而别爲一者也。是故有眊而又有蒙，有極而無福，曰五福皆應，此亦自知其疎也。吕氏之時令，則柳宗元之論備矣，以爲有可行者，有不可行者。其可行者，皆天事也；其不可行者，皆人事也。若夫禜社伐鼓，本非有益於救災，特致其尊陽之意而已。《書》曰：「乃季秋月朔，辰弗集於房，瞽奏鼓，嗇夫馳，庶人走。」由此言之，則亦何必正陽之月，而後伐鼓救變，如《左氏》之説乎？盛夏報囚，先儒固已論之，以爲仲尼誅齊優之月，固君子之所無疑也。

伏惟制策有「京師諸夏之根本，王教之淵源。百工淫巧無禁，豪右僭差不度」。此在陛下身率之耳。後宫有大練之飾，則天下以羅紈爲羞；大臣有脱粟之節，則四方以膏粱爲汙。雖無禁令，又何憂乎？

伏惟制策有「治當先内，或曰：何以爲京師？政在摘姦，或曰：不可撓獄市」。此皆一偏之説，不可以不察也。夫見其一偏而輒舉以爲説，則天下之説，不可以勝舉矣。自通人而言之，則曰治内所以爲京師也，不撓獄市，所以爲擿姦也。如使不撓獄市而害其爲擿姦，則夫曹參者，是爲逋逃主也。

伏惟制策有「推尋前世，深觀治迹」。孝文尚老子而天下富殖，孝武用儒術而天下虚秏。道非有弊，治奚不同」。臣竊以爲不然。孝文之所以爲得者，是儒術略用也。其所以得而未盡者，是用儒之未純也。而其所以爲失者，是用老也。何以言之？孝文得賈誼之説，然後待大臣有禮，御諸侯有術，而至於興禮樂，係單于，則曰未暇。故曰儒術略用而未純也。若夫用老之失，則有之矣。始以區區之仁，壞三代之肉刑，而易之以髡笞。髡笞不足以懲中罪，則又從而殺之。用老之失，豈不過甚矣哉！且夫孝武亦未可謂用儒之主也。博延方士，而多興妖祠；大興宮室，而甘心遠略。此豈儒者教之？今夫有國者，徒知徇其名，而不考其實。見孝文之富殖，而以爲老子之功；見孝武之虚秏，而以爲儒者之罪，則過矣。此唐明皇之所以溺於晏安，徹去禁防，而爲天寶之亂也。

伏惟制策有「王政所由，形於詩道。周公《豳》詩，王業也，而係之《國風》；宣王北伐，大事也，而載之《小雅》」。臣聞《豳》詩，言后稷、公劉所以致王業之艱難者也。其後累世而至文王。文王之時，則王業既已大成矣，而其詩爲《二南》。《二南》之詩，猶列於《國風》，而至於《豳》，獨何怪乎？昔季札觀周樂，以爲《大雅》曲而有直體，《小雅》思而不貳，怨而不言。夫曲而有直體者，寬而不流也；思而不貳，怨而不言者，狹而不迫也。由此觀之，則《大雅》、《小雅》之所以異者，取其辭之廣狹，非取其事之小大也。

伏惟制策有「周以冢宰制國用，唐以宰相兼度支。錢穀，大計也；兵師，大衆也。何陳平之對，謂當責之内史？韋賢之言，不宜兼於宰相」。臣以爲宰相雖不親細務，至於錢穀兵師，固當制其贏虚利害。陳平所謂責之内史者，特以宰相不當治其簿書多少之數耳。昔唐之初，以郎官領度支，而職事以治。及兵興之後，始立使額，參佐既衆，簿書益繁，百弊之源，自此而始。其後裴延齡、皇甫鎛，皆以剥下媚上，至於希世用事。以宰相兼之，誠得防姦之要。而韋賢之議，特以其權過重歟？故李德裕以爲賤臣不當議令，臣常以爲有宰相之風矣。

伏惟制策有「錢貨之制，輕重之相權；命秩之差，虚實之相養。水旱蓄積之備，邊陲守禦之方。圜法有九府之名，樂語有五均之義」。此六者，亦方今之所當論也。昔單穆公曰：民患輕，則多作重以行之；若不堪重，則多作輕以行之，亦不廢重。輕可改而重不可廢，不幸而過，寧失於重。此制錢貨之本意也。命者，人君之所擅，出於口而無窮；秩者，民力之所供，取於府而有限。以無窮養有限，此虚實之相養也。水旱蓄積之備，則莫若復隋、唐之義倉。邊陲守禦之方，則莫若依秦、漢之更卒。《周官》有太府、天府、泉府、玉府、内府、外府、職内、職金、職幣，是謂九府，太公之所行以致富。古者天子取諸侯之士以爲國均，則市不二價，四民常均，是謂五均，獻王之所致以爲法，皆所以均民而富國也。

凡陛下之所以策臣者，大略如此，而於其末復策之曰：「富人强國，尊君重朝。弭災致祥，改薄從厚。此皆前世之急政，而當今之要務。」此臣有以知陛下之聖意，以爲向之所以策臣者，各指其事，恐臣不得盡其辭，是以復舉其大體而槩問焉。又恐其不能切至也，故又詔之曰：「悉意以陳，而無悼後害。」臣是以敢復進其狷狂之説。夫天下者非君有也，天下使君主之耳。陛下念祖宗之重，思百姓之可畏，欲進一人，當同天下之所欲進；欲退一人，當同天下之所欲退。今者每進一人，則人相與誹曰：「是進於某也，是某之所欲也。」每退一人，則又相與誹曰：「是出於某也，是某之所惡也。」臣非敢以此爲舉信也，然而致此言者，則必有由矣。今無知之人，相與謗於道曰：「聖人在上，而天下之所以不盡被其澤者，便嬖小人，附於左右，而女謁盛於内也。」爲此言者，固妄矣。然而天下或以爲信者，何也？徒見諫官御史之言，矻矻乎難入，以爲必有間之者也。徒見蜀之美錦，越之奇器，不由方貢而入於官也。如此而向之所謂急政要務者，陛下何暇行之？臣不勝憤懣，謹復列之於末。惟陛下寬其萬死，幸甚幸甚！

古文辭類纂

中

〔清〕姚鼐 編

黄鳴 標點

中華書局

奏議類下編三

蘇子瞻策略一 ○

臣聞天下治亂，皆有常勢。是以天下雖亂，而聖人以爲無難者，其應之有術也。水旱盜賊，人民流離，是安之而已也；亂臣割據，四分五裂，是伐之而已也；權臣專制，擅作威福，是誅之而已也；四夷交侵，邊鄙不寧，是攘之而已也。凡此數者，其於害民蠹國，爲不少矣。然其所以爲害者有狀，是故其所以救之者有方也。

天下之患，莫大於不知其然而然。不知其然而然者，是拱手而待亂也。國家無大兵革，幾百年矣。天下有治平之名，而無治平之實；有可憂之勢，而無可憂之形。此其有未測者也。方今天下非有水旱盜賊，人民流離之禍，而咨嗟怨憤，常若不安其生；非有亂臣割據，四分五裂之憂，而休養生息，常若不足於用；非有權臣專制，擅作威福之弊，而上下不交，君臣不親；非有四夷交侵，邊鄙不寧之災，而中國皇皇，常有外憂。此臣所以大惑也。今夫醫之治病，切脈觀色，聽其聲音，而知病之所由起，曰：「此寒也，此熱也」。或曰：「此寒熱之相搏也」，及其他無不可爲者。今且有人恍然而不樂，問其所苦，且不能自言，則其受病有深而不可測者矣。其言語飲食，起居動作，固無以異於常人，此庸醫之所以爲無足憂，而扁鵲、倉公之所以望而驚也。其病之所由起者深，則其所以治之者，固非鹵莽因循苟且之所能去也。而天下之士，方且掇拾三代之遺文，補葺漢、唐之故事，以爲區區之論，可以濟世，不已疏乎！

方今之勢，苟不能滌蕩振刷，而卓然有所立，未見其可也。臣嘗觀西漢之衰，其君皆非有暴鷙淫虐之行，特以怠惰弛廢，溺於晏安，畏期月之勞，而忘千載之患，是以日趨於亡而不自知也。夫君者天也。仲尼贊《易》，稱天之德曰：「天行健，君子以自强不息。」由此觀之，天之所以剛健而不屈者，以其動而不息也。惟其動而不息，是以萬物雜然各得其職而不亂，其光爲日月，其文爲星辰，其威爲雷霆，其澤爲雨露，皆生於動者也。使天而不知動，則其塊然者，將腐壞而不能自持，況能以御萬物哉？苟天子一日赫然奮其剛明之威，使天下明知人主欲有所立，則智者願效其謀，勇者樂致其死，縱横顛倒，無所施而不可。苟人主不先自斷於中，羣臣雖有伊、吕、稷、契，無如之何。故臣特以人主自斷，而欲有所立爲先，而後論所以爲立之要云。

蘇子瞻策略四 ○○

天子與執政之大臣，既已相得而無疑，可以盡其所懷，直己而行道，則夫當今之所宜先者，莫如破庸人之論，以開功名之門，而後天下可爲也。

夫治天下譬如治水。方其奔衝潰決，騰湧漂蕩而不可禁止也，雖欲盡人力之所至，以求殺其尺寸之勢，而不可得；及其既衰且退也，駸駸乎若不足以終日。故夫善治水者，不惟有難殺之憂，而又有易衰之患，導之有方，決之有漸，疏其故而納其新，使不至於壅閼腐敗而無用。嗟夫！人知江河之有水患也，而以爲沼沚之可以無憂，是烏知舟楫灌溉之利哉？

夫天下之未平，英雄豪傑之士，務以其所長，角奔而争利，惟恐天下一日無事也。是以人人各盡其材，雖不肖者，亦自淬厲而不至於怠廢，故其勇者相吞，智者相賊，使天下不安其生。爲天下者，知夫大亂之本，起於智勇之士，争利而無厭，是故天下既平，則削去其具，抑遠天下剛健好名之士，而獎用柔懦謹畏之人。不過數十年，天下靡然無復往時之喜事也。於是能者，不自憤發，而無以見其能，不能者，益以弛廢而無用。當是之時，人君欲有所爲，而左右前後，皆無足使者，是以綱紀日壞而不自知。此其爲患，豈特英雄豪傑之士，趦趄而已哉！

聖人則不然，當其久安於逸樂也，則以術起之，使天下之心，翹翹然常喜於爲善，是故能安而不衰。且夫人君之所恃以爲天下者，天下皆爲而已不爲。夫使天下皆爲而己不爲者，開其利害之端，而辨其榮辱之等，使之踊躍奔走，皆爲我役而不自知，夫是以坐而收其功也。如使天下皆欲不爲而得，則天子誰與共天下哉？今者治平之日久矣，天下之患，正在此也。臣故曰：破庸人之論，開功名之門，而後天下可爲也。

今夫庸人之論有二：其上之人務爲寬深不測之量，而下之士好言中庸之道。此二者，皆庸人相與議論，舉先賢之言，而獵取其近似者，以自解說其無能而已矣。

夫寬深不測之量，古人所以臨大事而不亂，有以鎮世俗之躁，蓋非以隔絕上下之情，養尊而自安也。譽之則勸，非之則沮，聞善則喜，見惡則怒，此三代聖人之所共也。而後之君子，必曰譽之不勸，非之不沮，聞善不喜，見惡不怒，斯以爲不測之量，不已過乎！夫有勸有沮，有喜有怒，然後有間而可入。有間而可入，然後智者得爲之謀，才者得爲之用。後之君子，務爲無間，夫天下誰能入之？

古之所謂中庸者，盡萬物之理而不過，故亦曰皇極。夫極，盡也。後之所謂中庸者，循循焉爲衆人之所能爲，斯以爲中庸矣，此孔子、孟子之謂鄉原也。一鄉皆稱原人焉，無所往而不爲原人。同乎流俗，合乎汙世，曰：古之人，何爲踽踽涼涼？生斯世也，爲斯世也，善斯可矣。謂其近於中庸而非，故曰「德之賊也」。孔子、孟子惡鄉原之賊夫德也，欲得狂者而見之，狂者又不可得見。欲得獧者而見之，曰：「狂者進取，獧者有所不爲也。」今日之患，惟不取於狂者、獧者，皆取於鄉原，是以若此靡靡不立也。孔子，子思之所從受中庸者也；孟子，子思之所授以中庸者也。然皆欲得狂者、獧者而與之，然則淬勵天下，而作其怠惰，莫如狂者、獧者之賢也。臣故曰：破庸人之論，開功名之門，而後天下可爲也。東坡策論，其筆勢多取於《莊子》外篇。

蘇子瞻策略五　〇〇

臣聞天子者，以其一身寄之乎巍巍之上，以其一心運之乎茫茫之中，安而爲泰山，危而爲累卵，其間不容毫釐。是故古之聖人，不恃其有可畏之資，而恃其有可愛之實；不恃其有不可拔之勢，而恃其有不忍叛之心。何則？其所居者，天下之至危也。天子恃公卿以有其天下，公卿、大夫、士以至於民，轉相屬也，以有其富貴，苟不得其心，而欲羈之以區區之名，控之以不足恃之勢者。其平居無事，猶有以相制；一旦有急，是皆行道之人，掉臂而去，尚安得而用之？

古之失天下者，皆非一日之故，其君臣之權，去已久矣，適會其變，是以一散而不可復收。方其未也，天子甚尊，大夫、士甚賤，奔走萬里，無敢後先，儼然南面以臨其臣，曰：天何言哉！百官俯首就位，斂足而退，兢兢惟恐有罪，羣臣相率爲苟安之計。賢者既無所施其才，而愚者亦有所容其不肖，舉天下之事，聽其自爲而已。及乎事出於非常，變起於不測，視天下莫與同其患，雖欲分國以與人，而且不及矣。秦二世、唐德宗，蓋用此術，以至於顛沛而不悟，豈不悲哉！

天下者，器也。天子者，有此器者也。器久不用而置諸篋笥，則器與人不相習，是以扞格而難操。良工者，使手習知其器，而器亦習知其手，手與器相信而不相疑，夫是故所爲而成也。天下之患，非經營禍亂之足憂，而養安無事之可畏。何者？懼其一旦至於扞格而難操也。昔之有天下者，日夜淬勵其百官，撫摩其人民，爲之朝聘會同燕享，以交諸侯之歡；歲時月朔，致民讀法飲酒蜡臘，以遂萬民之情；有大事，自庶人以上，皆得至於外朝以盡其詞。猶以爲未也，而五載一巡守，朝諸侯於方岳之下，親見其耆老賢士大夫，以周知天下之風俗。凡此者，非以爲苟勞而已，將以馴致服習天下之心，使不至於扞格而難操也。及至後世，壞先王之法，安於逸樂，而惡聞其過。是以養尊而自高，務爲深嚴，使天下拱手，以貌相承，而心不服。其腐儒老生，又出而爲之説曰：天子不可以妄有言也，吏且書之，後世且以爲譏。使其君臣相視而不相知，如此，則偶人而已矣。天下之心既已去，而倀倀焉抱其空器，不知英雄豪傑已議其後。

臣嘗觀西漢之初，高祖創業之際，事變之興，亦已繁矣，而高祖以項氏創殘之餘，與信、布之徒，爭馳於中原。此六七公者，皆以絶人之姿，據有土地甲兵之衆，其勢足以爲亂，然天下終以不摇，卒定於漢。傳十數世矣，而至於元、成、哀、平，四夷嚮風，兵革不試，而王莽一豎子，乃舉而移之，不用寸兵尺鐵，而天下屏息，莫敢或爭。此其故何也？創業之君，出於布衣，其大臣將相，皆有握手之歡，凡在朝廷者，皆有嘗試擠掇，以知其才之短長。彼其視天下如一身，苟有疾痛，其手足不期而自救。當此之時，雖有近憂，而無遠患。及其子孫，生于深宮之中，而狃於富貴之勢。尊卑闊絶，而上下之情疏；禮節繁多，而君臣之義薄。是故不爲近憂，而常爲遠患。及其一旦，固已不可救矣。聖人知其然，是以去苛禮而務至誠，黜虚名而求實效，不愛高位重禄，以致山林之士，而欲聞切直不隱之言者，凡皆以通上下之情也。昔我太祖、太宗，既有天下，法令簡約，不爲崖岸。當時大臣將相，皆得從容終日，歡如平生。下至士庶人，亦得以自效。故天下稱其言至今，非有文采緣飾，而開心見誠，有以入人之深者。此英主之奇術，御天下之大權也。

方今治平之日久矣，臣愚以爲宜日新盛德，以激昂天下久安怠惰之氣，故陳其五事，以備采擇。其一曰：將相之臣，天子所恃以爲治者，宜日夜召論天下之大計，且以熟觀其爲人。其二曰：太守刺史，天子所寄以遠方之民者，其罷歸，皆當問其所以爲政，民情風俗之所安，亦以揣知其才之所堪。其三曰：左右扈從侍讀侍講之人，本以論説古今興衰之大要，非以應故事備數而已，經籍之外，苟有以訪之，無傷也。其四曰：吏民上書，苟小有可觀者，宜皆召問優游，以養其敢言之氣。其五曰：天下之吏，自一命以上，雖其至賤，無以自通於朝廷，然人主之爲，豈有所不可哉？察其善者，卒然召見之，使不知其所從來，如此，則遠方之賤吏，亦務自激發爲善，不以位卑禄薄，無由自通於上，而不修飾。使天下習知天子樂善親賢恤民之心，孜孜不倦。如此，翕然皆有所感發，知愛於君，而不可與爲不善，亦將賢人衆多，而姦吏衰少，刑法之外，有以大慰天下之心焉耳。按此篇立論極善，而文不免於宂長，此東坡少年體有未成處。

蘇子瞻決壅蔽 ○

所貴乎朝廷清明，而天下治平者，何也？天下不訴而無冤，不謁而得其所欲，此堯舜之盛也。其次不能無訴，訴而必見察；不能無謁，謁而必見省。使遠方之賤吏，不知朝廷之高；而一介之小民，不識官府之難。而後天下治。

今夫一人之身，有一心兩手而已。疾痛疴癢動於百體之中，雖其甚微，不足以爲患，而手隨至。夫手之至，豈其一一而聽之心哉？心之所以素愛其身者深，而手之所以素聽於心者熟，是故不待使令，而卒然以自至。聖人之治天下，亦如此而已。百官之衆，四海之廣，使其關節脈理，相通爲一，叩之而必聞，觸之而必應。夫是以天下可使爲一身。天子之貴，士民之賤，可使相愛，憂患可使同，緩急可使救。

今也不然。天下有不幸而訴其冤，如訴之於天；有不得已而謁其所欲，如謁之於鬼神。公卿大臣不能究其詳悉，而付之於胥吏。故凡賄賂先至者，朝請而夕得；徒手而來者，終年而不獲。至於故常之事，人之所當得而無疑者，莫不務爲留滯，以待請屬。舉天下一毫之事，非金錢無以行之。昔者漢、唐之弊，患法不明，而用之不密，使吏得以空虛無據之法，而繩天下，故小人以無法爲姦。今也法令明具，而用之至密，舉天下惟法之知。所欲排者，有小不如法，而可指以爲瑕；所欲與者，雖有所乖戾，而可借法以爲解，故小人以法爲姦。

今夫天下所爲多事者，豈事之誠多耶？吏欲有所鬻而未得，則新故相仍，紛然而不決，此王化之所以壅遏而不行也。昔桓、文之霸，百官承職，不待教令而辦，四方之賓至，不求有司。王猛之治秦，事至纖悉，莫不盡舉，而人不以爲煩。蓋史之所記，麻思還冀州，請於猛，猛曰：「速裝行矣。」至暮而符下。及出關，郡縣皆已被符。其令行禁止，而無留事者，至於纖悉，莫不皆然。苻堅以戎狄之種至爲霸王，兵强國富，垂及昇平者，猛之所爲，固宜其然也。今天下治安，大吏奉法，不敢顧私，而府史之屬，招權鬻法，長吏心知而不問，以爲當然。此其弊有二而已：事繁而官不勤，故權在胥吏。欲去其弊也，莫如省事而勵精。省事莫如任人，勵精莫如自上率之。今之所謂至繁，天下之事，關於其中，訴者之多，而謁者之衆，莫如中書與三司。天下之事，分於百官，而中書聽其治要；郡縣錢幣，制於轉運使，而三司受其會計。此宜若不至於繁多，然中書不待奏課以定其黜陟，而關與其事，則是不任有司也。三司之吏，推析贏虛，至於毫毛，以繩郡縣，則是不任轉運使也。故曰省事莫如任人。

古之聖王愛日以求治，辨色而視朝，苟少安焉，而至於日出，則終日爲之不給。以少而言之，一日而廢一事，一月則可知也，一歲則事之積者不可勝數矣。欲事之無繁，則必勞於始而逸於終。晨興而晏罷，天子未退，則宰相不敢歸安於私第。宰相日昃而不退，則百官莫不震悚，盡力於王事，而不敢宴游。如此，則纖悉隱微，莫不舉矣。天子求治之勤，過於先王，而議者不稱王季之晏朝，而稱舜之無爲；不論文王之日昃，而論始皇之量書。此何以率天下之怠耶？臣故曰勵精莫如自上率之，則壅蔽決矣。

蘇子瞻無沮善 〇

昔者先王之爲天下，必使天下欣欣然常有無窮之心，力行不倦，而無自棄之意。夫惟自棄之人，則其爲惡也甚毒而不可解。是以聖人畏之，設爲高位重禄以待能者，使天下皆得踴躍自奮，扳援而來，惟其才之不逮，力之不足，是以終不能至於其間，而非聖人塞其門，絶其塗也。夫然，故一介之賤吏，閭閻之匹夫，莫不奔走於善，至於老死而不知休息，此聖人以術驅之也。

天下苟有甚惡而不可忍也，聖人既已絶之，則屏之遠方，終身不齒。此非獨不仁也，以爲既已絶之，彼將一旦肆其忿毒，以殘害吾民。是故絶之則不用，用之則不絶。既已絶之，又復用之，則是驅之於不善，而又假之以其具也。無所望而爲善，無所愛惜而不爲惡者，天下一人而已矣。以無所望之人，而責其爲善；以無所愛惜之人，而求其不爲惡，又付之以人民，則天下知其不可也。世之賢者，何常之有？或出於賈竪賤人，甚者至於盜賊，往往而是。而儒生貴族，世之所望爲君子者，或至於放肆不軌，小民之所不若。聖人知其然，是故不逆定於其始進之時，而徐觀其所試之效，使天下無必得之由，亦無必不可得之道。天下知其不可以必得也，然後勉强於功名，而不敢僥倖；知其不至於必不可得而可勉也，然後有以自慰其心，久而不懈。嗟夫！聖人之所以鼓舞天下之人，日化而不自知者，此其爲術歟？

後之爲政者則不然。與人以必得，而絶之以必不可得，此其意以爲進賢而退不肖。然天下之弊，莫甚於此。今夫制策之及等，進士之高第，皆以一日之間，而決取終身之富貴。此雖一時之文詞，而未知其臨事之能否，則其用之不已太遽乎！

天下有用人而絶之者三。州縣之吏，苟非有大過，而不可復用，則其他犯法，皆可使竭力爲善以自贖。而今世之法，一陷於罪戾，則終身不遷，使之不自聊賴，而疾視其民；肆意妄行，而無所顧惜。此其初未必小人也，不幸而陷於其中，途窮而無所入，則遂以自棄。府史賤吏，爲國者知其不可闕也，是故歲久則補以外官。以其所從來之卑也，而限其所至，則其中雖有出羣之才，終亦不得齒於士大夫之列。夫人出身而仕者，將以求貴也。貴不可得而至矣，則將惟富之求，此其勢然也。如是，則雖至於鞭笞戮辱，而不足以禁其貪。故夫此二者，苟不可以遂棄，則宜有以少假之也。入貲而仕者，皆得補郡縣之吏。彼知其終不得遷，亦將逞其一時之欲，無所不至。夫此誠不可以遷也，則是用之之過而已。臣故曰絶之則不用，用之則不絶。此三者之謂也。

蘇子瞻省費用 ○○

夫天下未嘗無財也。昔周之興，文王、武王之國，不過百里，當其受命，四方之君長，交至於其廷，軍旅四出，以征伐不義之諸侯，而未嘗患無財。方此之時，關市無征，山澤不禁，取於民者，不過什一，而財有餘。及其衰也，内食千里之租，外收千八百國之貢，而不足於用。由此觀之，夫財豈有多少哉！

人君之於天下，俯己以就人，則易爲功；仰人以援己，則難爲力。是故廣取以給用，不如節用以廉取之爲易也。臣請得以小民之家而推之。夫民方其窮困時，所望不過十金之資，計其衣食之費，妻子之奉，出入於十金之中，寬然而有餘。及其一旦稍稍蓄聚，衣食既足，則心意之欲，日以漸廣，所入益衆，而所欲益以不給，不知罪其用之不節，而以爲求之未至也。是以富而愈貪，求愈多而財愈不供，此其爲惑，未可以知其所終也。盍亦反其始而思之？夫嚮者豈能寒而不衣、飢而不食乎？今天下汲汲乎以財之不足爲病，何以異此？國家創業之初，四方割據，中國之地，至狹也。然歲歲出師，以誅討僭亂之國，南取荆楚，西平巴蜀，而東下并潞，其費用之衆，又百倍於今可知也。然天下之士，未嘗思其始，而惴惴焉患今世之不足，則亦甚惑矣。

夫爲國有三計：有萬世之計，有一時之計，有不終月之計。古者三年耕，必有一年之蓄。以三十年之通計，則可以九年無飢也。歲之所入，足用而有餘。是以九年之蓄，常閒而無用。卒有水旱之變，盜賊之憂，則官可以自辦而民不知。如此者，天不能使之災，地不能使之貧，四夷、盜賊不能使之困，此萬世之計也。而其不能者，一歲之入，纔足以爲一歲之出，天下之產，僅足以供天下之用。其平居雖不至於虐取其民，而有急則不免於厚賦。故其國可靜而不可動，可逸而不可勞。此亦一時之計也。至於最下而無謀者，量出以爲入，用之不給，則取之益多。天下晏然無大患難，而盡用衰世苟且之法，不知有急，則將何以加之。此所謂不終月之計也。今天下之利，莫不盡取，山陵林麓，莫不有禁，關有征，市有租，鹽鐵有榷，酒有課，茶有算，則凡衰世苟且之法，莫不盡用矣。譬之於人，其少壯之時，豐健勇武，然後可以望其無疾，以至於壽考。今未至於五六十，而衰老之候，具見而無遺，若八九十者，將何以待其後耶？然天下之人，方且窮思竭慮，以廣求利之門，且人而不思，則以爲費用不可復省，使天下而無鹽鐵酒茗之稅，將不爲國乎？臣有以知其不然也。

天下之費，固有去之甚易而無損，存之甚難而無益者矣，臣不能盡知，請舉其所聞，而其餘可以類求焉。夫無益之費，名重而實輕，以不急之實，而被之以莫大之名，是以疑而不敢去。三歲而郊，郊而赦，赦而賞，此縣官有不得已者。天下吏士，數日而待賜，此誠不可以卒去。至於大吏，所謂股肱耳目，與縣官同其憂樂者，此豈亦不得已而有所畏耶？天子有七廟，今又飾老佛之宮而爲之祠，固已過矣，又使大臣以使領之，歲給以巨萬計，此何爲者也？天下之吏，爲不少矣，將患未得其人。苟得其人，則凡民之利，莫不備舉，而其患莫不盡去。今河水爲患，不使濱河州郡之吏，親行其災，而責之以救災之術，顧爲都水監。夫四方之水患，豈其一人坐籌於京師，而盡其利害？天下有轉運使足矣，今江、淮之間，又有發運，禄賜之厚，徒兵之衆，其爲費豈勝計哉？蓋嘗聞之，里有畜馬者，患牧人欺之，而盜其芻菽也，又使一人焉爲之廐長，廐長立而馬益癯。今爲政不求其本而治其末，自是而推之，天下無益之費，不爲不多矣。臣以爲凡若此者，日求而去之，自毫釐以往，莫不有益。惟無輕其毫釐而積之，則天下庶乎少息也。

蘇子瞻蓄材用　○

夫今之所患兵弱而不振者，豈士卒寡少而不足使與？器械鈍弊而不足用與？抑爲城郭不足守與？廩食不足給與？此數者皆非也。然所以弱而不振，則是無材用也。

夫國之有材，譬如山澤之有猛獸，江河之有蛟龍，伏乎其中而威乎其外，悚然有所不可狎者。至於鰍蚖之所蟠，牂豚之所伏，雖千仞之山，百尋之溪，而人易之。何則？其見於外者，不可欺也。天下之大，不可謂無人；朝廷之尊，百官之富，不可謂無才。然以區區之二虜，舉數州之衆，以臨中國，抗天子之威，犯天下之怒，而其氣未嘗少衰，其詞未嘗少挫，則是其心無所畏也。主憂則臣辱，主辱則臣死。今朝廷之上，不能無憂，而大臣恬然，未有拒絶之議。非不欲絶也，而未有以待之，則是朝廷無所恃也。緣邊之民，西顧而戰慄；牧馬之士，不敢彎弓而北嚮。吏士未戰，而先期於敗，則是民輕其上也。外之蠻夷無所畏，内之朝廷無所恃，而民又自輕其上，此猶足以爲有人乎！

天下未嘗無才，患所以求才之道不至。古之聖人，以無益之名，而致天下之實；以可見之實，而較天下之虚名。二者相爲用而不可廢。是故其始也，天下莫不紛然奔走從事於其間，而要之以其終，不肖者無以欺其上。此無他，先名而後實也。不先其名，而惟實之求，則來者寡。來者寡，則不可以有所擇。以一旦之急，而用不擇之人，則是不先名之過也。天子之所嚮，天下之所奔也。今夫孫、吴之書，其讀之者，未必能戰也；多言之士，喜論兵者，未必能用也；進之以武舉，試之以騎射，天下之奇才，未必至也。然將以求天下之實，則非此三者不可以致。以爲未必然而棄之，則是其必然者，終不可得而見也。

往者西師之興，其先也，惟不以虚名多致天下之才而擇之，以待一旦之用。故其兵興之際，四顧惶惑，而不知所措。於是設武舉，購方略，收勇悍之士，而開猖狂之言，不愛高爵重賞，以求强兵之術。當此之時，天下囂然莫不自以爲知兵也，來者日多，而其言益以無據，至於臨事，終不可用。執事之臣，亦遂厭之，而知其無益，故兵休之日，舉從而廢之。今之論者，以爲武舉、方略之類，適足以開僥倖之門，而天下之實才，終不可以求得。此二者皆過也。夫既已用天下之虚名，而不較之以實，至其弊也，又舉而廢其名，使天下之士不復以兵術進，亦已過矣。

天下之實才，不可以求之於言語，又不可以較之於武力，獨見之於戰耳。戰不可得而試也，是故見之於治兵。子玉治兵於蔿，終日而畢，鞭七人，貫三人耳。蔿賈觀之，以爲剛而無禮，知其必敗。孫武始見，試以婦人，而猶足以取信於闔閭，使知其可用。故凡欲觀將帥之才否，莫如治兵之不可欺也。今夫新募之兵，驕而難令，勇悍而不知戰，此真足以觀天下之才也。武舉、方略之類以來之，新兵以試之。觀其顔色和易，則足以見其氣；約束堅明，則足以見其威；坐作進退，各得其所，則足以見其能。凡此者，皆不可彊也。故曰：先之以無益之虚名，而較之以可見之實，庶乎可得而用也。

蘇子瞻練軍實 ○

三代之兵，不待擇而精。其故何也？兵出於農，有常數而無常人，國有事，要以一家而備一正卒，如斯而已矣。是故老者得以養，疾病者得以爲閒民，而役於官者，莫不皆其壯子弟。故其無事而田獵，則未嘗發老弱之民；師行而餽糧，則未嘗食無用之卒。使之足輕險阻，而手易器械，聰明足以察旗鼓之節，强鋭足以犯死傷之地，千乘之衆，而人人足以自捍，故殺人少而成功多，費用省而兵卒强。蓋春秋之時，諸侯相并，天下百戰。其經傳所見謂之敗績者，如城濮、鄢陵之役，皆不過犯其偏師，而獵其遊卒，斂兵而退，未有僵尸百萬，流血於江河，如後世之戰者，何也？民各推其家之壯者以爲兵，則其勢不可得而多殺也。

及至後世，兵民既分，兵不得復而爲民，於是始有老弱之卒。夫既已募民而爲兵，其妻子屋廬，既已託於營伍之中，其姓名既已書於官府之籍，行不得爲商，居不得爲農，而仰食於官，至於衰老而無歸，則其道誠不可以棄去，是故無用之卒，雖薄其資糧，而皆廩之終身。凡民之生，自二十以上，至於衰老，不過四十餘年之間。勇鋭强力之氣，足以犯堅冒刃者，不過二十餘年。今廩之終身，則是一卒凡二十年無用而食於官也。自此而推之，養兵十萬，則是五萬人可去也；屯兵十年，則是五年爲無益之費也。民者，天下之本；而財者，民之所以生也。有兵而不可使戰，是謂棄財；不可使戰而驅之戰，是謂棄民。臣觀秦、漢之後，天下何其殘敗之多耶？其弊皆起於分民而爲兵。兵不得休，使老弱不堪之卒，拱手而就戮。故有以百萬之衆，而見屠於數千之兵者。其良將善用，不過以爲餌，委之啖賊。嗟夫！三代之衰，民之無罪而死者其不可勝數矣。

今天下募兵至多。往者陝西之役，舉籍平民以爲兵，加之明道、寶元之間，天下旱蝗，以及近歲，青、齊之饑，與河朔之水災，民急而爲兵者，日以益衆。舉籍而按之，近歲以來，募兵之多，無如今日者。然皆老弱不教，不能當古之十五，而衣食之費，百倍於古。此甚非所以長久而不變者也。凡民之爲兵者，其類多非良民。方其少壯之時，博弈飲酒，不安於家，而後能捐其身。至其少衰而氣沮，蓋亦有悔而不可復者矣。臣以謂五十以上，願復爲民者宜聽。自今以往，民之願爲兵者，皆三十以下則收，限以十年而除其籍。民三十而爲兵，十年而復歸，其精力思慮，猶可以養生送死，爲終身之計。使其應募之日，心知其不出十年，而爲十年之計，則除其籍而不怨。以無用之兵，終身坐食之費，而爲重募，則應者必衆。如此，縣官長無老弱之兵，而民之不任戰者，不至於無罪而死。彼皆知其不過十年而復爲平民，則自愛其身，而重犯法，不至於叫呼無賴，以自棄於凶人。

今夫天下之患，在於民不知兵。故兵常驕悍，而民常怯，盜賊攻之而不能禦，戎狄掠之而不能抗。今使民得更代而爲兵，兵得復還而爲民，則天下之知兵者衆，而盜賊戎狄，將有所忌。然猶有言者，將以爲十年而代，故者已去，而新者未教，則緩急有所不濟。夫所謂十年而代者，豈其舉軍而并去之？有始至者，有既久者，有將去者，有當代者，新故雜居而教之，則緩急可以無憂矣。

蘇子瞻倡勇敢 ○○○

臣聞戰以勇爲主，以氣爲決。天子無皆勇之將，而將軍無皆勇之士，是故致勇有術。致勇莫先乎倡，倡莫善乎私。此二者，兵之微權。英雄豪傑之士，所以陰用而不言於人，而人亦莫之識也。臣請得以備言之。

夫倡者何也？氣之先也。有人人之勇怯，有三軍之勇怯。人人而較之，則勇怯之相去，若莛與楹。至於三軍之勇怯則一也。出於反覆之閒，而差於毫釐之際，故其權在將與君。人固有暴猛獸而不操兵，出入於白刃之中，而色不變者；有見虺蜴而卻走，聞鐘鼓之聲而戰慄者。是勇怯之不齊至於如此。然閭閻之小民，爭鬭戲笑，卒然之間，而或至於殺人。當其發也，其心翻然，其色勃然，若不可以已者，雖天下之勇夫，無以過之。及其退而思其身，顧其妻子，未始不惻然悔也。此非必勇者也。氣之所乘，則奪其性而忘其故。故古之善用兵者，用其翻然勃然於未悔之間，而其不善者，沮其翻然勃然之心，而開其自悔之意，則是不戰而先自敗也。故曰致勇有術。

致勇莫先乎倡。均是人也，皆食其食，皆任其事，天下有急，而有一人焉，奮而爭先，而致其死，則翻然者眾矣。弓矢相及，劍楯相交，勝負之勢未有所決，而三軍之士，屬目於一夫之先登，則勃然者相繼矣。天下之大，可以名劫也；三軍之眾，可以氣使也。諺曰：「一人善射，百夫決拾。」苟有以發之，及其翻然勃然之間，而用其鋒，是之謂倡。

倡莫善乎私。天下之人，怯者居其百，勇者居其一，是勇者難得也。捐其妻子，棄其身以蹈白刃，是勇者難能也。以難得之人，行難能之事，此必有難報之恩者矣。天子必有所私之將，將軍必有所私之士，視其勇者而陰厚之。人之有異材者，雖未有功，而其心莫不自異。自異而上不異之，則緩急不可以望其爲倡。故凡緩急而肎爲倡者，必其上之所異也。昔漢武帝欲觀兵於四夷，以逞其無厭之求，不愛通侯之賞，以招勇士，風告天下，以求奮擊之人，卒然無有應者。於是嚴刑峻法，致之死地，而聽其以深入贖罪，使勉强不得已之人，馳驟於死亡之地。是故其將降，而兵破敗，而天下幾至於不測。何者？先無所異之人，而望其爲倡，不已難乎？私者，天下之所惡也。然而爲己而私之，則私不可用；爲其賢於人而私之，則非私無以濟。蓋有無功而可賞，有罪而可赦者，凡所以媿其心而責其爲倡也。

天下之禍，莫大於上作而下不應。上作而下不應，則上亦將窮而自止。方西戎之叛也，天子非不欲赫然誅之，而將帥之臣，謹守封略，外視内顧，莫有一人先奮而致命，而士卒亦循循焉莫肎盡力。不得已而出，争先而歸，故西戎得以肆其猖狂，而吾無以應，則其勢不得不重賂而求和。其患起於天子無同憂患之臣，而將軍無腹心之士。西師之休，十有餘年矣，用法益密，而進人益難，賢者不見異，勇者不見私，天下務爲奉法循令，要以如式而止。臣不知其緩急，將誰爲之倡哉？此文體勢辭氣，俱似明允。

蘇子瞻教戰守 ○

夫當今生民之患，果安在哉？在於知安而不知危，能逸而不能勞。此其患不見於今，而將見於他日。今不爲之計，其後將有所不可救者。

昔者先王知兵之不可去也，是故天下雖平，不敢忘戰。秋冬之隙，致民田獵以講武，教之以進退坐作之方，使其耳目習於鐘鼓旌旗之間而不亂，使其心志安於斬刈殺伐之際而不懾，是以雖有盜賊之變，而民不至於驚潰。及至後世，用迂儒之議，以去兵爲王者之盛節，天下既定，則卷甲而藏之。數十年之後，甲兵頓弊，而人民日以安於佚樂。卒有盜賊之警，則相與恐懼訛言，不戰而走。開元、天寶之際，天下豈不大治？惟其民安於太平之樂，酣豢於游戲酒食之間，其剛心勇氣，消耗鈍眊，痿蹷而不復振。是以區區之祿山一出而乘之，四方之民，獸奔鳥竄，乞爲囚虜之不暇，天下分裂，而唐室因以微矣。

蓋嘗試論之，天下之勢，譬如一身。王公貴人所以養其身者，豈不至哉？而其平居常苦於多疾。至於農夫小民，終歲勤苦，而未嘗告病。此其故何也？夫風雨霜露寒暑之變，此疾之所由生也。農夫小民，盛夏力作，而窮冬暴露，其筋骸之所衝犯，肌膚之所浸漬，輕霜露而狎風雨，是故寒暑不能爲之毒。今王公貴人，處於重屋之下，出則乘輿，風則襲裘，雨則御蓋，凡所以慮患之具，莫不備至。畏之太甚，而養之太過，小不如意，則寒暑入之矣。是故善養身者，使之能逸而能勞，步趨動作，使其四體狃於寒暑之變，然後可以剛健彊力，涉險而不傷。

夫民亦然。今者治平之日久，天下之人，驕惰脆弱，如婦人孺子，不出於閨門。論戰鬭之事，則縮頸而股慄；聞盜賊之名，則掩耳而不願聽。而士大夫亦未嘗言兵，以爲生事擾民，漸不可長。此不亦畏之太甚，而養之太過與？且夫天下固有意外之患也。愚者見四方之無事，則以爲變故無自而有，此亦不然矣。今國家所以奉西北二虜者，歲以百萬計。奉之者有限，而求之者無厭，此其勢必至於戰。戰者，必然之勢也。不先於我，則先於彼；不出於西，則出於北。所不可知者，有遲速遠近，而要以不能免也。天下苟不免於用兵，而用之不以漸，使民於安樂無事之中，一旦出身而蹈死地，則其爲患必有所不測。故曰：天下之民，知安而不知危，能逸而不能勞。此臣所謂大患也。

臣欲使士大夫尊尚武勇，講習兵法。庶人之在官者，教以行陣之節；役民之司盜者，授以擊刺之術。每歲終則聚於郡府，如古都試之法，有勝負、有賞罰，而行之既久，則又以軍法從事。然議者必以爲無故而動民，又撓以軍法，則民將不安。而臣以爲此所以安民也。天下果未能去兵，則其一旦將以不教之民而驅之戰，夫無故而動民，雖有小怨，然孰與夫一旦之危哉？今天下屯聚之兵，驕豪而多怨，陵壓百姓，而邀其上者，何故？此其心以爲天下之知戰者，惟我而已。如使平民皆習於兵，彼知有所敵，則固已破其姦謀，而折其驕氣，利害之際，豈不亦甚明與？

古文辭類纂二十三終

奏議類下編四

蘇子瞻策斷中 ○

臣聞用兵有可以逆爲數十年之計者，有朝不可以謀夕者。攻守之方，戰鬭之術，一日百變，猶以爲拙，若此者，朝不可以謀夕者也。古之欲謀人之國者，必有一定之計。句踐之取吴，秦之取諸侯，高祖之取項籍，皆得其至計而固執之。是故有利有不利，有進有退，百變而不同，而其一定之計未始易也。句踐之取吴，是驕之而已；秦之取諸侯，是散其從而已；高祖之取項籍，是閒疎其君臣而已。此其至計不可易者，雖百年可知也。今天下晏然未有用兵之形，而臣以爲必至於戰，則其攻守之方，戰鬭之術，固未可以豫論而臆斷也。然至於用兵之大計，所以固執而不變者，臣請得以豫言之。

夫西戎、北胡，皆爲中國之患。而西戎之患小，北胡之患大。此天下之所明知也。管仲曰：攻堅則瑕者堅，攻瑕則堅者瑕。故二者皆所以爲憂，而臣以爲兵之所加，宜先於西。故先論所以制御西戎之大略。

今夫鄒與魯戰，則天下莫不以爲魯勝，大小之勢異也。然而勢有所激，則大者失其所以爲大，而小者忘其所以爲小，故有以鄒勝魯者矣。夫大有所短，小有所長，地廣而備多，備多而力分，小國聚而大國分，則强弱之勢將有所反。大國之人，譬如千金之子，自重而多疑；小國之人，計窮而無所恃，則致死不顧。是以小國常勇，而大國常怯。恃大而不戒，則輕戰而屢敗；知小而自畏，則深謀而必克，此又其理然也。夫民之所以守戰至死而不去者，以其君臣上下歡欣相得之際也。國大則君尊而上下不交，將軍貴而吏士不親，法令繁而民無所措其手足。若夫小國之民，截然其若一家也，有憂則相恤，有急則相赴。凡此數者，是小國之所長，而大國之所短也。大國而不用其所長，使小國常出於其所短，雖百戰而百屈，豈足怪哉！

且夫大國則固有所長矣，長於戰而不長於守。夫守者，出於不足而已。譬之於物，大而不用，則易以腐敗。故凡擊搏進取，所以用大也。孫武之法：十則圍之，五則攻之，倍則分之，敵則能戰之，少則能逃之，不若則能避之。自敵以上者，未嘗有不戰也。自敵以上而不戰，則是以有餘而用不足之計，固已失其所長矣。凡大國之所恃，吾能分兵而彼不能分，吾能數出而彼不能應。譬如千金之家，日出其財以罔市利，而販夫小民，終莫能與之競者，非智不若，其財少也。是故販夫小民，雖有桀黠之才，過人之智，而其勢不得不折而入於千金之家。何則？其所長者，不可以與較也。

西戎之於中國，可謂小國矣。嚮者惟不用其所長，是以聚兵連年而終莫能服。今欲用吾之所長，則莫若數出，數出莫若分兵。臣之所謂分兵者，非分屯之謂也，分其居者與行者而已。今河西之戍卒，惟患其多，而莫之適用，故其便莫若分兵。使其十一而行，則一歲可以十出；十二而行，則一歲可以五出。十一而十出，十二而五出，則是一人而歲一出也。吾一歲而一出，彼一歲而十被兵焉，則衆寡之不侔，勞逸之不敵，亦已明矣。夫用兵必出於敵人之所不能，我大而敵小，是故我能分而彼不能。此吳之所以肆楚，而隋之所以狃陳與？夫御戎之術，不可以逆知其詳，而其大略，臣未見有過此者也。

蘇子瞻策斷下 ○○

古者匈奴之衆，不過漢一大縣，然所以能敵之者，其國無君臣上下朝覲會同之節，其民無穀米絲麻耕作織紝之勞。其法令以言語爲約，故無文書符傳之繁；其居處以逐水草爲常，故無城郭邑居聚落守望之助。其旃裘肉酪，足以爲養生送死之具。故戰則人人自鬭，敗則驅牛羊遠徙，不可得而破。蓋非獨古聖人法度之所不加，亦其天性之所安者，猶狙猿之不可使冠帶，虎豹之不可以被以羈紲也。故中行説教單于無愛漢物，所得繒絮，皆以馳草棘中，使衣袴弊裂，以示不如旃裘之堅善也；得漢食物皆去之，以示不如湩酪之便美也。由此觀之，中國以法勝，而匈奴以無法勝。聖人知其然，是故精修其法而謹守之，築爲城郭，塹爲溝池，大倉廩，實府庫，明烽燧，遠斥候，使民知金鼓進退坐作之節，勝不相先，敗不相棄。此其所以謹守其法而不敢失也。一失其法，則不如無法之爲便也。故夫各輔其性而安其生，則中國與胡本不能相犯。惟其不然，是故皆有以相制，胡人之不可從中國之法，猶中國之不可從胡人之無法也。

今夫佩玉服韍冕而垂旒者，此宗廟之服，所以登降揖讓折旋俯仰爲容者也，而不可以騎射。今夫蠻夷而用中國之法，豈能盡如中國哉？苟不能盡如中國，而雜用其法，則是佩玉服韍冕而垂旒，而欲以騎射也。昔吴之先，斷髮文身，與魚鼈龍蛇居者數十世，而諸侯不敢窺也。其後楚申公巫臣，始教以乘車射御，使出兵侵楚，而闔廬、夫差，又逞其無厭之求，開溝通水，與齊、晉争强。黄池之會，强自冠帶，吴人不勝其弊，卒入於越。夫吴之所以强者，乃其所以亡也。何者？以蠻夷之資，而貪中國之美，宜其可得而圖之哉！西晉之亡也，匈奴、鮮卑、氐、羌之類，紛紜於中國，而其豪傑間起，爲之君長，如劉元海、苻堅、石勒、慕容儁之儔，皆以絶異之姿，驅駕一時之賢俊，其强者，至有天下大半，然終於覆亡相繼，遠者不過一傳再傳而滅。何也？其心固安於無法也，而束縛於中國之法。中國之人固安於法也，而苦其無法。君臣相戾，上下相厭，是以雖建都邑，立宗廟，而其心岌岌然，常若寄居於其間，而安能久乎？且人而棄其所得於天之分，未有不亡者也。

契丹自五代南侵，乘石晉之亂，奄至京師，覩中原之富麗，廟社宫闕之壯，而悦之。知不可以留也，故歸而竊習焉。山前諸郡，既爲所并，則中國士大夫有立其朝者矣。故其朝廷之儀，百官之號，文武選舉之法，都邑郡縣之制，以至於衣服飲食，皆雜取中國之象。然其父子聚居，貴壯而賤老，貪得而忘失，勝不相讓，敗不相救者，猶在也。其中未能革其犬羊豺狼之性，而外牽於華人之法，此其所以自投於陷穽網羅之中。而中國之人猶曰：今之匈奴非古也，其措置規畫，皆不復蠻夷之心。以爲不可得而圖之，亦過計矣。且夫天下固有沈謀陰計之士也。昔先王欲圖大事，立奇功，則非斯人莫之與共。秦之尉繚，漢之陳平，皆以樽俎之間，而制敵國之命。此亦王者之心，期以紓天下之禍而已。

彼契丹者，有可乘之勢三，而中國未之思焉，則亦足惜矣。臣觀其朝廷百官之衆，而中國士大夫交錯於其閒，固亦有賢俊慷慨不屈之士，而詬辱及於公卿，鞭扑行於殿陛，貴爲將相，而不免囚徒之恥，宜其有惋憤鬱結而思變者，特未有路耳。凡此皆可以致其心，雖不爲吾用，亦以閒疎其君臣。此由余之所以入秦也。幽、燕之地，自古號多雄傑，名於圖史者，往往而是。自宋之興，所在賢俊，雲合響應，無有遠邇，皆欲洗濯磨淬，以觀上國之光，而此一方，獨陷於非類。昔太宗皇帝，親征幽州，未克而班師，聞之諜者曰：幽州士民謀欲執其帥以城降者，聞乘輿之還，無不泣下。且胡人以爲諸郡之民，非其族類，故厚斂而虐使之，則其思内附之心，豈待深計哉？此又足爲之謀也。使其上下相猜，君民相疑，然後可攻也。語有之曰：鼠不容穴，銜窶藪也。彼僭立四都，分置守宰，倉廩府庫，莫不備具。有一旦之急，適足以自累，守之不能，棄之不忍，華夷雜居，易以生變。如此，則中國之長，足以有所施矣。然非特如此而已也。中國不能謹守其法，彼慕中國之法，而不能純用，是以勝負相持，而未有決也。夫蠻夷者，以力攻，以力守，以力戰，顧力不能則逃。中國則不然。其守以形，其攻以勢，其戰以氣，故百戰而力有餘。形者有所不守，而敵人莫不忌也；勢者有所不攻，而敵人莫不憊也；氣者有所不戰，而敵人莫不懾也。苟去此三者，而角之於力，則中國固不敵矣，尚何云乎？伏惟國家留意其大者，而爲之計。其小者，臣未敢言焉。唐應德云：此文極其變化，橫發而不可羈紲。

蘇子由君術策五 ○

臣聞事有若緩而其變甚急者，天下之勢是也。天下之人，幼而習之，長而成之，相咻而成風，相比而成俗，縱橫顛倒，紛紛而不知以自定。當此之時，其上之人，刑之則懼，驅之則聽，其勢若無能爲者。然及其爲變，常至於破壞而不可禦。故夫天子者，觀天下之勢，而制其所向，以定所歸者也。

夫天下之人，弛而縱之，拱手而視其所爲，則其勢無所不至。其狀如長江大河，日夜渾渾，趨於下而不能止。抵曲則激，激而無所洩，則咆勃潰亂，蕩然而四出，壞隄防，包陵谷，汗漫而無所制。故善治水者，因其所入而導之，則其勢不至於激怒坌湧而不可收。既激矣，又能徐徐而洩之，則其勢不至於破決蕩溢而不可止。然天下之人，常狎其安流無事之不足畏也，而不爲去其所激，觀其激作相蹙潰亂未發之際，而以爲不至於大懼，不能徐洩其怒。是以遂至橫流於中原，而不可卒治。

昔者天下既安，其人皆欲安坐而守之，循循以爲敦厚，默默以爲忠信。忠臣義士之氣，憤悶而不得發。豪俊之士，不忍其鬱鬱之心，起而振之，而世之士大夫好勇而輕進，喜氣而不懾者，皆樂從而羣和之。直言忤世而不顧，直行犯君而不忌，今之君子，累累而從事於此矣，然天下猶有所不從。其餘風故俗猶衆而未去，相與抗拒，而勝負之數未有所定。邪正相搏，曲直相犯，二者潰潰，而不知其所終極。蓋天下之勢已少激矣，而上之人不從而遂決其壅，臣恐天下之賢人，不勝其忿，而自決之也。夫惟天子之尊，有所欲爲，而天下從之。今不爲決之上，而聽其自決，則天下之不同者，將悻然而不服；而天下之豪俊，亦將奮踴不顧，而力決之。發而不中，故大者傷，小者死，横潰而不可救。譬如東漢之士，李膺、杜密、范滂、張儉之黨，慷慨議論，本以矯拂世俗之弊，而當時之君，不爲分别天下之邪正，以決其氣，而使天下之士，發憤而自決之，而天下遂以大亂。由此觀之，則夫英雄之士，不可以不少遂其意也。是以治水者，惟能使之日夜流注而不息，則雖有蛟龍鯨鯢之患，亦將順流奔走，奮迅悦豫，而不暇及於爲變。苟其瀦畜渾亂壅閉而不決，則水之百怪，皆將勃然放肆，求以自快其意而不可禦。故夫天下，亦不可不爲少決，以順適其意也。

蘇子由臣事策一 ○○

臣聞天下有權臣，有重臣。二者，其迹相近而難明。天下之人知惡夫權臣之專，而世之重臣，亦遂不容於其間。夫權臣者，天下不可一日而有；而重臣者，天下不可一日而無也。天下徒見其外，而不察其中，見其皆侵天子之權，而不察其所爲之不類，是以舉皆嫉之，而無所喜，此亦已太過也。

今夫權臣之所爲者，重臣之所切齒；而重臣之所取者，權臣之所不顧也。將爲權臣耶？必將内悦其君之心，委曲聽順，而無所違戾，外竊其生殺予奪之柄，黜陟天下，以見己之權，而没其君之威惠。内能使其君歡愛悦懌，無所不順，而安爲之上；外能使其公卿大夫百官庶吏，無所不歸命，而争爲之腹心。上愛下順，合而爲一，然後權臣之勢遂成而不可拔。至於重臣則不然。君有所爲不可則必争，争之不能，而其事有所必不可聽，則專行而不顧。待其成敗之迹著，則上之心將釋然而自解。其在朝廷之中，天子爲之踧然而有所畏，士大夫不敢安肆怠惰於其側。爵禄慶賞，己得以議其可否，而不求以爲己之私惠；刀鋸斧鉞，己得以參其輕重，而不求以爲己之私勢。要以使天子有所不可必爲，而羣下有所震懼，而已不與其利。何者？爲重臣者，不待天下之歸己；而爲權臣者，亦無所事天子之畏己也。故各因其行事，而觀其意之所在，則天下誰可欺者？臣故曰：爲天下安可一日無重臣也。

且今使天下而無重臣，則朝廷之事，惟天子之所爲，而無所可否。雖天子有納諫之明，而百官畏懼戰慄，無平昔尊重之勢，誰肯觸忌諱，冒罪戾，而爲天下言者？惟其小小得失之際，乃敢上章，讙譁而無所憚；至於國之大事，安危存亡之所繫，則將卷舌而去，誰敢發而受其禍？此人主之所大患也。悲夫！後世之君，徒見天下之權臣，出入唯唯，以爲有禮，而不知此乃所以潛潰其國；徒見天下之重臣，剛毅果敢，喜逆其意，則以爲不遜，而不知其有社稷之慮。二者淆亂於心，而不能辨其邪正，是以喪亂相仍而不悟，何足傷也！昔者衛太子聚兵以誅江充，武帝震怒，發兵而攻之，京師至使丞相、太子相與交戰。不勝而走，又使天下極其所往，而翦滅其迹。當此之時，苟有重臣，出身而當之，擁護太子，以待上意之少解，徐發其所蔽，而開其所怒，則其父子之際，尚可得而全也。惟無重臣，故天下皆知之而不敢言。臣愚以爲凡爲天下宜有以養其重臣之威，使天下百官有所畏忌，而緩急之間，能有所堅忍持重而不可奪者。竊觀方今四海無變，非常之事，宜其息而不作。然及今日而慮之，則可以無異日之患。不然者，誰能知其果無有也，而不爲之計哉？

抑臣聞之，今世之弊，在於法禁太密。一舉足不如律令，法吏且以爲言，而不問其意之所屬。是以雖天子之大臣，亦安敢有所爲於法律之外，以安天下之大事？故爲天子之計，莫若少寬其法，使大臣得有所守，而不爲法之所奪。昔申屠嘉爲丞相，至召天子之倖臣鄧通，立之堂下，而詰責其過。是時通幾至於死而不救。天子知之，亦不以爲怪，而申屠嘉亦卒非漢之權臣。由此觀之，重臣何損於天下哉？

蘇子由民政策一 ○

臣聞王道之至於民也，其亦深矣。賢人君子，自潔於上，而民不免爲小人；朝廷之間，揖讓如禮，而民不免爲盜賊。禮行於上，而淫僻邪放之風，起於下而不能止。此猶未免爲王道之未成也。王道之本，始於民之自喜，而成於民之相愛。而王者之所以求之於民者，其粗始於力田，而其精極於孝悌廉恥之際。力田者民之最勞，而孝悌廉恥者，匹夫匹婦之所不悅。强所最勞，而使之有自喜之心；勸所不悅，而使之有相愛之意。故夫王道之成，而及其至於民，其亦深矣。古者天下之災，水旱相仍，而上下不相保，此其禍起於民之不自喜於力田；天下之亂，盜賊放恣，兵革不息，而民不樂業，此其禍起於民之不相愛，而棄其孝悌廉恥之節。夫自喜，則雖有太勞，而其事不遷；相愛，則雖有强很之心，而顧其親戚之樂，以不忍自棄於不義。此二者，王道之大權也。

方今天下之人，狃於工商之利，而不喜於農。惟其最愚下之人，自知其無能，然後安於田畝而不去。山林飢餓之民，皆有盜跖趦趄之心。而閨門之内，父子交忿，而不知反。朝廷之上，雖有賢人，而其教不逮於下。是故士大夫之間，莫不以爲王道之遠而難成也。然臣竊觀三代之遺文，至於《詩》，而以爲王道之成，有所易而不難者。夫人之不喜乎此，是未得爲此之味也。故聖人之爲詩，道其耕耨播種之勤，而述其歲終倉廩豐實，婦子喜樂之際，以感動其意。故曰：「畟畟良耜，俶載南畝。播厥百穀，實函斯活。或來瞻女，載筐及筥。其饟伊黍，其笠伊糾。其鎛斯趙，以薅荼蓼。」當此時也，民既勞矣，故爲之言其室家來饁，而慰勞之者，以勉卒其事。而其終章曰：「荼蓼朽止，黍稷茂止。穫之挃挃，積之栗栗。其崇如墉，其比如櫛，以開百室。百室盈止，婦子寧止。殺時犉牡，有捄其角。以似以續，續古之人。」當此之時，歲功既畢，民之勞者，得以與其婦子，皆樂於此，休息閑暇，飲酒食肉，以自快於一歲。則夫勤者，有以自忘其勤；盡力者，有以輕用其力；而很戾無親之人，有所慕悦，而自改其操。此非獨於《詩》云爾，導之使獲其利，而教之使知其樂，亦如是也。且民之性，固安於所樂，而悦於所利，此臣所以爲王道之無難者也。

蓋臣聞之，誘民之勢，遠莫如近，而近莫如其所與競。今行於朝廷之中，而田野之民，無遷善之心，此豈非其遠而難至者哉？明擇郡縣之吏，而謹法律之禁，刑者布市，而頑民不悛。夫鄉黨之民，其視郡縣之吏，自以爲非其比肩之人，徒能畏其用法，而袒背受笞於其前，不爲之愧。此其勢可以及民之明罪，而不可以及其隱慝。此豈非其近而無所與競者耶？惟其里巷親戚之間，幼之所與同戲，而壯之所與共事，此其所與競者也。臣愚以謂古者郡縣有三老、嗇夫，今可使推擇民之孝悌無過、力田不惰、爲民之素所服者爲之，無使治事，而使譏誚教誨其民之怠惰而無良者。而歲時伏臘，郡縣頗致禮焉，以風天下，使慕悦其事，使民皆有愧恥勉强不服之心。今不從民之所與競而教之，而從其所素畏，夫其所素畏者，彼不自以爲伍，而何敢求望其萬一？故教天下，自所與競者始，而王道可以漸至於下矣。中間引《詩》一段文字甚佳，而於後半民所與競義，不甚聯貫，是子由精神短處。

蘇子由民政策二

臣聞三代之盛時，天下之人，自匹夫以上，莫不務自修潔，以求爲君子。父子相愛，兄弟相悦，孝弟忠信之美，發於士大夫之間，而下至於田畝，朝夕從事，終身而不厭。至於戰國，王道衰息，秦人驅其民而納之於耕耘戰鬬之中，天下翕然而從之。南畝之民，而皆争爲干戈旗鼓之事，以首争首，以力搏力，進則有死於戰，退則有死於將，其患無所不至。夫周、秦之間，其相去不數十百年，周之小民，皆有好善之心，而秦人獨喜於戰攻，雖其死亡，而不肎以自存。此二者，臣竊知其故也。

夫天下之人，不能盡知禮義之美，而亦不能奮不自顧，以陷於死傷之地。其所以能至於此者，上之人實使之然也。然而閭巷之民，劫而從之，則可以與之僥倖於一時之功，而不可以望其久遠。而周、秦之風俗，皆累世而不變，此不可不察其術也。蓋周之制，使天下之士，孝悌忠信，聞於鄉黨，而達於國人者，皆得以登於有司；而秦之法，使其武健壯勇，能斬捕甲首者，得以自復其役。上者優之以爵禄，而下者皆得役屬其鄰里。天下之人，知其利之所在，則皆争爲之，而尚安知其他？然周以之興，而秦以之亡，天下遂皆尤秦之不能，而不知秦之所以使天下者，亦無以異於周之所以使天下。何者？至使之勢，所以奔走天下，萬世之所不易也，而特論其所以使之者何如焉耳。

今者天下之患，實在於民昏而不知教。然臣以謂其罪不在於民，而上之所以使之者或未至也。且天子之所求於天下者何也？天下之人，在家欲得其孝，而在國欲得其忠。兄弟欲其相與爲愛，而朋友欲其相與爲信。臨財欲其思廉，而患難欲其思義。此誠天子之所欲於天下者。古之聖人，所欲而遂求之，求之以勢，而使之自至。是以天下爭爲其所求，以求稱其意。今有人，使人爲之牧其牛羊，將責之以其牛羊之肥，則因其肥瘠，而制其利害。使夫牧者，趨其所利而從之，則可以不勞，而坐得其所欲。今求之以牛羊之肥瘠，而乃使之盡力於樵蘇之事，以其薪之多少而制其賞罰之輕重，則夫牧人將爲牧耶？將爲樵耶？爲樵則失牛羊之肥，而爲牧則無以得賞。故其人舉皆爲樵，而無事於牧。吾之所欲者牧也，而反樵之爲得，此無足怪也。今夫天下之人，所以求利於上者，果安在哉？士大夫爲聲病剽略之文，而治苟且記問之學，曳裾束帶，俯仰周旋，而皆有意於天子之爵禄。夫天子之所求於天下者，豈在是也？然天子之所以求之者唯此，而人之所由以有得者亦唯此。是以若此不可卻也。

嗟夫！欲求天下忠信孝悌之人，而求之於一日之試，天下尚誰知忠信孝悌之可喜，而一日之試之可恥，而不爲者？《詩》云：「無言不讎，無德不報。」臣以爲欲得其所求，宜遂以其所欲而求之。開之以利，而作其怠，則天下必有應者。今閒歲而一收天下之才，奇人善士，固宜有起而入於其中。然天下之人，不能深明天子之意，而以爲所爲求之者，止於其目之所見，是以盡力於科舉，而不知自反於仁義。臣欲復古者孝悌之科，使州縣得以與今之進士同舉而皆進，使天下之人，時獲孝弟忠信之利，而明知天子之所欲如此，則天下宜可漸化，以副上之所求。然臣非謂孝悌之科，必多得天下之賢才，而要以使天下知上意之所在，而各趨於其利，則庶乎不待教而忠信之俗可以漸復。此亦周、秦之所以使人之術歟？

古文辭類纂二十四

書説類一

趙良説商君 周顯王三十年，秦孝公二十三年 ○○

趙良見商君。商君曰：「鞅之得見也，從孟蘭皋。今鞅請得交可乎？」趙良曰：「僕弗敢願也。孔丘有言曰：推賢而戴者進，聚不肖而王者退。鼐按：王者言推尊之。《莊子》：彼兀者而王先生。僕不肖，故不敢受命。僕聞之曰：非其位而居之曰貪位，非其名而有之曰貪名。僕聽君之義，則恐僕貪位貪名也，故不敢聞命。」商君曰：「子不説吾治秦與？」趙良曰：「反聽之謂聰，内視之謂明，自勝之謂彊。虞舜有言曰：自卑也尚矣。君不若道虞舜之道，無爲問僕矣。」商君曰：「始秦戎翟之教，父子無别，同室而居。今我更制其教，而爲其男女之别；大築冀闕，營如魯、衛矣。子觀我治秦也，孰與五羖大夫賢？」趙良曰：「千羊之皮，不如一狐之掖；千人之諾諾，不如一士之諤諤。武王諤諤以昌，殷紂墨墨以亡。君若不非武王乎，則僕請終日正言而無誅，可乎？」商君曰：「語有之矣：貌言，華也；至言，實也；苦言，藥也；甘言，疾也。夫子果肯終日正言，鞅之藥也，鞅將事子，子又何辭焉？」

趙良曰：「夫五羖大夫，荆之鄙人也。聞秦繆公之賢，而願望見。行而無資，自粥於秦客，被褐食牛。期年，繆公知之，舉之牛口之下，而加之百姓之上，秦國莫敢望焉。相秦六七年，而東伐鄭，三置晉國之君，一救荆國之禍。發教封内，而巴人致貢；施德諸侯，而八戎來服。由余聞之，款關請見。五羖大夫之相秦也，勞不坐乘，暑不張蓋，行於國中，不從車乘，不操干戈，功名藏於府庫，德行施於後世。五羖大夫死，秦國男女流涕，童子不歌謡，舂者不相杵。此五羖大夫之德也。今君之見秦王也，因嬖人景監以爲主，非所以爲名也。相秦不以百姓爲事，而大築冀闕，非所以爲功也。刑黥太子之師傅，殘傷民以駿刑，是積怨畜禍也。教之化民也深於命，民之効上也捷於令。今君又左建外易，人臣車蓋不建車上，雨則擁之。其桯直，若左建，則曲柄建于車上，即左纛矣。易當爲易，即馬額之錫，其言侈於臣禮，不但坐乘張蓋而已。非所以爲教也。君又南面也而稱寡人，日繩秦之貴公子。《詩》曰：「相鼠有體，人而無禮。人而無禮，胡不遄死？」以《詩》觀之，非所以爲壽也。公子虔杜門不出已八年矣，君又殺祝懽而黥公孫賈。《詩》曰：「得人者興，失人者崩。」此數事者，非所以得人也。君之出也，後車十數，從車載甲，多力而駢脅者爲驂乘，持矛而操闟戟者旁車而趨。

此一物不具，君固不出。《書》曰：「恃德者昌，恃力者亡。」君之危若朝露，尚將欲延年益壽乎？則何不歸十五都，灌園於鄙，勸秦王顯巖穴之士，養老存孤，敬父兄，序有功，尊有德，可以少安。君尚將貪商、於之富，寵秦國之教，畜百姓之怨，秦王一旦捐賓客而不立朝，秦國之所以收君者，豈其微哉？亡可翹足而待！」商君弗從。

陳軫爲齊説楚昭陽 顯王四十六年，楚懷王六年 〇〇

楚使柱國昭陽將兵而攻魏，破之於襄陵，得八邑，又移兵而攻齊。齊王患之。陳軫適爲秦使齊，齊王曰：「爲之奈何？」陳軫曰：「王勿憂，請令罷之。」即往見昭陽軍中曰：「願聞楚國之法。破軍殺將者，何以貴之？」昭陽曰：「其官爲上柱國，封上爵執珪。」陳軫曰：「其有貴於此者乎？」昭陽曰：「令尹。」陳軫曰：「今君已爲令尹矣。此國冠之上，臣請得譬之。人有遺其舍人一巵酒者，舍人相謂曰：『數人飲此，不足以徧。請遂畫地爲蛇。蛇先成者獨飲之。』一人曰：『吾蛇先成。』舉酒而起曰：『吾能爲之足。』及其爲之足，而後成人奪之酒而飲之，曰：『蛇固無足。今爲之足，是非蛇也。』今君相楚而攻魏，破軍殺將，功莫大焉，冠之上不可以加矣。今又移兵而攻齊，攻齊勝之，官爵不加於此；

攻之不勝，身死爵奪，有毀於楚。此爲蛇爲足之説也。不若引兵而去以德齊，此持滿之術也。」昭陽曰：「善。」引兵而去。

陳軫説楚毋絶於齊楚懷王十六年 ○○

秦欲伐齊，而楚與齊從親。秦惠王患之，乃宣言張儀免相，使張儀南見楚王，謂楚王曰：「敝邑之王所甚説者，無先大王；雖儀之所甚願爲門闌之廝者，亦無先大王。敝邑之王所甚憎者，無先齊王；雖儀之所甚憎者，亦無先齊王。而大王和之，是以敝邑之王不得事王，而令儀亦不得爲門闌之廝也。王爲儀閉關而絶齊，今使使者從儀西，取故秦所分楚商、於之地方六百里，如是則齊弱矣，是北弱齊，西德於秦，私商、於以爲富。此一計而三利俱至也。」懷王大悦，乃置相璽於張儀，日與置酒，宣言吾復得吾商、於之地。羣臣皆賀，而陳軫獨弔。懷王曰：「何故？」陳軫對曰：「秦之所爲重王者，以王之有齊也。今地未可得，而齊交先絶，是楚孤也。夫秦又何重孤國哉？必輕楚矣。且先出地而後絶齊，則秦計不爲；先絶齊而後責地，則必見欺於張儀。見欺於張儀，則王必怨之。怨之，是西起秦患，北絶齊交。西起秦患，北絶齊交，則兩國之兵必至。臣故弔。」楚王弗聽。

陳軫説齊以兵合於三晉《大事記》載顯王四十七年，齊宣二十一年，吴師道疑在赧王十六年 ○

秦伐魏，陳軫合三晉而東，謂齊王曰：「古之王者之伐也，欲以正天下而立功名以爲後世也。今齊、楚、燕、趙、韓、梁六國之遞甚也，不足以立功名，適足以彊秦而自弱也，非山東之上計也。能危山東者，彊秦也。不憂彊秦，而遞相罷弱，而兩歸其國於秦，此臣之所以爲山東之患。天下爲秦相割，秦曾不出力；天下爲秦相烹，秦曾不出薪。何秦之智，而山東之愚邪？願大王之察也。

「古之五帝、三王、五伯之伐也，伐不道者。今秦之伐天下不然，必欲反之，主必死辱，民必死虜。今韓、梁之目未嘗乾，而齊民獨不也。非齊親而韓、梁疏也，齊遠秦而韓、梁近。今齊將近矣！今秦欲攻梁絳、安邑，秦得絳、安邑以東下河，必表裏河山，而東攻齊，舉齊屬之海，南面而孤楚、韓、梁，北向而孤燕、趙，齊無所出其計矣。願王熟慮之。

「今三晉已合矣，復爲兄弟約，而出鋭師以戍梁絳、安邑，此萬世之計也。齊非急以鋭師合三晉，必有後憂。三晉合，秦必不敢攻梁，必南攻楚。楚、秦構難，三晉怒齊不與己也，必東攻齊。此臣之所謂齊必有大憂，不如急以兵合於三晉。」

齊王敬諾，果以兵合於三晉。

蘇季子說燕文侯 周顯王三十五年，燕文公二十八年 ○○

蘇秦將爲從，北說燕文侯曰：「燕東有朝鮮、遼東，北有林胡、樓煩，西有雲中、九原，南有滹沱、易水，地方二千里，帶甲數十萬，車七百乘，騎六千匹，粟支二年。南有碣石、雁門之饒，鼐按：碣石在燕東，海中之貨自此入河。雁門在西北，沙漠之貨自此入。路皆達於燕南，故南有其饒也。北有棗栗之利，民雖不田作，棗栗之實，足食於民矣。此所謂天府也。夫安樂無事，不見覆軍殺將之憂，無過燕矣。大王知其所以然乎？夫燕之所以不犯寇被兵者，以趙之爲蔽於其南也。秦、趙五戰，秦再勝而趙三勝。秦、趙相敝，而王以全燕制其後，此燕之所以不犯難也。且夫秦之攻燕也，踰雲中、九原，過代、上谷，彌地踵道數千里，雖得燕城，秦計固不能守也。秦之不能害燕亦明矣。今趙之攻燕也，發號出令，不至十日，而數十萬之眾，軍於東垣矣。度滹沱，涉易水，不至四五日，而距國都矣。故曰秦之攻燕也，戰於千里之外；趙之攻燕也，戰於百里之内。夫不憂百里之患，而重千里之外，計無過於此者。是故願大王與趙從親，天下爲一，則國必無患矣。」

燕王曰：「寡人國小，西迫彊秦，促近齊、趙。齊、趙彊國，今主君幸教詔之，合從以安燕，敬以國從。」於是齎蘇秦車馬金帛以至趙。

蘇季子説趙肅侯恐即蘇秦説燕之年，肅侯之十六年　〇〇〇

蘇秦從燕之趙，始合從説趙王曰：「天下之卿相人臣，乃至布衣之士，莫不高賢大王之行義，皆願奉教陳忠於前之日久矣。雖然，奉陽君妒，大王不得任事，是以外賓客，游談之士無敢盡忠於前者。今奉陽君捐館舍，大王乃今然後得與士民相親，臣故敢盡其愚忠。爲大王計，莫若安民無事，請無庸有爲也。安民之本，在於擇交。擇交而得則民安，擇交不得，則民終身不得安。請言外患：齊、秦爲兩敵，而民不得安；倚秦攻齊，而民不得安；倚齊攻秦，而民不得安。故夫謀人之主，伐人之國，常苦出辭斷絶人之交，願大王慎無出於口也。請屏左右，白言所以異陰陽而已矣。大王誠能聽臣，燕必致氈裘狗馬之地，齊必致海隅魚鹽之地，楚必致橘柚雲夢之地，韓、魏皆可使致封地湯沐之邑，貴戚父兄，皆

可以受封侯。夫割地效實，五霸之所以覆軍禽將而求也；封侯貴戚，湯武之所以放殺而爭也。今大王垂拱而兩有之，是臣之所以爲大王願也。大王與秦，則秦必弱韓、魏；與齊，則齊必弱楚、魏。魏弱則割河外，韓弱則効宜陽。宜陽効則上郡絶，此上郡是韓地河北者，平陽、上黨皆是，非魏西河之外地，後入於秦之上郡。河外割則道不通，楚弱則無援。此三策者，不可不熟計也。夫秦下軹道，則南陽動，劫韓包周，則趙自銷鑠，據衛取淇，則齊必入朝。秦欲已得行於山東，則必舉甲而向趙。秦甲涉河踰漳，據番吾，則兵必戰於邯鄲之下矣。此臣之所以爲大王患也。

「當今之時，山東之建國，莫如趙强。趙地方三千里，帶甲數十萬，車千乘，騎萬匹，粟支十年。西有常山，南有河、漳，東有清河，北有燕國。燕固弱國，不足畏也。且秦之所畏害於天下者莫如趙，然而秦不敢舉兵甲而伐趙者何也？畏韓、魏之議其後也。然則韓、魏，趙之南蔽也。秦之攻韓、魏也則不然。無有名山大川之限，稍稍蠶食之，傅之國都而止矣。韓、魏不能支秦，必入臣於秦。秦無韓、魏之隔，禍必中於趙矣。此臣之所以爲大王患也。

「臣聞堯無三夫之分，舜無咫尺之地，以有天下；禹無百人之聚，以王諸侯；湯武之卒，不過三千人，車不過三百乘，而爲天子，誠得其道也。是故明主外料其敵國之彊弱，内度其士卒之衆寡、賢與不肖，不待兩軍相當，而勝敗存亡之機節固已見於胸中矣，豈掩於衆人之言，而以冥冥決事哉！

「臣竊以天下地圖按之。諸侯之地，五倍於秦；料諸侯之卒，十倍於秦。六國并力爲一，西面攻秦，秦破必矣。今西面而事之，見臣於秦。夫破人之與破於人也，臣人之與臣於人也，豈可同日而言之哉！夫横人者，皆欲割諸侯之地以與秦成。與秦成，則高臺榭，美宫室，聽竽笙琴瑟之音，察五味之和，前有軒轅，後有長庭，美人巧笑，卒有秦患，而不與其憂。是故横人日夜務以秦權恐猲諸侯，以求割地。願大王之熟計也。

「臣聞明主絶疑去讒，屏流言之迹，塞朋黨之門，故尊主廣地强兵之計臣，得陳忠於前矣。故竊爲大王計，莫如一韓、魏、齊、楚、燕、趙六國從親以擯畔秦，令天下之將相，相與會於洹水之上，通質，刑白馬以盟之，約曰：秦攻楚，齊、魏各出鋭師以佐之，韓絶食道，趙涉河、漳，燕守常山之北；秦攻韓、魏，則楚絶其後，齊出鋭師以佐之，趙涉河、漳，燕守雲中；秦攻齊，則楚絶其後，韓守成皋，魏塞午道，趙涉河、漳、博關，燕出鋭師以佐之；秦攻燕，則趙守常山，楚軍武關，齊涉渤海，韓、魏出鋭師以佐之；秦攻趙，則韓軍宜陽，楚軍武關，魏軍河外，齊涉清河，秦攻趙，齊不應遠涉渤海，蓋清河之誤耳。《史記》是。燕出鋭師以佐之。諸侯有先背約者，五國共伐之。六國從親以擯秦，秦必不敢出兵於函谷關，以害山東矣。如是，則霸業成矣。」

趙王曰：「寡人年少，莅國之日淺，未嘗得聞社稷之長計。今上客有意存天下，安諸侯，寡人敬以國從。」乃封蘇秦爲武安君，飭車百乘，黄金千鎰，白璧百雙，錦綉千純，以約諸侯。

蘇季子説韓昭侯《史記》作説宣惠王　〇〇

蘇秦爲趙合從説韓王曰：「韓北有鞏、洛、成皋之固，西有宜陽、商阪之塞，「商」字，依《史記》、《策》作「常」。東有宛、穰、洧水，南有陘山，地方千里，帶甲數十萬。天下之彊弓勁弩，皆自韓出，谿子、少府、時力、距來，皆射六百步之外。韓卒超足而射，百發不暇止，遠者達胸，近者掩心。韓卒之劍戟，皆出於冥山，棠谿，墨陽，合伯。鄧師、宛馮，龍淵、太阿，皆陸斷馬牛，水擊鵠鴈，當敵即斬。堅甲鐵幕，革抉㕹芮，無不畢具。《國策》甲下有「盾鞮鍪」字。按㕹讀伐，即是盾，不當重及，故從《史記》去三字。又下文被堅甲三句，承上三項，則堅甲屬下句讀，與即斬屬爲句者非是。

以韓卒之勇，被堅甲，蹠勁弩，帶利劍，一人當百，不足言也。夫以韓之勁，與大王之賢，乃欲西面事秦，稱東藩，築帝宫，受冠帶，祠春秋，交臂而服焉。夫羞社稷而爲天下笑，無過此者矣。是故願大王之熟計之也。大王事秦，秦必求宜陽、成皋，今兹效之，明年又益求割地。與之即無地以給之，不與則棄前功而後更受其禍。且夫大王之地有盡，而秦之求無已。夫以有盡之地，而逆無已之求，此所謂市怨而買禍者也，不戰而地已削矣。臣聞鄙語曰：『寧爲鷄口，無爲牛後。』今大王西面交臂而臣事秦，何以異於牛後乎？夫以大王之賢，挾彊韓之兵，而有牛後之名，臣竊爲大王羞之。」

韓王忿然作色，攘臂按劍，仰天太息曰：「寡人雖死，必不能事秦，今主君以趙王之教詔之，敬奉社稷以從。」

蘇季子説魏襄王顯王三十六年，魏襄二年 ○

蘇子爲趙合從説魏王曰：「大王之地，南有鴻溝、陳、汝南、許、鄢、昆陽、邵陵、舞陽、新郪，《後漢·郡國志》：汝南，宋公國。周名郪邱，漢改名新郪。然則此「新」字衍，抑當依《史記》「新都」。東有淮、潁、沂、黄、煮棗、無疎，西有長城之界，北有河外、卷衍、酸棗，《史記正義》謂河外爲河南地，此猶未明。蓋大梁正河南地，若言其北，當言河内矣。蓋魏以大梁、鄴夾河南北，並以爲都。其正北乃韓之上黨，不可舉也。此云河外，乃河既折而北流，爲東河。其東南曰外，乃秦漢之東郡地，在大梁東北者耳。卷衍不知何處，必不如注家以漢河南郡之卷爲解，蓋卷縣正是上文長城之界，非此卷衍。此卷衍亦東郡左右地耳。以張儀説魏，秦下河外，拔卷衍，則趙不南，魏不北語，證之尤明。又蘇秦説趙，河外割則道不通，亦指此，並非正南河之南地。地方千里。名雖小，然而廬田廡舍，曾無所芻牧牛馬之地。人民之衆，車馬之多，日夜行不絶，輷輷殷殷，若有三軍之衆。臣竊料之，大王之國，不下於楚。然横人訹王外交虎狼之秦，以侵天下，卒有國患，不被其禍。夫挾彊秦之勢，以内劫其主，罪無過此者。且魏天下之彊國也，大王天下之賢主也。今乃有意西面而事秦，稱東藩，築帝宫，受冠帶，祠春秋，臣竊爲大王愧之。

「臣聞越王句踐，以散卒三千，禽夫差於干遂；武王卒三千人，革車三百乘，斬紂於牧之野。豈其士卒衆哉？誠能振其威也。今竊聞大王之卒，武力二十餘萬，蒼頭二十萬，奮擊二十萬，廝徒十萬，車六百乘，騎五千匹，此其過越王句踐、武王遠矣！今乃劫於羣臣之説，而欲臣事秦。夫事秦，必割地效質，故兵未用而國已虧矣。凡羣臣之言事秦者，皆姦臣，非忠臣也。夫爲人臣，割其主之地以外交，偷取一旦之功，而不顧其後，破公家而成私門，外挾彊秦之勢，而内劫其主，以求割地，願大王之熟察之也。「《周書》曰：緜緜不絶，蔓蔓若何？毫毛不拔，將成斧柯，前慮不定，後有大患，將奈之何？大王誠能聽臣，六國從親，專心并力，則必無彊秦之患。故敝邑趙王使使臣獻愚計，奉明約，在大王詔之。」

魏王曰：「寡人不肖，未嘗得聞明教。今主君以趙王之詔詔之，敬以國從。」

蘇季子説齊宣王 齊宣十年 ○○○

蘇秦爲趙合從説齊宣王曰：「齊南有泰山，東有琅邪，西有清河，北有渤海，此所謂四塞之國也。齊地方二千里，帶甲數十萬，粟如邱山，齊車之良，五家之兵，疾如錐矢，戰如雷霆，解如風雨。即有軍役，未嘗倍泰山，絶清河，涉渤海也。臨淄之中七萬户，臣竊度之，下户三男子，三七二十一萬，不待發於遠縣，而臨淄之卒，固已二十一萬矣。臨淄甚富而實，其民無不吹竽鼓瑟，擊筑彈琴，鬬鷄走狗，六博蹹鞠者。臨淄之途，車轂擊，人肩摩，連衽成幃，舉袂成幕，揮汗成雨。家殷人足，志高氣揚。夫以大王之賢，與齊之彊，天下不能當。今乃西面事秦，竊爲大王羞之。

「且夫韓、魏所以畏秦者，以與秦接界也。兵出而相當，不十日，而戰勝存亡之機決矣。韓、魏戰而勝秦，則兵半折，四境不守；戰而不勝，以亡隨其後。是故韓、魏之所以重與秦戰而輕爲之臣也。今秦攻齊則不然。倍韓、魏之地，至衛、陽晉之道，經亢父之險，車不得方軌，馬不得並行，百人守險，千人不能過也。秦雖欲深入，則狼顧，恐韓、魏之議其後也。是故恫疑虛喝，高躍而不敢進，則秦不能害齊亦明矣。夫不料秦之不奈我何也，而欲西面事秦，是羣臣之計過。今臣無事秦之名，而有彊國之實，臣固願大王之少留計。」

齊王曰：「寡人不敏，今主君以趙王之詔告之，敬奉社稷以從。」

蘇季子自齊反燕説燕易王 ○

人有毀蘇秦者曰：「左右賣國反覆之臣也，將作亂。」蘇秦恐得罪，歸而燕王不復官也。

蘇秦見燕王曰：「臣東周之鄙人也。無有分寸之功，而王親拜之於廟，而禮之於廷。今臣爲王卻齊之兵，而攻得十城，宜以益親。今來而王不聽臣者，人必有以不信傷臣於王者。臣之不信，王之福也。臣聞忠信者所以自爲也，進取者所以爲人也。且臣之説齊王，曾非欺之也。臣棄老母於東周，固去自爲而行進取也。今有孝如曾參，廉如伯夷，信如尾生，得此三人者，以事大王，何若？」王曰：「足矣。」蘇秦曰：「孝如曾參，義不離其親一宿於外，王又安能使之步行千里，而事弱燕之危主哉？廉如伯夷，義不爲孤竹君之嗣，不肯爲武王臣，不受封侯，而餓死首陽山下，有廉如此，王又安能使之步行千里，而行進取於齊哉？信如尾生，與女子期於梁下，女子不來，水至不去，抱柱而死，有信如此，王又安能使之步行千里，卻齊之彊兵哉？臣所謂以忠信得罪於上者也。」燕王曰：「若不忠信耳。豈有以忠信而得罪者乎？」蘇秦曰：「不然。臣聞客有遠爲吏，而其妻私於人者，其夫將來，其私者憂之。妻曰：『勿憂，吾已作藥酒待之矣。』居三日，其夫果至，妻使妾舉藥酒進之。妾欲言酒之有藥，則恐其逐主母也；欲勿言乎，則恐其殺主父也。於是乎詳僵而棄酒。主父大怒，笞之五十。故妾一僵而覆酒，上存主父，下存主母。然而不免於笞。惡在乎忠信之無罪也？夫臣之過，不幸而類是乎？」

燕王曰：「先生復就故官。」益厚遇之。

蘇代止孟嘗君入秦　○○

孟嘗君將入秦，止者千數而弗聽。蘇代欲止之。孟嘗君曰：「人事者吾已盡知之矣，吾所未聞者，獨鬼事耳。」蘇代曰：「臣之來也，固不敢言人事也，固且以鬼事見君。」孟嘗君見之。謂孟嘗君曰：「今者臣來過於淄上，有土偶人與桃梗相與語。桃梗謂土偶人曰：『子西岸之土也，埏子以爲人，至歲八月，降雨下，淄水至，則汝殘矣。』土偶曰：『不然。吾西岸之土也，殘則復西岸耳。今子東國之桃梗也，刻削子以爲人，降雨下，淄水至，流子而去，則子漂漂者將何如耳？』今秦四塞之國，譬如虎口，而君入之，則臣不知君所出矣。」孟嘗君乃止。

蘇代說齊不爲帝　○

蘇子說齊王曰：「齊、秦立爲兩帝，王以天下爲尊秦乎，且尊齊乎？」王曰：「尊秦。」「釋帝，則天下愛齊乎，且愛秦乎？」王曰：「愛齊而憎秦。」「兩帝立，約伐趙，孰與伐宋之利也？」姚宏曰：劉本有「王曰不如伐宋」六字。對曰：「夫約均，然與秦爲帝，而天下獨尊秦而輕齊。齊釋帝，則天下愛齊而憎秦。伐趙不如伐宋之利，故臣願王明釋帝以就天下。倍約擯秦，勿使爭重，而王以其閒舉宋。夫有宋，則衛之陽城危；有淮北，則楚之東國危；有濟西，則趙之河東危；有陰、平陸，則梁門不啟。故釋帝而貳之，以伐宋之事，則國重而名尊，燕、楚以形服，天下不敢不聽，此湯武之舉也。敬秦以爲名，而後使天下憎之，此所謂以卑易尊者也。願王之熟慮之也。」

蘇代遺燕昭王書 ○○

齊伐宋，宋急。蘇代乃遺燕昭王書曰：

「夫列在萬乘，而寄質於齊，名卑而權輕；奉齊助之伐宋，《史》作「奉萬乘助齊伐宋」，今從《國策》。民勞而實費；夫破宋，殘楚淮北，肥大齊，讎彊而國害。此三者，皆國之大敗也。然且王行之者，將以取信於齊也。齊加不信於王，而忌燕愈甚，是王之計過矣。夫以宋加之淮北，彊萬乘之國也，而齊并之，是益一齊也。北夷方七百里，加之以魯、衛，彊萬乘之國也，而齊并之，是益二齊也。夫一齊之彊，燕猶狼顧而不能支，今以三齊臨燕，其禍必大矣。雖然，智者舉事，因禍爲福，轉敗爲功。齊紫，敗素也，而賈十倍。越王句踐棲於會稽，復殘彊吴而霸天下。此皆因禍爲福、轉敗爲功者也。今王若欲因禍爲福，轉敗爲功，則莫若遥《史》作挑。霸齊而尊之，使使盟於周室，焚秦符，曰：其大上計破秦，其次必長擯之。秦挾擯以待破，秦王必患之。秦五世伐諸侯，今爲齊下，秦王之志，苟得窮齊，不憚以國爲功。然則王何不使辯士以此言説秦王曰：燕、趙破宋肥齊，尊之。爲之下者，燕、趙非利之也。燕、趙不利而埶爲之者，以不信秦王也。然則王何不使可信者接收燕、趙？令涇陽君、高陵君先於燕、趙，秦有變，因以爲質，則燕、趙信秦。秦爲西帝，燕爲北帝，趙爲中帝，立三帝以令於天下。韓、魏不聽，則秦伐之；齊不聽，則燕、趙伐之。天下孰敢不聽？天下服聽，因驅韓、魏以伐齊，曰：必反宋地，歸楚淮北。反宋地，歸楚淮北，燕、趙之所利也；並立三帝，燕、趙之所願也。夫實得所利，尊得所願，燕、趙棄齊，如脱躧矣。今不收燕、趙，齊霸必成。諸侯贊齊而王不從，是國伐也；諸侯贊齊而王從之，是名卑也。今收燕、趙，國安而名尊；不收燕、趙，國危而名卑。夫去尊安而取危卑，智者不爲也。秦王聞若説，必若刺心然。則王何不使辯士以此若言説秦？秦必取，齊必伐矣。夫取秦，厚交也；伐齊，正利也。尊厚交，務正利，聖王之事也。」

燕昭王善其書，曰：「先人嘗有德蘇氏，子之之亂，而蘇氏去燕。燕欲報仇於齊，非蘇氏莫可。」乃召蘇代，復善待之，與謀伐齊，竟破齊，齊湣王出走。

蘇代約燕昭王當在赧王三十六七年，燕昭末年秦拔楚鄢郢時 ○○○

秦召燕王，燕王欲往。蘇代約燕王曰：

「楚得枳而國亡，齊得宋而國亡。齊、楚不得以有枳、宋事秦者，何也？是則有功者，秦之深讎也。秦取天下，非行義也，暴也。秦之行暴，正告天下。告楚曰：『蜀地之甲，輕舟《史》作「乘船」，下同。浮於汶，乘夏水而下江，五日而至郢。漢中之甲，輕舟出於巴，乘夏水而下漢，四日而至五渚。寡人積甲宛，東下隨，智者不及謀，勇者不及怒，寡人如射隼矣。王乃待天下之攻函谷，不亦遠乎？』楚王爲是之故十七年事秦。秦正告韓曰：『我起乎少曲，一日而斷太行；我起乎宜陽，而觸平陽，二日而莫不盡繇；我離兩周而觸鄭，五日而國舉。』韓氏以爲然，故事秦。秦正告魏曰：『我舉安邑，塞女戟，韓氏、此韓氏，河東地名，屬魏。太原卷，下軹道，徐廣曰：霸陵有軹道亭。鼒按：此謂河內軹縣，徐誤。道南陽、封、冀，兼包兩周，乘夏水，浮輕舟，彊弩在前，銛戟在後。決滎口，魏無大梁；決白馬之口，魏無黃、黃有三，在河內者曰內黃，在陳留者曰外黃，在曹州者曰小黃，與濟陽連。此黃，小黃也，《史記》本有「外」字，非是。濟陽；決宿胥之口，魏無虛、頓邱。陸攻則擊河内，水攻則滅大梁。』魏以爲然，故事秦。秦欲攻安邑，恐齊據《史》作救。之，則以宋委於齊，曰：『宋王無道，爲木人以象寡人，射其面。寡人地絶兵遠，不能攻也。王苟能破宋有之，寡人如自得之。』已得安邑，塞女戟，因以破宋爲齊罪。秦欲攻韓，恐天下救之，則以齊委於天下，曰：『齊王四與寡人約，四欺寡人，必率天下以攻寡人者三。有齊無秦，有秦無齊，必伐之，必亡之！』已得宜陽、少曲，致藺、離《史》無離字。石，因以破齊爲天下罪。秦欲攻魏，重楚，則以南陽委於楚，曰：『寡人固與韓且絶矣！殘均陵，塞黽陒，苟利於楚，寡人如自有之。』魏棄與國而合於秦，因以塞黽陒爲楚罪。兵困於林中，重燕、趙，以膠東委於燕，以濟西委於趙。已得講於魏，質《史》作至。公子延，因犀首屬行而攻趙。兵傷於離《史》作譙。石，遇敗於馬陵，《史》作陽馬。而重魏，則以葉、蔡委於魏。已得講於趙，則劫魏，魏不爲割。困則使太后、穰侯爲和，嬴則兼欺舅與母。適燕者曰『以膠東』，適趙者曰『以濟西』，適魏者曰『以葉、蔡』，適楚者曰『以塞黽陒』，適齊者曰『以宋』，必令其言如循環，用兵如刺蜚，母不能制，舅不能約。龍賈之戰，岸門之戰，封陵之戰，高商之戰，趙莊之戰，秦之所殺三晉之民數百萬。今其生者，皆死秦之孤也。西河之外，上雒之地，三川、晉國晉國謂安邑。晉末獨有絳、曲沃，而魏居安邑，近之。趙、韓皆遠，故謂爲晉國。蘇厲曰：韓亡三川，魏亡晉國。之禍，三晉之半。秦禍如此其大，而燕、趙之秦者，皆以爭事秦説其主，此臣之所大患也。」奇峻之氣，有過季子。

蘇厲爲齊遺趙惠文王書 ○○

臣聞古之賢君，其德行非布於海内也，教順非洽於人民也，祭祀時享，非數常於鬼神也。甘露降，時雨至，年豐穀熟，民不疾疫，衆人善之，然而賢主圖之。《國策》作惡之。今足下之賢行功力，非數加於秦也；怨毒積怒，非素深於齊也。秦、趙與國，以彊徵兵於韓，秦誠愛趙乎，其實憎齊乎？物之甚者，賢主察之。秦非愛趙而憎齊也，欲亡韓而吞二周，故以齊餤天下。憎齊及以齊，《國策》作「韓」。吴師道乃疑厲爲韓説，而「齊」字爲司馬子長所改，此大誤也。蘇代云秦欲攻韓，恐天下救之，則以齊委於天下，正此時情事，故爲齊説而語及韓。《國策》誤本乃盡以齊字作韓，豈可據耶？事當在齊湣敗走，燕未盡取齊七十城時。《大事記》疑非此時事，亦不然也。恐事之不合，故出兵以劫魏、趙；恐天下畏己也，故出質以爲信；恐天下亟反也，故徵兵於韓以威之。聲以德與國，而實伐空韓。臣以秦計爲必出於此。

夫物固有執異而患同者。楚久伐而中山亡，今齊久伐而韓必亡。破齊，王與六國分其利也；亡韓，秦獨擅之；收二周西，取祭器，秦獨私之。賦田計功，王之獲利，孰與秦多？説士之計曰「韓亡三川，魏亡晉國」，市朝未變，而禍已及矣。燕盡齊之北地，去沙邱、鉅鹿，斂三百里。《策》有「秦盡」二字。韓之上黨，去邯鄲百里。燕、秦謀王之河山，閒三百里而通矣。秦之上郡，近挺關，《策》作扞關，《大事記》云：扞者，扞敵之扞，非關名，故楚、趙皆有之。至於榆中者，千五百里。秦以三郡《策》作軍。攻王之上黨，羊腸之西，句注之南，非王有已。踰句注斬常山而守之，三百里而通於燕。鼐按：上黨蓋韓、趙各有分地。韓之上黨在南，趙之上黨在北。燕盡齊之北地以下，言秦兵之從南路者；秦之上郡以下，言秦兵之從北路者。兩路皆通燕，則趙斷爲三矣。代馬胡犬不東下，昆山之玉不出，此三寶者，亦非王有已。王久伐齊，從彊秦攻韓，其禍必至於此。願王孰慮之。

且齊之所以伐者以事王也，天下屬行以謀王也，燕、秦之約成，而兵出有日矣。五國三分王之地，齊倍五國之約，而殉王之患，西兵而禁彊秦，秦廢帝請服，反高平、根柔於魏，反巠分、先俞於趙，齊之事王，宜爲上佼。《策》作交。而今乃抵罪，臣恐天下後事王者之不敢自必也。願王孰計之也。今王毋與天下攻齊，天下必以王爲義。齊抱社稷而厚事王，天下必盡重王義。王以天下善秦，秦暴，王以天下禁之，是一世之名寵制於王也。

蘇厲爲周説白起 ○○

蘇厲謂周君曰：「敗韓、魏，殺犀武，攻趙，取藺、離石、祁者，皆白起。是攻用兵，又有天命也。今攻梁，梁必破，破則周危。君不若止之。」謂白起曰：「楚有養由基者善射。去柳葉者百步而射之，百發百中，左右皆曰善。有一人過曰：『善射，可教射也矣。』養由基曰：『人皆善，子乃曰可教射，子何不代我射之也？』客曰：『我不能教子支左屈右。夫射柳葉者百發百中，而不以善息，少焉氣力倦，弓撥矢鉤，一發不中，前功盡矣。』今公破韓、魏，殺犀武，而北攻趙，取藺、離石、祁者公也，公之功甚多。今公又以秦兵出塞，過兩周，踐韓，而以攻梁，一攻而不得，前功盡滅。公不若稱病不出也。」

書説類二

張儀説魏哀王 ○

張儀爲秦連横説魏王曰:「魏地方不至千里,卒不過三十萬人。地四平,諸侯四通,條達輻凑,無有名山大川之阻。從鄭至梁不過百里,從陳至梁二百餘里。馬馳人趨,不待倦而至。梁南與楚境,西與韓境,北與趙境,東與齊境,卒戍四方,守亭障者參列。粟糧漕庾,不下十萬。魏之地埶,故戰場也。魏南與楚而不與齊,則齊攻其東;東與齊而不與趙,則趙攻其北;不合於韓,則韓攻其西;不親於楚,則楚攻其南。此所謂四分五裂之道也。

「且夫諸侯之爲從者,以安社稷,尊主、强兵、顯名也。今從者一天下,約爲兄弟,刑白馬以盟於洹水之上,以相堅也。夫親昆弟,同父母,尚有争錢財,而欲恃詐僞反覆蘇秦之餘謀,其不可以成亦明矣。

「大王不事秦,秦下兵攻河外,拔卷、衍、燕、酸棗,劫衛取陽晉,《策》作「晉陽」,誤。今從《史記》。則趙不南；趙不南，則魏不北；魏不北，則從道絶；從道絶，則大王之國欲求無危，不可得也。秦挾韓而攻魏，韓劫於秦，不敢不聽。秦、韓爲一國，魏之亡可立而須也。此臣之所以爲大王患也。爲大王計，莫如事秦。事秦則楚、韓必不敢動。無楚、韓之患，則大王高枕而臥，國必無憂矣。

「且夫秦之所欲弱莫如楚，而能弱楚者莫若魏。楚雖有富大之名，其實空虚。其卒雖衆多，然而輕走易北，不敢堅戰。悉魏之兵，南面而伐，勝楚必矣。夫虧楚而益魏，攻楚而適秦，内嫁禍安國，此善事也。大王不聽臣，秦甲出而東伐，雖欲事秦，而不可得也。

「且夫從人多奮辭而寡可信，説一諸侯之王，出而乘其車；約一國而成，反而取封侯之基。是故天下之游士，莫不日夜搤腕瞋目切齒，以言從之便，以説人主。人主覽其辭、牽其説，惡得無眩哉？臣聞積羽沈舟，羣輕折軸，衆口鑠金，積毁銷骨，故願大王之孰計之也。」

魏王曰：「寡人惷愚，前計失之。請稱東藩，築帝宫，受冠帶，祠春秋，効河外。」

張儀説楚懷王 〇

張儀爲秦破從連衡説楚王曰："「秦地半天下，兵敵四國，被山帶河，四塞以爲固。虎賁之士百餘萬，車千乘，騎萬匹，粟如邱山。法令既明，士卒安難樂死。主嚴以明，將智以武。雖無出兵甲，席卷常山之險，折天下之脊，天下後服者先亡。且夫爲從者，無以異於驅羣羊而攻猛虎也。夫虎之與羊，不格明矣。今大王不與猛虎而與羣羊，竊以爲大王之計過矣。

「凡天下彊國，非秦而楚，非楚而秦。兩國敵侔交争，其埶不兩立。而「凡天下」以下二十五字，係從人語，與下文義不貫，疑衍。大王不與秦，秦下甲兵，據宜陽，韓之上地不通；下河東，取成皋，韓必入臣於秦。韓入臣，魏則從風而動。秦攻楚之西，韓、魏攻其北，社稷豈得無危哉？

「且夫約從者，聚羣弱而攻至强也。夫以弱攻强，不料敵而輕戰，國貧而驟舉兵，此危亡之術也。臣聞之，兵不如者，勿與挑戰；粟不如者，勿與持久。夫從人者飾辯虚辭，高主之節行，言其利而不言其害，卒有秦禍，無及爲已。是故願大王之孰計之也。

「秦西有巴蜀，方船積粟，起於汶山，循江而下，至郢三千餘里。舫船載卒，一舫載五十人，與三月之糧，下水而浮，一日行三百餘里。里數雖多，不費汗馬之勞，不至十日，而距扞關。扞關驚，則從竟陵以東盡城守矣，黔中、巫郡，非王之有已。秦舉甲出之武關，南面而攻，則北地絶。秦兵之攻楚也，危難在三月之内；而楚恃諸侯之救，在半歲之外，此其埶不相及也。夫恃弱國之救，而忘强秦之禍，此臣之所以爲大王患也。且大王嘗與吴人五戰三勝而亡之，陳卒盡矣；有偏守新城，而居民苦矣。臣聞之，功《策》作「攻」。大者易危，而民敝者怨於上。夫守易危之功，而逆强秦之心，臣竊爲大王危之。

「且夫秦之所以不出甲於函谷關十五年以攻諸侯者，陰謀有吞天下之心也。楚嘗與秦構難，戰於漢中。楚人不勝，通侯、執珪死者七十餘人，遂亡漢中。楚王大怒，興師襲秦，與秦戰於藍田又卻。此所謂兩虎相搏者也。夫秦、楚相敝，而韓、魏以全制其後，計無過於此者矣。是故願大王孰計之也。

「秦下兵攻衛、陽晉，必扃天下之匈，大王悉起兵以攻宋，不至數月，而宋可舉。舉宋而東指，則泗上十二諸侯，盡王之有已。

「凡天下所信約從親堅者，蘇秦，封爲武安君，而相燕，即陰與燕王謀破齊，共分其地。

乃佯有罪，出奔入齊，齊王因受而相之。居二年而覺，齊王大怒，車裂蘇秦於市。夫以一詐僞反覆之蘇秦，而欲經營天下，混一諸侯，其不可成也亦明矣。

「今秦之與楚也，接境壤界，固形親之國也。大王誠能聽臣，臣請秦太子入質於楚，楚太子入質於秦，請以秦女爲大王箕帚之妾，效萬家之都，以爲湯沐之邑，長爲昆弟之國，終身無相攻擊。臣以爲計無便於此者。故敝邑秦王使使臣獻書大王之從車下風，須以決事。」

楚王曰：「楚國僻陋，託東海之上。寡人年幼，不習國家之長計。今上客幸教以明制，寡人聞之，敬以國從。」乃遣使車百乘，獻鷄駭之犀、夜光之璧於秦王。蘇張之說，多非當日本辭，爲縱横學者爲之耳。爲此文者，蓋以爲說頃襄王，若面對懷王，不應云楚王大怒云云也。又東海之上，乃楚遷壽春後語，於懷王時不合，蓋爲此文者未計張儀之年不能及懷王後也。

張儀說韓襄王 ○

張儀爲秦連横說韓王曰：「韓地險惡，山居，五穀所生，非麥而豆。民之所食，大抵豆飯藿羹，一歲不收，民不厭糟糠，地方不滿九百里，無二歲之所食。料大王之卒，悉之不過三十萬，而廝徒負養在其中矣。爲除守徼亭障塞，見卒不過二十萬而已。秦帶甲百餘萬，車千乘，騎萬匹，虎鷙之士，跿跔科頭，貫頤奮戟者，至不可勝計也。秦馬之良，戎兵之衆，探前趹後，蹄閒三尋者，不可勝數也。山東之卒，被甲冒冑以會戰，秦人捐甲徒裎以趨敵，左挈人頭，右挾生虜。夫秦卒之與山東之卒也，猶孟賁之與怯夫也；以重力相壓，猶烏獲之與嬰兒也。夫率孟賁、烏獲之士，以攻不服之弱國，無以異於墮千鈞之重集於鳥卵之上，必無幸矣。諸侯不料兵之弱，食之寡，而聽從人之甘言好辭，比周以相飾也，皆言曰：『聽吾計，則可以彊霸天下。』夫不顧社稷之長利，而聽須臾之說，詿誤人主者，無過於此者矣。大王不事秦，秦下甲據宜陽，斷絶韓之上地，東取成皋、宜陽，則鴻臺之宮，桑林之苑，非王之有也。夫塞成皋，絶上地，則王之國分矣。先事秦則安矣，不事秦則危矣。夫造禍而求福，計淺而怨深，逆秦而順趙，雖欲無亡，不可得也。故爲大王計，莫如事秦。秦之所欲，莫如弱楚，而能弱楚者，莫如韓。非以韓能强於楚也，其地勢然也。今王西面而事秦以攻楚，敝邑秦王必喜。夫攻楚而私其地，轉禍而說秦，計無便於此者也。是故秦王使使臣獻書大王御史，須以決事。」

韓王曰：「客幸而教之，請比郡縣，築帝宮，祠春秋，稱東藩，效宜陽。」

淳于髠説齊宣王見七士 ○○

淳于髠一日而見七人於宣王。王曰：「子來，寡人聞之，千里而一士，是比肩而立；百世而一聖，若隨踵而至也。今子一朝而見七士，則士不亦衆乎？」淳于髠曰：「不然。夫鳥同翼者而聚居，獸同足者而俱行。今求柴胡、桔梗於沮澤，則累世不得一焉；及之睪黍、梁父之陰，則郄車而載耳。夫物各有儔，今髠賢者之儔也。王求士於髠，譬若挹水於河，而取火於燧也。髠將復見之，豈特七士也！」

淳于髠説齊王止伐魏 ○

齊欲伐魏。淳于髠謂齊王曰：「韓子盧者，天下之疾犬也；東郭逡者，海内之狡兔也。韓子盧逐東郭逡，環山者三，騰山者五，兔極於前，犬廢於後，犬兔俱罷，各死其處。田父見之，無勞勌之苦，而擅其功。今齊、魏久相持以頓其兵、敝其衆，臣恐强秦、大楚承其後，有田父之功。」齊王懼，謝將休士。

淳于髡解受魏璧馬 〇

齊欲伐魏。魏使人謂淳于髡曰：「齊欲伐魏，能解魏患，唯先生也。敝邑有寶璧二雙，文馬二駟，請致之先生。」淳于髡曰：「諾。」入説齊王曰：「楚，齊之仇敵也；魏，齊之與國也。夫伐與國，使仇敵制其餘敝，名醜而實危，爲王弗取也。」齊王曰：「善。」乃不伐魏。

客謂齊王曰：「淳于髡言不伐魏者，受魏之璧馬也。」王以謂淳于髡曰：「聞先生受魏之璧馬，有諸？」曰：「有之。」「然則先生之爲寡人計之何如？」淳于髡曰：「伐魏之事，伐魏之事者，髡所説不伐魏之事也。不便，魏雖刺髡，於王何益？若誠便，魏雖封髡，於王何損？且夫王無伐與國之誹，魏無見亡之危，百姓無被兵之患，髡有璧馬之寶，於王何傷乎？」

黄歇説秦昭王 〇〇

頃襄王三十年，秦白起拔楚西陵，或拔鄢、郢、夷陵，燒先王之墓。王徙東北，保於陳城。楚遂削弱，爲秦所輕。於是白起又將兵來伐。

楚人有黄歇者，游學博聞，襄王以爲辯，故使於秦，説昭王曰：「天下莫强於秦、楚。今聞大王欲伐楚，此猶兩虎相鬭，而駑犬受其敝。不如善楚，臣請言其説。臣聞之：物至而反，冬夏是也；致至而危，累棊是也。今大國之地，半天下，有二垂，此從生民以來，萬乘之地，未嘗有也。先帝文王、武王王之身，三世而不忘接地於齊，《史》「之身」上，不重王字。《策》「接地」上，無「忘」字，以文義，皆應有之。以絶從親之要。今王使成橋守事於韓，成橋以其地入秦。是王不用甲，不伸威，而出百里之地，王可謂能矣。王又舉甲兵而攻魏，杜大梁之門，舉河内，拔燕、酸棗、虚、桃人，楚、燕之兵，雲翔而不敢校，王之功亦多矣。王休甲息衆，二年然後復之，又取蒲、衍、首垣，以臨仁、平邱，小黄、濟陽嬰城，而魏氏服矣。王又割濮、磨之北屬之燕，注齊、秦之要，絶楚、趙之脊。天下五合六聚而不敢救也，王之威亦殫矣。王若能持功守威，省攻伐之心，而肥仁義之地，使無復後患，三王不足四，五霸不足六也。王若負人徒之衆，恃甲兵之强，乘毁魏氏之威，而欲以力臣天下之主，臣恐有後患。

「《詩》云：『靡不有初，鮮克有終。』《易》曰：『狐涉水，濡其尾。』此言始之易，終之難也。何以知其然也？昔智氏見伐趙之利，而不知榆次之禍也；吴見伐齊之便，而不知干隧之敗也。此二國者，非無大功也，没利於前，而易患於後也。吴之信越也，從而伐齊，既勝齊人於艾陵，還爲越王禽於三江之浦。智氏信韓、魏，從而伐趙，攻晉陽之城，勝有日矣，韓、魏反之，殺智伯瑶於鑿臺之上。今王妒楚之不毁也，而忘毁楚之强韓、魏也。臣爲大王慮而不取。《詩》云：『大武遠宅不涉。』從此觀之，楚，國援也；鄰，國敵也。《詩》云：『他人有心，予忖度之。躍躍毚兔，遇犬獲之。』今王中道而信韓、魏之善王也，此正吴之信越也。臣聞敵不可易，時不可失。臣恐韓、魏之卑辭慮患，而實欺大國也。何則？王既無重世之德於韓、魏，而有累世之怨焉。夫韓、魏父子兄弟接踵而死於秦者，將十世矣。本國殘，社稷壞，宗廟隳，刳腹折頤，首身分離，暴骨草澤，頭顱僵仆，相望於境。父子老弱，係虜相隨於路。鬼神狐祥，言鬼無所歸，而爲妖祥如狐也，《史》作孤傷。無所食，百姓不聊生，族類離散流亡，爲臣妾滿海内矣。韓、魏之不亡，秦社稷之憂也。今王資之攻楚，不亦失乎！且王攻楚之日，則惡出兵？王將藉路於仇讎之韓、魏乎？兵出之日，而王憂其不反也，是王以兵資於仇讎之韓、魏也。王若不藉路於仇讎之韓、魏，必攻隋陽右壤，此皆廣川大水，山林谿谷，不食之地，王雖有之，不爲得地。是王有毁楚之名，無得地之實也。

「且王攻楚之日，四國必悉起應王。秦、楚之兵，構而不離，魏氏將出兵而攻留、方與、銍、胡陵、碭、蕭、相，故宋必盡。齊人南面，泗北必舉。此皆平原四達膏腴之地也，而王使之獨攻。王破楚於以肥韓、魏於中國而勁齊，韓、魏之强，足以校於秦矣。而齊南以泗爲境，東負海，北倚河，而無後患。天下之國，莫强於齊、魏。齊、魏得地葆利，而詳事下吏，一年之後，爲帝若未能，於以禁王之爲帝有餘。夫以王壤土之博，人徒之衆，兵革之强，而注地於楚，詘令韓、魏，注地，言地偏注於楚也，《史》作「樹怨於楚」。「詘令」言令下而韓魏不聽，爲所詘也。《史》作「還令」，一作「遲令」。歸帝重於齊，是王失計也。

「臣爲王慮，莫若善楚。秦、楚合而爲一以臨韓，韓必授首。王襟以東山之險，帶以曲河之利，東山，河内山在秦東者。《策》作山東，非。曲河，《策》作河曲，亦非，蓋言帶以，則于義當謂河水，非謂河曲之地也。韓必爲關中之侯。若是王以十萬戍鄭，梁氏寒心，許、鄢陵嬰城，上蔡、召陵不往來也。如此而魏亦關内侯矣。王一善楚，而關内二萬乘之主，注地於齊，齊之右壤可拱手而取也。是王之地一經兩海，要絶天下也，是燕、趙無齊、楚，齊、楚無燕、趙也。然後危動燕、趙，持齊、楚，此四國者，不待痛而服矣。」

范雎獻書秦昭王 〇

范子因王稽入秦，獻書昭王曰：「臣聞明主蒞政，有功者不得不賞，有能者不得不官。勞大者其祿厚，功多者其爵尊，能治衆者其官大。故不能者不敢當其職焉，能者亦不得蔽隱。使以臣之言爲可，則行，而益利其道；若將弗行，則久留臣無謂也。語曰：『庸主賞所愛而罰所惡，明主則不然，賞必加於有功，刑必斷於有罪。』今臣之胷不足以當椹質，要不足以待斧鉞，豈敢以疑事嘗試於王乎？雖以臣爲賤而輕辱臣，獨不重任臣者後無反覆於王前者耶？

「臣聞周有砥砨，宋有結緑，梁有懸黎，楚有和璞。此四寶者，工之所失也，而爲天下名器。然則聖王之所棄者，獨不足以厚國家乎？

「臣聞善厚家者，取之於國；善厚國者，取之於諸侯。天下有明主，則諸侯不得擅厚者，何也？爲其凋榮也。良醫知病人之死生，聖主明於成敗之事，利則行之，害則舍之，疑則少嘗之，雖堯、舜、禹、湯復生，弗能改已。語之至者，臣不敢載之於書，其淺者又不足聽也。意者臣愚而不闔於王心耶？亡其言臣者將賤而不足聽耶？非若是也，則臣之志，願少賜游觀之閒，望見足下而入之。」

書上，秦王説之。因謝王稽説，使人持車召之。

范雎説秦昭王 ○

范雎上書秦昭王大説，使以傳車召范雎，於是范雎乃得見於離宫。佯爲不知永巷而入其中，王來而宦者怒，逐之曰：「王至！」范雎繆爲曰：「秦安得王？秦獨有太后、穰侯耳！」欲以感怒昭王。昭王至，聞其與宦者争言，遂延迎謝曰：「寡人宜以身受命久矣。會義渠之事急，寡人旦暮自請太后。今義渠之事已，寡人乃得受命。竊閔然不敏，敬執賓主之禮。」范雎辭讓。

是日觀范雎之見者，羣臣莫不灑然變色易容者。秦王屏左右，宫中虚無人，秦王跽而請曰：「先生何以幸教寡人？」范雎曰：「唯唯。」有閒，秦王復跽而請曰：「先生何以幸教寡人？」范雎曰：「唯唯。」若是者三。秦王跽曰：「先生卒不幸教寡人耶？」范雎曰：「非敢然也。臣聞昔者吕尚之遇文王也，身爲漁父而釣於渭濱耳，若是者交疎也。已説而立爲太師，載與俱歸者，其言深也。故文王遂收功於吕尚，而卒王天下。鄉使文王疎吕尚而不與深言，是周無天子之德，而文、武無與成其王業也。今臣羈旅之臣也，交疏於王，而所願陳者，皆匡君之事，處人骨肉之間，願效愚忠，而未知王之心也。此所以王三問而不敢對者也。臣非有畏而不敢言也，臣知今日言之於前，而明日伏誅於後，然臣不敢避也。大王信行臣之言，死不足以爲臣患，亡不足以爲臣憂，漆身爲厲，被髮爲狂，不足以爲臣恥。且以五帝之聖焉而死，三王之仁焉而死，五伯之賢焉而死，烏獲、任鄙之力焉而死，成荆、孟賁、王慶忌、夏育之勇焉而死，死者人之所必不免也。處必然之埶，可以少有補於秦，此臣之所大願也。臣又何患哉？伍子胥橐載而出昭關，夜行晝伏，至於陵水，無以餬其口，膝行蒲伏，稽首肉袒，鼓腹吹篪，乞食於吴市，卒興吴國，闔閭爲伯。使臣得盡謀如伍子胥，加之以幽囚，終身不復見，是臣之説行也，臣又何憂？箕子、接輿，漆身爲厲，被髮爲狂，無益於主。假使臣得同行於箕子，可以有補所賢之主，是臣之大榮也，臣又何恥？臣之所恐者，獨恐臣死之後，天下見臣之盡忠而身死，因以是杜口裹足，莫肯鄉秦耳。足下上畏太后之嚴，下惑於姦臣之態，居深宫之中，不離阿保之手，終身迷惑，無與昭姦。大者宗廟滅覆，小者身以孤危。此臣之所恐耳。若夫窮辱之事，死亡之患，臣不敢畏也。臣死而秦治，是臣死賢於生。」

秦王跽曰：「先生是何言也！夫秦國辟遠，寡人愚不肖，先生乃幸辱至於此，是天以寡人慁先生，而存先王之宗廟也。寡人得受命於先生，是天所以幸先王，而不棄其孤也。先生奈何而言若是？事無大小，上及太后，下至大臣，願先生悉以教寡人，無疑寡人也。」范雎拜，秦王亦拜。

范雎曰：「大王之國，四塞以爲固，北有甘泉、谷口，南帶涇、渭，右隴、蜀，左關、阪，奮擊百萬，戰車千乘，利則出攻，不利則入守，此王者之地也。民怯於私鬬，而勇於公戰，此王者之民也。王并此二者而有之。夫以秦卒之勇，車騎之衆，以治諸侯，譬若馳韓盧而搏蹇兔也，霸王之業可致也。而羣臣莫當其位，至今閉關十五年，不敢窺兵於山東者，是穰侯爲秦謀不忠，而大王之計有所失也。」

秦王跽曰：「寡人願聞失計。」然左右多竊聽者。范雎恐，未敢言内，先言外事，以觀秦王之俯仰。因進曰：「夫穰侯越韓、魏而攻齊剛壽，非計也。少出師則不足以傷齊，多出師則害於秦。臣意王之計欲少出師，而悉韓、魏之兵也，則不義矣。今見與國之不親也，越人之國而攻可乎？其於計疎矣。且昔齊湣王南攻楚，破軍殺將，再辟地千里，而齊尺寸之地無得焉者，豈不欲得地哉？形執不能有也。諸侯見齊之罷弊，君臣之不和也，興兵而伐齊，大破之，士辱兵頓，皆咎其王，曰：『誰爲此計者乎？』王曰：『文子爲之。』大臣作亂，文子出走。故齊所以大破者，以其伐楚而肥韓、魏也。此所謂借賊兵而齎盜糧者也。王不如遠交而近攻，得寸則王之寸也，得尺亦王之尺也。今釋此而遠攻，不亦繆乎？且昔者中山之國，地方五百里，趙獨吞之，功成名立，而利附焉，天下莫之能害也。今夫韓、魏，中國之處，而天下之樞也。王其欲霸，必親中國以爲天下樞，以威楚、趙。楚彊則附趙，趙彊則附楚。楚、趙皆附，齊必懼矣。齊懼，必卑詞重幣以事秦。齊附，而韓、魏因可虜也。」

昭王曰：「吾欲親魏久矣，而魏多變之國也，寡人不能親。請問親魏奈何？」對曰：「王卑詞重幣以事之。不可，則割地而賂之；不可，因舉兵而伐之。」王曰：「寡人敬聞命矣。」乃拜范雎爲客卿，謀兵事。卒聽范雎謀，使五大夫綰伐魏，拔懷。後二歲，拔邢丘。

范雎説昭王論四貴 ○

范雎曰：「臣居山東，聞齊之内有田單，不聞其有王；聞秦之有太后、穰侯、涇陽、華陽，不聞其有王。夫擅國之謂王，能專利害之謂王，制生殺之威之謂王。今太后擅行不顧，穰侯出使不報，涇陽、華陽擊斷無諱，高陵進退不請，四貴備而國不危者，未之有也。爲此四者下，乃所謂無王已。然則權焉得不傾，而令焉得從王出乎？臣聞善爲國者，内固其威而外重其權。穰侯使者操王之重，決裂諸侯，剖符於天下，征敵伐國，莫敢不聽。戰勝攻取，則利歸於陶國，敝御於諸侯；戰敗則結怨於百姓，而禍歸社稷。《詩》曰：木實繁者披其枝，披其枝者傷其心；大其都者危其國，尊其臣者卑其主。淖齒管齊之權，縮閔王之筋，懸之廟梁，宿昔而死；李兑用趙，減食主父，百日而餓死。今秦太后、穰侯用事，高陵、涇陽佐之，卒無秦王。此亦淖齒、李兑之類也。臣今見王獨立於廟朝矣，且臣將恐後世之有秦國者，非王之子孫也。」

秦王懼，於是乃廢太后，逐穰侯，出高陵，走涇陽於關外。昭王謂范雎曰：「昔者齊公得管仲時以爲仲父，今吾得子，亦以爲父。」

樂毅報燕惠王書　○○○

臣不佞，不能奉承王命，以順左右之心。恐傷先王之明，有害足下之義，故遁逃走趙。

今足下使人數之以罪，臣恐侍御者不察先王之所以畜幸臣之理，又不白臣之所以事先王之心，故敢以書對。

臣聞賢聖之君，不以祿私親，其功多者賞之，其能當者處之。故察能而授官者，成功之君也；論行而結交者，立名之士也。臣竊觀先王之舉也，見有高世主之心，故假節於魏，以身得察於燕。先王過舉，廁之賓客之中，立之羣臣之上，不謀父兄，以爲亞卿。臣竊不自知，自以爲奉令承教，可幸無罪，故受命而不辭。

先王命之曰：「我有積怨深怒於齊，不量輕弱，而欲以齊爲事。」臣曰：「夫齊，霸國之餘業，而最勝之遺事也。練於兵甲，習於戰攻。王若欲伐之，必與天下圖之。與天下圖之，莫若結於趙。且又淮北宋地，楚、魏之所欲也。趙若許而約四國攻之，齊可大破也。」先王以爲然，具符節，南使臣於趙。顧反命，起兵擊齊。以天之道，先王之靈，河北之地，隨先王而舉之濟上。濟上之軍，受命擊齊，大敗齊人。輕卒鋭兵，長驅至國。齊王遁而走莒，僅以身免。珠玉財寶，車甲珍器，盡收入於燕。齊器設於寧臺，大呂陳於元英，故鼎反乎磿室，薊丘之植，植於汶篁。自五霸以來，功未有及先王者也。先王以爲慊於志，故裂地而封之，使得比小國諸侯。臣竊不自知，自以爲奉令承教，可幸無罪，是以受命不辭。

臣聞賢聖之君，功立而不廢，故著於《春秋》；蚤知之士，名成而不毀，故稱於後世。若先王之報怨雪恥，夷萬乘之彊國，收八百歲之蓄積，及至棄羣臣之日，餘教未衰。執政任事之臣，修法令，慎庶孽，施及乎萌隸，皆可以教後世。

臣聞之：善作者不必善成，善始者不必善終。昔伍子胥説聽於闔閭，而吴王遠迹至郢。夫差弗是也，賜之鴟夷而浮之江。吴王不寤先論之可以立功，故沈子胥而不悔；子胥不早見主之不同量，主不同量，謂夫差非其父之倫，或有臣字，非。是以至於入江而不化。夫免身立功，以明先王之迹，臣之上計也。離毁辱之誹謗，墮先王之名，臣之所大恐也。臨不測之罪，以幸爲利，義之所不敢出也。

臣聞古之君子，交絶不出惡聲；忠臣去國，不絜其名。臣雖不佞，數奉教於君子矣。恐侍御者之親左右之説，不察疏遠之行，故敢獻書以聞。惟君王之留意焉。

周訢止魏王朝秦　○○

秦敗魏於華，魏王且入朝於秦。周訢謂王曰：「宋人有學者，三年反，而名其母。其母曰：『子學三年反而名我者何也？』其子曰：『吾所賢者無過堯舜，堯舜名；吾所大者無大天地，天地名。今母賢不過堯舜，母大不過天地，是以名母也。』其母曰：『子之於學者，將盡行之乎？願子之有以易名母也。子之於學也，將有所不行也？願子之且以名母爲後也。』今王之事秦，尚有可以易入朝者乎？願王之有以易之，而以入朝爲後。」魏王曰：「子患寡人入而不出耶？許綰爲我祝曰：入而不出，請殉寡人以頭。」周訢對曰：「如臣之賤也，今人有謂臣曰：入不測之淵而必出，不出，請以一鼠首爲汝殉者，臣必不爲也。今秦不可知之國也，猶不測之淵也；而許綰之首，猶鼠首也。内王於不可知之秦，而殉王以鼠首，臣竊爲王不取也。且無梁孰與無河内急？」王曰：「梁急。」「無梁孰與無身急？」王曰：「身急。」曰：「以三者身上也，河内其下也。秦未索其下，而王効其上可乎？」

王尚未聽也。支期曰：「王視楚王。楚王入秦，王以三乘先之。楚王不入，楚、魏爲一，尚足以捍秦。」王乃止。王謂支期曰：「吾始已諾於應侯矣，今不行者欺之矣。」支期曰：「王勿憂也。臣使長信侯請無内王，王待臣也。」

支期說於長信侯曰：「王命召相國。」長信侯曰：「王何以臣爲？」支期曰：「臣不知也。王急召君。」長信侯曰：「吾内王於秦者，寧以爲秦耶？吾以爲魏也。」支期曰：「君無爲魏計，君其自爲計。且安死乎？安生乎？安窮乎？安貴乎？君其先自爲計，後爲魏計。」長信侯曰：「樓公將入矣，臣今從。」支期曰：「王急召君，君不行，血濺君襟矣！」

長信侯行，支期隨其後，且見王，支期先入，謂王曰：「僞病者乎而見之，臣已恐之矣。」長信侯入見王，王曰：「病甚，奈何？吾始已諾於應侯矣。意雖道死，行乎？」長信侯曰：「王毋行矣！臣能得之於應侯矣。願王無憂。」

孫臣止魏安釐王割地《史記》以爲蘇代。 ○○

華陽之戰，魏不勝秦。明年，將使段干崇割地而講。

孫臣謂魏王曰：「魏不以敗之上割，可謂善用不勝矣；而秦不以勝之上割，可謂不善用勝矣。今處期年乃欲割，是羣臣之私，而王不知也。且夫欲璽者，段干子也，王因使之割地；欲地者，秦也，而王因使之授璽。夫欲璽者制地，而欲地者制璽，其埶必無魏矣。且夫奸人固皆欲以地事秦。以地事秦，譬猶抱薪而救火也。薪不盡，則火不止。今王之地有盡，而秦求之無窮，是薪火之説也。」

魏王曰：「善。雖然，吾已許秦矣，不可以革也。」對曰：「王獨不見夫博者之用梟耶？欲食則食，欲握則握。今君劫於羣臣而許秦，因曰不可革，何用智之不若梟也？」魏王曰：「善。」乃按其行。

古文辭類纂二十六終

書說類三

魯仲連說辛垣衍 〇〇

秦圍趙之邯鄲。魏安釐王使將軍晉鄙救趙，畏秦，止於蕩陰，不進。魏王使客將軍辛垣衍閒入邯鄲，因平原君謂趙王曰：「秦所以急圍趙者，前與齊閔王爭強爲帝，已而復歸帝，以齊故。今齊閔王二字衍。益弱，方今惟秦雄天下。此非必貪邯鄲，其意欲求爲帝。趙誠發使尊秦昭王二字亦衍。爲帝，秦必喜，罷兵去。」平原君猶豫未有所決。

此時魯仲連適遊趙，會秦圍趙。聞魏將欲令趙尊秦爲帝，乃見平原君曰：「事將奈何矣？」平原君曰：「勝也何敢言事？百萬之衆折於外，今又內圍邯鄲而不去，魏王使客將軍辛垣衍令趙帝秦。今其人在是，勝也何敢言事？」魯仲連曰：「始吾以君爲天下之賢公子也，吾乃今然後知君非天下之賢公子也。梁客辛垣衍安在？吾請爲君責而歸之。」平原君曰：「勝請爲紹介，而見之於先生。」平原君遂見辛垣衍曰：「東國有魯連先生，其人在此，勝請爲紹介，而見之於將軍。」辛垣衍曰：「吾聞魯連先生，齊國之高士也。衍，人臣也，使事有職。吾不願見魯連先生也。」平原君曰：「勝已泄之矣。」辛垣衍許諾。

魯連見辛垣衍而無言。辛垣衍曰：「吾視居此圍城之中者，皆有求於平原君者也。今吾視先生之玉貌，非有求於平原君者，曷爲久居此圍城之中而不去也？」魯連曰：「世以鮑焦無從容而死者，皆非也。今衆人不知，則爲一身。彼秦棄禮義，上首功之國也。權使其士，虜使其民。彼則肆然而爲帝，過而遂正於天下，則連有赴《史記》「蹈」。東海而死耳，吾不忍爲之民也。所爲見將軍者，欲以助趙也。」辛垣衍曰：「先生助之奈何？」魯連曰：「吾將使梁及燕助之，齊、楚固助之矣。」辛垣衍曰：「燕則吾請以從矣。若乃梁，則吾乃梁人也，先生惡能使梁助之耶？」魯連曰：「梁未睹秦稱帝之害故也。使梁睹秦稱帝之害，則必助趙矣。」辛垣衍曰：「秦稱帝之害將奈何？」魯仲連曰：「昔齊威王嘗爲仁義矣，率天下諸侯而朝周。周貧且微，諸侯莫朝，而齊獨朝之。居歲餘，周烈王崩，諸侯皆弔，齊後往。周怒，赴於齊曰：『天崩地坼，天子下席。東藩之臣田嬰齊後至則斮之。』威王勃然怒曰：『叱嗟！而母婢也。』卒爲天下笑。故生則朝周，死則叱之，誠不忍其求也。彼天子固然，其無足怪。」

辛垣衍曰：「先生獨未見夫僕乎？十人而從一人者，寧力不勝、智不若耶？畏之也。」

魯仲連曰：「嗚呼！二字《國策》作「然」。梁之比於秦，若僕耶？」辛垣衍曰：「然。」魯仲連曰：「然則吾將使秦王烹醢梁王。」辛垣衍怏然不悦，曰：「嘻！亦太甚矣先生之言也！先生又惡能使秦王烹醢梁王？」魯仲連曰：「固也，待吾言之。昔者鬼《史記》「九」，二字通。侯、鄂侯、文王，紂之三公也。鬼侯有子而好，故入之於紂，紂以爲惡，醢鬼侯。鄂侯争之急，辯之疾，故脯鄂侯。文王聞之，喟然而嘆，故拘之於牖里之庫百日，而欲令之死。曷爲與人俱稱帝王，卒就脯醢之地也？齊閔王將之魯，夷維子執策而從，謂魯人曰：『子將何以待吾君？』魯人曰：『吾將以十太牢待子之君。』夷維子曰：『子安取禮而來待吾君？彼吾君者天子也。天子巡狩，諸侯避舍，納筦鍵，攝衽抱几，視膳於堂下。天子已食，乃退而聽朝也。』魯人投其籥，不果納，不得入於魯。將之薛，假塗於鄒。當是時，鄒君死。閔王欲入弔，夷維子謂鄒之孤曰：『天子弔，主人必將倍殯柩，設北面於南方，然後天子南面弔也。』鄒之羣臣曰：『必若此，吾將伏劍而死。』故不敢入於鄒。鄒、魯之臣，生則不能事養，死則不得飯含，《史》作「賻襚」。然且欲行天子之禮於鄒、魯之臣不果納。鄒、魯兩國是時俱亡矣，是於其君不能奉養飯含也。當齊湣經過兩國，兩國距其亡無幾時耳，亦微甚矣，而尚不肯以天子奉人也。《史記》、《國策》凡注家皆失其解。今秦萬乘之國，梁亦萬乘之國。俱據萬乘之國，交有稱王之名，睹其一戰而勝，欲從而帝之，是使三晉之大臣，不如鄒、魯之僕妾也。且秦無已而帝，則且變易諸侯之大臣。彼將奪其所謂不肖而予其所謂賢，奪其所憎而與其所愛。彼又將使其子女讒妾爲諸侯妃姬，處梁之宫，梁王安得晏然而已乎？而將軍又何以得故寵乎？」

於是辛垣衍起，再拜謝曰：「始以先生爲庸人，吾乃今日而知先生爲天下之士也。吾請去，不敢復言帝秦。」

秦將聞之，爲卻軍五十里。適會公子無忌奪晉鄙軍以救趙，擊秦，秦軍引而去。

於是平原君欲封魯仲連。魯仲連辭讓者三，終不肯受。平原君乃置酒，酒酣起前，以千金爲魯連壽。魯連笑曰：「所貴於天下之士者，爲人排患釋難解紛亂而無所取也。即有所取者，是商賈之人也。仲（魯仲，氏也。連，其名也。《國策》誤有「仲」字。）連不忍爲也。」遂辭平原君而去，終身不復見。

魯仲連與田單論攻狄 ○○

田單將攻狄，往見魯仲子。仲子曰：「將軍攻狄，不能下也。」田單曰：「臣以五里之城，七里之郭，破亡餘卒，破萬乘之燕，復齊墟。攻狄而不下何也？」上車弗謝而去。遂攻狄，三月而不克之也。齊嬰兒謡曰：「大冠若箕，修劍拄頤，攻狄不能下，壘枯骨成丘。」

田單乃懼，問魯仲子曰：「先生謂單不能下狄，請問其説。」魯仲子曰：「將軍之在即墨，坐而織蕢，立則杖插，爲士卒倡，曰：『可當作「何」字。往矣！宗廟亡矣！亡日尚矣！歸於何黨矣！』當此之時，將軍有死之心，而士卒無生之氣，聞若言，莫不揮泣奮臂而欲戰。此所以破燕也。當今將軍東有夜邑之奉，西有菑上之虞，黄金横帶，而馳乎淄、澠之閒，有生之樂，無死之心，所以不勝者也。」田單曰：「單有心，先生志之矣。」明日，乃厲氣循城，立於矢石之所及，援枹鼓之，狄人乃下。

魯仲連遺燕將書 ○○

吾聞之：智者不倍時而棄利，勇士不怯死而滅名，忠臣不先身而後君。今公行一朝之忿，不顧燕王之無臣，非忠也；殺身亡聊城，而威不信於齊，非勇也；功敗名滅，後世無稱焉，非智也。三者世主不臣，説士不載。故智者不再計，勇士不怯死。今死生榮辱，貴賤尊卑，此時不再至，願公詳計而無與俗同。且楚攻齊之南陽，魏攻平陸，而齊無南面之心，以爲亡南陽之害小，不如得濟北之利大，故定計審處之。今秦人下兵，魏不敢東面，衡秦之執成，楚國之形危。齊棄南陽，斷右壤，定濟北，計猶且爲之也。且夫齊之必決於聊城，公勿再計。今楚、魏交退於齊，而燕救不至，以全齊之兵，無天下之規，與聊城共據期年之敝，則臣見公之不能得也。且燕國大亂，君臣失計，上下迷惑，栗腹以十萬之眾五折於外，以萬乘之國被圍於趙，壤削主困，爲天下僇笑。國敝而禍多，民無所歸心。今公又以敝聊之民，距全齊之兵，是墨翟之守也；食人炊骨，士無反北之心，是孫臏之兵也，能見於天下。雖然，爲公計者，不如全車甲以報於燕。車甲全而歸燕，燕王必喜。身全而歸於國，士民如見父母，交遊攘臂而議於世，功業可明。上輔孤主，以制羣臣；下養百姓，以資說士。矯國更俗，功名可立也。亡意亦捐燕棄世，東遊於齊乎？裂地定封，富比乎陶、衛，世世稱孤，與齊久存，又一計也。此兩計者，顯名厚實也。願公詳計而審處一焉。

且吾聞之：規小節者不能成榮名，惡小恥者不能立大功。昔者管夷吾射桓公中其鉤，篡也；遺公子糾不能死，怯也；束縛桎梏，辱也。若此三行者，世主不臣，而鄉里不通。鄉使管仲幽囚而不出，身死而不反於齊，則亦名不免爲辱人賤行矣。臧獲且羞與之同名矣，況世俗乎？故管子不恥身在縲紲之中，而恥天下之不治；不恥不死公子糾，而恥威之不信於諸侯。故兼三行之過，而爲五霸首，名高天下，而光燭鄰國。曹子爲魯將，三戰三北，而亡地五百里。鄉使曹子計不反顧，議不還踵，刎頸而死，則亦名不免爲敗軍禽將矣。曹子棄三北之恥，而退與魯君計。桓公朝天下，會諸侯，曹子以一劍之任，枝桓公之心於壇坫之上，顔色不變，辭氣不悖，三戰之所亡，一朝而復之，天下震動，諸侯驚駭，威加吴、越。若此二士者，非不能成小廉而行小節也，以爲殺身亡軀，絶世滅後，功名不立，非智也。故去感忿之怨，立終身之名；棄忿悁之節，定累世之功。是以業與三王争流，而名與天壤相弊也。願公擇一而行之。鼒按：魯仲連此書，《史記》本傳所叙載爲當，《國策》則誤矣。魯連不肯帝秦之後，乃有與燕將書之事，而不肯帝秦事，在趙孝成王九年，齊王建八年，上距齊襄王五年。田單殺騎劫中間二十二年矣。《國策》謂與燕將書在殺騎劫之時，其舛已甚。鮑彪不悟《國策》之誤，反疑殺騎劫後二十餘年當燕王喜時，乃有趙殺栗腹之事。仲連不當豫言栗腹，遂謂是書爲後人擬爲之者，是尤非也。若《史記》所載則不然，其云燕將攻下聊城，是燕王喜時，偶以兵攻齊，纔得一城耳。燕將死而齊田單復取聊城，其與襄王法章時復齊七十餘城事，不相及也。《史記》單傳止載復齊七十城事，其後趙孝成王請單爲將而攻燕，明年田單爲趙相，又後十餘年單乃爲齊復聊城，《史》皆雜見他傳。太史公文簡而事備，往往若此，其皆爲單事，固無疑也。吴文正注《國策》，謂單相趙後，必不還齊而復聊城，此何據而云然耶？仲連是書意頗滑稽，其勸燕將反國及東遊於齊，皆非其誠語。仲連，戰國奇偉士也，不必繩以聖賢制行，且彼以齊爲本國，誼當爲齊，夫何愛於燕將？吴氏乃謂排難解紛者，必不迫人於窮而致之死，謂《史記》言燕將得書自殺爲不可信，其説尤迂，不知仲連之意，不足爲《史記》難也。惟攷廉頗傳，邯鄲圍解五年，廉頗殺栗腹而圍燕。趙世家、六國表所記，則解圍至殺栗腹，凡七年，而仲連傳則謂解邯鄲圍後二十餘年，值聊城事，而有栗腹兵折、燕被圍之語，則相去時益遠矣，此似傳之誤，或傳寫者失之。

觸讋説趙太后

鼐按：趙太后即齊女威后，欲殺於陵子仲者，左師言固善矣，亦會值趙太后明智，易以理諭耳。○○○

趙太后新用事，秦急攻之，趙氏求救於齊。齊曰：「必以長安君爲質，兵乃出。」太后不肯，大臣强諫。太后明謂左右：「有復言令長安君爲質者，老婦必唾其面。」

左師觸讋願見，太后盛氣而揖之。入而徐趨，至而自謝曰：「老臣病足，曾不能疾走，不得見久矣，竊自恕，恐太后玉體之有所郄也，故願望見。」太后曰：「老婦恃輦而行。」曰：「日食飲得無衰乎？」曰：「恃鬻耳。」曰：「老臣今者殊不欲食，乃自强步日三四里，少益嗜食，和於身。」曰：「老婦不能。」太后之色少解。

左師公曰：「老臣賤息舒祺，最少，不肖。而臣衰，竊愛憐之。願令補黑衣之數，古者軍禮，上下服同色，玄衣玄裳，故曰袀服。宿衛者用軍禮，故皆黑衣。以衛王宫。没死以聞。」太后曰：「敬諾。年幾何矣？」對曰：「十五歲矣。雖少，願及未填溝壑而託之。」太后曰：「丈夫亦愛憐其少子乎？」對曰：「甚於婦人。」太后曰：「婦人異甚。」對曰：「老臣竊以爲媪之愛燕后，賢於長安君。」曰：「君過矣，不若長安君之甚。」左師公曰：「父母之愛子，則爲之計深遠。媪之送燕后也，持其踵爲之泣，念悲其遠也，亦哀之矣。已行，非弗思也。祭祀必祝之，祝曰：『必勿使反。』豈非計久長有子孫相繼爲王也哉？」太后曰：「然。」左師公曰：「今三世以前，至於趙之爲趙，趙王之子孫侯者，其繼有在者乎？」曰：「無有。」曰：「微獨趙，諸侯有在者乎？」曰：「老婦不聞也。」「此其近者禍及身，遠者及其子孫。豈人主之子孫則必不善哉？位尊而無功，奉厚而無勞，而挾重器多也。今媪尊長安君之位，而封以膏腴之地，多予之重器，而不及今令有功於國，一旦山陵崩，長安君何以自託於趙？老臣以媪爲長安君計短也，故以爲其愛不若燕后。」太后曰：「諾。恣君之所使之。」

於是爲長安君約車百乘，質於齊。齊兵乃出。

子義聞之曰：「人主之子也，骨肉之親也，猶不能恃無功之尊，無勞之奉，以守金玉之重也，而況人臣乎？」

馮忌止平原君伐燕　○

平原君謂馮忌曰：「吾欲北伐上黨，出兵攻燕，何如？」馮忌對曰：「不可。夫以秦將武安君、公孫起乘七勝之威，而與馬服子戰於長平之下，大敗趙師，因以其餘兵圍邯鄲之城。趙以七敗之餘，收破軍之敝，而秦罷於邯鄲之下。趙守而不可拔者，以攻難而守者易也。今趙非有七克之威也，而燕非有長平之禍也。今七敗之禍未復，而欲以罷趙攻强燕，是使弱趙爲强秦之所以攻，而使强燕爲弱趙之所以守，而强秦以休兵承趙之敝。此乃强吴之所以亡，而弱越之所以霸。故臣未見燕之可攻也。」平原君曰：「善哉。」

蔡澤説應侯　○○

蔡澤見逐於趙，而入韓、魏，遇奪釜鬲於涂。聞應侯任鄭安平、王稽，皆負重罪，應侯内慙，乃西入秦。將見昭王，使人宣言以感怒應侯曰：「燕客蔡澤，天下駿雄弘辯之士也。彼一見秦王，秦王必相之，而奪君位。」應侯聞之曰：「五帝三代之事，百家之説，吾既知之；衆口之辯，吾皆摧之。彼惡能困我而奪我位乎？」使人召蔡澤。

蔡澤入則揖應侯。應侯固不快，及見之，又倨。應侯因讓之曰：「子嘗宣言代我相秦，豈有此乎？」對曰：「然。」應侯曰：「請聞其說。」蔡澤曰：「吁！君何見之晚也。夫四時之序，成功者去。夫人生手足堅强，耳目聰明，而心聖智，豈非士之所願與？」應侯曰：「然。」蔡澤曰：「質仁秉義，行道施德，得志於天下，天下懷樂敬愛而尊慕之，皆願以爲君王，豈不辯智之期與？」應侯曰：「然。」蔡澤復曰：「富貴顯榮，成理萬物，萬物二字《史》作「使」。各得其所。性命壽長，終其天年，而不夭傷。天下繼其統，守其業，傳之無窮，名實純粹，澤流千里，世世稱之而毋絶。豈非道德之符，而聖人所謂吉祥善事與？」應侯曰：「然。」澤曰：「若秦之商君，楚之吴起，越之大夫種，其卒《史》有「然」字。亦可願與？」應侯知蔡澤之欲困己以說，復繆曰：「何爲不可？夫公孫鞅之事孝公也，極身毋貳慮，盡公而不顧《策》作「還」。私，設刀鋸以禁姦邪，信賞罰以致治，竭智能，《史》作「披腹心」。示情素，蒙怨咎，欺舊交，虜《史》作「奪」。魏公子卬，安秦社稷，利百姓，卒爲秦禽將破敵，《策》有「軍」字。攘地千里。吴起之事悼王也，使私不得害公，讒不得蔽忠，言不取苟合，行不取苟容，《史》有「不爲危易行」句。行義不顧毀譽，《史》作「不辟難」。必欲霸主强國，不辭禍凶。大夫種之事越王也，主雖困辱，悉忠而不解；主雖亡絶，盡能而不離。多《史》作「成」。功而不矜，貴富不驕怠。若此三子者，義之至也，忠之節也。是故君子以義死難，視死如歸。生而辱，不如死而榮。士固有殺身以成名，義之所在，身雖死無憾。何爲而不可哉？」蔡澤曰：「主聖臣賢，天下之福也；君明臣忠，國之福也；父慈子孝，夫信婦貞，家之福也。故比干忠不能存殷，子胥智不能存吳，申生孝而晉國《策》作「惑」。亂。是皆有忠臣孝子，而國家滅亂者，何也？無明君賢父以聽之，故天下以其君父爲戮辱，而憐其臣子。今商君、吳起、大夫種之爲人臣是也，其君非也。故世稱三子致功而不見德，豈慕不遇世死乎？《國策》無以上四句，《史》有。夫待死而後可以立忠成名，是微子不足仁，孔子不足聖，管仲不足大也。夫人之立功，豈不期於成全耶？身與名俱全者上也，名可法而身死者其次也，名在僇辱而身全者下也。」於是應侯稱善。

蔡澤得少閒，因曰：「商君、吳起、大夫種，其爲人臣，盡忠致功，則可願矣。閎夭事文王，周公輔成王也，豈不亦忠聖乎？以君臣論之，商君、吳起、大夫種，其可願，孰與閎夭、周公哉？」應侯曰：「商君、吳起、大夫種不若也。」蔡澤曰：「然則君之主慈仁任忠，惇厚舊故，其賢智與有道之士爲膠漆，義不倍功臣，孰與秦孝、楚悼、越王乎？」應侯曰：「未知何如也。」蔡澤曰：「今主親忠臣，不過秦孝、越王、楚悼。君之設智能，爲主安危修政，治亂强兵，批患折難，廣地殖穀，富國足家，强主，尊社稷，顯宗廟，天下莫敢欺犯其主。主之威蓋震海内，功彰萬里之外，聲名光輝，傳於千世，君孰與商君、吴起、大夫種？」應侯曰：「不若。」蔡澤曰：「今主之親忠臣，不忘舊故，不若孝公、悼王、句踐，而君之功績愛信親幸，又不若商君、吴起、大夫種，然而君之禄位貴盛，私家之富，過於三子，而身不退，恐患之甚於三子，竊爲君危之。語曰：『日中則移，月滿則虧。』物盛則衰，天之常數也。進退盈縮變化，聖人之常道也。故國有道則仕，國無道則隱。聖人曰：『飛龍在天，利見大人。』『不義而富且貴，於我如浮雲。』今君之怨已讎，而德已報，意欲至矣，而無變計，竊爲君不取也。且夫翠鵠犀象，其處執非不遠死也，而所以死者，惑於餌也；蘇秦、智伯之智，非不足以辟辱遠死也，而所以死者，惑於貪利不止也。是以聖人制禮節欲，取於民有度，使之以時，用之有止，故志不溢，行不驕，常與道俱而不失，故天下承而不絶。以上二十七句，《策》俱無之。昔者齊桓公九合諸侯，一匡天下，至葵丘之會，有驕矜之志，畔者九國。吴王夫差，兵無敵於天下，勇强以輕諸侯，陵齊、晉，遂以殺身亡國。夏育、太史啟，《史》作「噭」。叱呼駭三軍，而身死於庸夫。此皆乘至盛而不返道理，不居卑退處儉約之患也。夫商君爲孝公明法令，禁姦本，尊爵必賞，有罪必罰，平權衡，正度量，調輕重，決裂阡陌，以静生民之業，而一其俗，勸民耕農利土，一室無二事，力田稸積，習戰陳之事。是以兵動而地廣，兵休而國富，故秦無敵於天下，立威諸侯，成秦國之業。功已成矣，遂以車裂。楚地方數千里，持戟百萬。白起率數萬之師，以與楚戰，一戰舉鄢、郢以燒夷陵，再戰南并蜀、漢，又越韓、魏攻强趙，北坑馬服，誅屠四十餘萬之衆，盡之於長平之下，流血成川，沸聲若雷，遂入圍邯鄲，使秦有帝業。《策》作「業帝」。楚、趙，天下之强國，而秦之讎敵也。自是之後，趙、楚懾服不敢攻秦者，白起之執也。身所服者七十餘城，功已成矣，而遂賜劍死於杜郵。吳起爲楚悼王立法，卑減大臣之威重，罷無能，廢無用，損不急之官，塞私門之請，一楚國之俗，禁遊客《史》作「説」。之民，精耕戰之士，南攻揚、越，北并陳、蔡，破横散從，使馳説之士無所開其口，禁朋黨以厲百姓，定楚國之政，兵震天下，威服諸侯。功已成矣，而卒支解。大夫種爲越王深謀遠計，免會稽之危，以亡爲存，因辱爲榮，墾草堤刱《史》作「入」。邑，辟地殖穀，率四方之士，專上下之力，輔句踐之賢，報夫差之讎，《策》無二句。卒禽勁吴，令越成霸。功已彰而信矣，句踐終負《策》作「拮姚」，宏本作「掊」。而殺之。此四子者，功成而不去，禍至於此。此所謂信而不能屈，往而不能反者也。范蠡知之，超然避世，長爲陶朱。君獨不觀博者乎？或欲大投，或欲分功，此皆君之所明知也。今君相秦，計不下席，謀不出廊廟，坐制諸侯，利施三川，以實宜陽。決羊腸之險，塞太行之口，又斬范、中行之途，六國不得合從，棧道千里，通於蜀、漢，使天下皆畏秦。秦之欲得矣，君之功極矣，此亦秦之分功之時也。如是不退，則商君、白公、吴起、大夫種是也。吾聞之：鑒於水者見面之容，鑒於人者知吉與凶。書曰：成功之下，不可久處。《史》有「四子之禍，君何居焉」八字。君何不以此時歸相印，讓賢者授之，退而巖居川觀，必有伯夷之廉，長爲應侯，世世稱孤，而有許由、延陵季子之讓，喬松之壽。孰與以禍終哉？此則君何居焉？」此處《史》仍有「忍不能自離，疑不能自決，必有四子之禍矣。《易》曰：『亢龍有悔。』此言上而不能下，信而不能詘，往而不能自返者也，願君孰計之」九句。

應侯曰：「善。」乃延入坐爲上客。

魏加與春申君論將 ○

天下合從。趙使魏加見楚春申君，曰：「君有將乎？」曰：「有矣。僕欲將臨武君。」魏加曰：「臣少之時好射，臣願以射譬之，可乎？」春申君曰：「可。」加曰：「異日者，更羸與魏王處京臺之下，仰見飛鳥。更羸謂魏王曰：『臣爲君引弓虚發而下鳥。』魏王曰：『然則射可至此乎？』更羸曰：『可。』有閒，雁從東方來，更羸以虚發而下之。魏王曰：

『然則射可至此乎?』更羸曰:『此孽也。』王曰:『先生何以知之?』對曰:『其飛徐而鳴悲。飛徐者,故瘡痛也;鳴悲者,久失羣也。故瘡未息,而驚心未去也。聞弦者音烈而高飛,故瘡隕也。』今臨武君嘗爲秦孽,不可爲拒秦之將也。」

汗明說春申君 ○

汗明見春申君,候問三月,而後得見。談卒,春申君大說之。汗明欲復談,春申君曰:「僕已知先生,先生大息矣。」汗明憱焉曰:「明願有問君,而恐,固不審君之聖孰與堯也?」春申君曰:「先生過矣,臣何足以當堯?」汗明曰:「然則君料臣孰與舜?」春申君曰:「先生即舜也。」汗明曰:「不然,臣請爲君終言之。君之賢實不如堯,臣之能不及舜。夫以賢舜事聖堯三年,而後乃相知也。今君一旦而知臣,是君聖於堯,而臣賢於舜也。」春申君曰:「善。」召門吏爲汗先生著客籍,五日一見。

汗明曰:「君亦聞驥乎?夫驥之齒至矣,服鹽車而上太行,蹄申膝折,尾湛胕潰,漉汁灑地,白汗交流,外阪遷延,負棘而不能上。伯樂遭之,下車攀而哭之,解紵衣以羃之。驥於是俛而噴,仰而鳴,聲達於天,若出金石聲者何也?彼見伯樂之知己也。今僕之不肖,阸於州部，堀穴窮巷，沈洿鄙俗之日久矣，君獨無意湔祓僕，使得爲君高鳴屈於梁乎？」

陳餘遺章邯書 〇

白起爲秦將，南征鄢、郢，北阬馬服，攻城略地，不可勝計，而竟賜死；蒙恬爲秦將，北逐戎人，開榆中地數千里，竟斬陽周。何者？功多秦不能盡封，因以法誅之。今將軍爲秦將三歲矣，所亡失以十萬數，而諸侯竝起，滋益多。彼趙高素諛日久，今事急，亦恐二世誅之，故欲以法誅將軍以塞責，使人更代將軍以脱其禍。夫將軍居外久，多内郤，有功亦誅，無功亦誅。且天之亡秦，無愚知皆知之。今將軍内不能直諫，外爲亡國將，孤特獨立而欲常存，豈不哀哉！將軍何不還兵，與諸侯爲從，約共攻秦，分王其地，南面稱孤。此孰與身伏鈇質、妻子爲僇乎？

古文辭類篹卷二十七終

書說類四

鄒陽諫吴王書 ○

臣聞秦倚曲臺之宫，縣衡天下，畫地而不犯，兵加胡越。至其晚節末路，張耳、陳勝，連從兵之據，以叩函谷，咸陽遂危。何則？列郡不相親，萬室不相救也。今胡數涉北河之外，上覆飛鳥，下不見伏兔，鬭城不休，救兵不止，死者相隨，輦車相屬，轉粟流輸，千里不絶。何則？彊趙責於河閒，六齊望於惠后，城陽顧於盧博，三淮南之心思墳墓。大王不憂，臣恐救兵之不專。胡馬遂進窺於邯鄲，越水長沙，還舟青陽。雖使梁并淮陽之兵，下淮東，越廣陵，以遏越人之糧，漢亦折西河而下，北守漳水，以輔大國，胡亦益進，越亦益深。此臣之所爲大王患也。

臣聞交龍襄首奮翼，則浮雲出流，霧雨咸集；聖王底節修德，則游談之士，歸義思名。今臣盡智畢議，易精極慮，則無國不可奸。飾固陋之心，則何王之門，不可曳長裾乎？然臣所以歷數王之朝，背淮千里而自致者，非惡臣國而樂吴民也。竊高下風之行，尤説大王之義，故願大王之無忽，察聽其志。

臣聞鷙鳥絫百，不如一鶚。夫全趙之時，武力鼎士，袨服叢臺之下者，一旦成市，而不能止幽王之湛患；淮南連山東之俠，死士盈朝，不能還厲王之西也。然而計議不得，雖諸、賁不能安其位亦明矣。故願大王審畫而已。

始孝文皇帝據關入立，寒心銷志，不明求衣。自立天子之後，使東牟朱虛，東褒義父之後，深割嬰兒王之壤，子王梁、代，益以淮陽，卒僕濟北，囚弟於雍者，豈非象新垣平等哉？今天子新據先帝之遺業，左規山東，右制關中，變權易埶，大臣難知。大王弗察，臣恐周鼎復起於漢，新垣過計於朝，則我吴遺嗣，不可期於世矣。高皇帝燒棧道，水章邯，兵不留行，收弊民之倦，東馳函谷，西楚大破，水攻則章邯以亡其城，陸擊則荆王以失其地。此皆國家之不幾者也。願大王孰察之。

鄒陽獄中上梁王書 〇〇

臣聞忠無不報，信不見疑，臣常以爲然，徒虛語耳。昔荆軻慕燕丹之義，白虹貫日，太子畏之；衛先生爲秦畫長平之事，太白食昴，昭王疑之。夫精變天地，而信不諭兩主，豈不哀哉！今臣盡忠竭誠，畢議願知，左右不明，卒從吏訊，爲世所疑。是使荆軻、衛先生復起，而燕、秦不寤也，願大王孰察之。昔玉人《史記》作「卞和」。獻寶，楚王誅之；李斯竭忠，胡亥極刑。是以箕子佯狂，接輿避世，恐遭此患也。願大王察玉人、李斯之意，而後楚王、胡亥之聽，毋使臣爲箕子、接輿所笑。臣聞比干剖心，子胥鴟夷，臣始不信，迺今知之。願大王孰察，少加憐焉。以上一段言忠信而不見知。

語曰：有白頭如新，傾蓋如故。何則？知與不知也。故樊於期逃秦之燕，藉荆軻首以奉丹事；王奢去齊之魏，臨城自剄，以郤齊而存魏。夫王奢、樊於期非新於齊、秦，而故於燕、魏也，所以去二國、死兩君者，行合於志，慕義無窮也。是以蘇秦不信於天下，爲燕尾生；白圭戰亡六城，爲魏取中山。何則？誠有以相知也。蘇秦相燕，人惡之燕王，燕王按劍而怒，食以駃騠；白圭顯於中山，人惡之魏文侯，文侯賜以夜光之璧。何則？兩主二臣，剖心析肝相信，豈移於浮辭哉？故女無美惡，入宮見妒；士無賢不肖，入朝見嫉。昔司馬喜臏腳於宋，卒相中山；范睢拉脅折齒於魏，卒爲應侯。此二人者，皆信必然之畫，捐朋黨之私，挾孤獨之交，故不能自免於嫉妒之人也。是以申徒狄蹈雍之河，徐衍負石入海，不容於世，義不苟取比周於朝，以移主上之心。故百里奚乞食於道路，繆公委之以政；甯戚飯牛車下，桓公任之以國。此二人者，豈素宦於朝，借譽於左右，然後二主用之哉？感於心，合於行，堅於膠漆，昆弟不能離，豈惑於衆口哉？故偏聽生姦，獨任成亂。昔魯聽季孫之説逐孔子，宋任子冉《史》作「子罕」。之計囚墨翟。夫以孔、墨之辯，不能自免於讒諛，而二國以危。何則？衆口鑠金，積毁銷骨也。秦用戎人由余，而伯中國；齊用越人子臧，二字《史》作「蒙」。而彊威、宣。此二國豈係於俗，牽於世，繫奇《史》作「阿」。偏之辭哉？公聽并觀，垂明當世。故意合則胡越爲兄弟，由余、子臧是矣；不合則骨肉爲讎敵，朱、象、管、蔡是矣。今人主誠能用齊、秦之明，後宋、魯之聽，則五伯不足侔，而三王易爲也。

以上一段言新仕羈旅，故爲左右所譖。

是以聖王覺寤，捐子之之心，而不説田常之賢；封比干之後，修孕婦之墓，故功業覆於天下。何則？欲善亡厭也。夫晉文親其讎，彊伯諸侯，齊桓用其仇而一匡天下。何則？慈仁殷勤，誠加於心，不可以虚辭借也。至夫秦用商鞅之法，東弱韓、魏，立三字《史》作「魏兵」。彊天下，卒車裂之；越用大夫種之謀，禽勁吴而伯中國，遂誅其身。是以孫叔敖三去相而不悔，於陵子仲辭三公，爲人灌園。今人主誠能去驕傲之心，懷可報之意，披心腹，見情素，墮肝膽，施德厚，終與之窮達，無愛於士，則桀之犬可使吠堯，跖之客可使刺由。何況因萬乘之權，假聖王之資乎？然則荆軻湛七族，要離燔妻子，豈足爲大王道哉？以上承第一段，欲王知其忠信而終任之。

臣聞明月之珠，夜光之璧，以闇投人於道，衆莫不按劍相眄者，何則？無因而至前也。蟠木根柢，輪囷離奇，《史》作「詭」。而爲萬乘器者，以左右先爲之容也。故無因而至前，雖出隨珠和璧，《史》作「隨侯之珠，夜光之璧」。祇結怨而不見德。有人先游，則枯木朽株，樹功而不忘。今夫天下布衣窮居之士，身在貧羸，雖蒙《史》作「包」。堯、舜之術，挾伊、管之辯，懷龍逢、比干之意，《史》有「欲盡忠當世之君」。而素無根柢之容，雖竭精神，欲開忠於當世之君，《史》作「欲開忠信，輔人主之治」。則人主必襲按劍相眄之迹矣。是使布衣之士，不得爲枯木朽株之資也。是以聖王制世御俗，獨化於陶鈞之上，而不牽乎卑辭《史》作「亂」。之語，不奪乎衆多之口。故秦皇帝任中庶子蒙《史》有「嘉」字。之言，以信荆軻，而匕首竊發；周文王獵涇、渭，載吕尚歸，以王天下。秦信左右而亡，周用烏集而王。何則？以其能越攣拘之語，馳域外之議，獨觀乎昭曠之道也。今人主沈諂諛之辭，牽帷墻之制，使不羈之士，與牛驥同皁，此鮑焦所以憤於世《史》有「而不留富貴之樂」。也。以上承第二段，欲王知其新任羈旅，而勿信左右。

臣聞盛飾入朝者，不以私污義；砥厲名號者，不以利傷行。故里《史》作「縣」。名勝母，曾子不入；邑號朝歌，墨子回車。今欲使天下寥廓之士，籠於威重之權，脅於位埶之貴，回面汙行，以事諂諛之人，而求親近於左右，則士有伏死堀穴巖藪《史》作「巖巖」。之中耳，安有盡忠信而趨闕下者哉？末段兼承前兩層意，言忠信之士必不以新仕羈旅之故，而屈志於左右者也。

枚叔說吳王書 ○○

臣聞得全者全昌，失全者全亡。舜無立錐之地，㠯有天下；禹無十户之聚，㠯王諸侯。湯武之土，不過百里，上不絕三光之明，下不傷百姓之心者，有王術也。故父子之道，天性也。忠臣不避重誅以直諫，則事無遺策，功流萬世。臣乘願披腹心而效愚忠，唯大王少加意念惻怛之心於臣乘言。

夫㠯一縷之任，繫千鈞之重，上縣無極之高，下垂不測之淵，雖甚愚之人，猶知哀其將絕也。馬方駭，鼓而驚之；係方絕，又重鎮之。係絕於天，不可復結；隊入深淵，難㠯復出。其出不出，閒不容髮。能聽忠臣之言，百舉必脫。必若所欲爲，危於絫卵，難於上天；變所欲爲，易於反掌，安於太山。今欲極天命之壽，敝無窮之樂，究萬乘之埶，不出反掌之易，㠯居泰山之安，而欲乘絫卵之危，走上天之難，此愚臣之所㠯爲大王惑也。

人性有畏其景而惡其跡者，卻背而走，跡愈多，景愈疾，不知就陰而止，景滅跡絶。欲人勿聞，莫若勿言；欲人勿知，莫若勿爲。欲湯之滄，一人炊之，百人揚之，無益也，不如絶薪止火而已。不絶之於彼，而救之於此，譬猶抱薪而救火也。

養由基，楚之善射者也。去楊葉百步，百發百中。楊葉之大，加百中焉，可謂善射矣。然其所止，迺百步之内耳，比於臣乘，未知操弓持矢也。福生有基，禍生有胎。納其基，絶其胎，禍何自來？泰山之霤穿石，單極之綂斷幹。水非石之鑽，索非木之鋸，漸靡使之然也。夫銖銖而稱之，至石必差；寸寸而度之，至丈必過。石稱丈量，徑而寡失。夫十圍之木，始生如蘖，足可搔而絶，手可擢而拔，據其未生，先其未形也。磨礱底厲，不見其損，有時而盡；種樹畜養，不見其益，有時而大；積德絫行，不知其善，有時而用；棄義背理，不知其惡，有時而亡。臣願大王孰計而身行之，此百世不易之道也。

枚叔復説吴王 ○

昔者秦西舉胡戎之難，北備榆中之關，南拒羌筰之塞，東當六國之從。六國乘信陵之籍，明蘇秦之約，厲荆軻之威，并力一心，目備秦。然秦卒禽六國，滅其社稷而并天下。是何也？則地利不同，而民輕重不等也。今漢據全秦之地，兼六國之衆，修戎狄之義，而南朝羌筰，此其與秦，地相什而民相百，大王之所明知也。今夫讒諛之臣，爲大王計者，不論骨肉之義，民之輕重，國之大小，目爲吴禍。此臣所目爲大王患也。

夫舉吴兵目訾於漢，譬猶蠅蚋之附羣牛，腐肉之齒利劍，鋒接必無事矣。天子聞吴率失職諸侯，願責先帝之遺約。今漢親誅其三公目謝前過，是大王之威加於天下，而功越於湯武也。夫吴有諸侯之位，而實富於天子；有隱匿之名，而居過於中國。夫漢并二十四郡，十七諸侯，方輸錯出，運行數千里，不絶於道，其珍怪不如東山之府；轉粟西鄉，陸行不絶，水行滿河，不如海陵之倉；修治上林，雜以離宫，積聚玩好，圈守禽獸，不如長洲之苑；游曲臺，臨上路，不如朝夕之池；深壁高壘，副以關城，不如江、淮之險。此臣之所以爲大王樂也。

今大王還兵疾歸，尚得十半。不然，漢知吴之有吞天下之心也，赫然加怒，遣羽林黄頭循江而下，襲大王之都；魯、東海絶吴之饟道；梁王飭車騎，習戰射，積粟固守，以備滎陽，待吴之飢。大王雖欲反都，亦不得已。夫三淮南之計，不負其約，齊王殺身目滅其跡，四國不得出兵其郡，趙囚邯鄲，此不可掩，亦已明矣。大王已去千里之國，而制於十里之内矣。張、韓將北地，弓高宿左右，兵不得下壁，軍不得大息。臣竊哀之，願大王孰察焉。

司馬子長報任安書 ○○○

太史公牛馬走，司馬遷，再拜言。《漢書》無此十二字。鼒疑太史公「公」字乃「令」字，《文選》傳本誤耳。

少卿足下：曩者辱賜書，教以慎於接物，推賢進士爲務。意氣懃懃懇懇，若望僕不相師，而用《漢書》作「用而」。流俗人之言。僕非敢如此也。僕雖罷駑，亦嘗側聞長者之遺風矣。顧自以爲身殘處穢，動而見尤，欲益反損，是以獨抑鬱而無《文選》作「與」。誰語。諺曰：「誰爲爲之？孰令聽之？」蓋鍾子期死，伯牙終身不復鼓琴。何則？士爲知己者《漢書》無「者」字。用，女爲悦己者容。若僕大質已虧缺矣，雖材懷隨、和，行若由、夷，終不可以爲榮，適足以見笑而自點耳。書辭宜答，會東從上來，又迫賤事，相見日淺，卒卒無須臾之間，得竭志意。今少卿抱不測之罪，涉旬月，迫季冬。僕又薄從上上《文選》少一「上」字。雍，恐卒然不可諱，是僕終已不得舒憤懣以曉左右，則長逝者魂魄私恨無窮。請略陳固陋。闕然久不報，幸勿爲過。

僕聞之：修身者智之符也，愛施者仁之端也，取與者義之表也，恥辱者勇之決也，立名者行之極也。士有此五者，然後可以託於世，而列于君子之林矣。故禍莫憯於欲利，悲莫痛於傷心，行莫醜於辱先，詬莫大於宮刑。刑餘之人，無所比數，非一世也，所從來遠矣。昔衛靈公與雍渠同載，孔子適陳；商鞅因景監見，趙良寒心；同子參乘，袁絲變色，自古而恥之。夫中材之人，事有關於宦豎，莫不傷氣，而況於慷慨之士乎！如今朝廷雖乏人，奈何令刀鋸之餘，薦天下豪儁《文選》作「俊」。哉！僕賴先人緒業，得待罪輦轂下，二十餘年矣。所以自惟，上之不能納忠效信，有奇策材力之譽，自結明主；次之又不能拾遺補闕，招賢進能，顯巖穴之士；外之不能備行伍，攻城野戰，有斬將搴旗之功；下之不能積日累勞，取尊官厚祿，以爲宗族交遊光寵。四者無一遂，苟合取容，無所短長之效，可見如此矣。鄉者僕亦嘗厠下大夫之列，陪奉外廷末議，不以此時引綱維，盡思慮，今已虧形，爲掃除之隸，在闒茸之中，乃欲仰首伸眉，論列是非，不亦輕朝廷、羞當世之士邪？嗟乎！嗟乎！如僕尚何言哉！尚何言哉！

且事本末未易明也。僕少負不羈之才，長無鄉曲之譽，主上幸以先人之故，使得奏薄技，出入周衛之中。僕以爲戴盆何以望天，故絶賓客之知，忘室家之業，日夜思竭其不肖之才力，務壹心營職，以求親媚於主上，而事乃有大謬不然者！夫僕與李陵，俱居門下，鼐按：李陵少爲侍中。侍中得入宮門，故謂之門下。太史令蓋亦入宮門者，故俱居門下。素非《選》有「能」字。相善也，趨舍異路，未嘗銜盃酒，接慇懃之餘歡。然僕觀其爲人，自《選》有「守」字。奇士。事親孝，與士信，臨財廉，取與義，分別有讓，恭儉下人，常思奮不顧身，以徇國家之急。其素所蓄積也，僕以爲有國士之風。夫人臣出萬死不顧一生之計，赴公家之難，斯已奇矣。今舉事一不當，而全軀保妻子之臣，隨而媒糵「糵」依《李陵傳》。其短，僕誠私心痛之！且李陵提步卒不滿五千，深踐戎馬之地，足歷王庭，垂餌虎口，橫挑彊胡，抑億萬之師，與單于連戰十有餘日，所殺過半當。虜救死扶傷不給，旃裘之君長咸震怖，乃悉徵其左、右賢王，舉引弓之民，一國共攻而圍之。轉鬬千里，矢盡道窮，救兵不至，士卒死傷如積。然李陵一呼勞軍，士無不起躬《選》有「自」字。流涕，沫血飲泣，張空弮，《選》作「拳」。冒白刃，北嚮爭死敵者。《漢》無「者」字。陵未没時，使有來報，漢公卿王侯，皆奉觴上壽。後數日，陵敗書聞，主上爲之食不甘味，聽朝不怡，大臣憂懼，不知所出。僕竊不自料其卑賤，見主上慘愴《漢書》作「悽」。怛悼，誠欲効其款款之愚，以爲李陵素與士大夫絶少分甘，《漢書》作「絶甘分少」。能得人《漢書》有「之」字。死力，雖古之《漢》無「之」字。名將，不能《漢》無「能」字。過也。身雖陷敗，彼觀其意，且欲得其當而報《選》有「於」字。漢。事已無可奈何，其所摧敗，功亦足以暴於天下矣。《漢》無「矣」字。僕懷欲陳之而未有路，適會召問，即以此指推言陵之《漢》無「之」字。功，欲以廣主上之意，塞睚眦之辭，未能盡明。明主不深《選》無「深」字。曉，以爲僕沮貳師，而爲李陵游説，遂下於理。拳拳之忠，終不能自列，因爲誣上，卒從吏議。家貧財賂不足以自贖，交游莫救，《選》有「視」字。左右親近不爲一言。身非木石，獨與法吏爲伍，深幽囹圄之中，誰可告愬者！此正《選》作「真」。少卿所親見，僕行事豈不然邪！《選》作「乎」。李陵既生降，隤其家聲，而僕又佴之《漢》作「茸以」。蠶室，重爲天下觀笑。悲夫、悲夫！事未易一二爲俗人言也！此下自恥辱引入立名，如江河之上，風起水湧，怒濤萬發，而卒輸于海。天下之至奇也。

僕之先人，非有剖符丹書之功，文史星曆，近乎卜祝之閒，固人主所戲弄，倡優畜之，《選》作「所蓄」。流俗之所輕也。假令僕伏法受誅，若九牛亡一毛，與螻蟻何以《漢》無「以」。異？而世俗又不與能死節者次《漢》無「次」。比，特以爲智窮罪極，不能自免，卒就死耳。何也？素所自樹立使然也。《漢》無「也」。人固有一死，死有重於泰山，或輕於鴻毛，用之所趨異也。太上不辱先，其次不辱身，其次不辱理色，其次不辱辭令，其次詘體受辱，其次易服受辱，其次關木索，被箠楚受辱，其次剔《漢》作「鬄」。毛髮，嬰金鐵受辱，其次毁肌膚，斷肢體受辱，最下腐刑極矣。《傳》曰：「刑不上大夫。」此言士節不可不勉《漢》無「勉」。勵也。猛虎在深山，百獸震恐，及《漢》有「其」。在檻穽之中，摇尾而求食，積威約之漸也。故士有畫地爲牢，埶不可《漢》無「可」，下同。入；削木爲吏，議不可對，定計於鮮也。今交手足，受木索，暴肌膚，受榜箠，幽於圜牆之中。當此之時，見獄吏則頭槍地，視徒隸則心惕息。何者？積威約之埶也。及已至是，言不辱者，所謂強顔耳，曷足貴乎！且西伯伯也，拘於《漢》無「於」字。羑《漢》作「牖」。里；李斯相也，具於《漢》無「於」。五刑；淮陰王也，受械于陳；彭越、張敖，南面《漢》作「鄉」。稱孤，繫獄抵《漢》作「具」。罪；絳侯誅諸吕，權傾五伯，囚於請室；魏其大將也，衣赭衣，《漢》無「衣」。關三木；季布爲朱家鉗奴，灌夫受辱於居室。此人皆身至王侯將相，聲聞鄰國，及罪至罔加，不能引決自裁，《漢》作「財」。在塵埃之中，古今一體，安在其不辱也？由此言之，勇怯，埶也；彊弱，形也。審矣，曷足怪乎！夫《漢》作「且」。人不能蚤裁繩墨之外，已《選》作「以」。稍陵遲，《漢》作「夷」。至於鞭箠之閒，乃欲引節，斯不亦遠乎？古人所以重施刑于大夫者，殆爲此也。

夫人情莫不貪生惡死，念父母，《漢》作「親戚」。顧妻子，至激于義理者不然，乃有所不得已也。今僕不幸，早失父母，《漢》作「二親」。無兄弟之親，獨身孤立，少卿視僕于妻子何如哉？且勇者不必死節，怯夫慕義，何處不勉焉？僕雖怯懦《漢》作「耎」。欲苟活，亦頗識去就之分矣，何至自湛溺縲紲之辱哉！且夫臧獲婢妾，猶能引決，況僕之不得已乎？所以隱忍苟活，幽於《漢》作「函」，無「於」字。糞土之中而不辭者，恨私心有所不盡，鄙陋《漢》無「陋」。没世，而文采不表於後世《漢》無「世」。也。

古者富貴而名磨《漢》作「摩」。滅，不可勝記。惟倜《漢》作「俶」。儻非常之人稱焉。蓋文王《漢》作「西伯」。拘而演《周易》；仲尼戹而作《春秋》；屈原放逐，乃賦《離騷》；左丘失明，厥有《國語》；孫子臏腳，《兵法》脩列；不韋遷蜀，世傳《吕覽》；韓非囚秦，《説難》、《孤憤》。《詩》三百篇，大氐賢聖發憤之所爲《漢》有「作」字。也。此人皆意有所鬱結，不得通其道，故述往事，思來者。及如左丘明《選》無「明」字。無目，孫子斷足，終不可用，退而論書策，以舒其憤思，垂空文以自見。

僕竊不遜，近自託於無能之辭，網羅天下放失舊聞，略《漢》無「略」字。考其行事，綜其終始，《漢》無此句。稽其成敗興壞之紀。《漢》作「理」。上計軒轅，下至於茲，爲十表、本紀十二、書八章、世家三十、列傳七十，以上二十六字，《漢書》無。凡百三十篇，亦欲以究天人之際，通古今之變，成一家之言。草創未就，會遭此禍，惜其不成，是以就極刑而無愠色。僕誠已著此書，藏之名山，傳之其人，通邑大都。則僕償前辱之責，雖萬被戮，豈有悔哉！然此可爲智者道，難爲俗人言也。

且負《漢》作「貧」。下未易居，下流多謗議，僕以口語遇遭此禍，重爲鄉里所戮笑，以汙辱先人，亦何面目復上父母之丘墓乎？雖累百世，垢彌甚耳！是以腸一日而九迴，居則忽忽若有所亡，出則不知其所《漢》有「如」字。往。每念斯恥，汗未嘗不發背霑衣也。身直爲閨閤之臣，寧得自引深藏《漢》有「於」字。巖穴邪？故且從俗浮沈，與時俯仰，以通其狂惑。今少卿乃教以推賢進士，無乃與僕私心剌《漢》作之「私指」。謬乎？今雖欲自雕琢《漢》作「瑑」。曼辭以自飾，《漢》作「解」。無益於俗不信，祇足取辱耳。要之死日，然後是非乃定。書不能悉意，略陳固陋。謹再拜。

庶子王生遺蓋寬饒書 ○○

明主知君絜白公正，不畏彊禦，故命君𠂢司察之位，擅君𠂢奉使之權。尊官厚祿，已施於君矣。君宜夙夜惟思當世之務，奉法宣化，憂勞天下，雖日有益，月有功，猶未足𠂢稱職而報恩也。自古之治，三王之術，各有制度，今君不務循職而已，迺欲𠂢太古久遠之事，匡拂天子，數進不用難聽之語，以摩切左右，非所目揚令名，全壽命者也。方今用事之人，皆明習法令，言足目飾君之辭，文足以成君之過。君不惟蘧氏之高蹤，而慕子胥之末行，用不訾之軀，臨不測之險，竊爲君痛之。夫君子直而不挺，曲而不詘。《大雅》云：「既明且哲，以保其身。」狂夫之言，聖人擇焉。惟裁省覽。

楊子幼報孫會宗書 ○○○

惲材朽行穢，文質無所底，幸賴先人餘業，得備宿衛。遭遇時變，目獲爵位，終非其任，卒與禍會。足下哀其愚蒙，賜書教督目所不及，殷勤甚厚。然竊恨足下不深惟其終始，而猥隨俗之毁譽也。言鄙陋之愚心，若逆指而文過，默而息乎，恐違孔氏各言爾志之意。故敢略陳其愚，唯君子察焉。

惲家方隆盛時，乘朱輪者十人，位在列卿，爵爲通矦，總領從官，與聞政事。曾不能目此時有所建明，目宣德化，又不能與羣僚同心并力，陪輔朝廷之遺忘，已負竊位素餐之責久矣。懷禄貪埶，不能自退，遭遇變故，横被口語，身幽北闕，妻子滿獄。當此之時，自目夷滅不足目塞責，豈意得全首領，復奉先人之丘墓乎？伏惟聖主之恩，不可勝量。君子游道，樂㠯忘憂；小人全軀，説㠯忘罪。竊自思念，過已大矣，行已虧矣，長爲農夫㠯没世矣。是故身率妻子，戮力耕桑，灌園治産，㠯給公上，不意當復用此爲譏議也。

夫人情所不能止者，聖人弗禁。故君父至尊親，送其終也，有時而既。臣之得罪已三年矣。田家作苦，歲時伏臘，烹羊炰羔，斗酒自勞。家，本秦也，能爲秦聲；婦，趙女也，雅善鼓瑟。奴婢歌者數人，酒後耳熱，仰天拊缶，而呼烏烏。其詩曰：「田彼南山，蕪穢不治。種一頃豆，落而爲萁。人生行樂耳，須富貴何時？」是日也，拂衣而喜，奮褎低昂，頓足起舞，誠淫荒無度，不知其不可也。惲幸有餘禄，方糴賤販貴，逐什一之利。此賈豎之事，汙辱之處，惲親行之。下流之人，衆毁所歸，不寒而栗。雖雅知惲者，猶隨風而靡，尚何稱譽之有？董生不云乎：「明明求仁義，常恐不能化民者，卿大夫意也；明明求財利，常恐困乏者，庶人之事也。」故道不同，不相爲謀，今子尚安得㠯卿大夫之制而責僕哉？

夫西河魏土，文侯所興，有段干木、田子方之遺風，凜然皆有節槩，知去就之分。頃者足下離舊土，臨安定。安定山谷之閒，昆戎舊壤，子弟貪鄙，豈習俗之移人哉？於今迺睹子之志矣。方當盛漢之隆，願勉旃。毋多談。

劉子駿移讓太常博士書 ○○

昔唐、虞既衰，而三代迭興，聖帝明王，累起相襲，其道甚著。周室既微，而禮樂不正，道之難全也如此。是故孔子憂道之不行，歷國應聘，自衛反魯，然後樂正，《雅》、《頌》乃得其所，修《易》序《書》，制作《春秋》，以紀帝王之道。及夫子没而微言絶，七十子終而大義乖。重遭戰國，棄籩豆之禮，理軍旅之陳，孔氏之道抑，而孫、吴之術興。陵夷至於暴秦，燔經書，殺儒士，設挾書之法，行是古之罪，道術由是遂滅。

漢興，去聖帝明王遐遠，仲尼之道又絶，法度無所因襲。時獨有一叔孫通，略定禮儀，天下唯有《易》卜，未有它書。至孝惠之世，乃除挾書之律，然公卿大臣絳、灌之屬，咸介胄武夫，莫㠯爲意。至孝文皇帝，始使掌故朝錯，從伏生受《尚書》。《尚書》初出於屋壁，朽折散絶。今其書見在，時師傳讀而已。《詩》始萌牙。天下衆書，往往頗出，皆諸子傳説，猶廣立於學官，爲置博士，在漢朝之儒，唯賈生而已。至孝武皇帝，然後鄒、魯、梁、趙，頗有《詩》、《禮》、《春秋》先師，皆起於建元之閒。當此之時，一人不能獨盡其經，或爲《雅》，或爲《頌》，相合而成。《泰誓》後得，博士集而讀之。故詔書稱曰：「禮壞樂崩，書缺簡脱，朕甚閔焉。」時漢興已七八十年，離於全經，固已遠矣。及魯恭王壞孔子宅，欲㠯爲宫，而得古文於壞壁之中，逸《禮》有三十九篇，《書》十六篇。天漢之後，孔安國獻之，遭巫蠱倉卒之難，未及施行，及《春秋》左氏丘明所修，皆古文舊書，多者二十餘通，臧於祕府，伏而未發。孝成皇帝閔學殘文缺，稍離其真，乃陳發祕臧，校理舊文，得此三事，㠯考學官所傳，經或脱簡，傳或閒編。傳問民閒，則有魯國桓公，趙國貫公，膠東庸生之遺，學與此同，抑而未施。此乃有識者之所惜閔，士君子之所嗟痛也。先慨歎作一頓，下乃實説其抑而未施處，情最深鬱。往者綴學之士，不思廢絶之闕，苟因陋就寡，分文析字，煩言碎辭。學者罷老，且不能究其一蓺，信口説而背傳記，是末師而非往古，至於國家將有大事，若立辟雍、封禪、巡狩之儀，則幽冥而莫知其原。猶欲保殘守缺，挾恐見破之私意，而無從善服義之公心。或懷妒嫉，不考情實，雷同相從，隨聲是非，抑此三學，㠯《尚書》爲備，謂《左氏》爲不傳《春秋》，豈不哀哉！

今聖上德通神明，繼統揚業，亦閔文學錯亂，學士若茲，雖昭其情，猶依違謙讓，樂與士君子同之。故下明詔，試《左氏》可立不，遣近臣奉指銜命，將以輔弱扶微，與二三君子，比意同力，冀得廢遺。今則不然。深閉固距而不肯試，猥㠯不誦絶之，欲㠯杜塞餘道，絶滅微學。夫可與樂成，難與慮始，此乃衆庶之所爲耳，非所望士君子也。且此數家之事，皆先帝所親論，今上所考視。其古文舊書，皆有徵驗，外内相應，豈苟而已哉？夫禮失求之於野，古文不猶愈於野乎？往者博士《書》有歐陽，《春秋》公羊，《易》則施、孟，然孝宣皇帝猶復廣立穀梁《春秋》、梁丘《易》、大小夏侯《尚書》。義雖相反，猶竝置之，何則？與其過而廢之也，寧過而立之。傳曰：「文、武之道，未墜於地，在人。」賢者志其大者，不賢者志其小者。今此數家之言，所目兼包大小之義，豈可偏絶哉？若必專己守殘，黨同門，妒道真，違明詔，失聖意，目陷於文吏之議，甚爲二三君子不取也。

古文辭類纂二十八終

書説類五

韓退之與孟尚書書 ○○○

愈白：行官自南迴，過吉州，得吾兄二十四日手書數番，忻悚兼至。未審入秋來眠食何似，伏惟萬福。

來示云：有人傳愈近少信奉釋氏，此傳之者妄也。潮州時，有一老僧號大顛，頗聰明，識道理。遠地無可與語者，故自山召至州郭，留十數日，實能外形骸，以理自勝，不爲事物侵亂。與之語，雖不盡解，要自胸中無滯礙，以爲難得，因與來往。及祭神至海上，遂造其廬。及來袁州，留衣服爲别，乃人之情，非崇信其法，求福田利益也。孔子云：丘之禱久矣。凡君子行己立身，自有法度，聖賢事業，具在方册，可效可師。仰不愧天，俯不愧人，内不愧心，積善積惡，殃慶自各以其類至，何有去聖人之道，捨先王之法，而從夷狄之教，以求福利也？《詩》不云乎：「愷悌君子，求福不回。」《傳》又曰：不爲威惕，不爲利疚。假如釋氏能與人爲禍祟，非守道君子之所懼也。況萬萬無此理。且彼佛者，果何人哉？其行事類君子耶？小人耶？若君子也，必不妄加禍於守道之人；如小人也，其身已死，其鬼不靈。天地神祇，昭布森列，非可誣也，又肯令其鬼行胸臆，作威福於其閒哉？進退無所據，而信奉之，亦且惑矣！

且愈不助釋氏而排之者，其亦有説。孟子云：「今天下不之楊，則之墨。」楊、墨交亂，而聖賢之道不明，則三綱淪而九法斁，禮樂崩而夷狄横，幾何其不爲禽獸也？故曰能言距楊、墨者，聖人之徒也。楊子雲云：古者楊、墨塞路，孟子辭而闢之，廓如也。夫楊、墨行，正道廢，且將數百年以至於秦，卒滅先王之法，燒除其經，坑殺學士，天下遂大亂。及秦滅，漢興且百年，尚未知修明先王之道。其後始除挾書之律，稍求亡書，招學士。經雖少得，尚皆殘缺，十亡二三，故學士多老死，新者不見全經，不能盡知先王之事，各以所見爲守，分離乖隔，不合不公。二帝三王羣聖人之道，於是大壞。後之學者無所尋逐，以至於今泯泯也。其禍出於楊、墨肆行，而莫之禁故也。孟子雖賢聖，不得位，空言無施，雖切何補？然賴其言，而今學者尚知宗孔氏，崇仁義，貴王賤霸而已。其大經大法，皆亡滅而不救，壞爛而不收，所謂存十一於千百，安在其能廓如也？然向無孟氏，則皆服左衽而言侏離矣。故愈嘗推尊孟氏，以爲功不在禹下者，爲此也。

漢氏已來，羣儒區區修補，百孔千瘡，隨亂隨失，其危如一髮引千鈞，緜緜延延，寖以微滅。於是時也，而倡釋、老於其間，鼓天下之眾而從之。嗚呼！其亦不仁甚矣。釋、老之害，過於楊、墨；韓愈之賢，不及孟子。孟子不能救之於未亡之前，而韓愈乃欲全之於已壞之後。嗚呼！其亦不量其力，且見其身之危，莫之救以死也。雖然，使其道由愈而粗傳，雖滅死萬萬無恨。天地鬼神，臨之在上，質之在傍，又安得因一摧折，自毀其道以從於邪也？

籍、湜輩，雖屢指教，不知果能不叛去否。辱吾兄眷厚而不獲承命，惟增慙懼。死罪死罪！愈再拜。

韓退之與鄂州柳中丞書 ○○○

淮右殘孽，尚守巢窟，環寇之師，殆且十萬。嗔目語難，自以爲武人，不肯循法度，頡頏作氣埶，竊爵位自尊大者，肩相摩，地相屬也。不聞有一人援枹鼓誓眾而前者，但日令走馬來求賞給，助寇爲聲埶而已。

閣下，書生也。《詩》、《書》、《禮》、《樂》是習，仁義是修，法度是束。一旦去文就武，鼓三軍而進之，陳師鞠旅，親與爲辛苦，慷慨感激，同食下卒，將二州之牧以壯士氣，斬所乘馬以祭踶死之士，雖古名將，何以加茲，此由天資忠孝，鬱於中而大作於外，動皆中於機會，以取勝於當世，而爲戎臣師。豈常習於威暴之事，而樂其鬭戰之危也哉？愈誠怯弱，不適於用，聽於下風，竊自增氣，誇於中朝稠人廣衆會集之中，所以羞武夫之顔，令議者知將國兵而爲人之司命者，不在彼而在此也。

臨敵重慎，誡輕出入，良食自愛，以副見慕之徒之心，而果爲國立大功也。幸甚幸甚！

韓退之再與鄂州柳中丞書　○○○

愈愚不能量事執可否，比常念淮右以靡弊困頓三州之地，蚊蚋蟻蟲之聚，感兇竪喣濡飲食之惠，提童子之手，坐之堂上，奉以爲帥，出死力以抗逆明詔，戰天下之兵，乘機逐利，四出侵暴，屠燒縣邑，賊殺不辜，環其地數千里，莫不被其毒。洛、汝、襄、荆、許、潁、淮、江，爲之騷然。丞相、公卿、士大夫，勞於圖議；握兵之將，熊羆貙虎之士，畏懦蹶蹜，莫肯杖戈爲士卒前行者。獨閣下奮然率先，揚兵界上，將二州之守，親出入行間，與士卒均辛苦，生其氣埶。見將軍之鋒穎，凛然有向敵之意，用儒雅文字章句之業，取先天下武夫，關其口而奪之氣。愚初聞時方食，不覺棄匕箸起立。豈以爲閣下真能引孤軍單進，與死寇角逐，争一旦僥倖之利哉？就令如是，亦不足貴。其所以服人心，在行事適機宜，而風采可畏愛故也。是以前狀輒述鄙誠，眷惠手翰還答，益增忻悚。

夫一衆人心力耳目，使所至如時雨，三代用師，不出是道。閣下果能充其言，繼之以無倦，得形便之地，甲兵足用，雖國家故所失地，旬歲可坐而得，況此小寇，安足置齒牙間？勉而卒之，以俟其至，幸甚幸甚！

夫遠徵軍士，行者有羈旅離别之思，居者有怨曠騷動之憂，本軍有饋餉煩費之難，地主多姑息形迹之患，急之則怨，緩之則不用命，浮寄孤懸，形埶銷弱，又與賊不相諳委，臨敵恐駭，難以有功。若召募土人，必得豪勇，與賊相熟，知其氣力所極，無望風之驚，愛護鄉里，勇於自戰。徵兵滿萬，不如召募數千。閣下以爲何如？儻可上聞行之否？

計已與裴中丞相見，行營事宜，不惜時賜示及，幸甚！不宣。

韓退之與崔羣書　○○

自足下離東都，凡兩度枉問，尋承已達。宣州主人仁賢，同列皆君子，雖抱羈旅之念，亦且可以度日，無入而不自得。樂天知命者，固前修之所以禦外物者也，況足下度越此等百千輩，豈以出處近遠，累其靈臺耶？宣州雖稱清涼高爽，然皆大江之南，風土不並於北。將息之道，當先理其心，心閒無事，然後外患不入，風氣所宜，可以審備，小小者亦當自不至矣。足下之賢，雖在窮約，猶能不改其樂，況地至近，官榮祿厚，親愛盡在左右者耶？所以如此云云者，以爲足下賢者，宜在上位，託於幕府，則不爲得其所，是以及之，乃相親重之道耳，非所以待足下者也。

僕自少至今，從事於往還朋友閒，一十七年矣，日月不爲不久，所與交往相識者千百人，非不多，其相與如骨肉兄弟者，亦且不少。或以事同，或以藝取；或慕其一善，或以其久故；或初不甚知而與之已密，其後無大惡，因不復決捨；或其人雖不皆入於善，而於己已厚，雖欲悔之不可。凡諸淺者固不足道，深者止如此。至於心所仰服，考之言行而無瑕尤，窺之閫奧而不見畛域，明白淳粹，輝光日新者，惟吾崔君一人。僕愚陋無所知曉，然聖人之書，無所不讀，其精麤巨細，出入明晦，雖不盡識，抑不可謂不涉其流者也。以此而推之，以此而度之，誠知足下出羣拔萃，無謂僕何從而得之也。與足下情義，寧須言而後自明耶？所以言者，懼足下以爲吾所與深者多，不置白黑於胸中耳。既謂能粗知足下，而復懼足下之不我知，亦過也。

比亦有人説足下誠盡善盡美，抑猶有可疑者。僕謂之曰「何疑」，疑者曰：「君子當有所好惡，好惡不可不明。如清河者，人無賢愚，無不説其善，伏其爲人，以是而疑之耳。」僕應之曰：「鳳皇蘆草，賢愚皆以爲美瑞；青天白日，奴隸亦知其清明。譬之食物，至於遐方異味，則有嗜者，有不嗜者；至於稻也、粱也、膾也、胾也，豈聞有不嗜者哉？」疑者乃解。解不解，於吾崔君無所損益也。

自古賢者少，不肖者多。自省事已來，又見賢者恆不遇，不賢者比肩青紫；賢者恆無以自存，不賢者志滿氣得；賢者雖得卑位，則旋而死，不賢者或至眉壽。不知造物者意竟如何，無乃所好惡與人異心哉？又不知無乃都不省記，任其死生壽夭耶？未可知也。人固有薄卿相之官，千乘之位，而甘陋巷菜羹者。同是人也，猶有好惡如此之異者，況天之與人，當必異其所好惡無疑也。合於天而乖於人何害？況又時有兼得者耶？崔君崔君，無怠無怠！

僕無以自全活者，從一官於此，轉困窮甚，思自放於伊、潁之上，當亦終得之。近者尤衰憊，左車第二牙，無故動摇脱去，目視昏花，尋常閒便不分人顔色，兩鬢半白，頭髮五分亦白其一，鬚亦有一莖兩莖白者。僕家不幸，諸父諸兄，皆康彊早世，如僕者又可以圖於久長哉？以此忽忽思與足下相見，一道其懷，小兒女滿前，能不顧念？足下何由得歸北來？僕不樂江南，官滿便終老嵩下，足下可相就，僕不可去矣。珍重自愛，慎飲食，少思慮，惟此之望。愈再拜。

韓退之答崔立之書 ○○

斯立足下：僕見險不能止，動不得時，顛頓狼狽，失其所操持，困不知變，以至辱於再三，君子小人之所憫笑，天下之所背而馳者也。足下猶復以爲可教，貶損道德，乃至手筆以問之，扳援古昔，辭義高遠，且進且勸，足下之於故舊之道得矣。雖僕亦固望於吾子，不敢望於他人者耳。然尚有似不相曉者，非故欲發余乎？不然，何子之不以丈夫期我也？不能默默，聊復自明。

僕始年十六七時，未知人事，讀聖人之書，以爲人之仕者皆爲人耳，非有利乎己也。及年二十時，苦家貧，衣食不足，謀於所親，然後知仕之不唯爲人耳。及來京師，見有舉進士者，人多貴之。僕誠樂之，就求其術，或出禮部所試賦詩策等以相示，僕以爲可無學而能，因詣州縣求舉。有司者好惡出於其心，四舉而後有成，亦未即得仕。聞吏部有以博學宏詞選者，人尤謂之才，且得美仕，就求其術，或出所試文章，亦禮部之類。私怪其故，然猶樂其名，因又詣州府求舉。凡二試於吏部，一既得之，而又黜於中書。雖不得仕，人或謂之能焉。退自取所試讀之，乃類於俳優者之辭，顏忸怩而心不寧者數月。既已爲之，則欲有所成就，《書》所謂恥過作非者也。因復求舉，亦無幸焉。乃復自疑，以爲所試與得之者不同其程度。及得觀之，余亦無甚愧焉。夫所謂博學者，豈今之所謂者乎？夫所謂宏辭者，豈今之所謂者乎？誠使古之豪傑之士，若屈原、孟軻、司馬遷、相如、揚雄之徒，進於是選，必知其懷慙，乃不自進而已耳。設使與夫今之善進取者，競於蒙昧之中，僕必知其辱焉。然彼五子者，且使生於今之世，其道雖不顯於天下，其自負何如哉？肯與夫斗筲者決得失於一夫之目而爲之憂樂哉？故凡僕之汲汲於進者，其小得，蓋欲以具裘葛，養窮孤；其大得，蓋欲以同吾之所樂於人耳，其他可否，自計已熟，誠不待人而後知。今足下乃復比之獻玉者，以爲必俟工人之剖，然後見知於天下，雖兩刖足不爲病。且無使勍者再刓，誠足下相勉之意厚也。然仕進者，豈舍此而無門哉？足下謂我必待是而後進者，尤非相悉之辭也。僕之玉固未嘗獻，而足固未嘗刖，足下無爲爲我戚戚也。方今天下風俗尚有未及於古者，邊境尚有被甲執兵者，主上不得怡，而宰相以爲憂。僕雖不賢，亦且潛究其得失，致之乎吾相，薦之乎吾君，上希卿大夫之位，下猶取一障而乘之。若都不可得，猶將耕於寬閑之野，釣於寂寞之濱，求國家之遺事，考賢人哲士之終始，作唐之一經，垂之於無窮，誅姦諛於既死，發潛德之幽光。二者將必有一可。足下以爲僕之玉凡幾獻，而足凡幾刖也？又所謂勍者果誰哉？再刓之刑，信如何也？士固信於知己，微足下無以發吾之狂言。

韓退之答陳商書　○○○

愈白：辱惠書，語高而旨深，三四讀，尚不能通曉，茫然增愧赧。又不以其淺弊無過人知識，且喻以所守，幸甚！愈敢不吐情實？然自識其不足補吾子所須也。齊王好竽，有求仕於齊者，操瑟而往。立王之門，三年不得入，叱曰：「吾瑟鼓之，能使鬼神上下。吾鼓瑟合軒轅氏之律吕。」客罵之曰：「王好竽，而子鼓瑟，瑟雖工，如王不好何？」是所謂工於瑟，而不工於求齊也。今舉進士於此世，求禄利行道於此世，而爲文必使一世人不好，得無與操瑟立齊門者比歟？文雖工，不利於求。求不得，則怒且怨。不知君子必爾爲不也。故區區之心，每有來訪者，皆有意於不肖者也。略不辭讓，遂盡言之，惟吾子諒察。愈白。

韓退之答李秀才書 ○

愈白：故友李觀元賓，十年之前，示愈别吴中故人詩六章。其首章則吾子也，盛有所稱引。元賓行峻潔清，其中狹隘，不能包容，於尋常人，不肯苟有論説。因究其所以，於是知吾子非庸衆人。時吾子在吴中，其後愈出在外，無因緣相見。元賓既没，其文益可貴重。思元賓而不見，見元賓之所與者，則如元賓焉。今者辱惠書及文章，觀其姓名，元賓之聲容，怳若相接；讀其文辭，見元賓之知人，交道之不汙。甚矣子之心，有似於吾元賓也！

子之言以愈所爲不違孔子，不以雕琢爲工，將相從於此，愈敢自愛其道，而以辭讓爲事乎？然愈之所志於古者，不惟其辭之好，好其道焉爾。讀吾子之辭，而得其所用心，將復有深於是者，與吾子樂之，況其外之文乎？愈頓首。

韓退之答呂毉山人書 〇〇〇

愈白：惠書責以不能如信陵執轡者。夫信陵戰國公子，欲以取士聲勢傾天下而然耳。如僕者，自度若世無孔子，不當在弟子之列。以吾子始自山出，有朴茂之美意，恐未礱磨以世事，又自周後文弊，百子爲書，各自名家，亂聖人之宗，後生習傳，雜而不貫，故設問以觀吾子。其已成熟乎，將以爲友也；其未成熟乎，將以講去其非而趨是耳。不如六國公子，有市於道者也。

方今天下入仕，惟以進士、明經，及卿大夫之世耳。其人率皆習熟時俗，工於語言，識形勢，善候人主意，故天下靡靡日入於衰壞，恐不復振起，務欲進足下趨死不顧利害去就之人於朝，以爭救之耳，非謂當今公卿閒，無足下輩文學知識也。不得以信陵比。

然足下衣破衣，繫麻鞋，率然叩吾門。吾待足下，雖未盡賓主之道，不可謂無意者。足下行天下，得此於人蓋寡，乃遂能責不足於我，此眞僕所汲汲求者。議雖未中節，其不肯阿曲以事人灼灼明矣。方將坐足下，三浴而三熏之，聽僕之所爲，少安無躁。茅順甫云：奇氣。

韓退之答竇秀才書 ○○

愈少駑怯，於他藝能，自度無可努力，又不通時事，而與世多齟齬，念終無以樹立，遂發憤篤專於文學。學不得其術，凡所辛苦而僅有之者，皆符於空言，而不適於實用，又重以自廢。是故學成而道益窮，年老而智愈困。今又以罪，黜於朝廷，遠宰蠻縣，愁憂無聊，瘴厲侵加，惴惴焉無以冀朝夕。

足下年少才俊，辭雅而氣鋭，當朝廷求賢如不及之時，當道者又皆良有司，操數寸之管，書盈尺之紙，高可以釣爵位，循序而進，亦不失萬一於甲科。今乃乘不測之舟，入無人之地，以相從問文章爲事，身勤而事左，辭重而請約，非計之得也。雖使古之君子，積道藏德，遁其光而不曜，膠其口而不傳者，遇足下之請懇懇，猶將倒廩傾囷，羅列而進也。若愈之愚不肖，又安敢有愛於左右哉？顧足下之能，足以自奮，愈之所有，如前所陳，是以臨事愧恥而不敢答也。錢財不足以賄左右之匱急，文章不足以發足下之事業，稇載而往，垂橐而歸，足下亮之而已。

韓退之答李翊書　○○○

六月二十六日，愈白李生足下：生之書辭甚高，而其問何下而恭也？能如是，誰不欲告生以其道？道德之歸也，有日矣，況其外之文乎？抑愈所謂望孔子之門墻而不入於其宫者，焉足以知是且非耶？雖然，不可不爲生言之。

生所謂立言者是也，生所爲者，與所期者甚似而幾矣。抑不知生之志，蘄勝於人而取於人邪？將蘄至於古之立言者邪？蘄勝於人而取於人，則固勝於人而可取於人矣；將蘄至於古之立言者，則無望其速成，無誘於埶利，養其根而竢其實，加其膏而希其光。根之茂者其實遂，膏之沃者其光曄。仁義之人，其言藹如也。

抑又有難者。愈之所爲，不自知其至猶未也，雖然，學之二十餘年矣。始者非三代、兩漢之書不敢觀，非聖人之志不敢存。處若忘，行若遺，儼乎其若思，茫乎其若迷。當其取於心而注於手也，惟陳言之務去，戛戛乎其難哉。其觀於人，不知其非笑之爲非笑也。如是者亦有年，猶不改，然後識古書之正僞，與雖正而不至焉者，昭昭然白黑分矣，而務去之，乃徐有得也。當其取於心而注於手也，汩汩然來矣。其觀於人也，笑之則以爲喜，譽之則以爲憂，以其猶有人之説者存也。如是者亦有年，然後浩乎其沛然矣。吾又懼其雜也，迎而距之，平心而察之，其皆醇也，然後肆焉。雖然，不可以不養也，行之乎仁義之途，游之乎《詩》、《書》之源。無迷其途，無絶其源，終吾身而已矣。

氣，水也；言，浮物也。水大而物之浮者大小畢浮。氣之與言猶是也，氣盛則言之短長，與聲之高下者皆宜。雖如是，其敢自謂幾於成乎？雖幾於成，其用於人也奚取焉？雖然，待用於人者，其肖於器邪？用與舍屬諸人。君子則不然，處心有道，行己有方，用則施諸人，舍則傳諸其徒，垂諸文而爲後世法。如是者，其亦足樂乎？其無足樂也？

有志乎古者希矣。志乎古，必遺乎今，吾誠樂而悲之。亟稱其人，所以勸之，非敢褒其可褒，而貶其可貶也。問於愈者多矣，念生之言，不志乎利，聊相爲言之。愈白。此文學《莊子》。

韓退之答劉正夫書　○○○

愈白進士劉君足下：辱貺教以所不及，既荷厚賜，且愧其誠然。幸甚幸甚！

凡舉進士者，於先進之門，何所不往？先進之於後輩，苟見其至，寧可以不答其意邪？來者則接之，舉城士大夫，莫不皆然，而愈不幸獨有接後輩名。名之所存，謗之所歸也。有來問者，不敢不以誠答。或問爲文宜何師，必謹對曰：「宜師古聖賢人。」曰：「古聖賢人所爲書具存，辭皆不同，宜何師？」必謹對曰：「師其意，不師其辭。」又問曰：「文宜易宜難？」必謹對曰：「無難易，惟其是爾。」如是而已，非固開其爲此，而禁其爲彼也。

夫百物朝夕所見者，人皆不注視也；及覩其異者，則共觀而言之。夫文豈異於是乎？漢朝人莫不能爲文，獨司馬相如、太史公、劉向、揚雄爲之最。然則用功深者，其收名也遠。若皆與世沈浮，不自樹立，雖不爲當時所怪，亦必無後世之傳也。足下家中百物，皆賴而用也，然其所珍愛者，必非常物。夫君子之於文，豈異於是乎？今後進之爲文，能深探而力取之，以古聖賢人爲法者，雖未必皆是，要若有司馬相如、太史公、劉向、揚雄之徒出，必自於此，不自於循常之徒也。若聖人之道，不用文則已，用則必尚其能者。能者非他，能自樹立不因循者是也。有文字來，誰不爲文？然其存於今者，必其能者也。顧常以此爲說耳。

愈於足下，忝同道而先進者，又常從遊於賢尊給事，既辱厚賜，又安敢不進其所有以爲答也。足下以爲何如？愈白。

韓退之答尉遲生書 ○

愈白，尉遲生足下：夫所謂文者，必有諸其中，是故君子慎其實。實之美惡，其發也不揜。本深而末茂，形大而聲宏。行峻而言厲，心醇而氣和。昭晰者無疑，優游者有餘。體不備，不可以爲成人；辭不足，不可以爲成文。愈之所聞者如是，有問於愈者，亦以是對。

今吾子所爲皆善矣，謙謙然若不足，而以徵於愈，愈又敢有愛於言乎？抑所能言者，皆古之道。古之道，不足以取於今，吾子何其愛之異也？賢公卿大夫，在上比肩；始進之賢士，在下比肩。彼其得之，必有以取之也。子欲仕乎？其往問焉，皆可學也。若獨有愛於是而非仕之謂，則愈也嘗學之矣，請繼今以言。

韓退之與馮宿論文書 ○○

辱示《初筮賦》，實有意思。但力爲之，古人不難到。但不知直似古人，亦何得於今人也？僕爲文久，每自測意中以爲好，則人必以爲惡矣。小稱意，人亦小怪之；大稱意，即人必大怪之也。時時應事作俗下文字，下筆令人慙，及示人，則人以爲好矣。小慙者亦蒙謂之小好，大慙者即必以爲大好矣。不知古文直何用於今世也？然以竢知者知耳。

昔楊子雲著《太玄》，人皆笑之。子雲之言曰：世不我知無害也，後世復有楊子雲，必好之矣。子雲死近千載，竟未有楊子雲，可歎也！其時桓譚，亦以爲雄書勝老子，老子未足道也，子雲豈止與老子争彊而已乎？此未爲知雄者。其弟子侯芭頗知之，以爲其師之書勝《周易》，然侯之他文，不見於世，不知其人果如何耳。以此而言，作者不祈人之知也明矣。直百世以竢聖人而不惑，質諸鬼神而無疑耳。足下豈不謂然乎？

近李翶從僕學文，頗有所得。然其人家貧多事，未能卒其業。有張籍者，年長於翶，而亦學於僕，其文與翶相上下，一二年業之，庶幾乎至也。然閔其棄俗尚，而從於寂寞之道，以争名於時也。

久不談，聊感足下能自進於此，故復發憤一道。愈再拜。

韓退之與衛中行書 ○

大受足下：辱書爲賜甚大，然所稱道過盛，豈所謂誘之而欲其至於是歟？不敢當，不敢當！其中擇其一二近似者而竊取之，則於交友忠而不反於背面者，少似近焉，亦其心之所好耳。行之不倦，則未敢自謂能爾也。不敢當，不敢當！至於汲汲於富貴，以救世爲事者，皆聖賢之事業，知其智能謀、力能任者也，如愈者又焉能之？始相識時，方甚貧，衣食於人。其後相見於汴、徐二州，僕皆爲之從事，日月有所入，比之前時，豐約百倍，足下視吾飲食衣服，亦有異乎？然則僕之心，或不爲此汲汲也。其所不忘於仕進者，亦將小行乎其志耳。此未易遽言也。

凡禍福吉凶之來，似不在我。惟君子得禍爲不幸，而小人得禍爲恆；君子得福爲恆，而小人得福爲幸。以其所爲，似有以取之也。必曰「君子則吉，小人則凶」者，不可也。賢不肖存乎己，貴與賤，禍與福，存乎天，名聲之善惡存乎人。存乎己者，吾將勉之；存乎天、存乎人者，吾將任彼而不用吾力焉。其所守者，豈不約而易行哉？足下曰「命之窮通，自我爲之」，吾恐未合於道。足下徵前世而言之，則知矣；若曰以道德爲己任，窮通之來，不接吾心，則可也。

窮居荒涼，草樹茂密，出無驢馬，因與人絶。一室之内，有以自娱。足下喜吾復脱禍亂，不當安安而居，遲遲而來也。

韓退之與孟東野書 〇

與足下別久矣。以吾心之思足下，知足下懸懸於吾也。各以事牽，不可合并，其於人人，非足下之爲見，而日與之處，足下知吾心樂否也？吾言之而聽者誰歟？吾唱之而和者誰歟？言無聽也，唱無和也，獨行而無徒也，是非無所與同也，足下知吾心樂否也。

足下才高氣清，行古道，處今世，無田而衣食，事親左右無違。足下之用心勤矣，足下之處身勞且苦矣。混混與世相濁，獨其心追古人而從之。足下之道，其使吾悲也。

去年春，脱汴州之亂，幸不死，無所於歸，遂來於此。主人與吾有故，哀其窮，居吾於符離睢上。及秋，將辭去，因被留以職事。默默在此，行一年矣。到今年秋，聊復辭去。江湖余樂也，與足下終幸矣。

李習之娶吾亡兄之女，期在後月，朝夕當來此。張籍在和州居喪，家甚貧。恐足下不知，故具此白，冀足下一來相視也。自彼至此雖遠，要皆舟行可至，速圖之，吾之望也。春且盡，時氣向熱，惟侍奉吉慶。愈眼疾比劇，甚無聊，不復一一。愈再拜。

韓退之答劉秀才論史書 ○

六月九日，韓愈白秀才劉君足下：辱問見愛，教勉以所宜務，敢不拜賜。愚以爲凡史氏褒貶大法，《春秋》已備之矣。後之作者，在據事跡實録，則善惡自見。然此尚非淺陋偷惰者所能就，况褒貶邪？

孔子聖人，作《春秋》，辱於魯、衛、陳、宋、齊、楚，卒不遇而死。齊太史兄弟幾盡，左丘明紀春秋時事以失明，司馬遷作《史記》刑誅，班固瘐死，陳壽起又廢，卒亦無所至。王隱謗退死家，習鑿齒無一足，崔浩、范曄亦族誅，魏收夭絶，宋孝王誅死。足下所稱吴兢，亦不聞身貴而今其後有聞也。夫爲史者，不有人禍，則有天刑，豈可不畏懼而輕爲之哉？

唐有天下二百年矣。聖君賢相相踵，其餘文武士，立功名，跨越前後者，不可勝數，豈一人卒卒能紀而傳之邪？僕年志已就衰退，不可自敦率。宰相知其他才能不足用，哀其老窮，齟齬無所合，不欲令四海内有戚戚者，猥言之上，苟加一職榮之耳，非必督責迫蹙，令就功役也。賤不敢逆盛指，行且謀引去。且傳聞不同，善惡隨人所見，甚者附黨憎愛不同，巧造語言，鑿空構立善惡事迹，於今何所承受取信，而可草草作傳記，令傳萬世乎？若無鬼神，豈可不自心慚愧；若有鬼神，將不福人。僕雖騃，亦粗知自愛，實不敢率爾爲也。夫聖唐鉅跡，及賢士大夫事，皆磊磊軒天地，決不沈没。今館中非無人，將必有作者勤而纂之。後生可畏，安知不在足下，亦宜勉之。

韓退之重答李翊書 〇

愈白李生：生之自道其志可也，其所疑於我者非也。人之來者，雖其心異於生，其於我也皆有意焉。君子之於人，無不欲其入於善，寧有不可告而告之，孰有可進而不進也？言辭之不酬，禮貌之不答，雖孔子不得行於互鄉，宜乎余之不爲也。苟來者，吾斯進之而已矣，烏待其禮踰而情過乎？雖然，生之志求知於我邪？求益於我邪？其思廣聖人之道邪？其欲善其身而使人不可及邪？其何汲汲於知而求待之殊也？賢不肖固有分矣。生其急乎其所自立，而無患乎人不己知。未嘗聞有響大而聲微者也，況愈之於生懇懇邪？屬有腹疾無聊，不果自書。愈白。

韓退之上兵部李侍郎書 ○

愈少鄙鈍，於時事都不通曉，家貧不足以自活，應舉覓官，凡二十年矣。薄命不幸，動遭讒謗，進寸退尺，卒無所成。性本好文學，因困阨悲愁，無所告語，遂得究窮於經傳史記百家之説，沈潛乎訓義，反覆乎句讀，礱磨乎事業，而奮發乎文章。凡自唐、虞以來，編簡所存，大之爲河海，高之爲山嶽，明之爲日月，幽之爲鬼神，纖之爲珠璣華實，變之爲雷霆風雨，奇辭奥旨，靡不通達。惟是鄙鈍，不通曉於時事，學成而道益窮，年老而智益困，私自憐悼，悔其初心，髮秃齒豁，不見知己。

夫牛角之歌，辭鄙而義拙；堂下之言，不書於傳記。齊桓舉以相國，叔向攜手以上。然則非言之者難爲，聽而識之者難遇也。伏以閣下内仁而外義，行高而德鉅，尚賢而與能，哀窮而悼屈，自江而西，既化而行矣。今者入守内職，爲朝廷大臣，當天子新即位，汲汲於理化之日，出言舉事，宜必施設。既有聽之之明，又有振之之力，甯戚之歌，鬷明之言，不發於左右，則後而失其時矣。謹獻舊文一卷，扶樹教道，有所明白；南行詩一卷，舒憂娱悲，雜以瓌怪之言，時俗之好，所以諷於口而聽於耳也。如賜覽觀，亦有可采，干黷嚴尊，伏增惶恐。

韓退之應科目時與人書　〇〇〇

月日愈再拜：天池之濱，大江之濆，曰有怪物焉，蓋非常鱗凡介之品彙匹儔也。其得水，變化風雨，上下於天不難也；其不及水，蓋尋常尺寸之閒耳，無高山大陵曠途絶險爲之關隔也。然其窮涸不能自致乎水，爲獱獺之笑者，蓋十八九矣。如有力者，哀其窮而運轉之，蓋一舉手一投足之勞也。然是物也，負其異於衆也，且曰爛死於沙泥，吾寧樂之；若俛首帖耳，摇尾而乞憐者，非我之志也。是以有力者遇之，熟視之若無覩也。其死其生，固不可知也。

今又有有力者當其前矣，聊試仰首一鳴號焉，庸詎知有力者，不哀其窮，而忘一舉手一投足之勞，而轉之清波乎？其哀之，命也；其不哀之，命也；知其在命而且鳴號之者，亦命也。愈今者實有類於是，是以忘其疏愚之罪而有是説焉。閣下其亦憐察之。

韓退之爲人求薦書

某聞木在山，馬在肆，遇之而不顧者，雖日累千萬人，未爲不材與下乘也；及至匠石過之而不睨，伯樂遇之而不顧，然後知其非棟梁之材，超逸之足也。以某在公之宇下非一日，而又辱居姻婭之後，是生於匠石之園，長於伯樂之廄者也，於是而不得知，假有見知者千萬人，亦何足云。今幸賴天子每歲詔公卿大夫貢士，若某等比，咸得以薦聞，是以冒進其說以累於執事，亦不自量已。

然執事其知某如何哉？昔人有鬻馬不售於市者，知伯樂之善相也，從而求之。伯樂一顧，價增三倍。某與其事頗相類，是故終始言之耳。愈再拜。

韓退之與陳給事書

愈再拜：愈之獲見於閣下有年矣，始者亦嘗辱一言之譽。貧賤也，衣食於奔走，不得朝夕繼見。其後閣下位益尊，伺候於門墻者日益進。夫位益尊，則賤者日隔；伺候於門墻者日益進，則愛博而情不專。愈也道不加修，而文日益有名。夫道不加修，則賢者不與；文日益有名，則同進者忌。始之以日隔之疏，加之以不專之望，以不與者之心，聽忌者之説，由是閣下之庭，無愈之迹矣。

去年春，亦嘗一進謁於左右矣。温乎其容，若加其新也；屬乎其言，若閔其窮也。退而喜也，以告於人。其後如東京取妻子，又不得朝夕繼見。及其還也，亦嘗一進謁於左右矣。邈乎其容，若不察其愚也；悄乎其言，若不接其情也。退而懼也，不敢復進。今則釋然悟，翻然悔，曰其邈也，乃所以怒其來之不繼也；其悄也，乃所以示其意也。不敏之誅，無所逃避，不敢遂進，輒自疏其所以，并獻近所爲《復志賦》已下十首爲一卷，卷有標軸；《送孟郊序》一首，生紙寫，不加裝飾，皆有指字注字處，急於自解而謝，不能竢更寫。閣下取其意而略其禮可也。愈恐懼再拜。

韓退之上宰相書 ○

正月二十七日，前鄉貢進士韓愈，謹伏光範門下，再拜獻書相公閣下：

《詩》之序曰：「《菁菁者莪》，樂育材也。君子能長育人材，則天下喜樂之矣。」其詩曰：「菁菁者莪，在彼中阿。既見君子，樂且有儀。」説者曰：菁菁者，盛也；莪，微草也；

阿，大陵也。言君子之長育人材，若大陵之長育微草，能使之菁菁然盛也。「既見君子，樂且有儀」云者，天下美之之辭也。其三章曰：「既見君子，錫我百朋。」説者曰：百朋，多之之辭也，言君子既長育人材，又當爵命之，賜之厚禄以寵貴之云爾。其卒章曰：「汎汎楊舟，載沈載浮。既見君子，我心則休。」説者曰：載，載也；沈浮者，物也；言君子之於人才，無所不取，若舟之於物，浮沈皆載之云爾。「既見君子，我心則休」云者，言若此，則天下之心美之也。君子之於人也，既長育之，又當爵命寵貴之，而於其才無所遺焉。孟子曰：君子有三樂，王天下不與存焉。其一曰樂得天下之英才而教育之，此皆聖人賢士之所極言至論，古今之所宜法者也。然則孰能長育天下之人材，將非吾君與吾相乎？孰能教育天下之英才，將非吾君與吾相乎？幸今天下無事，小大之官，各守其職，錢穀甲兵之問，不至於廟堂。論道經邦之暇，捨此宜無大者焉。

今有人生二十八年矣，名不著於農工商賈之版。其業則讀書著文，歌頌堯舜之道。鷄鳴而起，孜孜焉亦不爲利，其所讀皆聖人之書，楊、墨、釋、老之學，無所入於其心。其所著皆約六經之旨而成文，抑邪與正，辯時俗之所惑。居窮守約，亦時有感激怨懟奇怪之辭，以求知於天下。亦不悖於教化，妖淫諛佞譸張之説，無所出於其中。四舉於禮部乃一得，三選於吏部卒無成，九品之位其可望，一畝之宮其可懷。遑遑乎四海無所歸，恤恤乎饑不得食，寒不得衣。濱於死而益固，得其所者争笑之。忽將棄其舊而新是圖，求老農老圃而爲師。悼本志之變化，中夜涕泗交頤。雖不足當詩人孟子之謂，抑長育之使成材，其亦可矣；教育之使成才，其亦可矣。抑又聞古之君子相其君也，一夫不獲其所，若己推而内之溝中。今有人生七年而學聖人之道以修其身，積二十年，不得已一朝而毁之，是亦不獲其所矣。伏念今有仁人在上位，若不往告之而遂行，是果於自棄，而不以古之君子之道待吾相也，其可乎？寧往告焉。若不得志則命也，其亦行矣。

《洪範》曰：「凡厥庶民，有猷、有爲、有守，汝則念之，不協於極，不罹於咎，皇則受之，而康而色。曰予攸好德，汝則錫之福。」是皆與善之辭也。抑又聞古之人有自進者，而君子不逆之矣，曰「予攸好德，汝則錫之福」之謂也。抑又聞上之設官制禄，必求其人而授之者，非苟慕其才而富貴其身也，蓋將用其能理不能，用其明理不明者耳。下之修己立誠，必求其位而居之者，非苟没於利而榮於名也，蓋將推己之所餘以濟其不足者耳。然則上之於求人，下之於求位，交相求而一其致焉耳。苟以是而爲心，則上之道不必難其下，下之道不必難其上。可舉而舉焉，不必讓其自舉也；可進而進焉，不必廉於自進也。

抑又聞上之化下得其道，則勸賞不必徧加乎天下，而天下從焉，因人之所欲爲而遂推之之謂也。今天下不由吏部而仕進者幾希矣。主上感傷山林之士有逸遺者，屢詔内外之臣旁求於四海，而其至者蓋闕焉。豈其無人乎哉？亦見國家不以非常之道禮之而不來耳。彼之處隱就閒者亦人耳，其耳目鼻口之所欲，其心之所樂，其體之所安，豈有異於人乎哉？今所以惡衣食，窮體膚，麋鹿之與處，猨狖之與居，固自以其身不能與時從順俯仰，故甘心自絶而不悔焉。而方聞國家之仕進者，必舉於州縣，然後升於禮部、吏部，試之以繡繪雕琢之文，攷之以聲執之逆順、章句之短長，中其程式者，然後得從下士之列。雖有化俗之方、安邊之策，不由是而稍進。萬不有一得焉，彼惟恐入山之不深，入林之不密，其影響昧昧，惟恐聞於人也。今若聞有以書進宰相而求仕者，而宰相不辱焉，而薦之天子而爵命之，而布其書於四方，枯槁沈溺魁閎寬通之士，必且洋洋焉動其心，峩峩焉纓其冠，于于焉而來矣。此所謂勸賞不必徧加乎天下，而天下從焉者也，因人之所欲爲而遂推之之謂者也。

伏惟覽《詩》、《書》、《孟子》之所指，念育才錫福之所以，攷古之君子相其君之道，而忘自進自舉之罪，思設官制禄之故，以誘致山林逸遺之士，庶天下之行道者知所歸焉。

小子不敢自幸，其嘗所著文，輒采其可者若干首，録在異卷，冀辱賜觀焉。干瀆尊嚴，伏地待罪。愈再拜。

韓退之後十九日復上書 ○○

二月十六日，前鄉貢進士韓愈，謹再拜言相公閣下：向上書及所著文後，待命凡十有九日，不得命。恐懼不敢逃遁，不知所爲。乃復敢自納於不測之誅，以求畢其説，而請命於左右。

愈聞之：蹈水火者之求免於人也，不惟其父兄子弟之慈愛，然後呼而望之也。將有介於其側者，雖其所憎怨，苟不至乎欲其死者，則將大其聲疾呼而望其仁之也。彼介於其側者，聞其聲而見其事，不惟其父兄子弟之慈愛，然後往而全之也。雖有所憎怨，苟不至乎欲其死者，則將狂奔盡氣，濡手足，焦毛髮，救之而不辭也。若是者何哉？其勢誠急，而其情誠可悲也。愈之彊學力行有年矣，愚不惟道之險夷，行且不息以蹈於窮餓之水火，其既危且亟矣。大其聲而疾呼矣，閣下其亦聞而見之矣。其將往而全之歟，抑將安而不救歟？有來言於閣下者曰：「有觀溺於水而爇於火者，有可救之道，而終莫之救也，閣下且以爲仁人乎哉？」不然，若愈者，亦君子之所宜動心者也。

或謂愈：「子言則然矣。宰相則知子矣，如時不可何？」愈竊謂之不知言者。誠其材能不足當吾賢相之舉耳，若所謂時者，固在上位者之爲耳，非天之所爲也。前五六年時，宰相薦聞，尚有自布衣蒙抽擢者，與今豈異時哉？且今節度觀察使，及防禦營田諸小使等，尚得自舉判官，無閒於已仕未仕者，況在宰相，吾君所尊敬者，而曰不可乎？古之進人者，或取於盜，或舉於管庫。今布衣雖賤，猶足以方於此。

情隘辭蹙，不知所裁，亦惟少垂憐察焉。愈再拜。

韓退之與汝州盧郎中論薦侯喜狀 ○

右其人，爲文甚古，立志甚堅，行止取舍，有士君子之操。家貧親老，無援於朝，在舉場十餘年，竟無知遇。愈常慕其才而恨其屈，與之還往，歲月已多，嘗欲薦之於主司，言之於上位。名卑官賤，其路無由，觀其所爲文，未嘗不揜卷長歎。去年愈從調選，本欲攜持同行，適遇其人自有家事，迍邅坎坷，又廢一年。及春末，自京還，怪其久絶消息。五月初至此，自言爲閣下所知，辭氣激揚，面有矜色，曰「侯喜死不恨矣！喜辭親入關，羈旅道路，見王公數百，未嘗有如盧公之知我也。比者分將委棄泥塗，老死草野，今胸中之氣，勃勃然復有仕進之路矣」。

愈感其言，賀之以酒，謂之曰：「盧公天下之賢刺史也。未聞有所推引，蓋難其人而重其事。今子鬱爲選首，其言『死不恨』固宜也，古所謂知己者正如此耳。身在貧賤，爲天下所不知，獨見遇於大賢，乃可貴耳。若自有名聲，又託形埶，此乃市道之事，又何足貴乎？子之遇知於盧公，真所謂知己者也。士之修身立節，而竟不遇知己，前古以來，不可勝數。或日接膝而不相知，或異世而相慕，以其遭逢之難，故曰『士爲知己者死』，不其然乎！不其然乎！」

閣下既已知侯生，而愈復以侯生言於閣下者，非爲侯生謀也，感知己之難遇，大閣下之德，而憐侯生之心。故因其行而獻於左右焉。謹狀。

古文辭類纂二十九終

書説類六

柳子厚寄京兆許孟容書 ○○

宗元再拜五丈座前：伏蒙賜書誨諭，微悉重厚，欣踊恍惚，疑若夢寐。捧書叩頭，悸不自定。伏念得罪來五年，未嘗有故舊大臣，肯以書見及者。何則？罪謗交積，羣疑當道，誠可怪而畏也。是以兀兀忘行，尤負重憂，殘骸餘魂，百病所集，痞結伏積，不食自飽。或時寒熱，水火互至，内消肌骨，非獨瘴癘爲也。忽奉教命，乃知幸爲大君子所宥，欲使膏肓沈没，復起爲人。夫何素望，敢以及此？

宗元早歲，與負罪者親善，始奇其能，謂可以共立仁義，裨教化。過不自料，懃懃勉勵，惟以中正信義爲志，以興堯、舜、孔子之道，利安元元爲務，不知愚陋不可力彊，其素意如此也。末路阨塞臲兀，事既壅隔，很忤貴近，狂疎繆戾，蹈不測之辜，羣言沸騰，鬼神交怒。加以素卑賤，暴起領事，人所不信。射利求進者，填門排户，百不一得。一旦快意，更造怨讟。以此大罪之外，詆訶萬端，旁午構扇，使盡爲敵讎，協心同攻，外連强暴失職者以致其事。此皆丈人所聞見，不敢爲他人道説。懷不能已，復載簡牘。此人雖萬被誅戮，不足塞責，而豈有賞哉？今其黨與，幸獲寬貸，各得善地，無公事，坐食俸禄，明德至渥也，尚何敢更俟除棄廢痼，以希望外之澤哉？年少氣鋭，不識幾微，不知當不，但欲一心直遂，果陷刑法，皆自所求取得之，又何怪也？

宗元於衆黨人中，罪狀最甚。神理降罰，又不能即死。猶對人言語，求食自活，迷不知恥，日復一日。然亦有大故。自以得姓來二千五百年，代爲冢嗣。今抱非常之罪，居夷獠之鄉，卑溼昏霧，恐一日塡委溝壑，曠墜先緒，以是怛然痛恨，心骨沸熱。煢煢孤立，未有子息。荒陬中少士人女子，無與爲婚，世亦不肯與罪人親昵，以是嗣續之重，不絶如縷。每常春秋時饗，孑立捧奠，顧眄無後繼者，懍懍然欷歔惴惕，恐此事便已。摧心傷骨，若受鋒刃，此誠丈人所憫惜也。先墓在城南，無異子弟爲主，獨託村鄰。自譴逐來，消息存亡，不一至鄉閭，主守者固以益怠。晝夜哀憤，懼便毀傷松柏，芻牧不禁，以成大戾。近世禮重拜埽，今已闕者四年矣。每遇寒食，則北向長號，以首頓地。想田野道路，士女徧滿，皂隸庸丐，皆得上父母丘墓，馬醫夏畦之鬼，無不受子孫追養者。然此已息望，又何以云哉？城西有數頃田，樹果數百株，多先人手自封植，今已荒穢，恐便斬伐，無復愛惜。家有賜書三千卷，尚在善和里舊宅，宅今已三易主，書存亡不可知。皆付受所重，常繫心腑，然無可爲者。立身一敗，萬事瓦裂，身殘家破，爲世大僇，復何敢更望大君子撫慰收恤，尚置人數中邪？是以當食，不知辛鹹節適。洗沐盥漱，動逾歲時。一搔皮膚，塵垢滿爪。誠憂恐悲傷，無所告愬，以至此也。

自古賢人才士，秉志遵分，被謗議不能自明者，僅以百數。薑塢先生云：韓柳文及唐人詩內，凡用「僅」字，每以多爲義。《晉書·劉頌傳》：三代延祚久長，近者五六百歲，遠者僅將千載。《趙王倫傳》：戰所殺害僅十萬人。以僅爲多，亦不始唐人矣。故有無兄盜嫂，娶孤女云撾婦翁者。然賴當世豪傑，分明辯別，卒光史籍。管仲遇盜，升爲功臣；匡章被不孝之名，孟子禮之。今已無古人之實，爲而有詬，欲望世人之明己，不可得也。直不疑買金以償同舍，劉寬下車歸牛鄉人。此誠知疑似之不可辨，非口舌所能勝也。鄭詹束縛於晉，終以無死；鍾儀南音，卒獲返國；叔向囚虜，自期必免；范痤騎危，以生易死；蒯通據鼎耳，爲齊上客；張蒼、韓信伏斧鑕，終取將相；鄒陽獄中，以書自活；賈生斥逐，復召宣室；倪寬擯死，後至御史大夫；董仲舒、劉向下獄當誅，爲漢儒宗。此皆瓌偉博辯奇壯之士，能自解脱。今以恇怯澳涊，下才末伎，又嬰恐懼痼病，雖欲慷慨攘臂，自同昔人，愈疎闊矣！

賢者不得志於今，必取貴於後，古之著書者皆是也。宗元近欲務此，然力薄才劣，無異能解，雖欲秉筆覼縷，神志荒耗，前後遺忘，終不能成章。往時讀書，自以不至觝滯，今皆頑然無復省録。每讀古人一傳，數紙已後，則再三伸卷，復觀姓氏，旋又廢失。假令萬一除刑部囚籍，復爲士列，亦不堪當世用矣！

伏惟興哀於無用之地，垂德於不報之所，但以通家宗祀爲念，有可動心者，操之勿失。不敢望歸掃塋域，退託先人之廬，以盡餘齒，姑遂少北，益輕瘴癘，就婚娶，求胤嗣，有可付託，即冥然長辭，如得甘寢，無復恨矣。

書辭繁委，無以自道。然即文以求其志，君子固得其肺肝焉。無任懇戀之至。不宣。宗元再拜。

柳子厚與蕭翰林俛書　○

思謙兄足下：昨祁縣王師範過永州，爲僕言得張左司書，道思謙蹇然有當官之心，乃誠助太平者也，僕聞之喜甚。然微王生之説，僕豈不素知邪？所喜者耳與心叶，果於不謬焉爾。

僕不幸嚮者進當䠱䡨不安之埶，平居閉門，口舌無數，況又有久與游者，乃岌岌而操其間。其求進而退者，皆聚爲仇怨，造作粉飾，蔓延益肆。非的然昭晰，自斷於内，則孰能了僕於冥冥之間哉？然僕當時年三十三甚少，自御史裏行，得禮部員外郎，超取顯美，欲免世之求進者怪怒媢嫉，其可得乎？凡人皆欲自達，僕先得顯處，才不能踰同列，名不能壓當世，世之怒僕，宜也。與罪人交十年，官又以是進，辱在附會。聖朝弘大，貶黜甚薄，不能塞衆人之怒，謗語轉侈，囂囂嗷嗷，漸成怪民。飾智求仕者，更言僕以悅讎人之心，日爲新奇，務相喜可，自以速援引之路。而僕輩坐益困辱，萬罪横生，不知其端。伏自思念，過大恩甚，乃以致此。悲夫！人生少得六七十者，今已三十七矣。長來覺日月益促，歲歲更甚，大都不過數十寒暑，則無此身矣。是非榮辱，又何足道？云云不已，祇益爲罪。兄知之，勿爲他人言也。居蠻夷中久，慣習炎毒，昏眊重膇，意以爲常。忽遇北風晨起，薄寒中體，則肌革慘懍，毛髮蕭條，瞿然注視，怵惕以爲異候，意緒殆非中國人。楚、越間聲音特異，鴂舌啅譟，今聽之怡然不怪，已與爲類矣。家生小童，皆自然曉曉，晝夜滿耳，聞北人言，則啼呼走匿，雖病夫亦怛然駭之。出門見適州閭市井者，其十有八九，杖而後興。自料居此，尚復幾何，豈可更不知止，言説長短，重爲一世非笑哉？讀《周易》困卦，至「有言不信，尚口乃窮也」，往復益喜，曰「嗟乎！余雖家置一喙以自稱道，詬益甚耳」。用是更樂瘖默，思與木石爲徒，不復致意。今天子興教化，定邪正，海内皆欣欣怡愉，而僕與四五子者，獨淪陷如此，豈非命與？命乃天也，非云云者所制，余又何恨？

獨喜思謙之徒，遭時言道。道之行，物得其利。僕誠有罪，然豈不在一物之數邪？身被之，目覩之，足矣。何必攘袂用力，而矜自我出邪？果矜之，又非道也，事誠如此，然居理平之世，終身爲頑人之類，猶有少恥，未能盡忘。儻因賊平慶賞之際，得以見白，使受天澤餘潤，雖朽枿敗腐，不能生植，猶足蒸出芝菌，以爲瑞物。一釋廢錮，移數縣之地，則世必曰罪稍解矣。然後收召魂魄，買土一廛爲耕甿，朝夕謌謠，使成文章，庶木鐸者采取，獻之法宫，增聖唐大雅之什，雖不得位，亦不虚爲太平之人矣。此在望外，然終欲爲兄一言焉。宗元再拜。

柳子厚與李翰林建書 ○○

杓直足下：州傳遽至，得足下書，又於夢得處得足下前次一書，意皆勤厚。莊周言逃蓬藋者，聞人足音則跫然喜。僕在蠻夷中，比得足下二書，及致藥餌，喜復何言？僕自去年八月來，痞疾稍已，往時間一二日作，今一月乃二三作。用南人檳榔餘甘，破決壅隔太過，陰邪雖敗，已傷正氣。行則膝顫，坐則髀痺。所欲者補氣豐血，强筋骨，輔心力。有與此宜者，更致數物，得良方偕至益善。

永州於楚爲最南，狀與越相類。僕悶即出遊，遊復多恐。涉野則有蝮虺大蜂，仰空視地，寸步勞倦；近水即畏射工沙蝨，含怒竊發，中人形影，動成瘡痏。時到幽樹好石，暫得一笑，已復不樂。何者？譬如囚拘圜土，一遇和景，負牆搔摩，伸展支體。當此之時，亦以爲適，然顧地窺天，不過尋丈，終不得出，豈復能久爲舒暢哉？明時百姓，皆獲歡樂。僕士人，頗識古今理道，獨愴愴如此，誠不足爲理世下執事，至比愚夫愚婦，又不可得。竊自悼也。

僕曩時所犯，足下適在禁中，備觀本末，不復一一言之。今僕癃殘頑鄙，不死幸甚。苟爲堯人，不必立事程功，唯欲爲量移官，差輕罪累，即便耕田藝麻，取老農女爲妻，生男育孫，以供力役，時時作文，以詠太平。摧傷之餘，氣力可想。假令病盡已，身復壯，悠悠人世，越不過爲三十年客耳。前過三十七年，與瞬息無異。復所得者，其不足把翫，亦已審矣。杓直以爲誠然乎？

僕近求得經史諸子數百卷，嘗候戰悸稍定，時即伏讀，頗見聖人用心，賢士君子立志之分。著書亦數十篇，心病言少次第，不足遠寄，但用自釋。貧者士之常，今僕雖羸餒，亦甘如飴矣。

足下言已白常州煦僕，僕豈敢衆人待常州邪？若衆人即不復煦僕矣。然常州未嘗有書遺僕，僕安敢先焉？裴應叔、蕭思謙，僕各有書，足下求取觀之，相戒勿示人。敦詩在近地，簡人事，今不能致書，足下默以此書見之。勉盡志慮，輔成一王之法，以宥罪戾。不悉。某白。子厚永州與諸故人書，茅順甫比之司馬子長、韓退之，誠爲不逮遠甚。而方侍郎遽云：相其風格，不過如《與山巨源絶交書》。則評亦失公矣。子厚氣格緊健，自有得於古人，如叔夜文雖有韻致，而輕弱不出魏晉文格，如子厚山水記間用《水經注》興象，然子厚豈酈道元所能逮耶？

柳子厚答吴秀才謝示新文書 ○

某白：向得秀才書及文章，類前時所辱遠甚，多賀多賀。秀才志爲文章，又在族父處，蚤夜孜孜，何畏不日日新，又日新也？雖間不奉對，苟文益日新，則若亟見矣。夫觀文章，宜若懸衡然，增之銖兩則俯，反是則仰，無可私者。秀才誠欲令吾俯乎？則莫若增重其文。今觀秀才所增益者，不啻銖兩，吾固伏膺而俯矣，愈重則吾俯兹甚。秀才其懋焉！苟增而不已，則吾首懼至地耳，又何閒疎之患乎？還答不悉。宗元白。

古文辭類篹三十終

書説類七

歐陽永叔與尹師魯書 ○○

某頓首師魯十二兄書記：前在京師相别時，約使人如河上。既受命，便遣白頭奴出城，而還言不見舟矣。其夕又得師魯手簡，乃知留船以待，怪不如約，方悟此奴懶去而見紿。臨行臺吏催苛百端，不比催師魯人長者有禮，使人惶迫不知所爲，是以又不留下書在京師，但深託君貺因書道修意以西。始謀陸赴夷陵，以大暑又無馬，乃作此行。沿汴絶淮，泛大江，凡五千里，用一百一十程，纔至荆南。在路無附書處，不知君貺曾作書道修意否？及來此問荆人，云去郢止兩程，方喜得作書以奉問。又見家兄，言有人見師魯過襄州，計今在郢久矣。師魯欣戚，不問可知。所渴欲問者，别來安否？及家人處之如何？莫苦相尤否？六郎舊疾平否？

修行雖久，然江湖皆昔所游，往往有親舊留連，又不遇惡風水，老母用術者言，果以此行爲幸。又聞夷陵有米、麪、魚如京洛，又有梨、栗、橘、柚、大筍、茶荈，皆可飲食，益相喜賀。昨日因參轉運作庭趨，始覺身是縣令矣，其餘皆如昔時。師魯簡中，言疑修有自疑之意者，非他，蓋懼責人太深以取直耳。今而思之，自決不復疑也。然師魯又云，闇於朋友，此似未知修心。當與高書時，蓋已知其非君子，發於極憤而切責之，非以朋友待之也。其所爲何足驚駭？洛中來頗有人以罪出不測見弔者，此皆不知修心也。師魯又云非忘親，此又非也。得罪雖死，不爲忘親。此事須相見，可盡其説也。五六十年來，天生此輩，沈默畏慎，布在世間，相師成風。忽見吾輩作此事，下至竈門老婢，亦相驚怪，交口議之。不知此事古人日日有也，但問所言當否而已。又有深相賞歎者，此亦是不慣見事人也。可嗟世人，不見如往時事久矣。往時砧斧鼎鑊，皆是烹斬人之物，然士有死不失義，則趨而就之，與几席枕藉之無異。有義君子在旁，見其就死，知其當然，亦不甚歎賞也。史册所以書之者，蓋特欲警後世愚懦者，使知事有當然，而不得避爾，非以爲奇事而詫人也。幸今世用刑至仁慈，無此物，使有而一人就之，不知作何等怪駭也。然吾輩亦自當絶口，不可及前事也。居閒僻處，日知進道而已，此事不須言。然師魯以修有自疑之言，要知修處之如何，故略道也。安道與余在楚州，談禍福事甚詳，安道亦以爲然。俟到夷陵寫去，然後得知修所以處之之心也。

又常與安道言，每見前世有名人，當論事時，感激不避誅死，真若知義者。及到貶所，則慼慼怨嗟，有不堪之窮愁，形於文字，其心歡戚，無異庸人，雖韓文公不免此累。用此戒安道，慎勿作慼慼之文。師魯察修此語，則處之之心又可知矣。近世人因言事，亦有被貶者，然或傲逸狂醉，自言我爲大不爲小。故師魯相别，自言益慎職無飲酒。此事修今亦遵此語。咽喉自出京愈矣，至今不曾飲酒，到縣後勤官，以懲洛中時嬾慢矣。夷陵有一路，祇數日可至郢，白頭奴足以往來。秋寒矣，千萬保重。不宣。

曾子固寄歐陽舍人書　○○

鞏頓首載拜舍人先生：去秋人還，蒙賜書，及所譔先大父墓碑銘，反覆觀誦，感與慚并。

夫銘誌之著於世，義近於史，而亦有與史異者。蓋史之於善惡無所不書，而銘者，蓋古之人有功德、材行、志義之美者，懼後世之不知，則必銘而見之。或納於廟，或存於墓，一也。苟其人之惡，則於銘乎何有？此其所以與史異也。其辭之作，所以使死者無有所憾，生者得致其嚴。而善人喜於見傳，則勇於自立；惡人無有所紀，則以媿而懼。至於通材達識，義烈節士，嘉言善狀，皆見於篇，則足爲後法。警勸之道，非近乎史，其將安近？

及世之衰，人之子孫者，一欲褒揚其親，而不本乎理。故雖惡人，皆務勒銘以誇後世。立言者既莫之拒而不爲，又以其子孫之所請也，書其惡焉，則人情之所不得，於是乎銘始不實。後之作銘者，常觀其人，苟託之非人，則書之非公與是，則不足以行世而傳後。故千百年來，公卿大夫至於里巷之士，莫不有銘，而傳者蓋少，其故非他，託之非人，書之非公與是故也。

然則孰爲其人，而能盡公與是與？非畜道德而能文章者無以爲也。蓋有道德者之於惡人，則不受而銘之，於衆人則能辨焉。而人之行，有情善而迹非，有意姦而外淑，有善惡相懸，而不可以實指，有實大於名，有名侈於實。猶之用人，非畜道德者，惡能辨之不惑，議之不徇？不惑不徇，則公且是矣。而其辭之不工，則世猶不傳，於是又在其文章兼勝焉。故曰非畜道德而能文章者無以爲也。豈非然哉？

然畜道德而能文章者，雖或並世而有，亦或數十年，或一二百年而有之。其傳之難如此，其遇之難又如此。若先生之道德文章，固所謂數百年而有者也。先祖之言行卓卓，幸遇而得銘其公與是，其傳世行後無疑也。而世之學者，每觀傳記所書古人之事，至其所可感，則往往盡然不知涕之流落也，況其子孫也哉？況鞏也哉？其追晞祖德，而思所以傳之之由，則知先生推一賜於鞏，而及其三世，其感與報，宜若何而圖之？

抑又思若鞏之淺薄滯拙，而先生進之；先祖之屯蹶否塞以死，而先生顯之。則世之魁閎豪傑不世出之士，其誰不願進於門？潛遁幽抑之士，其誰不有望於世？善誰不爲？而惡誰不愧以懼？爲人之父祖者，孰不欲教其子孫？爲人之子孫者，孰不欲寵榮其父祖？此數美者，一歸於先生。

既拜賜之辱，且敢進其所以然。所諭世族之次，敢不承教而加詳焉。愧甚。不宣。

曾子固謝杜相公書　○○○

伏念昔者，方鞏之得禍罰於河濱，去其家四千里之遠。南嚮而望，迅河大淮，埭堰湖江，天下之險，爲其阻阸。而以孤獨之身，抱不測之疾，煢煢路隅，無攀緣之親，一見之舊，以爲之託。又無至行上之可以感人，利埶下之可以動俗。惟先人之醫藥，與凡喪之所急，不知所以爲賴，而旅櫬之重，大懼無以歸者。明公獨於此時，閔閔勤勤，營救護視，親屈車騎，臨於河上，使其方先人之病，得一意於左右，而醫藥之有與謀。至其既孤，無外事之奪其哀，而毫髮之私，無有不如其欲。莫大之喪，得以卒致而南。其爲存全之恩，過越之義如此。

竊惟明公相天下之道，唫訟推説者窮萬世，非如曲士汲汲一節之善。而位之極，年之高，天子不敢煩以政，豈鄉閭新學，危苦之情，蘩細之事，宜以徹於視聽，而蒙省察？然明公存先人之故，而所以盡於鞏之德如此。蓋明公雖不可起而寄天下之政，而愛育天下之人材，不忍一夫失其所之道，出於自然，推而行之，不以進退。而鞏獨幸遇明公於此時也。在喪之日，不敢以世俗淺意，越禮進謝。喪除，又惟大恩之不可名，空言之不足陳，徘徊迄今，一書之未進，顧其慙生於心，無須臾廢也。伏惟明公終賜亮察。夫明公存天下之義而無有所私，則鞏之所以報於明公者，亦惟天下之義而已。誓心則然，未敢謂能也。王明清《揮麈録》云：曾密公諱易占，字不疑，爲信州玉山令。有過客楊南仲，公厚贐其行。郡將錢仙芝捃摭以客所受爲賄，公不自辨，除名徙英州，以赦自便，將愬其事於朝，行次南都而卒。適公子南豐先生在京師，而杜祁公以故相居宋，自來逆旅，爲辦後事。鼐按：如書所云，方先人之病，一意於左右，是密公卒時，子固在側，王語亦小異也。

蘇明允上韓樞密書 〇〇〇

太尉執事：洵著書無他長，及言兵事，論古今形埶，至自比賈誼。所獻《權書》，雖古人已往成敗之跡，苟深曉其義，施之於今，無所不可。昨因請見，求進末議，太尉許諾，謹撰其說。言語朴直，非有驚世絶俗之談，甚高難行之論，太尉取其大綱，而無責其纖悉。

蓋古者非用兵決勝之爲難，而養兵不用之可畏。今夫水，激之山，放之海，決之爲溝塍，壅之爲沼沚，是天下之人能之，委江、河，注淮、泗，匯爲洪波，瀦爲太湖，萬世而不溢者，自禹之後，未之見也。夫兵者，聚天下不義之徒，授之以不仁之器，而教之以殺人之事。夫惟天下之未安，盜賊之未殄，然後有以施其不義之心，用其不仁之器，而試其殺人之事。當是之時，勇者無餘力，智者無餘謀，巧者無餘技。故其不義之心，變而爲忠；不仁之器，加之於不仁；而殺人之事，施之於當殺。及夫天下既平，盜賊既殄，不義之徒，聚而不散；勇者有餘力，則思以爲亂；智者有餘謀，則思以爲姦；巧者有餘技，則思以爲詐。於是天下之患雜然出矣。此段文字子瞻兄弟策論常擬之，然精爽勁悍，終不逮此。蓋虎豹終日而不殺，則跳踉大叫，以發其怒；蝮蝎終日而不螫，則噬齧草木，以致其毒。其理固然，無足怪者。昔者劉、項奮臂於草莽之閒，秦、楚無賴子弟，千百爲輩，争起而應者，不可勝數。轉鬬五六年，天下厭兵，項籍死，而高祖亦已老矣。方是時，分王諸將，改定律令，與天下休息。而韓信、黥布之徒，相繼而起者七國，高祖死於介胄之閒，而莫能止也，連延及於吕氏之禍，訖孝文而後定。是何起之易而收之難也？劉、項之埶，初若決河順流而下，誠有可喜；及其崩潰四出，放乎數百里之閒，拱手而莫能救也。嗚呼！不有聖人，何以善其後？

太祖、太宗，躬擐甲胄，跋涉險阻，以斬刈四方之蓬蒿，用兵數十年，謀臣猛將滿天下，一旦卷甲而休之，傳四世而天下無變。此何術也？荆楚、九江之地，不分於諸將，而韓信、黥布之徒，無以啟其心也。雖然，天下無變，而兵久不用，則其不義之心，蓄而無所發，飽食優游，求逞於良民。觀其平居無事，出怨言以邀其上。一日有急，是非人得千金，不可使也。往年詔天下繕完城池，西川之事，洵實親見。凡郡縣之富民，舉而籍其名，得錢數百萬，以爲酒食饋餉之費。杵聲未絕，城輒隨壞，如此者數年而後定。卒事，官吏相賀，卒徒相矜，若戰勝凱旋而待賞者。比來京師，游阡陌閒，其曹往往偶語，無所諱忌。聞之土人，方春時尤不忍聞。蓋時五六月矣，會京師憂大水，鉏櫌畚築，列於兩河之壖，縣官日費千萬，傳呼勞問之聲，不絕者數十里，猶且睊睊狼顧，莫肯効用。且夫内之如京師之所聞，外之如西川之所親見，天下之埶今何如也？

御將者，天子之事也；御兵者，將之職也。天子者養尊而處優，樹恩而收名，與天下爲喜樂者也，故其道不可以御兵。人臣執法而不求情，盡心而不求名，出死力以捍社稷，使天下之心繫於一人，而己不與焉。故御兵者人臣之事，不可以累天子也。今之所患，大臣好名而懼謗。好名則多樹私恩，懼謗則執法不堅。是以天下之兵，豪縱至此，而莫之或制也。

頃者狄公在樞府，號爲寬厚愛人，狎昵士卒，得其歡心。而太尉適承其後。彼狄公者，知御外之術，而不知治内之道，此邊將材也。古者兵在外，愛將軍而忘天子；在内，愛天子而忘將軍。愛將軍所以戰，愛天子所以守。狄公以其御外之心而施諸其内，太尉不反其道，而何以爲治？或者以爲兵久驕不治，一旦繩以法，恐因以生亂。昔者郭子儀去河南，李光弼實代之，將至之日，張用濟斬於轅門，三軍股慄。夫以臨淮之悍，而代汾陽之長者，三軍之士，竦然如赤子之脱慈母之懷，而立乎嚴師之側，何亂之敢生？且夫天子者，天下之父母也；將相者，天下之師也。師雖嚴，赤子不敢以怨其父母；將相雖厲，天下不敢以咎其君。其執然也。天子者，可以生人，可以殺人，故天下望其生。及其殺之也，天下曰：「是天子殺之。」故天子不可以多殺。人臣奉天子之法，雖多殺，天下無所歸怨。此先王所以威懷天下之術也。

伏惟太尉思天下所以長久之道，而無幸一時之名；盡至公之心，而無恤三軍之多言。夫天子推深仁以結其心，太尉厲威武以振其惰。彼其思天子之深仁，則畏而不至於怨；思太尉之威武，則愛而不至於驕。君臣之體順，而畏愛之道立，非太尉吾誰望邪？

蘇明允上歐陽内翰書　○○

洵布衣窮居，常竊自歎，以爲天下之人，不能皆賢，不能皆不肖。故賢人君子之處於世，合必離，離必合。往者天子方有意於治，而范公在相府，富公爲樞密副使，執事與余公、蔡公爲諫官，尹公馳騁上下，用力於兵革之地。方是之時，天下之人，毛髮絲粟之才，紛紛然而起，合而爲一。而洵也自度其愚魯無用之身，不足以自奮於其閒，退而養其心，幸其道之將成，而可以復見於當世之賢人君子。不幸道未成，而范公西，富公北，執事與余公、蔡公分散四出，而尹公亦失執，奔走於小官。洵時在京師，親見其事，忽忽仰天歎息，以爲斯人之去，而道雖成，不復足以爲榮也。既復自思念：往者衆君子之進於朝，其始也必有善人焉推之，今也亦必有小人焉閒之。今之世無復有善人也則已矣，如其不然也，吾何憂焉？姑養其心，使其道大有成而待之何傷？退而處十年，雖未敢自謂其道有成矣，然浩浩乎其胸中若與曩者異，而余公適亦有成功於南方，執事與蔡公復相繼登於朝，富公復自外入爲宰相，其勢將復合爲一。喜且自賀，以爲道既已粗成，而果將有以發之也。既又反而思其向之所慕望愛悅之而不得見之者，蓋有六人焉。今將往見之矣，而六人者，已有范公、尹公二人亡焉，則又爲之潸然出涕以悲。嗚呼！二人者不可復見矣，而所恃以慰此心者，猶有四人也，則又以自解。思其止於四人也，則又汲汲欲一識其面，以發其心之所欲言。而富公又爲天子之宰相，遠方寒士，未可遽以言通於其前。而余公、蔡公，遠者又在萬里外。獨執事在朝廷間，而其位差不甚貴，可以叫呼扳援而聞之以言，而饑寒衰老之病，又痼而留之，使不克自至於執事之庭。夫以慕望愛悅其人之心，十年而不得見，而其人已死，如范公、尹公二人者，則四人者之中，非其勢不可遽以言通者，何可以不能自往而遽已也？

執事之文章，天下之人莫不知之。然竊自以爲洵之知之特深，愈於天下之人，何者？孟子之文，語約而意盡，不爲巉刻斬絶之言，而其鋒不可犯；韓子之文，如長江大河，渾浩流轉，魚黿蛟龍，萬怪惶惑，而抑遏蔽掩，不使自露，而人望見其淵然之光，蒼然之色，亦自畏避，不敢迫視；執事之文，紆餘委備，往復百折，而條達疏暢，無所間斷，氣盡語極，急言竭論，而容與閑易，無艱難勞苦之態。此三者，皆斷然自爲一家之文也。惟李翺之文，其味黯然而長，其光油然而幽，俯仰揖讓，有執事之態；陸贄之文，遣言措意，切近的當，有執事之實。而執事之才，又自有過人者。蓋執事之文，非孟子、韓子之文，而歐陽子之文也。夫樂道人之善而不諂者，以其人誠足以當之也。彼不知者，則以爲譽人以求其悦己也。夫譽人以求其悦己，洵亦不爲也。而其所以道執事光明盛大之德，而不自知止者，亦欲執事之知其知我也。雖然，執事之名滿於天下，雖不見其文，而固已知有歐陽子矣。而洵也不幸墮在草野泥塗之中，而其知道之心，又近而粗成，欲徒手奉咫尺之書，自託於執事，將使執事何從而知之，何從而信之哉？

洵少年不學，生二十五歲，始知讀書，從士君子遊。年既已晚，而又不遂刻意厲行，以古人自期，而視與己同列者皆不勝己，則遂以爲可矣。其後困益甚，然後取古人之文而讀之，始覺其出言用意，與己大異。時復内顧，自思其才，則又似夫不遂止於是而已者。由是盡燒其曩時所爲文數百篇，取《論語》、《孟子》、韓子及其他聖人賢人之文，而兀然端坐，終日以讀之者，七八年矣。方其始也，入其中而惶然，博觀於其外而駭然以驚。及其久也，讀之益精，而其胸中豁然以明，若人之言固當然者，然猶未敢自出其言也。時既久，胸中之言日益多，不能自制，試出而書之，已而再三讀之，渾渾乎覺其來之易矣，然猶未敢以爲是也。近所爲《洪範論》、《史論》凡七篇，執事觀其如何？噫嘻，區區而自言，不知者又將以爲自譽，以求人之知己也。惟執事思其十年之心，如是之不偶然也而察之。

蘇子瞻上王兵部書 ○○

荆州，南北之交，而士大夫往來之衝也。執事以高才盛名，作牧於此，蓋亦嘗有以相馬之説，告於左右者乎？聞之曰：騏驥之馬，一日行千里而不殆，其脊如不動，其足如無所著，升高而不輊，走下而不軒。其伎藝卓絶，而效見明著，至於如此，而天下莫有識者何也？不知其相而責其伎也。夫馬者，有昂首而豐臆，方蹄而密睫，捷乎若深山之虎，曠乎若秋後之兔，遠望目若視日，而志不存乎芻粟，若是者飄忽騰踔，去而不知所止。是故古之善相者，立於五達之衢，一目而眄之，聞其一鳴，顧而循其色，馬之技盡矣。何者？其相溢於外而不可蔽也。士之賢不肖，見於面顔而發泄於辭氣，卓然其有以存乎耳目之間，而必曰久居而後察，則亦名相士者之過矣。

夫軾西川之鄙人，而荆之過客也。其足跡偶然而至於執事之門，其平生之所治以求聞於後世者，又無所挾持以至於左右，蓋亦易疎而難合也。然自蜀至於楚，舟行六十日，過郡十一，縣二十有六，取所見郡縣之吏數十百人，莫不孜孜論執事之賢，而教之以求通於下吏。且執事何修而得此稱也？軾非敢以求知而望其所以先後於仕進之門者，亦徒以爲執事立於五達之衢，而庶幾乎一目之眄，或有以信其平生爾。

夫今之世，豈惟王公擇士，士亦有所擇。軾將自楚遊魏，自魏無所不遊，恐他日以不見執事爲恨也，是以不敢不進。不宣。

蘇子瞻答李端叔書　○○

軾頓首再拜。聞足下名久矣，又於相識處往往見所作詩文，雖不多，亦足以髣髴其爲人矣。尋常不通書問，怠慢之罪，猶可闊略，及足下斬然在疚，亦不能以一字奉慰，舍弟子由至，先蒙惠書，又復嬾不即答，頑鈍廢禮，一至於此，而足下終不棄絶，遞中再辱手書，待遇益隆，覽之面熱汗下也。

足下才高識明，不應輕許與人，得非用黄魯直、秦太虚輩語，真以爲然邪？不肖爲人所憎，而二子獨喜見譽，如人嗜昌歜、羊棗，未易詰其所以然者。以二子爲妄則不可，遂欲以移之衆口，又大不可也。軾少年時，讀書作文，專爲應舉而已。既及進士第，貪得不已，又舉制策，其實何所有。而其科號爲直言極諫，故每紛然誦説古今，考論是非，以應其名耳。人苦不自知，既以此得，因以爲實能之，故譊譊至今，坐此得罪幾死，所謂齊虜以口舌得官，真可笑也。然世人遂以軾爲欲立異同，則過矣。妄論利害，攙説得失，此正制科人習氣，譬之候蟲時鳥，自鳴自已，何足爲損益？軾每怪時人待軾過重，而足下又復稱説如此，愈非其實。得罪以來，深自閉塞，扁舟草屨，放浪山水間，與樵漁雜處，往往爲醉人所推罵，輒自喜漸不爲人識。平生親友，無一字見及，有書與之亦不答，自幸庶幾免矣。足下又復創相推與，甚非所望。木有癭，石有暈，犀有通，以取妍於人，皆物之病也。謫居無事，默自觀省，回視三十年以來所爲，多其病者。足下所見皆故我，非今我也，無乃聞其聲不考其情，取其華而遺其實乎？抑將又有取於此也？此事非相見不能盡。

自得罪後，不敢作文字。此書雖非文，然信筆書意，不覺累幅，亦不須示人，必喻此意。歲行盡，寒苦，惟萬萬節哀强食。不次。

蘇子由上樞密韓太尉書 ○

太尉執事：轍生好爲文，思之至深，以爲文者氣之所形。然文不可以學而能，氣可以養而致。孟子曰：「我善養吾浩然之氣。」今觀其文章，寬厚宏博，充乎天地之閒，稱其氣之小大。太史公行天下，周覽四海名山大川，與燕趙閒豪俊交游，故其文疎蕩，頗有奇氣。此二子者，豈嘗執筆學爲如此之文哉？其氣充乎其中，而溢乎其貌；動乎其言，而見乎其文，而不自知也。

轍生十有九年矣，其居家所與游者，不過其鄰里鄉黨之人，所見不過數百里之閒，無高山大野可登覽以自廣。百氏之書，雖無所不讀，然皆古人之陳迹，不足以激發其志氣。恐遂汩没，故決然捨去，求天下奇聞壯觀，以知天地之廣大。過秦、漢之故都，恣觀終南、嵩、華之高，北顧黄河之奔流，慨然想見古之豪傑。至京師，仰觀天子宫闕之壯，與倉廩府庫城池苑囿之富且大也，而後知天下之巨麗。見翰林歐陽公，聽其議論之宏辯，觀其容貌之秀偉，與其門人賢士大夫游，而後知天下之文章聚乎此也。

太尉以才略冠天下，天下之所恃以無憂，四夷之所憚以不敢發，入則周公、召公，出則方叔、召虎，而轍也未之見焉。且夫人之學也，不志其大，雖多而何爲？轍之來也，於山見終南、嵩、華之高，於水見黄河之大且深，於人見歐陽公，而猶以爲未見太尉也。故願得觀賢人之光耀，聞一言以自壯，然後可以盡天下之大觀而無憾矣。

轍年少，未能通習吏事。嚮之來，非有取於斗升之禄，偶然得之，非其所樂。然幸得賜歸待選，使得優游數年之閒，將歸益治其文，且學爲政。太尉苟以爲可教而辱教之，又幸矣。

王介甫答韶州張殿丞書　○○

某啟：伏蒙再賜書，示及先君韶州之政，爲吏民稱頌，至今不絶，傷今之士大夫不盡知，又恐史官不能記載，以次前世良吏之後。此皆不肖之孤，言行不足信於天下，不能推揚先人之功緒餘烈，使人人得聞知之，所以夙夜愁痛，疚心疾首而不敢息者，以此也。先人之存，某尚少，不得備聞爲政之迹。然嘗侍左右，尚能記誦教誨之餘。蓋先君所存，嘗欲大潤澤於天下，一物枯槁，以爲身羞。大者既不得試，已試乃其小者耳。小者又將泯没而無傳，則不肖之孤，罪大釁厚矣，尚何以自立於天地之閒邪？閣下勤勤惻惻，以不傳爲念，非夫仁人君子樂道人之善，安能以及此？

自三代之時，國各有史。而當時之史，多世其家，往往以身死職，不負其意。蓋其所傳，皆可考據。後既無諸侯之史，而近世非尊爵盛位，雖雄奇俊烈，道德滿衍，不幸不爲朝廷所稱，輒不得見於史。而執筆者，又雜出一時之貴人。觀其在廷論議之時，人人得講其然不，尚或以忠爲邪，以異爲同，誅當前而不慄，訕在後而不羞，苟以饜其忿好之心而止耳。而況陰挾翰墨以裁前人之善惡，疑可以貸褒，似可以附毁，往者不能訟當否，生者不得論曲直，賞罰謗譽，又不施其間，以彼其私，獨安能無欺於冥昧之間邪？善既不盡傳，而傳者又不可盡信如此。唯能言之君子，有大公至正之道，名實足以信後世者，耳目所遇，一以言載之，則遂以不朽於無窮耳。

伏惟閣下，於先人非有一日之雅，餘論所及，無黨私之嫌，苟以發潛德爲己事，務推所聞，告世之能言而足信者，使得論次以傳焉。則先君之不得列於史官，豈有恨哉？

王介甫上淩屯田書

俞跗，疾毉之良者也。其足之所經，耳目之所接，有人於此，狼疾焉而不治，則必欿然以爲已病也。雖人也，不以病俞跗焉則少矣。隱而虞俞跗之心，其族婣舊故有狼疾焉，則何如也？末如之何其已，未有可以治焉而忽者也。

今有人於此，弱而孤，壯而屯蹷困塞。先大父棄館舍於前，而先人從之，兩世之柩，窶而不能葬也。嘗觀傳記，至《春秋》過時而不葬，與子思所論未葬不變服，則慼然不知涕之流落也。竊悲夫古之孝子慈孫，嚴親之終，如此其甚也。今也乃獨以窶故，犯《春秋》之義，拂子思之説，鬱其爲子孫之心而不得伸，猶人之狼疾也，奚有閒哉？

伏惟執事性仁而躬義，憫艱而悼阸，窮人之俞跗也，而又有先人一日之雅焉。某之疾，庶幾可以治焉者也。是故不謀於龜，不介於人，跋千里之途，犯不測之川，而造執事之門，自以爲得所歸也。執事其忽之歟？

王介甫答司馬諫議書 ○

某啟：昨日蒙教，竊以爲與君實遊處相好之日久，而議事每不合，所操之術多異故也。雖欲强聒，終必不蒙見察，故略上報，不復一一自辨。重念蒙君實視遇厚，於反覆不宜鹵莽，故今具道所以，冀君實或見恕也。

蓋儒者所争，尤在於名實。名實已明，而天下之理得矣。今君實所以見教者，以爲侵官生事，征利拒諫，以致天下怨謗也。某則以謂受命於人主議法度，而修之於朝廷，以授之於有司，不爲侵官；舉先王之政，以興利除弊，不爲生事；爲天下理財，不爲征利；闢邪説，難任人，不爲拒諫。至於怨誹之多，則固前知其如此也。人習於苟且非一日，士大夫多以不恤國事，同俗自媚於衆爲善。上乃欲變此，而某不量敵之衆寡，欲出力助上以抗之，則衆何爲而不洶洶？然盤庚之遷，胥怨者民也，非特朝廷士大夫而已。盤庚不爲怨者故改其度，度義而後動，是而不見可悔故也。如君實責我以在位久，未能助上大有爲，以膏澤斯民，則某知罪矣；如曰今日當一切不事事，守前所爲而已，則非某之所敢知。無由會晤，不任區區嚮往之至。亦自勁悍，而不如昌黎答呂毉山人之奇變。

古文辭類纂三十一終

贈序類一

韓退之送董邵南序 ○○○

燕、趙古稱多感慨悲歌之士。董生舉進士，連不得志於有司，懷抱利器，鬱鬱適兹土。吾知其必有合也。董生勉乎哉！

夫以子之不遇時，苟慕義强仁者，皆愛惜焉，矧燕、趙之士，出乎其性者哉？然吾嘗聞風俗與化移易，吾惡知其今不異於古所云邪？聊以吾子之行卜之也。董生勉乎哉！

吾因子有所感矣。爲我弔望諸君之墓，而觀於其市，復有昔時屠狗者乎？爲我謝曰：「明天子在上，可以出而仕矣。」

韓退之送王秀才含序 ○○○

吾少時讀《醉鄉記》，私怪隱居者無所累於世，而猶有是言，豈誠旨於味邪？及讀阮籍、陶潛詩，乃知彼雖偃蹇，不欲與世接，然猶未能平其心，或爲事物是非相感發，於是有託而逃焉者也。若顔氏子操瓢與簞，曾參歌聲若出金石，彼得聖人而師之，汲汲每若不可及，其於外也固不暇，尚何麴糵之託，而昏冥之逃邪？吾又以爲悲醉鄉之徒不遇也。

建中初，天子嗣位，有意貞觀、開元之丕績，在廷之臣争言事。當此時，醉鄉之後世，又以直廢。吾既悲醉鄉之文辭，而又嘉良臣之烈，思識其子孫。今子之來見我也，無所挾，吾猶將張之，況文與行不失其世守，渾然端且厚，惜乎吾力不能振之，而其言不見信於世也。於其行，姑與之飲酒。海峯先生云：含蓄深婉近子長，退之文以雄奇勝人，獨董邵南及此篇，深微屈曲，讀之覺高情遠韻，可望不可及。

韓退之送孟東野序 ○○○

大凡物不得其平則鳴。草木之無聲，風撓之鳴；水之無聲，風蕩之鳴。其躍也，或激之；其趨也，或梗之；其沸也，或炙之。金石之無聲，或擊之鳴。人之於言也亦然，有不得已者而後言，其歌也有思，其哭也有懷，凡出乎口而爲聲者，其皆有弗平者乎！

樂也者，鬱於中而泄於外者也，擇其善鳴者而假之鳴。金、石、絲、竹、匏、土、革、木，八者物之善鳴者也。維天之於時也亦然，擇其善鳴者而假之鳴。是故以鳥鳴春，以雷鳴夏，以蟲鳴秋，以風鳴冬。四時之相推敓，其必有不得其平者乎？

其於人也亦然。人聲之精者爲言，文辭之於言，又其精也，尤擇其善鳴者而假之鳴。其在唐、虞，咎陶、禹其善鳴者也，而假以鳴。夔弗能以文辭鳴，又自假於《韶》以鳴。夏之時，五子以其歌鳴。伊尹鳴殷，周公鳴周。凡載於《詩》、《書》六藝，皆鳴之善者也。周之衰，孔子之徒鳴之，其聲大而遠。《傳》曰：「天將以夫子爲木鐸。」其弗信矣乎？其末也，莊周以其荒唐之辭鳴。楚，大國也，其亡也以屈原鳴。臧孫辰、孟軻、荀卿，以道鳴者也。楊朱、墨翟、管夷吾、晏嬰、老聃、申不害、韓非、昚到、田駢、鄒衍、尸佼、孫武、張儀、蘇秦之屬，皆以其術鳴。秦之興，李斯鳴之。漢之時，司馬遷、相如、楊雄最其善鳴者也。其下魏、晉氏，鳴者不及於古，然亦未嘗絶也。就其善者，其聲清以浮，其節數以急，其辭淫以哀，其志弛以肆，其爲言也，亂雜而無章。將天醜其德莫之顧邪？何爲乎不鳴其善鳴者也？

唐之有天下，陳子昂、蘇源明、元結、李白、杜甫、李觀，皆以其所能鳴。其存而在下者，孟郊東野，始以其詩鳴。其高出魏、晉，不懈而及於古，其他浸淫乎漢氏矣。從吾遊者，李翺、張籍其尤也。三子者之鳴信善矣，抑不知天將和其聲而使鳴國家之盛邪？抑將窮餓其身，思愁其心腸，而使自鳴其不幸邪？三子者之命，則懸乎天矣。其在上也奚以喜？其在下也奚以悲？東野之役於江南也，有若不釋然者，故吾道其命於天者以解之。

韓退之送高閑上人序

苟可以寓其巧智，使機應於心，不挫於氣，則神完而守固，雖外物至，不膠於心。機應於心，故物不膠於心，不挫於氣，故神完守固。韓公此言本自狀所得於文事者，然以之論道亦然。牢籠萬物之態，而物皆爲我用者，技之精也；曲應萬事之情，而事循其天者，道之至也。必離去事物而後静其心，是韓公所斥解外膠泊然淡然者也。以是爲道，其道淺矣；以是爲技，其術粗矣。堯、舜、禹、湯治天下，養叔治射，庖丁治牛，師曠治音聲，扁鵲治病，僚之於丸，秋之於弈，伯倫之於酒，樂之終身不厭，奚暇外慕？夫外慕徙業者，皆不造其堂，不嚌其胾者也。

往時張旭善草書，不治他技。喜怒窘窮，憂悲愉佚，怨恨思慕，酣醉無聊不平，有動於心，必於草書焉發之。觀於物，見山水崖谷，鳥獸蟲魚，草木之花實，日月列星，風雨水火，雷霆霹靂，歌舞戰鬭，天地事物之變，可喜可愕，一寓於書。故旭之書，變動猶鬼神，不可端倪，以此終其身，而名後世。

今閑之於草書，有旭之心哉！不得其心，而逐其跡，未見其能旭也。爲旭有道，利害必明，無遺錙銖，情炎於中，利欲鬭進，有得有喪，勃然不釋，然後一決於書，而後旭可幾也。今閑師浮屠氏，一死生，解外膠。是其爲心，必泊然無所起；其於世，必淡然無所嗜。泊與淡相遭，頽墮委靡，潰敗不可收拾，則其於書，得無象之然乎？然吾聞浮屠人善幻，多技能，閑如通其術，則吾不能知矣。

韓退之送廖道士序　○○○

五岳於中州，衡山最遠；南方之山，巍然高而大者以百數，獨衡爲宗。最遠而獨爲宗，其神必靈。

衡之南，八九百里，地益高，山益峻，水清而益駛；其最高而横絶南北者嶺。郴之爲州，在嶺之上，測其高下，得三之二焉，中州清淑之氣，於是焉窮。氣之所窮，盛而不過，必蜿蟺扶輿，磅礴而鬱積。衡山之神既靈，而郴之爲州又當中州清淑之氣，蜿蟺扶輿，磅礴而鬱積，其水土之所生，神氣之所感，白金、水銀、丹砂、石英、鍾乳，橘柚之包，竹箭之美，千尋之名材，不能獨當也，意必有魁奇忠信材德之民生其閒，而吾又未見也，其無乃迷惑溺没於老佛之學而不出邪？

廖師郴民，而學於衡山，氣專而容寂，多藝而善游，豈吾所謂魁奇而迷溺者邪？廖師善知人，若不在其身，必在其所與遊，訪之而不吾告，何也？於其别，申以問之。

韓退之送竇從事序　○○○

踰甌閩而南，皆百越之地，於天文其次星紀，其星牽牛。連山隔其陰，鉅海歒其陽，是維島居卉服之民，風氣之殊，著自古昔。唐之有天下，號令之所加，無異於遠近。民俗既遷，風氣亦隨，雪霜時降，癘疫不興，瀕海之饒，固加於初。是以人之之南海者，若東西州焉。

皇帝臨天下二十有二年，詔工部侍郎趙植，爲廣州刺史，盡牧南海之民，署從事扶風竇平。平以文辭進，於其行也，其族人殿中侍御史牟，合東都交遊之能文者二十有八人賦詩以贈之。於是昌黎韓愈，嘉趙南海之能得人，壯從事之答於知我，不憚行之遠也；又樂貽周之愛其族叔父，能合文辭以寵榮之。作《送竇從事少府平序》。海峯先生曰：起得雄直，惟退之有此。

韓退之送楊少尹序 ○○○

昔疏廣、受二子，以年老，一朝辭位而去，於時公卿設供張，祖道都門外，車數百兩，道旁觀者，多歎息泣下，共言其賢。漢史既傳其事，而後世工畫者，又圖其迹，至今照人耳目，赫赫若前日事。國子司業楊君巨源，方以其能詩訓後進，一旦以年滿七十，亦白丞相，去歸其鄉。世常説古今人不相及，今楊與二疏，其意豈異也？

予忝在公卿後，遇病不能出，不知楊侯去時，城門外送者幾人，車幾兩，馬幾匹，道邊觀者，亦有歎息知其爲賢以否？蕫塢先生云：以、與字，古通用。《鄉射禮》：主人以賓揖。鄭註：以猶與也。又見《召南》詩箋。而太史氏又能張大其事爲傳，繼二疏蹤跡否，不落莫否？見今世無工畫者，而畫與不畫固不論也。然吾聞楊侯之去，丞相有愛而惜之者，白以爲其都少尹，不絶其禄，又爲歌詩以勸之，京師之長於詩者，亦屬而和之，又不知當時二疏之去，有是事否？古今人同不同，未可知也。

中世士大夫，以官爲家，罷則無所於歸。楊侯始冠，舉於其鄉，歌《鹿鳴》而來也。今之歸，指其樹曰：「某樹，吾先人之所種也；某水某邱，吾童子時所釣遊也。」鄉人莫不加敬，誡子孫以楊侯不去其鄉爲法。古之所謂鄉先生，没而可祭於社者，其在斯人與？其在斯人與？唐應德云：前後照應，而錯綜變化不可言。此等文字，蘇、曾、王集内無之。海峯先生云：馳驟跌蕩，生動飛揚，曲盡行文之妙。

韓退之送李愿歸盤谷序　○○○

太行之陽有盤谷。盤谷之閒，泉甘而土肥，草木藂茂，居民鮮少。或曰：「謂其環兩山之閒，故曰盤。」或曰：「是谷也，宅幽而勢阻，隱者之所盤旋。」友人李愿居之。愿之言曰：「人之稱大丈夫者，我知之矣。利澤施於人，名聲昭於時。坐於廟朝，進退百官，而佐天子出令。其在外，則樹旗旄，羅弓矢，武夫前呵，從者塞途，供給之人，各執其物，夾道而疾馳。喜有賞，怒有刑。才畯滿前，道古今而譽盛德，入耳而不煩。曲眉豐頰，清聲而便體，秀外而惠中，飄輕裾，翳長袖，粉白黛緑者，列屋而閒居，妒寵而負恃，爭妍而取憐。大丈夫之遇知於天子，用力於當世者之所爲也。吾非惡此而逃之，是有命焉，不可幸而致也。

「窮居而野處，升高而望遠，坐茂樹以終日，濯清泉以自潔。採於山，美可茹；釣於水，鮮可食。起居無時，惟適之安。與其有譽於前，孰若無毁於其後；與其有樂於身，孰若無憂於其心。車服不維，刀鋸不加，理亂不知，黜陟不聞。大丈夫不遇於時者之所爲也，我則行之。

「伺候於公卿之門，奔走於形勢之途，足將進而趦趄，口將言而囁嚅，處穢汙而不羞，觸刑辟而誅戮，徼倖於萬一，老死而後止者，其於爲人賢不肖何如也？」

昌黎韓愈，聞其言而壯之，與之酒，而爲之歌曰：

盤之中，維子之宫；盤之土，可以稼；盤之泉，可濯可沿；盤之阻，誰争子所？窈而深，廓其有容；繚而曲，如往而復。嗟盤之樂兮，樂且無殃。虎豹遠迹兮，蛟龍遁藏；鬼神守護兮，呵禁不祥。飲則食兮壽而康，無不足兮奚所望？膏吾車兮秣吾馬，從子於盤兮，終吾生以徜徉。

韓退之送區册序　○○○

陽山，天下之窮處也。陸有邱陵之險，虎豹之虞；江流悍急，横波之石，廉利侔劍戟，舟上下失勢，破碎淪溺者，往往有之。縣郭無居民，官無丞、尉，夾江荒茅篁竹之間，小吏十餘家，皆鳥言夷面。始至，言語不通，畫地爲字，然後可告以出租賦，奉期約。是以賓客游從之士，無所爲而至。

愈待皐於斯，且半歲矣。有區生者，誓言相好，自南海挐舟而來。升自賓階，儀觀甚偉，坐與之語，文義卓然。莊周云：「逃空虛者，聞人足音跫然而喜矣。」況如斯人者，豈易得哉？入吾室，聞《詩》、《書》仁義之説，欣然喜，若有志於其間也。與之翳嘉林，坐石磯，投竿而漁，陶然以樂，若能遺外聲利，而不厭乎貧賤也。

歲之初吉，歸拜其親，酒壺既傾，序以識别。

韓退之送鄭尚書序　○○

嶺之南，其州七十。其二十二隸嶺南節度府，其四十餘分四府，府各置帥，然獨嶺南節度爲大府。大府始至，四府必使其佐啟問起居，謝守地不得即賀以爲禮。歲時必遣賀問，致水土物。大府帥或道過其府，府帥必戎服，左握刀，右屬弓矢，帕首袴鞾，迎郊。及既至，大府帥先入據館，帥守屏，若將趨入拜庭之爲者。大府與之爲讓，至一再，乃敢改服，以賓主見。適位執爵，皆興拜，不許乃止。虔若小侯之事大國，有大事，諮而後行。

隸府之州，離府遠者至三千里，懸隔山海，使必數月而後能至。蠻夷悍輕，易怨以變。其南州皆岸大海，多洲島，颿風一日踔數千里，漫瀾不見蹤迹。控御失所，依險阻，結黨仇，機毒矢，以待將吏，撞搪呼號，以相和應，蜂屯蟻雜，不可爬梳。好則人，怒則獸，故常薄其征入，簡節而疎目。時有所遺漏，不究切之，長養以兒子，至紛不可治，乃草薙而禽獮之，盡根株痛斷乃止。其海外雜國，若躭浮羅、流求、毛人、夷亶之州，林邑、扶南、真臘、干陀利之屬，東南際天地以萬數，或時候風潮朝貢，蠻胡賈人，舶交海中。若嶺南帥得其人，則一邊盡治，不相寇盜賊殺，無風魚之災，水旱癘毒之患。外國之貨日至，珠香象犀玳瑁奇物，溢於中國，不可勝用。故選帥常重於他鎮，非有文武威風、知大體、可畏信者，則不幸往往有事。

長慶三年四月，以工部尚書鄭公爲刑部尚書，兼御史大夫，往踐其任。鄭公嘗以節鎮襄陽，又帥滄、景、德、棣，歷河南尹，華州刺史，皆有功德可稱道。入朝爲金吾將軍，散騎常侍，工部侍郎尚書。家屬百人，無數畝之宅，僦屋以居，可謂貴而能貧，爲仁者不富之效也。及是命，朝廷莫不悦。將行，公卿大夫士，苟能詩者，咸相率爲詩，以美朝政，以慰公南行之思。韵必以「來」字者，所以祝公成政而來歸疾也。

韓退之送殷員外序　○○

唐受天命爲天子，凡四方萬國，不問海内外，無小大，咸臣順於朝。時節貢水土百物，大者特來，小者附集。

元和睿聖文武皇帝既嗣位，悉治方内就法度。十二年，詔曰：「四方萬國，惟回鶻於唐最親，奉職尤謹。丞相其選宗室四品一人，持節往賜君長，告之朕意。又選學有經法，通知時事者一人，與之爲貳。」由是殷侯侑，自太常博士，遷尚書虞部員外郎，兼侍御史，朱衣象笏，承命以行，朝之大夫，莫不出餞。

酒半，右庶子韓愈，執盞言曰：「殷大夫，今人適數百里，出門惘惘，有離别可憐之色。持被入直三省，丁寧顧婢子，語刺刺不能休。今子使萬里外國，獨無幾微出於言面，豈不真知輕重大丈夫哉！丞相以子應詔，真誠知人。士不通經，果不足用。」於是相屬爲詩以道其行云。

韓退之送幽州李端公序 ○○○

元年，今相國李公，爲吏部員外郎，愈嘗與偕朝，道語幽州司徒公之賢，曰：「某前年被詔，告禮幽州，入其地，迓勞之使里至，每進益恭。及郊，司徒公紅帓首韡袴，握刀在左，右雜佩，朱子《考異》云，方從杭本「刀」下有「在」字，而讀連下文「左」字爲句。今按，若如方意，則當云左握刀，右雜佩矣，不應握刀在左，亦不應惟右有佩也。「在」爲衍字無疑。杭本誤也。左右雜佩，當自爲一句，《内則》所謂左右佩用是也。鼐按：此當從杭本，作握刀在左。蓋握刀者，其佩刀之名，若不連「在左」二字，則真爲手持刀而見，無是理也。此雜佩，止是戎事之用，如射決之類，與《内則》之雜佩不同，右有而左無，無害，弓矢亦在右。右雜佩，弓韔服，矢插房，九字相連迭。《送鄭尚書序》左握刀，右屬弓，矢交正，與此同。弓韔服，矢插房，俯立迎道左。某禮辭曰：『公天子之宰，禮不可如是。』及府，又以其服即事。某又曰：『公三公，不可以將服承命。』卒不得辭。上堂即客階，坐必東向。」

愈曰：「國家失太平於今六十年。夫十日、十二子相配，數窮六十，其將復平，平必自幽州始，亂之所出也。今天子大聖，司徒公勤於禮，庶幾帥先河南、北之將，來覲奉職，如開元時乎？」李公曰：「然。」今李公既朝夕左右，必數數爲上言，元年之言殆合矣。

端公歲時來壽其親東都，東都之大夫、士，莫不拜於門。其爲人佐甚忠，意欲司徒公功名流千萬歲，請以愈言爲使歸之獻。

韓退之送王秀才塤序 ○○

吾嘗以爲孔子之道大而能博，門弟子不能徧觀而盡識也，故學焉而皆得其性之所近。其後離散分處諸侯之國，又各以所能授弟子，原遠而末益分。蓋子夏之學，其後有田子方。子方之後，流而爲莊周，故周之書，喜稱子方之爲人。荀卿之書，語聖人必曰孔子、子弓。子弓之事業不傳，惟太史公書《弟子傳》有姓名字曰馯臂子弓，子弓受《易》於商瞿。孟軻師子思，子思之學，蓋出曾子。自孔子殁，羣弟子莫不有書，獨孟軻氏之傳得其宗，故吾少而樂觀焉。

太原王塤，示予所爲文，好舉孟子之所道者。與之言，信悦孟子，而屢贊其文辭。夫沿河而下，苟不止，雖有遲疾，必至於海；如不得其道也，雖疾不止，終莫幸而至焉。故學者必慎其所道。道於楊、墨、老、莊、佛之學，而欲之聖人之道，猶航斷港絶潢以望至於海也。故求觀聖人之道，必自孟子始。今塤之所由，既幾於知道，如又得其船與檝，知沿而不止，嗚呼，其可量也哉！海峯先生云：韓公序文，掃除枝葉，體簡辭足。

韓退之贈張童子序 ○○

天下之以明二經舉於禮部者，歲至三千人。始自縣考試，定其可舉者，然後升於州若府，其不能中科者，不與是數焉。州若府總其屬之所升，又考試之如縣，加察詳焉，定其可舉者，然後貢於天子，而升之有司，其不能中科者，不與是數焉，謂之鄉貢。有司者，總州府之所升而考試之，加察詳焉，第其可進者，以名上於天子，而藏之，屬之吏部，歲不及二百人，謂之出身。能在是選者，厥惟艱哉！二經章句僅數十萬言，其傳注在外，皆誦之，又約知其大說。繇是舉者，或遠至十餘年，然後與乎三千之數，而升於禮部矣；又或遠至十餘年，然後與乎二百之數，而進於吏部矣。斑白之老半焉，昏塞不能及者，皆不在是限，有終身不得與者焉。

張童子生九年，自州縣達禮部，一舉而進立於二百之列。又二年，益通二經，有司復上其事，繇是拜衛兵曹之命。人皆謂童子耳目明達，神氣以靈，余亦偉童子之獨出於等夷也。童子請於其官之長，隨父而寧母。歲八月，自京師道陝南，至虢東及洛師，北過大河之陽，九月始來及鄭。自朝之聞人，以及五都之伯長羣吏，皆厚其餼賂，或作歌詩以嘉童子，童子亦榮矣。

雖然，愈將進童子於道，使人謂童子求益者，非欲速成者。夫少之與長也異觀。少之時，人惟童子之異；及其長也，將責成人之禮焉。成人之禮，非盡於童子所能而已也。然則童子宜暫息乎其已學者，而勤乎其未學者可也。

愈與童子俱陸公之門人也。慕同、路二子之相請贈與處也，故有以贈童子。

韓退之與浮屠文暢師序 ○○

人固有儒名而墨行者，問其名則是，校其行則非，可以與之游乎？如有墨名而儒行者，問其名則非，校其行則是，可以與之游乎？楊子雲稱在門墻則揮之，在夷狄則進之，吾取以爲法焉。

浮屠師文暢，喜文章。其周遊天下，凡有行，必請於縉紳先生，以求詠謌其所志。貞元十九年春，將行東南，柳君宗元爲之請。解其裝，得所得序、詩，累百餘篇，非至篤好，其何能致多如是邪？惜其無以聖人之道告之者，而徒舉浮屠之説贈焉。夫文暢，浮屠也。

如欲聞浮屠之説，當自就其師而問之，何故謁吾徒而來請也？彼見吾君臣父子之懿，文物事爲之盛，其心有慕焉，拘其法而未能入，故樂聞其説而請之。如吾徒者，宜當告之以二帝、三王之道，日月星辰之行，天地之所以著，鬼神之所以幽，人物之所以蕃，江河之所以流而語之，不當又爲浮屠之説而瀆告之也。

民之初生，固若禽獸夷狄然。聖人者立，然後知宫居而粒食，親親而尊尊，生者養而死者藏。是故道莫大乎仁義，教莫正乎禮樂刑政。施之於天下，萬物得其宜；措之於其躬，體安而氣平。堯以是傳之舜，舜以是傳之禹，禹以是傳之湯，湯以是傳之文、武，文、武以是傳之周公、孔子，書之於册，中國之人世守之。今浮屠者，孰爲而孰傳之邪？夫鳥，俛而啄，仰而四顧；夫獸，深居而簡出。懼物之爲己害也，猶且不脱焉，弱之肉，彊之食。今吾與文暢，安居而暇食，優游以生死，與禽獸異者，寧可不知其所自邪？

夫不知者，非其人之罪也。知而不爲者，惑也；悦乎故，不能即乎新者，弱也；知而不以告人者，不仁也；告而不以實者，不信也。余既重柳請，又嘉浮屠能喜文辭，於是乎言。

韓退之送石處士序 ○

河陽軍節度御史大夫烏公，爲節度之三月，求士於從事之賢者。有薦石先生者，公曰：「先生何如？」曰：「先生居嵩、邙、瀍、穀之閒，冬一裘，夏一葛，食朝夕，飯一盂，蔬一盤。人與之錢，則辭；請與出遊，未嘗以事辭。勸之仕不應，坐一室，左右圖書。與之語道理，辯古今事當否，論人高下，事後當成敗，若河決下流而東注，若駟馬駕輕車，就熟路，而王良、造父爲之先後也，若燭照、數計而龜卜也。」大夫曰：「先生有以自老，無求於人，其肎爲某來邪？」從事曰：「大夫文武忠孝，求士爲國，不私於家。方今寇聚於恆，師環其疆，農不耕收，財粟殫亡。吾所處地，歸輸之塗，治法征謀，宜有所出。先生仁且勇，若以義請，而彊委重焉，其何說之辭？」於是譔書詞，具馬幣，卜日以授使者，求先生之廬而請焉。先生不告於妻子，不謀於朋友，冠帶出見客，拜受書禮於門內，宵則沐浴，戒行事，載書册，問道所由，告行於常所來往。晨則畢至，張上東門外。

酒三行，且起，有執爵而言者曰：「大夫真能以義取人，先生真能以道自任，決去就。爲先生別。」又酌而祝曰：「凡去就出處何常，惟義之歸。遂以爲先生壽。」又酌而祝曰：

「使大夫恆無變其初，無務富其家而飢其師，無甘受佞人而外敬正士，無昧於諂言，惟先生是聽，以能有成功，保天子之寵命。」又祝曰：「使先生無圖利於大夫，而私便其身。」先生起拜祝辭曰：「敢不敬蚤夜以求從祝規。」於是東都之人士，咸知大夫與先生，果能相與以有成也，遂各爲歌詩六韻，遣愈爲之序云。

韓退之送溫處士赴河陽軍序 ○○

伯樂一過冀北之野，而馬羣遂空。夫冀北馬多天下，伯樂雖善知馬，安能空其羣邪？解之者曰：「吾所謂空，非無馬也，無良馬也。伯樂知馬，遇其良輒取之，羣無留良焉。苟無良，雖謂無馬，不爲虛語矣。」

東都，固士大夫之冀北也。恃才能深藏而不市者，洛之北涯曰石生，其南涯曰溫生。大夫烏公，以鈇鉞鎮河陽之三月，以石生爲才，以禮爲羅，羅而致之幕下。未數月也，以溫生爲才，於是以石生爲媒，以禮爲羅，又羅而致之幕下。東都雖信多才士，朝取一人焉拔其尤，暮取一人焉拔其尤。自居守、河南尹，以及百司之執事，與吾輩二縣之大夫，政有所不通，事有所可疑，奚所諮而處焉？士大夫之去位而巷處者，誰與嬉游？小子後生，於何考德而問業焉？縉紳之東西行過是都者，無所禮於其廬。若是而稱曰：大夫烏公一鎮河陽，而東都處士之廬無人焉，豈不可也？

夫南面而聽天下，其所託重而恃力者，惟相與將耳。相爲天子得人於朝廷，將爲天子得文武士於幕下，求内外無治，不可得也。愈縻於茲，不能自引去，資二生以待老。今皆爲有力者奪之，其何能無介然於懷邪？生既至，拜公於軍門，其爲吾以前所稱，爲天下賀，以後所稱，爲吾致私怨於盡取也。留守相公，首爲四韵詩歌其事，愈因推其意而序之。意含滑稽，而文特嫖姚。

韓退之贈崔復州序　○○

有地數百里，趨走之吏，自長史、司馬已下數十人。其禄足以仁其三族，及其朋友故舊。樂乎心，則一境之人喜；不樂乎心，則一境之人懼。丈夫官至刺史，亦榮矣。

雖然，幽遠之小民，其足跡未嘗至城邑，苟有不得其所，能自直於鄉里之吏者鮮矣，況能自辨於縣吏乎？能自辨於縣吏者鮮矣，況能自辨於刺史之庭乎？由是刺史有所不聞，小民有所不宣。賦有常而民產無恆，水旱癘疫之不期，民之豐約懸於州，縣令不以言，連帥不以信，民就窮而斂愈急，吾見刺史之難爲也。

崔君爲復州，其連帥則于公。崔君之仁，足以蘇復人；于公之賢，足以庸崔君。有刺史之榮，而無其難爲者，將在於此乎？愈嘗辱于公之知，而舊游於崔君，慶復人之將蒙其休澤也，於是乎言。

韓退之送水陸運使韓侍御歸所治序 ○○

六年冬，振武軍吏，走驛馬詣闕告饑，公卿廷議，以轉運使不得其人，宜選才幹之士往換之，鼐按：「换」字見薛宣傳。吾族子重華適當其任。至則出贓罪吏九百餘人，脱其桎梏，給耒耜與牛，使耕其傍便近地，以償所負，釋其粟之在吏者四十萬斛不徵。吏得去罪死，假種糧，齒平人，有以自效，莫不涕泣感奮，相率盡力以奉其令。而又爲之奔走經營，相原隰之宜，指授方法，故連二歲大熟，吏得盡償其所亡失四十萬斛者，而私其贏餘，得以蘇息，軍不復饑。君曰：「此未足爲天子言。請益募人爲十五屯，屯置百三十人，而種百頃。令各就高爲堡，東起振武，轉而西過雲州界，極於中受降城，出入河山之際，六百餘里，屯堡相望，寇來不能爲暴，人得肆耕其中，少可以罷漕輓之費。」朝廷從其議，秋果倍收，歲省度支錢千三百萬。

八年，詔拜殿中侍御史，錫服朱銀。其冬來朝，奏曰：「得益開田四千頃，則盡可以給塞下五城矣。田五千頃，法當用人七千。臣令吏於無事時，督習弓矢，爲戰守備，因可以制虜，庶幾所謂兵農兼事，務一而兩得者也。」大臣方持其議。吾以爲邊軍皆不知耕作，開口望哺，有司常僦人，以車船自他郡往輸，乘沙逆河，遠者數千里，人畜死，蹄踵交道，費不可勝計，中國坐耗，而邊吏恆苦食不繼。今君所請田，皆故秦、漢時郡縣地，其課績又已驗白，若從其言，其利未可遽以一二數也。今天子方舉羣策，以收太平之功，寧使士有不盡用之歎，懷奇見而不得施設也，君又何憂？而中臺士大夫，亦同言侍御韓君，前領三縣，紀綱二州，奏課常爲天下第一。行其計於邊，其功烈又赫赫如此。使盡用其策，西北邊故所没地，可指期而有也。聞其歸，皆相勉爲詩以推大之，而屬余爲序。

韓退之送湖南李正字序 ○

貞元中，愈從太傅隴西公平汴州，李生之尊府，以侍御史管汴之鹽鐵，日爲酒殺羊享賓客，李生則尚與其弟學，讀書習文辭，以舉進士爲業。愈於太傅府年最少，故得交李生父子閒。公薨軍亂，軍司馬、從事皆死，侍御亦被讒，爲民日南。其後五年，愈又貶陽山令。今愈以都官郎守東都省，侍御自衡州刺史，爲親王長史，亦留此掌其府事。李生自湖南從事，請告來覲。於時太傅府之士，惟愈與河南司録周君獨存，其外則李氏父子，相與爲四人。離十三年，幸而集處，得燕而舉一觴相屬，此天也，非人力也。

侍御與周君，於今爲先輩成德，李生温然爲君子，有詩八百篇，傳詠於時。惟愈也業不益進，行不加修，顧惟未死耳。往拜侍御，謁周君，抵李生，退未嘗不發媿也。往時侍御有無盡費於朋友，及今則又不忍其三族之寒飢，聚而館之，疏遠畢至，禄不足以養，李生雖欲不從事於外，其勢不可得已也。重李生之還者，皆爲詩，愈最故，故又爲序云。

韓退之愛直贈李君房别 ○

左右前後皆正人也，欲其身之不正，烏可得邪？吾觀李生，在南陽公之側，有所不知，知之未嘗不爲之思；有所不疑，疑之未嘗不爲之言。勇不動於氣，義不陳乎色。南陽公舉措施爲，不失其宜，天下之所窺觀稱道洋洋者，抑亦左右前後有其人乎！

凡在此趨公之庭，議公之事者，吾既從而遊矣。言而公信之者，謀而公從之者，四方之人，則既聞而知之矣。李生，南陽公之甥也。人不知者，將曰李生之託婚於貴富之家，將以充其所求而止耳，故吾樂爲天下道其爲人焉。今之從事於彼也，吾爲南陽公愛之，又未知人之舉李生於彼者何辭，彼之所以待李生者何道。舉不失辭，待不失道，雖失之此足愛惜，而得之彼爲歡忻，於李生道猶若也。舉之不以吾所稱，待之不以吾所期，李生之言，不可出諸其口矣，吾重爲天下惜之。

韓退之送鄭十校理序 〇

秘書，御府也。天子猶以爲外且遠，不得朝夕視，始更聚書集賢殿，別置校讐官，曰「學士」，曰「校理」，常以寵丞相爲大學士。其他學士，皆達官也，校理則用天下之名能文學者，苟在選，不計其秩次，惟所用之。由是集賢之書盛積，盡秘書所有，不能處其半。書日益多，官日益重。四年，鄭生涵，始以長安尉選爲校理，人皆曰：是宰相子，能恭儉，守教訓，好古義，施於文辭者。如是，而在選，公卿大夫家之子弟，其勸耳矣！

愈爲博士也，始事相公於祭酒；分教東都生也，事相公於東太學；今爲郎於都官也，又事相公於居守。三爲屬吏，經時五年，觀道於前後，聽教誨於左右，可謂親薰而炙之矣。其高大遠密者，不敢隱度論也；其勤己而務博施，以己之有，欲人之能，不知古君子何如耳。今生始進仕，獲重語於天下，而慊慊若不足，真能守其家法矣，其在門者可進賀也。

求告來寧，朝夕侍側，東都士大夫不得見其面。於其行日，分司吏與留守之從事，竊載酒肴，席定鼎門外，盛賓客以餞之。既醉，各爲詩五韻，且屬愈爲序。

韓退之送浮屠令縱西遊序 ○○

其行異，其情同，君子與其進可也。令縱，釋氏之秀者，又善爲文，浮游徜徉，跡接於天下。藩維大臣，文武豪士，令縱未始不褰衣而負業，往造其門下。其有尊行美德，建功樹業，令縱從而爲之歌頌，典而不諛，麗而不淫，其有中古之遺風與！乘閒致密，促席接膝，譏評文章，商較人士，浩浩乎不窮，愔愔乎深而有歸，於是乎吾忘令縱之爲釋氏之子也。其來也雲凝，其去也風休，方懽而已辭，雖義而不求。吾於令縱不知其不可也，盍賦詩以道其行乎？

古文辭類篹三十二終

贈序類二

歐陽永叔送楊寘序 ○○

予嘗有幽憂之疾，退而閒居，不能治也。既而學琴於友人孫道滋，受宮聲數引，久而樂之，不知疾之在其體也。

夫琴之爲技小矣。及其至也，大者爲宮，細者爲羽，操絃驟作，忽然變之，急者悽然以促，緩者舒然以和。如崩崖裂石，高山出泉，而風雨夜至也；如怨夫寡婦之歎息，雌雄雍雍之相鳴也。其憂深思遠，則舜與文王、孔子之遺音也；悲愁感憤，則伯奇孤子，屈原忠臣之所歎也。喜怒哀樂，動人必深，而純古淡泊，與夫堯舜三代之言語，孔子之文章，《易》之憂患，《詩》之怨刺，無以異。其能聽之以耳，應之以手，取其和者，道其湮鬱，寫其幽思，則感人之際，亦有至者焉。

予友楊君，好學有文，累以進士舉，不得志，反從廕調，爲尉於劍浦。區區在東南數千里外，是其心固有不平者。且少又多疾，而南方少醫藥，風俗、飲食異宜。以多疾之體，有不平之心，居異宜之俗，其能鬱鬱以久乎？然欲平其心以養其疾，於琴亦將有得焉。故余作《琴説》以贈其行，且邀道滋酌酒進琴以爲别。

歐陽永叔送田畫秀才寧親萬州序 ○○○

五代之初，天下分爲十三四，及建隆之際，或滅或微，其在者猶七國，而蜀與江南地最大。以周世宗之雄，三至淮上，不能舉李氏。而蜀亦恃險爲阻，秦隴、山南，皆被侵奪，而荆人縮手歸、峽，不敢西窺以争故地。及太祖受天命，用兵不過萬人，舉兩國如一郡縣吏，何其偉歟！

當此時，文初之祖，從諸將西平成都，及南攻金陵，功最多，於時語名將者稱田氏。田氏功書史官，禄世於家，至於今而不絶。及天下已定，將率無所用其武，士君子争以文儒進。故文初將家子，反衣白衣，從鄉進士舉於有司。彼此一時，亦各遭其勢而然也。

文初辭業通敏，爲人敦潔可喜。歲之仲春，自荆南，西拜其親於萬州，維舟夷陵。予與之登高以望遠，遂遊東山，窺緑蘿溪，坐磐石，文初愛之，數日乃去。

夷陵者，其地志云：「北有夷山以爲名。」或曰：「巴峽之險，至此地始平夷。」蓋今文初所見，尚未爲山川之勝者。由此而上，泝江湍，入三峽，險怪奇絶，乃可愛也。當王師伐蜀時，兵出兩道，一自鳳州以入，一自歸州以取忠、萬以西。今之所經，皆王師嚮所用武處，覽其山川，可以慨然而賦矣。茅順甫曰：風韻跌宕。

歐陽永叔送徐無黨南歸序 ○○○

草木鳥獸之爲物，衆人之爲人，其爲生雖異，而爲死則同，一歸於腐壞、澌盡、泯滅而已。而衆人之中，有聖賢者，固亦生且死於其閒，而獨異於草木鳥獸衆人者，雖死而不朽，逾遠而彌存也。其所以爲聖賢者，修之於身，施之於事，見之於言，是三者，所以能不朽而存也。

修於身者，無所不獲；施於事者，有得有不得焉；其見於言者，則又有能有不能也。施於事矣，不見於言可也。自《詩》、《書》、《史記》所傳，其人豈必皆能言之士哉！修於身矣，而不施於事，不見於言，亦可也。孔子弟子，有能政事者矣，有能言語者矣。若顔回者，在陋巷，曲肱饑臥而已，其羣居，則默然終日如愚人。然自當時羣弟子，皆推尊之，以爲不敢望而及，而後世更百千歲，亦未有能及之者。其不朽而存者，固不待施於事，況於言乎？

予讀班固《藝文志》、唐《四庫書目》，見其所列，自三代、秦、漢以來，著書之士，多者至百餘篇，少者猶三四十篇，其人不可勝數，而散亡磨滅，百不一二存焉。予竊悲其人，文章麗矣，言語工矣，無異草木榮華之飄風，鳥獸好音之過耳也。方其用心與力之勞，亦何異衆人之汲汲營營？而忽焉以死者，雖有遲有速，而卒與三者同歸於泯滅，夫言之不可恃也蓋如此！今之學者，莫不慕古聖賢之不朽，而勤一世以盡心於文字間者，皆可悲也。

東陽徐生，少從予學爲文章，稍稍見稱於人。既去，而與羣士試於禮部，得高第，由是知名。其文辭日進，如水涌而山出。予欲摧其盛氣，而勉其思也，故於其歸，告以是言。然予固亦喜爲文辭者，亦因以自警焉。

歐陽永叔鄭荀改名序　○

三代之衰，學廢而道不明，然後諸子出。自老子厭周之亂，用其小見以爲聖人之術止於此，始非仁義而詆聖智，諸子因之，益得肆其異説。至於戰國，蕩而不反，然後山淵、齊秦、堅白異同之論興，聖人之學，幾乎其息。最後荀卿子，獨用《詩》、《書》之言，貶異扶正，著書以非諸子，尤以勸學爲急。荀卿楚人，嘗以學干諸侯不用，退老蘭陵，楚人尊之。及戰國平，三代《詩》、《書》未盡出，漢諸大儒賈生、司馬遷之徒，莫不盡用荀卿子。蓋其爲説最近於聖人而然也。

滎陽鄭昊，少爲詩賦，舉進士，已中第，遂棄之，曰：「此不足學也。」始從先生長者學問，慨然有好古不及之意。鄭君年尚少，而性淳明，輔以彊力之志，得其是者而師焉，無不至也。將更其名，數以請，予使之自擇，遂改曰「荀」，於是又見其志之果也。夫荀卿者，未嘗親見聖人，徒讀其書而得之，然自子思、孟子已下，意皆輕之。使其與游、夏並進於孔子之門，吾不知其先後也。世之學者，苟如荀卿，可謂學矣，而又進焉，則孰能禦哉？余既嘉君善自擇而慕焉，因爲之字曰「叔希」，且以勗其成焉。

曾子固送周屯田序 ○

士大夫登朝廷，年七十，上書去其位，天子官其一子而聽之，亦可謂榮矣。然而有若不釋然者。余爲之言曰：古之士大夫倦而歸者，安居几杖，膳羞被服、百物之珍好自若，天子養以燕饗飲食鄉射之禮。自比子弟，袒韝鞠曆，以薦其物。諮其辭説，不於庠序，於朝廷。時節之賜，與縉紳之禮於其家者，不以朝則以夕。上之聽其休，爲不敢勤以事；下之自老，爲無爲而尊榮也。今一日辭事，返其廬，徒御散矣，賓客去矣，百物之順其欲者不足，人之羣嬉屬好之交不與，約居而獨游，散棄乎山墟林莽僻巷窮閭之閒。如此其於長者薄也，亦曷能使其不欿然於心邪？雖然，不及乎尊事，可以委蛇其身而益閒；不享乎珍好，可以窒煩除薄而益安；不去乎深山長谷，豈不足以易其庠序之位；不居其榮，豈有患乎其辱哉！然則古之所以殷勤奉老者，皆世之任事者所自爲，於士之倦而歸者，顧爲煩且勞也。今之置古事者，顧有司爲少耳。士之老於其家者，獨得其自肆也。然則何爲動其意邪？

余爲之言者，尚書屯田員外郎周君中復。周君與先人俱天聖二年進士，與余舊且好也。既爲之辨其不釋然者，又欲其有以處而樂也。讀余言者，可無異周君，而病今之失矣。南豐曾鞏序。董塢先生云：仁宗時，文武官年七十以上，不自請致仕者，司馬池、賈昌朝、包拯、吴奎皆相繼被糾劾。周君想亦迫迮而退，非止足而甘引年者也。子固文殆爲釋譏。文内鄉射字疑訛，或易作大射，或作天子養以燕饗食飲射之禮，皆可。《記》云：有虞氏以燕禮，夏后氏以饗禮，殷人以食禮，周人修而兼用之。又《行葦》之詩言飲射，而繼之以祈黄耇，鄭氏箋云：周之先王，將養老，先與羣臣行射禮，擇其可與者爲賓。若鄉射，則天子無由親與其閒矣。茅順甫云：議論似屬典刑，而文章烟波，馳驟不足。讀昌黎所送楊少尹致仕序，天壤矣。

曾子固贈黎安二生序 ○○

趙郡蘇軾，余之同年友也，自蜀以書至京師遺余，稱蜀之士曰黎生、安生者。既而黎生攜其文數十萬言，安生攜其文亦數千言，辱以顧余。讀其文，誠閎壯雋偉，善反覆馳騁，窮盡事理，而其材力之放縱，若不可極者也。二生固可謂魁奇特起之士，而蘇君固可謂善知人者也。

頃之，黎生補江陵府司法參軍，將行，請余言以爲贈。余曰：「余之知生，既得之於心矣，迺將以言相求於外邪？」黎生曰：「生與安生之學於斯文，里之人皆笑以爲迂闊。今求子之言，蓋將解惑於里人。」余聞之，自顧而笑。夫世之迂闊，孰有甚於余乎？知信乎古，而不知合乎世；知志乎道，而不知同乎俗。此余所以困於今而不自知也。世之迂闊，孰有甚於余乎？今生之迂，特以文不近俗，迂之小者耳，患爲笑於里之人，若余之迂大矣。使生持吾言而歸，且重得罪，庸詎止於笑乎？然則若余之於生，將何言哉？謂余之迂爲善，則其患若此。謂爲不善，則有以合乎世，必違乎古；有以同乎俗，必離乎道矣。生其無急於解里人之惑，則於是焉，必能擇而取之。遂書以贈二生，并示蘇君以爲何如也。

曾子固送江任序　○

均之爲吏，或中州之人，用於荒邊側境、山區海聚之閒，蠻夷異域之處；或燕荆越蜀、海外萬里之人，用於中州，以至四遐之鄉，相易而往。其山行水涉沙莽之馳，往往則風霜冰雪瘴霧之毒之所侵加，蛇龍虺蜴虎豹之羣之所抵觸，衝波急洑，隤崖落石之所覆壓。其進也，莫不籝糧裹藥，選舟易馬，刀兵曹伍而後動，戒朝奔夜，變更寒暑而後至。至則宮廬器械被服飲食之具，土風氣候之宜，與夫人民謡俗語言習尚之務，其變難遵而其情難得也，則多愁居惕處，歎息而思歸。及其久也，所習已安，所蔽已解，則歲月有期，可引而去矣。故不得專一精思，修治具，以宣布天子及下之仁，而爲後世可守之法也。

或九州之人，各用於其土，不在西封在東境，士不必勤，舟車輿馬不必力，而已傳其邑都，坐其堂奥。道途所次，升降之倦，淩冒之虞，無有接於其形，動於其慮。至則耳目口鼻百體之所養，如不出乎其家；父兄六親故舊之人，朝夕相見，如不出乎其里。山川之形，土田市井，風謡習俗，辭説之變，利害得失，善惡之條貫，非其童子之所聞，則其少長之所游覽，非其自得，則其鄉之先生老者之所告也。所居已安，所有事之宜，皆已習熟如此，故能專慮致勤，營職事，以宣上恩，而修百姓之急。其施爲先後，不待旁諮久察，而與奪損益之幾，已斷於胸中矣。豈累夫孤客遠寓之憂，而以苟且決事哉！

臨川江君任，爲洪之豐城。此兩縣者，牛羊之牧相交，樹木果蔬五穀之壟相入也。所謂九州之人各用於其土者，孰近於此？既已得其所處之樂，而厭聞飫聽其人民之事，而江君又有聰明敏慧之才，廉潔之行，以行其政，吾知其不去圖書講論之適，賓客之好，而所爲有餘矣。蓋縣之治，則民自得於大山深谷之中，而州以無爲於上。吾將見江西之幕府，無南嚮而慮者矣。於其行，遂書以送之。

曾子固送傅向老令瑞安序 ○

向老傅氏，山陰人。與其兄元老讀書知道理，其所爲文辭可喜。太夫人春秋高，而其家故貧。然向老昆弟尤自守，不苟取而妄交，太夫人亦忘其貧。余得之山陰，愛其自處之重，而見其進而未止也，特心與之。

向老用舉者，令溫之瑞安，將奉其太夫人以往。予謂向老學古，其爲令當知所先後。然古之道，蓋無所用於今，則向老之所守，亦難合矣。故爲之言，庶夫有知予爲不妄者，能以此而易彼也。

蘇明允送石昌言爲北使引　○○

昌言舉進士時，吾始數歲，未學也。憶與羣兒戲先府君側，昌言從旁取棗栗啖我。家居相近，又以親戚故甚狎。昌言舉進士日有名。吾後漸長，亦稍知讀書，學句讀，屬對聲律，未成而廢。昌言聞吾廢學，雖不言，察其意甚恨。後十餘年，昌言及第第四人，守官四方，不相聞。吾日以壯大，乃能感悟，摧折復學。又數年，遊京師，見昌言長安，相與勞問，如平生歡。出文十數首，昌言甚喜稱善。吾晚學無師，雖日爲文，中心自慚。及聞昌言說，乃頗自喜。

今十餘年，又來京師。而昌言官兩制，乃爲天子出使萬里之外，强悍不屈之虜廷，建大旆，從騎數百，送車千乘，出都門，意氣慨然。自思爲兒時，見昌言先府君旁，安知其至此？鼐按：此明允胸襟陋處，昌黎必不然也。富貴不足怪，吾於昌言獨自有感也：大丈夫生不爲將，得爲使，折衝口舌之閒，足矣。

往年彭任從富公使還，爲我言曰：「既出境，宿驛亭，聞介馬數萬騎馳過，劍槊相摩，終夜有聲，從者怛然失色。及明，視道上馬跡，尚心掉不自禁。」凡虜所以誇耀中國者，多此類也。中國之人不測也，故或至於震懼而失辭，以爲夷狄笑。嗚呼！何其不思之甚也？昔者奉春君使冒頓，壯士健馬，皆匿不見，是以有平城之役。今之匈奴，吾知其無能爲也。孟子曰：「説大人則藐之。」況於夷狄，請以爲贈。茅順甫云：文有生色，直當與昌黎送殷員外等序相伯仲。海峯先生云：其波瀾跌宕，極爲老成。句調聲響，中窾合節，幾竝昌黎，而與殷員外序實不相似。

蘇明允仲兄文甫説 ○○

洵讀《易》至《渙》之六四，曰：「渙其羣，元吉。」曰：嗟夫！羣者，聖人之所欲渙以混一天下者也。蓋余仲兄名渙，而字公羣，則是以聖人之所欲解散滌蕩者以自命也，而可乎？他日以告，兄曰：「子可無爲我易之？」洵曰：「唯。」既而曰：「請以『文甫』易之如何？」

且兄嘗見夫水之與風乎？油然而行，淵然而留，渟洄汪洋，滿而上浮者，是水也，而風實起之；蓬蓬然而發乎太空，不終日而行乎四方，蕩乎其無形，飄乎其遠來，既往而不知其迹之所存者，是風也，而水實形之。今夫風水之相遭乎大澤之陂也，紆餘委虵，蜿蜒淪漣，安而相推，怒而相凌，舒而如雲，蹙而如鱗，疾而如馳，徐而如緬，揖讓旋辟，相顧而不前。其繁如縠，其亂如霧，紛紜鬱擾，百里若一。汩乎順流，至乎滄海之濱，磅礴洶涌，號怒相軋，交横綢繆，放乎空虚，掉乎無垠，横流逆折，濆旋傾側，宛轉膠戾，鼐按：此段形容風水處極工，惜太襲長卿《上林》耳。回者如輪，縈者如帶，直者如燧，奔者如焰，跳者如鷺，躍者如鯉，殊狀異態，而風水之極觀備矣。故曰「風行水上涣」。此亦天下之至文也。

然而此二物者，豈有求乎文哉？無意乎相求，不期而相遭，而文生焉。是其爲文也，非水之文也，非風之文也，二物者，非能爲文，而不能不爲文也。物之相使，而文出於其閒也。故曰「此天下之至文也」。今夫玉非不温然美矣，而不得以爲文；刻鏤組繡，非不文矣，而不可以論乎自然。故夫天下之無營而文生之者，唯水與風而已。昔者君子之處於世，不求有功，不得已而功成，則天下以爲賢；不求有言，不得已而言出，則天下以爲口實。嗚呼！此不可與他人道之，唯吾兄可也。

蘇明允名二子説 〇〇

輪、輻、蓋、軫，皆有職乎車，而軾獨若無所爲者。雖然去軾，則吾未見其爲完車也。

軾乎！吾懼汝之不外飾也。

天下之車，莫不由轍，而言車之功，轍不與焉。雖然，車仆馬斃，而患不及轍，是轍者，禍福之間。轍乎！吾知免矣。

蘇子瞻太息送秦少章 ○

孔北海與曹公論盛孝章云：「孝章實丈夫之雄者也，游談之士，依以成聲。今之少年，喜謗前輩，或譏評孝章。孝章要爲有天下重名，九牧之人所共稱歎。」吾讀至此，未嘗不廢書太息也。曰：嗟乎！英偉奇逸之士，不容於世俗也久矣。雖然，自今觀之，孔北海、盛孝章猶在世，而向之譏評者，與草木同腐久矣。

昔吾舉進士，試於禮部，歐陽文忠公見吾文曰：「此我輩人也，吾當避之。」方是時，士以剽裂爲文，聚而見訕，且訕公者，所在成市。曾未數年，忽焉若潦水之歸壑，無復見一人者。此豈復待後世哉？今吾衰老廢學，自視缺然，而天下士不吾棄，以爲可以與於斯文者，猶以文忠公之故也。

張文潛、秦少游，此兩人者，士之超逸絕塵者也。非獨吾云爾，二三子亦自以爲莫及也。士駭於所未聞，不能無異同，故紛紛之言，常及吾與二子。吾策之審矣，士如良金美玉，市有定價，豈可以愛憎口舌貴賤之歟？

少游之弟少章，復從吾游，不及朞年，而論議日新，若將施於用者，欲歸省其親，且不忍去。嗚呼！子行矣，歸而求諸兄，吾何加焉？作《太息》一篇，以餞其行，使藏於家，三年然後出之。

蘇子瞻日喻贈吳彥律　○○

生而眇者不識日，問之有目者。或告之曰：「日之狀如銅槃。」扣槃而得其聲，他日聞鐘，以爲日也。或告之曰：「日之光如燭。」捫燭而得其形，他日揣籥，以爲日也。日之與鐘、籥亦遠矣，而眇者不知其異，以其未嘗見而求之人也。道之難見也甚於日，而人之未達也，無以異於眇。達者告之，雖有巧譬善導，亦無以過於槃與燭也。自槃而之鐘，自燭而之籥，轉而相之，豈有既乎？故世之言道者，或即其所見而名之，或莫之見而意之，皆求道之過也。然則道卒不可求與？蘇子曰：道可致而不可求。何謂致？孫武曰：「善戰者致人，不致於人。」孔子曰：「百工居肆以成其事，君子學以致其道。」莫之求而自至，斯以爲致也與？

南方多没人，日與水居也，七歲而能涉，十歲而能浮，十五而能没矣。夫没者豈苟然哉？必將有得於水之道者。日與水居，則十五而得其道；生不識水，則雖壯，見舟而畏之。故北方之勇者，問於没人，而求所以没，以其言試之河，未有不溺者也。故凡不學而務求道，皆北方之學没者也。

昔者以聲律取士，士雜學而不志於道；今也以經術取士，士知求道而不務學。渤海吴君彦律，有志於學者也，方求舉於禮部，作《日喻》以告之。

蘇子瞻稼説 送張琥 ○

曷嘗觀於富人之稼乎？其田美而多，其食足而有餘。其田美而多，則可以更休，而地力得完；其食足而有餘，則種之常不後時，而斂之常及其熟。故富人之稼常美，少秕而多實，久藏而不腐。今吾十口之家，而共百畝之田，寸寸而取之，日夜以望之，鋤耰銍艾相尋於其上者如魚鱗，而地力竭矣。種之常不及時，而斂之常不待其熟，此豈能復有美稼哉？

古之人，其才非有以大過今之人也。其平居所以自養，而不敢輕用，以待其成者。閔閔焉，如嬰兒之望長也；弱者養之以至於剛，虚者養之以至於充。三十而後仕，五十而後爵。信於久屈之中，而用於至足之後；流於既溢之餘，而發於持滿之末。此古之人所以大過人，而今之君子所以不及也。

吾少也，有志於學，不幸而早得與吾子同年，吾子之得亦不可謂不早也。吾今雖欲自以爲不足，而衆且妄推之矣。嗚呼！吾子其去此而務學也哉？博觀而約取，厚積而薄發，吾告子止於此矣。子歸過京師而問焉，有曰轍子由者，吾弟也，其亦以是語之。

王介甫送孫正之序　○

時然而然，衆人也；己然而然，君子也。己然而然，非私己也，聖人之道在焉爾。夫君子有窮苦顛跌，不肎一失詘己以從時者，不以時勝道也。故其得志於君，則變時而之道，若反手然，彼其術素修，而志素定也。時乎楊、墨，己不然者，孟軻氏而已；時乎釋、老，己不然者，韓愈氏而已。如孟、韓者，可謂術素修而志素定也，不以時勝道也。惜也不得志於君，使真儒之效，不白於當世，然其於衆人也卓矣。嗚呼！予觀今之世，圓冠峩如，大裾襜如，坐而堯言，起而舜趨，不以孟、韓之心爲心者，果異衆人乎？

予官於揚，得友曰孫正之。正之行古之道，又善爲古文，予知其能以孟、韓之心爲心而不已者也。夫越人之望燕爲絶域也，北轅而首之，苟不已，無不至。孟、韓之道去吾黨，豈若越人之望燕哉？以正之之不已，而不至焉，予未之信也。一日得志於吾君，而真儒之效，不白於當世，予亦未之信也。

正之之兄官於温，奉其親以行，將從之，先爲言以處予。予欲默，安得而默也？

古文辭類纂卷三十三終

贈序類三

歸熙甫周弦齋壽序

弦齋先生，居崑山之千墩浦上，與吾母家周氏居相近也。異時周氏諸老人，皆有厚德，饒於積聚，爲子弟延師，曲有禮意。而先生嘗爲之師，諸老人無不敬愛。久之，吾諸舅兄弟，無非先生弟子者。

余少時見吾外祖與先生遊處，及吾諸舅兄弟之從先生遊。今聞先生老，而強壯如昔，往來千墩浦上，猶能步行十餘里。每余見外氏從江南來，言及先生，未嘗不思少時之母家之室屋井里，森森如也；周氏諸老人之厚德，渾渾如也；吾外祖之與先生遊處，恂恂如也；吾舅若兄弟之從先生遊，齗齗如也。今室屋井里非復昔時矣，吾外祖諸老人無存者矣。舅氏惟長舅存耳，亦先生之弟子也，年七十餘矣。兄弟中，河南行省參知政事子和最貴顯，亦已解組而歸，方日從先生於桑梓之間。俛仰今昔，覽時事之變化，人生之難久長如是，是不可不舉觴而爲之賀也！

嘉靖丁巳某月日，先生八十之誕辰。子和既有文以發其潛德，余雖不見先生久，而少時所識其淳朴之貌，如在目前。吾弟子静復來言於予，亦以予之知先生也。先生名果，字世高，姓周氏，别號弦齋云。

歸熙甫戴素庵七十壽序　○

戴素庵先生，與吾父同入學宫爲弟子員，同爲增廣生，年相次也，皆以明經工於進士之業，數試京闈不得第。予之爲弟子員也，於班行中，見先生輩數人，凝然古貌，行坐不敢與之列，有問則拱以對，先生輩亦偃然自處，無不敢當之色。會予以貢入太學，而先生猶爲弟子員。又數年，乃與吾父同謁告而歸也。

先生家在某所，渡婁江而北，有陂湖之勝，裕州太守龔西野之居在焉。裕州與先生爲内外昆弟，然友愛無異親昆弟。一日無先生，食不甘，寢不安也。先生嘗遘危疾，西野行坐視先生而哭之，疾竟以愈，日相從飲酒爲歡。蓋龔氏之居枕傀儡蕩，遡蕩而北，重湖相襲，汗漫沈浸，雲樹圍映，乍合乍開，不可窮際，武陵桃源，無以過之。西野既解纓組之累，先生亦釋絃誦之負，相得於江湖之外，真可謂肥遯者矣。其後西野既逝，先生落然無所向，然其子上舍君，猶嚴子弟之禮，事先生如父在時。故先生雖家塘南，而常遊湖上爲多。

今年先生七十。吾族祖某，先生之子婿也，命予以文，爲言先生平生甚詳，然皆予之素所知者也。因念往時在鄉校中，先生與家君已追道前輩事，今又數年，不能復如先生之時矣。俗日益薄，其閒有能如龔裕州之與先生乎？而後知先生潛深伏隩，怡然湖水之濱，年壽烏得而不永也？先生長子某，今爲學生，而餘子皆向學，不墜其教云。

歸熙甫王母顧孺人六十壽序 ○

王子敬欲壽其母，而乞言於予。予方有腹心之疾，辭不能爲，而諸友爲之請者數四。則問子敬之所欲言者，而子敬之言曰：「吾先人生長太平。吾祖爲雲南布政使，吾外祖爲翰林，爲御史，以文章政事，並馳騁於一時。先人在綺紈之閒，讀書之暇，飲酒博弈，甚樂也。已而吾母病瘻，蓐處者十有八年。先人就選，待次天官，卒於京邸。是時執禮生十年，諸姊妹四人皆少，而吾弟執法方在娠。比先人返葬，執法始生，而吾母之疾亦瘳。自是撫抱諸孤，煢煢在疚。今二十年，少者以長，長者以壯，以嫁以娶。向之在娠者，今亦頎然成人矣。蓋執禮兄弟知讀書，不敢墮先世之訓。而執法以歲之正月，冠而受室，吾母適當六十之誕辰。回思二十年前，如夢如寐，如痛之方定，如涉大海，茫洋浩蕩，顛頓於洪波巨浪之中，篙櫓俱失，舟人束手，相向號呼，及夫風恬浪息，放舟徐行，遵乎洲渚，舉酒相酬。此吾母今日得以少安，而執禮兄弟所以自幸者也。」

噫！子敬之言如是，諸友之所以賀，與予之所以言，亦無出於此矣。「恩斯勤斯，鬻子之閔斯。」子敬兄弟其念之哉！

歸熙甫顧夫人八十壽序 ○

太保顧文康公，以進士第一人，歷事孝、武二朝。今天子由南服入繼大統，恭上天地祖考徽號，定郊丘之位，肇九廟，饗明堂，秩百神，稽古禮文，粲然具舉。一時議禮之臣，往往拔自庶僚，驟登樞要；而公以宿學元老，侍經幄，備顧問，從容法從，三十餘年，晚乃進拜内閣，參與密勿。會天子南巡湖湘，恭視顯陵，付以留鑰之重。蓋上雖不遽用公，而眷注隆矣。至於居守大事，天下安危所繫，非公莫寄也。夫人主之恩如風雨，而怒如雷霆，有莫測其所以然者。士大夫遭際，承藉貴勢，恩寵狎至，天下之士，誰不扼腕跂踵而慕豔之？及夫時移事變，有不能自必者，而後知公爲天下之全福也。

公薨之後九年，夫人朱氏，年八十，冢孫尚寶君稱慶於家，請於其舅上舍梁君，乞一言以紀其盛。蓋夫人自笄而從公，與之偕老，壽考則又過之。公之德順而厚，其坤之所以承乾乎？夫人之德静而久，其恒之所以繼咸乎？故曰「天下之全福」也。常以陰陽之數，論女子之致福尤難。自古婦人，不得所偶，有乖人道之常者多矣，況非常之寵渥，重之以康寧壽考乎？

初公爲諭德，有安人之誥。爲侍讀，有宜人之誥。進宫保，有一品夫人之誥。上崇孝養，册上昭聖皇太后，章聖皇太后徽號，夫人於是朝三宫。親蠶之禮，曠千載不見矣。上考古事，憲周制，舉三繅之禮，夫人陪侍翟車。煌煌乎三代之典，豈不盛哉！

有光辱與公家世通姻好，自念初生之年，高大父作高玄嘉慶堂，公時在史館，實爲之記，所以勗我後人者深矣。其後公予告家居，率鄉人子弟釋菜於學宫，有光亦與其閒。丙申之歲，以計偕上春官，公時以大宗伯領太子詹事，拜公於第，留與飲酒，問鄉里故舊甚懽。天暑露坐庭中，酒酣樂作，夜分乃散，可以見太平風流宰相。自惟不佞，荏苒歲年，德業無聞，多所自媿。獨於文字，少知好之，執筆以紀公之家慶，所不辭云。

歸熙甫守耕説 ○

嘉定唐虔伯，與予一再晤，然心獨慕愛其爲人。吾友潘子實、李浩卿，皆虔伯之友也。二君數爲予言虔伯，予因二君蓋知虔伯也。虔伯之舅曰沈翁，以誠長者見稱鄉里，力耕六十年矣，未有子，得虔伯爲其女夫。予因虔伯蓋知翁也。翁名其居之室曰「守耕」，虔伯因二君使予爲説。

予曰：耕稼之事，古之大聖大賢，當其未遇，不憚躬爲之。至孔子乃不復以此教人。蓋嘗拒樊遲之請，而又曰「耕也，餒在其中矣」。謂孔子不耕乎？而釣而弋而獵較，則孔子未嘗不耕也。孔子以爲如適其時，不憚躬爲之矣。然可以爲君子之時，而不可以爲君子之學。君子之學，不耕將以治其耕者。故耕者得常事於耕，而不耕者亦無害於不耕。夫其不耕，非晏然逸己而已也。今天下之事，舉歸於名，獨耕者其實存耳。其餘皆晏然逸己而已也。志乎古者，爲耕者之實耶？爲不耕者之名耶？作《守耕説》。

歸熙甫二石説 〇

樂者仁之聲，而生氣之發也。孔子稱「《韶》盡美矣，又盡善也」，在齊聞《韶》，則學之三月，不知肉味。考之《尚書》，自堯「克明峻德」，至舜「重華協於帝」，四岳、九官、十二牧，各率其職。至於蠻夷率服，若予上下草木鳥獸，至仁之澤，洋洋乎被動植矣。故曰「虞賓在位，羣后德讓」，又曰「庶尹允諧」，「鳥獸蹌蹌」，「鳳凰來儀」，又曰「百獸率舞」。此唐、虞太和之景象，在於宇宙之間，而特形於樂耳。《傳》曰：「夔始制樂，以賞諸侯。」《吕氏春秋》曰：「堯命夔擊石，以象上帝玉磬之音，以舞百獸。」擊石拊石，夔之所能也。百獸率舞，非夔之所能也。此唐、虞之際，仁治之極也。

顔子學於孔子，「三月不違仁」，而未至於化。孔子告之以爲邦，而曰「樂則《韶舞》」，豈驟語以唐、虞之極哉？亦教之禮樂之事，使其行夏之時，乘殷之輅，服周之冕，而歌有虞氏之風。淫聲亂色，無以奸其閒。是所謂非禮勿視、聽、言、動，而爲仁之用達矣。雖然，由其道而舞百獸，儀鳳凰，豈遠也哉？冉求欲富國足民，而以禮樂俟君子。孔子所以告顔子，即冉求所以俟君子也。欲富國足民，而無俟於禮樂，其敝必至於聚斂。子游能以絃歌試於區區之武城，可謂聖人之徒矣。

自秦以來，長人者無意於教化之事，非一世也。江夏呂侯，爲青浦令，政成而民頌之。侯名調音，字宗夔，又自號二石。請予爲二石之説，予故推本《尚書》、《論語》之義，以達侯之志焉。

歸熙甫張雄字説　〇

張雄既冠，請字於余。余辱爲賓，不可以辭，則字之曰「子谿」。聞之《老子》云：「知其雄，守其雌，爲天下谿。」「常德不離，復歸於嬰兒。」此言人有勝人之德，而操之以不敢勝人之心。德處天下之上，而禮居天下之下，若谿之能受，而水歸之也。不失其常德，而復歸於嬰兒，人己之勝心不生，則致柔之極矣。

人居天地之閒，其才智稍異於人，常有加於愚不肖之心。其才智彌大，其加彌甚，故愚不肖常至於不勝，而求返之。天下之争，始於愚不肖之不勝，是以古之君子，有高天下之才智，而退然不敢以有所加，而天下卒莫之勝，則其致柔之極也。然則雄必能守其雌，是謂天下之谿。不能守雌，不能爲天下谿，不足以稱雄於天下。

歸熙甫二子字説

予昔遊吳郡之西山。西山並太湖，其山曰光福，而仲子生於家，故以福孫名之。其後三年，季子生於安亭，而予在崑山之宣化里，故名曰安孫。

於是福孫且冠娶，予因《爾雅》之義，字福孫以子祜，字安孫以子寧。念昔與其母共處顛危困厄之中，室家懽聚之日蓋少，非有昔人之勤勞天下，而弗能子其子也。以是志之，蓋出於其母之意云。今母亡久矣，二子能不自傷，而思所以立身行道，求無媿於所生哉？

抑此偶與古之羊叔子、管幼安之名同。二公生於晉、魏之世，高風大節，邈不可及，使孔子稱之，亦必以爲夷、惠之儔。夫士期以自修其身，至於富貴，非所能必。幼安之隱，叔子之仕，予難以擬其後。若其淵雅高尚，以道素自居，則士誠不可一日而無此。不然，要爲流俗之人，苟得爵禄，功名顯於世，亦鄙夫也。

方靈皋送王篛林南歸序

余與篛林交益篤，在辛卯、壬辰閒。前此篛林家金壇，余居江寧，率歷歲始得一會合。

至是余以《南山集》牽連繫刑部獄，而翁林赴公車，閒一二日必入視余。每朝餐罷，負手步階除，則翁林推户而入矣。至則解衣盤薄，諮經諏史，旁若無人。同繫者或厭苦，諷余曰：「君縱忘此地爲圜土，身負死刑，奈旁觀者姍笑何？」然翁林至，則不能遽歸，余亦不能畏訾謷而閉所欲言也。余出獄編旗籍，寓居海淀。翁林官翰林，每以事入城，則館其家。海淀距城往返近六十里，而使問朝夕通。事無細大，必以關，憂喜相聞。每閱月踰時，檢翁林手書必寸餘。

戊戌春，忽告余歸有日矣。余乍聞，心忡惕，若瞑行駐乎虛空之逕，四望而無所歸也。翁林曰：「子毋然。吾非不知吾歸子無所向，而今不能復顧子。且子爲吾計，亦豈宜阻吾行哉？」翁林之歸也，秋以爲期，而余仲夏出塞門，數附書問息耗，而未得也。今茲其果歸乎？吾知翁林抵舊鄉，春秋佳日，與親懿游好，徜徉山水閒，酣嘻自適，忽念平生故人，有衰疾遠隔幽燕者，必爲北鄉惆然而不樂也。

方靈皋送劉函三序

道之不明久矣，士欲言中庸之言，行中庸之行，而不牽於俗，亦難矣哉！蘇子瞻曰：

「古之所謂中庸者，盡萬物之理而不過；今之所謂中庸者，循循焉爲衆人之所爲。」夫能爲衆人之所爲，雖謂之反中庸可也。自吾有知識，見世之苟賤不廉，姦欺而病於物者，皆自謂中庸，世亦以中庸目之。其不然者，果自桎焉，而衆皆持中庸之論以議其後。

燕人劉君函三，令池陽，困長官誅求，棄而授徒江、淮閒。嘗語余曰：「吾始不知吏之不可一日以居也。吾百有四十日而去官，食知甘而寢成寐，若昏夜涉江浮海而見其涯，若沈痾之霍然去吾體也。」夫古之君子，不以道徇人，不使不仁加乎其身。劉君所行，豈非甚庸無奇之道哉？而其鄉人往往謂君迂怪不合於中庸。與親暱者，則太息深矉，若哀其行之迷惑不可振救者。

雖然，吾願君之力行而不惑也。無耳無目之人，貿貿然適於鬱栖阬阱之中，有耳目者當其前，援之不克，而從以俱入焉，則其可駭詫也加甚矣。凡務爲撓君之言者，自以爲智，天下之極愚也。奈何乎不畏古之聖人賢人，而畏今之愚人哉！劉君幸藏吾言於心，而勿以示鄉之人，彼且以爲譸張顛僻，背於中庸之言也。

方靈臯送左未生南歸序

左君未生，與余未相見，而其精神志趨，形貌辭氣，早熟悉於劉北固、古塘及宋潛虚。既定交，潛虚、北固各分散，余在京師。及歸故鄉，惟與未生游處爲久長。北固客死江夏，余每戒潛虚，當棄聲利，與未生歸老浮山，而潛虚不能用，余甚恨之。

辛卯之秋，未生自燕南附漕船東下，至淮陰，始知《南山集》禍作，而余已北發。居常自懟曰：「亡者則已矣，其存者遂相望而永隔乎？」己亥四月，余將赴塞上，而未生至自桐。瀋陽范恆菴高其義，爲言於駙馬孫公，俾偕行以就余。既至上營八日，而孫死，祁君學圃館焉。每薄暮公事畢，輒與未生執手谿梁閒。因念此地出塞門二百里，自今上北巡，建行宫，始二十年前，此蓋人迹所罕至也。余生長東南，及暮齒，而每歲至此涉三時，其山川物色，久與吾精神相憑依，異矣！而未生復與余數晨夕於此，尤異矣！蓋天假之緣，使余與未生爲數月之聚，而孫之死，又所以警未生而速其歸也。

夫古未有生而不死者，亦未有聚而不散者。然常觀子美之詩，及退之、永叔之文，一時所與游好，其人之精神志趨，形貌辭氣，若近在耳目閒，是其人未嘗亡，而其交亦未嘗散也。余衰病多事，不可自敦率。未生歸，與古塘各修行著書，以自見於後世，則余所以死而不亡者有賴矣，又何必以别離爲戚戚哉？

方靈皋送李雨蒼序

永城李雨蒼，力學治古文，自諸經而外，徧觀周、秦以來之作者而慎取焉。凡無益於世教人心政法者，文雖工弗列也。言當矣，猶必其人之可。故雖揚雄氏無所録，而過以余之文次焉。

余故與雨蒼之弟畏蒼交。雨蒼私論並世之文，舍余無所可，而守選踰年，不因其弟以通也。雍正六年，以建寧守承事來京師，又踰年，終不相聞。余因是意其爲人，必篤自信而不苟以悦人者，乃不介而過之，一見如故舊。得余《周官》之説，時輟其所事而手録焉。以行之速，繼見之難，固乞余言。

余惟古之爲交也，將以求益也。雨蒼欲余之有以益也，其何以益余乎？古之治道術者，所學異，則相爲蔽而不見其是；所學同，則相爲蔽而不見其非。吾願雨蒼好余文而毋匿其非也。

古之人得行其志，則無所爲書。雨蒼服官，雖歷歷著聲績，然爲天子守大邦，疆域千里，昧爽盥沐，質明而涖事臨民，一動一言，皆世教人心政法所由興壞也。一念之不周，一物之不應，則所學爲之虧矣。君其併心於所事，而於文則暫輟可也。高潔。

劉才甫送張閑中序

河流自昔爲中國患。禹疏九河，過家門不入，而東南鉅野，無潰冒湶没之害者，七百七十餘年。周定王時，河徙礫溪，九河故道，浸以湮滅。自是之後，秦穿漕渠，而漢時河決酸棗、瓠子、館陶，泛溢淮、泗、兗、豫、梁、楚諸郡，歷魏、晉、唐、宋、元、明，數千百載，迄無寧歲。

皇帝御極之元年，命山東按察使齊蘇勒，總督河務。吾友張君若矩，以通判河上事，效奔走淮水之南。迺畚迺築，共職維勤，險阻艱虞，罔敢或避。河督稱其能，以薦於天子，使署理兗之泇河。四年冬，題補入覲。而是時河水自河南陝州至江南之宿遷，千有餘里，清可照燭鬚眉者，凡月餘日不變。可以見太平有道，元首股肱，聯爲一體，至治翔洽，感格幽冥，天心協而符瑞見，至於此也。

張君既入覲，卒判迦河，將歸其官廨。於是吾徒夙與張君有兄弟之好者，各爲歌詩以送之。原注：雄直似昌黎。

劉才甫送沈茮園序

去父母，別兄弟妻子而遊，既久而猶不欲歸，滲灑闞，定省違。父母有子，如未嘗有子焉者；有兄弟，如未嘗有兄弟焉者。有夫而其妻獨處，有父而其子無怙，此鰥寡孤獨窮民之無告者類也。雖幸而取萬乘之公相，亦奚以云？

余在京師五年矣。父母年皆踰六十，兄弟四人，在家者尚一兄一弟，幼子三人皆已死，寡妻在室，是亦可以歸矣，而不歸。嗟乎！余獨安能無愧於沈君哉！

沈君杭州人，其在京師亦數年。一日其家人遺之書曰：「盍歸乎來？」沈君不謀於朋友，秣馬束裝載道。嗟乎！余獨安能無愧於沈君哉！沈君行矣，余於沈君復何言。原注：其來如潮水驟至，頃刻之間，消歸無有。此等神境，惟昌黎有之。

劉才甫送姚姬傳南歸序

古之賢人，其所以得之於天者獨全。故生而向學，不待壯而其道已成；既老而後從事，則雖其極日夜之勤劬，亦將徒勞而鮮獲。

姚君姬傳，甫弱冠，而學已無所不窺，余甚畏之。姬傳余友季和之子，其世父則南青也。憶少時與南青遊，南青年纔二十，姬傳之尊府，方垂髫未娶。太夫人仁恭有禮，余至其家，則太夫人必命酒，飲至夜分乃罷。其後余漂流在外，倏忽三十年，歸與姬傳相見，則姬傳之齒，已過其尊府與余遊之歲矣。明年，余以經學應舉，復至京師。無何，則聞姬傳已舉於鄉而來，猶未娶也。讀其所爲詩賦古文，殆欲壓余輩而上之。姬傳之顯名當世，固可前知。獨余之窮如曩時，而學殖將落，對姬傳不能不慨然而歎也。

昔王文成公童子時，其父攜至京師。諸貴人見之，謂宜以第一流自待。文成問何爲第一流，諸貴人皆曰：「射策甲科爲顯官。」文成莞爾而笑：「恐第一流當爲聖賢。」諸貴人乃皆大慙。今天既賦姬傳以不世之才，而姬傳又深有志於古人之不朽。其射策甲科爲顯官，不足爲姬傳道；即其區區以文章名於後世，亦非余之所望於姬傳。

孟子曰：「人皆可以爲堯舜。」以堯舜爲不足爲，謂之悖天；有能爲堯舜之資，而自謂不能，謂之慢天。若夫擁旄仗鉞，立功青海萬里之外，此英雄豪傑之所爲，而余以爲抑其次也。姬傳試於禮部，不售而歸，遂書之以爲姬傳贈。原注：淋漓遒宕，歐公學《史記》之文。

古文辭類篹三十四終

詔令類一

古文辭類纂三十五

秦始皇初并天下議帝號令 ○○

秦初并天下，令丞相、御史曰：「異日韓王納地效璽，請爲藩臣，已而倍約，與趙、魏合從畔秦，故興兵誅之，虜其王，寡人以爲善，庶幾息兵革。趙王使其相李牧來約盟，故歸其質子，已而倍盟，反我太原，故興兵誅之，得其王。趙公子嘉乃自立爲代王，故舉兵擊滅之。魏王始約服入秦，已而與韓、趙謀襲秦，秦兵吏誅，遂破之。荆王獻青陽以西，已而畔約，擊我南郡，故發兵誅，得其王，遂定其荆地。燕王昏亂，其太子丹乃陰令荆軻爲賊，兵吏誅滅其國。齊王用后勝計，絶秦使，欲爲亂，兵吏誅虜其王，平齊地。寡人以眇眇之身，興兵誅暴亂，賴宗廟之靈，六王咸伏其辜，天下大定。今名號不更，無以稱成功，傳後世。其議帝號。」

漢高帝入關告諭　○

父老苦秦苛法久矣。誹謗者族，耦語者棄市。吾與諸侯約：先入關者王之。吾當王關中。與父老約，法三章耳：殺人者死，傷人，及盜，抵罪。餘悉除去秦法，吏民皆按堵如故。凡吾所以來，爲父老除害，非有所侵暴，毋恐！且吾所以軍霸上，待諸侯至而定要束耳。

漢高帝二年發使者告諸侯伐楚　○○

天下立義帝，北面事之。今項羽放殺義帝於江南，大逆無道。寡人親爲發喪，諸侯皆縞素，悉發關中兵，收三河士，南浮江、漢以下，願從諸侯王擊楚之殺義帝者！

漢高帝五年赦天下令　○○

兵不得休八年，萬民與苦甚。今天下事畢，其赦天下殊死以下。

漢高帝令吏善遇高爵詔 ○

七大夫、公乘以上，皆高爵也。諸侯子及從軍歸者，甚多高爵。吾數詔吏先與田宅，及所當求於吏者，亟與。爵或人君，上所尊禮，久立吏前，曾不爲決，甚亡謂也。異日秦民爵公大夫以上，令、丞與亢禮。今吾於爵非輕也，吏獨安取此？且法以有功勞，行田宅，今小吏未嘗從軍者多滿，而有功者顧不得，背公立私，守、尉、長吏教訓甚不善。其令諸吏善遇高爵，稱吾意，且廉問有不如吾詔者，以重論之。

漢高帝六年上太公尊號詔 ○

人之至親，莫親於父子。故父有天下，傳歸於子；子有天下，尊歸於父。此人道之極也。前日天下大亂，兵革並起，萬民苦殃。朕親被堅執鋭，自帥士卒，犯危難，平暴亂，立諸侯，偃兵息民，天下大安。此皆太公之教訓也。諸王、通侯、將軍、羣卿大夫，已尊朕爲皇帝，而太公未有號，今上尊太公曰「太上皇」。

漢高帝十一年求賢詔 ○

蓋聞王者莫高於周文，伯者莫高於齊桓，皆待賢人而成名。今天下賢者智能，豈特古之人乎？患在人主不交故也，士奚由進？今吾以天之靈，賢士大夫，定有天下，以爲一家。欲其長久世世奉宗廟亡絶也，賢人已與我共平之矣，而不與吾共安利之，可乎？賢士大夫有肎從我游者，吾能尊顯之。布告天下，使明知朕意。御史大夫昌下相國，相國酇侯下諸侯王，御史中執法下郡守。其有意稱明德者，必身勸，爲之駕，遣詣相國府，署行義年。有而弗言，覺，免。年老癃病勿遣。

漢文帝二年議犯法相坐詔 ○○

法者，治之正，所以禁暴而衛善人也。今犯法者已論，而使無罪之父母妻子同産坐之，及收。朕甚弗取，其議。

朕聞之：法正則民愨，罪當則民從。且夫牧民而道之以善者吏也，既不能道，又以不正之法罪之，是法反害於民，爲暴者也。朕未見其便，宜孰計之。

漢文帝議振貸詔 ○○○

方春和時，草木羣生之物，皆有以自樂，而吾百姓鰥寡孤獨窮困之人，或阽於死亡，而莫之省憂。爲民父母，將何如？其議所以振貸之。

漢文帝賜南粵王趙佗書 ○○

皇帝謹問南粵王，甚苦心勞思。朕高皇帝側室之子，棄外，奉北藩於代。道里遼遠，壅蔽樸愚，未嘗致書。高皇帝棄羣臣，孝惠皇帝即世，高后自臨事，不幸有疾，日進不衰，以故誖暴乎治。諸吕爲變故亂法，不能獨制，迺取它姓子，爲孝惠皇帝嗣。賴宗廟之靈，功臣之力，誅之已畢。朕以王、侯、吏不釋之故，不得不立，今即位。

乃者聞王遺將軍隆慮侯書，求親昆弟，請罷長沙兩將軍。朕以王書，罷將軍博陽侯。親昆弟在真定者，已遣人存問，脩治先人冢。

前日聞王發兵於邊，爲寇災不止。當其時，長沙苦之，南郡尤甚，雖王之國，庸獨利乎？必多殺士卒，傷良將吏，寡人之妻，孤人之子，獨人父母，得一亡十，朕不忍爲也。朕欲定地犬牙相入者，以問吏，吏曰：「高皇帝所以介長沙土也。」朕不得擅變焉。吏曰：「得王之地，不足以爲大；得王之財，不足以爲富。服領以南，王自治之。」雖然，王之號爲帝，兩帝並立，亡一乘之使，以通其道，是争也。争而不讓，仁者不爲也。願與王分棄前患，終今以來，通使如故。故使賈馳諭告王朕意，王亦受之，毋爲寇災矣。

上褚五十衣，中褚三十衣，下褚二十衣，遺王，願王聽樂娱憂，存問鄰國。

漢文帝二年除誹謗法詔　○

古之治天下，朝有進善之旌，誹謗之木，所以通治道而來諫者也。今法有誹謗訞言之罪，是使衆臣不敢盡情，而上無由聞過失也，將何以來遠方之賢良？其除之。民或祝詛上，以相約而後相謾，吏以爲大逆；其有他言，吏又以爲誹謗。此細民之愚，無知抵死，朕甚不取。自今以來，有犯此者，勿聽治。以相約者，以、已字通。

漢文帝日食詔　○

朕聞之：天生民，爲之置君以養治之。人主不德，布政不均，則天示之災，以戒不治。

迺十一月晦，日有食之，適見於天，災孰大焉！朕獲保宗廟，以微眇之身，託於士民君王之上，天下治亂，在予一人。唯二三執政，猶吾股肱也。朕下不能治育羣生，上以累三光之明，其不德大矣。令至，其悉思朕之過失，及知見之所不及，匄以啟告朕。及舉賢良方正，能直言極諫者，以匡朕之不逮。因各敕以職任，務省費以便民。朕既不能遠德，故憪然念外人之有非，是以設備未息。今縱不能罷邊屯戍，又飭兵厚衛，其罷衛將軍軍。太僕見馬遺財足，餘皆以給傳置。

漢文帝十三年除肉刑詔 ○○

蓋聞有虞氏之時，畫衣冠、異章服以爲戮，而民弗犯，何治之至也！今法有肉刑三，而姦不止，其咎安在？毋乃朕德之薄，而教不明與？吾甚自愧。故夫訓道不純，而愚民陷焉。《詩》曰：「愷弟君子，民之父母。」今人有過，教未施而刑已加焉，或欲改行爲善，而道亡繇至。朕甚憐之。夫刑至斷支體，刻肌膚，終身不息，何其刑之痛而不德也，豈稱爲民父母之意哉？其除肉刑，有以易之。

漢文帝十四年增祀無祈詔 ○

朕獲執犧牲珪幣，以事上帝宗廟，十四年於今。歷日彌長，以不敏不明，而久撫臨天下，朕甚自愧。其廣增諸祀壇場珪幣。昔先王遠施不求其報，望祀不祈其福，右賢左戚，先民後己，至明之極也。今吾聞祠官祝釐，皆歸福於朕躬，不爲百姓，朕甚媿之。夫以朕之不德，而專鄉獨美其福，百姓不與焉，是重吾不德也。其令祠官致敬，無有所祈。

漢文帝後元年求言詔 ○

閒者數年比不登，又有水旱疾疫之災，朕甚憂之。愚而不明，未達其咎，意者朕之政有所失，而行有過與？乃天道有不順，地利或不得，人事多失和，鬼神廢不享與？何以致此？將百官之奉養或費，無用之事或多與？何其民食之寡乏也？夫度田非益寡，而計民未加益，以口量地，其於古猶有餘，而食之甚不足者，其咎安在？無乃百姓之從事於末以害農者蕃，爲酒醪以靡穀者多，六畜之食焉者衆與？細大之義，吾未能得其中。其與丞相、列侯、吏二千石、博士議之，有可以佐百姓者，率意遠思，無有所隱。

漢文帝前六年遺匈奴書　○

皇帝敬問匈奴大單于無恙。使係虖淺遺朕書云：「願寢兵休士，除前事，復故約，以安邊民，世世平樂。」朕甚嘉之。此古聖王之志也。漢與匈奴約爲兄弟，所以遺單于甚厚。背約離兄弟之親者，常在匈奴。然右賢王事，已在赦前，勿深誅。單于若稱書意，明告諸吏，使無負約有信，敬如單于書。使者言單于自將并國有功，甚苦兵事。服：繡袷、綺衣，長襦，錦袍各一，比疎一，黄金飾具帶一，黄金犀毗一，繡十匹，錦二十匹，赤綈，緑繒，各四十匹。使中大夫意，謁者令肩，遺單于。

漢文帝後二年遺匈奴書　○○

皇帝敬問匈奴大單于無恙。使當户、且渠雕渠難，郎中韓遼，遺朕馬二匹，已至，敬受。先帝制，長城以北，引弓之國，受令單于。長城以内，冠帶之室，朕亦制之。使萬民耕織射獵衣食，父子毋離，臣主相安，居無暴虐。今聞渫惡民，貪降其趨，背義絶約，忘萬民之命，離兩主之驩，然其事已在前矣。書云：「二國已和親，兩主驩説，寢兵休卒養馬，世世昌樂，翕然更始。」朕甚嘉之！聖者日新，改作更始，使老者得息，幼者得長，各保其首領，而終其天年。朕與單于，俱由此道，順天恤民，世世相傳，施之無窮，天下莫不咸嘉使。漢與匈奴鄰敵之國，仲馮疑「鄰」字上有脱字。鼐意衍「使」字，言與爲鄰國，是以相䘏，遺之物耳。匈奴處北地寒，殺氣早降，故詔吏遺單于秫蘖、金帛、緜絮它物，歲有數。今天下大安，萬民熙熙，獨朕與單于爲之父母。朕追念前事，薄物細故，謀臣計失，皆不足以離昆弟之驩。朕聞天不頗覆，地不偏載，朕與單于皆捐細故，俱蹈大道也。墮壞前惡，以圖長久，使兩國之民，若一家子。元元萬民，下及魚鼈，上及飛鳥，跂行、喙息、蠉動之類，莫不就安利，避危殆。故來者不止，天之道也。俱去前事，朕釋逃虜民，單于毋言章尼等。朕聞古之帝王，約分明而不食言。單于留志，天下大安。和親之後，漢過不先。單于其察之！

漢景帝後二年令二千石修職詔　○

雕文刻鏤，傷農事者也；錦繡纂組，害女紅者也。農事傷，則飢之本也；女紅害，則寒之原也。夫飢寒並至，而能亡爲非者寡矣。朕親耕，后親桑，以奉宗廟粢盛祭服，爲天下先。不受獻，減太官，省繇賦，欲天下務農蠶，素有畜積，以備災害。彊毋攘弱，衆毋暴寡，老耆以壽終，幼孤得遂長。

今歲或不登，民食頗寡，其咎安在？或詐僞爲吏，吏以貨賂爲市，漁奪百姓，侵牟萬民。縣丞，長吏也，奸法與盜盜，甚無謂也。其令二千石各修其職，不事官職秏亂者，丞相以聞，請其罪。布告天下，使明知朕意。

古文辭類篹三十五終

詔令類二

漢武帝元朔元年議不舉孝廉者罪詔　○○

公卿大夫，所使總方略，壹統類，廣教化，美風俗也。夫本仁祖義，褒德録賢，勸善刑暴，五帝、三王所繇昌也。朕夙興夜寐，嘉與宇内之士，臻於斯路。故旅耆老，復孝敬，選豪俊，講文學，稽參政事，祈進民心，深詔執事，興廉舉孝，庶幾成風，紹休聖緒。夫十室之邑，必有忠信；三人並行，厥有我師。今或至闔郡而不薦一人，是化不下究，而積行之君子，雍於上聞也。二千石官長，紀綱人倫，將何以佐朕燭幽隱，勸元元，厲蒸庶，崇鄉黨之訓哉！且進賢受上賞，蔽賢蒙顯戮，古之道也。其與中二千石，禮官博士，議不舉者罪。

漢武帝元狩二年報李廣詔　○○○

將軍者，國之爪牙也。《司馬法》曰：「登車不式，遭喪不服，振旅撫師，以征不服。」率三軍之心，同戰士之力，故怒形則千里竦，威振則萬物伏。是以名聲暴於夷貉，威稜憯乎鄰國。夫報忿除害，捐殘去殺，朕之所圖於將軍也。若迺免冠徒跣，稽顙請罪，豈朕之指哉？將軍其率師東轅，彌節白檀，以臨右北平。盛秋。

漢武帝元狩六年封齊王策

惟元狩六年，四月乙巳，皇帝使御史大夫湯，廟立子閎爲齊王。曰：嗚呼小子閎！受茲青社。朕承天序，惟稽古建爾國家，封于東土，世爲漢藩輔。嗚呼念哉！共朕之詔，惟命不于常。人之好德，克明顯光，義之不圖，俾君子怠。悉爾心，允執其中，天禄永終。厥有愆不臧，迺凶于乃國，而害於爾躬。嗚呼！保國乂民，可不敬與？王其戒之！

漢武帝封燕王策

嗚呼小子旦！受茲玄社，建爾國家，封于北土，世爲漢藩輔。嗚呼！葷鬻氏虐老獸心，以姦巧邊甿，朕命將率，徂征厥罪。萬夫長，千夫長，三十有二帥，降旗奔師，葷鬻徙域，北州以妥。悉爾心，毋作怨，毋作棐德，毋廢迺備，非教士不得從徵。王其戒之！

漢武帝封廣陵王策 ○

嗚呼小子胥！受茲赤社，建爾國家，封于南土，世世爲漢藩輔。古人有言曰：「大江之南，五湖之間，其人輕心。揚州保疆，三代要服，不及以正。」嗚呼！悉爾心，祗祗兢兢，迺惠迺順。毋桐好逸，毋邇宵人，惟法惟則。《書》云：「臣不作福，不作威，靡有後羞。」王其戒之！

漢武帝元鼎六年敕責楊僕書 ○○

將軍之功，獨有先破石門、尋陿，非有斬將搴旗之實也，烏足以驕人哉！前破番禺，捕降者以爲虜，掘死人以爲獲，是一過也。建德吕嘉，逆罪不容於天下，將軍擁精兵不窮追，超然以東越爲援，是二過也。士卒暴露連歲，爲朝會不置酒，將軍不念其勤勞，而造佞巧，請乘傳行塞，因用歸家，懷銀黄，垂三組，夸鄉里，是三過也。失期内顧，以道惡爲解，失尊尊之序，是四過也。欲請蜀刀，問君賈幾何，對曰：率數百。武庫日出兵而陽不知，挾僞干君，是五過也。受詔不至蘭池宫，明日又不對。假令將軍之吏，問之不對，令之不從，其罪何如？推此心以在外，江海之閒，可得信乎？今東越深入，將軍能率衆以掩過不？

漢武帝賜嚴助書　○

制詔會稽太守。君厭承明之廬，勞侍從之事，懷故土，出爲郡吏。會稽東接於海，南近諸越，北枕大江，閒者闊焉。久不聞問，具以《春秋》對，毋以蘇秦縱横。

漢武帝元封五年求賢良詔　○○

蓋有非常之功，必待非常之人。故馬或奔踶而致千里，士或有負俗之累而立功名。夫泛駕之馬，跅弛之士，亦在御之而已。其令州郡察吏民有茂材異等，可爲將相，及使絶國者。

漢昭帝賜燕刺王旦璽書　○

昔高皇帝王天下，建立子弟，以藩屏社稷。先日諸吕陰謀大逆，劉氏不絶若髮，賴絳侯等誅討賊亂，尊立孝文，以安宗廟，非以中外有人，表裏相應故耶？樊、酈、曹、灌，攜劍推鋒，從高皇帝墾菑除害，耘鉏海内，當此之時，頭如蓬葆，勤苦至矣，然其賞不過封侯。今宗室子孫，曾亡暴衣露冠之勞，裂地而王之，分財而賜之，父死子繼，兄終弟及。今王骨肉至親，敵吾一體，乃與他姓異族，謀害社稷，親其所疏，疏其所親，有逆悖之心，無忠愛之義。如使古人有知，當何面目復奉齊酎，見高祖之廟乎？

漢宣帝地節四年子首匿父母等勿坐詔 ○

父子之親，夫婦之道，天性也。雖有患禍，猶蒙死而存之，誠愛結於心，仁厚之至也，豈能違之哉？自今子首匿父母，妻匿夫，孫匿大父母，皆勿坐。其父母匿子，夫匿妻，大父母匿孫，罪殊死，皆上請。廷尉以聞。

漢宣帝元康二年令二千石察官屬詔 ○

獄者，萬民之命，所以禁暴止邪，養育羣生也。能使生者不怨，死者不恨，則可謂文吏矣。今則不然。用法或持巧心，析律貳端，深淺不平，增辭飾非，以成其罪，奏不如實，上亦亡繇知。此朕之不明，吏之不稱，四方黎民，將何仰哉！二千石各察官屬，勿用此人，吏務平法。或擅興繇役，飾廚傳，稱過使客，越職踰法，以取名譽，譬猶踐薄冰以待白日，豈不殆哉！今天下頗被疾疫之災，朕甚愍之。其令郡國被災甚者，毋出今年租賦。

漢宣帝神爵三年益小吏祿詔　○

吏不廉平，則治道衰。今小吏皆勤事，而奉祿薄，欲其毋侵漁百姓，難矣。其益吏百石以下奉十五。

漢元帝議律令詔　○

夫法令者，所以抑暴扶弱，欲其難犯而易避也。今律令煩多而不約，自典文者不能分明，而欲羅元元之不逮，斯豈刑中之意哉！其議律令可蠲除輕減者條奏，惟在便安萬姓而已。

漢元帝建昭四年議封甘延壽陳湯詔 ○

匈奴郅支單于，背畔禮義，留殺漢使者吏士，甚逆道理，朕豈忘之哉！所以優游而不征者，重動師衆，勞將率，故隱忍而未有云也。今延壽、湯睹便宜，乘時利，結城郭諸國，擅興師矯制而征之。賴天地宗廟之靈，誅討郅支單于，斬獲其首，及閼氏、貴人、名王以下千數。雖踰義干法，内不煩一夫之役，不開府庫之臧，因敵之糧，以贍軍用，立功萬里之外，威震百蠻，名顯四海，爲國除殘。兵革之原息，邊竟得以安，然猶不免死亡之患，罪當在於奉憲。朕甚閔之，其赦延壽、湯罪勿治，詔公卿議封焉。

漢光武帝賜竇融璽書 ○○

制詔行河西五郡大將軍事屬國都尉：勞鎮守邊五郡，兵馬精彊，倉庫有蓄，民庶殷富，外則折挫羌、胡，内則百姓蒙福。威德流聞，虚心相望，道路隔塞，邑邑何已！長史所奉書獻馬悉至，深知厚意。

今益州有公孫子陽，天水有隗將軍，方蜀漢相攻，權在將軍，舉足左右，便有輕重。以此言之，欲相厚豈有量哉？諸事具長史所見，將軍所知。王者迭興，千載一會，欲遂立桓、文，輔微國，當勉卒功業；欲三分鼎足，連衡合從，亦宜以時定。天下未并，吾與爾絶域，非相吞之國。今之議者，必有任囂效尉佗制七郡之計，王者有分土，無分民，自適己事而已。今以黄金二百斤，賜將軍，便宜輒言。

漢光武帝建武二十七年報臧宫詔 〇

《黄石公記》曰：「柔能制剛，弱能制强。」柔者，德也；剛者，賊也。弱者，仁之助也；强者，怨之歸也。故曰：「有德之君，以所樂樂人；無德之君，以所樂樂身。」樂人者其樂長，樂身者不久而亡。舍近謀遠者，勞而無功；舍遠謀近者，逸而有終。逸政多忠臣，勞政多亂人。故曰：「務廣地者荒，務廣德者彊。有其有者安，貪人有者殘。」殘滅之政，雖成必敗。今國無善政，災變不息，百姓驚惶，人不自保，而復欲遠事邊外乎？孔子曰：「吾恐季孫之憂，不在顓臾。」且北狄尚彊，而屯田警備，傳聞之事，恒多失實。誠能舉天下之半，以滅大寇，豈非至願？苟非其時，不如息人。

古文辭類篹三十六終

詔令類三

司馬長卿諭巴蜀檄 ○○○

告巴蜀太守：蠻夷自擅不討之日久矣，時侵犯邊境，勞士大夫。陛下即位，存撫天下，集安中國，然後興師出兵，北征匈奴，單于怖駭，交臂受事，屈膝請和。康居西域，重譯納貢，稽首來享。移師東指，閩越相誅，右弔番禺，太子入朝。南夷之君，西僰之長，常效貢職，不敢惰怠，延頸舉踵，喁喁然，皆鄉風慕義，欲爲臣妾，道里遼遠，山川阻深，不能自致。夫不順者已誅，而爲善者未賞，故遣中郎將往賓之，發巴、蜀之士各五百人，以奉幣，衛使者不然，靡有兵革之事，戰鬬之患。今聞其乃發軍興制，驚懼子弟，憂患長老，郡又擅爲轉粟運輸，皆非陛下之意也。當行者，或亡逃自賊殺，亦非人臣之節也。

夫邊郡之士，聞烽舉燧燔，皆攝弓而馳，荷兵而走，流汗相屬，惟恐居後。觸白刃，冒流矢，議不反顧，計不旋踵，人懷怒心，如報私讎。彼豈樂死惡生，非編列之民而與巴、蜀異主哉？計深慮遠，急國家之難，而樂盡人臣之道也。故有剖符之封，析圭而爵，位爲通侯，居列東第。終則遺顯號於後世，傳土地於子孫，事行甚忠敬，居位甚安佚，名聲施於無窮，功烈著而不滅。是以賢人君子，肝腦塗中原，膏液潤埜屮，而不辭也。今奉幣役至南夷，即自賊殺，或亡逃抵誅，身死無名，謚爲至愚，恥及父母，爲天下笑。人之度量相越，豈不遠哉！然此非獨行者之罪也，父兄之教不先，子弟之率不謹，寡廉鮮恥，而俗不長厚也。其被刑戮，不亦宜乎！

陛下患使者有司之若彼，悼不肖愚民之如此，故遣信使，曉諭百姓以發卒之事，因數之以不忠死亡之罪，讓三老、孝弟以不教誨之過。方今田時，重煩百姓，已親見近縣，恐遠所谿谷山澤之民不徧聞，檄到，亟下縣道，咸諭陛下意。毋忽！

韓退之鱷魚文 ○○

維年月日，潮州刺史韓愈，使軍事衙推秦濟，以羊一、猪一，投惡谿之潭水，以與鱷魚食，而告之曰：

昔先王既有天下，列山澤，罔繩擉刃，以除蟲蛇惡物爲民害者，驅而出之四海之外。及後王德薄，不能遠有，則江、漢之間，尚皆棄之，以與蠻、夷、楚、越，況潮嶺、海之間，去京師萬里哉！鱷魚之涵淹卵育於此，亦固其所。

今天子嗣唐位，神聖慈武，四海之外，六合之内，皆撫而有之，況禹跡所揜，揚州之近地，刺史、縣令之所治，出貢賦以供天地、宗廟、百神之祀之壤者哉！鱷魚其不可與刺史雜處此土也。刺史受天子命，守此土，治此民，而鱷魚睅然不安谿潭，據處食民畜、熊、豕、鹿、麞，以肥其身，以種其子孫，與刺史亢拒，争爲長雄。刺史雖駑弱，亦安肯爲鱷魚低首下心，伈伈睍睍，爲民吏羞，以偷活於此邪！且承天子命以來爲吏，固其勢不得不與鱷魚辨。

鱷魚有知，其聽刺史言：潮之州，大海在其南，鯨、鵬之大，蝦、蟹之細，無不容歸，以生以食，鱷魚朝發而夕至也。今與鱷魚約：盡三日，其率醜類南徙於海，以避天子之命吏。三日不能，至五日；五日不能，至七日；七日不能，是終不肯徙也，是不有刺史聽從其言也。不然，則是鱷魚冥頑不靈，刺史雖有言，不聞不知也。夫傲天子之命吏，不聽其言，不徙以避之，與冥頑不靈，而爲民物害者，皆可殺。刺史則選材技吏民，操强弓毒矢，以與鱷魚從事，必盡殺乃止。其無悔！

古文辭類纂三十七終

傳狀類一

古文辭類篹三十八

鼐按：任彦昇《齊竟陵文宣王行狀》列題「南徐州南蘭陵郡縣中都鄉中都里蕭公年三十五行狀」，何屺瞻云：《漢書》高祖詔云「諳相國府署行義年」。蘇林曰：行狀，年紀也。此行狀所自始。首行必書年幾歲，猶其遺也。柳河東集中此體僅存，韓、李爲人所刊削汩亂矣。鼐按：何論太拘。昌黎業以董公鄉邑年紀敘入行狀之内，則知首行本未題列，非人汩亂也。惟王荆公集内行狀三篇，不載人祖父，此必列文前，而雕本者乃妄削去之矣。

韓退之故金紫光禄大夫檢校尚書左僕射同中書門下平章事兼汴州刺史充宣武軍節度副大使知節度事管内支度營田汴宋亳潁等州觀察處置等使上柱國隴西郡開國公贈太傅董公行狀 ○

曾祖仁琬皇任梁州博士祖大禮皇贈右散騎常侍父伯良皇贈尚書左僕射

公諱晉，字混成，河中虞鄉萬歲里人。少以明經上第。宣皇帝居原州，公在原州，宰相以公善爲文，任翰林之選聞，召見，拜秘書省校書郎，入翰林爲學士。三年，出入左右。天子以爲謹愿，賜緋魚袋，累升爲衛尉寺丞。出翰林，以疾辭，拜汾州司馬。崔圓爲揚州，詔以公爲圓節度判官，攝殿中侍御史。以軍事如京師朝。天子識之，拜殿中侍御史内供奉。由殿中爲侍御史，入尚書省，爲主客員外郎，由主客爲祠部郎中。

先皇帝時，兵部侍郎李涵如回紇立可敦，詔公兼侍御史，賜紫金魚袋，爲涵判官。回紇之人來曰：「唐之復土疆，取回紇力焉。約我爲市。馬既入，而歸我賄不足，我於使人乎取之。」涵懼不敢對，視公。公與之言曰：「我之復土疆，爾信有力焉。吾非無馬，而與爾爲市，爲賜不既多乎？爾之馬歲至，吾數皮而歸貲。邊吏請致詰也，天子念爾有勞，故下詔禁侵犯，諸戎畏我大國之爾與也，莫敢校焉。爾之父子寧而畜馬蕃者，非我誰使之？」於是其衆皆環公拜，既又相率南面序拜，皆兩舉手曰：「不敢復有意大國。」自回紇歸，拜司勳郎中，未嘗言回紇之事。遷秘書少監，歷太府、太常二寺亞卿，爲左金吾衛將軍。今上即位，以大行皇帝山陵出財賦，拜太府卿。由太府爲左散騎常侍，兼御史中丞，知臺事三司使。選擢才俊，有威風。始公爲金吾。未盡一月，拜太府。九日，又爲中丞，朝夕入議事。於是宰相請以公爲華州刺史，拜華州刺史、潼關防禦鎮國軍使。朱泚之亂，加御史大夫，詔至於上所，又拜國子祭酒，兼御史大夫，宣慰恆州。於是朱滔自范陽，以回紇之師助亂，人大恐。公既至恆州，恆州即日奉詔出兵，與滔戰，大破走之，還至河中。

李懷光反，上如梁州。懷光所率皆朔方兵，公知其謀與朱泚合也，患之，造懷光言曰：「公之功，天下無與敵；公之過，未有聞於人。某至上所，言公之情，上寬明，將無不赦宥焉，乃能爲朱泚臣乎？彼爲臣而背其君，苟得志，於公何有？且公既爲太尉矣，彼雖寵公，何以加此？彼不能事君，能以臣事公乎？公能事彼，而有不能事君乎？彼知天下之怒朝夕戮死者也，故求其同罪而與之比，公何所利焉？公之敵彼有餘力，不如明告之絶，而起兵襲取之，清宫而迎天子，庶人服而請罪有司。雖有大過，猶將揜焉，如公則誰敢議？」語已，懷光拜曰：「天賜公活懷光之命。」喜且泣，公亦泣。則又語其將卒，如語懷光者，將卒呼曰：「天賜公活吾三軍之命。」拜且泣，公亦泣。故懷光卒不與朱泚。當是時，懷光幾不反。公氣仁，語若不能出口，及當事，乃更疎亮捷給。其詞忠，其容貌温然，故有言於人，無不信。

明年，上復京師，拜左金吾衛大將軍。由大金吾爲尚書左丞，又爲太常卿，由太常拜門下侍郎平章事。在宰相位凡五年，所奏於上前者，皆二帝三王之道，由秦、漢以降，未嘗言。退歸，未嘗言所言於上者於人。子弟有私問者，公曰：「宰相所職繫天下，天下安危，宰相之能與否可見。欲知宰相之能與否，如此視之其可。凡所謀議於上前者，不足道也。」故其事卒不聞。以疾病辭於上前者不記，退以表辭者八，方許之，拜禮部尚書。制曰：「事上盡大臣之節。」又曰：「一心奉公。」於是天下知公之有言於上也。初公爲宰相時，五月朔，會朝，天子在位，公卿百執事在廷，侍中贊，百僚賀，中書侍郎平章事竇參攝中書令，當傳詔，疾作不能事。凡將大朝會，當事者既受命，皆先日習儀。於時未有詔，公卿相顧。公逡巡進，北面言曰：「攝中書令臣某，病不能事，臣請代某事。」於是南面宣致詔詞。事已復位，進退甚詳。

爲禮部四年，拜兵部尚書，入謝，上語問日晏。復有入謝者，上喜曰：「董某疾且損矣。」出語人曰：「董公且復相。」既二日，拜東都留守，判東都尚書省事，充東都畿汝州都防禦使，兼御史大夫，仍爲兵部尚書。由留守未盡五月，拜檢校尚書左僕射同中書門下平章事、汴州刺史、宣武軍節度副大使知節度事，管内支度營田、汴宋亳潁等州觀察處置等使。

汴州自大曆來，多兵事。劉玄佐益其師至十萬，玄佐死，子士寧代之，畋游無度，其將李萬榮，乘其畋也逐之。萬榮爲節度一年，其將韓惟清、張彦林作亂，求殺萬榮不克。三年，萬榮病風，昏不知事，其子迺，復欲爲士寧之故。監軍使俱文珍，與其將鄧惟恭執之，歸京師，而萬榮死。詔未至，惟恭權軍事。公既受命，遂行，劉宗經、韋弘景、韓愈實從，不以兵衛。及鄭州，逆者不至，鄭州人爲公懼，或勸公止以待。有自汴州出者，言於公曰：「不可入。」公不對，遂行，宿圃田。明日，食中牟，逆者至，宿八角。明日，惟恭及諸將至，遂逆以入。及郛，三軍緣道讙聲，庶人壯者呼，老者泣，婦人啼，遂入以居。初玄佐死，吴湊代之，及鞏聞亂歸，士寧、萬榮皆自爲而後命，軍士將以爲常，故惟恭亦有志。以公之速也，不及謀，遂出逆。既而私其人，觀公之所爲以告曰：「公無爲。」惟恭喜，知公之無害己也，委心焉。進見公者，退皆曰：「公仁人也。」聞公言者，皆曰：「公仁人也。」環以相告，故大和。初，玄佐遇軍士厚，士寧懼，復加厚焉。至萬榮，如士寧志。及韓、張亂，又加厚以懷之，至於惟恭，每加厚焉。故士卒驕不能禦，則置腹心之士，幕於公庭廡下，挾弓執劍以須，日出而入，前者去，日入而出，後者至。寒暑時至，則加勞賜酒肉。公至之明日，皆罷之。貞元十二年七月也。

八月，上命汝州刺史陸長源爲御史大夫、行軍司馬，楊凝自左司郎中爲檢校吏部郎中、觀察判官，杜倫自前殿中侍御史爲檢校工部員外郎、節度判官，孟叔度自殿中侍御史爲檢校金部員外郎、支度營田判官。職事修，人俗化，嘉禾生，白鵲集，蒼烏來巢，嘉瓜同蔕聯實。四方至者，歸以告其帥，小大威懷。有所疑，輒使來問；有交惡者，公與平之。累請朝，不許。及有疾，又請之，且曰：「人心易動，軍旅多虞，及臣之生，計不先定，至於他日，事或難期。」猶不許。十五年二月三日，薨於位。上三日罷朝，贈太傅，使吏部員外郎楊於陵來祭，弔其子，贈布帛米有加。公之將薨也，命其子三日斂，既斂而行，於行之四日，汴州亂。故君子以公爲知人。公之薨也，汴州人歌之曰：「濁流洋洋，有闢其郛。闐道讙呼，公來之初。今公之歸，公在喪車。」又歌曰：「公既來止，東人以完。今公殁矣，人誰與安？」

始公爲華州，亦有惠愛，人思之。公居處恭，無妾媵，不飲酒，不諂笑，好惡無所偏，與友人交，泊如也。未嘗言兵，有問者，曰：「吾志於教化。」享年七十六。階，累升爲金紫光禄大夫。勛，累升爲上柱國。爵，累升爲隴西郡開國公。娶南陽張氏夫人，後娶京兆韋氏夫人，皆先公終。四子：全道，溪，全素，澥。全道、全素，皆上所賜名。全道爲秘書省著作郎，溪爲秘書省秘書郎，全素爲大理評事，澥爲太常寺太祝，皆善士，有學行。謹具歷官行事狀，伏請牒考功，并牒太常，議所謚；牒史館，請垂編録。謹狀。

韓退之圬者王承福傳 ○○

圬之爲技，賤且勞者也，有業之，其色若自得者。聽其言，約而盡。問之，王其姓，承福其名，世爲京兆長安農夫。天寶之亂，發人爲兵，持弓矢十三年，有官勳。棄之來歸，喪其土田，手鏝衣食，餘三十年，舍於市之主人，而歸其屋食之當焉。視時屋食之貴賤，而上下其圬之傭以償之。有餘，則以與道路之廢疾餓者焉。

又曰：「粟，稼而生者也。若布與帛，必蠶績而後成者也。其他所以養生之具，皆待人力而後完也。吾皆賴之。然人不可徧爲，宜乎各致其能以相生也。故君者，理我所以生者也；而百官者，承君之化者也。任有大小，惟其所能，若器皿焉。食焉而怠其事，必有天殃，故吾不敢一日舍鏝以嬉。夫鏝易能，可力焉，又誠有功，取其直，雖勞無愧，吾心安焉。夫力，易强而有功也；心，難强而有智也。用力者使於人，用心者使人，亦其宜也。吾特擇其易爲而無愧者取焉。嘻！吾操鏝以入貴富之家有年矣。有一至者焉，又往過之，則爲墟矣；有再至、三至者焉，而往過之，則爲墟矣。問之其鄰，或曰：『噫！刑戮也。』或曰：『身既死，而其子孫不能有也。』或曰：『死而歸之官也。』吾以是觀之，非所謂食焉而怠其事，而得天殃者耶？非强心以智而不足，不擇其才之稱否而冒之者耶？非多行可愧，知其不可而强爲之者耶？將富貴難守，薄功而厚饗之者耶？抑豐悴有時，一去一來而不可常者耶？吾之心憫焉，是故擇其力之可能者行焉。樂富貴而悲貧賤，我豈異於人哉？」

又曰：「功大者，其所以自奉也博。妻與子，皆養於我者也。吾能薄而功小，不有之可也。又吾所謂勞力者，若立吾家而力不足，則心又勞也。一身而二任焉，雖聖者不可能也。」

愈始聞而惑之，又從而思之，蓋賢者也，蓋所謂獨善其身者也。然吾有譏焉，謂其自爲也過多，其爲人也過少，其學楊、朱之道者耶？楊之道，不肯拔我一毛而利天下，而夫人以有家爲勞心，不肯一動其心以畜其妻子，其肯勞其心以爲人乎哉？雖然，其賢於世之患不得之而患失之，以濟其生之欲，貪邪而亡道以喪其身者，其亦遠矣！又其言，有可以警余者，故余爲之傳而自鑒焉。

柳子厚種樹郭橐駝傳 ○

郭橐駝，不知始何名。病僂，隆然伏行，有類橐駝者，故鄉人號之「駝」。駝聞之曰：「甚善，名我固當。」因捨其名，亦自謂「橐駝」云。

其鄉曰豐樂鄉，在長安西。駝業種樹，凡長安豪富人爲觀游，及賣果者，皆爭迎取養視。駝所種樹，或移徙，無不活，且碩茂蚤實以蕃。他植者，雖窺伺傚慕，莫能如也。

有問之，對曰：「橐駝非能使木壽且孳也，能順木之天，以致其性焉耳。凡植木之性，其本欲舒，其培欲平，其土欲故，其築欲密。既然已，勿動勿慮，去不復顧。其蒔也若子，其置也若棄，則其天者全，而其性得矣。故吾不害其長而已，非有能碩茂之也；不抑耗其實而已，非有能蚤而蕃之也。他植者則不然，根拳而土易，其培之也，若不過焉，則不及焉。有能反是者，則又愛之太恩，憂之太勤，旦視而暮撫，已去而復顧。甚者，爪其膚以驗其生枯，搖其本以觀其疏密，而木之性日以離矣。雖曰愛之，其實害之；雖曰憂之，其實讎之，故不我若也。吾又何能爲哉？」

問者曰：「以子之道，移之官理，可乎？」駝曰：「我知種樹而已，理非吾業也。然吾居鄉，見長人者，好煩其令，若甚憐焉，而卒以禍。旦暮吏來而呼曰：『官命促爾耕，勗爾植，督爾獲，蚤繅爾緒，蚤織爾縷，字而幼孩，遂而雞豚。』鳴鼓而聚之，擊木而召之。吾小人輟飧饔以勞吏者，且不得暇，又何以蕃吾生而安吾性耶？故病且怠。若是，則與吾業者，其亦有類乎？」

問者嘻曰：「不亦善夫！吾問養樹，得養人術。」傳其事，以爲官戒也。

蘇子瞻方山子傳　○○

方山子，光、黄閒隱人也。少時慕朱家、郭解爲人，閭里之俠皆宗之。稍壯，折節讀書，欲以此馳騁當世，然終不遇。晚乃遁於光、黄閒，曰岐亭。庵居蔬食，不與世相聞。棄車馬，毁冠服，徒步往來山中，人莫識也。見其所著帽，方聳而高，曰：「此豈古方山冠之遺像乎！」因謂之方山子。

余謫居於黄，過岐亭，適見焉。曰：「嗚虖！此吾故人陳慥季常也，何爲而在此？」方山子亦矍然問余所以至此者。余告之故，俯而不答，仰而笑，呼余宿其家，環堵蕭然，而妻子奴婢，皆有自得之意。余既聳然異之，獨念方山子少時，使酒好劍，用財如糞土。前十有九年，余在岐山，見方山子從兩騎，挾二矢，游西山，鵲起於前，使騎逐而射之，不獲。方山子怒馬獨出，一發得之。因與余馬上論用兵，及古今成敗，自謂一世豪士。今幾日耳，精悍之色，猶見於眉閒，而豈山中之人哉！

然方山子世有勛閥，當得官，使從事於其閒，今已顯聞。而其家在洛陽，園宅壯麗，與公侯等。河北有田，歲得帛千匹，亦足以富樂。皆棄不取，獨來窮山中，此豈無得而然哉？

余聞光、黄閒多異人，往往佯狂垢汙，不可得而見，方山子儻見之與？

王介甫兵部知制誥謝公行狀 題脱員外郎三字 ○

公諱絳，字希深，其先陳郡陽夏人。以試秘書省校書郎起家，中進士甲科，守太常寺奉禮郎，七遷，至尚書兵部員外郎，以卒。嘗知汝之潁陰縣，檢理秘書，直集賢院，通判常州，河南府，爲開封府三司度支判官，與修真宗史，知制誥，判吏部流内銓，最後，以請知鄧州，遂葬於鄧，年四十六，其卒以寶元二年。

公以文章貴朝廷，藏於家凡八十卷。其制誥，世所謂常、楊、元、白，不足多也。而又有政事材，遇事尤劇，尤若簡而有餘。所至，輒大興學舍。莊懿、明肅太后，起二陵於河南，不取一物於民而足，皆公力也。後河南聞公喪，有出涕者，諸生至今祠公像於學。

鄧州有僧某，誘民男女數百人，以昏夜聚爲妖，積六七年不發。公至，立殺其首，弛其餘不問。又欲破美陽堰，廢職田，復召信臣故渠，以水與民而罷其歲役，以卒故，不就。於吏部所施置爲後法。其在朝，大事或諫，小事或以其職言。郭皇后失位，稱《詩·白華》以諷，争者貶，公又救之。嘗上書，論四民失業，獻《大寶箴》，議昭武皇帝不宜配上帝，請罷内作諸奇巧。因災異，推天所以譴告之意。言時政，又論方士不宜入宫，請追所賜詔。又以爲詔令不宜偏出數易，請由中書、密院，然後下。其所嘗言甚衆，不可悉數。及知制誥，自以其近臣，上一有所不聞，其責今豫我，愈慷慨，欲以論諫爲己事。故其葬也，廬陵歐陽公銘其墓，尤歎其不壽，用不極其材云。卒之日，歐陽公入哭其室，椸無新衣；出視其家，庫無餘財。蓋食者數十人，三從孤弟姝皆在，而治衣櫛纔二婢。平居寬然，貌不自持，至其敢言自守，矯然壯者也。

謝氏，本姓任，自受氏至漢、魏，無顯者，而盛於晉、宋之閒。至公再世有名爵於朝，而四人皆以材稱於世。先人與公，皆祥符八年進士，而公子景初等，以歷官行事來曰：「願有述也，將獻之太史。」謹撰次如右。謹狀。

古文辭類纂三十八終

傳狀類二

歸熙甫通議大夫都察院左副都御史李公行狀 ○

曾祖茂祖聰贈通議大夫都察院左副都御史父玉贈承德郎吏部驗封司主事再贈奉政大夫吏部驗封司郎中三贈通議大夫都察院左副都御史

公諱憲卿，字廉甫。世居蘇州崑山之羅巷村，以耕農爲業，通議始入居縣城。獨生公一子，令從博士學。山陰蕭御史鳴鳳，奇其姿貌，曰：「是子他日必貴，吾無事閱其卷矣。」先輩吴中英，有知人鑑，每稱之以爲瑚璉之器。公雅自修飭，好交名俊，視庸輩不屑也。

舉應天鄉試，試禮部不第。丁通議憂，服闋，再試，中式，賜進士出身。明年，選南京吏部驗封司主事，歷遷郎中。吏在司者，莫不懷其恩。居九年，冢宰鄞聞公，奉新宋公，皆當世名卿，咸賞識之。陞江西布政司左參議。江右田土不相懸，而税入多寡殊絶。如南昌、新建二縣，僅百里，多山湖，税糧十六萬。廣信縣六，贛州縣十，糧皆六萬。南安四縣，糧二萬。三郡二十縣之糧，不及兩縣。巡撫傅都御史議均之。公在糧儲道，爲法均派折衷，最爲簡易。蓋國初以次削平僭僞，田賦往往因其舊貫。論者謂蘇州田不及淮安半，而吴賦十倍淮陰；松江二縣糧，與畿内八府百十七縣埒，其不均如此。吴郡異時嘗均田，而均止於一郡，且破壞兩税，陰有增羨，民病之，不若江右之善，而惜不及行也。

陞山東按察司副使，兵備臨清。先是虜薄京城，又數聲言，從井陘口入掠臨清。臨清綰漕道，商賈所湊，人情恇懼，公處之宴然。或爲公地，欲移任。公曰：「詎至於此？」境上屯兵數萬，調度有方，虜亦竟不至。師尚詔反河南，至五河，兵敗散，獨與數騎走莘縣，擒獲之。在鎮三年，商民稱其簡静。甌寧李尚書，自吏部罷還，所過頗懈慢。公勞送，禮有加。李公甚喜，歎曰：「李君非世人情，吾因以是識其人。」會召還，即日薦陞湖廣布政司右參政。景王封在漢東，未之國，詔命德安造王府，公董其役。又以承天修祾恩殿，陞河南按察司按察使。受命四月，尋擢巡撫湖廣、右僉都御史。奏水災，乞蠲貸，親行鄂渚、雲夢間拊循之。東南用兵禦日本，軍府檄至，調保靖、容美、桑植、麻寮、鎮溪、大剌土兵三萬二千，所過牢廩無缺。公因奏，土司各有分守，兵不可多調，且無益，徒縻糧廩。其後土兵還，輒掠内地人口，公檄所至搜閲，悉送歸鄉里。顯陵大水，沖壞二紅門黄河便橋，而故邸龍飛、慶雲宫殿，多隳撓，奏加修理，建立元祐宫碑亭。是時奉天殿災，敕命大臣開府江陵，總督湖廣川貴，采辦大木。工部劉侍郎方受命，以憂去。上特旨陞公左副都御史，代其任。

先是天子稽古制，建九廟，而西苑穆清之居，歲有興造，頗寫蜀、荆之材。公至，則近水無復峻榦，乃行巴、庸、僰道，轉荆、岳，至東南川，往來督責，鉤之荒裔中，於是萬山之木稍出。然帝室紫宫，舊制瓌瑰，於永樂金柱，圍長終不能合。公奏言：「臣督率郎中張國珍、李佑，副使張正和、盧孝達，各該守巡。參政游震得、副使周鎬、僉事于錦，先後深入永順、卯峒、梭梭江；參政徐霈，僉事崔都，入容美；副使黄宗器，入施州、金峒；參政靳學顔，入永寧、迤東、藺州、儒溪；副使劉斯潔，入黎州、天全、建昌；董策入烏蒙；參政繆文龍，入播州、真州、西陽；僉事吴仲禮，入永寧、迤西、落洪、班鳩井、鎮雄；程嗣功入龍州；參政張定，入銅仁、省溪；參議王重光，入赤水、猴峒；僉事顧炳，入思南、潮底；汪集入永寧、順崖；而湖廣巡撫、右僉都御史趙炳然，巡按御史吴百朋，各先後親歷荆、岳、辰、常；四川巡撫、右副都御史黄光昇，歷敘、馬、重、夔；巡按御史郭民敬，歷邛、雅；貴州巡撫、右副都御史高翀，歷思、石、鎮、黎；巡按御史朱賢，歷永寧、赤水；臣自趨涪州，六月，上瀘、敘。而巨材所生，必於深林窮壑，崇岡絶箐，人跡不到之地，經數百年而後至合抱，又鮮不空灌。昔尚書宋禮，及近時尚書樊繼祖，侍郎潘鑑，採得逾尋丈者數株而已。今三省見採丈圍以上枏杉二千餘，丈四五以上亦一百一十七，視前亦已超絶矣。第所派長巨非常，故圍圓難合。臣奉命初，恐搜索未徧，今則深入窮搜，知不可得，而先年營建，亦必別有所處。伏望皇上，敕下該部計議，量材取用，庶臣等專心採辦，而大工早集矣。」上允其奏，命求其次者。其後木亦益出，自江、淮至於京師，簰筏相接。而天子猶以皇祖時殿災，後十年始成，今未六七載，欲待得巨材。故建殿未有期，而西工驟興，漕下之木，多取以爲用。三省吏民，暴露三年，無有休息期。大臣以爲言，天子亦自憐之，將作大匠，又能規削膠附，極般、爾之巧，而見材度已足用。公懇乞興工罷採，以休荆、蜀民，使者相望於道，詞旨甚哀。而工部大臣力任其事，天子從之，考卜興工有日矣。其後漕數，比先所下，多有奇羨，凡得木一萬一千二百八十九章。公上最，推功於三巡撫，下至小官，莫不録其勞。今不載，獨載其所奏兩司涉歷採取之地。曰「四川守、巡，督儒溪之木，播州之木，建昌、天全之木，鎮雄、烏蒙之木，龍州、藺州之木；湖廣督容美之木，施州之木，永順、卯峒之木，靖州之木，及督行湖南購木於九嶷，荆南購木於陝西階州，武昌、漢陽、黄州購木於施州、永順；貴州則於赤水、猴峒、思南、潮底、永寧、順崖，其南出雲南金沙江」云。

大抵荆、楚雖廣山木少，採伐險遠，必俟雨水而出。而施州石坡亂灘，迂迴千里。貴陽窮險，山嶺深峭，由川辰大河以達城陵磯。蜀山懸隔千里，排巖批谷，灘急漩險，經時歷月，始達會河。而吏民冒犯瘴毒，林木蒙籠，與虺蛇虎豹錯行。萬人邪許，摧軏崩岸，鳥獸哀鳴，震天岋地。蓋出入百蠻之中，窮南紀之地，其艱如此，故附著之，俾後有考焉。昔稱雍州南山檀柘，而天水隴西多材木，故叢臺、阿房、建章、朝陽之作，皆因其所有。金源氏營汴新宫，采青峯山巨木，猶以爲漢、唐之所不能致。公乃獲之山童木遁之時，發天地之藏，助成國家億萬年之丕圖，其勤至矣。

是歲冬，徵還内臺。明年，考察天下官。已而病作，請告。病益侵，乞還鄉。天子許之。行至東平安山驛而薨，嘉靖四十一年四月乙亥也，年五十有七。

公仕宦二十餘年，未嘗一日居家。山東獲賊，湖廣營建，東南平倭，累有白金文綺之賜。而提督採運之擢，旨從中下，蓋上所自簡也。祖、考、妣，皆受誥贈。母杜氏，封太淑人。所之官，必迎養，世以爲榮。公事太淑人孝謹，每巡行，日遣人問安；還，輒拜堂下。太淑人茹素，公跽以請者數，太淑人不得已，爲之進羞膳。平生未嘗言人過，其所敬愛，與之甚親；至其所不屑然，亦無所假借。在江陵，有所使吏遲至，公問其故。言方食市肆中，又無馬騎。故事：臺所使吏，廩食與馬，爲荆州奪之。公曰：「彼少年欲立名耳。」竟不復問。周太僕還自滇南，公不出候，蓋不知也。周公鄉里前輩，以禮相責誚，公置酒仲宣樓，深自遜謝而已。爲人美姿容，自少衣服鮮好，及貴，益稱其志。至京師，大學士嚴公迎謂之曰：「公不獨才望逾人，丰采亦足羽儀朝廷矣。」所居官，廉潔不苟。採辦銀，無慮數百萬，先時堆積堂中，公絶不使入臺門，苐貯荆州府。募召商胡，賞購過當，人皆懷之。故總督三年，地窮邊裔，而民虜不驚，以是爲難。是歲奉天殿文武樓告成，上制名曰皇極殿，門曰皇極門，而西宫亦不日而就。天子方加恩臣下，敘任事者之勞績，而公不逮矣。

娶顧氏，封淑人。子男五：延植，國子生；延節、延芳、延英、延實，縣學生。女四：適孟紹顏、管夢周、王世訓，其一尚幼。孫男七：世彦，官生；世良、世顯、世達；餘未名。孫女六。

余與公少相知，諸子來請撰述，因就其家，得所遺文字，參以所見聞，稍加論次，上之史館。謹狀。

歸熙甫歸氏二孝子傳 ○○○

歸氏二孝子，予既列之家乘矣，以其行之卓而身微賤，獨其宗親鄰里知之，於是思以廣其傳焉。

孝子諱鉞，字汝威。早喪母，父更娶後妻，生子，孝子由是失愛。父提孝子，輒索大杖與之，曰：「毋徒手，傷乃力也。」家貧，食不足以贍。炊將熟，即譖譖罪過孝子。父大怒，逐之，於是母子得以飽食。孝子數困，匍匐道中。比歸，父母相與言曰：「有子不居家，在外作賊耳。」又復杖之，屢瀕於死。方孝子依依户外，欲入不敢，俯首竊淚下，鄰里莫不憐也。父卒，母獨與其子居，孝子擯不見。因販鹽市中，時私其弟，問母飲食，致甘鮮焉。正德庚午，大饑，母不能自活。孝子往，涕泣奉迎。母內自慙，終感孝子誠懇，從之。孝子得食，先母弟，而已有饑色。弟尋死，終身怡然。孝子少飢餓，面黃而體瘠小，族人呼爲菜大人。嘉靖壬辰，孝子鉞無疾而卒。孝子既老且死，終不言其後母事也。

繡，字華伯，孝子之族子，亦販鹽以養母。已又坐市舍中賣麻，與弟紋、緯友愛無間。緯以事坐繫，華伯力爲營救。緯又不自檢，犯者數四。華伯所轉賣者，計常終歲無他故，纔給蔬食，一經吏卒過門輒耗，終始無愠容。華伯妻朱氏，每製衣，必三襲，令兄弟均平。曰：「二叔無室，豈可使君獨被完潔耶？」叔某亡，妻有遺子，撫愛之如己出。然華伯，人見之以爲市人也。

贊曰：二孝子出没市販之間，生平不識《詩》、《書》，而能以純懿之行，自飭於無人之地，遭罹屯變，無恆産以自潤而不困折，斯亦難矣！華伯夫婦如鼓瑟，汝威卒變頑嚚，考其終，皆有以自達。由是言之，士之獨行而憂寡和者，視此可愧也！

歸熙甫筠溪翁傳　○○

余居安亭，一日有來告云：「北五六里溪上，草舍三四楹，有筠溪翁居其間。日吟哦，數童子侍側，足未嘗出户外。」余往省之，見翁頎然晳白，延余坐，瀹茗以進。舉架上書，悉以相贈，殆數百卷。余謝而還，久之遂不相聞。然余逢人輒問筠溪翁所在。有見之者，皆云：「翁無恙。」每展所予書，未嘗不思翁也。今年春，張西卿從江上來，言翁居南瀨浦，年已七十，神氣益清，編摩殆不去手。侍婢生子，方呱呱。西卿狀翁貌，如余十年前所見加少，亦異矣哉！

噫！余見翁時歲暮，天風憭慄，野草枯黄。日時晡，余循去徑還，家嫗、兒子以遠客至，具酒，見余挾書還，則皆喜。一二年，妻兒皆亡，而翁與余别，每勞人問死生。余雖不見翁，而獨念翁常在宇宙間，視吾家之溘然而盡者，翁殆如千歲人。昔東坡先生爲《方山子傳》，其事多奇。余以爲古之得道者，常遊行人間，不必有異，而人自不之見。若筠溪翁，固在吴淞烟水間，豈方山子之謂哉！或曰：筠溪翁非神僊家者流，抑巖處之高士也與？

歸熙甫陶節婦傳　○○○

陶節婦方氏，崑山人陶子舸之妻。歸陶氏期年，而子舸死。婦悲哀欲自經。或責以姑在，因俛默久之，遂不復言死，而事姑日謹。姑亦寡居，同處一室，夜則同衾而寢，姑、婦相憐甚，然欲死其夫，不能一日忘也。爲子舸卜葬地，名清水灣，術者言其不利。婦曰：「清水名美，何爲不可以葬？」時夫弟之西山買石，議獨爲子舸穴。婦即自買甎穴其旁。已而姑病痢六十餘日，晝夜不去側。時尚秋暑，穢不可聞，常取中帬、厠牏自浣洒之，家人有顧而吐。婦曰：「果臭耶？吾日在側，誠不自覺。」然聞病人溺臭可得生，因自喜。

及姑病日殆，度不可起，先悲哭不食者五日。姑死，含殮畢。先是子舸兄弟三人，仲弟子舫亦前死，尚有少弟。於是諸婦在喪次，子舫妻言：「姑亡，不知所以爲身計。」婦曰：「吾與若，易處耳。獨小嬸共叔主祭，持陶氏門户，歲月遥遥不可知，此可念也。」因相向悲泣，頃之入室，屑金和水服之，不死。欲投井，井口隘，不能下。夜二鼓，呼小婢隨行，至舍西，紿婢還，自投水，水淺，乍沈乍浮。月明中，婢從草間望見之。既死，家人得其屍，以面没水，色如生，兩手持茭根，牢甚不可解。

婦年十八嫁子舸，十九喪夫。事姑九年，而與其姑同日死。卒葬之清水灣，在縣南千墩浦上。

贊曰：婦以從夫爲義，假令節婦遂從子舸死，而世猶將賢之。獨濡忍以俟其母之終，其誠孝槩之於古人，何媿哉！初婦父玉崗爲蘄水令，將之官，時子舸已病，卜嫁之大吉，遂歸焉。人特以婦爲不幸，卒其所成，爲門户之光，豈非所謂吉祥者耶？熙甫與人書云：班孟堅云太史公質而不俚，人亦易曉。柳子厚稱馬遷之峻，峻字不易知。近作《陶節婦傳》，懋儉甚聰明，可并觀之。又云：昨爲《陶節婦傳》，李習之自謂爲不在班孟堅、伯喈下也。得求郡中善書者入石，可摹百本送連城，使海内知有此奇節，亦知有此文也。又云：近於舟中作得《陶節婦傳》，風雪中讀之，一似嚼冰雪也。

歸熙甫王烈婦傳 ○○

王烈婦陸氏，其夫王士，家崑山之西盆瀆村。昆故有薛烈婦，彭節婦，嘗居其地。舍旁今有薛冢焉。百六十年閒，三烈婦相望也。自烈婦入王士門，其墓園枯竹更青，三年三生芝，皆雙莖。比四年，芝已不生，而烈婦死。世謂芝爲瑞草，芝之應恆於貴富、壽考、康寧，而於烈婦以死，是可以觀天道也已。

時王士病且死，自憐貧無子，難爲其婦計。烈婦指心以誓。士目瞑，爲絕水漿，家人作糜强進之。烈婦不得已一舉，輒顰蹙曰：「視吾如此，能食否？」俯視地，喀喀吐出。每涕泣呼天，欲與俱去。家人頗目屬私語，然謂新死悲甚，不深疑。更八日，其舅他出，家無人。諸婦女在竈下，烈婦焚楮作禮，俛首竊淚下，闇然向夫語。見漆工塗棺，曰：「善爲之。」徐步入房，閩闔户聲，縊死矣。麻葛重襲，面土户也。

歸子曰：王士之祖父，舊爲吾家比鄰，世通遊好。予髫年從師，士亦來，長與案等耳。不謂其後迺有賢婦，異哉！一女子感慨自決，精通於鬼神。其舅云：「新婦，故淑婉仁孝人也。」嗟乎！是固然無疑。然予不暇論，論其大者。

歸熙甫韋節婦傳 ○

韋節婦，九江德化人。姓許氏，爲同縣韋起妻。節婦歸韋氏八年，夫死，生子甫八月，父母憐之，意欲令改適。然見其悲哀，終不敢言也。夫亡後，有所遺貲復失之。貧甚，幾無以自存，而節操愈厲。尤善哭其夫，哭必極哀。蓋二十餘年，其哭如初喪之日。以故年四十而衰，髮盡白，口中無齒，如七十餘歲人。

初，所生八月兒，多病，死者數矣。節婦謂其姑曰：「兒病如此，奈何？吾所以不死，乃以此兒。今如是，悔不從死。」因仰天呼曰：「天乎！不能爲韋氏延此一息乎？」兒不食，即節婦亦不食，歲歲如是。至六七歲猶病，後乃得無恙。既長，教之學，名曰必榮。已而爲郡學弟子員，始有廩米之養。自未入郡學，無廩米之養，非紡績不給食也。議者以謂節婦之所處，視他婦人守節者，艱難蓋百倍之。至於終身而毁，其誠蓋出於天性，尤所難者。節婦既没，必榮以貢廷試，選爲蘇州嘉定學官。

贊曰：予嘗從韋先生遊，問洞庭、彭蠡江水所匯處，及廬山白鹿洞，想見昔賢之遺跡。而後乃聞韋夫人之節。然先生恂恂儒者，其夫人之教耶？

歸熙甫先妣事略 ○○

先妣周孺人，弘治元年二月十一日生。年十六來歸，踰年生女淑靜。淑靜者，大姊也。期而生有光。又期而生女、子，殤一人，期而不育者一人。又踰年生有尚，妊十二月。踰年生淑順，一歲又生有功。有功之生也，孺人比乳他子加健，然數顰蹙顧諸婢曰：「吾爲多子苦。」老嫗以杯水盛二螺進曰：「飲此，後妊不數矣。」孺人舉之盡，喑不能言。正德八年五月二十三日，孺人卒。諸兒見家人泣，則隨之泣，然猶以爲母寢也。傷哉！於是家人延畫工畫，出二子命之曰：「鼻以上畫有光，鼻以下畫大姊。」以二子肖母也。

孺人諱桂。外曾祖諱明，外祖諱行，太學生。母何氏。世居吳家橋，去縣城東南三十里。由千墩浦而南直橋，並小港以東，居人環聚，盡周氏也。外祖與其三兄皆以貲雄，敦尚簡實，與人姁姁說村中語，見子弟甥姪無不愛。孺人之吳家橋則治木綿，入城則緝纑，燈火熒熒，每至夜分。外祖不二日使人問遺。孺人不憂米鹽，乃勞苦若不謀夕。冬月鑪火炭屑，使婢子爲團，累累暴階下。室靡棄物，家無閒人。兒女大者攀衣，小者乳抱，手中紉綴不輟，戶內灑然。遇僮奴有恩，雖至箠楚，皆不忍有後言。吳家橋歲致魚蟹餅餌，率人人得食。家中人聞吴家橋人至，皆喜。

有光七歲，與從兄有嘉入學。每陰風細雨，從兄輒留，有光意戀戀不得留也。孺人中夜覺寢，促有光暗誦《孝經》，即熟讀無一字齟齬，乃喜。孺人卒，母何孺人亦卒。周氏家有羊狗之痾，舅母卒，四姨歸顧氏又卒，死三十人而定，惟外祖與二舅存。

孺人死十一年，大姊歸王三接，孺人所許聘者也。十二年，有光補學官弟子，十六年而有婦，孺人所聘者也。期而抱女，撫愛之，益念孺人。中夜與其婦泣，追惟一二，彷彿如昨，餘則茫然矣。世乃有無母之人！天乎，痛哉！

方靈皋白雲先生傳

張怡，字瑶星，初名鹿徵，上元人也。父可大，明季總兵登萊。會毛文龍將卒反，誘執巡撫孫元化，可大死之。事聞，怡以諸生授錦衣衛千户。甲申，流賊陷京師。遇賊將，不屈，械繫將肆掠，其黨或義而逸之。久之，始歸故里。其妻已前死，獨身寄攝山僧舍，不入城市，鄉人稱白雲先生。

當是時，三楚、吴、越耆舊，多立名義，以文術相高。惟吴中徐昭發，宣城沈眉生，躬耕窮鄉，雖賢士大夫，不得一見其面，然尚有楮墨流傳人間。先生則躬樵汲，口不言詩書，學士詞人，無所求取。四方冠蓋往來，日至茲山，而不知山中有是人也。先君子與余處士公佩，歲時問起居，入其室，架上書數十百卷，皆所著經説及論述史事。請貳之，弗許，曰：「吾以盡吾年耳。已市二甕，下棺則并藏焉。」卒年八十有八。平生親故，夙市良材，爲具棺槨。疾將革，聞而泣曰：「昔先將軍致命危城，無親屬視含殮。雖改葬，親身之椑，弗能易也。吾忍乎！」顧視從孫某，趣易棺。定附身衾衣，乃卒。時先君子適歸皖桐，反則已渴葬矣。

或曰：「書已入壙。」或曰：「經説有貳，尚存其家。」乾隆三年，詔修三禮，求遺書。其從孫某，以書詣郡。太守命學官集諸生繕寫，久之未就。先生之書，余心嚮之，而懼其無傳也久矣。幸其家人自出之，而終不得一寓目焉。故并著於篇，俾鄉之後進有所感發，守藏而傳布之，毋使遂沈没也。

方靈皋二貞婦傳

康熙乙亥，余客涿州。館於滕氏，見僮某，獨自異於羣奴，怪之。主人曰：「其母方氏，歙人也。美姿容，自入吾家，即涕泣請於主婦曰：『某良家子，不幸夫無藉，凡役之賤且勞者，不敢避也。但使與男子雜居同役，則不能一日以生。』會孺子疾，使在視，兼旬睫不交。所養孺子凡六人，忠勤如始至。自其夫自鬻，即誓不與同寢處，而夫死，疏食終其身。家人重其義，故於其子亦體貌焉。」

戊戌秋，天津朱乾御言：「里中節婦任氏，年十七，歸符鍾奇。踰歲，而鍾奇死。姑楊氏，故孀也，閱六月，又死。時任氏僅遺腹一女子，而鍾奇弟妹四人皆孩提。任氏保抱攜持，爲之母，爲之師，又以其閒修業而息之。凡二十年，各授室有家，而節婦死。族姻皆曰：『亡者而有知也，楊氏可無懟於其死，鍾奇可無憾於其親矣。』」

夫嫠之苦身以勤家，多爲其子也。自有任氏，而承夫之義始備焉。婦人委身於夫，而方氏非生絶其夫，不能守其身以芘其子。是皆遭事之變，而曲得其時義，雖聖賢處此，其道亦無以加焉者也。凡士之安常履順，而自檢其身，與所以施於家者，其事未若二婦人之艱難也。而乃苟於自恕，非所謂失其本心者與？

劉才甫樵髯傳

樵髯翁，姓程氏，名駿，世居桐城縣之西鄙。性疎放，無文飾，而多髭鬚，因自號曰「樵髯」云。

少讀書，聰穎拔出凡輩。於藝術匠巧嬉遊之事，靡不涉獵，然皆不肯窮竟其學，曰：「吾以自娱而已。」尤嗜弈棋，常與里人弈。翁不任苦思，里人或注局凝神，翁輒顰顣曰：「我等豈真知弈者，聊用爲戲耳，乃復效小兒輩强爲解事！」時時爲人治病，亦不用以爲意。諸富家嘗與往來者，病作，欲得翁診視，使僮奴候之，翁方據棋局嘵嘵然，竟不往也。

翁季父官建寧，翁隨至建寧官廨，得以恣情山水，其言武夷九曲幽絶可愛，令人遺棄世事，欲往遊焉。

劉子曰：余寓居張氏勺園中，翁亦以醫至。余久與翁處，識其性情。翁見余爲文，亟求余書其名氏，以傳於無窮。余悲之，而作《樵髯傳》。原注：寫出邨野之態，如在目前，而文之高情遠韻，自見於筆墨蹊徑之外。

劉才甫胡孝子傳

孝子胡其愛者，桐城人也。生不識詩書，時時爲人力傭，而以其傭之直奉母。母中歲遘罷癃之疾，長臥牀褥，而孝子常左右之無違。自臥起以至飲食溲便，皆孝子躬自扶抱，一身而百役，靡不爲也。

孝子家無升斗之儲，每晨起，爲母盥沐烹飪進朝饌，乃敢出傭。其傭地稍遠不及炊，則出勺米付鄰媪，而叩首以祈其代爨。媪辭叩，則行數里外，遥致其拜焉。至夜必歸，歸則取母中裙穢污自浣滌之。孝子衣履皆敝垢，而時致鮮肥供母。其在與傭者之家，遇肉食即不食，而請歸以遺其母。同列見其然，而分以餉之，輒不受。平生無所取於人，有與之者必報。母又喜出觀遊，村鄰有伶優之劇，孝子每負母以趨，爲藉草安坐，候至夜分人散，乃復負而還。時其和霽，母欲往宗親里黨之家，亦如之。孝子以生業之微，遂不娶，惟單獨一人，竭力以養終其身。

母陳氏，以雍正八年病，至乾隆二十七年，乃以天年終。蓋前後三十餘年，而孝子奉之如一日也。母既没，負土成墳，即墳傍，挂片席而居，悽傷成疾，逾年癸未，孝子胡其愛卒。

贊曰：今之士大夫，游宦數千里外，父母没於家，而不知其時日。豈意鄉里傭雇之間，懷篤行深愛之德，有不忍一夕離其親宿於外，如胡君者哉！胡君，字汝彩，父曰志賢。

又同里有潘元生者，入自外，而其家方火，其母閉在火中。元生奮身入火，取其母以出，頭面皆灼爛。此亦人之至情無足異。然愚夫或怯懦不進，則抱終身之痛無及矣。勇如元生，蓋亦有足多者，余故爲附著之。原注：摹寫極真，質而不俚，直逼《史記》。

劉才甫章大家行略

先大父側室，姓章氏，明崇禎丙子十一月二十七日生。年十八來歸，踰年，生女子一人，不育。又十餘年，而大父卒。先大母錢氏，大母早歲無子，大父因娶章大家。三年，大母生吾父，而章大家卒無出。大家生寒族，年少，又無出。及大父卒，家人趣之使行，大家則慷慨號慟不食。時吾父纔八歲，童然在側。大家挽吾父跪大母前，泣曰：「妾即去，如此小弱何！」大母曰：「若能志夫子之志，亦吾所荷也。」於是與大母同處四十餘年，年八十一而卒。大家事大母盡禮，大母亦善遇之，終身無閒言。

櫆幼時，猶及事大母。值清夜，大母倚簾帷坐，櫆侍在側，大母念往事，忽淚落。櫆見大母垂淚，問何故，大母歎曰：「予不幸，汝祖中道棄予。汝祖没時，汝父纔八歲。」回首見章大家在室，因指謂樾曰：「汝父幼孤，以養以誨，俾至成人，以得有今日，章大家之力爲多。汝年及長，則必無忘章大家。」樾時雖穉昧，見言之哀，亦知從旁泣。

大家自大父卒，遂喪明，目雖無見，而操作不輟。樾七歲，與伯兄、仲兄，從塾師在外庭讀書。每隆冬陰風積雪，或夜分始歸。僮奴皆睡去，獨大家煨鑪火以待。聞叩門，即應聲策杖扶壁行，啟門，且執手問曰：「若書熟否？先生曾撲責否？」即應以書熟，未曾撲責，乃喜。

大家垂白，吾家益貧，衣食不足以養，而大家之晚節更苦。嗚呼！其可痛也夫！原注：真氣淋漓，《史記》之文。

韓退之毛穎傳附　〇〇〇

毛穎者，中山人也。其先明眎，佐禹治東方土，養萬物有功，因封於卯地，死爲十二神。嘗曰：「吾子孫神明之後，不可與物同，當吐而生。」已而果然。明眎八世孫㝃，世傳當殷時，居中山，得神僊之術，能匿光使物，竊姮娥，騎蟾蜍入月，其後代遂隱不仕云。居東郭者曰㕙，狡而善走，與韓盧争能，盧不及。盧怒，與宋鵲謀而殺之，醢其家。

秦始皇時，蒙將軍恬南伐楚，次中山，將大獵以懼楚。召左右庶長與軍尉，以《連山》筮之，得天與人文之兆。筮者賀曰：「今日之獲，不角不牙，衣褐之徒，缺口而長鬚，八竅而趺居。獨取其髦，簡牘是資，天下其同書，秦其遂兼諸侯乎？」遂獵，圍毛氏之族，拔其豪，載穎而歸，獻俘於章臺宫，聚其族而加束縛焉。秦皇帝使恬賜之湯沐，而封諸管城，號曰管城子，日見親寵任事。

穎爲人，强記而便敏，自結繩之代以及秦事，無不纂録。陰陽、卜筮、占相，醫方、族氏，山經、地志，字書、圖畫，九流、百家、天人之書，及至浮圖、老子、外國之説，皆所詳悉。又通於當代之務，官府簿書，市井貨錢注記，惟上所使。自秦皇帝，及太子扶蘇、胡亥，丞相斯、中車府令高，下及國人，無不愛重。又善隨人意，正直、邪曲、巧拙，一隨其人。雖見廢棄，終默不泄。惟不喜武士，然見請亦時往。

累拜中書令，與上益狎，上嘗呼爲「中書君」。上親決事，以衡石自程，雖宫人不得立左右，獨穎與執燭者常侍，上休乃罷。穎與絳人陳玄、弘農陶泓及會稽褚先生友善，相推致，其出處必偕。上召穎，三人者不待詔，輒俱往，上未嘗怪焉。

後因進見，上將有任使，拂拭之，因免冠謝。上見其髮禿，又所摹畫，不能稱上意。上嘻笑曰：「中書君老而禿，不任吾用。吾嘗謂君中書，君今不中書耶？」對曰：「臣所謂盡心者。」因不復召，歸封邑，終於管城。其子孫甚多，散處中國、夷狄，皆冒管城，惟居中山者，能繼父祖業。

太史公曰：毛氏有兩族。其一姬姓，文王之子封於毛，所謂魯、衛、毛、聃者也。戰國時，有毛公、毛遂。獨中山之族，不知其本所出，子孫最爲蕃昌。《春秋》之成，見絕於孔子，而非其罪。及蒙將軍拔中山之豪，始皇封諸管城，世遂有名，而姬姓之毛無聞。穎始以俘見，卒見任使。秦之滅諸侯，穎與有功。賞不酬勞，以老見疎，秦真少恩哉！

古文辭類纂三十九終

碑誌類上編一

秦始皇二十八年泰山刻石文 ○

皇帝臨位，作制明法，臣下修飭。二十有六年，初并天下，罔不賓服。親巡遠方黎民，登茲泰山，周覽東極。從臣思迹，本原事業，祇誦功德。治道運行，諸産得宜，皆有法式。大義休明，垂于後世，順承勿革。皇帝躬聖，既平天下，不懈於治。夙興夜寐，建設長利，專隆教誨。訓經宣達，遠近畢理，咸承聖志。貴賤分明，男女禮順，慎遵職事。昭隔内外，靡不清浄，施于後嗣。化及無窮，遵奉遺詔，永承重戒。

秦始皇琅邪臺立石刻文 ○○

維二十六年，皇帝作始，端平法度，萬物之紀。以明人事，合同父子，聖智仁義，顯白道理。東撫東土，以省卒士，事已大畢，乃臨於海。皇帝之功，勤勞本事，上農除末，黔首是富。普天之下，摶心揖志，器械一量，同書文字。日月所照，舟輿所載，皆終其命，莫不得意。應時動事，是維皇帝，匡飭異俗，陵水經地。憂恤黔首，朝夕不懈，除疑定法，咸知所辟。方伯分職，諸治經易，舉錯必當，莫不如畫。皇帝之明，臨察四方，尊卑貴賤，不踰次行。姦邪不容，皆務貞良，細大盡力，莫敢怠荒。遠邇辟隱，專務肅莊，端直敦忠，事業有常。皇帝之德，存定四極，誅亂除害，興利致福。節事以時，諸産繁殖，黔首安寧，不用兵革。六親相保，終無寇賊，驩欣奉教，盡知法式。六合之内，皇帝之土，西涉流沙，南盡北户，東有東海，北過大夏，人跡所至，無不臣者。功蓋五帝，澤及牛馬，莫不受德，各安其宇。

維秦王兼有天下，立名爲皇帝，乃撫東土，至於琅邪。列侯武城侯王離，列侯通武侯王賁，倫侯建成侯趙亥，倫侯昌武侯成，倫侯武信侯馮毋擇，丞相隗林，丞相王綰，卿李斯，卿王戊，五大夫趙嬰，五大夫楊樛，從，與議於海上。曰：古之帝者，地不過千里，諸侯各守其封域，或朝或否，相侵暴亂，殘伐不止，猶刻金石，以自爲紀。古之五帝三王，知教不同，法度不明，假威鬼神，以欺遠方。實不稱名，故不久長，其身未殁，諸侯倍叛，法令不行。今皇帝并一海内，以爲郡縣，天下和平。昭明宗廟，體道行德，尊號大成。羣臣相與誦皇帝功德，刻於金石，以爲表經。

秦始皇二十九年之罘刻石文 ○

維二十九年，時在中春，陽和方起。皇帝東遊，巡登之罘，臨照於海。從臣嘉觀，原念休烈，追誦本始。大聖作治，建定法度，顯著綱紀。外教諸侯，光施文惠，明以義理。六國回辟，貪戾無厭，虐殺不已。皇帝哀衆，遂發討師，奮揚武德。義誅信行，威燀旁達，莫不賓服。烹滅彊暴，振救黔首，周定四極。普施明法，經緯天下，永爲儀則。大矣哉！宇縣之中，承順聖意。羣臣誦功，請刻於石，表垂於常式。

秦始皇東觀刻石文 ○

維二十九年，皇帝春遊，覽省遠方。逮於海隅，遂登之罘，昭臨朝陽。觀望廣麗，從臣咸念，原道至明。聖法初興，清理疆內，外誅暴彊。武威旁暢，振動四極，禽滅六王。闡并天下，災害絕息，永偃戎兵。皇帝明德，經理宇內，視聽不怠。作立大義，昭設備器，咸有章旗。職臣遵分，各知所行，事無嫌疑。黔首改化，遠邇同度，臨古絕尤。常職既定，後嗣循業，長承聖治。羣臣嘉德，祗誦聖烈，請刻之罘。

秦始皇三十二年刻碣石門

遂興師旅，誅戮無道，爲逆滅息。武殄暴逆，文復無罪，庶心咸服。惠論功勞，賞及牛馬，恩肥土域。皇帝奮威德，并諸侯，初一泰平。墮壞城郭，決通川防，夷去險阻。地勢既定，黎庶無繇，天下咸撫。男樂其疇，女修其業，事各有序。惠被諸産，久竝來田，莫不安所。羣臣誦烈，請刻此石，垂著儀矩。

秦始皇三十七年會稽立石刻文

皇帝休烈，平一宇内，德惠修長。三十有七年，親巡天下，周覽遠方。遂登會稽，宣省習俗，黔首齊莊。羣臣誦功，本原事迹，追道高明。秦聖臨國，始定刑名，顯陳舊章。初平法式，審别職任，以立恆常。六王專倍，貪戾慠猛，率衆自彊。暴虐恣行，負力而驕，數動甲兵。陰通閒使，以事合從，行爲辟方。内飾詐謀，外來侵邊，遂起禍殃。義威誅之，殄熄暴悖，亂賊滅亡。聖德廣密，六合之中，被澤無疆。皇帝并宇，兼聽萬事，遠近畢清。運理羣物，考驗事實，各載其名。貴賤竝通，善否陳前，靡有隱情。飾省宣義，有子而嫁，倍死不貞。防隔内外，禁止淫泆，男女絜誠。夫爲寄豭，殺之無罪，男秉義程。妻爲逃嫁，子不得母，咸化廉清。大治濯俗，天下承風，蒙被休經。皆遵度軌，安和敦勉，莫不順令。黔首修潔，人樂同則，嘉保太平。後敬奉法，常治無極，輿舟不傾。從臣誦烈，請刻此石，光垂休銘。

班孟堅封燕然山銘 〇〇

惟永元元年秋七月，有漢元舅曰車騎將軍竇憲，寅亮聖皇，登翼王室，納於大麓，惟清緝熙。乃與執金吾耿秉，述職巡禦，治兵於朔方。鷹揚之校，螭虎之士，爰該六師，暨南單于，東胡烏桓，西戎氐羌，侯王君長之羣，驍騎十萬，元戎輕武，長轂四分，雷輜蔽路，萬有三千餘乘，勒以八陣，莅以威神。玄甲耀日，朱旗絳天，遂陵高闕，下鷄鹿，經磧鹵，絶大漠，斬温禺以釁鼓，血尸逐以染鍔。然後四校横徂，星流彗掃，蕭條萬里，野無遺寇。於是域滅區殫，反旆而旋。考傳驗圖，窮覽其山川，遂踰涿邪，跨安侯，乘燕然，躡冒頓之區落，焚老上之龍庭，將上以攄高、文之宿憤，光祖宗之玄靈，下以安固後嗣，恢拓境宇，振大漢之天聲。兹可謂一勞而久逸，暫費而永寧也。乃遂封山刊石，昭銘盛德，其辭曰：

鑠王師兮征荒裔，勦凶虐兮截海外。敻其邈兮亙地界，封神丘兮建隆嵑。熙帝載兮振萬世。序亦用韻，即琅邪刻石體。

元次山大唐中興頌有序

天寶十四載，安禄山陷洛陽。明年陷長安。天子幸蜀，太子即位於靈武。明年，皇帝移軍鳳翔。其年復兩京，上皇還京師。於戲！前代帝王，有盛德大業者，必見於歌頌。若今歌頌大業，刻之金石，非老於文學，其誰宜爲？頌曰：

噫嘻前朝，孽臣姦驕，爲惛爲妖。邊將騁兵，毒亂國經，羣生失寧。大駕南巡，百寮竄身，奉賊稱臣。天將昌唐，緊睨我皇，匹馬北方。獨立一呼，千麾萬旗，戎卒前驅。我師其東，儲皇撫戎，蕩攘羣兇。復服指期，曾不踰時，有國無之。事有至難，宗廟再安，二聖重歡。地辟天開，蠲除祅灾，瑞慶大來。兇徒逆儔，涵濡天休，死生堪羞。功勞位尊，忠烈名存，澤流子孫。盛德之興，山高日昇，萬福是膺。能令大君，聲容沄沄，不在斯文。湘江東西，中直浯溪，石崖天齊。可磨可鐫，刊此頌焉，何千萬年！

古文辭類纂四十終

碑誌類上編二

韓退之平淮西碑 ○○○

天以唐克肖其德，聖子神孫，繼繼承承，於千萬年，敬戒不怠。全付所覆，四海九州，罔有内外，悉主悉臣。高祖、太宗，既除既治；高宗、中、睿，休養生息。至于玄宗，受報收功，極熾而豐，物衆地大，孽牙其閒。肅宗、代宗，德祖、順考，以勤以容。大慝適去，稂莠不薅，相臣將臣，文恬武嬉，習熟見聞，以爲當然。

睿聖文武皇帝，既受羣臣朝，乃考圖數貢曰：「嗚呼！天既全付予有家，今傳次在予，予不能事事，其何以見于郊廟？」羣臣震懾，奔走率職。明年平夏，又明年平蜀，又明年平江東，又明年平澤、潞。遂定易、定，致魏、博、貝、衛、澶、相，無不從志。皇帝曰：「不可究武，予其少息。」

九年，蔡將死。蔡人立其子元濟以請，不許。遂燒舞陽，犯葉、襄城，以動東都，放兵四劫。皇帝歷問於朝，一二臣外皆曰：「蔡帥之不廷授，於今五十年，傳三姓四將，其樹本堅，兵利卒頑，不與他等。因撫而有，順且無事。」大官臆決唱聲，萬口和附，并爲一談，牢不可破。

皇帝曰：「惟天惟祖宗，所以付任予者，庶其在此，予何敢不力！況一二臣同，不爲無助。」曰：「光顏！汝爲陳、許帥，維是河東、魏博、郃陽三軍之在行者，汝皆將之！」曰：「重胤！汝故有河陽、懷，今益以汝，維是朔方、義成、陝、益、鳳翔、延、慶七軍之在行者，汝皆將之！」曰：「弘！汝以卒萬二千，屬而子公武往討之！」曰：「文通！汝守壽，維是宣武、淮南、宣歙、浙西四軍之行于壽者，汝皆將之！」曰：「道古！汝其觀察鄂岳！」曰：「愬！汝帥唐、鄧、隨，各以其兵進戰！」曰：「度！汝長御史，其往視師！」曰：「度！惟汝予同，汝遂相予，以賞罰用命不用命！」曰：「弘！汝以其節都統諸軍！」曰：「守謙！汝出入左右，汝惟近臣，其往撫師！」曰：「度！汝其往衣服飲食予士，無寒無飢。以既厥事，遂生蔡人。賜汝節斧，通天御帶，衛卒三百。凡茲廷臣，汝擇自從，惟其賢能，無憚大吏。庚申，予其臨門送汝！」曰：「御史！予閔士大夫戰甚苦，自今以往，非郊廟祠祀，其無用樂！」

顏、胤、武合攻其北，大戰十六，得栅城縣二十三，降人卒四萬。道古攻其東南，八戰，降萬三千，再入申，破其外城。文通戰其東，十餘遇，降萬二千。愬入其西，得賊將，輒釋不殺，用其策，戰比有功。十二年八月，丞相度至師，都統弘責戰益急，顔、胤、武合戰益用命。元濟盡并其眾洄曲以備。十月壬申，愬用所得賊將，自文城，因天大雪，疾馳百二十里，用夜半到蔡，破其門，取元濟以獻，盡得其屬人卒。辛巳，丞相度入蔡，以皇帝命，赦其人。淮西平，大饗賚功。師還之日，因以其食賜蔡人。凡蔡卒三萬五千，其不樂爲兵，願歸爲農者十九，悉縱之。斬元濟京師。

册功：弘加侍中。愬爲左僕射，帥山南東道。顔、胤皆加司空。公武以散騎常侍，帥鄜、坊、丹、延。道古進大夫。文通加散騎常侍。丞相度朝京師，道封晉國公，進階金紫光禄大夫，以舊官相，而以其副總爲工部尚書，領蔡任。

既還奏，羣臣請紀聖功，被之金石。皇帝以命臣愈。臣愈再拜稽首，而獻文曰：

唐承天命，遂臣萬邦。孰居近土？襲盜以狂。往在玄宗，崇極而圮。河北悍驕，河南附起。四聖不宥，屢興師征。有不能克，益戍以兵。夫耕不食，婦織不裳。輸之以車，爲卒賜糧。外多失朝，曠不岳狩。百隸怠官，事亡其舊。

帝時繼位，顧瞻咨嗟。惟汝文武，孰恤予家？既斬吴、蜀，旋取山東。魏將首義，六州降從。淮、蔡不順，自以爲彊。提兵叫讙，欲事故常。始命討之，遂連姧鄰。陰遣刺客，來賊相臣。方戰未利，内驚京師。羣公上言，莫若惠來。帝爲不聞，與神爲謀。乃相同德，以訖天誅。

乃敕顏、胤、愬、武、古、通，咸統於弘，各奏汝功。三方分攻，五萬其師。大軍北乘，厥數倍之。常兵時曲，軍士蠢蠢。既翦陵雲，蔡卒大窘。勝之邵陵，郾城來降。自夏入秋，復屯相望。兵頓不勵，告功不時。帝哀征夫，命相往釐。士飽而歌，馬騰於槽。試之新城，賊遇敗逃。盡抽其有，聚以防我。西師躍入，道無留者。

頟頟蔡城，其疆千里。既入而有，莫不順俟。帝有恩言，相度來宣：「誅止其魁，釋其下人。」蔡之卒夫，投甲呼舞；蔡之婦女，迎門笑語。蔡人告飢，船粟往哺；蔡人告寒，賜以繒布。始時蔡人，禁不往來；今相從戲，里門夜開。始時蔡人，進戰退戮；今旰而起，左飧右粥。爲之擇人，以收餘憊；選吏賜牛，教而不税。蔡人有言：始迷不知，今乃大覺，羞前之爲。蔡人有言：天子明聖，不順族誅，順保性命。汝不吾信，視此蔡方，孰爲不順，往斧其吭。凡叛有數，聲勢相倚，吾强不支，汝弱奚恃？其告而長，而父而兄，奔走偕來，同我太平。淮、蔡爲亂，天子伐之。既伐而飢，天子活之。

始議伐蔡，卿士莫隨。既伐四年，小大並疑。不赦不疑，由天子明。凡此蔡功，惟斷乃成。既定淮、蔡，四夷畢來。遂開明堂，坐以治之。茅順甫云：頌文淋漓縱横，並合繩斧。

韓退之處州孔子廟碑 〇

自天子至郡邑守長，通得祀而徧天下者，惟社稷與孔子爲然。而社祭土，稷祭穀，句龍與棄，乃其佐享，非其專主。又其位所，不屋而壇，豈如孔子用王者事，巍然當座，以門人爲配，自天子而下，北面跪祭，進退誠敬，禮如親弟子者？句龍、棄以功，孔子以德，固自有次第哉！自古多有以功德得其位者，不得常祀。句龍、棄、孔子，皆不得位而得常祀，然其祀事，皆不如孔子之盛。所謂生人以來，未有如孔子者，其賢過於堯舜遠矣，此其效歟？

郡邑皆有孔子廟，或不能修事。雖設博士弟子，或役於有司，名存實亡，失其所業。獨處州刺史鄴侯李繁至官，能以爲先。既新作孔子廟，又令工改爲顔子至子夏十人像，其餘六十子，及後大儒，公羊高、左邱明、孟軻、荀況、伏生、毛公、韓生、董生、高堂生、揚雄、鄭玄等數十人，皆圖之壁。選博士弟子，必皆其人。又爲置講堂，教之行禮，肄習其中。

置本錢廩米，令可繼處以守。廟成，躬率吏及博士弟子入學，行釋菜禮。耆老歎嗟，其子弟皆興於學。鄴侯尚文，其於古記無不貫達，故其爲政，知所先後，可歌也已。乃作詩曰：

惟此廟學，鄴侯所作。厥初庳下，神不以宇，生師所處，亦窘寒暑。乃新斯宮，神降其獻，講讀有常，不誡用勸。揭揭元哲，有師之尊，羣聖嚴嚴，大法以存。像圖孔肖，咸在斯堂，以瞻以儀，俾不或忘。後之君子，無廢成美，琢詞碑石，以贊攸始。

韓退之南海神廟碑　○○○

海於天地閒，爲物最鉅。自三代聖王，莫不祀事。攷於傳記，而南海神次最貴，在北東西三神、河伯之上，號爲祝融。天寶中，天子以爲古爵莫貴於公侯，故海岳之祝，犧幣之數，放而依之，所以致崇極於大神。今王，亦爵也，而禮海岳，尚循公侯之事，虛王儀而不用，非致崇極之意也。由是册尊南海神，爲廣利王，祝號祭式，與次俱升。因其故廟，易而新之，在今廣州治之東南，海道八十里，扶胥之口，黄木之灣。常以立夏氣至，命廣州刺史行事祠下，事訖，驛聞。

而刺史常節度五嶺諸軍，仍觀察其郡邑，於南方事，無所不統，地大以遠，故常選用重人。既貴而富，且不習海事，又當祀時，海常多大風，將往，皆憂慼。既進，觀顧怖悸，故常以疾爲解，而委事於其副，其來已久。故明宮齋廬，上雨旁風，無所蓋障；牲酒瘠酸，取具臨時；水陸之品，狼籍籩豆；薦裸興俯，不中儀式。吏滋不供，神不顧享，盲風怪雨，發作無節，人蒙其害。

元和十二年，始詔用前尚書右丞，國子祭酒魯國孔公，爲廣州刺史，兼御史大夫，以殿南服。公正直方嚴，中心樂易，祗慎所職，治人以明，事神以誠，内外單盡，不爲表襮。至州之明年，將夏，祝册自京師至，吏以時告。公乃齋祓視册，誓羣有司曰：「册有皇帝名，乃上所自署，其文曰：『嗣天子某，謹遣官某敬祭。』其恭且嚴如是，敢有不承！明日吾將宿廟下，以供晨事。」明日，吏以風雨白，不聽。於是州府文武吏士凡百數，交謁更諫，皆揖而退。

公遂升舟，風雨少弛，櫂夫奏功，雲陰解駮，日光穿漏，波伏不興。省牲之夕，載暘載陰；將事之夜，天地開除，月星明穊。五鼓既作，牽牛正中，公乃盛服執笏，以入即事。文武賓屬，俯首聽位，各執其職。牲肥酒香，罇爵静潔，降登有數，神具醉飽。海之百靈秘怪，慌惚畢出，蜿蜿虵虵，來享飲食。闔廟旋艫，祥飈送颿，旗纛旄麾，飛揚晻藹。鐃鼓嘲轟，高管噭噪，武夫奮櫂，工師唱和。穹龜長魚，踊躍後先，乾端坤倪，軒豁呈露。祀之之歲，風災熄滅，人厭魚蠏，五穀胥熟。明年祀歸，又廣廟宮而大之，治其庭壇，改作東西兩序，齋庖之房，百用具修。明年其時，公又固往，不懈益虔，歲仍大和，耋艾歌咏。

始公之至，盡除他名之税，罷衣食於官之可去者。四方之使，不以資交，以身爲帥。燕享有時，賞與以節，公藏私蓄，上下與足。於是免屬州負逋之緡錢廿有四萬，米三萬二千斛。賦金之州，耗金一歲八百，困不能償，皆以丐之。加西南守長之俸，誅其尤無良不聽令者，由是皆自重慎法。人士之落南不能歸者，與流徙之冑百廿八族，用其才良而廩其無告者。其女子可嫁，與之錢財，令無失時。刑德並流，方地數千里，不識盜賊。山行海宿，不擇處所。事神治人，其可謂備至耳矣。咸願刻廟石，以著厥美，而繫以詩。乃作詩曰：

南海陰墟，祝融之宅，即祀於旁，帝命南伯。吏惰不躬，正自今公，明用享錫，右我家邦。惟明天子，惟慎厥使，我公在官，神人致喜。海嶺之陬，既足既濡，胡不均弘，俾執事樞。公行勿遲，公無遽歸，匪我私公，神人具依。

韓退之衢州徐偃王廟碑 ○○

徐與秦俱出柏翳，爲嬴姓，國於夏、殷、周世，咸有大功。秦處西偏，專用武勝，遭世衰，無明天子，遂虎吞諸國爲雄。諸國既皆入秦爲臣屬，秦無所取利，上下相賊害，卒僨其國而沈其宗。徐處得地中，文德爲治，及偃王誕當國，益除去刑争末事，凡所以君國子民待四方，一出於仁義。當此之時，周天子穆王無道，意不在天下，好道士説，得八龍，騎之西遊，同王母宴于瑶池之上，歌謳忘歸。四方諸侯之争辯者，無所質正，咸賓祭於徐，贄玉帛死生之物於徐之庭者，三十六國。得朱弓赤矢之瑞。穆王聞之恐，遂稱受命，命造父御，長驅而歸，與楚連謀伐徐。徐不忍鬬其民，北走彭城武原山下，百姓隨而從之，萬有餘家。偃王死，民號其山爲徐山，鑿石爲室，以祠偃王。偃王雖走死失國，民戴其嗣爲君如初。駒王、章禹，祖孫相望。自秦至今，名公巨人，繼跡史書，徐氏十望，其九皆本於偃王，而秦後迄兹無聞家。天於柏翳之緒，非偏有厚薄施。仁與暴之報，自然異也。

衢州，故會稽太末也。民多姓徐氏，支縣龍邱，有偃王遺廟。或曰：「偃王之逃戰，不之彭城，之越城之隅，棄玉几研於會稽之水。」或曰：「徐子章禹既執於吴，徐之公族子弟散之徐、揚二州閒，即其居立先王廟云。」

開元初，徐姓二人，相屬爲刺史，帥其部之同姓，改作廟屋，載事於碑。後九十年，當元和九年，而徐氏放，復爲刺史。放，字達夫，前碑所謂今户部侍郎，其大父也。春行視農，至於龍邱，有事於廟，思惟本原，曰：「故制，觕樸下窄，不足以揭虔妥靈。而又梁桷赤白，陊剥不治，圖像之威，黮昧就滅，藩拔級夷，庭木秃缺，祈眈日慢，祥慶弗下，州之羣支，不獲蔭庥。余惟遺紹而尸其土，不即不圖，以有資聚，罰其可辭？」乃命因故爲新。衆工齊事，惟月若日，工告訖功，大祠於廟，宗卿咸序。應是歲，州無怪風劇雨，民不夭厲，穀果完實。民皆曰：「耿耿祉哉，其不可誣！」乃相與請辭京師，歸而鑱之於石。辭曰：

秦傑以顛，徐由遜綿，秦鬼久飢，徐有廟存。婉婉偃王，惟道之耽，以國易仁，爲笑於頑。自初擅命，其實幾姓？歷短詈長，有不償亡，課其利害，孰與王當？姑蔑之墟，太末之里，誰思王恩，立廟以祀？王之聞孫，世世多有，唯臨茲邦，廟土寔守。堅、嶠之後，達夫廓之，王殁萬年，如始祔時。王孫多孝，世奉王廟，達夫之來，先愼詔教。盡惠廟民，不主於神，維是達夫，知孝之元。太末之里，姑蔑之城，廟事時修，仁孝振聲。宜寵其人，以及後生，嗟嗟維王，雖古誰亢？王死於仁，彼以暴喪，文追作誄，刻示茫茫。

韓退之柳州羅池廟碑 ○○

羅池廟者，故刺史柳侯廟也。柳侯爲州，不鄙夷其民，動以禮法。三年，民各自矜奮：「茲土雖遠京師，吾等亦天氓，今天幸惠仁侯，若不化服，我則非人。」於是老少相教語，莫違侯令。凡有所爲於其鄉閭，及於其家，皆曰：「吾侯聞之，得無不可於意否？」莫不忖度而後從事。凡令之期，民勸趨之，無有後先，必以其時。於是民業有經，公無負租，流逋四歸，樂生興事。宅有新屋，步有新船，池園潔修，豬牛鴨鷄，肥大蕃息。子嚴父詔，婦順夫指，嫁娶葬送，各有條法，出相弟長，入相慈孝。先時民貧，以男女相質，久不得贖，盡没爲隸。我侯之至，按國之故，以傭除本，悉奪歸之。大修孔子廟，城郭巷道，皆治使端正，樹以名木。柳民既皆悦喜。

嘗與其部將魏忠、謝寧、歐陽翼飲酒驛亭，謂曰：「吾棄於時，而寄於此，與若等好也。明年，吾將死，死而爲神，後三年，爲廟祀我。」及期而死，三年孟秋辛卯，侯降於州之後堂，歐陽翼等，見而拜之。其夕，夢翼而告曰：「館我於羅池。」其月景辰廟成，大祭，過客李儀醉酒，慢侮堂上，得疾，扶出廟門，即死。明年春，魏忠、歐陽翼，使謝寧來京師，請書其事於石。余謂柳侯生能澤其民，死能驚動禍福之，以食其土，可謂靈也已。作《迎享送神詩》，遺柳民，俾歌以祀焉，而并刻之。

柳侯，河東人，諱宗元，字子厚。賢而有文章。嘗位於朝，光顯矣，已而擯不用。其辭曰：

荔子丹兮蕉黃，雜肴蔬兮進侯堂。侯之船兮兩旗，度中流兮風泊之，待侯不來兮，不知我悲。侯乘駒兮入廟，慰我民兮，不嚬以笑。鵝之山兮柳之水，桂樹團團兮，白石齒齒。侯朝出游兮暮來歸，春與猨吟兮，秋鶴與飛。北方之人兮，爲侯是非，千秋萬歲兮，侯無我違。福我兮壽我，驅厲鬼兮山之左。下無苦溼兮高無乾，秔稌充羡兮，蛇蛟結蟠。我民報事兮無怠，其始自今兮欽於世世。

韓退之袁氏先廟碑　〇

袁公滋既成廟，明歲二月，自荆南以旂節朝京師，留六日，得壬子春分，率宗親子屬，用少牢於三室。既事，退言曰：「嗚呼遠哉！維世傳德，襲訓集余，乃今有濟。今祭既不薦金石音聲，使工歌詩，載烈象容，其奚以飭稚昧於長久？唯敬繫羊豕幸有石，如具著先人名跡，因爲詩繫之語下，於義其可。雖然，余不敢，必屬篤古而達於詞者。」遂以命愈，愈謝非其人，不獲命，則謹條袁氏本所以出，與其世系里居，起周歷漢、魏、晉、拓拔魏、周、隋入國家以來，高曾祖考所以劬躬肅後，委祉於公，公之所以逢將承應者，有槩有詳，而綴以詩。其語曰：

周樹舜後陳，陳公子有爲大夫食國之地袁鄉者，其子孫世守不失，因自別爲袁氏。春秋世，陳常壓於楚，與中國相加尤疏，袁氏猶班班見，可譜。常居陽夏，陽夏至晉，屬陳郡，故號陳郡袁氏。博士固，申儒遏黄，唱業於前。至司徒安，懷德於身，袁氏遂大顯，連世有人，終漢連魏、晉，分仕南北。始居華陰，爲拓拔魏鴻臚。鴻臚諱恭，生周梁州刺史新縣孝侯，諱顗。孝侯生隋左衛大將軍，諱温，去官居華陰，武德九年，以大耋薨，始葬華州。左衛生南州刺史，諱士政。南州生當陽令，諱倫，於公爲曾祖。當陽生朝散大夫，石州司馬，諱知玄。司馬生贈工部尚書咸寧令諱暐，是爲皇考。袁氏舊族，而當陽以通經爲儒，位止縣令。石州用《春秋》持身治事，爲州司馬以終。咸寧備學而貫以一，文武隨用，謀行功從，出入有立，不爵於朝。比三世宜達而窒，歸成後人，數當於公。公惟曾大父、大父、皇考比三世，存不大夫食，殁祭在子孫。惟將相能致備物。世彌遠，禮則益不及，在慎德行業治，圖功載名，以待上可。無細大，無敢不敬畏；無早夜，無敢不思。成於家，進於外，以立於朝。自侍御史，歷工部員外郎，祠部郎中，諫議大夫，尚書右丞，華州刺史、金吾大將軍，由卑而鉅，莫不官稱，遂爲宰相，以贊辨章。仍持節將蜀、滑、襄、荆，畧苞河山，秩登禄富，以有廟祀，具如其志。又垂顯刻，以教無忘，可謂大孝。詩曰：

袁自陳分，初尚蹇連。越秦造漢，博士發論。司徒任德，忍不錮人。收功厥後，五公重尊。晉氏于南，來處華下。鴻臚孝侯，用適操舍。南州勤治，取最不懈。當陽耽經，唯義之畏。石州烈烈，學專《春秋》。懿哉咸寧，不名一休。趨難避成，與時泛浮。是生孝子，天子之宰，出把將符，羣州承楷。數以立廟，禄以備器，由曾及考，同堂異置。柏版松楹，其筵肆肆，維袁之廟，孝孫之爲。順執即宜，以諏以龜，以平其巇，屋墻持持。孝孫來享，來拜廟廷，陟堂進室，親登籩鉶。肩臑胉骼，其尊玄清，降登受胙，於慶爾成。維曾維祖，維考之施，於汝孝嗣，以報以祇。凡我有今，非本曷思？刻詩牲繫，維以告之。

韓退之烏氏廟碑 ○

元和五年，天子曰：「盧從史始立議，用師於恆，乃陰與寇連，夸謾凶驕，出不遜言，其執以來！」其四月，中貴人承璀，即誘而縛之。其下皆甲以出，操兵趨譁。牙門都將烏公重胤，當軍門叱曰：「天子有命，從有賞，敢違者斬！」於是士皆斂兵還營，卒致從史京師。壬辰，詔用烏公爲銀青光禄大夫，河陽軍節度使，兼御史大夫，封張掖郡開國公。居三年，河陽稱治，詔贈其父工部尚書，且曰：「其以廟享。」即以其年營廟於京師崇化里。軍佐竊議曰：「先公既位常伯，而先夫人無加命，號名差卑，於配不宜。」語聞，詔贈先夫人劉氏，沛國太夫人。八年八月，廟成，三室同宇，祀自左領府君而下，作主於第。乙巳，升于廟。

烏氏著於《春秋》，譜於《世本》，列於《姓苑》，在莒者存，在齊有餘枝鳴，皆爲大夫。秦有獲，爲大官。其後世之江南者家鄱陽，處北者家張掖，或入夷狄爲君長。唐初，察爲左武衛大將軍，實張掖人。其子曰令望，爲左領軍衛大將軍。孫曰蒙，爲中郎將，是生贈尚書諱承玼字某。烏氏自莒、齊、秦大夫以來，皆以材力顯。及武德以來，始以武功爲名將家。

開元中，尚書管平盧先鋒軍，屬破奚、契丹，從戰捺禄，走可突干。渤海擾海上，至馬都山，吏民逃徙失業，尚書領所部兵塞其道，塹原累石，綿四百里，深高皆三丈，寇不得進，民還其居，歲罷運錢三千萬餘。黑水、室韋，以騎五千，來屬麾下，邊威益張。其後與耿仁智謀，說史思明降。思明復叛，尚書與兄承恩謀殺之，事發族夷，尚書獨走免。李光弼以聞，詔拜冠軍將軍，守右威衛將軍，檢校殿中監，封昌化郡王，石嶺軍使。積粟厲兵，出入耕戰。以疾去職。貞元十一年二月丁巳，薨于華陰告平里，年若干，即葬於其地。二子：大夫爲長，季曰重元，爲某官。銘曰：

烏氏在唐，有家於初。左武左領，二祖紹居。中郎少卑，屬于尚書。不償其勞，乃相大夫。授我戎節，制有壃墟。數備禮登，以有宗廟。作廟天都，以致其孝。右祖左孫，爰饗其報。云誰無子，其有無孫。克對無羞，乃惟有人。念昔平盧，爲艱爲瘁。大夫承之，危不棄義。四方其平，士有迨息。來覲來齋，以饋黍稷。

蘇子瞻表忠觀碑 ○○○

熙寧十年十月戊子，資政殿大學士，右諫議大夫，知杭州軍州事，臣抃言：「故吴越國王錢氏墳廟，及其父、祖、妃、夫人、子孫之墳，在錢塘者二十有六，在臨安者十有一，皆蕪廢不治，父老過之，有流涕者。

「謹按故武肅王鏐，始以鄉兵破走黄巢，名聞江淮；復以八都兵破劉漢宏，并越州以奉董昌，而自居於杭。及昌以越叛，則誅昌而并越，盡有浙東西之地。傳其子文穆王元瓘，至其孫忠顯王仁佐，遂破李景兵，取福州。而仁佐之弟忠懿王俶，又大出兵攻景，以迎周世宗之師，其後卒以國入覲。三世四王，與五代相終始。天下大亂，豪傑蜂起。方是時，以數州之地盜名字者，不可勝數，既覆其族，延及于無辜之民，罔有孑遺。而吴越地方千里，帶甲十萬，鑄山煮海，象犀珠玉之富，甲於天下，然終不失臣節，貢獻相望於道。是以其民至於老死，不識兵革，四時嬉遊，歌鼓之聲相聞，至於今不廢，其有德于斯民甚厚。

「皇宋受命，四方僭亂，以次削平。而蜀、江南，負其嶮遠，兵至城下，力屈勢窮，然後束手。而河東劉氏，百戰守死，以抗王師，積骸爲城，釃血爲池，竭天下之力，僅乃克之。獨吴越不待告命，封府庫，籍郡縣，請吏於朝，眎去其國，如去傳舍，其有功於朝廷甚大。昔竇融以河西歸漢，光武詔右扶風修理其父祖墳塋，祠以太牢。今錢氏功德，殆過於融，而未及百年，墳廟不治，行道傷嗟，甚非所以勸奬忠臣、慰答民心之義也。

「臣願以龍山廢佛祠曰妙因院者爲觀，使錢氏之孫爲道士曰自然者居之。凡墳廟之在錢塘者，以付自然；其在臨安者，以付其縣之浄土寺僧曰道微。歲各度其徒一人，使世掌之。籍其地之所入，以時修其祠宇，封殖其草木。有不治者，縣令丞察之，甚者易其人，庶幾永終不墜，以稱朝廷待錢氏之意。臣抃昧死以聞。」

制曰：「可。」其妙因院，改賜名曰表忠觀。銘曰：

天目之山，苕水出焉，龍飛鳳舞，萃於臨安。篤生異人，絕類離羣，奮梃大呼，從者如雲。仰天誓江，月星晦蒙，强弩射潮，江海爲東。殺宏誅昌，奄有吴越，金券玉册，虎符龍節。大城其居，包絡山川，左江右湖，控引島蠻。歲時歸休，以燕父老，曄如神人，玉帶毬馬。四十一年，寅畏小心，厥篚相望，大貝南金。五朝昏亂，罔堪託國，三王相承，以待有德。既獲所歸，弗謀弗咨，先王之志，我維行之。天胙忠孝，世有爵邑，允文允武，子孫千億。帝謂守臣，治其祠墳，毋俾樵牧，愧其後昆。龍山之陽，巋焉新宫，匪私於錢，唯以勸忠。非忠無君，非孝無親，凡百有位，視此刻文。

古文辭類纂四十一終

碑誌類下編一

韓退之曹成王碑 ○○

王姓李氏，諱皋，字子蘭，謚曰成。其先王明，以太宗子，國曹，絶，復封。傳五王，至成王。成王嗣封，在玄宗世，蓋於時年十七八。紹爵三年，而河南北兵作，天下震擾。王奉母太妃，逃禍民伍，得閒走蜀，從天子。天子念之，自都水使者，拜左領軍衛將軍，轉貳國子秘書。

王生十年而失先王，哭泣哀悲，弔客不忍聞。喪除，痛刮磨豪習，委己於學。稍長，重知人情，急世之要，恥一不通。侍太妃，從天子於蜀，既孝既忠，持官持身，内外斬斬，由是朝廷滋欲試之於民。上元元年，除温州長史，行刺史事。江東新刳於兵，郡旱饑，民交走死無弔。王及州，不解衣，下令掊鎖擴門，悉棄倉實與民，活數十萬人。奏報，升秩少府。與平袁賊，仍徙秘書，兼州别駕，部告無事。

遷真於衡，法成令修，治出張施，聲生勢長。觀察使噎媢不能出氣，誣以過犯，御史助之，貶潮州刺史。楊炎起道州，相德宗，還王於衡，以直前謾。王之遭誣在理，念太妃老，將驚而戚，出則囚服就辯，入則擁笏垂魚，坦坦施施。即貶於潮，以遷入賀。及是，然後跪謝告實。

初，觀察使虐使將國良往戍界，良以武岡叛，戍衆萬人，斂兵荆、黔、洪、桂，伐之二年，尤張。於是以王帥湖南，將五萬士，以討良爲事。王至，則屏兵，投良以書，中其忌諱。良羞畏乞降，狐鼠進退。王即假爲使者，從一騎，踔五百里，抵良壁，鞭其門大呼：「我曹王來受良降，良今安在？」良不得已，錯愕迎拜，盡降其軍。

太妃薨，王棄部，隨喪之河南葬。及荆，被詔責還。會梁崇義反，王遂不敢辭以還，升秩散騎常侍。

明年，李希烈反，遷御史大夫，授節帥江西，以討希烈。命至，王出止外舍，禁無以家事關我。裒兵，大選江州，羣能著職。王親教之搏力、勾卒、嬴越之法，曹誅五畀。艦、步二萬人，以與賊遌。嘬鋒蔡山，踣之，剜蘄之黄梅，大鞣長平，鏺廣濟，掀蘄春，撇蘄水，掇黄岡，筴漢陽，行跐汊川，還大膊蘄水界中，披安三縣，拔其州，斬僞刺史，標光之北山，𨂐隨、光化，捁其州，十抽一推，救兵州東北屬鄉，還，開軍受降。大小之戰，三十有二，取五州十九縣。民老幼婦女不驚，市賈不變，田之果穀下無一跡。加銀青光禄大夫、工部尚書，改户部，再換節臨荊及襄，真食三百。王之在兵，天子西巡於梁，希烈北取汴、鄭，東略宋圍陳，西取汝，薄東都。王坐南方，北向落其角距，賊死咋不能入寸尺，亡將卒十萬，盡輸其南州。

王始政於温，終政於襄，恆平物估，賤斂貴出，民用有經。一吏軌民，使令家聽户視，姦宄無所宿，府中不聞急步疾呼。治民用兵，各有條次，世傳爲法。任馬彝、將愼、將鍔、將潛，偕盡其力能。薨贈右僕射。元和初，以子道古在朝，更贈太子太師。

道古進士、司門郎，刺利、隨、唐、睦，徵爲少宗正，兼御史中丞，以節督黔中。朝京師，改命觀察鄂、岳、蘄、沔、安、黄，提其師以伐蔡。且行，泣曰：「先王討蔡，實取沔、蘄、安、黄，寄惠未亡。今余亦受命有事於蔡，而四州適在吾封，庶其有集。先王薨，於今二十五年，吾昆弟在，而墓碑不刻，無文，其實有待，子無用辭。」乃序而詩之。辭曰：

太支十三，曹於弟季，或亡或微，曹始就事。曹之祖王，畏塞絶遷，零王黎公，不聞僅存。子父易封，三王守名，延延百載，以有成王。成王之作，一自其躬，文被明章，武薦峻功。蘇枯弱强，齦其姦猖，以報於宗，以昭於王。王亦有子，處王之所，唯舊之視。蹶蹶陛陛，實取實似。刻詩其碑，爲示無止。

韓退之清邊郡王楊燕奇碑 ○○

公諱燕奇，字燕奇，弘農華陰人也。大父知古，祁州司倉。烈考文誨，天寶中，實爲平盧衙前兵馬使，位至特進、檢校太子賓客，封弘農郡開國伯。世掌諸蕃互市，恩信著明，夷人慕之。

禄山之亂，公年幾二十，進言於其父曰：「大人守官，宜不得去，王室在難，某其行矣！」其父爲之請於戎帥，遂率諸將校之子弟各一人，間道趨闕，變服詭行，日倍百里。天子嘉之，特拜左金吾衛大將軍員外置，賜勳上柱國。

寶應二年春，詔從僕射田公平劉展，又從下河北。大曆八年，帥師納戎帥勉於滑州。九年，從朝於京師。建中二年，城汴州，功勞居多。三年，從攻李希烈，先登。貞元二年，從司徒劉公復汴州。十二年，與諸將執以城叛者，歸之於京師，事平，授御史大夫，食實封百户，賜繒彩有加。十四年，年六十一，五月某日，終於家。自始命左金吾大將軍，凡十五遷，爲御史大夫，職爲節度押衙、右厢兵馬使，兼馬軍先鋒兵馬使，階爲特進，勳爲上柱國，爵爲清邊郡王，食虚邑自三百户，至三千户，真食五百户，終焉。

公結髮從軍四十餘年，敵攻無堅，城守必完，臨危蹈難，歔欷感發，乘機應會，捷出神怪。不畏義死，不榮幸生。故其事君無疑行，其事上無閒言。

初，僕射田公，其母隔於冀州，公獨請往迎之，經營賊城，出入死地，卒致其母。田公德之，約爲父子，故公始姓田氏。田公終，而後復其族焉。

嗣子通王屬良禎，以其年十月庚寅，葬公於開封縣魯陵岡，隴西郡夫人李氏祔焉。夫人清夷郡太守佑之孫，漁陽郡長史獻之女，柔嘉淑明，先公而殂。有男四人，女三人。後夫人河南郡夫人雍氏，某官之孫，某官之女。有男一人，女二人，咸有至性純行。夫人同仁均養，親族不知異焉。君子於是知楊公之德，又行於家也。銘曰：

烈烈大夫，逢時之虞。感泣辭親，從難於秦。維茲爰始，遂勤其事。四十餘年，或裨或專。攻牢保危，爵位已隮。既明且慎，終老無隳。魯陵之岡，蔡河在側。烝烝孝子，思顯勳績。斵石於此，式垂後嗣。

韓退之唐故相權公墓碑　○

上之元和六年，其相曰權公，諱德輿，字載之。其本出自殷帝武丁，武丁之子降封於權。權，江、漢間國也。周衰入楚爲權氏，楚滅徙秦，而居天水略陽。符秦之王中國，其臣有安邱公翼者，有大臣之言。後六世至平涼公文誕，爲唐上庸太守，荆州大都督長史，焯有聲烈。平涼曾孫諱倕，贈尚書禮部郎中，以藝學與蘇源明相善，卒官羽林軍録事參軍，於公爲王父。郎中生贈太子太保諱皐，以忠孝致大名，去官，累以官徵不起，追謚貞孝，是實生公。公在相位三年，其後以吏部尚書授節鎮山南，年六十以薨，贈尚書左僕射，謚文公。

公生三歲，知變四聲，四歲能爲詩。七歲而貞孝公卒，來弔哭者，見其顔色聲容，皆相謂權氏世有其人。及長，好學，孝敬祥順。貞元八年，以前江西府監察御史，徵拜博士，朝士以得人相慶。改左補闕，章奏不絶，譏排姦倖，與陽城爲助。轉起居舍人，遂知制誥，凡撰命詞九年，以類集爲五十卷，天下稱其能。十八年，以中書舍人典貢士，拜尚書禮部侍郎。薦士於公者，其言可信，不以其人布衣不用；即不可信，雖大官勢人交言，一不以綴意。奏廣歲所取進士、明經，在得人，不以員拘。轉户兵吏三曹侍郎、太子賓客，復爲兵部、遷太常卿，天下愈推爲鉅人長德。

時天子以爲宰相宜參用道德人，因拜禮部尚書、同中書門下平章事。公既謝辭，不許。其所設張舉措，必本於寬大。以幾教化，多所助與；維匡調娛，不失其正；中於和節，不爲聲章；因善與賢，不矜主己。以吏部尚書留守東都，東方諸帥有利病不能自請者，公常與疏陳，不以露布。復拜太常，轉刑部尚書，考定新舊令式，爲三十編，舉可長用。其在山南、河南，勤於選付，治以和簡，人以寧便。以疾求還，十三年某月甲子，道薨於洋之白草。奏至，天子痌傷，爲之不御朝，郎官致贈錫。官居野處，上下弔哭，皆曰：「善人死矣！」其年某月日，葬河南北山，在貞孝東五里。

公由陪屬升列，年除歲遷，以至公宰，人皆喜聞，若己與有，無忌嫉者。于頔坐子殺人，失位自囚，親戚莫敢過門省顧，朝莫敢言者。公將留守東都，爲上言曰：「頔之罪既貰不竟，宜因賜寬詔。」上曰：「然。公爲吾行諭之。」頔以不憂死。前後考第進士，及庭所策試士，踵相躡爲宰相達官，與公相先後，其餘布處臺閣外府，凡百餘人。自始學至疾未病，未嘗一日去書不觀。公既以能爲文辭，擅聲於朝，多銘卿大夫功德。然其爲家，不視簿書，未嘗問有亡，費不待餘。

公娶清河崔氏女，其父造嘗相德宗，號爲名臣。既葬，其子監察御史璩，纍然服喪來。有請，乃作銘文曰：

權在商、周，世無不存。滅楚徙秦，嬴、劉之間。甘泉始侯，以及安邱。詆呵浮屠，皇極之扶。貞孝之生，鳳鳥不至。爵位豈多？半塗以税。壽考豈多？四十而逝。惟其不有，以惠厥後。是生相君，爲朝德首。行世祖之，文世師之。流連六官，出入屏毗。無黨無讐，舉世莫疵。人所憚爲，公勇爲之。其所競馳，公絕不窺。孰克知之？德將在斯。刻詩墓碑，以永厥垂。

韓退之贈太尉許國公神道碑銘 ○○○

韓，姬姓，以國氏。其先有自潁川徙陽夏者，其地於今爲陳之太康。太康之韓，其稱蓋久，然自公始大著。公諱弘，公之父曰海，爲人魁偉沈塞，以武勇游仕許、汴之間，寡言自可，不與人交，衆推以爲鉅人長者，官至游擊將軍，贈太師。娶鄉邑劉氏女，生公，是爲齊國太夫人。夫人之兄曰司徒玄佐，有功建中、貞元之間，爲宣武軍帥，有汴、宋、亳、潁四州之地，兵士十萬人。公少依舅氏，讀書習騎射，事親孝謹，偘偘自將，不縱爲子弟華靡遨放事。出入敬恭，軍中皆目之。嘗一抵京師，就明經試，退曰：「此不足發名成業。」復去從舅氏學，將兵數百人，悉識其材鄙怯勇，指付必堪其事。司徒歎奇之，士卒屬心，諸老將皆自以爲不及。司徒卒，去爲宋南城將。比六七歲，汴軍連亂不定。貞元十五年，劉逸淮死，軍中皆曰：「此軍司徒所樹，必擇其骨肉爲士卒所慕賴者付之。今見在人莫如韓甥，且其功最大，而材又俊。」即柄授之，而請命於天子，天子以爲然。遂自大理評事拜工部尚書，代逸淮爲宣武軍節度使，悉有其舅司徒之兵與地，衆果大悦便之。

當此時，陳、許帥曲環死，而吴少誠反，自將圍許，求援於逸淮，啗之以陳歸汴，使數輩在館，公悉驅出斬之，選卒三千人會諸軍擊少誠許下。少誠失勢以走，河南無事。

公曰：「自吾舅没，五亂於汴者，吾苗薅而髮櫛之幾盡。然不一揃刈，不足令震駴。」命劉鍔以其卒三百人待命於門，數之以數與於亂，自以爲功，並斬之以徇，血流波道。自是訖公之朝京師，廿有一年，莫敢有讙呶叫號於城郭者。

李師古作言起事，屯兵於曹，以嚇滑帥，且告假道。公使謂曰：「汝能越吾界而爲盜耶？有以相待，無爲空言。」滑帥告急，公使謂曰：「吾在此，公無恐。」或告曰：「翦棘夷道,兵且至矣,請備之。」公曰:「兵來不除道也。」不爲應。師古詐窮變索,遷延旋軍。少誠以牛皮鞵材遺師古,師古以鹽資少誠,潛過公界,覺,皆留,輸之庫曰:「此於法不得以私相餽。」

田弘正之開魏博,李師道使來告曰:「我代與田氏約相保援,今弘正非其族,又首變兩河事,亦公之所惡,我將與成德合軍討之,敢告。」公謂其使曰:「我不知利害,知奉詔行事耳。若兵北過河,我即東兵以取曹。」師道懼,不敢動,弘正以濟。誅吴元濟也,命公都統諸軍,曰:「無自行以遏北寇。」公請使子公武以兵萬三千人會討蔡下,歸財與糧,以濟諸軍,卒擒蔡姦。於是以公爲侍中,而以公武爲鄜、坊、丹、延節度使。

師道之誅,公以兵東下,進圍考城,克之,遂進迫曹,曹寇乞降。鄆部既平,公曰:「吾無事於此,其朝京師。」天子曰:「大臣不可以暑行,其秋之待。」公曰:「君爲仁,臣爲恭,可矣。」遂行。既至,獻馬三千匹,絹五十萬匹,他錦紈綺纈又三萬,金銀器千。而汴之庫廐錢以貫數者尚餘百萬,絹亦合百餘萬匹,馬七千,糧三百萬斛,兵械多至不可數。初公有汴,承五亂之後,掠賞之餘,且斂且給,恆無宿儲。至是公私充塞,至於露積不垣。

册拜司徒兼中書令，進見上殿，拜跪給扶，贊元經體，不治細微，天子敬之。元和十五年，今天子即位，公爲冢宰，又除河中節度使。在鎮三年，以疾乞歸，復拜司徒中書令。病不能朝，以長慶二年十二月三日，薨於永崇里第，年五十八。天子爲之罷朝三日，贈太尉，賜布粟，其葬物有司官給之，京兆尹監護。明年七月某日，葬於萬年縣少陵原京城東南三十里，楚國夫人翟氏祔。子男二人：長曰肅元，某官；次曰公武，某官。肅元早死。公之將薨，公武暴病先卒，公哀傷之，月餘，遂薨。無子，以公武子孫紹宗爲主後。

汴之南則蔡，北則鄆，二寇患公居間，爲己不利，卑身佞辭，求與公好。薦女請昏，使日月至。既不可得，則飛謀釣謗，以間染我。公先事候情，壞其機牙，姦不得發。王誅以成，最功定次，孰與高下。

公子公武，與公一時俱授弓鉞，處藩爲將，疆土相望。公武以母憂去鎮，公母弟充自金吾代將渭北，公以司徒中書令治蒲。於時弟充，自鄭滑節度平宣武之亂，以司空居汴，自唐以來，莫與爲比。

公之爲治，嚴不爲煩，止除害本，不多教條。與人必信，吏得其職，賦入無所漏失，人安樂之，在所以富。公與人有畛域，不爲戲狎，人得一笑語，重於金帛之賜。其罪殺人，不發聲色，問法何如，不自爲輕重，故無敢犯者。其銘曰：

在貞元世，汴兵五猘。將得其人，衆乃一愒。其人爲誰？韓姓許公。磔其梟狼，養以雨風。桑穀奮張，厥壤大豐。貞元元孫，命正我宇。公爲臣宗，處得地所。河流兩壖，盜連爲羣。雄唱雌和，首尾一身。公居其間，爲帝督姦。察其嚬呻，與其睨眴。左顧失視，右顧而跽。蔡先鄆鉏，三年而墟。槁乾四呼，終莫敢濡。常山幽都，孰陪孰扶？天施不留，其討不逋。許公預焉，其賚何如？悠悠四方，既廣既長。無有外事，朝廷之治。許公來朝，車馬干戈。相乎將乎，威儀之多。將則是已，相則三公。釋師十萬，歸居廟堂。上之宅憂，公讓太宰。養安蒲阪，萬邦絶等。有弟有子，提兵守藩。一時三侯，人莫敢扳。生莫與榮，歿莫與令。刻文此碑，以鴻厥慶。觀弘本傳及李光顔傳，載弘以女子閒撓光顔事，與誌正相反。退之諛墓亦已甚矣！而文則雄偉，首尾無一字懈，精神奕然。

韓退之清河郡公房公墓碣銘　○○

公諱啓，字某，河南人。其大王父融，王父琯，仍父子爲宰相。融相天后，事遠不大傳。琯相玄宗、肅宗，處艱難中，與道進退，薨贈太尉，流聲於茲。父乘，仕至秘書少監，贈太子詹事。公胚胎前光，生長食息，不離典訓之内，目擩耳染，不學以能。始爲鳳翔府參軍，尚少，人吏迎觀，望見，咸曰：「真房太尉家子孫也！」不敢弄以事。轉同州澄城丞，益自飭理，同官憚伏。衛晏使嶺南黜陟，求佐得公，擢摘良姦，南土大喜，還進昭應主簿。裴胄領湖南，表公爲佐，拜監察御史，部無遺事。胄遷江西，又以節鎮江陵，公一隨遷佐胄，累功進至刑部員外郎，賜五品服，副胄使事爲上介。上聞其名，徵拜虞部員外，在省籍籍。遷萬年令，果辯憿絶。

貞元末，王叔文用事，材公之爲，舉以爲容州經畧使，拜御史中丞，服佩視三品，管有嶺外十三州之地。林蠻洞蜒，守條死要，不相漁劫，税節賦時，公私有餘。削衣貶食，不立資遺，以班親舊朋友爲義。在容九年，遷領桂州，封清河郡公，食邑三千户。中人使授命書，應待失禮，客主違言，徵貳太僕。未至，貶虔州長史，而坐使者。以疾卒官，年五十九。其子越，能輯父事無失，謹謹致孝。既葬，碣墓請銘。銘曰：

房氏二相，厥家以聞，條葉被澤，況公其孫。公初爲吏，亦以門庇，佐使於南，乃始已致。既辦萬年，命屏容服，功緒卓殊，氓獠循業。維不順隨，失署亡資，非公之怨，銘以著之。依次紀述，是東漢以來刻石文體，但出韓公手，自然簡古清峻，其筆力不可強幾也。

韓退之殿中少監馬君墓誌銘古者書旌柩前，即謂之銘，故不必有韻之文始可稱銘。○○○

君諱繼祖，司徒、贈太師、北平莊武王之孫，少府監、贈太子少傅諱暢之子。生四歲，以門功拜太子舍人。積三十四年，五轉而至殿中少監，年三十七以卒。有男八人，女二人。

始余初冠，應進士貢，在京師，窮不自存，以故人稚弟，拜北平王於馬前。王問而憐之，因得見於安邑里第。王軫其寒饑，賜食與衣。召二子，使爲之主，其季遇我特厚，少府監贈太子少傅者也。姆抱幼子立側，眉眼如畫，髮漆黑，肌肉玉雪可念，殿中君也。當是時見王於北亭，猶高山深林鉅谷，龍虎變化不測，傑魁人也。退見少傅，翠竹碧梧，鸞鵠停峙，能守其業者也。幼子娟好靜秀，瑶環瑜珥，蘭茁其芽，稱其家兒也。

後四五年，吾成進士，去而東游，哭北平王於客舍。後十五六年，吾爲尚書都官郎，分司東都，而分府少傅卒，哭之。又十餘年至今，哭少監焉。嗚呼！吾未耄老，自始至今，未四十年，而哭其祖、子、孫三世，於人世何如也！人欲久不死，而觀居此世者何也？

韓退之尚書庫部郎中鄭君墓誌銘 ○○○

君諱羣，字弘之，世爲滎陽人。其祖於元魏時，有假封襄城公者，子孫因稱以自别。曾祖匡時，晉州霍邑令。祖千尋，彭州九隴丞。父迪，鄂州唐年令，娶河南獨孤氏女，生二子，君其季也。

以進士，選吏部考功，所試判爲上等，授正字。自鄠縣尉，拜監察御史，佐鄂岳使。裴均之爲江陵，以殿中侍御史佐其軍。均之徵也，遷虞部員外郎。均鎮襄陽，復以君爲襄府左司馬，刑部員外郎，副其支度使事。均卒，李夷簡代之，因以故職留君。歲餘，拜復州刺史，遷祠部郎中。會衢州無刺史，方選人，君願行，宰相即以君應詔。治衢五年，復入爲庫部郎中。行及揚州，遇疾，居月餘，以長慶元年八月二十四日卒，春秋六十。即以其年十一月二十二日，從葬於鄭州廣武原先人之墓次。

君天性和樂，居家事人，與待交遊，初持一心，未嘗變節，有所緩急曲直薄厚疎數也。不爲翕翕熱，亦不爲崖岸斬絶之行。俸禄入門，與其所過逢吹笙彈箏，飲酒舞歌，詼調醉呼，連日夜不厭。費盡不復顧問，或分挈以去，一無所愛惜，不爲後日毫髮計留也。遇其空無時，客至，清坐相看，或竟日不能設食，客主各自引退，亦不爲辭謝。與之遊者，自少及老，未嘗見其言色有若憂嘆者，豈列禦寇、莊周等所謂近於道者耶？其治官守身，又極謹慎，不挂於過差。去官而人民思之，身死而親故無所怨議，哭之皆哀，又可尚也。

初娶吏部侍郎京兆韋肇女，生二女一男。長女嫁京兆韋詞，次嫁蘭陵蕭瓚。後娶河南少尹趙郡李則女，生一女二男。其餘男二人，女四人，皆幼。嗣子退思，韋氏生也。

銘曰：

再鳴以文進塗闢，佐三府治藹厥蹟。郎官郡守愈著白，洞然渾樸絶瑕讁，甲子一終反玄宅。茅順甫云：雋才逸興。

古文辭類纂四十二終

碑誌類下編二

韓退之柳子厚墓誌銘 ○○○

子厚，諱宗元。七世祖慶，爲拓跋魏侍中，封濟陰公。蕫塢先生云：柳慶仕終於宇文，又不爲侍中，《周書》本傳可考。封平齊公，其封濟陰者，乃子厚六世祖旦，慶之子也。旦封濟陰公，見柳集，《隋書》本傳不載。曾伯祖奭，爲唐宰相，與褚遂良、韓瑗，俱得罪武后，死高宗朝。皇考諱鎮，以事母棄太常博士，求爲縣令江南。其後以不能媚權貴，失御史。權貴人死，乃復拜侍御史，號爲剛直。所與游，皆當世名人。

子厚少精敏，無不通達。逮其父時，雖少年已自成人，能取進士第，嶄然見頭角，衆謂柳氏有子矣。其後以博學宏辭，授集賢殿正字。儁傑廉悍，議論證據今古，出入經史百子，踔厲風發，率常屈其座人，名聲大振。一時皆慕與之交，諸公要人爭欲令出我門下，交口薦譽之。

貞元十九年，由藍田尉拜監察御史。順宗即位，拜禮部員外郎。遇用事者得罪，例出爲刺史。未至，又例貶永州司馬。居閒，益自刻苦，務記覽、爲詞章，汎濫停蓄，爲深博無涯涘，而自肆於山水閒。

元和中，嘗例召至京師，又偕出爲刺史，而子厚得柳州。既至，歎曰：「是豈不足爲政耶！」因其土俗，爲設教禁，州人順賴。其俗以男女質錢，約不時贖，子本相侔，則沒爲奴婢。子厚與設方計，悉令贖歸。其尤貧力不能者，令書其傭，足相當，則使歸其質。觀察使下其法於他州，比一歲，免而歸者且千人。衡、湘以南，爲進士者，皆以子厚爲師。其經承子厚口講指畫，爲文詞者，悉有法度可觀。

其召至京師而復爲刺史也，中山劉夢得禹錫，亦在遣中，當詣播州。子厚泣曰：「播州非人所居，而夢得親在堂，吾不忍夢得之窮，無辭以白其大人。且萬無母子俱往理。」請於朝，將拜疏，願以柳易播，雖重得罪，死不恨。遇有以夢得事白上者，夢得於是改刺連州。嗚呼！士窮乃見節義。今夫平居里巷相慕悅，酒食游戲相徵逐，詡詡强笑語以相取下，握手出肺肝相示，指天日涕泣，誓生死不相背負，真若可信；一旦臨小利害，僅如毛髮比，反眼若不相識，落陷穽不一引手救，反擠之又下石焉者，皆是也。此宜禽獸夷狄所不忍爲，而其人自視以爲得計，聞子厚之風，亦可以少愧矣！

子厚前時少年，勇於爲人，不自貴重顧藉，謂功業可立就，故坐廢退。既退，又無相知有氣力得位者推挽，故卒死於窮裔，材不爲世用，道不行於時也。使子厚在臺省時，自持其身，已能如司馬、刺史時，亦自不斥。斥時有人力能舉之，且必復用不窮。然子厚斥不久，窮不極，雖有出於人，其文學辭章，必不能自力以致必傳於後如今，無疑也。雖使子厚得所願，爲將相於一時，以彼易此，孰得孰失，必有能辨之者。

子厚以元和十四年十一月八日卒，年四十七。以十五年七月十日，歸葬萬年先人墓側。子厚有子男二人，長曰周六，始四歲；季曰周七，子厚卒乃生。女子二人，皆幼。其得歸葬也，費皆出觀察使河東裴君行立。行立有節概，重然諾，與子厚結交，子厚亦爲之盡，竟賴其力。葬子厚於萬年之墓者，舅弟盧遵。遵，涿人，性謹順，學問不厭。自子厚之斥，遵從而家焉，逮其死不去。既往葬子厚，又將經紀其家，庶幾有始終者。銘曰：

是惟子厚之室，既固既安，以利其嗣人。

韓退之河南令張君墓誌銘　○

君諱署，字某，河間人。大父利貞，有名玄宗世，爲御史中丞，舉彈無所避，由是出爲陳留守，領河南道採訪處置使，數年卒官。皇考諱郇，以儒學進，官至侍御史。君方質有氣，形貌魁碩，長於文詞，以進士舉博學宏詞，爲校書郎。自京兆武功尉，拜監察御史，爲幸臣所讒，與同輩韓愈、李方叔三人，俱爲縣令南方。二年，逢恩，俱徙掾江陵。半歲，邕管奏君爲判官，改殿中侍御史，不行，拜京兆府司録。諸曹白事，不敢平面視。薑塢先生云：此言署能使諸曹嚴畏，不敢平視。茅順甫以爲署不得意處，大誤。《唐書·孫逖傳》載孫簡論品秩云：「京兆、河南司録及諸府州録事參軍事，皆掾紀律，正諸曹，與尚書省左、右丞紀綱六曹略等。」又李習之與河南尹論復故事有云：「司録入院，諸官於堂上序立，司録揖，然後坐。」「八九年來，司録使判司立東廊下，司録於西廊下，得揖，然後就食。」觀此是司録之駕於諸曹也。又宋孝武起兵討元凶時，以顔峻領録事，兼綜内外，是州府重任在録事，由來久矣。共食公堂，抑首促促就哺歠。揖起趨去，無敢闌語。縣令、丞、尉，畏如嚴京兆，事以辦治。京兆改鳳翔尹，以節鎮京西，請與君俱，改禮部員外郎，爲觀察使判官。帥它遷，君不樂久去京師，謝歸，用前能拜三原令。歲餘，遷尚書刑部員外郎。守法争議，棘棘不阿。改虔州刺史，民俗相朋黨，不訴殺牛，牛以大耗。又多捕生鳥雀魚鼈，可食與不可食相買賣，時節脱放，期爲福祥。君視事，一皆禁督立絶。使通經吏與諸生之旁大郡，學鄉飲酒、喪婚禮，張施講説，民吏觀聽，從化大喜。度支符州，折民户租，歲徵綿六千屯。比郡承命惶怖，立期日，唯恐不及事被罪。君獨疏言，治迫嶺下，民不識蠶桑。月餘免符下，民相扶攜，守州門叫讙爲賀。改澧州刺史，民税出雜産物與錢，尚書有經數，觀察使牒州，徵民錢倍經。君曰：「刺史可爲法，不可貪官害民。」留牒不肯從，竟以代罷。觀察使使劇吏案簿書，十日不得毫毛罪。改河南令，而河南尹適君平生所不好者。君年且老，當日日拜走仰望階下，不得已就官。數月，大不適，即以病辭免。公卿欲其一至京師，君以再不得意於守、令，恨曰：「義不可更辱，又奚爲於京師間！」竟閉門死，年六十。

君娶河東柳氏女，二子昇奴、胡師，將以某年某月某日葬某所。其兄將作少監昔，請銘於右庶子韓愈。愈前與君爲御史被讒，俱爲縣令南方者也，最爲知君。銘曰：

誰之不如，而不公卿？奚養之違，以不久生？唯其頏頏，以世厥聲。

韓退之太原王公墓誌銘 〇

公諱仲舒，字宏中。少孤，奉其母居江南，游學有名。貞元十年，以賢良方正拜左拾遺，改右補闕禮部考功吏部三員外郎。貶連州司户參軍，改夔州司馬，佐江陵使，改祠部員外郎，復除吏部員外郎，遷職方郎中知制誥，出爲峽州刺史，遷廬州，未至，丁母憂。服闋，改婺州、蘇州刺史，徵拜中書舍人。既至，謂人曰：「吾老，不樂與少年治文書。得一道，有地六七郡，爲之三年，貧可富，亂可治，身安功立，無愧於國家可也。」日日語人。丞相聞問語驗，即除江南西道觀察使，兼御史中丞。至則奏罷摧酒錢九千萬，以其利與民。又罷軍吏官債五千萬，悉焚簿文書。又出庫錢二千萬，以丐貧民遭旱不能供税者。禁浮屠及老子，五字當衍。爲僧道士，不得於吾界内，因山野立浮屠、老子像，以其誑丐漁利，奪編人之産。在官四年，數其蓄積，錢餘於庫，米餘於廩。朝廷選公卿於外，將徵以爲左丞，吏部已用薛尚書代之矣。長慶三年十一月十七日，未命而薨，年六十二。天子爲之罷朝，贈左散騎常侍，遠近相弔。以四年二月某日葬於河南某縣先塋之側。

公之爲拾遺，朝退，天子謂宰相曰：「第幾人非王某邪？」是時公方與陽城更疏論裴延齡詐妄，士大夫重之。鼐按：此文已開王荆公誌銘文法。爲考功吏部郎也，下莫敢有欺犯之者。非其人，雖與同列，未嘗比數收拾，故遭讒而貶。在制誥，盡力直友人之屈，不以權臣爲意，又被讒而出。元和初，婺州大旱，人餓死，户口亡十七八，公居五年，完富如初。按劾羣吏，奏其贓罪，州部清整，加賜金紫。其在蘇州，治稱第一。公所至，輒先求人利害廢置所宜，閉閤草奏。又具爲科條，與人吏約，事備，一旦張下，民無不忭叫喜悦。或初若小煩，旬歲皆稱其便。公所爲文章，無世俗氣，其所樹立，殆不可學。

曾祖諱玄暕，比部員外郎。祖諱景肅，丹陽太守。考諱政，襄、鄧等州防禦使，鄂州採訪使，贈工部尚書。公先妣渤海李氏，贈渤海郡太君。公娶其舅女。有子男七人：初、哲、貞、弘、泰、復、泂。初，進士及第；哲，文學俱善；其餘幼也。長女婿劉仁師，高陵令；次女婿李行修，尚書刑部員外郎。銘曰：

氣銳而堅，又剛以嚴，哲人之常。愛人盡己，不倦以止，乃吏之方。與其友處，順若婦女，何德之光。墓之有石，我最其迹，萬世之藏。

韓退之尚書左僕射右龍武軍統軍劉公墓誌銘 ○○

公諱昌裔，字光後，本彭城人。曾大父諱承慶，朔州刺史。大父巨敖，好讀老子、莊周書，爲太原晉陽令，再世宦北方，樂其土俗，遂著籍太原之陽曲，曰：「自我爲此邑人可也，何必彭城？」父誦，贈右散騎常侍。

公少好學問，始爲兒時，重遲不戲，恆若有所思念計畫。及壯自試，以開吐蕃説干邊將，不售。入三蜀，從道士遊。久之，蜀人苦楊琳寇掠，公單船往説，琳感欷。雖不即降，約其徒不得爲虐。琳降，公常隨琳不去。琳死，脱身亡，沈浮河、朔之閒。建中中，曲環招起之，爲環檄李納，指摘切刻，納悔恐動心，恒、魏皆疑惑氣懈。環封奏其本，德宗稱焉。環之會下濮州，戰白塔，救寧陵、襄邑，擊李希烈陳州城下，公常在軍閒。環領陳、許軍，公因爲陳、許從事。以前後功勞，累遷檢校兵部郎中、御史中丞、營田副使。吴少誠乘環喪，引兵叩城。留後上官説咨公以城守所以，能擒誅叛將爲抗拒，令敵人不得其便。圍解，拜陳州刺史。韓全義敗，引軍走陳州，求入保。公自城上揖謝全義曰：「公受命詣蔡，何爲來陳？公無恐，賊必不敢至我城下。」明日，領步騎十餘，抵全義營。全義驚喜，迎拜歎息，殊不敢以不見舍望公。改授陳、許軍司馬。上官説死，拜金紫光禄大夫，檢校工部尚書，代説爲節度使。命界上吏不得犯蔡州人，曰：「俱天子人，奚爲相傷？」少誠吏有來犯者，捕得，縛送曰：「妄稱彼人，公宜自治之。」少誠慚其軍，亦禁界上暴者。兩界耕桑交跡，吏不何問。封彭城郡開國公，就拜尚書右僕射。

元和七年，得疾，視政不時。八年五月，涌水出他界，過其地，防穿不補，没邑屋，流殺居人。拜疏請去職即罪。詔還京師。即其日，與使者俱西，大熱，旦暮馳不息，疾大發，左右手轡止之。公不肯，曰：「吾恐不得生謝天子。」上益遣使者勞問，敕無亟行。至則不得朝矣。天子以爲恭，即其家拜檢校左僕射、右龍武軍統軍知軍事。十一月某甲子薨，年六十二。上爲之一日不視朝，贈潞州大都督，命郎弔其家。明年某月某甲子，葬河南某縣某鄉某原。

公不好音聲，不大爲居宅，於諸帥中獨然。夫人邠國夫人武功蘇氏。子四人：嗣子光禄主簿縱，學於樊宗師，士大夫多稱之；長子元一，樸直忠厚，便弓馬，爲淮南軍衙門將；次子景陽、景長，皆舉進士。葬得日，相與遣使者哭拜階上，使來乞銘。銘曰：

提將之符，尸我一方。配古侯公，維德不爽。我銘不亡，後人之慶。

韓退之國子監司業竇公墓誌銘 ○

國子司業竇公，諱牟，字某。六代祖敬遠，嘗封西河公。大父同昌司馬，比四代仍襲爵名。同昌諱胤，生皇考諱叔向，官至左拾遺、溧水令，贈工部尚書。尚書於大曆初，名能爲詩文。及公爲文，亦最長於詩。孝謹厚重，舉進士登第，佐六府五公，八遷至檢校虞部郎中。元和五年，真拜尚書虞部郎中，轉洛陽令、都官郎中、澤州刺史，以至司業。年七十四，長慶二年二月丙寅，以疾卒。其年八月某日，葬河南偃師先公尚書之兆次。

初公善事繼母，家居未出，學問於江東。尚幼也，名聲詞章，行於京師，人遲其至。及公就進士且試，其輩皆曰：「莫先竇生。」於時公舅袁高爲給事中，方有重名，愛且賢公，然實未嘗以干有司。公一舉成名而東，遇其黨必曰：「非我之才，維吾舅之私。」其佐昭義軍也，遇其將死，公權代領以定其危。後將盧從史重公不遺，奏進官職。公視從史益驕不遜，僞疾經年，轝歸東都。從史卒敗死，公不以覺微避去爲賢告人。

公始佐崔大夫縱，留守東都，後佐留守司徒餘慶，歷六府、五公，文武細麤不同，自始及終，於公無所悔望，有彼此言者。六府從事，幾且百人，有愿姦、易險、賢不肖不同，公一接以和與信，卒莫與公有怨嫌者。其爲郎官、令、守，慎法寬惠不刻。教誨於國學也，嚴以有禮，扶善遏過，益明上下之分，以躬先之，恂恂愷悌，得師之道。

公一兄三弟：常、羣、庠、鞏。常，進士，水部員外郎，朗、夔、江、撫四州刺史；羣，以處士徵，自吏部郎中拜御史中丞，出帥黔、容以卒；庠，三佐大府，自奉先令爲登州刺史；鞏，亦進士，以御史佐淄、青府，皆有材名。公子三人：長曰周餘，好善學文，能謹謹致孝，述父之志，曲而不黷；次曰某、曰某，皆以進士貢。女子三人。

愈少公十九歲，以童子得見，於今四十年，始以師視公，而終以兄事焉。公待我一以朋友，不以幼壯先後致異，公可謂篤厚文行君子矣！其銘曰：

后緡竇逃閔腹子，夏以再家竇爲氏。聖愕旋河犢引比，相嬰撥漢納孔軌。後去觀津，而家平陵，遥遥厥緒，夫子是承。我敬其人，我懷其德，作詩孔哀，質於幽刻。

韓退之給事中清河張君墓誌銘 ○○

張君，名徹，字某，以進士累官至范陽府監察御史。長慶元年，今牛宰相爲御史中丞，奏君名迹中御史選，詔即以爲御史。其府惜不敢留，遣之，而密奏幽州昌黎蓋鄙張宏靖，故没其名。噎喑以爲生者，蓋即謂之耶？「將父子繼續，不廷選且久，今新收，臣又始至，孤怯，須强佐乃濟」。發半道，有詔以君還之，仍遷殿中侍御史，加賜朱衣銀魚。

至數日軍亂，怨其府從事，盡殺之，而囚其帥，且相約「張御史長者，毋侮辱轢蹙我事，毋庸殺」。置之帥所，居月餘，聞有中貴人自京師至，君謂其帥：「公無負此土人，上使至，可因請見自辯。」幸得脱免歸，即推門求出。守者以告其魁，魁與其徒皆駭曰：「必張御史！張御史忠義，必爲其帥告此餘人，餘人非畔者黨也，恐其以言動之。不如遷之别館。」即與衆出君。君出門罵衆曰：「汝何敢反！前日吴元濟斬東市，昨日李師道斬軍中，同惡者父母妻子皆屠死，肉餧狗、鼠、鴟、鴉。汝何敢反！汝何敢反！」行且駡。衆畏惡其言，不忍聞，且虞生變，即擊君以死。君抵死，口不絕駡。衆皆曰：「義士，義士！」或收瘞之以俟。

事聞，天子壯之，贈給事中。其友侯雲長佐鄆使，請於其帥馬僕射，爲之選於軍中，得故與君相知張恭、李元實者，使以幣請之范陽。范陽人義而歸之。以聞，詔所在給船轝，傳歸其家，賜錢物以葬。長慶四年四月某日，其妻子以君之喪，葬於某州某所。

君弟復，亦進士，佐汴、宋得疾，變易喪心，驚惑不常。君得閒即自視衣褥薄厚，節時其飲食，而匕筯進養之，禁其家無敢高語出聲。醫餌之藥，其物多空青、雄黃諸奇怪物，劑錢至十數萬。營治勤劇，皆自君手，不假之人。家貧，妻子常有饑色。

祖某某官，父某某官。妻韓氏，禮部郎中某之孫，汴州開封尉某之女，於余爲叔父孫女。君常從余學，選於諸生而嫁與之。孝順祇修，羣女效其所爲。男若干人，曰某。女子曰某。銘曰：

嗚呼徹也！世慕顧以行，子揭揭也。噎喑以爲生，子獨割也。爲彼不清，作玉雪也。仁義以爲兵，用不缺折也。知死不失名，得猛厲也。自申於闇明，莫之奪也。我銘以貞之，不肖者之呾也。

韓退之試大理評事王君墓誌銘 ○○

君諱適，姓王氏。好讀書，懷奇負氣，不肎隨人後舉選。見功業有道路可指取有，名節可以戾契致，困於無資地，不能自出，乃以干諸公貴人，借助聲勢。諸公貴人既志得，皆樂熟軟媚耳目者，不喜聞生語，一見輒戒門以絶。

上初即位，以四科募天下士。君笑曰：「此非吾時邪？」即提所作書緣道歌吟，趨直言試。既至，對語驚人，不中第，益困。久之，聞金吾李將軍，年少喜事可撼，乃踏門告曰：「天下奇男子王適，願見將軍白事。」一見語合意，往來門下。盧從史既節度昭義軍，張甚，奴視法度士，欲聞無顧忌大語。有以君生平告者，即遣客鈎致。君曰：「狂子不足以共事。」立謝客。李將軍由是待益厚，奏爲其衛胄曹參軍，充引駕仗判官，盡用其言。將軍遷帥鳳翔，君隨往。改試大理評事，攝監察御史、觀察判官。櫛垢爬癢，民獲蘇醒。居歲餘，如有所不樂，一旦載妻子入閿鄉南山不顧。中書舍人王涯，獨孤郁，吏部郎中張惟素，比部郎中韓愈，日發書問訊，顧不可强起，不即薦。明年九月疾病，輿醫京師，某月某日卒，年四十四。十一月某日，即葬京城西南長安縣界中。

曾祖爽，洪州武寧令。祖微，右衛騎曹參軍。父嵩，蘇州崑山丞。妻上谷侯氏，處士高女。

高固奇士，自方阿衡太師，世莫能用吾言。再試吏，再怒去，發狂投江水。初處士將嫁其女，懲曰：「吾以齟齬窮，一女憐之，必嫁官人，不以與凡子。」君曰：「吾求婦氏久矣，惟此翁可人意，且聞其女賢，不可以失。」即謾謂媒嫗：「吾明經及第，且選即官人，侯翁女幸嫁，若能令翁許我，請進百金爲嫗謝。」諾許白翁，翁曰：「誠官人耶？取文書來！」君計窮吐實，嫗曰：「無苦，翁大人不疑人欺我，得一卷書，粗若告身者，我袖以往，翁見未必取眎，幸而聽我行其謀。」翁望見文書銜袖，果信不疑，曰：「足矣。」以女與王氏。生三子，一男二女，男三歲夭死，長女嫁亳州永城尉姚侹，其季始十歲。銘曰：

鼎也不可以柱車，馬也不可使守閭。佩玉長裾，不利走趨。祇繫其逢，不繫巧愚。不諧其須，有銜不袪。鑽石埋辭，以列幽墟。茅順甫云：澹宕多奇。

韓退之孔司勳墓誌銘　○○

昭義節度盧從史，有賢佐曰孔君，諱戡，字君勝。從史爲不法，君陰爭，不從，則於會肆言以折之。從史羞，面頸發赤，抑首伏氣，不敢出一語以對，立爲君更令改章辭者，前後累數十。坐則與從史説古今君臣父子，道順則受成福，逆輒危辱誅死，曰「公當爲彼，不當爲此」，從史常聳聽喘汗。居五六歲，益驕，有悖語。君争，無改悔色，則悉引從事，空一府往争之。從史雖羞，退益甚。君泣語其徒曰：「吾所爲止於是，不能以有加矣。」遂以疾辭去，臥東都之城東，酒食伎樂之燕不與。當是時，天下以爲賢。論士之宜在天子左右者，皆曰「孔君孔君」云。會宰相李公鎮揚州，首奏起君，君猶臥不應。從史讀詔曰：「是故舍我而從人耶？」即誣奏君前在軍有某事。上曰：「吾知之矣。」奏三上，乃除君衛尉丞、分司東都。詔始下門下，給事中吕元膺封還詔書，上使謂吕君曰：「吾豈不知哉也？行用之矣。」明年元和五年正月，將浴臨汝之湯泉，壬子，至其縣食，方侍郎云：此用《春秋》鄭伯髡頑卒于鄵書法，以發疑也。遂卒，年五十七。公卿大夫士相弔於朝，處士相弔於家。君卒之九十六日，詔縛從史送闕下，數以違命，流於日南。遂詔贈君尚書司勳員外郎，蓋用嘗欲以命君者信其志。其年八月甲申，從葬河南河陰之廣武原。

君於爲義若嗜欲，勇不顧前後，於利與禄，則畏避退處，如怯夫然。始舉進士第，自金吾衛録事爲大理評事，佐昭義軍。軍帥死，從史自其軍諸將代爲帥，請君曰：「從史起此軍行伍中，凡在幕府，唯公無分寸私。公苟留，唯公之所欲爲。」君不得已留。一歲再奏，自監察御史，至殿中侍御史。從史初聽用其言，得不敗。後不聽信，其惡益聞，君棄去，遂敗。

祖某，某官，贈某官。父某，某官，贈某官。君始娶弘農楊氏女，卒。又娶其舅宋州刺史京兆韋屺女，皆有婦道。凡生一男四女，皆幼。前夫人從葬舅姑兆次。卜人曰：「今茲歲未可以祔。」從卜人言，不祔。君母兄戣，尚書兵部員外郎；母弟戢，殿中侍御史，以文行稱朝廷。將葬，以韋夫人之弟前進士楚材之狀授愈，曰：「請爲銘。」銘曰：

允義孔君，茲惟其藏。更千萬年，無敢壞傷。

古文辭類纂四十三終

碑誌類下編三

韓退之唐故朝散大夫商州刺史除名徙封州董府君墓誌銘

公諱溪，字惟深，丞相贈太師隴西恭惠公第二子。十九歲明兩經，獲第有司。沈厚精敏，未嘗有子弟之過。賓接門下，推舉人士，侍側無虛口。退而見其人，淡若與之無情者。太師賢而愛之，父子間自爲知己，諸子雖賢，莫敢望之。太師累踐大官，臻宰相，致平治，終始以禮，號稱名臣，晨昏之助，蓋有賴云。

太師之平汴州，年考益高，挈持維綱，鋤削荒纇，納之太和而已。其囊篋細碎，無所遺漏，緊公之功。上介尚書左僕射陸公長源，齒差太師，標望絶人，聞其所爲，每稱舉以戒其子。楊凝、孟叔度以材德顯名朝廷，及來佐幕府，詣門請交，屏所挾爲。太師薨，始以秘書郎選參軍京兆府法曹，日伏階下，與大尹争是非，大尹屢黜己見。歲中奏爲司録參軍，與一府政。以能，拜尚書度支員外郎，遷倉部郎中、萬年令。兵誅恒州，改度支郎中，攝御史中丞，爲糧料使。兵罷，遷商州刺史。糧料吏有忿争相牽告者，事及於公，因徵下御史獄。

公不與吏辨，一皆引伏受垢，除名徙封州。元和六年五月十二日死湘中，年四十九。明年立皇太子，有赦令許歸葬，其子居中始奉喪歸。元和八年十一月甲寅，葬於河南河南縣萬安山下太師墓左，夫人鄭氏祔。

公凡再娶，皆鄭氏女。生六子，四男二女。長曰全正，慧而早死。次曰居中，好學，善爲詩，張籍稱之。次曰從直，曰居敬，尚小。長女嫁吴郡陸暢，其季女後夫人之子。公之母弟全素，孝慈友弟，公坐事，棄同官令歸。公歿，比葬三年，哭泣如始喪者，大臣高其行，白爲太子舍人。將葬，舍人與其季弟㵐問銘於太史氏韓愈，愈則爲之銘。辭曰：

物以久弊，或以轢毁，考致要歸，孰有彼此？由我者吾，不我者天，斯而以然，其誰使然？

韓退之集賢院校理石君墓誌銘 〇

君諱洪，字濬川。其先姓烏石蘭，九代祖猛，始從拓跋氏入夏，居河南，遂去「烏」與「蘭」，獨姓石氏，而官號大司空。後七世，至行裒，官至易州刺史，於君爲曾祖。易州生婺州金華令諱懷一，卒葬洛陽北山。金華生君之考諱平，爲太子家令，葬金華墓東，而尚書水部郎劉復爲之銘。

君生七年喪其母，九年而喪其父，能力學行。去黄州録事參軍，則不仕，而退處東都洛上十餘年，行益修，學益進，交遊益附，聲號聞四海。故相國鄭公餘慶留守東都，上言洪可付史筆。李建拜御史，崔周禎爲補闕，皆舉以讓。宣、歙、池之使，與浙東使，交牒署君從事。河陽節度烏大夫重胤，閒以幣先走廬下，故爲河陽得。佐河陽軍，吏治民寬，考功奏從事考，君獨於天下爲第一。元和六年，詔下河南，徵拜京兆昭應尉校理集賢御書。明年六月甲午，疾卒，年四十二。

娶彭城劉氏女，故相國晏之兄孫。生男二人：八歲曰壬，四歲曰申。女子二人。顧言曰「葬死所」，七月甲申，葬萬年白鹿原。既病，謂其游韓愈曰：「子以吾銘。」銘曰：

生之艱，成之又艱。若有以爲，而止於斯！

韓退之河南少尹裴君墓誌銘

公諱復，字茂紹，河東人。曾大父元簡，大理正。大父曠，御史中丞，京畿採訪使。父虯，以有氣畧，敢諫諍，爲諫議大夫，引正大疑，有寵代宗朝，屢辭官不肯拜，卒，贈工部尚書。公舉賢良，拜同官尉。僕射南陽公開府徐州，召公主書記，三遷至侍御史。入朝，歷殿中侍御史，累遷至刑部郎中。疾病，改河南少尹，輿至官，若干日卒，實元和三年四月二十三日，享年五十。夫人博陵崔氏，少府監頲之女。男三人：璟、質皆既冠，其季始六歲，曰充郎。卜葬，得公卒之四月壬寅，遂以其日葬東都芒山之陰杜翟村。

公幼有文，年十四，上《時雨詩》，代宗以爲能，將召入爲翰林學士。尚書公請免，曰：「願使卒學。」丁後母喪，上使臨弔，又詔尚書公曰：「父忠而子果孝，吾加賜以厲天下。終喪必且以爲翰林。」其在徐州府，能勤而有勞。在朝，以恭儉守其職。居喪必有聞。待諸弟友以善教，館嫠妹，畜孤甥，能別而有恩。歷十一官而無宅於都，無田於野，無遺資以爲葬，斯其可銘也已。銘曰：

裴爲顯姓，入唐尤盛，支分族離，各爲大家。惟公之系，德隆位細，曰子曰孫，厥聲世繼。晉陽之邑，愉愉翼翼，無外無私，幼壯若一。何壽之不遐，而禄之不多？謂必有後，其又信然耶？

韓退之李元賓墓銘 ○○

李觀，字元賓，其先隴西人也。始來自江之東，年二十四，舉進士，三年登上第。又舉博學宏詞，得太子校書。一年年二十九，客死於京師。既斂之三日，友人博陵崔宏禮，葬之於國東門之外七里，鄉曰慶義，原曰嵩原。友人韓愈，書石以誌之。辭曰：

已虖元賓！壽也者吾不知其所慕，夭也者吾不知其所惡。生而不淑，誰謂其壽？死而不朽，誰謂之夭？已虖元賓！才高乎當世，而行出乎古人。已虖元賓！竟何爲哉，竟何爲哉！

韓退之施先生墓銘 ○

貞元十八年十月十一日，太學博士施先生士丐卒，其寮太原郭伉買石誌其墓，昌黎韓愈爲之辭，曰：先生明毛、鄭《詩》，通《春秋左氏傳》，善講説，朝之賢士大夫從而執經考疑者繼於門，太學生習毛、鄭《詩》、《春秋左氏傳》者，皆其弟子。貴游之子弟，時先生之説二經，來太學，帖帖坐諸生下，恐不卒得聞。先生死，二經生喪其師，仕於學者亡其朋，故自賢士大夫，老師宿儒，新進小生，聞先生之死，哭泣相弔，歸衣服貨財。先生年六十九，在太學者十九年，由四門助教爲太學助教，由助教爲博士。太學秩滿當去，諸生輒拜疏乞留。或留或遷，凡十九年，不離太學。

祖曰旭，袁州宜春尉。父曰婼，豪州定遠丞。妻曰太原王氏，先先生卒。子曰友直，明州鄮縣主簿；曰友諒，太廟齋郎。系曰：

先生之祖，氏自施父。其後施常，事孔子以彰。讐爲博士，延爲太尉。太尉之孫，始爲吴人。曰然曰續，亦載其跡。先生之興，公車是召。纂序前聞，於光有曜。古聖人言，其旨密微。箋注紛羅，顛倒是非。聞先生講論，如客得歸。卑讓肫肫，出言孔揚。今其死矣，誰嗣爲宗？縣曰萬年，原曰神禾，高四尺者，先生墓耶！

韓退之南陽樊紹述墓誌銘　〇〇

樊紹述既卒且葬，愈將銘之。從其家求書，得書號《魁紀公》者三十卷，曰《樊子》者又三十卷，《春秋集傳》十五卷，表牋狀策書序傳記紀誌説論今文讚銘凡二百九十一篇，道路所遇及器物門里雜銘二百二十，賦十，詩七百一十九。曰：多矣哉！古未嘗有也。然而必出於己，不襲蹈前人一言一句，又何其難也！必出入仁義，其富若生蓄，萬物必具，海含地負，放恣橫縱，無所統紀，然而不煩於繩削而自合也。嗚呼！紹述於斯術，其可謂至於斯極者矣！

生而其家貴富，長而不有其藏一錢，妻子告不足，顧且笑曰：「我道蓋是也。」皆應曰：「然。」無不意滿。嘗以金部郎中告哀南方，還言某師不治，罷之，以此出爲綿州刺史。一年徵拜左司郎中，又出刺絳州。綿、絳之人，至今皆曰：「於我有德。」以爲諫議大夫，命且下，遂病以卒，年若干。

紹述諱宗師。父諱澤，嘗帥襄陽、江陵，官至右僕射，贈某官。祖某官，諱泳。自祖及紹述三世，皆以軍謀堪將帥，策上第以進。

紹述無所不學，於辭於聲，天得也，在衆若無能者。嘗與觀樂，問曰「何如」？曰「後當然」。已而果然。銘曰：

惟古於詞必己出，降而不能乃剽賊，後皆指前公相襲，從漢迄今用一律。寥寥久哉莫覺屬，神徂聖伏道絕塞。既極乃通發紹述，文從字順各識職，有欲求之此其躅。

韓退之貞曜先生墓誌銘　○

唐元和九年，歲在甲午。八月己亥，貞曜先生孟氏卒。無子，其配鄭氏以告，愈走位哭，且召張籍會哭。明日，使以錢如東都，供葬事，諸嘗與往來者，咸來哭弔。韓氏遂以書告興元尹故相餘慶。閏月，樊宗師使來弔，告葬期徵銘。愈哭曰：「嗚呼！吾尚忍銘吾友也夫！」興元人以幣如孟氏賻，且來商家事。樊子使來速銘，曰：「不則無以掩諸幽。」乃序而銘之。

先生諱郊，字東野。父廷玢，娶裴氏女，而選爲崑山尉，生先生，及二季酆、郢而卒。先生生六七年，端序則見，長而愈騫，涵而揉之，內外完好，色夷氣清，可畏而親。及其爲詩，劌目鉥心，刃迎縷解，鉤章棘句，搯擢胃腎，神施鬼設，間見層出。唯其大翫於詞，而與世抹摋，人皆劼劼，我獨有餘。有以後時開先生者，曰：「吾既擠而與之矣，其猶足存耶？」

年幾五十，始以尊夫人之命，來集京師，從進士試，既得即去。閒四年，又命來，選爲溧陽尉，迎侍溧上。去尉二年，而故相鄭公尹河南，奏爲水陸運從事試協律郎。親拜其母於門内。母卒五年，而鄭公以節領興元軍，奏爲其軍參謀試大理評事。挈其妻行，之興元，次於閿鄉，暴疾卒，年六十四。買棺以斂，以二人輿歸。酆、郢皆在江南。十月庚申，樊子合凡贈賻，而葬之洛陽東其先人墓左，以餘財附其家而供祀。將葬，張籍曰：「先生揭德振華，於古有光，賢者故事有易名，況士哉？如曰『貞曜先生』，則姓名字行有載，不待講説而明。」皆曰「然」，遂用之。

初，先生所與俱學同姓簡，於世次爲叔父，由給事中觀察浙東，曰「生，吾不能舉；死，吾知恤其家」。銘曰：

於戲貞曜！維執不猗，維出不訾，維卒不施，以昌其詩。

韓退之唐河中府法曹張君墓碣銘 〇

有女奴抱嬰兒來，致其主夫人之語曰：「妾，張圓之妻劉也。妾夫常語妾云：『吾常獲私於夫子。』且曰：『夫子天下之名能文辭者，凡所言必傳世行後。』今妾不幸，夫逢盜死途中，將以日月葬。妾重哀其生志不就，恐死遂沈泯，敢以其稚子汴見，先生將賜之銘，是其死不爲辱，而名永長存，所以蓋覆其遺胤子若孫。且死萬一能有知，將不悼其不幸於土中矣。」又曰：「妾夫在嶺南時，嘗疾病，泣語曰：『吾志非不如古人，吾才豈不如今人，而至於是，而死於是耶！爾若吾哀，必求夫子銘，是爾與吾不朽也。』」愈既哭弔辭，遂敘次其族世、名字、事始終而銘曰：

君字直之。祖讙，父孝新，皆爲官汴、宋閒。君嘗讀書，爲文辭有氣。有吏才，嘗感激欲自奮拔，樹功名以見世。初舉進士，再不第，因去事宣武軍節度使，得官至監察御史。坐事貶嶺南，再遷至河中府法曹參軍，攝虞鄉令，有能名，進攝河東令，又有名，遂署河東從事。絳州闕刺史，攝絳州事，能聞朝廷。元和四年秋，有事適東方，既還，八月壬辰，死於汴城西雙邱，年四十有七。明年二月日，葬河南偃師。妻彭城人，世有衣冠。祖好順，泗州刺史。父泳，卒蘄州別駕。女四人，男一人，嬰兒，汴也。是爲銘。

韓退之扶風郡夫人墓誌銘　〇

夫人姓盧氏，范陽人，亳州城父丞序之孫，吉州刺史徹之女。嫁扶風馬氏，爲司徒侍中莊武公之冢婦，少府監西平郡王贈工部尚書之夫人。

初司徒與其配陳國夫人元氏，惟宗廟之尊重，繼序之不易，賢其子之才，求婦之可與齊者。內外親戚曰：「盧某舊門，承守不失其初，其子女聞教訓，有幽閒之德，爲公子擇婦，宜莫如盧氏。」媒者曰然，卜者曰祥。夫人適年若干，入門而媪御皆喜，既饋而公姑交賀。克受成福，母有多子。爲婦爲母，莫不法式。天資仁恕，左右媵侍，常蒙假與顔色，人人莫不自在。杖婢使，數未嘗過二三，雖有不懌，未嘗見聲氣。

元和五年，尚書薨，夫人哭泣成疾。後二年，亦薨，年四十有六。九年正月癸酉，祔於其夫之封。長子殿中丞繼祖，孝友以類，葬有日，言曰：「吾父友，惟韓丈人視諸孤，其往乞銘。」以其狀來，愈讀曰：「嘗聞乃公言然，吾宜銘。」銘曰：

陰幽坤從，維德之恆，出爲辨强，乃匪婦能。淑哉夫人，夙有多譽，來嬪大家，不介母父。有事賓祭，酒食祇飭，協於尊章，畏我侍側。及嗣内事，亦莫有施，齊其躬心，小大順之。夫先其歸，其室有邱，合葬有銘，壺彝是攸。

韓退之河南府法曹參軍盧府君夫人苗氏墓誌銘 ○

夫人姓苗氏，諱某，字某，上黨人。曾大父襲夔，贈禮部尚書。大父殆庶，贈太子太師。父如蘭，仕至太子司議郎、汝州司馬。夫人年若干，嫁河南法曹盧府君諱貽，有文章德行，其族世所謂甲乙者，先夫人卒。夫人生能配其賢，殁能守其法。男二人：於陵、渾。女三人，皆嫁爲士妻。貞元十九年四月四日，卒於東都敦化里，年六十有九。其年七月某日，祔於法曹府君墓，在洛陽龍門山。其季女婿昌黎韓愈爲之誌。其詞曰：

赫赫苗宗，族茂位尊，或毗於王，或貳於藩。是生夫人，載穆令聞，爰初在家，孝友惠純。乃及於行，克媲德門，肅其爲禮，裕其爲仁。法曹之終，諸子實幼，煢煢其哀，介介其守。循道不違，厥聲彌劭，三女有從，二男知教。閭里歎息，母婦思效，歲時之嘉，嫁者來寧。累累外孫，有攜有嬰，扶牀坐膝，嬉戲讙争。既壽而康，既備而成，不歉於約，不矜於盈。伊昔淑哲，或圖或書，嗟咨夫人，孰與爲儔！刻銘寘墓，以贊碩休。

韓退之女挐壙銘 〇〇

女挐，韓愈退之第四女也，慧而早死。愈之爲少秋官，以刑部侍郎稱少秋官，徇俗不典，雖昌黎爲之，而不足法。言佛夷鬼，其法亂治，梁武事之，卒有侯景之敗，可一掃刮絶去，不宜使爛漫。天子謂其言不祥，斥之潮州，漢南海揭揚之地。愈既行，有司以罪人家不可留京師，迫遣之。女挐年十二，病在席，既驚痛與其父訣，又轝致走道撼頓，失食飲節，死於商南層峯驛，即瘞道南山下。五年，愈爲京兆，始令子弟與其姆易棺衾，歸女挐之骨於河南之河陽韓氏墓葬之。

女挐死，當元和十四年二月二日。其發而歸，在長慶三年十月之四日。其葬在十一月之十一日。銘曰：

汝宗葬於是，汝安歸之，惟永寧！

柳子厚故襄陽丞趙君墓誌 ○

貞元十八年月日，天水趙公矜，年四十二，客死於柳州，官爲斂葬於城北之野。元和十三年，孤來章始壯，自襄州徒行，求其葬不得，徵書而名其人，皆死，無能知者。來章日哭于野，凡十九日。惟人事之窮，則庶於卜筮。五月甲辰，卜秦誗兆之曰：「金食其墨，而火以貴，其墓直丑，在道之右。南有貴神，冢土是守，乙巳於野，宜遇西人，深目而髯，其得實因。七日發之，乃覯其神。」明日求諸野，有叟荷杖而東者，問之，曰：「是故趙丞兒耶？吾爲曹信，是邇吾墓。噫！今則夷矣，直社之北，二百舉武，吾爲子薙焉。」辛亥，啟土，有木焉。發之，緋衣緅衾，凡自家之物皆在。州之人皆爲出涕，誠來章之孝，神付是叟，以與軀偶，不然，其協焉如此哉！六月某日，就道。月日，葬於汝州龍城縣期城之原。夫人河南源氏，先歿，而祔之。

矜之父曰漸，南鄭尉。祖曰倩之，鄆州司馬。曾祖曰玑安，金紫光祿大夫、國子祭酒。始矜由明經爲舞陽主簿，蔡帥反，犯難來歸，擢授襄城主簿，賜緋魚袋，後爲襄陽丞。其墓自曾祖以下，皆族以位。時宗元刺柳，用相其事，哀而旌之以銘。銘曰：

詷也挈之，信也葩之，有朱其紱，神具列之。懇懇來章，神實恫汝，錫之老叟，告以兆語。靈其鼓舞，從而父祖，孝斯有終，宜福是與。百越蓁蓁，羈鬼相望，有子而孝，獨歸故鄉。涕盈其銘，旌爾勿忘。

古文辭類篹四十四終

碑誌類下編四

歐陽永叔資政殿學士文正范公神道碑銘 ○○

皇祐四年五月甲子，資政殿學士，尚書户部侍郎，汝南文正公薨於徐州，以其年十有二月壬申，葬於河南尹樊里之萬安山下。

公諱仲淹，字希文。五代之際，世家蘇州，事吴越。太宗皇帝時，吴越獻其地，公之皇考從錢俶朝京師，後爲武寧軍掌書記以卒。公生二歲而孤，母夫人貧無依，再適長山朱氏。既長，知其世家，感泣，去之南都，入學舍，掃一室，晝夜講誦。其起居飲食，人所不堪，而公自刻益苦。居五年，大通六經之旨，爲文章，論説必本於仁義。祥符八年，舉進士，禮部選第一，遂中乙科，爲廣德軍司理參軍，始歸迎其母以養。及公既貴，天子贈公曾祖蘇州糧料判官諱夢齡，爲太保，祖秘書監諱贊時，爲太傅，考諱墉，爲太師，妣謝氏，爲吴國夫人。

公少有大節，於富貴貧賤，毁譽歡戚，不一動其心，而慨然有志於天下。常自誦曰：

「士當先天下之憂而憂，後天下之樂而樂也。」其事上遇人，一以自信，不擇利害爲趨舍。其所有爲，必盡其方，曰：「爲之自我者當如是，其成與否，有不在我者，雖聖賢不能必，吾豈苟哉！」

天聖中，晏丞相薦公文學，以大理寺丞爲秘閣校理。以言事忤章獻太后旨，通判河中府。一有「陳州」。久之，上記其忠，召拜右司諫。當太后臨朝聽政時，以至日大會前殿，上將率百官爲壽，有司已具。公上疏，言天子無北面，且開後世弱人主以彊母后之漸，其事遂已。又上書，請還政天子，不報。及太后崩，言事者希旨，多求太后時事，欲深治之。公獨以謂太后受託先帝，保佑聖躬，始終十年，未見過失，宜掩其小故，以全大德。初，太后有遺命立楊太妃，代爲太后。公諫曰：「太后母號也，自古無代立者。」由是罷其册命。

是歲大旱蝗，奉使安撫東南。使還，會郭皇后廢，率諫官御史伏閤争，不能得，貶知睦州，又徙蘇州。歲餘，即拜禮部員外郎、天章閣待制，召還，益論時政闕失，而大臣權倖，多忌惡之。居數月，以公知開封府。開封素號難治，公治有聲，事日益簡，暇則益取古今治亂安危爲上開說。又爲百官圖以獻，曰：「任人各以其材而百職修，堯舜之治，不過此也。」因指其遷進遲速次序，曰：「如此，而可以爲公，可以爲私，亦不可以不察。」由是呂丞相怒，至交論上前。公求對辯語切，坐落職，知饒州。明年，呂公亦罷。公徙潤州，又徙越州。

而趙元昊反河西，上復召相呂公，乃以公爲陝西經略安撫副使，遷龍圖閣直學士。是時新失大將，延州危。公請自守鄜延扞賊，乃知延州。元昊遣人遺書以求和，公以謂無事請和難信，且書有僭號，不可以聞，乃自爲書，告以逆順成敗之説甚辯。坐擅復書，奪一官，知耀州。未逾月，徙知慶州。既而四路置帥，以公爲環慶路經略安撫招討使，兵馬都部署，累遷諫議大夫，樞密直學士。

公爲將，務持重，不急近功小利。於延州築青澗城，墾營田，復承平、永平廢寨，熟羌歸業者數萬户。於慶州城大順以據要害，一本有「奪賊地而耕之」六字。又城細腰胡蘆，於是明珠、滅臧等大族，皆去賊爲中國用。自邊制久墮，至兵與將常不相識，公始分延州兵爲六將，訓練齊整，諸路皆用以爲法。公之所在，賊不敢犯。人或疑公見敵應變爲如何，至其城大順也，一旦引兵出，諸將不知所向。軍至柔遠，始號令告其地處，使往築城，至於版築之用，大小畢具，而軍中初不知。賊以騎三萬來争，公戒諸將，戰而賊走，追勿過河。已而賊果走，追者不渡，而河外果有伏。賊一有「既」字。失計，乃引去。於是諸將皆服公爲不可及。

公待將吏，必使畏法而愛己。所得賜賚，皆以上意分賜諸將，使自爲謝。諸蕃質子，縱其出入，無一人逃者。蕃酋來見，召之臥内，屏人徹衛，與語不疑。公居三歲，士勇邊實，恩信大洽。乃決策謀取横山，復靈武，而元昊數遣使稱臣請和，上亦召公歸矣。

初，西人籍爲鄉兵者十數萬，既而黥以爲軍。惟公所部，但刺其手，公去兵罷，獨得復爲民。其於兩路，既得熟羌爲用，使以守邊，因徙屯兵就食内地，而紓西人饋輓之勞。其所設施，去而人德之，與守其法不敢變者，至今尤多。

自公坐吕公貶，羣士大夫，各持二公曲直。吕公患之，凡直公者皆指爲黨，或坐竄逐。及吕公復相，公亦再起被用，於是二公驩然相約，戮力平賊。天下之士，皆以此多二公。然朋黨之論，遂起而不能止。上既賢公可大用，故卒置羣議而用之。

慶曆三年春，召爲樞密副使，五讓，不許，乃就道。既至數月，以爲參知政事。每進見，必以太平責之。公歎曰：「上之用我者至矣，然事有先後，而革弊於久安，非朝夕可也。」既而上再賜手詔，趣使條天下事。又開天章閣，召見賜坐，授以紙筆，使疏於前。公惶恐避席，始退而條列時所宜先者十數事上之。其詔天下興學取士，先德行，不專文辭；

革磨勘例遷以別能否，減任子之數，而除濫官，用農桑考課守宰等事。方施行，而磨勘、任子之法，僥倖之人皆不便，因相與騰口。而嫉公者，亦幸外有言，喜爲之佐佑。會邊奏有警，公即請行，乃以公爲河東陝西宣撫使。至則上書願復守邊，即拜資政殿學士，知邠州，兼陝西四路安撫使。其知政事纔一歲而罷，有司悉奏罷公前所施行，而復其故。言者遂以危事中之，賴上察其忠，不聽。是時夏人已稱臣，公因以疾請鄧州。守鄧三歲，求知杭州，又徙青州。公益病，又求知潁州，肩舁至徐，遂不起。享年六十有四。

方公之病，上賜藥存問。既薨，輟朝一日。以其遺表無所請，使就問其家所欲，一有「爲」。贈以兵部尚書，所以哀卹之甚厚。

公爲人外和内剛，樂善汎愛。喪其母時尚貧，終身非賓客，食不重肉。臨財好施，意豁如也，及退而視其私，妻子僅給衣食。其爲政，所至民多立祠畫像。其行己臨事，自山林一作「搢紳」。處士，里閭田野之人，外至夷狄，莫不知其名字，而樂道其事者甚衆。及其世次、官爵，誌於墓，譜于家，藏于有司者，皆不論著。著其係天下國家之大者，亦公之志也與！銘曰：

范於吴越，世實陪臣。俶納山川，及其士民。范始來北，中間幾息。公奮自躬，與時偕逢。事有罪功，言有違從。豈公必能，天子用公。其艱其勞，一其初終。夏童跳邊，乘吏怠一作「殆」。安。帝命公往，問彼驕頑。有不聽順，鋤其穴根。公居三年，怯勇墮完。兒憐獸擾，卒俾來臣。夏人在廷，其事方議。帝趣公來，以就予治。公拜稽首，茲惟難一作「艱」。哉！初匪其難，在其終之。羣言營營，卒壞于成。匪惡其成，惟公是傾。不傾不危，天子之明。存有顯榮，歿有贈謚。藏其子孫，寵及後世。惟百有位，可勸無怠。

真西山云：按司馬文正公《記聞》，景祐中，吕許公執政，范文正公知開封，屢攻吕短，坐落職知饒州。康定元年，復舊職，知永興。會許公復相，言于仁宗曰：仲淹賢者，朝廷將用之，豈可但除舊職？即除龍圖閣直學士，陝西經略安撫副使。上以許公爲長者，天下亦以許公不念舊惡。又蘇文定公《龍川志》：范文正自饒州還朝，出領西事，恐申公不爲之地，無以成功，乃爲書自咎解仇而去。故歐陽公作文正碑，有二公晚年歡然相得之語。後生不知，皆咎歐陽公。予見張公安道言之，乃信。又《邵氏聞見録》：當時文正子堯夫不以爲然，從歐陽公辨，不可得，則自削去「驩然」、「戮力」等語，公不樂，謂蘇明允曰：范公碑爲其子弟擅于石本改動文字，令人恨之。故今羅氏本于坐落職知饒州下，無「明年吕公亦罷」六字；爲陝西經略安撫副使上，無「上復召相吕公」六字，又無「自公坐吕公貶」已下至「故卒置羣議而用之」一段。以此觀之，諸家本乃當時定本也。羅氏本，堯夫改本也。今從衆而載堯夫所改如此。朱文公答周益公書略云：蓋嘗竊謂吕公用事之時，舉措之不合衆心者，蓋亦多矣。而又惡忠賢之異己，必力排之，使不得容於朝廷而後已。逮其晚節，知天下之公議，不可以終拂，亦以老病將歸，而不復有所畏忌。又慮夫天下之事，或終至于危亂，不可如何，而彼衆賢之排去者，或將起而復用，則其罪必歸於我，而并及于吾之子孫。是以寧損故怨，以爲收之桑榆之計，蓋其慮患之意，雖未必盡出于至公，而其補過之善，天下實被其賜，則與世之遂非長惡，力戰天下之公議，以貽患于國家者，相去遠矣。至若范公之心，則其正大光明，固無宿怨，而惓惓之義，實在國家，故承其善意，起而樂爲之用，其自訟之書，所謂相公有汾陽之心之德，仲淹無臨淮之才之力者，亦不可不謂之傾倒而無餘矣。此書今不見于集中，恐亦以忠宣刊去而不傳也。此最爲范公之盛德，而他人之難者，歐陽公亦識其意，而特書之，摭實而言之，但曰呂公前日未免蔽賢之罪，而其後日誠有補過之功，范、歐二公之心，則其終始本末，如青天白日，無一毫之可議。若范公所謂平生無怨惡于一人者，尤足以見其心量之廣大高明，可爲百世之師表。至于忠宣，則所見雖狹，然亦不害其爲守正，則不費詞説。而名正言順，無復可疑矣。

歐陽永叔太尉文正王公神道碑銘 ○

至和二年七月乙未，樞密直學士右諫議大夫王素奏事殿中，已而泣，且言曰：「臣之先臣旦，相真宗皇帝十有八年。今臣素又得待罪侍從之臣，惟是先臣之訓，其遺業餘烈，臣實無似，不能顯大，而墓碑至今無辭以刻，惟陛下哀憐，不忘先帝之臣，以假寵於王氏，而勗其子孫。」天子曰：「嗚呼！惟汝父旦，事我文考真宗，叶德一心，克終厥位，有始有卒，其可謂全德元老矣。汝素以是刻於碑。」素拜稽首泣而出。明日，有詔史館修撰歐陽修曰：「王旦墓碑未立，汝可以銘。」

臣修謹按故推誠保順同德守正翊戴功臣，開府儀同三司，守太尉，充玉清昭應宫使，上柱國，太原郡開國公，贈太師尚書令，兼中書令，追封魏國公，謚曰文正。王公諱旦，字子明，大名莘人也。皇曾祖諱言，滑州黎陽令，追封許國公。皇祖諱徹，左拾遺，追封魯國公。皇考諱祐，尚書兵部侍郎，追封晉國公。皆累贈太師尚書令，兼中書令。曾祖妣姚氏，魯國夫人。祖妣田氏，秦國夫人。妣任氏，徐國夫人；邊氏，秦國夫人。公之皇考，以文章自顯漢、周之際，逮事太祖、太宗爲名臣，嘗諭杜重威使無反漢，拒盧多遜害趙普之謀，以百口明符彦卿無罪，故世多稱王氏有陰德。公之皇考，亦自植三槐於庭曰：「吾之後世，必有爲三公者。」此其所以志也。

公少好學有文，太平興國五年，進士及第，爲大理評事，知平江縣，監潭州銀場。再遷著作佐郎，與編《文苑英華》。遷殿中丞，通判鄭、濠二州。王禹偁薦其材，任轉運使。驛召至京師，辭不受，獻其所爲文章，得試直史館，遷右正言知制誥，知淳化三年禮部貢舉，遷虞部員外郎，同判吏部流内銓，知考課院。右諫議大夫趙昌言參知政事，公以壻避嫌，求解職，太宗嘉之，改禮部郎中集賢殿修撰。昌言罷，復知制誥，仍兼修撰判院事，召賜金紫。久之，遷兵部郎中，居職。真宗即位，拜中書舍人。數日，召爲翰林學士，知審官院通進銀臺封駮事。

公爲人嚴重，能任大事，避遠權勢，不可干以私，由是真宗益知其賢。錢若水名能知人，常稱公曰：「真宰相器也。」若水爲樞密副使，罷，召對苑中，問誰可大用者，若水言公可。真宗曰：「吾固已知之矣。」咸平三年，又知禮部貢舉，居數日，拜給事中，知樞密院事。明年，以工部侍郎參知政事，再遷刑部侍郎。景德元年，契丹犯邊，真宗幸澶州，雍王元份留守東京，得暴疾，命公馳自行在，代元份留守。二年，遷尚書左丞。三年，拜工部尚書，同中書門下平章事，集賢殿大學士，監修國史。是時契丹初請盟，趙德明亦納誓約，願守河西故地，二邊兵罷不用，真宗遂欲以無事治天下。公以謂宋興三世，祖宗之法具在，故其爲相，務行故事，慎所改作，進退能否，賞罰必當。真宗久而益信之，所言無不聽，雖他宰相大臣有所請，必曰：「王某以謂如何？」事無大小，非公所言不決。

公在相位十餘年，外無夷狄之虞，兵革不用，海内富實，羣工百司，各得其職，故天下至今稱爲賢宰相。公於用人，不以名譽，必求其實。苟賢且材矣，必久其官，衆以爲宜某職然後遷。其所薦引，人未嘗知。寇準爲樞密使當罷，使人私公，求爲使相。公大驚曰：「將相之任，豈可求耶？且吾不受私請。」準深恨之。已而制出，除準武勝軍節度使，同中書門下平章事。準入見泣涕曰：「非陛下知臣，何以至此！」真宗具道公所以薦準者。準始媿歎，以爲不可及。故參知政事李穆子行簡，有賢行，以將作監丞居於家。真宗召見慰勞之，遷太子中允。初遣使者召，不知其所止，真宗命至中書問王某，然後人知行簡，公所薦也。公自知制誥至爲相，薦士尤多。其後公薨，史官修《真宗實録》，得内出奏章，乃知朝廷之士，多公所薦者。

公與人寡言笑。其語雖簡，而能以理屈人。默然終日，莫能窺其際。及奏事上前，羣臣異同，公徐一言以定。今上爲皇太子，太子諭德見公，稱太子學書有法。公曰：「諭德之職止於是耶？」趙德明言民饑，求糧百萬斛，大臣皆曰：「德明新納誓，而敢違，請以詔書責之。」真宗以問公，公請敕有司具粟百萬於京師，詔德明來取。真宗大喜。德明得詔書，慚且拜曰：「朝廷有人。」大中祥符中，天下大蝗。真宗使人於野得死蝗，以示大臣。明日，他宰相有袖死蝗以進者，曰：「蝗實死矣。」請示於朝，率百官賀。公獨以爲不可。後數日，方奏事，飛蝗蔽天，真宗顧公曰：「使百官方賀，而蝗如此，豈不爲天下笑邪？」宦官劉承規以忠謹得幸，病且死，求爲節度使。真宗以語公曰：「承規待此以瞑目。」公執以爲不可，曰：「他日將有求爲樞密使者，奈何？」至今内臣官不過留後。

公任事久，人有謗公於上者，公輒引咎，未嘗自辯。至人有過失，雖人主盛怒，可辨者辯之，必得而後已。榮王宫火延前殿，有言非天災，請置獄劾火事，當坐死者百餘人。公獨請見曰：「始失火時，陛下以罪己詔天下，而臣等皆上章待罪。今反歸咎於人，何以示信？且火雖有迹，寧知非天譴邪？」由是當坐者皆免。日者上書言宫禁事，坐誅，籍其家，得朝士所與往還占問吉凶之説。真宗怒，欲付御史問狀。公曰：「此人之常情，且語不及朝廷，不足罪。」真宗怒不解，公因自取常所占問之書進，曰：「臣少賤時，不免爲此，必以爲罪，願并臣付獄。」真宗曰：「此事已發，何可免？」公曰：「臣爲宰相，執國法，豈可自爲之，幸於不發，而以罪人？」真宗意解。公至中書，悉焚所得書。既而真宗悔，復馳取之，公曰：「臣已焚之矣。」由是獲免者衆。

公累官至太保，以病求罷，入見滋福殿。真宗曰：「朕方以大事託卿，而卿病如此。」因命皇太子拜公。公言皇太子盛德，必任陛下事，因薦可爲大臣者十餘人。其後不至宰相者，李及、凌策二人而已，然亦皆爲名臣。公屢以疾請，真宗不得已，拜公太尉，兼侍中，五日一朝視事，遇軍國大事，不以時入參決。公益惶恐，因臥不起，以疾懇辭。册拜太尉，玉清昭應宫使。自公病，使者存問，日常三四，真宗手自和藥賜之。疾亟，遽幸其第，賜以白金五千兩，辭不受。以天禧元年九月癸酉，薨於家，享年六十有一。真宗臨哭，輟視朝三日，發哀於苑中。其子弟門人故吏，皆被恩澤。即以其年十一月庚申，葬公於開封府開封縣新里鄉大邊村。

公娶趙氏，封榮國夫人，後公五年卒。子男三人：長曰司封郎中雍，次曰贊善大夫沖，次曰素。女四人：長適太子太傅韓億，次適兵部員外郎直集賢院蘇耆，次適右正言范令孫，次適龍圖閣直學士兵部郎中吕公弼。諸孫十四人。

公事寡嫂謹，與其弟旭，友悌尤篤，任以家事，一無所問，而務以儉約率勵子弟，使在富貴不知爲驕侈。兄子睦，欲舉進士，公曰：「吾常以太盛爲懼，其可與寒士争進？」至其薨也，子素猶未官，遺表不求恩澤。有文集二十卷。乾興元年，詔配享真宗廟庭。

臣修曰：景德、祥符之際盛矣，觀公之所以相，而先帝之所以用公者，可謂至哉！是以君明臣賢，德顯名尊，生而俱享其榮，殁而長配於廟，可謂有始有卒，如明詔所褒。昔者《烝民》、《江漢》，推大臣下之事，所以見任賢使能之功，雖曰山甫、穆公之詩，實歌宣王之德也。臣謹考國史實録，至於搢紳故老之傳，得公終始之節，而録其可紀者，輒爲銘詩，以彰先帝之明，以稱聖恩褒顯王氏，流澤子孫，與宋無極之意。銘曰：

烈烈魏公，相我真宗。真廟翼翼，魏公配食。公相真宗，不言以躬。時有大事，事有大疑。匪卜匪筮，公爲蓍龜。公在相位，終日如默。問其夷狄，包裹兵革。問其卿士，百工以職。問其庶民，耕織衣食。相有賞罰，功當罪明。相有黜升，惟否惟能。執其權衡，萬物之平。孰不事君，胡能必信？孰不爲相，其誰有終？公薨於位，太尉之崇。天子孝思，來薦清廟。侑我聖考，惟時元老。天子念功，報公之隆，春秋從享，萬祀無窮。作爲詩歌，以詒廟工。

古文辭類篹四十五終

碑誌類下編五

歐陽永叔河南府司録張君墓表 ○○○

故大理寺丞、河南府司録張君，諱汝士，字堯夫，開封襄邑人也。明道二年八月壬寅，以疾卒於官，享年三十有七。卒之七日，葬洛陽北邙山下，其友人河南尹師魯誌其墓，而廬陵歐陽修爲之銘。以其葬之速也，不能刻石，乃得金谷古甎，命太原王顧，以丹爲隸書，納于壙中。嘉祐二年某月某日，其子吉甫、山甫，改葬君於伊闕之教忠鄉積慶里。君之始葬北邙也，吉甫纔數歲，而山甫始生。余及送者相與臨穴視窆，且封哭而去。今年春，余主試天下貢士，而山甫以進士試禮部，乃來告以將改葬其先君，因出銘以示余。蓋君之卒，距今二十有五年矣。

初天聖、明道之閒，錢文僖公守河南。公王家子，特以文學仕至貴顯，所至多招集文士。而河南吏屬，適皆當時賢材知名士，故其幕府號爲天下之盛，君其一人也。文僖公善待士，未嘗責以吏職。而河南又多名山水，竹林茂樹，奇花怪石，其平臺清池，上下荒墟草葬之間，余得日從賢人長者，賦詩飲酒以爲樂。而君爲人，静默修潔，常坐府治事省文書，尤盡心於獄訟。初以辟爲其府推官，既罷，又辟司録，河南人多賴之，而守尹屢薦其材。君亦工書喜爲詩，閒則從余遊，其語言簡而有意，飲酒終日不亂，雖醉未嘗頽墮。與之居者莫不服其德，故師魯之誌曰：「飭身臨事，余嘗愧堯夫，堯夫不余愧也。」

始君之葬，皆以其地不善，又葬速，其禮不備。君夫人崔氏有賢行，能教其子。而二子孝謹，克自樹立，卒能改葬君如吉卜，君其可謂有後矣。自君卒後，文僖公得罪，貶死漢東，吏屬亦各引去。今師魯死且十餘年，王顧者死亦六七年矣，其送君而臨穴者，及與君同府而遊者，十蓋八九死矣。其幸而在者，不老則病且衰，如予是也。嗚呼！盛衰生死之際，未始不如是，是豈足道哉？惟爲善者能有後，而託於文字者可以無窮。故于其改葬也，書以遺其子，俾碣於墓，且以寫余之思焉。

吉甫今爲大理寺丞，知緱氏縣。山甫始以進士賜出身云。方侍郎云：空朗澄澈，無一滯筆。

歐陽永叔胡先生墓表 ○○

先生諱瑗，字翼之，姓胡氏。其上世爲陵州一作「京兆」。人，後爲泰州如皋一作「海陵」。

人。先生爲人師，言行而身化之，使誠明者達，昏愚者勵，而頑傲者革。故其爲法嚴而信，爲道久而尊。師道廢久矣，自明道、景祐以來，學者有師，惟先生暨泰山孫明復、石守道三人，而先生之徒最盛。其在湖州之學，弟子去來常數百人，各以其經轉相傳授，其教學之法最備。行之數年，東南之士，莫不以仁義禮樂爲學。

慶曆四年，天子開天章閣，與大臣講天下事，始慨然詔州縣皆立學。於是建太學於京師，而有司請下湖州，取先生之法，以爲太學法，至今著爲令。後十餘年，先生始來居太學。學者自遠而至，太學不能容，取旁官署一作「宇」。以爲學舍。禮部貢舉，歲所得士，先生弟子十常居四五。其高第者知名當時，或取一作「中」。甲科，居顯仕。其餘散在四方，隨其人賢愚，皆循循雅飭，其言談舉止，遇之一無二字。不問可知爲先生弟子。其學者相語稱先生，不問可知爲胡公也。

先生初以白衣見天子論樂，拜一有「試」字。秘書省校書郎，辟丹州軍事推官，改密州觀察推官，丁父憂去職。服除，爲保寧軍節度推官，遂居湖學。召爲諸王宫教授，以疾免。已而以太子中舍致仕，遷殿中丞於家。皇祐中，驛召至京師議樂，復以爲大理評事，兼太常寺主簿，又以疾辭。歲餘，爲光禄寺丞，國子監直講，迺居太學，遷大理寺丞，賜緋衣銀魚。嘉祐元年，遷太子中允，充天章閣侍講，仍居太學。已而病不能朝，天子數遣使者存問，又以太常博士致仕。東歸之日，太學之諸生，與朝廷賢士大夫，送之東門，執弟子禮，路人嗟歎以爲榮。以四年六月六日，卒於杭州，享年六十有七。以明年十月五日，葬於烏程何山之原。其世次官邑，與其行事，莆陽蔡君謨具一作「且」。誌于幽堂。

嗚呼！先生之德在乎人，不待表而見於後世。然非此無以慰學者之思，乃揭於其墓之原。

歐陽永叔連處士墓表　○

連處士，應山人也。以一布衣終於家，而應山之人至今思之。其長老教其子弟，所以孝友恭謹禮讓而温仁，必以處士爲法，曰：「爲人如連公足矣！」其矜寡孤獨凶荒饑饉之人，皆曰：「自連公亡，使吾無所告依而生以爲恨。」嗚呼！處士居應山，非有政令恩威以親其人，而能使人如此，其所謂行之以躬，不言而信者歟？

處士諱舜賓，字輔之。其先閩人，自其祖光裕，嘗爲應山令，後爲磁、郢二州推官，卒而反葬應山，遂家焉。處士少舉《毛詩》，一不中，而其父正以疾廢於家，處士供養左右十餘年，因不復仕進。父卒，家故多貲，悉散以賙鄉里，而教其二子以學，曰：「此吾貲也。」歲饑，出穀萬斛以糶，而市穀之價卒不能增，及旁近縣之民皆賴之。盜有竊其牛者，官爲捕之甚急。盜窮以牛自歸，處士爲之媿謝曰：「煩爾送牛。」厚遺以遣之。嘗以事之信陽，遇盜於西關，左右告以處士，盜曰：「此長者，不可犯也。」捨之而去。

處士有弟居雲夢，往省之，得疾而卒。以其柩歸應山，應山之人去縣數十里迎哭，争負其柩以還。過縣市，市人皆哭，爲之罷市三日，曰：「當爲連公一作「當與處士」。行喪。」處士生四子，曰庶、庠、庸、膺。其二子教以學者，後皆舉進士及第。今庶爲壽春令，庠爲宜城令。

處士以天聖八年十二月某日卒，慶曆二年某月日，葬于安陸蔽山之陽。自卒至今二十年，應山之長老識處士者，與其縣人嘗賴以爲生者，往往尚皆在。其子弟後生聞處士之風者，尚未遠。使更三四世，至於孫、曾，其所傳聞，有時而失，則懼應山之人，不復能知處士之詳也。乃表其墓，以告于後人。一作「云」。

歐陽永叔集賢校理丁君墓表 ○

君諱寶臣，字元珍，姓丁氏，常州晉陵人也。景祐元年，舉進士及第，爲峽州軍事判官，淮南節度掌書記，杭州觀察判官，改太子中允，知剡縣，徙知端州，遷太常丞博士。坐海賊儂智高陷城失守，奪一官，徙置黄州。久之，復得太常丞，監湖州酒税，又復博士，知諸暨縣，編校秘閣書籍，遂爲校理，同知太常禮院。

君爲人，外和怡而内謹。立，望其容貌進趍，知其君子人也。居鄉里，以文行稱。少孤，與其兄篤於友悌。兄亡，服喪三年，曰：「吾不幸幼失其親，兄，吾父也。」慶曆中，詔天下大興學校，東南多學者，而湖、杭尤盛。君居杭學爲教授，以其素所學問而自修於鄉里者教其徒，久而學者多所成就。其後天子患館閣職廢，特置編校八員，其選甚精，乃自諸暨召居秘閣。

君治州縣，聽決精明，賦役有法，民畏信而便安之。其始治剡也，如此。後治諸暨，剡鄰邑也，其民聞其來，讙曰：「此剡人愛而思之，謂不可復得者也。今吾民乃幸而得之。」而君亦以治剡者治之，由是所至有聲。及居閣下，淡然不以勢利動其心，未嘗走謁公卿，與諸學士羣居恂恂，人皆愛親之。蓋其召自諸暨，已以才行選，及在館閣久，而朝廷益知其賢，英宗每論人物屢稱之。

國家自削除僭僞，東南遂無事，偃兵弛備者六十餘年矣，而嶺外尤甚。其山海荒闊，列郡數十，皆爲下州，朝廷命吏，常以一縣視之，故其守無城，其戍無兵。一日智高乘不備陷邕州，殺將吏，有衆萬餘人，順流而下，潯、梧、封、康諸小州，所過如破竹，吏民皆望而散走。獨君猶率羸卒百餘拒戰，殺六七人，既敗亦走。初賊未至，君語其下曰：「幸得兵數千人伏小湘峽，扼至險以擊驕兵，可必勝也。」乃請兵於廣州，凡九請不報。又嘗得賊覘者一人斬之。賊既平，議者謂君文學，宜居臺閣，備侍從，以承顧問，而眇然以一儒者守空城，提百十饑羸之卒，當萬人卒至之賊，可謂不幸。而天子亦以謂縣官不素設備，而責守吏不以空手捍賊，宜原其情，故一切輕其法。而君以嘗請兵不得，又能拒戰殺賊，則又輕之。故他失守者皆奪兩官，而君奪一官，已而知其賢，復召用。後十餘年，御史知雜蘇寀，受命之明日，建言請復治君前事，奪其職而黜之。天子知君賢，不可以一眚廢，而先帝已察其罪而輕之矣，又數更大赦，且罪無再坐。然猶以御史新用，故屈君使少避而不傷之也，乃用其挍理歲滿所當得者，即以君通判永州。方待闕於晉陵，以治平四年四月某甲子，暴中風眩，一夕卒，享年五十有八。累官至尚書司封員外郎，階朝奉郎，勳上輕車都尉。

曾祖諱某，祖諱某，皆不仕。父諱某，贈尚書工部侍郎。母張氏，仙游縣太君。君娶饒氏，封晉陵縣君，先卒。子男四人：曰隅，曰除，曰隮，皆舉進士；曰恩兒，纔一歲。女一人，適著作佐郎集賢挍理胡宗愈。君既卒，天子憫然，推恩録其子隅，爲太廟齋郎。

君之平生履憂患而遭困阨，處之安焉，未嘗見戚戚之色。其於窮達壽夭，知有命，固無憾於其心。然知君之賢，哀其志而惜其命止於斯者，不能無恨也。於是相與論著君之大節，伐石紀辭，以表見於後世，庶幾以慰其思焉。

歐陽永叔太常博士周君墓表 ○

有篤行君子曰周君者，孝於其親，友於其兄弟。居父母喪，與其兄某弟某，居於倚廬，不飲酒食肉者三年。其言必戚，其哭必哀，除喪而癯然，不能勝人事者，蓋久而後復。

自孔子在魯，而魯人不能行三年之喪，其弟子疑以爲問，則非魯而他國可知也。孔子殁，而其後世又可知也。今世之人，知事其親者多矣，或居喪而不哀者有矣；生能事而死能哀，或不知喪禮者有矣；或知禮，而以謂喪主於哀而已，不必合於禮者有矣。如周君者，事生盡孝，居喪盡哀，而以禮者也。禮之失久矣，喪禮尤廢也。今之居喪者，惟仕宦婚嫁聽樂不爲，此特法令之所禁爾。其衰麻之數，哭泣之節，居處之别，飲食之變，皆莫知夫有禮也。在上位者不以身率其下，在下者無所望於其上，其遂廢矣乎？故吾於周君有所取也。

君諱堯卿，字子俞，道州永明縣人也。天聖二年，舉進士，累官至太常博士。歷連、衡二州司理參軍，桂州司録，知高安、寧化二縣。通判饒州，未行，以慶曆五年六月朔日，卒於朝集之舍，享年五十有一。皇祐五年某月日，葬於道州永明縣之紫微岡。曾祖諱某，祖諱某，父諱某，贈某官。母唐氏，封某縣太君。娶某氏，封某縣君。君學長於毛、鄭《詩》、《左氏春秋》，家貧不事生産，喜聚書。居官禄雖薄，常分俸以賙宗族朋友。人有慢己者，必厚爲禮以愧之。其爲吏，所居皆有能政。有文集二十卷。君有子七人：曰諭，鼎州司理參軍。曰誅，湖州歸安主簿。曰謐，曰諷，曰譓，曰説，曰誼，皆未仕。

嗚呼！孝非一家之行也，所以移於事君而忠，仁於宗族而睦，交於朋友而信。始於一鄉，推之四海，表于金石，示之後世而勸。考君之所施者，無不可以書也，豈獨俾其子孫之不隕也哉！

歐陽永叔石曼卿墓表 ○○○

曼卿諱延年，姓石氏。其上世爲幽州人。幽州入于契丹，其祖自成，始以其族閒走南歸。天子嘉其來，將禄之，不可，乃家於宋州之宋城。父諱補之，官至太常博士。幽、燕俗勁武，而曼卿少亦以氣自豪。讀書不治章句，獨慕古人奇節偉行，非常之功，視世俗屑屑無足動其意者。自顧不合於時，乃一混於酒，然好劇飲大醉，頹然自放。由是益與時不合，而人之從其游者，皆知愛曼卿落落可奇，而不知其才之有以用也。年四十八，康定二年二月四日，以太子中允祕閣挍理，卒于京師。

曼卿少舉進士不第，真宗推恩，三舉進士，皆補奉職。曼卿初不肯就，張文節公素奇之，謂曰：「母老乃擇禄耶！」曼卿矍然起就之。遷殿直，久之，改太常寺太祝，知濟州金鄉縣，歎曰：「此亦可以爲政也！」縣有治聲。通判乾寧軍，丁母永安縣君李氏憂。服除，通判永静軍，皆有能名。充館閣挍勘，累遷大理寺丞，通判海州，還爲挍理。莊獻明肅太后臨朝，曼卿上書請還政天子。其後太后崩，范諷以言見幸，引嘗言太后事者，遽得顯官，欲引曼卿。曼卿固止之，乃已。

自契丹通中國，德明盡有河南而臣屬，遂務休兵養息，天下宴然，内外弛武，三十餘年。曼卿上書言十事不報。已而元昊反，西方用兵，始思其言。召見，稍用其説，籍河北、河東、陝西之民，得鄉兵數十萬。曼卿奉使籍兵河東，還，稱旨，賜緋衣銀魚。天子方思盡其才，而且病矣。既而聞邊將有欲以鄉兵捍賊者，笑曰：「此得吾麤也。夫不教之兵，勇怯相雜，若怯者見敵而動，則勇者亦牽而潰矣。今或不暇教，不若募其敢行者，則人人皆勝兵也。」其視世事蔑若不足爲，及聽其施設之方，雖精思深慮，不能過也。狀貌偉然，喜酒自豪，若不可繩以法度，退而質其平生趣舍大節，無一悖於理者。遇人無賢愚，皆盡忻懽；及可否天下是非善惡，當其意者無幾人。其爲文章，勁健稱其意氣。

有子濟、滋。天子聞其喪，官其一子，使禄其家。既卒之三十七日，葬於太清之先塋。其友歐陽修表於其墓曰：

嗚呼！曼卿寧自混以爲高，不少屈以合世，可謂自重之士矣！士之所負者愈大，則其自顧也愈重；自顧愈重，則其合愈難。然欲與共大事，立奇功，非得難合自重之士，不可爲也。古之魁雄之人，未始不負高世之志，故寧或毁身污迹，卒困於無聞。或老且死，而幸一遇，猶克少施於世。若曼卿者，非徒與世難合，而不克所施，亦其不幸不得至乎中壽，其命也夫！其可哀也夫！方侍郎云：章法極變化，語亦不蔓。

歐陽永叔永春縣令歐君墓表　○

君諱慶，字貽孫，姓歐氏。其上世爲韶州曲江人，後徙均州之鄖鄉，又徙襄州之穀城。乾德二年，分穀城之陰城鎮爲乾德縣，建光化軍，歐氏遂爲乾德人。修嘗爲其縣令，問其故老鄉閭之賢者，皆曰：有三人焉。其一人，曰太傅、贈太師中書令鄧文懿公，其一人曰尚書屯田郎中戴國忠，其一人曰歐君也。

三人者，學問出處，未嘗一日不同。其忠信篤於朋友，孝悌稱於宗族，禮義達於鄉閭。乾德之人，初未識學者，見此三人，皆尊禮而愛親之。既而皆以進士舉於鄉，而君獨黜於有司。後二十年，始以同三禮出身爲潭州湘潭主簿，陳州司法參軍，監考城酒稅，遷彭州軍事推官，知泉州永春縣事。而鄧公已貴顯於朝，君尚爲州縣吏。所至上官多鄧公故舊，君絶口不復道前事。至終其去，不知君爲鄧公友也。

君爲吏廉，貧宗族之孤幼者皆養於家。居鄉里，有訟者多就君決曲直，得一言遂不復争，人至于今傳之。

嗟夫！三人之爲道無所不同，至其窮達何其異也！而三人者未嘗有動於其心，雖乾德之人，稱三人者，亦不以貴賤爲異，則其幸不幸，豈足爲三人者道哉？然而達者昭顯於一時，而窮者泯没於無述，則爲善者何以勸，而後世之來者，何以考德於其先？故表其墓以示其子孫。

君有子世英，爲鄧城縣令，世勣舉進士。君以天聖七年卒，享年六十有四，葬乾德之西北廣節山之原。

歐陽永叔右班殿直贈右羽林軍將軍唐君墓表 ○○

嘉祐四年冬，天子既受祫享之福，推恩羣臣，並進爵秩。既又以及其親，若在若亡，無有中外遠邇。於是天章閣待制、尚書户部員外郎唐君，得贈其皇考驍衛府君爲右羽林將軍。

府君諱拱，字某。其先晉原人，後徙爲錢塘人。曾祖諱休復，唐天復中，舉明經，爲建威軍節度推官。祖諱仁恭，仕吴越王，爲唐山縣令，累贈諫議大夫。父諱謂，官至尚書職方郎中，累贈禮部尚書。府君以父廕，補太廟齋郎，改三班借職，再遷右班殿直，監舒州孔城鎮、澧州酒税，巡檢泰州鹽場，漳州兵馬監押。乾興元年七月某日，以疾卒于官，享年四十有六。府君孝悌于其家，信義於其朋友，廉讓於其鄉里。其居於官，名公鉅人，皆以爲材，而未及用也。享年不永，君子哀之。

有子曰介，字子方，舉進士。皇祐中，嘗爲御史，以言事切直，貶春州别駕。當是時，子方之風竦動天下。已而天子感悟，貶未至而復用之，今列侍從居諫官。自子方爲祕書丞，始贈府君爲太子右清道率府率。其爲尚書主客員外郎，殿中侍御史裏行，又贈府君爲右監門衛將軍。其爲尚書工部員外郎，直集賢院，權開封府判官，又贈府君爲右屯衛將軍。其遷户部員外郎，河東轉運使，又贈府君爲驍衛將軍。蓋自登于朝，以至榮顯，遇天子有事於天地宗廟，推恩必及焉。

府君初娶博陵崔氏，贈仙游縣太君；後娶崔氏，贈清河縣太君，皆衛尉卿仁冀之女。生一男，介也。五女：長適太子中舍盧圭；次適歐陽昊，早卒；次適横州推官高定；次適進士陸平仲；次適著作佐郎陳起。

慶曆三年八月某日，以府君及二夫人之喪，合葬於江陵龍山之東原。後十有七年，盧陵歐陽修乃表於其墓曰：

嗚呼！余於此見朝廷所以襃寵勸勵臣子之意，豈不厚哉！又以見士之爲善者，雖湮没幽鬱，其潛德隱行，必有時而發，而遲速顯晦，在其子孫。然則爲人之子者，其可不自勉哉！蓋古之爲子者，禄不逮養，則無以及其親矣；今之爲子者，有克自立，則尚有榮名之寵焉。其所以教人之孝者，篤於古也深矣。子方進用於時，其所以榮其親者，未知其止也，姑立表以待焉。

歐陽永叔瀧岡阡表 〇

嗚呼！惟我皇考崇公，卜吉於瀧岡之六十年，其子修，始克表於其阡。非敢緩也，蓋有待也。

修不幸生四歲而孤。太夫人守節自誓，居貧自力於衣食，以長以教，俾至於成人。太夫人告之曰：「汝父爲吏廉，而好施與，喜賓客，其俸禄雖薄，常不使有餘，曰：『毋以是爲我累。』故其亡也，無一瓦之覆，一壠之植，以庇而爲生，吾何恃而能自守邪？吾於汝父，知其一二，以有待於汝也。自吾爲汝家婦，不及事吾姑，然知汝父之能養也。汝孤而幼，吾不能知汝之必有立，然知汝父之必將有後也。吾之始歸也，汝父免於母喪方逾年，歲時祭祀，則必涕泣曰：『祭而豐，不如養之薄也。』閒御酒食，則又涕泣曰：『昔常不足，而今有餘，其何及也！』吾始一二見之，以爲新免於喪適然耳。既而其後常然，至其終身未嘗不然。吾雖不及事姑，而以此知汝父之能養也。汝父爲吏，嘗夜燭治官書，屢廢而歎。吾問之，則曰：『此死獄也，我求其生，不得爾。』吾曰：『生可求乎？』曰：『求其生而不得，則死者與我皆無恨也，矧求而有得邪！以其有得，則知不求而死者有恨也。夫常求其生，猶失之死，而世常求其死也。』回顧乳者，劍汝而立於旁，因指而歎曰：『術者謂我歲行在戌將死，使其言然，吾不及見兒之立也，後當以我語告之。』其平居教他子弟，常用此語，吾耳熟焉，故能詳也。其施於外事，吾不能知；其居於家，無所矜飾，而所爲如此，是真發於中者邪！嗚呼！其心厚於仁者邪！此吾知汝父之必將有後也。汝其勉之！夫養不必豐，要於孝；利雖不得溥於物，要其心之厚於仁。吾不能教汝，此汝父之志也。」修泣而志之不敢忘。

先公少孤力學。咸平三年，進士及第，爲道州判官，泗、綿二州推官，又爲泰州判官，享年五十有九，葬沙溪之瀧岡。太夫人姓鄭氏，考諱德儀，世爲江南名族。太夫人恭儉仁愛而有禮，初封福昌縣太君，進封樂安、安康、彭城三郡太君。自其家少微時，治其家以儉約，其後常不使過之，曰：「吾兒不能苟合於世，儉薄所以居患難也。」其後修貶夷陵，太夫人言笑自若，曰：「汝家故貧賤也，吾處之有素矣。汝能安之，吾亦安矣。」

自先公之亡二十年，修始得禄而養。又十有二年，列官於朝，始得贈封其親。又十年，修爲龍圖閣直學士、尚書吏部郎中，留守南京，太夫人以疾終於官舍，享年七十有二。又八年，修以非才，入副樞密，遂參政事，又七年而罷。自登二府，天子推恩，褒其三世。蓋自嘉祐以來，逢國大慶，必加寵錫。皇曾祖府君累贈金紫光禄大夫，太師中書令兼尚書令，曾祖妣累封楚國太夫人；皇祖府君累贈金紫光禄大夫、太師中書令，兼尚書令，祖妣累封吴國太夫人；皇考崇公，累贈金紫光禄大夫、太師中書令，兼尚書令，皇妣累封越國太夫人。今上初郊，皇考賜爵爲崇國公，太夫人進號魏國。

於是小子修，泣而言曰：「嗚呼！爲善無不報，而遲速有時，此理之常也。惟我祖考，積善成德，宜享其隆。雖不克有於其躬，而賜爵受封，顯榮褒大，實有三朝之錫命，是足以表見於後世，而庇賴其子孫矣。」乃列其世譜，具刻于碑。既又載我皇考崇公之遺訓，太夫人之所以教而有待於修者，並揭於阡。俾知夫小子修之德薄能鮮，遭時竊位，而幸全大節，不辱其先者，其來有自。

熙寧三年，歲次庚戌，四月辛酉朔，十有五日乙亥，男推誠保德崇仁翊戴功臣，觀文殿學士，特進，行兵部尚書，知青州軍州事，兼管内勸農使，充京東東路安撫使，上柱國，樂安郡開國公，食邑四千三百户，食實封一千二百户，修表。

古文辭類纂四十六終

碑誌類下編六

歐陽永叔張子野墓誌銘 ○○○

吾友張子野既亡之二年，其弟充以書來請曰：「吾兄之喪，將以今年三月某日，葬於開封，不可以不銘。銘之莫如子宜。」嗚呼！予雖不能銘，然樂道天下之善以傳焉，況若吾子野者，非獨其善可銘，又有平生之舊，朋友之恩，與其可哀者，皆宜見於予文，宜其來請於予也。

初天聖九年，予爲西京留守推官。是時陳郡謝希深，南陽張堯夫，與吾子野，尚皆無恙。於時一府之士，皆魁傑賢豪，日相往來，飲酒懽呼，上下角逐，争相先後，以爲笑樂。而堯夫、子野，退然其間，不動聲氣，眾皆指爲長者。予時尚少，心壯志得，以爲洛陽東西之衝，賢豪所聚者多，爲適然耳。其後去洛來京師，南走夷陵，並江、漢，其行萬三四千里，山砠水厓，窮居獨遊，思從曩人，邈不可得。然雖洛人，至今皆以爲無如嚮時之盛，然後知世之賢豪不常聚，而交遊之難得，爲可惜也。初在洛時，已哭堯夫而銘之；其後六年，又哭希深而銘之；今又哭吾子野而銘。於是又知非徒相得之難，而善人君子，欲使幸而久在於世，亦不可得。嗚呼！可哀也已。

子野之世，曰贈太子太師諱某，曾祖也。宣徽北院使、樞密副使，累贈尚書令諱遜，皇祖也。尚書比部郎中諱敏中，皇考也。曾祖妣李氏，隴西郡夫人。祖妣宋氏，昭化郡夫人，孝章皇后之妹也。妣李氏，永安縣太君。子野家聯后姻，世久貴仕，而被服操履，甚於寒儒。好學自力，善筆札。天聖二年，舉進士，歷漢陽軍司理參軍，開封府咸平主簿，河南法曹參軍。王文康公、錢思公、謝希深，與今參知政事宋公，咸薦其能，改著作佐郎，監鄭州酒稅，知閬州閬中縣，就拜秘書丞。秩滿，知亳州鹿邑縣。寶元二年二月丁未，以疾卒於官，享年四十有八。子伸，郊社掌坐；次從，次幼，未名。女五人，一適人矣。妻劉氏，長安縣君。

子野爲人，外雖愉怡，中自刻苦。遇人渾渾不見圭角，而志守端直，臨事果決。平居酒半，脱冠垂頭，童然禿且白矣。予固已悲其早衰，而遂止於此，豈其中亦有不自得者邪？

子野諱先，其上世博州高堂人。自曾祖已來，家京師，而葬開封，今爲開封人也。

銘曰：

嗟夫子野！質厚材良。孰屯其亨？孰短其長？豈其中有不自得，而外物有以戕？開封之原，新里之鄉，三世于此，其歸其藏。

歐陽永叔徂徠石先生墓誌銘

徂徠先生姓石氏，名介，字守道，兗州奉符人也。徂徠魯東山，而先生非隱者也，其仕嘗位於朝矣。魯之人不稱其官而稱其德，以爲徂徠魯之望，先生魯人之所尊，故因其所居山，以配其有德之稱，曰徂徠先生者，魯人之志也。

先生貌厚而氣完，學篤而志大，雖在畎畝，不忘天下之憂，以謂時無不可爲，爲之無不至。不在其位，則行其言。吾言用，功利施於天下，不必出乎己；吾言不用，雖獲禍咎，至死而不悔。其遇事發憤，作爲文章，極陳古今治亂成敗以指切當世，賢愚善惡，是是非非，無所諱忌。世俗頗駭其言，由是謗議喧然，而小人尤嫉惡之，相與出力必擠之死。先生安然不惑不變，曰「吾道固如是，吾勇過孟賁矣」。不幸遇疾以卒。既卒，而姦人有欲以奇禍中傷大臣者，猶指先生以起事，謂其詐死而北走契丹矣，請發棺以驗。賴天子仁聖，察其誣，得不發棺，而保全其妻子。

先生世爲農家，父諱丙，始以仕進，官至太常博士。先生年二十六，舉進士甲科，爲鄆州觀察推官，南京留守推官。御史臺辟主簿，未至，以上書論赦罷不召。秩滿遷某軍節度掌書記，代其父官於蜀，爲嘉州軍事判官。丁内外艱去官，垢面跣足，躬耕徂徠之下，葬其五世未葬者七十喪。服除，召入國子監直講。

是時兵討元昊久無功，海内重困，天子奮然思欲振起威德，而進退二三大臣，增置諫官御史，所以求治之意甚鋭。先生躍然喜曰：「此盛事也。雅、頌吾職，其可已乎？」乃作《慶曆聖德詩》，以褒貶大臣，分别邪正，累數百言。詩出，太山孫明復曰：「子禍始於此矣！」明復，先生之師友也。其後所謂姦人作奇禍者，乃詩之所斥也。

先生自閒居徂徠，後官於南京，常以經術教授。及在太學，益以師道自居，門人弟子從之者甚衆。太學之興，自先生始，其所爲文章，曰某集者若干卷，曰某集者若干卷。其斥佛、老、時文，則有《怪説》、《中國論》，曰「去此三者，然後可以有爲」。其戒姦臣、宦女，則有《唐鑑》，曰「吾非爲一世監也」。其餘喜怒哀樂，必見於文。其辭博辯雄偉，而憂思深遠。其爲言曰：「學者，學爲仁義也。惟忠能忘其身，惟篤於自信者，乃可以力行也。」以是行於己，亦以是教於人。所謂堯、舜、禹、湯、文、武、周公、孔子、孟軻、揚雄、韓愈氏者，未嘗一日不誦於口。思與天下之士，皆爲周、孔之徒，以致其君爲堯舜之君，民爲堯舜之民，亦未嘗一日少忘於心。至其違世驚衆，人或笑之，則曰：「吾非狂癡者也。」是以君子察其行，而信其言，推其用心而哀其志。

先生直講歲余，杜祁公薦之天子，拜太子中允。今丞相韓公又薦之，乃直集賢院。又歲餘，始去太學，通判濮州。方待次於徂徠，以慶曆五年七月某日，卒於家，享年四十有一。友人廬陵歐陽修哭之以詩，以謂待彼謗焰熄，然後先生之道明矣。

先生既殁，妻子凍餒不自勝。今丞相韓公，與河陽富公，分俸買田以活之。後二十一年，其家始克葬先生於某所。將葬，其子師訥，與其門人姜潛、杜默、徐遁等，來告曰：「謗焰熄矣，可以發先生之光矣。敢請銘。」某曰：「吾詩不云乎？『子道自能久』也，何必吾銘？」遁等曰：「雖然，魯人之欲也。」乃爲之銘曰：

徂徠之巖巖，與子之德兮，魯人之所瞻。汶水之湯湯，與子之道兮，逾遠而彌長。道之難行兮，孔孟亦云遑遑。一世之屯兮，萬世之光。曰：吾不有命兮，安在夫桓魋與臧倉？自古聖賢皆然兮，噫子雖毁其何傷！方侍郎云：筆陣酣恣，辭繁而不懈。

歐陽永叔太常博士尹君墓誌銘　○○

君諱源，字子漸，姓尹氏。與其弟洙師魯，俱有名於當世。其論議文章，博學强記，皆有以過人。而師魯好辯，果於有爲；子漸爲人，剛簡不矜飾，能自晦藏，與人居久而莫知，至其一有所發，則人必驚伏。其視世事若不干其意，已而推其情僞，計其成敗，後多如其言。其性不能容常人，而善與人交，久而益篤。自天聖、明道之閒，予與其兄弟交，其得於子漸者如此。其曾祖諱諠，贈光禄少卿。祖諱文化，官至都官郎中，贈刑部侍郎。父諱仲宣，官至虞部員外郎，贈工部郎中。子漸初以祖廕，補三班借職，稍遷左班殿直。天聖八年，舉進士及第，爲奉禮郎，累遷太常博士。歷知芮城、河陽二縣，僉署孟州判官事，又知新鄭縣，通判涇州、慶州，知懷州。以慶曆五年三月十四日，卒於官。

趙元昊寇邊，圍定川堡，大將葛懷敏，發涇原兵救之。君遺懷敏書曰：「賊舉其國而來，其利不在城堡，而兵法有不得而救者。且吾軍畏法，見敵必赴而不計利害，此其所以數敗也。宜駐兵瓦亭，見利而後動。」懷敏不能用其言，遂以敗死。劉渙知滄州，杖一卒不服，渙命斬之以聞，坐專殺，降知密州。君上書爲渙論直，得復知滄州。范文正公常薦君材可以居館閣，召試不用，遂知懷州，至期月大治。是時天子用范文正公，與今觀文殿學士富公，武康軍節度使韓公，欲更置天下事，而權倖小人不便，三公皆罷去，而師魯與時賢士，多被誣枉得罪。君歎息憂悲發憤，以謂生可厭而死可樂也，往往被酒哀歌泣下，朋友皆竊怪之。已而以疾卒，享年五十。至和元年十有二月十三日，其子材，葬君於河南府壽安縣甘泉鄉龍洲里。其平生所爲文章六十篇，皆行於世。子男四人，曰材、植、機、桴。

嗚呼！師魯常勞其智於事物，而卒蹈憂患以窮死。若子漸者，曠然不有累其心，而無所屈其志，然其壽考亦以不長。豈其所謂短長得失者，皆非此之謂歟！其所以然者，不可得而知歟！銘曰：

有韞於中不以施，一憤樂死其如歸。豈其志之將衰？不然世果可嫉其如斯！

歐陽永叔黄夢升墓誌銘 ○○○

予友黄君夢升，其先婺州金華人，後徙洪州之分寧。其曾祖諱元吉，祖諱某，父諱中雅，皆不仕。黄氏世爲江南大族，自其祖父以來，樂以家貲賑鄉里，多聚書以招延四方之士。夢升兄弟皆好學，尤以文章意氣自豪。

予少家隨州，夢升從其兄茂宗官于隨。予爲童子立諸兄側，見夢升年十七八，眉目明秀，善飲酒談笑。予雖幼，心已獨奇夢升。後七年，予與夢升皆舉進士於京師。夢升得丙科，初任興國軍永興主簿，怏怏不得志，以疾去。久之復調江陵府公安主簿。時予謫夷陵令，遇之于江陵。夢升顔色憔悴，初不可識，久而握手噓嚱，相飲以酒，夜醉起舞，歌呼大噱。予益悲夢升志雖衰，而少時意氣尚在也。後二年，予徙乾德令，夢升復調南陽主簿，又遇之於鄧。閒嘗問其平生所爲文章幾何，夢升慨然歎曰：「吾已諱之矣。窮達有命，非世之人不知我，我羞道於世人也。」求之不肯出，遂飲之酒，復大醉起舞歌呼，因笑曰：「子知我者。」乃肯出其文。讀之博辯雄偉，意氣奔放，若不可禦。予又益悲夢升志雖困，而文章未衰也。是時謝希深出守鄧州，尤喜稱道天下士。予因手書夢升文一通，欲以示希深，未及而希深卒，予亦去鄧。後之守鄧者皆俗吏，不復知夢升。夢升素剛不苟合，負其所有，常怏怏無所施，卒以不得志，死於南陽。

夢升諱注，以寶元二年四月二十五日卒，享年四十有二。其平生所爲文曰《破碎集》、《公安集》、《南陽集》，凡三十卷。娶潘氏，生四男二女。將以慶曆四年某月某日，葬於董坊之先塋。其弟渭泣而來告曰：「吾兄患世之莫吾知，孰可爲其銘？」予素悲夢升者，因爲之銘曰：

予嘗讀夢升之文，至於哭其兄子庠之詞曰：「子之文章，電激雷震，雨雹忽止，闃然滅泯。」未嘗不諷誦歎息而不已。嗟夫夢升！曾不及庠，不震不驚，鬱塞埋藏。孰予其有，不使其施？吾不知所歸咎，徒爲夢升而悲。

歐陽永叔孫明復先生墓誌銘 ○○

先生諱復，字明復，姓孫氏，晉州平陽人也。少舉進士不中，退居泰山之陽，學《春秋》，著《尊王發微》。魯多學者，其尤賢而有道者石介，自介而下，皆以弟子事之。

先生年逾四十，家貧不娶，李丞相迪，將以其弟之女妻之。先生疑焉。介與羣弟子進曰：「公卿不下士久矣。今丞相不以先生貧賤，而欲託以子，是高先生之行義也。先生宜因以成丞相之賢名。」於是乃許。孔給事道輔，爲人剛直嚴重，不妄與人，聞先生之風，就見之。介執杖屨侍左右，先生坐則立，升降拜則扶之，及其往謝也，亦然。魯人既素高此兩人，由是始識師弟子之禮，莫不歎嗟之。而李丞相、孔給事，亦以此見稱於士大夫。

其後介爲學官，語于朝曰：「先生非隱者也，欲仕而未得其方也。」慶曆二年，樞密副使范仲淹，資政殿學士富弼，言其道德經術，宜在朝廷，召拜校書郎、國子監直講。嘗召見邇英閣說《詩》，將以爲侍講，而嫉之者言其講説多異先儒，遂止。七年，徐州人孔直温，以狂謀捕治，索其家得詩，有先生姓名，坐貶監處州商税，徙泗州，又徙知河南府長水縣，僉署應天府判官公事，通判陵州。翰林學士趙概等十餘人，上言孫某行爲世法，經爲人師，不宜棄之遠方。乃復爲國子監直講。居三歲，以嘉祐二年七月二十四日，以疾卒於家，享年六十有六，官至殿中丞。先生在太學時，爲大理評事，天子臨幸，賜以緋衣銀魚，及聞其喪，惻然，予其家錢十萬。而公卿大夫、朋友、太學之諸生，相與弔哭賻治其喪。於是以其年十月二十七日，葬先生於鄆州須城縣盧泉鄉之北扈原。

先生治《春秋》，不惑傳註，不爲曲説以亂經，其言簡易，明於諸侯大夫功罪，以考時之盛衰，而推見王道之治亂，得於經之本義爲多。方其病時，樞密使韓琦，言之天子，選書吏給紙筆，命其門人祖無擇，就其家得其書十有五篇，録之藏於秘閣。先生一子大年尚幼。

銘曰：

聖既殁經更戰焚，逃藏脱亂僅傳存。衆説乘之汩其原，怪迂百出雜僞真。後生牽卑習前聞，有欲患之寡攻羣。往往止燎以膏薪，有勇夫子闢浮雲。刮磨蔽蝕相吐吞，日月卒復光破昏。博哉功利無窮垠，有考其不在斯文。

歐陽永叔尹師魯墓誌銘 ○○

師魯，河南人，姓尹氏，諱洙。然天下之士識與不識，皆稱之曰師魯。蓋其名重當世，而世之知師魯者，或推其文學，或高其議論，或多其材能。至其忠義之節，處窮達，臨禍福，無愧於古君子，則天下之稱師魯者，未必盡知之。

師魯爲文章，而有法，博學彊記，通知古今，長於《春秋》。其與人言，是是非非，務窮盡道理乃已，不爲苟止而妄隨，而人亦罕能過也。遇事無難易，而勇於敢爲，其所以見稱於世者，亦所以取嫉於人，故其卒窮以死。

師魯少舉進士及第，爲絳州正平縣主簿，河南府户曹參軍，邵武軍判官。舉書判拔萃，遷山南東道掌書記，知伊陽縣。王文康公薦其才，召試充館閣校勘，遷太子中允，天章閣待制。范公貶饒州，諫官御史不肯言，師魯上書，言「仲淹臣之師友，願得俱貶」，貶監郢州酒税，又徙唐州。遭父喪，服除，復得太子中允，知河南縣。趙元昊反，陝西用兵，大將葛懷敏奏起爲經略判官。師魯雖用懷敏辟，而尤爲經略使韓公所深知。其後諸將敗于好水，韓公降知秦州，師魯亦徙通判濠州。久之，韓公奏得通判秦州。遷知涇州，又知渭州，兼涇原路經略部署。坐城水洛，與邊將異議，徙知晉州，又知潞州。爲政有惠愛，潞州人至今思之。累遷官至起居舍人，直龍圖閣。

師魯當天下無事時，獨喜論兵，爲《敘燕》、《息戍》二篇行於世。自西兵起凡五六歲，未嘗不在其閒。故其論議益精密，而於西事尤習其詳。其爲兵制之説，述戰守勝敗之要，盡當今之利害，又欲訓土兵，代戍卒，以減邊用，爲禦戎長久之策，皆未及施爲。而元昊臣，西兵解嚴，師魯亦去而得罪矣。然則天下之稱師魯者，於其材能，亦未必盡知之也。

初師魯在渭州，將吏有違其節度者，欲按軍法斬之，而不果。其後吏至京師，上書訟師魯以公使錢貸部將，貶崇信軍節度副使，徙監均州酒税。得疾，無醫藥，舁至南陽求醫。疾革，憑几而坐，顧稚子在前，無甚憐之色，與賓客言，終不及其私。享年四十有六以卒。

師魯娶張氏，某縣君。有兄源，字子漸，亦以文學知名，前一歲卒。師魯凡十年閒，三貶官，喪其父，又喪其兄。有子四人，連喪其三。女一，適人亦卒。而其身終以貶死。一子三歲，四女未嫁，家無餘貲，客其喪於南陽不能歸。平生故人無遠邇皆往賻之，然後妻子得以其柩歸河南，以某年某月某日，葬於先塋之次。余與師魯兄弟交，嘗銘其父之墓矣，故不復次其世家焉。銘曰：

藏之深，固之密。石可朽，銘不滅。

歐陽永叔梅聖俞墓誌銘 ○○

嘉祐五年，京師大疫。四月乙亥，聖俞得疾，臥城東汴陽坊。明日，朝之賢士大夫往問疾者，騶呼屬路不絶。城東之人，市者廢，行者不得往來，咸驚顧相語曰：「茲坊所居大人誰耶？何致客之多也？」居八日癸未，聖俞卒。於是賢士大夫又走弔哭如前日益多，而其尤親且舊者，相與聚而謀其後事，自丞相以下，皆有以賻邺其家。粤六月甲申，其孤增，載其柩南歸，以明年正月丁丑，葬於宣州陽城鎮雙歸山。

聖俞，字也，其名堯臣，姓梅氏，宣州宣城人也。自其家世頗能詩，而從父詢以仕顯，至聖俞遂以詩聞，自武夫、貴戚、童兒、野叟，皆能道其名字。雖妄愚人不能知詩義者，直曰「此世所貴也，吾能得之」，用以自矜。故求者日踵門，而聖俞詩遂行天下。其初喜爲清麗閒肆平淡，久則涵演深遠，閒亦琢刻以出怪巧。然氣完力餘，益老以勁。其應於人者多，故辭非一體。至於他文章皆可喜，非如唐諸子號詩人者，僻固而狹陋也。聖俞爲人，仁厚樂易，未嘗忤於物。至其窮愁感憤，有所罵譏笑謔，一發於詩。然用以爲驩，而不怨懟，可謂君子者也。

初在河南，王文康公見其文，歎曰：「二百年無此作矣。」其後大臣屢薦宜在館閣，嘗一召試，賜進士出身，餘輒不報。嘉祐元年，翰林學士趙槩等十餘人，列言於朝曰：「梅某經行修明，願得留與國子諸生講論道德，作爲雅頌以歌詠聖化。」乃得國子監直講。三年冬，袷於太廟，御史中丞韓絳，言天子且親祠，當更制樂章以薦祖考，惟梅某爲宜。亦不報。聖俞初以從父廕補太廟齋郎，歷桐城、河南、河陽三縣主簿，以德興縣令，知建德縣，又知襄城縣，監湖州鹽稅，簽署忠武、鎮安兩軍節度判官，監永濟倉、國子監直講，累官至尚書都官員外郎。嘗奏其所撰《唐載》二十六卷，多補正舊史闕繆，乃命編修《唐書》。書成，未奏而卒，享年五十有九。

曾祖諱遠，祖諱邈，皆不仕。父諱讓，太子中舍致仕，贈職方郎中。母曰仙遊縣太君束氏，又曰清河縣太君張氏。初娶謝氏，封南陽縣君；再娶刁氏，封某縣君。子男五人：曰增，曰墀，曰坰，曰龜兒，一早卒。女二人：長適太廟齋郎薛通，次尚幼。

聖俞學長於《毛詩》，爲《小傳》二十卷，其文集四十卷，注《孫子》十三篇。余嘗論其詩曰：「世謂詩人少達而多窮，蓋非詩能窮人，殆窮者而後工也。」聖俞以爲知言。銘曰：

不戚其窮，不困其鳴。不躓于艱，不履于傾。養其和平，以發厥聲。震越渾鍠，眾聽以驚。以揚其清，以播其英。以成其名，以告諸冥。

歐陽永叔江鄰幾墓誌銘 ○○

君諱休復，字鄰幾。其爲人外若簡曠，而内行修飭，不妄動於利欲。其强學博覽，無所不通，而不以矜人。至有問輒應，雖好辯者不能窮也，已則默若不能言者。其爲文章淳雅，尤長於詩。淡泊閒遠，往往造人之不至。善隸書，喜琴弈飲酒。與人交，久而益篤。孝於宗族，事孀姑如母。天聖中，與尹師魯、蘇子美遊，知名當時。舉進士及第，調藍山尉，騎驢赴官，每據鞍讀書，至迷失道，家人求得之乃覺。歷信、潞二州司法參軍，又舉書判拔萃，改大理寺丞，知長葛縣事，通判閬州，以母喪去職。服除，知天長縣事，遷殿中丞，又以父憂。終喪，獻其所著書，召試充集賢校理，判尚書刑部。

當慶曆時，小人不便大臣執政者，欲累以事去之。君友蘇子美，杜丞相壻也，以祠神會飲得罪，一時知名士皆被逐。君坐落職，監蔡州商税。久之，知奉符縣事，改太常博士，通判睦州，徙廬州。復得集賢校理，判吏部南曹登聞鼓院，爲羣牧判官。出知同州，提點陝西路刑獄。入判三司鹽鐵局院，修起居注，累遷刑部郎中。君於治人，則曰爲政所以安民也，無擾之而已，故所至民樂其簡易。至辯疑折獄，則或權以術，舉無不得，而不常用，亦不自以爲能也。

君所著書，號《唐宜鑒》十五卷，《春秋世論》三十卷，文集二十卷。又作《神告》一篇，言皇嗣事，以謂皇嗣，國大事也，臣子以爲嫌而難言，或言而不見納，故假神告祖宗之意，務爲深切，冀以感悟。又嘗言昭憲太后杜氏子孫宜録用。故翰林學士劉筠無後，而官没其貲，宜爲立後，還其貲，劉氏得不絶。君之論議頗多，凡與其遊者莫不稱其賢，而在上位者久未之用也。自其修起居注，士大夫始相慶，以爲在上者知將用之矣，而用君者亦方自以爲得，而君亡矣。嗚呼！豈非其命哉！

君以嘉祐五年四月乙亥，以疾終於京師，即以其年六月庚申，葬於陽夏鄉之原。君享年五十有六。方其無恙時，爲《理命》數百言，已而疾且革，其子問所欲言，曰：「吾已著之矣。」遂不復言。

曾祖諱濬，殿中丞，贈駕部員外郎。妣李氏，始平縣太君。祖諱日新，駕部員外郎，贈太僕少卿。妣孫氏，富陽縣太君。考諱中古，太常博士，贈工部侍郎。妣張氏，仁壽縣太君。夫人夏侯氏，永安縣君，金部郎中彧之女，先君數月卒。子男三人：長曰懋簡，并州司户參軍；次曰懋相，太廟齋郎；次曰懋迪。女三人，長適秘書丞錢袞，餘尚幼。

君姓江氏，開封陳留人也。自漢轑陽侯德，居於陳留之圉城，其後子孫分散，而君世至今居圉城不去。自高祖而上七世葬圉南夏岡，由大王父而下三世，乃葬陽夏。銘曰：

彼馳而我後，彼取而我不。豈用力者好先，而知命者不苟。嗟吾鄰幾兮，卒以不偶。舉世之隨兮，君子之守。衆人所亡兮，君子之有。其失一世兮，其存不朽。惟其自以爲得兮，吾將誰咎？

歐陽永叔湖州長史蘇君墓誌銘 〇

故湖州長史蘇君，有賢妻杜氏，自君之喪，布衣蔬食，居數歲，提君之孤子，斂其平生文章走南京，號泣於其父曰：「吾夫屈於生，猶可伸于死。」其父太子太師以告於予。予爲集次其文而序之，以著君之大節，與其所以屈伸得失，以深誚世之君子當爲國家樂育賢材者，且悲君之不幸。其妻卜以嘉祐元年十月某日，葬君于潤州丹徒縣義里鄉檀山里石門村，又號泣于其父曰：「吾夫屈於人間，猶可伸于地下。」於是杜公及君之子泌，皆以書來乞銘以葬。

君諱舜欽，字子美。其上世居蜀，後徙開封，爲開封人。自君之祖諱易簡，以文章有名太宗時，承旨翰林爲學士，參知政事，官至禮部侍郎。父諱耆，官至工部郎中，直集賢院。君少以父廕補太廟齋郎，調滎陽尉，非所好也。已而鎖其廳去，舉進士中第，改光禄寺主簿，知蒙城縣。丁父憂，服除，知長垣縣，遷大理評事，監在京樓店務。君狀貌奇偉，慷慨有大志。少好古，工爲文章，所至皆有善政。官於京師，位雖卑，數上疏論朝廷大事，敢道人之所難言。范文正公薦君，召試得集賢校理。

自元昊反，兵出無功，而天下殆于久安，尤困兵事。天子奮然用三四大臣，欲盡革衆弊以紓民。於是時范文正公，與今富丞相，多所設施，而小人不便，顧人主方信用，思有以撼動，未得其根。以君文正公之所薦，而宰相杜公壻也，乃以事中君，坐監進奏院祠神，奏用市故紙錢會客，爲自盜除名。君名重天下，所會客皆一時賢俊，悉坐貶逐。然後中君者喜曰：「吾一舉網盡之矣。」其後三四大臣，相繼罷去，天下事卒不復施爲。

君攜妻子居蘇州，買水石作滄浪亭，日益讀書，大涵肆於六經，而時發其憤悶於歌詩，至其所激，往往驚絶。又喜行草書，皆可愛。故其雖短章醉墨，落筆争爲人所傳。天下之士，聞其名而慕，見其所傳而喜，往揖其貌而竦，聽其論而驚以服，久與其居，而不能捨以去也。居數年，復得湖州長史。慶曆八年十二月某日，以疾卒於蘇州，享年四十有一。君先娶鄭氏，後娶杜氏。三子：長曰泌，將作監主簿；次曰液，曰激。二女：長適前進士陳紘，次尚幼。

初君得罪時，以奏用錢爲盜，無敢辯其冤者。自君卒後，天子感悟，凡所被逐之臣復召用，皆顯列於朝，而至今無復爲君言者，宜其欲求伸于地下也！宜予述其得罪以死之詳，而使後世知其有以也。既又長言以爲之辭，庶幾並寫予之所以哀君者。其辭曰：

謂爲無力兮，孰擊而去之？謂爲有力兮，胡不反子之歸？豈彼能兮此不爲。善百譽而不進兮，一毁終世以顛擠，荒孰問兮杳難知。嗟子之中兮，有韞而無施。文章發耀兮，星日交輝。雖冥冥以掩恨兮，不昭昭其永垂。

歐陽永叔大理寺丞狄君墓誌銘　○○

距長沙縣西三十里新陽鄉梅溪村，有墓曰狄君之墓者，迺予所記《穀城孔子廟碑》所謂狄君粟者也。始君居穀城有善政，嘗已見於予文。及其亡也，其子遵誼泣而請曰：「願卒其詳而銘之，以終先君死生之賜。」嗚呼！予哀狄君者，其壽止於五十有六，其官止於一卿丞。蓋其生也，以不知於世而止於是，若其歿而又無傳，則後世遂將泯没，而爲善者何以勸焉？此予之所欲銘也。

君字仲莊，世爲長沙人。幼孤事母，鄉里稱其孝。好學自立，年四十，始用其兄棐廕補英州真陽主簿，再調安州應城尉，能使其縣終君之去無一人爲盜。薦者稱其材任治民，乃遷穀城令。漢旁之民，惟鄧、穀爲富縣，尚書銓吏，常邀厚賂以售貪令，故省中私語，以一二數之，惜爲奇貨。而二邑之民，未嘗得廉吏，其豪猾習以賕賄污令而爲自恣。至君一切以法繩之，姦民大吏不便君之政者，往往訴於其上，雖按覆率不能奪君所爲。其州所下文符有不如理，必輒封還。州吏亦切齒，求君過失不可得，君益不爲之屈。其後民有訟田而君誤斷者，訴之，君坐被劾。已而縣籍强壯爲兵，有告訟田之民隱丁以規避者，君笑曰：「是嘗訴我者，彼冤民能自伸，此令之所欲也，吾豈挾此而報以罪邪？」因置之不問。縣民繇是知君爲愛我。

是歲西北初用兵，州縣既大籍强壯，而訛言相驚，云當驅以備邊，縣民數萬聚邑中。

會秋大雨霖，米踊貴絶粒，君發常平倉賑之。有司劾君擅發倉廪，君即具伏。事聞，朝廷亦原之。又爲其民正其税籍之失，而吏得歲免破産之患。逾年政大洽，乃修孔子廟，作禮器，與其邑人春秋釋奠而興于學。時予爲乾德令，嘗至其縣，與其民言，皆曰：「吾邑不幸，有生而未識廉吏者，而長老之民所記纔一人，而繼之者，今君也。」問其「一人」者，曰：「張及也。」推及之歲至於君，蓋三十餘年，是謂一世矣。嗚呼！使民更一世而始得一良令，吏其可不慎擇乎？君其可不惜其殁乎？其政之善者，可遺而不録乎？

君用穀城之績，遷大理寺丞，知新州，至則丁母夫人鄭氏憂。服除，赴京師，道病，卒於宿州，實慶曆五年七月二十四日也。曾祖諱崇謙，連州桂陽令。祖諱文蔚，全州清湘令。父諱杞，不仕。君娶滎陽鄭氏，生子男二人：遵誼、遵微，皆舉進士。女四人：長適進士胡純臣，其三尚幼。銘曰：

彊而仕，古之道。終中壽，不爲夭。善在人，宜有後。銘於石，著不朽。茅順甫云：逸調。

歐陽永叔蔡君山墓誌銘 ○

予友蔡君謨之弟曰君山，爲開封府太康主簿。時予與君謨皆爲館閣校勘，居京師，君山數往來其兄家，見其以縣事決於其府。府尹吴遵路，素剛，好以嚴憚下吏。君山年少位卑，能不懾屈，而得盡其事之詳。吴公獨喜，以君山爲能。予始知君山敏於爲吏，而未知其他也。明年，君謨南歸拜其親。夏，京師大疫，君山以疾卒于縣。其妻程氏，一男二女皆幼。縣之人哀其貧，以錢二百千爲其賻。程氏泣曰：「吾家素以廉爲吏，不可以此汚吾夫。」拒而不受。於是又知君山能以惠愛其縣人，而以廉化其妻妾也。

君山閒嘗語予曰：「天子以六科策天下士，而學者以記問應對爲事，非古取士之意也。吾獨不然。」乃晝夜自苦爲學。及其亡也，君謨發其遺藁，得十數萬言，皆當世之務。其後踰年，天子與大臣講天下利害爲條目，其所改更，于君山之藁十得其五六，於是又知君山果天下之奇才也。

君山景祐中舉進士，初爲長谿縣尉。縣媪二子漁於海而亡，媪指某氏爲仇，告縣捕賊。縣吏難之，皆曰：「海有風波，豈知其不水死乎？且雖果爲仇所殺，若屍不得，則於法不可理。」君山獨曰：「媪色有寃，吾不可不爲理。」乃陰察仇家得其迹，與媪約曰：「吾與汝宿海上，期十日不得屍，則爲媪受捕賊之責。」凡宿七日，海水潮，二屍浮而至，驗之皆殺也，乃捕仇家伏法。民有夫婦偕出，而盜殺其守舍子者。君山亟召里民畢會，環坐而熟視之，指一人曰：「此殺人者也。」訊之果伏，衆莫知其以何術得也。長谿人至今喜道君山事多如此，曰：「前史所載能吏，號如神明，不過此也。」自天子與大臣條天下事，而屢下舉吏之法，尤欲官無小大，必得其材，方求天下能吏，而君山死矣。此可爲痛惜者也。

君山諱高，享年二十有八，以某年某月某日卒。今年君謨又歸迎其親，自太康取其柩以歸，將以某年某月某日葬於某所。且謂余曰：「吾兄弟始去其親而來京師，欲以仕宦爲親榮。今幸還家，吾弟獨以柩歸。甚矣老者之愛其子也，何以塞吾親之悲？子能爲我銘君山乎？」乃爲之銘曰：

嗚呼！吾聞仁義之行于天下也，可使父不哭子，老不哭幼。嗟夫君山，不得其壽！父母七十，扶行送柩。退之有言，死孰謂夭？子墓予銘，其傳不朽。庶幾以此，慰其父母。

歐陽永叔集賢院學士劉公墓誌銘　○

公諱敞，字仲原父，姓劉氏，世爲吉州臨江人。自其皇祖以尚書郎有聲太宗時，遂爲名家。其後多聞人，至公而益顯。公舉慶曆六年進士，中甲科，以大理評事通判蔡州，丁外艱。服除，召試學士院，遷太子中允，直集賢院判登聞鼓院，吏部南曹尚書考功。於是夏英公既薨，天子賜謚曰「文正」。公曰：「此吾職也。」即上疏言：「謚者有司之事也。且竦行不應法，今百司各得守其職，而陛下侵臣官。」疏凡三上，天子嘉其守，爲更其謚曰「文莊」。公曰：「姑可以止矣。」權判三司開拆司，又權度支判官，同修起居注。至和元年九月，召試，遷右正言，知制詔。宦者石全彬，以勞遷宫苑使，領觀察使，意不滿，退而愠有言。居三日，正除觀察使，公封還辭頭不草制，其命遂止。

二年八月，奉使契丹。公素知虜山川道里，虜人道自古北口，迴曲千餘里，至柳河。公問曰：「自古松亭趨柳河甚直而近，不數日可至中京，何不道彼而道此？」蓋虜人常故迂其路，欲以國地險遠誇使者，且謂莫習其山川。不虞公之問也，相與驚顧羞愧，即吐其實，曰「誠如公言」。時順州山中，有異獸如馬，而食虎豹，虜人不識，以問，公曰：「此所謂駮也。」爲言其形狀聲音皆是，虜人益歎服。三年，使還，以親嫌求知揚州。歲餘，遷起居舍人，徙知鄆州，兼京東西路安撫使。居數月，召還，糾察在京刑獄，修玉牒，知嘉祐四年貢舉，稱爲得人。

是歲天子卜以孟冬祫，既廷告，丞相用故事，率文武官加上天子尊號。公上書言：「尊號非古也。陛下自寶元之郊，止羣臣毋得以請，迨今二十年無所加，天下皆知甚盛德，奈何一旦受虛名而損實美？」上曰：「我意亦謂當如此。」遂不允羣臣請。而禮官前祫，請祔郭皇后於廟，自孝章以下四后在別廟者，請毋合食。事下議，議者紛然。公之議曰：「《春秋》之義，不薨於寢，不稱夫人，而郭氏以廢薨。按景祐之詔，許復其號，而不許其謚與祔，謂宜如詔書。」又曰：「禮於祫，未毀廟之主皆合食，而無帝后之限，且祖宗以來用之。《傳》曰：『祭從先祖。』宜如故。」於是皆如公言。

公既驟屈廷臣之議，議者已多仄目。既而又論呂溱過輕而責重，與臺諫異，由是言事者亟攻之。公知不容於時矣，會永興闕守，因自請行，即拜翰林侍讀學士，充永興軍路安撫使，兼知永興軍府事。長安多富人右族，豪猾難治，猶習故都時態。公方發大姓范偉事，獄未具而公召。由是獄屢變，連年吏不能決。至其事聞，制取以付御史臺乃決，而卒如公所發也。

公爲三州，皆有善政。在揚州，奪發運使冒占雷塘田數百頃予民，民至今以爲德。其治鄆、永興，皆承旱歉，所至必雨雪，蝗輒飛去，歲用豐稔，流亡來歸，令行民信，盜賊禁止，至路不拾遺。

公於學博，自六經、百氏、古今傳記，下至天文、地理、卜醫、數術、浮屠、老莊之說，無所不通，其爲文章尤敏贍。嘗直紫微閣，一日追封皇子公主九人，公方將下直，爲之立馬卻坐，一揮九制數千言，文辭典雅，各得其體。公知制誥七年，當以次遷翰林學士者數矣，久而不遷。

及居永興歲餘，遂以疾聞。八年八月，召還，判三班院太常寺。

公在朝廷，遇事多所建明。如古渭州可棄，孟陽河不可開，樞密使狄青，宜罷以保全之之類，皆其語在士大夫間者。若其規切人主，直言逆耳，至於從容進見，開導聰明，賢否人物，其事不聞於外廷者，其補益尤多。故雖不合於世，而特被人主之知。方嘉祐中，嫉者衆而攻之急，其雖危而得無害者，仁宗深察其忠也。及侍英宗講讀，不專章句解詁，而指事據經，因以諷諫，每見聽納，故尤奇其材。已而復得驚眩疾，告滿百日，求便郡。上曰：「如劉某者，豈易得也？」復賜以告。上每宴見諸學士，時時問公少閒否，賜以新橙五十，勞其良苦。疾少閒，復求外補，上悵然許之。出知衛州，未行，徙汝州。治平三年，召還，以疾不能朝，改集賢院學士，判南京留司御史臺。熙寧元年四月八日，卒於官舍，享年五十。

嗚呼！以先帝之知公，使其不病，其所以用之者，豈一翰林學士而止哉！方公以論事忤於時也，又有構爲謗語以怒時相者。及歸自雍，丞相韓公，方欲還公學士，未及而公病，遂止於此，豈非其命也夫！

公累官至給事中，階朝散大夫，勳上輕車都尉，爵開國彭城公，邑户二千一百，實食者三百。曾祖諱琠，贈大理評事。祖諱式，尚書工部員外郎，贈户部尚書。考諱立之，尚書主客郎中，贈工部尚書。公再娶倫氏，皆侍御史程之女。前夫人先公早卒，後夫人以公貴，累封河南郡君。子男四人：長定國，郊社掌座，早卒；次奉世，大理寺丞；次當時，大理評事；次安上，太常寺太祝。女三人：長適大理評事韓宗直，二尚幼。公既卒，天子推恩，録其兩孫望、旦，一族子安世，皆試將作監主簿。

公爲人磊落明白，推誠自信，不爲防慮。至其屢見侵害，皆置而不較，亦不介於胸中。居家不問有無，喜賙宗族。既卒，家無餘財。與其弟攽，友愛尤篤。有文集六十卷，其爲《春秋》之説，曰《傳》，曰《權衡》，曰《説例》，曰《文權》，曰《意林》，合四十一卷，又有《七經小傳》五卷，《弟子記》五卷。而《七經小傳》，今盛行於學者。二年十月辛酉，其弟攽，與其子奉世等，葬公於祥符縣魏陵鄉，祔於先墓，以來請銘。乃爲之銘曰：

嗚呼！惟仲原父，學彊而博，識敏而明。坦其無疑一以誠，見利如畏義必爭。觸機履險危不傾，畜大不施奪其齡。惟其文章粲日星，雖欲有毀知莫能。維古聖賢皆後亨，有如不信考斯銘。

歐陽永叔翰林侍讀學士給事中梅公墓誌銘 〇

翰林侍讀學士、給事中梅公既卒之明年，其孤及其兄之子堯臣，來請銘以葬，曰：「吾叔父病且亟矣，猶臥而使我誦子之文，今其葬，宜得子銘以藏。」公之名在人耳目五十餘年，前卒一歲，予始拜公於許。公雖衰且病，其言談詞氣，尚足動人，嗟予不及見其壯也。然嘗聞長老道公咸平、景德之初，一遇真宗，言天下事合意，遂以人主爲知己。當時搢紳之士，望之若不可及，已而擯斥流離四十年間，白首翰林，卒老一州。嗟夫！士果能自爲材邪？惟世用不用爾！故予記公終始，至於咸平、景德之際，尤爲詳焉，良以悲其志也。

公諱詢，字昌言，世家宣城。年二十六，進士及第，試校書郎，利豐監判官，遷將作監丞，知杭州仁和縣，又遷著作佐郎，舉御史臺推勘官，時亦未之奇也。咸平三年，與考進士於崇政殿，真宗過殿廬中，一見以爲奇材，召試中書，直集賢院，賜緋衣銀魚。

是時契丹數寇河北，李繼遷急攻靈州，天子新即位，鋭於爲治。公乃上書，請以朔方授潘羅支，使自攻取，是謂以蠻夷攻蠻夷。真宗然其言，問誰可使羅支者？公自請行。天子惜之，不欲使蹈兵間。公曰：「苟活靈州而罷西兵，何惜一梅詢！」天子壯其言，因遣使羅支。未至，而靈州没於賊。召還，遷太常丞、三司户部判官，數訪時事，於是屢言西北事。時邊將皆守境不能出師，公請大臣臨邊督戰，募遊兵擊賊；論曹瑋、馬知節才可用；又論傅潛、楊瓊敗績當誅，而田紹斌、王榮等，可責其効以贖過。凡數十事，其言甚壯，天子益器其材，數欲以知制誥，宰相有言不可者乃已。其後繼遷卒爲潘羅支所困，而朝廷以兩鎮授德明，德明頓首謝罪。河西平，天子亦再幸澶淵盟契丹，而河北之兵解，天下無事矣。

公既見疎不用，初坐斷田訟失實，通判杭州，徙知蘇州。又徙兩浙轉運使，還判三司開拆司，遷太常博士，用封禪恩，遷祠部員外郎。又坐事出知濠州，以刑部員外郎爲荆湖北路轉運使，坐擅給驛馬與人奔喪而馬死，奪一官，通判襄州，徙知鄂州，又徙蘇州。天禧元年，復爲刑部員外郎，陝西轉運使。靈州棄已久，公與秦州曹瑋得胡蘆河路，可出兵，無沙行之阻，而能徑趨靈州，遂請瑋居環慶，以圖出師。會瑋入爲宣徽使，不克而止。遷工部郎中，坐朱能反，貶懷州團練副使，再貶池州。天聖元年，拜度支員外郎，知廣德軍，徙知楚州，遷兵部員外郎，知壽州，又知陝府。六年，復直集賢院，又遷工部郎中，改直昭文館，知荆南府。召爲龍圖閣待制，糾察在京刑獄，判流内銓，改龍圖閣直學士，知并州。未行，遷兵部郎中，樞密直學士以往，就遷右諫議大夫，入知通進銀臺司，復判流内銓，改翰林侍讀學士，羣牧使，遷給事中，知審官院，以疾出知許州。康定二年六月某日，卒於官。

公好學有文，尤喜爲詩。爲人嚴毅修潔，而材辯敏明，少能慷慨見奇真宗。自初召試，感激言事，自以謂君臣之遇。已而失職逾二十年，始復直於集賢。比登侍從，而門生故吏，曩時所考進士，或至宰相，居大官。故其視時人，常以先生長者自處，論事尤多發憤。其在許昌，繼遷之孫，復以河西叛，朝廷出師西方，而公已老，不復言兵矣。享年七十有八以終。

梅氏遠出梅伯，世久而譜不明。公之皇曾祖諱超，皇祖諱遠，皆不仕。父諱邈，贈刑部侍郎。夫人劉氏，彭城縣君。子五人：長曰鼎臣，官至殿中丞，次曰寶臣，皆先公卒；次曰得臣，太子中舍；次曰輔臣，前將作監丞；次曰清臣，大理評事。公之卒，天子贈賻優恤，加得臣殿中丞，清臣衛尉寺丞。明年八月某日，葬公宣州之某縣某鄉某原。銘曰：

士之所難，有藴無時。偉歟梅公，人主之知。勇無不敢，惟義之爲。困於翼飛，中垂以斂。一失其途，進退而坎。理不終窮，既晚而通。惟其壽考，福禄之隆。

歐陽永叔尚書都官員外郎歐陽公墓誌銘 ○

公諱曄，字日華。於檢校工部尚書諱託，彭城縣君劉氏之室，爲曾孫。武昌縣令諱郴，蘭陵夫人蕭氏之室，爲孫。贈太僕少卿諱偃，追封潘原縣太君李氏之室，爲第三子，於修爲叔父。修不幸幼孤，依於叔父而長焉。嘗奉太夫人之教曰：「爾欲識爾父乎？視爾叔父，其狀貌起居言笑，皆爾父也。」修雖幼，已能知太夫人言爲悲，而叔父之爲親也。

歐陽氏世家江南，僞唐李氏時，爲廬陵大族。李氏亡，先君昆弟同時而仕者四人，獨先君早世，其後三人皆登於朝以殁。公咸平三年舉進士甲科，歷南雄州判官，隨、閬二州推官，江陵府掌書記，拜太子中允，太常丞博士，尚書屯田、都官二員外郎，享年七十有九，最後終于家，以慶曆四年三月十日，葬於安州應城縣高風鄉彭樂村。於其葬也，其素所養兄之子修，泣而書曰：嗚呼！叔父之亡，吾先君之昆弟無復在者矣。其長養教育之恩，既不可報，而至於狀貌起居言笑之可思慕者，皆不得而見焉矣。惟勉而紀吾叔父之可傳於世者，庶以盡修之志焉。

公以太子中允，監興國軍鹽酒稅，太常丞，知漢州雒縣，博士知端州桂陽監，屯田員外郎，知黄州，遷都官、知永州，皆有能政。坐舉人奪官，復以屯田通判歙州，以本官分司西京，許家於隨。復遷都官于家，遂致仕。景祐四年四月九日卒。

公爲人嚴明方質，尤以潔廉自持。自爲布衣，非其義不輒受人之遺。少而所與親舊，後或甚貴，終身不造其門。其莅官臨事，長於決斷。初爲隨州推官，治獄之難決者三十六。大洪山奇峰寺，聚僧數百人，轉運使疑其積物多，而僧爲姦利，命公往籍之。僧以白金千兩餽公，公笑曰：「吾安用此！然汝能聽我言乎？今歲大凶，汝有積穀六七萬石，能盡以輸官而賑民，則吾不籍汝。」僧喜曰：「諾。」饑民賴以全活。陳堯咨以豪貴自驕，官屬莫敢仰視，在江陵用私錢，詐爲官市黄金，府吏持帖，强僚佐署，公呵吏曰：「官市金，當有文符。」獨不肯署。堯咨雖憚而止，然諷轉運使出公，不使居府中。鄂州崇陽，素號難治，乃徙公治之。至則決滯獄百餘事。縣民王明，與其同母兄李通，争産累歲，明不能自理，至貧爲人賃舂。公折之一言，通則具伏，盡取其産鉅萬歸於明，通退而無怨言。桂陽民有争舟而相毆至死者，獄久不決。公自臨其獄，出囚坐庭中，去其桎梏而飲食之。食訖，悉勞而還於獄，獨留一人於庭。留者色動惶顧，公曰：「殺人者汝也。」囚不知所以然，公曰：「吾視食者皆以右手持匕，而汝獨以左。今死者傷在右肋，此汝殺之明也。」囚即涕泣曰：「我殺也，不敢以累他人。」公之臨事明辯，有古良吏決獄之術多如此。所居人皆愛思之。

公娶范氏，封福昌縣君。子男四人：長曰宗顔，次曰宗閔，其二早亡。女一人，適張氏，亦早亡。銘曰：

公之明足以決於事，愛足以思於人，仁足以施其族，清足以潔其身，而銘之以此，足以遺其子孫。

歐陽永叔尚書職方郎中分司南京歐陽公墓誌銘 ○○

公諱潁，字孝叔。咸平三年舉進士中第，初任峽州軍事判官，有能名，即州拜秘書省著作佐郎，知建寧縣。未半歲，峽路轉運使薛顔，巡部至萬州，逐其守之不治者。以謂繼不治，非尤善治者不能，因奏自建寧縣往代之，以治聞。由萬州相次九領州，而治之一再至曰鄂州。二辭不行，初彭州，以母夫人老不果行，最後嘉州，以老告不行，實治七州。州大者繁廣，小者俗惡而姦，皆世指爲難治者。其尤甚曰歙州，民習律令，性喜訟，家家自爲簿書。凡聞人之陰私，毫髮坐起語言日時皆記之，有訟則取以證。其視入狴牢，就桎梏，猶冠帶偃簀，恬如也。盜有殺其民董氏於市，三年捕不獲，府君至，則得之以抵法。又富家有盜夜入啟其藏者，有司百計捕之甚急，且又大購之，皆不獲，有司苦之。公曰：「勿捕與購。」獨召富家二子，械付獄鞫之。州之吏民皆曰：「是素良子也。」大怪之，更疑互諫。公堅不回，鞫愈急，二子服。然吏民猶疑其不勝而自誣，及取其所盜某物於某所皆是，然後讙曰：「公神明也。」其治尤難者若是，其易可知也。

公剛果有氣，外嚴内明，不可犯，以是施於政，亦以是持其身。初皇考侍郎爲許田令，時丁晉公尚少，客其縣，皇考識之曰：「貴人也。」使與之遊，待之極厚。及公佐峽州，晉公薦之，遂拜著作。其後晉公居大位用事，天下之士往往因而登榮顯，而公屏不與之接。故其仕也，自著作佐郎，秘書丞，太常博士，尚書屯田、都官、職方三員外郎郎中，皆以歲月考課次第，陞知萬、峽、鄂、歙、彭、鄂、閬、饒、嘉州，皆所當得。及晉公敗，士多不免，惟公不及。明道二年，以老乞分司，有田荆南，遂歸焉。以景祐元年，正月二十六日，終于家，年七十有三。祖諱某，贈某官。皇妣李氏，贈某縣君。夫人曾氏，某縣君，先亡。

公平生彊力少疾病，居家忽晨起，作遺戒數紙，以示其嗣子景昱曰：「吾將終矣。」後三日乃終。而嗣子景昱，能守其家如其戒。

歐氏出於禹。禹之後有越王句踐，句踐之後有無彊者，爲楚威王所滅。無彊之子皆受楚封，封之烏程歐陽亭者，爲歐陽氏。漢世有仕爲涿郡守者，子孫遂北。有居冀州之渤海，有居青州之千乘，而歐陽仕漢世爲博士，所謂歐陽《尚書》者也。渤海之歐陽，有仕晉者曰建，所謂「渤海赫赫，歐陽堅石」者也。建遇趙王倫之亂，其兄子質南奔長沙。自質十二世生詢。詢生通，仕於唐，皆爲長沙之歐陽，而猶以渤海爲封。通又三世而生琮。琮爲吉州刺史，子孫家焉。自琮八世生萬，萬生雅，雅生高祖諱效，高祖生曾祖諱託，曾祖生皇祖武昌令諱郴，皇祖生公之父、贈户部侍郎諱偡，皆家吉州，又爲吉州之歐陽。及公遂遷荆南，且葬焉，又爲荆南之歐陽。嗚呼！公於修叔父也。銘其叔父，宜於其世尤詳。銘曰：

壽孰與之？七十而老。禄則自取，於取猶少。扶身以方，亦以從公。不變其初，以及其終。

歐陽永叔南陽縣君謝氏墓誌銘　○

慶曆四年秋，予友宛陵梅聖俞，來自吴興，出其哭内之詩而悲，曰：「吾妻謝氏亡矣！」丐我以銘而葬焉。予諾之未暇作。居一歲中，書七八至，未嘗不以謝氏銘爲言。且曰：「吾妻故太子賓客諱濤之女，希深之妹也。希深父子爲時聞人，而世顯榮，謝氏生於盛族，年二十以歸吾，凡十七年而卒。卒之夕，斂以嫁時之衣。甚矣，吾貧可知也！然謝氏怡然處之，治其家有常法，其飲食器皿，雖不及豐侈，而必精以旨；其衣無故新，而澣濯縫紉必潔以完；所至官舍雖卑陋，而庭宇灑掃必肅以嚴；其平居語言容止，必從容以和。吾窮於世久矣，其出而幸與賢士大夫遊而樂，人則見吾妻之怡怡而忘其憂。使吾不以富貴賤累其心者，抑吾妻之助也。吾嘗與士大夫語，謝氏多從户屏竊聽之，閒則盡能商榷其人才能賢否，及時事之得失，皆有條理。吾官吴興，或自外醉而歸，必問曰：『今日孰與飲而樂乎？』聞其賢者也，則悦，否則歎曰：『君所交皆一時賢儁，豈其屈己下之邪？惟以道德焉，故合者尤寡。今與是人飲而歡邪？』是歲南方旱，仰見飛蝗而歎曰：『今西兵未解，天下重困，盜賊纂起於江淮，而天旱且蝗如此。我爲婦人，死而得君葬我幸矣！』其所以能安居貧而不困者，其性識明而知道理多此類。嗚呼！其生也迫吾之貧，而没也又無以厚焉。謂惟文字可以著其不朽，且其平生尤知文章爲可貴，殁而得此，庶幾以慰其魂，且塞予悲。此吾所以請銘於子之勤也。」若此，予忍不銘？

夫人享年三十七，用夫恩封南陽縣君，二男一女。以其年七月七日，卒於高郵。梅氏世葬宛陵，以貧不能歸也，某年某月某日，葬於潤州之某鄉某原。銘曰：

高崖斷谷兮，京口之原。山蒼水深兮，土厚而堅。居之可樂兮，卜者曰然。骨肉歸土兮，魂氣則天。何必故鄉兮，然後爲安。

歐陽永叔北海郡君王氏墓誌銘　○

太常丞致仕吴君之夫人，曰北海郡君王氏，濰州北海人也。皇考諱汀，舉明經不中，後爲本州助教。夫人年二十三，歸於吴氏。天聖元年六月二日，以疾卒，享年三十有七。

夫人爲人，孝順儉勤。自其幼時，凡於女事，其保傅皆曰：「教而不勞。」組紃織紝，其諸女皆曰：「巧莫可及。」其歸於吴氏也，其母曰：「自吾女適人，吾之内事無所助。」而吴氏之姑曰：「自吾得此婦，吾之内事不失時。」及其卒也，太常君曰：「舉吾里中有賢女者莫如王氏。」於是娶其女弟以爲繼室，而今夫人戒其家曰：「凡吾吴氏之内事，惟吾女兄之法是守。」至今而不敢失。

夫人有賢子曰奎，字長文。初舉明經，爲殿中丞。後舉賢良方正，直言極諫。今爲翰林學士，尚書兵部員外郎，知制誥。夫人初用子恩，追封福昌縣君。其後長文貴顯，以夫人爲請，天子曰：「近臣吾所寵也，有請其可不從？」乃特追封夫人爲北海郡君。長文號泣頓首曰：「臣奎不幸，竊享厚禄，不得及其母。而天子寵臣以此，俾以報其親，臣奎其何以報！」當是時，朝廷之士大夫，吴氏之鄉黨鄰里，皆咨嗟歎息曰：「吴氏有子矣！」

嘉祐四年冬，長文請告於朝，將以明年正月丁酉，葬夫人於鄆州之魚山，以書來乞銘。夫人生三男：曰奎、奄、胄。今夫人生一男，曰參。女三人。孫男女九人。曾孫女二人。銘曰：

奎顯矣，奄早亡。胄與參，仕方强。以一子，榮一鄉。生雖不及殁有光，孫曾多有後愈昌。

碑誌類下編七

王介甫虞部郎中贈衛尉卿李公神道碑 ○

嘉祐八年六月某甲子，制曰：「朕初即位，大賚羣臣，升朝者及其父母。具官某，父具官某，率德蹈義，不躬榮禄，能教厥子，並爲才臣，加賜名命，序諸卿位，所以勸天下之爲人父者，豈特以慰孝子之心哉！可特贈衛尉卿。」翌日某甲子，中書下其書告第，又副其書賜寬等以待墓焚。寬等受書，焚其副墓上。乃撰次衛尉官世行治始卒，來請曰：「先人賴天子慶施，賜之官三品矣，而墓碑未刻。惟德善可以有辭於後世者，夫子實聞知。」某曰：「然。衛尉公墓隧，宜得銘久矣。」於是爲序而銘焉。序曰：

公姓李氏，故隴西人。七世祖諱某，始遷於光山。五世祖諱某，以其郡人王閩，從之，始爲建安人。曾祖諱某，祖諱某，皆不仕。考諱某，嘗仕江南李氏，稍顯矣，江南國除，又舉進士，中等，以殿中丞致仕。有學行，名能知人。贈其父大理評事，而已亦以子貴，贈至吏部尚書。遊豫章，樂其湖山，曰：「吾必終於此。」於是又始爲豫章人。尚書之子，伯曰虚已，官至尚書工部侍郎，以才能聞天下。其季則公也。

公諱某，字公濟。少篤學，讀書兼晝夜不息。一以進士舉，不中，即以兄蔭爲郊社齋郎。再選福州閩清、洪州靖安縣尉，有能名。遷饒州餘干縣令，至則毁淫祠，取其材以爲孔子廟，率縣人之秀者興於學。豪宗大姓，斂手不敢犯法。州將、部使者，奏乞與京官，移之劇縣，不報，而坐不覺獄卒殺人以免。當是時，侍郎方以分司就第。公曰：「吾兄老矣，我得朝夕從之游，以灑掃先人廬冢，尚何求而仕？」遂止不復言仕。侍郎之卒也，天子以公試秘書省校書郎、知江州德安縣事，辭不就。後嘗一至京師，大臣交口勸説，欲官之，終以其不可强也。而晏元獻公爲公請，乃除太子洗馬致仕。

初尚書未老，棄其官以歸。至侍郎，及公之退也，亦皆未老。自尚書至公，再世皆有子，而皆以嚴治其家如吏治。江西士大夫慕其世德，稱其家法。蓋近世士多外自藩飾爲聲名，而内實罕能治其家。及老，往往顧利冒耻，不知休息。公獨父子兄弟能如此。嗚呼！其可謂賢於人也已！

公事親孝，比遭大喪，廬墓六年然後已。事兄與其寡姊，衣食藥物，必躬親之。及公老矣，二子就養，如公之爲子弟也。寬，嘗爲江、浙等路提點鑄錢坑冶，又嘗提點江南西路刑獄。定，亦再爲洪州官，不去左右者十二年。皆以才能，爲世聞人。以恩，遷公官至尚書虞部郎中，階至朝奉郎，勳至護軍。以嘉祐四年七月某甲子，卒於豫章之第室，年八十九。

夫人長壽縣君趙氏，先公卒八年，既葬矣。五年某月某甲子，以公葬於夫人之墓左曰雷岡，在新建縣之桃花鄉新里。夫人故衢州人，某官湘之女。湘有文行，尚書與爲友，故爲公娶其女。子三人：寬、定、實。實守祕書省正字，早世。於公之葬也，寬爲尚書司勳員外郎，定爲尚書庫部員外郎。女子二人，已嫁。孫二十有一人，曾孫十有五人，皆率公教，無違者。公既葬，而二子以恩，贈公衛尉卿云。銘曰：

李世大家，隴西其先。於唐之季，再世光山。移遯於閩，嶺海之閒。乃生尚書，節行有偉。始來江南，考室章水。繩繩二子，隱顯兼榮。孰多厚禄？其季維卿。幼壯躬孝，唯君之踐。能不盡用，止於一縣。退以德義，釐身於家。外内肅雝，人不疵嗟。亦有二子，維天子使。父曰往矣，致而臣身。子曰歸哉，以寧吾親。以率其婦，左右恂恂。以官就侍，天子之仁。既具祉福，考終大耄。追榮於幽，乃賜卿號。伐石西山，作爲螭龜。營之墓上，勒此銘詩。

鼒按：《揮麈録》載，李定，一揚州人，傾蘇子瞻者；一洪州人，字仲求，欲與賽神會，蘇子美拒之，致興大獄者。然則此衛尉卿蓋仲求之父，此碑文作於嘉祐五年，即寶元元年。後七年，爲慶曆五年，乃有賽神會之事，宜荆公尚爲作文也。又按李虚己傳，衛尉之名虚舟，其父名寅，又載定官爲司農少卿，爲吏有能名，而不及其傾子美事。意《宋史》亦取誌狀之類爲之傳，而不復考定耳。

王介甫廣西轉運使孫君墓碑　○○

君少學問勤苦，寄食浮屠山中，步行借書數百里，升樓誦之，而去其階。蓋數年而具衆經，後遂博極天下之書。屬文操筆布紙，謂爲方思，而數百千言已就。以天聖五年，同學究出身，補滁州來安縣主簿，洪州右司理。再舉進士甲科，遷大理寺丞，知常州晉陵縣，移知潯州。潯當是時，人未趨學，乃改作廟學，召吏民子弟之秀者，親爲據案講説，誘勸以文藝。居未幾，旁州士皆來學，學者由此遂多。以選，通判耀州，兵士有訟財而不直者，安撫使以爲直，君争之不得，乃奏決於大理。大理以君所争爲是，而用君議編於敕。

慶曆二年，擢爲監察御史裏行，於是奏彈狄青不當沮敗劉滬水洛城事。又因日食言陰盛，以後宫爲戒。仁宗大獵於城南，衛士不及整而歸以夜。明日將復出，有雉隕於殿中。君奏疏，即是夜，有詔止獵。蠻唐和寇湖南，以君安撫，奏事有所不合，因自劾，乃知復州。又通判金州，知漢陽軍吉州，稍遷至尚書都官員外郎，提點江南西路刑獄。有言常平歲凶，當稍貴其粟以利糴本者，詔從之。君言此非常平本意也，詔又從之。儂智高反，君即出兵二千於嶺，以助英、韶。會除廣西轉運使，馳至所部，而智高方熾，天子出大臣、部諸將兵數萬擊之。君驅散亡殘敗之吏民，轉芻米於惶擾卒急之閒，又以餘力督守吏，治城壍，修器械。屬州多完，而師飽以有功，君勞居多。以勞，遷尚書司封員外郎。初，君請斬大將之北者，發騎軍以討賊。及後賊所以破滅，皆如君計策。軍罷而人重困，方恃君綏撫，君乘險阻，冒瘴毒，經理出入，啟居無時。以嘉祐二年二月七日卒於治所，年五十六。官至尚書工部郎中，散官至朝奉郎，勳至上輕車都尉。

君所爲州，整齊其大體，闊略其細故。與賓客談説，弦歌飲酒，往往終日。而能聽用佐屬，盡其力，事以不廢。在御史言事，計曲直利害如何，不顧望大臣，以此無助。所爲文，自少及終，以類集之，至百卷。天德、地業、人事之治，掇拾貫穿，無所不言，而詩爲多。

君諱抗，字和叔，姓孫氏，得姓於衛，得望於富春。其在黟縣，自君之高祖，棄廣陵以避孫儒之亂。至君曾大父諱師睦，以善治生致富。歲饑，賤出米穀，以斗升付糴者，得歡心於鄉里。大父諱旦，始盡棄其産，而能招士以教子。父諱遂良，當終時，君始十餘歲，後以君故贈尚書職方員外郎。君初娶張氏，又娶吴氏，又娶舒氏，封太康縣君，五男子：適、邈、迪、适、溝。適嘗從予遊，年十四，論議著書，足以驚人，終永州軍事推官。邈，今潞州上黨縣令，亦好學能文。狀君行以求銘者，邈也。君之卒也，天子以适試秘書省校書郎。二女子：一嫁試秘書省校書郎一本作「太廟齋郎」。李簡夫；一尚幼。一本作「嫁進士鄭安平」。以其卒之年十二月二十五日，葬黟縣懷遠鄉上林村。

歙之爲州，在山嶺澗谷崎嶇之中。自去五代之亂百年，名士大夫，亦往往而出，然不能多也。黟尤僻陋，中州能人賢士之所不至。君孤童子，徒步宦學，終以就立，爲朝廷顯用。論次終始，作爲銘詩，豈特以顯孫氏而慰其子孫，乃亦以詒其鄉里。銘曰：

在仁宗世，蠻跳不制。餽師牧民，實有膚使。踐艱乘危，條變畫奇。癝毒既除，膏熨以治。方遷既隕，哀暨山夷。維此膚使，文優以仕。禄則不殖，其書滿笥。書藏於家，銘在墓前。以告黟人，孫氏之阡。

王介甫寶文閣待制常公墓表 ○○

右正言、寶文閣待制、特贈右諫議大夫汝陰常公，以熙寧十年二月己酉卒，以五月壬申葬。臨川王某誌其墓曰：

公學不期言也，正其行而已；行不期聞也，信其義而已。所不取也，可使貪者矜焉，而非雕斲以爲廉；所不爲也，可使弱者立焉，而非矯抗以爲勇。官之而不事，召之而不赴，或曰必退者也，終此而已矣。及爲今天子所禮，則出而應焉。於是天子悦其至，虚己而問焉，使莅諫職以觀其迪己也，使董學政以觀其造士也。公所言乎上者無傳，然皆知其忠而不阿；所施乎下者無助，然皆見其正而不苟。《詩》曰：「胡不萬年？」惜乎既病而歸死也！自周道隱，觀學者所取舍，大抵時所好也。違俗而適己，獨行而特起，嗚呼！公賢遠矣。傳載公久，莫如以石。石可磨也，亦可泐也，謂公且朽，不可得也。秩爲諫臣，無所獻替，荆公以所親厚爲之飾詞，然文特峻而曲。

王介甫處士徵君墓表 ○

淮之南有善士三人，皆居於真州之揚子。

杜君者，寓於毉，無貧富貴賤，請之輒往。與之財，非義，輒謝而不受。時時窮空，幾不能以自存，而未嘗有不足之色。蓋善言性命之理，而其心曠然無累於物。而予嘗與之語，久之而不厭也。

徐君，忠信篤實，遇人至謹，雖疾病，召筮，不正衣巾不見。寓於筮，日得百數十錢則止，不更筮也。能爲詩，亦好屬文，有集若干卷。兩人者以毉筮，故多爲賢士大夫所知，而徵君獨不聞於世。

徵君者，諱某，字某，事其母夫人至孝。於鄉里，恂恂恭謹，樂振人之窮急，而未嘗與人校曲直。好蓄書，能爲詩。有子五人，而教其三人爲進士。某今爲某官，某今爲某官，某亦再貢於鄉。徵君與兩人者相爲友，至驩而莫逆也。兩人者，皆先徵君以死，而徵君以某年某月某甲子終於家，年七十七。

噫！古者一鄉之善士，必有以貴於一鄉；一國之善士，必有以貴於一國。此道亡也久矣。余獨私愛夫三人者，而樂爲好事者道之。而徵君之子，又以請，於是書以遺之，使之鑱諸墓上。杜君諱嬰，字太和。徐君諱仲堅，字某。

古文辭類纂四十八

碑誌類下編八

王介甫給事中孔公墓誌銘 ○○○

宋故朝請大夫，給事中，知鄆州軍州事，兼管内河隄，勸農同羣牧使，上護軍，魯郡開國侯，食邑一千六百户，實封二百户，賜紫金魚袋，孔公者，尚書工部侍郎，贈尚書吏部侍郎，諱勗之子。兖州曲阜縣令，襲封文宣公，贈兵部尚書，諱仁玉之孫。兖州泗水縣主簿，諱光嗣之曾孫，而孔子之四十五世孫也。其仕當今天子天聖、寶元之閒，以剛毅諒直，名聞天下。嘗知諫院矣，上書請明肅太后，歸政天子，而廷奏樞密使曹利用，上御藥羅崇勳罪狀。當是時，崇勳操權利，與士大夫爲市，而利用悍强不遜，内外憚之。嘗爲御史中丞矣，皇后郭氏廢，引諫官、御史伏閤以争，又求見上，皆不許，而固争之，得罪然後已。蓋公事君之大節如此。此其所以名聞天下，而士大夫多以公不終於大位，爲天下惜者也。

公諱道輔，字厚濟。初以進士釋褐，補寧州軍事推官。年少耳，然斷獄議事，已能使老吏憚驚。遂遷大理寺丞，知兖州仙源縣事，又有能名。其後嘗直史館，待制龍圖閣，判三司理欠憑由司，登聞檢院，吏部流內銓，糾察在京刑獄，知許、徐、兗、鄆、泰五州，留守南京，而兗、鄆、御史中丞皆再至。所至官治，數以爭職不阿，或絀或遷，而公持一節以終身，蓋未嘗自絀也。

其在兗州也，近臣有獻詩百篇者，執政請除龍圖閣直學士。上曰：「是詩雖多，不如孔某一言。」乃以公爲龍圖閣直學士。於是人度公爲上所思，且不久於外矣，未幾果復召以爲中丞。而宰相使人說公稍折節以待遷，公乃告以不能。於是又度公且不得久居中，而公果出。初，開封府吏馮士元坐獄，語連大臣數人，故移其獄御史。御史劾士元罪，止於杖，又多更赦。公見上，上固怪士元以小吏與大臣交私，汙朝廷，而所坐如此，而執政又以謂公爲大臣道地，故出知鄆州。

公以寶元二年如鄆，道得疾，以十二月壬申，卒於滑州之韋城驛，享年五十四。其後詔追復郭皇后位號，而近臣有爲上言公明肅太后時事者，上亦記公平生所爲，故特贈公尚書工部侍郎。

公夫人金城郡君尚氏，尚書都官員外郎諱賓之女。生二男子：曰淘，今爲尚書屯田員外郎；曰宗翰，今爲太常博士。皆有行治世其家，累贈公金紫光祿大夫、尚書兵部侍郎，而以嘉祐七年十月壬寅，葬公孔子墓之西南百步。

公廉於財，樂振施，遇故人子，恩厚尤篤，而尤不好鬼神禨祥事。在寧州，道士治真武像，有蛇穿其前，數出近人，人傳以爲神。州將欲視驗以聞，故率其屬往拜之，而蛇果出，公即舉笏擊蛇殺之，自州將以下皆大驚，已而又皆大服，公由此始知名。然余觀公數處朝廷大議，視禍福無所擇，其智勇有過人者，勝一蛇之妖，何足道哉！世多以此稱公者，故余亦不得而略也。銘曰：

展也孔公，維志之求。行有險夸，不改其輈。權彊所忌，讒諂所讐。考終厥位，寵禄優優。維皇好直，是錫公休。序行納銘，爲識諸幽。茅順甫云：荆公第一首誌銘，須看他頓挫紆徐，往往序事中伏議論，風神蕭颯處。又云：於序事中一一點綴，而風韻煥發，若順江流而看兩岸之山，古人所謂應接不暇。

王介甫太子太傅田公墓誌銘　○○

田氏故京兆人，後遷信都。晉亂，公皇祖太傅入於契丹。景德初，契丹寇澶州，略得數百人，以屬皇考太師。太師哀憐之，悉縱去，因自脱歸中國，天子以爲廷臣，積官至太子率府率以終。爲人沈悍篤實，不苟爲笑語。生八男子，多知名，而公爲長子。

公少卓犖有大志，好讀書，書未嘗去手，無所不讀，蓋亦無所不記。其爲文章，得紙筆立成，而閎博辨麗稱天下。初舉進士，賜同學究出身，不就。後數年，遂中甲科，補江寧府觀察推官，以母英國太夫人喪罷去。除喪，補楚州團練判官，用舉者監轉般倉，遷秘書省著作佐郎。又對賢良方正策爲第一，遷太常丞，通判江寧府。數上書言事，召還，將以爲諫官。

方是時，趙元昊反，夏英公、范文正公經略陝西，言臣等才力薄，使事恐不能獨辦，請得田某自佐。以公爲其判官，直集賢院、參都總管軍事。自真宗弭兵，至是且四十年，諸老將盡死，爲吏者不知兵法，師數陷敗，士民震恐。二公隨事鎮撫，其爲世所善，多公計策。大將有欲悉數路兵出擊賊者，朝廷許之矣，公極言其不可，乃止。又言所以治邊者十四事，多聽用。還爲右正言，判三司理欠憑由司，權修起居注，遂知制誥，判國子監。於是陝西用兵未已，人大困，以公副今宰相樞密副使韓公宣撫。自宣撫歸判三班院，而河北告兵食闕，又以公往視。而保州兵士殺通判，閉城爲亂，又以公爲龍圖閣直學士，知成德軍，真定府、定州安撫使，往執殺之。論功，遷起居舍人，又移秦鳳路都總管經略安撫使，知秦州。

遭太師喪，辭起復者久之，上使中貴人手敕趣公，公不得已，則乞歸葬然後起。既葬，託邊事求見上曰：「陛下以孝治天下，方邊鄙無事，朝廷不爲無人，而區區犬馬之心，尚不得自從，臣即死，知不瞑矣。」因泫然泣數行下。上視其貌甚瘠，又聞其言悲之，乃聽終喪。蓋帥臣得終喪自公始。

服除，以樞密直學士爲涇原路兵馬都總管，經略安撫使知渭州，遂自尚書禮部郎中，遷右諫議大夫，知成都府，充蜀、梓、利、夔路兵馬鈐轄。西南夷侵邊，公嚴兵憚之，而誘以恩信，即皆稽顙。蜀自王均、李順再亂，遂號爲易動，往者得便宜決事，而多擅殺以爲威，至雖小罪，猶并妻子遷出之蜀，流離顛頓，有以故死者。公拊循教誨，兒女子畜其人，至有甚惡，然後繩以法。蜀人愛公以繼張忠定，而謂公所斷治，爲未嘗有誤。歲大凶，寬賦減徭，發廩以救之，而無餓者。事聞，賜書獎諭，遷給事中，以守御史中丞，充理檢使。召焉，未至，以爲樞密直學士權三司使，既而又以爲龍圖閣學士、翰林學士，又遷尚書禮部侍郎，正其使號。

自景德會計，至公始復鉤考財賦，盡知其出入。於是入多景德矣，歲所出，乃或多於入。公以爲厚斂疾費如此，不可以持久。然欲有所埽除變更，興起法度，使百姓得完其蓄積，而縣官亦以有餘，在上與執政所爲，而主計者不能獨任也。故爲《皇祐會計録》上之，論其故，冀以寤上。上固恃公欲以爲大臣，居頃之，遂以爲樞密副使，又以檢校太傅充樞密使。公自常選數年，遂任事於時，及在樞密，爲之使，又超其正，天下皆以爲宜。顧尚有恨公得之晚者。

公行内修，於諸弟尤篤。爲人寬厚長者，與人語款款若恐不得當其意。至其有所守，人亦不能移也。自江寧歸，宰相私使人招之，公謝不往。及爲諫官，於小事近功，有所不言，獨常從容爲上言爲治大方而已。范文正公等，皆士大夫所望以爲公卿，而其位未副。公得閒，輒爲上言之，故文正公等，未幾皆見用。當是時，上數以天下事責大臣，慨然欲有所爲，蓋其志多自公發。公所設施，事趣可，功期成，因能任善，不必己出，不爲獨行異言，以峙聲名，故功利之在人者多，而事迹可記者止於如此。

嘉祐三年十二月，暴得疾，不能興。上聞悼駭，敕中貴人、太醫問視，疾加損輒以聞。公即辭謝求去位，奏至十四五，猶不許。而公求之不已，乃以爲尚書右丞，觀文殿學士，翰林侍讀學士，提舉景靈宫事，而公求去位終不已，於是遂以太子少傅致仕。致仕凡五年，疾遂篤，以八年二月乙酉薨於第，享年五十九。號推誠保德功臣，階特進，勳上柱國，爵開國京兆郡公，食邑三千五百户，實封八百户，詔贈公太子太傅，而賻賜之甚厚。

公諱況，字元均。皇曾祖諱祐，贈太保。皇祖諱行周，贈太傅。皇考諱延昭，贈太師。妻富氏，封永嘉郡夫人，今宰相河南公之女弟也。無男子，以弟之子至安爲主後。女子一人，尚幼。田氏自太師始占其家開封，而葬陽翟，故今以公從太師葬陽翟之三封鄉西吴里。於是公弟右贊善大夫洵來曰：「卜葬公，利四月甲午，請所以誌其壙者。」蓋公自佐江寧以至守蜀，在所輒興學，數親臨之以進諸生。某少也與公弟游，而公所進以爲可教者也，知公爲審。銘曰：

田室於姜，卒如龜祥。後其孫子，曠不世史，於宋繼顯，自公攸始。奮其華蕤，配實之美，乃發帝業，深宏卓煒。乃興佐時，宰飪調胹，文馴武克，内外隨施。亦有厚仕，孰無眾毁，公獨使彼，若榮豫己。維昔皇考，敢於活人，傳祉在公，不集其身。公又多譽，公宜難老，胡此殆疾，不終壽考。掩詩於幽，爲告永久。海峯先生云：直序作一氣奔瀉之勢，而中有提掇起伏，故情事屈曲，而氣勢直達。

王介甫荆湖北路轉運判官尚書屯田郎中劉君墓誌銘并序 〇

治平元年五月六日，荆湖北路轉運判官、尚書屯田郎中劉君，年五十四，以官卒。三年，卜十月某日，葬真州揚子縣蜀岡，而子洙以武寧章望之狀，來求銘。噫！余故人也。爲序而銘焉。序曰：

君諱牧，字先之。其先杭州臨安縣人。君曾大父諱彦琛，爲吴越王將有功，刺衢州，葬西安，於是劉氏又爲西安人。當太宗時，嘗求諸有功於吴越者録其後，而君大父諱仁祚，辭以疾。及君父諱知禮，又不仕，而鄉人稱爲君子。後以君故，贈官至尚書職方郎中。

君少則明敏，年十六，求舉進士不中，曰：「有司豈枉我哉！」乃多買書，閉户治之。及再舉，遂爲舉首。起家饒州軍事推官，與州將争公事，爲所擠，幾不免。及後將范文正公至，君大喜曰：「此吾師也！」遂以爲師。文正公亦數稱君，勉以學。君論議仁恕，急人之窮，於財物無所顧計，凡以慕文正公故也。弋陽富人，爲客所誣，將抵死，君得實，以告。文正公未甚信，然以君故，使吏雜治之。居數日，富人得不死。文正公由此愈知君，任以事。歲終，將舉京官，君以讓其同官有親而老者。文正公爲歎息許之，曰：「吾不可以不成君之善。」及文正公安撫河東，乃始舉君可治劇，於是君爲兗州觀察推官。又學《春秋》於孫復，與石介爲友。州旱蝗，奏便宜十餘事。其一事請通登、萊鹽商，至今以爲賴。

改大理寺丞，知大名府館陶縣。中貴人隨契丹使往來多擾縣，君視遇有理，人吏以無所苦。先是多盜，君用其黨推逐，有發輒得，後遂無爲盜者。詔集强壯刺其手爲義勇，多惶怖，不知所爲，欲走。君諭以詔意，爲言利害，皆就刺，欣然曰：「劉君不吾欺也。」留守稱其能，雖府事，往往咨君計策。用舉者通判廣信軍，以親老不行，通判建州。當是時，今河陽宰相富公，以樞密副使使河北，奏君掌機宜文字。保州兵士爲亂，富公請君撫視，君自長垣乘驛至其城下，以三日，會富公罷出，君乃之建州。方并屬縣諸里，均其徭役，人大喜，而遭職方君喪以去。通判青州，又以母夫人喪罷。又通判廬州。朝廷弛茶榷，以君使江西，議均其稅，蓋期年而後反。客曰：「平生聞君敏而敢爲，今濡滯若此何故也？」君笑曰：「是固君之所能易也，而我則不能。且是役也，朝廷豈以爲他？亦曰愛人而已。今不深知其利害，而苟簡以成之，君雖以吾爲敏，而人必有不勝其弊者。」及奏事皆聽，人果便之。除廣南西路轉運判官，於是修險阨，募丁壯，以減戍卒，徙倉便輸，考攝官功次，絶其行賕。居二年，凡利害無所不興廢。乃移荆湖北路，至踰月卒。家貧無以爲喪，自棺槨諸物，皆荆南士人爲具。

君娶江氏，生五男二女。男曰：洙、沂、汶，爲進士。洙以君故，試將作監主簿，餘尚幼。

初君爲范、富二公所知，一時士大夫争譽其材，君亦慨然自以當得意。已而迍邅流落，抑没於庸人之中。幾老矣，乃稍出爲世用。若將有以爲也，而既死。此愛君者所爲恨惜，然士之赫赫爲世所願者可睹矣。以君始終得喪相除，亦何負彼之有？銘曰：

嗟乎劉君！宜壽而顯。何畜之久，而施之淺？雖或止之，亦或使之。唯其有命，故止於斯。

王介甫泰州海陵縣主簿許君墓誌銘 〇〇

君諱平，字秉之，姓許氏。余嘗譜其世家，所謂今泰州海陵縣主簿者也。

君既與兄元相友愛稱天下，而自少卓犖不羈，善辨説，與其兄俱以智略爲當世大人所器。寶元時，朝廷開方略之選，以招天下異能之士，而陝西大帥范文正公、鄭文肅公，争以君所爲書以薦。於是得召試爲太廟齋郎，已而選泰州海陵縣主簿。貴人多薦君有大才，可試以事，不宜棄之州縣。君亦常慨然自許，欲有所爲，然終不得一用其智能以卒。噫！其可哀也已。

士固有離世異俗，獨行其意，罵譏、笑侮、困辱而不悔。彼皆無衆人之求，而有所待於後世者也，其齟齬固宜。若夫智謀功名之士，窺時俯仰，以赴勢物之會，而輒不遇者，乃亦不可勝數。辨足以移萬物，而窮於用説之時；謀足以奪三軍，而辱於右武之國。此又何説哉？嗟乎！彼有所待而不悔者，其知之矣。

君年五十九，以嘉祐某年某月某甲子，葬真州之揚子縣甘露鄉某所之原。夫人李氏。子男瓌，不仕；璋，真州司户參軍；琦，太廟齋郎；琳，進士。女子五人，已嫁二人，進士周奉先，泰州泰興令陶舜元。銘曰：

有拔而起之，莫擠而止之。嗚呼許君！而已於斯，誰或使之？海峯先生云：以議論行序事，而感歎深摯，跌蕩昭朗。荆公此等誌文最可愛。鼐按：《宋史·許元傳》元固趨勢之士，平蓋亦非君子，故介甫語含譏刺。

王介甫王深甫墓誌銘 〇〇

吾友深父，書足以致其言，言足以遂其志，志欲以聖人之道爲己任，蓋非至於命弗止也。故不爲小廉曲謹，以投衆人耳目，而取舍、進退、去就，必度於仁義。世皆稱其學問文章行治，然真知其人者不多，而多見謂迂闊，不足趣時合變。嗟乎！是乃所以爲深父也。令深父而有以合乎彼，則必無以同乎此矣。

嘗獨以謂天之生夫人也，殆將以壽考成其才，使有待而後顯，以施澤於天下。或者誘其言以明先王之道，覺後世之民。嗚呼！孰以爲道不任於天，德不酬於人？而今死矣！甚哉聖人君子之難知也！以孟軻之聖，而弟子所願止於管仲、晏嬰，況餘人乎？至於揚雄，尤當世之所賤簡，其爲門人者，一侯芭而已。芭稱雄書以爲勝《周易》，《易》不可勝也，芭尚不爲知雄者。而人皆曰：古之人生無所遇合，至其没久而後世莫不知。若軻、雄者，其没皆過千歲，讀其書，知其意者甚少，則後世所謂知者，未必真也。夫此兩人以老而終，幸能著書，書具在，然尚如此。嗟乎深父！其智雖能知軻，其於爲雄，雖幾可以無悔，然其志未就，其書未具，而既早死，豈特無所遇於今，又將無所傳於後。天之生夫人也而命之如此，蓋非余所能知也。

深父諱回，本河南王氏。其後自光州之固始，遷福州之侯官，爲侯官人者三世。曾祖諱某，某官。祖諱某，某官。考諱某，尚書兵部員外郎。兵部葬潁州之汝陰，故今爲汝陰人。深父嘗以進士補亳州衛真縣主簿，歲餘自免去。有勸之仕者，輒辭以養母。其卒以治平二年七月二十八日，年四十三。於是朝廷用薦者，以爲某軍節度推官，知陳州南頓縣事，書下而深父死矣。夫人曾氏，先若干日卒。子男一人，某。女二人，皆尚幼。諸弟以某年某月某日，葬深父某縣某鄉某里，以曾氏祔。銘曰：

嗚呼深父！維德之仔肩，以迪祖武。厥艱荒遐，力必踐取。莫吾知庸，亦莫吾侮。神則尚反，歸形此土。

王介甫建安章君墓誌銘　〇〇

君諱友直，姓章氏。少則卓越自放不羈，不肯求選舉，然有高節大度過人之材。其族人郇公爲宰相，欲奏而官之，非其好不就也。自江淮之上，海嶺之閒，以至京師，無不游。將相大人豪傑之士，以至閭巷庸人小子，皆與之交際，未嘗有所忤，莫不得其歡心。卒然以是非利害加之，而莫能見其喜慍。視其心，若不知富貴貧賤之可以擇而取也，頹然而已矣。昔列禦寇、莊周，當文、武末世，哀天下之士，沈於得喪，陷於毀譽，離性命之情，而自託於人僞，以争須臾之欲，故其所稱述，多所謂天之君子。若君者似之矣。

君讀書通大指，尤善相人，然諱其術，不多爲人道之。知音樂、書畫、弈碁，皆以知名於一時。皇祐中，近臣言君文章，善篆，有旨召試，君辭焉。於是太學篆石經，又言君善篆，與李斯、陽冰相上下，又召君，君即往。經成，除試將作監主簿，不就也。嘉祐七年十一月甲子，以疾卒於京師，年五十七。娶辛氏，生二男：存、孺爲進士。五女子：其長嫁常州晉陵縣主簿侍其疇，早卒，疇又娶其中女；次適蘇州吴縣黄元；二人未嫁。

君家建安者五世，其先則豫章人也。君曾祖考諱某，仕江南李氏，爲建州軍事推官。祖考諱某，皇著作佐郎，贈工部尚書。考諱某，京兆府節度判官。君以某年某月某甲子，葬潤州丹陽縣金山之東園。銘曰：

弗續弗雕，弗跂以爲高。俯以狎於野，仰以游於朝。中則有實，視銘其昭。海峯先生云：其來如春水之驟至，故佳。

王介甫孔處士墓誌銘　〇

先生諱旼，字寧極，睦州桐廬縣尉諱詢之曾孫，贈國子博士諱延滔之孫，尚書都官員外郎諱昭亮之子。自都官而上至孔子，四十五世。

先生嘗欲舉進士，已而悔曰：「吾豈有不得已於此邪？」遂居於汝州之龍興山，而上葬其親於汝。汝人争訟之不可平者，不聽有司，而聽先生之一言；不羞犯有司之刑，而以不得於先生爲耻。慶曆七年，詔求天下行義之士，而守臣以先生應詔。於是朝廷賜之米帛，又敕州縣除其雜賦。嘉祐二年，近臣多言先生有道德可用，而執政度以爲不肯屈，除守祕書省校書郎致仕。四年，近臣又多以爲言，乃召以爲國子監直講。先生辭，乃除守光禄寺丞致仕。五年，大臣有請先生爲其屬縣者，於是天子以知汝州龍興縣事。先生又辭，未聽，而六月某日，先生終於家，年六十七。大臣有爲之請命者，乃特贈太常丞。至七年月日，弟曠葬先生於堯山都官之兆，而以夫人李氏祔。李氏故大理評事昌符之女，生一女，嫁爲士人妻，而先物故。

先生事父母至孝，居喪如禮。遇人恂恂，雖僕奴不忍以辭氣加焉。衣食與田桑有餘，輒以賙其鄉里，貸而後不能償者，未嘗問也。未嘗疑人，人亦以故不忍欺之。而世之傳先生者多異，學士大夫有知而能言者，蓋先生孝弟忠信，無求於世，足以使其鄉人畏服之如此，而先生未嘗爲異也。先生博學，尤喜《易》，未嘗著書，獨《大衍》一篇傳於世。考其行治，非有得於内，其孰能致此耶？

當漢之東徙，高守節之士，而亦以故成俗，故當世處士之聞，獨多於後世。乃至於今，知名爲賢而處者，蓋亦無有幾人。豈世之所不尚，遂湮没而無聞？抑士之趨操，亦有待於世邪？若先生固不爲有待於世，而卓然自見於時，豈非所謂豪傑之士者哉！其可銘也已。銘曰：

有人而不出，以身易物；有往而不反，以私其佚。嗚呼先生！好潔而無尤，匪佚之爲私，維志之求。

王介甫祕閣校理丁君墓誌銘 〇〇

朝奉郎、尚書司封員外郎，充祕閣校理、新差通判永州軍州，兼管内勸農事，上輕車都尉，賜緋魚袋，晉陵丁君卒。臨川王某曰：「噫！吾僚也。方吾少時，輔我以仁義者。」乃發哭弔其孤，祭焉，而許以銘。越三月，君壻以狀至，乃敘銘赴其葬。

敘曰：君諱寶臣，字元珍。少與其兄宗臣，皆以文行稱鄉里，號爲「二丁」。景祐中，皆以進士起家。君爲峽州軍事判官，與廬陵歐陽公游，相好也。又爲淮南節度掌書記。或誣富人以博，州將，貴人也，猜而專，吏莫敢議，君獨力争正其獄。又爲杭州觀察判官，用舉者，兼州學教授，又用舉者，遷太子中允，知越州剡縣。蓋其始至，流大姓一人，而縣遂治，卒除弊興利甚衆，人至今言之。於是再遷爲太常博士，移知端州。儂智高反，攻至其治所。君出戰，能有所捕斬，然卒不勝，乃與其州人皆去而避之，坐免一官，徙黄州。會恩，除太常丞，監湖州酒。又以大臣有解舉者，遷博士，就差知越州諸暨縣。其治諸暨如剡，越人滋以君爲循吏也。英宗即位，以尚書屯田員外郎，編校祕閣書籍，遂爲校理，同知太常禮院。

君直質自守，接上下以恕。雖貧困，未嘗言利。於朋友故舊，無所不盡。故其不幸廢退，則人莫不憐；少進也，則皆爲之喜。居無何，御史論君嘗廢矣，不當復用，遂出通判永州，世皆以咎言者謂爲不宜。夫敺未嘗教之卒，臨不可守之城，以戰虎狼百倍之賊，議今之法，則獨可守死爾；論古之道，則有不去以死，有去之以生。吏方操法以責士，則君之流離窮困，幾至老死，尚以得罪於言者，亦其理也。

君以治平三年，待闕於常州，於是再遷尚書司封員外郎，以四年四月四日卒，年五十八。有文集四十卷。明年二月二十九日，葬於武進縣懷德北鄉郭莊之原。

君曾祖諱輝，祖諱諒，皆弗仕。考諱柬之，贈尚書工部侍郎。夫人饒氏，封晉陵縣君，前死。子男隅，太廟齋郎；除、隮爲進士；其季恩兒尚幼。女嫁祕書省著作佐郎、集賢校理同縣胡宗愈，其季未嫁，嫁胡氏者亦又死矣。銘曰：

文於辭爲達，行於德爲充。道於古爲可，命於今爲窮。嗚呼已矣！卜此新宫。

王介甫叔父臨川王君墓誌銘 ○

孔子論天子、諸侯、卿大夫、士、庶人之孝，固有等矣。至其以事親爲始，而能竭吾才，則自聖人至於士，其可以無憾焉一也。

余叔父諱師錫，字某。少孤則致孝於其母，憂悲愉樂，不主於己，以其母而已。學於他州，凡被服、飲食、玩好之物，苟可以慼吾母而力能有之者，皆聚以歸，雖甚勞窘，終不廢。豐其母以及其昆弟、姑姊妹，不敢愛其力之所能得；約其身以及其妻子，不敢慊其意之所欲爲。其外行，則自鄉黨鄰里，及其嘗所與遊之人，莫不得其歡心。其不幸而蚤死也，則莫不爲之悲傷歎息。夫其所以事親能如此，雖有不至，其亦可以無憾矣。

自庠序聘舉之法壞，而國論不及乎閨門之隱，士之務本者，常詘於浮華淺薄之材，故余叔父之卒，年三十七，數以進士試於有司，而猶不得禄賜以寬一日之養焉。而世之論士也，以苟難爲賢，而余叔父之孝，又未有以過古之中制也，以故世之稱其行者亦少焉。蓋以叔父自爲，則由外至者，吾無意於其間可也。自君子之在勢者觀之，使爲善者不得職而無以成名，則中材何以勉焉？悲夫！

叔父娶朱氏。子男一人，某。女子一人，皆尚幼。其葬也，以至和四年，祔於真州某縣某鄉銅山之原，皇考諫議公之兆。爲銘，銘曰：

天孰爲之？窮孰爲之？爲吾能爲，已矣無悲！

王介甫兵部員外郎馬君墓誌銘　〇〇

馬君諱遵，字仲塗，世家饒州之樂平。舉進士，自禮部至於廷，書其等皆第一。守祕書省校書郎，知洪州之奉新縣，移知康州。當是時，天子更置大臣，欲有所爲，求才能之士，以察諸路，而君自大理寺丞，除太子中允，福建路轉運判官。以憂不赴。憂除，知開封縣，爲江淮、荆湖、兩浙制置發運判官。於是君爲太常博士，朝廷方尊寵其使事以監六路，乃以君爲監察御史，又以爲殿中侍御史，遂爲副使。已而還之臺，以爲言事御史。至則彈宰相之爲不法者，宰相用此罷，而君亦以此出知宣州。至宣州一日，移京東路轉運使，又還臺爲右司諫，知諫院。又爲尚書禮部員外郎，兼侍御史，知雜事，同判流内詮。數言時政，多聽用。

始君讀書，即以文辭辨麗稱天下。及出仕，所至號爲辨治。論議條鬯，人反覆之而不能窮。平居頹然，若與人無所諧。及遇事有所建，則必得其所守。開封常以權豪請託不可治，客至有所請，君輒善遇之無所拒。客退視其事，一斷以法。居久之，人知君之不可以私屬也，縣遂無事。及爲諫官御史，又能如此。於是士大夫歎曰：「馬君之智，蓋能時其柔剛以有爲也。」

嘉祐二年，君以疾求罷職以出，至五六，乃以爲尚書吏部員外郎，直龍圖閣，猶不許其出。某月某甲子，君卒，年四十七。天子以其子某官某爲某官，又官其兄子持國某官，夫人某縣君鄭氏。以某年某月某甲子，葬君信州之弋陽縣歸仁鄉褭沙之原。

君故與余善，余嘗愛其智略，以爲今士大夫，多不能如。惜其不得盡用，亦其不幸早世，不終於貴富也。然世方懲尚賢任智之弊，而操成法以一天下之士，則君雖壽考，且終於貴富，其所畜亦豈能盡用哉？嗚呼！可悲也已。

既葬，夫人與其家人謀，而使持國來以請曰：「願有紀也，使君爲死而不朽。」乃爲之論次而繫之以辭曰：歸以才能兮，又予以時。投之遠塗兮，使騄而馳。前無禦者兮，後有推之，忽稅不駕兮，其然奚爲？哀哀煢婦兮，孰慰其思？墓門有石兮，書以余辭。海峯先生云：序次與田太傅同一機法。

王介甫贈光禄少卿趙君墓誌銘 ○○

儂智高反廣南，攻破諸州，州將之以義死者二人，而康州趙君，余嘗知其爲賢者也。

君用叔祖蔭，試將作監主簿，選許州陽翟縣主簿，潭州司法參軍。數以公事抗轉運使，連劾奏君，而州將爲君訟於朝，以故得無坐。用舉者爲温州樂清縣令，又用舉者就除寧海軍節度推官，知衢州江山縣。斷治出己，當於民心，而吏不能得民一錢，棄物道上，人無敢取者。余嘗至衢州，而君之去江山蓋已久矣，衢人尚思君之所爲，而稱説之不容口。又用舉者改大理寺丞知徐州彭城縣。祀明堂恩，改太子右贊善大夫，移知康州。至二月而儂智高來攻，君悉其卒三百以戰，智高爲之少郤。至夜，君顧夫人取州印佩之，使負其子以匿，曰「明日賊必大至，吾知不敵，然不可以去，汝留死無爲也」。明日戰不勝，遂抗賊以死。於是君年四十二。兵馬監押馬貴者，與卒三百人亦皆死，而無一人亡者。初君戰時，馬貴惶擾，至不能食飲，君獨飽如平時。至夜，貴臥不能著寢，君即大鼾，比明而後寤。夫死生之故亦大矣，而君所以處之如此。嗚呼！其於義與命，可謂能安之矣。

君死之後二日，而州司理譚必始爲之棺斂。又百日而君弟至，遂護其喪歸葬。至江山，江山之人，老幼相攜扶祭哭，其迎君喪有數百里者。而康州之人，亦請於安撫使，而爲君置屋以祠。安撫使以君之事聞天子，贈君光禄少卿，官其一子覲右侍禁，官其弟子試將作監主簿，又以其弟潤州録事參軍師陟，爲大理寺丞，簽書泰州軍事判官廳公事。

君諱師旦，字潛叔，其先單州之成武人。曾祖諱晟，贈太師。祖諱和，尚書比部郎中，贈光禄少卿。考諱應言，太常博士，贈尚書屯田郎中。自君之祖，始去成武而葬楚州之山陽，故今爲山陽人。而君弟以嘉祐五年正月十六日，葬君山陽上鄉仁和之原。於是夫人王氏亦卒矣，遂舉其喪以祔。銘曰：

可以無禍，有功於時。玩君安榮，相顧莫爲。誰其視死，高蹈不疑？嗚呼康州！銘以昭之。茅順甫云：此篇如秋水可掬。又云：王公文斂散曲折處有法，皆得之天授，非人所及。

王介甫大理丞楊君墓誌銘 ○

君諱忱，字明叔，華陰楊氏子。少卓犖，以文章稱天下。治《春秋》，不守先儒傳注，資他經以佐其説，其説超厲卓越，世儒莫能難也。及爲吏，披姦發伏，振擿利害，大人之以聲名權勢驕士者，常逆爲君自絀。蓋君有以過人如此。然峙其能，奮其氣，不治防畛以取通於世，故終於無所就以窮。

初君以父蔭守將作監主簿，數舉進士不中。數上書言事，其言有衆人所不敢言者。丁文簡公且死，爲君求職，君辭焉。復用大臣薦，召君試學士院，又久之不就。積官至朝奉郎，行大理寺丞，通判河中府事，飛騎尉。而坐小法，絀監蘄州酒税，未赴，而以嘉祐七年四月辛巳，卒於河南，享年三十九。顧言曰：「焚吾所爲書無留也，以柩從先人葬。」八年四月辛卯，從其父葬河南府洛陽縣平樂鄉張封村。

君曾祖諱津。祖諱守慶，坊州司馬，贈尚書左丞。父諱偕，翰林侍讀學士，以尚書工部侍郎致仕，特贈尚書兵部侍郎。娶丁氏，清河縣君，尚書右丞度之女。子男兩人：景略，守太常寺太祝，好書學能自立；景彦，早卒。君有文集十卷，又别爲《春秋正論》十卷，

《微言》十卷，《通例》二十卷。銘曰：

芒乎其孰始，以有厥美？昧乎其孰止，以終於此？納銘幽宫，以慰其子。

古文辭類纂四十九終

碑誌類下編九

王介甫尚書屯田員外郎仲君墓誌銘 ○

君仲氏，諱訥，字樸翁，廣濟軍定陶人。曾祖諱環，祖諱祚，皆弗仕。而至君父諱尹，始仕至曹州觀察支使，贈右贊善大夫。

君景祐元年進士，起家莫州防禦推官。年少初官，然上下無敢易者。時傳契丹且大擾邊，朝廷使中貴人來問，知州張崇俊未知所對。君策契丹無他爲，具奏論之。崇俊喜曰：「朝廷必知非吾能爲此，然亦當善我能聽用君也。」又權博州防禦判官，以母夫人喪去。去三年，復權明州節度推官。縣送海賊數十人，獄具矣，君獨疑而辨之，數十人者皆得雪。用舉者改大理寺丞，知大名府清平、邛州臨溪兩縣，又通判解州。於是三遷爲尚書屯田員外郎，而以皇祐五年十二月二十一日卒，年五十五。

君厚重有大志，不妄言笑，喜讀書，爲古文章，晚而尤好爲詩，詩尤稱於世。所在有聲績，然直道自信，於權貴人不肯有所屈，故好者少，然亦多知其非常人也。其在越、蜀，士多從之學。當寶元、康定閒，言者喜論兵，然計不過攻守而已，君獨推《書》所謂「食哉惟時，柔遠能邇，惇德允元，而難任人，蠻夷率服」，爲《禦戎議》二篇。嗟乎！此流俗所羞以爲迂而弗言者也，非明於先王之義，則孰知夫中國安富尊强之爲必出於此？君知此矣，則其自信不屈，宜以有所負而然，惜乎其未試也。

君初娶王氏，尚書駕部郎中蘭之女。又娶李氏，尚書虞部員外郎宋卿之女。三男子：伯達爲太常博士，次伯適、伯同爲進士。三女子：嫁殿中丞任庾，并州交城縣尉崔絳，興元府户曹參軍任膺。博士以熙寧元年十一月二十一日，葬君於定陶之閔邱縣，而以余之聞君也，來求銘。銘曰：

於戲朴翁，天偶人畸。翔其德音，而躓於時。

王介甫廣西轉運使蘇君墓誌銘 ○

慶曆五年，河北都轉運使、龍圖閣直學士信都歐陽修，以言事切直，爲權貴人所怒，因其孤甥女子有獄，誣以姦利事。天子使三司户部判官、太常博士武功蘇君，與中貴人雜治。當是時，權貴人連内外諸怨惡修者，爲惡言，欲傾修鋭甚。天下洶洶，必修不能自脱。

蘇君卒白上曰：「修無罪，言者誣之耳。」於是權貴人大怒，誣君以不直，絀使爲殿中丞，泰州監税。然天子遂寤，言者不得意，而修等皆無恙。蘇君以此名聞天下。嗟乎！以忠爲不忠，而誅不當於有罪，人主之大戒。然古之陷此者相隨屬，以有左右之讒，而無如蘇君之救，是以卒至於敗亡而不寤。然則蘇君一動，其功於天下豈小也哉！蘇君既出逐，權貴人更用事。凡五年之閒，再赦，而君六徙，東西南北，水陸奔走輒萬里。其心恬然，無有怨悔。遇事强果，未嘗少屈。蓋孔子所謂剛者，殆蘇君矣。

君又嘗通判陝府。當葛懷敏之敗，邊告急，樞密使使取道路戍還之卒，再戍儀、渭。於是延州還者千人，至陝，聞再戍，大恐，即讙，聚謀爲變。吏白閉城，城中無一人敢出。君徐以一騎出卒閒，諭慰止之，而以便宜還使者。戍卒喜曰：「微蘇君，吾不得生。」陝人曰：「微蘇君，吾其掠死矣。」有令刺陝西之民以爲兵，敢亡者死。既而亡者得，有司治之以死，而君輒縱去，言上曰：「令民以死者，爲事不集也。事集矣，而亡者猶不赦，恐其衆相聚而爲盜。惟朝廷幸哀憐愚民，使得自反。」天子以君言爲然，而三十州之亡者皆不死。其後知坊州，州税賦之無歸者，里正代爲之輸，歲弊大家數十，君悉鉤治使歸其主。坊人不憂爲里正，自蘇君始也。

蘇君諱安世，字夢得。其先武功人。後徙蜀，蜀亡，歸於京師，今爲開封人也。曾大考諱進之，率府副率。大考諱繼，殿直。考諱咸熙，贈都官郎中。君以進士起家三十二年，方侍郎云：起家，自家起而尊用也。自荆公誤用，而明代人遂有云以《尚書》起家，以《毛詩》起家者。鼐按：在家曰居，出仕曰起，非必尊用也。曰起家三十二年，猶言仕三十二年，爾義自可通。不可以明人之誤，而追貶荆公也。其卒年五十九。爲廣西轉運使，而官止於屯田員外郎者，以君十五年不求磨勘也。君娶南陽郭氏，又娶清河某氏。子四人：台文，永州推官；祥文，太廟齋郎；炳文，試將作監主簿；彦文，未仕。女子五人：適進士會稽江松，單州魚臺縣尉江山趙揚，三人尚幼。君既卒之三年，嘉祐二年十月庚午，其子葬君揚州之江都東興寧鄉馬坊村。而太常博士知常州軍州事臨川王安石，爲之銘曰：

皇有四極，周綏以福。使維蘇君，奠我南服。亢亢蘇君，不圓其方，不晦其明，君子之剛。其枉在人，我得吾直。誰懟誰愠？祇天之役。日月有丘，其下冥冥，昭君無窮，安石之銘。王銍《默記》云：歐陽文忠慶曆中爲諫官，鋭意言事，大忤權貴，除修起居注，知制誥，未幾以龍圖閣直學士，爲河北部運，令内侍供奉官王昭明同往相度河事。公言侍從出使，故事無内臣同行之理，臣實恥之。朝廷從之。會公孫張氏幼孤，鞠育於家，嫁姪晟，與僕陳諫犯姦，事發，鞠於開封府右軍巡院。張懼罪，圖自解免，語引及公。軍巡判官著作佐郎孫揆止勘張與諫通事，不復枝蔓。宰相聞之，怒，再命太常博士三司户部判官蘇安世勘之，又差王昭明者監勘。蓋以公前事，欲令釋憾也。昭明至獄，見安世所勘案牘，駭曰：「昭明在官家左右，無三日不説歐陽修，今省判所勘，乃迎合宰相意，加以大惡，異日昭明喫劍不得。」安世聞之，大懼，竟不易揆所勘，但劾歐公用張氏貲買田産立户事，奏之。宰相大怒，公既降知制誥，知滁州，而安世坐牒三司取録問人吏不聞奏，降殿中丞、泰州監税，昭明降壽春監税。其後王荆公爲蘇安世埋銘，盛稱能回此獄，而世殊不知揆守之於前，昭明主之於後，使安世不能有變改迎合也。則二人可謂奇士矣！

王介甫臨川吴子善墓誌銘 ○

臨川吴氏，有子興宗，字子善。年二十喪母，而其父以生事付之，則先日出以作，後日入以息。日午矣，家一人未飯，其夫婦必尚空腹；天寒矣，家一人未纊，其夫婦必尚單衣。蓋如此者二十年，而父終，三十年而已死。凡嫁五妹，辦數喪，又以其筋力之餘，及於鄉黨。苟有故，必我勞人佚，先往後歸。而尤篤於友愛，見弟有過，則顔色愈温，須飲酒歡極之閒，乃微示以意。既而即泣下，曰：「吾親屬我以汝，吾所以不避艱險者，保汝而已。」其弟終感悟悔改爲善士，以文學名於世。此待其弟乃爾，若於他人，則絶口不涉其非。然里中少年聞其謦欬之音，往往逃匿，若匿不及，則俛首恐愧。而嘗有所絓，一至訟庭，及著械，同絓數十人，爲之皆哭，掌獄者驚起白守，守立免焉，其見畏愛多此類。某謂其父爲諸舅，甚知其所爲，故於其弟子經孝宗之求誌以葬也，爲道而不辭。

子善嘗應進士舉，後專於耕養，遂不復應。其死以治平四年八月九日，而十二月十五日，與其母黄氏，共葬於靈源村父墓之域中。父諱偃，亦有行義，用疾弗仕。祖諱表微，尚書屯田員外郎。曾相諱英，殿中丞。初妻姓王氏，一男良弼，皆前卒。再娶楊氏，生蕘、适、枉，蕘始九歲。而四女，幼者一歲云。

王介甫葛興祖墓誌銘　○

許州長社縣主簿葛君，諱良嗣，字興祖。其先處州之麗水人，而興祖之父，徙居明州之鄞，興祖葬其父潤州之丹徒，故今又爲丹徒人矣。曾大父諱遇，不仕。大父諱旴，贈尚書都官郎中。父諱源，以尚書度支郎中，終仁宗時。度支君三子，當天聖、景祐之閒，以文有聲，赫然進士中。先人嘗受其摯，閲之終篇，而屢歎葛氏之多子也。既而三子者，伯、仲皆蚤死，獨其季在，即興祖。

興祖博知多能，數舉進士，角出其上。而刻勵修潔，篤於親友，慨然欲有所爲以效於世者也。年四十餘，始以進士出仕州縣。餘十年，而卒窮於無所遇以死。嗟乎！命不可控引，而才之難恃以自見蓋久矣。然興祖於仕未嘗苟，聞人疾苦，欲去之如在己。其臨視雖細故，人不以屬耳目者，必皆致其心。論者多怪之，曰興祖且老矣，弊於州縣，而服勤如此。余曰：「是乃吾所欲於興祖。夫大仕之則奮，小仕之則怠忽以不治，非知德者也。」興祖聞之，以余之言爲然。

興祖娶胡氏，又娶鄭氏，其卒年五十三，實治平二年三月辛巳。其葬以胡氏祔，在丹徒之長樂鄉顯揚村，即其年十一月某甲子也。興祖，三男子：虆、蘊皆有文學，虆許州臨潁縣主簿，蘊鄧州穰縣主簿，蘋尚幼也。四女子，皆未嫁云。銘曰：

蹇於仕以爲人尤，不憖施以年，孰主孰謀？無大憾於德，又將何求？

王介甫金溪吴君墓誌銘 ○

君和易罕言，外如其中，言未嘗極人過失。至論前世善惡，其國家存亡、治亂、成敗所繇，甚可聽也。嘗所讀書甚衆，尤好古而學其辭，其辭又能盡其議論。年四十三，四以進士試於有司，而卒困於無所就。其葬也，以皇祐六年某月日，撫州之金溪縣歸德鄉石廩之原，在其舍南五里。當是時，君母夫人既老，而子世隆、世範皆尚幼。三女子，其一卒，其二未嫁云。

嗚呼！以君之有，與夫世之貴富而名聞天下者計焉，其獨歉彼耶？然而不得禄以行其意，以祭以養以遺其子孫以卒，此其士友之所以悲也。夫學者將以盡其性，盡性而命可知也。知命矣，於君之不得意，其又何悲耶？銘曰：

蕃君名，字彦弼，氏吴其先自姬出。以儒起家世冕黻，獨成之難幽以折，厥銘維甥訂君實。

王介甫僊源縣太君夏侯氏墓碣 ○

僊源縣太君夏侯氏，濟州鉅野人。尚書駕部員外郎諱晟之子，翰林侍讀學士、尚書户部侍郎譙公諱嶠之孫，贈太子太師諱浦之曾孫，尚書兵部員外郎、知制誥、知鄧州軍州事陽夏公謝氏諱絳之夫人，太常博士、通判汾州軍州事景初之母，年二十三卒。後五年，葬杭州之富陽。於是時，陽夏公爲太常丞祕閣校理，博士生五歲矣，而其女兄一人亦幼。又十五年康定二年，博士舉夫人如鄧，以合於陽夏公之墓，而臨川王某書其碣曰：

夫人以順爲婦，而交族親以謹；以嚴爲母，而撫媵御以寬。陽夏公之名，天下莫不聞，而曰「吾不以家爲恤六年於此者，夫人之相我也」。故於其卒，聞者欲其有後，而夫人之子果以才稱於世。嗚呼！陽夏公之事在太史，雖無刻石，吾知其不朽矣。若夫夫人之善，不有以表之隧上，其能與公之烈相久而傳乎？此博士所以屬予之意也。予讀《詩》，惟周士大夫侯公之妃，修身飭行，動止以禮，能輔佐勸勉其君子，而王道賴以成，蓋其法度之教非一日，而其習俗不得不然也。及至後世，自當世所謂賢者，於其家不能以獨化，而夫人卓然如此，惜乎其蚤世也。顧其行治，雖列之於風以爲後世觀，豈愧也哉！

王介甫曾公夫人萬年太君黄氏墓誌銘 〇

夫人江寧黄氏，兼侍御史知永安場諱某之子，南豐曾氏贈尚書，水部員外郎諱某之婦，贈諫議大夫諱某之妻。凡受縣君封者四：蕭山、江夏、遂昌、雒陽。受縣太君封者二：會稽、萬年。男子四，女子三。以慶曆四年某月日，卒於撫州，壽九十有二。明年某月，葬於南豐之某地。

夫人十四歲無母，事永安府君至孝，修家事有法。二十三歲歸曾氏，不及舅水部府君之養，以事永安之孝事姑陳留縣君，以治父母之家治夫家。事姑之黨，稱其所以事姑之禮。事夫與夫之黨，若嚴上然。眎子慈，眎子之黨若子然。每自戒不處白人善否。有問之曰：「順爲正，婦道也，吾勤此而已。處白人善否，靡靡然爲聰明，非婦人宜也。」以此爲女與婦，其傳而至於没，與爲女婦時弗差也。故内外親，無老幼疎近，無智不能，尊者皆愛，輩者皆附，卑者皆慕之。爲女婦在其前者，多自歎不及，後來者皆曰可矜法也。其言色在視聽，則皆得所欲，其離别則涕洟不能捨。有疾皆憂，及喪來弔哭，皆哀有餘。於戲！夫人之德如是，是宜有銘者。銘曰：

女子之德，煦願疑「愿」。愉愉。教墮弗行，婦妾乘夫，趨爲亢厲，勵之顓愚。猗嗟夫人，惟德之經，媚於族姻，柔色淑聲。其究女初，不傾不盈，誰疑不信？來監於銘。

王介甫僊居縣太君魏氏墓誌銘 ○

臨川王某曰：俗之壞久矣。自學士大夫，多不能終其節，況女子乎？當是時，僊居縣太君魏氏，抱數歲之孤，專屋而閒居，躬爲桑麻以取衣食。窮苦困阨久矣，而無變志。卒就其子以能有家，受封於朝，而爲里賢母。嗚呼！其可銘也。於其葬，爲序而銘焉。

序曰：

魏氏其先江寧人。太君之曾祖諱某，光禄寺卿。祖諱某，池州刺史。考諱某，太子諭德，皆江南李氏時也。李氏國除，而諭德易名居中，退居於常州。以太君爲賢，而選所嫁，得江陰沈君諱某，曰「此可以與吾女矣」。於是時太君年十九，歸沈氏。歸十年，生兩子，而沈君以進士甲科，爲廣德軍判官以卒。太君親以《詩》、《論語》、《孝經》教兩子。兩子就外學時，數歲耳，則已能誦此三經矣。其後子迥爲進士，子遵爲殿中丞，知連州軍州，而太君年六十有四，以終於州之正寢，時皇祐二年六月庚辰也。嘉祐二年十二月庚申，兩子葬太君江陰申港之西懷仁里。於是遵爲太常博士，通判建州軍州事，而沈君贈官至太常博士。銘曰：

山朝於蹟，其下惟谷。續我博士，夫人之淑。其淑維何？博士其家。二子翼翼，萼跗其華。詵詵諸孫，其實其葩。孰云其昌？其始萌芽。皇有顯報，曰維在後。碩大蕃衍，封牲以告。視銘考施，夫人之效。

王介甫鄭公夫人李氏墓誌銘 ○

尚書祠部郎中、贈户部侍郎安陸鄭公諱紓之夫人，追封汝南郡太君李氏者，尚書駕部郎中、贈衛尉卿文蔚之子也，光州僊居縣令，贈工部員外郎諱岵之孫。以祥符九年嫁，至天聖九年，年三十二，以八月壬辰，卒於其夫爲安州應城縣主簿之時。後三十七年，爲熙寧元年八月庚申，祔於其夫安陸太平鄉進賢里之墓。於是夫人兩子：獬爲祕書丞，知潭州攸縣；獬爲翰林學士，尚書兵部員外郎，知制誥。一女子，嫁郊社齋郎張蒙山。

夫人敏於德，詳於禮，事皇姑稱孝，内諧外附，上下裕如。鄭公大姓，嘗以其富主四方之游士。至侍郎則始貧而專於學，夫人又故富家，盡其資以助賓祭。補紉澣濯，饎爨朝夕。人有不任其勞苦，夫人歡終日，如未嘗貧。故侍郎亦以自安於困約之時，如未嘗富。鄭氏蓋將日顯矣，而夫人不及其顯禄。嗚呼！良可悲也。於其葬，臨川人王某爲銘曰：

於嗟夫人！歸孔時兮。窈其爲德，婉有儀兮。命云如何，壯則萎兮。烝烝令子，悲慕思兮。有嚴葬祔，祭配祇兮。告哀無窮，銘此詩兮。

古文辭類纂卷五十終

古文辭類纂

下

〔清〕姚鼐編

黄鳴標點

中華書局

碑誌類下編十

歸熙甫亡友方思曾墓表 ○○

余友方思曾之殁，適島夷來寇，權厝於某地。已而其父長史公官四方，子昇幼，不克葬。某年月日，始祔於其祖侍御府君之墓。來請其墓上之文，亦以葬未有期，不果爲。至是始畀其子昇，俾勒之於石。

蓋天之生材甚難，其所以成就之尤難。夫其生之者，率數千百人之中得一人而已耳。而其一人者果出於數千百人之中，則其所處必有以自異，而不肯同於數千百人之爲。而其所值又有以激之，是以不克安居徐行以遽入於中庸之道，則天之所以成材者其果尤難也。思曾少負奇逸之姿，年二十餘，以《禮經》爲經闈首薦。既一再試春官不利，則自叱而疑曰：「吾所爲以爲至矣，而又不得，彼必有出於吾術之外者。」則使人具書幣走四方，求嘗已得高第者，與夫邑里之彦，悉致之於家而館餼之。其人亦有爲顯官以去者，然思曾自負其才，顧彼之術實不能有加於吾，亦遂厭棄不能以久。方其試而未得也，則憤憾而有不屑之志。其後每偕計吏行，時時絶大江，徘徊北岸，輒返棹登金、焦二山，徜徉以歸，與其客飲酒放歌，絶不與豪貴人通。閒與之相涉，視其齷齪，必以氣陵之。聞爲佛之學於臨安者，思曾往師之，作禮讚歎，求其解說。自是遇禪者，雖其徒所謂墮龍啞羊之流，即跪拜施舍，冀得真乘焉。而人遂以思曾果溺於佛之說，不知其有所不得志而肆意於此。以是知古之毀服童髮逃山林而不處，未必皆積志於其教，亦有所憤而爲之者耶？以思曾之材，有以置之，使之無憤憾之氣，其果出於是耶？然使假之以年以至於今，又安知憤憾不益甚，而將不出於是耶？抑彼其道，空蕩儵然不與世競，而足以消其憤憾之氣耶？抑將平其氣無待於外，安居徐行而至於中庸之塗也？此吾所以歎天之成材爲難也。

思曾諱元儒，後更曰欽儒。曾祖曰麟，贈承德郎禮部主事。祖曰鳳，朝列大夫、廣東僉事、前監察御史。父曰築，今爲唐府長史。侍御與兄鵬，同年舉進士，侍御以忤權貴出，而兄爲翰林春坊至太常卿，亦罷歸。思曾後起，謂必光顯於前之人，而竟不得位以殁，時嘉靖某年月日也，春秋四十。娶朱氏，福建都轉運鹽使司判官希陽之女。男一人：昇。女三人，皆側出。

思曾少善余。余與今李中丞廉甫，晚步城外隍橋，每望其廬，悵然而返，其相愛慕如此。後余同爲文會，又同舉於鄉，思曾治園亭田野中，至梅花開時，輒使人相召，予多不至。而思曾時乘肩輿過安亭江上，必盡醉而歸。嘗以余文示上海陸詹事子淵，有過奬之語，思曾陵曉乘船來告。余非求知於世者，而亦有以見思曾愛余之深也。思曾之葬也，陳吉甫既爲銘，余獨痛思曾之材，使不得盡其所至，亦爲之致憾於天而已矣。海峯先生云：學荆公爲文，折旋有氣。

歸熙甫趙汝淵墓誌銘 ○

宋熙陵九王子，其八爲周恭肅王元儼。恭肅王生定王允良，定王生安康郡王宗絳，安康郡王生南陽侯仲纉，南陽侯生處州兵馬鈐轄士翮，士翮始遷嚴陵。士翮生保義郎不玷，又自嚴陵徙浦江。不玷生三觀使武經郎善近，善近生武翼郎汝俣，汝俣生崇傒。自定王以後至崇傒，始失其官爲士庶。崇傒生必俊，必俊生良仁，始自浦江徙吴，今長洲之金莊也。良仁生友端，友端生季永，季永生同芳，同芳生巘。巘生四子：濂、潛、深、濱。潛者，汝淵諱也。汝淵於兄弟次在二，授室於崑山真義里朱氏。汝淵年六十有六，卒嘉靖四十二年十二月某日。朱孺人年五十五，卒嘉靖三十八年正月某日。生子男一人：世貞。孫男四人：和平、和順、和德皆夭，最後生和敬。孫女一人。其葬以隆慶二年十二月某日，墓在長洲之某鄉。

宋自青城之難，王子三千餘人，盡爲北俘。其散處四方，僅僅有存者，若周王之後。以詩書世其家，故譜系頗可考。其在長洲，同魯其賢者也。同魯於汝淵爲再從父。汝淵夫婦孝敬，修士人之行，世貞方將以進士起其家。世貞於余先妻魏氏，内外兄弟也，故屬余銘。銘曰：

宋失維城，宗淪於朔。哀哉重昏，鼎折覆餗。不仁之殃，迨其九族。存者孑遺，逃竄而延。惟恭肅王，當世稱賢。宜其孫子，百葉以傳。宜君宜王，今爲士庶。亦修於家，魚菽以祭。曷以銘之？不愧其世。

歸熙甫沈貞甫墓誌銘 〇

自余初識貞甫時，貞甫年甚少，讀書馬鞍山浮屠之偏。及余娶王氏，與貞甫之妻爲兄弟，時時過内家相從也。余嘗入鄧尉山中，貞甫來共居，日遊虎山、西崦，上下諸山，觀太湖七十二峯之勝。嘉靖二十年，余卜居安亭。安亭在吴淞江上，界崑山、嘉定之壤，沈氏世居於此。貞甫是以益親善，以文字往來無虚日。以余之窮於世，貞甫獨相信，雖一字之疑，必過余考訂，而卒以余之言爲然。蓋余屏居江海之濱，二十年間，死喪憂患，顛頓狼狽，世人之所嗤笑，貞甫了不以人之説而有動於心，以與之上下。至於一時富貴翕赫，衆所觀駭，而貞甫不余易也。嗟夫！士當不遇時，得人一言之善，不能忘於心。余何以得此於貞甫邪？此貞甫之歿，不能不爲之慟也！

貞甫爲人伉厲，喜自修飭，介介自持，非其人未嘗假以辭色。遇事激昂，僵仆無所避。尤好觀古書，必之名山及浮屠、老子之宫。所至埽地焚香，圖書充几。聞人有書，多方求之，手自抄寫，至數百卷。今世有科舉速化之學，皆以通經學古爲迂。貞甫獨於書知好之如此，蓋方進於古而未已也。不幸而病，病已數年，而爲書益勤。余甚畏其志，而憂其力之不繼，而竟以病死。悲夫！

初余在安亭無事，每過其精廬，啜茗論文，或至竟日。及貞甫歿，而余復往，又經兵燹之後，獨徘徊無所之，益使人有荒江寂莫之歎矣。

貞甫諱果，字貞甫。娶王氏，無子，養女一人。有弟曰善繼、善述。其歿以嘉靖三十四年七月日，年四十有二。即以是年某月日，葬於某原之先塋。可悲也已！銘曰：天乎命乎？不可知。其志之勤，而止於斯！

歸熙甫歸府君墓誌銘 〇

府君姓歸氏，諱椿，字天秀。大父諱仁，父諱祚，母徐氏。嘉靖十五年正月初八日卒，年七十一。娶曹氏，父諱永太，母高氏，嘉靖十年三月十九日卒，年六十八。子男三：雷、霆、電。女一，適錢操。孫男五：諫縣學生，謨、訓皆國學生；讓幼。女三。曾孫男六。以嘉靖二十六年十二月庚申日，合葬於馬涇實瀆涇。

按歸氏，出春秋胡子，後滅於楚，其子孫在吳，世爲吳中著姓。至唐宣公，仍世貴顯，封爵官序，具載唐史。宋湖州判官罕仁，居太倉。其別子居常熟之白茆，居白茆已數世矣，由湖州而下，差以昭穆。府君，我曾大父城武公兄弟行也。

府君初爲農，已乃延禮師儒，教訓諸孫，彬彬向文學矣。府君少時，亦嘗學書，後棄之，夫婦晨夜力作。白茆在江海之壖，高仰瘠鹵，浦水時淤時淤，無善田。府君相水遠近，通溪置閘，用以灌溉。其始居民鮮少，茅舍歷落數家而已。府君長身古貌，爲人倜儻好施舍，田又日墾，人稍稍就居之，遂爲廬舍市肆，如邑居云。晚年，諸子悉用其法，其治數千畝如數十畝，役屬百人如數人。吴中多利水田，府君家獨以旱田。諸富室争逐肥美，府君選取其磽者，曰「顧我力可不可，田無不可耕者」，人以此服府君之精。

蓋古之王者之於田功勤矣，下至保介、田畯、遂師、遂大夫、縣正、里宰、司稼，設官用人，如是悉也。漢二千石遣令、長、三老力田，及里父老善田者，受田器，學耕種養苗狀。時趙過、蔡癸之徒，皆以好農爲大官。今天下田，獨江南治耳。中原數千里，三代畎澮之迹未有復也。議者又欲放前元海口萬户之法，治京師瀕海萑葦之田，以省漕壯國本。茲事行之實便，而久不行，豈不以任事者難其人邪？或往往歎事功之不立，謂世無其人，若府君豈非世之所須也？銘曰：

昔在顓頊，曰惟我祖。綿綿汝、潁，蹙於荆楚。迄唐而昌，鳴玉接武。湖州來東，海魚爲伍。亦有别子，居白茆浦。曠肰江海，寂無煙火。孰生聚之？府君之撫。府君頎頎，才無不可。實甽晦之，終古瀉鹵。黍稷薿薿，有萬斯畝。曷不虎符？藏於茲土。敘爲田處極酣恣，似《貨殖傳》。

歸熙甫女二二壙志

女二二，生之年月，戊戌戊午，其日時又戊戌戊午，予以爲奇。今年予在光福山中，二二不見予，輒常常呼予。一日予自山中還，見長女能抱其妹，心甚喜。及予出門，二二尚躍入予懷中也。既到山數日，日將晡，予方讀《尚書》，舉首忽見家奴在前。驚問曰：「有事乎？」奴不即言，第言他事。徐卻立曰：「二二今日四鼓時已死矣。」蓋生三百日而死，時爲嘉靖己亥三月丁酉。予既歸爲棺斂，以某月日瘞于城武公之墓陰。嗚呼！予自乙未以來多在外，吾女生既不知，而死又不及見。可哀也已！

歸熙甫女如蘭壙志

須浦先塋之北纍纍者，故諸殤冢也。坎方封有新土者，吾女如蘭也。死而埋之者，嘉靖乙未中秋日也。

女生踰周，能呼予矣。嗚呼！母微而生之又艱，予以其有母也，弗甚加撫，臨死乃一抱焉，天果知其如是，而生之奚爲也？

歸熙甫寒花葬志 ○

婢，魏孺人媵也。嘉靖丁酉五月四日死，葬虚邱。事我而不卒，命也夫！婢初媵時，年十歲，垂雙鬟，曳深緑布裳。一日天寒，爇火煮葧薺熟，婢削之盈甌。余入自外，取食之，婢持去不與，魏孺人笑之。孺人每令婢倚几旁飯，即飯，目眶冉冉動，孺人又指余以爲笑。回思是時，奄忽便已十年。吁！可悲也已！

方靈皋杜蒼略先生墓誌銘

先生姓杜氏，諱岕，字蒼略，號些山，湖廣黄岡人。明季爲諸生，與兄濬，避亂居金陵，即世所稱茶村先生也。二先生行身略同，而趣各異。茶村先生峻廉隅，孤特自遂，遇名貴人，必以氣折之，於衆人未常接語言，用此叢忌嫉。然名在天下，詩每出，遠近争傳誦之。先生則退然一同於衆人，所著詩歌古文，雖子弟弗示也。方壯喪妻，遂不復娶。所居室漏且穿，木榻敝帷，數十年未嘗易。室中終歲不掃除。有子教授里巷閒，窶艱，每日中不得食，男女嚎號。客至，無水漿，意色閒無幾微不自適者。閒過戚友，坐有盛衣冠者，即默默去之。行於途，嘗避人，不中道與人語，雖兒童厮輿，惟恐有傷也。

初余大父與先生善，先君子嗣從遊，苞與兄百川亦獲侍焉。先生中歲道仆遂跛，而好遊，非雨雪常獨行，徘徊墟莽閒。先君子曁苞兄弟暇則追隨，尋花蒔，玩景光，藉草而坐，相視而嘻，沖然若有以自得，而忘身世之有係牽也。辛未、壬申閒，苞兄弟客遊燕、齊，先生悄然不怡，每語先君子曰：「吾思二子，亦爲君惜之。」

先生生於明萬曆丁巳四月初九日，卒於康熙癸酉七月十九日，年七十有七，後茶村先生凡七年，而得年同。所著《些山集》藏於家。其子掞以某年月日，卜葬某鄉某原，來徵辭。銘曰：

蔽其光，中不息也。虛而委蛇，與時適也。古之人與？此其的也。有逸氣，望溪集中所罕見。

方靈皋李抑亭墓誌銘

雍正十年冬十月朔，後九日，過吾友抑亭，遂赴海淀。次日歸，聞抑亭魘而瘖，日再往視，越六日而死。

始余見君於其世父文貞公所，終日温温，非有問不言。及供事蒙養齋，始習而慕焉，期月而後，無貴賤、老少、背面，皆曰：「李君，君子人也。」其後余移武英殿領修書事，首舉君自助，殿中無貴賤老少，稱之如蒙養齋。君自入翰林，再充順天鄉試同考官，典試雲南，士論翕然。視學江西，高安朱相國每曰：「百年中無或並也。」按察司李蘭，以峇革諸生，君常難之，劾君牽制有司之法，而彈章亦具列其廉明。余自獲交文貞，習於李氏族姻，及泉、漳閒士大夫，其私論鄉人各有嚮背，而信君無異辭。君被劾，當降補國子監丞，羣士日夜望君之至。既受職，長官相慶，而涖事未彌月。用此六館之士，尤深痛焉。

往者歲在戊申，君弟鍾旺釃而瘖，卒於君寓，余既哭而銘之。君在江西，喪其良子清江，又爲之銘，以塞君悲。而今復見君之死。古者親舊相與宴樂，而樂歌之辭乃曰「死喪無日，無幾相見」，有以也。君在蒙養齋及殿中，與余共晨夕各一二年，返自江西，無兼旬不再三見者。辛亥春，余益病衰，凡公事必私引君自助，無旬日不再三見者。一日不見而君疾，一言不接而君死，故每欲銘君，則愴然不能舉其辭。喪歸有日矣，乃力疾而就之。

君諱鍾僑，字世邠，福建泉州安溪縣人。康熙壬午舉於鄉，壬辰成進士，年五十有四。所著《論語孟子講蒙》十卷、《詩經測義》十卷、《易解》八卷，藏於家。《尚書》、《周官》，皆有説未就。父諱鼎徵，康熙庚申舉人，户部主事，誥授奉直大夫。母莊氏，贈宜人。兄弟五人，四舉甲乙科。兄天寵，自入翰林十餘年，與君相依，皆不取室人自隨。痛兩弟羇死，乃引疾送君之喪以歸。君娶黄氏，敕封孺人。子五人，四舉甲乙科。長清載，庚戌進士，兵部武選司額外主事；次清芳，癸卯舉人，揀選知縣；次清江，癸卯舉人，揀選知縣；次清愷，壬子副榜貢生；次清時，壬子舉人，世父撫爲己子。女一，適士族。以某年月日，葬於某鄉某原。銘曰：

蓄之也深，而施者微；將踵武於儒先，而年命摧。悼余生之無成，猶有望者夫人，而今誰與歸？

劉才甫舅氏楊君權厝誌

舅氏楊君諱紹頍，字穉棠，於書無所不讀。少工爲科舉之文，而鬱不得志。既困無所合，而讀書益奮發不衰。年已老，頭白且秃，猶依燈火坐讀《禮經》，至城上三鼓不輟。蓋君之於書，自其天性，而非以求名聲利禄也。舅氏性剛直，於尋常人未嘗苟有所酬答。與鄉人處，雖貴顯有不善，即面責無少依阿。臨財廉，執事果，可謂好學有道君子者也。娶邱氏，累生男不育，而舅氏遂無子。以康熙六十年六月二十七日，病癰而卒。嗚呼！可痛也。

舅氏於諸甥中，尤愛憐樾，嘗撫予指吾父而言曰：「此子殆能大劉氏之門，然未知吾及見之否。」平居設酒食，召樾與飲，舅氏自提觴行趣令醉。樾謝已醉不能飲，舅氏笑曰：「予性嗜飲，每過從人家飲酒，主飲者不趣予飲，吾意輒不樂，以此度人意皆然。乃者舅氏實飲汝酒，當不使甥意不樂也。」酒半，仰首歔欷，徐顧謂樾曰：「予窮於世，今老旦暮且死，然未有子息。汝讀書能爲古文辭，其傳於後世無疑，當爲我作傳，則吾雖無子，猶有子焉。」樾受命而退，未及爲，而舅氏遂舍予以卒。悲夫！

君既卒之七日，其兄子某，以君之柩權厝於縣城北月山之麓，樾涕泣而爲之誌。

古文辭類纂五十一終

雜記類一

韓退之鄆州溪堂詩并序　○○○

憲宗之十四年，始定東平，三分其地，以華州刺史、禮部尚書兼御史大夫扶風馬公，爲鄆、曹、濮節度、觀察等使，鎮其地。既一年，褒其軍號曰「天平軍」。上即位之二年，召公入，且將用之，以其人之安公也，復歸之鎮。

上之三年，公爲政於鄆、曹、濮也適四年矣，治成制定，衆志大固，惡絶於心，仁形於色，竱心一力，以供國家之職。於時沂、密始分而殘其帥，其後幽、鎮、魏不悦於政，相扇繼變，復歸於舊，徐亦乘勢逐帥自置，同於三方。惟鄆也截然中居，四鄰望之，若防之制水，恃以無恐。然而皆曰：鄆爲虜巢且六十年，將彊卒武。曹、濮於鄆，州大而近，軍所根柢，皆驕以易怨。而公承死亡之後，掇拾之餘，剥膚椎髓，公私掃地赤立，新舊不相保持，萬目睽睽。公於此時能安以治之，其功爲大。若幽、鎮、魏徐之亂，不扇而變，此功反小，何也？公之始至，衆未熟化，以武則忿以憾，以恩則横而肆，一以爲赤子，一以爲龍蛇，憊心罷精，磨以歲月，然後致之，難也。及教之行，衆皆戴公爲親父母，夫叛父母，從仇讐，非人之情，故曰易。

於是天子以公爲尚書右僕射，封扶風縣開國伯，以褒嘉之。公亦樂衆之和，知人之悦，而侈上之賜也。於是爲堂於其居之西北隅，號曰「谿堂」，以饗士大夫，通上下之志。既饗，其從事陳曾謂其衆言：「公之畜此邦，其勤不亦至乎？此邦之人，纍公之化，惟所令之，不亦順乎？上勤下順，遂濟登茲，不亦休乎？昔者人謂斯何？今者人謂斯何？雖然，斯堂之作，意其有謂，而喑無詩歌，是不考引公德，而接邦人於道也。」乃使來請。其詩曰：

帝奠九壥，有葉有年，有荒不條，河岱之閒。及我憲考，一收正之，視邦選侯，以公來尸。公來尸之，人始未信，公不飲食，以訓以徇。孰飢無食，孰呻孰嘆，孰冤不問，不得分願。孰爲邦蝨，節根之螟，羊很狼貪，以口覆城。吹之喣之，摩手拊之，箴之石之，膊而磔之。凡公四封，既富以彊，謂公吾父，孰違公令？可以師征，不寧守邦。公作谿堂，播播流水，淺有蒲蓮，深有蒹葦，公以賓燕，其鼓駭駭。公燕谿堂，賓校醉飽，流有跳魚，岸有集鳥，既歌以舞，其鼓考考。公在谿堂，公御琴瑟，公暨賓贊，稽經諏律，施用不差，人用不屈。豁有蕡芪，有龜有魚，公在中流，右《詩》左《書》。無我斁遺，此邦是庥。

韓退之藍田縣丞廳壁記 ○○

丞之職所以貳令，於一邑無所不當問，其下主簿、尉。主簿、尉乃有分職，丞位高而偪，例以嫌，不可否事。文書行，吏抱成案詣丞，卷其前，鉗以左手，右手摘紙尾，鴈鶩行以進，平立睨丞曰：「當署。」丞涉筆占位署惟謹，目吏問「可不可」，吏曰「得」，則退，不敢略省，漫不知何事。官雖尊，力勢反出主簿、尉下。諺數慢必曰「丞」，至以相訾謷。丞之設豈端使然哉！

博陵崔斯立，種學績文，以蓄其有，泓涵演迤，日大以肆。貞元初，挾其能，戰藝於京師，再進，再屈千人。元和初，以前大理評事言得失黜官，再轉而爲丞茲邑。始至，喟曰：「官無卑，顧材不足塞職。」既噤不得施用，又喟曰：「丞哉丞哉！余不負丞，而丞負余。」則盡枿去牙角，一躡故跡，破崖岸而爲之。

丞廳故有記，壞漏汙不可讀，斯立易桷與瓦，墁治壁，悉書前任人名氏。庭有老槐四行，南墻鉅竹千梃，儼立若相持，水㶁㶁循除鳴。斯立痛掃溉，對樹二松，日哦其間。有問者，輒對曰：「余方有公事，子姑去。」

考功郎中、知制誥韓愈記。

韓退之新修滕王閣記　○

愈少時，則聞江南多臨觀之美，而滕王閣獨爲第一，有瑰偉絶特之稱。及得三王所爲序、賦、記等，王勃作遊閣序，王緒作賦，今中丞王公爲從事日，作修閣記，竝題在閣也。壯其文辭，益欲往一觀而讀之，以忘吾憂。繫官於朝，願莫之遂。

十四年，以言事，斥守揭陽，便道取疾以至海上，又不得過南昌，而觀所謂滕王閣者。其冬，以天子進大號，加恩區内，移刺袁州。袁於南昌爲屬邑，私喜幸自語，以爲當得躬詣大府，受約束於下執事，及其無事且還，倘得一至其處，竊寄目償所願焉。至州之七月，詔以中書舍人太原王公爲御史中丞，觀察江南西道，洪、江、饒、虔、吉、信、撫、袁，悉屬治所。八州之人，前所不便，及所願欲而不得者，公至之日，皆罷行之。大者驛聞，小者立變，春生秋殺，陽開陰閉，令修於庭户數日之閒，而人自得於湖山千里之外。吾雖欲出意見，論利害，聽命於幕下，而吾州乃無一事可假而行者，又安得捨己所事，以勤館人？則滕王閣，又無因而至焉矣。

其歲九月，人吏浹和，公與監軍使燕於此閣。文武賓士，皆與在席，酒半，合辭言曰：「此屋不修且壞，前公爲從事此邦，適理新之，公所爲文，實書在壁。今三十年，而公來爲邦伯，適及期月，公又來燕於此，公烏得無情哉？」公應曰：「諾。」於是棟楹梁桷板檻之腐黑撓折者，蓋瓦級甎之破缺者，赤白之漫漶不鮮者，治之則已。無侈前人，無廢後觀。

工既訖功，公以衆飲，而以書命愈曰：「子其爲我記之。」愈既以未得造觀爲嘆，竊喜載名其上，詞列三王之次，有榮耀焉，乃不辭而承公命。其江山之好，登望之樂，雖老矣，如獲從公遊，尚能爲公賦之。

韓退之燕喜亭記　○○

太原王弘中，在連州，與學佛人景常、元慧遊。異日，從二人者，行於其居之後，邱荒之閒，上高而望，得異處焉。斬茅而嘉樹列，發石而清泉激，輦糞壤，燔椔翳。卻立而視之，出者突然成邱，陷者呀然成谷，窪者爲池，而缺者爲洞，若有鬼神異物陰來相之。自是弘中與二人者，晨往而夕忘歸焉，乃立屋以避風雨寒暑。

既成，愈請名之。其邱曰「竢德之邱」，蔽於古而顯於今，有竢之道也。其石谷曰「謙受之谷」，瀑曰「振鷺之瀑」，谷言德，瀑言容也。其土谷曰「黄金之谷」，瀑曰「秩秩之瀑」，谷言容，瀑言德也。洞曰「寒居之洞」，志其入時也。池曰「君子之池」，虚以鍾其美，盈以出其惡也。泉之源曰「天澤之泉」，出高而施下也。合而名之以屋，曰「燕喜之亭」，取《詩》所謂「魯侯燕喜」者頌也。於是州民之老，聞而相與觀焉，曰「吾州之山水名天下，然而無與燕喜者比」。經營於其側者相接也，而莫直其地。凡天作而地藏之，以遺其人乎？

弘中自吏部郎貶秩而來，次其道途所經，自藍田入商、洛，涉淅、湍，臨漢水，升峴首，以望方城。出荆門，下岷江，過洞庭，上湘水，行衡山之下。繇郴踰嶺，蝯狖所家，魚龍所宫，極幽遐瑰詭之觀，宜其於山水飫聞而厭見也。今其意乃若不足，《傳》曰：「知者樂水，仁者樂山。」弘中之德，與其所好，可謂協矣。智以謀之，仁以居之，吾知其去是而羽儀於天朝也不遠矣。遂刻石以記。

韓退之河南府同官記　○

永貞元年，愈自陽山移江陵法曹參軍，獲事河東公。公嘗與其從事言：建中初，天子始紀年更元，命官司舉貞觀、開元之烈，羣臣惕慄奉職，命材登良，不敢私違。當時自齒朝之士而上，以及下百執事，官闕一人，將補，必取其良。然而河南同時於天下稱多，獨得將相五人，故于府之參軍，則得我公；於河南主簿，則得故相國范陽盧公；於汜水主簿，則得故相國今太子賓客滎陽鄭公；於陸渾主簿，則得相國今吏部侍郎天水趙公；於登封主簿，則得故吏部尚書東都留守吴郡顧公。盧公去河南爲右補闕，其後由尚書左丞至宰相；鄭公去汜水爲監察御史，佐山南軍，其後由工部侍郎至宰相，罷而又爲；趙公去陸渾爲右拾遺，其後由給事中爲宰相；顧公去登封爲監察御史，其後由京兆尹至吏部尚書東都留守；我公去府爲長水尉，其後由膳部郎中，爲荆南節度行軍司馬，遂爲節度使，自工部尚書至吏部尚書。三相國之勞在史册。顧吏部慎職小心，於時有聲。我公愿潔而沈密，開亮而卓偉，行茂於宗，事修於官，嗣紹家烈，不違其先。作帥荆南，厥聞休顯，武志既揚，文教亦熙，登槐贊元，其慶且至。故好語故事者，以爲五公之始迹也同，其後進而偕大也亦同，其稱名臣也又同。官職雖分，而功德有巨細，其有忠勞於國家也同。有若將同其後，而先同其初也。有聞而問者，於是焉書。

既五年，始立石刻其語河南府參軍舍庭中。於是河東公爲左僕射、宰相，出藩大邦，開府漢南；鄭公以工部尚書留守東都；趙公以吏部尚書鎮江陵。漢南地連七州，戎士十萬，其官宰相也。留守之官，居禁省中，歲時出旌旗，序留司文武百官於宮城門外而衙之。江陵，故楚都也，戎士五萬。三公同時，千里相望，可謂盛矣。河東公名均，姓裴氏。薑塢先生云：記中盧公者，盧邁；趙公者，趙宗儒；顧公者，顧少連；鄭公當即鄭餘慶，《新書》不載其爲汜水主簿，及留守東都。公《送鄭涵校理序》云爲郎於都官，事相公於居守，涵即餘慶子，更名澣者也，此餘慶爲留守之證。方侍郎云：四番敘述，不覺其宂。

韓退之汴州東西水門記　○

貞元十四年，正月戊子，隴西公命作東西水門。越三月辛巳朔，水門成。三日癸未，大合樂，設水嬉，會監軍軍司馬賓佐僚屬，將校熊羆之士，肅四方之賓客以落之。士女和會，闐郭溢郛。既卒事，其從事昌黎韓愈，請紀成績。其詞曰：

維汴州河水自中注，厥初距河爲城，其不合者，誕寘聯鎖於河，宵浮晝湛，舟不潛通。然其襟抱虧疏，風氣宣洩，邑居弗寧，訛言屢騰。歷載已來，孰究孰思？皇帝御天下十有八載，此邦之人，遭逢疾威，囂童嗷嘑，劫衆阻兵，懍懍栗栗，若墜若覆。時維隴西公受命作藩，爰自洛京，單車來臨。遂拯其危，遂去其疵；弗肅弗厲，薰爲太和；神應祥福，五穀穰熟。既庶而豐，人力有餘，監軍是咨，司馬是謀；乃作水門，爲邦之郛；以固風氣，以閈寇偷。黄流渾渾，飛閣渠渠，因而飾之，匪爲觀遊。天子之武，惟隴西公是布；天子之文，惟隴西公是宣。河之沄沄，源於崑崙；天子萬祀，公多受祉。乃伐山石，刻之日月，尚俾來者，知作之所始。

韓退之畫記 ○○○

雜古今人物小畫共一卷：騎而立者五人，騎而被甲載兵立者十人，一人騎執大旗前立，騎而被甲載兵，行且下牽者十人，騎且負者二人，騎執器者二人，騎擁田犬者一人，騎而牽者二人，騎而驅者三人，執羈靮立者二人，騎而下倚馬臂隼而立者一人，騎而驅涉者二人，徒而驅牧者二人，坐而指使者一人，甲胄手弓矢、鈇鉞植者七人，甲胄執幟植者十人，負者七人，偃寢休者二人，甲胄坐睡者一人，方涉者一人，坐而脱足者一人，寒附火者一人，雜執器物役者八人，奉壺矢者一人，舍而具食者十有一人，挹且注者四人，牛牽者二人，驢驅者四人，一人杖而負者，婦人以孺子載而可見者六人，載而上下者三人，孺子戲者九人。凡人之事，三十有二，爲人大小百二十有三，而莫有同者焉。

馬大者九匹。於馬之中，又有上者，下者，行者，牽者，涉者，陸者，翹者，顧者，鳴者，寢者，訛者，立者，人立者，齕者，飲者，溲者，陟者，降者，痒磨樹者，嘘者，嗅者，喜相戲者，怒相踶齧者，秣者，騎者，驟者，走者，載服物者，載狐兔者。凡馬之事，二十有七，爲馬大小八十有三，而莫有同者焉。

牛大小十一頭，橐駝三頭，驢如橐駝之數，而加其一焉，隼一，犬、羊、狐、兔、麋鹿共三十，旃車三兩，雜兵器弓矢、旌旗、刀劍、矛楯，弓服、矢房、甲胄之屬，缾、盂、簦、笠、筐、筥、錡、釜飲食服用之器，壺矢、博弈之具，二百五十有一，皆曲極其妙。

貞元甲戌年，余在京師，甚無事。同居有獨孤生申叔者，始得此畫，而與余彈棊，余幸勝而獲焉。意甚惜之，以爲非一工人之所能運思，蓋藂集衆工人之所長耳，雖百金不願易也。明年出京師，至河陽，與二三客論畫品格，因出而觀之。座有趙侍御者，君子人也，見之戚然若有感然，少而進曰：「噫！余之手摸也，亡之且二十年矣！余少時，常有志乎兹事，得國本，絶人事而摸得之，遊閩中而喪焉。居閒處獨，時往來余懷也，以其始爲之勞，而夙好之篤也。今雖遇之，力不能爲已，且命工人存其大都焉。」余既甚愛之，又感趙君之事，因以贈之。而記其人物之形狀與數，而時觀之，以自釋焉。方侍郎云：周人以後，無此種格力。歐公自謂不能爲，所謂曉其深處，而東坡以所傳爲妄，於此見知言之難。

韓退之題李生壁 ○○

余始得李生於河中，今相遇於下邳，自始及今十四年矣。始相見，吾與之皆未冠，未通人事，追思多有可笑者，與生皆然也。今者相遇，皆有妻子。昔時無度量之心，寧復可有是。生之爲交，何其近古人也！是來也，余黜於徐州，將西居於洛陽。汎舟於清泠池，泊於文雅臺下，西望商邱，東望修竹園，入微子廟，求鄒陽、枚叔、司馬相如之故文，久立於廟陛間，悲《那頌》之不作於是者已久。隴西李翱、太原王涯、上谷侯喜，實同與焉。貞元十六年，五月十四日，昌黎韓愈書。

古文辭類篹五十二終

古文辭類纂五十三

雜記類二

柳子厚游黃溪記 ○○○

北之晉，西適豳，東極吳，南至楚、越之交，其間名山水而州者以百數，永最善。環永之治百里，北至於浯溪，西至於湘之源，南至於瀧泉，東至於黃溪、東屯，其間名山水而邨者以百數，黃溪最善。

黃溪距州治七十里。由東屯南行六百步，至黃神祠。祠之上，兩山墻立，如丹碧之華葉駢植，與山升降，其缺者爲崖峭巖窟。水之中，皆小石平布。黃神之上，揭水八十步，至初潭，最奇麗，殆不可狀。其略若剖大甕，側立千尺，溪水積焉。黛蓄膏渟，來若白虹，沈沈無聲，有魚數百尾，方來會石下。南去，又行百步，至第二潭。石皆巍然，臨峻流，若頦頷齗齶。其下大石離列，可坐飲食。有鳥赤首烏翼，大如鵠，方東嚮立。鼒按：朱子謂《山海經》所紀異物有云東西嚮者，蓋以其有圖畫在前故也，此言最當。子厚不悟，作山水記效之，蓋無謂也。後人又有以子厚此等爲工而效法者，益失之矣。自是又南數里，地皆一狀，樹益壯，石益瘦，水鳴皆鏘然。又南一里，至大冥之川，山舒水緩，有土田。始黄神爲人時，居其地。傳者曰：「黄神王姓，莽之世也。莽既死，神更號黄氏，逃來，擇其深峭者潛焉。」始莽嘗曰：「余黄虞之後也。」故號其女曰黄皇室主。黄與王聲相邇，而又有本，其所以傳焉者益驗。神既居是，民咸安焉。以爲有道，死乃俎豆之，爲立祠。後稍徙近乎民。今祠在山陰溪水上。元和八年，五月十六日，既歸爲記，以啟後之好游者。

柳子厚永州萬石亭記 ○

御史中丞、清河男崔公來莅永州，閒日登城北墉，臨於荒野藂翳之隙，見怪石特出，度其下必有殊勝，步自西門，以求其墟。伐竹披奥，攲仄以入，綿谷跨谿，皆大石林立，涣若奔雲，錯若置棊，怒者虎鬬，企者鳥厲。抉其穴，則鼻口相呀；搜其根，則蹄股交峙。環行卒愕，疑若搏噬。於是刳闢朽壤，翦焚榛薉，決澮溝，導伏流，散爲疎林，洄爲清池，寥廓泓渟，若造物者始判清濁，効奇於兹地，非人力也。乃立游亭，以宅厥中。直亭之西，石若掖分，可以眺望。其上青壁斗絶，沈於淵源，莫究其極。自下而望，則合乎攢巒，與山無窮。

明日州邑耋老，雜然而至曰：「吾儕生是州，蓺是野，眉厖齒鯢，未嘗知此。豈天墜地出，設兹神物，以彰我公之德歟！」既賀而請名。公曰：「是石之數，不可知也。以其多，而命之曰萬石亭。」耋老又言曰：「懿夫公之名亭也，豈專狀物而已哉！公嘗六爲二千石，既盈其數。然而有道之士，咸恨公之嘉績，未洽於人，敢頌休聲，祝公於明神。漢之三公，秩號萬石，我公之德，宜受兹錫。漢有禮臣，惟萬石君，我公之化，始於閨門，道合於古，祐之自天。野夫獻詞，公壽萬年。」

宗元嘗以牋奏隸尚書，敢專筆削，以附零陵故事。時元和十年正月五日記。

柳子厚始得西山宴遊記 ○○

自余爲僇人，居是州，恒惴慄。其隟也，則施施而行，漫漫而遊。日與其徒上高山，入深林，窮迴谿，幽泉怪石，無遠不到。到則披草而坐，傾壺而醉。醉則更相枕以卧，意有所極，夢亦同趣。覺而起，起而歸。以爲凡是州之山有異態者，皆我有也，而未始知西山之怪特。

今年九月二十八日，因坐法華西亭，望西山，始指異之。遂命僕過湘江，緣染溪，斫榛莽，焚茅茷，窮山之高而止。攀援而登，箕踞而遨，則凡數州之土壤，皆在衽席之下。其高下之勢，岈然洼然，若垤若穴，尺寸千里，攢蹙累積，莫得遯隱。縈青繚白，外與天際，四望如一，然後知是山之特出，不與培塿爲類。悠悠乎與灝氣俱，而莫得其涯，洋洋乎與造物者游，而不知其所窮。引觴滿酌，頹然就醉，不知日之入，蒼然暮色，自遠而至。至無所見，而猶不欲歸。心凝形釋，與萬化冥合，然後知吾嚮之未始遊，遊於是乎始，故爲之文以志。是歲元和四年也。

柳子厚鈷鉧潭記　○○○

鈷鉧潭在西山西。其始蓋冉水自南奔注，抵山石，屈折東流。其顛委勢峻，盪擊益暴，齧其涯，故旁廣而中深，畢至石乃止。流沫成輪，然後徐行。其清而平者且十畝，有樹環焉，有泉懸焉。

其上有居者，以予之亟游也，一旦款門來告曰：「不勝官租私券之委積，既芟山而更居，願以潭上田貿財以緩禍。」

予樂而如其言。則崇其臺，延其檻，行其泉於高者墜之潭，有聲潨然。尤與中秋觀月爲宜，於以見天之高，氣之迥。孰使予樂居夷而忘故土者？非茲潭也歟！

柳子厚鈷鉧潭西小邱記 ○○○

得西山後八日，尋山口西北道二百步，又得鈷鉧潭。潭西二十五步，當湍而浚者爲魚梁。梁之上有邱焉，生竹樹。其石之突怒偃蹇，負土而出，争爲奇狀者，殆不可數。其嶔然相累而下者，若牛馬之飲於溪；其衝然角列而上者，若熊羆之登於山。邱之小不能一畝，可以籠而有之。問其主，曰：「唐氏之棄地，貨而不售。」問其價，曰：「止四百。」余憐而售之。李深源，元克己，時同游，皆大喜，出自意外。即更取器用，鏟刈穢草，伐去惡木，烈火而焚之。嘉木立，美竹露，奇石顯。由其中以望，則山之高，雲之浮，溪之流，鳥獸魚之遨遊，舉熙熙然，迴巧獻技，以効茲丘之下。枕席而臥，則清泠之狀與目謀，瀯瀯之聲與耳謀，悠然而虚者與神謀，淵然而静者與心謀。不匝旬而得異地者二，雖古好事之士，或未能至焉。

噫！以茲邱之勝，致之澧、鎬、鄠、杜，則貴游之士争買者，日增千金，而愈不可得。今棄是州也，農夫漁父過而陋之，價四百，連歲不能售。而我與深源、克己，獨喜得之，是其果有遭乎？書於石，所以賀茲邱之遭也。

柳子厚至小邱西小石潭記　○○○

從小邱西行百二十步，隔篁竹，聞水聲，如鳴佩環，心樂之。伐竹取道，下見小潭，水尤清洌。全石以爲底，近岸卷石底以出，爲坻爲嶼，爲嵁爲巖。青樹翠蔓，蒙絡搖綴，參差披拂。

潭中魚可百許頭，皆若空游無所依。日光下澈，影布石上，佁然不動。俶爾遠逝，往來翕忽，似與游者相樂。

潭西南而望，斗折蛇行，明滅可見。其岸勢犬牙差互，不可知其源。坐潭上，四面竹樹環合，寂寥無人，凄神寒骨，悄愴幽邃。以其境過清，不可久居，乃記之而去。

同遊者：吳武陵龔古，余弟宗玄。隸而從者，崔氏二小生：曰恕已，曰奉壹。

柳子厚袁家渴記　○○

由冉溪西南水行十里，山水之可取者五，莫若鈷鉧潭。由溪口而西，陸行，可取者八九，莫若西山。由朝陽巖東南，水行至蕪江，可取者三，莫若袁家渴，皆永中幽麗奇處也。

楚、越之閒，方言謂水之支流者爲渴，音若衣褐之褐。渴上與南館高嶂合，下與百家瀨合。其中重洲小溪，澄潭淺渚，閒厠曲折，平者深黑，峻者沸白。舟行若窮，忽又無際。有小山出水中，山皆美石，石上生青叢，冬夏常蔚然。其旁多巖洞，其下多白礫，其樹多楓、柟、石楠、楩、櫧、樟、柚，草則蘭芷。又有異卉，類合歡而蔓生，轇轕水石。每風自四山而下，振動大木，掩苒衆草，紛紅駭綠，蓊葧香氣，衝濤旋瀨，退貯谿谷，搖颺葳蕤，與時推移。其大都如此，余無以窮其狀。永之人未嘗遊焉，余得之，不敢專也，出而傳於世。其地世主袁氏，故以名焉。

柳子厚石渠記 ○○

自渴西南行不能百步，得石渠。民橋其上，有泉幽幽然，其鳴乍大乍細。渠之廣，或咫尺，或倍尺，其長可十許步。其流抵大石，伏出其下，踰石而往，有石泓，菖蒲被之，青鮮環周。又折西行，旁陷巖石下，北墮小潭。潭幅員減百尺，清深多儵魚。又北曲行紆餘，睨若無窮，然卒入於渴。其側皆詭石怪木，奇卉美箭，可列坐而庥焉。風搖其顛，韻動崖谷，視之既静，其聽始遠。

予從州牧得之，攬去翳朽，決疏土石，既崇而焚，既釃而盈。惜其未始有傳焉者，故累記其所屬，遺之其人，書之其陽，俾後好事者求之得以易。

元和七年正月八日，蠲渠至大石，十月十九日，踰石得石泓小潭。渠之美於是始窮也。茅順甫云：清洌。

柳子厚石澗記 ○○○

石渠之事既窮，上由橋西北，下土山之陰，民又橋焉。其水之大，倍石渠三之。亘石爲底，達於兩涯，若牀若堂，若陳筵席，若限閫奥。水平布其上，流若織文，響若操琴。揭跣而往，折竹，掃陳葉，排腐木，可羅胡牀十八九居之。交絡之流，觸激之音，皆在牀下；翠羽之木，龍鱗之石，均蔭其上。古之人其有樂於此邪？後之來者，有能追余之踐履邪？得意之日，與石渠同。

由渴而來者，先石渠，後石澗。由百家瀨上而來者，先石澗，後石渠。澗之可窮者，皆出石城村東南，其閒可樂者數焉。其上深山幽林逾峭險，道狹不可窮也。

柳子厚小石城山記 ○○○

自西山道口徑北，踰黄茅嶺而下，有二道。其一西出，尋之無所得；其一少北而東，不過四十丈，土斷而川分，有積石横當其垠。其上爲睥睨梁欐之形，其旁出堡塢，有若門焉。窺之正黑，投以小石，洞然有水聲，其響之激越，良久乃已。環之可上，望甚遠，無土壤，而生嘉樹美箭，益奇而堅。其疏數偃仰，類智者所施設也。

噫！吾疑造物者之有無久矣，及是愈以爲誠有。又怪其不爲之於中州，而列是夷狄，更千百年，不得一售其伎，是固勞而無用，神者儻不宜如是。則其果無乎？或曰：「以慰夫賢而辱於此者。」或曰：「其氣之靈，不爲偉人，而獨爲是物。故楚之南，少人而多石。」是二者，余未信之。

柳子厚柳州東亭記 ○

出州南譙門左行二十六步，有棄地在道南。南值江，西際垂楊傳置。東曰東館，其内草木猥奥，有崖谷傾亞缺圮，豕得以爲囿，蛇得以爲藪，人莫能居。至是始命披刜蠲疏，樹以竹箭、松、檉、桂、檜、柏、杉，易爲堂亭，峭爲杠梁。下上迴翔，前出兩翼，馮空拒江，江化爲湖，衆山横環，嶛闊瀴灣，當邑居之劇，而忘乎人間，斯亦奇矣。乃取館之北宇，右闢之以爲夕室；取傳置之東宇，左闢之以爲朝室；又北闢之以爲陰室；作屋於北牖下，以爲陽室；作斯亭於中，以爲中室。朝室以夕居之，夕室以朝居之，中室日中而居之，陰室以違温風焉，陽室以違淒風焉。若無寒暑也，則朝夕復其號。

既成，作石於中室，書以告後之人，庶勿壞。元和十二年九月某日，柳宗元記。

柳子厚柳州山水近治可遊者記 ○○○

古之州治，在潯水南山石閒，今徙在水北，直平四十里，南北東西皆水匯。

北有雙山，夾道嶄然，曰背石山。有支川，東流入於潯水。潯水因是北而東，盡大壁下，其壁曰龍壁，其下多秀石可硯。南絶水，有山無麓，廣百尋，高五丈，下上若一，曰甑山。山之南皆大山，多奇。又南且西，曰駕鶴山，壯聳環立，古州治負焉。有泉在坎下，恆盈而不流，南有山正方而崇，類屏者曰屏山。其西曰四姥山。皆獨立不倚，北流潯水瀨下。李穆堂云：北流潯水瀨下，流字當作枕。又西曰仙弈之山。山之西可上，其上有穴，穴有屏、有室，有宇。其宇下有流石成形，如肺肝，如茄房；或積於下，如人如禽，如器物，甚眾。東西九十尺，南北少半。東登入於小穴，常有四尺，則廓然甚大，無竅正黑，燭之高僅見其宇，皆流石怪狀。由屏南室中入小穴，倍常而上，始黑，已而大明，爲上室。由上室而上，有穴北出，出之，乃臨大野，飛鳥皆視其背。其始登者，得石枰於上，黑肌而赤脈，十有八道，可弈，故以云。其山多檉，多櫧，多篔簹之竹，多橐吾，多橐吾，穆堂改「多蘘荷」。伯父薑塢先生云：《爾雅》菟奚、顆凍注：款冬也。邢疏：《本草》款冬，一名橐吾。其鳥多秭歸。

石魚之山全石，無大草木。山小而高，其形如立魚。在多秭歸西，有穴類仙弈。入其穴東，出其西北，靈泉在東趾下，有麓環之。泉大類轂，雷鳴西奔二十尺，有洄在石澗，因伏無所見。多緑青之魚，多石鯽，多鯈。

雷山兩崖皆東西，雷山兩崖皆東西，鼐疑西字當作面。雷水出焉，蓄崖中曰雷塘，能出雲氣作雷雨，變見有光，禱用俎魚、豆彘修形、糈徐、陰酒，方侍郎云：形當作刑，鉶，羹也。見《周官》內外饔職。虔則應。

在立魚南，其間多美山，無名而深。峨山在野中，無麓，峨水出焉，東流入於潯水。

古文辭類纂五十三終

雜記類三

柳子厚零陵郡復乳穴記 ○○

石鐘乳，餌之最良者也，楚、越之山多産焉，于連、于韶者，獨名於世。連之人告盡焉者五載矣，以貢則買諸他郡。

今刺史崔公至逾月，穴人來，以乳復告。邦人悦是祥也，雜然謠曰：「甿之熙熙，崔公之來。公化所徹，土石蒙烈。以爲不信，起視乳穴。」穴人笑之曰：「是惡知所謂祥邪？嚮吾以刺史之貪戾嗜利，徒吾役而不吾貨也，吾是以病而紿焉。今吾刺史令明而志絜，先賴而後力，欺誣屏息，信順休洽，吾以是誠告焉。且夫乳穴必在深山窮林，冰雪之所儲，豺虎之所廬。由而入者，觸昏霧，扞龍蛇，束火以知其物，縻繩以志其返。其勤若是，出又不得吾直，吾用是安得不以盡告？今而乃誠吾告故也，何祥之爲？」士聞之曰：「謠者之祥也，乃其所謂怪者也；笑者之非祥也，乃其所謂真祥者也。君子之祥也，以政不以怪。誠乎物而信乎道，人樂用命，熙熙然以效其有，斯其爲政也，而獨非祥也歟！」伯父薑塢先生云：崔簡以刺連州，爲州人所訟，流死驩州，即子厚亦云餌五石，病瘍且亂，又書與之論石鍾乳，則此記蓋譽其姻連，不得謂爲信辭矣。零陵郡當作連山郡，文安禮嘗論及之。

柳子厚零陵三亭記　○

邑之有觀遊，或者以爲非政，是大不然。夫氣煩則慮亂，視壅則志滯。君子必有游息之物，高明之具，使之清寧平夷，恒若有餘，然後理達而事成。

零陵縣東有山麓，泉出石中，沮洳污塗，羣畜食焉。墻藩以蔽之，爲縣者積數十人，莫知發視。河東薛存義，以吏能聞荊、楚閒，潭部舉之，假湘源令。會零陵政庬賦擾，民訟於牧，推能濟弊，來涖茲邑。遁逃復還，愁痛笑歌；逋租匿役，期月辨理；宿蠹藏奸，披露首服。民既卒稅，相與歡歸道塗，迎賀里閭，門不施胥吏之席，耳不聞鼙鼓之召，鷄豚糗醑，得及宗族。州牧尚焉，旁邑倣焉。

然而未嘗以劇自撓，山水鳥魚之樂，澹然自若也。乃發墻藩，驅羣畜，決疏沮洳，搜剔山麓，萬石如林，積坳爲池。爰有嘉木美卉，垂水藂峯，瓏璁蕭條，清風自生，翠烟自留，不植而遂。魚樂廣閒，鳥慕静深，別孕巢穴，沈浮嘯萃，不蓄而富。伐木墜江，流於邑門，陶土以埴，亦在署側。人無勞力，工得以利。乃作三亭，陟降晦明，高者冠山顛，下者俯清池。更衣膳饔，列置備具，賓以燕好，旅以館舍，高明游息之道，具於是邑，由薛爲首。

在昔裨諶謀野而獲，宓子彈琴而理，亂慮滯志，無所容入，則夫觀游者，果爲政之具歟？薛之志，其果出於是歟？及其弊也，則以玩替政，以荒去理。使繼是者，咸有薛之志，則邑民之福，其可既乎！余愛其始，而欲久其道，乃撰其事以書於石。薛拜手曰：「吾志也。」遂刻之。

柳子厚館驛使壁記 ○

凡萬國之會，四夷之來，天下之道途，畢出於邦畿之内。奉貢輸賦，修職於王都者，入于近關，則皆重足錯轂，以聽有司之命。徵令賜予，布政於下國者，出於甸服，而後按行成列，以就諸侯之館。故館驛之制，於千里之内尤重。

自萬年至於渭南，其驛六，其蔽曰華州，其關曰潼關。自華而北，界於櫟陽，其驛七，其蔽曰同州，其關曰蒲津。自灞而南，至於藍田，其驛六，其蔽曰商州，其關曰武關。自長安至於盩厔，其驛十有一，其蔽曰洋州，其關曰華陽。自武功西，至於好畤，其驛三，其蔽曰鳳翔府，其關曰隴關。自渭而北，至於華原，其驛九，其蔽曰方州。方州蓋坊州之誤。自咸陽而西，至於奉天，其驛六，其蔽曰邠州。由四海之内，總而合之，以至於關；由關之内，束而會之，以至於王都。華人、夷人，往復而授館者，旁午而至。傳吏奉符而閲其數，縣吏執牘而書其物。告至告去之役，不絶於道；寓望迎勞之禮，無曠於日。而春秋朝陵之邑，皆有傳館，其飲飫、餼饋，咸出於豐給；繕完築復，必歸於整頓。列其田租，布其貨利，權其入而用其積。於是有出納奇贏之數，勾會考校之政。

大曆十四年，始命御史爲之使，俾考其成，以質於尚書。季月之晦，必合其簿書，以視其等列，而校其信宿，必稱其制。有不當者，反之於官。尸其事者有勞焉，則復於天子，而優升之。勞大者增其官，其次者降其調之數，又其次，猶異其考績。官有不職，則以告而罪之。故月受俸二萬於太府，史五人，承符者二人，皆有食焉。

先是假廢官之印而用之。貞元十九年，南陽韓泰告於上，始鑄使印，而正其名。然其嗣當斯職，未嘗有記之者。追而求之，蓋數歲而往則失之矣。今余爲之記，遂以韓氏爲首，且曰修其職，故首之也。鼐按：子厚在御史禮部時，文往往摹倣《國語》，而蹊徑不化，辭頗蹇塞。若《饗軍堂》、《江運》二記皆然。此文較爲明净雅飭，然尚不及永、柳以後所爲也。

柳子厚陪永州崔使君遊讌南池序 ○

零陵城南，環以羣山，延以林麓，其崖谷之委會，則泓然爲池，灣然爲溪。其上多楓、柟、竹箭，哀鳴之禽，其下多芡、芰、蒲蕖，騰波之魚。韜涵太虚，澹灩里閭，誠遊觀之佳麗者已。

崔公既來，其政寬以肆，其風和以廉，既樂其人，又樂其身。於暮之春，徵賢合姻，登舟於茲水之津。連山倒垂，萬象在下，浮空泛景，蕩若無外，横碧落以中貫，陵太虚而徑度。羽觴飛翔，匏竹激越，熙然而歌，婆然而舞，持頤而笑，瞪目而倨，不知日之將暮。則於向之物者，可謂無負矣！昔之人知樂之不可常，會之不可必也，當歡而悲者有之。況公之理行，宜去受厚錫，而席之賢者，率皆在官蒙澤，方將脱鱗介，生羽翮，夫豈趦趄湘中，爲顦顇客耶？

余既委廢于世，恆得與是山水爲伍，而悼茲會不可再也，故爲文志之。

柳子厚序飲 ○○

買小邱一日鋤理，二日洗滌，遂置酒溪石上。嚮之爲記所謂牛馬之飲者，離坐其背，實觴而流之，接取以飲。乃置監史而令曰：「當飲者舉籌之十寸者三，逆而投之，能不洄於洑，不止於坻，不沈於底者，過不飲；而洄、而止、而沈者，飲如籌之數。」既或投之，則旋眩滑汩，若舞若躍。速者，遲者，去者，住者，衆皆據石注視，歡忭以助其勢。突然而逝，乃得無事。於是或一飲，或再飲。客有婁生圖南者，其投之也，一洄、一止、一沈，獨三飲，衆乃大笑驩甚。余病痞不能食酒，至是醉焉，遂損益其令，以窮日夜而不知歸。

吾聞昔之飲酒者，有揖讓酬酢百拜以爲禮者，有叫號屢舞如沸如羹以爲極者，有裸裎袒裼以爲達者，有資絲竹金石之樂以爲和者，有以促數糺逖而爲密者。今則舉異是焉。故捨百拜而禮，無叫號而極，不袒裼而達，非金石而和，去糺逖而密。簡而同，肆而恭，衎衎而從容，相以合山水之樂，成君子之心，宜也。作《序飲》，以貽後之人。

柳子厚序棊 ○○

房生直温，與予二弟遊，皆好學。予病其確也，思所以休息之者，得木局，隆其中而規焉。其下方以直，置棊二十有四，貴者半，賤者半。貴曰上，賤曰下，咸自第一至十二，下者二乃敵一，用朱墨以別焉。房於是取二毫如其第書之。既而抵戲者二人，則視其賤者而賤之，貴者而貴之。其使之擊觸也，必先賤者。不得已而使貴者，則皆慄焉昏焉，亦鮮克以中。其獲也，得朱焉則若有餘，得墨焉則若不足。

余諦睨之以思，其始則皆類也，房子一書之，而輕重若是。適近其手而先焉，非能擇其善而朱，否而墨之也。然而上焉而上，下焉而下，貴焉而貴，賤焉而賤，其易彼而敬此，遂以遠焉。然則若世之所以貴賤人者，有異房之貴賤茲棊者歟？無亦近而先之耳。有果能擇其善否者歟？其敬而易者，亦從而動心矣。有敢議其善否者歟？其得於貴者，有不氣揚而志蕩者歟？其得於賤者，有不貌慢而心肆者歟？其所謂貴者，有敢輕而使之擊觸者歟？所謂賤者，有敢避其使之擊觸者歟？彼朱而墨者，相去千萬且不啻，有敢以二敵其一者歟？

余墨者徒也，觀其始與末，有似恭者，故敘。

李習之來南録 ○

元和三年十月，翺既受嶺南尚書公之命，四年正月己丑，自旌善第，以妻子上船於漕。乙未，去東都，韓退之、石濬川假舟送予。明日，及故洛東，弔孟東野，遂以東野行。濬川以妻疾，自漕口先歸。黄昏，到景雲山居，詰朝，登上方，南望嵩山，題姓名記別。既食，韓、孟別予西歸。戊戌，予病寒，飲葱酒以解表，暮宿於鞏。庚子，出洛下河，止汴梁口，遂泛汴流通河於淮。辛丑，及河陰。乙巳，次汴州，疾又加，召醫察脈，使人入盧又。二月丁未朔，宿陳留。戊申，莊人自盧乂來，宿雍邱。乙酉，次宋州，疾漸瘳。壬子，至永城。甲寅，至埇口。丙辰，次泗州，見刺史假舟，轉淮上河，如揚州。庚申，下汴渠，入淮，風帆及盱眙。風逆，天黑色，水波激，順潮入新浦。壬戌，至楚州。丁卯，至揚州。戊辰，上棲靈浮圖。辛未，濟大江，至潤州。戊寅，至常州。壬午，至蘇州。癸未，如虎邱之山，息足千人石，窺劍池，宿望海樓，觀走砌石。將遊報恩，水涸，舟不通，無馬道，不果遊。乙酉，濟松江。丁亥，官艘隙，水溺，舟敗。戊子，至杭州。己丑，如武林之山，臨曲波，觀輪轄，登石橋，宿高亭，晨望平湖，孤山江濤，窮竹道，上新堂，周眺羣峯，聽松風，召靈山，永吟叫猿，山童學反舌聲。癸巳，駕濤江，逆波至富春。丙申，七里灘至睦州。庚子，上楊盈川亭。辛丑，至衢州，以妻疾止行，居開元佛寺臨江亭後。三月丁未朔，翱在衢州。甲子，女某生。四月丙子朔，翱在衢州，與侯高宿石橋。丙戌，去衢州。戊子，自常山上嶺至玉山。庚寅，至信州。甲午，望弋陽山，怪峯直聳似華山。丙申，上干越亭。己亥，直渡擔石湖。辛丑，至洪州，遇嶺南使，遊徐孺亭，看荷華。五月壬子，至吉州。壬戌，至虔州。己丑，與韓泰安平渡江，遊靈應山居。辛未，上大庾嶺。明日，至湞昌。癸酉，上靈屯西嶺，見韶石。甲戌，宿靈鷲山居。六月乙亥朔，至韶州。丙子，至始興公室。戊寅，入東蔭山，看大竹笋如嬰兒，過湞陽峽。己卯，宿清遠峽山，癸未，至廣州。

自東京至廣州，水道出衢、信，七千六百里。出上元、西江，七千一百有三十里。自洛川下黄河、汴梁，過淮，至淮陰，一千八百有三十里，順流。自淮陰至邵伯，三百有五十里，逆流。自邵伯至江九十里。自潤州至杭州八百里，渠有高下，水皆不流。自杭州至常山，六百九十有五里，逆流，多驚灘，以竹索引船，乃可上。自常山至玉山八十里，陸道，謂之玉山嶺。自玉山至湖，七百有一十里，順流，謂之高溪。自湖至洪州，一百有一十八里，逆流。自洪州至大庾嶺，一千有八百里，逆流，謂之章江。自大庾嶺至湞昌，一百有一十里，陸道，謂之大庾嶺。自湞昌至廣州，九百有四十里，順流，謂之湞江，出韶州，謂之韶江。

古文辭類篹五十四終

雜記類四

歐陽永叔仁宗御飛白記　○○○

治平四年，夏五月，余將赴亳，假道於汝陰，因得閱書於子履之室，董塢先生云：陸經字子履，洛陽人，官集賢修撰。而雲章爛然，輝映日月，爲之正冠肅容再拜，而後敢仰視。蓋仁宗皇帝之御飛白也。曰：「此寶文閣之所藏也，《宋史・職官志》：寶文閣在天章之東西序，羣玉、蘂珠殿之北，英宗即位，詔以仁宗御書御集藏於閣。胡爲於子之室乎？」子履曰：「曩者天子宴從臣於羣玉，而賜以飛白，余幸得與賜焉。予窮於世久矣，少不悦於時人，流離竄斥，十有餘年，而得不老死江湖之上者，蓋以遭時清明，天子嚮學，樂育天下之材，而不遺一介之賤，使得與羣賢並遊於儒學之館。而天下無事，歲時豐登，民物安樂，天子優遊清閒，不邇聲色，方與羣臣從容於翰墨之娱。而余於斯時竊獲此賜，非惟一介之臣之榮遇，亦朝廷一時之盛事也。子其爲我志之。」

余曰：「仁宗之德澤涵濡於萬物者，四十餘年，雖田夫野老之無知，猶能悲歌思慕於壠畝之閒，而況儒臣學士，得望清光，蒙恩寵，登金門而上玉堂者乎！」於是相與泫然流涕而書之。

夫石韞玉而珠藏淵，其光氣常見於外也。故山輝而白虹，水變而五色者，至寶之所在也。今賜書之藏於子室也，吾知將有望氣者，言榮光起而燭天者，必賜書之所在也。茅順甫云：文不用意處，卻有一片渾雄沖淡精神。

歐陽永叔襄州穀城縣夫子廟記 ○○

釋奠、釋菜，祭之略者也。古者士之見師，以菜爲贄，故始入學者，必釋菜以禮其先師。其學官四時之祭，乃皆釋奠。釋奠有樂無尸，而釋菜無樂，則其又略也，故其禮亡焉。而今釋奠幸存，然亦無樂，又不徧舉於四時，獨春秋行事而已。

《記》曰：「釋奠必有合，有國故則否。」謂凡有國，各自祭其先聖先師，若唐虞之夔、伯夷，周之周公，魯之孔子。其國之無焉者，則必合於鄰國而祭之。然自孔子没，後之學者，莫不宗焉，故天下皆尊以爲先聖，而後世無以易。學校廢久矣，學者莫知所師，又取孔子門人之高弟曰顏回者而配焉，以爲先師。

隋、唐之際，天下州縣皆立學，置學官生員，而釋奠之禮，遂以著令。其後州縣學廢，而釋奠之禮，吏以其著令，故得不廢。學廢矣，無所從祭，則皆廟而祭之。荀卿子曰：「仲尼，聖人之不得勢者也。」然使其得勢，則爲堯舜矣。不幸無時而没，特以學者之故，享弟子春秋之禮。而後之人不推所謂釋奠者，徒見官爲立祠，而州縣莫不祭之，則以爲夫子之尊，由此爲盛。甚者乃謂生雖不得位，而没有所享，以爲夫子榮，謂有德之報，雖堯舜莫若，何其謬論者歟！

祭之禮以迎尸酌鬯爲盛，釋奠，薦饌直奠而已，故曰祭之略者。其事有樂舞授器之禮，今又廢，則於其略者又不備焉。然古之所謂吉凶鄉射賓燕之禮，民得而見焉者，今皆廢失。而州縣幸有社稷釋奠，風雨雷師之祭，民猶得以識先王之禮器焉。其牲酒器幣之數，升降俯仰之節，吏又多不能習。至其臨事，舉多不中，而色不莊，使民無所瞻仰。見者怠焉，因以爲古禮不足復用，可勝嘆哉！

大宋之興，於今八十年，天下無事，方修禮樂，崇儒術，以文太平之功。以謂王爵未足以尊夫子，又加至聖之號，以褒崇之。講正其禮，下於州縣，而吏或不能諭上意，凡有司簿書之所不責者，謂之不急，非師古好學者，莫肎盡心焉。

穀城令狄君栗，爲其邑未踰時，修文宣王廟，易於縣之左，大其正位。爲學舍於其旁，藏九經書，率其邑之子弟興於學。然後考制度，爲俎豆、籩篚、罇爵、簠簋凡若干，以與其邑人行事。穀城縣政久廢，狄君居之，期月稱治。又能載國典，修禮興學，急其有司所不責者，諰諰然惟恐不及，可謂有志之士矣。

歐陽永叔有美堂記　○○

嘉祐二年，龍圖閣直學士、尚書吏部郎中梅公，出守於杭。於其行也，天子寵之以詩，於是始作有美之堂，蓋取賜詩之首章而名之，鼐按：宋仁廟賜梅摯守杭州詩止一首，云「地有吴山美，東南第一州」。歐公云賜詩首章者，《左傳》以「耆定爾功」，爲《武》之卒章，則首句得稱首章。以爲杭人之榮。然公之甚愛斯堂也，雖去而不忘。今年自金陵遣人走京師，命予誌之，其請至六七而不倦。予乃爲之言曰：夫舉天下之至美，與其樂，有不得而兼焉者多矣。故窮山水登臨之美者，必之乎寬閒之野，寂寞之鄉，而後得焉；覽人物之盛麗，夸都邑之雄富者，必據乎四達之衝，舟車之會，而後足焉。蓋彼放心於物外，而此娱意於繁華。二者，各有適焉，然其爲樂，不得而兼也。

今夫所謂羅浮、天台、衡嶽、廬阜、洞庭之廣，三峽之險，號爲東南奇偉秀絶者，乃皆在乎下州小邑，僻陋之邦。此幽潛之士、窮愁放逐之臣之所樂也。若乃四方之所聚，百貨之所交，物盛人衆，爲一都會，而又能兼有山水之美，以資富貴之娱者，惟金陵、錢塘，然二邦皆僭竊於亂世。及聖宋受命，海内爲一，金陵以後服見誅，今其江山雖在，而頹垣廢址，荒烟野草，過而覽者，莫不爲之躊躇而悽愴。獨錢塘，自五代時，知尊中國，效臣順。及其亡也，頓首請命，不煩干戈。今其民幸富完安樂，又其俗習工巧，邑屋華麗，蓋十餘萬家。環以湖山，左右映帶，而閩商海賈，風帆浪舶，出入於江濤浩渺烟雲杳靄之閒，可謂盛矣。而臨是邦者，必皆朝廷公卿大臣，若天子之侍從，又有四方遊士，爲之賓客，故喜占形勝，治亭榭，相與極游覽之娱。然其於所取，有得於此者，必有遺於彼。獨所謂有美堂者，山水登臨之美，人物邑居之繁，一寓目而盡得之。蓋錢塘兼有天下之美，而斯堂者，又盡得錢塘之美焉。宜乎公之甚愛而難忘也！

梅公，清慎好學君子也。視其所好，可以知其人焉。蘆塢先生云：文雖宋世格調，然勢隨意變，風韻溢於行布，誦之鏘然。

歐陽永叔峴山亭記 ○○○

峴山臨漢上，望之隱然，蓋諸山之小者，而其名特著於荆州者，豈非以其人哉！其人謂誰？羊祜叔子、杜預元凱是已。方晉與吴以兵争，常倚荆州以爲重，而二子相繼於此，遂以平吴，而成晉業，其功烈已蓋於當世矣。至於風流餘韻，藹然被於江漢之閒者，至今人猶思之，而於思叔子也尤深。蓋元凱以其功，而叔子以其仁，二子所爲雖不同，然皆足以垂於不朽，余頗疑其反自汲汲於後世之名者何哉？

傳言叔子嘗登茲山，慨然語其屬，以謂此山常在，而前世之士，皆已湮滅於無聞，因自顧而悲傷，然獨不知茲山待己而名著也。元凱銘功於二石，一置茲山之上，一投漢水之淵。是知陵谷有變，而不知石有時而磨滅也。豈皆自喜其名之甚，而過爲無窮之慮歟？將自待者厚，而所思者遠歟？

山故有亭，世傳以爲叔子之所游止也。故其屢廢而復興者，由後世慕其名而思其人者多也。熙寧元年，余友人史君中煇，以光禄卿來守襄陽。明年，因亭之舊，廣而新之，既周以迴廊之壯，又大其後軒，使與亭相稱。君知名當世，所至有聲，襄人安其政，而樂從其游也。因以君之官，名其後軒，爲光禄堂。又欲紀其事於石，以與叔子、元凱之名，並傳於久遠。君皆不能止也，乃來以記屬於余。

余謂君知慕叔子之風，而襲其遺迹，則其爲人，與其志之所存者，可知矣。襄人愛君，而安樂之如此，則君之爲政於襄者，又可知矣。此襄人之所欲書也。若其左右山川之勝勢，與夫草木雲烟之杳靄，出没於空曠有無之閒，而可以備詩人之登高，寫《離騷》之極目者，宜其覽者自得之。至於亭屢廢興，或自有記，或不必求其詳者，皆不復道也。鼐按：歐公此文，神韻縹緲，如所謂吸風飲露，蟬蜕塵壒者，絶世之文也。而「其人謂誰」二句，則實近俗調，爲文之纇。劉海峯欲删此二句，而易下「二子相繼於此」爲「羊叔子、杜元凱相繼於此」。

歐陽永叔遊儵亭記 ○○○

禹之所治大水七，岷山導江，其一也。江出荆州，合沅、湘，合漢、沔，以輸之海。其爲汪洋誕漫，蛟龍水物之所憑，風濤晦冥之變怪，壯哉是爲勇者之觀也！

吾兄晦叔，爲人慷慨，喜義勇，而有大志，能讀前史，識其盛衰之跡。聽其言，豁如也。困於位卑，無所用以老，然其胸中亦已壯矣。夫壯者之樂，非登崇高之邱，臨萬里之流，不足以爲適。今吾兄家荆州，臨大江，捨汪洋誕漫壯哉勇者之所觀，而方規地爲池，方不數丈，治亭其上，反以爲樂，何哉？蓋其擊壺而歌，解衣而飲，陶乎不以汪洋爲大，不以方丈爲局，則其心豈不浩然哉！

夫視富貴而不動，處卑困而浩然其心者，真勇者也。然則水波之漣漪，遊魚之上下，其爲適也，與夫莊周所謂「惠施游於濠梁之樂」何以異？烏用蛟龍變怪之爲壯哉？故名其亭曰遊儵亭。景祐五年四月二日舟中記。鼐按：景祐僅四年，次年即寶元元年。是年仁宗以十月祀天地於圜邱，故改元也。作文在四月，故尚稱景祐五年爾。

歐陽永叔豐樂亭記　○○

修既治滁之明年夏，始飲滁水而甘。問諸滁人，得於州南百步之近。其上豐山，聳然而特立；下則幽谷，窈然而深藏；中有清泉，滃然而仰出。俯仰左右，顧而樂之。於是疏泉鑿石，闢地以爲亭，而與滁人往遊其閒。

滁於五代干戈之際，用武之地也。昔太祖皇帝，嘗以周師破李景兵十五萬於清流山下，生擒其將皇甫暉、姚鳳於滁東門之外，遂以平滁。修嘗考其山川，按其圖記，升高以望清流之關，欲求暉、鳳就擒之所，而故老皆無在者，蓋天下之平久矣。自唐失其政，海内分裂，豪傑並起而争，所在爲敵國者，何可勝數。及宋受天命，聖人出而四海一，嚮之憑恃險阻，剗削消磨，百年之閒，漠然徒見山高而水清，欲問其事，而遺老盡矣。今滁介於江、淮之閒，舟車商賈、四方賓客之所不至。民生不見外事，而安於畎畝衣食，以樂生送死，而孰知上之功德，休養生息，涵煦百年之深也？

修之來此，樂其地僻而事簡，又愛其俗之安閒。既得斯泉於山谷之閒，乃日與滁人，仰而望山，俯而聽泉。掇幽芳而蔭喬木，風霜冰雪，刻露清秀，四時之景，無不可愛。又幸其民樂其歲物之豐成，而喜與予游也。因爲本其山川，道其風俗之美，使民知所以安此豐年之樂者，幸生無事之時也。夫宣上恩德，以與民共樂，刺史之事也，遂書以名其亭焉。

歐陽永叔菱谿石記 ○○

菱谿之石有六，其四爲人取去。其一差小而尤奇，亦藏民家。其最大者，偃然僵卧於谿側，以其難徙，故得獨存。每歲寒霜落，水涸而石出，谿傍人見其可怪，往往祀以爲神。

菱谿，按圖與經，皆不載。唐會昌中，刺史李濆爲《荇谿記》，云水出永陽嶺西，經皇道山下。以地求之，今無所謂荇谿者。詢於滁州人，曰：「此谿是也。」楊行密有淮南，淮人爲諱其嫌名，以荇爲菱，理或然也。

谿傍若有遺址，云故將劉金之宅，石即劉氏之物也。金，僞吴時貴將，與行密共起合肥，號三十六英雄，金其一也。金本武夫悍卒，而乃能知愛賞奇異，爲兒女子之好，豈非遭逢亂世，功成志得，驕於富貴之佚欲而然邪？想其陂池臺榭，奇木異草，與此石稱，亦一時之盛哉！今劉氏之後，散爲編氓，尚有居谿傍者。

余感夫人物之廢興，惜其可愛而棄也，乃以三牛曳置幽谷。又索其小者，得於白塔民朱氏，遂立於亭之南北。亭負城而近，以爲滁人歲時嬉遊之好。

夫物之奇者，棄没於幽遠則可惜，置之耳目，則愛者不免取之而去。嗟夫！劉金者，雖不足道，然亦可謂雄勇之士，其生平志意，豈不偉哉？及其後世，荒堙零落，至於子孫泯没而無聞，况欲長有此石乎？用此可爲富貴者之戒。而好奇之士，聞此石者，可以一賞而足，何必取而去也哉？薑塢先生云：劉金，吴時爲濠、滁二州刺史，長子仁規，次即劉仁贍也。公於《五代史記》中劉仁贍傳内亦具之，而此記云子孫泯滅無聞，豈忽忘之耶？

歐陽永叔真州東園記 〇〇

真爲州當東南之水會，故爲江淮、兩浙、荆湖發運使之治所。龍圖閣直學士施君正臣，侍御史許君子春之爲使也，得監察御史裏行馬君仲塗爲其判官。三人者，樂其相得之懽，而因其暇日，得州之監軍廢營以作東園，而日往遊焉。

歲秋八月，子春以其職事走京師，圖其所謂東園者來以示余曰：「園之廣百畝，而流水橫其前，清池浸其右，高臺起其北。臺吾望以拂雲之亭，池吾俯以澄虚之閣，水吾泛以畫舫之舟。敞其中以爲清讌之堂，闢其後以爲射賓之圃。芙蕖、芰荷之的歷，幽蘭、白芷之芬芳，與夫佳花美木，列植而交陰，此前日之蒼煙白露而荆棘也；高甍巨桷，水光日景，動摇而下上，其寬閒深靚，可以答遠響而生清風，此前日之頹垣斷塹而荒墟也；嘉時令節，州人士女，嘯歌而管弦，此前日之晦冥風雨，鼪鼯鳥獸之嘷音也。吾於是信有力焉。凡圖之所載，蓋其一二之畧也。若乃升於高，以望江山之遠近；嬉於水，而逐魚鳥之浮沈，其物象意趣，登臨之樂，覽者各自得焉。凡工之所不能畫者，吾亦不能言也。其爲我書其大概焉。」

又曰：「真，天下之衝也，四方之賓客往來者，吾與之共樂於此，豈獨私吾三人者哉！然而池臺日益以新，草樹日益以茂，四方之士，無日而不來，而吾三人者，有時而皆去也，豈不眷眷於是哉？不爲之記，則後孰知其自吾三人者始也？」

予以謂三君子之材賢，足以相濟，而又協於其職，知所後先。使上下給足，而東南六路之人，無辛苦愁怨之聲，然後休其餘閑，又與四方之賢士大夫共樂於此，是皆可嘉也。乃爲之書。施君爲施昌言，許君爲許元，馬君爲馬適。

歐陽永叔浮槎山水記 ○○

浮槎山在慎縣南三十五里，或曰浮闍山，或曰浮、巢二山，其事出於浮圖、老子之徒，荒怪誕幻之說。其上有泉，自前世論水者皆弗道。余嘗讀《茶經》，愛陸羽善言水。後得張又新《水記》，載劉伯芻、李季卿所列水次第，以爲得之於羽。然以《茶經》考之，皆不合。又新妄狂險譎之士，其言難信，頗疑非羽之說。及得浮槎山水，然後益以羽爲知水者。浮槎與龍池山，皆在廬州界中，較其水味，不及浮槎遠甚。而又新所記以龍池爲第十，浮槎之水，棄而不録，以此知其所失多矣。羽則不然，其論曰：「山水上，江次之，井爲下。山水，乳泉石池漫流者上。」其言雖簡，而於論水盡矣。

浮槎之水，發自李侯。嘉祐二年，李侯以鎮東軍留後出守廬州，因游金陵，登蔣山，飲其水。既又登浮槎，至其山上，有石池，涓涓可愛，蓋羽所謂乳泉漫流者也。飲之而甘，乃考圖記，問於故老，得其事迹，因以其水遺余於京師。予報之曰：

李侯可謂賢矣！夫窮天下之物，無不得其欲者，富貴者之樂也。至於蔭長松，藉豐草，聽山溜之潺湲，飲石泉之滴瀝，此山林者之樂也。而山林之士，視天下之樂，不一動其心；或有欲於心，顧力不可得而止者，乃能退而獲樂於斯。彼富貴者之能致物矣，而其不可兼者，惟山林之樂爾。惟富貴者而不得兼，然後貧賤之士，有以自足而高世。其不能兩得，亦其理與勢之然歟？今李侯生長富貴，厭於耳目，又知山林之爲樂，至於攀緣上下，幽隱窮絶，人所不及者，皆能得之。其兼取於物者，可謂多矣。

李侯折節好學，喜交賢士，敏於爲政，所至有能名。凡物不能自見，而待人以彰者有矣；其物未必可貴，而因人以重者亦有矣。故予爲志其事，俾世知斯泉發，自李侯始也。

茅順甫云：風韻翛然。薑塢先生云：曹能始《名勝志》引此記云：「李不疑爲郡守。」不疑未詳何人。某按：李端愿，仁宗時邢州觀察使，鎮東軍留後，知鄧、襄二州，移廬州，不疑蓋端愿也。端愿，遵勗之子。遵勗尚萬壽長公主，太宗女也，故記有生長富貴之語。端愿字公謹，一字不疑，歐公集中《浮槎寺八記詩》跋及與李簡牘，言李遺水及作記事，簡中數稱其字。

歐陽永叔李秀才東園亭記 ○○

修友李公佐，有亭在其居之東園。今年春，以書抵洛，命修志之。

李氏世家隨。隨春秋時稱漢東大國。魯桓之後，楚始盛，隨近之，常與爲鬬國相勝敗。然怪其山川土地，既無高深壯厚之勢，封域之廣，與鄖、蓼相介，纔一二百里，非有古彊諸侯制度，而爲大國何也？其春秋世，未嘗通中國盟會朝聘。僖二十年，方見於經，以伐見書。哀之元年，始約列諸侯一會而罷。其後乃希見。僻居荆夷，蓋於蒲騷、鄖、蓼小國之閒，特大而已。故於今雖名藩鎮，而實下州。山澤之産無美材，土地之貢無上物。朝廷達官大人，自閩陬嶺徼出而顯者，往往皆是，而隨近在天子千里内，幾百年閒，未聞出一士。豈其痺貧薄陋自古然也？

予少從江南就食居之，能道其風土。地既瘠枯，民急生不舒愉，雖豐居大族厚聚之家，未嘗有樹林池沼之樂，以爲歲時休暇之嬉。獨城南李氏爲著姓，家多藏書，訓子孫以學。予爲童子，與李氏諸兒戲其家，見李氏方治東園，佳木美草，一一手植，周視封樹，日日去來園閒甚勤。李氏壽終，公佐嗣家，又構亭其閒，益修先人之所爲。予亦壯，不復至其家。已而去客漢、沔，遊京師，久而乃歸，復行城南，公佐引予登亭上，周尋童子時所見，則樹之蘖者抱，昔之抱者枿，草之茁者叢，荄之甲者，今果矣。問其遊兒，則有子如予童子之歲矣。相與逆數昔時，則於今七閏矣，然忽忽如前日事，因嘆嗟徘徊不能去。

噫！予方仕宦奔走，不知再至城南，登此亭，復幾閏？幸而再至，則東園之物，又幾變也？計亭之梁木其蠹，瓦甓之溜，石物其泐乎？隨雖陋，非予鄉。然予之長也，豈能忘情於隨哉？

公佐好學有行，鄉里推之，與予友善。明道二年十月十二日記。

歐陽永叔樊侯廟災記　○○

鄭之盜，有入樊侯廟，刳神象之腹者。既而大風雨雹，近鄭之田，麥苗皆死。人咸駭曰：「侯怒而爲之也。」

余謂樊侯，本以屠狗立軍功，佐沛公，至成皇帝，位爲列侯，邑食舞陽，剖符傳封，與漢長久，《禮》所謂「有功德於民則祀之」者歟？舞陽距鄭既不遠，又漢、楚常苦戰滎陽、京、索閒，亦侯平生提戈斬級所立功處，故廟而食之宜矣。

方侯之參乘沛公，事危鴻門，振目一顧，使羽失氣，其勇力足有過人者。故後世言雄武稱樊將軍，宜其聰明正直，有遺靈矣。然當盜之剚刃腹中，獨不能保其心腹腎腸，而反移怒於無罪之民，以騁其恣睢何哉？豈生能萬人敵，而死不能庇一躬耶？豈其靈不神於禦盜，而反神於平民，以駭其耳目邪？風霆雨雹，天之所以震耀威罰，宜有司者，而侯又得以濫用之邪？

蓋聞陰陽之氣，怒則薄而爲風霆，其不和之甚者，凝結而爲雹。方今歲且久旱，伏陰不興，壯陽剛燥，疑有不和而凝結者，豈其適會民之自災也邪？不然，則喑嗚叱咤，使風馳霆擊，則侯之威靈暴矣哉！

歐陽永叔叢翠亭記 ○

九州皆有名山以爲鎮，而洛陽天下中，周營漢都，自古常以王者制度臨四方，宜其山川之勢雄深偉麗，以壯萬邦之所瞻。由都城而南以東，山之近者，闕塞、萬安、轘轅、緱氏，以連嵩少，首尾盤屈踰百里。從城中因高以望之，衆山靡迤，或見或否，惟嵩最遠，最獨出。其巔巖聳秀，拔立諸峯上，而不可掩蔽。蓋其名在祀典，與四嶽俱備天子巡狩望祭，其秩甚尊，則其高大殊傑當然。

城中可以望而見者，若巡檢署之居洛北者爲尤高。巡檢使内殿崇班李君，始入其署，即相其西南隅而增築之，治亭於上，敞其南，北嚮以望焉。見山之連者、峯者、岫者，絡繹聯亙，卑相附，高相摩，亭然起，崒然止，來而向，去而背。傾崖怪壑，若奔若蹲，若鬭若倚，世所謂嵩陽三十六峯者，皆可以坐而數之。因取其蒼翠叢列之狀，遂以叢翠名其亭。

亭成，李君與賓客以酒食登而落之，其古所謂居高明而遠眺望者歟？既而欲記其始造之歲月，因求修辭而刻之云。

古文辭類篹五十五終

雜記類五

曾子固宜黄縣學記　〇〇〇

古之人，自家至於天子之國，皆有學。自幼至於長，未嘗去於學之中。學有《詩》、《書》六藝，弦歌洗爵，俯仰之容，升降之節，以習其心體、耳目、手足之舉措；又有祭祀、鄉射、養老之禮，以習其恭讓；進材、論獄、出兵、授捷之法，以習其從事。師友以解其惑，勸懲以勉其進，戒其不率，其所以爲具如此。而其大要，則務使人人學其性，不獨防其邪僻放肆也。雖有剛柔緩急之異，皆可以進之於中，而無過不及。使其識之明，氣之充於其心，則用之於進退語默之際，而無不得其宜；臨之以禍福死生之故，而無足動其意者。爲天下之士，爲所以養其身之備如此，則又使知天地事物之變，古今治亂之理，至於損益廢置，先後終始之要，無所不知。其在堂户之上，而四海九州之業，萬世之策皆得。及出而履天下之任，列百官之中，則隨所施爲，無不可者。何則？其素所學問然也。

蓋凡人之起居、飲食、動作之小事，至於修身爲國家天下之大體，皆自學出，而無斯須去於教也。其動於視聽四支者，必使其洽於內；其謹於初者，必使其要於終。馴之以自然，而待之以積久。噫！何其至也。故其俗之成，則刑罰措；其材之成，則三公百官得其士；其爲法之永，則中材可以守；其入人之深，則雖更衰世而不亂。爲教之極至此，鼓舞天下，而人不知其從之，豈用力也哉？

及三代衰，聖人之制作盡壞，千餘年之閒，學有存者，亦非古法。人之體性之舉動，唯其所自肆，而臨政治人之方，固不素講。士有聰明樸茂之質，而無教養之漸，則其材之不成，夫疑固。然。蓋以不學未成之材，而爲天下之吏，又承衰敝之後，而治不教之民。嗚呼！仁政之所以不行，盜賊刑罰之所以積，其不以此也歟！

宋興幾百年矣。慶曆三年，天子圖當世之務，而以學爲先，於是天下之學乃得立。而方此之時，撫州之宜黄，猶不能有學，士之學者，皆相率而寓於州，以羣聚講習。其明年，天下之學復廢，士亦皆散去，而春秋釋奠之事，以著於令，則常以廟祀孔氏，廟廢不復理。皇祐元年，會令李君詳至，始議立學，而縣之士某某，與其徒皆自以謂得發憤於此，莫不相勵而趨爲之。故其材不賦而羡，匠不發而多。其成也，積屋之區若干，而門序正位，講藝之堂，棲士之舍，皆足。積器之數若干，而祀飲寢食之用皆具。其像孔氏而下，從祭之士，皆備。其書經史百氏，翰林子墨之文章，無外求者。其相基會作之本末，總爲日若干而已，何其周且速也！

當四方學廢之初，有司之議，固以謂學者人情之所不樂。及觀此學之作，在其廢學數年之後，唯其令之一唱，而四境之内，響應而圖之，如恐不及。則夫言人之情不樂於學者，其果然也歟？

宜黄之學者，固多良士。而李君之爲令，威行愛立，訟清事舉，其政又良也。夫及良令之時，而順其慕學發憤之俗，作爲宫室教肄之所，以至圖書器用之須，莫不皆有以養其良材之士。雖古之去今遠矣，然聖人之典籍皆在，其言可考，其法可求。使其相與學而明之，禮樂節文之詳，固有所不得爲者。若夫正心修身，爲國家天下之大務，則在其進之而已。使一人之行修，移之於一家，一家之行修，移之於鄉鄰族黨，則一縣之風俗成，人材出矣。教化之行，道德之歸，非遠人也，可不勉歟！

縣之士來請曰："願有記。"故記之。十二月某日也。

曾子固筠州學記 〇〇

周衰，先王之迹熄。至漢，六藝出於秦火之餘，士學於百家之後。言道德者，矜高遠而遺世用；語政理者，務卑近而非師古。刑名、兵家之術，則狃於暴詐。惟知經者爲善矣，又争爲章句訓詁之學，以其私見妄穿鑿爲説。故先王之道不明，而學者靡然溺於所習。當是時，能明先王之道者，楊雄而已。而雄之書，世未知好也。然士之出於其時者，皆勇於自立，無苟簡之心，其取與、進退、去就，必度於禮義。及其已衰，而縉紳之徒，抗志於强暴之閒，至於廢錮殺戮，而其操愈厲者，相望於先後。故雖有不軌之臣，猶低徊没世，不敢遂其篡奪。

自此至於魏晉以來，其風俗之弊，人材之乏久矣。以迄於今，士乃有特起於千載之外，明先王之道，以寤後之學者。世雖不能皆知其意，而往往好之。故習其説者，論道德之旨，而知應務之非近；議政理之體，而知法古之非迂。不亂於百家，不蔽於傳疏。其所知者若此，此漢之士所不能及。然能尊而守之者，則未必衆也。故樂易惇樸之俗微，而詭欺薄惡之習勝。其於貧富貴賤之地，則養廉遠恥之意少，而偷合苟得之行多。此俗化之美，所以未及於漢也。夫所聞或淺，而其義甚高，與所知有餘，而其守不足者，其故何哉？由漢之士，察舉於鄉閭，故不得不篤於自修。至於漸摩之久，則果於義者，非强而能也。今之士選用於文章，故不得不篤於所學。至於循習之深，則得於心者，亦不自知其至也。由是觀之，則上所好，下必有甚者焉，豈非信歟？令漢與今有教化開導之方，有庠序養成之法，則士於學行，豈有彼此之偏，先後之過乎？夫《大學》之道，將欲誠意正心修身以治其國家天下，而必本於先致其知，則知者固善之端，而人之所難至也。以今之士，於人所難至者既幾矣，則上之施化，莫易於斯時，顧所以導之如何爾。

筠爲州，在大江之西，其地僻絶。當慶曆之初，詔天下立學，而筠獨不能應詔，州之士以爲病。至治平三年，蓋二十有三年矣，始告於知州事、尚書都官郎中董君儀。董君乃與通判州事、國子博士鄭君蒨，相州之東南，得亢爽之地，築宫於其上。齋祭之室，誦講之堂，休息之廬，至於庖湢庫廐，各以序爲。經始於其春，而落成於八月之望。既而來學者，常數十百人。二君乃以書走京師請記於予。

予謂二君之於政，可謂知所務矣。使筠之士，相與升降乎其中，講先王之遺文以致其知。其賢者，超然自信而獨立，其中材勉焉，以待上之教化，則是宫之作，非獨使夫來者玩思於空言，以干世取禄而已。故爲之著予之所聞者以爲記，而使歸刻焉。鼐按：《宜黄》、《筠州》二記，論學之指皆精甚。然宜黄記隨筆曲注，而渾雄博厚之氣鬱然紙上，故最爲曾文之盛者。筠州記體勢方幅，而氣脈亦稍弱矣。

曾子固徐孺子祠堂記 ○

漢元興以後，政出宦者，小人挾其威福，相煽爲惡，中材顧望，不知所爲。漢既失其操柄，紀綱大壞。然在位公卿大夫，多豪傑特起之士，相與發憤同心，直道正言，分别是非白黑，不少屈其意，至於不容。而織羅鉤黨之獄起，其執彌堅，而其行彌厲，志雖不就，而忠有餘。故及其既殁，而漢亦以亡。當是之時，天下聞其風、慕其義者，人人感慨奮激，至於解印綬，棄家族，骨肉相勉，趨死而不避。百餘年間，擅彊大、覬非望者相屬，皆逡巡而不敢發。漢能以亡爲存，蓋其力也。

孺子於時，豫章太守陳蕃，太尉黄瓊，辟皆不就。舉有道，拜太原太守，安車備禮，召皆不至。蓋忘己以爲人，與獨善於隱約，其操雖殊，其志於仁一也。在位士大夫，抗其節於亂世，不以死生動其心，異於懷禄之臣遠矣，然而不屑去者，義在於濟物故也。孺子嘗謂郭林宗曰：「大木將顛，非一繩所維，何爲棲棲不皇寧處？」此其意，亦非自足於邱壑，遺世而不顧者也。孔子稱顏回：「用之則行，舍之則藏，惟我與爾有是夫。」孟子亦稱孔子：可以進則進，可以止則止，乃所願則學孔子。而《易》於君子小人消長進退，擇所宜處，未嘗不惟其時則見，其不可而止，此孺子之所以未能以此而易彼也。

孺子姓徐，名穉，孺子其字也，豫章南昌人。按圖記：章水北徑南昌城，西歷白社，其西有孺子墓。又北歷南塘，其東爲東湖，湖南小洲上有孺子宅，號孺子臺。吴嘉禾中，太守徐熙，於孺子墓隧種松，太守謝景，於墓側立碑。晉永安中，太守夏侯嵩，於碑旁立思賢亭，世世修治，至拓跋魏時，謂之聘君亭。今亭尚存，而湖南小洲，世不知其嘗爲孺子宅，又嘗爲臺也。予爲太守之明年，始即其處結茆爲堂，圖孺子像，祠以中牢，率州之賓屬拜焉。漢至今且千歲，富貴堙滅者，不可稱數。孺子不出閭巷，獨稱思至今，則世之欲以智力取勝者非惑歟？孺子墓失其地，而臺幸可考而知，祠之，所以視邦人以尚德，故并采其出處之意爲記焉。

曾子固襄州宜城縣長渠記 ○

荆及康狼，楚之西山也。水出二山之間，東南而流，春秋之世曰鄢水，左丘明《傳》：魯桓公十有三年，楚屈瑕伐羅，「及鄢亂次以濟」是也。其後曰夸水，《水經》所謂「漢水又南過宜城縣東，夸水注之」是也。又其後曰蠻水，酈道元所謂「夸水避桓温父名，改曰蠻水」是也。秦昭王二十八年，使白起將攻楚，去鄢百里，立堨，壅是水爲渠，以灌鄢。鄢，楚都也，遂拔之。秦既得鄢以爲縣，漢惠帝三年，改曰宜城。宋孝武帝永初元年，築宜城之大堤爲城，今縣治是也，而更謂鄢曰故城。鄢入秦，而白起所爲渠因不廢，引鄢水以灌田，田皆爲沃壤，今長渠是也。

長渠至宋至和二年，久隳不治，而田數苦旱，川飲者無所取。令孫永曼叔率民田渠下者，理渠之壞塞，而去其淺隘，遂完故堨，使水還渠中。自二月丙午始作，至三月癸未而畢，田之受渠水者，皆復其舊。曼叔又與民爲約束，時其蓄泄，而止其侵争，民皆以爲宜也。

蓋鄢水之出西山，初棄於無用，及白起資以禍楚，而後世顧賴其利。酈道元以謂溉田三千餘頃，至今千有餘年，而曼叔又舉眾力而復之，使並渠之民，足食而甘飲，其餘粟散於四方。蓋水出於西山諸谷者其源廣，而流於東南者其勢下，至今千有餘年，而山川高下之形勢無改，故曼叔得因其故跡，興於既廢。使水之源流，與地之高下，一有易於古，則曼叔雖力，亦莫能復也。

夫水莫大於四瀆，而河蓋數徙，失禹之故道。至於濟水，又疑「及」。王莽時而絕，況於眾流之細，其通塞豈得而常？而後世欲行水溉田者，往往務躡古人之遺迹，不考夫山川形勢，古今之同異，故用力多而收功少，是亦其不思也歟？

初，曼叔之復此渠，白其事於知襄州事張瓌唐公。唐公聽之不疑，沮止者不用，故曼叔能以有成。則渠之復，自夫二人者也。方二人者之有爲，蓋將任其職，非有求於世也。及其後，言渠堨者蠭出，然其心蓋或有求，故多詭而少實。獨長渠之利較然，而二人者之志愈明也。

熙寧六年，余爲襄州，過京師，曼叔時爲開封，訪余於東門，爲余道長渠之事，而諉余以考其約束之廢舉。余至而問焉，民皆以謂賢君之約束，相與守之，傳數十年如其初也。余爲之定著令，上司農。八年，曼叔去開封爲汝陰，始以書告之。而是秋大旱，獨長渠之田無害也。夫宜知其山川與民之利害者，皆爲州者之任，故余不得不書以告後之人，而又使之知夫作之所以始也。

曾子固越州趙公救菑記

熙寧八年夏，吴越大旱。九月，資政殿大學士、右諫議大夫知越州趙公，前民之未饑，爲書問屬縣：菑所被者幾鄉？民能自食者有幾？當廩於官者幾人？溝防構築，可僦民使治之者幾所？庫錢倉粟，可發者幾何？富人可募出粟者幾家？僧道士食之羨粟書於籍者，其幾具存？使各書以對，而謹其備。

州縣吏録民之孤老疾弱不能自食者二萬一千九百餘人以告。故事：歲廩窮人，當給粟三千石而止。公斂富人所輸，及僧道士食之羨者，得粟四萬八千餘石，佐其費。使自十月朔，人受粟日一升，幼小半之。憂其衆相蹂也，使受粟者，男女異日，而人受二日之食。憂其且流亡也，於城市郊野，爲給粟之所，凡五十有七，使各以便受之，而告以去其家者勿給。計官爲不足用也，取吏之不在職而寓於境者，給其食而任以事。不能自食者，有是具也；能自食者，爲之告富人，無得閉糴。又爲之出官粟，得五萬二千餘石，平其價予民。

爲糶粟之所凡十有八，使糴者自便如受粟。又僦民完城四千一百丈，爲工三萬八千，計其傭與錢，又與粟再倍之。民取息錢者，告富人縱予之，而待熟，官爲責其償。棄男女者，使人得收養之。明年春，大疫，爲病坊處疾病之無歸者，募僧二人，屬以視醫藥飲食，令無失所時。凡死者，使在處隨收瘞之。法廩窮人，盡三月當止，是歲盡五月而止。事有非便文者，公一以自任，不以累其屬。有上請者，或便宜多輒行。公於此時，蚤夜憊心力不少懈，事細鉅，必躬親。給病者藥食，多出私錢。民不幸罹旱、疫，得免於轉死，雖死得無失斂埋，皆公力也。

是時旱、疫被吴越，民饑饉疾癘死者殆半，菑未有鉅於此也。天子東向憂勞，州縣推布上恩，人人盡其力。公所拊循，民尤以爲得其依歸。所以經營綏輯先後終始之際，委曲纖悉，無不備者。其施雖在越，其仁足以示天下；其事雖行於一時，其法足以傳後。蓋菑沴之行，治世不能使之無，而能爲之備。民病而後圖之，與夫先事而爲計者，則有間矣。不習而有爲，與夫素得之者，則有間矣。余故采於越，得公所推行，樂爲之識其詳，豈獨以慰越人之思，將使吏之有志於民者，不幸而遇歲之菑，推公之所已試，其科條，可不待頃而具，則公之澤，豈小且近乎！

公元豐二年，以大學士加太子少保致仕，家於衢。其直道正行，在於朝廷，豈弟之實，在於身者。此不著，著其荒政可師者，以爲《越州趙公救菑記》云。

曾子固擬峴臺記 〇〇

尚書司門員外郎晉國裴君，治撫之二年，因城之東隅，作臺以遊，而命之曰擬峴臺，謂其山谿之形擬乎峴山也。數與其屬與州之寄客者遊，而閒獨求記於余。

初州之東，其城因大邱，其隍因大谿，其隅因客土，以出谿上。其外連山高陵，野林荒墟，遠近高下，壯大閎廓，怪奇可喜之觀，環撫之東南者，可坐而見也。然而雨隮潦毀，蓋藏棄委於榛藂茀草之閒，未有即而愛之者也。君得之而喜，增甓與土，易其破缺，去榛與草，發其亢爽，繚以横檻，覆以高甍，因而爲臺，以脱埃氛，絶煩囂，出雲氣，而臨風雨。然後谿之平沙漫流，微風遠響，與夫浪波洶湧，破山拔木之奔放，至於高桅勁艣，沙禽水獸，下上而浮沈者，皆出乎履舄之下。山之蒼顔秀壁，巔崖拔出，挾光景而薄星辰。至於平岡長陸，虎豹踞而龍蛇走，與夫荒蹊聚落，樹陰晻曖，遊人行旅，隱見而斷續者，皆出乎衽席之内。若夫雲烟開斂，日光出没，四時朝暮，雨暘明晦，變化之不同，則雖覽之不厭，而雖有智者，亦不能窮其狀也。或飲者淋漓，歌者激烈，或靚觀微步，旁皇徙倚，則得於耳目，與得之於心者，雖所寓之樂有殊，而亦各適其適也。

撫非通道，故貴人富賈之遊不至。多良田，故水旱螟螣之菑少。其民樂於耕桑以自足，故牛馬之牧於山谷者不收，五穀之積於郊野者不垣，而晏然不知枹鼓之警，發召之役也。君既因其土俗，而治以簡静，故得以休其暇日，而寓其樂於此。州人士女，樂其安且治，而又得遊觀之美，亦將得同其樂也，故予爲之記。其成之年月日，嘉祐二年之九月九日也。

曾子固廣德軍重修鼓角樓記 ○

熙寧元年冬，廣德軍作新門鼓角樓成，太守合文武賓屬以落之，既而以書走京師屬鞏曰：「爲我記之。」鞏辭不能，書反覆至五六，辭不獲，乃爲其文曰：

蓋廣德居吴之西疆，故障之墟，境大壤沃，食貨富穰，人力有餘，而獄訟赴訴，財貢輸入，以縣附宣，道路回阻，衆不便利，歷世久之。太宗皇帝在位四年，乃按地圖，因縣立軍，使得奏事專決，體如大邦。自是以來，田里辨争，歲時税調，始不勤遠，人用宜之。而門閎隘庳，樓觀弗飾，於以納天子之命，出令行化，朝夕吏民，交通四方，覽示賓客，弊在簡陋，不中度程。

治平四年，尚書兵部員外郎、知制誥錢公輔守是邦，始因豐年，聚材積土，將改而新之。會尚書駕部郎中朱公壽昌來繼其任，明年政成，封内無事，乃擇能吏，揆時庀徒，以畚以築，以繩以削。門阿是經，觀闕是營，不督不期，役者自勸。自冬十月甲子始事，至十二月甲子卒功。崇墉崛興，複宇相瞰，壯不及僭，麗不及奢。憲度政理，於是出納；士吏賓客，於是馳走。尊施一邦，不失宜稱。至於伐鼓鳴角，以警昏昕，下漏數刻，以節晝夜，則又新是四器，列而棲之。邦人士女，易其聽觀，莫不悦喜，推美誦勤。

夫禮有必隆，不得而殺；政有必舉，不得而廢。二公於是兼而得之，宜刻金石，以書美實，使是邦之人，百世之下，於二公之德，尚有考也。

曾子固學舍記 〇

予幼則從先生受書，然是時，方樂與家人童子，嬉戲上下，未知好也。十六七時，闚六經之言，與古今文章，有過人者，知好之，則于是鋭意欲與之並。而是時家事亦滋出。自斯以來，西北，則行陳、蔡、譙、苦，睢、汴、淮、泗，出于京師；東方，則絶江舟漕河之渠，踰五湖，並封禺、會稽之山，出于東海上；南方，則載大江，臨夏口，而望洞庭，轉彭蠡，上庾嶺，繇真陽之瀧，至南海上。此予之所涉世而奔走也。蛟魚洶湧湍石之川，巔崖莽林貙虺之聚，與夫雨暘寒燠，風波霧毒，不測之危，此予之所單遊遠寓，而冒犯以勤也。衣食藥物，廬舍器用，箕筥碎細之間，此予之所經營以養也。天傾地壞，殊州獨哭，數千里之遠，抱喪而南，積時之勞，乃畢大事，此予之所遘禍而憂艱也。太夫人所志，與夫弟婚妹嫁，四時之祠，與夫屬人外親之問，王事之輸，此予之所皇皇而不足也。予于是力疲意耗，而又多疾，言之所序，蓋其一二之觕也。得其閒時，挾書以學，于夫爲身治人，世用之損益，考觀講解，有不能至者，故不得專力盡思，琢雕文章，以載私心難見之情，而追古今之作者爲並，以足予之所好慕，此予之自視而嗟也。

今天子至和之初，予之侵擾多事故益甚，予之力無以爲，乃休于家，而即其旁之草舍以學。或疾其卑，議其隘者，予顧而笑曰：「是予之宜也。予之勞心困形，以役于事者，有以爲之矣。予之卑巷窮廬，冗衣礱飯，芑莧之羹，隱約而安者，固予之所以遂其志而有待也。予之疾，則有之，可以進於道者，學之有不至。至于文章，平生所好慕，爲之有不暇也。若夫土堅木好，高大之觀，固世之聰明豪儁，挾長而有恃者所得爲。若予之拙，豈能易而志彼哉？」遂歷道其少長出處，與夫好慕之心，以爲學舍記。

曾子固齊州二堂記 ○

齊濱濼水，而初無使客之館。使客至，則常發民調材木爲舍以寓，去則徹之，既費且陋。乃爲徙官之廢屋，爲二堂於濼水之上以舍客，因考其山川而名之。

蓋《史記·五帝紀》，謂「舜耕歷山，漁雷澤，陶河濱，作什器於壽邱，就時於負夏。」鄭康成釋歷山在河東，雷澤在濟陰，負夏衛地。皇甫謐釋壽邱在魯東門之北。河濱，濟陰定陶西南陶邱亭是也。以予考之，耕稼陶漁，皆舜之初，宜同時，則其地不宜相遠。二家所釋雷澤、河濱、壽邱、負夏，皆在魯、衛之閒，地相望，則歷山不宜獨在河東也。孟子又謂舜東夷之人，則陶漁在濟陰，作什器在魯東門，就時在衛，耕歷山在齊，皆東方之地，合于《孟子》。按圖記，皆謂《禹貢》所稱雷首山在河東，嬀水出焉。而此山有九號，歷山其一號也。予觀《虞書》及《五帝紀》，蓋舜娶堯之二女，乃居嬀汭，則耕歷山蓋不同時，而地亦當異。世之好事者，乃因嬀水出于雷首，遷就附益，謂歷山爲雷首之别號，不考其實矣。由是言之，則圖記皆謂齊之南山爲歷山，舜所耕處，故其城名歷城，爲信然也。今濼上之北堂，其南則歷山也，故名之曰歷山之堂。

按圖：泰山之北，與齊之東南諸谷之水，西北匯于黑水之灣，又西北匯于柏崖之灣，而至于渴馬之崖。蓋水之來也衆，其北折而西也，悍疾尤甚，及至于崖下，則泊然而止。而自崖以北，至于歷城之西，蓋五十里，而有泉涌出，高或至數尺，其旁之人，名之曰趵突之泉。齊人皆謂嘗有棄糠于黑水之灣者，而見之于此。蓋泉自渴馬之崖，潛流地中，而至此復出也。趵突之泉冬温，泉旁之蔬甲，經冬常榮，故又謂之温泉。其注而北，則謂之濼水，達於清河，以入於海，舟之通於齊者，皆於是乎出也。齊多甘泉，冠于天下，其顯名者以十數，而色味皆同，以予驗之，蓋皆濼水之旁出者也。濼水嘗見於《春秋》：魯桓公十有八年，公及齊侯會於濼。杜預釋在歷城西北入濟。濟水自王莽時，不能被河南，而濼水之所入者清河也，預蓋失之。今濼上之南堂，其西南則濼水之所出也，故名之曰濼源之堂。

夫理使客之館，而辨其山川者，皆太守之事也，故爲之識，使此邦之人尚有考也。熙寧六年二月己丑記。

曾子固墨池記 〇〇

臨川之城東，有地隱然而高，以臨於溪，曰新城。新城之上有池，窪然而方以長，曰王羲之之墨池者，荀伯子《臨川記》云也。羲之嘗慕張芝，臨池學書，池水盡黑，此爲其故跡，豈信然邪？

方羲之之不可强以仕，而嘗極東方，出滄海，以娱其意於山水之閒，豈其徜徉肆恣而又嘗自休於此邪？羲之之書晚乃善，則其所能，蓋亦以精力自致者，非天成也。然後世未有能及者，豈其學不如彼邪？則學固豈可以少哉？况欲深造道德者邪？

墨池之上，今爲州學舍。教授王君盛，恐其不章也，書「晉王右軍墨池」之六字於楹閒以揭之，又告於鞏曰：「願有記。」

推王君之心，豈愛人之善，雖一能不以廢，而因以及乎其跡邪？其亦欲推其事以勉其學者邪？夫人之有一能，而使後人尚之如此，况仁人莊士之遺風餘思，被於來世者如何哉！

曾子固序越州鑑湖圖 〇

鑑湖，一曰南湖，南並山，北屬州城漕渠，東西距江，漢順帝永和五年，會稽太守馬臻之所爲也，至今九百七十有五年矣。其周三百五十有八里，凡水之出於東南者皆委之。州之東，自城至於東江。其北隄，石楗二，陰溝十有九，通民田。田之南屬漕渠，北、東、西屬江者皆溉之。州之東六十里，自東城至於東江。其南隄，陰溝十有四，通民田。田之北抵漕渠，南並山，西並隄，東屬江者皆溉之。州之西三十里，曰柯山斗門，通民田。田之東並城，南並隄，北濱漕渠，西屬江者皆溉之。總之溉山陰、會稽兩縣十四鄉之田九千頃。非湖能溉田九千頃而已，蓋田之至江者盡於九千頃也。其東曰曹娥斗門，曰蒿口斗門，水之循南隄而東者，由之以入於東江。其西曰廣陵斗門，曰新逕斗門，水之循北隄而西者，由之以入於西江。其北曰朱儲斗門，去湖最遠。蓋因三江之上，兩山之閒，疏爲二門，而以時視田中之水，小溢則縱其一，大溢則盡縱之，使入於三江之口。所謂湖高於田丈餘，田又高海丈餘。水少則泄湖溉田，水多則泄田中水入海，故無荒廢之田，水旱之歲者也。由漢以來幾千載，其利未嘗廢也。

宋興，民始有盜湖爲田者。祥符之間，二十七户，慶曆之間二户，爲田四頃。當是時，三司轉運司猶下書切責州縣，使復田爲湖。然自此吏益慢法，而奸民浸起，至於治平之間，盜湖爲田者，凡八千餘户，爲田七百餘頃，而湖廢幾盡矣。其僅存者，東爲漕渠，自州至於東城六十里，南通若耶溪。自樵風涇至於桐鳴十里，皆水廣不能十餘丈，每歲少雨，田未病，而湖蓋已先涸矣。

自此以來，人争爲計説。蔣堂則謂宜有罰以禁侵耕，有賞以開告者。杜杞則謂盜湖爲田者，利在縱湖水，一雨，則放聲以動州縣，而斗門輒發。故爲之立石則水，一在五雲橋，水深八尺有五寸，會稽主之；一在跨湖橋，水深四尺有五寸，山陰主之。而斗門之鑰，使皆納於州，水溢則遣官視則，而謹其閉縱。又以謂宜益理隄防斗門，其敢田者，拔其苗，責其力以復湖，而重其罰。猶以爲未也，又以謂宜加兩縣之長以提舉之名，課其督察，而爲之殿賞。吴奎則謂每歲農隙，當僦人濬湖，積其泥塗，以爲邱阜，使縣主役，而州與轉運使、提點刑獄督攝賞罰之。張次山則謂湖廢僅有存者，難卒復，宜益廣漕路，及他便利處，使可漕，及注民田，里置石柱以識之，柱之内禁敢田者。刁約則謂宜斥湖三之一與民爲田，而益隄使高一丈，則湖可不開，而其利自復。范師道，施元長，則謂重侵耕之禁，猶不能使民無犯，而斥湖與民，則侵者孰禦？又以湖水較之，高於城中之水，或三尺有六寸，或二尺有六寸，而益隄壅水使高，則水之敗城郭廬舍可必也。張伯玉則謂日役五千人濬湖，使至五尺，當十五歲畢，至三尺，當九歲畢。然恐工起之日，浮議外摇，役夫内潰，則雖有智者，猶不能必其成。若日役五千人益隄，使高八尺，當一歲畢，其竹木費，凡九十二萬有三千，計越之户二十萬有六千，賦之而復其租，其勢易足。如是，則利可坐收，而人不煩獘。陳宗言，趙誠，復以水勢高下難之，又以謂宜從吴奎之議，以歲月復湖。當是時，都水善其言，又以謂宜增賞罰之令。其爲説如此，可謂博矣。

朝廷未嘗不聽用，著之於法。故罰有自錢三百至於千，又至於五萬；刑有杖百，至於徒二年，其文可謂密矣。然而田者不止，而日愈多；湖不加濬，而日愈廢，其故何哉？法令不行，而苟且之俗勝也。

昔謝靈運從宋文帝求會稽回踵湖爲田，太守孟顗不聽，又求休崲湖爲田，顗又不聽，靈運至以語詆之。則利於請湖爲田，越之風俗舊矣。然南湖由漢歷吴、晉以來接於唐，又接於錢鏐父子之有此州，其利未嘗廢者。彼或以區區之地當天下，或以數州爲鎮，或以一國自王，内有供養禄廩之須，外有貢輸問饋之奉，非得晏然而已也。故强水土之政，以力本利農，亦皆有數，而錢鏐之法最詳，至今尚多傳於人者，則其利之不廢有以也。

近世則不然。天下爲一，而安於承平之故，在位者，重舉事而樂因循。而請湖爲田者，其言語氣力往往足以動人。至於脩水土之利，則又費財動衆，從古所難。故鄭國之役，以謂足以疲秦，而西門豹之治鄴渠，人亦以爲煩苦。其故如此，則吾之吏，孰肎任難當之怨，來易至之責，以待未然之功乎？故説雖博而未嘗行，法雖密而未嘗舉，田者之所以日多，湖之所以日廢，由是而已。故以爲法令不行，而苟且之俗勝者，豈非然哉！夫千歲之湖，廢興利害，較然易見。然自慶曆以來，三十餘年，遭吏治之因循，至於既廢，而世猶莫寤其所以然，況於事之隱微，難得而考者，由苟簡之故。而弛壞於冥冥之中，又可知其所以然乎？

今謂湖不必復者，曰湖田之入既饒矣，此游談之士，爲利於侵耕者言之也。夫湖未盡廢，則湖下之田旱，此方今之害，而衆人之所覩也。使湖盡廢，則湖下之爲田亦旱矣，此將來之害，而衆人所未覩者。故曰此游談之士，爲利於侵耕者言之，而非實知利害者也。謂湖不必濬者，曰益隄壅水而已，此好辯之士，爲樂聞苟簡者言之也。夫以地勢較之，壅水使高，必敗城郭，此議者之所已言也。以地勢較之，濬湖使下，然後不失其舊，不失其舊，然後不失其宜，此議者之所未言也。又山陰之石則，爲四尺有五寸，會稽之石則，幾倍之。壅水使高，則會稽得尺，山陰得半，地之窪隆不並，則益堤未爲有補也。故曰此好辯之士，爲樂聞苟簡者言之，而又非實知利害者也。二者既不可用，而欲禁侵耕開告者，則有賞罰之法矣；欲謹水之蓄泄，則有閉縱之法矣；欲痛絶敢田者，則拔其苗，責其力以復湖，而重其罰，又有法矣；或欲任其責於州縣，與運使、提點刑獄，或欲以每歲農隙濬湖，或欲禁田石柱之内者，又皆有法矣。欲知濬湖之淺深，用工若干，爲日幾何；欲知增隄，竹木之費幾何，使之安出；欲知濬湖之泥塗，積之何所，又已計之矣。欲知工起之日，或浮議外摇，役夫内潰，則不可以必其成，又已論之矣。誠能收衆説，而考其可否，用其可者，而以在我者潤澤之，令言必行，法必舉，則何功之不可成，何利之不可復哉？

鞏初蒙恩，通判此州，問湖之廢興於人，求有能言利害之實者。及到官，然後問圖於兩縣，問書於州與河渠司，至於參覈之而圖成，熟究之而書具，然後利害之實明。故爲論次，庶夫計議者有考焉。熙寧二年冬臥龍齋。

古文辭類篹五十六終

雜記類六

蘇明允木假山記 ○○

木之生，或蘖而殤，或拱而夭。幸而至於任爲棟梁則伐，不幸而爲風之所拔，水之所漂，或破折或腐。幸而得不破折不腐，則爲人之所材，而有斧斤之患。其最幸者，漂沈汩没於湍沙之閒，不知其幾百年，而其激射齧食之餘，或髣髴於山者，則爲好事者取去，强之以爲山，然後可以脱泥沙而遠斧斤。而荒江之濆，如此者幾何？不爲好事者所見，而爲樵夫野人所薪者，何可勝數！則其最幸者之中，又有不幸者焉。

予家有三峯，予每思之，則疑其有數存乎其閒。且其蘖而不殤，拱而不夭，任爲棟梁而不伐，風拔水漂而不破折不腐，不破折不腐，而不爲人所材，以及於斧斤，出於湍沙之閒，而不爲樵夫野人之所薪，而後得至乎此，則其理似不偶然也。

然予之愛之，則非徒愛其似山，而又有所感焉；非徒愛之，而又有所敬焉。予見中峯，魁岸踞肆，意氣端重，若有以服其旁之二峯。二峯者，莊栗刻峭，凜乎不可犯，雖其勢服於中峯，而岌然無阿附意。吁！其可敬也夫！其可以有感也夫！

蘇明允張益州畫像記 〇〇

至和元年秋，蜀人傳言，有寇至邊。軍夜呼，野無居人，妖言流聞，京師震驚。方命擇帥，天子曰：「毋養亂，毋助變。衆言朋興，朕志自定。外亂不作，變且中起，不可以文令，又不可以武競。惟朕一二大吏，孰爲能處茲文武之閒，其命往撫朕師？」乃惟疑「推」。曰：「張公方平其人。」天子曰「然」，公以親辭，不可，遂行。

冬十一月至蜀。至之日，歸屯軍，撤守備，使謂郡縣：「寇來在吾，無爾勞苦。」明年正月朔旦，蜀人相慶如他日，遂以無事。又明年正月，相告留公像於淨衆寺，公不能禁。眉陽蘇洵言於衆曰：「未亂易治也，既亂易治也。有亂之萌，無亂之形，是謂將亂。將亂難治，不可以有亂急，亦不可以無亂弛。惟是元年之秋，如器之攲，未墜於地，惟爾張公，安坐於其旁，顔色不變，徐起而正之。既正，油然而退，無矜容。爲天子牧小民不倦，惟爾張公，爾繄以生，惟爾父母。且公嘗爲我言：『民無常性，惟上所待。人皆曰：「蜀人多變。」於是待之以待盜賊之意，而繩之以繩盜賊之法。重足屏息之民，而以碪斧令，於是民始忍以其父母妻子之所仰賴之身，而棄之於盜賊，故每每大亂。夫約之以禮，驅之以法，惟蜀人爲易。至於急之而生變，雖齊、魯亦然。吾以齊、魯待蜀人，而蜀人亦自以齊、魯之人待其身。若夫肆意於法律之外，以威劫齊民，吾不忍爲也。』嗚呼！愛蜀人之深，待蜀人之厚，自公而前，吾未始見也。」皆再拜稽首，曰「然」。

蘇洵又曰：「公之恩在爾心，爾死在爾子孫，其功業在史官，無以像爲也。且公意不欲，如何？」皆曰：「公則何事於斯？雖然，於我心有不釋焉。今夫平居聞一善，必問其人之姓名，與鄉里之所在，以至於其長短大小美惡之狀。甚者，或詰其平生所嗜好，以想見其爲人。而史官亦書之於其傳，意使天下之人，思之於心，則存之於目。存之於目，故其思之於心也固。由此觀之，像亦不爲無助。」蘇洵無以詰，遂爲之記。

公南京人，慷慨有節，以度量容天下。天下有大事，公可屬。系之以詩曰：

天子在阼，歲在甲午。西人傳言，有寇在垣。庭有武臣，謀夫如雲。天子曰嘻，命我張公。公來自東，旗纛舒舒。西人聚觀，于巷於塗。謂公暨暨，公來于于。公謂西人：「安爾室家，無敢或訛。訛言不詳，往即爾常。春爾條桑，秋爾滌場。」西人稽首：「公我父兄。」公在西囿，草木駢駢。公宴其僚，伐鼓淵淵。西人來觀，祝公萬年。有女娟娟，閨闔閑閑。有童哇哇，亦既能言。昔公未來，期汝棄捐。禾麻芃芃，倉庾崇崇。嗟我婦子，樂此歲豐。公在朝廷，天子股肱。天子曰歸，公敢不承？作堂嚴嚴，有廡有庭。公像在中，朝服冠纓。西人相告：「無敢逸荒。公歸京師，公像在堂。」

蘇子瞻石鐘山記 ○○○

《水經》云：「彭蠡之口，有石鐘山焉。」酈元以爲「下臨深潭，微風鼓浪，水石相搏，聲如洪鐘」。是説也，人常疑之。今以鐘磬置水中，雖大風浪，不能鳴也，而況石乎？至唐李渤，始訪其遺蹤，得雙石於潭上。扣而聆之，南聲函胡，北音清越，枹止響騰，餘韻徐歇，自以爲得之矣。然是説也，余尤疑之。石之鏗然有聲者，所在皆是也，而此獨以鐘名何哉？

元豐七年，六月丁丑，余自齊安舟行適臨汝，而長子邁，將赴饒之德興尉，送之至湖口，因得觀所謂「石鐘」者。寺僧使小童持斧於亂石閒，擇其一二扣之，硿硿然，余固笑而不信也。至其夜月明，獨與邁乘小舟至絶壁下。大石側立千尺，如猛獸奇鬼，森然欲搏人，而山上棲鶻，聞人聲亦驚起，磔磔雲霄閒。又有若老人欬且笑於山谷中者，或曰：「此鸛鶴也。」余方心動欲還，而大聲發於水上，噌吰如鐘鼓不絶，舟人大恐。徐而察之，則山下皆石穴罅，不知其淺深，微波入焉，涵澹澎湃而爲此也。舟迴至兩山閒，將入港口，有大石當中流，可坐百人，空中而多竅，與風水相吞吐，有窾坎鏜鞳之聲，與向之噌吰者相應，如樂作焉。因笑謂邁曰：「汝識之乎？噌吰者，周景王之無射也；窾坎鏜鞳者，魏獻子之歌鐘也。古之人不余欺也。」

事不目見耳聞，而臆斷其有無可乎？酈元之所見聞，殆與余同，而言之不詳。士大夫終不肎以小舟夜泊絶壁之下，故莫能知；而漁工水師，雖知而不能言，此世所以不傳也。而陋者乃以斧斤考擊而求之，自以爲得其實。余是以記之，蓋嘆酈元之簡，而笑李渤之陋也。

蘇子瞻超然臺記 ○

凡物皆有可觀。苟有可觀，皆有可樂，非必怪奇偉麗者也。餔糟啜醨，皆可以醉；果蔬草木，皆可以飽。推此類也，吾安往而不樂？

夫所爲求福而辭禍者，以福可喜而禍可悲也。人之所欲無窮，而物之可以足吾欲者有盡。美惡之辨戰乎中，而去取之擇交乎前，則可樂者常少，而可悲者常多，是謂求禍而辭福。夫求禍而辭福，豈人之情也哉？物有以蓋之矣。彼遊於物之内，而不遊於物之外。物非有大小也，自其内而觀之，未有不高且大者也。彼挾其高大以臨我，則我常眩亂反覆，如隙中之觀鬭，又烏知勝負之所在？是以美惡横生，而憂樂出焉，可不大哀乎！

余自錢塘移守膠西，釋舟檝之安，而服車馬之勞；去雕牆之美，而庇采椽之居；背湖山之觀，而行桑麻之野。始至之日，歲比不登，盜賊滿野，獄訟充斥，而齋厨索然，日食杞菊，人固疑余之不樂也。處之期年，而貌加豐，髮之白者，日以反黑。余既樂其風俗之湻，而其吏民亦安余之拙也。於是治其園圃，潔其庭宇，伐安邱、高密之木，以修補破敗，爲苟完之計。而園之北因城以爲臺者舊矣，稍葺而新之，時相與登覽，放意肆志焉。南望馬耳、常山，出没隱見，若近若遠，庶幾有隱君子乎？而其東則盧山，秦人盧敖之所從遁也。西望穆陵，隱然如城郭，師尚父、齊桓公之遺烈，猶有存者。北俯濰水，慨然太息，思淮陰之功，而弔其不終。臺高而安，深而明，夏凉而冬温。雨雪之朝，風月之夕，余未嘗不在，客未嘗不從。擷園蔬，取池魚，釀秫酒，瀹脱粟而食之。曰：樂哉遊乎！

方是時，予弟子由，適在濟南，聞而賦之，且名其臺曰「超然」，以見余之無所往而不樂者，蓋遊於物之外也。

蘇子瞻遊桓山記 ○○

元豐二年，正月己亥晦，春服既成，從二三子遊於泗之上。登桓山，入石室，使道士戴日祥，鼓雷氏之琴，操《履霜》之遺音。曰：「噫嘻！悲夫！此宋司馬桓魋之墓也。」

或曰：「鼓琴於墓，禮歟？」曰：「禮也。季武子之喪，曾點倚其門而歌。仲尼日月也，而魋以爲可得而害也。且死爲石椁，三年不成，古之愚人也。余將弔其藏，而其骨毛爪齒，既已化爲飛塵，蕩爲冷風矣，而況於椁乎？況於從死之臣妾，飯含之貝玉乎？使魋而無知也，余雖鼓琴而歌可也；使魋而有知也，聞余鼓琴而歌，知哀樂之不可常，物化之無日也，其愚豈不少瘳乎！」

二三子喟然而歎，乃歌曰：「桓山之上，維石嵯峨兮，司馬之惡，與石不磨兮。桓山之下，維水瀰瀰兮，司馬之藏，與水皆逝兮。」歌闋而去。

從遊者八人：畢仲孫，舒煥，寇昌朝，王適，王遹，王肆，軾之子邁，煥之子彥舉。

蘇子瞻醉白堂記 ○

故魏國忠獻韓公，作堂於私第之池上，名之曰「醉白」，取樂天《池上》之詩，以爲醉白堂之歌，意若有羨於樂天而不及者。天下之士，聞而疑之，以爲公既已無愧於伊、周矣，而猶有羨於樂天，何哉？軾聞而笑曰：公豈獨有羨於樂天而已乎？方且願爲尋常無聞之人，而不可得者。天之生是人也，將使任天下之重，則寒者求衣，饑者求食。凡不獲者求得，苟有以與之，將不勝其求。是以終身處乎憂患之域，而行乎利害之塗，豈其所欲哉！夫忠獻公既已相三帝，安天下矣，浩然將歸老於家，而天下共挽而留之莫釋也。當是時，其有羨於樂天，無足怪者。

然以樂天之平生，而求之於公，較其所得之厚薄淺深，孰有孰無，則後世之論，有不可欺者矣。文致太平，武定亂畧，謀安宗廟，而不自以爲功；急賢才，輕爵禄，而士不知其恩；殺伐果敢，而六軍安之；四夷八蠻，想聞其風采，而天下以其身爲安危。此公之所有，而樂天之所無也。乞身於强健之時，退居十有五年，日與其朋友賦詩飲酒，盡山水園池之樂；府有餘帛，廩有餘粟，而家有聲伎之奉。此樂天之所有，而公之所無也。忠言嘉謀，效於當時，而文采表於後世，死生窮達，不易其操，而道德高於古人，此公與樂天之所同也。公既不以其所有自多，亦不以其所無自少，將推其同者，而自託焉。方其寓形於一醉也，齊得喪，忘禍福，混貴賤，等賢愚，同乎萬物，而與造物者游，非獨自比於樂天而已。

古之君子，其處己也厚，其取名也廉，是以實浮於名，而世頌其美不厭。以孔子之聖，而自比於老彭，自同於丘明，自以爲不如顏淵。後之君子，實則不至，而皆有侈心焉。臧武仲自以爲聖，白圭自以爲禹，司馬長卿自以爲相如，揚雄自以爲孟軻，崔浩自以爲子房，然世終莫之許也。由此觀之，忠獻公之賢於人也遠矣。

昔公嘗告其子忠彥，將求文於軾以爲記，而未果。既葬，忠彥以告軾，以爲義不得辭也，乃泣而書之。

蘇子瞻靈壁張氏園亭記 ○

道京師而東，水浮濁流，陸走黃塵，陂田蒼莽，行者勸厭，凡八百里，始得靈壁張氏之園於汴之陽。其外，修竹森然以高，喬木蓊然以深。其中，因汴之餘浸，以爲陂池；取山之怪石，以爲巖阜。蒲葦蓮芡，有江湖之思；椅桐檜柏，有山林之氣；奇花美草，有京洛之態；華堂夏屋，有吴、蜀之巧。其深可以隱，其富可以養，果蔬可以飽鄰里，魚鼈筍茹，可以饋四方之賓客。余自彭城，移守吴興，由宋登舟，三宿而至其下。肩輿叩門，見張氏之子碩。碩求余文以記之。

維張氏世有顯人，自其伯父殿中君，與其先人通判府君，始家靈璧，而爲此園，作蘭皋之亭，以養其親。其後出仕於朝，名聞一時，推其餘力，日增治之，於今五十餘年矣。其木皆十圍，岸谷隱然，凡園之百物，無一不可人意者，信其用力之多且久也。

古之君子，不必仕，不必不仕。必仕則忘其身，必不仕則忘其君。譬之飲食，適於饑飽而已。然士罕能蹈其義，赴其節，處者安於故而難出，出者狃於利而忘返，於是有違親絶俗之譏，懷禄苟安之弊。今張氏之先君，所以爲其子孫之計慮者遠且周，是故築室藝園於汴、泗之閒，舟車冠蓋之衝，凡朝夕之奉，燕遊之樂，不求而足。使其子孫開門而出仕，則跬步市朝之上；閉門而歸隱，則俯仰山林之下。於以養生治性，行義求志，無適而不可。故其子孫，仕者皆有循吏良能之稱，處者皆有節士廉退之行，蓋其先君子之澤也。

余爲彭城二年，樂其土風，將去不忍，而彭城之父老，亦莫余厭也，將買田於泗水之上而老焉。南望靈璧，鷄犬之聲相聞，幅巾杖屨，歲時往來於張氏之園，以與其子孫遊，將必有日矣。元豐三年三月二十七日記。

蘇子由武昌九曲亭記 ○○

子瞻遷於齊安，廬於江上。齊安無名山，而江之南武昌諸山，陂陁蔓延，澗谷深密，中有浮圖精舍，西曰西山，東曰寒谿，依山臨壑，隱蔽松櫪，蕭然絶俗，車馬之迹不至。每風止日出，江水伏息，子瞻杖策載酒，乘漁舟，亂流而南。山中有二三子，好客而喜遊，聞子瞻至，幅巾迎笑，相攜徜徉而上，窮山之深，力極而息。埽葉席草，酌酒相勞，意適忘反，往往留宿於山上。以此居齊安三年，不知其久也。

然將適西山，行於松柏之閒，羊腸九曲，而獲少平，遊者至此必息。倚怪石，蔭茂木，俯視大江，仰瞻陵阜，旁矚溪谷，風雲變化，林麓向背，皆效於左右。有廢亭焉，其遺址甚狹，不足以席衆客。其旁古木數十，大皆百圍千尺，不可加以斤斧。子瞻每至其下，輒睥睨終日。一旦大風雷雨拔去其一，斥其所據，亭得以廣。子瞻與客入山視之，笑曰：「茲欲以成吾亭邪？」遂相與營之。亭成，而西山之勝始具，子瞻於是最樂。

昔余少年，從子瞻遊，有山可登，有水可浮，子瞻未始不褰裳先之。有不得至，爲之悵然移日。至其翩然獨往，逍遥泉石之上，擷林卉，拾澗實，酌水而飲之，見者以爲仙也。蓋天下之樂無窮，而以適意爲悦。方其得意，萬物無以易之。及其既厭，未有不灑然自笑者也。譬之飲食，雜陳於前，要之一飽，而同委於臭腐，夫孰知得失之所在？惟其無愧於中，無責於外，而姑寓焉，此子瞻之所以有樂於是也。

蘇子由東軒記 ○

余既以罪謫監筠州鹽酒税，未至，大雨，筠水泛溢，蔑南市，登北岸，敗刺史府門。鹽酒税治舍，俯江之漘，水患尤甚。既至，敝不可處，乃告於郡，假部使者府以居。郡憐其無歸也，許之。歲十二月，乃克支其欹斜，補其圮缺，闢聽事堂之東爲軒，種杉二本，竹百箇，以爲宴休之所。然鹽酒税舊以三吏共事，余至，其二人者，適皆罷去，事委於一。晝則坐市區，鬻鹽沽酒税豚魚，與市人争尋尺以自效。莫歸，筋力疲廢，輒昏然就睡，不知夜之既旦。旦則復出營職，終不能安於所謂東軒者。每旦暮出入其旁，顧之，未嘗不啞然自笑也。

余昔少年讀書，竊嘗怪以顔子簞食瓢飲，居於陋巷，人不堪其憂，顔子不改其樂。私以爲雖不欲仕，然抱關擊柝，尚可自養，而不害於學，何至困辱貧窶自苦如此？及來筠州，勤勞米鹽之間，無一日之休。雖欲棄塵垢，解羈縶，自放於道德之場，而事每劫而留之，然後知顔子之所以甘心貧賤，不肎求升斗之禄以自給者，良以其害於所學故也。

嗟夫！士方其未聞大道，沈酣勢利，以玉帛子女自厚，自以爲樂矣。及其循理以求道，落其華而收其實，從容自得，不知夫天地之爲大，與死生之爲變，而況其下者乎！故其樂也，足以易窮餓而不怨，雖南面之王，不能加之，蓋非有德不能任也。余方區區欲磨洗濁汙，晞聖賢之萬一，自視缺然，而欲庶幾顔氏之福，宜其不可得哉。若夫孔子周行天下，高爲魯司寇，下爲乘田委吏，惟其所遇，無所不可。彼蓋達者之事，而非學者之所望也。

余既以譴來此，雖知桎梏之害，而勢不得去，獨幸歲月之久，世或哀而憐之，使得歸伏田里，治先人之敝廬，爲環堵之室而居之。然後追求顔氏之樂，懷思東軒，優遊以忘其老，然而非所敢望也。

古文辭類篹五十七終

雜記類七

王介甫慈谿縣學記 ○○

天下不可一日而無政教，故學不可一日而亡於天下。古者井天下之田，而黨庠、遂序、國學之法，立乎其中。鄉射飲酒，春秋合樂，養老勞農，尊賢使能，考藝選言之政，至於受成、獻馘、訊囚之事，無不出於學。於此，養天下智仁聖義忠和之士，以至一偏一技一曲之學，無所不養。而又取士大夫之材行完潔，而其施設已嘗試於位而去者，以爲之師。釋奠、釋菜，以教不忘其學之所自。遷徙偪逐，以勉其怠而除其惡。則士朝夕所見所聞，無非所以治天下國家之道。其服習必於仁義，而所學必皆盡其材。一日取以備公卿大夫百執事之選，則其材行皆已素定。而士之備選者，其施設亦皆素所見聞而已，不待閱習而後能者也。古之在上者，事不慮而盡，功不爲而足，其要如此而已。此二帝、三王所以治天下國家，而立學之本意也。

後世無井田之法，而學亦或存或廢。大抵所以治天下國家者，不復皆出於學。而學之士，羣居族處，爲師弟子之位者，講章句，課文字而已。至其陵夷之久，則四方之學者廢而爲廟，以祀孔子於天下。斲木摶土，如浮屠、道士法，爲王者象。州縣吏春秋帥其屬釋奠於其堂，而學士者或不與焉。蓋廟之作出於學廢，而近世之法然也。

今天子即位若干年，頗修法度，而革近世之不然者。當此之時，學稍稍立於天下矣，猶曰州之士滿二百人，乃得立學。於是慈谿之士，不得有學，而爲孔子廟如故，廟又壞不治。今劉君在中言於州，使民出錢，將修而作之，未及爲而去，時慶曆某年也。後林君肇至，則曰：「古之所以爲學者，吾不得而見，而法者，吾不可以毋循也。雖然，吾之人民，於此不可以無教。」即因民錢作孔子廟，如今之所云，而治其四旁，爲學舍講堂其中，帥縣之子弟，起先生杜君醇爲之師，而興於學。噫！林君其有道者邪！夫吏者無變今之法，而不失古之實，此有道者之所能也。林君之爲，其幾於此矣。

林君固賢令，而慈谿小邑，無珍産、淫貨，以來四方遊販之民。田桑之美，有以自足，無水旱之憂也。無遊販之民，故其俗一而不雜；有以自足，故人慎刑而易治。而吾所見其邑之士，亦多美茂之材易成也。杜君者，越之隱君子，其學行宜爲人師者也。夫以小邑得賢令，又得宜爲人師者爲之師，而以修醇一易治之俗，而進美茂易成之材，雖拘於法，限於勢，不得盡如古之所爲，吾固信其教化之將行，而風俗之成也。夫教化可以美風俗，雖然，必久而後至於善。而今之吏，其勢不能以久也。吾雖喜且幸其將行，而又憂夫來者之不吾繼也，於是本其意以告來者。

王介甫度支副使廳壁題名記 ○○○

三司副使，不書前人名姓。嘉祐五年，尚書户部員外郎吕君沖之，始稽之衆史，而自李紘已上，至查道，得其名，自揚偕已上，得其官，自郭勸已下，又得其在事之歲時，於是書石而鑱之東壁。

夫合天下之衆者財，理天下之財者法，守天下之法者吏也。吏不良，則有法而莫守；法不善，則有財而莫理。有財而莫理，則阡陌閭巷之賤人，皆能私取予之勢，擅萬物之利，以與人主争黔首，而放其無窮之欲，非必貴强桀大而後能。如是而天子猶爲不失其民者，蓋特號而已耳。雖欲食蔬衣敝，憔悴其身，愁思其心，以幸天下之給足而安吾政，吾知其猶不得也。然則善吾法，而擇吏以守之，以理天下之財，雖上古堯舜，猶不能毋以此爲先急，而況於後世之紛紛乎？

三司副使，方今之大吏，朝廷所以尊寵之甚備。蓋今理財之法有不善者，其勢皆得以議於上，而改爲之，非特當守成法、吝出入以從有司之事而已。其職事如此，則其人之賢不肖，利害施於天下如何也？觀其人，以其在事之歲時，以求其政事之見於今者，而考其所以佐上理財之方，則其人之賢不肖，與世之治否，吾可以坐而得矣。此蓋呂君之志也。

王介甫遊褒禪山記 〇〇

褒禪山，亦謂之華山，唐浮圖慧褒，始舍於其址，而卒葬之，以故其後名之曰「褒禪」。今所謂慧空禪院者，褒之廬冢也。距其院東五里，所謂華陽洞者，以其在華山之陽名之也。距洞百餘步，有碑仆道，其文漫滅，獨其爲文猶可識曰「花山」。今言「華」如「華實」之「華」者，蓋音謬也。

其下平曠，有泉側出，而記遊者甚衆，所謂前洞。由山以上五六里，有穴窈然，入之甚寒，問其深，則雖好遊者不能窮也，謂之後洞。余與四人擁火以入，入之愈深，其進愈難，而其見愈奇。有怠而欲出者，曰「不出火且盡」，遂與之俱出。蓋予所至，比好遊者尚不能十一，然視其左右，來而記之者已少。蓋其又深，則其至又加少矣。方是時，予之力尚足以入，火尚足以明也。既其出則或咎其欲出者，而予亦悔其隨之，而不得極夫遊之樂也。於是予有歎焉。古人之觀於天地、山川、草木、蟲魚、鳥獸，往往有得，以其求思之深而無不在也。夫夷以近，則遊者衆；險以遠，則至者少。而世之奇偉、瑰怪、非常之觀，常在於險遠，而人之所罕至焉。故非有志者，不能至也。有志矣，不隨以止也，然力不足者，亦不能至也。有志與力，而又不隨以怠，至於幽暗昏惑，而無物以相之，亦不能至也。然力足以至焉而不至，於人爲可譏，而在己爲有悔。盡吾志也，而不能至者，可以無悔矣，其孰能譏之乎？此予之所得也。

余於仆碑又以悲夫古書之不存，後世之謬其傳，而莫能名者，何可勝道也哉！此所以學者不可以不深思而慎取之也。

四人者：廬陵蕭君圭君玉，長樂王回深父，予弟安國平父，安上純父。

至和元年七月某日臨川王某記。茅順甫云：逸興滿眼，餘音不絕。

王介甫芝閣記 ○○

祥符時，封泰山以文天下之平，四方以芝來告者萬數。其大吏，則天子賜書以寵嘉之，小吏若民，輒賜金帛。方是時，希世有力之大臣，窮搜而遠采。山農野老，攀緣狙杙，以上至不測之高，下至澗溪壑谷，分崩裂絶，幽窮隱伏，人跡之所不通，往往求焉。而芝出於九州四海之閒，蓋幾於盡矣。

至今上即位，謙讓不德，自大臣不敢言封禪，詔有司以祥瑞告者皆勿納。於是神奇之產，銷藏委翳於蒿藜榛莽之閒，而山農野老，不復知其爲瑞也。則知因一時之好惡，而能成天下之風俗，況於行先王之治哉？

太邱陳君，學文而好奇。芝生於庭，能識其爲芝，惜其可獻而莫售也，故閣於其居之東偏，掇取而藏之，蓋其好奇如此。

噫！芝一也，或貴於天子，或貴於士，或辱於凡民，夫豈不以時乎哉？士之有道，固不役志於貴賤，而卒所以貴賤者，何以異哉？此予之所以歎也。

王介甫傷仲永 〇

金谿民方仲永，世隸耕。鼐按：隸耕字本《晉語》。隸，農夫也。仲永生五年，未嘗識書具，忽啼求之。父異焉。借旁近與之，即書詩四句，並自爲其名。其詩以養父母、收族爲意，傳一鄉秀才觀之。自是指物作詩立就，其文理皆有可觀者。邑人奇之，稍稍賓客其父，或以錢幣乞之。父利其然也，日扳仲永環謁於邑人，不使學。

余聞之也久。明道中，從先人還家，於舅家見之，十二三矣。令作詩，不能稱前時之聞。又七年，還自揚州，復到舅家問焉，曰「泯然衆人矣」。

王子曰：仲永之通悟，受之天也。其受之天也，賢於材人遠矣。卒之爲衆人，則其受於人者不至也。彼其受之天也，如此其賢也；不受之人，且爲衆人。今夫不受之天，固衆人，又不受之人，得爲衆人而已邪？

鼂無咎新城遊北山記 ○○

去新城之北三十里，山漸深，草木泉石漸幽。初猶騎行石齒間，旁皆大松，曲者如蓋，直者如幢，立者如人，臥者如虬。松下草間，有泉，沮洳伏見，墮石井，鏘然而鳴。松間藤數十尺，蜿蜒如大蚖。其上有鳥，黑如鴝鵒，赤冠長喙，俯而啄，磔然有聲。稍西一峯高絶，有蹊介然，僅可步。繫馬石觜，相扶攜而上，篁篠仰不見日。如四五里，乃聞鷄聲。有僧布袍躡履來迎。與之語，瞿而顧，如麋鹿不可接。頂有屋數十間，曲折依崖壁爲欄楯，如蝸鼠繚繞，乃得出門牖相值。既坐，山風颯然而至，堂殿鈴鐸皆鳴。二三子相顧而驚，不知身之在何境也。

且暮皆宿。於時九月，天高露清，山空月明，仰視星斗，皆光大，如適在人上。窗間竹數十竿，相摩戛，聲切切不已。竹間梅、棕，森然如鬼魅離立突鬢之狀，二三子又相顧魄動而不得寐。遲明皆去。既還家數日，猶恍惚若有遇，因追記之。後不復到，然往往想見其事也。

古文辭類纂五十八終

雜記類八

歸熙甫項脊軒記 〇〇〇

項脊軒，舊南閣子也。室僅方丈，可容一人居。百年老屋，塵泥滲漉，雨澤下注，每移案顧視，無可置者。又北向不能得日，日過午已昏。余稍爲修葺，使不上漏，前闢四窗，垣墻周庭，以當南日，日影反照，室始洞然。又雜植蘭桂竹木於庭，舊時欄楯，亦遂增勝。借書滿架，偃仰嘯歌，冥然兀坐，萬籟有聲。而庭階寂寂，小鳥時來啄食，人至不去。三五之夜，明月半牆，桂影斑駁，風移影動，珊珊可愛。

然余居於此，多可喜，亦多可悲。先是庭中通南北爲一，迨諸父異爨，内外多置小門牆，往往而是。東犬西吠，客踰庖而宴，鷄棲於廳。庭中始爲籬，已爲牆，凡再變矣。家有老嫗，嘗居於此。嫗先大母婢也，乳二世，先妣撫之甚厚。室西連於中閨，先妣嘗一至，嫗每謂予曰：「某所而母立於兹。」嫗又曰：「汝姊在吾懷，呱呱而泣。孃以指叩門扉曰：『兒寒乎？欲食乎？』吾從板外相爲應答。」語未畢，余泣，嫗亦泣。

余自束髮讀書軒中，一日大母過余曰：「吾兒久不見若影，何竟日默默在此，大類女郎也？」比去，以手闔扉，自語曰：「吾家讀書久不效，兒之成，則可待乎？」頃之，持一象笏至，曰：「此吾祖太常公，宣德閒執此以朝，他日汝當用之。」瞻顧遺跡，如在昨日，令人長號不自禁。

軒東故嘗爲厨，人往從軒前過。余扃牖而居，久之，能以足音辨人。軒凡四遭火得不焚，殆有神護者。

項脊生曰：蜀清守丹穴，利甲天下，其後秦皇帝築女懷清臺。劉玄德與曹操爭天下，諸葛孔明起隴中。方二人之昧昧於一隅也，世何足以知之？余區區處敗屋中，方揚眉瞬目，謂有奇景。人知之者，其謂與埳井之蛙何異？

余既爲此志，後五年，余妻來歸。時至軒中，從余問古事，或憑几學書。吾妻歸寧，述諸小妹語曰：「聞姊家有閣子，且何謂閣子也？」其後六年，吾妻死，室壞不修。其後二年，余久臥病無聊，乃使人復葺南閣子，其制稍異於前。然自後余多在外，不常居。庭有枇杷樹，吾妻死之年所手植也，今已亭亭如蓋矣。

歸熙甫思子亭記　○○

震澤之水，蜿蜒東流，爲吴淞江，二百六十里入海。嘉靖壬寅，余始攜吾兒來居江上，二百六十里水道之中也。江至此欲涸，蕭然曠野，無輞川之景物，陽羨之山水，獨自有屋數十楹，中頗弘邃，山池亦勝，足以避世。

余性懶出，雙扉晝閉，緑草滿庭，最愛吾兒與諸弟遊戲穿走長廊之閒。兒來時九歲，今十六矣，諸弟少者三歲、六歲、九歲。此余平生之樂事也。十二月己酉，攜家西去，余歲不過三四月居城中，兒從行絶少，至是去而不返。每念初八之日，相隨出門，不意足迹隨履而没。悲痛之極，以爲大怪，無此事也。蓋吾兒居此七閱寒暑，山池草木，門階户席之閒，無處不見吾兒也。

葬在縣之東南門。守冢人俞老，薄暮見兒衣緑衣，在享堂中。吾兒其不死邪？因作思子之亭。徘徊四望，長天寥闊，極目於雲烟杳靄之閒，當必有一日見吾兒翩然來歸者。於是刻石亭中，其詞曰：

天地運化，與世而遷，生氣日漓，曷如古先？渾敦檮杌，天以爲賢；矬陋瘋躄，天以爲妍。跖年必永，回壽必慳，噫嘻吾兒，敢覬其全？今世有之，死固宜焉。聞昔郗超，歿於賊閒，遺書在笥，其父舍旃。胡爲吾兒，愈思愈妍？爰有貧士，居海之邊，重趼來哭，涕泪潺湲。王公大人，死則無傳，吾兒孱弱，何以致然？人自胞胎，至於百年，何時不死，死者萬千。如彼死者，亦奚足言！有如吾兒，真爲可憐。我庭我廬，我簡我編，髡彼兩髦，翠眉朱顔。宛其緑衣，在我之前，朝朝暮暮，歲歲年年。似邪非邪，悠悠蒼天！臘月之初，兒坐閤子，我倚欄杆，池水瀰瀰。日出山亭，萬鵶來止，竹樹交滿，枝垂葉披。如是三日，予以爲祉。豈知斯祥，兆兒之死！兒果爲神，信不死矣。是時亭前，有兩山茶，影在石池，緑葉朱花。兒行山徑，循水之涯，從容笑言，手擷雙葩。花容照映，爛然雲霞。山花尚開，兒已辭家，一朝化去，果不死邪？漢有太子，死後八日，周行萬里，甦而自述。倚尼渠余，白璧可質。大風疾雷，俞老戰栗，奔走來告，人棺已失。兒今起矣，宛其在室。吾朝以望，及日之昳；吾夕以望，及日之出。西望五湖之清泚，東望大海之蕩潏。寥寥長天，陰雲四密，俞老不來，悲風蕭瑟。宇宙之變，日新日茁，豈曰無之？吾匪怪譎。父子重懽，茲生已畢。於乎天乎，鑒此誠壹！

歸熙甫見村樓記　○○

崑山治城之隍，或云即古婁江。然婁江已湮，以隍爲江，未必然也。吴淞江自太湖西來，北向，若將趨入縣城，未二十里，若抱若折，遂東南入於海。江之將南折也，背折而爲新洋江。新洋江東數里，有地名羅巷村，亡友李中丞先世居於此，因自號爲羅村云。

中丞遊宦二十餘年，幼子延實，産於江右南昌之官廨。其後每遷官輒隨。歷東兗、汴、楚之境，自岱岳、嵩、少、匡廬、衡山、瀟湘、洞庭之渚，延實無不識也。獨於羅巷村者，生平猶昧之。

中丞既謝世，延實卜居縣城之東南門内金潼港。有樓翼然出於城闉之上。前俯隍水，遥望三面，皆吴淞江之野。塘浦縱横，田塍如畫，而村墟遠近映帶。延實日焚香灑掃，讀書其中，而名其樓曰見村。

余閒過之，延實爲具餉。念昔與中丞遊，時時至其故宅所謂南樓者，相與飲酒論文。忽忽二紀，不意遂已隔世。今獨對其幼子餉，悲悵者久之。城外有橋，余嘗與中丞出郭，造故人方思曾。時其不在，相與憑檻，嘗至暮，悵然而返。今兩人者皆亡，而延實之樓，即方氏之故廬，余能無感乎？中丞自幼攜策入城，往來省墓，及歲時出郊嬉遊，經行術徑，皆可指也。孔子少不知父葬處，有輓父之母知而告之，余可以爲輓父之母乎？

延實既能不忘其先人，依然水木之思，肅然桑梓之懷，愴然霜露之感矣。自古大臣子孫蚤孤而自樹者，史傳中多其人，延實在勉之而已。

歸熙甫野鶴軒壁記 ○○

嘉靖戊戌之春，余與諸友會文於野鶴軒。吾崑之馬鞍山，小而實奇。軒在山之麓，旁有泉，芳冽可飲。稍折而東，多磐石，山之勝處，俗謂之東崖，亦謂劉龍洲墓，以宋劉過葬於此。墓在亂石中，從墓間仰視，蒼碧嶙峋，不見有土，惟石壁旁有小徑，蜿蜒出其上，莫測所往，意其間有仙人居也。

始慈谿楊子器名父創此軒。令能好文愛士，不爲俗吏者稱名父，今奉以爲名父祠。嗟夫名父！豈知四十餘年之後，吾黨之聚於此邪？時會者六人，後至者二人。潘士英自嘉定來，汲泉煮茗，翻爲主人。余等時時散去，士英獨與其徒處。烈風暴雨，崖崩石落，山鬼夜號，可念也。

歸熙甫畏壘亭記 ○○

自崑山城水行七十里，曰安亭，在吴淞江之旁。蓋圖志有安亭江，今不可見矣。土薄而俗澆，縣人争棄之。余妻之家在焉。余獨愛其宅中閒靚，壬寅之歲，讀書於此。宅西有清池古木，壘石爲山。山有亭，登之，隱隱見吴松江，環繞而東，風帆時過於荒墟樹杪之閒，華亭九峯，青龍鎮古刹浮屠，皆直其前。亭舊無名，余始名之曰「畏壘」。

莊子稱庚桑楚得老聃之道，居畏壘之山。其臣之畫然知者去之，其妾之挈然仁者遠之。擁腫之與居，鞅掌之爲使。三年，畏壘大熟。畏壘之民，尸而祝之，社而稷之。而余居於此，竟日閉户。二三子或有自遠而至者，相與謳吟於荆棘之中。予妻治田四十畝，值歲大旱，用牛輓車，晝夜灌水，頗以得穀，釀酒數石。寒風慘慄，木葉黄落，呼兒酌酒，登亭而嘯，忻忻然，誰爲遠我而去我者乎？誰與吾居而吾使者乎？誰欲尸祝而社稷我者乎？作《畏壘亭記》。

歸熙甫吴山圖記 ○

吴、長洲二縣，在郡治所，分境而治。而郡西諸山，皆在吴縣。其最高者，穹窿、陽山、鄧尉、西脊、銅井，而靈岩吴之故宫在焉，尚有西子之遺迹。若虎邱、劍池，及天平、尚方、支硎，皆勝地也。而太湖汪洋三萬六千頃，七十二峯沈浸其閒，則海内之奇觀矣。

余同年友魏君用晦爲吴縣，未及三年，以高第召入爲給事中。君之爲縣有惠愛，百姓扳留之不能得，而君亦不忍於其民。由是好事者，繪《吴山圖》以爲贈。夫令之於民誠重矣。令誠賢也，其地之山川草木，亦被其澤而有榮也；令誠不賢也，其地之山川草木，亦被其殃而有辱也。君於吴之山川，蓋增重矣。異時吾民將擇勝於巖巒之閒，尸祝於浮屠、老子之宫也固宜。而君則亦既去矣，何復惓惓於此山哉！

昔蘇子瞻稱韓魏公，去黄州四十餘年，而思之不忘，至爲思黄州詩，子瞻爲黄人刻之於石。然後知賢者於其所至，不獨使其人之不忍忘，而己亦不能自忘於其人也。

君今去縣已三年矣。一日與余同在内廷，出示此圖，展玩太息，因命余記之。噫！君之於吾吴，有情如此，如之何而使吾民能忘之也！

歸熙甫長興縣令題名記 ○

長興爲縣，始於晉太康三年。初名長城，唐武德四年、五年爲綏州、雉州，七年，復爲長城。梁開平元年，爲長興。元元貞二年，縣爲州。洪武二年，復爲縣。縣常爲吴興屬。隋開皇、仁壽之閒，一再屬吾蘇州。丁酉之歲，國兵克長興，耿侯以元帥即今治開府者十餘年。既滅吴，耿侯始去，而長興復專爲縣，至今若干年矣。遡縣之初，建爲長城，若干年矣。長城爲長興，又若干年矣。舊未有題名之碑，余始考圖志，取洪武以來爲縣者列之。

嗚呼！彼其受百里之命，其志亦欲以有所施於民，以不負一時之委任者蓋有矣，而文字缺軼，遂不見於後世。幸而存者，又其書之之畧，可慨也。抑其傳於後世者，既如彼，而是非毁譽之在於當時，又豈盡出於三代直道之民哉？夫士發憤以修先聖之道，而無聞於世則已矣。余之書此，以爲後之承於前者，其任宜爾，亦非以爲前人之欲求著其名氏於今也。

歸熙甫遂初堂記　〇

宋尤文簡公，嘗愛孫興公《遂初賦》，而以「遂初」名其堂，崇陵書扁賜之，在今無錫九龍山之下。公十四世孫質，字叔野，求其遺址，而莫知所在，自以其意規度於山之陽，爲新堂，仍以「遂初」爲扁，以書來求余記之。

按興公嘗隱會稽，放浪山水，有高尚之志，故爲此賦。其後涉歷世塗，違其夙好，爲桓温所譏。文簡公歷仕三朝，受知人主，至老而不得去，而以「遂初」爲況，若有不相當者。古之昔伊尹、傅説、吕望之徒，起於胥靡耕釣，以輔相商、周之主，終其身無復隱處之思。古之志得道行者，固如此也。惟召公告老，而周公留之曰：「汝明勖偶王，在亶乘茲大命，惟文王德，丕承無疆之恤。」當時君臣之際可知矣。後之君子，非復昔人之遭會，而義不容於不仕。及其已至貴顯，或未必盡其用，而勢不能以遽去。然其中之所謂介然者，終不肯隨世俗而移易，雖三公之位，萬鍾之禄，固其心不能一日安也。則其高世遐舉之志，宜其時見於言語文字之閒，而有不能自已者。當宋皇祐、治平之時，歐陽公位登兩府，際遇不爲不隆矣。今讀其《思潁》之詩，《歸田》之録，而知公之不安其位也。況南渡之後，雖孝宗之英毅，光宗之總攬，遠不能望盛宋之治。而崇陵末年，疾病恍惚，宫闈戚畹，干預朝政，時事有不可勝道者矣。雖然，二公之言，已行於朝廷，當世之人主，不可謂不知之，而終不能默默以自安，蓋君子之志如此。

公殁至今四百年，而叔野能修復其舊，遺構宛然。無錫，南方士大夫入都孔道，過之者，登其堂，猶或能想見公之儀刑，而讀余之言，其亦不能無慨於中也已。

劉才甫浮山記

浮山，自東南路入，曰華巖寺。寺在平曠中，竹樹殆以萬計，而石壁環寺之背，削立千尺入天，其色紺碧相錯雜如霞。春夏以往，嵐光照遊者衣袂。踰寺東行，循九曲澗，登山之半，曰金谷巖。大石中空，上下五十尺，東西百有二十尺。裝巖爲殿，架石爲樓，鑿壁爲石佛，而棲丈六金像於其中。其石宇覆蔭佛閣，而宇之峻削直上者猶二丈餘，望之如丹障，四時簷溜滴瀝。其左爲僧廚，廚亦在巖石之中。巖之北壁有洞，窺之甚黑，以火燭之，深邃殆不可窮。丹障之西，障垂欲盡，石拆而水出，小橋跨之，過橋而巨石塞其口。沿澗曲折，循石罅以入。至其中則廓然甚廣而圓，如覆大甕，如蝸螺旋折而上。上有複閣，其頂開圓竅見天，飛流從中直下數十尺，如噴珠然。巖底四周皆石岸，可容百人，可步、可環坐而觀焉。以石擊其壁，響處處殊。燃火礮於其中，則如崖崩石裂，聲聞十里外。其中承溜爲石池，溢而至於巖口，則伏而不見，此所謂滴珠之巖也。若時值冬寒雨雪，或凝爲冰柱，屹立巖石之下，尤爲瑰麗奇絕，然不常有，蓋數十年乃一得之云。

自滴珠西轉，是爲聞虛之峰，緑蘿巖在焉。峭壁倚天，古藤盤結，石楠、女貞相與攲側被之，無寸土而堅。而壁石中拆一罅，水從罅中出，注而爲垂虹之井。出金谷而左陟其肩，有大石穹起當道，兩棖中虛，如植玉環而埋其半於地。自遠望之，天光見其下，如弦月焉。其旁怪石森列，如獅、如象、如鸚鵡甚眾，不可名狀。而首楞巖在獅石口吻內。其中鑿石爲几榻，可弈、可飲，可以望江南九華諸峯，如在宇下。自首楞緣仄徑西行，有泉滴瀝不斷者，上方巖也。往時泉漫流，懸注金谷之額。自巖僧鑿石連梘，引其水入厨，而金谷之簷溜微矣。自上方復西行，有圩陂，廣可數畝，其形如漏巵，其口則滴珠之飛流所自來也。

自華嚴之寺西行，徑山麓田野中，至松坪入之甚深而隱，背金谷而當山之豁者，會勝巖也。巖縱三十尺，横五十尺，即巖内爲殿，而架閣於其右。一日坐閣上，值大雷雨，雲霧窈冥，閣前老松數十株，隱見雲際，森然如羣龍欲上騰之狀。自巖左拾級而上，爲堂三間，曰九帶之堂，石三而抱之。門外植四松，松下則會勝之簷溜也。會勝之右，有巖曰松濤，有洞曰三曲。洞中乳石成柱，委宛覆折，而古木蒼藤，蔽虧掩映，冬夏常蔚然。有泉泠然出其下，南流入峽中。而朝暘洞在峽西石壁之半，梯之以登，至亭午日景始去。自會勝左出，石壁西向，巖洞鱗次，曰棲真，曰棲隱，曰翠華，曰枕流。而五雲巖在翠華之上，望之如層樓。至壁之將盡，則嵌石覆出如廊，廊西乳石下垂，如象蹄，對峙爲柱者二，如闢三門焉。金谷巖洞類宫廷，會勝廊成列肆。自三門南出，有石龍蜿蜒南行數百丈，人亭其上，左右皆俯臨大壑，羣木覆之，溪水自陰翳中流去，鏘然有聲。自三門左轉，一徑甚狹，垂泉爲簾者，雷公洞也。中有石池，以閩人雷鯉讀書於此，故名。自會勝迤西而北，入石門，則山之頂也。其上平曠，天池出焉。有大小三天池，菰蒲被之，鰕魚羣戲於其中。又有大石坦夷，上可立千人。石理成芙蕖，經雨則紅艷如繪。石盡則菜畦麥隴彌望，如在原野。畦隴盡則又出石骨坡陀，其側可以俯瞰連雲之峽，而危險不可下。

連雲峽在會勝石龍之西，峽三方皆石壁如城，而闕其西南一面。有巖在峽口之右，石罅如蜂房。架石爲寺，鑿石爲磴而登之。冬時得南日最暖。自寺左行，有崖巍然高覆，其承雨溜者，歲久正黑，雨所不到，石色猶赭，赭黑相間，斑駁不可狀。崖腹有巖曰野同。自野同又左，崖簷有泉懸注，側足循危徑以行，人在懸泉之内。至峽之將盡，有巖石理凹凸纖密，如浮漚，如浪波之沄沄。而崖簷之泉，鏗訇擊越，如聞風濤之聲，名之曰海enza。

出連雲之峽，又西北行，有巖曰壁立之巖。即巖内爲殿，而於其前架樓以居。其上有重巖，曰石樓，其下有井不涸。其前有石臺，臺之下有洞曰鼎爐。其右有泉自峽而出，曰桃花之澗。跨澗爲橋。澗以全石爲底，雨後泉穿橋而墮。遊其下者，自鼎爐以趨桃花之洞，則必越澗之委，仰見飛流如噴雪，其聲轟然，人語不能相聞也。踰橋而西，有巖，石壁陡立不可入。乃穴石爲門，架石爲樓而居之，名之曰嘯月。循其西壁而轉，有小洞。洞内石穴如蜂房，其數蓋百有八，名之曰總巖。壁立之右，有巖曰半月。折而北，有巖高敞曰西封。舊有大石，可羅百席，石工採其石以去，既久而窪，積水深二丈焉。旁巖三，不知其名，皆可遊。又其西，則雲錦廊也。自壁立之左南出，石壁峭削不可攀。好事者鑿石爲磴，磴纔受足，凡百餘級，五折而上，名之曰繞雲之梯。自壁立來者，上梯以瞯天池；自會勝來者，下梯以趨壁立。繞雲之南，有巖曰披雲。登其梯之半，其旁有洞曰戛玉。

浮山在桐城縣治之東九十里。登山而望之，蓋東西南北皆水匯，而山石嵂峍空虚，幾欲乘風而去，故名之曰浮山。是山也，自檣山迤邐而來，北起而爲黄鵠峰。峰之西，石壁削立千尺，上豐而下斂，其勢欲傾。有洞在其上曰金鷄，大如車輪，四分石壁，而金鷄高得其三，嶄絶不可登。當其蹙然下斂，有二巖曰畢陶，臨水而幽，曰晚翠，日西夕則巖受之，蓋與朝暘之洞平分一日云。黄鵠之南，有巖曰摘星，地峻而險，其徑不容足。巖之前有絶澗横焉，遊者皆苦其難至。自摘星而下，其右有甕巖，其口隘而其腹甚廣。其左有兩石屹立，高數丈，中距二尺許，若人斧以斯之者，名之曰夾桅之石。石之右，斷虹峽也。峽中有洞曰涵蒼，曰横雲。

自黄鵠東南復起而爲妙高峰。妙高者，浮山之最高處也。峰之半有巖曰淩霄，登之則飛鳥皆在其下。自妙高之淩霄折而下，至西北直上，又得醉翁之巖。下臨平原，其巖石覆壓欲墜，有僧構而居之，牕欞皆如支拄然。中有泉，甘洌異於他水，其旁有闞巖。他巖三面石，而此獨四面，一户一牖，皆石以爲之。

自妙高東南再起而爲餘萊峰。餘萊之南，則華嚴之背，所謂石壁削立千尺者也。壁有洞二：曰定心，曰寶藏。自定心、寶藏而東，有洞二：曰長虹，曰劍谷。登妙高、餘萊之巔，其間多大石皆奇。有一石直立餘萊峰上，當額一孔如秦碑，而其下方石整立，如連屏摺疊，烺然可數。

自黃鵠北迤，是爲翠微峰。翠微峰之西南壑中，其水流而爲胡麻溪。由石龍之左，循溪以入，其石壁之洞有三：曰深遥，曰石駐，曰蛾眉。折而南，有小峽，峽有巖曰談玄。出峽而北，有石梁二，相竝而跨於溪上。溪以全石爲底，而仰承二梁爲一石，名之曰仙人之橋。雨則登橋而下見溪水之奔流，霽則橋下可通往來，可羅几榻而居之。

自翠微之東別起而爲抱龍峰。抱龍與餘萊竝峙金谷之前，金谷則黃鵠之東面也。登抱龍之顛有大石，上平如砥，曰露臺，四望無所蔽，而風自遠來甚勁，立其上則人輒欲仆。臺之後，有洞穹然跨峰之脊，左右豁達。自東入，則西見山之林壑；自西入，則東見野之原隰。臺前有老松，松幹蚪曲，蓋千歲物云。

自翠微西衍，是爲翠蓋峰。自翠蓋轉而西南，則會勝、連雲、壁立、嘯月諸巖也。自嘯月而更西北，浮山之西面也。從其西以望之，山如石几正方，而丹丘、一掌二巖，竝立方几之下。山之北，戴土無巖洞。而山中有青鳥，其聲百囀，獨時時往來於白雲、原注：桐城山名，東去浮山二十里。金谷之閒，他山未之見也。又有鳥狀類博勞，日將入則鳴，其聲如木魚。原注：此篇全學《禹貢》章法。浮山勝境凡五處：一曰華巖寺，二曰金谷巖，三曰會勝巖，四曰連雲峽，五曰壁立巖。文直敍此五處在前，如《禹貢》前並列九州也。後敍諸峰脈絡次第，一曰黄鵠峰，二曰妙高峰，三曰餘萊峰，四曰翠微峰，五曰抱龍峰，如《禹貢》之有導山導水也。其巖洞之在五勝境前後左右者，即附在本境之後；其不在五勝境之内而見於諸峰之上下者，附在諸峰之後。有與前相關，復爲點次，如九州既有壺口、碣石，而導山導水復見之，非複亂也。浮山所在及其所以名，敍在中間，亦奇。

劉才甫竇祠記

桐城縣治之西北有竇祠，邑之人所建以祀蜀人竇成者也。明之亡，流賊將破桐城，成有救城功，故邑人戴其德，而建祠以祀之也。

當是時，賊攻城甚急，城堅不可卒下，賊時去時來。巡撫安慶等處部將廖應登，率蜀兵三千人爲防禦。時賊不在，應登將兵往廬州，經舒城，方解鞍憩息，而賊騎突至，遂劫應登去。賊顧謂應登曰：「今欲誘降桐城，汝卒中誰可遣者？」應登曰：「宜莫如竇成。」賊問成：「若能往否？」成許之，無難色。賊遂以二卒持兵夾成，擁至城下，使登高阜呼城守而告之。成諦視，見所與相識者，乃大呼曰：「我廖將軍麾下竇成也！賊脅我誘若令降，若必無降！若謹守若城，且急使人請援。賊今穿洞，洞皆石骨不可穿，計窮且去矣！」夾成之二卒，卒出不意，相顧驚愕，遂以刀劈其頭，腦出而死。自是守兵始無降賊意，益晝夜謹護城，而密使人之安慶請援，援至而城賴以全。

當明之季世，流賊横行，江之北鮮完邑焉，而桐以蕞爾，獨堅守得全，雖天命，豈非人力哉！成本武夫悍卒，然能知大義，不爲賊屈，捐一身之死，以卒全一邑數萬之生靈，有功德於民，則廟而食之宜矣。彼其受專城之寄、百里之命，君父之恩至深且渥也，賊未至，而開門迎揖者，獨何心歟！夫以一卒之微，而使一邑之縉紳大夫，莫不稽首跪拜其前，豈非以義邪？又況士君子之殺身以成仁者哉！

吾觀有明之治，常貴士而賤民。誦讀草茅之中，一日列名薦書，已安富而尊榮矣。繫官於朝，則其尊至於不可指，而百姓獨辛苦流亡，無所控訴。然卒亡明之天下者，百姓也。後之爲人君者，可以鑒矣。

劉才甫遊淩雲圖記

知者樂水，仁者樂山，非山水之能娱人，而知者仁者之心，常有以寓乎此也。天子神聖，天下無事，百僚庶司，咸稱厥職。乃以涖政之餘暇，翛然自適於山岨水涯，所以播國家之休風，鳴太平之盛事，施廣譽於無窮者也。

南方故山水之奧區，而巴蜀峨眉，尤爲怪偉奇絶。昔蘇子瞻浮雲軒冕，而願得出守漢嘉，以爲淩雲之遊。古之傑魁之士，其縱恣倘佯，而不可羈縻以事者，類如此與？

吾友盧君抱孫，以進士令蜀之洪雅，地小而僻，政簡而明，民安其俗，從容就理。於是攜童幼，挈壺觴，逶迤而來，攀緣以登，坐於崇岡積石之間，超然遠矚，邈然澄思，飄飄乎遺世之懷，浩浩乎如在三古以上，於時極樂。既歸里閒居，延請工畫事者，畫盧公載酒遊淩雲也。

古今人不相及矣。昔之人所嘗有事者，今人未必能追步之也。乃子瞻之有志焉而未畢者，至盧君而遂能見之行事，則夫盧君之施澤於民，其亦有類於古人之爲之邪？於是爲之記。

古文辭類纂五十九終

箴銘類

揚子雲州箴十二首

鼒按：子雲本傳云：箴莫善於《虞箴》，作《州箴》。《藝文志》以《州箴》列於儒家，此本録從《藝文類聚》，别無善本，蓋多舛誤。子雲文尚奇詭，而《趙充國頌》及此文獨平易，蓋箴頌之體宜爾也。漢武帝元封五年，初置刺史部十三州。《晉書·地志》以冀、幽、并、兖、徐、青、揚、荆、豫、益、涼，及朔方、交趾，是爲十三部。而田仁於天漢、大始之閒，嘗刺舉三河，又在十三部之外。其後征和四年，置司隸校尉，又其後，罷所領兵而使察三輔、三河、弘農，於是無三河刺史而有司隸，是武帝時共十四部也。昭帝初，以河内屬冀州，河東屬并州，則司隸但有三輔、弘農、河南。其後成帝罷刺史，置州牧，哀帝始復刺史，而卒又改爲州牧焉。司隸之官，成帝時省，哀帝時復，然哀帝雖復其官，但屬大司空，比於司直，故本紀謂之正司直。司隸蓋自是佐三公，舉朝廷不法者而已，不復如成帝以前之督部諸郡三輔也。故自成帝省司隸，後總爲十三部，其時司隸所部，必分屬於豫、涼二州矣，但史言之不詳耳。至平帝元始三年，始更十二州名，分界郡國所屬，其州名，史亦不詳，獨賴子雲是箴而知之爾。蓋設雍州以易涼州，而朔方所部，歸於并州，而交趾謂之交州。王莽奏改州名云：漢家十三州，州名及界多不應經。此箴首必引《禹貢》，所謂應經也。平帝元始二年，黄支國獻犀牛，其交州箴内亦述及焉，然則其文必平帝時作，當時王莽既改州名，頗張其事，蓋使人定爲地理之書。今《漢書·地理志》所本者是也。故《地理志》書户口，獨舉元始二年，知其與《州箴》同時有也。《志》内每郡國必曰「屬某州」，而三輔、弘農、河東、武都、隴西、金城、天水十餘郡，獨不著所屬，此其舊書必曰「屬雍州」也。班氏以雍州乃王莽專擅時所置之名，故刊除之爾，其實《志》内某郡屬某州，大抵皆莽所定，而漢平帝以前，郡國分屬諸州之制，莽所云不應經者，皆不復可詳也。自是迄莽之亡，皆十二部。建武中興，改雍州爲司隸，而復設涼州，乃復爲十三部。○○

冀州牧箴

洋洋冀州，鴻原大陸。嶽陽是都，島夷皮服。潺湲河流，夾以碣石。三后攸降，列爲侯伯。降周之末，趙、魏是宅。冀州麋沸，炫沄如湯。更盛更衰，載縱載横。陪臣擅命，天王是替。趙、魏相反，秦拾其敝。北築長城，恢夏之場。漢興定制，改列藩王。仰覽前世，厥力孔多。初安如山，後崩如崖。故治不忘亂，安不忘危。周宗自怙，云焉有予隳？六國奮矯，渠絶其維。牧臣司冀，敢告在階。

揚州牧箴

矯矯楊州，江、漢之滸。彭蠡既豬，陽鳥攸處。橘柚羽貝，瑶琨篠簜。閩越北垠，沅湘攸往。獷矣淮夷，蠢蠢荆蠻。翩彼昭王，南征不旋。人咸躓於垤，莫躓於山。咸跌於汙，莫跌於川。明哲不云我昭，童蒙不云我昏。湯武聖而師伊、吕，桀紂悖而誅逄、干。蓋邇不可不察，遠不可不親。靡有孝而逆父，罔有義而忘君。泰伯遜位，基吴紹類。夫差一誤，泰伯無祚。周室不匡，句踐入霸。當周之隆，越裳重譯。春秋之末，侯甸畔逆。元首不可不思，股肱不可不孳。堯崇屢省，舜盛欽謀。牧臣司揚，敢告執籌。

荆州牧箴

幽幽巫山，在荆之陽。江、漢朝宗，其流湯湯。夏君遭洚，荆、衡是調。雲夢塗泥，包匭菁茅。金玉砥礪，象齒元龜。貢篚百物，世世以饒。戰戰慄慄，至桀荒溢。曰我在帝位，若天有日。不順庶國，孰敢予奪！亦有成湯，果秉其鉞。放之南巢，號之以桀。南巢茫茫，包楚與荆。風慓以悍，氣鋭以剛。有道後服，無道先强。世雖安平，無敢逸豫。牧臣司荆，敢告執御。

青州牧箴

茫茫青州，海岱是極。鹽鐵之地，鉛松怪石。羣水攸歸，萊夷作牧。貢篚以時，莫怠莫違。昔在文武，封吕於齊。厥土塗泥，在邱之營。五侯九伯，是討是征。馬殆其銜，御失其度。周室荒亂，小白以霸。諸侯僉服，復尊京師。小白既没，周卒陵遲。嗟兹天王，附命下土。失其法度，喪其文武。牧臣司青，敢告執矩。

徐州牧箴

海岱伊淮，東海是渚。徐州之土，邑於海宇。大野既瀦，有羽有蒙。孤桐蠙珠，泗、沂攸同。實列藩蔽，侯衛東方。民好農蠶，大野以康。帝癸及辛，不祗不恪，沈湎于酒，而忘其東作。天命湯武，剿絶其緒祚。降周任姜，鎮於琅琊。姜氏絶苗，田氏攸都。事由細微，不慮不圖。禍如邱山，本在萌芽。牧臣司徐，敢告僕夫。

兖州牧箴

悠悠濟河，兖州之寓。九河既道，雷夏攸處。草繇木條，漆絲絺紵。濟漯既通，降邱宅土。成湯五徙，卒都於亳。盤庚北渡，牧野是宅。丁感雊雉，祖己伊忠。爰正厥事，遂緒高宗。厥後陵遲，顛覆厥緒。西伯戡黎，祖伊奔走。致天威命，不恐不震。婦言是用，牝鷄是晨。三仁既知，武果戎殷。牧野之禽，豈復能耽？甲子之朝，豈復能笑？有國雖久，必畏天咎。有民雖長，必懼人殃。箕子欷歔，厥居爲墟。牧臣司兖，敢告執書。

豫州牧箴

郁郁荆山，伊雒是經。滎播枲漆，惟用攸成。田田相拏，廬廬相距。夏、殷不都，成周攸處。豫野所居，爰在鶉墟。四隩咸宅，寓内莫如。陪臣執命，不慮不圖。王室陵遲，喪其爪牙。靡哲靡聖，捐失其正。方伯不維，韓卒擅命。文武孔純，至厲作昏。成康孔寧，至幽作傾。故有天下者，毋曰我大，莫或余敗；毋曰我强，靡克余亡。夏宅九州，至於季世，放於南巢。成康太平，降及周微，帶蔽屏營。屏營不起，施於孫子。至赧爲極，實絶周祀。牧臣司豫，敢告柱史。

雍州牧箴

黑水西河，横截崑崙。邪指閶闔，畫爲雍垠。上侵積石，下礙龍門。自彼氐、羌，莫敢不來庭，莫敢不來匡。每在季主，常失厥緒。侯紀不貢，荒侵其宇。陵遲衰微，秦據以戾。興兵山東，六國顛沛。上帝不寧，命漢作京。隴山以徂，列爲西荒。南排勁越，北啟彊胡。并連屬國，一護攸都。蓋安不忘危，盛不諱衰。牧臣司雍，敢告綴衣。

益州牧箴

巖巖岷山，古曰梁州。華陽西極，黑水南流。茫茫洪波，鯀堙降陸。於時八都，厥民不隩。禹導江、沱，岷、嶓啟乾。遠近底貢，磬錯砮丹。絲麻條暢，有粳有稻。自京徂畛，民攸温飽。帝有桀紂，湎沈頗僻。遏絶苗民，滅夏、殷績。爰周受命，復古之常。幽、厲夷業，破絶爲荒。秦作無道，三方潰叛。義兵征暴，遂國於漢。拓開疆宇，恢梁之野。列爲十二，光羡虞、夏。牧臣司梁，是職是圖。經營盛衰，敢告士夫。

幽州牧箴

蕩蕩平川，惟冀之别。北阨幽州，戎、夏交逼。伊昔唐、虞，實爲平陸。周末薦臻，迫於獯鬻。晉失其陪，周使不徂。六國擅權，燕、趙本都。東限獩貊，羡及東胡。强秦北排，蒙公城壃。大漢初定，介狄之荒。元戎屢征，如風之騰。義兵涉漠，偃我邊萌。既定且康，復古虞、唐。盛不可不圖，衰不可或忘。隄潰蟻穴，器漏鍼芒。牧臣司幽，敢告侍旁。

并州牧箴

雍别朔方，河水悠悠。北辟獯鬻，南界涇流。畫茲朔土，正直幽方。自昔何爲，莫敢不來貢，莫敢不來王。周穆遐征，犬戎不享。爰貊伊德，侵玩上國。宣王命將，攘之涇北。宗周罔職，日用爽蹉。既不俎豆，又不干戈。犬戎作難，斃於驪阿。太上曜德，其次曜兵。德兵俱顛，靡不悴荒。牧臣司并，敢告執綱。

交州牧箴

交州荒裔，水與天際。越裳是南，荒國之外。爰自開闢，不羈不絆。周公攝祚，白雉是獻。昭王陵遲，周室是亂。越裳絶貢，荆楚逆叛。四國内侵，蠶食周宗。臻於季赧，遂入滅亡。大漢受命，中國兼該。南海之宇，聖武是恢。稍稍受羈，遂臻黄支。杭海三萬，來牽其犀。盛不可不憂，隆不可不懼。顧瞻陵遲，而忘其規摹。亡國多逸豫，而存國多難。泉竭中虚，池竭瀕乾。牧臣司交，敢告執憲。

揚子雲酒箴 〇〇

子猶瓶矣。觀瓶之居，居井之眉。處高臨深，動常近危。酒醪不入口，藏水滿懷。不得左右，牽於纆徽。一旦叀礙，爲甇所轠，身提黄泉，骨肉爲泥。自用如此，不如鴟夷。鴟夷滑稽，腹如大壺。盡日盛酒，人復借酤。常爲國器，託於屬車。出入兩宫，經營公家。繇是言之，酒何過乎？

崔子玉座右銘 ○

無道人之短，無説己之長。施人慎勿念，受施慎勿忘。世譽不足慕，唯仁爲紀綱。隱心而後動，謗議庸何傷？勿使名過實，守愚聖所臧。在涅貴不淄，曖曖内含光。柔弱生之徒，老氏戒剛强。行行鄙夫志，悠悠故難量。慎言節飲食，知足勝不祥。行之苟有恆，久久自芬芳。

張孟陽劍閣銘 ○○

巖巖梁山，積石峨峨。遠屬荆、衡，近綴岷、嶓。南通邛、僰，北達褒、斜。狹過彭、碣，高踰嵩、華。惟蜀之門，作固作鎮。是曰劍閣，壁立千仞。窮地之險，極路之峻。世濁則逆，道清斯順。閉由往漢，開自有晉。秦得百二，并吞諸侯。齊得十二，田生獻籌。矧茲狹隘，土之外區。一人荷戟，萬夫趦趄。形勝之地，匪親勿居。昔在武侯，中流而喜。山河之固，見屈吴起。興實在德，險亦難恃。洞庭、孟門，二國不祀。自古迄今，天命不易。憑阻作昏，鮮不敗績。公孫既滅，劉氏銜璧。覆車之軌，無或重跡。勒銘山阿，敢告梁、益。

韓退之五箴并序 〇〇

人患不知其過，既知之不能改，是無勇也。余生三十有八年，髮之短者日益白，齒之摇者日益脱，聰明不及於前時，道德日負於初心，其不至於君子，而卒爲小人也昭昭矣。作《五箴》以訟其惡云。

游箴

余少之時，將求多能，早夜以孜孜。余今之時，既飽而嬉，蚤夜以無爲。嗚呼余乎，其無知乎？君子之棄，而小人之歸乎？

言箴

不知言之人，烏可與言？知言之人，默焉而其意已傳。幕中之辨，人反以汝爲叛；臺中之評，人反以汝爲傾。汝不懲邪，而呶呶以害其生邪！

行箴

行與義乖，言與法違。後雖無害，汝可以悔。行也無邪，言也無頗。死而不死，汝悔而何？宜悔而休，汝惡曷瘳？宜休而悔，汝善安在？悔不可追，悔不可爲。思而斯得，汝則勿思。

好惡箴

無善而好，不觀其道。無悖而惡，不詳其故。前之所好，今見其尤。從也爲比，捨也爲讐。前之所惡，今見其臧。從也爲愧，捨也爲狂。維讐維比，維狂維愧。於身不祥，於德不義。不義不祥，維惡之大。幾如是爲，而不顛沛？齒之尚少，庸有不思，今其老矣，不慎胡爲！

知名箴

内不足者，急於人知。霈焉有餘，厥聞四馳。今日告汝，知名之法：勿病無聞，病其曄曄。昔者子路，唯恐有聞。赫然千載，德譽愈尊。矜汝文章，負汝言語。乘人不能，揜以自取。汝非其父，汝非其師。不請而教，誰云不欺？欺以賈憎，揜以媒怨。汝曾不悟，以及於難。小人在辱，亦克知悔。及其既寧，終莫能戒。既出汝心，又銘汝前。汝如不顧，禍亦宜然。

李習之行己箴 ○

人之愛我，我度於義。義則爲朋，否則爲利。人之惡我，我思其由。過寧不改，否又何仇？仇實生怨，利實害德。我如不思，乃陷於惑。内省不足，愧形於顔。中心無他，曷畏多言？惟咎在躬，若市於戮。慢虐自他，匪汝之辱。昔者君子，惟禮是持。自小及大，曷莫從斯？苟遠於此，其何不爲？事之在人，昧者亦知。遷焉及己，則莫之思。造次不戒，禍焉可期。書之在側，以作我師。

張子西銘 ○○

乾稱父，坤稱母，予兹藐焉，乃混然中處。故天地之塞吾其體，天地之帥吾其性，民吾同胞，物吾與也。大君者，吾父母宗子，其大臣，宗子之家相也。尊高年，所以長其長；慈孤弱，所以幼其幼。聖其合德，賢其秀也。凡天下疲癃殘疾，惸獨鰥寡，皆吾兄弟之顛連而無告者也。于時保之，子之翼也。樂且不憂，純乎孝者也。違曰悖德，害仁曰賊，濟惡者不才，其踐形惟肖者也。知化則善述其事，窮神則善繼其志。不愧屋漏爲無忝，存心養性爲匪懈。惡旨酒，崇伯子之顧養；育英才，潁封人之錫類。不弛勞而底豫，舜其功也；無所逃而待烹，申生其恭也。體其受而歸全者，參乎！勇於從而順令者，伯奇也。富貴福澤，將厚吾之生也；貧賤憂戚，庸玉汝於成也。存吾順事，没吾寧也。

蘇子瞻徐州蓮華漏銘　〇〇

故龍圖閣直學士、禮部侍郎燕公肅，以創物之智，聞於天下，作蓮華漏，世服其精。凡公所臨必爲之，今州郡往往而在，雖有巧者莫能損益。而徐州獨用瞽人衛朴所造，廢法而任意，有壺而無箭，自以無目而廢天下之視，使守者伺其滿，則決之而更注，人莫不笑之。國子博士傅君裼，公之外曾孫，得其法爲詳，其通守是邦也，實始改作，而請銘於軾。銘曰：

人之所信者，手足耳目也。目識多寡，手知重輕。然人未有以手量而目計者，必付之度量與權衡，豈不自信而信物？蓋以爲無意無我，然後得萬物之情。故天地之寒暑，日月之晦明，崑崙旁薄於三十八萬七千里之外，而不能逃於三尺之箭，五斗之瓶。雖疾雷霾風、雨雪晝晦，而遲速有度，不加虧贏。使凡爲吏者，如瓶之受水，不過其量；如水之浮箭，不失其平；如箭之升降也，視時之上下，降不爲辱，升不爲榮。則民將靡然而心服，而寄我以死生矣。

蘇子瞻九成臺銘 〇

韶陽太守狄咸，新作九成臺，玉局散吏蘇軾爲之銘曰：

自秦并天下，滅禮樂，《韶》之不作，蓋千三百二十有三年。其器存，其人亡，則《韶》既已隱矣，而況於人器兩亡而不傳！雖然，《韶》則亡矣，而有不亡者存，蓋嘗與日月寒暑，晦明風雨，竝行於天地之閒。世無南郭子綦，則耳未嘗聞地籟也，而況得聞天籟？使耳聞天籟，則凡有形有聲者，皆吾羽旄干戚，管磬匏弦。嘗試與子登夫韶石之上，舜峰之下，望蒼梧之眇莽，九疑之聯綿，覽觀江山之吐吞，草木之俯仰，鳥獸之鳴號，衆竅之呼吸，往來唱和，非有度數而均節自成者，非《韶》之大全乎？上方立極以安天下，人和而氣應，氣應而樂作，則夫所謂《簫韶》九成，來鳳鳥而舞百獸者，既已燦然畢陳於前矣。

古文辭類篹卷六十

頌贊類

揚子雲趙充國頌 ○

明靈惟宣，戎有先零，先零猖狂，侵漢西疆。漢命虎臣，惟後將軍，整我六師，是討是震。既臨其域，喻以威德，有守矜功，謂之弗克。請奮其旅，於罕之羌，天子命我，從之鮮陽。營平守節，屢奏封章，料敵制勝，威謀靡亢。遂克西戎，還師於京，鬼方賓服，罔有不庭。昔周之宣，有方有虎，詩人歌功，乃列於《雅》。在漢中興，充國作武，赳赳桓桓，亦紹厥後。

韓退之子産不毁鄉校頌 ○○

我思古人，伊鄭之僑。以禮相國，人未安其教。遊於鄉之校，衆口囂囂。或謂子産，毁鄉校則止。曰何患焉，可以成美。夫豈多言，亦各其志。善也吾行，不善吾避，維善維否，我於此視。川不可防，言不可弭，下塞上聾，邦其傾矣。既鄉校不毁，而鄭國以理。在周之興，養老乞言，及其已衰，謗者使監，成敗之迹，昭哉可觀。維是子産，執政之式，維其不遇，化止一國。誠率是道，相天下君，交暢旁達，施及無垠。於虖四海，所以不理，有君無臣。誰其嗣之？我思古人。

柳子厚伊尹五就桀贊　〇

伊尹五就桀，或疑曰：湯之仁聞且見矣，桀之不仁聞且見矣，夫胡去就之亟也？柳子曰：惡！是吾所以見伊尹之大者也。彼伊尹，聖人也。聖人出於天下，不夏、商其心，心乎生民而已，曰「孰能由吾言？由吾言者爲堯舜，而吾生人堯舜人矣」。退而思曰：「湯誠仁，其功遲。桀誠不仁，朝吾從而暮及於天下可也。」於是就桀。桀果不可得，反而從湯。既而又思曰：「尚可十一乎使斯人蚤被其澤也。」又往就桀。桀不可，而又從湯，以至於百一、千一、萬一，卒不可，乃相湯伐桀，俾湯爲堯舜，而人爲堯舜之人。是吾所以見伊尹之大者也。仁至於湯矣，四去之；不仁至於桀矣，五就之，大人之欲速其功如此。不然，湯、桀之辨，一恒人盡之矣，又奚以憧憧聖人之足觀乎？吾觀聖人之急生人，莫若伊尹。伊尹之大，莫若於五就桀。作《伊尹五就桀贊》：

聖有伊尹，思德於民。往歸湯之仁，曰仁則仁矣，非久不親。退思其速之道，宜夏是因，就焉不可，復反亳殷。猶不忍其遲，亟往以觀，庶狂作聖，一日勝殘。至千萬冀一，卒無其端，五往不疲，其心乃安。遂升自陑，黜桀尊湯，遺民以完。大人無形，與道爲偶，道之爲大，爲人父母。大矣伊尹，惟聖之首，既得其仁，猶病其久。恆人所疑，我之所大。嗚乎遠哉！志以爲誨。

蘇子瞻韓幹畫馬贊 ○○

韓幹之馬四：其一在陸，驤首奮鬣，若有所望，頓足而長鳴。其一欲涉，尻高首下，擇所由濟，跼蹐而未成。其二在水，前者反顧，若以鼻語，後者不應，欲飲而留行。以爲廐馬也，則前無羈絡，後無箠策；以爲野馬也，則隅目聳耳，豐臆細尾，皆中度程，蕭然如賢大夫、貴公子，相與解帶脱帽，臨水而濯纓。遂欲高舉遠引，友麋鹿而終天年，則不可得矣。蓋優哉遊哉，聊以卒歲而無營。

蘇子瞻文與可飛白贊 ○

嗚呼哀哉！與可，豈其多好，好奇也與？抑其不試故藝也？始予見其詩與文，又得見其行草篆隸也，以爲止此矣。既没一年，而復見其飛白，美哉多乎！其盡萬物之態也，霏霏乎其若輕雲之蔽月，翻翻乎其若長風之卷旆也；猗猗乎其若遊絲之縈柳絮，褭褭乎其若流水之舞荇帶也；離離乎其遠而相屬，縮縮乎其近而不隘也。其工至於如此，而余乃今知之，則余之知與可者固無幾，而其所不知者，蓋不可勝計也。嗚呼哀哉！

古文辭類篹六十一

辭賦類一

淳于髡諷齊威王　〇〇

威王八年，楚大發兵加齊。齊王使淳于髡之趙請救兵，齎金百斤，車馬十駟。淳于髡仰天大笑，冠纓索絶。王曰：「先生少之乎？」髡曰：「何敢。」王曰：「笑豈有説乎？」髡曰：「今者臣從東方來，見道旁有禳田者，操一豚蹄，酒一盂，祝曰：『甌窶滿篝，汙邪滿車，五穀蕃熟，穰穰滿家。』臣見其所持者狹，而所欲者奢，故笑之。」於是齊威王乃益齎黄金千鎰，白璧十雙，車馬百駟。髡辭而行，至趙，趙王與之精兵十萬，革車千乘。楚聞之，夜引兵而去。

威王大説，置酒後宫，召髡賜之酒。問曰：「先生能飲幾何而醉？」髡對曰：「臣飲一斗亦醉，一石亦醉。」威王曰：「先生飲一斗而醉，惡能飲一石哉？其説可得聞乎？」髡曰：「賜酒大王之前，執法在旁，御史在後，髡恐懼俯伏而飲，不過一斗，徑醉矣。若親有嚴客，髡帣韝鞠䠋，侍酒於前，時賜餘瀝，奉觴上壽，數起，飲不過二斗，徑醉矣。若朋友交遊，久不相見，卒然相覩，歡然道故，私情相語，飲可五六斗，徑醉矣。若乃州閭之會，男女雜坐，行酒稽留，六博投壺，相引爲曹，握手無罰，目眙不禁，前有墮珥，後有遺簪，髡竊樂此，飲可八斗，而醉二參。日莫酒闌，合尊促坐，男女同席，履舄交錯，杯盤狼籍，堂上燭滅，主人留髡而送客，羅襦襟解，微聞薌澤。當此之時，髡心最歡，能飲一石。故曰酒極則亂，樂極則悲，萬事盡然。言不可極，極之而衰，以諷諫焉。」齊王曰「善」，乃罷長夜之飲，以髡爲諸侯主客，宗室置酒，髡嘗在側。

屈原離騷 ○○○

帝高陽之苗裔兮，朕皇考曰伯庸。攝提貞於孟陬兮，惟庚寅吾以降。皇覽揆余於初度兮，肇錫余以嘉名。名余曰正則兮，字余曰靈均。

紛吾既有此内美兮，又重之以修能。扈江離與辟芷兮，紉秋蘭以爲佩。汩余若將不及兮，恐年歲之不吾與。朝搴阰之木蘭兮，夕攬洲之宿莽。日月忽其不淹兮，春與秋其代序。惟草木之零落兮，恐美人之遲暮。不撫壯而棄穢兮，何不改乎此度也？乘騏驥以馳騁兮，來吾導夫先路！

昔三后之純粹兮，固眾芳之所在。雜申椒與菌桂兮，豈惟紉夫蕙茝？彼堯舜之耿介兮，既遵道而得路。何桀紂之昌披兮，夫惟捷徑以窘步。惟黨人之偷樂兮，路幽昧以險隘。豈余身之憚殃兮，恐皇輿之敗績。忽奔走以先後兮，及前王之踵武。荃不察余之中情兮，反信讒而齊怒。余固知謇謇之爲患兮，忍而不能舍也。指九天以爲正兮，夫惟靈修之故也。初既與余成言兮，後悔遁而有他。余既不難夫離別兮，傷靈修之數化。

余既滋蘭之九畹兮，又樹蕙之百畝。畦留夷與揭車兮，雜杜衡與芳芷。冀枝葉之峻茂兮，願竢時乎吾將刈。雖萎絶其亦何傷兮，哀眾芳之蕪穢。以上言以道事君，見疑而不改。

眾皆競進以貪婪兮，憑不厭乎求索。羌内恕己以量人兮，各興心而嫉妒。忽馳騖以追逐兮，非余心之所急。老冉冉其將至兮，恐修名之不立。朝飲木蘭之墜露兮，夕餐秋菊之落英。苟余情其信姱以練要兮，長顑頷亦何傷？擥木根以結茝兮，貫薜荔之落蘂。矯菌桂以紉蕙兮，索胡繩之纚纚。謇吾法夫前修兮，非時俗之所服。雖不周於今之人兮，願依彭咸之遺則。長太息以掩涕兮，哀人生之多艱。二句疑誤倒，蓋涕與替爲韻，《齊東野語》已有此説。

余雖好修姱以鞿羈兮，謇朝誶而夕替。既替余以蕙纕兮，又申之以攬茝。亦余心之所善兮，雖九死其猶未悔。怨靈修之浩蕩兮，終不察夫人心。眾女嫉余之蛾眉兮，謠諑謂余以善淫。固時俗之工巧兮，偭規矩而改錯。背繩墨以追曲兮，競周容以爲度。忳鬱邑余侘傺兮，吾獨窮困乎此時也！寧溘死以流亡兮，余不忍爲此態也。鷙鳥之不羣兮，自前代而固然。何方圓之能周兮，夫孰異道而相安。屈心而抑志兮，忍尤而攘詬。伏清白以死直兮，固前聖之所厚。以上言讒人之害，而將擠于死。

悔相道之不察兮，延佇乎吾將反。回朕車以復路兮，及行迷之未遠。步余馬於蘭皋兮，馳椒邱且焉止息。進不入以離尤兮，退將復修吾初服。製芰荷以爲衣兮，集芙蓉以爲裳。不吾知其亦已兮，苟余情其信芳。高余冠之岌岌兮，長余佩之陸離。芳與澤其雜糅兮，唯昭質其猶未虧。忽反顧以遊目兮，將往觀乎四荒。佩繽紛其繁飾兮，芳菲菲其彌章。言吾挾此德美，將適四方乎？若居楚國，芳菲彌章，安能使人之不忌乎？人生各有所樂兮，余獨好修以爲常。常當作恆，避漢諱改。雖體解吾猶未變兮，豈余心之可懲。以上言欲退隱不涉世患，而不能也。

此段即《漁父》篇之義，又揚子雲《反離騷》所云棄由、聃之所珍者。屈子于此已解其難。

女嬃之嬋媛兮，申申其詈予。曰：「鮌婞直以亡身兮，終然夭乎羽之野。汝何博謇而好修兮，紛獨有此姱節？薋菉葹以盈室兮，判獨離而不服。衆不可戶說兮，孰云察余之中情？世並舉而好朋兮，夫何煢獨而不予聽？」以上設爲女嬃辭，所謂慎毋爲善也。

依前聖以節中兮，喟憑心而歷茲。濟沅、湘以南征兮，就重華而陳辭。啟《九辯》與《九歌》兮，夏康娛以自縱。「啓《九辯》」下十六句，皆言失道君之致禍。「湯禹」四句，皆言得道君之致福。啓之失道，載《逸書・武觀篇》、《墨子》所引是也。屈子以與澆並斥爲康娛，王逸誤以夏康連讀，解爲太康。僞作古文者遂有太康尸位之語，其失始於《逸》也。不顧難以圖後兮，五子用失乎家巷。羿淫遊以佚田兮，又好射夫封狐。固亂流其鮮終兮，浞又貪夫厥家。澆身被服彊圉兮，縱欲而不忍。日康娛而自忘兮，厥首用夫顛隕。夏桀之常違兮，乃遂焉而逢殃。后辛之菹醢兮，殷宗用而不長。湯禹嚴而祗敬兮，周論道而莫差。舉賢而授能兮，循繩墨而不頗。皇天無私阿兮，覽民德焉錯輔。夫維聖哲以茂行兮，苟得用此下土。瞻前而顧後兮，相觀民之計極。夫孰非義而可用兮，孰非善而可服？阽余身而危死兮，覽余初其猶未悔。不量鑿而正枘兮，固前修以菹醢。曾歔欷余鬱邑兮，哀朕時之不當。攬茹蕙以掩涕兮，霑余襟之浪浪。以上言以此心正於舜而無愧，又安能不爲善也。

跪敷衽以陳辭兮，耿吾既得此中正。駟玉虬以乘鷖兮，溘埃風余上征。此下承「往觀乎四荒」極言之，而卒歸於不可。所謂發乎情，止乎理義。朝發軔於蒼梧兮，夕余至乎縣圃。欲少留此靈瑣兮，日忽忽其將暮。吾令羲和弭節兮，望崦嵫而勿迫。路漫漫其修遠兮，吾將上下而求索。飲余馬於咸池兮，總余轡乎扶桑。折若木以拂日兮，聊須臾以相羊。前望舒使先驅兮，後蜚廉使奔屬。鸞皇爲余先戒兮，雷師告余以未具。吾令鳳鳥飛騰兮，又繼之以日夜。飄風屯其相離兮，帥雲霓而來御。紛總總其離合兮，斑陸離其上下。吾令帝閽開關兮，倚閶闔而望予。時曖曖其將罷兮，結幽蘭而延佇。世溷濁而不分兮，好蔽美而嫉妒。

朝吾將濟於白水兮，登閬風而緤馬。忽反顧以流涕兮，哀高邱之無女。溘吾遊此春宮兮，折瓊枝以繼佩。及榮華之未落兮，相下女之可貽。吾令豐隆乘雲兮，求虙妃之所在。解佩纕以結言兮，吾令蹇修以爲理。紛總總其離合兮，忽緯繣其難遷。夕歸次於窮石兮，朝濯髮乎洧盤。保厥美以驕傲兮，日康娱以淫遊。雖信美而無禮兮，來違棄而改求。虙妃者，蓋后羿之妻，《天問》所謂「妻彼洛嬪」者是也。言方令蹇修爲理，而彼乃難於遷而歸我，而反適無道之羿，相從於驕傲無禮，何足顧耶？羿自鉏遷於窮石，窮石是羿國，凡《淮南子》、《山海經》之類，多依楚詞，妄爲附會，皆不足據。上言相下女，故虙妃、有娀、二姚，皆下土女，非謂神也。覽相觀於四極兮，周流乎天余乃下。望瑶臺之偃蹇兮，見有娀之佚女。吾令鴆爲媒兮，鴆告余以不好。雄鳩之鳴逝兮，余猶惡其佻巧。心猶豫而狐疑兮，欲自適而不可。鳳鳥既受詒兮，恐高辛之先我。欲遠集而無所止兮，聊浮遊以逍遥。及少康之未家兮，留有虞之二姚。理弱而媒拙兮，恐導言之不固。時溷濁而嫉賢兮，好蔽美而稱惡。閨中既以邃遠兮，哲王又不寤。懷朕情而不發兮，余焉能忍與此終古！以上言將以此中正適於兹世，其於楚也，則如天閽之不通，是哲王不寤也。其於異國，則世無賢君，相從驕傲。或有賢而非我偶，如佚女之不可求，是閨中邃遠也。

索瓊茅以筳篿兮，命靈氛爲余占之。曰兩美其必合兮，孰信修而慕之？思九州之博大兮，豈唯是其有女？曰勉遠逝而無狐疑兮，孰求美而釋汝？何所獨無芳草兮，爾何懷乎故宇？世幽昧以眩曜兮，孰云察余之美惡？人好惡其不同兮，惟此黨人其獨異。户服艾以盈要兮，謂幽蘭其不可佩。覽察草木其猶未得兮，豈珵美之能當？蘇糞壤以充幃兮，謂申椒其不芳。以上皆靈氛之詞。

欲從靈氛之吉占兮，心猶豫而狐疑。巫咸將夕降兮，懷椒糈而要之。百神翳其備降兮，九疑繽其並迎。皇剡剡其揚靈兮，告余以吉故。曰勉升降以上下兮，求矩矱之所同。湯、禹儼而求合兮，摯、臯繇而能調。苟中情其好修兮，何必用夫行媒。説操築於傅巖兮，武丁用而不疑。吕望之鼓刀兮，遭周文而得舉。甯戚之謳歌兮，齊桓聞以該輔。及年歲之未晏兮，時亦猶其未央。恐鵜鴂之先鳴兮，使百草爲之不芳。

何瓊佩之偃蹇兮，衆薆然而蔽之。惟此黨人之不亮兮，恐嫉妒而折之。時繽紛其變易兮，又何可以淹留！蘭芷變而不芳兮，荃蕙化而爲茅。何昔日之芳草兮，今直爲此蕭艾也？豈其有他故兮，莫好修之害也！靈氛第言世之幽昧而已，巫咸則言黨人之害益深，中材畏而從之矣。是既無復同志之人而居此，則必遭其折害而死，其勢益危矣。余以蘭爲可恃兮，羌無實而容長。委厥美以從俗兮，苟得列乎衆芳。椒專佞以慢慆兮，樧又欲充其佩幃。既干進而務入兮，又何芳之能祇？固時俗之從流兮，又孰能無變化？覽椒蘭其若茲兮，又況揭車與江離。惟茲佩之可貴兮，委厥美而歷茲。芳菲菲而難虧兮，芬至今猶未沫。和調度以自娛兮，聊浮游而求女。及余飾之方壯兮，周流觀乎上下。以上皆巫咸之詞。

靈氛既告余以吉占兮，言承靈氛，則巫咸在其内矣。歷吉日乎吾將行。折瓊枝以爲羞兮，精瓊爢以爲粻。爲余駕飛龍兮，雜瑤象以爲車。何離心之可同兮，吾將遠逝以自疏。上虙妃有娀一節，猶言求女。靈氛、巫咸二節，亦以求女爲言，欲其擇君而事也。至此節，則知求女之必不可矣，姑遠逝以自疏，遨遊娛樂，如《遠遊》一篇之旨，而卒亦不忍，則死從彭咸焉而已也。

邅吾道夫崑崙兮，路修遠以周流。揚雲霓之晻藹兮，鳴玉鸞之啾啾。朝發軔於天津兮，夕余至乎西極。鳳皇翼其承旂兮，高翱翔之翼翼。忽吾行此流沙兮，遵赤水而容與。

麾蛟龍使梁津兮，詔西皇使涉予。路修遠以多艱兮，騰衆車使徑待。路不周以左轉兮，指西海以爲期。屯余車其千乘兮，齊玉軑而竝馳。駕八龍之婉婉兮，載雲旗之委移。抑志而弭節兮，神高馳之邈邈。奏《九歌》而舞《韶》兮，聊假日以媮樂。陟升皇之赫戲兮，忽臨睨夫舊鄉。僕夫悲余馬懷兮，蜷局顧而不行。

亂曰：已矣哉！國無人莫我知兮，又何懷乎故都！既莫足與爲美政兮，吾將從彭咸之所居。

屈原九章

惜誦 ○○○

惜誦以致愍兮，發憤以抒情。所非忠而言之兮，指蒼天以爲正。令五帝以折中兮，戒六神與嚮服。俾山川以備御兮，命咎繇使聽直。竭忠誠以事君兮，反離羣而贅肬。忘儇媚以背衆兮，待明君其知之。言與行其可迹兮，情與貌其不變。故相臣莫若君兮，所以證之不遠。吾誼先君而後身兮，羌衆人之所仇也。專惟君而無他兮，又衆兆之所讎也。壹心而不豫兮，羌不可保也。疾親君而無他兮，有招禍之道也。

思君其莫我忠兮，忽忘身之賤貧。事君而不貳兮，迷不知寵之門。忠何辠以遇罰兮，亦非余之所志也。行不羣以顛越兮，又衆兆之所咍也。紛逢尤以離謗兮，謇不可釋也。情沈抑而不達兮，又蔽而莫之白也。心鬱邑余侘傺兮，又莫察余之中情。固煩言不可結而詒兮，願陳志而無路。退静默而莫余知兮，進號呼又莫吾聞。申侘傺之煩惑兮，中悶瞀之忳忳。

昔余夢登天兮，魂中道而無杭。吾使厲神占之兮，曰有志極而無旁。終危獨以離異兮，曰君可思而不可恃。故衆口其鑠金兮，初若是而逢殆。懲熱羹而吹齏兮，何不變此志也？欲釋階而登天兮，猶有曩之態也。衆駭遽以離心兮，又何以爲此伴也？同極而異路兮，又何以爲此援也？晉申生之孝子兮，父信讒而不好。行婞直而不豫兮，鮌功用而不就。

吾聞作忠以造怨兮，忽謂之過言。九折臂而成醫兮，吾至今乃知其信然。矰弋機而在上兮，罻羅張而在下。設張辟以娱君兮，願側身而無所。欲儃佪以干傺兮，恐重患而離尤。欲高飛而遠集兮，君罔謂女何之。欲横奔而失路兮，蓋堅志而不忍。背膺牉以交痛兮，心鬱結而紆軫。擣木蘭以撟蕙兮，糳申椒以爲糧。播江蘺與滋菊兮，願春日以爲糗芳。恐情質之不信兮，故重著以自明。撟茲媚以私處兮，願曾思而遠身。鼒疑此篇與《離騷》同時作，故有重著之語。

涉江 ○○○

余幼好此奇服兮，年既老而不衰。帶長鋏之陸離兮，冠切雲之崔嵬。被明月兮佩寶璐，世溷濁而莫余知兮，吾方高馳而不顧。駕青虯兮驂白螭，吾與重華遊兮瑶之圃。登崑崙兮食玉英，與天地兮比壽，與日月兮齊光。哀南夷之莫吾知兮，旦余濟乎江湘。

乘鄂渚而反顧兮，欸秋冬之緒風。步余馬兮山皋，邸余車兮方林。乘舲船余上沅兮，齊吳榜以擊汰。船容與而不進兮，淹回水而疑滯。朝發枉渚兮，夕宿辰陽。苟余心其端直兮，雖僻遠其何傷！

入漵浦余儃佪兮，迷不知吾所如。深林杳以冥冥兮，乃猨狖之所居。山峻高而蔽日兮，下幽晦以多雨。霰雪紛其無垠兮，雲霏霏而承宇。哀吾生之無樂兮，幽獨處乎山中。吾不能變心而從俗兮，固將愁苦而終窮。

接輿髡首兮，桑扈臝行。忠不必用兮，賢不必以。伍子逢殃兮，比干葅醢。與前世而皆然兮，吾又何怨乎今之人！余將董道而不豫兮，固將重昏而終身。

亂曰：鸞鳥鳳皇，日以遠兮。燕雀烏鵲，巢堂壇兮。露申辛夷，死林薄兮。腥臊並御，芳不得薄兮。陰陽易位，時不當兮。懷信侘傺，忽乎吾將行兮。

哀郢　○○

皇天之不純命兮，何百姓之震愆！民離散而相失兮，方仲春而東遷。去故鄉而就遠兮，遵江夏以流亡。出國門而軫懷兮，甲之鼂吾以行。發郢而去閭兮，怊荒忽其焉極。楫亝揚以容與兮，哀見君而不再得。望長楸而太息兮，涕淫淫其若霰。過夏首而西浮兮，顧龍門而不見。心嬋媛而傷懷兮，眇不知余所蹠。順風波而流從兮，焉洋洋而爲客。淩陽侯之氾濫兮，忽翺翔之焉薄。心絓結而不解兮，思蹇産而不釋。將運舟而下浮兮，上洞庭而下江。

去終古之所居兮，今逍遥而來東。羌靈魂之欲歸兮，何須臾而忘反！背夏浦而西思兮，哀故都之日遠。登大墳以遠望兮，聊以舒吾憂心。哀州土之平樂兮，悲江介之遺風。

當陵陽之焉至兮，鼐疑懷王時放屈子於江南，在今江西饒、信，地處郢之東，蓋作《哀郢》時也。頃襄再遷之，乃在辰、湘之間，處郢之南，作《涉江》時也。《招魂》曰：「路貫廬江兮左長薄。」廬江古即彭蠡之水，故山曰廬山。漢初，廬江郡猶在江南，後乃移郡江北。地志云：廬江出陵陽東南，北入江。蓋彭蠡東源出今饒州東界者，古陵陽界及此。故屈子曰當陵陽之焉至，言不意其忽至此也。其後陵陽南界乃益狹，乃僅有今南陵銅陵縣耳。運舟下浮者，乘流下也。上洞庭下江者，言其處地之上下，非屈子是時已南入洞庭也。淼南度之焉如？曾不知夏之爲丘兮，孰兩東門之可蕪？心不怡之長久兮，憂與憂其相接。惟郢路之遼遠兮，江與夏之不可涉。忽若去不信兮，至今九年而不復。慘鬱鬱而不通兮，蹇侘傺而含感。

外承歡之汋約兮，諶荏弱而難持。忠湛湛而願進兮，妒披離而鄣之。彼堯舜之抗行兮，瞭杳杳其薄天。衆讒人之嫉妒兮，被以不慈之僞名。憎愠惀之脩美兮，好夫人之忼慨。衆踥蹀而日進兮，美超遠而踰邁。

亂曰：曼余目以流觀兮，冀壹反之何時？鳥飛反故鄉兮，狐死必首丘。信非吾罪而棄逐兮，何日夜而忘之！

抽思　〇〇〇

心鬱鬱之憂思兮，獨永歎乎增傷。思蹇産之不釋兮，曼遭夜之方長。悲秋風之動容兮，何回極之浮浮。數惟蓀之多怒兮，傷余心之懮懮。願遥赴而横奔兮，覽民尤以自鎮。結微情以陳辭兮，矯以遺夫美人。

昔君與我成言兮，曰黄昏以爲期。羌中道而回畔兮，反既有此他志。憍吾以其美好兮，覽余以其脩姱。與余言而不信兮，蓋爲余而造怒。願承閒而自察兮，心震悼而不敢。悲夷猶而冀進兮，心怛傷之憺憺。歷茲情以陳辭兮，蓀詳聾而不聞。固切人之不媚兮，衆果以我爲患。初吾所陳之耿著兮，豈至今其庸亡？言所陳成敗得失，無不耿著。其言猶在，而至今不已驗乎？何獨樂斯之謇謇兮，願蓀美之可完。望三五以爲像兮，指彭咸以爲儀。夫何極而不至兮，故遠聞而難虧。善不由外來兮，名不可以虛作。孰無施而有報兮，孰不實而有穫？

少歌曰：與美人抽怨兮，并日夜而無正。憍吾以其美好兮，敖朕辭而不聽。

倡曰：有鳥自南兮，來集漢北。好姱佳麗兮，牉獨處此異域。既惸獨而不羣兮，又無良媒在其側。道逴遠而日忘兮，願自申而不得。望南山而流涕兮，臨流水而太息。望孟夏之短夜兮，何晦明之若歲！惟郢路之遼遠兮，魂一夕而九逝。此承上文，言我初陳言，明知施報之不爽，而君乃不聽，安得無禍乎？懷王入秦，渡漢而北，故託言有鳥而悲，傷其南望郢而不得反也。故曰雖流放，睠顧楚國，繫心懷王，不忘欲返。曾不知路之曲直兮，南指月與列星。願徑逝而不得兮，魂識路之營營。何靈魂之信直兮，人之心不與吾心同。理弱而媒不通兮，尚不知余之從容。言懷王以信直而爲秦欺矣，又無行理爲通一言，王尚不知余之心，所謂以此見懷王之終不悟也。懷王昔者所任用，蓋皆小人爲利者耳。一旦主遭憂辱，則棄而忘之，冀如瑕生之於晉惠，子展、子鮮之推挽衛獻者，安可得哉！屈子所以痛心於理弱也，與《離騷》之理弱，託意異矣。

亂曰：長瀨湍流，泝江潭兮。狂顧南行，聊以娛心兮。軫石崴嵬，蹇吾願兮。超回志度，行隱進兮。低佪夷猶，宿北姑兮。煩冤瞀容，實沛徂兮。愁歎苦神，靈遥思兮。路遠處幽，又無行媒兮。道思作頌，聊自救兮。懷王之事不可追矣。聊作頌爲戒，以救襄王，尚可及矣。故曰：冀幸君之一悟。此篇悲傷懷王之拘困于秦，其辭致爲悽切。既自抒忠愛，亦所以厲頃襄報仇之心。而是時君臣方躭逸樂，惡聞國恥，此令尹子蘭所以聞之大怒也。憂心不遂，斯言誰告兮？

懷沙 〇〇〇

滔滔孟夏兮，草木莽莽。傷懷永哀兮，汩徂南土。眴兮杳杳，孔靜幽默。鬱結紆軫兮，離愍而長鞠。撫情效志兮，冤屈而自抑。

刓方以爲圜兮，常度未替。易初本迪兮，君子所鄙。章畫志墨兮，前圖未改。內直質重兮，大人所晠。巧倕不斲兮，孰察其揆正？玄文處幽兮，矇謂之不章。離婁微睇兮，瞽以爲無明。變白以爲黑兮，倒上以爲下。鳳皇在笯兮，鷄鶩翔舞。同糅玉石兮，一槩而相量。夫惟黨人之鄙固兮，羌不知余之所臧。

任重載盛兮，陷滯而不濟。懷瑾握瑜兮，窮不知所示。邑犬羣吠兮，吠所怪也。非俊疑桀兮，固庸態也。文質疏内兮，眾不知余之異采。材樸委積兮，莫知余之所有。重仁襲義兮，謹厚以爲豐。重華不可遻兮，孰知余之從容？古固有不並兮，豈知其故也？湯禹久遠兮，邈不可慕也。懲違改忿兮，抑心而自彊。離慜而不遷兮，願志之有像。進路北次兮，日昧昧其將莫。舒憂娱哀兮，限之以大故。

亂曰：浩浩沅、湘，分流汩兮。修路幽拂，道遠忽兮。曾吟恒悲，永歎喟兮。世既莫吾知，人心不可謂兮。懷情抱質，獨無匹兮。伯樂既没，驥將焉程兮！民生稟命，各有所錯兮。定心廣志，余何畏懼兮？知死不可讓，願勿愛兮。明告君子，吾將以爲類兮。

橘頌 〇

后皇嘉樹，橘徠服兮。受命不遷，生南國兮。深固難徙，更壹志兮。緑葉素榮，紛其可喜兮。曾枝剡棘，圜實摶兮；青黄雜糅，文章爛兮。精色内白，類任道兮。紛緼宜修，姱而不醜兮。

嗟爾幼志，有以異兮。獨立不遷，豈不可喜兮！深固難徙，廓其無求兮。蘇世獨立，横而不流兮。閉心自慎，終不過失兮。秉德無私，參天地兮。願歲并謝，與長友兮。淑離不淫，梗其有理兮。年歲雖少，可師長兮。行比伯夷，置以爲像兮。鼒疑此篇尚在懷王朝初被讒時所作，故首言后皇，末言年歲雖少，與《涉江》年既老之時異矣。而閉心自慎之語，又若以辨釋上官所云「每一令出，平伐其功」之爲誣也。

悲回風 ○

悲回風之摇蕙兮，心冤結而内傷。物有微而隕性兮，聲有隱而先倡。夫何彭咸之造思兮，暨志介而不忘！萬變其情豈可蓋兮，孰虚僞之可長！鳥獸鳴以號羣兮，草苴比而不芳。魚葺鱗以自别兮，蛟龍隱其文章。故荼薺不同畝兮，蘭茝幽而獨芳。惟佳人之永都兮，更統世以自況。眇遠志之所及兮，憐浮雲之相羊。介眇志之所惑兮，竊賦詩之所明。

惟佳人之獨懷兮，折芳椒以自處。曾歔欷之嗟嗟兮，獨隱伏而思慮。涕泣交而淒淒兮，思不眠以至曙。終長夜之曼曼兮，掩此哀而不去。寤從容以周流兮，聊逍遥以自恃。傷太息之愍憐兮，氣於邑而不可止。糺思心以爲纕兮，編愁苦以爲膺。折若木以蔽光兮，隨飄風之所仍。存髣髴而不見兮，心踊躍其若湯。撫佩衽以案志兮，超惘惘而遂行。歲曶曶其若頹兮，時亦冉冉而將至。薠蘅槁而節離兮，芳已歇而不比。憐思心之不可懲兮，證此言之不可聊。寧溘死而流亡兮，不忍此心之常愁。孤子唫而抆淚兮，放子出而不還。

孰能思而不隱兮，昭彭咸之所聞。

登石巒以遠望兮，路眇眇之默默。入景響之無應兮，聞省想而不可得。愁鬱鬱之無快兮，居戚戚而不可解。心鞿羈而不開兮，氣繚轉而自締。穆眇眇之無垠兮，莽芒芒之無儀。聲有隱而相感兮，物有純而不可爲。藐蔓蔓之不可量兮，縹綿綿之不可紆。愁悄悄之常悲兮，翩冥冥之不可娛。陵大波而流風兮，託彭咸之所居。

上高巖之峭岸兮，處雌蜺之標顛。據青冥而攄虹兮，遂儵忽而捫天。吸湛露之浮涼兮，漱凝霜之雰雰。依風穴以自息兮，忽傾寤以嬋媛。馮昆侖以瞰霧兮，隱岐山之清江。憚涌湍之礚礚兮，聽波聲之洶洶。紛容容之無經兮，罔芒芒之無紀。軋洋洋之無從兮，馳委移之焉止。飄幡幡其上下兮，翼遥遥其左右。氾潏潏其前後兮，伴張弛之信期。觀炎氣之相仍兮，窺煙液之所積。悲霜雪之俱下兮，聽潮水之相擊。

借光景以往來兮，施黃棘之枉策。求介子之所存兮，見伯夷之放迹。心調度而不去兮，刻著志之無適。曰吾怨往昔之所冀兮，悼來者之悐悐。浮江淮而入海兮，從子胥而自適。望大河之洲渚兮，悲申徒之抗迹。驟諫君而不聽兮，任重石之何益！心絓結而不解兮，思蹇產而不釋。

思美人 ○○

思美人兮，擥涕而竚眙。媒絶路阻兮，言不可結而詒，蹇蹇之煩冤兮，陷滯而不發。申旦以舒中情兮，志沉菀而莫達。願寄言於浮雲兮，遇豐隆而不將。因歸鳥而致辭兮，羌迅高而難當。

高辛之靈晟兮，遭玄鳥而致詒。欲變節以從俗兮，媿易初而屈志。獨歷年而離愍兮，羌馮心猶未化。寧隱閔而壽考兮，何變易之可爲！知前轍之不遂兮，未改此度。車既覆而馬顛兮，蹇獨懷此異路。勒騏驥而更駕兮，造父爲我操之。遷逡次而勿驅兮，聊假日以須時。指嶓冢之西隈兮，與纁黄以爲期。

開春發歲兮，白日出之悠悠。吾將蕩志而愉樂兮，遵江夏以娱憂。擥大薄之芳茝兮，搴長洲之宿莽。惜吾不及古人兮，吾誰與玩此芳草？解萹薄與雜菜兮，備以爲交佩。佩繽紛以繚轉兮，遂萎絶而離異。吾且儃佪以娱憂兮，觀南人之變態。竊快在中心兮，揚厥馮而不竢。芳與澤其雜糅兮，羌芳華自中出。紛郁郁其遠烝兮，滿内而外揚。情與質信可保兮，羌居蔽而聞章。令薜荔以爲理兮，憚舉趾而緣木。因芙蓉以爲媒兮，憚褰裳而濡足。登高吾不説兮，入下吾不能。固朕形之不服兮，然容與而狐疑。廣遂前畫兮，未改此度也。命則處幽吾將罷兮，願及白日之未莫也。獨煢煢而南行兮，思彭咸之故也。

惜往日　〇

惜往日之曾信兮，受命詔以昭時。奉先功以照下兮，明法度之嫌疑。國富强而法立兮，屬貞臣而日娭。秘密事之載心兮，雖過失猶弗治。心純厖而不泄兮，遭讒人而嫉之。君含怒以待臣兮，不清澂其然否。蔽晦君之聰明兮，虚惑誤又以欺。弗參驗以考實兮，遠遷臣而弗思。信讒諛之溷濁兮，䁍氣志而過之。

何貞臣之無辠兮，被讟謗而見尤。慙光景之誠信兮，身幽隱而備之。臨江、湘之玄淵兮，遂自忍而沈流。卒没身而絶名兮，惜廱君之不昭。君無度而弗察兮，使芳草爲藪幽。焉舒情而抽信兮，恬死亡而不聊。獨鄣廱而蔽隱兮，使貞臣而無由。

聞百里之爲虜兮，伊尹烹於庖厨。吕望屠於朝歌兮，寧戚歌而飯牛。不逢湯武與桓、繆兮，世孰云而知之？吴信讒而弗味兮，子胥死而後憂。介子忠而立枯兮，文君寤而追求。封介山而爲之禁兮，報大德之優游。思久故之親身兮，因縞素而哭之。或忠信而死節兮，或訑謾而不疑。弗省察而按實兮，聽讒人之虚辭。芳與澤其雜糅兮，孰申旦而别之？何芳草之早夭兮，微霜降而下戒。諒聰不明而蔽廱兮，使讒諛而日得。

自前世之嫉賢兮，謂蕙若其不可佩。妒佳冶之芬芳兮，嫫母姣而自好。雖有西施之美容兮，讒妒人以自代。願陳情以白行兮，得罪過之不意。情冤見之日明兮，如列宿之錯置。乘騏驥而馳騁兮，無轡銜而自載；乘氾泭以下流兮，無舟檝而自備。背法度而心治兮，辟與此其無異。寧溘死而流亡兮，恐禍殃之有再。不畢辭而赴淵兮，惜廱君之不識。

辭賦類二

屈原遠遊 ○○○

悲時俗之迫阨兮，願輕舉而遠遊。質菲薄而無因兮，焉託乘而上浮？遭沈濁之汙穢兮，獨菀結其誰語？夜耿耿而不寐兮，魂營營而至曙。惟天地之無窮兮，哀人生之長勤。往者余弗及兮，來者吾不聞。步徙倚而遥思兮，怊惝怳而永懷。意荒忽而流蕩兮，心愁悽而增悲。神儵忽而不反兮，形枯槁而獨留。内惟省以端操兮，求正氣之所由。

漠虚静以恬愉兮，澹無爲而自得。聞赤松之清塵兮，願承風乎遺則。貴至人之休德兮，美往世之登仙。與化去而不見兮，名聲著而日延。奇傅説之託辰星兮，羨韓衆之得一。形穆穆以寖遠兮，離人羣而遁逸。因氣變而遂曾舉兮，忽神奔而鬼怪。時髣髴以遥見兮，精皎皎以往來。絶氛埃而淑郵兮，終不反其故都。免衆患而不懼兮，世莫知其所如。

恐天時之代序兮，曜靈曄而西征。微霜降而下淪兮，悼芳草之先零。聊仿佯而逍遥兮，永歷年而無成！誰可與玩斯遺芳兮，長鄉風而舒情。高陽邈以遠兮，余將焉所程？重曰：春秋忽其不淹兮，奚久留此故居？軒轅不可攀援兮，吾將從王喬而娛戲。餐六氣而飲沆瀣兮，漱正陽而含朝霞。保神明之清澂兮，精氣入而麤穢除。

順凱風以從遊兮，至南巢而壹息。見王子而宿之兮，審壹氣之和德。曰道可受兮而不可傳，其小無内兮，其大無垠。無淈而魂兮，彼將自然。壹氣孔神兮，於中夜存。虛以待之兮，無爲之先。庶類以成兮，此德之門。聞至貴而遂徂兮，忽乎吾將行。仍羽人于丹邱兮，留不死之舊鄉。朝濯髮於湯谷兮，夕晞余身兮九陽。吸飛泉之微液兮，懷琬琰之華英。玉色頩以脕顔兮，精醇粹而始壯。質銷鑠以汋約兮，神要眇以淫放。

嘉南州之炎德兮，麗桂樹之冬榮。山蕭條而無獸兮，野寂漠其無人。載營魄而登霞兮，掩浮雲而上征。命天閽其開關兮，排閶闔而望予。召豐隆使先導兮，問太微之所居。集重陽入帝宫兮，造旬始而觀清都。朝發軔於太儀兮，夕始臨乎於微閭。屯余車之萬乘兮，紛容與而並馳。駕八龍之婉婉兮，載雲旗之逶蛇。建雄虹之采旄兮，五色雜而炫耀。服偃蹇以低昂兮，驂連蜷以驕驁。騎膠葛以雜亂兮，班曼衍而方行。撰余轡而正策兮，吾將過乎句芒。歷太皓以右轉兮，前飛廉以啟路。陽杲杲其未光兮，陵天地以徑度。風伯爲余先驅兮，氛埃辟而清涼。鳳皇翼其承旂兮，遇蓐收乎西皇。擥彗星以爲旍兮，舉斗柄以爲麾。叛陸離其上下兮，遊驚霧之流波。時曖曃其曭莽兮，召玄武而奔屬。後文昌使掌行兮，選署衆神以並轂。路曼曼其脩遠兮，徐弭節而高厲。左雨師使徑侍兮，右雷公以爲衛。欲度世以忘歸兮，意恣睢以揭撟。内欣欣而自美兮，聊媮娱以淫樂。

涉青雲以汎濫兮，忽臨睨夫舊鄉。僕夫懷余心悲兮，邊馬顧而不行。思舊故以想像兮，長太息而掩涕。氾容與而遐舉兮，聊抑志而自弭。指炎帝而直馳兮，吾將往乎南疑。覽方外之荒忽兮，沛潤瀁而自浮。祝融戒而蹕御兮，騰告鸞鳥迎虙妃。張《咸池》奏《承雲》兮，二女御《九韶》歌。使湘靈鼓瑟兮，令海若舞馮夷。列螭象而並進兮，形蟉虬而逶蛇。雌蜺便娟以曾撓兮，鸞鳥軒翥而翔飛。音樂博衍無終極兮，焉乃逝以裴回。舒并節以馳鶩兮，逴絶垠乎寒門。軼迅風于清源兮，從顓頊乎增冰。歷玄冥以邪徑兮，乘間維以反顧。召黔嬴而見之兮，爲余先乎平路。經營四荒兮，周流六漠。上至列缺兮，降望大壑。下峥嶸而無地兮，上寥廓而無天。視儵忽而無見兮，聽惝怳而無聞。超無爲以至清兮，與太初而爲鄰。

屈原卜居

屈原既放，三年，不得復見。竭智盡忠，蔽鄣於讒，心煩意亂，不知所從。乃往見太卜鄭詹尹曰：「余有所疑，願因先生決之。」詹尹乃端策拂龜曰：「君將何以教之？」

屈原曰：「吾寧悃悃款款樸以忠乎？將送往勞來斯無窮乎？寧誅鋤草茅以力耕乎？將遊大人以成名乎？寧正言不諱以危身乎？將從俗富貴以媮生乎？寧超然高舉以保真乎？將呢訾慄斯、喔咿嚅唲以事婦人乎？寧廉潔正直以自清乎？將突梯滑稽、如脂如韋以絜楹乎？寧昂昂若千里之駒乎？將氾氾若水中之鳧，與波上下，偷以全吾軀乎？寧與騏驥抗軛乎？將隨駑馬之迹乎？寧與黃鵠比翼乎？將與雞鶩爭食乎？此孰吉孰凶？何去何從？世混濁而不清，蟬翼爲重，千鈞爲輕；黃鐘毀棄，瓦釜雷鳴；讒人高張，賢士無名。吁嗟默默兮，誰知吾之廉貞！」

詹尹乃釋策而謝曰：「夫尺有所短，寸有所長，物有所不足，智有所不明，數有所不逮，神有所不通。用君之心，行君之意，龜策誠不能知此事。」

屈原漁父 ○○

屈原既放，遊於江潭，行吟澤畔，顔色憔悴，形容枯槁。漁父見而問之曰：「子非三閭大夫與？何故至于斯？」

屈原曰：「世人皆濁，我獨清；衆人皆醉，我獨醒，是以見放。」漁父曰：「聖人不凝滯於萬物，而能與世推移。世人皆濁，何不淈其泥而揚其波？衆人皆醉，何不餔其糟而歠其釃？何故深思高舉，自令放爲？」屈原曰：「吾聞之，新沐者必彈冠，新浴者必振衣。安能以身之察察，受物之汶汶者乎！寧赴湘流，葬于江魚之腹中，安能以皓皓之白，蒙世之塵埃乎！」

漁父莞爾而笑，鼓枻而去。乃歌曰：「滄浪之水清兮，可以濯我纓；滄浪之水濁兮，可以濯我足！」遂去，不復與言。

終

辭賦類三

宋玉九辯

悲哉秋之爲氣也！蕭瑟兮草木摇落而變衰，憭慄兮若在遠行，登山臨水兮送將歸。泬寥兮天高而氣清，宋漻兮收潦而水清。憯悽增欷兮，薄寒之中人；愴怳懭悢兮，去故而就新。坎壈兮貧士失職而志不平，廓落兮羈旅而無友生，惆悵兮而私自憐。燕翩翩其辭歸兮，蟬寂漠而無聲；雁嗈嗈而南遊兮，鶤鷄啁哳而悲鳴。獨申旦而不寐兮，哀蟋蟀之宵征。時亹亹而過中兮，蹇淹留而無成。○○○

悲憂窮慼兮獨處廓，有美一人兮心不繹，去鄉離家兮來遠客，超逍遥兮今焉薄？專思君兮不可化，君不知兮可奈何！蓄怨兮積思，心煩憺兮忘食事。願一見兮道余意，君之心兮與余異。車駕兮朅而歸，不得見兮心悲。倚結軨兮太息，涕潺湲兮霑軾。忼慨絶兮不得，中瞀亂兮迷惑。私自憐兮何極？心怦怦兮諒直。○○

皇天平分四時兮，竊獨悲此凜秋。白露既下降百草兮，奄離披此梧楸。去白日之昭昭兮，襲長夜之悠悠。離芳藹之方壯兮，余委約而悲愁。秋既先戒以白露兮，冬又申之以嚴霜。收恢台之孟夏兮，然坎傺而沈藏。葉菸邑而無色兮，枝煩挐而交橫。顏淫溢而將罷兮，柯彷彿而萎黃。萷櫹槮之可哀兮，形銷鑠而瘀傷。惟其紛糅而將落兮，恨其失時而無當。擥騑轡而下節兮，聊逍遥以相羊。歲忽忽而遒盡兮，恐余壽之弗將。悼余生之不時兮，逢此世之俇攘。澹容與而獨倚兮，蟋蟀鳴此西堂。心怵惕而震盪兮，何所憂之多方！仰明月而太息兮，步列星而極明。○○

竊悲夫蕙華之曾敷兮，紛旖旎乎都房。何曾華之無實兮，從風雨而飛颺。以爲君獨服此蕙兮，嗟無以異於衆芳。閔奇思之不通兮，將去君而高翔。心閔憐之慘悽兮，願一見而有明。重無怨而生離兮，中結軫而增傷。豈不鬱陶而思君兮，君之門以九重。猛犬狺狺而迎吠兮，關梁閉而不通。皇天淫溢而秋霖兮，后土何時而得乾？塊獨守此無澤兮，仰浮雲而永歎。○○

何時俗之工巧兮，背繩墨而改錯。卻騏驥而不乘兮，策駑駘而取路。當世豈無騏驥兮，誠莫之能善御。見執轡者非其人兮，故駶跳而遠去。鳧鴈皆唼夫粱藻兮，鳳愈飄翔而高舉。圜鑿而方枘兮，吾固知其鉏鋙而難入。衆鳥皆有所登棲兮，鳳獨遑遑而無所集。

願銜枚而無言兮，嘗被君之渥洽。太公九十乃顯榮兮，誠未遇其匹合。謂騏驥兮安歸？謂鳳凰兮安棲？變古易俗兮世衰，今之相者兮舉肥。騏驥伏匿而不見兮，鳳凰高飛而不下。鳥獸猶知懷德兮，何云賢士之不處？驥不驟進而求服兮，鳳亦不貪餧而妄食。君棄遠而不察兮，雖願忠其焉得？欲寂寞而絶端兮，竊不敢忘初之厚德。獨悲愁其傷人兮，馮鬱鬱其何極！

霜露慘悽而交下兮，心尚幸其弗濟。霰雪雰糅其增加兮，乃知遭命之將至。願徼幸而有待兮，汩莽莽兮與壄草同死。願自直而徑往兮，路壅絶而不通。欲循道而平驅兮，又未知其所從。然中路而迷惑兮，自厭按而學誦。性愚陋以褊淺兮，信未達乎從容。竊美申包胥之氣晟兮，恐時世之不固。何時俗之工巧兮，滅規矩而改鑿。獨耿介而不隨兮，願慕先聖之遺教。處濁世而顯榮兮，非余心之所樂。與其無義而有名兮，寧窮處而守高。食不媮而爲飽兮，衣不苟而爲温。竊慕詩人之遺風兮，願託志乎素餐。蹇充倔而無端兮，汩莽莽而無垠。無衣裘以御冬兮，恐溘死而不得見乎陽春。

靚杪秋之遥夜兮，心繚悷而有哀。春秋逴逴而日高兮，然惆悵而自悲。四時遞來而卒歲兮，陰陽不可與儷偕。白日晼晚其將入兮，明月銷鑠而減毁。歲忽忽而遒盡兮，老冉冉而愈弛。心摇悦而日幸兮，然怊悵而無冀。中憯惻之悽愴兮，長太息而增欷。年洋洋以日往兮，老嵺廓而無處。事亹亹而覬進兮，蹇淹留而躊躇。

何氾濫之浮雲兮，猋廱蔽此明月。忠昭昭而願見兮，然霒曀而莫達。願皓日之顯行兮，雲蒙蒙而蔽之。竊不自料而願忠兮，或黕點而汙之。堯舜之抗行兮，瞭冥冥而薄天。何險巇之嫉妒兮，被以不慈之僞名？彼日月之照明兮，尚黯黮而有瑕。何況一國之事兮，亦多端而膠加。被荷裯之晏晏兮，然潢洋而不可帶。既驕美而伐武兮，負左右之耿介。憎愠惀之修美兮，好夫人之慷慨。衆踥蹀而日進兮，美超遠而逾邁。農夫輟耕而容與兮，恐田野之蕪穢。事緜緜而多私兮，竊悼後之危敗。世雷同而炫曜兮，何毁譽之昧昧！今修飾而窺鏡兮，後尚可以竄藏。願寄言夫流星兮，羌儵忽而難當。卒廱蔽此浮雲兮，下暗漠而無光。

堯舜皆有所舉任兮，故高枕而自適。諒無怨於天下兮，心焉取此怵惕？乘騏驥之瀏瀏兮，馭安用夫强策？諒城郭之不足恃兮，雖重介之何益？邅翼翼而無終兮，忳惛惛而愁約。生天地之若過兮，功不成而無效。願沈滯而不見兮，尚欲布名乎天下。然潢洋而不遇兮，直怐愗而自苦。莽洋洋而無極兮，忽翺翔之焉薄？國有驥而不知乘兮，焉皇皇而更索？甯戚謳於車下兮，桓公聞而知之。無伯樂之善相兮，今誰使乎訾之？罔流涕以聊慮兮，惟著意而得之。紛忳忳之願忠兮，妒被離而鄣之。願賜不肖之軀而別離兮，放遊志乎雲中。乘精氣之摶摶兮，鶩諸神之湛湛；驂白霓之習習兮，歷羣靈之豐豐。左朱雀之茇茇兮，右蒼龍之躍躍。屬雷師之闐闐兮，道飛廉之衙衙。前輕輬之鏘鏘兮，後輜椉之從從。載雲旗之委蛇兮，扈屯騎之容容。計專專之不可化兮，願遂摧而爲臧。賴皇天之厚德兮，還及君之無恙。

宋玉風賦　○○○

楚襄王遊於蘭臺之宮，宋玉、景差侍。有風颯然而至，王乃披襟而當之，曰：「快哉此風！寡人所與庶人共者邪？」宋玉對曰：「此獨大王之風耳，庶人安得而共之？」

王曰：「夫風者，天墬之氣，溥暢而至，不擇貴賤高下而加焉。今子獨以爲寡人之風，豈有說乎？」宋玉對曰：「臣聞於師：枳句來巢，空穴來風。其所託者然，則風氣殊焉。」

王曰：「夫風始安生哉？」宋玉對曰：「夫風生於地，起於青蘋之末，侵淫谿谷，盛怒於土囊之口。緣太山之阿，舞於松柏之下，飄忽淜滂，激揚熛怒。耾耾雷聲，迴穴錯迕。

蹷石伐木，梢殺林莽。至其將衰也，被麗披離，衝孔動楗，眴渙粲爛，離散轉移。故其清涼雄風，則飄舉升降，乘陵高城，入於深宮。邸華葉而振氣，徘徊於桂椒之閒，翱翔於激水之上，將擊芙蓉之精，獵蕙草，離秦蘅，槩新夷，被荑楊，迴穴衝陵，蕭條衆芳。然後倘佯中庭，北上玉堂，躋於羅幃，經於洞房，迺得爲大王之風也。故其風中人狀，直憯悽惏慄，清涼增欷，清清泠泠，愈病析酲，發明耳目，寧體便人。此所謂大王之雄風也。」

王曰：「善哉論事！夫庶人之風，豈可聞乎？」宋玉對曰：「夫庶人之風，塕然起於窮巷之閒，堀堁揚塵，勃鬱煩冤，衝孔襲門，動沙堁，吹死灰，駭溷濁，揚腐餘，邪薄人甕牖，至於室廬。故其風中人狀，直憞溷鬱邑，毆温致溼，中心慘怛，生病造熱，中脣爲胗，得目爲䁾，啗齰嗽嚄，死生不卒。此所謂庶人之雌風也。」

宋玉高唐賦　○○

昔者楚襄王與宋玉遊於雲夢之臺，望高唐之觀。其上獨有雲氣，崪兮直上，忽兮改容，須臾之閒，變化無窮。王問玉曰：「此何氣也？」玉對曰：「所謂朝雲者也。」王曰：「何謂朝雲？」玉曰：「昔者先王，嘗遊高唐，怠而晝寢，夢見一婦人，曰：『妾巫山之女也，爲高唐之客。聞君遊高唐，願薦枕席。』王因幸之。去而辭曰：『妾在巫山之陽，高丘之岨，旦爲朝雲，莫爲行雨。朝朝莫莫，陽臺之下。』旦朝視之如言，故爲立觀，號曰『朝雲』。」王曰：「朝雲始出，狀若何也？」玉對曰：「其始出也，㬪兮若松榯。其少進也，晰兮若姣姬，揚袂鄣日，而望所思。忽兮改容，偈兮若駕駟馬，建羽旗。湫兮如風，凄兮如雨。風止雨霽，雲無處所。」王曰：「寡人方今可以遊乎？」玉曰：「可。」王曰：「其何如矣？」玉曰：「高矣顯矣，臨望遠矣。廣矣普矣，萬物祖矣。上屬於天，下見於淵。珍怪奇偉，不可稱論。」王曰：「試爲寡人賦之！」玉曰：「唯唯。」

惟高唐之大體兮，殊無物類之可儀比。巫山赫其無疇兮，道互折而曾累。登巉巖而下望兮，臨大阺之稸水。遇天雨之新霽兮，觀百谷之俱集。濞洶洶其無聲兮，潰淡淡而並入。滂洋洋而四施兮，蓊湛湛而不止。長風至而波起兮，若麗山之孤畝。勢薄岸而相擊兮，隘交引而卻會。崪中怒而特高兮，若浮海而望碣石。礫磥磥而相摩兮，巆震天之礚礚。巨石溺溺之瀺灂兮，沫潼潼而高厲。水淡淡而盤紆兮，洪波淫淫之溶裔。奔揚踊而相擊兮，雲興聲之霈霈。猛獸驚而跳駭兮，妄奔走而馳邁。虎豹豺兕，失氣恐喙，雕鶚鷹鷂。飛揚伏竄，股戰脅息，安敢妄摯。

於是水蟲盡暴，乘渚之陽。黿鼉鱣鮪，交積縱横。振鱗奮翼，蜲蜲蜿蜿。中阪遥望，玄木冬榮。煌煌熒熒，奪人目精。爛兮若列星，曾不可殫形。榛林鬱盛，葩葉覆蓋。雙椅垂房，糾枝還會。徙靡澹淡，隨波闇藹。東西施翼，猗狔豐沛。緑葉紫裹，朱莖白蔕。纖條悲鳴，聲似竽籟。清濁相和，五變四會。感心動耳，迴腸傷氣。孤子寡婦，寒心酸鼻。長吏隳官，賢士失志。愁思無已，歎息垂淚。

登高遠望，使人心瘁。盤岸巑岏，裖陳磑磑。磐石險峻，傾崎崕隤。巖嶇參差，縱横相追。陬互横啎，背穴偃蹠。交加累積，重疊增益。狀似砥柱，在巫山之下。仰視山巔，肅何芊芊，炫燿虹蜺。俯視崝嶸，窐寥窈冥。不見其底，虚聞松聲。傾岸洋洋，立而熊經。久而不去，足盡汗出。悠悠忽忽，怊悵自失。使人心動，無故自恐。賁育之斷，不能爲勇。卒愕異物，不知所出。縰縰莘莘，若生於鬼，若出於神。狀似走獸，或象飛禽。譎詭奇偉，不可究陳。上至觀側，地蓋底平。箕踵漫衍，芳草羅生。秋蘭茝蕙，江蘺載菁。青荃、夜干，揭車苞并。薄草靡靡，聯延夭夭。越香掩掩，衆雀嗷嗷。雌雄相失，哀鳴相號。王雎鸝黄，正冥楚鳩。姊歸思婦，垂鷄高巢。其鳴喈喈，當羊遨遊。更唱迭和，赴曲隨流。

有方之士，羨門高谿。上成鬱林，公樂聚穀。進純犧，禱璇室。醮諸神，禮太一。傳祝已具，言辭已畢。王乃棄玉輿，駟蒼螭。垂旒旌，旆合諧。紬大弦而雅聲流，冽風過而增悲哀。於是調謳，令人惏悷憯悽，脅息增欷。於是乃縱獵者，基址如星。傳言羽獵，銜枚無聲。弓弩不發，罘罕不傾。涉漭漭，馳苹苹。飛鳥未及起，走獸未及發。弭節奄忽，蹄足灑血。舉功先得，獲車已實。

王將欲往見之，必先齋戒，差時擇日。簡輿玄服，建雲旆，蜺爲旌，翠爲蓋。風起雨止，千里而逝。蓋發蒙，往自會。思萬方，憂國害。開賢聖，輔不逮。九竅通鬱精神察滯，延年益壽千萬歲。

宋玉神女賦 ○○○

楚襄王與宋玉游於雲夢之浦，使玉賦高堂之事。其夜玉寢，夢與神女遇，其狀甚麗。玉異之，明日以白王。王曰：「其夢若何？」玉對曰：「晡夕之後，精神怳忽，若有所喜，紛紛擾擾，未知何意。目色髣髴，乍若有記。見一婦人，狀甚奇異。寐而夢之，寤不自識。罔兮不樂，悵爾失志。於是撫心定氣，復見所夢。」王曰：「狀何如也？」玉曰：「茂矣美矣，諸好備矣。盛矣麗矣，難測究矣。上古既無，世所未見。瓌姿瑋態，不可勝贊。其始來也，耀乎若白日初出照屋梁；其少進也，皎若明月舒其光。須臾之閒，美貌橫生。曄兮如花，温乎如瑩。五色並馳，不可殫形。詳而視之，奪人目精。其盛飾也，則羅紈綺繢盛文章，極服妙采照萬方。振繡衣，被袿裳，穠不短，纖不長，步裔裔兮曜殿堂。忽兮改容，婉若遊龍乘雲翔。嫷被服，侻薄裝。沐蘭澤，含若芳。性和適，宜侍旁。順序卑，調心腸。」王曰：「若此盛矣，試爲寡人賦之。」玉曰：「唯唯。」

夫何神女之姣麗兮，含陰陽之渥飾。被華藻之可好兮，若翡翠之奮翼。其象無雙，其美無極。毛嬙鄣袂，不足程式；西施掩面，比之無色。近之既妖，遠之有望。骨法多奇，應君之相。視之盈目，孰者克尚。私心獨悅，樂之無量。交希恩疎，不可盡暢。他人莫睹，王覽其狀。其狀峩峩，何可極言。貌豐盈以莊姝兮，苞温潤之玉顏。眸子炯其精朗兮，瞭多美而可觀。眉聯娟以蛾揚兮，朱脣的其若丹。素質幹之醲實兮，志解泰而體閒。既姽嫿於幽靜兮，又婆娑乎人閒。宜高殿以廣意兮，翼放縱而綽寬。動霧縠以徐步兮，拂墀聲之珊珊。

望余帷而延視兮，若流波之將瀾。奮長袖以正衽兮，立躑躅而不安。澹清靜其愔嫕兮，性沈詳而不煩。時容與以微動兮，志未可乎得原。意似近而既遠兮，若將來而復旋。

褰余幬而請御兮，願盡心之惓惓。懷貞亮之潔清兮，卒與我乎相難。陳嘉辭而云對兮，吐芬芳其若蘭。精交結以來往兮，心凱康以樂歡。神獨亨而未結兮，魂煢煢以無端。含然諾其不分兮，喟揚音而哀歎。頩薄怒以自持兮，曾不可乎犯干。

於是摇珮飾，鳴玉鸞。整衣服，斂容顔。顧女師，命太傅。歡情未接，將辭而去。遷延引身，不可親附。似逝未行，中若相首。目略微眄，精彩相授。志態横出，不可勝記。意離未絶，神心怖覆。禮不遑訖，辭不及究。願假須臾，神女稱遽。徊腸傷氣，顛倒失據。闇然而冥，忽不知處。情獨私懷，誰者可語？惆悵垂涕，求之至曙。

宋玉登徒子好色賦 ○○

大夫登徒子侍於楚襄王，短宋玉曰：「玉爲人體貌閑麗，口多微辭，又性好色，願王勿與出入後宫。」王以登徒子之言問於宋玉，玉曰：「體貌閑麗，所受於天也；口多微辭，所學於師也；至於好色，臣無有也。」王曰：「子不好色，亦有説乎？有説則止，無説則退。」

玉曰：「天下之佳人，莫若楚國；楚國之麗者，莫若臣里；臣里之美者，莫若臣東家之子。臣東家之子，增之一分則太長，減之一分則太短；著粉則太白，施朱則太赤。眉如翠羽，肌如白雪，腰如束素，齒如含貝。嫣然一笑，惑陽城，迷下蔡。然此女登牆闚臣三年，至今未許也。登徒子則不然。其妻蓬頭攣耳，齞脣歷齒，旁行踽僂，又疥且痔。登徒子悦之，使有五子。王孰察之，誰爲好色者矣。」

是時秦章華大夫在側，因進而稱曰：「今夫宋玉盛稱鄰之女，以爲美色愚亂之邪？臣自以爲守德，謂不如彼矣。言玉之意，以爲美色必能愚亂人邪，臣之守德尚不至如彼所慮也。且夫南楚窮巷之妾，焉足爲大王言乎？若臣之陋，目所曾睹者，未敢云也。」王曰：「試爲寡人説之。」

大夫曰：「唯唯。臣少曾遠遊，周覽九土，足歷五都，出咸陽，熙邯鄲，從容鄭、衛、溱、洧之閒。是時向春之末，迎夏之陽，鶬鶊喈喈，羣女出桑。此郊之姝，華色含光，體美容冶，不待飾裝。臣觀其麗者，因稱詩曰：『遵大路兮攬子袪。』贈以芳華辭甚妙。於是處子怳若有望而不來，忽若有來而不見。意密體疏，俯仰異觀，含喜微笑，竊視流眄。復稱詩曰：『寤春風兮發鮮榮，潔齋俟兮惠音聲，贈我如此兮不如無生。』因遷延而辭避。蓋徒以微辭相感動，精神相依憑，目欲其顔，心顧其義。揚詩守禮，終不過差，故足稱也。」

於是楚王稱善，宋玉遂不退。

宋玉對楚王問 ○○○

楚襄王問於宋玉曰：「先生其有遺行與？何士民衆庶不譽之甚也？」宋玉對曰：「唯，然，有之。願大王寬其罪，使得畢其辭。

「客有歌於郢中者。其始曰《下里》、《巴人》，國中屬而和者數千人；其爲《陽阿》、《薤露》，國中屬而和者數百人；其爲《陽春》、《白雪》，國中屬而和者不過數十人；引商刻羽，雜以流徵，國中屬而和者，不過數人而已。是其曲彌高，其和彌寡。

「故鳥有鳳而魚有鯤。鳳凰上擊九千里，絶雲霓，負蒼天，足亂浮雲，翱翔乎杳冥之上。夫藩籬之鷃，豈能與之料天地之高哉？鯤魚朝發崑崙之墟，暴鬐于碣石，暮宿于孟諸。夫尺澤之鯢，豈能與之量江海之大哉？

「故非獨鳥有鳳，而魚有鯤也，士亦有之。夫聖人瑰意琦行，超然獨處，世俗之民，又安知臣之所爲哉？」

楚人以弋説頃襄王 〇〇〇

楚人有好以弱弓微繳加歸雁之上者。頃襄王聞召而問之。對曰：「小臣之好射鶀鴈羅鸗，小矢之發也，何足爲大王道也。且稱楚之大，因大王之賢，所弋非直此也。昔者三王以弋道德，五霸以弋戰國。故秦、魏、燕、趙者，鶀鴈也；齊、魯、韓、衛者，青首也；鄒、費、郯、邳者，羅鸗也；外其餘則不足射者。見鳥六雙，以王何取？王何不以聖人爲弓，以勇士爲繳，時張而射之？此六雙者，可得而囊載也。其樂非特朝夕之樂也，其獲非特鳧雁之實也。王朝張弓而射魏之大梁之南，加其右臂，而徑屬之於韓，則中國之路絶，而上蔡之郡壞矣。還射圉之東，解魏左肘，而外擊定陶，則魏之東外棄，而大宋、方與二郡者舉矣。且魏斷二臂，顛越矣，膺擊郯國，大梁可得而有也。王綪繳蘭臺，飲馬西當作「南」。河，定魏大梁，此一發之樂也。若王之於弋，誠好而不厭，則出寶弓，碆新繳，射噣鳥於東海，還蓋長城以爲防。朝射東莒，夕發湏邱，夜加即墨，顧據午道，則長城之東收，而太山之北舉矣。西結境於趙，而北達於燕，三國布䎃，則從不待約而可成也。北遊目於燕之遼東，而南登望於越之會稽，此再發之樂也。若夫泗上十二諸侯，左縈而右拂之，可一旦而盡也。今秦破韓以爲長憂，得列城而不敢守也；伐魏而無功，擊趙顧病，則秦、魏之勇力屈矣。楚之故地漢中、析、酈，可得而復有也。王出寶弓，碆新繳，涉鄳塞，而待秦之倦也，山東、河内，可得而一也，勞民休衆，南面稱王矣。故曰秦爲大鳥，負海内而處，東面而立，左臂據趙之西南，右臂傅楚鄢、郢，膺擊韓、魏，垂頭中國，處既形便，勢有地利，奮翼鼓翄，方三千里，則秦未可得獨招而夜射也。」欲以激怒襄王，故對以此言，襄王因召與語，遂言曰：「夫先王爲秦所欺而客死於外，怨莫大焉。今以匹夫有怨，尚有報萬乘，白公、子胥是也。今楚之地方五千里，帶甲百萬，猶足以踊躍中野也，而坐受困，臣竊爲大王弗取也。」於是頃襄王遣使於諸侯，復爲從，欲以伐秦。

莊辛説襄王　○○

莊辛謂楚襄王曰：「君王左州侯，右夏侯，輦從鄢陵君，與壽陵君，專淫泆侈靡，不顧國政，郢都必危矣。」襄王曰：「先生老悖乎？將以爲楚國妖祥乎？」莊辛曰：「臣誠見其必然者也，非敢以爲國妖祥也。君王卒幸四子者不衰，楚國必亡矣。臣請避於趙，淹留以觀之。」

莊辛去之趙，留五月，秦果舉鄢、郢、巫、上蔡、陳之地，襄王流揜於城陽。於是使人發騶，徵莊辛於趙。莊辛曰：「諾。」莊辛至，襄王曰：「寡人不能用先生之言，今事至於此，爲之奈何？」

莊辛對曰：『臣聞鄙語曰：『見兔而顧犬，未爲晚也；亡羊而補牢，未爲遲也。』臣聞昔湯武以百里昌，桀紂以天下亡。今楚國雖小，絶長續短，猶以數千里，豈特百里哉！

「王獨不見夫蜻蛉乎？六足四翼，飛翔乎天地之閒，俛啄蚉虻而食之，仰承甘露而飲之，自以爲無患，與人無争也。不知夫五尺童子，方將調飴膠絲，加己乎四仞之上，而下爲螻蟻食也。

「夫蜻蛉其小者也，黄雀因是以俯噣白粒，仰棲茂樹，鼓翅奮翼，自以爲無患，與人無争也。不知夫公子王孫，左挾彈，右攝丸，將加己乎十仞之上，以其類爲招。晝遊乎茂樹，夕調乎酸鹹，倏忽之閒，墜於公子之手。

「夫黄雀其小者也，黄鵠因是以游乎江海，淹乎大沼，俯噣鱔鯉，仰嚙蔆衡，奮其六翮而淩清風，飄颻乎高翔，自以爲無患，與人無争也。不知夫射者，方將修其碆盧，治其繒繳，將加己乎百仞之上，被礛磻，引微繳，折清風而抎矣。故晝遊乎江湖，夕調乎鼎鼐。

「夫黄鵠其小者也，蔡靈侯之事，因是以南遊乎高陂，北遊乎巫山，飲茹溪之流，食湘波之魚，左抱幼妾，右擁嬖女，與之馳騁乎高蔡之中，而不以國家爲事。不知夫子發方受命乎靈王，系己以朱絲而見之也。

「蔡靈侯之事其小者也，君王之事，因是以左州侯，右夏侯，輦從鄢陵君，與壽陵君，飯封禄之粟，而載方府之金，與之馳騁乎雲夢之中，而不以天下國家爲事。而不知夫穰侯方受命乎秦王，填黽塞之内，而投己乎黽塞之外！」

襄王聞之，顔色變作，身體戰慄，于是乃以執珪而授之爲陽陵君，與淮北之地。鼐按：以弋説襄王，及莊辛篇，此與《漁父》、宋玉對楚王、東方《客難》同類，並是設辭。乃太史公、褚先生、劉子政悉載敘之，以爲事實，爲失其旨已。

辭賦類四

賈生惜誓

惜余年老而日衰兮，歲忽忽而不反。登蒼天而高舉兮，歷衆山而日遠。觀江河之紆曲兮，離四海之霑濡。攀北極而一息兮，吸沆瀣以充虚。飛朱鳥使先驅兮，駕太乙之象輿。蒼龍蚴虯於左驂兮，白虎騁而爲右騑。建日月以爲蓋兮，載玉女於後車。馳騖於杳冥之中兮，休息虖崑崙之墟。樂窮極而不厭兮，願從容乎神明。涉丹水而馳騁兮，右大夏之遺風。

黄鵠之一舉兮，知山川之紆曲；再舉兮，睹天地之圜方。臨中國之衆人兮，託回飇乎尚羊。乃至少原之壄兮，赤松、王喬皆在旁。二子擁瑟而調均兮，予因稱乎清商。澹然而自樂兮，吸衆氣而翺翔。念我長生而久僊兮，不如反予之故鄉。黄鵠後時而寄處兮，鴟梟羣而制之。神龍失水而陸居兮，爲螻蟻之所裁。夫黄鵠神龍猶如此兮，況賢者之逢亂世哉！

壽冉冉而日衰兮，固儃回而不息。俗流從而不止兮，衆枉聚而矯直。或偷合而苟進兮，或隱居而深藏。苦稱量之不審兮，同權概而就衡。或推迻而苟容兮，或直言之諤諤。傷誠是之不察兮，并紉茅絲以爲索。方世俗之幽昏兮，眩白黑之美惡。放山淵之龜玉兮，相與貴夫礫石。梅伯數諫而至醢兮，來革順志而用國。悲仁人之盡節兮，反爲小人之所賊。比干忠諫而剖心兮，箕子被髮而佯狂。水背流而源竭兮，木去根而不長。非重軀以慮難兮，惜傷身之無功。

已矣哉！獨不見夫鸞鳳之高翔兮，乃集大皇之壄。循四極而回周兮，見盛德而後下。彼聖人之神德兮，遠濁世而自藏。使麒麟可得羈而係兮，又何以異乎犬羊！

賈生鵩鳥賦有序　○○○

誼爲長沙王傅三年，有鵩鳥飛入誼舍，止於坐隅。鵩似鴞，不祥鳥也。誼既以謫居長沙，長沙卑溼，誼自傷悼，以爲壽不得長，乃爲賦以自廣。其辭曰：

單閼之歲兮，四月孟夏。庚子日斜兮，鵩集予舍。止於坐隅兮，貌甚閒暇。異物來萃兮，私怪其故。發書占之兮，讖言其度，曰「野鳥入室，主人將去」。請問子鵩：「予去何之？吉乎告我，凶言其災。淹速之度兮，語余其期。」鵩乃歎息，舉首奮翼，口不能言，請對以臆。

曰：萬物變化兮，固無休息。斡流而遷兮，或推而還。形氣轉續兮，變化而嬗。沕穆無窮兮，胡可勝言。禍兮福所倚，福兮禍所伏。憂喜聚門兮，吉凶同域。彼吴彊大兮，夫差以敗；越棲會稽兮，句踐霸世。斯遊遂成兮，卒被五刑；傅説胥靡兮，乃相武丁。夫禍之與福兮，何異糾纆？命不可説兮，孰知其極？水激則旱兮，矢激則遠。萬物回薄兮，振盪相轉。雲蒸雨降兮，糾錯相紛。大鈞播物兮，坱圠無垠。天不可預慮兮，道不可預謀。遲速有命兮，焉識其時？

且夫天地爲鑪兮，造化爲工；陰陽爲炭兮，萬物爲銅。合散消息兮，安有常則？千變萬化兮，未始有極。忽然爲人兮，何足控摶？化爲異物兮，又何足患？小智自私兮，賤彼貴我；達人大觀兮，物無不可。貪夫徇財兮，烈士徇名。夸者死權兮，品庶每生。怵迫之徒兮，或趨西東；大人不曲兮，意變齊同。愚士繫俗兮，窘若囚拘；至人遺物兮，獨與道俱。衆人惑惑兮，好惡積億；真人恬漠兮，獨與道息。釋智遺形兮，超然自喪；寥廓忽荒兮，與道翱翔。乘流則逝兮，得坻則止；縱軀委命兮，不私與己。其生兮若浮，其死兮若休。澹乎若深淵之靜，泛乎若不繫之舟。不以生故自寶兮，養空而遊；德人無累兮，知命不憂。細故蒂芥兮，何足以疑！

枚叔七發 ○○

楚太子有疾，而吳客往問之，曰：「伏聞太子玉體不安，亦少閒乎？」太子曰：「憊，謹謝客。」客因稱曰：「今時天下安寧，四宇和平，太子方富於年。意者久耽安樂，日夜無極，邪氣襲逆，中若結轖。紛屯澹淡，噓唏煩酲，惕惕怵怵，臥不得瞑。虛中重聽，惡聞人聲。精神越渫，百病咸生。聰明眩曜，悅怒不平。久執不廢，大命乃傾。太子豈有是乎？」太子曰：「謹謝客。賴君之力，時時有之，然未至於是也。」

客曰：「今夫貴人之子，必宮居而閨處，內有保母，外有傅父，欲交無所。飲食則溫淳甘膬，脭醲肥厚；衣裳則雜遝曼煖，燂爍熱暑。雖有金石之堅，猶將銷鑠而挺解也，況其在筋骨之閒乎哉？故曰縱耳目之欲，恣支體之安者，傷血脈之和。且夫出輿入輦，命曰蹷痿之機；洞房清宮，命曰寒熱之媒；皓齒蛾眉，命曰伐性之斧；甘脆肥膿，命曰腐腸之藥。今太子膚色靡曼，四支委隨，筋骨挺解，血脈淫濯，手足惰窳。越女侍前，齊姬奉後，往來遊讌，縱恣乎曲房隱間之中。此甘餐毒藥，戲猛獸之爪牙也。所從來者至深遠，淹滯永久而不廢，雖令扁鵲治内，巫咸治外，尚何及哉！今如太子之病者，獨宜世之君子，博見强識，承間語事，變度易意，常無離側，以爲羽翼。淹沈之樂，浩唐之心，遁佚之志，其奚由至哉！」太子曰：「諾。病已，請事此言。」客曰：「今太子之病，可無藥石針刺灸療而已，可以要言妙道説而去也，不欲聞之乎？」太子曰：「僕願聞之。」

客曰：「龍門之桐，高百尺而無枝。中鬱結之輪菌，根扶疏以分離。上有千仞之峰，下臨百丈之谿。湍流遡波，又澹淡之。其根半死半生。冬則烈風、漂霰、飛雪之所激也，夏則雷霆、霹靂之所感也。朝則鸝黄、鳱鴠鳴焉，暮則羈雌、迷鳥宿焉。獨鵠晨號乎其上，鵾鷄哀鳴翔乎其下。於是背秋涉冬，使琴摯斫斬以爲琴，野繭之絲以爲絃，孤子之鉤以爲隱，九寡之珥以爲約。使師堂操《暢》，伯子牙爲之歌。歌曰：『麥秀蔪兮雉朝飛，向虚壑兮背槁槐，依絶區兮臨迴溪。』飛鳥聞之翕翼而不能去，野獸聞之垂耳而不能行，蚑蟜螻蟻聞之柱喙而不能前。此亦天下之至悲也，太子能强起聽之乎？」太子曰：「僕病未能也。」

客曰：「犓牛之腴，菜以筍蒲。肥狗之和，冒以山膚。楚苗之實，安胡之飯，摶之不解，一啜而散。於是使伊尹煎熬，易牙調和。熊蹯之臑，勺藥之醬。薄耆之炙，鮮鯉之鱠。秋黃之蘇，白露之茹。蘭英之酒，酌以滌口。山梁之餐，豢豹之胎。小飯大歠，如湯沃雪。此亦天下之至美也，太子能强起嘗之乎？」太子曰：「僕病未能也。」

客曰：「鍾、岱之牡，齒至之車，前似飛鳥，後類距虛。穱麥服處，躁中煩外。羈堅轡，附易路。於是伯樂相其前後，王良、造父爲之御，秦缺、樓季爲之右。此兩人者，馬佚能止之，車覆能起之。於是使射千鎰之重，爭千里之逐。此亦天下之至駿也，太子能强起乘之乎？」太子曰：「僕病未能也。」

客曰：「既登景夷之臺，南望荆山，北望汝海，左江右湖，其樂無有。於是使博辯之士，原本山川，極命草木，比物屬事，離辭連類。浮游覽觀，乃下置酒於虞懷之宮。連廊四注，臺城層構，紛紜玄緑，輦道邪交，黃池紆曲。溷章白鷺，孔雀鸛鵠，鵷雛鵁鶄，翠鬣紫纓。螭龍德牧，邕邕羣鳴。陽魚騰躍，奮翼振鱗。漃漻薵蓼，蔓草芳苓。女桑河柳，素葉紫莖。苗松豫章，條上造天。梧桐、并櫚，極望成林。衆芳芬鬱，亂於五風。從容猗靡，消息陽陰。列坐縱酒，蕩樂娱心。景春佐酒，杜連理音。滋味雜陳，肴糅錯該。練色娱目，流聲悦耳。於是乃發《激楚》之結風，揚鄭、衛之皓樂，使先施、徵舒、陽文、段干、吴娃、閭娵、傅予之徒，雜裾垂髾，目窕心與。揄流波，雜杜若，蒙清塵，被蘭澤，嬿服而御。此亦天下之靡麗皓侈廣博之樂也，太子能强起游乎？」太子曰：「僕病未能也。」

客曰：「將爲太子馴騏驥之馬，駕飛軨之輿，乘牡駿之乘，右夏服之勁箭，左烏號之彫弓。游涉乎雲林，周馳乎蘭澤，弭節乎江潯。揜青蘋，游清風。陶陽氣，蕩春心。逐狡獸，集輕禽。於是極犬馬之才，困野獸之足，窮相御之智巧。恐虎豹，慴鷙鳥。逐馬鳴鑣，魚跨麋角。履游麕兔，蹈踐麖鹿，汗流沫墜，冤伏陵窘。無創而死者，固足充後乘矣。此校獵之至壯也，太子能彊起游乎？」太子曰：「僕病未能也。」然陽氣見於眉宇之間，侵淫而上，幾滿大宅。客見太子有悦色也，遂推而進之曰：「冥火薄天，兵車雷運，旌旗偃蹇，羽旄肅紛；馳騁角逐，慕味争先。徼墨廣博，望之有圻。純粹全犧，獻之公門。」太子曰：「善。願復聞之。」客曰：「未既。於是榛林深澤，烟雲闇莫，兕虎並作。毅武孔猛，袒裼身薄。白刃磑磑，矛戟交錯。收穫掌功，賞賜金帛。掩蘋肆若，爲牧人席。旨酒嘉肴，羞炰膾炙，以御賓客。涌觴並起，動心驚耳。誠必不悔，决絶以諾。貞信之色，形於金石。高歌陳唱，萬歲無斁。此真太子之所喜也，能彊起而游乎？」太子曰：「僕甚願從，直恐爲諸大夫累耳。」然而有起色矣。

客曰：「將以八月之望，與諸侯遠方交遊兄弟，竝往觀濤乎廣陵之曲江。至則未見濤之形也，徒觀水力之所到，則卹然足以駭矣。觀其所駕軼者，所擢拔者，所揚汩者，所溫汾者，所滌汔者，雖有心略辭給，固未能縷形其所由然也。怳兮忽兮，聊兮慄兮，混汩汩兮，忽兮慌兮，俶兮儻兮，浩瀇瀁兮，慌曠曠兮。秉意乎南山，通望乎東海，虹洞兮蒼天，極慮乎崖涘。流攬無窮，歸神日母。汨乘流而下降兮，或不知其所止。或紛紜其流折兮，忽繆往而不來。臨朱汜而遠逝兮，中虛煩而益怠。莫離散而發曙兮，鼐按：暮離散者，晚潮去也。發曙者，早潮來也。內存心而自持。於是澡概胷中，灑練五藏，澹澉手足，頮濯髮齒。揄棄恬怠，輸寫淟濁，分決狐疑，發皇耳目。當是之時，雖有淹病滯疾，猶將伸傴起躄，發瞽披聾而觀望之也，況直眇小煩懣、酲醲病酒之徒哉！故曰發蒙解惑，不足以言也。」太子曰：「善。然則濤何氣哉？」

客曰：「不記也。然聞於師曰，似神而非者三：疾雷聞百里；江水逆流，海水上潮；山出內雲，日夜不止。衍溢漂疾，波涌而濤起。其始起也，洪淋淋焉，若白鷺之下翔。其少進也，浩浩溰溰，如素車白馬帷蓋之張。其波涌而雲亂，擾擾焉如三軍之騰裝。其旁作而奔起也，飄飄焉如輕車之勒兵。六駕蛟龍，附從太白。純馳浩蜺，前後絡繹。顒顒卬卬，椐椐彊彊，莘莘將將。壁壘重堅，沓雜似軍行。訇隱匈磕，軋盤涌裔，原不可當。觀其兩旁，則滂渤怫鬱，闇漠感突，上擊下硉，有似勇壯之卒，突怒而無畏。蹈壁衝津，窮曲隨隈，踰岸出追，遇者死，當者壞。初發乎或圍之津涯，荄軫谷分。迴翔青篾，銜枚檀桓。弭節伍子之山，通厲胥母之場。淩赤岸，篲扶桑，横奔似雷行。誠奮厥武，如振如怒。沌沌渾渾，狀如奔馬。混混庉庉，聲如雷鼓。發怒庢沓，清升踰跐，侯波奮振，合戰於藉藉之口。鳥不及飛，魚不及迴，獸不及走，紛紛翼翼，波涌雲亂。蕩取南山，背擊北岸，覆虧丘陵，平夷西畔。險險戲戲，崩壞陂池，決勝乃罷。瀄汩潺湲，披揚流灑，横暴之極，魚鼈失勢，顛倒偃側。沋沋湲湲，蒲伏連延。神物怪疑，不可勝言。直使人踣焉，洄闇悽愴焉。此天下怪異詭觀也，太子能彊起觀之乎？」太子曰：「僕病未能也。」

客曰：「將爲太子奏方術之士有資略者，若莊周、魏牟、楊朱、墨翟、便蜎、詹何之倫，使之論天下之精微，理萬物之是非。孔、老覽觀，孟子持籌而算之，萬不失一。此亦天下要言妙道也。太子豈欲聞之乎？」於是太子據几而起曰：「涣乎若一聽聖人辯士之言。」涊然汗出，霍然病已。

漢武帝秋風辭 ○○○

秋風起兮白雲飛，草木黃落兮雁南歸。蘭有秀兮菊有芳，懷佳人兮不能忘。泛樓船兮濟汾河，横中流兮揚素波，簫鼓鳴兮發棹歌。歡樂極兮哀情多，少壯幾時兮奈老何！

漢武帝瓠子歌 ○○

瓠子決兮將奈何？浩浩洋洋，慮殫爲河！殫爲河兮，地不得寧，功無已時兮吾山平。吾山平兮鉅野溢，魚弗鬱兮柏冬日。正道弛兮離常流，蛟龍騁兮放遠遊。歸舊川兮神哉沛，不封禪兮安知外？皇謂河伯兮何不仁，泛濫不止兮愁吾人？齧桑浮兮淮泗滿，久不反兮水維緩。

河湯湯兮激潺湲，北渡回兮迅流難。搴長茭兮湛美玉，河伯許兮薪不屬。薪不屬兮衛人罪，燒蕭條兮噫乎何吕御水！隤林竹兮揵石菑，宣防塞兮萬福來。

淮南小山招隱士

王逸以爲淮南小山之辭，蓋《藝文志》所云淮南王羣臣賦也。《文選》直題爲淮南王安作，竊疑昭明之世，容有班固、賈逵所解楚詞，或據異説題之。 ○○○

桂樹叢生兮山之幽，偃蹇連卷兮枝相繚。山氣巃嵸兮石嵯峨，谿谷嶄巖兮水曾波。猨狖羣嘯兮虎豹嗥，攀援桂枝兮聊淹留。王孫遊兮不歸，春草生兮萋萋。歲莫兮不自聊，蟪蛄鳴兮啾啾。坱兮軋，山曲岪，心淹留兮恫荒忽。罔兮沕，憭兮慄，虎豹穴，叢薄深林兮人上慄。嶔岑碕礒兮碅磈磳硊，樹輪相糺兮林木茷骫。青莎雜樹兮薠草靃靡，白鹿麏麚兮或騰或倚。狀貌崟崟兮峩峩，凄凄兮漇漇。獼猴兮熊羆，慕類兮以悲。攀援桂枝兮聊淹留，虎豹鬬兮熊羆咆，禽獸駭兮亡其曹。王孫兮歸來！山中兮不可以久留。

東方曼倩客難 ○○

客難東方朔曰：「蘇秦、張儀，一當萬乘之主，而都卿相之位，澤及後世。今子大夫修先王之術，慕聖人之義，諷誦《詩》、《書》百家之言，不可勝記，著於竹帛，脣腐齒落，服膺而不釋。好學樂道之效，明白甚矣。自以智能海內無雙，則可謂博聞辯智矣。然悉力盡忠以事聖帝，曠日持久，官不過侍郎，位不過執戟，意者尚有遺行邪？同胞之徒，無所容居，其故何也？」

東方先生喟然長息，仰而應之曰：「是固非子之所能備。彼一時也，此一時也，豈可同哉？夫蘇秦、張儀之時，周室大壞，諸侯不朝，力政争權，相禽以兵，并爲十二國，未有雌雄，得士者彊，失士者亡，故談説行焉。身處尊位，珍寶充内，外有廪倉，澤及後世，子孫長享。今則不然。聖帝流德，天下震慴，諸侯賓服，連四海之外以爲帶，安於覆盂。天下平均，合爲一家。動發舉事，猶運之掌。賢不肖何以異哉？遵天之道，順地之理，物無不得其所。故綏之則安，動之則苦；尊之則爲將，卑之則爲虜；抗之則在青雲之上，抑之則在深泉之下；用之則爲虎，不用則爲鼠。雖欲盡節效情，安知前後？夫天地之大，士民之衆，竭精談説，並進輻凑者，不可勝數。悉力募之，困於衣食，或失門户。使蘇秦、張儀與僕並生於今之世，曾不得掌故，安敢望常侍郎乎？傳曰：『天下無害菑，雖有聖人，無所施才；上下和同，雖有賢者，無所立功。』故曰時異事異。

「雖然，安可以不務修身乎哉？《詩》曰：『鼓鐘於宫，聲聞於外。鶴鳴於九皐，聲聞於天。』苟能修身，何患不榮？太公體行仁義，七十有二，乃設用於文、武，得信厥説，封於齊七百歲而不絶。此士所以日夜孳孳修學敏行而不敢怠也。辟若鶺鴒，飛且鳴矣。傳曰：『天不爲人之惡寒而輟其冬，地不爲人之惡險而輟其廣，君子不爲小人之匈匈而易其行。天有常度，地有常形，君子有常行。君子道其常，小人計其功。《詩》云：「禮義之不愆，何恤人之言？」』上既云當修身矣，而東方行事乃如有遺行者，故此下復言己之修身，乃在大德，而不拘小節，但求自得本心之安而已，故世尤不能識之。故曰：水至清則無魚，人至察則無徒。冕而前旒，所以蔽明；黈纊充耳，所以塞聰。明有所不見，聰有所不聞。舉大德，赦小過，無求備於一人之義也。『枉而直之，使自得之；優而柔之，使自求之；揆而度之，使自索之。』蓋聖人之教化如此，欲其自得之。自得之，則敏且廣矣。何屺瞻云：本望武帝知之不盡。反言明有所遺者，君道固然。

「今世之處士，魁然無徒，廓然獨居。上觀許由，下察接輿，計同范蠡，忠合子胥，天下和平，與義相扶，寡耦少徒，固其宜也。子何疑於予哉？若夫燕之用樂毅，秦之任李斯，酈食其之下齊，説行如流，曲從如環。所欲必得，功若丘山，海内定，國家安，是遇其時也。子又何怪之邪？

「語曰：以筦闚天，以蠡測海，以莛撞鐘。豈能通其條貫，考其文理，發其音聲哉？繇是觀之，譬猶鼱鼩之襲狗，孤豚之咋虎，至則靡耳，何功之有？今以下愚而非處士，雖欲勿困，固不得已。此適足以明其不知權變，而終惑於大道也。」薑塢先生云：瑰邁宏放之氣，如藹雲而上馳。

東方曼倩非有先生論　○

非有先生仕於吴，進不稱往古以厲主意，退不能揚君美以顯其功，默然無言者三年矣。吴王怪而問之曰：「寡人獲先人之功，寄於衆賢之上，夙興夜寐，未嘗敢怠也。今先生率然高舉，遠集吴地，將以輔治寡人，誠竊嘉之。體不安席，食不甘味，目不視靡曼之色，耳不聽鐘鼓之音，虚心定志，欲聞流議者，三年於兹矣。今先生進無以輔治，退不揚主譽，竊不爲先生取之也。蓋懷能而不見，是不忠也；見而不行，主不明也。意者寡人殆不明乎？」非有先生伏而唯唯。吴王曰：「可以談矣，寡人將竦意而覽焉。」

先生曰：「於戲！可乎哉？可乎哉？談何容易！夫談有悖於目，拂於耳，謬於心，而便於身者；或有説於目，順於耳，快於心，而毁於行者。非有明王聖主，孰能聽之？」吴王曰：「何爲其然也？中人以上，可以語上也。先生試言，寡人將聽焉。」

先生對曰：「昔者關龍逢深諫於桀，而王子比干直言於紂。此二臣者，皆極慮盡忠，閔主澤不下流，而萬民騷動。故直言其失，切諫其邪者，將以爲君之榮，除主之禍也。今則不然，反以爲誹謗君之行，無人臣之禮，果紛然傷於身，蒙不辜之名，戮及先人，爲天下笑。故曰『談何容易』。是以輔弼之臣瓦解，而邪諂之人並進。及蜚廉、惡來革等，二人皆詐僞，巧言利口以進其身，陰奉琱瑑刻鏤之好，以納其心，務快耳目之欲，以苟容爲度，遂往不戒，身没被戮，宗廟崩阤，國家爲虚，放戮聖賢，親近讒夫。《詩》不云乎：『讒人罔極，交亂四國。』此之謂也。故卑身賤體，説色微辭，愉愉呴呴，終無益於主上之治，則志士仁人，不忍爲也。將儼然作矜嚴之色，深言直諫，上以拂主之邪，下以損百姓之害，則忤於邪主之心，歷於衰世之法。故養壽命之士，莫肯進也。遂居深山之閒，積土爲室，編蓬爲户，彈琴其中，以咏先王之風，亦可以樂而忘死矣。是以伯夷、叔齊避周，餓于首陽之下，後世稱其仁。如是邪主之行，固足畏也。故曰『談何容易』。」

於是吴王懼然易容，捐薦去几，危坐而聽。先生曰：「接輿避世，箕子被髮佯狂，此二人者，皆避濁世以全其身者也。使遇明王聖主，得清燕之閒，寬和之色，發憤畢誠，圖畫安危，揆度得失，上以安主體，下以便萬民，則五帝、三王之道，可幾而見也。故伊尹蒙恥辱、負鼎俎，和五味以干湯，太公釣於渭之陽，以見文王，心合意同，謀無不成，計無不從，誠得其君也。深念遠慮，引義以正其身，推恩以廣其下。本仁祖義，褒有德，禄賢能，誅惡亂，總遠方，一統類，美風俗，此帝王所由昌也。上不變天性，下不奪人倫，則天地和洽，遠方懷之，故號聖王。臣子之職既加矣，於是裂地定封，爵爲公侯，傳國子孫，名顯後世，民到於今稱之，以遇湯與文王也。太公、伊尹以如此，龍逢、比干獨如彼，豈不哀哉？故曰『談何容易』。」

於是吴王穆然，俛而深惟，仰而泣下交頤，曰：「嗟乎！余國之不亡也，緜緜連連，殆哉世之不絶也。」於是正明堂之朝，齊君臣之位。舉賢材，布德惠，施仁義，賞有功。躬節儉，減後宫之費，損車馬之用。放鄭聲，遠佞人，省庖厨，去侈靡，卑宫館，壞苑囿，填池塹，以予貧民無産業者。開内藏，振貧窮，存耆老，卹孤獨，薄賦斂，省刑辟。行此三年，海内晏然，天下大治，陰陽和調，萬物咸得其宜。國無災害之變，民無飢寒之色，家給人足，畜積有餘，囹圄空虚，鳳凰來集，麒麟在郊，甘露既降，朱草萌芽，遠方異俗之人，鄉風慕義，各奉其職而來朝賀。

故治亂之道，存亡之端，若此易見，而君人者莫肯爲也，臣愚竊以爲過。故《詩》云：「王國克生，惟周之楨。濟濟多士，文王以寧。」此之謂也。

古文辭類纂六十五終

辭賦類五

司馬長卿子虛賦 ○○○

楚使子虛使於齊，王悉發車騎，與使者出畋。畋罷，子虛過奼烏有先生，亡是公存焉。坐定，烏有先生問曰：「今日畋樂乎？」子虛曰：「樂。」「獲多乎？」曰：「少。」「然則何樂？」對曰：「僕樂齊王之欲夸僕以車騎之衆，而僕對以雲夢之事也。」曰：「可得聞乎？」

子虛曰：「可。王駕車千乘，選徒萬騎，畋於海濱，列卒滿澤，罘網彌山，掩兔轔鹿，射麋腳麟，鶩於鹽浦，割鮮染輪，射中獲多，矜而自功，顧謂僕曰：『楚亦有平原廣澤遊獵之地，饒樂若此者乎？楚王之獵，孰與寡人乎？』僕下車對曰：『臣，楚國之鄙人也。幸得宿衛十有餘年，時從出遊，遊於後園，覽於有無，然猶未能偏覩也，又焉足以言其外澤乎？』齊王曰：『雖然，略以子之所聞見而言之。』僕對曰：『唯唯。』

「『臣聞楚有七澤，嘗見其一，未覩其餘也。臣之所見，蓋特其小小者耳，名曰雲夢。

雲夢者，方九百里，其中有山焉。其山則盤紆岪鬱，隆崇嵂崒，岑崟參差，日月蔽虧。交錯糾紛，上干青雲；罷池陂陁，下屬江河。其土則丹青赭堊，雌黃白坿，錫碧金銀，衆色炫耀，照爛龍鱗。其石則赤玉玫瑰，琳瑉昆吾，瑊玏玄厲，碝石碔砆。其東則有蕙圃，衡蘭芷若，芎藭菖蒲，茳蘺蘪蕪，諸柘巴苴。其南則有平原廣澤，登降陁靡，案衍壇曼，緣以大江，限以巫山。其高燥則生葴菥苞荔，薛莎青薠；其埤溼則生藏莨蒹葭，東蘠彫胡，蓮藕觚蘆，菴閭軒于。衆物居之，不可勝圖。其西則有涌泉清池，激水推移，外發芙蓉菱華，内隱鉅石白沙。其中則有神龜蛟鼉，瑇瑁鼈黿。其北則有陰林巨樹，楩柟豫章，桂椒木蘭，檗離朱楊，樝梨梬栗，橘柚芬芳。其上則有鵷雛孔鸞，騰遠射干；其下則有白虎玄豹，蟃蜒貙犴。

「『於是乎乃使專諸之倫，手格此獸。楚王乃駕馴駮之駟，乘雕玉之輿，靡魚須之橈旃，曳明月之珠旗，建干將之雄戟，左烏號之雕弓，右夏服之勁箭。陽子驂乘，纖阿爲御，案節未舒，即陵狡獸，蹴蛩蛩，轔距虛，軼野馬，轊騊駼，乘遺風，射遊騏。儵眒倩浰，雷動猋至，星流霆擊，弓不虛發，中必決眥，洞胷達掖，絶乎心繫。獲若雨獸，揜草蔽地。於是楚王乃弭節徘徊，翱翔容與，覽乎陰林，此即其北之陰林。觀壯士之暴怒，與猛獸之恐懼，徼郄受詘，殫覩衆物之變態。

「『於是鄭女曼姬，被阿緆，揄紵縞，雜纖羅，垂霧縠。襞積褰縐，紆徐委曲，鬱橈谿谷。衯衯裶裶，揚袘戌削，蜚纖垂髾。扶輿猗靡，翕呷萃蔡。下摩蘭蕙，上拂羽蓋。錯翡翠之葳蕤，繆繞玉綏。眇眇忽忽，若神仙之髣髴。於是乃相與獠於蕙圃，此即東之蕙圃。媻姍勃窣，上乎金隄。揜翡翠，射鵕鸃，微矰出，孅繳施。弋白鵠，連駕鵝，雙鶬下，玄鶴加。怠而後發，游於清池。此即西之涌泉清池。浮文鷁，揚旌栧，張翠帷，建羽蓋。罔瑇瑁，鉤紫貝。摐金鼓，吹鳴籟。榜人歌，聲流喝。水蟲駭，波鴻沸，涌泉起，奔揚會。礧石相擊，硠硠礚礚，若雷霆之聲，聞乎數百里之外。將息獠者，擊靈鼓，起烽燧，車按行，騎就隊，纚乎淫淫，般乎裔裔。

「『於是楚王乃登雲陽之臺，雲陽在巫山下，此即至其南也。怕乎無爲，憺乎自持，勺藥之和具而後御之。不若大王終日馳騁，曾不下輿，脟割輪焠，自以爲娛。臣竊觀之，齊殆不如。』於是齊王無以應僕也。」

烏有先生曰：「是何言之過也！足下不遠千里，來貺齊國。王悉發境内之士，備車騎之衆，與使者出畋，乃欲戮力致獲，以娛左右，何名爲夸哉？問楚地之有無者，願聞大國之風烈，先生之餘論也。今足下不稱楚王之德厚，而盛推雲夢以爲高，奢言淫樂而顯侈靡，竊爲足下不取也。必若所言，固非楚國之美也；無而言之，是害足下之信也。彰君惡，傷私義，二者無一可，而先生行之，必且輕於齊而累於楚矣！且齊，東陼鉅海，南有琅邪，觀乎成山，射乎之罘，浮渤澥，遊孟諸。邪與肅慎爲鄰，右以湯谷爲界。秋田乎青丘，徬徨乎海外，吞若雲夢者八九，於其胷中，曾不蔕芥。若乃俶儻瑰瑋，異方殊類，珍怪鳥獸，萬端鱗崪，充牣其中，不可勝記，禹不能名，卨不能計。然在諸侯之位，不敢言游戲之樂，苑囿之大。先生又見客，是以王辭不復，何爲無以應哉？」

司馬長卿上林賦　○○○

亡是公听然而笑曰：「楚則失矣，而齊亦未爲得也。夫使諸侯納貢者，非爲財幣，所以述職也；封疆畫界者，非爲守禦，所以禁淫也。今齊列爲東藩，而外私肅慎，捐國踰限，越海而田，其於義固未可也。且二君之論，不務明君臣之義，正諸侯之禮，徒事争遊戲之樂，苑囿之大，欲以奢侈相勝，荒淫相越，此不可以揚名發譽，而適足以貶君自損也。「且夫齊、楚之事，又烏足道乎！君未覩夫巨麗也，獨不聞天子之上林乎？左蒼梧，右西極，丹水更其南，紫淵徑其北。終始灞、滻，出入涇、渭，酆、鎬、潦、潏，紆餘委蛇，經營乎其内，蕩蕩乎八川分流，相背而異態。東西南北，馳鶩往來，出乎椒丘之闕，行乎洲淤之浦，經乎桂林之中，過乎泱漭之壄。汩乎混流，順阿而下，赴隘陿之口。觸穹石，激堆埼，沸乎暴怒，洶涌彭湃。滭弗宓汩，偪側泌瀄，横流逆折，轉騰潎洌。滂濞沆溉，穹隆雲橈，宛潬膠盭，踰波趨浥，涖涖下瀨。批巖衝擁，奔揚滯沛，臨坻注壑，瀺灂霣墜。沈沈隱隱，砰磅訇礚，潏潏淈淈，湁潗鼎沸。馳波跳沫，汩急漂疾。悠遠長懷，寂漻無聲，肆乎永歸。然後灝溔潢漾，安翔徐回，翯乎滈滈，東注太湖，衍溢陂池。

「於是乎蛟龍赤螭，䱭鰽漸離，鰅鰫鰬魠，禺禺魼鰨，揵鰭掉尾，振鱗奮翼，潛處乎深巖。魚鼈讙聲，萬物衆夥，明月珠子，的皪江靡，蜀石黄碝，水玉磊砢。磷磷爛爛，采色澔汗，藂積乎其中。鴻鷫鵠鴇，駕鵝屬玉，交精旋目，煩鶩庸渠，箴疵䴔盧，羣浮乎其上。沈淫泛濫，隨風澹淡，與波摇蕩，奄薄水渚，唼喋菁藻，咀嚼菱藕。

「於是乎崇山矗矗，巃嵷崔巍，深林巨木，嶄巖嵾嵳。九嵕巀嶭，南山峩峩，巖陁甗錡，摧崣崛崎。振溪通谷，蹇産溝瀆，谽呀豁閜，阜陵别隝，崴磈嵔廆，丘虚堀礨，隱轔鬱壘，登降施靡，陂池貏豸，沇溶淫鬻，散涣夷陸，亭臯千里，靡不被築。揜以緑蕙，被以江蘺，糅以蘼蕪，雜以留夷。布結縷，攢戾莎，揭車衡蘭，槀本射干，茈薑蘘荷，葴持若蓀，鮮支黃礫，蔣苧青薠，布濩閎澤，延曼太原。離靡廣衍，應風披靡，吐芳揚烈，郁郁菲菲。衆香發越，肸蠁布寫，晻薆咇茀。

「於是乎周覽泛觀，縝紛軋芴，芒芒怳忽，視之無端，察之無崖，日出東沼，入乎西陂。其南則隆冬生長，涌水躍波。其獸則㺎旄貘犛，沈牛麈麋，赤首圜題，窮奇象犀。其北則盛夏含凍裂地，涉冰揭河。其獸則麒麟角端，騊駼橐駝，蛩蛩驒騱，駃騠驢贏。

「於是乎離宮別館，彌山跨谷，高廊四注，重坐曲閣，華榱璧璫，輦道纚屬，步櫩周流，長途中宿。夷嵕築堂，累臺增成，巖窔洞房。頫杳眇而無見，仰𠬜橑而捫天，奔星更於閨闥，宛虹拖於楯軒。青龍蚴蟉於東箱，象輿婉僤於西清。靈圄燕於閒館，偓佺之倫，暴於南榮。醴泉涌於清室，通川過乎中庭。磐石振崖，嶔巖倚傾，嵯峨嶕嶫，刻削崢嶸。玫瑰碧琳，珊瑚叢生，瑉玉旁唐，玢豳文鱗。赤瑕駁犖，雜臿其閒，鼂采琬琰，和氏出焉。

「於是乎盧橘夏熟，黃甘橙楱，枇杷橪柿，亭柰厚朴，梬棗楊梅，櫻桃蒲陶，隱夫薁棣，荅遝離支，羅乎後宮，列乎北園。貤丘陵，下平原，揚翠葉，扤紫莖，發紅華，垂朱榮，煌煌扈扈，照曜鉅野。沙棠櫟櫧，華楓枰櫨，留落胥邪，仁頻并閭。欃檀木蘭，豫章女貞，長千仞，大連抱，夸條直暢，實葉葰楙。攢立叢倚，連卷欐佹，崔錯癹骩，抗衡閜砢，垂條扶疏，落英幡纚。紛溶萷蔘，猗狔從風。蔚莅芔歙，蓋象金石之聲，管籥之音。偨池茈虒，旋還乎後宮，雜襲絫輯，被山緣谷，循阪下隰，視之無端，究之無窮。

「於是乎玄猨素雌，蜼玃飛蠝，蛭蜩蠼猱，獑胡豰蛫，棲息乎其閒。長嘯哀鳴，翩幡互經，夭蟜枝格，偃蹇杪顛。踰絶梁，騰殊榛，捷垂條，掉希閒，牢落陸離，爛漫遠遷。若此者數百千處，娛遊往來，宮宿館舍，庖厨不徙，後宮不移，百官備具。

「於是乎背秋涉冬，天子校獵。乘鏤象，六玉虯，拖蜺旌，靡雲旗，前皮軒，後道游。孫叔奉轡，衛公驂乘，扈從橫行，出乎四校之中。鼓嚴簿，縱獵者。江河爲阹，泰山爲櫓。車騎靁起，殷天動地，先後陸離，離散别追，淫淫裔裔，緣陵流澤，雲布雨施。生貔豹，搏豺狼，手熊羆，足壄羊。蒙鶡蘇，絝白虎，鼐按：《續書·輿服志》云：武冠環纓無蕤，以青系爲緄，加雙鶡尾。五官左右虎賁羽林中郎將、羽林左右監皆冠鶡冠，虎賁將虎文絝。襄邑歲獻織成虎文，此乃所云蒙鶡蘇、絝白虎也。孟康注鶡，鶡尾也，蘇析羽也，蓋得之。而善注謬甚，郭景純以絝爲絆，亦失之。被班文，跨壄馬。淩三嵕之危，下磧歷之坻，徑峻赴險，越壑厲水。推蜚廉，弄獬豸，格蝦蛤，鋋猛氏，羂騕褭，射封豕。箭不苟害，解脰陷腦，弓不虛發，應聲而倒。

「於是乎乘輿弭節徘徊，翱翔往來，睨部曲之進退，覽將帥之變態。然後侵淫促節，儵夐遠去，流離輕禽，蹴履狡獸。轊白鹿，捷狡兔，軼赤電，遺光耀。追怪物，出宇宙，彎蕃弱，滿白羽。射游梟，櫟蜚遽。擇肉而後發，先中而命處。弦矢分，藝殪仆。然後揚節而上浮，淩驚風，歷駭猋，乘虚無，與神俱。躪玄鶴，亂昆鷄，遒孔鸞，促鵕鸃，拂翳鳥，捎鳳皇，捷鵷雛，揜焦明。道盡塗殫，迴車而還。招摇乎襄羊，降集乎北紘，率乎直指，晻乎反鄉。蹷石闕，歷封巒，過鳷鵲，望露寒，下棠梨，息宜春。西馳宣曲，濯鷁牛首，登龍臺，掩細柳。觀士大夫之勤略，均獵者之所得獲，徒車之所轥轢，步騎之所蹂若，人臣之所蹈藉，與其窮極倦𠜱，驚憚讋伏，不被創刃而死者，他他藉藉，填阬滿谷，掩平彌澤。

「於是乎遊戲懈怠，置酒乎顥天之臺，張樂乎膠葛之寓。撞千石之鍾，立萬石之虡，建翠華之旗，樹靈鼉之鼓，奏陶唐氏之舞，聽葛天氏之歌。千人唱，萬人和，山陵爲之震動，川谷爲之蕩波。巴、渝、宋、蔡，淮南《干遮》，文成、顛歌，族居遞奏，金鼓迭起，鏗鎗闛鞈，洞心駭耳。荆、吴、鄭、衛之聲，《韶》、《濩》、《武》、《象》之樂，陰淫案衍之音，鄢、郢繽紛，《激楚》、《結風》，俳優侏儒，狄鞮之倡，所以娱耳目樂心意者，麗靡爛漫於前，靡曼美色。若夫青琴宓妃之徒，絶殊離俗，妖冶嫺都，靚糚刻飾，便嬛綽約，柔橈嫚嫚，嫵媚孅弱。曳獨繭之褕絏，眇閻易以卹削。便姍嫳屑，與俗殊服。芬芳漚鬱，酷烈淑郁。皓齒粲爛，宜笑的皪。長眉連娟，微睇緜藐，色授魂與，心愉於側。

「於是酒中樂酣，天子芒然而思，似若有亡，曰：『嗟乎！此大奢侈！朕以覽聽餘閒，無事棄日，順天道以殺伐，時休息於此，恐後葉靡麗，遂往而不返，非所以爲繼嗣創業垂統也。』於是乎乃解酒罷獵，而命有司曰：『地可墾闢，悉爲農郊，以贍萌隸。隤墻填塹，使山澤之人得至焉。實陂池而勿禁，虛宮館而勿仞。發倉廩以救貧窮，補不足，恤鰥寡，存孤獨。出德號，省刑罰，改制度，易服色，革正朔，與天下爲更始。』

「於是歷吉日以齋戒，襲朝服，乘法駕，建華旗，鳴玉鸞，游乎六藝之囿，馳騖乎仁義之塗，覽觀《春秋》之林，射《貍首》，兼《騶虞》，弋玄鶴，舞干戚，載雲罕，揜羣雅，悲《伐檀》，樂樂胥。修容乎《禮》園，翺翔乎《書》圃，述《易》道，放怪獸，登明堂，坐清廟，次羣臣，奏得失。四海之內，靡不受獲，於斯之時，天下大說，鄉風而聽，隨流而化，芔然興道而遷義，刑錯而不用。德隆於三王，而功羨於五帝。若此，故獵乃可喜也。若夫終日馳騁，勞神苦形，罷車馬之用，抏士卒之精，費府庫之財，而無德厚之恩。務在獨樂，不顧眾庶。忘國家之政，貪雉兔之獲，則仁者不由也。從此觀之，齊、楚之事，豈不哀哉！地方不過千里，而囿居九百，是艸木不得墾辟，而民無所食也。夫以諸侯之細，而樂萬乘之所侈，僕恐百姓被其尤也。」

於是二子愀然改容，超若自失，逡巡避席曰：「鄙人固陋，不知忌諱。乃今日見教，謹受命矣。」

古文辭類纂六十六終

辭賦類六

司馬長卿哀二世賦　○

登陂陁之長阪兮，坌人曾宮之嵯峨。臨曲江之隑州兮，望南山之參差。巖巖深山之谾谾兮，通谷𧮫乎谽谺。汩淢噏習以永逝兮，注平皐之廣衍。觀眾樹之蓊薆兮，覽竹林之榛榛。東馳土山兮，北揭石瀨。彌節容與兮，歷弔二世。持身不謹兮，亡國失埶。信讒不寤兮，宗廟滅絶。嗚呼哀哉！操行之不得兮，墳墓蕪穢而不修兮，魂無歸而不食。夐邈絶而不齊兮，彌久遠而愈佅。精罔閬而飛揚兮，拾九天而永逝。嗚呼哀哉！

司馬長卿大人賦　○○○

世有大人兮，在於中州。宅彌萬里兮，曾不足以少留。悲世俗之迫隘兮，朅輕舉而遠游。垂絳幡之素蜺兮，載雲氣而上浮。建格澤之長竿兮，總光耀之采旄。垂旬始以爲幓兮，抴彗星而爲髾。掉指撟以偃蹇兮，又旖旎以招搖。攬欃槍以爲旌兮，靡屈虹而爲綢。

紅杳渺以眩湣兮，猋風涌而雲浮。駕應龍象輿之蠖略逶麗兮，驂赤螭青虯之蚴蟉蜿蜒。低卬夭蟜，據以驕驁兮，詘折隆窮，躩以連卷。沛艾赳螑，仡以佁儗兮，放散畔岸，驤以孱顏。跮踱輵轄，容以逶麗兮，綢繆偃蹇，怵彔以梁倚。糾蓼叫奡，蹋以艐路兮，蔑蒙踊躍，騰而狂趡。莅颯卉翕，熛至電過兮，焕然霧除，霍然雲消。

邪絶少陽而登太陰兮，與真人乎相求。互折窈窕以右轉兮，横厲飛泉以正東。悉徵靈圉而選之兮，部署衆神於瑶光。使五帝先導兮，反太一而從陵陽。左玄冥而右含靁兮，前陸離而後潏湟。廝征伯僑而役羨門兮，屬岐伯使尚方。祝融警而蹕御兮，清氣氛而後行。屯余車其萬乘兮，綷雲蓋而樹華旗。使句芒其將行兮，吾欲往乎南嬉。

歷唐堯於崇山兮，過虞舜於九疑。紛湛湛其差錯兮，雜遝膠葛以方馳。騷擾衝蓯其相紛挐兮，滂濞泱軋灑以林離。鑽羅列聚叢以蘢茸兮，衍曼流爛壇以陸離。徑入雷室之砰磷鬱律兮，洞出鬼谷之崫礨嵬磈。徧覽八紘而觀四荒兮，朅度九江而越五河。經營炎火而浮弱水兮，杭絶浮渚而涉流沙。奄息總極氾濫水嬉兮，使靈媧鼓瑟而舞馮夷。時若薆薆將混濁兮，召屏翳誅風伯而刑雨師。西望崑崙之軋沕洸忽兮，直徑馳乎三危。排閶闔而入帝宫兮，載玉女而與之歸。舒閬風而摇集兮，亢烏騰而一止。低回陰山翔以紆曲兮，吾乃今目睹西王母。暠然白首戴勝而穴處兮，亦幸有三足烏爲之使。必長生若此而不死兮，雖濟萬世不足以喜。

回車朅來兮，絶道不周，會食幽都。呼吸沆瀣兮餐朝霞，噍咀芝英兮嘰瓊華。嬐侵潯而高縱兮，紛鴻涌而上厲。貫列缺之倒景兮，涉豐隆之滂沛。馳游道而修降兮，騖遺霧而遠逝。迫區中之隘陜兮，舒節出乎北垠。遺屯騎於玄闕兮，軼先驅於寒門。下峥嶸而無地兮，上寥廓而無天。視眩眠而無見兮，聽惝恍而無聞。乘虚無而上假兮，超無友而獨存。鼐按：此賦多取於《遠遊》。《遠遊》先訪求中國仙人之居，乃上至天帝之宫，又下周覽天地之間，自於微閭以下，分東西南北四段。此賦自横厲飛泉以正東以下，分東南西北四段，而求仙人之居意即載其間。末六句與《遠遊》語同，然屈子意在遠去世之沉濁，故云至清而與太初爲鄰；長卿則謂帝若果能爲仙人，即居此無聞無見無友之地，亦胡樂乎此邪？與屈子語同而意别矣。

司馬長卿長門賦有序 ○○○

孝武皇帝陳皇后，時得幸，頗妒。别在長門宫，愁悶悲思。聞蜀郡成都司馬相如，天下工爲文，奉黄金百斤，爲相如、文君取酒，因于解悲愁之辭，而相如爲文以悟主上，陳皇后復得親幸。其辭曰：

夫何一佳人兮，步逍遥以自虞？魂踰佚而不返兮，形枯槁而獨居。言我朝往而暮來兮，飲食樂而忘人。心慊移而不省故兮，交得意而相親。

伊予志之慢愚兮，懷貞慤之歡心。願賜問而自進兮，得尚君之玉音。奉虚言而望誠兮，期城南之離宫。修薄具而自設兮，君曾不肯乎幸臨。廓獨潛而專精兮，天飄飄而疾風。

登蘭臺而遥望兮，神怳怳而外淫。浮雲鬱而四塞兮，天窈窈而晝陰。雷殷殷而響起兮，聲象君之車音。飄風迴而赴閨兮，舉帷幄之襜襜。桂樹交而相紛兮，芳酷烈之誾誾。孔雀集而相存兮，玄猨嘯而長吟。翡翠脅翼而來萃兮，鸞鳳飛而北南。心憑噫而不舒兮，邪氣壯而攻中。

下蘭臺而周覽兮，步從容於深宫。正殿塊以造天兮，鬱竝起而穹崇。間徙倚於東廂兮，觀夫靡靡而無窮。擠玉户以撼金鋪兮，聲噌吰而似鐘音。刻木蘭以爲榱兮，飾文杏以爲梁。羅丰茸之游樹兮，離樓梧而相撑。施瑰木之欂櫨兮，委參差以槺梁。時髣髴以物類兮，象積石之將將。五色炫以相曜兮，爛耀耀而成光。緻錯石之瓴甓兮，象瑇瑁之文章。張羅綺之幔帷兮，垂楚組之連綱。撫柱楣以從容兮，覽曲臺之央央。白鶴噭以哀號兮，孤雌跱於枯楊。日黄昏而望絶兮，悵獨託於空堂。懸明月以自照兮，徂清夜於洞房。援雅琴以變調兮，奏愁思之不可長。按流徵以卻轉兮，聲幼妙而復揚。貫歷覽其中操兮，意慷慨而自卬。左右悲而垂淚兮，涕流離而縱横。舒息悒而增欷兮，蹝履起而彷徨。揄長袂以自翳兮，數昔日之諐殃。無面目之可顯兮，遂頹思而就牀。摶芬若以爲枕兮，席荃蘭而茝香。忽寢寐而夢想兮，魄若君之在旁。惕寤覺而無見兮，魂迋迋若有亡。衆鷄鳴而愁予兮，起視月之精光。觀衆星之行列兮，畢、昴出於東方。望中庭之藹藹兮，若季秋之降霜。夜曼曼其若歲兮，懷鬱鬱其不可再更。澹偃蹇而待曙兮，荒亭亭而復明。妾人竊自悲兮，究年歲而不敢忘。

司馬長卿難蜀父老　○○

漢興七十有八載，德茂存乎六世，威武紛紜，湛恩汪濊，羣生霑濡，洋溢乎方外。於是乃命使西征，隨流而攘，風之所被，罔不披靡。因朝冉從駹，定筰存邛，略斯榆，舉苞蒲，結軌還轅，東鄉將報，至於蜀都。

耆老大夫、薦紳先生之徒二十有七人，儼然造焉。辭畢，因進曰：「蓋聞天子之於夷狄也，其義羈縻勿絶而已。今罷三郡之士，通夜郎之塗，三年於兹，而功不竟，士卒勞倦，萬民不贍。今又接以西夷，百姓力屈，恐不能卒業，此亦使者之累也。竊爲左右患之。且夫邛、莋、西僰之與中國竝也，歷年兹多，不可記已。仁者不以德來，彊者不以力并，意者其殆不可乎！今割齊民以附夷狄，弊所恃以事無用，鄙人固陋，不識所謂。」

使者曰：「烏謂此邪？必若所云，則是蜀不變服，而巴不化俗也。余尚惡聞若説。然斯事體大，固非觀者之所覯也。余之行急，其詳不可得聞已，請爲大夫麤陳其略。

「蓋世必有非常之人，然後有非常之事；有非常之事，然後有非常之功。夫非常者，固常人之所異也。故曰：非常之原，黎民懼焉。及臻厥成，天下晏如也。昔者鴻水浡出，氾濫溢溢，民人登降移徙，崎嶇而不安。夏后氏戚之，乃堙鴻水，決江疏河，灑沈贍菑，東歸之於海，而天下永寧。當斯之勤，豈惟民哉？心煩於慮，而身親其勞。躬腠胝無胈，膚不生毛。故休烈顯乎無窮，聲稱浹乎于兹。

「且夫賢君之踐位也，豈特委瑣握躖，拘文牽俗，循誦習傳，當世取説云爾哉！必將崇論閎議，創業垂統，爲萬世規。故馳騖乎兼容并包，而勤思乎參天貳地。且《詩》不云乎？

『普天之下，莫非王土；率土之濱，莫非王臣。』是以六合之内，八方之外，浸潯衍溢，懷生之物，有不浸潤於澤者，賢君恥之。今封疆之内，冠帶之倫，咸獲嘉祉，靡有闕遺矣。而夷狄殊俗之國，遼絶異黨之地，舟輿不通，人迹罕至，政教未加，流風猶微。内之則犯義侵禮於邊境，外之則邪行横作，放弑其上，君臣易位，尊卑失序，父兄不辜，幼孤爲奴。虜係累號泣，内嚮而怨，曰：『蓋聞中國有至仁焉，德洋而恩普，物靡不得其所，今獨曷爲遺己？』舉踵思慕，若枯旱之望雨。盭夫爲之垂涕，況乎上聖，又惡能已？故北出師以討彊胡，南馳使以誚勁越。四面風德，二方之君，鱗集仰流，願得受號者以億計。故乃關沫、若，徼牂牁，鏤靈山，梁孫原，創道德之塗，垂仁義之統，將博恩廣施，遠撫長駕，使疏逖不閉，曶爽闇昧得耀乎光明，以偃甲兵於此，而息誅伐於彼。遐邇一體，中外禔福，不亦康乎？夫拯民於沈溺，奉至尊之休德，反衰世之陵遲，繼周氏之絶業，斯乃天子之急務也。百姓雖勞，又惡可以已哉？

「且夫王事，固未有不始於憂勤，而終於佚樂者也。然則受命之符，合在於此矣。方將增泰山之封，加梁父之事，鳴和鸞，揚樂頌，上咸五，下登三。觀者未覩指，聽者未聞音，猶鷦明已翔乎廖廓，而羅者猶視乎藪澤，悲夫！」

於是諸大夫芒然喪其所懷來，而失厥所以進，喟然竝稱曰：「允哉漢德！此鄙人之所願聞也。百姓雖勞，請以身先之。」敞罔靡徙，因遷延而辭避。

司馬長卿封禪文 ○○

伊上古之初肇，自昊穹生民。歷選列辟，以迄乎秦。率邇者踵武，逖聽者風聲。紛綸威蕤，堙滅而不稱者，不可勝數。繼《韶》、《夏》，崇號謚，略可道者，七十有二君。罔若淑而不昌，疇逆失而能存。

軒轅之前，遐哉邈乎，其詳不可得聞已。五三、《六經》載籍之傳，惟見可觀也。《書》曰：「元首明哉！股肱良哉！」因斯以談，君莫盛於唐堯，臣莫賢於后稷。后稷創業於唐，公劉發迹於西戎，文王改制，爰周郅隆。大行越成，伯父薑塢先生云：成即成王也。下云躡梁父、登泰山，即《管子》所云成王封泰山，禪社首。而后陵遲衰微，千載亡聲，豈不善始善終哉！然無異端，慎所由於前，謹遺教於後耳。故軌迹夷易，易遵也；湛恩庬洪，易豐也；憲度著明，易則也；垂統理順，易繼也。是以業隆於繈緥，而崇冠乎二后，揆厥所元，終都攸卒，未有殊尤絶迹可考於今者也。鼐按：此處文則狹小成王而夸漢，實則謂古聖謹慎之道易遵易繼，今舍之而更爲浩侈，則難以遵繼。古聖所未爲，而今欲過之，可乎？然猶躡梁父，登太山，建顯號，施尊名。大漢之德，逢涌原泉，沕潏曼羨，旁魄四塞，雲布霧散，上暢九垓，下泝八埏。懷生之類，沾濡浸潤，協氣横流，武節猋逝，爾陿游原，迥闊泳末，首惡鬱没，闇昧昭晰，昆蟲闓懌，回首面内。然後囿騶虞之珍羣，徼麋鹿之怪獸，導一莖六穗於庖，犧雙觡共抵之獸，獲周餘放龜于岐，招翠黄乘龍於沼。鬼神接靈圉，賓於閒館。奇物譎詭，俶儻窮變。欽哉！符瑞臻茲，猶以爲德薄，不敢道封禪。蓋周躍魚隕杭，休之以燎。微夫斯之爲符也，以登介丘，不亦恧乎？進攘之道，何其爽與！

於是大司馬進曰：「陛下仁育羣生，義征不譓，諸夏樂貢，百蠻執贄，德牟往初，功無與二，休烈浹洽，符瑞衆變，期應紹至，不特創見。意者太山、梁父，設壇場，望幸蓋，伯父蕫塢先生云：師古曰：蓋，發語辭。予謂當如《考工記》輪人爲蓋之蓋。號以況榮，上帝垂恩儲祉，將以薦成，陛下謙讓而弗發也。挈三神之歡，缺王道之儀，羣臣恧焉。或謂且天爲質，伯父蕫塢先生云：《周頌》「匪且有且」，《毛傳》云：且，此也。闇示珍符，固不可辭；若然辭之，是泰山靡記而梁父罔幾也。亦各竝時而榮，咸濟厥世而屈，説者尚何稱於後，而云七十二君哉？夫修德以錫符，奉符以行事，不爲進越也。故聖王弗替，而修禮地祇，謁款天神，勒功中岳，以章至尊。

舒盛德，發號榮，受厚福，以浸黎民。皇皇哉斯事，天下之壯觀，王者之丕業，不可貶也，願陛下全之。而後因雜縉紳先生之略術，使獲曜日月之末光絶炎，以展采錯事。猶兼正列其義，祓飾厥文，作《春秋》一藝。將襲舊六爲七，攄之無窮，俾萬世得激清流，揚微波，蜚英聲，騰茂實，前聖之所以永保鴻名，而常爲稱首者用此，宜命掌故悉奏其儀而覽焉。」

於是天子沛然改容曰：「俞乎，朕其試哉！」乃遷思回慮，總公卿之議，詢封禪之事，詩大澤之博，廣符瑞之富。

遂作頌曰：

自我天覆，雲之油油。甘露時雨，厥壤可游。滋液滲漉，何生不育？嘉穀六穗，我穡曷蓄？匪唯雨之，又潤澤之；匪唯濡之，氾布護之。萬物熙熙，懷而慕思。名山顯位，望君之來。君乎君乎，侯不邁哉？

般般之獸，樂我君囿。白質黑章，其儀可嘉。旼旼穆穆，君子之態。蓋聞其聲，今視其來。

厥途靡從，天瑞之徵。茲爾於舜，虞氏以興。

濯濯之麟，游彼靈畤。孟冬十月，君徂郊祀。馳我君輿，帝用享祉。三代之前，蓋未嘗有。宛宛黄龍，興德而升。采色炫耀，焕炳輝煌。正陽顯見，覺寤黎烝。於傳載之，云受命所乘。厥之有章，不必諄諄。依類託寓，諭以封巒。

披藝觀之，天人之際已交，上下之情允洽。聖王之德，兢兢翼翼。故曰：於興必慮衰，安必思危。是以湯武至尊嚴，不失肅祗，舜在假典，顧省厥遺，此之謂也。伯父蕫塢先生云：封禪文，相如創爲之，體兼賦頌，其設意措辭，皆翔躡虚無，非如揚、班之徒誕妄貢諛，爲蹠實之文也。通體結構若無畔岸，如雲興水溢，一片渾茫駿邈之氣。觀揚、班之作，而後知相如文句句欲活。

古文辭類篹六十七

辭賦類七

揚子雲甘泉賦　○○○

孝成帝時，客有薦雄文似相如者，上方郊祠甘泉泰畤、汾陰后土，目求繼嗣，召雄待詔承明之庭。正月，從上甘泉，還，奏《甘泉賦》目風。其辭曰：

惟漢十世，將郊上玄，定泰畤，雍神休，尊明號，同符三皇，録功五帝，卹胤錫羨，拓迹開統。於是乃命羣僚，歷吉日，協靈辰，星陳而天行。詔招摇與太陰兮，伏鉤陳使當兵。屬堪輿以壁壘兮，梢夔魖而抶獝狂。八神奔而警蹕兮，振殷轔而軍裝。蚩尤之倫帶干將而秉玉戚兮，飛蒙茸而走陸梁。齊總總以撙撙其相膠轕兮，猋駭雲迅奮以方攘。駢羅列布鱗以雜沓兮，偨傂參差魚頡而鳥胻。翕赫曶霍霧集而蒙合兮，半散照爛粲以成章。

於是乘輿乃登夫鳳皇兮而翳華芝，駟蒼螭兮六素虯，蠖略蕤綏，灕虖襂纚。帥爾陰閉，霅然陽開，騰清霄而軼浮景兮，夫何旟旐郅偈之旖旎也！流星旄以電爥兮，咸翠蓋而鸞旗。屯萬騎於中營兮，方玉車之千乘。聲駍隱以陸離兮，輕先疾雷而馺遺風。淩高衍之嵱嵷兮，超紆譎之清澄。登椽欒而狃天門兮，馳閶闔而入淩兢。

是時未轃夫甘泉也，迺望通天之繹繹。下陰潛以慘懔兮，上洪紛而相錯。直嶢嶢以造天兮，厥高慶而不可乎彌度。平原唐其壇曼兮，列新雉於林薄。攢并閭與茇葀兮，紛被麗其亡鄂。崇丘陵之駊騀兮，深溝嶔巖而爲谷。迣迣離宮般以相爥兮，封巒石關迆靡乎延屬。於是大厦雲譎波詭，摧嗺而成觀。仰撟首以高視兮，目冥眴而亡見。正瀏濫以弘惝兮，指東西之漫漫。徒佪佪以徨徨兮，魂固眇眇而昏亂。據軨軒而周流兮，忽坱圠而亡垠。翠玉樹之青葱兮，璧馬犀之瞵㻞。金人仡仡其承鐘虡兮，嵌巖巖其龍鱗。揚光曜之燎爥兮，垂景炎之炘炘。配帝居之懸圃兮，象泰壹之威神。洪臺崛其獨出兮，㯕北極之嶟嶟。列宿迺施於上榮兮，日月纔經於柍桭。雷鬱律於巖窔兮，電儵忽於墻藩。鬼魅不能自逮兮，半長途而下顛。歷倒景而絕飛梁兮，浮蠛蠓而撇天。

左欃槍而右玄冥兮，前熛闕而後應門。蔭西海與幽都兮，涌醴汩以生川。蛟龍連蜷於東厓兮，白虎敦圉乎崑崙。覽樛流於高光兮，溶方皇於西清。前殿崔巍兮，和氏瓏玲。抗浮柱之飛榱兮，神莫莫而扶傾。閌閬閬其寥廓兮，似紫宮之峥嶸。駢交錯而曼衍兮，㟜嵲隗乎其相嬰。乘雲閣而上下兮，紛蒙籠以棍成。曳紅采之流離兮，颺翠氣之宛延。襲琁室與傾宮兮，若登高眇遠，亡國「亡國」字，《漢書》無，無是。肅乎臨淵。迴猋肆其碭駭兮，翍桂椒而鬱栘楊。香芬茀以穹隆兮，擊薄櫨而將榮。薌呹肸以棍批兮，聲駍隱而歷鍾。排玉户而颺金鋪兮，發蘭蕙與芎藭。帷弸彋其拂汨兮，稍暗暗而靚深。陰陽清濁穆羽相和兮，若夔、牙之調琴。般、倕棄其剞劂兮，王爾投其鉤繩。雖方征僑與偓佺兮，猶仿佛其若夢。

於是事變物化，目駭耳回。蓋天子穆然珍臺閒館，琁題玉英，蜵蜎蠖濩之中，惟夫所以澄心清魂，儲精垂恩，感動天地，逆釐三神者，迺搜逑索偶，皋、伊之徒，冠倫魁能，函甘棠之惠，挾東征之意，相與齊乎陽靈之宮。靡薜荔而爲席兮，折瓊枝以爲芳。噏清雲之流瑕兮，飲若木之露英。集乎禮神之囿，登乎頌祇之堂。建光燿之長旓兮，昭華覆之威威。攀琁璣而下視兮，行遊目乎三危。陳眾車於東阬兮，肆玉軑而下馳。漂龍淵而還九垠兮，窺地底而上迴。風漎漎而扶轄兮，鸞鳳紛其銜蕤。梁弱水之濎濙兮，躡不周之逶蛇。想西王母欣然而上壽兮，屏玉女而卻宓妃。玉女亡所眺其清臚兮，宓妃曾不得施其蛾眉。方攬道德之精剛兮，侔神明與之爲資。

於是欽柴宗祈，燎薰皇天，招摇泰壹。舉洪頤，樹靈旗。樵蒸昆上，配藜四施。東燭滄海，西燿流沙，北熿幽都，南煬丹厓。玄瓚觩髎，秬鬯泔淡，肸蠁豐融，懿懿芬芬。炎感黄龍兮，熛訛碩麟。選巫咸兮叫帝閽，開天庭兮延羣神。儐暗藹兮降清壇，瑞穰穰兮委如山。

於是事畢功弘，迴車而歸，度三巒兮偈棠棃。天闔決兮地垠開，八荒協兮萬國諧。登長平兮雷鼓磕，天聲起兮勇士厲。雲飛揚兮雨滂沛，于胥德兮麗萬世。

亂曰：崇崇圜丘，隆隱天兮。登降峛崺，單埢垣兮。增宮參差，駢嵯峨兮。嶺巆嶙峋，洞無厓兮。上天之縡，杳旭卉兮。聖皇穆穆，信厥對兮。徠祇郊禋，神所依兮。徘徊招摇，靈迟迡兮。輝光眩燿，降厥福兮。子子孫孫，長無極兮。

揚子雲河東賦　〇〇

其三月，將祭后土，上迺帥羣臣，横大河，凑汾陰。既祭，行游介山，回安邑，顧龍門，覽鹽池。登歷觀，陟西岳以望八荒，迹殷、周之虚，眇然目思唐、虞之風。雄目爲臨川羡魚，不如歸而結罔，還，上《河東賦》，目勸。其辭曰：

伊年暮春，將瘞后土，禮靈祇，謁汾陰於東郊。因兹目勒崇垂鴻，發祥隤祉，欽若神明者，盛哉鑠乎，越不可載已！於是命羣臣，齊法服，整靈輿，迺撫翠鳳之駕，六先景之乘，掉奔星之流旃，彏天狼之威弧。張燿日之玄旄，揚左纛，被雲梢，奮電鞭，驂雷輜，鳴洪鍾，建五旗。羲和司日，顔倫奉輿，風發飆拂，神騰鬼趡。千乘霆亂，萬騎屈橋，嘻嘻旭旭，天地稠嶅。簸丘跳巒，涌渭躍涇。秦神下讋，跖魂負沴。河靈矍踢，爪華蹈襄。顔監云：爪，古掌字。鼒按：《説文》爪亦丮也，從反爪，諸兩切。丮，持也，故蘇林注此賦云：掌，據之，是即持丮之義，不得謂即掌字也。《水經·河水下》酈注引掌華蹈襄，蓋以音近而相承失讀久矣。襄，《漢書》作衺，然《郊祀志》及《史記·封禪書》並作襄山，此文與矍踢協韻，故知作襄爲正，衺字誤也。遂臻陰宮，穆穆肅肅，蹲蹲如也。靈祇既鄉，五位時敘，絪緼玄黄，將紹厥後。於是靈輿安步，周流容與，以覽虖介山。嗟文公而愍推兮，勤大禹於龍門。灑沈菑於豁瀆兮，播九河於東瀕。登歷觀而遥望兮，聊浮游目經營。樂往昔之遺風兮，喜虞氏之所耕。瞰帝唐之嵩高兮，脈隆周之大寧。汨低回而不能去兮，行睨陔下與彭城。濊南巢之坎坷兮，易豳、岐之夷平。乘翠龍而超河兮，陟西岳之嶢崝。雲霏而來迎兮，澤滲灕而下降。鬱蕭條其幽藹兮，滃汎沛目豐隆。叱風伯於南北兮，呵雨師於西東。參天地而獨立兮，廓盪盪其亡雙。

遵逝虖歸來，目函夏之大漢兮，彼曾何足與比功？建《乾》、《坤》之貞兆兮，將悉總之目羣龍。麗鉤芒與驂蓐收兮，服玄冥及祝融。敦衆神使式道兮，奮六經目攄頌。隃於穆之緝熙兮，過《清廟》之雝雝。軼五帝之遐迹兮，躡三皇之高蹤。既發軔於平盈兮，誰謂路遠而不能從？《上林》之末，有遊乎六藝之囿及翱翔書圃之語，此文法之。借行遊爲喻，言以天道爲車馬，以六經爲容，行乎帝王之途，何必巡歷山川以爲觀覽乎？

揚子雲羽獵賦

羽獵，《漢書》注家不甚詳，惟《晉語》郤虎被羽先升，韋昭注云：羽，鳥羽，繫於背，若今軍將負眊矣。鼐疑負眊蓋漢以後制，恐古人無此，韋説非也。大司馬職鄭注：號名者，徽識所以相別，在軍象其制爲之，被之以備死事。《東京賦》辭綜注：揮爲肩上絳幟，如燕尾者也，以在肩上，故曰負。《韓詩外傳》子路曰：白羽如月，赤羽如朱。然則羽者，徽幟耳，以其似羽，非真鳥羽也。賦内羽騎營，營昈分殊事，則其取相別識之義明矣。○○

其十二月羽獵，雄從。以爲昔在二帝三王，宮館臺榭，沼池苑囿，林麓藪澤，財足以奉郊廟，御賓客，充庖厨而已，不奪百姓膏腴穀土桑柘之地。女有餘布，男有餘粟，國家殷富，上下交足。故甘露零其庭，醴泉流其唐，鳳凰巢其樹，黃龍游其沼，麒麟臻其囿，神爵棲其林。昔者禹任益虞，而上下和，草木茂。成湯好田，而天下用足。文王囿百里，民以爲尚小；齊宣王囿四十里，民以爲大，裕民之與奪民也。武帝廣開上林，東南至宜春、鼎湖、御宿、昆吾，旁南山，西至長楊、五柞，北繞黄山，濵渭而東，周袤數百里。穿昆明池，象滇河，營建章、鳳闕，神明、馺娑，漸臺、泰液，象海水，周流方丈、瀛洲、蓬萊。游觀侈靡，窮妙極麗。雖頗割其三垂以贍齊民，然至羽獵，甲車戎馬，器械儲偫，禁禦所營，尚泰奢麗誇詡，非堯、舜、成湯、文王三驅之意也。又恐後世復修前好，不折中以泉臺，故聊因校獵，賦以風之。其辭曰：

或稱羲、農，豈或帝王之彌文哉？論者云否，各亦竝時而得宜，奚必同條而共貫？則泰山之封，焉得七十而有二儀？是以創業垂統者，俱不見其爽，遐邇五三，孰知其是非？遂作頌曰：麗哉神聖，處於玄宫，富既與地乎侔訾，貴正與天乎比崇。齊桓曾不足使扶轂，楚嚴未足以爲參乘。狹三王之阸僻，嶠高舉而大興。歷五帝之寥廓，陟三皇之登閎。建道德以爲師，友仁義與之爲朋。

於是玄冬季月，天地隆烈，萬物權輿於内，徂落於外，帝將惟田，于靈之囿，開北垠，受不周之制，以終始顓頊、玄冥之統。迺詔虞人典澤，東延昆鄰，西馳閶闔。儲積共偫，戍卒夾道，斬叢棘，夷野草，禦自汧、渭，經營酆、鎬，章皇周流，出入日月，天與地沓。爾迺虎落三嵕，以爲司馬，圍經百里，而爲殿門。外則正南極海，邪界虞淵，鴻濛沆茫，碣以崇山。

營合圍會，然後先置乎白楊之南，昆明靈沼之東。賁、育之倫，蒙盾負羽，杖鏌邪而羅者以萬計，其餘荷垂天之畢，張竟壄之罘，靡日月之朱竿，曳彗星之飛旗。青雲爲紛，虹蜺爲繯，屬之乎崑崙之墟，渙若天星之羅，浩如濤水之波，淫淫與與，前後要遮，欃槍爲闉，明月爲候，熒惑司命，天弧發射，鮮扁陸離，駢衍佖路。徽車輕武，鴻絧緁獵，殷殷軫軫，被陵緣阪，窮夐極遠者，相與迾虖高原之上。羽騎營營，昈分殊事，繽紛往來，轠轤不絕，若光若滅者，布乎青林之下。

於是天子乃以陽鼂始出乎玄宮，撞鴻鍾，建九旒，六白虎，載靈輿，蚩尤並轂，蒙公先驅。立歷天之旂，曳捎星之旃，霹靂列缺，吐火施鞭。萃從沇溶，淋離廓落，戲八鎮而開關。鼐按：將獵時，先已合圍，天子至，乃復開關入之，然後縱獵。飛廉、雲師，吸嚊潚率，鱗羅布列，攢以龍翰。秋秋蹌蹌，入西園，切神光，望平樂，徑竹林，蹂蕙圃，踐蘭唐。舉烽烈火，轡者施技，方馳千駟，狡騎萬帥。虓虎之陳，從橫膠轕，猋拉雷厲，驞駍駖磕，洶洶旭旭，天動地岋。羨漫半散，蕭條數千里外。

若夫壯士忼慨，殊鄉別趣，東西南北，騁耆奔欲。拖蒼豨，跋犀犛，蹶浮麋。斮巨狿，搏玄猨，騰空虛，距連卷，踔夭蟜，娭澗閒，莫莫紛紛，山谷爲之風猋，林叢爲之生塵。及至獲夷之徒，蹶松柏，掌蒺藜。獵蒙蘢，轔輕飛。履般首，帶修蛇，鉤赤豹，摼象犀。跇巒阬，超唐陂。車騎雲會，登降闇藹，泰華爲旒，熊耳爲綴。木仆山還，漫若天外，儲與乎大浦，聊浪乎宇内。

於是天清日晏，逢蒙列眥，薑塢先生云：易列其夤，列即今裂字。羿氏控弦。皇車幽輵，光純天地，望舒彌轡，翼乎徐至於上蘭。移圍徙陣，浸淫蹵部，曲隊堅重，各按行伍。壁壘天旋，神抶電擊，逢之則碎，近之則破。鳥不及飛，獸不得過，軍驚師駭，刮野掃地。及至罕車飛揚，武騎聿皇，蹈飛豹，羂嘄陽。追天寶，出一方。應駍聲，擊流光。野盡山窮，囊括其雌雄，沇沇溶溶，遥噱乎紘中。三軍芒然，窮冘閼與，亶觀夫剽禽之紲踰，犀兕之抵觸，熊羆之挐攫，虎豹之淩遽，徒角槍題注，蹴竦讋怖，魂亡魄失，觸輻關脰。妄發期中，進退履獲，創淫輪夷，丘累陵聚。

於是禽殫中衰，相與集於靖冥之館，以臨珍池。灌以岐、梁，溢以江、河，東瞰目盡，西暢亡厓，隨珠和氏，焯爍其陂。玉石嶜崟，眩耀青熒，漢女水潛，怪物暗冥，不可殫形。玄鸞孔雀，翡翠垂榮，王雎關關，鴻雁嚶嚶，羣娭乎其中。噍噍昆鳴，鳧鷖振鷺，上下砰礚，聲若雷霆。乃使文身之技，水格鱗蟲，淩堅冰，犯嚴淵，探巖排碕，薄索蛟螭，蹈獱獺，據黿鼉，抾靈蠵。入洞穴，出蒼梧，乘鉅鱗，騎京魚。浮彭蠡，目有虞。方椎夜光之流離，剖明月之珠胎，鞭洛水之宓妃，餉屈原與彭、胥。

於兹乎鴻生鉅儒，俄軒冕，雜衣裳，修唐典，匡《雅》、《頌》，揖讓於前。昭光振燿，蠁曶如神，仁聲惠於北狄，武誼動於南鄰。是以旃裘之王，胡貉之長，移珍來享，抗手稱臣。前入圍口，後陳盧山。羣公常伯，楊朱、墨翟之徒，喟然竝稱曰：「崇哉乎德，雖有唐、虞、大夏、成周之隆，何以侈兹！太古之覲東嶽，禪梁基，舍此世也，其誰與哉？」

上猶謙讓而未俞也，方將上獵三靈之流，下決醴泉之滋，發黄龍之穴，窺鳳皇之巢，臨麒麟之囿，幸神爵之林。奢雲夢，侈孟諸，非章華，是靈臺，罕徂離宮而輟觀遊。土事不飾，木功不彫，丞民乎農桑，勸之以弗怠，儕男女使莫違。恐貧窮者不偏被洋溢之饒，開禁苑，散公儲，創道德之囿，弘仁惠之虞，馳弋乎神明之囿，覽觀乎羣臣之有亡。放雉兔，收罝罘，麋鹿芻蕘，與百姓共之，蓋所以臻兹也。於是醇洪鬯之德，豐茂世之規，加勞三皇，勖勤五帝，不亦至乎！乃祗莊雍穆之徒，立君臣之節，崇賢聖之業，未遑苑囿之麗，游獵之靡也。因回軫還衡，背阿房，反未央。

揚子雲長楊賦有序

明年，上將大誇胡人以多禽獸。秋，命右扶風發民入南山，西自褒斜，東至弘農，南毆漢中，張羅綱罝罘，捕熊羆、豪豬、虎豹、狖玃、狐兔、麋鹿，載以檻車，輸長楊射熊館。以網爲周陆，縱禽獸其中，令胡人手搏之，自取其獲，上親臨觀焉。是時農民不得收斂。雄從至射熊館，還，上《長楊賦》，聊因筆墨之成文章，故藉翰林以爲主人，子墨爲客卿以風。其辭曰：

子墨客卿問於翰林主人曰：「蓋聞聖主之養民也，仁霑而恩洽，動不爲身。今年獵長楊，先命右扶風，左太華而右褒斜，椓嶻嶭而爲弋，紆南山以爲罝，羅千乘於林莽，列萬騎於山隅，帥軍踤陆，錫戎獲胡。搤熊羆，拖豪豬，木擁槍纍，以爲儲胥，此天下之窮覽極觀也。雖然，亦頗擾於農人。三旬有餘，其廑至矣，而功不圖。恐不識者，外之則以爲娱樂之游，内之則不以爲乾豆之事，豈爲民乎哉？且人君以玄默爲神，澹泊爲德。今樂遠出以露威靈，數摇動以罷車甲，本非人主之急務也，蒙竊惑焉。」

翰林主人曰：「吁，客何謂兹邪？若客所謂知其一，未睹其二，見其外，不識其内也。

僕嘗倦談，不能一二其詳，請略舉其凡，而客自覽其切焉。」客曰：「唯唯。」

主人曰：「昔有彊秦，封豕其士，窫窳其民，鑿齒之徒，相與磨牙而爭之，豪俊麋沸雲擾，羣黎爲之不康，於是上帝眷顧高祖。高祖奉命，順斗極，運天關，橫鉅海，漂崑崙，提劍而叱之，所過麾城摲邑，下將降旗，一日之戰，不可殫記。當此之勤，頭蓬不暇疏，飢不及餐，鞮鍪生蟣蝨，介冑被霑汗，以爲萬姓請命乎皇天。迺展民之所詘，振民之所乏，規億載，恢帝業，七年之間，而天下密如也。

「逮至聖文，隨風乘流，方垂意於至寧。躬服節儉，綈衣不敝，革鞜不穿，大廈不居，木器無文。於是後宮賤瑇瑁而疏珠璣，卻翡翠之飾，除雕瑑之巧，惡麗靡而不近，斥芬芳而不御，抑止絲竹晏衍之樂，憎聞鄭、衛幼眇之聲，是以玉衡正而太階平也。

「其後熏鬻作虐，東夷橫畔，羌戎睚眦，閩越相亂，遐氓爲之不安，中國蒙被其難。於是聖武勃怒，爰整其旅，迺命驃衛，汾沄沸渭，雲合電發，猋騰波流，機駭蠭軼，疾如奔星，擊如震霆。碎轒輼，破穹廬，腦沙幕，髓余吾。遂獵乎王庭，驅橐駝，燒熐蠡，分剺單于，磔裂屬國。夷阬谷，拔鹵莽，刊山石，蹂屍輿廝，係累老弱。吮鋋瘢耆，金鏃淫夷者，數十萬人，皆稽顙樹頷，扶服蛾伏。二十餘年矣，尚不敢惕息。夫天兵四臨，幽都先加，迴戈邪指，南越相夷，靡節西征，羌僰東馳。是以遐方疏俗，殊鄰絶黨之域，自上仁所不化，茂德所不綏，莫不蹻足抗手，請獻厥珍，使海内澹然，永亡邊城之災，金革之患。

「今朝廷純仁，遵道顯義，并包書林，聖風雲靡。英華沈浮，洋溢八區，普天所覆，莫不沾濡。士有不談王道者，則樵夫笑之。意者以爲事罔隆而不殺，物靡盛而不虧，故平不肆險，安不忘危。迺時以有年出兵，整輿竦戎，振師五莋，習馬長楊，簡力狡獸，校武票禽。迺萃然登南山，瞰烏弋，西厭月𥈖，東震日域。又恐後代迷於一時之事，常以此爲國家之大務，淫荒田獵，陵夷而不禦也。是以車不安軔，日未靡旃，從者彷彿，骫屬而還。亦所以奉太尊之烈，遵文、武之度，復三王之田，反五帝之虞。使農不輟耰，工不下機，婚姻以時，男女莫違。出愷悌，行簡易，矜劬勞，休力役，見百年，存孤弱，帥與之同苦樂。然後陳鐘鼓之樂，鳴鞀磬之和，建碣磍之虡，拮隔鳴球，掉八列之舞。酌允鑠，肴樂胥，聽廟中之雍雍，受神人之福祜。歌投頌，吹合雅。其勤若此，故真神之所勞也。方將俟元符，以禪梁甫之基，增泰山之高，延光於將來，比榮乎往號。豈徒欲淫覽浮觀，馳騁秔稻之地，周流梨栗之林，蹂踐芻蕘，誇詡眾庶，盛狖玃之收，多麋鹿之獲哉！且盲者不見咫尺，而離婁燭千里之隅。客徒愛胡人之獲我禽獸，曾不知我亦已獲其王侯。」

言未卒，墨客降席再拜稽首曰：「大哉體乎！允非小人之所能及也。迺今日發矇，廓然已昭矣。」此篇倣《難蜀父老》。

揚子雲解嘲 ○○○

客嘲揚子曰：「吾聞上世之士，人綱人紀，不生則已，生則上尊人君，下榮父母。析人之珪，儋人之爵，懷人之符，分人之禄，紆青拖紫，朱丹其轂。今子幸得遭明盛之世，處不諱之朝，與羣賢同行，歷金門，上玉堂，有日矣，曾不能畫一奇，出一策，上説人主，下談公卿，目如燿星，舌如電光，一從一横，論者莫當。顧默而作《太玄》五千文，枝葉扶疏，獨説十餘萬言，深者入黄泉，高者出蒼天，大者含元氣，細者入無倫。然而位不過侍郎，擢纔給事黄門。意者玄得無尚白乎？何爲官之拓落也？」

揚子笑而應之曰：「客徒欲朱丹吾轂，不知一跌將赤吾之族也！往者周網解結，羣鹿争逸，離爲十二，合爲六七，四分五剖，並爲戰國。士無常君，國無定臣，得士者富，失士者貧。矯翼厲翮，恣意所存。故士或自盛以橐，或鑿坏以遁。是故鄒衍以頡頏而取世資，孟軻雖連蹇，猶爲萬乘師。

「今大漢，左東海，右渠搜，前番禺，後陶塗，東南一尉，西北一候。徽以糾墨，製以鑕鈇，散以禮樂，風以《詩》、《書》，曠以歲月，結以倚廬。天下之士，雷動雲合，魚鱗雜襲，咸營于八區。家家自以爲稷、契，人人自以爲皐陶，戴縰垂纓而談者，皆擬於阿衡，五尺童子，羞比晏嬰與夷吾。當塗者升青雲，失路者委溝渠，旦握權則爲卿相，夕失勢則爲匹夫。譬若江湖之崖，渤澥之島，乘鴈集不爲之多，雙鳧飛不爲之少。昔三仁去而殷虛，二老歸而周熾，子胥死而吴亡，種、蠡存而越霸，五羖入而秦喜，樂毅出而燕懼，范雎以折摺而危穰侯，蔡澤以噤吟而笑唐舉。故當其有事也，非蕭、曹、子房，平、勃、樊、霍，則不能安。當其無事也，章句之徒，相與坐而守之，亦無所患。故世亂，則聖哲馳騖而不足；世治，則庸夫高枕而有餘。

「夫上世之士，或解縛而相，或釋褐而傅；或倚夷門而笑，或横江潭而漁；或七十説而不遇，或立談閒而封侯；或枉千乘於陋巷，或擁帚彗而先驅。是以士頗得信其舌而奮其筆，窒隙蹈瑕，而無所詘也。當今縣令不請士，郡守不迎師，羣卿不揖客，將相不俛眉。言奇者見疑，行殊者得辟。是以欲談者卷舌而同聲，欲步者擬足而投跡。鄉使上世之士處乎今，策非甲科，行非孝廉，舉非方正，獨可抗疏時道是非，高得待詔，下觸聞罷，又安得青紫？

「且吾聞之，炎炎者滅，隆隆者絶。觀雷觀火，爲盈爲實，天收其聲，地藏其熱。高明之家，鬼瞰其室。攫拏者亡，默默者存。位極者宗危，自守者身全。是故知玄知默，守道之極；爰清爰静，遊神之庭；惟寂惟寞，守德之宅。世異事變，人道不殊，彼我易時，未知何如。今子乃以鴟梟而笑鳳皇，執蝘蜓而嘲龜龍，不亦病乎？子徒笑我玄之尚白，吾亦笑子病甚，不遭臾跗、扁鵲，悲夫！」

客曰：「然則靡玄無所成名乎？范、蔡以下，何必玄哉？」揚子曰：「范雎，魏之亡命也。折脅拉髂，免於徽索，翕肩蹈背，扶服入橐。激卬萬乘之主，界涇陽，抵穰侯而代之，當也。蔡澤，山東之匹夫也。頷頤折頞，涕唾流沫，西揖彊秦之相，搤其咽，炕其氣，拊其背，而奪其位，時也。天下已定，金革已平，都於洛陽，婁敬委輅脱輓，掉三寸之舌，建不拔之策，舉中國徙之長安，適也。五帝垂典，三王傳禮，百世不易，叔孫通起於枹鼓之閒，解甲投戈，遂作君臣之儀，得也。《吕刑》靡敝，秦法酷烈，聖漢權制，而蕭何造律，宜也。故有造蕭何律於唐虞之世，則誖矣；有作叔孫通儀於夏、殷之時，則惑矣；有建婁敬之策於成周之世，則繆矣；有談范、蔡之説於金、張、許、史之閒，則狂矣。夫蕭規曹隨，留侯畫策，陳平出奇，功若泰山，響若阺隤，雖其人之贍智哉，亦會其時之可爲也。故爲可爲於可爲之時，則從；爲不可爲於不可爲之時，則凶。若夫藺先生收功於章臺，四皓采榮於南山，公孫創業於金馬，驃騎發跡於祁連，司馬長卿竊貲於卓氏，東方朔割名於細君，僕誠不能與此數子者並，故默然獨守吾《太玄》。」伯父薑塢先生云：雄偉瑰麗，後人於此，不能復加恢奇矣。鼐按：此文前半以取爵位富貴爲說，後半以有所建立於世成名爲說，故范雎、蔡澤、蕭、曹、留侯，前後再言之而義别，非重複也。末數句言人之取名，有建功於世者，有高隱者，又有以放誕之行使人驚異，若司馬長卿、東方朔，亦所以致名也。今進不能建功，退不能高隱，又不肯失於放誕之行，是不能與數子者並，惟著書以成名耳。響若阺隤者，以狀其聲名之盛。《文選》及《說文》引之，並作響，《漢書》作嚮，古字通也。《說文》巴蜀名山，岸脅之旁著欲落墒者曰氏，氏崩，聲聞數百里，而阜部又有阺，曰秦謂陵阪曰阺。然則此字作氏，音承旨切，或作阺，音丁禮切，皆本《說文》，義皆可通。

揚子雲解難 ○○

客難揚子曰：「凡著書者，爲衆人之所好也，美味期乎合口，工聲調於比耳。今吾子迺抗辭幽說，閎意眇指，獨馳騁於有亡之際，而陶冶大鑪，旁薄羣生，歷覽者茲年矣，而殊不寤。亶費精神於此，而煩學者於彼。譬畫者畫於無形，弦者放於無聲，殆不可乎？」

揚子曰：「俞。若夫閎言崇議，幽微之塗，蓋難與覽者同也。昔人有觀象於天，視度於地，察法於人者，天麗且彌，地普而深，昔人之辭，迺玉迺金。彼豈好爲艱難哉？勢不得已也。獨不見夫翠虯絳螭之將登虖天，必聳身於蒼梧之淵。不階浮雲，翼疾風，虚舉而上升，則不能撠膠葛，騰九閎。日月之經不千里，則不能燭六合，耀八紘；泰山之高不嶕嶢，則不能浡滃雲而散歊烝。是㠯宓犧氏之作《易》也，緜絡天地，經㠯八卦，文王附六爻，孔子錯其象而彖其辭，然後發天地之臧，定萬物之基。《典》、《謨》之篇，《雅》、《頌》之聲，不温純深潤，則不足㠯揚鴻烈而章緝熙。蓋胥靡爲宰，寂寞爲尸；大味必淡，大音必希；大語叫叫，大道低回。是㠯聲之眇者，不可同於衆人之耳；形之美者，不可棍於世俗之目；辭之衍者，不可齊於庸人之聽。今夫弦者，高張急徽，追趨逐耆，則坐者不期而附矣。試爲之施《咸池》，揄《六莖》，發《蕭韶》，詠《九成》，則莫有和也。是故鍾期死，伯牙絶弦破琴，而不肯與衆鼓；獿人亡，則匠石輟斤而不敢妄斲。師曠之調鍾，竢知音者之在後也；孔子作《春秋》，幾君子之前睹也。老聃有遺言：『貴知我者希。』此非其操與！」

揚子雲反離騷　○○

有周氏之蟬嫣兮，或鼻祖於汾隅。靈宗初諜伯僑兮，流于末之楊侯。淑周、楚之豐烈兮，超既離虖皇波。因江潭而淮記兮，欽弔楚之湘纍。

惟天軌之不辟兮，何純絜而離紛！紛纍吕其淟涊兮，暗纍吕其繽紛。漢十世之陽朔兮，招摇紀於周正。正皇天之清則兮，度后土之方貞。圖纍承彼洪族兮，又覽纍之昌辭。帶鉤矩而佩衡兮，履欃槍吕爲綦。纍初貯厥麗服兮，何文肆而質䶢？資娵娃之珍髢兮，鬻九戎而索賴。

鳳皇翔於蓬陼兮，豈駕鵝之能捷！騁驊騮吕曲蘙兮，驢騾連蹇而齊足。枳棘之榛榛兮，蝯貁擬而不敢下。靈修既信椒、蘭之唼佞兮，吾纍忽焉而不蚤睹？

衿芰茄之綠衣兮，被夫容之朱裳。芳酷烈而莫聞兮，固不如襞而幽之離房。閨中容競淖約兮，相態以麗佳。知衆嫭之嫉妒兮，何必颺纍之蛾眉？

懿神龍之淵潛兮，竢慶雲而將舉。亡春風之被離兮，孰焉知龍之所處？愍吾纍之衆芬兮，颺煜煜之芳苓。遭季夏之凝霜兮，慶夭顇而喪榮。

横江、湘吕南淮兮，云走乎彼蒼梧。馳江潭之汎溢兮，將折衷虖重華。舒中情之煩或兮，恐重華之不纍與。陵陽侯之素波兮，豈吾纍之獨見許？

精瓊靡與秋菊兮，將吕延夫天年。臨汨羅而自隕兮，恐日薄於西山。解扶桑之總轡兮，縱令之遂奔馳。鸞皇騰而不屬兮，豈獨飛廉與雲師！卷薜芷與若蕙兮，臨湘淵而投之。棍申椒與菌桂兮，赴江湖而漚之。費椒稰吕要神兮，又勤索彼瓊茅。違靈氛而不從兮，反湛身於江皋。纍既𠬜夫傅説兮，奚不信而遂行？徒恐鶗鴂之將鳴兮，顧先百草爲不芳！初纍棄彼虙妃兮，更思瑶臺之逸女。抨雄鴆吕作媒兮，何百離而曾不壹耦！乘雲蜺之旖柅兮，望昆侖吕樛流。覽四荒而顧懷兮，奚必云女彼高丘？既亡鸞車之幽藹兮，焉駕八龍之委蛇？臨江瀕而掩涕兮，何有《九招》與《九歌》？夫聖哲之不遭兮，固時命之所有。雖增欷吕於邑兮，吾恐靈修之不纍改。昔仲尼之去魯兮，斐斐遲遲而周邁。終回復於舊都兮，何必湘淵與濤瀨！溷漁父之餔歠兮，絜沐浴之振衣。棄由、聃之所珍兮，蹠彭咸之所遺！悽愴嗚咽，望溪宗伯所論，最得子雲用意深處。

辭賦類八

班孟堅兩都賦并序

伯父薑塢先生云：凡所舉典於建國之規，皆得其要，贍而不穢，詳而有體，即班氏之史材也。○○

或曰：賦者，古詩之流也。昔成、康没而頌聲寢，王澤竭而詩不作。大漢初定，日不暇給。至於武、宣之世，乃崇禮官，考文章，内設金馬、石渠之署，外興樂府、協律之事，以興廢繼絶，潤色鴻業。是以衆庶悦豫，福應尤盛，《白麟》、《赤鴈》、《芝房》、《寶鼎》之歌，薦於郊廟。神爵、五鳳、甘露、黄龍之瑞，以爲年紀。故言語侍從之臣，若司馬相如、虞邱壽王、東方朔、枚皋、王褒、劉向之屬，朝夕論思，日月獻納；而公卿大臣御史大夫倪寬，太常孔臧，大中大夫董仲舒，按漢武帝前，本有中大夫，此是在省中官也。大中大夫必中大夫之巨者，故稱大也。中大夫武帝後改爲光禄大夫，其秩比二千石，則董生爲大中大夫時，其秩或中二千石，或比二千石也。其後大中大夫蓋不復内侍，但屬光禄勳，其秩僅千石，反小於光禄大夫矣。此必昭、宣以後之制，《百官表》未詳言其升降，但云秩千石，則非公卿大臣。而賈生自大中大夫爲長沙傅，亦何爲降黜乎？此實非舊制，據孟堅此序，足知《表》之漏闕矣。又《仲舒傳》但云爲中大夫，不云爲大中大夫，亦是漏也。宗正劉德，太子太傅蕭望之等，時時閒作。或以抒下情而通諷諭，或以宣上德而盡忠孝，雍容揄揚，著於後嗣，抑亦《雅》、《頌》之亞也。故孝成之世，論而録之，蓋奏御者千有餘篇，而後大漢之文章，炳焉與三代同風。且夫道有夷隆，學有麤密，因時而建德者，不以遠近易則。故臯陶歌虞，奚斯頌魯，同見采於孔氏，列於《詩》、《書》，其義一也。稽之上古則如彼，考之漢室又如此。斯事雖細，然先臣之舊式，國家之遺美，不可缺也。臣竊見海内清平，朝廷無事，京師修宫室，浚城隍，起苑囿，以備制度。西土耆老，咸懷怨思，冀上之睠顧，而盛稱長安舊制，有陋洛邑之議。故臣作《兩都賦》，以極眾人之所眩曜，折以今之法度。其辭曰：

有西都賓問於東都主人曰：「蓋聞皇漢之初經營也，嘗有意乎都河、洛矣。輟而弗康，實用西遷，作我上都。主人聞其故而睹其制乎？」主人曰：「未也。願賓攄懷舊之蓄念，發思古之幽情。博我以皇道，弘我以漢京。」

賓曰：「唯唯。漢之西都，在於雍州，實曰長安。左據函谷、二崤之阻，表以太華、終南之山。右界褒斜、隴首之險，帶以洪河、涇、渭之川。眾流之隈，汧涌其西。華實之毛，則九州之上腴焉；防禦之阻，則天地之隩區焉。是故横被六合，三成帝畿。周以龍興，秦以虎視。及至大漢受命而都之也，仰悟東井之精，俯協《河圖》之靈。奉春建策，留侯演成。天人合應，以發皇明。乃眷西顧，實惟作京。於是睎秦嶺，睋北阜。挾灃灞，據龍首。圖皇基於億載，度宏規而大起。肇自高而終平，世增飾以崇麗。歷十二之延祚，故窮泰而極侈。

「建金城之萬雉，呀周池而成淵。披三條之廣路，立十二之通門。内則街衢洞達，閭閻且千。九市開場，貨别隧分。人不得顧，車不得旋。闐城溢郭，旁流百廛。紅塵四合，烟雲相連。於是既庶且富，娱樂無疆。都人士女，殊異乎五方。遊士擬於公侯，列肆侈於姬、姜。鄉曲豪舉，游俠之雄。節慕原、嘗，名亞春、陵。連交合衆，騁騖乎其中。

「若乃觀其四郊，浮游近縣，則南望杜、霸，北眺五陵。名都對郭，邑居相承。英俊之域，紱冕所興。冠蓋如雲，七相五公。與乎州郡之豪傑，五都之貨殖。三選七遷，充奉陵邑。蓋以强幹弱枝，隆上都而觀萬國也。

「封畿之内，厥土千里。卓犖諸夏，兼其所有。其陽則崇山隱天，幽林穹谷。陸海珍藏，藍田美玉。商、洛緣其隈，鄠、杜濱其足。源泉灌注，陂池交屬。竹林果園，芳草甘木。郊野之富，號爲近蜀。其陰則冠以九嵕，陪以甘泉，乃有靈宫，起乎其中。秦漢之所極觀。

淵、雲之所頌歎，於是乎存焉。下有鄭、白之沃，衣食之源。提封五萬，疆埸綺分。溝塍刻鏤，原隰龍鱗。決渠降雨，荷插成雲。五穀垂穎，桑麻鋪棻。東郊則有通溝大漕，潰渭洞河。泛舟山東，控引淮、湖，與海通波。西郊則有上囿禁苑，林麓藪澤陂池連乎蜀、漢，繚以周牆，四百餘里。離宮別館，三十六所。神池靈沼，往往而在。其中乃有九真之麟，大宛之馬。黄支之犀，條枝之鳥。踰崑崙，越巨海。殊方異類，至於三萬里。

「其宮室也，體象乎天地，經緯乎陰陽。據坤靈之正位，倣太、紫之圓方。樹中天之華闕，豐冠山之朱堂。因瓌材而究奇，抗應龍之虹梁。列棼橑以布翼，荷棟桴而高驤。雕玉瑱以居楹，裁金璧以飾璫。發五色之渥彩，光爓朗以景彰。於是左墄右平，重軒三階。閨房周通，門闥洞開。列鐘虡於中庭，立金人於端闈。仍增崖而衡閾，臨峻路而啟扉。徇以離宮別寢，承以崇臺閒館。煥若列宿，紫宮是環。清涼宣溫，神仙長年。金華玉堂，白虎麒麟。區宇若茲，不可殫論。增盤崔嵬，登降炤爛。殊形詭制，每各異觀。乘茵步輦，惟所息宴。後宮則有掖庭、椒房，后妃之室。合歡增城，安處常寧。茝若椒風，披香發越。蘭林蕙草，鴛鸞飛翔之列。昭陽特盛，隆乎孝成。屋不呈材，墻不露形。裛以藻繡，絡以綸連。隨侯明月，錯落其間。金釭銜璧，是爲列錢。翡翠火齊，流耀含英。懸黎垂棘，夜光在焉。於是玄墀釦砌，玉階彤庭。碝磩綵緻，琳瑉青熒。珊瑚碧樹，周阿而生。紅羅颯纚，綺組繽紛。精曜華燭，俯仰如神。後宮之號，十有四位。窈窕繁華，更盛迭貴。處乎斯列者，蓋以百數。左右庭中朝堂百僚之位，周時天子諸侯朝皆在廷，不在堂。惟《考工記》云：外有九室九卿朝焉。此通言治事之所曰朝耳。漢時議事，亦在廷中，與古同。異於古者，皆坐而非立也。其朝堂蓋本爲大臣所次止，略如古之九室。《前漢書》内不見朝堂事，如《霍光傳》議立帝，固在廷也。至後漢則陳球議竇太后事，袁安議北單于事，並在朝堂矣，而熹平四年議歷，則又在司徒府廷中。似議人少則在堂，人多則在廷耶？以東京之事推之，西都或亦然耶？此朝堂蓋亦南向，在殿廷外偏東，故《西京賦》云：朝堂承東。非如後世朝房之制也。而班云左右廷中者，自指百僚位言之，非朝堂有左右。蕭、曹、魏、邴，謀謨乎其上。佐命則垂統，輔翼則成化。流大漢之愷悌，蕩亡秦之毒螫。故令斯人揚樂和之聲，鼐按：此用王襄令王褒作《中和樂職宣布詩》事，善注引《孔叢子》「功善者其樂和」，非也。作畫一之歌。功德著乎祖宗，膏澤洽乎黎庶。又有天禄、石渠，典籍之府。命夫惇誨故老，名儒師傅，講論乎六藝，稽合乎同異。又有承明、金馬，著作之庭，大雅宏達，於兹爲羣。元元本本，殫見洽聞。啟發篇章，校理祕文。周以鉤陳之位，衛以嚴更之署。總禮官之甲科，羣百郡之廉孝。鼐按：此二句乃賦郎署。《儒林傳》以博士弟子甲科爲郎中，故云總禮官之甲科也。其廉孝一途，則若王吉、京房，俱以孝廉爲郎是也。郎選略盡於此二句。虎賁贅衣，贅衣，即綴衣，古稱也。其在漢則少府侍中之職。閹尹閽寺。陛戟百重，各有典司。周廬千列，鉤陳之位，郎衛也。周廬千列，卒位也。徼道綺錯。輦路經營，修除飛閣。自未央而連桂宫，北彌明光而亘長樂。陵墱道而超西墉，掍建章而連外屬。設璧門之鳳闕，上觚棱而棲金爵。内則別風嶕嶢，眇麗巧而聳擢。張千門而立萬户，順陰陽以開闔。爾乃正殿崔嵬層構，厥高臨乎未央。經駘盪而出馺娑，洞枍詣以與天梁。上反宇以蓋戴，激日景而納光。神明鬱其特起，遂偃蹇而上躋。軼雲雨於太半，虹霓迴帶於棼。雖輕迅與僄狡，猶愕眙而不能階。攀井幹而未半，目眩轉而意迷。舍櫺檻而卻倚，若顛墜而復稽。魂怳怳以失度，巡迴塗而下低。既懲懼於登望，降周流以彷徨。步甬道以縈紆，又杳窱而不見陽。排飛闥而上出，若遊目於天表，似無依而洋洋。前唐中而後太液，覽滄海之湯湯。揚波濤於碣石，激神岳之嶈嶈。濫瀛洲與方壺，蓬萊起乎中央。於是靈草冬榮，神木叢生。巖峻崷崒，金石崢嶸。抗仙掌以承露，擢雙立之金莖。軼埃壒之混濁，鮮顥氣之清英。騁文成之丕誕，馳五利之所刑。庶松、喬之羣類，時遊從乎斯庭。實列仙之攸館，非吾人之所寧。

「爾乃盛娛遊之壯觀，奮大武乎上囿。因茲以威戎夸狄，耀威靈而講武事。命荆州使起鳥，詔梁野而驅獸。毛羣内闐，飛羽上覆。接翼側足，集禁林而屯聚。水衡虞人，修其營表。種別羣分，部曲有署。罘網連紘，籠山絡野。列卒周匝，星羅雲布。於是乘鑾輿，備法駕，帥羣臣。披飛廉，入苑門。遂繞酆、鄗，歷上蘭。六師發逐，百獸駭殫。震震爚爚，雷奔電激。草木塗地，山淵反覆。蹂躪其十二三，乃拗怒而少息。爾乃期門佽飛，列刃鑽鍭，要趹追蹤。鳥驚觸絲，獸駭值鋒。機不虛掎，弦不再控。矢不單殺，中必疊雙。颮颮紛紛，矰繳相纏。風毛雨血，灑野蔽天。平原赤，勇士厲，猨狖失木，豺狼懾竄。爾乃移師趨險，並蹈潛穢。窮虎奔突，狂兕觸蹶。許少施巧，秦成力折。掎僄狡，扼猛噬。脱角挫脰，徒搏獨殺。挾師豹，拖熊螭。曳犀犛，頓象羆。超洞壑，越峻崖。蹶嶄巖，巨石隤，松柏仆，叢林摧。草木無餘，禽獸殄夷。於是天子乃登屬玉之館，歷長楊之榭。覽山川之體勢，觀三軍之殺獲。原野蕭條，目極四裔。禽相鎮壓，獸相枕藉。然後收禽會眾，論功賜胙。陳輕騎以行炰，騰酒車以斟酌。割鮮野食，舉燧命爵。饗賜畢，勞逸齊。大輅鳴鑾，容與徘徊。集乎豫章之宇，臨乎昆明之池。左牽牛而右織女，似雲漢之無涯。茂樹蔭蔚，芳草被隄。蘭茝發色，曄曄猗猗。若摛錦布繡，燭燿乎其陂。玄鶴白鷺，黃鵠鵁鶄。鶬鴰鴇鶂，鳧鷖鴻鴈。朝發河、海，夕宿江、漢。沈浮往來，雲集霧散。於是後宮乘輚輅，登龍舟，張鳳蓋，建華旗。袪黼帷，鏡清流。靡微風，澹淡浮。櫂女謳，鼓吹震。聲激越，謍厲天。鳥羣翔，魚窺淵。招白閒，下雙鵠。揄文竿，出比目。撫鴻罿，御矰繳。方舟竝鶩，俛仰極樂。

「遂乃風舉雲摇，浮游溥覽。前乘秦嶺，後越九嵕。東薄河、華，西涉岐、雍。宮館所歷，百有餘區，行所朝夕，儲不改供。禮上下而接山川，究休祐之所用。采遊童之讙謠，第從臣之嘉頌。

「於斯之時，都都相望，邑邑相屬。國藉十世之基，家承百年之業。士食舊德之名氏，農服先疇之畎畝。鼐按：《王嘉傳》倉氏、庫氏，則倉庫吏之後也。商循族世之所鬻，工用高、曾之規矩。粲乎隱隱，各得其所。若臣者，徒觀迹於舊墟，聞之乎故老。十分未得其一端，故不能徧舉也。」

東都主人喟然而歎曰：「痛乎風俗之移人也！子實秦人，矜夸館室，保界河山，信識昭、襄而知始皇矣，烏覩大漢之云爲乎？夫大漢之開元也，奮布衣以登皇位，由數期而創萬世，蓋六籍所不能談，前聖靡得而言焉。當此之時，功有横而當天，討有逆而順民。故婁敬度勢而獻其説，蕭公權宜而拓其制。時豈泰而安之哉？計不得以已也。吾子曾不是睹，顧曜後嗣之末造，不亦暗乎？今將語子以建武之治，永平之事。監於太清，以變子之惑志。

「往者王莽作逆，漢祚中缺。天人致誅，六合相滅。於時之亂，生民幾亡，鬼神泯絕。壑無完柩，郛罔遺室。原野厭人之肉，川谷流人之血。秦、項之災，猶不克半，書契以來，未之或紀。故下民號而上訴，上帝懷而降監，乃致命乎聖皇。於是聖皇乃握乾符，闡坤珍。披皇圖，稽帝文。赫然發憤，應若興雲。霆擊昆陽，憑怒雷震。遂超大河，跨北嶽。立號高邑，建都河、洛。紹百王之荒屯，因造化之盪滌。體元立制，繼天而作。系唐統，接漢緒。茂育羣生，恢復疆宇。勳兼乎在昔，事勤乎三、五。豈特方軌竝跡，紛綸后辟，治近古之所務，蹈一聖之險易云爾哉？且夫建武之元，天地革命。四海之內，更造夫婦，肇有父子。君臣初建，人倫實始。斯乃伏犧氏之所以基皇德也。分州土，立市朝，作舟輿，造器械，斯乃軒轅氏之所以開帝功也。龔行天罰，應天順民，斯乃湯武之所以昭王業也。遷都改邑，有殷宗中興之則焉；即土之中，有周成、隆平之制焉。不階尺土一人之柄，同符乎高祖。克己復禮，以奉終始，允恭乎孝文。憲章稽古，封岱勒成，儀炳乎世宗。按六經而校德，眇古昔而論功，仁聖之事既該，而帝王之道備矣。

「至於永平之際，重熙而累洽。盛三雍三雍，字見《後漢書·趙熹傳》。之上儀，修衮龍之法服。鋪鴻藻，信景鑠。揚世廟，正予樂。人神之和允洽，羣臣之序既肅。乃動大輅，遵皇衢。省方巡狩，窮覽萬國之有無。考聲教之所被，散皇明以燭幽。然後增周舊，修洛邑。扇巍巍，顯翼翼。光漢京於諸夏，總八方而爲之極。於是皇城之内，宫室光明，闕庭神麗。奢不可踰，儉不能侈。

「外則因原野以作苑，順流泉而爲沼。發蘋藻以潛魚，豐圃草以毓獸。制同乎梁鄒，誼合乎靈囿。若乃順時節而蒐狩，簡車徒以講武。則必臨之以《王制》，考之以《風》、《雅》。歷《騶虞》，覽《駟驖》。嘉《車攻》，采《吉日》。禮官整儀，乘輿乃出。於是發鯨魚，鏗華鐘。登玉輅，乘時龍。鳳蓋棽麗，龢鑾玲瓏。天官景從，寢威盛容。山靈護野，屬御方神。雨師汎灑，風伯清塵。千乘雷起，萬騎紛紜。元戎竟野，戈鋋彗雲。羽旄掃霓，旌旗拂天。焱焱炎炎，揚光飛文。吐爓生風，欲野歕山。日月爲之奪明，邱陵爲之摇震。遂集乎中囿，陳師按屯。駢部曲，列校隊。勒三軍，誓將帥。然後舉烽伐鼓，申令三驅。輶車霆激，驍騎電騖。由基發射，范氏施御。弦不睼禽，轡不詭遇。飛者不及翔，走者未及去。指顧倏忽，獲車已實。樂不極盤，殺不盡物。馬踠餘足，士怒未泄。先驅復路，屬車案節。

「於是薦三犧，效五牲。禮神祇，懷百靈。覲明堂，臨辟雍。揚緝熙，宣皇風。登靈臺，考休徵。俯仰乎乾坤，參象乎聖躬。目中夏而布德，瞰四裔而抗稜。西盪河源，東澹海漘。北動幽崖，南燿朱垠。殊方別區，界絶而不鄰。自孝武之所不征，孝宣之所未臣。莫不陸讋水慄，奔走而來賓。遂綏哀牢，開永昌。春王三朝，會同漢京。是日也，天子受四海之圖籍，膺萬國之貢珍。内撫諸夏，外綏百蠻。爾乃盛禮興樂，供帳置乎雲龍之庭。陳百寮而贊羣后，究皇儀而展帝容。於是庭實千品，旨酒萬鍾。列金罍，班玉觴。嘉珍御，太牢饗。爾乃食舉《雍》徹，太師奏樂。陳金石，布絲竹。鐘鼓鏗鎗，管弦曄煜。抗五聲，極六律。歌九功，舞八佾。《韶》、《武》備，泰古畢。四夷閒奏，德廣所及。《僸》、《佅》、《兜離》，罔不具集。萬樂備，百禮曁。皇歡浹，羣臣醉。降烟煴，調元氣。然後撞鐘告罷，百寮遂退。

「於是聖上覩萬方之歡娱，又沐浴於膏澤，懼其侈心之將萌，而怠於東作也，乃申舊章，下明詔。命有司，班憲度。昭節儉，示太素。去後宮之麗飾，損乘輿之服御。抑工商之淫業，興農桑之盛務。遂令海内棄末而反本，背僞而歸真。女修織紝，男務耕耘。器用陶匏，服尚素玄。恥纖靡而不服，賤奇麗而不珍。捐金於山，沈珠於淵。於是百姓滌瑕盪穢，而鏡至清。形神寂漠，耳目不營。嗜欲之源滅，廉恥之心生。莫不優游而自得，玉潤而金聲。是以四海之內，學校如林，庠序盈門。獻酬交錯，俎豆莘莘。下舞上歌，蹈德詠仁。登降飫宴之禮既畢，因相與嗟歎玄德，讜言弘說。咸含和而吐氣，頌曰：盛哉乎斯世！

「今論者但知誦虞、夏之《書》，詠殷、周之《詩》。講羲、文之《易》，論孔氏之《春秋》。罕能精古今之清濁，究漢德之所由。唯子頗識舊典，又徒馳騁乎末流。温故知新已難，而知德者鮮矣！且夫僻界西戎，險阻四塞，修其防禦，孰與處乎土中，平夷洞達，萬方輻湊？秦嶺、九嵕，涇、渭之川，曷若四瀆、五嶽，帶河泝洛，圖書之淵？建章、甘泉，館御列仙，孰與靈臺、明堂，統和天人？太液、昆明，鳥獸之囿，曷若辟雍海流，道德之富？游俠踰侈，犯義侵禮，孰與同履法度，翼翼濟濟也？子徒習秦阿房之造天，而不知京洛之有制也；識函谷之可關，而不知王者之無外也。」

主人之辭未終，西都賓矍然失容，逡巡降階，惵然意下，捧手欲辭。主人曰：「復位，今將授子以五篇之詩。」賓既卒業，乃稱曰：「美哉乎斯詩，義正乎揚雄，事實乎相如。匪唯主人之好學，蓋乃遭遇乎斯時也。小子狂簡，不知所裁。既聞正道，請終身而誦之。」其詩曰：

於昭明堂，明堂孔陽。聖皇宗祀，穆穆煌煌。上帝宴饗，五位時序。誰其配之？世祖光武。普天率土，各以其職。猗與緝熙，允懷多福。乃流辟雍，辟雍湯湯。聖皇莅止，造舟爲梁。皤皤國老，乃父乃兄。抑抑威儀，孝友光明。於赫太上，示我漢行。洪化惟神，永觀厥成。乃經靈臺，靈臺既崇。帝勤時登，爰考休徵。三光宣精，五行布序。習習祥風，祁祁甘雨。百穀蓁蓁，庶草蕃廡。屢惟豐年，於皇樂胥。嶽修貢兮川效珍，吐金景兮歊浮雲。寶鼎見兮色紛緼，煥其炳兮被龍文。登祖廟兮享聖神，昭靈德兮彌億年。啟靈篇兮披瑞圖，獲白雉兮效素烏。嘉祥阜兮集皇都。發皓羽兮奮翘英，容潔朗兮於淳精。彰皇德兮侔周成，永延長兮膺天慶。

傅武仲舞賦 ○○

楚襄王既游雲夢，使宋玉賦高唐之事。將置酒宴飲，謂宋玉曰：「寡人欲觴羣臣，何以娛之？」玉曰：「臣聞歌以詠言，舞以盡意。是以論其詩不如聽其聲，聽其聲不如察其形。《激楚》、《結風》、《陽阿》之舞，材人之窮觀，天下之至妙。噫！可以進乎？」王曰：「其如鄭何？」玉曰：「小大殊用，鄭、雅異宜，弛張之度，聖哲所施。是以《樂》記干戚之容，《雅》美蹲蹲之舞，《禮》設三爵之制，《頌》有醉歸之歌。夫《咸池》、《六英》，所以陳清廟、協神人也。鄭、衛之樂，所以娛密坐、接歡欣也。餘日怡蕩，非以風民也，其何害哉？」王曰：「試爲寡人賦之。」玉曰：「唯唯。」

夫何皎皎之閒夜兮，明月爛以施光。朱火曄其延起兮，燿華屋而熺洞房。黼帳祛而結組兮，鋪首炳以焜煌。陳茵席而設坐兮，溢金罍而列玉觴。騰觚爵之斟酌兮，漫既醉其樂康。嚴顔和而怡懌兮，幽情形而外揚。文人不能懷其藻兮，武毅不能隱其剛。簡惰跳踃，般紛挐兮。淵塞沈蕩，改恆常兮。

於是鄭女出進，二八徐侍。姣服極麗，姁媮致態。貌嬈妙以妖蠱兮，紅顔曄其揚華。眉連娟以增繞兮，目流睇而横波。珠翠的皪而炤燿兮，華袿飛髾而雜纖羅。顧形影，自整裝。順微風，揮若芳。動朱脣，紆清揚。亢音高歌，爲樂之方。

歌曰：攄予意以弘觀兮，繹精靈之所束。弛緊急之弦張兮，慢末事之委曲。舒恢炱之廣度兮，闊細體之苛縟。嘉《關雎》之不淫兮，哀《蟋蟀》之局促。啟泰貞之否隔兮，超遺物而度俗。揚《激徵》，騁《清角》。贊舞操，奏均曲。形態和，神意協。從容得，志不劫。

於是躡節鼓陳，舒意自廣。游心無垠，遠思長想。其始興也，若俯若仰，若來若往。雍容惆悵，不可爲象。其少進也，若翺若行，若竦若傾。兀動赴度，指顧應聲。羅衣從風，長袖交横。駱驛飛散，颯擖合并。鶣鷅燕居，拉揩鵠驚。綽約閑靡，機迅體輕。姿絶倫之妙態，懷慤素之潔清。修儀操以顯志兮，獨馳思乎杳冥。在山峨峨，在水湯湯。與志遷化，容不虛生。明詩表指，嘳息激昂。氣若浮雲，志若秋霜。觀者增歎，諸工莫當。

於是合場遞進，案次而俟。埒材角妙，夸容乃理。軼態横出，瑰姿譎起。眄般鼓則騰清眸，吐哇咬則發皓齒。摘齊行列，經營切儗。彷彿神動，迴翔竦峙。擊不致策，蹈不頓趾。翼爾悠往，闇復輟已。及至迴身還入，迫於急節。浮騰累跪，跗蹋摩跌。紆形赴遠，漼似摧折。纖縠蛾飛，紛猋若絶。超逾鳥集，縱弛殟歿。蜲蛇姌嫋，雲轉飄曶。體如游龍，袖如素蜺。黎收而拜，曲度究畢。遷延微笑，退復次列。觀者稱麗，莫不怡悦。

於是歡洽宴夜，命遣諸客。擾躟就駕，僕夫正策。車騎並狎，巃嵸逼迫。良駿逸足，蹌捍凌越。龍驤横舉，揚鑣飛沫。馬材不同，各相傾奪。或有踰埃赴轍，霆駭電滅。蹠地遠羣，闇跳獨絶。或有宛足鬱怒，般桓不發。後往先至，遂爲逐末。或有矜容愛儀，洋洋習習。遲速承意，控御緩急。車音若雷，騖驟相及。駱漠而歸，雲散城邑。天王燕胥，樂而不溢。娱神遺老，永年之術。優哉游哉，聊以永日。

古文辭類篹六十九終

辭賦類九

張平子二京賦　○○○

有憑虚公子者，心奓體忲，雅好博古，學乎舊史氏，是以多識前代之載。言於安處先生，曰：「夫人在陽時則舒，在陰時則慘，此牽乎天者也。處沃土則逸，處瘠土則勞，此繫乎地者也。慘則尠於歡，勞則褊於惠，能違之者寡矣。小必有之，大亦宜然。故帝者因天地以致化，兆民承上教以成俗。化俗之本，有與推移。何以覈諸？秦據雍而强，周即豫而弱，高祖都西而泰，光武處東而約。政之興衰，恆由此作。先生獨不見西京之事與？請爲吾子陳之。

「漢氏初都，在渭之涘，秦里其朔，實爲咸陽。左有崤函重險、桃林之塞，綴以二華，巨靈贔屓，高掌遠蹠，以流河曲，厥跡猶存。右有隴坻之隘，隔閡華、戎，岐、梁、汧、雍，陳寶鳴鷄在焉。於前則終南、太一，隆崛崔崒，隱轔鬱律，連岡乎嶓冢，抱杜含鄠，欱灃吐鎬，爰有藍田珍玉，是之自出。於後則高陵平原，據渭踞涇，澶漫靡迤，作鎮於近。其遠則有九崚、甘泉，涸陰冱寒。日北至而含凍，此焉清暑。爾乃廣衍沃野，厥田上上，寔爲地之奧區神皋。昔者大帝悦秦繆公而覲之，饗以鈞天廣樂，帝有醉焉，乃爲金策，錫用此土，而翦諸鶉首。是時也，竝爲彊國者有六，然而四海同宅西秦，豈不詭哉？

「自我高祖之始入也，五緯相汁以旅於東井。婁敬委輅，幹非其議，天啟其心，人惎之謀。及帝圖時，意亦有慮乎神祇，宜其可定以爲天邑，豈伊不虔思於天衢？豈伊不懷歸於枌榆？天命不滔，疇敢以渝？

「於是量徑輪，考廣袤，經城洫，營郭郛，取殊裁於八都，豈稽度於往舊？爾乃覽秦制，跨周法，狹百堵之側陋，增九筵之迫脅，正紫宫於未央，表嶢闕於閶闔。疏龍首以抗殿，狀巍峩以岌嶪，亘雄虹之長梁，結棼橑以相接。蔕倒茄於藻井，披紅葩之狎獵，飾華榱與璧璫，流景曜之韡曄。雕楹玉碣，繡栭雲楣，三階重軒，鏤檻文㮰，右平左城，青瑣丹墀。刊層平堂，設切厓隒，坻崿鱗眴，眴，胡絹切。棧齴巉嶮，襄岸夷塗，修路陖險。重門襲固，姦宄是防。仰福帝居，陽曜陰藏，洪鐘萬鈞，猛虡趪趪，負筍業而餘怒，乃奮翅而騰驤。朝堂承東，温調延北，西有玉臺，聯以昆德，嵯峨崨嶫，罔識所則。

「若夫長年、神仙，宣室、玉堂，麒麟、朱鳥，龍興、含章，譬衆星之環極，叛赫戲以輝煌。

正殿路寢，用朝羣辟，大夏耽耽，鼒按：路寢謂長樂宫正殿，其殿名大夏。《董卓傳》注引《三輔舊事》云：漢置銅人長樂宫大夏殿前。九户開闢，嘉木樹庭，芳草如積。高門有閌，列坐金狄。内有常侍、謁者，常侍與謁者皆士人。《息夫躬傳》有中常侍宋弘，《董賢傳》有中常侍王閎，薛綜注謂閹官，誤矣。閹官中常侍，後漢之制耳。謁者，後漢選孝廉爲之，前漢無定制，其寺人之謁者，若《高后紀》中謁者張釋卿是也。然灌嬰亦名中謁者，則士人爲常侍、謁者，並可加中字。顔監謂加中字爲閹，亦非也。奉命當御；外有蘭臺、金馬，遞宿迭居；次有天禄、石渠校文之處，重以虎威、章溝嚴更之署。徼道外周，千廬内附，衛尉八屯，警夜巡晝，植鎩懸瞂，用戒不虞。

「後宫則昭陽、飛翔，增成、合驩，蘭林、披香，鳳凰、鴛鸞，羣窈窕之華麗，嗟内顧之所觀。故其館室次舍，采飾纖縟，裛以藻繡，文以朱緑，翡翠火齊，絡以美玉，流懸黎之夜光，綴隨珠以爲燭。金戺玉階，彤庭煇煇，珊瑚琳碧，瓀珉璘彬。珍物羅生，焕若昆崙。雖厥裁之不廣，侈靡踰乎至尊。

「於是鉤陳之外，閣道穹隆，屬長樂與明光，徑北通乎桂宫。命般、爾之巧匠，盡變態乎其中。於是後宫不移，樂不徙懸，門衛供帳，官以物辨。恣意所幸，下輦成燕，窮年忘歸，猶弗能徧，瑰異日新，殫所未見。以上賦城内宫殿，以下賦城外離宫，獨舉甘泉、建章者，以帝常居此也。

「惟帝王之神麗，懼尊卑之不殊。雖斯宇之既坦，心猶憑而未攄。思比象於紫微，恨阿房之不可廬。颺往昔之遺館，獲林光於秦餘，處甘泉之爽塏，乃隆崇而弘敷。既新作於迎風，增露寒與儲胥。託喬基於山岡，直墆霓以高居。通天訬以竦峙，徑百常而莖擢。上辨華以交紛，下刻陗其若削。翔鶤仰而不逮，況青鳥與黃雀。伏櫺檻而頫聽，聞雷霆之相激。

「柏梁既災，越巫陳方，建章是經，用厭火祥。營宇之制，事兼未央。圜闕竦以造天，若雙碣之相望。鳳騫翥於甍標，咸遡風而欲翔。閶闔之內，別風嶕嶢，何工巧之瑰瑋，交綺豁以疏寮。干雲霧而上達，狀亭亭以岧岧。神明崛其特起，井幹疊而百增。峙遊極於浮柱，結重欒以相承。累層構而遂隮，望北辰而高興。消雰埃於中宸，集重陽之清瀓。瞰宛虹之長鬐，察雲師之所憑。上飛闥而仰眺，正覩瑶光與玉繩。將乍往而未半，怵悼慄而聳兢。非都盧之輕趫，孰能超而究升？馺娑、駘盪，燾奡桔桀，枍詣、承光，睽罛庨豁。增桴重棼，鍔鍔列列，反宇業業，飛檐钀钀，流景內照，引曜日月。天梁之宮，實開高闈，旗不脱扃，結駟方蘄，櫟輻輕騖，容於一扉。長廊廣廡，連閣雲蔓，閈庭詭異，門千戶萬。重閨幽闥，轉相踰延，望窈窱以徑廷，眇不知其所返。既乃珍臺蹇産以極壯，墱道邐倚以正東，似閬風之遐坂，横西洫而絶金墉。城尉不弛柝，而内外潛通。

「前開唐中，彌望廣潒，顧臨太液，滄池漭沆。漸臺立於中央，赫昈昈昈，乎古切。以弘敞。清淵洋洋，神山峩峩，列瀛洲與方丈，夾蓬萊而駢羅。上林岑以壘嵽，下嶄巖以喦齬。長風激於別隯，起洪濤而揚波，浸石菌於重涯，濯靈芝以朱柯。海若遊於玄渚，鯨魚失流而蹉跎。於是采少君之端信，庶欒大之貞固，立修莖之仙掌，承雲表之清露，屑瓊蘂以朝餐，必性命之可度。美往昔之松、喬，要羨門乎天路，想升龍於鼎湖，豈時俗之足慕？若歷世而長存，何遽營乎陵墓？

「徒觀其城郭之制，以下城市風俗。則旁開三門，參塗夷庭，方軌十二，街衢相經，廛里端直，甍宇齊平。北闕甲第，當道直啟，程巧致功，期不陁陊，木衣綈錦，土被朱紫，武庫禁兵，設在蘭錡。匪石匪董，疇能宅此？爾乃廓開九市，通闤帶闠，旗亭五重，俯察百隧，周制大胥，今也惟尉。瓌貨方至，鳥集鱗萃，鬻者兼贏，求者不匱。爾乃商賈百族，裨販夫婦，鬻良雜苦，蚩眩邊鄙。何必昬於作勞，邪贏優而足恃。彼肆人之男女，麗美奢乎許、史。若夫翁伯、濁、質、張里之家，擊鐘鼎食，連騎相過，東京公侯，壯何能加！都邑游俠，張、趙之倫，齊志無忌，擬跡田文。輕死重氣，結黨連羣，實蕃有徒，其從如雲。茂陵之原，陽陵之朱，趫悍虓豁，如虎如貙，睚眦蠆芥，屍僵路隅。丞相欲以贖子罪，陽石汙而公孫誅。若其五縣游麗辯論之士，街談巷議，彈射臧否，剖析毫釐，擘肌分理，所好生毛羽，所惡成創痏。郊甸之内，鄉邑殷賑，五都貨殖，既遷既引。商旅聯槅，隱隱展展，冠帶交錯，方轅接軫，封畿千里，統以京尹。

「郡國宮館，以下補敘諸離宮苑囿。百四十五，右極盩厔，并卷酆、鄠，左暨河、華，遂至虢土。善注：右扶風有虢縣。非是，此當引《地志》：弘農郡陜縣，故虢國。《左傳》「東盡虢略」是也。上林禁苑，跨谷彌皋，東至鼎湖，斜界細柳。掩長楊而聯五柞，繞黃山而款牛首，繚垣緜聯，四百餘里。植物斯生，動物斯止，眾鳥翩翻，羣獸駓騃。散似驚波，聚似京峙，伯益不能名，隸首不能紀。林麓之饒，於何不有？木則樅栝椶柟，梓棫楩楓，嘉卉灌叢，蔚若鄧林。鬱蓊薆薱，橚爽櫹槮，吐葩颺榮，布葉垂陰。草則葴、莎、菅、蒯，薇、蕨、荔、苀，王、蒭、茵、臺，戎葵、懷羊，苯䔿、蓬茸，彌皋被岡。篠簜敷衍，編町成篁，山谷原隰，泱漭無疆。迺有昆明靈沼，黑水玄阯。周以金隄，樹以柳杞，豫章珍館，揭焉中峙，牽牛立其左，織女處其右，日月於是乎出入，象扶桑與濛汜。其中則有黿鼉巨鼈，鱣、鯉、鱮、鮦，鮪、鯢、鱨、鯊，修額短項，大口折鼻，詭類殊種。鳥則鷫鷞、鴰、鴇，鴐鵝、鴻、鶤，上春候來，季秋就温，南翔衡陽，北棲鴈門。奮隼歸鳧，沸卉軿訇，衆形殊聲，不可勝論。

「於是孟冬作陰，以下田獵。寒風肅殺，雨雪飄飄，冰霜慘烈，百卉具零，剛蟲搏摯。爾乃振天維，衍地絡，蕩川瀆，簸林薄，鳥畢駭，獸咸作，草伏木棲，寓居穴託，起彼集此，霍繹紛泊。在彼靈囿之中，前後無有垠鍔，虞人掌焉，爲之營域。焚萊平場，柞木翦棘，結罝百里，迒杜蹊塞。麀鹿麌麌，駢田偪仄。天子乃駕彫軫，六駿駮，戴翠帽，倚金較，璿弁玉纓，薛注：弁，馬冠也。鼐按：馬冠自名鍐耳。《左傳》子玉自爲瓊弁玉纓，賦正用此，言服皮弁以獵耳，豈馬冠乎？遺光儵爚。建玄弋，樹招搖，何義門改弋爲戈，云《史記》杓頭有兩星，一內爲矛招搖，一外爲盾天鋒。晉灼云外遠北斗也，一名玄戈，然玄弋又見馬融《廣成頌》，似非誤。棲鳴鳶，曳雲梢，弧旌枉矢，虹旃蜺旄。華蓋承辰，天畢前驅，千乘雷動，萬騎龍趨，屬車之箠，載獫、猲獢。匪惟玩好，迺有祕書，小說九百，本自虞初，從容之求，實俟實儲。於是蚩尤秉鉞，奮鬣被般，禁禦不若，以知神姦，魑魅魍魎，莫能逢旃。鼐按：此六句謂旄頭。陳虎旅於飛廉，正壘壁乎上蘭。結部曲，整行伍，燎京薪，駴雷鼓，縱獵徒，赴長莽，迾卒清候，武士赫怒，緹衣韎韐，睢盱拔扈。光炎爥天庭，囂聲振海浦，河渭爲之波盪，吴嶽爲之陁堵。百禽㥄遽，騤瞿奔觸，喪精亡魂，失歸忘趨。投輪關輻，不邀自遇。飛罕潚箾，流鏑㩧𢶒。矢不虛舍，鋋不苟躍，當足見蹍，值輪被轢，僵禽獘獸，爛若磧礫。但觀罝羅之所羂結，竿殳之所揘畢，叉蔟之所攙捔，徒搏之所撞㧙，白日未及移其晷，已獮其什七八。若夫游鷮高翬，絶阬踰斥，毚兔聯猭，陵巒超壑，比諸東郭，莫之能獲。乃有迅羽輕足，尋景追括，鳥不暇舉，獸不得發，青骹摯於韝下，韓盧噬於緤末。及其猛毅髬髵，隅目高眶，威懾兕虎，莫之敢伉。乃使中黄之士，育、獲之儔，朱鬕䰍髽，植髮如竿，袒裼戟手，奎踽盤桓。鼻赤象，圈巨狿，摣狒猬，批窳狻，揩枳落，突棘藩，梗林爲之靡拉，樸叢爲之摧殘。輕鋭僄狡趫捷之徒，赴洞穴，探封狐，陵重巘，獵昆駼，杪木末，擭獑猢，超殊榛，摕飛鼯。是時後宫嬖人，昭儀之倫，常亞於乘輿。慕賈氏之如皋，樂北風之同車，盤于游畋，其樂只且。

「於是鳥獸殫，目觀窮，遷延邪睨，集乎長楊之宫。息行夫，展車馬，收禽舉胔，數課衆寡。置互擺牲，頒賜獲鹵。割鮮野饗，犒勤賞功，三軍六師，千列百重，酒車酌醴，方駕授饔，升觴舉燧，既釂鳴鐘，膳夫馳騎，察貳廉空。炙炰夥，清酤㪍，皇恩溥，洪德施，徒御悦，士忘罷。巾車命駕，迴旆右移。以下水嬉。相羊乎五柞之館，旋憩乎昆明之池。登豫章，簡矰紅，蒲且發，弋高鴻，挂白鶴，聯飛龍，磻不特絓，往必加雙。於是命舟牧，爲水嬉，浮鷁首，翳雲芝，垂翟葆，建羽旗。齊栧女，縱櫂歌，發引和，校鳴葭。奏淮南，度《陽阿》，感河馮，懷湘娥，驚蝄蜽，憚蛟蛇。然後釣魴鱧，纚鰋鮋，摭紫貝，搏耆龜，搤水豹，馽潛牛，澤虞是濫，何有春秋？擿漻澥，搜川瀆，布九罭，設罜麗，摷鯤鮞，殄水族，蘧藕拔，蜃蛤剥。逞欲畋魰，效獲麑麇，摎蓼浶浪，乾池滌藪，上無逸飛，下無遺走，擭胎拾卵，蚳蝝盡取，取樂今日，遑恤我後？

「既定且寧，焉知傾阤？以下陳百戲。大駕幸乎平樂，張甲乙而襲翠被。攢珍寶之玩好，紛瑰麗以奓靡，臨迴望之廣場，程角觝之妙戲。烏獲扛鼎，都盧尋撞，衝狹鷰濯，胷突銛鋒。跳丸劍之揮霍，走索上而相逢。華嶽峩峩，岡巒參差，神木靈草，朱實離離，總會仙倡，戲豹舞羆，白虎鼓瑟，蒼龍吹篪。女娥坐而長歌，聲清暢而蝼蛇，洪涯立而指麾，被毛羽之襳襹。度曲未終，雲起雪飛，初若飄飄，後遂霏霏。複陸重閣，轉石成雷，礔礰激而增響，磅磕象乎天威。巨獸百尋，是爲曼延。神山崔巍，欻從背見，熊虎升而挐攫，猨狖超而高援。怪獸陸梁，大爵踆踆，白象行孕，垂鼻轔囷。海鱗變而成龍，狀蜿蜿以蝹蝹。舍利颬颬，化爲仙車，驪駕四鹿，芝蓋九葩，蟾蜍與龜，水人弄蛇。奇幻儵忽，易貌分形，吞刀吐火，雲霧杳冥，畫地成川，流渭通涇。東海黃公，赤刀粤祝，冀厭白虎，卒不能救，挾邪作蠱，於是不售。爾乃建戲車，樹修旃，侲僮逞材，上下翩翻，突倒投而跟絓，譬隕絶而復聯。

百馬同轡，騁足竝馳，橦末之伎，態不可彌。彎弓射乎西羌，又顧發乎鮮卑。

「於是衆變盡，心醒醉，以下燕遊聲色。盤樂極，悵懷萃。陰戒期門，微行要屈，降尊就卑，懷璽藏紱，便旋閭閻，周觀郊遂。若神龍之變化，彰后皇之爲貴。

「然後歷掖庭，適歡館，捐衰色，從嬿婉，促中堂之陿坐，羽觴行而無筭。祕舞更奏，妙材騁伎，妖蠱艷夫夏姬，美聲暢於虞氏。始徐進而羸形，似不任乎羅綺，嚼清商而卻轉，增嬋娟以跐豸。紛縱體而迅赴，若驚鶴之羣罷，振朱屣於盤樽，奮長袖之颯纚。要紹修態，麗服颺菁，眳藐流眄，一顧傾城，展季桑門，誰能不營？列爵十四，競媚取榮，盛衰無常，惟愛所丁。衛后興於鬒髮，飛燕寵於體輕。

「爾乃逞志究欲，窮歡極娛，鑒戒《唐》詩，他人是媮。自君作故，何禮之拘？增昭儀於婕妤，賢既公而又侯，許趙氏以無上，思致董於有虞，王閎爭於坐側，漢載安而不渝。

「高祖創業，繼體承基，暫勞永逸，無爲而治。耽樂是從，何慮何思？多歷年所，二百餘期。徒以地沃野豐，百物殷阜，巖險周固，襟帶易守。得之者强，據之者久，流長則難竭，柢深則難朽。故奢泰肆情，馨烈彌茂。鄙生生乎三百之外，傳聞於未聞之者，曾髣髴其若夢，未一隅之能覩。此何異於殷人屢遷，前八而後五？居相、圮、耿，不常厥土。盤庚作誥，帥人以苦。方今聖上，同天號於帝皇，掩四海而爲家，富有之業，莫我大也。徒恨不能以靡麗爲國華，獨儉嗇以齷齪，忘《蟋蟀》之謂何？豈欲之而不能，將能之而不欲與？蒙竊惑焉，願聞所以辯之之説也。」

安處先生於是似不能言者，憮然有閒，乃莞爾而笑曰：「若客所謂末學膚受，貴耳而賤目者也。苟有胷而無心，不能節之以禮，宜其陋今而榮古矣。由余以西戎孤臣，而悝繆公於宮室，如之何其以温故知新，研覈是非，近於此惑也？

「周姬之末，不能厥政，政用多僻，始於宮鄰，卒於金虎。嬴氏搏翼，擇肉西邑。是時也，七雄竝争，競相高以奢麗。楚築章華於前，趙建叢臺於後，秦政利觜長距，終得擅場，思專其侈，以莫己若。乃構阿房，起甘泉，結雲閣，冠南山。征税盡，人力殫，然後收以太半之賦，威以參夷之刑。其遇民也，若薙氏之芟草，既蘊崇之，又行火焉！㥞㥞黔首，豈徒跼高天蹐厚地而已哉？乃救死於其頸。毆以就役，惟力是視，百姓不能忍，是用息肩於大漢，欣戴高祖。

「高祖膺籙受圖，順天行誅，杖朱旗而建大號，而所推必亡，所存必固。埽項軍於垓下，紲子嬰於軹塗，因秦宮室，據其府庫，作洛之制，我則未暇。是以西匠營宮，目翫阿房，規摹踰溢，不度不臧。損之又損，然尚過於周堂，觀者狹而謂之陋，帝已譏其泰而弗康。且高既受命建家，造我區夏矣；文又躬自菲薄，治致升平之德；武有大啟土宇，紀禪肅然之功；宣重威以撫和戎狄，呼韓來享。咸用紀宗存主，西漢本以高帝爲太祖，文帝爲太宗，武帝爲世宗，及光武建武十九年，又尊宣帝曰中宗，故並曰紀宗存主。饗祀不輟，銘勳彝器，歷世彌光。今舍純懿而論爽德，以《春秋》所諱而爲美談，宜無嫌於往初，故蔽善而揚惡，祇吾子之不知言也。必以肆奢爲賢，則是黃帝合宮，有虞總期，固不如夏癸之瑶臺，殷辛之瓊室也，湯武誰革而用師哉？盍亦觀東京之事以自寤乎？

「且夫天子有道，守在海外。守位以仁，不恃隘害。苟民志之不諒，何云巖險與襟帶？秦負阻於二關，卒開項而受沛，彼偏據而規小，豈如宅中而圖大。

「昔先王之經邑也，掩觀九隩，靡地不營，土圭測景，不縮不盈，總風雨之所交，然後以建王城。審曲面勢，泝洛背河，左伊右瀍，西阻九阿。東門于旋，盟津達其後，太谷通其前，迴行道乎伊闕，邪徑捷乎轘轅。太室作鎮，揭以熊耳，底柱輟流，鐔以大岯。温液湯泉，黑丹石緇，王鮪岫居，能鼈三趾。虙妃攸館，神用挺紀，龍圖授羲，龜書畀姒。召伯相宅，卜惟洛食，周公初基，其繩則直。萇弘、魏舒，是廓是極，經途九軌，城隅九雉。度堂以筵，度室以几。京邑翼翼，四方所視。

「漢初弗之宅，故宗緒中圮。巨猾閒釁，竊弄神器，歷載三六，偷安天位。于時蒸民，罔敢或貳，其取威也重矣。我世祖忿之，乃龍飛白水，鳳翔參墟。授鉞四七，共工是除，欃槍旬始，羣凶靡餘。區宇乂寧，思和求中，睿哲玄覽，都茲洛宮。曰止曰時，昭明有融。既光厥武，仁洽道豐。登岱勒封，與黄比崇。

「逮至顯宗，六合殷昌，乃新崇德，遂作德陽。崇德殿在南宫，見《蔡邕傳》注。光武時本有，故曰新德陽殿，在北宫，見《靈紀》。明帝始立，故曰作南北宫，相距三里。薛綜注乃云崇德宫在東，德陽宫在西，相去五十步，殆是誤也。啟南端之特闈，立應門之將將。昭仁惠於崇賢，抗義聲於金商。飛雲龍於春路，屯神虎於秋方。建象魏之兩觀，旌六典之舊章。其内則含德、章臺，天禄、宣明，温飭、迎春，壽安、永寧，飛閣神行，莫我能形。濯龍、芳林，《續漢志》：濯龍，園名，近北宫。善注謂池名，按池固名濯龍，然賦乃指謂園。九谷八溪，芙蓉覆水，秋蘭被涯，渚戲躍魚，淵游龜蠵。永安離宫，《續漢志》：永安，北宫東北别小宫名，有園觀。修竹冬青，陰池幽流，玄泉洌清。鵯鶋秋棲，鶻鵃春鳴，鴡鳩、麗黄，關關嚶嚶。於南則前殿、雲臺，龢驩、安福，謻門曲榭，邪阻城洫，奇樹珍果，鉤盾所職。西登少華，亭候修勅，九龍之内，寔曰嘉德。西南其户，匪雕匪刻，我后好約，乃宴斯息。

「於東則洪池洪池，《後漢書》紀傳作鴻池。清籞，以下皆洛陽城外。渌水澹澹，内阜川禽，外豐葭菼。獻鼈蜃與龜魚，供蝸蠯與菱芡。其西則有平樂都場，示遠之觀，龍雀蟠蜿，天馬半漢，瑰異譎詭，燦爛炳煥。奢未及侈，儉而不陋，規遵王度，動中得趣。於是觀禮，禮舉儀具。經始勿亟，成之不日，猶謂爲之者勞，居之者逸，慕唐虞之茅茨，思夏后之卑室。乃營三宫，布教頒常，三宫皆在平城門外。平城門，洛陽南門也。複廟重屋，八達九房。規天矩地，授時順鄉，造舟清池，惟水泱泱。左制辟雍，右立靈臺，因進距衰，表賢簡能，馮相觀祲，祈褫禳災。

「於是孟春元日，羣后旁戾，百僚師師，於斯胥洎。藩國奉聘，要荒來質。具惟帝臣，獻琛執贄，當覲乎殿下者，蓋數萬以二。爾乃九賓重，臚人列，崇牙張，鏞鼓設，郎將司階，虎戟交鎩，龍輅充庭，雲旗拂霓。夏正三朝，庭燎晢晢。撞洪鐘，伐靈鼓。旁震八鄙，軯磕隱訇，若疾霆轉雷而激迅風也。是時稱警蹕已，下雕輦於東厢，鼐按：天子下輦於東厢前者，乃謁陵禮。若朝，則《叔孫通傳》固云輦出房也。此厢字必房字之誤，而薛、李注皆未辯之。冠通天，佩玉璽。紆皇組，要干將，負斧扆，次席紛純，左右玉几，而南面以聽矣。然後百辟乃入，司儀辨等，尊卑以班。璧羔皮帛之贄既奠，天子乃以三揖之禮禮之，穆穆焉，皇皇焉，濟濟焉，將將焉，信天下之壯觀也。乃羨公侯卿士，登自東除，訪萬幾，詢朝政，勤恤民隱，而除其眚。人或不得其所，若己納之於隍，荷天下之重任，匪怠皇以寧静。鼐意作甯静以怠皇，則於韵協。

「發京倉，散禁財，賚皇僚，逮輿臺。命膳夫以大饗，饔餼浹乎家陪。春醴惟醇，燔炙芬芬，君臣歡康，具醉熏熏。千品萬官，已事而踆。勤屢省，懋乾乾，清風協於玄德，淳化通於自然。憲先靈而齊軌，必三思以顧愆。招有道於側陋，開敢諫之直言。聘邱園之耿絜，旅束帛之戔戔。上下通情，式宴且盤。

「及將祀天郊，報地功，祈福乎上玄，思所以爲虔。肅肅之儀盡，穆穆之禮殫。然後以獻精誠，奉禋祀，曰『允矣，天子也』，乃整法服，正冕帶，珩紞紘綖，玉笄綦會，火龍黼黻，藻繂鞶厲。結飛雲之袷輅，樹翠羽之高蓋，建辰旒之太常，紛焱悠以容裔，六玄虬之奕奕，齊騰驤而沛艾。龍輈華轙，金鍐鏤鍚，方釳方釳，薛注：語不分明。劉昭注：《輿服志》引蔡邕《獨斷》云：鐵廣數寸，在馬騣後。後有三孔，插翟尾其中。又許慎《説文》云：乘輿馬頭上防釳，插以翟尾，鐵翮象角，所以防綱羅釳去之。鼐按：蔡、許二説合，其制乃明，而《獨斷》馬騣後之後字，蓋前字，或上字之誤。所云翟尾，蓋以鐵爲其形耳。賦内方字，宜讀作防。左纛，鉤膺玉瓖，鑾聲噦噦，和鈴鈌鈌。重輪貳轄，疏轂飛軨，羽蓋葳蕤，葩瑵曲莖。順時服而設副，咸龍旂而繁纓，立戈迤戞，農輿輅木。屬車九九，乘軒並轂，琫弩重旃，朱旄青屋。奉引既畢，先輅乃發，鸞旗皮軒，通帛綪旆。雲罕九斿，闟戟轇輵，髶髦被繡，虎夫戴鶡。駙承華之蒲梢，飛流蘇之騷殺。總輕武於後陳，奏嚴鼓之嘈囐。戎士介而揚揮，戴金鉦而建黃鉞。清道案列，天行星陳，肅肅習習，隱隱轔轔，殿未出乎城闕，旆已迴乎郊畛。盛夏后之致美，爰恭敬於明神。爾乃孤竹之管，雲和之瑟，雷鼓𪔂𪔂，六變既畢，冠華秉翟，列舞八佾。元祀惟稱，羣望咸秩。颺槱燎之炎煬，致高煙乎太一。神歆馨而顧德，祚靈主以元吉。然後宗上帝於明堂，推光武以作配。辨方位而正則，五精帥而來摧，尊赤氏之朱光，四靈懋而允懷。

「於是春秋改節，四時迭代，蒸蒸之心，感物增思，躬追養於廟祧，奉蒸嘗與禴祠。物牲辯省，設其楅衡，毛炰豚胉，亦有和羹。滌濯靜嘉，禮儀孔明，萬舞奕奕，鐘鼓喤喤。靈祖皇考，來顧來饗，神具醉止，降福穰穰。

「及至農祥晨正，土膏脉起，乘鑾輅而駕蒼龍，介馭閒以剡耜，躬三推於天田，修帝籍之千畝。供禘郊之粢盛，必致思乎勤己。兆民勸於疆埸，感懋力以耘耔。

「春日載陽，合射辟雍，設業設虡，宮懸金鏞，鼖鼓路鼗，樹羽幢幢。於是備物，物有其容，伯夷起而相儀，后夔坐而爲工。張大侯，制五正，設三乏，厞司旌，并夾既設，儲乎廣庭。於是皇輿夙駕，輂於東階以須，《說文》輂，連車也，一曰卻車，抵堂爲輂。消啟明，掃朝霞，登天光於扶桑。天子乃撫玉輅，時乘六龍，發鯨魚，鏗華鐘，大丙弭節，風后陪乘，攝提運衡，徐至於射宮。禮事展，樂物具，《王夏》闋，《騶虞》奏，決拾既次，彫弓斯彀。達餘萌於暮春，昭誠心以遠喻。進明德而崇業，滌饕餮之貪欲。仁風衍而外流，誼方激而遐騖。

「日月會於龍狵，恤民事之勞疚。因休力以息勤，致歡忻於春酒，執鑾刀以袒割，奉觴豆於國叟。降至尊以訓恭，送迎拜乎三壽。敬慎威儀，示民不偷。我有嘉賓，其樂愉愉，聲教布濩，盈溢天區。

「文德既昭，武節是宣，三農之隙，曜威中原。歲惟仲冬，大閱西園。虞人掌焉，先期戒事。悉率百禽，鳩諸靈囿。獸之所同，是惟告備。乃御小戎，撫輕軒，中畋四牡，既佶且閑。戈矛若林，牙旗繽紛，迄於上林，結徒爲營。次和樹表，司鐸授鉦，坐作進退，節以軍聲。三令五申，示戮斬牲，陳師鞠旅，教達禁成。火烈具舉，武士星敷，鵞鸛、魚麗，箕張翼舒，軌塵掩迒，匪疾匪徐。馭不詭遇，射不翦毛，升獻六禽，時膳四膏。馬足未極，輿徒不勞。成禮三驅，解罘放麟，不窮樂以訓儉，不殫物以昭仁，慕天乙之弛罟，因教祝以懷民，儀姬伯之渭陽，失熊羆而獲人。澤浸昆蟲，威振八寓，好樂無荒，允文允武。薄狩於敖，既瑣瑣焉，岐陽之蒐，又何足數。

「爾乃卒歲大儺，毆除羣癘，方相秉鉞，巫覡操茢。侲子萬童，丹首玄製，桃弧棘矢，所發無臬。飛礫雨散，剛癉必斃，煌火馳而星流，逐赤疫於四裔。然後淩天池，絶飛梁，捎魑魅，斮獝狂，斬蜲蛇，腦方良，囚耕父於清泠，溺女魃於神潢，殘夔魖於罔像，殪野仲而殲游光。八靈爲之震慴，況鬾蜮與畢方。度朔作梗，守以鬱壘，神荼副焉，對操索葦，目察區陬，司執遺鬼，京室密清，罔有不韙。

「於是陰陽交和，庶物時育，卜征考祥，終然允淑。乘輿巡乎岱嶽，勸稼穡於原陸。同衡律而壹軌量，齊急舒於寒燠。省幽明以黜陟，乃反旆而迴復。望先帝之舊墟，慨長思而懷古。俟閶風而西遐，致恭祀乎高祖。既春遊以發生，啟諸蟄於潛户。度秋豫以收成，觀豐年之多稌。嘉田畯之匪懈，行致賚於九扈。左瞰暘谷，右睨玄圃，眇天末以遠期，規萬世而大摹。且歸來以釋勞，膺多福以安悆。

「總集瑞命，備致嘉祥。圉林氏之騶虞，擾澤馬與騰黄，鳴女牀之鸞鳥，舞丹穴之鳳皇。植華平於春圃，豐朱草於中唐。惠風廣被，澤洎幽荒，北燮丁令，南諧越裳，西包大秦，東過樂浪，重舌之人九譯，僉稽首而來王。

「是故論其遷邑易京，則同規乎殷盤；改奢即儉，則合美乎《斯干》；登封降禪，則齊德乎黄軒。爲無爲，事無事，永有民以孔安。遵節儉，尚素樸，思仲尼之克己，履老氏之常足，將使心不亂其所在，目不見其可欲。賤犀象，簡珠玉，藏金於山，抵璧於谷。翡翠不裂，瑇瑁不蔟，所貴惟賢，所寶惟穀。民去末而反本，咸懷忠而抱慤。于斯之時，海内同悦，曰：『吁！漢帝之德，侯其禕而！』蓋蓂莢爲難蒔也，故曠世而不覿，惟我后能殖之以至和平，方將數諸朝階。然則道胡不懷，化胡不柔？聲與風翔，澤從雲遊。萬物我賴，亦又何求？德寓天覆，輝烈光燭。狹三王之趢趗，軼五帝之長驅，踵二皇之遐武，誰謂駕遲而不能屬？東京之懿未罄，值余有犬馬之疾，不能究其精詳，故粗爲賓言其梗槩如此。若乃流遯忘反，放心不覺，樂而無節，後離其戚，一言幾於喪國，我未之學也。

「且夫挈瓶之智，守不假器，況篡帝業而輕天位。瞻仰二祖，厥庸孔肆，常翹翹以危懼，若乘奔而無轡。白龍魚服，見困豫且，雖萬乘之無懼，猶怵惕於一夫。終日不離其輜重，獨微行其焉如？夫君人者，黈纊塞耳，車中不内顧，珮以制容，鑾以節塗，行不變玉，駕不亂步。卻走馬以糞車，何惜騕褭與飛兔？方其用財取物，常畏生類之殄也；賦政任役，常畏人力之盡也。取之以道，用之以時，山無槎枿，畋不麑胎，草木蕃廡，鳥獸阜滋，民忘其勞，樂輸其財。百姓同於饒衍，上下共其雍熙。洪恩素蓄，民心固結，執義顧主，夫懷貞節。此應首純懿。忿姦慝之干命，怨皇統之見替，玄謀設而陰行，合二九而成譎。登聖皇於天階，章漢祚之有秩。若此，故王業可樂焉。今公子苟好勤民以媮樂，此應首爽德。忘民怨之爲仇也。好殫物以窮寵，忽下叛而生憂也。夫水所以載舟，亦所以覆舟。堅冰作於履霜，尋木起於蘖栽。昧旦丕顯，後世猶怠，況初制於甚泰，服者焉能改裁？故相如壯上林之觀，揚雄騁羽獵之辭，雖系以頹牆填壍，亂以收罝解罘，卒無補於風規，祇以昭其愆尤。臣濟奓以陵君，忘經國之長基，故函谷擊柝於東，西朝顛覆而莫持。鼐按：西朝顛覆，指王莽篡弑之事。薛注失之。凡人心是所學，體安所習，鮑肆不知其臭，翫其所以先入。《咸池》不齊度於鼃咬，而衆聽或疑，能不惑者，其惟子野乎？」

客既醉於大道，飽於文義，勸德畏戒，喜懼交争，罔然若酲，朝罷夕倦，奪氣褫魄之爲者，忘其所以爲談，失其所以爲夸。良久乃言曰：「鄙哉予乎！習非而遂迷也，幸見指南於吾子。若僕所聞，華而不實；先生之言，信而有徵。鄙夫寡識，而今而後，迺知大漢之德馨，咸在於此。昔常恨三墳五典既泯，仰不覩炎帝帝魁之美。得聞先生之餘論，則大庭氏何以尚茲？走雖不敏。庶斯達矣！」鼐按：西京雄麗，欲掩孟堅。東京則氣不足舉其辭，不若東都之簡當。惟末章諷戒摯切處爲勝。

張平子思玄賦 ○

仰先哲之玄訓兮，雖彌高而弗違。匪仁里其焉宅兮，匪義迹其焉追？潛服膺以永靖兮，緜日月而不衰。伊中情之信修兮，慕古人之貞節。竦余身而順止兮，遵繩墨而不跌。志摶摶以應懸兮，誠心固其如結。旌性行以製佩兮，佩夜光與瓊枝。纗幽蘭之秋華兮，又綴之以江蘺。美襞積以酷烈兮，允塵邈而難虧。既姱麗而鮮雙兮，非是時之攸珍。奮余榮而莫見兮，播余香而莫聞。幽獨守此仄陋兮，敢怠皇而舍勤。幸二八之逕虞兮，嘉傅說之生殷；尚前良之遺風兮，恫後辰而無及。何孤行之煢煢兮，孑不羣而介立？感鸞鷖之特棲兮，悲淑人之希合。

彼無合而何傷兮，患眾僞之冒真。旦獲讟於羣弟兮，啟金縢而後信。覽蒸民之多僻兮，畏立辟以危身。增煩毒以迷惑兮，羌孰可爲言已？私湛憂而深懷兮，思繽紛而不理。願竭力以守誼兮，雖貧窮而不改。執彫虎而試象兮，阽焦原而跟趾。庶斯奉以周旋兮，要既死而後已。俗遷渝而事化兮，泯規矩之員方。寶蕭艾於重笥兮，謂蕙茝之不香。斥西施而弗御兮，縶騕褭以服箱。行頗僻而獲志兮，循法度而離殃。惟天地之無窮兮，何遭遇之無常！

不抑操而苟容兮，譬臨河而無航。欲巧笑以干媚兮，非余心之所嘗。襲温恭之黻衣兮，被禮義之繡裳。辮貞亮以爲鞶兮，雜伎藝以爲珩。昭綵藻與琱瑑兮，璜聲遠而彌長。淹棲遲以恣欲兮，耀靈忽其西藏。恃已知而華予兮，鶗鴂鳴而不芳。冀一年之三秀兮，遒白露之爲霜。時亹亹而代序兮，疇可與乎比伉？咨妒嫮之難竝兮，想依韓以流亡。恐漸冉而無成兮，留則蔽而不彰。

心猶豫而狐疑兮，即岐阯而臚情。文君爲我端蓍兮，利飛遯以保名。歷衆山以周流兮，翼迅風以揚聲。二女感於崇嶽兮，或冰拆而不營。天蓋高而爲澤兮，誰云路之不平？勔自强而不息兮，蹈玉階之嶢崢。懼筮氏之長短兮，鑽東龜以觀禎。遇九皋之介鳥兮，怨素意之不逞。遊塵外而瞥天兮，據冥翳而哀鳴。鵰鶚競於貪婪兮，我修絜以益榮。子有故於玄鳥兮，歸母氏而後寧。

占既吉而無悔兮，簡元辰而俶裝。旦余沐於清源兮，以下東方。晞余髮於朝陽。漱飛泉之瀝液兮，咀石菌之流英。翾鳥舉而魚躍兮，將往走乎八荒。過少皞之窮野兮，問三邱於句芒。何道真之淳粹兮，去穢累而飄輕。登蓬萊而容與兮，鼇雖抃而不傾。留瀛洲而采芝兮，聊且以乎長生。憑歸雲而遐逝兮，夕余宿乎扶桑。飲青岑之玉醴兮，餐沆瀣以爲粻。發昔夢於木禾兮，穀崑崙之高岡。朝吾行於暘谷兮，從伯禹乎稽山。嘉羣神之執玉兮，疾防風之食言。

指長沙之邪徑兮，存重華乎南鄰。以下南方。哀二妃之未從兮，翩繽處彼湘濱。流目眺夫衡阿兮，覩有黎之圮墳。痛火正之無懷兮，託山陂以孤魂。愁鬱鬱以慕遠兮，越卬州而遊遨。躋日中於昆吾兮，憩炎火之所陶。揚芒熛而絳天兮，水泫沄而涌濤。温風翕其增熱兮，惄鬱悒其難聊。

顲羈旅而無友兮，余安能乎留茲？以下西方。顧金天而歎息兮，吾欲往乎西嬉。前祝融使舉麾兮，纚朱鳥以承旗。躔建木於廣都兮，摭若華而躊躇。超軒轅於西海兮，跨汪氏之龍魚。聞此國之千歲兮，曾焉足以娛余？思九土之殊風兮，從蓐收而遂徂。歘神化而蟬蛻兮，朋精粹而爲徒。

蹶白門而東馳兮，云台行乎中野。以下中央。亂弱水之潺湲兮，逗華陰之湍渚。號馮夷俾清津兮，櫂龍舟以濟予。會帝軒之未歸兮，悵徜徉而延佇。愐河林之蓁蓁兮，偉《關雎》之戒女。黄靈詹而訪命兮，樛天道其焉如。曰近信而遠疑兮，六籍闕而不書。神逵昧其難覆兮，疇克謀而從諸？牛哀病而成虎兮，雖逢昆其必噬。鼈令殪而尸亡兮，取蜀禪而引世。死生錯其不齊兮，雖司命其不晰。竇號行於代路兮，後膺祚而繁廡。王肆侈於漢庭兮，卒銜恤而絶緒。尉厖眉而郎潛兮，逮三葉而遘武。董弱冠而司衮兮，設王隧而弗處。夫吉凶之相仍兮，恆反仄而靡所。穆届天以悦牛兮，豎亂叔而幽主。文斷袪而忌伯兮，閹謁賊而寧后。通人闇於好惡兮，豈昬惑而能剖？嬴擿讖而戒胡兮，備諸外而發内。或輦賄而違車兮，孕行産而爲對。慎、竈顯以言天兮，占水火而妄訊。梁叟患夫黎邱兮，丁厥子而剚刃。親所睼而弗識兮，矧幽冥之可信。毋緜攣以涬己兮，思百憂以自疹。彼天監之孔明兮，用棐忱而祐仁。湯蠲體以禱祈兮，蒙厖褫以拯民。景三慮以營國兮，熒惑次於他辰。魏顆亮以從治兮，鬼亢回以斃秦。咎繇邁而種德兮，樹德懋於英、六。桑末寄夫根生兮，卉既凋而已育。有無言而不酬兮，又何往而不復？盍遠迹以飛聲兮，孰謂時之可蓄？

仰矯首以遥望兮，魂憿惘而無儔。逼區中之隘陋兮，以下北方。將北度而宣遊。行積冰之磑磑兮，清泉沍而不流。寒風凄其永至兮，拂穹岫之騷騷。玄武縮於殼中兮，騰蛇蜿而自糾。魚矜鱗而并淩兮，鳥登木而失條。坐太陰之屏室兮，慨含欷而增愁。怨高陽之相寓兮，伷顓頊而宅幽。庸織路於四裔兮，斯與彼其何瘳？望寒門之絶垠兮，縱余緤乎不周。以下入地。迅猋瀟其媵我兮，鶩翩飄而不禁。越谽嘲之洞穴兮，漂通川之碄碄。經重瘖乎寂寞兮，愍墳羊之深潛。

追荒忽於地底兮，軼無形而上浮。出石密之闇野兮，不識蹊之所由。以下仙居。速燭龍令執炬兮，過鍾山而中休。瞰瑤谿之赤岸兮，弔祖江之見劉。聘王母於銀臺兮，羞玉芝以療飢。戴勝慭其既歡兮，又誚余之行遲。載太華之玉女兮，召洛浦之宓妃。咸姣麗以蠱媚兮，增嫮眼而蛾眉。舒訬婧之纖腰兮，揚雜錯之袿徽。離朱脣而微笑兮，顔的礫以遺光。獻環琨與琛縭兮，申厥好以玄黄。雖色豔而賂美兮，志浩蕩而不嘉。雙材悲於不納兮，竝詠詩而清歌。歌曰：「天地烟熅，百卉含葩。鳴鶴交頸，雎鳩相和。處子懷春，精魂回移。如何淑明，忘我實多。」

將答賦而不暇兮，爰整駕而亟行。瞻崑崙之巍巍兮，臨縈河之洋洋。伏靈龜以負坻兮，亘螭龍之飛梁。登閬風之層城兮，構不死而爲牀。屑瓊蘂以爲粻兮，斟白水以爲漿。抨巫咸以占夢兮，乃貞吉之元符。滋令德於正中兮，含嘉秀以爲敷。既垂穎而顧本兮，亦要思乎故居。安和静而隨時兮，姑純懿之所廬。

戒庶僚以夙會兮，僉供職而並迓。豐隆軯其震霆兮，以下登天。列缺曄其照夜。雲師䨴以交集兮，涷雨沛其灑塗。轙琱輿而樹葩兮，擾應龍以服輅。百神森其備從兮，屯騎羅而星布。振余袂而就車兮，修劍揭以低昂。冠咢咢其映蓋兮，佩綝纚以煇煌。僕夫儼其正策兮，八乘騰而超驤。氛旄溶以天旋兮，蜺旌飄以飛揚。撫軨軹而還睨兮，心勺藥其若湯。羡上都之赫戲兮，何迷故而不忘？左青琱以揵芝兮，右素威以司鉦。前長離使拂羽兮，委水衡乎玄冥。屬箕伯以函風兮，澂澒涊而爲清。曳雲旗之離離兮，鳴玉鸞之嚶嚶。涉清霄而升遐兮，浮蠛蠓而上征。紛翼翼以徐戾兮，焱回回其揚靈。叫帝閽使闢扉兮，覿天皇於瓊宫。聆《廣樂》之九奏兮，展泄泄以彤彤。考治亂於律均兮，意建始而思終。惟般逸之無斁兮，懼樂往而哀來。素女撫絃而餘音兮，太容吟曰念哉！既防溢而靖志兮，迨我暇以翱翔。出紫宫之肅肅兮，集太微之閬閬。命王良掌策駟兮，踰高閣之將將。建罔車之幕幕兮，獵青林之芒芒。彎威弧之拔刺兮，射嶓冢之封狼。觀壁壘於北落兮，伐河鼓之磅硠。乘天潢之汎汎兮，浮雲漢之湯湯。倚招摇、攝提以低徊劉流兮，察二紀、五緯之綢繆遹皇。偃蹇夭矯娩以連卷兮，雜沓叢顇颯以方驤。戫汩飂淚沛以罔象兮，爛漫麗靡藐以迭遏。淩驚雷之硠磕兮，弄狂電之淫裔。踰庬鴻於宕冥兮，貫倒景而高厲。廓盪盪其無涯兮，乃今窺乎天外。

據開陽而頫眂兮，臨舊鄉之暗藹。悲離居之勞心兮，情悁悁而思歸。魂眷眷而屢顧兮，馬倚輈而徘徊。雖遊娛以媮樂兮，豈愁慕之可懷！出閶闔兮降天途，乘焱忽兮馳虛無。雲菲菲兮繞余輪，風眇眇兮震余旟。繽連翩兮紛暗曖，儵眩眃兮反常閭。

收疇昔之逸豫兮，卷淫放之遐心。修初服之娑娑兮，長余佩之參參。文章奐以燦爛兮，美紛紜以從風。御六藝之珍駕兮，游道德之平林。結典籍而爲罟兮，敺儒、墨而爲禽。玩陰陽之變化兮，詠《雅》、《頌》之徽音。嘉曾氏之《歸耕》兮，慕歷阪之嶔崟。恭夙夜而不貳兮，固終始之所服。夕惕若厲以省諐兮，懼余身之未敕。苟中情之端直兮，莫吾知而不恧。默無爲以凝志兮，與仁義乎逍遥。不出户而知天下兮，何必歷遠以劬勞？

系曰：天長地久歲不留，俟河之清祇懷憂。願得遠度以自娛，上下無常窮六區。超踰騰躍絶世俗，飄遥神舉逞所欲。天不可階仙夫稀，柏舟悄悄吝不飛。松、喬高跱孰能離？結精遠遊使心攜。迴志朅來從玄諆，獲我所求夫何思！

古文辭類纂七十終

辭賦類十

王子山魯靈光殿賦有序 ○○

魯靈光殿者，蓋景帝程姬之子恭王餘之所立也。初，恭王始都下國，好治宫室，遂因魯僖基兆而營焉。遭漢中微，盜賊奔突，自西京未央、建章之殿，皆見隳壞，而靈光巋然獨存。意者豈非神明依憑支持，以保漢室者也？然其規矩制度，上應星宿，亦所以永安也。予客自南鄙，觀藝於魯，覩斯而眙，曰：「嗟乎！詩人之興，感物而作。故奚斯頌僖，歌其路寢，而功績存乎辭，德音昭乎聲。物以賦顯，事以頌宣，匪賦匪頌，將何述焉？」遂作賦曰：

粵若稽古，帝漢祖宗，濬哲欽明。殷五代之純熙，紹伊唐之炎精。荷天衢以元亨，廓宇宙而作京。敷皇極以創業，協神道而大寧。於是百姓昭明，九族敦序，乃命孝孫，俾侯於魯。錫介珪以作瑞，宅附庸而開宇。乃立靈光之祕殿，配紫微而爲輔。承明堂於少陽，昭列顯於奎之分野。

瞻彼靈光之爲狀也，則嵯峨嶵嵬，峞巍𡾊㠑。吁可畏乎其駭人也！迢嶢倜儻，豐麗博敞，洞轇轕乎其無垠也。邈希世而特出，羌瓌譎而鴻紛。屹山峙以紆鬱，隆崛岉乎青雲。鬱坱圠以嶒峵，崱繒綾而龍鱗。汩磑磑以璀璨，赫燡燡而燭坤。狀若積石之鏘鏘，又似乎帝室之威神。崇墉岡連以嶺屬，朱闕巖巖而雙立。高門擬于閶闔，方二軌而並入。

於是乎乃歷夫太階以造其堂。俯仰顧眄，東西周章。彤彩之飾，徒何爲乎？浩浩涆涆，流離爛漫。皓壁暠曜以月照，丹柱歙赩而電烻。霞駮雲蔚，若陰若陽。瀖濩燐亂，煒煒煌煌。隱陰夏以中處，霐寥窲以崢嶸。鴻爌炾以爣閬，飀蕭條而清泠。動滴瀝以成響，殷雷應其若驚。耳嘈嘈以失聽，目矎矎而喪精。駢密石與琅玕，齊玉璫與璧英。

遂排金扉而北入，霄靄靄而晻曖。旋室便娟以窈窕，洞房叫窱而幽邃。西廂踟蹰以閑宴，東序重深而奧祕。屹瞠瞑以勿罔，屑鷢翳以懿濞。魂悚悚其驚斯，心猥猥而發悸。

於是詳察其棟宇，觀其結構。規矩應天，上憲觜陬。倔佹雲起，嶔崟離樓。三間四表，八維九隅。萬楹叢倚，磊砢相扶。浮柱岧嵽以星懸，漂嶢峴而枝柱。飛梁偃蹇以虹指，揭蘧蘧而騰湊。層櫨磥佹以岌峩，曲枅要紹而環句。芝栭攢羅以戢孴，枝掌杈枒而斜據。傍夭蟜以橫出，互黝糾而搏負。下岪蔚以璀錯，上崎嶬而重注。捷獵鱗集，支離分赴。縱橫駱驛，各有所趣。

爾乃懸棟結阿，天窗綺疎。圓淵方井，反植荷蕖。發秀吐榮，菡萏披敷。緑房紫菂，窋咤垂珠。雲楶藻棁，龍桷雕鏤。飛禽走獸，因木生姿。奔虎攫拏以梁倚，仡奮舋而軒鬐。虯龍騰驤以蜿蟺，頷若動而躨跜。朱鳥舒翼以峙衡，騰虵蟉虯而繞榱。白鹿孑蜺於欂櫨，蟠螭宛轉而承楣。狡兔跧伏於柎側，猨狖攀椽而相追。玄熊蚺錟以齗齗，卻負戴而蹲跠。齊首目以瞪眄，徒眽眽以狋狋。胡人遥集於上楹，儼雅跽而相對。仡欺猥以鵰䀮，顱顤顟而睽睢。狀若悲愁於危處，憯嚬蹙而含悴。神仙岳岳於棟閒，玉女窺窗而下視。忽瞟眇以響像，若鬼神之髣髴。

圖畫天地，品類羣生。雜物奇怪，山神海靈。寫載其狀，託之丹青。千變萬化，事各繆形。隨色象類，曲得其情。上紀開闢，遂古之初。五龍比翼，人皇九頭。伏羲鱗身，女媧蛇軀。鴻荒朴略，厥狀睢盱。焕炳可觀，黄帝、唐、虞。軒冕以庸，衣裳有殊。下及三后，淫妃亂主。忠臣孝子，烈士貞女。賢愚成敗，靡不載敘。惡以誡世，善以示後。

於是乎連閣承宮，馳道周環。陽榭外望，高樓飛觀。長途升降，軒檻曼延。漸臺臨池，層曲九成。屹然特立，的爾殊形。高徑華蓋，仰看天庭。飛陛揭孽，緣雲上征。中坐垂景，頫視流星。千門相似，萬户如一。巖突洞出，逶迤詰屈。周行數里，仰不見日。何宏麗之靡靡，咨用力之妙勤。非夫通神之俊才，誰能克成乎此勳？據坤靈之寶埶，承蒼昊之純殷。包陰陽之變化，含元氣之烟煴。玄醴騰涌於陰溝，甘露被宇而下臻。朱桂黝儵於南北，蘭芝阿那於東西。祥風翕習以颯灑，激芳香而常芬。神靈扶其棟宇，歷千載而彌堅。永安寧以祉福，長與大漢而久存。實至尊之所御，保延壽而宜子孫。苟可貴其若斯，孰亦有云而不珍？

亂曰：彤彤靈宮，巋嶵穹崇，紛厖鴻兮。崱屴嵫釐，岑崟崱嶷，駢巃嵸兮。連拳偃蹇，崙菌踡嵼，傍敧傾兮。歇欻幽藹，雲覆霮䨴，洞杳冥兮。葱翠紫蔚，礧碨瓌瑋，含光晷兮。窮奇極妙，棟宇已來，未之有兮。神之營之，瑞我漢室，永不朽兮。

王仲宣登樓賦　○○

登茲樓以四望兮，聊假日以銷憂。覽斯宇之所處兮，實顯敞而寡儔。挾清漳之通浦兮，倚曲沮之長洲。背墳衍之廣陸兮，臨皋隰之沃流。北彌陶牧，西接昭丘。華實蔽野，黍稷盈疇。雖信美而非吾土兮，曾何足以少留！

遭紛濁而遷逝兮，漫踰紀以迄今。情眷眷而懷歸兮，孰憂思之可任？憑軒檻以遥望兮，向北風而開襟。平原遠而極目兮，蔽荆山之高岑。路逶迤而脩迥兮，川既漾而濟深。悲舊鄉之壅隔兮，涕横墜而弗禁。昔尼父之在陳兮，有歸與之歎音。鍾儀幽而楚奏兮，莊舄顯而越吟。人情同於懷土兮，豈窮達而異心！

唯日月之逾邁兮，俟河清其未極。冀王道之一平兮，假高衢而騁力。懼匏瓜之徒懸兮，畏井渫之莫食。步棲遲以徙倚兮，白日忽其將匿。風蕭瑟而並興兮，天慘慘而無色。獸狂顧以求羣兮，鳥相鳴而舉翼。原野闃其無人兮，征夫行而未息。心凄愴以感發兮，意忉怛而憯惻。循階除而下降兮，氣交憤於胸臆。夜參半而不寐兮，悵盤桓以反側。

張茂先鷦鷯賦 有序 ○

鷦鷯，小鳥也。生於蒿萊之間，長於藩籬之下，翔集尋常之内，而生生之理足矣。色淺體陋，不爲人用，形微處卑，物莫之害。繁滋族類，乘居匹遊，翩翩然有以自樂也。彼鷲鶚鶤鴻，孔雀翡翠，或淩赤霄之際，或託絶垠之外，翰舉足以沖天，觜距足以自衛，然皆負矰嬰繳，羽毛入貢，何者？有用於人也。夫言有淺而可以託深，類有微而可以喻大，故賦之云爾。

何造化之多端兮，播羣形於萬類？惟鷦鷯之微禽兮，亦攝生而受氣。育翩翩之陋體，無玄黄以自貴。毛弗施於器用，肉弗登於俎味。鷹鸇過猶俄翼，尚何懼於罿罻。翳薈蒙蘢，是焉遊集。飛不飄颺，翔不翕習。其居易容，其求易給。巢林不過一枝，每食不過數粒。棲無所滯，遊無所盤。匪陋荆棘，匪榮茝蘭。動翼而逸，投足而安。委命順理，與物無患。

伊茲禽之無知，何處身之似智？不懷寶以賈害，不飾表以招累。靜守約而不矜，動因循以簡易。任自然以爲資，無誘慕於世僞。鵰鶡介其觜距，鵠鷺軼於雲際。鶤雞竄於幽險，孔翠生乎遐裔。彼晨鳧與歸鴈，又矯翼而增逝。咸美羽而豐肌，故無罪而皆斃。徒銜蘆以避繳，終爲戮於此世。蒼鷹鷙而受緤，鸚鵡惠而入籠。屈猛志以服養，塊幽縶於九重。變音聲以順旨，思摧翮而爲庸。戀鍾、代之林野，慕隴坻之高松。雖蒙幸於今日，未若疇昔之從容。

海鳥鶢鶋，避風而至。條枝巨雀，踰嶺自致。提挈萬里，飄颻逼畏。夫惟體大妨物，而形瓌足瑋也。陰陽陶蒸，萬品一區。巨細舛錯，種繁類殊。鷦螟巢於蚊睫，大鵬彌乎天隅。將以上方不足，而下比有餘。普天壤以遐觀，吾又安知小大之所如？

潘安仁秋興賦有序

晉十有四年，余春秋三十有二，始見二毛，以太尉掾兼虎賁中郎將，寓直於散騎之省。高閣連雲，陽景罕曜，珥蟬冕而襲紈綺之士，此焉遊處。僕野人也，偃息不過茅屋茂林之下，談話不過農夫田父之客，攝官承乏，猥厠朝列，夙興晏寢，匪遑底寧，譬猶池魚籠鳥，有江湖山藪之思。於是染翰操紙，慨然而賦。于時秋也，故以《秋興》名篇。其辭曰：

四運忽其代序兮，萬物紛以迴薄。覽花蒔之時育兮，察盛衰之所託。感冬索而春敷兮，嗟夏茂而秋落。雖末士之榮悴兮，伊人情之美惡。善乎宋玉之言曰：「悲哉秋之爲氣也！蕭瑟兮草木摇落而變衰。憀慄兮若在遠行，登山臨水送將歸。」夫送歸懷慕徒之戀兮，遠行有羈旅之憤。臨川感流以歎逝兮，登山懷遠而悼近。彼四慼之疚心兮，遭一塗而難忍。嗟秋日之可哀兮，諒無愁而不盡。野有歸燕，隰有翔隼。遊氛朝興，槁葉夕隕。

於是乃屏輕箑，釋纖絺。藉莞蒻，御袷衣。庭樹槭以灑落兮，勁風戾而吹帷。蟬嘒嘒以寒吟兮，鴈飄飄而南飛。天晃朗以彌高兮，日悠揚而浸微。何微陽之短晷兮，覺涼夜之方永。月朣朧以含光兮，露凄清以凝冷。熠燿粲於階闥兮，蟋蟀鳴乎軒屏。聽離鴻之晨吟兮，望流火之餘景。宵耿介而不寐兮，獨展轉於華省。悟時歲之遒盡兮，慨俛首而自省。斑鬢髟以承弁兮，素髮颯以垂領。仰羣俊之逸軌兮，攀雲漢以遊騁。登春臺之熙熙兮，珥金貂之炯炯。苟趣舍之殊塗兮，庸詎識其躁静。聞至人之休風兮，齊天地於一指。彼知安而忘危兮，固出生而入死。行投趾於容跡兮，殆不踐而獲底。闕側足以及泉兮，雖猴猨而不履。龜祀骨於宗祧兮，思反身於緑水。

且斂袵以歸來兮，忽投紱以高厲。耕東皐之沃壤兮，輸黍稷之餘税。泉涌湍於石間兮，菊揚芳於崖澨。澡秋水之涓涓兮，玩遊儵之潎潎。逍遥乎山川之阿，放曠乎人間之世。優哉遊哉，聊以卒歲。

潘安仁笙賦 ○

河汾之寶，有曲沃之懸匏焉；鄒魯之珍，有汶陽之孤篠焉。若乃緜蔓紛敷之麗，浸潤靈液之滋，隅隈夷險之埶，禽鳥翔集之嬉，固眾作者之所詳，余可得而略之也。

徒觀其制器也，則審洪纖，面短長。剫生簳，裁熟簧。設宫分羽，經徵列商。泄之反謐，厭焉乃揚。管攢羅而表列，音要妙而含清。各守一以司應，統大魁以爲笙。基黄鐘以舉韻，望鳳儀以擢形。寫皇翼以插羽，摹鸞音以厲聲。如鳥斯企，翾翾歧歧。明珠在咮，若銜若垂。修櫎内辟，餘簫外逶。駢田獵攦，鯽鰈參差。

於是乃有始泰終約，前榮後悴。激憤於今賤，永懷乎故貴。衆滿堂而飲酒，獨向隅以掩淚。援鳴笙而將吹，先嗢噦以理氣。初雍容以安暇，中佛鬱以怫愲。終嵬峩以蹇愕，又颯遝而繁沸。罔浪孟以惆悵，若欲絶而復肆。懰檄羅以奔邀，似將放而中匱。愀愴恻淢，虺蓶煜熠。沈淫汜豔，霅曄岌岌。或案衍夷靡，或竦踴剽急。或既往不反，或已出復入。徘徊布濩，涣衍葺襲。舞既蹈而中輟，節將撫而弗及。樂聲發而盡室歡，悲音奏而列坐泣。攡纖翮以震幽簧，越上筩而通下管。應吹噏以往來，隨抑揚以虚滿。勃慷慨以憀亮，顧躊躇以舒緩。輟《張女》之哀彈，流《廣陵》之名散。咏《園桃》之夭夭，歌《棗下》之纂纂。歌曰：「棗下纂纂，朱實離離。宛其落矣，化爲枯枝。人生不能行樂，死何以虚謚爲？」爾乃引《飛龍》，鳴《鵾雞》。《雙鴻》翔，《白鶴》飛。子喬輕舉，明君懷歸。荆王喟其長吟，楚妃歎而增悲。夫其悽唳辛酸，嚶嚶關關，若離鴻之鳴子也；含咽嘽諧，雍雍喈喈，若羣雛之從母也。郁捋劫悟，泓宏融裔。哇咬嘲哳，壹何察惠。訣厲悄切，又何磬折。

若夫時陽初暖，臨川送離。酒酣徒擾，樂闋日移。疎客始闌，主人微疲。弛絃韜籥，徹塤屏篪。爾乃促中筵，攜友生。解嚴顔，擢幽情。披黃包以授甘，傾縹瓷以酌醽。光歧儼其偕列，雙鳳嘈以和鳴。晉野悚而投琴，況齊瑟與秦箏。新聲變曲，奇韻横逸。縈纏歌鼓，網羅鍾律。爛熠爚以放豔，鬱蓬勃以氣出。《秋風》咏於燕路，《天光》重乎《朝日》。大不踰宫，細不過羽。唱發《章》、《夏》，導揚《韶》、《武》。協和陳、宋，混一齊、楚。邇不逼而遠無攜，聲成文而節有敘。

彼政有失得，而化以醇薄。樂所以移風於善，亦所以易俗於惡。故絲竹之器未改，而桑、濮之流已作。惟簧也能研羣聲之清，惟笙也能總衆清之林。衛無所措其邪，鄭無所容其淫。非天下之和樂不易之德音，其孰能與於此乎！

潘安仁射雉賦有序　○○

余徙家於琅邪，其俗實善射，聊以講肄之餘暇，而習媒翳之事，遂樂而賦之也。

涉青林以遊覽兮，樂羽族之羣飛。聿采毛之英麗兮，有五色之名翬。厲耿介之專心兮，奓雄豔之姱姿。巡邱陵以經略兮，畫墳衍而分畿。

於是青陽告謝，朱明肇授。靡木不滋，無草不茂。初莖蔚其曜新，陳柯槭以改舊。天泱泱以垂雲，泉涓涓而吐溜。麥漸漸以擢芒，雉鷕鷕而朝雊。眄箱籠以揭驕，睨驍媒之變態。奮勁骹以角槎，瞵悍目以旁睞。鶯綺翼而赬撾，灼繡頸而衮背。鬱軒翥以餘怒，思長鳴以效能。

爾乃擊場拄翳，停僮蔥翠。緑柏參差，文翮鱗次。蕭森繁茂，婉轉輕利。衷料戾以徹鑒，表厭躡以密緻。恐吾游之晏起，慮原禽之罕至。甘疲心於企想，分倦目以寓視。何調翰之喬桀，邈疇類而殊才。候扇舉而清叫，野聞聲而應媒。褰微罟以長眺，已踉蹡而徐來。摛朱冠之赩赫，敷藻翰之陪鰓。首葯緑素，身拖黼繪。青鞦莎靡，丹臆蘭綷。或蹶或啄，時行時止。斑尾揚翹，雙角特起。

良遊呃喔，引之規裏。應叱愕立，擢身竦峙。捧黃閒以密彀，屬剛罫以潛擬。倒禽紛以迸落，機聲振而未已。山鷩悍害，猋迅已甚。越壑淩岑，飛鳴薄廩。擎牙低鏃，心平望審。毛體摧落，霍若碎錦。逸羣之儁，擅場挾兩。櫟雌妒異，倏來忽往。忌上風之饕切，畏映日之儻朗。屏發布而累息，徒心煩而技癢。伊義鳥之應機，啾攫地以厲響。彼聆音而逕進，忽交距以接壤。彤盈窗以美發，紛首頹而臆仰。

或乃崇墳夷靡，農不易壠。稊菽叢糅，翳薈菶茸。鳴雄振羽，依於其冢。捫降丘以馳敵，雖形隱而草動。瞻挺毬之傾掉，意揔躍以振踊。暾出苗以入場，愈情駭而神悚。望麗合而翳晶，雉𦡶肩而旋踵。欣余志之精鋭，擬青顱而點項。亦有目不步體，邪眺旁剔。靡聞而驚，無見自𪀗。周環回復，繚繞磐辟。戾翳旋把，縈隨所歷。彳亍中輟，馥焉中鏑。前剠重膺，傍截疊翮。

若夫多疑少決，膽劣心狷。内無固守，出不交戰。來若處子，去如激電。闚閅藹葉，幎歷乍見。於是算分銖，商遠邇。揆懸刀，騁絶技。如輊如軒，不高不埤。當咮值胷，裂膆破背。夷險殊地，馴驫異變。昃不暇食，夕不告勌。昔賈氏之如皋，始解顔於一箭。醜夫爲之改貌，憾妻爲之釋怨。彼遊田之致獲，咸乘危以馳騖。何斯藝之安逸，羌禽從其已豫。清道而行，擇地而住。尾飾鑣而在服，肉登俎而永御。豈惟皁隸，此焉君擧！若乃耽槃流遁，放心不移。忘其身恤，司其雄雌。樂而無節，端操或虧。此則老氏之所誡，而君子之所不爲。

劉伯倫酒德頌　○○

有大人先生，以天地爲一朝，萬期爲須臾。日月爲扃牖，八荒爲庭衢。行無轍迹，居無室廬。幕天席地，縱意所如。止則操卮執觚，動則挈榼提壺。惟酒是務，焉知其餘。有貴介公子，搢紳處士。聞吾風聲，議其所以。乃奮袂攘襟，怒目切齒。陳説禮法，是非鋒起。

先生於是方捧甖承槽，銜杯漱醪。奮髯箕踞，枕麴藉糟。無思無慮，其樂陶陶。兀然而醉，豁爾而醒。静聽不聞雷霆之聲，孰視不覩泰山之形。不覺寒暑之切肌，利欲之感情。俯觀萬物，擾擾焉如江漢之載浮萍。二豪侍側，焉如蜾蠃之與螟蛉。

陶淵明歸去來辭　○○

歸去來兮，田園將蕪，胡不歸！既自以心爲形役，奚惆悵而獨悲？悟已往之不諫，知來者之可追。實迷途其未遠，覺今是而昨非。舟遥遥以輕颺，風飄飄而吹衣。問征夫以前路，恨晨光之熹微。乃瞻衡宇，載欣載奔。僮僕歡迎，稚子候門。三徑就荒，松菊猶存。攜幼入室，有酒盈樽。引壺觴以自酌，眄庭柯以怡顔。倚南窗以寄傲，審容膝之易安。園日涉以成趣，門雖設而常關。策扶老以流憩，時矯首而遐觀。雲無心以出岫，鳥倦飛而知還。景翳翳以將入，撫孤松而盤桓。

歸去來兮，請息交以絶遊。世與我而相遺，復駕言兮焉求！悦親戚之情話，樂琴書以消憂。農人告余以春及，將有事乎西疇。或命巾車，或棹孤舟。既窈窕以尋壑，亦崎嶇而經邱。木欣欣以向榮，泉涓涓而始流。善萬物之得時，感吾生之行休。

已矣乎！寓形宇内復幾時？曷不委心任去留，胡爲遑遑欲何之？富貴非吾願，帝鄉不可期。懷良辰以孤往，或植杖而耘耔。登東皋以舒嘯，臨清流而賦詩。聊乘化以歸盡，樂夫天命復奚疑！

鮑明遠蕪城賦　○○

瀰迆平原，南馳蒼梧、漲海，北走紫塞、鴈門。拖以漕渠，軸以崑岡。重江複關之隩，四會五達之莊。當昔全盛之時，車挂轊，人駕肩。廛閈撲地，歌吹沸天。孳貨鹽田，鏟利銅山。才力雄富，士馬精妍。故能奓秦法，佚周令。劃崇墉，刳濬洫，圖修世以休命。是以板築雉堞之殷，井幹烽櫓之勤。格高五嶽，袤廣三墳。崪若斷岸，矗似長雲。製磁石以禦衝，糊頳壤以飛文。觀基扃之固護，將萬祀而一君。出入三代五百餘載，竟瓜剖而豆分！

澤葵依井，荒葛罥途。壇羅虺蜮，階鬭麏鼯。木魅山鬼，野鼠城狐。風嗥雨嘯，昏見晨趨。饑鷹厲吻，寒鴟嚇雛。伏虣藏虎，乳血餐膚。崩榛塞路，崢嶸古馗。白楊早落，塞草前衰。稜稜霜氣，蔌蔌風威。孤蓬自振，驚砂坐飛。灌莽杳而無際，叢薄紛其相依。通池既已夷，峻隅又已頹。直視千里外，惟見起黄埃。凝思寂聽，心傷已摧。

若夫藻扃黼帳，歌堂舞閣之基。琁淵碧樹，弋林釣渚之館。吴、蔡、齊、秦之聲，魚龍爵馬之玩。皆熏歇燼滅，光沈響絶。東都妙姬，南國佳人。蕙心紈質，玉貌絳脣。莫不埋魂幽石，委骨窮塵。豈憶同輿之愉樂，離宫之苦辛哉！

天道如何？吞恨者多！抽琴命操，爲《蕪城》之歌。歌曰：

邊風急兮城上寒，井逕滅兮邱隴殘。千齡兮萬代，共盡兮何言！驅邁蒼涼之氣，驚心動魄之詞，皆賦家之絶境也。

古文辭類篹七十一終

辭賦類十一

韓退之訟風伯 ○

維茲之旱兮，其誰之由？我知其端兮，風伯是尤。山升雲兮澤上氣，雷鞭車兮電摇幟。雨寖寖兮將墜，風伯怒兮雲不得止。暘烏之仁兮念此下民，閟其光兮不鬬其神。嗟風伯兮其獨謂何？我於爾兮豈有其他？求其時兮修祀事，羊甚肥兮酒甚旨，食足飽兮飲足醉，風伯之怒兮誰使？雲屏屏兮吹使醨之，氣將交兮吹使離之，鑠之使氣不得化，寒之使雲不得施。嗟爾風伯兮，欲逃其罪又何辭！

上天孔明兮有紀有綱，我今上訟兮其罪誰當？天誅加兮不可悔，風伯雖死兮人誰汝傷？

韓退之進學解 ○○○

國子先生，晨入太學，招諸生立館下，誨之曰：「業精於勤，荒於嬉；行成於思，毁於隨。方今聖賢相逢，治具畢張。拔去兇邪，登崇畯良。占小善者率以録，名一藝者無不庸。爬羅剔抉，刮垢磨光，蓋有幸而獲選，孰云多而不揚？諸生業患不能精，無患有司之不明；行患不能成，無患有司之不公。」

言未既，有笑於列者曰：「先生欺予哉！弟子事先生，於兹有年矣。先生口不絶吟於六藝之文，手不停披於百家之編，記事者必提其要，纂言者必鉤其玄。貪多務得，細大不捐，焚膏油以繼晷，恒兀兀以窮年。先生之業，可謂勤矣。觝排異端，攘斥佛、老，補苴罅漏，張皇幽渺。尋墜緒之茫茫，獨旁搜而遠紹；障百川而東之，迴狂瀾於既倒。先生之於儒，可謂有勞矣。沈浸醲郁，含英咀華，作爲文章，其書滿家。上規姚、姒，渾渾無涯，周《誥》殷《盤》，佶屈聱牙。《春秋》謹嚴，左氏浮夸；《易》奇而法，《詩》正而葩。下逮《莊》、《騷》，太史所録，子雲、相如，同工異曲。先生之於文，可謂閎其中而肆其外矣。少始知學，勇於敢爲；長通於方，左右具宜。先生之於爲人，可謂成矣。然而公不見信於人，私不見助於友。跋前躓後，動輒得咎。暫爲御史，遂竄南夷。三年博士，冗不見治。命與仇謀，取敗幾時。冬暖而兒號寒，年豐而妻啼飢。頭童齒豁，竟死何裨？不知慮此，而反教人爲？」

先生曰：「吁！子來前。夫大木爲宎，細木爲桷，欂櫨、侏儒，椳、闑、扂、楔，各得其宜，施以成室者，匠氏之工也。玉札、丹砂，赤箭、青芝，牛溲、馬勃，敗鼓之皮，俱收並蓄，待用無遺者，醫師之良也。登明選公，雜進巧拙，紆餘爲妍，卓犖爲傑，較短量長，惟器是適者，宰相之方也。昔者孟軻好辨，孔道以明，轍環天下，卒老於行；荀卿守正，大論是弘，逃讒於楚，廢死蘭陵。是二儒者，吐辭爲經，舉足爲法，絶類離倫，優入聖域，其遇於世何如也？今先生學雖勤而不繇其統，言雖多而不要其中，文雖奇而不濟於用，行雖修而不顯於衆；猶且月費俸錢，歲縻廩粟，子不知耕，婦不知織，乘馬從徒，安坐而食，踵常途之促促，窺陳編以盜竊。然而聖主不加誅，宰臣不見斥，茲非其幸與？動而得謗，名亦隨之。投閒置散，乃分之宜。若夫商財賄之有無，計班資之崇庳，忘己量之所稱，指前人之瑕疵，是所謂詰匠氏之不以杙爲楹，而訾醫師以昌陽引年，欲進其豨苓也。」

韓退之送窮文 ○○

元和六年正月乙丑晦，主人使奴星，結柳作車，縛草爲船，載糗輿粻，牛繫軛下，引帆上檣，三揖窮鬼而告之曰：「聞子行有日矣，鄙人不敢問所塗。竊具船與車，備載糗粻。

日吉時良，利行四方。子飯一盂，子啜一觴，攜朋挈儔，去故就新。駕塵彍風，與電争先。子無底滯之尤，我有資送之恩。子等有意於行乎？」

屏息潛聽，如聞音聲，若嘯若啼，砉欻嚘嚶。毛髮盡竪，竦肩縮頸。疑有而無，久乃可明。若有言者曰：「吾與子居，四十年餘。子在孩提，吾不子愚。子學子耕，求官與名，惟子是從，不變於初。門神户靈，我叱我呵，包羞詭隨，志不在他。子遷南荒，熱爍濕蒸，我非其鄉，百鬼欺陵。太學四年，朝虀暮鹽，惟我保汝，人皆汝嫌。自初及終，未始背汝。心無異謀，口絶行語。於何聽聞，云我當去？是必夫子信讒，有間於予也。我鬼非人，安用車船？鼻齅臭香，糗粻可捐。單獨一身，誰爲朋儔？子苟備知，可數已不？子能盡言，可謂聖智。情狀既露，敢不迴避？」

主人應之曰：「子以吾爲真不知也耶？子之朋儔，非六非四，在十去五，滿七除二。各有主張，私立名字，捩手覆羹，轉喉觸諱。凡所以使吾面目可憎，語言無味者，皆子之志也。其名曰智窮：矯矯亢亢，惡圓喜方，羞爲姦欺，不忍害傷。其次名曰學窮：傲數與名，摘抉杳微，高挹羣言，執神之機。又其次曰文窮：不專一能，怪怪奇奇，不可時施，祗以自嬉。又其次曰命窮：影與形殊，面醜心妍，利居衆後，責在人先。又其次曰交窮：磨肌戛骨，吐出心肝；企足以待，寘我仇冤。凡此五鬼，爲吾五患。飢我寒我，興訛造訕。能使我迷，人莫能間。朝悔其行，暮已復然。蠅營狗苟，驅去復還。」

言未畢，五鬼相與張眼吐舌，跳踉偃仆，抵掌頓腳，失笑相顧。徐謂主人曰：「子知我名，凡我所爲，驅我令去，小黠大癡。人生一世，其久幾何？吾立子名，百世不磨。小人君子，其心不同，惟乖於時，乃與天通。攜持琬琰，易一羊皮，飫於肥甘，慕彼糠糜。天下知子，誰過於予？雖遭斥逐，不忍子疏。謂予不信，請質《詩》、《書》。」

主人於是垂頭喪氣，上手稱謝，燒車與船，延之上座。

韓退之釋言 ○

元和元年六月十日，愈自江陵法曹，詔拜國子博士，始進見今相國鄭公。公賜之坐，且曰：「吾見子某詩，吾時在翰林，職親而地禁，不敢相聞。今爲我寫子詩書爲一通以來。」愈再拜謝，退録詩書若干篇，擇日時以獻。

於後之數月，有來謂愈者曰：「子獻相國詩書乎？」曰「然」。曰：「有爲讒於相國之座者曰：『韓愈曰：「相國徵余文，余不敢匿，相國豈知我哉！」』子其慎之！」愈應之曰：「愈爲御史，得罪德宗朝，同遷於南者，凡三人，獨愈爲先收用，相國之賜大矣。百官之進見相國者，或立語以退；而愈辱賜坐語，相國之禮過矣。四海九州之人，自百官已下，欲以其業徹相國左右者多矣，皆憚而莫之敢，獨愈辱先索，相國之知至矣。賜之大，禮之過，知之至，是三者，於敵以下受之，宜以何報？況在天子之宰乎？人莫不自知，凡適於用之謂才，堪其事之謂力，愈於二者，雖日勉焉而不迨。束帶執笏，立士大夫之行，不見斥以不肖，幸矣，其何敢敖於言乎？夫敖雖凶德，必有恃而敢行。愈之族親鮮少，無扳聯之執於今，不善交人，無相先相死之友於朝，無宿資蓄貨以釣聲執，弱於才而腐於力，不能奔走乘機抵巇以要權利，夫何恃而敖？若夫狂惑喪心之人，蹈河而入火，妄言而罵詈者，則有之矣；而愈人知其無是疾也，雖有讒者百人，相國將不信之矣，愈何懼而慎與？」

既累月，有來謂愈曰：「有讒子於翰林舍人李公與裴公者，子其慎與！」愈曰：「二公者，吾君朝夕訪焉，以爲政於天下，而階太平之治，居則與天子爲心膂，出則與天子爲股肱。四海九州之人，自百官已下，其孰不願忠而望賜？愈也不狂不愚，不蹈河而入火，病風而妄罵，不當有如讒者之說也。雖有讒者百人，二公將不信之矣，愈何懼而慎？」

既以語應客，夜歸私自尤曰：「咄市有虎，而曾參殺人，讒者之效也。《詩》曰：『取彼讒人，投畀豺虎。豺虎不食，投畀有北。有北不受，投畀有昊。』傷於讒，疾而甚之之辭也。又曰：『亂之初生，僭始既涵。亂之又生，君子信讒。』始疑而終信之之謂也。孔子曰：『遠佞人。』夫佞人不能遠，則有時而信之矣。今我恃直而不戒，禍其至哉！」徐又自解之曰：「市有虎，聽者庸也；曾參殺人，以愛惑聰也。《巷伯》之傷，亂世是逢也。今三賢方與天子謀所以施政於天下，而階太平之治，聽聰而視明，公正而敦大。夫聰明則視聽不惑，公正則不邇讒邪，敦大則有以容而思。彼讒人者，孰敢進而爲讒哉？雖進而爲之，亦莫之聽矣，我何懼而慎？」

既累月，上命李公相。客謂愈曰：「子前被言於一相，今李公又相，子其危哉！」愈曰：「前之謗我於宰相者，翰林不知也；後之謗我於翰林者，宰相不知也。今二公合處而會言，若及愈，必曰：『韓愈亦人耳，彼敖宰相，又敖翰林，其將何求？必不然。』吾乃今知免矣。」既而讒言果不行。

蘇子瞻前赤壁賦 ○○○

壬戌之秋，七月既望，蘇子與客泛舟，遊於赤壁之下。清風徐來，水波不興。舉酒屬客，誦《明月》之詩，歌《窈窕》之章。少焉月出於東山之上，徘徊於斗、牛之間。白露横江，水光接天。縱一葦之所如，淩萬頃之茫然。浩浩乎如馮虚禦風而不知其所止，飄飄乎如遺世獨立羽化而登仙。

於是飲酒樂甚，扣舷而歌之。歌曰：「桂棹兮蘭槳，擊空明兮泝流光。渺渺兮予懷，望美人兮天一方。」客有吹洞簫者，倚歌而和之。其聲嗚嗚然，如怨如慕，如泣如訴，餘音嫋嫋，不絶如縷，舞幽壑之潛蛟，泣孤舟之嫠婦。

蘇子愀然正襟危坐而問客曰：「何爲其然也？」客曰：「『月明星稀，烏鵲南飛』，此非曹孟德之詩乎？西望夏口，東望武昌，山川相繆，鬱乎蒼蒼，此非孟德之困於周郎者乎？方其破荆州，下江陵，順流而東也，舳艫千里，旌旗蔽空，釃酒臨江，横槊賦詩，固一世之雄也，而今安在哉？況吾與子，漁樵於江渚之上，侣魚鰕而友麋鹿，駕一葉之扁舟，舉匏尊以相屬。寄蜉蝣於天地，渺滄海之一粟。哀吾生之須臾，羨長江之無窮。挾飛仙以遨遊，抱明月而長終。知不可乎驟得，託遺響於悲風。」

蘇子曰：「客亦知夫水與月乎？逝者如斯，而未嘗往也；盈虚者如彼，而卒莫消長也。蓋將自其變者而觀之，則天地曾不能以一瞬；自其不變者而觀之，則物與我皆無盡也，而又何羨乎？且夫天地之閒，物各有主，苟非吾之所有，雖一毫而莫取。惟江上之清風，與山閒之明月，耳得之而爲聲，目遇之而成色，取之無禁，用之不竭，是造物者之無盡藏也，而吾與子之所共食。」

客喜而笑，洗盞更酌，肴核既盡，杯盤狼籍。相與枕藉乎舟中，不知東方之既白。

蘇子瞻後赤壁賦 ○○○

是歲十月之望，步自雪堂，將歸於臨皋。二客從予過黄泥之阪。霜露既降，木葉盡脱，人影在地，仰見明月。顧而樂之，行歌相答。已而歎曰：「有客無酒，有酒無肴。月白風清，如此良夜何？」客曰：「今者薄暮，舉網得魚，巨口細鱗，狀如松江之鱸。顧安所得酒乎？」歸而謀諸婦。婦曰：「我有斗酒，藏之久矣，以待子不時之需。」

於是攜酒與魚，復遊於赤壁之下。江流有聲，斷岸千尺，山高月小，水落石出。曾日月之幾何，而江山不可復識矣。予乃攝衣而上，履巉巖，披蒙茸，踞虎豹，登虬龍，攀棲鶻之危巢，俯馮夷之幽宫。蓋二客不能從焉。劃然長嘯，草木震動，山鳴谷應，風起水涌。予亦悄然而悲，肅然而恐，凛乎其不可留也。反而登舟，放乎中流，聽其所止而休焉。時夜將半，四顧寂寥。適有孤鶴，橫江東來，翅如車輪，玄裳縞衣，戛然長鳴，掠余舟而西也。須臾客去，予亦就睡。夢一道士，羽衣翩躚，過臨皋之下，揖余而言曰：「赤壁之遊樂乎？」問其姓名，俛而不答。嗚呼噫嘻！我知之矣。疇昔之夜，飛鳴而過我者，非子也耶？道士顧笑，余亦驚悟。開户視之，不見其處。

古文辭類篹七十二終

哀祭類一

屈原九歌　○○○

東皇太一

吉日兮辰良，穆將愉兮上皇。撫長劍兮玉珥，璆鏘鳴兮琳琅。瑤席兮玉鎮，盍將把兮瓊芳。蕙肴烝兮蘭藉，奠桂酒兮椒漿。揚枹兮拊鼓，疏緩節兮安歌，陳竽瑟兮浩倡。靈偃蹇兮姣服，芳菲菲兮滿堂。五音紛兮繁會，君欣欣兮樂康。

雲中君

浴蘭湯兮沐芳，華采衣兮若英。靈連蜷兮既留，爛昭昭兮未央。謇將憺兮壽宮，與日月兮齊光。龍駕兮帝服，聊翺遊兮周章。靈皇皇兮既降，猋遠舉兮雲中。覽冀州兮有餘，橫四海兮焉窮？思夫君兮太息，極勞心兮忡忡。

湘君

君不行兮夷猶，蹇誰留兮中洲？美要眇兮宜修，沛吾乘兮桂舟。令沅湘兮無波，使江水兮安流。望夫君兮未來，吹參差兮誰思？

駕飛龍兮北征，邅吾道兮洞庭。薜荔拍兮蕙綢，荃橈兮蘭旌。望涔陽兮極浦，橫大江兮揚靈。揚靈兮未極，女嬋媛兮爲余太息。橫流涕兮潺湲，隱思君兮陫側。

桂櫂兮蘭枻，斲冰兮積雪。采薜荔兮水中，搴芙蓉兮木末。心不同兮媒勞，恩不甚兮輕絕。石瀨兮淺淺，飛龍兮翩翩。交不忠兮怨長，期不信兮，告予以不閒。

朝騁騖兮江皋，夕弭節兮北渚。鳥次兮屋上，水周兮堂下。

捐余玦兮江中，遺余佩兮澧浦。采芳洲兮杜若，將以遺兮下女。時不可兮再得，聊逍遥兮容與！

湘夫人

帝子降兮北渚，目眇眇兮愁予。嫋嫋兮秋風，洞庭波兮木葉下。登白薠兮騁望，與佳期兮夕張。鳥何萃兮蘋中，罾何爲兮木上？沅有茝兮澧有蘭，思公子兮未敢言。慌惚兮遠望，觀流水兮潺湲。

麋何爲兮庭中？蛟何爲兮水裔？朝馳余馬兮江皋，夕濟兮西澨。聞佳人兮召予，將騰駕兮偕逝。

築室兮水中，葺之兮荷蓋。荃壁兮紫壇，播芳椒兮成堂。桂棟兮蘭橑，辛夷楣兮藥房。罔薜荔兮爲帷，擗蕙櫋兮既張。白玉兮爲鎮，疏石蘭兮爲芳。芷葺兮荷屋，繚之兮杜蘅。合百草兮實庭，建芳馨兮廡門。九疑繽兮並迎，靈之來兮如雲。

捐余袂兮江中，遺余褋兮澧浦。搴汀州兮杜若，將以遺兮遠者。時不可兮驟得，聊逍遥兮容與！

大司命

廣開兮天門，紛吾乘兮玄雲。令飄風兮先驅，使涷雨兮灑塵。君回翔兮以下，踰空桑兮從女。紛總總兮九州，何壽夭兮在予！高飛兮安翔，乘清氣兮御陰陽。吾與君兮齊速，導帝之兮九阬。

靈衣兮披披，玉佩兮陸離。壹陰兮壹陽，衆莫知兮余所爲。

折疏麻兮瑶華，將以遺兮離居。老冉冉兮既極，不寖近兮愈疎。乘龍兮轔轔，高馳兮沖天。結桂枝兮延竚，羌愈思兮愁人。愁人兮奈何，願若今兮無虧。固人命兮有當，孰離合兮可爲？

少司命

秋蘭兮蘪蕪，羅生兮堂下。緑葉兮素華，芳菲菲兮襲予。夫人兮自有美子，荃何以兮愁苦。

秋蘭兮青青，緑葉兮紫莖。滿堂兮美人，忽獨與余兮目成。人不言兮出不辭，乘回風兮載雲旗。悲莫悲兮生別離，樂莫樂兮新相知。荷衣兮蕙帶，儵而來兮忽而逝。夕宿兮帝郊，君誰須兮雲之際？

與女沐兮咸池，晞女髮兮陽之阿。望美人兮未來，臨風怳兮浩歌。孔蓋兮翠旍，登九天兮撫彗星。竦長劍兮擁幼艾，荃獨宜兮爲民正。

東君

暾將出兮東方，照吾檻兮扶桑。撫余馬兮安驅，夜皎皎兮既明。駕龍輈兮乘雷，載雲旗兮委蛇。長太息兮將上，心低佪兮顧懷。羌聲色兮娱人，觀者憺兮忘歸。

緪瑟兮交鼓，簫鐘兮瑶簴，鳴篪兮吹竽，思靈保兮賢姱。翾飛兮翠曾，展詩兮會舞，應律兮合節，靈之來兮蔽日。

青雲衣兮白蜺裳，舉長矢兮射天狼。操余弧兮反淪降，援北斗兮酌桂漿。撰余轡兮高駝翔，杳冥冥兮以東行。

河伯

與女遊兮九河，衝風起兮横波。乘水車兮荷蓋，駕兩龍兮驂螭。登崑崙兮四望，心飛揚兮浩蕩。日將莫兮悵忘歸，惟極浦兮寤懷。魚鱗屋兮龍堂，紫貝闕兮朱宫，靈何爲兮水中？

乘白黿兮逐文魚，與女遊兮河之渚，流澌紛兮將來下。子交手兮東行，送美人兮南浦。波滔滔兮來迎，魚鄰鄰兮媵予。

山鬼

若有人兮山之阿，被薜荔兮帶女蘿。既含睇兮又宜笑，子慕予兮善窈窕。

乘赤豹兮從文貍，辛夷車兮結桂旗。被石蘭兮帶杜蘅，折芳馨兮遺所思。余處幽篁兮終不見天，路險難兮獨後來。

表獨立兮山之上，雲容容兮而在下。杳冥冥兮羌晝晦，東風飄兮神靈雨。留靈脩兮憺忘歸，歲既晏兮孰華予。

采三秀兮於山間，石磊磊兮葛蔓蔓。怨公子兮悵忘歸，君思我兮不得閒。山中人兮芳杜若，飲石泉兮蔭松柏，君思我兮然疑作。雷填填兮雨冥冥，猨啾啾兮狖夜鳴。風颯颯兮木蕭蕭，思公子兮徒離憂。

國殤

操吴戈兮被犀甲，車錯轂兮短兵接。旌蔽日兮敵若雲，矢交墜兮士争先。陵余陳兮躐余行，左驂殪兮右刃傷。霾兩輪兮縶四馬，援玉枹兮擊鳴鼓。天時懟兮威靈怒，嚴殺盡兮棄原野。

出不入兮往不反，平原忽兮路超遠。帶長劍兮挾秦弓，首雖離兮心不懲。誠既勇兮又以武，終剛强兮不可陵。身既死兮神以靈，魂魄毅兮爲鬼雄！

禮魂

成禮兮會鼓，傳芭兮代舞，姱女倡兮容與。春蘭兮秋菊，長無絶兮終古！

宋玉招魂 〇〇〇

朕幼清以廉潔兮，身服義而未沬。主此盛德兮，牽於俗而蕪穢。上無所考此盛德兮，長離殃而愁苦。

帝告巫陽曰：「有人在下，我欲輔之。魂魄離散，汝筮予之！」巫陽對曰：「掌夢，上帝其命難從！」「若必筮予之，恐後謝之不能復用巫陽焉。」

乃下招曰：魂兮歸來！去君之恒幹，何爲乎四方些？舍君之樂處，而離彼不祥些。

魂兮歸來！東方不可以託些。長人千仞，惟魂是索些。十日代出，流金鑠石些。彼皆習之，魂往必釋些。歸來歸來！不可以託些。

魂兮歸來！南方不可以止些。雕題黑齒，得人肉以祀，以其骨爲醢些。蝮蛇蓁蓁，封狐千里些。雄虺九首，往來倏忽，吞人以益其心些。歸來歸來！不可久淫些。

魂兮歸來！西方之害，流沙千里些。旋入雷淵，爢散而不可止些。幸而得脱，其外曠宇些。赤蟻若象，玄蠭若壺些。五穀不生，叢菅是食些。其土爛人，求水無所得些。彷徉無所倚，廣大無所極些。歸來歸來！恐自遺賊些。

魂兮歸來！北方不可以止些。增冰峨峨，飛雪千里些。歸來歸來！不可以久些。魂兮歸來！君無上天些。虎豹九關，啄害下人些。一夫九首，拔木九千些。豺狼從目，往來侁侁些。懸人以嬉，投之深淵些。致命於帝，然後得瞑些。歸來歸來！往恐危身些。

魂兮歸來！君無下此幽都些。土伯九約，其角觺觺些。敦脄血拇，逐人駓駓些。參目虎首，其身若牛些。此皆甘人。歸來歸來！恐自遺災些。

魂兮歸來！入修門些。工祝招君，背行先些。秦篝齊縷，鄭綿絡些。招具該備，永嘯呼些。魂兮歸來！反故居些。天地四方，多賊姦些。像設君室，靜閒安些。高堂邃宇，檻層軒些。層臺累榭，臨高山些。網户朱綴，刻方連些。冬有突夏，夏室寒些。川谷徑復，流潺湲些。光風轉蕙，氾崇蘭些。經堂入奧，朱塵筵些。砥室翠翹，挂曲瓊些。翡翠珠被，爛齊光些。蒻阿拂壁，羅幬張些。纂組綺縞，結奇璜些。室中之觀，多珍怪些。蘭膏明燭，華容備些。二八侍宿，射遞代些。九侯淑女，多迅眾些。盛鬋不同制，實滿宮些。容態好比，順彌代些。弱顏固植，謇其有意些。姱容修態，絙洞房些。蛾眉曼睩，目騰光些。靡顏膩理，遺視矊些。離榭修幕，侍君之閒些。翡帷翠幬，飾高堂些。紅壁沙版，玄玉之梁些。仰觀刻桷，畫龍蛇些。坐堂伏檻，臨曲池些。芙蓉始發，染芰荷些。紫莖屏風，文緑波些。文異豹飾，侍陂陀些。軒輬既低，步騎羅些。蘭薄户樹，瓊木籬些。魂兮歸來！何遠爲些？

室家遂宗，食多方些。稻粢穱麥，挐黄粱些。大苦鹹酸，辛甘行些。肥牛之腱，臑若芳些。和酸若苦，陳吴羹些。胹鼈炮羔，有柘漿些。鵠酸臇鳧，煎鴻鶬些。露鷄臛蠵，厲而不爽些。粔籹蜜餌，有餦餭些。瑶漿蠠勺，實羽觴些。挫糟凍飲，酎清涼些。華酌既陳，有瓊漿些。歸來反故室，敬而無妨些。

肴羞未通，女樂羅些。陳鐘按鼓，造新歌些。《涉江》、《采菱》，發《揚荷》些。美人既醉，朱顔酡些。娭光眇視，目曾波些。被文服纖，麗而不奇些。長髮曼鬋，豔陸離些。二八齊容，起鄭舞些。衽若交竿，撫案下些。竽瑟狂會，搷鳴鼓些。宫庭震驚，發《激楚》些。吴歈蔡謳，奏大吕些。士女雜坐，亂而不分些。放陳組纓，班其相紛些。鄭、衛妖玩，來雜陳些。《激楚》之結，獨秀先些。菎蔽象棊，有六簙些。分曹竝進，遒相迫些。成梟而牟，呼五白些。晉制犀比，費白日些。鏗鍾摇簴，揳梓瑟些。娱酒不廢，沈日夜些。蘭膏明燭，華鐙錯些。結撰至思，蘭芳假些。人有所極，同心賦些。酎飲既盡歡，樂先故些。魂兮歸來！反故居些。

亂曰：獻歲發春兮，汩吾南征。菉蘋齊葉兮白芷生。路貫廬江兮左長薄，倚沼畦瀛兮遥望博。青驪結駟兮齊千乘，懸火延起兮玄顏烝。步及驟處兮誘騁先，抑騖若通兮，引車右還。與王趨夢兮課後先，君王親發兮憚青兕。朱明承夜兮，時不可淹，皋蘭被徑兮斯路漸。湛湛江水兮上有楓，目極千里兮傷春心。魂兮歸來哀江南！

景差大招　○

青春爰謝，白日昭只。春氣奮發，萬物遽只。冥陵浹行，魂無逃只。魂魄歸徠！無遠遥只。

魂乎歸徠！無東無西，無南無北只。東有大海，溺水浟浟只。螭龍並流，上下悠悠只。霧雨淫淫，白皓膠只。魂乎無東！湯谷寂寥只。魂乎無南！南有炎火千里，蝮蛇蜒只。山林險隘，虎豹蜿只。鰅鱅短狐，王虺騫只。魂乎無南！蜮傷躬只。魂乎無西！西方流沙，漭洋洋只。豕首縱目，被髮鬤只。長爪踞牙，誒笑狂只。魂乎無西！多害傷只。魂乎無北！北有寒山，逴龍赩只。代水不可涉，深不可測只。天白顥顥，寒凝凝只。魂乎無往！盈北極只。

魂魄歸徠！閒以静只。自恣荆楚，安以定只。逞志究欲，心意安只。窮身永樂，年壽延只。魂乎歸徠！樂不可言只。五穀六仞，設菰粱只。鼎臑盈望，和致芳只。内鶬鴿鵠，味豺羹只。魂乎歸徠！恣所嘗只。鮮蠵甘鷄，和楚酪只。醢豚苦狗，膾苴蓴只。吴酸蒿蔞，不沾薄只。魂乎歸徠！恣所擇只。炙鴰烝鳧，煔鶉陳只。煎鰿臛雀，遽爽存只。魂乎歸徠！麗以先只。四酎并孰，不澀嗌只。清馨凍飮，不歠役只。董塢先生云：《詩》「禾役穟穟」，毛《傳》云：役，列也。不歠役，言雖不及飲，而皆陳列於前也。吴醴白蘖，和楚瀝只。魂乎歸徠！不遽惕只。

代、秦、鄭、衛，鳴竽張只。伏戲《駕辯》，楚《勞商》只。謳和《揚阿》，趙簫倡只。魂乎歸徠！定空桑只。二八接武，投詩賦只。叩鐘調磬，娱人亂只。四上競氣，極聲變只。魂乎歸徠！聽歌譔只。

朱脣皓齒，嫭以姱只。比德好閒，習以都只。豐肉微骨，調以娱只。魂乎歸徠！安以舒只。嫮目宜笑，蛾眉曼只。容則秀雅，稺朱顔只。魂乎歸徠！静以安只。姱修滂浩，麗以佳只。曾頰倚耳，曲眉規只。滂心綽態，姣麗施只。小腰秀頸，若鮮卑只。魂乎歸徠！

思怨移只。易中利心，以動作只。粉白黛黑，施芳澤只。長袂拂面，善留客只。魂乎歸徠！以娛昔只。青色直眉，美目媔只。靨輔奇牙，宜笑嘕只。豐肉微骨，體便娟只。魂乎歸徠！恣所便只。

夏屋廣大，沙堂秀只。南房小壇，觀絶霤只。曲屋步櫩，宜擾畜只。騰駕步遊，獵春囿只。瓊轂錯衡，英華假只。茝蘭桂樹，鬱彌路只。魂乎歸徠！恣志慮只。孔雀盈園，畜鸞皇只。鵾鴻羣晨，雜鶖鶬只。鴻鵠代遊，曼鷫鷞只。魂乎歸徠！鳳皇翔只。曼澤怡面，血氣盛只。永宜厥身，保壽命只。室家盈廷，爵禄盛只。魂乎歸徠！居室定只。

接徑千里，出若雲只。三圭重侯，聽類神只。薑塢先生云：出若雲，言其車騎從官之盛。《莊子·讓王》延之以三旌之位，司馬彪本作「三珪」，云諸侯三卿執珪。察篤夭隱，孤寡存只。魂乎歸徠！正始昆只。田邑千畛，人阜昌只。美冒眾流，德澤章只。先威後文，善美明只。魂乎歸徠！賞罰當只。名聲若日，照四海只。德譽配天，萬民理只。北至幽陵，南交阯只。西薄羊腸，東窮海只。魂乎歸徠！尚賢士只。發政獻行，禁苛暴只。舉傑壓陛，薑塢先生云：俊傑光輔，本朝殿陛之間，如待以鎮壓。誅譏罷只。直、贏在位，近禹麾只。薑塢先生云：《吕覽·求士》篇，禹治水，得陶、化益、直窺、横革、之交。《荀子·成相》「得益、皋陶、横革、直成爲輔」。《戰國策》「禹有五丞」。此直、贏即五丞之二也。豪傑執政，流澤施只。魂乎歸徠！國家爲只，雄雄赫赫，天德明只。三公穆穆，登降堂只。諸侯畢極，立九卿只。昭質既設，大侯張只。執弓挾矢，揖辭讓只。魂乎歸徠！尚三王只。

賈生弔屈原賦

恭承嘉惠兮，竢罪長沙。仄聞屈原兮，自沈汨羅。造託湘流兮，敬弔先生。遭世罔極兮，迺隕厥身。烏虖哀哉兮，逢時不祥。鸞鳳伏竄兮，鴟梟翱翔。闒茸尊顯兮，讒諛得志；賢聖逆曳兮，方正倒植。世謂隨、夷溷兮，謂跖、蹻廉；莫邪爲頓兮，鉛刀爲銛。于嗟默默兮，生之無故。斡棄周鼎兮，而寶康瓠。騰駕罷牛兮驂蹇驢，驥垂兩耳兮服鹽車。章甫薦屨兮，漸不可久。嗟苦先生兮，獨離此咎！

誶曰：已矣，國其莫我知，獨堙鬱其誰語？鳳漂漂其高逝兮，夫固自縮而遠去。襲九淵之神龍兮，沕深潛以自珍。彌融爚以隱處兮，夫豈從螘與蛭螾？所貴聖人之神德兮，遠濁世而自藏。使騏驥可得係羈兮，豈云異夫犬羊！般紛紛其離此尤兮，亦夫子之辜也！瞝九州而相君兮，何必懷此都也？鳳皇翔於千仞之上兮，覽惪輝焉下之。見細德之險微兮，搖增翮而去之。彼尋常之汙瀆兮，豈能容吞舟之魚！橫江湖之鱣鯨兮，固將制於螻蟻。

漢武帝悼李夫人賦

美連娟以修嫮兮，命樔絶而不長。飾新宫以延貯兮，泯不歸乎故鄉。慘鬱鬱其蕪穢兮，隱處幽而懷傷。釋輿馬於山椒兮，奄修夜之不陽。秋氣憯以淒淚兮，桂枝落而銷亡。神縈縈以遥思兮，精浮游而出畺。託沈陰以壙久兮，惜蕃華之未央。念窮極之不還兮，惟幼眇之相羊。函菱荴以俟風兮，芳雜襲以彌章。的容與以猗靡兮，縹飄姚虖愈莊。燕淫衍而撫楹兮，連流視而娥揚。既激感而心逐兮，包紅顔而弗明。驩接狎以離别兮，宵寤夢之芒芒。忽遷化而不反兮，魂放逸以飛揚。何靈魂之紛紛兮，哀裴回以躊躇？執路日以遠兮，遂荒忽而辭去。超兮西征，屑兮不見。寖淫敞芜，寂兮無音。思若流波，怛兮在心。

亂曰：佳俠函光，隕朱榮兮。嫉妒闒茸，將安程兮？方時隆盛，年夭傷兮。弟子增欷，洿沫悵兮。悲愁於邑，喧不可止兮。嚮不虚應，亦云已兮。嫶妍太息，嘆稚子兮。懰慄不言，倚所恃兮。仁者不誓，豈約親兮？既往不來，申以信兮。去彼昭昭，就冥冥兮。既下新宫，不復故庭兮。嗚呼哀哉！想魂靈兮。

古文辭類纂七十三終

哀祭類二

韓退之祭田横墓文

貞元十一年九月，愈如東京，道出田横墓下，感横義高能得士，因取酒以祭，爲文而弔之。其辭曰：

事有曠百世而相感者，余不自知其何心。非今世之所稀，孰爲使余歔欷而不可禁？余既博觀乎天下，曷有庶幾乎夫子之所爲？死者不復生，嗟余去此其從誰？當秦氏之敗亂，得一士而可王。何五百人之擾擾，而不能脱夫子於劍鋩？抑所寶者非賢，亦天命之有常？昔闕里之多士，孔聖亦云其遑遑。苟余行之不迷，雖顛沛其何傷！自古死者皆一，夫子至今有耿光。跽陳辭而薦酒，魂髣髴而來享。此是公少作，故猶取屈子成句。

韓退之潮州祭神文五首録一

維年月日，潮州刺史韓愈，謹以清酌腶修之奠，祈於大湖神之靈曰：

稻既穟矣而雨，不得熟以獲也；蠶起且眠矣而雨，不得老以簇也。歲且盡矣，稻不可以復種，而蠶不可以復育也。農夫桑婦，將無以應賦稅繼衣食也。非神之不愛人，刺史失所職也。百姓何罪，使至極也？神聰明而端一，聽不可濫以惑也。刺史不仁，可坐以罪；惟彼無辜，惠以福也。劃劙雲陰，卷月日也。幸身有衣，口得食，給神役也。充上之須，脱刑辟也。選牲爲酒，以報靈德也。吹擊管鼓，侑香潔也。拜庭跪坐，如法式也。不信當治，疾殃殛也。神其尚饗！

韓退之祭張員外文　○○○

維年月日，彰義軍行軍司馬守太子右庶子兼御史中丞韓愈，謹遣某乙，以庶羞清酌之奠，祭於亡友故河南縣令張十二員外之靈：

貞元十九，君爲御史，余以無能，同詔並跱。君德渾剛，標高揭己，有不吾如，唾猶泥滓。余戇而狂，年未三紀，乘氣加人，無挾自恃。彼婉孌者，實憚吾曹，側肩帖耳，有舌如刀。

我落陽山，以尹鼯猱，君飄臨武，山林之牢。歲弊寒兇，雪虐風饕，顛於馬下，我泗君咷。夜息南山，同臥一席，守隸防夫，觝頂交跖。洞庭漫汗，黏天無壁，風濤相豗，中作霹靂，追程盲進，帆船箭激。南上湘水，屈氏所沈，二妃行迷，淚蹤染林。山哀浦思，鳥獸叫音，余唱君和，百篇在吟。

君止於縣，我又南踰，把觴相飲，後期有無。期宿界上，一夕相語，自別幾時，遽變寒暑，枕臂攲眠，加余以股。僕來告言，虎入厩處，無敢驚逐，以我⿰馬蒙去。君云是物，不駿於乘，虎取而往，來寅其徵。我預在此，與君俱膺，猛獸果信，惡禱而憑？

余出嶺中，君竢州下，偕掾江陵，非余望者。郴山奇變，其水清寫，泊沙倚石，有罾無捨。衡陽放酒，熊咆虎嗥，不存令章，罰籌蝟毛。委舟湘流，往觀南嶽，雲壁潭潭，穹林攸擢。避風太湖，七日鹿角，鉤登大鮎，怒頰豕狗，臠盤炙酒，羣奴餘啄。走官階下，首下尻高，下馬伏塗，從事是遭。

余徵博士，君以使已，相見京師，過願之始。分教東生，君掾雍首，兩都相望，於別何有？解手背面，遂十一年，君出我入，如相避然。生闊死休，吞不復宣。

刑官屬郎，引章訐奪。權臣不愛，南康是斡。明條謹獄，氓獠户歌，用遷澧浦，爲人受瘥。還家東都，起令河南，屈拜後生，憤所不堪。屢以正免，身伸事蹇，竟死不昇，孰勸爲善？

丞相南討，余辱司馬，議兵大梁，走出洛下。哭不憑棺，奠不親斝，不撫其子，葬不送野。望君傷懷，有隕如瀉。銘君之績，納石壤中，爰及祖考，紀德事功。外著後世，鬼神與通，君其奚憾？不余鑒衷。嗚呼哀哉！尚饗！茅鹿門云：公之奇崛，戰鬭鬼神處，令人神眩。薑塢先生云：淒麗處獨以健倔出之，層見叠聳，而筆力堅淨，他人無此也。

韓退之祭柳子厚文 ○○

維年月日，韓愈謹以清酌庶羞之奠，祭於亡友柳子厚之靈：

嗟嗟子厚，而至然耶？自古莫不然，我又何嗟！人之生世，如夢一覺，其間利害，竟亦何校！當其夢時，有樂有悲，及其既覺，豈足追維？

凡物之生，不願爲材，犧樽青黄，乃木之災。子之中棄，天脱馽羈，玉珮瓊琚，大放厥辭。富貴無能，磨滅誰紀？子之自著，表表愈偉。不善爲斲，血指汗顔，巧匠旁觀，縮手袖間。子之文章，而不用世，乃令吾徒，掌帝之制。子之視人，自以無前，一斥不復，羣飛刺天。

嗟嗟子厚，今也則亡。臨絶之音，一何琅琅！徧告諸友，以寄厥子，不鄙謂余，亦託以死。凡今之交，觀埶厚薄，余豈可保，能承子託？非我知子，子實命我，猶有鬼神，寧敢遺墮？念子永歸，無復來期，設祭棺前，矢心以辭。嗚呼哀哉！尚饗！

韓退之祭侯主簿文 ○○

維年月日，吏部侍郎韓愈，謹遣男殿中省進馬佶，致祭於亡友故國子主簿侯君之靈：嗚呼！惟子文學，今誰過之？子於道義，困不捨遺。我狎我愛，人莫與夷，自始及今，二紀於茲。我或爲文，筆俾子持，唱我和我，問我以疑。我釣我遊，莫不我隨，我寢我休，莫爾之私。朋友昆弟，情敬異施，惟我於子，無適不宜。棄我而死，嗟我之衰，相好滿目，少年之時。日月云亡，今其有誰！誰不富貴，而子爲羈。我無利權，雖怨曷爲？子之方葬，我方齋祠，哭送不可，誰知我悲？嗚呼哀哉！尚饗！

韓退之祭薛助教文 ○

維元和四年，歲次己丑，後三月二十一日景寅，朝議郎守國子博士韓愈，太學助教侯繼，謹以清酌之奠，祭於亡友國子助教薛君之靈：

嗚呼！吾徒學而不見施設，禄又不足以活身，天於此時，奪其友人。同官太學，日得相因，奈何永違，祇隔數晨！笑語爲別，慟哭來門。藏棺蔽帷，欲見無緣，皎皎眥目，在人目前。酌以告誠，庶幾有神。嗚呼哀哉！尚饗！

韓退之祭虞部張員外文 〇

維年月日，愈等謹以清酌庶羞之奠，謹敬祭於亡友張十三員外之靈：

嗚呼！往在貞元，俱從賓薦，司我明試，時維邦彦。各以文售，幸皆少年，羣遊旅宿，其歡甚焉。出言無尤，有獲同喜，他年諸人，莫有能比。

倏忽逮今，二十餘歲，存皆衰白，半亦辭世。外纏公事，内迫家私，中宵興歎，無復昔時。如何今者，又失夫子，懿德柔聲，永絶心耳。

廬親之墓，終喪乃歸，陽瘖避職，妻子不知。分司憲臺，風紀由振，遂遷司虞，以播華問。不能老壽，孰究其因？託嗣於宗，天維不仁。酒食備設，靈其降止，論德敍情，以視諸誄。尚饗！

韓退之祭穆員外文 ○

嗚呼！建中之初，予居於嵩，攜扶北奔，避盜來攻。晨及洛師，相遇一時，顧我如故，眷然顧之。子有令聞，我來自山，子之畯明，我鈍而頑。道既云異，誰從知我？我思其厚，不知其可。

於後八年，君從杜侯，我時在洛，亦應其招。留守無事，多君子僚，罔有疑忌，惟其嬉遊。草生之春，鳥鳴之朝，我轡在手，君揚其鑣。君居於室，我既來即，或以嘯歌，或以偃側。誨余以義，復我以誠，終日以語，無非德聲。

主人信讒，有惑其下，殺人無罪，誣以成過。入救不從，反以爲禍。赫赫有聞，王命三司，察我於獄，相從係縲。曲生何樂，直死何悲！上懷主人，内閔其私，進退之難，君處之宜。

既釋於囚，我來徐州，道之悠悠，思君爲憂。我如京師，君居父喪，哭泣而拜，言詞不通。我歸自西，君反吉服，晤言無他，往復其昔。不日而違，重我心惻。

自後聞君，母喪是丁，痛毒之懷，六年以并。孰云孝子，而殞厥靈！今我之至，入門失聲。酒肉在前，君胡不餐？升君之堂，不與我言。嗚呼死矣，何日來還！

韓退之祭房君文 ○

維某年月日，愈謹遣舊吏皇甫悦，以酒肉之饋，展祭於五官蜀客之柩前：

嗚呼！君乃至於此，吾復何言！若有鬼神，吾未死，無以妻子爲念。嗚呼！君其能聞吾此言否？尚饗！

韓退之獨孤申叔哀辭 ○○

衆萬之生，誰非天耶？明昭昏蒙，誰使然耶？行何爲而怒，居何故而憐耶？胡喜厚其所可薄，而恆不足於賢耶？將下民之好惡，與彼蒼懸耶？抑蒼茫無端，而暫寓其間耶？死者無知，吾爲子慟而已矣，如有知也，子其自知之矣。

濯濯其英，曄曄其光。如聞其聲，如見其容。嗚呼遠矣，何日而忘！

韓退之歐陽生哀辭有序 ○○

歐陽詹，世居閩越。自詹以上，皆爲閩越官，至州佐、縣令者，累累有焉。閩越地肥衍，有山泉禽魚之樂，雖有長材秀民，通文書吏事與上國齒者，未嘗肯出仕。

今上初，故宰相常衮，爲福建諸州觀察使，治其地。衮以文辭進，有名於時，又作大官，臨莅其民。鄉縣小民，有能誦書作文辭者，衮親與之爲客主之禮，觀遊宴饗，必召與之。時未幾皆化翕然。詹於時獨秀出，衮加敬愛，諸生皆推服。閩越之人舉進士，由詹始。

建中、貞元間，余就食江南，未接人事，往往聞詹名閭巷間，詹之稱於江南也久。貞元三年，余始至京師，舉進士，聞詹名尤甚。八年春，遂與詹文辭同考試登第，始相識。自後詹歸閩中，余或在京師他處，不見詹久者，惟詹歸閩中時爲然，其他時與詹離，率不歷歲移時則必合，合必兩忘其所趨，久然後去。故余與詹相知爲深。

詹事父母盡孝道，仁於妻子，於朋友義以誠。氣醇以方，容貌嶷嶷然。其燕私善謔以和，其文章切深喜往復，善自道。讀其書，知其於慈孝最隆也。十五年冬，余以徐州從事，朝正於京師，詹爲國子監四門助教，將率其徒伏闕下，舉余爲博士，會監有獄，不果上。觀其心有益於余，將忘其身之賤而爲之也。嗚呼！詹今其死矣！詹，閩越人也。父母老矣，捨朝夕之養以來京師，其心將以有得於是而歸爲父母榮也，雖其父母之心亦皆然。詹在側，雖無離憂，其志不樂也；詹在京師，雖有離憂，其志樂也。若詹者，所謂以志養志者與？詹雖未得位，其名聲流於人人，其德行信於朋友，雖詹與其父母，皆可無憾也。詹之事業文章，李翱既爲之傳，故作哀辭以舒余哀，以傳於後，以遺其父母，而解其悲哀，以卒詹志云。

求仕與友兮，遠違其鄉。父母之命兮，子奉以行。友則既獲兮，祿實不豐。以志爲養兮，何有牛羊？事實既修兮，名譽又光。父母忻忻兮，常若在旁。命雖云短兮，其存者長。終要必死兮，願不永傷。友朋親視兮，藥物甚良。飲食孔時兮，所欲無妨。壽命不齊兮，人道之常。在側與遠兮，非有不同。山川阻深兮，魂魄流行。祀祭則及兮，勿謂不通。哭泣無益兮，抑哀自强。推生知死兮，以慰孝誠。嗚呼哀哉兮，是亦難忘！

李習之祭韓侍郎文　〇

嗚呼！孔氏云遠，楊、墨恣行，孟軻拒之，乃壞於成。戎風混華，異學魁橫，兄常辨之，孔道益明。建武以還，文卑質喪，氣萎體敗，剽剥不讓。儷花鬭葉，顛倒相上。及兄之爲，思動鬼神，撥去其華，得其本根。開合怪駭，驅濤湧雲，包劉越嬴，並武同殷。六經之風，絶而復新，學者有歸，大變於文。

兄之仕宦，罔辭於艱，疏奏輒斥，去而復遷。升黜不改，正言亟聞。貞元十二，兄在汴州，我遊自徐，始得兄交。視我無能，待予以友，講文析道，爲益之厚。二十九年，不知其久。兄以疾休，我病卧室，三來視我，笑語窮日。何荒不耕？會之以一。人心樂生，皆惡言凶。兄之在病，則齊其終，順化以盡，靡惑於中。别我千萬，意如不窮。

臨喪大號，決裂肝胷。老聃言壽，死而不亡，兄名之垂，星斗之光。我譔兄行，下於太常，聲殫天地，誰云不長？喪車來東，我刺廬江，君命有嚴，不見兄喪。遣使奠斝，百酸攪腸，音容若在，曷日而忘？嗚呼哀哉！尚享！

古文辭類纂七十四終

哀祭類三

歐陽永叔祭資政范公文 ○○

嗚呼公乎！學古居今，持方入員，丘、軻之艱，其道則然。公曰彼惡，謂公好訐；公曰彼善，謂公樹朋；公所勇爲，謂公躁進；公有退讓，謂公近名。讒人之言，其何可聽！先事而斥，羣譏衆排；有事而思，雖仇謂材。毁不吾傷，譽不吾喜，進退有儀，夷行險止。

嗚呼公乎！舉世之善，誰非公徒？讒人豈多，公志不舒。善不勝惡，豈其然乎？成難毁易，理又然歟？

嗚呼公乎！欲壞其棟，先摧桷榱；傾巢破轂，披折旁枝。害一損百，人誰不罹？誰爲黨論，是不仁哉！

嗚呼公乎！易名謚行，君子之榮。生也何毁，没也何稱？好死惡生，殆非人情。豈其生有所嫉，而死無所争？自公云亡，謗不待辨，愈久愈明，由今可見。始屈終伸，公其無恨！寫懷平生，寓此薄奠。

歐陽永叔祭尹師魯文 ○○

嗟乎師魯！辨足以窮萬物，而不能當一獄吏；志可以狹四海，而無所措其一身。窮山之崖，野水之濱，猿猱之窟，麋鹿之羣，猶不能容於其閒兮，遂即萬鬼而爲鄰。嗟乎師魯！世之惡子之多，未必若愛子者之衆，而其窮而至此兮，得非命在乎天而不在乎人？方其奔顛斥逐，困戹艱屯，舉世皆冤，而語言未嘗以自及，以窮至死，而妻子不見其悲忻。用舍進退，屈伸語默，夫何能然？乃學之力。至其握手爲訣，隱几待終，顏色不變，笑言從容，死生之閒，既已能通於性命，憂患之至，宜其不累於心胷。自子云逝，善人宜哀，子能自達，余又何悲！惟其師友之益，平生之舊，情之難忘，言不可究。

嗟乎師魯！自古有死，皆歸無物，惟聖與賢，雖埋不没；尤於文章，焯若星日。子之所爲，後世師法，雖嗣子尚幼，未足以付予，而世人藏之，庶可無於墜失。子於衆人，最愛余文，寓辭千里，侑此一尊，冀以慰子，聞乎不聞？尚饗！

歐陽永叔祭石曼卿文 〇

嗚呼曼卿！生而爲英，死而爲靈。其同乎萬物生死，而復歸於無物者，暫聚之形；不與萬物共盡，而卓然其不朽者，後世之名。此自古聖賢莫不皆然，而著在簡册者，昭如日星。

嗚呼曼卿！吾不見子久矣，猶能髣髴子之平生。其軒昂磊落，突兀峥嶸，而埋藏於地下者，宜其不化爲朽壤，而爲金玉之精。不然，生長松之千尺，産靈芝而九莖。奈何荒煙野蔓，荆棘縱横，風淒露下，走燐飛螢。但見牧童樵叟，歌吟而上下，與夫驚禽駭獸，悲鳴躑躅而咿嚶。今固如此，更千秋而萬歲兮，安知其不穴藏狐貉與鼯鼪？此自古聖賢亦皆然兮，獨不見夫纍纍乎曠野與荒城！

嗚呼曼卿！盛衰之理，吾固知其如此，而感念疇昔，悲凉淒愴，不覺臨風而隕涕者，有愧乎太上之忘情。尚享！

歐陽永叔祭蘇子美文

哀哀子美！命止斯耶？小人之幸，君子之嗟！子之心胷，蟠屈龍蛇，風雲變化，雨雹交加，忽然揮斧，霹靂轟車。人有遭之，心驚膽落，震仆如麻。須臾霽止，而四顧百里，山川草木，開發萌芽。子於文章，雄豪放肆，有如此者，吁可怪邪！

嗟乎世人，知此而已。貪悅其外，不窺其内。欲知子心，窮達之際。金石雖堅，尚可破壞，子於窮達，始終仁義。惟人不知，乃窮至此。藴而不見，遽以没地，獨留文章，照耀後世。嗟世之愚，掩抑毁傷，譬如磨鑑，不滅愈光。一世之短，萬世之長，其間得失，不待較量。哀哀子美，來舉予觴。尚饗！

歐陽永叔祭梅聖俞文 〇

昔始見子，伊川之上，予仕方初，子年亦壯。讀書飲酒，握手相歡，譚辨鋒出，賢豪滿前。謂言仕宦，所至皆然，但當行樂，何有憂患？

子去河南，余貶山峽，三十年間，乖離會合。晚被選擢，濫官朝廷，薦子學舍，吟哦六經。余才過分，可愧非榮，子雖窮阨，日有聲名。予狷而剛，中遭多難，氣血先耗，髮鬒早變。子心寬易，在險如夷，年實加我，其顏不衰。謂子仁人，自宜多壽，予譬膏火，煎熬豈久？事今反此，理固難知，況於富貴，又可必期？

念昔河南，同時一輩，零落之餘，惟予子在。子又去我，今存兀然，凡今之遊，皆莫余先。紀行琢辭，子宜予責，送終恤孤，則有衆力，惟聲與淚，獨出予臆。

蘇子瞻祭歐陽文忠公文 ○○

嗚呼哀哉！公之生於世，六十有六年。民有父母，國有蓍龜。斯文有傳，學者有師。君子有所恃而不恐，小人有所畏而不爲。譬如大川喬嶽，不見其運動，而功利之及於物者，蓋不可以數計而周知。今公之没也，赤子無所仰芘，朝廷無所稽疑。斯文化爲異端，而學者至於用夷。君子以爲無爲爲善，而小人沛然自以爲得時。譬如深山大澤，龍亡而虎逝，則變怪雜出，舞鰌鱓而號狐貍。

昔其未用也，天下以爲病；而其既用也，則又以爲遲。及其釋位而去也，莫不冀其復用；至其請老而歸也，莫不惆悵失望。而猶庶幾於萬一者，幸公之未衰。孰謂公無復有意於斯世也，奄一去而莫予追？豈厭世溷濁，潔身而逝乎？將民之無禄，而天莫之遺！昔我先君，懷寶遯世，非公則莫能致。而不肖無狀，因緣出入受教於門下者，十有六年於茲。聞公之喪，義當匍匐往弔，而懷禄不去，愧古人以忸怩。緘詞千里，以寓一哀而已矣，蓋上以爲天下慟，而下以哭其私。嗚呼哀哉！

蘇子瞻祭柳子玉文

猗歟子玉，南國之秀。甚敏而文，聲發自幼。從横武庫，炳蔚文囿。獨以詩鳴，天錫雄咮。元輕白俗，郊寒島瘦，嘹然一吟，衆作卑陋。凡今卿相，伊昔朋舊，平視青雲，可到寧驟。孰云坎軻？白髮垂脰，才高絶俗，性疎來詬。謫居窮山，遂侶猩狖，夜衾不絮，朝甑絶餾。慨然懷歸，投棄纓綬，潛山之麓，往事神后。道味自飴，世芬莫齅，凡世所欲，有避無就。謂當乘除，併畀之壽，云何不淑，命也誰咎？

頃在錢塘，惠然我覯，相從半歲，日飲醇酎。朝遊南屏，暮宿靈鷲，雪窗飢坐，清闋閒奏。沙河夜歸，霜月如晝，綸巾鶴氅，驚笑吴婦。會合之難，如次組繡，翻然失去，覆水何救？

維子耆老，名德俱茂，嗟我後來，匪友惟媾。子有令子，將大子後，頎然二孫，則謂我舅。念子永歸，涕如懸霤，歌此奠詩，一樽往侑。

蘇子由代三省祭司馬丞相文 ○

嗚呼！元豐末命，震驚四方，號令所從，帷幄是望。公來自西，會哭於庭，縉紳咨嗟，復見老成。太任在位，成王在左，曰予惸惸，誰恤予禍？白髮蒼顏，三世之臣，不留相予，誰左右民？公出於道，民聚而呼，皆曰「吾父」，歸歟歸歟！公畏莫當，遄返洛師，授之宛邱，實將用之。

公之來思，岌然特立，身如槁木，心如金石。時當宅憂，恭默不言，一二卿士，代天斡旋。事棼如絲，眾比如櫛，治亂之幾，間不容髮。公身當之，所恃惟誠，吾民苟安，吾君則寧。以順得天，以信得人，鉏去太甚，復其本原。白叟黃童，織婦耕夫，庶幾休焉，日月以須。公乘安輿，入見延和，裕民之言，之死靡他。

將享合宮，百辟咸事，公病於家，臥不時起。明日當齋，公訃暮聞，天以雨泣，都人酸辛。禮成不賀，人識君意，龍衮蟬冠，遂以往襚。公之初來，民執弓矛，逮公永歸，既耕且耰。公雖云亡，其志則存，國有成法，朝有正人。持而守之，有進毋隕，匪以報公，維以報君。天子聖明，神母萬年，民不告勤，公志則然。死者復生，信我此言。嗚呼哀哉！尚享！

王介甫祭范潁州文 ○○○

嗚呼我公，一世之師。由初迄終，名節無疵。明肅之盛，身危志殖，瑶華失位，又隨以斥。治功亟聞，尹帝之都，閉姦興良，稚子歌呼。赫赫之家，萬首俯趨，獨繩其私，以走江湖。士爭留公，蹈禍不慄，有危其辭，謁與俱出。風俗之衰，駭正怡邪，蹇蹇我初，人以疑嗟。力行不回，慕者興起，儒先酋酋，以節相侈。公之在貶，愈勇爲忠，稽前引古，誼不營躬。外更三州，施有餘澤，如釃河江，以灌尋尺。宿贓自解，不以刑加，猾盜涵仁，終老無邪。講藝弦歌，慕來千里，溝川障澤，田桑有喜。戎孽猘狂，敢齮我疆，鑄印刻符，公屏一方。取將於伍，後常名顯，收士至佐，維邦之彥。聲之所加，虜不敢瀕，以其餘威，走敵完鄰。昔也始至，瘡痍滿道，藥之養之，内外完好。既其無爲，飲酒笑歌，百城宴眠，吏士委蛇。

上嘉曰材，以副樞密，稽首辭讓，至於六七。遂參宰相，釐我典常，扶賢贊傑，亂穴除荒。官更於朝，士變於鄉，百治具修，偷憜勉强。彼閼不遂，歸侍帝側，卒屏於外，身屯道塞。謂宜耇老，尚有以爲，神乎孰忍，使至於斯！蓋公之才，猶不盡試，肆其經綸，功孰與計？

自公之貴，廄庫逾空，和其色辭，傲訐以容。化於婦妾，不靡珠玉，翼翼公子，弊綈惡粟。閔死憐窮，惟是之奢，孤女以嫁，男成厥家。孰堙於深？孰鍥乎厚？其傳其詳，以法永久。

碩人今亡，邦國之憂，矧鄙不肖，辱公知尤。承凶萬里，不往而留，涕洟馳辭，以贊醪羞。薑塢先生云：虜不敢瀕，瀕當作嚬。亂穴，穴疑當作宂。亂，治也。鼐疑瀕字是，言虜不敢近邊也。

王介甫祭歐陽文忠公文 ○

夫事有人力之可致，猶不可期，況乎天理之溟漠，又安可得而推？惟公生有聞於當時，死有傳於後世，苟能如此足矣，而亦又何悲！如公器質之深厚，知識之高遠，而輔學術之精微，故充於文章，見於議論，豪健俊偉，怪巧瑰琦。其積於中者，浩如江河之停蓄；其發於外者，爛如日星之光輝。其清音幽韻，淒如飄風急雨之驟至；其雄辭閎辨，快如輕車駿馬之奔馳。世之學者，無問乎識與不識，而讀其文，則其人可知。

嗚呼！自公仕宦四十年，上下往復，感世路之崎嶇，雖屯邅困躓，竄斥流離，而終不可掩者，以其公議之是非。既壓復起，遂顯於世，果敢之氣，剛正之節，至晚而不衰。方仁宗皇帝臨朝之末年，顧念後事，謂如公者，可寄以社稷之安危。及夫發謀決策，從容指顧，立定大計，謂千載而一時。功名成就，不居而去。其出處進退，又庶乎英魄靈氣，不隨異物腐散，而長在乎箕山之側，與潁水之湄。然天下之無賢不肖，且猶爲涕泣而歔欷，而況朝士大夫，平昔遊從，又予心之所嚮慕而瞻依！

嗚呼！盛衰興廢之理，自古如此，而臨風想望不能忘情者，念公之不可復見，而其誰與歸？

王介甫祭丁元珍學士文 ○

我初閉門，屈首書詩，一出涉世，茫無所知。援挈覆護，免於阽危；雖培浸灌，使有華滋。微吾元珍，我殆弗植，如何棄我，隕命一昔！以忠出恕，以信行仁，至於白首，困阸窮屯。又從擠之，使以蹎死，豈伊人尤？天實爲此。有磐彼石，可誌於邱，雖不屬我，我其徂求。請著君德，銘之九幽，以馳我哀，不在醪羞。

王介甫祭王回深甫文 ○○

嗟嗟深甫！真棄我而先乎？孰謂深甫之壯以死，而吾可以長年乎？維吾昔日，執子之手，歸言子之所爲，實受命於吾母，曰「如此人，乃可與友」。吾母知子，過於予初，終子成德，多吾不如。嗚呼天乎！既喪吾母，又奪吾友，雖不即死，吾何能久？摶胸一慟，心摧志朽，泣涕爲文，以薦食酒。嗟嗟深甫！子尚知否？

王介甫祭高師雄主簿文

我始寄此，與君往還，於是康定、慶曆之閒。愛我勤我，急我所難。日月一世，疾於跳丸，南北幾時，相見悲歡。去歲憂除，追尋陳迹。淮水之上，治城之側，握手笑語，有如一昔。屈指數日，待君歸舲。安知彌年，乃見哭庭！維君家行，可謂修飭，如其智能，亦豈多得？垂老一命，終於遠域，豈惟故人，所爲歎惜！撫棺一奠，以告心惻。茅順甫云：奇崛之文。

王介甫祭曾博士易占文

嗚呼！公以罪廢，實以不幸，卒困以夭，亦惟其命。命與才違，人實知之，名之不幸，知者爲誰？公之閭里，宗親黨友，知公之名，於實無有。嗚呼公初，公志如何！孰云不諧，而阸孔多？

地大天穹，有時而毀，星日脱敗，山傾谷圮。人居其閒，萬物一偏，固有窮通，世數之然。至其壽夭，尚何憂喜？要之百年，一蜕以死。方其生時，窘若囚拘，其死以歸，混合空虚。以生易死，死者不祈，惟其不見，生者之悲。公今有子，能隆公後，惟彼生者，可無甚悼。嗟理則然，其情難忘，哭泣馳辭，往侑奠觴。

王介甫祭李省副文

嗚呼！君謂死者，必先氣索而神零，孰謂君氣足以薄雲漢兮，神昭晰乎日星，而忽隕背乎，不能保百年之康寧？惟君别我，往祠太乙，笑言從容，愈於平日。既至即事，升降孔秩，歸鞍在塗，不返其室。訃聞士夫，環視太息，矧我於君，情何可極！具兹醪羞，以告哀惻。

王介甫祭周幾道文

初我見君，皆童而幘，意氣豪悍，崩山決澤。弱冠相視，隱憂阸窮。貌則侔年，心頹如翁。俛仰悲歡，超然一世，皓髮鬒鬣，分當先弊。孰知君子，訃我稱孤？發封涕洟，舉屋驚呼。行與世乖，惟君繾綣，弔禍問疾，書猶在眼。序銘於石，以報德音，設辭雖褊，義不愧心。君實愛我，祭其如歆！

王介甫祭束向元道文

嗚呼東君！其信然耶？奚仇友朋，奚怨室家？堂堂去之，我始疑嗟。惟昔見君，田子之自，我欲疾走，哭諸田氏。吾縻不赴，田疾不知，今乃獨哭，誰同我悲？始君求仕，士莫敢匹，洪洪其聲，碩碩其實。霜落之林，豪鷹儁鶻，萬鳥避逃，直摩蒼天。蹭焉僅仕，後愈以困，洗藏銷塞，動輒失分。如羈駿馬，以駕柴車，側身隤首，與蹇同芻。命又不祥，不能中壽，百不一出，孰知其有？能知君者，世孰予多？學則同游，仕則同科。出作揚官，君實其鄉，傾心倒肝，迹斥形忘。君於壽食，我飲鄞水，豈無此朋，念不去彼。既來自東，乃臨君喪，閟閟陰宮，梗野榛荒。東門之行，不幾日月，孰云於今，萬世之别？嗟屯怨窮，閔命不長，世人皆然，君子則亡。予其何言？君尚有知，具此酒食，以陳我悲。

王介甫祭張安國檢正文

嗚呼！善之不必福，其已久矣，豈今於君，始悼歎其如此！自君喪除，知必顧予。怪久不至，豈其病歟？今也君弟，哭而來赴。天不姑釋一士，以爲予助。何生之艱，而死之遽！

君始從我，與吾兒遊，言動視聽，正而不偷。樂於飢寒，惟道之謀。既掾司法，議争讞失，中書大理，再爲君屈。遂升宰屬，能撓强倔，辨正獄訟，又常精出。豈君刑名，爲獨窮深？直諒明清，靡所不任，人恌莫知，乃惻我心。君仁至矣，勇施而忘己；君孝至矣，孺慕以至死。能人所難，可謂君子。

嗚呼！吾兒逝矣，君又隨之，我留在世，其與幾時？酒食之哀，侑以言辭。

方靈皐宣左人哀辭

左人與余生同郡，長而客遊同方。往還離合，踰二十年，而爲汎交。己丑、庚寅閒，余頻至淮上，左人授徒邗江，道邗數與語，始異之。

其家在龍山，吾邑山水奇勝處也。每語余居此之樂，而自恨近六十，猶栖栖於四方。余久寓金陵，亦倦遊思還故里，遂以辛卯正月至其家。左山右湖，皐壤如沐。留連信宿，相期匝歲定居於此。而是冬十月，以《南山集》牽連被逮。時左人適在金陵，急余難，與二三骨月兄弟之友相先後。在諸君子不爲異，而余固未敢以望於左人也。

壬辰夏，余繫刑部，左人忽入視。問何以來，則他無所爲。將歸，謂余曰：「吾附人舟車不自由，以天之道，子無恙，尋當歸，吾終待子龍山之陽矣。」及余邀寬法出獄隸漢軍，欲附書報左人，而鄉人來言左人死矣，時康熙五十二年也。

龍山地偏而俗淳，居者多壽耇，左人父及伯叔父皆八九十。左人貌魁然，其神凝然，人皆曰當得大年，雖左人亦自謂然，而竟止於此！余與左人相識幾三十年，而不相知；相知踰年，而余及於難；又踰年而左人死。雖欲與之異地相望，而久困窮，亦不可得。此恨有終極耶？辭曰：

嗟子精爽之炯然兮，今已陰爲野土。閉兩心之所期兮，永相望於終古，川原信美而可樂兮，生如避而死歸。解人世之糾纆兮，得甘寢其何悲。

方靈皐武季子哀辭

康熙丙申夏，聞武君商平之喪，哭而爲墓表，將以歸其孤。冬十月，孤洙至京師，曰：「家散矣，父母、大父母、諸兄七喪蔑以葬，爲是以來。」叩所學，則經書能背誦矣。授徒某家，冬春閒數至，假唐宋諸家古文自繕寫。首夏，余出塞，返役，而洙死已浹日矣。始商平有子三人，余皆見其孩提以及成人。長子洛，爲邑諸生，卒年二十有四。次子某，年二十有一，將受室而卒。洙其季也。

憶洙五六歲時，余過商平，常偕羣兒喧聒左右。少長抱書從其父往來余家。及至京師，則榦軀偉然。余方欲迪之學行，以嗣其宗，而遽以羈死。有子始二歲。

商平生故家，而窶艱迫阸，視細民有甚焉。又父母皆篤老，煩急家事，淩雜米鹽，無幾微輒生瑕釁，然卒能約身隱情以盡其恩，而不愆於義，余每歎其行之難也。而既羸其躬，復札其後嗣。嗚呼！世將絶而後乃繁昌者，於古有之矣，其果能然也耶？

洙卒於丁酉十月十日，年二十有一，藁葬京師郭東江寧義冢。余志歸其喪，事有待，先以鳴余哀。其辭曰：

嗟爾生兮震愆，罹百憂兮連延。蹇孤遊兮局窄，命支離兮爲鬼客。天屬盡兮煢煢，羌地下兮相從。江之干兮淮之汭，翳先靈兮日延企。魂朝發兮暮可投，異生還兮路阻修。孺子號兮在室，永護呵兮無失！

劉才甫祭史秉中文

嗚呼！我居帝里，闃寂寡聊，徐氏之自，得與子交。暱我畏我，諮我道義，六藝之玄，奇章逸字。既我讀書，假子之廬，於子焉飯，歡然有餘。或提一觴，遠適墟墓，長松之陰，慘愴相顧。問我與子，胡爲其然？我不自知，子亦不言。凡今之朋，利名是賴，惟我與子，不營其外。我乖於世，動輒有尤，惟與子處，如疾斯瘳。如何今日，子又我棄！獨行煢煢，低顏失氣。自子云没，寡妻去帷，皤皤二老，於何其依？子之奇窮，匪我能救，哭泣陳辭，惟心之疚。原注：琅然之言，與退之争長。

劉才甫祭吴文肅公文

嗚呼！我初見公，公在内閣，皓髮朱顔，笑言磊落。追念平生，朋好遊從，欷歔晚遇，石友之功。留我信宿，取酒斟酌，親布衾裯，權其厚薄。我生葢寡，得此於人，而況公德，齒爵皆尊。公年七十，稱觴命坐，落落羣賢，其中有我。我謂公健，百歲可望，相見無幾，遽哭於堂。嗚呼！人之生世，蘧然一夢，惟其令名，一世傳頌。死而不死，夫又何悲？爲知己痛，哭泣陳辭。原注：親布衾裯，權其厚薄，今讀者皆生感歎。

劉才甫祭舅氏文

維年月日，劉氏甥大櫆，謹以清酌庶羞之奠，致祭於舅氏楊君穉棠先生之靈。

嗚呼舅氏！以君之毅然直方長者，而天乃絶其嗣續，使煢煢之孤魄，依於月山之址。櫆不肖，未嘗學問，然君獨顧之而喜，謂能光劉氏之業者，其在斯人。吾未老耄，庶幾猶及見之矣。嗚呼！孰知君之忽焉以殁，而不肖之零落無狀，今猶若此。尚饗！

古文辭類篹七十五終

古文辭類纂校勘記

承淵校栞此書，類在公務之餘。精力弗逮，且寓所藏書不多，凡有所疑，一時難得善本互證，未免因仍闕疑。老友蕭君敬孚，博學多聞，頗邃攷據。相與揚搉，雅有裨補。辛丑夏，以漕運北上，攜至京師，復就正於吴摯甫京卿，慨爲審覈一過，良多匡益。然近年反覆細勘，猶正譌不少。校書如埽落葉，信哉斯言！顧是版成後，數數刓改，固與吴、康二刻大有逕庭，即前後印行，亦頗殊異。讀者執此議彼，不無滋惑。今當奉諱家居，偷閒歲月，用將歷次校正諸條，與夫各書沿誤，經先哲攷訂不便盡改者，字之異同互有精善可兩存者，撮其大要，臚載依據，坿栞本書之後，俾讀者檢證而自擇焉。丙午秋記。

賈生過秦論

周最：最當爲冣，與聚同。殿最字亦當作冣，《説文》最，犯取也。冣，積也。義别。段氏玉裁曰：《玉篇》無冣字，乃以冣義訓最。學者遂不知有冣矣。

千乘：《漢》《選》作致萬乘，此從《史記》。

異也：王氏念孫校異上當有無字。

圂圄：圄當依《史記》作圉。《説文》圂圉所以拘辠人也。段注本爲辠人，口爲拘之，故其字作圉，圄者守之也，其義別。他書作圂圄者，同音叚借也。

之艱：宋氏祁校作之限。

應時：原作有時，依《史記》改。

太史公談論六家要指

糲粱：王校粱作粢。

不朽：《漢書》作不巧，古音讀糗。

柳子厚封建論

有周而甚詳：《文粹》删此句，較潔。

歐陽永叔爲君難

比至：原作北至，依《文鑑》改。

蘇子瞻志林平王

於郗：郗誤郢，據集改。

蘇子由商論

一散：散誤敗，據集改。

司馬子長十二諸侯年表序

近勢：原作世，今從《集解》。

太史公曰：應與上接，不另提行。

建元以來侯者年表序

將卒：王校卒當爲卒，即帥字。

劉子政戰國策序

歌詠以相感：《國策》詠作説。

主從横：主，《策》作生。

之積：《策》作之弊。

刑法：法，《策》作罰。

易亡：易，《策》作運。

歐陽永叔五代職方考序

自三代：自原脱，據《五代史》補。

曾子固先大夫集後序

未洽：洽誤治，據集改。

書魏鄭公傳

待己：待，集作持。

楚莫敖子華對威王

不知所益以憂社稷者：此下應依姚《策》補「有勞其身，愁其思，以憂社稷者」十二字。

兩御：御原作軍，依姚《策》改。

雀立：王校雀當作隺，古文鶴。

此蒙穀：此當作比，校也。

磿山：磿誤磨，高云漢注作歷，蓋磿、歷俱郎的反，通借。

無冒：王氏引之校冒乃胄之誤，胄，後也，謂無後也。

張儀司馬錯議伐蜀

臣願：《史記》願下有先字。

止亂：止原作正，今從《史記》。

蘇子説齊閔王

傅衛國城剛平：傅原作傳，剛作割，依王校改，詳《雜志》。

跼足：跼與蹻同，蹻足，舉足也。

虞卿議割六城與秦

與秦城何如不與何如：王校當作與秦城爲句，何如不與爲句，下何如二字，後人妄加也。

人：衍字，據鮑《策》删。

之：姚《策》衍字，吴、康删，是。

信陵君諫與秦攻韓

道涉山谷：王校山，衍字，涉谷，地名，道從也。

李斯諫逐客書

損民：損，《文章正宗》作捐。

賈山至言

比諫：王校比作正。

賈生陳政事疏

不治：治當依賈子《宗首篇》作能。

將不：《漢紀》不作能。

他所：《漢書》他作也，顔注誤以也屬上句，今依沈氏彤校改。

廉愧：王校愧作醜。

因恬：因當爲固，固與顧同，反也。

瞽史：王校史當依《大戴禮·保傅篇》作夜。

視已成事：王校當依《大戴禮記》作如視已事。

請封建子弟疏

揵之江：王校揵作捷，接也。

頤指：王校頤當爲顧，謂目顧人而指使之也。淵案：恐係頣字，形似之譌。《説文》頣，舉目視人皃，似於義合，音式忍反。

鼂錯言兵事書

之音：景祐本《漢書》及《漢紀》音均作指。

以一擊十：以文義而論，當作以十擊一。

復論募民從塞下書

相慕：《漢》作募，依王校改。

論貴粟疏

遺利：遺，原作餘。

暴賦：賦，原作虐。

朝令而暮當具：原作朝令而暮改當其。

民農：農上衍務字。

以上四條竝據唐本《漢書·食貨志》校改。

主父偃論伐匈奴書

踵糧：踵，《漢》作運，此從《史》。

路長君上德緩刑書

變化異舊：王校依《漢紀》，變化作變亂，異舊作雋異。

受命：《漢紀》《説苑》引此均無命字。

蕭長倩入粟贖罪議

有好義：好誤爲仁，據殿本《漢書》改。

匡稚圭上政治得失疏

没利：没誤設，依王校改。没，貪也。

楊子雲諫不許單于朝書

歸死：王校死當爲化。

曾子固移滄州過闕上殿疏

而約：約原作納。

付畀：原作傅付。

袨服：袨原作袛。

三年：年原作世。

以上四條皆蕭君敬孚據明栞《元豐類稿》校改。按祇，敬也。與文義不合，南豐蓋用鄒陽袨服叢臺之文。服虔曰：袨服，大盛玄黄服也。段氏曰：袨本玄之異字，武士玄服，即所謂六軍袀服也。

蘇子瞻上皇帝書：此書惜抱選自《文鑑》，與集頗多異同。

臣之所謂：謂衍字，據集删。

代張方平諫用兵書

梅山：梅原作横，據章惇本傳改。

王介甫上仁宗皇帝書

之懈：懈原作暇，據《臨川集》改。

其制：制誤志，據集改。

議者：議原作識，注曰疑議之誤，寫工脱注，乃直作議。

董子對賢良策

非所謂：所字當依景祐本《漢書》删。

棄仁誼：仁誤行，據《文章正宗》改。

蘇子瞻對制科策

果濟：果上集有事字。

責其胥讓：胥誤皆，據集改。

策斷下

不可以：以衍字，據集删。

相棄：集作相後。

蘇子由民政策二

而一收：原作而取，據集改。

蘇季子説韓昭侯

鷄口牛後：王校據《顔氏家訓》《文選》李善注當作鷄尸牛從，沈括辨同延篤，《戰國策音義》曰：尸，鷄中主也，從牛子也。

説魏襄王

帝宫：此下沿吴本脱受冠帶三字，應補。

説齊宣王

不十日：《史》作不出十日，《策》作不至。

蘇代止孟嘗君入秦

殘則：殘原作土，王校依《太平御覽》作殘。

遺燕昭王書

若言：若原作苦，依王校改。

張儀説魏哀王

今從者：今原作合，依《史記》改。

積毀銷骨：原無此句，據《史記》補。

説楚懷王

兩虎相搏：王校搏當爲據，讀若戟，與丮通。謂兩虎相挶持也。

使車：王校使衍字。

説韓襄王

虎鷙：鷙當依《史記》作賁。

貫頤：王氏引之曰：貫讀若彎，頤，弓名，貫頤即彎弓也。

樂毅報燕惠王書

得察：察讀若際，接也。

而冣：原作最，依王校改，冣，古聚字，與驟通。驟勝，數勝也。

磿室：磿誤磨，據《史》、《策》改。

魯仲連説辛垣衍

俱據萬乘之國：原無此句，據《史》、《策》補。

適會：會下《史》有魏字。

與田單論攻狄

攻狄不能下壘枯骨成丘：此從《通鑑》，《國策》作攻狄不能下壘枯丘。《説苑》作攻狄不能下壘於梧丘，一本作攻狄不能下壘枯骨成丘。司馬温公取之，當時劉宋諸公同撰《通鑑》，攷證皆精，必有確見也。

遺燕將書

反北：原作外，依《國策》改北，古背字。

感忿：《荀子·議兵篇》楊倞注引作感忽，曰倐忽也。

觸讋説趙太后

揖之：揖，《史記》作胥。

馮忌止平原君伐燕

馬服子：子上原有之字。

七敗之餘：原作亡敗之餘衆。

破軍之敝：敝下原有守字。

以上三條依王校改正。

枚叔説吴王書

所以爲大王惑也：依景祐本《漢書》删以爲王三字。

復説吴王

此臣之所以：依《文選》删以字。

司馬子長任安書

抑億萬之師：抑誤爲仰，據《李陵傳》校改，師古沿誤而曲其説，非也。

次比：王校二字乃後人妄加，句中與猶謂也。

早裁：早下《漢》有自字。

況僕：況下《漢》有若字。

幽於：幽當爲臽，與陷通。

韓退之與鄂州柳中丞書

良食：食原作用，據集改。良食自愛句出《國語》。

與馮宿論文書

不知古文：文誤人，據集改。

柳子厚與蕭翰林俛書

轉侈：侈誤移，據集改。

歐陽永叔與尹師魯書

見其就死：其誤有，據集改。

曾子固寄歐陽舍人書

所諭世族：諭誤論，據集改。

韓退之送董邵南序

因子：子誤之，據集改。

送楊少尹序

方以其：其衍字，據集删。

送鄭十校理序

觀道：道下集有德字。

歐陽永叔送楊寘序

反從：反原作及，據集改。

送田畫秀才寧親萬州序

至於：於依集删。

將率：率誤卒，據集改。

曾子固送周屯田序

欿然：欿誤歉，據集改。

蘇明允送石昌言爲北使引

勞問：集作勞苦。

中心：集作中甚。

之：據集删。

仲兄文甫説

如緬：《文鑑》緬作徊。

滄海：《文鑑》海作浪。

蘇子瞻日喻

而求所以没：求下集有其字。

歸熙甫二石説

允諧：諧下集有曰字。

方靈皋送劉函三序

反中：反衍字，據集删。

漢文帝十三年除肉刑詔

非乃：乃原作毋，據《史》《漢》改。

後二年遺匈奴書

咸嘉使：王校使當爲便，嘉係衍字，詳《雜志》。

漢武帝封廣陵王策

世世：劉攽校衍一世字。

司馬長卿諭巴蜀檄

奉幣役：役原作使，今從《史記》。

韓退之毛穎傳

上休乃罷：乃原作方，今從《文苑》。

秦始皇三十二年刻碣石門

宋徐鉉傳本作秦碣石頌。承淵案：姚《選》從《史記》，實非全文，蓋東漢以後，《史記》傳寫時有譌脱故也。徐本頌文較爲完整，用特録之，以備讀者攷其異同焉。

皇帝建國，德并諸侯。初平泰壹，卅有二年。巡登碣石，照臨四極。從臣羣作，上頌高號。爰念休烈，戎臣奮威。遂興師旅，大逆滅息。武殄暴强，文復無罪。庶心咸服，惠論功勞。恩肥土域，賞及牛馬。墮壞城郭，決通川防。夷去險阻，地勢既定。黔首無繇，天下咸撫。男樂其疇，女脩其業。事各有序，惠彼諸產。久竝來田，莫不安所。羣臣誦略，請刻此石，垂著儀巨。案以上三十三句，共一百三十二字，爲碣石頌正文。此下原本即接皇帝曰，金石刻盡始皇帝所爲也。今襲號而金石刻辭不稱始皇帝，其於久遠也，如後嗣爲之者，不稱成功盛德。丞相臣斯、臣去疾、御史大夫臣德，昧死言，臣請具刻詔書，今刻石因明白矣。臣昧死請，制曰「可」。 此徐公所傳全文，凡二百十一字，皇帝曰以下七十八字，與《史記》所載並同，惟此多一今字。又案：正文輙登碣石，據嶧山碑窺輙遠方句，《金石遺文録》以爲輙即巡字云，因附著之。

蘇子瞻表忠觀碑

而蜀：而原作西，據集改。

韓退之孔司勳墓誌銘

其：吴衍字，據集删。

歐陽永叔石曼卿墓表

亦牽：牽誤率，據《文鑑》改。

瀧岡阡表

之植：《居士集》及碑刻本作殖。

以其有得：碑作以其有求而得。

劍汝：集、碑均同。集注云：家作抱，宋以來通行本及姚本同，疑歐陽公初藁作抱汝，後嫌近俗，乃改作劍汝。案《曲禮》負劍辟咡詔之，鄭康成注負謂置之於背，劍謂挾之於旁，乃歐陽公所本。前人早經論定，特表出之。

溥於物：集、碑、《文鑑》溥並作博。

汝家故貧賤也：集、碑無此句，乃後人取外集初藁本補之。

庇賴：方氏苞云當作芘蘈，本《莊子》。承淵案：《經典釋文》芘本亦作庇，崔本作比，云芘也。蘈音賴，崔本作賴，向云蔭也，可以蔭芘千乘也。然則芘蘈、庇賴、比賴義並同，可以通用。

湖州長史蘇君墓誌銘

太師：孫謙益校師下有祁公二字。

非所好也：孫校所作其。

相繼罷去：脱相字，據集補。

荒孰問：荒，集作羌。

不昭昭：不原作宜，依集改。吴京卿云：不猶言豈不也。

劉公墓誌銘

因自請行：自原作而，據集改。

南陽縣君謝氏墓銘

魂氣則天：則原作升，吴京卿校改。

王介甫李公神道碑

至則毁：則原作於，依《文鑑》改。

蘇君墓誌銘

大恐：恐誤怨，據集改。

亢亢：原誤元元，據集改。

柳子厚至小邱西小石潭記

佁然：佁誤怡，據《文苑》改。

袁家渴記

支流：各本支作反，蕭敬孚據某先正校改。

石澗記

亙石爲底：亙原作巨，據《河東集》及《文章正宗》改。

柳州山水近治可遊者記

於：吴衍字，據集删。

序棊

有敢輕而使之擊觸者歟：原脱擊觸二字，據集補。

歐陽永叔李秀才東園記

未聞：脱聞字。

少從：從原作以。

急生：急原作給。

豐居：居誤年。

佳木：誤往求。

友善：善誤蓋。

以上六條，均據《居士集》改。

樊侯廟災記

移怒：原作貽怒，據集改。

宜有司者：脱宜字，據集補。

叢翠亭記

靡迤：靡原作迻，據集改。

曾子固宜黄縣學記

爲所以：爲原作而，據集改，《文醇》同。

學舍記

譙苦：苦誤若，據集改。

與夫：衍文，據集删。

之犓：原作之迹，據集改。

擬峴臺記

得：吴衍字，據集删。

序越州鑑湖圖

則湖下之田旱：下誤上，據集改。

則湖下：下衍字，據集删。

蘇明允張益州畫像記

慷慨有節以度量容天下：《文鑑》慷慨上有爲人二字，節上有大字，容作雄。承淵案：上既有公南京人，則下爲人二字可省，當云公南京人，慷慨有大節，以度量雄天下，句法尤健。

劉才甫浮山記

幾欲乘風而去：姚惜抱改如乘風而行。

楊子雲州箴

渠絶：渠原作果，依曾校本。

風慓：慓誤慄，據《古文苑》改。《埶文》《初學記》並作飄。

宗周罔職：《埶文》《初學記》並作宗幽，職作識，吴京卿云：《漢書》敘傳亦有宗幽二字連文，職識可通借。

蘇子瞻徐州蓮華漏銘

傅君裼：裼誤楊，據集改。

九成臺銘

得聞天籟：《文鑑》作其天，集作於天。

屈原離騷

雖不周：雖與唯同，古通借。

好修姱：臧氏用中校，好衍字。

鳳鳥：鳥原作皇，據王逸本《楚辭》改。吴京卿云：古多言鳳鳥，少言鳳皇。《論語》鳳鳥不至是也。下文鳳皇翼其承旂兮，字自作皇，各以音節求之。

惜誦

懲熱羹：王逸本作懲於羹者，洪校作懲熱於羹。

乃知其：乃原作而，依朱本改。

哀郢

憂與憂：王本下憂作愁，姚從朱本。

去：依洪本删。

抽思

遥赴：王本作摇起，摇，疾也。

歷兹：王本作玆歷。

懷沙

鬱結：《史》作冤結。

冤屈而：《史》作俛詘以。

思美人

纁黄：洪校纁作曛。

漁父

萬物：《史》《選》皆無萬字，故删。

宋玉九辯

騙跳：騙原作駒，依王朱本改。

汩莽莽兮：兮依王朱本删。

搖悅：搖，洪校作愮。吴京卿云蓋愉之借字。

晏晏：《藝文》作昗昗。

躍躍：誤躍躍，據王朱本改。

風賦

至其將衰也：茶陵本《選》校云善本無此句，胡氏克家云無是。

嗽嚄：嚄原作獲，吴依《選》注校改。

高唐賦

立觀：觀原作廟，吴依李善《選》注校改。

窐寥：王校窐當爲窯。

夜干：夜原作射，吴依《選》注改。

當羊：羊原作年，依王校改，即尚羊，或作徜徉。

察滯：依五臣《選》删滯字，以精神察屬上爲句。

對楚王問

足亂浮雲：尤本《文選》無此句。

莊辛説襄王

類爲招：王校類當爲頸，招，的也，言以其頸爲準的也。

倏忽之閒墜於公子之手：鮑云三同集無此十字，王校云無是。

鱔鯉：鱔當依《新序》《蓺文》《御覽》作鰋。

賈生鵩鳥賦

子鵩：子原作於，依《漢書》改。

以臆：《漢書》臆作意。

曰萬物：曰依《史》《漢》《文選》删。

意變：意讀若億，《史記》作億。

而游：游原作浮，依《史記》改。

枚叔七發

蛾眉：尤本《文選》作娥。

以爲約：約音的，五臣《選》作玓。

牡駿：王校牡作壯，大也。

慌曠曠：五臣慌作超。

涯荄：善云一本無荄字，案删荄，則當以津字句絶。

漢武帝秋風辭

懷佳人：懷原作攜，依《楚辭後語》改。

瓠子歌

長茭：《説文繫傳》茭作筊，《楚辭後語》同。

東方曼倩客難

發舉事：《漢書》無此三字。

常侍郎：常依《文選》宋校删。

非有先生論

進不：不下《選》有能字，當補。

並進：進下《選》有遂字，當補。

清燕：清上《選》有賜字，當補。

司馬長卿子虚賦

於齊：《史》《漢》齊下仍有齊字，當補。

蔵菥：菥當依《索隱》作析，音斯，《漢書》同《集解》，作蔪。

巨樹：巨，《選》作其。

葳蕤：葳當依《史》《選》作威。

神仙：《漢書》無仙字，《文選》注同。

旌栧：旌當依《史》作桂。

揚會：五臣《選》揚作物。

齊王無以：應從《史》作王默然無以，《漢》作王無以，均無齊字。

左右：《史》《漢》右下均有也字。

上林賦

而齊：《史》無而字。

矗矗：《史》無此二字。崔巍下有嵯峩二字，以崇山巃嵸爲句，崔巍嵯峩爲句。

扶疏：《史》作扶於。

娭遊：娭誤娱，依王校改。
倦谻：谻原作埶，依《史記》改。
嫚嫚：《史》作嬛嬛，《漢》作嫚嫚。
更始：更依《史》《漢》，五臣《文選》删。
三王：《史》《漢》作三皇。
而功：《史》《漢》無而字。
抏士卒：抏誤抗，依《史》《漢》《選》改。

哀二世賦

不得兮：兮依《漢書》删。

大人賦

杳渺：渺，《漢》作眇。
綢繆：當依《漢書》作蜩嫪，掉頭也。上音徒釣反，下音盧釣反。
部署：署原作乘，依《漢書》改。

長門賦

慊移：慊當依毛本《文選》作熑，與熑同。移與烿同，《玉篇》熑烿，火不絕。善注非也。

爛耀耀：五臣《選》作焕爛煒。

頹思：王校當作積息，積之爲言噴也，噴然太息而就牀也。

難蜀父老

結軌：《索隱》軌作軼。

今又接：接下《漢》《選》均有之字。

溢溢：溢原作衍，依李校改。

躬腠胝：依《集解》，删腠字。

奴虜：依《史記》删虜字。

封禪文

昊穹：穹下《史》有兮字。

勝數：數下《史》《漢》有也字。

韶夏：韶原作昭，依《選》改。

周餘：餘下《史》《選》有珍字。

示珍符：《史》無「示」字，以「或謂且天爲質闇」爲句，「珍符固不可辭」爲句。

可嘉：《漢》作可喜。

茲爾：《史》《選》作茲亦。

上下之情允洽：各本皆作上下相發允答，蕭吴兩君從某先正校改。

楊子雲甘泉賦

鳥胻：胻，原作盻，依王校改。

魂固：原作魂魄，依《漢書》改。

泱漭：王校泱作央。

垂恩：《漢》作垂思。

銜蕤：《漢》作御蕤。

炎感：王校炎作焱。

迟迟：《漢》作犀遟，宋校淳化本犀作遲，刊誤據《説文》改作犀。

河東賦

蹈襄：王校當依《漢書》襄作衰，詳《雜志》。

與駿服玄：宋校駿衍字，應删，服當作駿，王校同。

羽獵賦

東南至：《漢》無東字，何校疑衍，胡云無是。

與之爲朋：王校依《漢書》删之字，與猶以也。

狡騎萬帥：《漢》作校騎萬師。

瀾閒：《漢》作瀾門，五臣《選》作閒閒。

蒺藜：《漢》作疾梨，六臣《選》作蒺蔾。

長楊賦

暇疏：《選》作暇梳。

之樂：五臣《選》作之音。

遐氓：《漢》氓作萌，善《選》作甿。

解謿

以噤吟：《漢》以作雖。

談閒：依《選》删閒字。

擁帚彗：依《選》删帚字。

臾跗：《選》下有與字。

扁鵲：《選》下有也字。

抵穰侯：胡校抵當作扺，音紙，《説文》擊也。

竊貲：貲，《漢》作訾。

解難

獿人：當依王校作𡡉人，段云即《莊子》郢人。

反離騷《蓺文》《白帖》皆無離字。

竢慶：王校作慶竢，慶與羌通，發語辭也。

班孟堅兩都賦

豪舉：《後漢》舉作俊。

增城：《後書》城作成。

連外：連依《後書》删。

以與：以依《後書》删。

眩轉：此從六臣。《後書》、善《選》眩作眴，《説文繫傳》引作瞏。

迴塗：《後書》塗作涂。

乘鑾輿：劉攽校删鑾字。

發逐：《後書》逐作冑。

駭殫：王校殫作憚，懼也，徒丹反。

舉燧命爵：李《選》燧作烽，爵作釂。

摛錦：六臣《選》錦下有與字。

其陂：陂下《選》有烏則二字。

乃致：《後書》無乃字。

祁祁：原誤祈祈，據范《書》李《選》改。

庶草：《後書》草作卉。

嘉祥阜兮集皇都：范《書》無此句，王校以詞句不類孟堅，恐後人妄加。

傅武仲舞賦

噫可以進乎：王校噫讀與抑同，則連下爲句。

致策：五臣作筴，六臣作筞。

瞭眑：二字《玉篇》目部所無，當依李《選》作黎收。黎與邌同，《説文》邌，徐也。徐諧曰傅毅《舞賦》邌收而拜，謂徐收其舞勢也，

擾躟：躟當依毛本《文選》作攘，六臣注：「擾攘，争皃。」

張平子二京賦

稽度：李《選》稽作啟。

仰福：何校福當作福，本副貳字。

朱鳥：鳥原作雀，據《選》改。

大夏：夏原作厦，據尤《選》改。

嗟内顧：嗟當作嵯，與羌同，發聲也。字誤解不誤。

物辨：六臣、李《選》辨均作辧。

極丠：何校丠作北。

繚垣：垣本作亙，故薛以繞了解之，李善以垣爲亙，《丹鉛録》譏其誤。

柞木：五臣《選》柞作槎。

之簉：簉當作⿱艹造，副也，《説文》從艸。

揘⿱戠月：五臣注猶擊刺也。李《選》⿱戠月作畢。

移其晷：六臣《選》無其字。

鬕髽：鬕，原作⿱髟韱，據《説文繫傳》改。

不謍：謍當作䁝，故注《説文》惑也。謍則《説文》無此訓。

區宇：何校宇作寓。

葳蕤：葳當依《選》作威。

設副：副，梁校作福。

感懋：何、王校感均作咸。

時乘六龍：王校作乘時龍，删六字。

天區：王校作六區。

不内顧：胡校删不字。

或疑：六臣《選》作疑惑。

思玄賦

襞積：積原作積，依段校改。

後信：范《書》後作乃。

妒嫮：妨原作姤，依范《書》、五臣《選》改。

臚情：范《書》臚作攄。

嫮眼：五臣《選》眼作服。

層城：范《書》層作曾。

以占：以原作使，依《漢》《選》改。

委水衡：原作後委衡，依范《書》改。

劉流：顧氏千里校作瀏。

猋忽：猋原作焱，依李《選》改。

王子山魯靈光殿賦

列顯：王校删顯字。

將將：原作鏘鏘，依何校改。

霄靄靄：六臣作宵靄靄。

蚋蛟：善《選》作蚺蛟，《説文繫傳》引作丙蛟。

張茂先鷦鷯賦

惠而：《晉書》惠作慧。

鍾代：代原作岱，依何校改。

潘安仁秋興賦

末士：五臣作末事。

宋玉：五臣作宋生。

笙賦

虺韡：此從《黄門集》，善《選》韡作韡。

其落：落原作死，依李善改。

縹瓷：段校瓷當作瓶。

韓退之進學解

以昌陽：《文粹》以上有之不二字，《攷異》曰一本以上有不字，《本草》昌蒲一名昌陽，作不以者非是。淵案：《淮南子·説林訓》昌羊去蚤蝨而來嶺窮注：昌羊，昌蒲也，似昌陽當作昌羊。又宋吴曾《能改齋漫録》云：昌蒲、昌陽，兩種物也。陶隱居云生石磧上，細者爲昌蒲，生下溼地，大根者爲昌陽，不可服食。又東坡《石昌蒲贊序》亦有菖蒲、昌陽之辨，則兩種之説信矣。

釋言

不迨：諸本作不近。

累月：月下諸本有又字。

蘇子瞻前赤壁賦

如代：各本代誤彼，據東坡手書石刻本改。

共食：各本食誤適。劉海峯先生選本引《朱子語類》曾見東坡手書此賦，適作食，門人問食字之義，朱子曰：只如食邑之食，猶言享也。劉先生又引明人婁子柔曰：

佛經有風爲耳之所食，色爲目之所食語。東坡蓋用佛典云。

屈原九歌

登白蘋：登字當依洪本及五臣《選》删。

慌惚：王本作荒忽。

横波：洪本横上有水字。

懟兮：懟，王注作墜，此從《文苑》。

首雖：洪本雖作身。

宋玉招魂《史記》作屈原。

巫陽焉乃下招：王校以此六字句絶。

靡散：靡，《選》作糜。

蠹勺：原作蜜勺，依朱本改。

既盡：既依王本、五臣《選》删。

可淹：洪本可下有以字。

景差大招

爰謝：爰各本皆作受，乃蕭君敬孚校改，未知所據何本。承淵還自遂昌，而敬孚已歸道山，無從質證，俟考實再詳。

嶷嶷：原作凝凝，今依《釋文》。

賈生弔屈原賦

之上：依《漢》《選》删。

增翮：翮下當依《史記》補逝字。

鱣鯨：鯨，《史》作鱏。

漢武帝悼李夫人賦

延貯：《藝文》貯作佇。

壙久：《藝文》壙作曠。

韓退之祭田横墓文

寶者：者原作之，依《攷異》改。

祭張員外文

一夕：夕原作又，依《文苑》改。

猛獸：李、洪、謝三本均作孟首，謂孟春之首也。

祭柳子厚文

寧敢：《考異》寧或作予，《文苑》校引集注同。

矢心：矢，《文粹》作沃。

歐陽生哀辭

客主：《攷異》方本主下有人字，《文粹》同。

李習之祭韓侍郎文

仕宦：宦原作官，依《文粹》改。

歐陽永叔祭尹師魯文

困戹：戹原作死，依《文鑑》改。

於墜：於原作憂，依《文鑑》《居士集》改。

祭蘇子美文

遽以：遽原作遂，依《文鑑》改。

祭梅聖俞文

兀然：原作無幾，依《居士集》改。

余先：先原作久，依集改。

王介甫祭歐陽文忠公文

溟漠：原作溟溟，依《臨川集》改。

附録一　姚惜抱先生年譜

同邑後學　鄭福照輯

乾嘉閒，姚惜抱先生以碩學醇文爲海内倡，數十年來，言古文家法者，大都推桐城姚氏。顧先生非徒文人也，其仕止進退，一審於義而不苟，恬静之操，高亮之節，實足以風範百世。而又皆率其性之所安，初無矯激近名者之所爲，其論學宗主程朱之義理，而兼取考證家之長。嘗慨當時學者，以專宗漢學爲至，攻駁程朱爲能，倡於一二專己好名之人，而相率而效者，遂大爲學術之害，故力持正論以救之。然心平氣沖，粹然德人之言，從其學者，濡染漸多，而風氣遂一變。至其論文之旨，則以内充而後發、理得而情當爲貴。嘗曰：氣充而静者，其聲閎而不蕩；志章而檢者，其色耀而不浮。故爲學之要，在於涵養而已。聲華榮利之事，曾不得以奸乎其中，而寬以期乎歲月之久，則必有以蓋乎今而達乎古。由斯觀之，先生豈直文人已耶！讀其文，固可想見其人，而因其文名之盛，遂以掩其德之醇與學之粹。嗚呼！其亦失之未考也已。

先生學行大略，散見國史《文苑傳》，及門人所爲傳狀、誌表、序跋之中。鄭君容甫，少好先生學，懼宗先生者不悉其文行本末，因覽諸家文集，及先生家藏手稾，取其有徵而足信者，次爲《年譜》一書，而於先生出處之概、取舍之宜、論學論文之旨要，尤博考而詳載之。俾讀先生書者，知其本原之所在。

先生之學，上承望溪方氏之緒，而門人中傳其學者，則以吾從兄植之先生爲最博且精。往者吾友蘇徵君厚子輯有《望溪年譜》，已刊行，今容甫撰先生年譜成，又撰次《植之先生年譜》一卷，坿其集後。噫！何其勤也！世嘗言天下文章在桐城，觀是數譜，則諸先生之爲法天下，而可傳後世者，文章猶其末焉也已！同治六年夏五月，同里後學方宗誠序。

雍正九年辛亥十二月二十日，先生生。生時家譜不載，據先生曾孫聲云子時。先生姓姚氏，諱鼐，字姬傳，一字夢穀，別號惜抱。安徽安慶府桐城縣人。見姚氏家譜及毛嶽生所撰墓志銘。始祖字勝三。家譜佚其名。宋末自餘姚遷居桐城大有鄉之麻谿，人謂麻谿姚氏，始仕顯者，曰明雲南布政使右參政旭，伉直敢言，嘗上書訟于忠肅冤。參政四世孫自虞爲諸生，子之蘭爲汀州府知府，加按察副使銜，所歷海澄縣、杭州、汀州二府，民皆爲祠以祀。參政、副使仕績，《明史》皆載入《循吏傳》。副使之子孫棐，仕爲職方主事。職方子文然，康熙閒歷官刑部尚書，數論事利害，盡蠲煩苛，表定律令，卒謚端恪。世宗時追論先朝名臣，思其賢，詔特祠，春秋祀焉，是爲先生高祖。見本集《長嶺阡表》，及家譜、墓誌，從孫瑩所撰《姚氏先德傳》，《桐城縣志》。曾祖諱士基，康熙壬子舉人，爲湖北羅田縣知縣，有惠政，卒，官民立祠祀。祖諱孔鋏，府學增生，早卒，贈編修，累贈朝議大夫。祖母任氏，大理寺少卿諱奕鼊女，賢孝秉節，上奉姑，下教二子。長子翰林院編修諱範，以《詩》古文經學著，學者稱薑塢先生；次子贈朝議大夫禮部員外郎諱淑，先生考也。見《長嶺阡表》及家譜、《桐城志》。母陳氏，雍正甲辰進士、臨海縣知縣諱暠鑑女。見《節孝陳夫人傳》及家譜。弟訏，字君俞，監生候選州吏目。見《弟君俞權厝銘》。鼎字武平，乾隆甲午附榜貢生、候選州判。見家譜。

乾隆元年丙辰，先生年六歲。

三年戊午，先生年八歲。姚氏自餘姚來桐城，始居麻谿南，十世遷居城中。先生曾祖居南門宅，曰樹德堂，居四十年，先生生於樹德堂。八歲時，宅售於張氏，編修與贈大夫乃徙北門口之宅，曰初復堂。見《先宅記》。

先生少時家貧，體弱多病而嗜學，澹榮利，有超然之志。世父編修博聞强識，誦法先儒，與同里方待廬澤、葉華南酉、劉海峯大櫆諸先生友善，諸子中獨愛先生，每談必令侍。方先生論學宗朱子，先生少受業焉，尤喜親海峯。客退，輒肖其衣冠爲戲。編修嘗問其志，曰：義理、考證、文章，殆闕一不可。編修大悦，卒以經學授先生，而別受古文法於海峯。見從孫瑩所撰行狀，及本集《劉海峯傳》。

十四年己巳，先生年十九歲。按先生補弟子員年月不可考，家譜但云縣學附生，不著何歲。據先生曾孫聲云在己巳歲。今按文後集《望溪集外文序》云：惟乾隆庚午鄉試，一至江甯。是入泮在戊辰以後也。

十五年庚午，先生年二十歲。秋，舉江南鄉試。見家譜及行狀。按鄉試名次，傳狀及家譜俱不載。主考爲番禺莊公有恭、桐鄉鈕公汝騏。見《貢舉考畧》。

冬，偕同年張橿亭曾敞如京師，見《祭張少詹文》。同寓佛寺中。見《祭侍潞川文》。

十六年辛未，先生年二十一歲。春試禮部，不第歸，時劉海峯先生以經學應舉在京師，爲序送之，其畧曰：姬傳甫弱冠而學，已無所不窺，詩賦古文，殆欲壓余輩而上之，顯名當世，固可前知。又曰：天既賦姬傳以不世之才，而姬傳又深有志於古人之不朽，其射策甲科，爲顯官，不足爲姬傳道。即其區區以文章名於後世，亦非予之所望於姬傳。其盛許之如此。見行狀及《海峯文集》。按先生六上春官，始成進士，見《祭侍潞川文》。

十七年壬申，先生年二十二歲。春至黟縣。見《西園記》。有《貴池道中》、《黟縣道中》、《出池州》諸詩。按本集《弟君俞權厝銘》：余二十二歲，授徒四方以爲養。此往黟縣，或者授經於彼與？又本集《左筆泉時文序》云：某遊京師，不第而返，先生招使課其諸子。今按其年月不可考，附記於此。

秋，試禮部不第。按是年八月會試。

十九年甲戌，先生年二十四歲。春，試禮部不第，留京師。

二十年乙亥，先生年二十五歲。居京師。按本集《答朱竹君詩》云：連年摘髭取科第，射策彤庭語驚衆。又云：首春上將西出師，蟻穴初開天宇空。又云：落落獨爲燕市飲，騣騣況對殘秋恐。按朱竹君於乾隆十九年登第，兩路出師征準夷，在乙亥春。此詩當爲乙亥九月在京師作。又《再答竹君詩》云：去年重九天氣佳，城角黄花倚風動。精廬偶與故人來，卻眺晴雲出煙洞。今年重九故人死，濁酒盈尊强誰共？是上年會試後留京師也。又筆記云：江甯張君敉，字立人，甲戌、乙亥，余晤之於京師。

二十二年丁丑，先生年二十七歲。春，試禮部不第。

二十三年戊寅，先生年二十八歲。在京師。靈石何季甄思鈞從受業。見《何季甄家傳》。秋遊揚州。見《贈程魚門序》及《酬胡業宏》詩。旋歸里，由潛山、宿松、黄梅、九江至南昌，十月歸。見詩集。

二十五年庚辰，先生年三十歲。春，試禮部不第，歸。八月二十三日，丁贈朝議公艱。見行狀及家譜。

二十六年辛巳，先生年三十一歲。授經同里馬氏。見《馬母左孺人八十壽序》。

二十七年壬午，先生年三十二歲。授經同里馬氏。

八月二十五日配張宜人卒。見家譜。按張宜人湖北黃州府通判諱曾翰女，見家譜，其來歸年月不可考。

二十八年癸未，先生年三十三歲。春，應禮部試，中式。見行狀及家譜。總裁官爲金匱秦公蕙田、滿洲德公德保、錢唐王公際華。見《貢舉考畧》。

殿試二甲，授庶吉士。見家譜及行狀。按會試、殿試名次，傳狀及家譜俱不載。

二十九年甲申，先生年三十四歲。春，隨世父編修自天津歸里。見《左筆泉時文序》。有《遊媚筆泉記》，三月上旬作。

三月，遊揚州，館侍潞川庶常朝家，五月杪旋里。見《祭侍潞川文》。按王夢樓以是歲出守臨安，本集有《平山堂送王之臨安詩》，知遊揚州確在是年也。

繼配張宜人來歸，四川屏山縣知縣諱曾敏女，原配張宜人之從妹。見《繼室張宜人權厝志》及家譜、行狀。

冬，如京師。有《過江浦縣》、《徐州》、《邳州》、《過汶上弔王彥章》詩。

三十一年丙戌，先生年三十六歲。夏，散館，改主事，分兵部。見國史本傳。

三十二年丁亥，先生年三十七歲，試職兵部。見《沈母王太恭人壽序》。

補禮部儀制司主事。見本傳及墓誌。

三十三年戊子，先生年三十八歲。秋七月，充山東鄉試副考官。見行狀。有《遊洪恩寺》詩。

九月還京。見詩集。

轉祠祭司員外郎。見行狀及家譜。

三十五年庚寅，先生年四十歲。充湖南鄉試副考官，六月出都。見詩集及行狀、墓誌。

冬還京。有《定州遇雪》詩。

十月初八日，長子持衡生。見家譜。

三十六年辛卯，先生年四十一歲。春正月八日，世父薑塢先生卒。見家譜。

充恩科會試同考官。見本集及行狀、墓誌。

先生兩主鄉試，一爲會試同考官，多得氣節通經士。涪州周興岱、昆明錢灃、曲阜孔廣森，其最也。見行狀及墓誌。

擢刑部廣東司郎中。見行狀。

先生官刑部時，廣東巡撫某擬一重辟案不實，堂官與同列無異議，先生核其情，獨争執平反之。見吴德旋所撰墓表。

三十八年癸巳，先生年四十三歲。詔開四庫全書館，選一時翰林宿學爲纂修官。諸城劉文正公統勳、大興朱竹君學士筠咸薦先生，以所守官入局，充校辦各省送到遺書纂修官。時非翰林爲纂修者八人，先生與程魚門晉芳、任幼植大椿尤稱善。見行狀及《四庫全書提要》。道光十二年，先生從孫瑩以先生所修四庫書序論八十八首，編爲四卷付梓，名《惜抱軒書録》，毛嶽生爲之序，其中或與提要小異，蓋當時總纂官有所損益也。

三十九年甲午，先生年四十四歲。秋，乞病解官。先是，劉文正公以御史薦，已記名矣。按文正以大學士管刑部事。而金壇于文襄敏中當國，雅重先生，欲一出其門，竟不往會。文正薨，先生乃決意去。見行狀及墓誌。按董塢先生歿後，先生與伯兄昭宇書曰：本衙門已保送御史，擬將來一得御史，無論能自給與否，決然回家矣。緘口則難此，厚顔妄論則貽憂老母云云。此札墨蹟，今藏於其家，據此札及詩集《述懷》作，則先生之懷歸志，已非一日，會文正薨，故不俟補御史，遽引退耳。

四庫書局之啟，由大興朱竹君學士，見翰林院貯《永樂大典》中多古書，爲世所未見，奏請開局重修，欲嘉惠學者。既而奉旨搜求，天下藏書畢出，於是纂修者競尚新奇，厭薄宋元以來儒者，以爲空疏，掊擊訕笑，不遺餘力。先生往復辨論，諸公雖無以難，而莫能助也。將歸，大興翁覃溪學士方綱爲序送之，亦知先生不再出矣。臨行乞言，先生曰：諸君皆欲讀人未見之書，某則願讀人所嘗見書耳。見行狀。

嘉定錢獻之坫以考證名，尤精小學。先生贈之序，其畧曰：孔子没而大道微，漢儒承秦滅學之後，始立專門，各抱一經，師弟傳受，儕偶怨怒嫉妒，不相通曉。其於聖人之道，若築牆垣而塞門巷也。久之，通儒漸出，貫穿羣經，左右證明，擇其長説。及其敝也，雜之以讖緯，亂之以怪僻猥碎，世又譏之。蓋魏晉之閒，空虚之説興，以清言爲高，以章句爲塵垢，放誕頽壞，迄亡天下。然世猶或愛其説辭，不忍廢也。自是南北乖分，學術異尚，五百餘年。唐一天下，兼採南北之長，定爲義疏，明示統貫，而所取或是或非，未有折衷。宋之時，真儒乃得聖人之旨，羣經畧有定説。元明守之，著爲功令，當明佚君亂政屢作，士大夫維持綱紀，明守節義，使明久而後亡，其宋儒論學之效哉！且夫天地之運，久則必變，是故夏尚忠，商尚質，周尚文，學者之變也。有大儒操其本，以齊其弊，則所尚也，賢於其故，否則不及其故，自漢以來皆然已。明末至今日，學者頗厭功令所載爲習聞，又惡陋儒不考古而蔽於近，於是專求古人名物、制度、訓詁、書數，以博爲量，以闚隙攻難爲功，其甚者，欲盡舍程朱。而宗漢之士，枝之獵而去其根，細之蒐而遺其鉅。夫甯非蔽與？見本集及行狀。按詩集有《纂秋草堂歌贈錢獻之》作，先生詩集，實依年編次，此詩在二卷末贈朱竹君詩後，贈朱詩有「歸校中文」語，乃癸巳秋作。贈錢詩有「長安二月春風來」句，當是甲午春作。又有「挾策那能歸下邑」句，似贈别語，此文亦云錢君將歸江南，蓋與詩同時作，又列於贈程魚門、陳伯思二序之前，二文皆甲午作，此序確爲甲午作無疑。

冬十二月，自京師乘風雪，至山東泰安守遼東朱子潁孝純署中。除夕與子潁登泰山日觀，觀日出，作詩文以紀。見本集。

四十年乙未，先生年四十五歲。春正月，自泰安還京。見《遊靈巖記》。旋即南歸。有《乙未春出都留别同館諸君》及《汶上舟中》詩。

四十一年丙申，先生年四十六歲。朱子潁爲兩淮鹽運使，興建梅花書院，延先生主之。見《食舊堂集序》及行狀、墓誌。秋，至揚州。有《泊采石》、《泥汊阻風》、《宿攝山寺》、《出金陵》詩。

冬十月十七日，次子師古生。見家譜。

四十二年丁酉，先生年四十七歲，在揚州書院。

時四庫全書館凡纂修者皆議敘，向之非翰林爲纂修者八人，其六盡改爲翰林矣。惟先生乞病歸，任幼植亦遭艱居里。大臣列二人名於章奏，而稱其勞，請俟其補官更奏。幼植過淮上，邀先生入都。先生以母老謝，幼植獨往，然大臣竟不復議改官事。

見任幼植墓誌。

四十三年戊戌，先生年四十八歲。閏六月一日，繼室張宜人卒於揚州書院。秋八月，還里。見《張宜人權厝銘》。

梁階平相國國治屬所親語先生曰：若出，吾當特薦先生。婉謝之，集中所爲《復張君書》也。見行狀。按《復張君書》云：始反一年，仲弟先殞，今又喪婦。知爲是年作。

四十四年己亥，先生年四十九歲。

撰《古文辭類纂》七十五卷，以盡古今文體之則。秋七月，序之曰：鼐少聞古文法於伯父薑塢先生及同鄉劉耕南先生，少究其義，未之深學也。其後遊宦數十年，益不得暇，獨以幼所聞者寘之胸臆而已。乾隆四十年，以疾請歸，伯父前卒，不得見矣。劉先生年八十，猶喜談説，見則必論古文。後又二年，余來揚州，少年或從問古文法。夫文無所謂古今也，惟其當而已。得其當，則六經至於今日，其爲道也一。知其所以當，則於古雖遠，而於今取法，如衣食之不可釋；不知其所以當，而敝棄於時，則存一家之言，以資來者，容有俟焉。於是以所聞習者，編次論説，爲《古文辭類纂》。其類十三，曰：論辨類，序跋類，奏議類，書説類，贈序類，詔令類，傳狀類，碑誌類，雜記類，箴銘類，頌贊類，辭賦類，哀祭類。一類内而爲用不同者，别之爲上下編云。

論辨類者，蓋原於古之諸子，各以所學著書詔後世。孔、孟之道與文，至矣。自老、莊以降，道有是非，文有工拙。今悉以子家不録，録自賈生始。蓋退之著論，取於六經、《孟子》，子厚取於韓非、賈生，明允雜以蘇、張之流，子瞻兼及於《莊子》。學之至善者，神合焉；善而不至者，貌存焉。惜乎子厚之才，可以爲其至而不及至者，年爲之也。

序跋類者，昔前聖作《易》，孔子爲作《繫辭》、《説卦》、《文言》、《序卦》、《雜卦》之傳，以推論本原，廣大其義。《詩》、《書》皆有序，而《儀禮》篇後有記，皆儒者所爲。其餘諸子，或自序其意，或弟子作之，《莊子・天下篇》、《荀子》末篇皆是也。余撰次古文辭，不載史傳，以不可勝録也。惟載太史公、歐陽永叔表志敘論數首，序之最工者也。向、歆奏校書各有序，世不盡傳，傳者或僞，今存子政《戰國策序》一篇，著其概。其後目録之序，子固獨優矣。

奏議類者，蓋唐、虞、三代聖賢陳説其君之辭，《尚書》具之矣。周衰，列國臣子爲國謀者，誼忠而辭美，皆本謨、誥之遺，學者多誦之。其載《春秋》内外傳者不録，録自戰國以下。漢以來有表、奏、疏、議、上書、封事之异名，其實一類。惟對策雖亦臣下告君之辭，而其體少别，故寘之下編。兩蘇應制舉時所進時務策，又以附對策之後。

書説類者，昔周公之告召公，有《君奭》之篇。春秋之世，列國士大夫或面相告語，或爲書相遺，其義一也。戰國説士説其時主，當委質爲臣，則入之奏議；其已去國，或説异國之君，則入此編。

贈序類者，老子曰：「君子贈人以言。」顔淵、子路之相違，則以言相贈處。梁王觴諸侯於范臺，魯君擇言而進，所以致敬愛、陳忠告之誼也。唐初贈人，始以序名，作者亦衆。至於昌黎，乃得古人之意，其文冠絶前後作者。蘇明允之考名序，故蘇氏諱序，或曰引，或曰説。今悉依其體，編之於此。

詔令類者，原於《尚書》之誓、誥。周之衰也，文誥猶存。昭王制，肅彊侯，所以悦人心而勝於三軍之衆，猶有賴焉。秦最無道，而辭則偉。漢至文、景，意與辭俱美矣，後世無以逮之。光武以降，人主雖有善意，而辭氣何其衰薄也？檄令皆諭下之辭，韓退之《鱷魚文》，檄令類也，故悉傳之。

傳狀類者，雖原於史氏，而義不同。劉先生云：「古之爲達官名人傳者，史官職之。

文士作傳，凡爲圬者、種樹之流而已。其人既稍顯，即不當爲之傳，爲之行狀，上史氏而已。」余謂先生之言是也。雖然，古之國史立傳，不甚拘品位，所紀事猶詳。又實録書人臣卒，必撮序其平生賢否。今實録不紀臣下之事，史館凡仕非賜謚及死事者，不得爲傳。乾隆四十年定一品官乃賜謚，然則史之傳者，亦無幾矣。余録古傳狀之文，並紀茲義，使後之文士得擇之。昌黎《毛穎傳》，嬉戲之文，其體傳也，故亦附焉。

碑誌類者，其體本於《詩》，歌頌功德，其用施於金石。周之時有石鼓刻文，秦刻石於巡狩所經過，漢人作碑文，又加以序。序之體，蓋秦刻琅邪具之矣。茅順甫譏韓文公碑序異史遷，此非知言。金石之文，自與史家异體，如文公作文，豈必以效司馬氏爲工耶？誌者，識也。或立石墓上，或埋之壙中，古人皆曰誌。爲之銘者，所以識之之辭也。然恐人觀之不詳，故又爲序。世或以石立墓上，曰碑，曰表，埋乃曰誌。及分誌、銘二之，獨呼前序曰誌者，皆失其義。蓋自歐陽公不能辨矣。墓誌文録者尤多，今别爲下編。

雜記類者，亦碑文之屬。碑主於稱頌功德，記則所紀大小事殊，取義各異，故有作序與銘詩全用碑文體者，又有爲紀事而不以刻石者。柳子厚紀事小文，或謂之序，然實記之類也。

箴銘類者，三代以來有其體矣。聖賢所以自戒警之義，其辭尤質，而意尤深。若張子作《西銘》，豈獨其理之美耶？其文固未易幾也。

頌贊類者，亦《詩·頌》之流，而不必施之金石者也。

辭賦類者，風、雅之變體也，楚人最工爲之，蓋非獨屈子而已。余嘗謂《漁父》及《楚人以弋説襄王》、《宋玉對王問遺行》皆設辭，無事實，皆辭賦類耳。太史公、劉子政不辨，而以事載之，蓋非是。辭賦固當有韻，然古人亦有無韻者，以義在託諷，亦謂之賦耳。漢世校書，有《辭賦畧》，其所列者甚當。昭明太子《文選》，分體碎雜，其立名多可笑者，後之編集者，或不知其陋而仍之。余今編辭賦，一以漢《畧》爲法。古文不取六朝人，惡其靡也。獨辭賦則晉宋人猶有古人韻格存焉。惟齊梁以下，則辭益俳而氣益卑，故不録耳。

哀祭類者，《詩》有《頌》，風有《黄鳥》、《二子乘舟》，皆其原也。楚人之辭至工，後世惟退之、介甫而已。

凡文之體類十三，而所以爲文者八，曰：神，理，氣，味，格，律，聲，色。神、理、氣、味者，文之精也；格、律、聲、色者，文之粗也。然苟舍其粗，則精者亦胡以寓焉？學者之於古人，必始而遇其粗，中而遇其精，終則御其精者而遺其粗者。文士之效法古人，莫善於退之，盡變古人之形貌，雖有摹擬，不可得而尋其跡也。其他雖工於學古，而跡不能忘，揚子雲、柳子厚，於斯蓋尤甚焉，以其形貌之過於似古人也，而遽擯之，謂不足與於文章之事，則過矣。然遂謂非學者之一病，則不可也。見《古文辭類篹·序目》及《姚氏先德傳》。是書後興縣康中丞紹鏞刻諸粵東。道光四年，門人吴啟昌以先生於是書應時更定，没而後已，康刻所據乃十餘年前本，其後增删改竄甚多，乃以定本重刊於金陵。姚椿《書〈古文辭類篹〉後》云：嘗請於先生，謂其中棄取，有未盡人能解者，先生謂是固有意，其棄者大抵爲有俗氣，其取者則以廣文之體格，使有所取法。

四十五年庚子，先生年五十歲。主講安慶敬敷書院。自庚子至丁未，主講敬敷書院，凡八年。

二月，爲門下士孔檢討廣森作《儀鄭堂記》，曰：六藝自周時儒者有説，孔子作《易傳》，左丘明傳《春秋》，子夏傳《禮·喪服》，《禮》後有記，儒者頗裒取其文，其後《禮》或亡，而記存，又雜以諸子所著書，是爲《禮記》。《詩》、《書》皆口説，然《爾雅》亦其傳之流也。當孔子時，弟子善言德行者固無幾，而明於文章制度者，其徒猶多。及遭秦焚書，漢始收輯，文章制度舉疑莫能明，然而儒者説之，不可以已也。漢儒家別派分，各爲耑門，及其末造，鄭君康成總集其全，綜貫繩合，負閎洽之才，通羣經之滯，義雖時有拘牽附會，然大體精密，出漢經師之上。又多存舊説，不掩前長，不覆己短，觀鄭君之辭，以推其志，豈非君子之徒篤於慕聖、有孔氏之遺風者與？鄭君起青州，弟子傳其學，既大著，王肅駁難鄭義，欲争其名，僞作古書，曲傅私説，學者由是習爲輕薄，流至南北朝，世亂而學益壞。自鄭、王異術，而風俗人心之厚薄以分。嗟夫！世之説經者，不蘄明聖學、詔天下，而顧欲爲己名，其必王肅之徒者與？曲阜孔君撝約，博學工爲詞章，天下方誦以爲善，撝約顧不自足，作堂於其居，名之曰「儀鄭」，自庶幾於康成。遺書告余爲之記，撝約之志，可謂善矣！昔者聖門顔閔無書，有書傳者或無名，蓋古學者爲己而已。以撝約之才，志學不怠，又知足知古人之善，不將去其華而取其實，擴其道而涵其藝，究其業而遺其名，豈特詞章無足矜哉？雖説經精善，猶未也。以孔子之裔，傳孔子之學，世之望於撝約者益遠矣。雖古有賢如康成者，吾謂其猶未足以限吾撝約也。見本集。

冬選隆、萬、天、崇及國朝人四書文二百五十一首，授敬敷書院諸生課讀，以欽定四書文爲主，而增益後來名家及小題文，其序畧曰：讀四書文者，欲知行文體格，及因題立義、因義遣辭之法，故無取乎多。若夫行氣説理、造句設色，一皆求之於古人。徒讀四書文，則終身不能過人也。伏讀聖諭有云：先正名家之法，置而不講；經史子集之書，束而不觀。今學者之病，豈不在此？夫日課鄙陋濫惡，世之謂墨卷者，積至千篇，必須千日。千日之功，費於無用，科名得失，初不在此，徒自蘙塞心胷，闇蔽知慧而已。陳紫瀾宫詹生平止讀震川稿，及伯思户部、仲思檢討，亦皆未嘗知所謂墨卷者，其父子亦何嘗不掇取科名？假令前輩如方百川、王耘渠諸君，舍其所學而讀墨卷，亦終於諸生而已，何也？命爲之也。獨其文之佳惡，則非命之所主，是在有志者爲之爾。見《敬敷書院課讀四書文序目》。

四十八年癸卯，先生年五十三歲。夏六月，作《老子章義序》。見本集。

五十年乙巳，先生年五十五歲。秋九月二十四日，側室梁氏生子執雉。見家譜。

五十二年丁未，先生年五十七歲。秋八月五日，丁陳太恭人艱。見家譜。

是年先生與伯兄亭人昭宇奉編修及伯母張太宜人，合葬長嶺祖墓側，又葬繼室張宜人於編修張太宜人塚右。見《長嶺阡表》。

五十三年戊申，先生年五十八歲。主講歙縣紫陽書院。見歙胡孝廉墓誌。秋初歸里。見與汪稼門尺牘。與馬魯成尺牘云：去歲已堅辭安慶書院，而撫藩爲商，不欲其閒居，薦主紫陽書院，將來擬就之，少助買山貲耳。

長子持衡補郡庠生。見家譜及與馬魯成尺牘。

五十五年庚戌，先生年六十歲。主講江甯鍾山書院。見《程綿莊文集序》。自庚戌至嘉慶庚申，主鍾山書院十一年。

五十六年辛亥，先生年六十一歲。春，合葬贈朝議公及陳太恭人於桐城北鄉孔城八角亭北。家譜未載何歲，今據與馬魯成尺牘及與孔信夫子廣廉尺牘。

五十七年壬子，先生年六十二歲。夏四月，作《左傳補注序》。見本集。

秋，長子持衡舉江南鄉試。見家譜。

門人新城陳用光校刻先生文集十卷，先生以内有須删訂者，不欲傳播，屬勿更印。見與秦小峴書及與陳石士尺牘。

六十年乙卯，先生年六十五歲。修族譜，依古世表之法，率横列，而注歷職、生卒、妻子於其下，欲其文簡而易檢也。見族譜序及與馬魯成尺牘。

嘉慶元年丙辰，先生年六十六歲。秋八月，門人朱則泊、則澗，以先生所著《九經説》十二卷鋟板於旌德。見《九經説陶定申跋》。

秦小峴觀察致書，稱先生學問文章。先生復書，其畧曰：某嘗謂天下學問之事，有義理、文章、考證三者之分，異趨而同，爲不可廢。一途之中，歧分而爲衆家，遂至於百十家同一家矣。而人之才性偏勝，所取之徑域，又有能有不能焉，凡執其所能爲，而呲其所不爲者，皆陋也。必兼收之，乃足爲善。某夙以是望世之君子，今亦以是上陳之於閣下而已。見本集。按此文敘及胡雒君舉孝廉方正事。據丁巳歲與雒君尺牘云：聞給頂帶，部議已至。此文則云孝廉之舉，不得亦無恨。知確爲丙辰作也。

二年丁巳，先生年六十七歲。《九經說》刻成。見與陳石士尺牘。

江甯諸生爲刻《三傳國語補注》。見與胡雒君尺牘。

與翁覃溪書曰：某昔在館中，見宋元人所註經，卷袠甚大，而其閒足存之解，或僅一二條而已，以爲何須爲是繁耶。故愚見有所論，但專記之，如是歷年所記，每經多者數十條，少則數條而已。謂之私說，不敢謂之註。至於三傳，較諸經稍輕，乃名之「補注」，分成兩書。今年諸門徒遂取以刊板，某固知其不免謬妄，今各以一部上呈，不知亦堪以一二條之當見取者乎？見尺牘。

自定詩集十卷付梓，次年夏刻成。見與陳石士尺牘。按詩集初名得五樓稿，見海峯丁亥歲與先生手札。

三年戊午，先生年六十八歲。春二月，以所選五七言《今體詩鈔》付梓於金陵，其序曰：天下之是非，有不可得而淆也。而人以己意決之，則不能不淆。其不淆者，必其當於人心之公意者也。人心之公意，雖具於人人，而當其始，無一人發之，則人人之公意不見，苟發之，而同者會矣。論詩如漁洋之《古詩鈔》，可謂當人心之公者也。吾惜其論止古體，而不及今體，至今日而爲今體者紛紜歧出，多趨譌謬，風雅之道日衰，從吾遊者，或請爲補漁洋之闕編。因取唐以來詩人之作，采録論之，分爲二集十八卷，以盡漁洋之遺志。雖然，漁洋有漁洋之意，吾有吾之意。吾觀漁洋所取舍，亦時有不盡當吾心者。要其大體雅正，足以維持詩學，導啟後進，則亦足矣。其小小異同嗜好之情，雖公者不能無偏也。今吾亦自奮室中之説，前未必盡合於漁洋，後未必盡當於學者。然而存古人之正軌，以正雅祛邪，則吾説有必不可易者。世之君子，其亦以攬其大者求之。聲病之學，肇於齊梁，以是相沿，遂成律體。南北朝迄隋，諸詩人警句，率以儷偶調諧，正可謂之律耳。阮亭五言古詩中既已録之，今不更載，所載斷自唐人陳拾遺、杜修文、沈宋、曲江，此爲開元以前之傑，鈔初唐五言今體詩一卷。盛唐人詩固無體不妙，而尤以五言律爲最。此體中又當以王孟爲最，以禪家妙悟論詩者，正在此耳，鈔王孟詩一卷。常建以下十五人又一卷。盛唐人禪也，太白則仙也。於律體中，以飛動票姚之勢，運曠遠奇逸之思，此獨成一境者，鈔太白詩一卷。杜公今體四十字中，包涵萬象，不可謂少；數十韻百韻中，運掉變化，如龍蛇穿貫，往復如一綫，不覺其多。讀五言至此，始無餘憾。余往昔見蒙叟箋於其長律，轉折意緒，都不能了，頗多謬説，故詳爲詮釋之，鈔杜詩二卷。中唐大歷諸賢，尤刻意於五律，其體實宗王孟，氣則弱矣，而韻猶存。貞元以下又失其韻，其有警拔，蓋亦希矣。今鈔韋蘇州以下二十一人爲一卷，劉夢得以下十二人爲一卷。晚唐之才固愈衰，然五律有望見前人妙境者，轉賢於長慶諸公，此不可以時代限也。元微之首推子美長律，然與香山皆以多爲貴，精警缺焉，余盡不取。惟玉谿生乃略有杜公遺響耳，今鈔晚唐，以玉谿爲冠，合十八人共一卷。夫文以氣爲主，七言今體，句引字賒，尤貴氣健。如齊梁人，古色古韻，夫豈不貴？然氣則躓矣。楊升庵專取爲極則，此其所以病也。初唐諸君，正以能變六朝爲佳。至盧家少婦一章，高振唐音，遠包古韻，此是神到之作，當取冠一朝矣，鈔初唐七言今體詩一卷。右丞七律，能備三十二相，而意興超遠，有雖對榮觀，燕處超然之意，宜獨冠盛唐諸公。于鱗以東川配之，此一人私好，非公論也，鈔盛唐詩一卷。杜公七律，含天地之元氣，包古今之正變，不可以律縛，亦不可以盛唐限者，鈔杜詩一卷。大歷十子以隨州爲最，其餘諸賢，亦各有風調，至於長慶、香山，以流易之體，極富贍之思，非獨俗士奪魄，亦使勝流傾心，然滑俗之病，遂至濫惡，後皆以太傅爲藉口矣！非慎取之，何以維雅正哉？鈔中唐詩一卷。玉谿生雖晚出，而才力實爲卓絶，七律佳者，幾欲遠追拾遺，其次者猶足近掩劉白，第以矯敝滑易，用思太過，而僻晦之敝又生，要不可不謂之詩中豪傑士矣，鈔玉谿詩一卷，附温詩數首，然於玉谿爲陪臺，非可與並立也。唐末詩人，才力既異於前，而習俗所移，又難振拔，故傑出益少，然亦未嘗無佳句也，鈔晚唐五代詩一卷。西崑諸公之擬玉谿，但學其隸事耳，殊滯於句下，都成死語。其餘宋初諸賢，亦皆域於許渾、韋莊輩境内。歐公詩學昌黎，故於七律不甚留意，荆公則頗留意矣，然亦未造殊妙。今自宋初至荆公兄弟，共爲一卷。東坡天才有不可思議處，其七律只用夢得、香山格調，妙處豈劉白所能望哉！山谷刻意少陵，雖不能到，然其兀傲磊落之氣，足與古今作俗詩者澡濯胸胃，導啟性靈，鈔蘇黄詩一卷，蘇門諸賢附焉。放翁激發忠憤，横極才力，上法子美，下攬子瞻，裁制既富，變境亦多，其七律固爲南渡後一人，其餘如簡齋、茶山、誠齋諸賢，雖有盛名，實無超詣。今爲略采一二，逮於宋末，併附放翁之後，鈔南宋詩一卷。見《今體詩鈔》序目及與陳石士尺牘。秋八月半後，攜長子持衡遊吴中，遂至西湖，作古今體詩四十餘首。九月杪，還江甯。見與陳石士尺牘。

四年己未，先生年六十九歲。補刻詩集五卷，十卷之半。見與陳石士尺牘。

五年庚申，先生年七十歲。冬，江甯諸生合爲鐫刻文集十六卷。見與陳石士尺牘。

六年辛酉，先生年七十一歲。先生以年衰，畏涉江濤，改主敬敷書院，二月至皖。見與陳石士尺牘。自辛酉至甲子，主敬敷書院四年。

七年壬戌，先生年七十二歲。冬十一月，赴六安州，爲修志書。見與陳石士尺牘。

十年乙丑，先生年七十五歲。移主鍾山書院。先生已至皖矣，四月，鐵冶亭制軍鐵保遣人固邀至金陵。先生因有買宅居金陵之意。見《跋天發神讖刻文》及與陳石士尺牘。自乙丑至乙亥，主講鍾山書院十一年。

十一年丙寅，先生年七十六歲。刻法帖題跋一卷。先生自謂所論書理，有勝前賢處。見與陳石士尺牘。

十三年戊辰，先生年七十八歲。長子持衡大挑，得知縣，改近發江蘇。見家譜及與陳石士尺牘。

《今體詩鈔》刊行後，先生復加删訂。十月，績溪程邦瑞校付剞劂。見《今體詩鈔》程跋。

十四年己巳，先生年七十九歲。《九經説》刻成後，先生復有所論，增益舊文，合得十七卷。

冬，門人陶定申爲補録於江甯。見《九經説》陶跋。

十五年庚午，先生年八十歲。秋，鄉試，與陽湖趙甌北兵備翼重赴鹿鳴宴。詔加四品銜。

先生神明如五六十時，行不撰杖，兵備年亦八十二，觀者以爲盛。見行狀。長子景衡，

持衡改名。署儀徵縣知縣。見與周希甫尺牘。

冬十二月十八日，作《程綿莊文集序》，其畧曰：孔子之道一而已。孔子没，而門弟子各以性之所近，爲師傳之真，有舛異交争者矣。況後世不及孔子之門，而求遺言以自奮於聖緒墜絶之後者，與其互相是非，固亦其理。然而天下之風，必有所宗，論繼孔孟之統，後世君子，必歸於程朱者，非謂朝廷之功令不敢違也，以程朱生平行己立身，固無愧於聖門，而其論説所闡發，上當於聖人之旨，下合乎天下之公心者，爲大且多，使後賢果能篤信，遵而守之，爲無病也。其他與程朱立異者，縱於學者有所得焉，而亦不免賢智者之過。其下則肆焉，爲邪説，以自飾其不肖者而已。今觀綿莊之立言，

可謂好學深思、博聞強識者矣。而顧惜其好非議程朱，蓋其始厭惡科舉之學，而疑世之尊程朱者，皆束於功令，未必果當於道。及其久，意見益偏，不復能深思熟玩於程朱之言，而其辭遂流於蔽陷之過，而不自知。近世如休甯戴東原，其才本超越乎流俗，而及其爲論之僻，則過有甚於流俗者。綿莊所見，大抵有似東原。後有得綿莊書而觀之，必有能取其所當取者。見後集。

十六年辛未，先生年八十一歲。江甯太守吕某延先生爲修府志。見與陳石士尺牘。門人陳用光校刻《莊子章義》於湖北。見程瀚《莊子章義跋》。

十八年癸酉，先生年八十三歲。長子景衡署江都縣知縣。見與陳石士尺牘。

十九年甲戌，先生年八十四歲。在書院，猶與諸生講論不倦，耳目聰明，齒牙未豁，著讀之暇，惟静坐爲主，行步輕健如飛，見者以爲神仙中人。見從孫瑩《識小録》。按先生主講江甯、安慶書院，歲常以二三月往，冬閒旋里，閒留書院度歲，兹不詳具。

是年里中大旱，邑令陽湖吕某忽出示徵收錢糧，民情惶駭。先生致書皖撫胡果泉侍郎克家，極言災重，畝不可徵，並致書吕令言之，事乃得寢。其書畧曰：今年敝邑遭此大荒，側聞閣下敕令邑中巨户出穀平糶，以蘇窮民，此善政所被，雖出嚴令，而人心悦服，夫何有異説也？至於饑歲官賑，在事理爲常，而司庫非充，災處甚廣，籌餉甚難，亦不得不姑減災歉分數以爲權宜之説。然遂謂可以徵賦上供，則必不可。計邑中沿江沿湖圩田固爲有收者，然此等據地不多，恐不能及一縣地十分之一，且有無錯雜，極難於履勘。閣下或於報災之中，指名所在鄉保，剔出此十分之一；或並此統歸一例爲災田，固在仁明，酌行其可。蓋邑中豐收之年，此田往往被潦，以其少也，難於剔出求免，亦只歸統報也。至於此外闔境災黎，雖有田畝，而糜粥不充，蠲緩所不待言。苟復事徵求，恐其患不知所底計。今閣下必已盡舉民瘼，申告上憲，而某桑梓之情，復瀆台覽，區區鄙懷，實爲淺陋，所望諒恕而已。按此札原稿，先生曾孫聲藏於家，陳刻尺牘未之載，其致胡中丞札稿，則亂後已佚矣。

二十年乙亥，先生年八十五歲。長子景衡題補泰興縣知縣。見與陳石士尺牘。

先是先生居江甯久，喜登攝山，嘗有卜居意，未決，遷延不果歸。七月微疾，九月十三日，卒於江甯書院，門人共治其喪。見行狀墓誌。

二十四年，同前配宜人合葬桐城南鄉大楊樹灣鐵門。見家譜及墓誌。

先生貌清而癯，而神采秀越，風儀閒遠，與人言，終日不忤，而義所不可，則確乎不易其所守。見本傳及行狀。性仁愛，雖貧乏，樂贍姻族。邑兩大祲，既書列荒政緩急，又出貲以倡。見墓誌。先生爲學，博集漢儒之長，而折衷於宋。見本傳。自少及耄，未嘗廢學，雖宴處，常静坐終日，無惰容。有來問，則竭意告之，喜導人善，汲引才雋，如恐不及。以是人益樂就而悦服，雖學術異趣者，亦忘争焉。南康謝藴山方伯，語人曰：姚先生如醴泉芝草，使人見之，塵俗都盡。青浦王蘭泉侍郎，集海内人詩，至先生，曰：姬傳藹然孝弟，踐履醇篤，有儒者氣象。禮恭親王堯，遺教「必得姚某爲家傳」。德化陳東浦方伯，未卒前一歲，屬先生曰：某死，必得先生文以誌吾墓。新城魯絜非，以文章名江右，始學於閩中朱梅崖先生，於當世少所推許，獨心折先生，以爲不及。乃渡江就訪，使諸甥受業。其爲世推重如此。見行狀及《姚氏先德傳》。先生之受經學於編修也，編修之學，以博爲量，而取義必精，於書無所不窺，論辨條記甚多，而不肯撰述。編修既没，先生欲修輯遺説，編纂成書，而不就，仿《日知録》例，成經史各一卷，曰《援鶉堂筆記》，以授姪孫瑩，使卒其業，且戒之曰：纂輯筆記，此即著書，不可苟作。大約欲少而精，不欲多而蕪。近人著書，以多爲貴，此但取欺俗人耳，吾閲之，乃無有也。見行狀。自康熙朝，方侍郎苞力講求古文義法，天下始知宗尚歸氏熙甫，以上追司馬子長、韓退之。劉海峯學博繼之，天下以爲古文之傳在桐城，先生親問法於海峯，然自以所得爲文，又不盡用海峯法。見行狀及李兆洛所撰傳。其論文根極於性命，而探源於經訓。至其淺深之際，有古人所未嘗言，獨抉其微而發其蘊。見本傳。紓徐卓犖，撙節隱括，託於筆墨者，净潔而精微，如道人德士，接對之久，使人自深。蓋學博論文主品藻，侍郎論文主義法，先生後出，尤以識勝。知有以取其長，濟其偏，止其敝。見門人方東樹書墓誌後。論者以爲辭邁於方氏，而理深於劉氏焉。見本傳。詩從明七子入，而以融會唐宋之體爲宗旨，所選今體詩，見者皆以爲精當。見本傳。先生於當代公卿，不爲過譽，作《江上攀轅圖記》，但美孫文靖厚於故交。作《王文端神道碑》，數十年宰相一事不書。見門人管同《因寄軒文集》。及爲袁簡齋作墓誌，有疑之者，先生曰：隨園雖不免有遺行，其文采風流有可取，亦何害於作誌？第不得述其惡轉以爲美耳。見與陳石士尺牘及陳用光所撰行狀。書逼董元宰，蒼逸時欲過之。見吳撰墓表。即率爾筆札，皆有儒者游藝氣象。見毛嶽生《休復居文集》。主講席者四十年，諄諄以誨迪後進爲事。見本傳。所至士以受業先生爲幸，或越千里從學。見行狀。平生誨人，輒以争名爲戒，見《書録毛嶽生序》。以謙慎韜晦爲要，見與劉明東書。嘗言爲文必本諸躬行，屢以己身缺然爲憾。見姚椿

《晚學齋文集》。門弟子知名甚眾，其尤著者，上元管同、梅曾亮，同邑方東樹、劉開，而歙縣鮑桂星，新城陳用光，江甯鄧廷楨，最爲顯達。至私淑稱弟子者，則宜興吴德旋，寶山毛嶽生，華亭姚椿，同邑張聰咸，皆以文學著述稱名。見《姚氏先德傳》。生平所修，《廬州府志》，據與陳石士尺牘，《廬州志》惟沿革一門出先生手。《六安州志》，《江甯府志》官書別刻外，文後集十卷，詩後集一卷，筆記八卷，未及刊而卒。姚椿以刻資屬梅曾亮，於道光元年刊行。見行狀及筆記梅曾亮跋。

道光十年，皖撫題請入祀鄉賢祠。見家譜及《姚氏先德傳》。

前配張宜人生一女，適張元輯。繼配張宜人，生二子：景衡，師古。二女：長適張通理，次適潘玉。側室梁氏生一子執雉，以執雉後從兄羲輪。景衡字庚甫，生一子誦。師古字籀君，生一子寶同。執雉字彦耿，生一子酉。見家譜。曾孫以下未備考焉。

文目編年

乾隆庚辰年三十《副都統朱公墓誌銘》

壬午《聖駕南巡賦》

甲申《遊媚筆泉記》見本集《左筆泉時文序》

丁亥《送右庶子畢公爲鞏秦階道序》、《四川川北道按察副使鹿公墓誌銘》

戊子《山東鄉試策問五首》

己丑《贈武義大夫貴州提標右營遊擊何君墓誌銘》

庚寅《湖南鄉試策問五首》

年二十至四十《左仲郛浮渡詩序》、《吴荀叔杉亭集序》、《高常德詩集序》

壬辰年四十二《張仲絜時文序》

癸巳《贈孔撝約假歸序》、《内閣學士張公墓誌銘》

甲午《贈錢獻之序》、《贈程魚門序》、《贈陳伯思序》、《鄭大純墓表》、《羅太孺人墓表》、《光禄大夫刑部尚書贈太傅錢文端公墓誌銘》、《晴雪樓記》

乙未《登泰山記》、《遊靈巖記》、《泰山道里記序》見與陳石士尺牘、《遊雙谿記》、《觀披雪瀑記》

丙申《亡弟君俞權厝銘》、《祭林編修蕃文》據孔撝約《林編修誄》，林君卒於丙申九月。

丁酉《劉海峯先生八十壽序》按海峯《祭張閑中文》云：昔在康熙之辛丑初，託子以交契，愧學業之未成。年甫臻於廿四。據此，則丁酉年八十也。《宋雙忠祠碑文》、《荆條河朱氏先墓表》、《原任少詹事張君權厝銘》、《翰林院庶吉士侍君權厝銘》、《祭張少詹曾敞文》、《祭侍潞川文》

戊戌《繼室張宜人權厝銘》、《復張君書》

己亥《寶扇樓後記》、《祭海峯先生文》按縣志云四十四年卒，年八十二。本集海峯傳作八十三，誤。

庚子《漢廬江九江二郡沿革表》、《儀鄭堂記》

年四十至五十《食舊堂集序》、《鄭太孺人六十壽序》據孔撝約《林編修誄》，此爲林編修澍蕃母作。《蕭孝子祠堂碑文》、《左衆郛權厝銘》

年三十至五十《張冠瓊遺文序》、《何孺人節孝詩跋後》、《答翁學士書》、《復孔撝約論禘祭文》、《送龔友南歸序》

辛丑年五十一《旌表貞節大姊六十壽序》據張氏譜、《祭朱竹君學士文》據《疑年録》。

癸卯《老子章義序》、《明贈太常卿山東左布政使張公祠碑文》

丁未《丹徒王氏秀山阡表》

戊申《章母黃太恭人墓誌銘》

庚戌《香巖詩稿序》、《陳約堂六十壽序》見與陳石士尺牘、《陶慕庭八十壽序》、《隨園雅集圖

後記》

年五十至六十《代州道後馮氏世譜序》、《書夫子廟堂碑後》、《復曹雲路書》在安慶書院作、《復魯絜非書》、《贈承德郎刑部主事鄭君墓誌銘》

辛亥年六十一《兵部侍郎巡撫貴州陳公墓誌銘》、《張貞女傳》、《江上攀轅圖記》據《小倉山房詩集》。

壬子《左傳補注序》、《晚香堂集序》、《方坳堂會試硃卷跋尾》見與謝藴山尺牘、《十一世祖南安嘉禾詩卷跋》、《河南孟縣知縣新城魯君墓表》、《疏生墓碣》、《汪玉飛墓誌銘》

癸丑《敦拙堂詩集序》刊本題云五十八年四月序、《金焦同遊圖記》

甲寅《海愚詩鈔序》、《謝藴山詩集序》據文内「子潁遺集，某方爲之序，而先生集亦適來」云云，此文蓋與海愚詩序同時作、《鄉黨文擇雅序》刊本題五十九年六月序、《梅二如古文題辭》、《伍母陳孺人六十壽序》、《建昌新城陳母揚太夫人墓誌銘》據與陳石士尺牘，此文實壬子歲作，而敘葬期爲甲寅歲，且敘及癸丑年事，當是刻集時有所增益也。

乙卯《族譜序》、《劉念臺先生淮南賦跋尾》、《家鐵松中丞七十壽序》、《彙香七叔父八十壽序》、《陳東浦方伯七十壽序》據本集陳方伯墓誌、《陝西道監察御史興化任君墓誌銘》按與馬魯成尺牘云：頃爲任子田作墓誌，頗自喜，惜乏人爲寫寄之。吾於十月内當歸家，其時陳石士來訪吾也。又《喜陳石士至舍詩》云：初冬言趨家，霜風隕門柳。又云：懷此三改歲，述别自癸丑。今夏寄書説，定當訪衰叟。據此知爲乙卯作也。《夏縣知縣新城魯君墓誌銘》見《喜陳石士至舍詩》、《鮑君墓誌銘》按與鮑雙五尺牘云：爲令祖大人撰墓誌已成，今以稿寄觀衡兒，去秋自太原至汾，今當自汾州入京矣。又甲寅夏與陳石士尺牘云：今令衡兒往山西，投兩通家覓一館，亦爲來春會試資也。據此則爲鮑作墓誌，及與雙五札，皆當在乙卯歲也。

嘉慶丙辰《復秦小峴書》

丁巳《重修石湖范文穆公祠記》、《方正學祠重修建記》、《陳氏藏書樓記》見與陳石士尺牘。

戊午《禮箋序》、《小學考序》，《復東浦方伯書》按詩集於是年鐫板，此文云詩集已刻成。而陳方伯卒於己未正月，故知爲是年作、《蔣生墓碣》、《袁隨園君墓誌銘》、《郭君墓誌銘》、《陳孺人權厝志》、《常熟歸氏宗祠碑記》、《峴亭記》

己未《孫文介公殿試卷跋尾》、《王禹卿七十壽序》據本集王君墓誌。

庚申《左筆泉先生時文序》、《陳約堂七十壽序》見與陳石士尺牘。年六十至七十《西魏書序》、《荷塘詩集序》、《張宗道地理全書解序》、《停雲堂遺文序》、《徐六階時文序》、《恬庵遺稿序》、《述庵文鈔序》、《選擇正宗序》、《與許孝廉慶宗書》、《答袁簡齋書》、《再復簡齋書》、《再復簡齋書》、《答魯賓之書》、《方晞原傳》、《印松亭家傳》、《節孝陳夫人傳》、《方染露傳》、《嚴冬友墓誌銘》、《孔信夫墓誌銘》、《廣州府澳門同知贈中憲大夫翰林院講張君墓誌銘》、《江蘇布政使德化陳公墓誌銘》、《方待廬先生墓誌銘》、《奉政大夫江南候補府同知仁和嚴君墓誌銘》、《歙胡孝廉墓志銘》、《高淳邢君墓誌銘》、《江蘇布政使方公墓誌銘》、《記江甯李氏五節婦事》、《西園記》、《袁香亭畫册記》、《少邑尹張君畫羅漢記》據《桐城志》，張烜浙江鄞縣人，乾隆五十五、六年間爲桐城縣丞、《吴塘别墅記》、《孫忠愍公祠記》

年五十至七十《書攷工記圖後》、《復蔣松如書》、《復孝廉書》、《書制軍六十壽序》、《朱竹君先生傳》、《程養齋暨子心之家傳》、《張逸園家傳》此文敘逸園次子鴻恩爲延平知府，據張氏譜，鴻恩於乙巳歲至延平。此文蓋乙巳後作。

辛酉年七十一《陳仰韓時文序》按文前集於庚申付梓，辛酉刻成，此文在前集序跋卷末，文内有生見余於江甯，從余遊十二年之語。按先生庚戌至江甯，距辛酉恰十二年，文當爲是歲作、《吴伯知八十壽序》

壬戌《節母張孺人傳》此文壬戌作，今乃在前集，當是刻成後補入也、《廬州府志序》刊本題云七年十月序、《安徽巡撫荆公墓誌銘》、《中憲大夫雲南臨安府知府丹徒王君墓誌銘》、《萬松橋記》

按此文既云七年九月橋成，又云六年八月記，當有誤字。

癸亥《南園詩存序》據南園集刊本、《姚休那先生墓表》

甲子《朝議大夫户部四川司員外郎吴君墓誌銘》見與陳石士尺牘、《中憲大夫杭嘉湖道長沙周君墓誌銘》見與周希甫尺牘。

乙丑《復姚春木書》、《吴石湖家傳》、《修職郎碭山縣教諭瞿君墓表》、《中憲大夫松太兵備道章君墓誌銘》、《順天府南路同知張君墓誌銘》、《孫母許太恭人墓誌銘》

丙寅《馬儀顓夫婦雙壽序》、《禮恭親王家傳》見與吴敦如尺牘及與陳石士尺牘、《石屏羅君墓表》、《婺源洪氏節母江孺人墓表》、《蘇獻之墓誌銘》、《浮梁知縣黄君墓志銘》、《節孝堂記》、《甯國府重修北樓記》

丁卯《吴禮部詩集序》、《夏南芷編年詩序》、《潘孝子贊》、《贈光禄寺少卿甯化伊君墓誌銘》、《封文林郎巫山縣知縣金壇段君墓誌銘》、《中議大夫太僕寺卿戴公墓誌銘》、《資政大光禄寺卿甯化伊公墓誌銘》、《姚氏長嶺阡表》

戊辰《禮終集要序》、《梅湖詩集序》、《吴孝婦傳題後》、《吏部左侍郎譚公神道碑文》見與陳石士尺牘、《張母鞠太恭人墓誌銘》、《重修境主廟記》、《遊故崇正書院記》、《先宅記》

己巳《方恪敏公詩後集序》、《贈中憲大夫湖廣道兼管河南道監察御史孟公墓表》見與孟蘭舟尺牘、《禮部員外郎懷甯汪君墓誌銘》、《安慶府重修儒學記》代

庚午《晉乘蒐略序》、《望溪先生集外文序》、《程綿莊文集序》、《馬母左孺人八十壽序》見桐城馬氏譜、《印庚實傳》、《朝議大夫臨安府知府江君墓誌銘》、《贈朝議大夫户部郎中福建臺灣縣知縣陶君墓誌銘》、《中憲大夫陳州府知府陳君墓誌銘》見與陳石士尺牘。

辛未年八十一《跋方望溪先生與鄂張兩相國書稿後》、《方母吴太夫人壽序》、《伍母馬孺人六十壽序》、《通奉大夫四川布政使姚公墓誌銘》、《晉鎮南大將軍于湖甘敬侯墓重修記》

壬申《贈奉直大夫翰林院編修鄧君墓誌銘》、《周青原墓誌銘》、《朱海愚運使家人圖記》

癸酉《疑年録序》、《新修宿遷縣志序》、《博山知縣武君墓表》、《贈中憲大夫武陵趙君墓表》、《方母吴太夫人墓表》

甲戌《種松堂記》、《餘霞閣記》、《祭方葆巖文》

乙亥《稼門集序》、《跋史閣部書後》見與吴敦如尺牘、《贈奉政大夫刑部郎中南康縣儒學教諭鄱陽胡君墓誌銘》、《實心藏銘》

年七十一至八十五《何季甄家傳》此文在前集，然當爲辛酉後作、《尚書辨僞序》、《滇繫序》、《河渠紀聞序》、《方氏文忠房支譜序》、《重雕程貞白先生遺稿序》見與陳石士尺牘、《朱二亭詩集序》、《石鼓硯齋文鈔序》、《蔣澄川詩集序》、《陶山四書義序》、《跋吴天發神讖刻文》、《張花農詩題辭》、《左蘭城詩題辭》、《與王鐵夫書》、《復劉明東書》、《答蘇園公書》、《復汪孟慈書》、《許春池學博五十壽序》、《沈母王太恭人七十壽序》、《吴殿麟傳》、《方恪敏公家傳》、《鄒母包太夫人家傳》、《程樸亭家傳》、《周梅圃君家傳》據與周希甫尺牘，此文作於墓誌後、《甯化三賢像贊》、《光禄大夫東閣大學士王文端公神道碑文》、《中憲大夫保正清河道朱公墓表》、《臧和貴墓表》、《廣西巡撫謝公墓誌銘》、《通奉大夫廣東布政使許公墓誌銘》、《贈文林郎鎮安縣知縣婺源黃君墓誌銘》、《光禄少卿沈君墓誌銘》、《誥贈中憲大夫刑部員外郎瀘溪縣教諭府君墓誌銘》、《舉人議敘知縣長洲彭君墓誌銘》、《中憲大夫順德府知府王君墓誌銘》、《吉州知州喻君墓誌銘》、《知縣銜管石碑場鹽課大使事師君墓誌銘》、《中憲大夫開歸陳許兵備道加按察使銜彭公墓誌銘》、《王母潘恭人墓誌銘》、《太子少保兵部尚書總督江南河道提督軍務兼右副都御史徐公墓誌銘》、《中議大夫兩廣鹽運使司鹽運使蕭山陳公墓誌銘》、

《奉政大夫順天府南路同知歸安沈君墓誌銘》、《甘氏享堂記》

年歲未詳文目《范蠡論》、《伍子胥論》、《翰林論》、《李斯論》、《賈生明申商論》、《晏子不受邶殿論》、《議兵》、《郡縣考》、《項羽王九郡考》、《莊子章義序》、《包氏譜序》、《醫方捷訣序》、《孝經刊誤書後》、《辨逸周書》、《讀司馬法六韜》、《辨賈誼新書》、《讀孫子》、《書貨殖傳後》、《辨鄭語》、《跋夏承碑》、《復汪進士輝祖書》、《復休甯程南書》、《孫母張宜人八十壽序》、《鍾孝女傳》、《陳謹齋家傳》、《淮南鹽運通判張君墓誌銘》、《記蕭山汪氏兩節婦事》、《快雨堂記》以上前集、《五嶽説》、《胡玉齋雙湖兩先生易解序》、《句容裴氏族譜序》、《高淳港口李氏族譜序》、《跋鹽鐵論》、《跋列子》、《跋許氏説文》、《跋顔魯公與郭僕射論坐位帖》、《跋王子敬辭令帖》、《跋聖教序》、《跋褚書聖教序》、《跋顔魯公送劉太沖序》、《跋褚書陰符經》、《跋李北海麓山寺碑》、《書朱子語略後》、《復欽君善書》、《復吴仲倫書》、《黄徵君傳》、《劉海峯先生傳》、《太常寺卿萊陽趙公遺像贊》、《中議大夫通政司副使婺源王君墓誌銘》、《抱犢山人李君墓誌銘》以上後集。

金陵張鴻茂録

惜抱先生於濬昌曾祖爲從兄弟。先生親受業於吾高祖薑塢府君，而先大夫又受業門牆。濬昌生晚，距先生没，不相及者幾二十年。過庭之際，飝聞懿德文章，嘗欲爲先生循年編事。顧慙譾陋，不敢撰述。聞鄭君容甫有是編，頃以公幹過安慶，乃得受而讀之。於先生生平，頗具搜摭之力，因亟速其付梓，俾世之誦法先生者，於品詣之所在，與功力之次第，皆如燭之明、數之計，而濬昌亦藉以抒十餘年未酬之隱。謹書其後，以志慶幸。同治戊辰孟春，濬昌謹跋。

（收入《乾嘉名儒年譜》第七册，北京圖書館出版社古籍影印編輯室輯，北京圖書館出版社，二〇〇六年）

附録二　姚鼐傳記資料

姚鼐傳

姚鼐，字姬傳，桐城人，刑部尚書文然玄孫。乾隆二十八年進士，選庶吉士，改禮部主事。歷充山東、湖南鄉試考官，會試同考官，所得多知名士。四庫館開，充纂修官。書成，以御史記名，乞養歸。

鼐工爲古文。康熙間，侍郎方苞名重一時，同邑劉大櫆繼之。鼐世父範與大櫆善，鼐本所聞於家庭師友間者，益以自得，所爲文高簡深古，尤近歐陽修、曾鞏。其論文根極於道德，而探原於經訓。至其淺深之際，有古人所未嘗言，鼐獨抉其微，發其藴，論者以爲辭邁於方，理深於劉。三人皆籍桐城，世傳以爲桐城派。

鼐清約寡欲，接人極和藹，無貴賤皆樂與盡懽；而義所不可，則確乎不易其所守。世言學品兼備，推鼐無異詞。嘗仿王士禎《五七言古體詩選》爲《今體詩選》，論者以爲精當云。自告歸後，主講江南紫陽、鍾山書院四十餘年，以誨迪後進爲務。嘉慶十五年，重赴鹿鳴，加四品銜。二十年，卒，年八十有五。所著有《九經説》十七卷，《老子》、《莊子章義》，《惜抱軒文集》二十卷、《詩集》二十卷，《三傳補注》三卷，《法帖題跋》二卷，《筆記》四卷。

子景衡，舉人，知縣。有雋才，鼐故工書，景衡學其筆法，能亂真。

——《清史稿·文苑二》

朝議大夫刑部郎中加四品銜從祖惜抱先生行狀

［清］姚瑩

曾祖諱士基，康熙舉人，湖北羅田縣知縣。

祖諱孔鋏，皇贈文林郎翰林院編修，晉贈朝議大夫。

考諱淑，皇贈朝議大夫禮部員外郎。

嘉慶二十年九月，惜抱先生卒於江寧鍾山書院。從孫瑩在京師，聞之哀愴涕泣，戚友咸唁，乃卜日設奠於都城之西，爲之主而哭之。越日，先生之門人前江南道監察御史翰林院編修陳君用光語瑩曰：吾師以德行文章，爲後學師表者四十餘年，所當上之史館，其生平出處，言行之大，綴而狀之，弟子之責也。子於先生屬最親，曷條其畧？瑩無似，不能有所譔述，以表先生，副侍御之屬。謹以所知對。

先生名鼐，字姬傳，世爲桐城姚氏，先刑部尚書端恪公之元孫也。先生少時家貧，體弱多病，而嗜學澹榮利，有超然之志。先曾祖編修薑塢府君，先生世父也，博聞強識，誦法先儒，與同里方苧川、葉華南、劉海峯諸先生友善。諸子中獨愛先生，每談必令侍。方先生論學宗朱子，先生少受業焉。尤喜親海峯，客退，輒肖其衣冠談笑爲戲。編修公嘗問其志，曰："義理，考證，文章，殆闕一不可。"編修公大悅，卒以經學授先生，而別受古文法於海峯。乾隆十五年，舉於鄉，會試罷歸，學益力，疏食或不給，意泊如也。二十五年，丁贈朝議公艱。越三年，中禮部試，殿試二甲進士，授庶吉士，散館改禮部儀制司主事。三十三年，充山東副考官，還擢員外郎。逾年，再充湖南副考官。明年，充恩科會試同考官，改擢刑部廣東司郎中。

四庫館啟，選一時翰林宿學爲纂修官，諸城劉文正公、大興朱竹君學士咸薦先生，以所守官入局。時非翰林爲纂修者八人，先生及程魚門、任幼植尤稱善。金壇于文襄公雅重先生，欲一出其門，竟不往。書竣，當議遷官，文正公以御史薦，已記名矣，未授而公薨，先生乃決意去，遂乞養歸里，乾隆三十九年也。

先是，館局之啟，由大興朱竹君學士見翰林院貯《永樂大典》中多古書，爲世所未見，告之於文襄，奏請開局重修，欲嘉惠學者。既而奉旨搜求，天下藏書畢出，於是纂修者競尚新奇，厭薄宋元以來儒者，以爲空疏，掊擊訕笑之，不遺餘力。先生往復辨論，諸公雖無以難，而莫能助也。將歸，大興翁覃溪學士爲敘送之，亦知先生不再出矣。臨行乞言，先生曰：諸君皆欲讀人未見之書，某則願讀人所常見書耳。梁堦平相國屬所親語先生曰：若出，吾當特薦。先生婉謝之，集中所爲《復張君書》也。

先生以爲國家方盛時，書籍之富，遠軼前代，而先儒洛閩以來義理之學，尤爲維持世道人心之大，不可誣也。顧學不博不可以述古，言無文不足以行遠。世之孤生徒抱俗儒講說，舉漢唐以來傳註屏棄不觀，斯固可厭。陋而矯之者，乃專以考訂訓詁制度爲實學，於身心性命之說，則斥爲空疏無據。其文章之士，又喜逞才氣，放蔑禮法，以講學爲迂拙，是皆不免於偏蔽。思所以正之，則必破門户，敦實踐，倡明道義，維持雅正，乃著《九經說》以通義理、考訂之郵，選《古文辭類纂》以盡古今文體之變，選五七言詩以明振雅祛邪之旨。

嘉定錢獻之以考證名，尤精小學，先生贈之序曰：孔子没而大道微。漢儒承秦滅學之後，始立專門，各抱一經，師弟傳受，儕偶怨怒嫉妒，不相通曉，其於聖人之道，猶築墻垣而塞門巷也。久之，通儒漸出，貫穿羣經，左右證明，擇其長説。及其蔽也，雜之以讖緯，亂之以怪僻猥碎，世又譏之。蓋魏晉之閒，空虚之談興，以清言爲高，以章句爲塵垢，放誕頽壞，迄亡天下。然世或愛其説辭，不忍廢也。自是南北乖分，學術異尚，五百餘年。唐一天下，兼採南北之長，定爲義疏，明示統貫，而所取或是或非，未有折衷。宋之時，真儒乃得聖人之旨，羣經畧有定説。元明守之，著爲功令。當明，佚君亂政屢作，士大夫維持綱紀，明守節義，使明久而後亡，其宋儒論學之效哉！且夫天地之運，久則必變，是故夏尚忠，商尚質，周尚文，學者之變也。有大儒操其本而齊其蔽，則所尚也賢於其故，否則不及其故，自漢以來皆然矣。明末至今日，學者頗厭功令所載爲習聞，又惡陋儒不考古而蔽於近，於是專求古人名物、制度、訓詁、書數，以博爲量，以闚隙攻難爲功，其甚者欲盡舍朱程，而宗漢之士，枝之獵而去其根，細之蒐而遺其鉅，夫寧非蔽歟？

又與魯賓之論文曰：易曰「吉人之辭寡」。夫内充而後發者，其言理得而情當；理得而情當，千萬言不可廢，猶之其寡矣。氣充而静者，其聲閎而不蕩；志章以檢者，其色耀而不浮。邃而通者，義理也。雜以辨者，典章名物，凡天地之所有也，閔閔乎聚之於錙銖，夷懌以善虛志，若嬰兒之柔，若鷄伏卵，其專於一，内候其節而時發焉。夫天地之間莫非文也，故文之至者，通於造化之自然，然而驟以幾乎合之，則愈離。今足下爲學之要，在於涵養而已，聲華榮利之事，曾不得以奸乎其中，而寬以期乎歲月之久，其必有以異乎今而達乎古也。

既還江南，遼東朱子潁爲兩淮運使，延先生主講梅花書院。久之，書綬庭尚書總督兩江，延主鍾山書院。自是揚州則梅花，徽州則紫陽，安慶則敬敷，主講席者四十年。所至士以受業先生爲幸，或越千里從學，四方賢儁，自達官以至學人士，過先生所在，必求見焉。錢唐袁子才詞章盛一時，晚居江寧，先生故有舊，數與往還。子才好毁宋儒，先生與之書曰：儒者生程朱之後，得程朱而明孔孟之旨，程朱猶吾父師也。然程朱言或有失，吾豈必曲從之哉？程朱亦豈不欲後人論而正之哉？正之可也，正之而詆毁之、詬笑之，是詆毁父師也。且其人生平不能爲程朱之所行，而其意乃欲與程朱争名，安得不爲天之所惡乎？

先生貌清而癯，而神采秀越，風儀閒遠，與人言，終日不忤，而不可以鄙私干。自少及耄，未嘗廢學。雖宴處，常静坐終日，無惰容。有來問，則竭意告之，喜導人善，汲引才儁，如恐不及，以是人益樂就而悦服。雖學術與先生異趣者，見之必親。南康謝藴山方伯見先生，退而嘆曰：姚先生如醴泉芝草，使人見之，塵俗都盡。青浦王蘭泉侍郎晚歲家居，集海内人詩，至先生，曰：姬傳藹然孝弟，踐履純篤，有儒者氣象。其見重如此。禮恭親王薨，遺教「必得姚某爲家傳」。德化陳東浦方伯未卒前一歲，屬先生曰：某死，必得先生文以誌吾墓。新城魯絜非以文章名江右，始學於閩中朱梅崖先生。梅崖於當世文少所推許，獨心折先生，以爲不及。魯乃度江就訪，使諸甥受業。

自康熙朝方望溪侍郎以文章稱海内，上接震川，爲文章正軌。劉海峯繼之益振，天下無異詞矣。先生親問法於海峯，海峯贈序盛許之。然先生自以所得爲文，又不盡用海峯法，故世謂望溪文質，恒以理勝；海峯以才勝，學或不及；先生乃理文兼至。方、劉皆桐城人也，故世言文章者稱桐城云。

嘉慶十一年，復主鍾山書院。十五年，值鄉試，與陽湖趙甌北兵備重赴鹿鳴宴，詔加四品銜。先生年八十矣，神明如五六十時，行不撰杖，兵備年亦八十二，觀者以爲盛。先是，先生居江寧久，喜登攝山，嘗有卜居意，未決，遷延不果歸。二十年七月微疾，九月一夕，卒於院中，年八十五。門人共治其喪。

生平所修四庫書及《廬州府志》、《江寧府志》、《六安州志》官書別刻外，自著《九經説》十九卷、《三傳補註》三卷、《老子章義》一卷、《莊子章義》十卷、《惜抱軒文集》十六卷、文後集十二卷、詩集十卷、書録四卷、法帖題跋一卷、筆記十卷、《古文辭類纂》四十八卷、五七言《今體詩鈔》十六卷，門人爲鏤版行世。

先生兩主鄉試，一爲會試同考官，所得士多。涪州周興岱、昆明錢御史澧、曲阜孔檢討廣森，其最也。門人守其經學，爲詩、古文者十數輩，皆知名。尤愛潔行潛志之士。上元汪兆虹，志高而行芳，學必以程朱爲法，年二十六卒，先生深惜之，爲誌其墓，謂「真能希古賢人而異乎世之學者，生也」。先生之受經學於編修薑塢府君也，編修之學，以博爲量，而取義必精，於書無所不窺，論辨條記甚多，而不肯譔述。編修公已歿，先生欲修輯遺説，編纂成書而不就，仿《日知録》例，成經、史各一卷，曰《援鶉堂筆記》，以授瑩，使卒其業，且戒之曰：纂輯筆記，此即著書，不可苟作，大約欲少而精，不欲多而蕪。近人著書以多爲貴，此但取欺俗人耳，吾閲之乃無有也。瑩受教，未及成書而先生歿矣。

先生原配張宜人，故黄州府同知諱某公女，生一女而卒。繼娶宜人之從妹，故四川屏山縣知縣諱曾敏公女，生二子二女：長景衡，乾隆五十七年舉人，江蘇泰興縣知縣；次師古。長女嫁張元輯，次嫁張通理，三適潘玉。側室梁氏，生一子執雉，以執雉後從兄羲輪。乾隆十八年舉人，廣西南寧府同知，編修仲子也。

十一月從孫瑩謹狀。

——《東溟文集》卷六

姚惜抱先生墓表

［清］吴德旋

德旋年二十餘，慕古人爲文，而不知所以爲之之法。側聞今天下爲古文者，惟桐城姚惜抱先生，學有原本而得其正，然無由一置身其側親承指授，以爲恨。後得先生《古文辭類篹》讀之，而憬然悟，謂今而後治古文者可以不迷于向往矣！陽湖惲子居，好持高論，于辭賦古文，必曰周秦兩漢。至其論學，未嘗不推先生爲海内一人也。

先生諱鼐，字姬傳，號夢穀，一號惜抱，世桐城人。曾祖諱士基，羅田縣知縣。祖諱孔鋏，以子範貴，贈翰林院編修。考諱淑，以先生貴，贈刑部廣東司郎中。妣某氏，封宜人。

先生少學文於同邑劉才甫。才甫爲序贈之，期以王文成公之學，由是知名于時。乾隆十五年庚午本省鄉試，中式舉人。二十八年癸未會試，中式進士，改翰林院庶吉士。三十一年丙戌散館，以主事用，分兵部，尋補禮部儀制司。三十三年戊子，充山東鄉試副考官，遷禮部祠祭司員外郎。三十五年庚寅，充湖南鄉試副考官。三十六年辛卯，充會試同考官，遷刑部廣東司郎中，充四庫全書館纂修官，記名御史。年餘，乞病歸。自是歷主講梅花、敬敷、紫陽、鍾山各書院，凡四十餘年。嘉慶十五年庚午，重赴鹿鳴宴，欽加四品頂戴。二十年九月十三日卒，春秋八十有五。羣弟子祀之鍾山書院。道光十二年十月，崇祀鄉賢祠。配張氏，某官某之女；繼配張氏，某官某之女，並封宜人。子三人：景衡、師古、雉。孫四人，曾孫二人。

先生外和而内介，義所不可，確然不易其所守。官刑部時，廣東巡撫某擬一重辟案不實，堂官與同列無異議。先生核其情，獨争執平反之。乾隆、嘉慶之際，天下争尚漢學，詆程朱爲空疎無用，先生毅然起而正其非，以爲論繼孔孟之統，後世君子必歸程朱，士之欲與程朱立異者，縱于學有得焉，猶不免爲賢知之過。其下則肆焉，爲邪説以自飾其不肖者而已。於戲！若先生者，謂非獨立不懼之君子也哉？

先生于學無所遺，而尤工爲文。其文高潔深古，出自司馬子長、韓退之，而才斂於法，氣蘊于味，斷然自成一家之文也。詩從明七子入，卒之兼體唐宋，模寫之迹不存焉。書逼董元宰，蒼逸時欲過之，所著有《九經説》十七卷，《三傳補註》三卷，文集二十卷，詩集二十卷，筆記四卷，法帖題跋二卷，尺牘十卷，並刊行于世。德旋既讀先生《古文辭類篹》，稍知爲文之法。其後獲見先生於鍾山，而請益焉。先生以禪喻文，謂須得法外意。德旋聞之，而若有證也，而先生亦深許德旋爲可與言文。然今德旋年且老矣，業不加進，慙負先生，尚何言哉！嘗竊以謂立言之士，自元明以來，才學兼擅，未有盛于先生也。雖然，吾能言之，疇克聽之，先生將有待也耶？抑無待也耶？固無待也，而若仍不能無待。嗟乎！其又可慨也已。

先生以某年月日，葬某所，時未有爲之銘者。今先生之從孫瑩，以先生行狀及《崇祀鄉賢録》視德旋，乃擇其尤要者，次爲文，刻之外碑。先生既殁而言立，足以垂世行遠，無所藉于德旋之文，夫亦用是以誌仰止之忱而已矣。

道光十二年十一月，門下後學宜興吴德旋撰。

——《初月樓文續鈔》卷八

姚先生墓誌銘

[清]毛嶽生

先生桐城姚氏，諱鼐，字姬傳，又字惜抱。元末遷自餘姚，始仕顯者曰明右參政公旭，伉直敢言，嘗上書訟于忠肅公冤。數傳爲國初刑部尚書端恪公文然，數論事利害，盡蠲煩苛，表定律令，是爲先生高祖。曾祖士基，湖北羅田縣知縣，有惠政，卒，官民立祠祀。祖孔鍈，贈編修，晉朝議大夫。考淑，贈禮部員外郎，皆砥節貞確。妣陳氏，封恭人。

先生德器簡亮，勤學閎邃，甫冠，材行已焯。乾隆十五年，舉于鄉。久之，成進士，選庶吉士，散館改主事，分兵部，尋補禮部儀制司，再遷至刑部廣東司郎中，後充山東、湖南副考官，又一充會試同考官。既乞歸，用重赴鹿鳴宴，加四品銜。先生官刑部，平反重辟。爲考官，名得氣節通經士。四庫館啟，諸城劉文正公、大興朱學士筠，薦以所守官充纂修。時太夫人年益高，先生亟歸養，而于文襄敏中當國，欲先生一出其門，不可，遽引疾去。書成，多改遷官者，先生先已舉御史中選，大臣亦屬所親諷之出，卒辭謝，以學教授東南，逾四十年。嘉慶二十年九月十三日，卒於江寧鍾山書院，春秋八十五。越四年，十一月某日，葬桐城南鄉大楊樹灣鐵門。

先生之學，不務表襮，根極性命，窮於道奥。昔儒碩究明德業，末流舛歧，迺益煩妄闇鄙。學者厭薄，闚隙掊擊，援據浩博，日譁衆追詬。先生愍然引爲己憂，綜貫奥賾，隱摧角距，體履誠篤，守危導微。爲文章，深醇精潔，達於古今，通變用舍，務黜險詖鉥亂，正人心學術。先生既歿，其道益昌，幾遏絶寖盛，功孰與竝。然當論述蠭起，自天文、輿地、書數、訓詁、雜家，博鉅毛髮，罔弗窮殫，智奪義屈，匪或而尊，而獨不訹不撓，行軌言闢，抑亦偉已。性仁愛，雖貧乏，樂贍姻族。邑兩大祲，既書列荒政緩急，又出貲以倡。賓接後進，色怡氣凝。教弟子，必先行誼，故士出輒端慤有文。所著經説、詩文、《三傳補注》、《老莊章義》、《古文詞類篹》、書録、題跋、雜記、詩鈔，共一百五十二卷，俱刊。

再娶皆張氏，側室梁氏。子女六人：長景衡，舉人，江蘇泰興縣知縣；次師古、執雉，執雉監生。執雉後從兄。女適望族。孫三，誦、寶同、濆。曾孫聲。前夫人生一女，側室生執雉。後夫人不合祔，別葬長嶺先塋。先生世父編修君範，問學沈淹，善攷覈、傳記，爲世經師，又多聞師友賢者説文章要指。先生幼習其傳，用日恢燿。先生從孫瑩，編修君曾孫也，才智瓌異，克纂序。官江東，與嶽生善。嶽生又學于先生，麤識儀則，始葬，僅志歲月，瑩曰：是不可無文詞。乃追刻銘，藏于廟。辭曰：

維德有勇，孔聖所臧。既紹而開，形閿奚亡？匪虛是擴，匪賾是崇。性爲之防，學爲之墉。爰葹爰濬，勿坎勿陂。已窆鑽石，式麗牲詞。

——《休復居文集》卷五

祭故郎中姚姬傳先生文

［清］毛嶽生

維嘉慶二十年，歲次乙亥，八月癸丑朔，十七日己巳，寶山毛嶽生，謹以清酌庶羞之奠，昭祭於桐城姚先生之靈。嗚呼！孔孟道明，由闢楊墨。訓詁不坊，程朱理塞。匪訓詁咎，破碎是職。藝與道分，遂生蝨螣。紹述勿衰，士興宏德。既博而醇，隱釐忮刻。講學弊滋，嵬瑣矜愎。今務溺心，行隳博識。維公仁孝，内外完夷。既休既耀，校書彤墀。上相偶忤，引疾而馳。頗惜篇目，未序其詞。六藝奥衍，測若蠡離。由章句顯，達義理微。苟得其意，道皆可施。名物器數，毛髮弗治。視漢儒碩，不差累錙。文章蕪敗，俳優淫哇。厥後繁賾，紛若泥沙。深造潤澤，内明無瑕。淵充輝美，道德之華。雄偉或遜，理則幽遐。

彼侈厖輩，詆實狂且。刻鏤枝葉，疏説蟲魚。窮老誑譎，其謚其虛。道高文峻，視皆惷愚。而獨廉讓，敬以爲郛。誨人爲學，毋倍先儒。精麤弗察，是直販夫。纆徽雖慎，亦準櫟樗。奇寶盈篋，尚襲礛礸。昔甫握筆，交訕里閭。妄希返樸，不責而孚。詞謝瓌麗，古雅是譽。惟歎國器，公智則誣。有友姚子，往學於公。聞公愉懌，吾道以東。數誘椎鄙，鑽礪是同。流離瘴海，精耗志蒙。益治律令，弗崇術業，衒鬻世需，冀贍飢乏。思一二年，歸耕蓬蓽。庶近善軌，辨窮文質。畧窺理奧，並辭給奪。是譬知味，氣形能別。乃承凶問，久詹練日。豈獨感傷，南行靡及。學昭百世，齡逾八十。易簀而安，其何涕泣？所深悲者，輝曖斗衡。慨彼風雨，仰止如盲。溪毛既潔，潦水既清，雖奠之薄，而心則誠。鑾陬云遠，其來伊馨。

嗚呼尚饗！

——《休復居文集》卷六

姚姬傳先生七十壽序

［清］陳用光

昔夫子以四教，而文居其首。弟子之以文學稱者，有游、夏諸子，而叔孫穆子論三不朽，其一則立言是也。夫文者，學之始事也。及其言既立，則宣暢義理，啟牖後世，遂爲學之終事焉。天地有自然之文，日月星辰、風雨露雷、山川雲物皆是也。人效能於天地，亦必有其自然之文。故善爲文者，讀其文，如與天地之情狀相寓；其不善者，天地之氣不降於其心，而堙鬱闇昧，其文乃無由以著。蓋涵泳聖涯，而褆躬純粹，乃能由其心得而推衍聖賢先得之理者，載道之原也。研究文事，而鏗鏘陶冶，乃能得其中聲，而發見天地自然之文者，修辭之要也。自兩漢至唐宋諸君子，其所爲文，千餘年尊之如一日者，胥是道也。自明以來，惟歸震川氏足當不朽之目。及我朝，而方望溪、劉海峰接踵而興，二先生皆桐城人也。姬傳先生爲二先生同鄉後輩，而海峰於先生爲父執，居鄉時過從論文，至熟也。先生又承其世父薑塢先生之傳，推而大之，所以盡載道章身之事者，其功既周而賅焉。故望溪、海峰没後，而先生遂爲海内之鉅望者數十年。望溪理勝於辭，海峯辭勝於理，若先生理於辭兼勝，以視震川，猶有過焉。海峰既稱之，使望溪得見先生之文，其所推服當何如？惜乎其不及見也。

且當望溪時，士猶尊宋學，雖有一二聰明才辨之士，或以宋儒爲詬病，然其流猶未盛。訖今日而出主入奴，顯相排斥，廼逸廼諺，標漢學以相誇者，不啻晉人之清言矣。先生獨推尊宋儒以相救正，雖海内學者，未必盡相信從，然宋儒之所以有功于聖門者，賴先生而益明。則先生之説，雖不顯於今日，亦必盛於他時。使望溪生於今日，推闡文以載道之旨，有不以先生爲中流之砥柱者乎？用光從先生，所以期之者甚至，顧才力淺薄，乃毫未有以稱也。昔曾子固、蘇子瞻爲歐陽文忠之門人，而非其素常受業者。李翱、張籍雖受文於昌黎，而以視曾、蘇之歐陽，其業則不逮矣。先生，今之韓子、歐陽子也，用光雖嘗慕曾、蘇之遺風，而以視習之、文昌之所業，自顧猶多惶恧焉。今年爲先生七十初度，用光以事拘綴陳州，未能親詣桐城，登堂奉一觴以相祝，輒述其素所聞於先生之論文旨者如此。先生如不以用光之辭爲務張乎其外，其必有以許之矣。

——《太乙舟文集》卷七

姚先生行狀

[清]陳用光

曾祖士基，康熙壬子科舉人，湖北羅田縣知縣。

祖孔鍈，邑增生，贈翰林院編修。

父淑，贈禮部儀制司員外郎。

先生諱鼐，字姬傳，一字夢穀。嘗顔其所居曰「惜抱軒」，學者稱之曰惜抱先生。先世自餘姚遷桐城，遂世爲桐城人。自明以來，代有名德，入國朝，刑部尚書端恪公文然，先生之高祖也。先生以乾隆庚午舉於鄉，癸未成進士，改庶吉士，丁父憂，歸服闋。散館改兵部主事，年餘，移補禮部儀制司。戊子，爲山東鄉試副考官，還擢儀制司員外，記名御史。庚寅，爲湖南鄉試副考官。辛卯，爲會試同考官，擢刑部廣東司郎中。四庫全書館啟，以大臣薦，徵爲纂修官。年餘，乞病歸。自是主講於江南，爲梅花、紫陽、敬敷、鍾山書院山長者四十餘年。嘉慶庚午，以督撫奏，重赴鹿鳴宴，詔加四品銜。乙亥九月十三日，以疾卒於鍾山書院，距生於雍正九年十二月二十日，享年八十有五。

自康熙年間，方侍郎以經學古文名天下，同邑劉海峰繼之，天下言古文者，咸稱桐城矣。先生世父薑塢編修與海峰故友善也，先生涵揉見聞，益以自得，刊落枝葉，獨見本根。其論學以程朱爲宗，其爲文與司馬、韓、歐諸君子有相遇以天者。自其官京師，時有所作，必歸於扶樹道教，講明正學。若集中《贈錢獻之序》是也。及既歸，益務治經，所著經説，發揮義理，輔以攷證，而一行以古文法。居揚州時，與歙吴殿麟定同居梅花書院，嘗以所作視殿麟，殿麟以爲不可，即竄易至數四，必得當乃止。殿麟，海峰弟子也。殿麟嘗語用光曰：先生虛懷善取，雖才不己若者，苟其言當，必從之。於爲文尚如是，於爲學可知也。故退居四十餘年，學日以盛，望日以重，其初學者尚未知信從，及既老，而依慕之者彌衆，咸以爲詞邁於望溪，而理深於海峰。蓋天下之公言，非從遊者阿好之私言也。

先生色夷而氣清，接人極和藹，無貴賤皆樂與盡懽，而義所不可，則確乎不能易其所守。當纂修四庫書時，于文襄聞先生名，欲招致之門下，卒謝不往。及既歸，使人諷起之，終不行。集中《復張君書》是也。當居鍾山書院時，袁簡齋以詩號召後進，先生與異趨，而往來無間。簡齋嘗以其門人某屬先生，爲許以執贄居門下，先生堅辭之。及簡齋殁，人多毁之者。或且規先生，謂不當爲作誌，先生曰：余康熙間爲朱錫鬯、毛大可作誌，君許之乎？曰：是固宜也。先生曰：隨園正朱、毛一例耳。其文彩風流有可取，亦何害於作誌乎？蓋先生存心之厚多如此。先生既歲主講書院，所得束修及門生羔雁、故舊贈遺，以資宗族知交之貧者，隨手輒盡，毫髮不爲私蓄計。及晚歲，始以千金購田於江浦，蓋欲爲移居江寧計也，然終亦斥去。迨既卒，乃無以爲歸資也。先生嘗疾革時，遺書示兒子云：人生必死，吾年八十有五，死何憾哉！吾棺不得過七十金，歛不得過十六斤，凡親友來助喪事者，便飯而已，不得用鼓樂，諸事稱此。汝兄弟不得以財帛之事而生芥蔕，毋忘孝友。嗚呼！觀先生此書，其不數鄭康成之戒子益恩矣。

先生論學，既兼治漢宋，而一以程朱爲宗，其誨示學者，懇切周至，不憚繁舉。嘗謂説經古今自有真是非，勿循一時人之好尚。如近年海内諸賢所持漢學，與明以來講章，諸君何以大相過哉？夫漢儒之學非不佳也，而今之爲漢學，乃不佳，偏徇而不論理之是非，瑣碎而不識事之大小，嘵嘵聒聒，道聽塗説，正使人猒惡耳。且讀書者欲有益於吾身心也，程子以記史書爲玩物喪志，若今之爲漢學者，以搜殘舉碎，人所少見者爲功，其爲玩物，不彌甚耶？又曰：凡爲經學者，所貴此心闓通明澈，不受障蔽。爲漢學者，不深則不能入，深則障蔽生矣。嗚呼！以先生之論，合觀於先生之制行，其於義利之辨，可謂審之明而守之篤矣。先生論文，舉海峰之説，而更詳著之。嘗編次論説，爲《古文辭類纂》，其類十三，曰：論辨類，序跋類，奏疏類，書説類，贈序類，詔令類，傳狀類，碑志類，雜記類，箴銘類，頌贊類，辭賦類，哀祭類。一類内而爲用不同者，別之爲上下編。曰：凡文之體類十三，而所以爲文者八，神、理、氣、味、格、律、聲、色。神理氣味者，文之精也；格律聲色者，文之粗也。然苟舍其粗，則精者亦胡以寓焉？學者之於古人，必始而遇其粗，中而遇其精，終則御其精而遺其粗。文士之效法古人，莫善於退之，盡變古人形貌，雖有摹擬，不可尋而得其跡。其他雖工於學古，而跡不能忘。揚子雲、柳子厚於斯尤甚焉，以其形貌之過於似古人也，而遽擯之，謂不足於文章之事，則過矣。然遂謂非學者之一病，則不可也。其論詩以爲，如漁洋之詩鈔，可謂當人心之公者也。然其論止古體，而不及今體。至今日而爲今體者紛紜歧出，多趨僞謬，風雅之道日衰，因取唐以來詩人之作，迄於南宋，采録用之，爲五七言《今體詩鈔》二集十八卷，已刊行。其《古文辭類纂》卷帙多，尚未刊行，然自明以來言古文者，莫詳於先生云。

先生始娶張孺人，前卒，生一女，適張元輯，前卒。繼娶張宜人，生子二：景衡，壬子舉人，戊辰大挑知縣，今補泰興縣；師古，監生。女二：長適張通理，次適潘玉。側室梁氏生子一，雉，業儒。孫四：晟、芳賜，景衡出；誦，師古出；楢，雉出。女孫三，曾孫一，聲。曾女孫一，俱幼。

用光自庚戌歲謁先生於鍾山書院，及癸丑受業於鍾山者八閱月。自後歲以書問請業，辱先生所以期望之者甚至，而迄今無所成就。今聞先生之喪，蓋失所依歸，有甚於他門弟子者矣。先生居家孝友，睦婣任卹之詳，用光所不及知者。致書與景衡兄弟，俟其詳列而編次之。兹先以先生平日爲學爲文之大旨，所習聞而略知之者，論次之如右，以待國史之采擇。

嘉慶乙亥嘉平月受業新城陳用光謹狀。

——《太乙舟文集》卷三

桐城姚氏薑塢惜抱兩先生傳

［清］李兆洛

薑塢先生諱範，字南青，國初名臣刑部尚書文然曾孫也。少孤勵學，中乾隆七年進士，授編修，充武英殿經史館校刊官，兼三禮館、文獻通考館纂修官。十五年京察一等，以病免歸，主講席於問津書院者八年。三十一年正月八日卒，年七十。先生之學，嚴於慎獨，宴處無惰容，出門無妄交。任卹里黨，視人猶己。接物和易，誘進後學，如恐不及。衆流之學無不賅貫，藏書數千卷，丹黄遍焉。有所論正，輒書之簡端，多發前賢所未發。或勸之著書，笑而不言。殁六十年，曾孫瑩編輯遺論，爲《援鶉堂筆記》四十卷，詩七卷，文六卷。

惜抱先生諱鼐，字姬傳，薑塢先生弟淑之子。乾隆二十八年進士，以庶常散禮部儀制司主事。三十三年，充山東副考官。三十五年，充湖南副考官。明年，充會試同考官。升刑部廣東司郎中，充四庫全書館纂修官，尋乞病歸。主講席于鍾山、敬敷、紫陽、梅花各書院四十餘年。嘉慶二十年九月十三日卒，年八十五。

桐城當康熙、雍正間，方學士苞力講求古文義法，天下始知宗尚歸氏熙甫，以上追司馬子長、韓退之，卓然爲古文導師。劉上舍大櫆復繼起相應和，天下以爲古文之傳在桐城。薑塢先生與善，盡得學士緒論。先生本所聞於家庭師友間者，而益充以浩博無涘之學，養之以從容中道之氣，遂以自成一家，爲後進典型。病時俗舍程朱而宗漢，以爲枝之獵而去其根，細之蒐而遺其鉅，時時爲學者重言之。故其修道據德，實允迪之，品詣敦峻，無纖毫纇，亦其文之所以粹美也。所著《九經説》十七卷，文集二十卷，詩集二十卷，《三傳補注》三卷，法帖題跋二卷，筆記四卷，學者循是以求，亦可以見先生體用之一焉。

李兆洛曰：君子所尚，躬行而已。躬行而知行之難，然後其心坦以謐，其氣潛以温，其識宏以淳，而其言自不得不訒。凡爲言者，皆宜如是也，而況讀聖賢之遺經，尋求其義類，以自抒其所得者哉！明之時，學者不能行程朱之言；今之時，不屑言程朱之言，而并蔑程朱之行。一襲取以爲名，一旁馳以求勝，大抵不足於内焉耳。薑塢先生淵詣極理，而欿然不肯著書以自襮；惜抱先生清明在躬，蓄雲洩雨，文章爲光嶽於天下。兩先生之躬行同也，故不言文而其言立，片語破惑，單義樹鵠，有若蓍蔡，其發而爲文，則明晰黑白，流示乎尹，穆然和順於道德也。讀先生遺書，求得行事始末，恨不得在弟子之列，故私録其概，時觀省焉。

——《養一齋文集》卷十五

公祭姚姬傳先生文

［清］管同

嗚乎！人之名字，死而弗彰。縱邁期頤，豈曰修長。獨公生則爲師於一時，死則爲師於百世，是身没而常不朽，而誰謂公亡？蓋公之於學，幼而已嗜，耄而靡忘，上究孔孟，旁參老莊，百氏之書，諸家之作，皆内咀含其精藴，而外沈浸其辭章。是以詮經注子，纂言述事，刻峭簡切，和適齊莊，澹泊乎若元酒之絪藴，希夷乎若古琴之抑揚。瀏然而來，若幽泉之出於深澗；摽然而逝，若輕雲之漾於大荒。近代文士，曰劉、曰方，及公自桐城再起，遂乃軼二子而繼韓、歐陽。嗚乎！當公年少筮仕，官至部郎，歷資以進，當得御史，而道且大行。會有權要，欲薦公，令出我門下，公以故毅然棄官以去，而四十餘年，依山澤以徜徉，蓋寧使吾才韜晦不見，而不使吾身被汙玷以毫芒。然則公於惡人，蓋幾乎視若將浼，而繫馬千駟不顧，得伯夷、伊尹之遺芳，使天下皆如公難進易退，則貪廉懦立，世且平康。惜乎一退不起，不獲以其身陶風範俗，今之人遂第以文辭相重，而百世以下，又孰能得公之藴藏？然海内無賢不肖，當公之存，考道問業，猶知所歸，一旦公逝，士於何望？竊恐夫畸説閒正，詖言汩真，而他日之後生小子，瞀瞀乎無復知文章之奥、道德之光。嗚乎！公於死生，視若晝夜，雖某等辱知深厚，亦豈敢過悲以怛化，而撫棺號慟，慘戚而不能自已者，念老成之彫零殆盡，而内有餘傷。嗚乎哀哉！尚饗。

——《因寄軒文初集》卷十

書姚惜抱先生崇祀鄉賢録後

［清］黄承吉

道光癸巳二月，汪君孟慈以姚惜抱先生《崇祀鄉賢録》垂示，屬綴一辭。先生學行，具載《録》中，不贅論。惟憶少時與先生覯接一事。歲壬子，偕家秋平丈、李君濱石赴試省會。時先生司鍾山書院講席，秋平爲其曩時主吾郡講院肄業弟子，往謁焉。先生諮以同舍之人，以予及濱石對，問年，則甫弱冠，叩所學，則秋平推挹過甚。翼日先生來，予兩人適外出。翼日復來，曰：昨日之至，以答舊識。今此之造，以締新知黄、李二君，所見殆副於所聞矣。於是明日返謁，道遠，行綦憊，途中三人相與歎伯樂之僕僕以顧櫪羣者，若此其不憚煩也。予與濱石同齒，秋平長三十餘歲，先生長且四十餘，顧乃懇款若是。至講院，巽迪移晷，至不忍别，後遂未復值。數載前，感憶舊遊，有懷先生暨王蘭泉先生詩，都爲一目，所以連類屬者。予己未會試，由運道歸，遇蘭泉先生於衛河，時偕行方君又輝，艤謁之。詢同舟人，又輝對如秋平對先生狀。蘭泉先生輒欲過艫，先施予聞，乃亟詣見。於是劇談，奬借一如金陵謁先生時。是以思企之篇，比附合作。

嗚呼！回首生平，若兩公高風，耆宿中安可復覯？今予年且駸及，而未殖荒汨，無以塞先輩之望。計兩先生疇昔之傾筐屬篋者，非受眷逆旅之毛公，仍貨得鴈門之太守也，豈不愧哉！若先生行成可師，文美足式，其表著鄉物，斯可以無愧矣。《録》中首列令叔薑塢先生者，與先生同日並榮俎豆，予非熟悉，唯景慕而已，亦未敢加論云。

——《夢陔堂文集》卷八

書惜抱先生墓誌後

［清］方東樹

先生之葬也，其家僅埋石誌生卒姓氏而已。樹慨先生名在海内，而當時名卿學士無銘辭，於事義爲闕，屢欲表其墓，輒以愚陋，不足以盡知先生之所至，嫌於僭而自止。道光十三年，來常州，見先生從孫瑩所作行狀，及先生門人新城陳用光、宜興吴德旋、寶山毛嶽生，並武進李君兆洛各所爲誌傳文，其於先生志業行事，揚搉發明，燦然無遺，於是始喟然歎曰：乃今而後，可輟筆矣！而瑩及毛君固謂樹：子終必爲一文，以卒子之志。乃舉愚意所欲言者，系而書於後曰：

古今學術之傳，有衆著於天下人之公論者，有獨具於一二人之私識者。私識之中，又有其深且切者，則各以其所見言之，以繼夫不傳之緒而已。夫唐以前，無專爲古文之學者。宋以前，無專揭古文爲號者。蓋文無古今，隨事以適當時之用而已。然其至者，乃並載道與德以出之，三代秦漢之書可見也。顧其始也，判精粗於事與道；其末也，乃區美惡於體與辭；又其降也，乃辨是非於義與法。噫！論文而及於體與辭、義與法，抑末矣，而後世至且執爲絶業專家，曠百年而不一覯其人焉，豈非以其義法之是非、辭體之美惡，即爲事與道顯晦之所寄，而不可昧而雜、冒而託耶？文章者，道之器；體與辭者，文章之質。範其質，使肥瘠脩短合度，欲有妍而無媸也，則存乎義與法。自明臨海朱右伯賢定選唐宋韓柳歐曾蘇王六家文，其後茅氏坤析蘇氏而三之，號曰「八家」，五百年來，海内學者奉爲準繩，無敢異論，往往以奇才異資，窮畢生之功，極精敏勤苦，踴躍萬方，冀得繼於其後，而卒莫能與之並，蓋其難也！近世論者謂八家後，於明推歸太僕震川，於國朝推方侍郎望溪、劉學博海峰，以及先生而三焉。夫以唐宋到今，數百年之遠，其間以古文名者，何止數十百人？而區區獨舉八家，已爲隘矣。而於八家後，又獨舉桐城三人焉，非惟取世譏笑惡怒，抑真似鄰於陋且妄者，然而有可信而不惑者，則所謂衆著於天下人之公論也。侍郎之文，静重博厚，極天下之物賾而無不持載，泰山巖巖，魯邦所瞻，擬諸形容，象地之德焉，是深於學者也。學博之文，日麗春敷，風雲變態，言盡矣，而觀者猶若浩浩然不可窮，擬諸形容，象太空之無際焉，是優於才者也。先生之文，紆餘卓犖，樽節檃括，託於筆墨者，净潔而精微，譬如道人德士，接對之久，使人自深。是皆能各以其面目自見於天下後世，於以追配乎古作者而無忝也。學博論文主品藻，侍郎論文主義法，要之，不知品藻，則其講於義法也愨。不解義法，則其貌夫品藻也，滑耀而浮。先生後出，尤以識勝，知有以取其長、濟其偏、止其敝，此所以配爲三家，如鼎足之不可廢一。凡若此者，皆學者所共見，所謂天下之公言也。雖然，天下之學，其名既著，固久而愈耀，遠而不磨，要其甘苦微妙之心，則與其人俱亡焉。此斲輪者所以亟悟夫齊桓也。今東南學者，多好言古文，而盛推桐城三家。於三家之中，又喜稱姚氏，有非姚氏之説莫之從。嗚呼！可謂盛矣。而吾獨以爲人知姚氏之文之美，未有能得微妙深苦之心也。不得其心，則其於知也終未盡。夫學者欲學古人之文，必先在精誦沉潛、反覆諷玩之深且久，闇通其氣於運思置詞迎拒措注之會，然後其自爲之，以成其辭也，自然嚴而法、達而臧。不則心與古不相習，則往往高下短長齟齬而不合，此雖致功淺末之務，非爲文之本，然古人所以名當世而垂爲後世法，其畢生得力、深苦微妙，而不能以語人者，實在於此。今爲文者多而精誦者少，以輕心掉之，以外鑠速化期之，無惑乎其不逮古人也。諸君誌傳所以論先生之文者至矣，樹特以其私識者淺言之，俾學者省觀焉，以助開其所入云。

——《儀衛軒文集》卷六

附録三　諸家序跋

題康刻古文辭類纂

［清］管同

《古文辭類纂》七十四卷，興縣康撫軍刻於粤東。道光三年，其姪壻黄修存印以見贈。先師於是書，隨時訂正，蓋臨終猶未卒業。是刻所據，乃二十餘年前本，其後增删改竄亦多矣。又其款式批點，多校書者以意爲之，不盡出先師手。予見稾本，知如是。嗚乎！書行世須待暮年，又須躬自讐校。人爲之，不能盡如己意也。雖然，有大力而嗜古好文者，世鮮其人，則康公爲不可及矣夫！

——《因寄軒文二集》卷二

重刻古文辭類纂序代

[清]管同

桐城姚惜抱先生，撰有《古文辭類纂》七十四卷。先生晚年，啟昌任爲刊刻，請其本而録藏焉。未幾，先生捐館舍，啟昌亦以家事卒卒，未及爲也。後數年，興縣康撫軍刻諸粵東，其本遂流布海内。啟昌得之，以校所録藏，其閒乃不能無乖異。蓋先生於是書，應時更定，没而後已。康公所見，猶是十餘年前之本，故不同也。

夫文辭之纂，始自昭明，而《文苑英華》等集次之，其中率皆六代、隋、唐駢麗綺靡之作，知文章者，蓋擯棄焉。南宋以後，吕伯恭、真希元諸公，稍取正大，而所集殊隘。迄於有明，唐應德、茅順甫文字之見，實勝前人，然所選或止爲科目文章之計。自兹以降，蓋無論矣。且夫無離朱之明，則不能窮青黑；無夔、曠之聰，則不能正宫羽；無孔、孟之賢聖，則不能差等舜、武，品題夷、惠。文辭者，道之餘；纂文辭者，抑教之末也。顧非才足於素，學溢於中，見之明而知之確，則亦何以通古今，窮正變，論昔人，而毫釐無失也哉？逞私臆而言之，陋而不可爲也；執一得而言之，狹而不足爲也。自梁以來，纂文辭者日衆，而至今訖無善本，其以是也夫？先生氣節道德，海内所知，兹不具論。其文格則授之劉學博，而學博得之方侍郎。然先生才高而學識深遠，所獨得者，方、劉不能逮也。蚤休官，旄耋嗜學不倦，是以所纂文辭，上自秦、漢，下讫於今，蒐之也博，擇之也精，考之也明，論之也的。使夫讀者，若入山以采金玉，而土石有必分；若入海以探珠璣，而泥沙靡不辨。嗚乎，至矣！無以加矣！纂文辭者，至是而止矣。啟昌於先生，既不敢負已諾，又重惜康公用意之勤，而所見未備，遂捐金數百，取鄉所録藏本，與同門管異之、梅伯言同事讐校，閲二年而書成。是本也，舊無方、劉之作，而别本有之，今依别本仍刻入者，先生命也。本舊有批抹圈點，近乎時文，康公本已刻入，今悉去之，亦先生命也。

道光四年秋八月謹序。

——《因寄軒文二集》卷二

古文辭類纂書後

[清]姚椿

始惜翁先生爲此書成，門弟子多寫其目，或録副去。椿從游也後，奉諱歸過江寧，始從先生請觀原本，其中少數卷，云失去未補也。後從他處得觀，録其評語。歲辛巳，見黄逢孫於明州，時自廣東歸，有康中丞新刊此書，所見與原本不異。聞中丞刊此，蓋有爲。自世競言漢儒，置古文之學不講，其或爲之者，又多犯桐城方侍郎所言諸病，軌於法者蓋鮮。雖文之道不盡是，然以言文，則幾乎備矣。蒙嘗請於先生，謂其中棄取，有未盡人能解者。先生謂是固有意，其棄者大抵爲有俗氣，其取者則以廣文之體格，使有所取法。又欲商去桐城二家文字，以爲人或詆爲鄉曲之私言。其點識頗係偶然，不欲存，然以此觀前輩用心，固無不可。

先生作《九經説》，措辭簡而説理粹，論名物度數，使人易曉，於儒家最勝，自唐以後説經家無之。蓋平生於訓詁詞章，皆以義理爲歸墟，故不使少駁襍也。又言爲文必本諸躬行，屢以己身缺然爲媿，其不自滿假之心，愚誠蒙昧無識，疑較諸退之、永叔諸君子，抑有進焉。生程朱之後，理學明而將晦，獨以身當絶續之交，本末輕重，較然明白，根據實是，文而又儒，羣訕衆誚，白首無悔。爲其難者，先生一人而已。

先生之文雖行於世，而學未大顯。門弟子達者，或不能盡用其緒言，其窮約自守，又或才力淺薄，不足有所興起，然則斯道之傳，其終晦乎！椿之不敏，不足以與於斯，特以舊聞有宜述者，故爲别白言之，以俟當世君子論正其説。

——《通藝閣文集》卷五

自記所藏古文辭類纂舊本

［清］朱琦

是書余得之京師，舊有金陵吴氏啟昌記，刻於道光五年八月，較康氏蘭皋刻本爲備，蓋姚先生晚年定本也。

自桐城方望溪侍郎以義法爲文，劉耕南學博繼之，而先生又以所聞授門人管異之、梅伯言，及康、吴諸子，爲《古文辭類纂》七十五卷，其爲類十三，曰論辨，曰序跋，曰奏議，曰書説，曰贈序，曰詔令，曰傳狀，曰碑誌，曰雜記，曰箴銘，曰贊頌，曰詞賦，曰哀祭，一類内而爲用不同，又别之爲上下篇。先生嘗云：文無所謂古今也，惟其當而已。知其所以當，則於古雖遠，而於今取法，如衣食之不可釋。又曰：神、理、氣、味者，文之精也；格、律、聲、色者，文之粗也。苟舍其粗，則精者胡以寓？學者之於古人，必始而遇其粗，中而遇其精，終則御其精而遺其粗者。先生每類自爲之説，分隸簡首，自明去取之意甚當。而於先秦兩漢，自唐宋諸家，以及本朝，尤究極端委，綜覈正變，故曰學而至者神合焉，學而不至者貌存焉。學者守是，猶工之有繩墨，法家之有律令也，無可疑者。惟碑誌類云：誌銘不分爲二，不得呼前誌爲序。南雷《金石文例》頗主此說。琦謂古有有誌而無銘者，亦有有銘而別屬他人爲誌者，似誌、銘亦當有別。古人於敘事之文，恒曰「志」。志者，誌也，不獨銘墓。若謂前誌不可呼爲序，必別書「有序」二字，此則昌黎亦不盡然，非歐公不能辨也。又先生於唐以後所取稍隘，雖李習之僅録《復性書》下篇，其他存者蓋尠矣。而於方、劉之作，所收甚多，豈侈其師門耶？

同時業古文者，有無錫秦小峴，武進張皋文，於桐城爲近，而新城陳碩士最篤信師說，其學初求之魯山木，又有朱梅崖、惲子居亦好爲文，聲名藉甚。山木喜稱說梅崖，而材稍确；子居材肆矣，閒入僞體，故至今言文必曰桐城。先生弟子今存者梅伯言農部。伯言文與異之上下，而勁悍或過異之，惜早逝。伯言居師久，文益老而峻，吾黨多從之游，四方求碑版者走集其門。先是吾鄉吕先生以文倡粤中，自浙罷官，講於秀峯十年。先生自言得之吴仲倫，仲倫亦私淑姚先生者。是時同里諸君如王定甫、龍翰臣、彭子穆、唐子實輩，益知講學，及在京又皆昵伯言，爲文字飲，日夕講摩。當是時，海内英俊皆知求姚先生遺書讀之，然獨吾鄉嗜之者多。伯言嘗笑謂琦曰：文章其萃於嶺西乎？未幾，琦假歸。後二年，伯言亦移疾返江南。自余歸里，連歲寇亂，出入兵間，不暇伏案，但憶梅先生語，太息而已。家中舊書，時有散佚，爰取是編紬繹之，畧爲疏辨，并次論當世作者，而於卷尾私識之。曰次之義法，與其體類，是編備矣！至求其所以當遺其粗而御其精，如古人所謂文者，則更有事在，而此其迹也。吾同年生鄭獻甫論文有云：有立乎其先，有充乎其中，有餘乎其外，吾又有取焉。

姚先生名鼐，字姬傳。吕先生名璜，自號月滄，因以名集，晚更號南郭老民云。咸豐三年正月既望，琦謹記。

——《怡志堂文初編》卷六

跋古文辭類纂

[清]錢泰吉

道光丁亥夏日，初至海昌，前東防同知陽湖吕幼心先生榮已罷官，以公事留，余得遊其父子閒。承次飴二兄抱安贈此，十餘年來，時時翻閲。辛秋日重裝，因記。

吴仲倫初至余齋，與銘恕論文事曰：「曾見古文辭類纂乎？」曰：「見之。」仲倫喜謂余曰：「是不愧君家子弟矣！」蓋余案頭日置是編，兒曹常見余諷誦，故有以答客問耳。其中精藴，余固未能窺，况若曹耶？然文章體裁，亦略能知之。今仲倫云逝，客來問古文辭者，實鮮其人。書此誌感。癸卯長至後九日。

——《甘泉鄉人稿》卷六

校栞古文辭類纂序代

［清］蕭穆

桐城姚姬傳先生所爲《古文辭類篹》，早已行世，海内學者多有其書矣。顧先生於此書，初篹於乾隆四十四年，時主講揚州梅花書院。乾嘉之閒學者所見，大抵皆傳鈔之本。至嘉慶季年，先生門人興縣康中丞紹鏞始栞於粤東。道光五年，江甯吴處士啟昌復栞于金陵。然康氏所栞，乃先生乾隆閒訂本，後二三十年，先生又時加審訂，詳爲評注，而圈點亦與康本互有異同。蓋先生之學，與年俱進，晚年造詣益深，其衡鑒古人文字尤精且密矣。然吴氏栞本，係先生晚年主講鍾山書院時所授，且命付梓時去其圈點。道光以來，外省重刊，大抵據康氏之本，而吴氏本僅同治閒楚南楊氏校刊家塾，不甚行世。而外閒學者雖多讀此書，容有未知康刊爲先生中年訂本，吴刊爲先生晚年定本，又未知先生命名《古文辭類篹》，「篹」字本《漢書・藝文志》。康氏不明「篹」字所由來，誤刊爲「古文辭類纂」，至今「古文辭類纂」之名大著，鮮有知爲「篹」字本義者已。又耳食之徒，以康本字句時有脱譌，不如吴本經姚先生高第弟子梅伯言、管異之、劉殊庭諸君讐校之精。然康氏刊本，實出先生高弟李申耆，其學識亦不在梅、管諸君之下，且李君又實司校刊之役者也。承淵少讀此書，先後得康、吴兩本，互爲校勘，乃知各有脱譌，均未精善，所謂齊則失矣，而楚亦未爲得也。不知爲姚先生原本所據，尚非各種精本，未及詳勘，抑亦諸君子承校刊此兩書，均不免以輕心掉之者也？

二十年來，承淵凡見宋元以後、康熙以前各書舊槧，有關此書校勘者，隨時用硃墨筆注于上下方，積久頗覺近完美。又桐城老輩，如方望溪侍郎代果親王所爲《古文約選》，劉海峰學博所爲《唐宋八家文約選》，均用圈點，學者稱之。姚先生承方、劉二公之業，亦嘗示學者前輩批點可資啟發，即所篹此書，不但評注數有增加，而圈點亦隨時釐訂，惜往年無由得見耳。頃與先生鄉人蘭陵逸叟相往還，偶談此書，逸叟即出行笥所録姚先生晚年圈點本見示。大喜過望，詢所由來，乃得諸其鄉蘇厚子徵君惇元，徵君即得諸姚先生少子耿甫上舍雉家藏原本而録之者也。

承淵早歲浮家，久離鄉土，念吾滁州僻處江淮之間，四方書賈，足跡罕至，鄉塾所讀，不過俗行《古文析義》、《觀止》等本，不足啟發後學神智，乃假逸叟讀本，録其圈點於所校本上，付諸手民，栞於家塾，庶幾吾滁可家有其書，不爲俗本所囿矣。至刊板，改從毛氏汲古閣所刊古書格式，字畫尤力求精審。又康刻本於姚先生所録漢文，時用《漢書》古字，今考姚先生所録漢文，其例不一，有以己意參用《史記》、《文選》及司馬公《資治通鑑》、真西山《文章正宗》等書字句者，今亦酌爲變通：凡一文參用各本者，則均用通行宋字；惟單據《漢書》所載本文，則仍遵用《漢書》本字，以存其真。惟姚先生定本雖有圈點，而無句讀，承淵伏念窮鄉晚進所讀古文，不惟藉前人圈點獲知古人精義所在，即句讀尤未可以輕忽。句讀不明，精義何有？昔班氏《漢書》初出，當時如大儒馬融，至執贄於曹昭，請授句讀；韓昌黎《上兵部李侍郎書》，亦有「究窮于經傳史記百家之説，沈潛乎訓義，反覆乎句讀」之論。我朝乾隆三年冬，詔栞《十三經》、《二十一史》，時方侍郎苞曾上《重栞經史事宜劄子》，中一條有「舊刻經史，俱無句讀，蓋以諸經注疏及《史記》、前後《漢書》辭義古奥，疑似難定故也。因此纂輯引用者，多有破句。臣等伏念，必熟思詳考，務期句讀分明，使學者開卷了然，乃有裨益」云云。意至美也，法至善也，惜當時竟未全行。今姚先生所篹此書，既精且博。論者以漢唐以前文字句法古奥，多有難明，承淵以爲唐宋以來洋洋大篇，句讀亦未易全曉，矧窮鄉晚進，讀書不多，頓見此書，恉義未通，不免以破句相授，貽誤來學，匪爲淺鮮。今承淵竊取方公之義，每讀一篇，精思博考，句點分明，雖未必一一有合古人，而大要固已無失。昔顔祕監之注《漢書》，胡景參之注《資治通鑑》，閒有破句，有失班、馬兩書本恉者。以二公之學識通博，精神措注，尚未能全編貫通，毫髮無憾，而況後人學識精神如承淵者，遠出二公之下者哉！惟有不偏執己見，勤學好問，一有會悟，隨時改正，務求有洽於心而已。又承淵所讀，閒有句讀與前人稍異，及近代名公偶有句讀能補前人所疏忽者，且有删改康、吴原書字句，恐滋後人所疑者，容當别爲札記一編，附於本書之後，不過使窮鄉晚進增廣見聞，便于誦習而已，非敢云能補姚先生之所不逮也。第康、吴之本，校栞雖未精善，而兩序均能發明姚先生所篹大恉，今仍坿録之，俾讀者詳悉，而承淵更不敢再贊一辭焉。

光緒二十七年，歲在辛丑，正月元日。

——《敬孚類藁》卷二

記校勘古文辭類纂後

［清］吴汝綸

姚選《古文辭》，舊有康、吴二刻，而吴本特勝，惜元板久燬，好是書者，將謀付石印。余既爲是正譌奪，遂徧考古今文史同異，記其犖犖大者，間復兼糾康本違失，俾覽者慎擇焉。姚《選》特入辭賦門，最得韓公論文尊揚、馬本意；而楚辭至爲難讀，因頗發其恉趣著於編，用質後君子。學問之道之益於世者博矣，獨沾沾爲此，殆《爾雅》注虫魚者比也。雖然，欲治文事者，儻亦有取於斯？

古文辭類纂標注序乙卯

馬其昶

蕭縣徐君又錚既去官，則大肆力於文。取《古文辭類纂》讀之，苦無以發其意也，因集録歸、方，以逮近世梅、曾、張、吴諸家之説，覃思而熟復之，又將刊以餉同志，屬予序焉。

古者左史記言，右史記事。文字之用萬端，要不外事、言二者而已。由是二者推衍而析其類，則名目繁多，至不可勝紀。總集《昭明文選》最著，其分類多未當理。李漢親業韓門，其編昌黎集，出入亦不無可議者。自吾鄉姚先生書出，義例至精審矣。姚《選》分十三類，曾文正公更約爲三門十一類，曰論著，曰告語，曰記載，與姚説小别大同。學者誠準此二家以辨文體，晰如也。審同異，别部居，可以形迹求也。若夫古人之精神意趣寓於文字中者，固未可猝遇，讀之久，而吾之心與古人之心冥契焉，則往往有神解獨到，非世所云云也，故姚《選》平注至簡。昌黎論文，務去陳言，凡一詞一義爲人人意中所有，皆陳言也。陳言爲文家所忌，即何容取常人意中之語，以平議古人至精深奥之賾之文乎？此姚氏之所懼也。懸九級之臺於衆閒，躡其一級，則所見視平地有加焉。累而上之，級愈崇，則其見愈廣。塊坐一室之中，而冥度其上，無當也。天高氣肅，目際無垠，據其巔述其所嘗覩，則思攬其勝者踵至矣。夫文字之見，隨所觸感，各肖其性識才學，以出其淺深高下不同之致，奚啻九級之臺乎？姚氏之書所以足重者，以其鑒别精，析類嚴，而品藻當也。今又錚集録諸家之説以輔益之，自來論文精語，未有過此。諸家者，其爲説雖多，與姚氏之旨曾無少異，何則？其淵源同也。述所目覩以導先於人，又錚之爲此，誠善矣哉！抑又錚以幹濟才，時方多難，不盡瘁國事，乃區區勤儒生之業，吾又且爲世惜也。王晉卿曰：作者於姚氏之學，資之甚深，故津津言之，皆抒其所自得，其夷猶跌宕之妙，尤令人挹之不盡。

——《抱潤軒文集》卷四